SFV

THOMAS MANN

TAGEBÜCHER
1937-1939

Herausgegeben
von Peter de Mendelssohn

S. FISCHER

Umschlag R. und E. Marhold
Satz und Druck Poeschel & Schulz-Schomburgk, Eschwege
Einband G. Lachenmaier, Reutlingen
Printed in Germany 1980
ISBN 3 10 048194 1

VORBEMERKUNGEN DES HERAUSGEBERS

Thomas Manns Tagebücher aus den Jahren 1937-1939, die in diesem Band vorgelegt werden, schließen sich unmittelbar an die bereits veröffentlichten der Jahre 1933-1936 an, bezeichnen aber dessen ungeachtet den Beginn eines völlig neuen Abschnittes in seinem Leben und Schaffen. Die in der Schweiz verbrachten Jahre des europäischen Exils gehen zu Ende; indessen in Europa sich mit dem deutschen Einmarsch in Österreich, der Münchner Konferenz, der Zerschlagung der Tschechoslowakei und dem Ausbruch des Zweiten Weltkrieges die seit langem geahnten und befürchteten Erschütterungen und Umwälzungen vollziehen, wird in den Vereinigten Staaten eine neue Existenz begonnen und in Princeton eine neue Lebensform gefunden.

Die Fahrt nach Prag, Wien und Budapest im Januar 1937 ist Thomas Manns letzte in diesen Teil des alten Europa; nur nach Wien kommt er danach noch ein einziges Mal. Die dritte Amerikareise im April 1937 festigt die persönlichen und beruflichen Kontakte in den Vereinigten Staaten, die eine Übersiedlung nahelegen und vorbereiten. Die vierte, Februar-Juli 1938, bringt nicht nur die erste große Vortragstournee durch Nordamerika, sondern auch die Eröffnung der Thomas Mann-Sammlung der Yale University, das Angebot einer Dozentur an der Universität Princeton und die offizielle Einwanderung. Der Sommer 1938 ist der letzte im Haus in der Schiedhaldenstraße in Küsnacht bei Zürich, von dem der Abschied sehr schwer fällt. Im Herbst wird das neue ständige Haus in Princeton bezogen und die Lehrtätigkeit mit Vorlesungen und Seminaren aufgenommen. Im März-April 1939 folgt die zweite Vortragsreise quer durch ganz Amerika, gekrönt von der Verleihung des Princetoner Ehrendoktors. In diesem Jahr 1939 heiraten die drei jüngsten Kinder, Monika, Elisabeth und Michael, und Thomas Mann unternimmt im Sommer noch eine große Europareise, die letzte auf viele Jahre hinaus. Bei Kriegsausbruch gerade noch mit Mühe nach Princeton zurückgekehrt, weiß er, daß Amerika hinfort, bis in eine unabsehbare Zukunft hinein, zumindest seine äußere Welt sein wird.

Diese drei Jahre 1937-1939 sind bei allen tiefgreifenden äußeren und inneren Umwälzungen und Umstellungen eine Zeit großer dichterischer, kritischer und publizistischer Produktivität. Der Roman *Lotte in Weimar*, im November 1936 in Küsnacht begonnen, wird im Oktober 1939 in Princeton beendet und erscheint noch vor Weihnachten im Bermann-Fischer Verlag, der sich aus der österreichischen Katastrophe im Frühjahr 1938 gerettet hat und inzwischen in Stockholm neu erstanden ist. Der Vortrag *Richard Wagner und der Ring des Nibelungen*, der *Schopenhauer*-Essay, die Einleitung zu ›Anna Karenina‹, die Einführung in den *Zauberberg*, die Princetoner Vorlesungen über ›Faust‹ und ›Werther‹ entstehen in dieser Zeit, und der politischen Forderung des Tages wird mit den beiden großen Vorträgen *Vom kommenden Sieg der Demokratie* und *Das Problem der Freiheit*, der Veröffentlichung von *Dieser Friede* und *Achtung, Europa!* und unzähligen kürzeren Aufsätzen, Reden und Ansprachen Genüge getan. Die Anforderungen, die die amerikanische Öffentlichkeit an den Fünfundsechzigjährigen stellt, sind gewaltig, die Briefflut schwillt an ins Unübersehbare, aber er meistert auch diese neue und ungewohnte Lebensform und setzt das Werk fort, zu dem nicht zuletzt auch die von ihm 1937 in Zürich gegründete und mit großer Sorgfalt herausgegebene Zweimonatsschrift ›Mass und Wert‹ gehört, die er der Entfernung von Europa und dem Krieg keinesfalls opfern will, so schwer es fällt, sie über Wasser zu halten.

Der vorliegende Band ist nach denselben editorischen

Grundsätzen gestaltet wie die vorangegangenen. Der Text der Tagebuchhefte ist in seiner Gänze, ohne Abstriche, wiedergegeben. Der Herausgeber hat lediglich an einigen, ganz wenigen Stellen aus allerprivatesten Rücksichten einige Sätze oder auch nur einige Wörter entfernt und durch drei Punkte in eckigen Klammern ersetzt. Sie enthielten nichts, auf dessen Kenntnis der Leser einen unabweisbaren Anspruch haben könnte. Von ihnen abgesehen, war es dem Herausgeber eine Selbstverständlichkeit, diese Aufzeichnungen, ebenso wie die der vorangegangenen Bände, ungekürzt und ohne editorischen Eingriff der Öffentlichkeit vorzulegen.

Thomas Manns Handschrift ist auch in diesen Heften wechselweise gut und schwer leserlich. An einigen wenigen Stellen gelang es nicht, ein Wort oder einen Eigennamen völlig eindeutig zu entziffern; dies ist in den Anmerkungen festgestellt. Thomas Manns eigenwillige und zuweilen flüchtige Rechtschreibung wurde auch in diesem Band nicht angetastet. Seine Schreibung von Eigennamen, bei der er sich häufig offenbar einzig auf sein Gehör verließ, war schon im deutschen Sprachbereich zuweilen absonderlich; im Englischen, das er in diesen ersten Jahren nur sehr mangelhaft beherrschte und das er nie wirklich zu meistern trachtete, gab sie häufig abstruse Rätsel auf, die sich nicht immer zweifelsfrei lösen ließen. Soweit möglich, wurden solche Fehler in den Anmerkungen richtiggestellt. Einige amerikanische Personen- und Ortsnamen, die sich trotz größter Mühe nicht identifizieren ließen, mußten offen bleiben.

Offensichtliche Verschreibungen im Text wurden korrigiert, fehlkonstruierte Sätze hingegen belassen, wie er sie schrieb, oder höchstens durch Einfügungen in eckigen Klammern verdeutlicht. Von Thomas Mann unterstrichene Wörter oder Satzteile sind kursiv gesetzt. Die Satzzeichensetzung, insbesondere die für ihn charakteristische Verwendung des Apostrophs, folgt dem handschriftlichen Original.

Die im Text genannten Werke Thomas Manns sind in den

Anmerkungen nach der dreizehnbändigen deutschen Gesamtausgabe von 1974 aufgeführt. Eine Anzahl bisher unbekannter, in den ›Gesammelten Werken‹ nicht enthaltener Texte Thomas Manns konnte aufgrund von Hinweisen im Tagebuch aufgespürt oder identifiziert werden; diese Texte sind im Anhang beigefügt. Die im Tagebuch erwähnten, von Thomas Mann geschriebenen und empfangenen Briefe werden, soweit sie veröffentlicht sind, in den entsprechenden Publikationen nachgewiesen; soweit sie bekannt, aber nicht veröffentlicht sind, ist auf die diesbezüglichen Angaben in den ›Regesten‹ mit der jeweiligen laufenden Nummer verwiesen.

Der vom Herausgeber besorgte Anmerkungsteil hätte ohne kenntnisreiche und unermüdliche Helfer in Europa und den Vereinigten Staaten nicht hergestellt werden können. Fräulein Yvonne Schmidlin, Zürich, leistete wiederum bei der Herstellung eines fehlerfreien Transkriptes, bei der Entzifferung schwieriger Handschriftenstellen und bei der Beschaffung von Auskünften im Zürcher Thomas Mann-Archiv wertvolle Dienste. Frau Elisabeth Mann Borgese, Frau Gret Mann, Professor Golo Mann und Professor Klaus H. Pringsheim halfen auf Schritt und Tritt mit Auskünften über ihre Familie und ihren Freundes- und Bekanntenkreis. Die amerikanischen Teile des Tagebuchs machten umfangreiche und vielfach ungeahnt schwierige Nachforschungen nötig. Daß diese einigermaßen bewältigt werden konnten, dankt der Herausgeber vor allem seinen Freunden und Kollegen Professor Victor Lange in Princeton; Professor Erich A. Frey in Los Angeles; Professor Erich Heller in Evanston und William A. Koshland, Direktor des Verlags Alfred A. Knopf in New York. In ähnlicher Weise ist der Herausgeber in Deutschland Frau Dr. Lieselotte Maas, der Bearbeiterin des unschätzbaren ›Handbuches der deutschen Exilpresse 1933-1945‹ zu Dank verpflichtet, die in der Deutschen Bibliothek, Frankfurt, zahllose Auskünfte beschaffte, sowie Herrn Dr. Hans Bohrmann vom Institut für Zeitungsforschung der Stadt Dortmund, der die entsprechende Hilfe bei Belegen aus der NS-Presse leistete. Teil II (1918 bis 1943) des in der Reihe ›Dichter über ihre Dichtungen‹ erschienenen Werkes ›Thomas Mann‹, herausgegeben von Hans Wysling unter Mitwirkung von Marianne Fischer, steuerte mit seinen vorzüglichen Anmerkungen eine Anzahl wertvoller Nachweise bei. Über die Genannten hinaus sagt der Herausgeber allen Freunden, Kollegen, Archiven, Bibliotheken und Instituten, die ihm bei der Ermittlung von Personen, Werken und Zusammenhängen behilflich waren, seinen aufrichtigen Dank.

München, im Juni 1980 *Peter de Mendelssohn*

1937

Freitag den 1. I. 37

Stand trotz der späten Schlafensstunde gestern 8 Uhr auf. Dunkelnd, nebelig-kalter Morgen. Frühstückte allein und begrüßte noch K., mit der feststellte, daß dieses Weihnachten und Silvester das froheste seit Jahren gewesen sei. Wirklich ist meine Stimmung gehoben; die Neujahrsbotschaft, ermöglicht durch die einst gescheute »Ausbürgerung«, ist ein wichtiger und mich beglückender Schritt, ein Dokument, von der ich mir weitreichende innere Wirkungen verspreche. – Das Einspannen des neuen Kalenders gestern geschah ebenfalls mit einer gewissen Freude und neugierigen Zuversicht. – Der Verleger Klein in Berlin sandte über eine Zürcher Stelle ein neues Silberbuch mit schönen Reproduktionen nach Michelangelo. – Die Russen schickten wieder einmal 1100 Franken Bücher-Honorar, wodurch die Weihnachtsausgaben aufgewogen sind. Heute beim Frühstück feierliches Glückwunsch-Telegramm aus Moskau, gez. Annenkow. – Einiges an der Novelle. – Mittags Neujahrsbesuch von Dr. *Hanhart*. Dann *Lion*. Mit ihm, K. und Reisiger bei starkem Nebel spazieren. Lion zum Essen. Zum Thee Leonhard *Frank* mit seiner Freundin. Besuch in den oberen Zimmern. Erledigte nach ihrem Weggang kurze Korrespondenz. – Einladung der New Yorker New School für social research zu 5 Lesungen à 500 Dollars, von Löwenstein leidenschaftlich wegen der Akademie unterstützt, spielt große Rolle in unseren Gesprächen. – Übergroßer Posteinlauf. Abends Radio-Musik. Las dann die Zeitschriften.

Sonnabend den 2. I. 37

Regen. Vorwort zum Katalog der Wiener Liebermann-Ausstellung. In der Stadt zum Haarschneiden bei Bachmann. Neujahrsgratulationen des Personals. Reizender brünetter Jüngling, der mich bediente. – Viel Post wie täglich jetzt. Begeisterte Briefe über Joseph von Prof. Marck und Dr. Born. – Dilatorisches Telegramm nach New York. Nachmittags allerlei

Korrespondenz erledigt. Einige Schritte mit Reisiger. Anruf des Agenten aus Budapest, dem ich schließlich doch mein Kommen für den 13ten zusagte, nach einem Zornanfall über 10%, die die Agentur sich abziehen wollte, was schleunigst zurückgezogen wurde. Mit Reisiger in der Halle. Schubert-Musik. Den Kopf voll von den Reiseplänen. Sorge um Arbeitsruhe. – Unruh schickte seine Basler Europa-Rede, und ich dankte ihm. Brief über die Beziehungen des Zbg. zu Novalis und der Romantik.

Sonntag den 3. I. 37

Vor 8 Uhr auf. Dunkel, der Ort noch in Lichtern, Föhn. Arbeit an der Novelle. Spazieren mit K. und Reisiger über Johannisburg. Zu Tische der recht alberne *Breitbach* aus Paris. Gespräch über die große Spende der Frau v. Mayrisch und die Gründung einer Monatsschrift, möglicherw. mit Lion als Redakteur. Besuch Schlumbergers in Aussicht gestellt. – Verabschiedung Reisigers, der nach Seefeld zurückgekehrt. Wehmütig; er ist der vielleicht am wohltuendsten auf mich wirkende Mensch. – Nach dem Thee zahlreiche Briefe diktiert. Ging dann noch etwas aus. Zum Abendessen Frau *Hallgarten* und Sohn. Etwas »Walküre«. Sehr müde.

Montag den 4. I. 37

Um 8 Uhr stand der abnehmende Mond am blauen Himmel, dann fielen Nebel ein, der tagüber andauerte. – Arbeit an der Novelle. – Vereinsamt etwas ohne Reisiger. Allein im Nebel über Johannisburg spazieren. – Unter den Briefen einer von Straussmann über die idiotische Plagiatsaffaire, von der in der rumänischen Presse viel die Rede sein soll. Ich kann mich eines Grauens vor dieser Unterwelt, die die herrschende zu werden droht, nicht enthalten. Auch daß diese Lumpen mich als Freiwild glauben ansehen zu dürfen, ist mehr als ich ohne Verstimmung ertrage. Absicht, an Oprescu zu schreiben. – Deutsch-spanische Marine-Zwischenfälle. – Nachmittags handschr. Korrespondenz. Vorm Abendessen gegangen. Nachher in P. Bertaux' »Hölderlin« gelesen. Neues Erlebnis der Verhunzung deutscher Dinge durch die nat. sozialistische Wirklichkeit: z. B. der »kategorischen Wendung der Zeit« und der »vaterländischen Umkehr«. – Verabschiedung von Golo, der für einige Tage nach Seefeld geht und den wir in Prag wiedertreffen.

Dienstag den 5. I. 37

8 Uhr auf. K. brachte Golo zum Bahnhof. Bibi gestern nach Paris abgereist. Da auch Medi auf einem Ausflug, mit K. allein. – Arbeit an der Novelle. Mittags mit K. zur Stadt, wo wir als Gäste Breitbachs bei Hueguenin im Oberstock sehr elegant zu Mittag aßen. Danach beim Buchhändler Stäheli, um Buchgeschenke Breitbachs zu signieren. Bestellung der Diedrichschen Tolstoi-Ausgabe, wichtiger Erwerb. Danach in Küsnacht beim Schuhmacher. Unterhaltung mit dem Sohn des Geschäftes, der mir als Sympathie-Kundgebung ein Buch über Bata gesandt hatte. Brachte etwas einseitige Parteiansichten vor. – Müde, geruht. Nach dem Thee zahlreiche Briefe diktiert, auch einen an Oprescu in Bukarest. Las danach einen großen Aufsatz Heinrichs über das Schicksal des deutschen Arbeiters in der Internationalen Literatur, packende Arbeit. Abendessen mit K. allein. Sie schreibt das erste Kapitel von »Lotte« mit der Maschine ab. – Oprecht läßt wissen, daß er den »Briefwechsel« schon am 15ten ausliefern will. Große Spannung auf die Wirkung. Bei der Heimkehr von Wien, werden wir die Schrift veröffentlicht finden.

Mittwoch den 6. I. 37

8 Uhr auf. Föhnig-kalt. Arbeit an der Novelle: Abschluß des II. Kapitels und Reprise von früherem. Mittags mit K. zur Stadt: Besuch bei Oprecht. Dann zur Pediküre. Zu Fuß bis zum Zürichhorn bei scharfem, anstrengendem Winde. Nach Tische sehr müde. Etwas geschlafen. Nach dem Thee die Korrektur des Briefwechsels gelesen. Danach verschiedene Korresponden-

zen. Abends in G.'s Annalen. K. holte die Kinder, von ihrem Ausflug zurück, von der Bahn. Bibi nach Paris weiter. Heimkehr Medi's, sodaß nun zwei Töchter im Hause. – Zum Thee der Schriftsteller E. Glaeser in Sachen der amerik. Akademie.

Donnerstag den 7. I. 37

Vor 8 Uhr auf. Dunkles Föhnlicht, später Regen und Sturm. Machte das zweite Kapitel der Novelle fertig. Machte dem Spaziergang des Unwetters wegen bald ein Ende. Las in den Annalen und strich viel an. Schrieb nach dem Thee allerlei Briefe und Danksagungen, ging nicht mehr aus. Abendessen mit K. allein, da die Töchter in der Oper. – Die bevorstehende Reise ist organisiert: Thee-Einladung zum Präsidenten Benesch, Vortrag Urania. Von Prag (Proseč) mit dem Nachtzug nach Budapest, Wohnung bei Hatvanyis, Ehren-Abend im Ungar. Theater. Aus Wien Brief von Prof. Hollnsteiner, nicht verstimmt durch meinen tschechischen Anschluß. Skeptische Äußerungen über die Verständigung mit Nazi-Deutschland. – Brief von Kozák (Prag), der die Herausgabe der Habe als möglich erscheinen läßt. Das Erscheinen des »Briefwechsels« dürfte dies vielleicht wohl in Nichts aufgehen lassen. Mein inneres Verhalten zu dieser Publikation wechselt zwischen Freude und Bedrücktheit. Man ist zum Freien und Heiteren geboren, nicht dazu. Und doch ist es wohl notwendig und würdig, wie J. Grimms Flugschrift, die mir als Publikationsform zum Vorbild diente, – wenn es nicht ganz falsch ist. Doch ist [das] wohl unmöglich. – Die Sache, die nächste Reise, der amerikanische Plan, die politische Spannung und Unsicherheit, der spanische Skandal und Greuel, alles kommt zusammen, eine große innere Unruhe zu erzeugen. Es heißt, nach einem entscheidenden Siege Francos, d. h. der Italiener und Deutschen, werde Hitler ein neues »Friedensangebot« auf Grund seiner früheren »konstruktiven« Vorschläge machen. Wird man diesem elenden Individuum Europa in die Hände geben? – Goethes Gedichte. –

Freitag den 8. I. 37

Reisetag. Gegen 8 Uhr auf. Nach dem Frühstück die Abschrift des 1. Kapitels sorgfältig korrigiert. Dazwischen Telephonate mit Oprecht wegen einer Leibbinde. »Dokument dieser Zeit«. – Viel Post, Briefe von Reisiger und Bruno Frank (London), letzterer wärmstens über den Joseph III. – Gepackt und rasiert.

Sonnabend den 9. I. 37. Im Zuge von Wien nach Prag.

Gestern ¾4 Uhr Abfahrt Schiedhaldenstraße. Melancholie des Hundes. Schlafwagen-Unterkunft bei sehr höflichem Schaffner, der uns kannte. 5 Uhr Thee im Speisewagen, wo ich leider ein Stück mit Hefe gebackenen Gugelhupfes aß, das mir nachher fast bis zum Abendessen Beschwerden und Erregung machte. Las im »Tage-Buch« und ruhte. Mahlzeit ½8 Uhr mit etwas Rotwein. Magen blieb unpäßlich. Saßen nachher bei gemachten Betten in freiem Abteil, ich rauchte eine Cigarre. Gingen zeitig schlafen. Nahm um Mitternacht die zweite Hälfte des Phanodorm. Schlief dann ziemlich ausgiebig, doch war der Magen noch morgens aufgetrieben. Während auf der Vorarlberghöhe Schneegestöber geherrscht hatte, zeigte sich der Morgen klar. ¾8 Uhr auf. Die bekannte Eng-Toilette. Danach in den Speisewagen zum Frühstück. Schickte den Thee als ungenießbar fort und nahm Milchkaffee, der nicht schlecht bekam. Ankunft Wien 9 Uhr. Blau, rauher Wind. Taxi-Fahrt zum Ostbahnhof durch die langen Zeilen der großen Stadt, deren Leute wesentlich interessanter und reizvoller als die Schwyzer. Viel Zeit am Ostbahnhof. Cigaretten 2. Sorte. Deutscher Wagen nach Prag. Gesellschaft eines sanften älteren Herrn. Sonnenschein.

Prag, Sonntag den 10. I. 37. Hotel Esplanade.

Die Reise hierher, bei wechselnden Mit-Passagieren normal. Mittagessen im Speisewagen. Ruhe und Lektüre danach in einem mitgenommenen Buch über Faust I von Frankenberger.

Vor der Ankunft Thee. 5 Uhr in Prag. Am Bahnhof (Sperre) nur Golo und Goschi (Mißverständnis). Mit Taxi zum Hotel. Die gewohnte Wohnung. Zahlreiche Briefe, Besuchsanmeldungen, die es zu organisieren galt. Telephon-Anrufe. Auspacken und Rasieren. Mit Golo zu Mimi Mann, wo wir en famille, müde, den Abend verbrachten. Bei Zeiten nach Hause. W. M. L. gelesen.

Heute ½9 Uhr auf u. gebadet. Nebelig und kalt. Leider schon erkältet. Telephoniert mit Kozák. Besuche auf morgen. Große Höflichkeit des Deutschen Theaters, Loge für abends. – Besuche von Natonek (Interview, Affaire des »Prag. Tagblatts«) und des ehem. Staatsanwalts Dr. Goldschmidt von der Emigrantenhilfe. Vortrag, Dokumente, Spende. – Schrieb an Bruno Frank. – – Mit Golo zu Fuß zur Urania, wo Mittagessen bei Frankls. Beim Kaffee Interview mit einem besseren Journalisten vom »Montag«. – Zu Hause etwas geruht. Dann mit Taxi zu Mimis großem Thee. Kozák u. Frau, der lange Rektor (Mediziner) der tschech. Universität, Minister, Budzislawski, Čapek, der wieder die Rundfunkdirektion aufs Tapet brachte. 7 Uhr ins Hotel zurück. Dann gleich ins Deutsche Theater, Loge, bequem. Ausgezeichnete [Aufführung] des »Rosenkavalier«, dessen Orchesterraffinement und gefühlte Dichtung sehr bewegte, trotz großer Müdigkeit. Mimi M. mit Kind, Golo und Milka Pr. kamen hinzu. Nach der Aufführung im Café Elektra, übermüdet.

Prag, Montag den 11. I. 37

Vormittags Besuche empfangen. Dann bei Kozák und von ihm zum Außenministerium, wo an des erkrankten Krofta Statt von einem Konsul empfangen. Von da zum Innenministerium, Černý abwesend, warten, Agnostizierung durch den Portier. – Mit Golo am Graben zu Mittag gegessen. Danach Ruhe im Hotel. 4 Uhr per Taxi zur Burg, zum Thee mit dem Präsidenten der Republik, allein mit ihm 2½ Stunden, Politik. – Ins Hotel zurück, Smoking-Toilette, zur Urania, im Bureau. Dann zum Vortrag, voller Saal, große Begrüßung, Ansprache, Lotte erstes Kap. und nach der Pause »Damengesellschaft«. Hochfestlicher Verlauf. Befriedigung des guten Golo. Im Zimmer Hart, der deutsche Minister u. a. Empfang bei Frankl. Kestenberg, Frantisek Langer, Czech, junge Leute. Großer Erfolg des Abends.

Dienstag den 12. I. 37. Prag

Vormittags Besuche, Burschell. Mit ihm zu Dr. Bacher, reiche Wohnung, Sitzung des Comités des Th. M.-Fonds. – ½1 Uhr Abfahrt vom Hotel mit Auto des Außenministeriums nach *Proseč*. Fleischmann, Golo, zwei Kurbel-Photographen. Ca. 3 stündige Fahrt, anfangs unwohl, nach dem Imbiß besser. Kaffee beim Postmeister. Dann Gemeinderatssitzung mit Reden des Bürgermeisters und des Postmeisters. Danksagung. Bürgerbriefe. Bevölkerung vorm Stadthause. Vor Fleischmanns Hause dreisprachige Begrüßung durch Kommunisten. Bei Fl. endlose Bücher-Widmungen. Reichliches Abendessen mit Wasser. Zum Kaffee wieder Gäste. Der alte Fabrikant mit den Pfeifen für mich und Golo. Geschenk von gestickten Servietten für K. Ca. ½9 Uhr Abfahrt mit dem Auto zur Bahnstation, nervöser Chauffeur, Motor- u. Lichtpanne. Trotzdem reichlich zur Zeit an der Station. Verabschiedung von Golo. Thee im Restaurant. Schlafwagen.

Budapest, Mittwoch den 13. I. 37. Palais Hatvanyi

Kurzer Schlaf, Nachzahlungsschwierigkeiten. Ankunft gegen 8 Uhr. Hatvanyi mit Peter am Zuge. Fahrt nach Hause. Journalisten, Zeichner, Photograph, die warteten, während wir hungrig frühstückten. Lang sich hinziehende Interviews. Tokayer. Rasiert. Diese Notizen in Ordnung gebracht. – Vor Tische Spaziergang mit Hatvanyis. Besuch bei seinem Bruder, dem Maler; luxuriöses Haus, kostbare Bilder. Franzosen. Zu Tische Christa Hatvanyi; Erzählungen aus Hitler-München. Von 4 - 5 Ruhe. Zum Thee ein Maler, der Dessins von mir machte, und ein ungarischer Schriftsteller, der einen Roman über seine Gehirn-Tumor-Operation schreibt, dazu Zarek. – Smoking-Toilette. Ins Ungar. Theater. Autogrammjäger davor, Polizei-Aufgebot infolge gehässigen Artikels in einem Fascistenblatt. Direktionsbureau. Ignotus und Attila, dessen Ode auf mich von der Censur verboten. Während des Vortrags von J. mit dem Direktor in einer Garderobe. Großes Theater voll besetzt, 1300 Personen. Gute Akustik. Lang anhaltende Begrüßung und heiterste Teilnahme an dem Lotte-Kapitel. Hatte öfters am Schluß zu danken. Autogramme. Roda-Roda. Zarek. – Mit Hatvanyis zum Souper in elegantem Restaurant mit Garten an der Donau. Ungarisches Paprika-Gericht aus Gänseleber und Kalbsteaks, heuriger Rotwein, Gerbaud-Petits-Fours. Gästebuch. 11 Uhr Heimfahrt. Thee. Beschluß, die Reise nach Wien per Auto zu machen.

Wien, Freitag den 15. I. 37. Hotel Imperial

Gestern Morgen in Budapest noch Besuche, Dr. Klopstock und Mohr. Ca. ½11 Uhr Abfahrt mit dem Auto, chauffiert von Peter, nach herzlicher Verabschiedung von Hatvanyis, die nach Arosa kommen wollen. – Heiteres, blaues, kaltes Wetter. Gute Fahrt, Imbiß unterwegs und mäßiges Mittagessen ein Stündchen vor der Grenze, die ohne große Umstände passiert wurde. 4 Uhr in Wien, wenig später Hotel Imperial. Verabschiedung von dem sympathischen Peter. Schöne Wohnung im Oberstock, Blumen, Bonbonière u. alles Zubehör. Sofort Telephon-Anrufe. Auspacken, Thee, einige Minuten Ruhe, Toilette. Abgeholt von Brüll, Born, Oppenheimer. Zum Konzerthaus. Kugel. Der übliche Betrieb. Anfang ¾8 Uhr. Stark besetzt, große Begrüßung, nach »Lotte«, namentlich beim Wiederauftreten, dann am Schluß andauernde Kundgebungen. Als zweites die »Damengesellschaft«. Bewegte Heiterkeit. Gedränge im Künstlerzimmer. 500 Schilling. Frau Walter, Benedikt u.a. Abendessen bei Hartmann mit Bermanns, Oppenheimer, Brüll, Born, Dr. Amann, Frau Mayer-Graefe. Hunger und Durst. Palatschinken. Pilsener. Kaffee. Nach Mitternacht Verabschiedung.

Schlief gut mit ½ Ph. Heute gegen ½9 auf. Nach dem Frühstück Telephonate mit Beer-Hofmann u. Musil. Viele andere Anrufe.

Mittagessen als Gäste Brülls im Hotel.

Thee-Empfang bei Trebitsch mit Auernheimer, Schönherr, Frau Mahler, Bermanns etc.

Abendessen bei Bermanns mit Frauen Walter und Mahler, Zuckerkandls, Prof. Hollnsteiner. Vorlesung des »Briefwechsels«, von dem vormittags Exemplare kamen, mit tiefer Wirkung.

Wien, Sonnabend den 16. I. 37

8 Uhr auf. Bedeckt, kalt, windig. Ein paar Besuche. Gepackt und rasiert. 11 Uhr zu Bermann zu geschäftlichen Besprechungen. Verlängerung der Rente, neuer Start des »Zbg«, Verlängerung des Vertrages. – Mittagessen bei Dr. Benedikt in kleinem Kreis, Broch, Auernheimer u.a. Von da zur Generalprobe des Symphoniekonzerts unter Walter im Konzerthaus. Dicht besetztes Haus, Loge mit Walters. Mozart und die Fünfte Mahler, groß und besessen. Nachher Walters bei uns zum Thee. Abermalige Vorlesung des Briefwechsels für Walter. Ergriffenheit. –

Küsnacht, Sonntag den 17. I. 37

Gestern in Wien nach dem Zusammensein mit Walters machten wir das Gepäck fertig und hatten noch Zeit zu schriftlicher Beschäftigung, ehe wir die Abreise vollzogen. Zum Westbahnhof, Schlafwagen. Nach Abfahrt des Zuges ½9 Uhr im Speisewagen zu Abend gegessen. Bald danach zu Bette gegangen. – Heute morgen, gegen ½9, Eng-Toilette. Blaues, sonniges, mäßig kaltes Wetter. Milchkaffee und Ei im Speisewagen gefrühstückt. Später K. Die Kontrollen freundlich. In Buchs Wagenwechsel. Las im »Wilh. Meister« weiter. Ankunft in Zürich mittags gegen 1 Uhr. Medi mit dem Wagen. Heimfahrt und Mittagessen mit den beiden jüngsten Töchtern. Kaffee und Liqueur. Nach Tische und nach dem Thee Entleerung des Gepäcks und vorläufige Ordnung des mitgebrachten Wustes von Briefen, Manuskripten, Büchern und Papieren und der vorgefundenen Post. – Die 13 bändige Tolstoi-Ausgabe, wohlfeil erworben, ausgepackt, ein erfreulicher neuer Besitz. – Brief von Bonnet, daß sich das rumänische Tribunal beim franz. Außenministerium nach meiner Adresse erkundigt habe. Die Klageschrift scheint also zugestellt werden zu sollen. – Abends Zeitschriften.

Montag den 18. I. 37

8 Uhr auf, gebadet und nach dem Frühstück Briefe gesichtet, an Bermann geschrieben, die Flugschrift an mehrere Personen geschickt. – Das Wetter mild, neblig, feucht. Verstärkte Rheuma-Schmerzen im Bein. Toilette-Geschäfte. Vorm Essen mit Toby über Johannisburg gegangen. Nach Tische Beschäftigung mit Manuskripten. – K. telephonierte mit Fr. Oprecht: Die Flugschrift seit heute im Handel, an mehrere hundert Zeitungen verschickt. – Nachmittags geschlafen. Nach dem Thee Brief an eine Gruppe junger Wiener Dichter geschrieben. Telephon-Gespräch mit W. Herzog-Basel über Heinrichs Ambition auf den Nobelpreis, der zuliebe H. nach Prag fährt, um die Unterstützung Masaryks zu gewinnen. Aussichtslos. – Abends mit K. ins Corso, Logenplätze. Ausgezeichnetes Programm: Vortreffliche Wiener Humoristinnen, glänzende Akrobaten, Athleten mit schönen Körpern, spanischer Bauchredner mit Puppe, sehr komisch. Abendessen zu Hause. Telephon-Anruf von Klaus aus Paris, von Amerika zurück. Erika halb geneigt, einen gewaltig reichen amerikanischen Juden zu heiraten. Die Flugschrift in Paris, triumphierender Auszug in der »Tageszeitung«.

Dienstag den 19. I. 37

½9 auf. Dicke Nässe, Dunkel, Regen. – Expeditionen. Dann Beschäftigung mit der Novelle: Das zweite Kapitel unbefriedigend, Umarbeitung in Aussicht genommen. – Allein über Johannisburg im Regen spazieren. Zu Tische *Trebitsch* und Frau aus Wien. Klagen über sein Verhältnis und Ersuchen um Vermittlung. – Zuschriften anläßlich des »Briefwechsels« beginnen. »Das Volk«, Olten, bringt einen ergriffenen Artikel. – Antworten auf einen Fragebogen Sacerdotes, betr. den italienischen Joseph, diktiert. – Beim Abendessen mit Moni über ihre Zukunft, gegen Wien, für die Musik-Pädagogin Langenhahn; ergebnislos. – Lese eine recht alberne Studie über Goethe und die Liebe von E. Elster. Die Schweizer Zeitschrift »Die Zeit«. – Briefe von Breitbach und Schlumberger in Sachen der Stiftung der Fr. v. Mayrisch zur Gründung einer literarischen Zeitschrift. Problematisch. Was mit dem Geld: dreimal 10 000 Schw. Franken das Jahr, am besten machen? Besuch Schlumbergers angekündigt.

Arosa, Mittwoch den 20. I. 37. Waldhotel

Heute Morgen in Küsnacht vor 8 Uhr auf. Föhn, stumpf, Regen, auch Bläue. Ich arbeitete noch, begann die erste Hälfte des 2. Kapitels in neuer Fassung zu schreiben. Dann packte ich u. machte Toilette. Man aß um ½1 Uhr und trank Kaffee. Verabschiedung von Moni, die nächster Tage nach Wien abgeht. Aus Bern kam von einer Frau ein Brief über Joseph III, begleitet von einem Honigkuchen. Aus Paris ein Brief zur Flugschrift. – Medi fuhr uns zur Bahn. Fahrt nach Chur und mit dem Bergbähnchen weiter in den Schnee hinein wie gewohnt. Ankunft hier ½6. Vertraute Gesichter. Im Schlitten mit einer Deutschen zum Hotel herauf. Dr. Richter zum Empfang. Die gewohnten Zimmer, seltsam. Die Emigration nahm hier ihren Anfang ... 4 Jahre ... Es ist manches getan und geschehen. – Wir nahmen Thee mit Toast und packten aus. Ich bin installiert bis auf die Bücher und kann morgen zu arbeiten beginnen. – ¾8 Uhr mit Appetit diniert. Beim Dessert gesellte sich Lion hinzu, mit dem wir nach Tische im hinteren kleinen Salon saßen. Interessante Unterhaltung über den Plan der Zeitschrift, Sinn und Geist, inneren Umfang, ihre Leitung, in die Lion und Brentano sich teilen könnten. Titel vielleicht »Der Wert«. Lindenblütenthee. Gingen 10 Uhr hinauf.

Arosa, Donnerstag den 21. I. 37

Recht gut geschlafen. ½8 Uhr auf. Blau, kalt. Schönheit der Berge. Fertige Toilette, Kaffee-Frühstück. Am zweiten Kapitel der Novelle gearbeitet bis 11. In den Ort zu Einkäufen. Beim Friseur. Die Broschüre an mehrere Personen. Nach dem Lunch in der Loggia, über G.'s Walpurgis gelesen. 4 Uhr mit K. zu Old India zum Thee. Danach Besorgungen. Etwas angegriffen, bergkrank. Briefe diktiert an Schlumberger, Breitbach, die Mayrisch u. a. Mehreres selbst geschrieben. – Reichliche Post, Briefe von Heinrich (über Flugschrift und Joseph) und Reisiger über die Broschüre (Feststellung ärgerlicher Druck- oder schon Schreibfehler). Briefe aus Schweden anl. des Erscheinens des Briefwechsels in »Dagens Nyheter«. Brief von Otto Strasser. Anerbieten eines Advokaten in Temesvar, ohne Entgelt meine Verteidigung zu übernehmen. Rumänische Richter seien zu allem fähig. – Nach dem Diner mit Lion im kleinen Salon. Weiteres über die Zeitschrift.

Arosa, Freitag den 22. I. 37

½8 Uhr auf. Gebadet. An der Umgestaltung u. Kürzung des 2. Kapitels gearbeitet. Mittags zum Skiplatz, mit K. gegen Maran gegangen. Föhnig warm. Viel Post. Der Briefwechsel spielt die Hauptrolle. Schlechter Brief aus New York von einem deutschen Juden gegen Akademie und Pfeffermühle. Nach Tische in der Loggia, »Walpurgis« von Frankenberger. 4 Uhr mit K. zum Thee in den Ort. Nachher bis fast zum Diner Briefe diktiert. Telephon-Gespräch mit Fr. Oprecht wegen der tschechischen Ausgabe des »Briefwechsels«. Dessen starker

Verkauf in Wien. Neudruck von 2500 Exemplaren. Verbesserung der Fehler. – Nach dem Diner im kleinen Salon. Mit Lion über die Zeitschrift und geistig damit Zusammenhängendes. – Das Tage-Buch mit einem Artikel über den Briefwechsel. Weitere Pressestimmen darüber. – Im Hotel ziehen zwei Personen mich an: eine sehr anmutige junge Schwedin, Mutter, Schwiegertochter Bonniers, und der von früheren Jahren bekannte u. stets sympathische junge Primgeiger, den wir, vom Diner kommend, übend im kleinen Salon anzutreffen pflegen.

Sonnabend den 23. I. 37. Arosa

8 Uhr auf. Blau und mild. Schönstes Landschaftsbild. Machte nach dem Frühstück das 2. Kapitel aufs neue fertig. Es hat sich nicht sehr verändert. – Zum Ski-Platz; Begegnung mit Dr. Richter, der uns für morgen einlud zu einer Begegnung mit Russen, die von einem Besuch ihres Landes zurückkehren. Mit K. nach Maran, wo in der Sonne saßen und Wermut tranken. Nach dem Lunch in der Loggia mit Zeitschriften. Zu warm. Nachmittags schlechtes, gereiztes Befinden. Viel Post tagüber; Briefe über den Briefwechsel, Besprechungen in Nationalzeitung und Bund. Thee im fr. Old India. Zu Hause vielerlei handschr. Korrespondenz. Beim Diner übergab die hübsche kleine Schwedin Dagens Nyheter mit der schwedischen Übersetzung des Briefwechsels; sie übersetzte mir die Einleitung ins Französische. – Mit Lion im kleinen Salon. Gab ihm »Lotte«, 1. Kap. zu lesen. Nummer des Berl. Tageblatts, völlig nazisiert, letztes Niveau. Beunruhigende Nachrichten über Verhandlungen Neurat-François-Poncet als Vorbereitung zu Reden Blums und des Hitler: Gegenstand umfangreiche wirtschaftliche Hilfeleistungen Frankreichs an Deutschland, ohne daß Bedingungen genannt wurden.

Sonntag den 24. I. 37. Arosa

Blau und mild. Begann das 3. Kapitel zu schreiben. Mittags mit K. in der Sonne gesessen und spaziert. Nach Tische in der

Loggia Tolstois Morgen eines Gutsbesitzers gelesen. Fanden zum Thee im sonntäglichen Ort nicht Unterkunft; nahmen den Thee in der Hotelhalle in Gesellschaft der reizenden kleinen Schwedin und eines in Südamerika ansässigen Paares, jüdischer Hamburger und Wienerin. Nachher Briefdiktate im Kampf mit Müdigkeit. Nach dem Diner (Smoking) zu Gast bei Dr. Richter mit sympathischem russischen Ehepaar, das äußerst interessant in positivem Sinn von der Entwicklung des Sowjetstaates erzählte. – Briefe von Schlumberger und Breitbach, ihr Kommen betreffend. Brief von Hatvanyi über die Wirkung der Broschüre in Ungarn. Besprechung in der N.Z.Z., ergriffen-hinterhältig aus dem Gefühl für den latenten Sozialismus des Friedensbegriffes und aus Ärger, daß es nicht gegen Rußland geht.

Montag den 25. I. 37. Arosa

Schnee, Sonne, Schnee, über Null. Später auf. Schrieb am 3. Kapitel weiter. Mittags mit K. nach Maran. Nach Tische in der Loggia Zeitungen und Goethe. Spaziergang über die oberen Chalets. Thee im Old India. Zu Hause handschr. Korrespondenz. Brief an Heinrich. Heiß und müde. Nachrichten über die Rede Blums: beruhigend. Beifall in England, Geschimpf der deutschen Presse. Nach dem Diner mit Lion im kleinen Salon. Vorlesung des 2. Kapitels, von dem gerade die erste Hälfte imponiert. Die Cuzzle fällt ab. Ich halte vorläufig an der banalen Variation fest. – Nachricht, daß den Alten in München die Pässe entzogen worden, wahrscheinlich als Rache-Akt für die Broschüre. Ekel und Niedergeschlagenheit, – weil ich sehe, daß es K. nahe geht. – Die Broschüre an Léon Blum.

Arosa, Dienstag den 26. I. 37

¾8 Uhr auf, obgleich erst ½1 nach Tolstoi-Lektüre das Licht gelöscht. Schneedunkel. Keine Lust zu baden, obgleich es an der Reihe. Eine Schlafwagen-Toilette improvisiert. – Im

»Œuvre« Artikel »Th. M. contre le 3. Reich«. »Un chef d'œuvre de prose politique«. – Wort-Exzerpte. Arbeit am 3. Kapitel. Mittags mit K. eine Stunde spazieren. Sonne. Nach Tische in der Loggia (Sonne), dann Bettruhe. – Schlumberger muß seine Reise verschieben. – Nachmittags blauer Himmel und Frost. Zum Thee auf dem Wege um den See. Zu Hause handschr. Korrespondenz und Diktate. Hitzig, müde. Nach dem Diner allein in dem kalten kleinen Salon »Walpurgis« gelesen. Schnupfen. Auf meinem Zimmer in den Lotte-Notizen studiert. Früh schlafen.

Arosa, Mittwoch den 27. I. 37

Vor 8 Uhr auf. Bedeckt, um 0°. Gebadet. Am dritten Kapitel. Mit K., die allein auf Skiern unterwegs gewesen, gegen Maran spazieren. Rührender Brief einer rumänischen Jüdin über den Briefwechsel. Neue Exemplare des gereinigten Neudrucks. Es wird bis zum 8. Tausend gedruckt, aber für ein paar Tage scheint das Heft doch vergriffen. Sandte Exemplare an Fiedler und E. Weiß. Von diesem alarmierender Brief über seinen Notstand. Senden ihm hundert Franken. – In der National-zeitung eindrucksvoller Leitartikel über den Brw. – Zum Thee in den Ort; den Waldweg zurück. Malerisches Abendlicht. An E. Weiß geschrieben u. anderes. Viele Briefe ausgefertigt. Brief von Wolfenstein, Prag, der in überraschender Übereinstimmung den Plan einer notwendig zu gründenden Zeitschrift entwickelt. Las den Brief nach dem Diner im kl. Salon Lion vor. Mit ihm weitere Erörterungen über den Plan. Allgemeine briefliche Äußerungen Döblins über denselben.

Arosa, Donnerstag den 28. I. 37

Vormittags gearbeitet nach mangelhaftem Schlaf, da Magen überlastet. Nachmittags bei Schnee und Föhnsturm in der Loggia im Pelz. Nicht zuträglich. Erschöpft und überreizt. Mit K. am Bahnhof, wo wir Hatvanyis verfehlten (die schon mittags angekommen). Überfülltes und heißes Theelokal. Allein nach

Haus, wo mich unwohl, übel und erschöpft ins Bett legte. Glaubte an Blinddarm. Arzt. Handelt sich außer der nervösen Überanstrengung nur um Gährungsgase. Kohle. Blieb im Bett, während K., verspätet mit Hatvanyis und Kahler unten. Aß Suppe und Toast. Später Kamillenthee und Phanodorm. – Mit der Post zahlreiche, z. T. schöne Kundgebungen der Sympathie und Ehrerbietung.

Arosa, Freitag den 29. I. 37

Gut geschlafen. Noch angegriffener Leib und wackeliger Nervenzustand. Immer das gleiche föhnige Wetter. Gebadet, im Bett gefrühstückt. Briefe ausgefertigt. – Schwach, wenig vermocht. Rasiert. Zum Ski-Platz, wo Kahler und Frau v. Hatvanyi begrüßte. Allein nach Maran. Vorm Lunch Begrüßung mit dem Baron. Aßen mit Kahler. Nachher Lektüre in einem von Strich gesandten Buch »Goethe u. die Seinen«. Dann zu Bette. Den Thee dort. Danach Briefdiktate aus dem Bette, vornehmlich im Interesse des Briefwechsels. – Wiederholt Kohle genommen. – Brief von Frank über die Broschüre, eifrig, sie in England unterzubringen. Brief von Lesser über dasselbe. Gestern sehr angenehmer Brief von Frau Schwarzwald, Wien. Lesser schreibt von dort über dasselbe. Interessanter Brief von Max Mohr aus Shanghai. Wiener Photograph schickte amüsante Gesprächsaufnahmen aus unserm Salon im Imperial. Ein roher Schimpfwisch aus Deutschland, mit roter Tinte an den Rand eines rheinischen Nazi-Zeitungsblattes geschrieben, das eine »Antwort« auf den Briefwechsel enthält. Überließ K. die Lumperei, ohne sie zu lesen. – Zum Diner aufgestanden. Tisch zu fünfen mit Hatvanyis und Kahler. Nachher im kleinen Salon mit diesen und Lion.

Arosa, Sonnabend den 30. I. 37

¾8 Uhr auf. Nervenzustand gebessert. Nach dem Frühstück Arbeit am 3. Kapitel, dessen Gesprächskomposition aber noch sehr im Dunkel liegt. – Großer Schneefall, mittags Sonne,

Blau, großartige Wolkenbildungen. Tiefer frischer Schnee. Traf K. mit Kahler auf dem Weg nach Maran. Ging etwas mit ersterer. Lunch zu fünfen. Nachher Ankunft Medi's, die zuletzt vor 4 Jahren hier war, bevor wir sie in Chur nach München verabschiedeten. Sie begrüßte mich in der Loggia, wo ich lesend und ruhend bis 4 Uhr blieb. Dann mit K. und Medi um den See in den Ort zum Thee gegangen. Besorgungen. Mußte beim Buchhändler einem kleinen jüdischen Mann, der eben aus Deutschland kam, sein Exemplar des Briefwechsels signieren. – Telephon mit Oprecht über den Auslandsvertrieb der Broschüre. – Briefe mit Ansichtskarten bedankt. Diner zu sechsen mit Medi, die Hatvanyis sehr gefiel. Nachher im Salon Vorlesung Kahlers aus seinem Buch: Geschichte des preußischen Militärs. Unterhaltung bei einigen Flaschen Bier. Später als sonst.

Arosa, Sonntag den 31. I. 37

8 Uhr auf. Schönes Wetter, dann Verschleierung der Sonne und Übergang in Föhn. Arbeit am 3. Kapitel, vorübergehend in der Loggia. Mit K. in Maran einen Wermut. Medi mit Kahler auf einem Ski-Ausflug: Lunch mit Hatvanyis. Nachher in der Loggia »Goethe u. die Seinen«. Dort geruht. Im Theelokal Zusammentreffen mit Medi u. Kahler. Zu Hause keine Tätigkeit mehr außer Eintragung ins Fremdenbuch von Hatvan. – Schöner französischer Brief anläßlich des »Briefwechsels« von der Sekretärin des holl. Pen-Clubs, de Meyier, »Cette réponse m'a saisie au cœur et j'en suis encore profondément émue«. Merkwürdig: » – l'écrivain, dont les chefs-d'œuvre égalent ceux de Goethe – (il y a dans votre style quelquech. qui me rappelle toujours ce grand génie de Goethe, dont je suis la fidèle et chaleureuse disciple)«. – – Ergreifender Brief einer Deutschen, deren erste, überwältigende Lektüre in Zürich der »Briefwechsel« war. – – Diner zu sechsen. Nachher eine Weile in der Halle bei der Musik, dem jungen Geiger applaudiert, der sehr hübsch Boccarini und Kreisler spielte. Dann im klei-

nen Salon. Mit Kahler und Lion über die Zeitschrift. Lion präsentierte den Plan von fünf Nummern. Als Verlag wird nur Oprecht in Frage kommen. – Lion über Hitlers gestrige Rede, die er gehört. Trostloser Mist. – Prolongierung des Aufenthalts um einige Tage scheitert an Zimmermangel.

Arosa, Montag den 1. II. 37

Föhnig mild, Neigung zu Regen, Schnee. Schrieb nach dem Frühstück Brief an Dagens Nyheter über die Sperrung Deutschlands für den Nobel-Preis. K. und Medi Ski-Ausflug. Dr. Richter weist neue Zimmer an, im 2. Stock, den ersten entsprechend. Im Ort zu kleinen Besorgungen. Dann Spaziergang Eichhörnliweg. Begegnung mit Hatvanyis, die in Maran gemietet hatten, dann aber ebenfalls von Richter neue Zimmer bekamen. – Nach dem Lunch Zeitungen über Hitlers Rede. Der Umzug vollzogen, neues Zimmer, das dem alten wie ein Ei dem anderen gleicht, jeder Gegenstand am selben Fleck. Mit Medi zum Thee zu Orelli. Nachher Briefe diktiert. Große Abendpost, Ansprüche, Ehrerweisungen, Einladung des Londoner Pen-Clubs. Diner zu sechsen. Auch Medi bleibt einige Tage länger. Abends im kleinen Salon, Mitteilung des Briefes nach Stockholm und desjenigen eines nach Zürich gekommenen Deutschen, dessen Besuchsannahme in Frage steht. Vorlesung des zweiten Kapitels von »Lotte« zu großem Wohlgefallen. – Im Zimmer die Abendpost gelesen und sortiert.

Arosa, Dienstag den 2. II. 37

8 Uhr auf. Schnee, alles in Nebelwolken, schön in seiner Art. – Kaffee-Frühstück. – Am Gespräch mit Riemer. Mittags mit Kahler in guten Gesprächen im Nebel nach Maran, wo wir in der Stube Wermut tranken. Über Hofmannsthal. Über das Parodische. – Nach dem Lunch in der Loggia in den Wolken über Goethes Umgebung gelesen. Mied die Zeitungen. Nachmittags um den See zu Orelli, wo wir Medi trafen. Zu Hause handschr. Korrespondenz. Große Post wiederum, Belastungen,

Ehrungen. Die schwedische Ausgabe der Broschüre, die ich der kleinen Frau Wetterlind zum Geschenk machte. Nach dem Diner mit Hatvanyis, Kahler und Lion im kl. Salon. Urfaust. Über die Zeitschrift, nach der von allen Seiten gerufen wird, und ihrem Titel. Mein Vorschlag »Maß und Wert« wurde akklamiert. Frau Steiner aus Berlin wirkte störend. – Brief Schikkeles über seine Absicht die »Weißen Blätter« zu erneuern; fatal, Fusionierung der Pläne notwendig.

Arosa, Mittwoch den 3. II. 37

Heiteres, mildes Wetter. Am Gespräch mit Riemer gearbeitet. Kopfschmerzen. Mit K., die sich beim Fallen ein schmerzhaftes Knie zugezogen, auf dem oberen Waldweg spazieren. Lunch mit Hatvanyis. Danach in der Loggia: Angewidert von den in der Nationalzeitung mir vor Augen gebrachten Roheiten eines rheinischen Naziblattes gegen mich. Studium des Materials für die Schweizer Spanien-Publikation. Rückfrage. – Zum Thee mit K. im Exzelsior-Hotel bei dem reichen Brüsseler Banquier und Sammler Heinemann u. seiner Familie, in Gesellschaft von Steiners aus Berlin. Über H.'s Handschriftensammlungen, Briefe Napoléons an Josephine, erotisch, Gedichte Goethes u. Heines, Maupassants Boule de suif, Mozart-Partituren. – Zu Hause langes Kabel, durch Oprecht, von einem bookstore in Chicago wegen Übernahme u. weitester Verbreitung des Briefwechsels. Kabel an Knopf. Oprecht gibt das 8.-10. Tausend aus. Frank depeschiert, daß Manchester Guardian den Brief übernimmt. In Paris »Marianne«. – Brief an Knopf diktiert. – Nach dem Diner mit Hatvanyis, Kahler, Lion, K. und Medi im kl. Salon. Über Schickele's Brief. Einen Jammerbrief der Herz. Mitteilungen aus dem Material über Spanien.

Arosa, Donnerstag den 4. II. 37

8 Uhr auf. Heiteres Wetter. Kaffee-Frühstück. Am Gespräch mit Riemer. Allein spazieren gegangen. Fand bei der Rückkehr K. im Bett mit verletztem Fuß durch Sturz beim Ski-

Fahren mit Kahler und Medi. Nach dem Lunch der Doktor. Röntgen-Aufnahme, die nur leichten Riß am Knochen ergab. Vorläufig Umschläge und Bettruhe. Gnädig abgegangen. – In der Loggia bis 4. Las Zeitungen und Gedrucktes über den »Briefwechsel«. Täglich Briefe über diese Veröffentlichung, darunter heute von dem Pädagogen Paul Geheeb. – Mit Medi und Hatvanyis bei großer Klarheit um den See in den Ort zum Thee. Flieder für K. Brief-Diktate am Bett. An Schickele wegen der Zeitschrift. Nach London und Den Haag wegen einer Frühjahrsreise. – Diner zu fünfen. Nachher beim Ball in der Halle. Dann mit Lion und Kahler im kl. Salon. Große Packete von facsimilierten Handschriften, die heute auf Heinemanns Wink mit größter Schnelle aus Brüssel eingetroffen. Mit Kahler über sein Buch. Mit Lion über »Maß und Wert«. Mit Kahler bei K. zum Abschied, da er morgen eines Todesfalls wegen in der Frühe nach Wien reisen muß. – Las im »Tonio Kröger«, den für Prag zu signieren hatte. Rührender und sympathischer Eindruck.

Arosa, Freitag den 5. II. 37

8 Uhr auf. Föhn, Tauwetter, Schnee. K. unruhige Nacht. Schrieb, nachdem ich Kaffee getrunken, an dem Gespräch weiter. Ging dann allein den unteren Promenadeweg nach Inner-Arosa und zum Ski-Gelände beim Culm Hotel. Lunch mit Hatvanyis und Medi. Danach angenehmer Aufenthalt bei Schneegestöber in der Loggia, wo ich in dem Buch von Jäger »Paideia« las und ruhte. 4½ Uhr Spaziergang mit Hatvanyi und Medi über dem See an den oberen Chalets vorbei. Thee mit Medi allein. – Bei K. der Doktor. Dann Hatvanyi. Brief von Bruno Frank, der unbefriedigendes Referat des Manchester Guardian über den Briefwechsel schickt. Schrieb an ihn, auch wegen der Herz. Diner zu fünfen. Nachher in der Halle bei der Musik, später im kl. Salon mit der Baronin und Medi Casino gespielt. Dazu Lion, der das Buch eines franz. Kritikers brachte, worin der Proust'sche Zeitbegriff mit dem des Zbg.

geistreich verglichen wird. – Schrieb noch an die Herz. – Brief über die Absichten der spanischen Publikation. – Merkwürdiger Brief anläßlich der Flugschrift von einem Hemmerich in Blonay.

Arosa, Sonnabend den 6. II. 37

½9 Uhr auf, gebadet. Schneetreiben. Kaffee-Frühstück, das mich erregte. 2 Seiten am Gespräch mit Riemer. Mittags allein gegangen im Schneegestöber, unsichtig, die Waldpromenade nach Inner-Arosa, durch den Ort, in der Buchhandlung zu einem Einkauf. Lunch mit Hatvanyis und Medi. K.'s Fuß gebessert, ruhige Nacht, schmerzfrei. In der Loggia bei Gestöber. Zeitungen und Zeitschriften. Zum Thee mit Hatvanyi und Medi. Nachher handschr. Korrespondenz. Nach dem Diner etwas bei der Musik. Dann mit Lion im Salon. Besichtigung der Faksimiles von Napoleonbriefen und Musiker-Manuskripten. Verlesung einiger bemerkenswerter Briefe, wie die Broschüre sie mir täglich einträgt. – Telegramm Knopfs, daß der Brw. in »Nation« und als Broschüre erscheint. Zusammenarbeit mit Werners Bookstore. – Allabendliche Lektüre des Wilhelm Meister.

Arosa, Sonntag den 7. II. 37

Vormittags für das Spanien-Buch zu schreiben versucht. In Maran Wermut getrunken. Sonne und Frost. Später Nebel. Mit Medi, die von Ski-Touren kam, und Hatvanyis zum Thee. Nachher, sehr müde, auf dem Bett liegend in Beidlers Manuskript über Bülow und Liszt gelesen. K. nahm am Lunch und Diner wieder teil. Nach diesem Produktion des Berner Zauberkünstlers. Danach Gesellschaft bei Dr. Richter mit Gildemeister aus Peru, Hatvanyis und Ley. Krauses über Spanien. Unangenehm. Müde.

Arosa, Montag den 8. II. 37

Strahlendes Wetter. Schrieb, nachdem ich Kaffee getrunken, energisch, wenn auch widerwillig an dem spanischen Beitrag.

Ging mittags in den Ort zum Haarschneiden. Zum letzten Mal in der Loggia, las in einem Band nachgelassener Fragmente von Hofmannsthal. – Danksagung des Kanzlers v. Schuschnigg für die Broschüre. Gratulation von Gilbert Murray aus demselben Anlaß. – Mit Medi und Hatvanyi über die oberen Chalets zum Thee. Nachher bei K. Besuch von Lion, der neue Pläne die Zeitschrift betreffend vortrug. Nach dem Diner spanischer Kostümball. Medi und die Baronin kostümiert. Abschieds-Champagner. – Der Brief über den Nobel-Boykott nach Frau Wetterlind in Dagens Nyheter erschienen.

Küsnacht, Dienstag den 9. II. 37

Heute Morgen in Arosa 8 Uhr auf. Schneetreiben. Bis gegen Mittag an dem Spanien-Artikel weiter geschrieben. Dann gepackt. Erlaubnis an Medi, noch einige Tage mit Hatvanyis dort zu bleiben. 1 Uhr Lunch. Danach Verabschiedungen: von Frau Wetterlind, Dr. Richter, dem Personal, dem jungen Geiger. Per Schlitten zum Bahnhof, gefolgt von Hatvanyis. Nach der Versorgung des Gepäcks nahebei Kaffee getrunken. Lion fand sich ein. Abfahrt nach 2 Uhr. Abstieg in die schneearme, föhnig stumpfe Tiefe. Von Chur allein in einem Coupé. Las die vortreffliche Rede des Präsidenten Azana, gehalten in Valencia, die aus Paris kam. Ankunft Zürich nach 6 Uhr. Doll mit seinem Wagen. Zu Hause die Mädchen und der ungebärdige Hund. Maria berichtet über die Klagen von K.'s Mutter, daß sie ihre Tochter nicht mehr sehen solle. Hat sich in München nur »gefürchtet«. Unwahrscheinlich, daß die beiden Mädchen noch lange bei uns werden bleiben können. – Viel Post. Briefe von Erika aus New York und Käthe Rosenberg aus Brüssel, die Exemplare der Broschüre für Deutschland verlangt und beglückt vom »Joseph« spricht. – Verbrachte die Stunden vor und nach dem Abendessen mit Auspacken und Einräumen. K.'s Fuß durch zu vieles Gehen u. Stehen stärker geschwollen. Das Haus anmutend. – Auf der Fahrt gelesen: Besprechung der Frankfurter Zeitung einer neuen Schrift von Bertram »Von der Freiheit des Wortes«. Düster, umwölkt, tragisch und bitter. Das Referat als Ablehnung zu empfinden.

Mittwoch den 10. II. 37

8 Uhr auf. Föhnsturm, später Regen. Frühstückte wieder Flokken und Thee. Beendete das spanische Nachwort, das mir Skrupel machte, das aber von K. gut geheißen wurde und das ich nach Zürich schickte. – Ging wieder mit Toby über Johannisburg spazieren. Mahlzeiten mit K. allein. Telephon-Gespräch mit Oprecht. Das 11. Tausend des »Briefwechsels« wird ausgeliefert; man hofft es bis Ende des Monats auf 15 Tausend, auch auf 20 zu bringen. Das ist ein großer Erfolg. Die holländische, tschechische Übersetzung liegen vor. Bestellungen auf die deutsche Ausgabe aus Amerika. – Nach dem Thee handschriftl. Korrespondenz. – Brief des alten Hitschens aus Ägypten über die Stories of 3 Decades, von denen der Hochst. ihm am meisten Eindruck gemacht zu haben scheint. – Mit Medi in Arosa telephoniert, die den etwas extravaganten Aufenthalt mit einer gewissen Besessenheit genießt. – Las über Goethe in Eloessers Literaturgeschichte.

Donnerstag den 11. II. 37

Unser Hochzeitstag und Tag unserer Ausreise von München vor 4 Jahren.

Kalter Sturm, Regen. Nahm die Arbeit an der Goethe-Novelle wieder auf. Fuhr mittags mit K. zur Stadt, wo ich Briefpapier bestellte und Cigaretten kaufte. Wermut bei Bettini. – Frau Oprecht berichtet, daß gestern im Straßburger Sender der »Briefwechsel« verlesen worden. – In der Prager Presse die während der Gesichtsrose mit Bleistift geschriebenen Worte über Puškin, eine Veröffentlichung, die mir ein unverhältnismäßiges Vergnügen macht. – Die chilenische Zeitschrift »Excelsior« bringt »La Montaña Mágica« auf spanisch in extenso. – Diktierte nach dem Thee zahlreiche Briefe. – Besuch des Dr. v. Fischer in Sachen Fiedlers, dessen Bruder verhaftet.

Überbringt Brief eines Stuttgarter Rechtsanwalts, der mich der Dankbarkeit, Verehrung u. Verbundenheit versichert, die in Deutschland für mich, meine Leistung und Verhalten lebt u. wächst. »Ihr Brief an den Bonner Dekan ist schon zur Abend-Andacht in vielen Zirkeln u. Familien geworden. Die Entwicklung Ihrer Leserschaft korrespondiert wunderbar genau mit Ihrer eigenen, die Sie in jenem Briefe schildern.« – Manches über die Schweiz und ihre degenerierende Neutralität. Die Schweizer Linke, immerhin lebendig. Ihre Meinung, daß der spanische Bürger- und Invasionskrieg sich noch lange hinziehen könne und republikanische Reserven noch in Aktion treten könnten. – Den ganzen Tag müde und reizbar, wohl unterm Einfluß des Wetters.

Freitag den 12. II. 37

Schneetreiben, kalt. Am Riemer-Gespräch gearbeitet. Im Pester Lloyd Auszug aus einem eindrucksvollen ungarischen Artikel über den »Brief«. »Niemals blickte der Geist der Macht gerader in die Augen. Niemals konzipierte er klarer, was er zu sagen hatte. ... Erbebend beklommen beobachten wir den kriegerischen Dialog hinter zeitweiligen und unsicheren Schanzen.« – Exemplare der 9. bis 15. Auflage der Broschüre, wovon eines aufs Geratewohl an Bertram ging. – Mittags mit K. zur Stadt: Frühstück im Baur au lac mit Frau v. Mayrisch, Schlumberger und Breitbach. Beim Kaffee Erörterung des Zeitschriftenplans. Beschluß, Oprecht hinzuzuziehen, Verabredung zum Mittagessen für morgen bei uns. – Nach dem Thee Besuch von Dr. *Wolf*, der über seine Maya-Kultur-Forschungen vortrug und die Vermittlung eines Vortrags wünscht. Manuskript. – Schrieb nachher an Fiedler. Hörte nach dem Abendessen französische Saxophon-Kammermusik. – – Rückkehr Medis aus Arosa. Lektüre der »Weltbühne«: Heinrich über Hitlers Rede, recht komisch. Klaus zur Verteidigung von Gides »Retour«, der der Herausgeber mit vielem Recht widerspricht. – Beschäftigung mit dem Maya-Manuskript.

Sonnabend den 13. II. 37

Nasser Schnee. Schrieb recht angeregt und amüsiert, war aber nachher sehr angegriffen. Ging im Schneetreiben durch den Wald spazieren. Zu Tische Frau *Mayrisch,* Mr. *Schlumberger,* Hrr. *Breitbach,* Dr. *Oprecht* und Frau. Beim Kaffee weitere eingehende Besprechung des Planes der Zeitschrift hauptsächlich nach der finanziellen Seite. Berufung Lions für morgen. – Nach dem Thee handschriftliche Korrespondenz. Zum Abendessen die *Giehse,* von New York zurück. Mit ihr über Amerika. Dann Lektüre der Zeitungen und des »Neuen Tage-Buchs«.

Sonntag den 14. II. 37

Glänzend blauer Tag bei tiefem Schnee. Arbeitete an der Riemer-Szene mit angegriffenem Kopf. Mittags kurzer Besuch von *Breitbach* in Sachen der Zeitschrift und der Geldgeberin. Ging bei starker Sonne etwas spazieren. Zu Tische *Lion.* Beim Kaffee über das Programm von »Maß und Wert«. 4¼ Uhr mit K. und Lion zu Oprechts. Beim Thee mit diesen, Frau Mayrisch, Lion, Schlumberger u. Breitbach. Beratungen finanzieller und literarischer Art. Zwei- oder Ein-Monatsschrift. Waage neigt zu letzterem. Vorgesehene Mit-Herausgeber neben mir: Prof. Muschg, Strich, Karl Barth, Ottokar Fischer, ein Österreicher. – Legte bei klarem Frost ein Stück des Rückweges zu Fuß zurück. – Hörten nach dem Abendessen ein hübsches Johann-Konzert aus Wien unter Weingartner. – Den »Briefwechsel« an Karl Barth.

Montag den 15. II. 37

Trüber als gestern. Arbeitete lebhaft und glaube die Erholungswirkung der 3 Wochen Arosa nun doch zu verspüren an einer gewissen Lebenslust und Regsamkeit. – Umfangreiche, z.T. interessante Post. Noch immer Ergriffenheitskundgebungen zum »Briefwechsel«. Ein deutscher Arzt, »Arier«, der das Leben in Deutschland nicht mehr aushielt, schreibt aus Kopenhagen, ist im Begriff an die spanische antifascistische Front zu gehen. – Danksagung der soz. dem. Schweizer Frauen für den Spanien-Beitrag. – – Ging mittags eine Stunde. Nach Tische Zeitungen. Netter Aufsatz von Klaus in »Common sense« über his fathers politics. – Einladung zu den Sitzungen des Völkerbund-Comités nach Paris für Juli. – Geschlafen. Nach dem Thee diktierte und handschriftliche Korrespondenz. – Abendspaziergang. Zum Abendessen die *Giehse*. Über den Drang junger Intellektueller an die spanische Front. Auch W. Auden ist dort. Hat nicht der Fascismus als geistige Mode schon abgewirtschaftet? War nicht all sein Prahlen mit Jugend und Zukunft so blöde, wie ich immer wußte, daß es sei? Alle bessere, wirkliche Jugend ist auf der anderen Seite. – Las die Korrektur des spanischen Beitrags. Beschäftigung mit Bettelini's Manuskript »Der Kosmos und wir«, nicht ohne Interesse und Rührung.

Dienstag den 16. II. 37

Morgens kalt, dabei Vogelgezwitscher. Mittags sehr frühlingsmäßig. – Arbeit am Riemer-Gespräch. Mit der Post weitere Kundgebungen zum »Briefwechsel«. Exemplare der tschechischen Ausgabe. Ein zweiter Artikel Herzogs in der Arbeiter-Zeitung. – Mit K. langsam über Itschnach spazieren. Mittagessen mit K. und Medi. Nachmittags geschlafen. Nach dem Thee handschr. Korrespondenz. Telephoniert mit Prof. Frei wegen Bettelini und mit Frau Reiff wegen Dr. Wolff. Abends lange vergeblich nach einem Goethe-Gespräch gesucht. (Stroganov).

Mittwoch den 17. II. 37

Föhn. Später auf. Arbeit am Riemer-Gespräch. Allein etwas im Wind spazieren. Zu Tische *Breitbach*. Über die Zeitschrift und Oprecht, mit dem er geschäftlich konferiert. – Las Goetheana. – K. zum Musik-Thee bei Reiffs. – Abzüge des Spanien-Artikels an mehrere Personen. Exzerpte für die Novelle. Bücher-Umordnung, Aufstellung des Tolstoi. Zum Abendessen *Beidlers*. – Heute Brief der Lowe-Porter mit Brief an die Times, den sie über den »Brw.« geschrieben. Pessimistische Darlegungen über die englische Politik gegenüber dem Fascismus und Franco. Der Nicht-Interventionsbeschluß unter Förderung Italiens und Deutschlands, die der Überlegenheit ihrer Partei jetzt sicher zu sein scheinen, eine große Schurkerei. Vor Torschluß (20. d.Ms.) strömen noch viele französische Freiwillige über die Grenze. – Unwahrscheinlichkeit einer vollständigen Veröffentlichung des Briefwechsels in England. Oprecht teilt mit, daß er in »Marianne« demnächst erscheint. – Auch heute Briefe aus Anlaß der Schrift.

Donnerstag den 18. II. 37

Vor 8 Uhr auf. Dunkel, kalt, windig. Arbeit am Riemer-Kapitel, das schon auf 30 Seiten angewachsen. – Post von Bermann in Sachen des Osloer Verlages Pios og Jespersen, der den dritten Joseph nicht mehr bringen will, u. dem ich Lust habe selbst ins Gewissen zu reden. Vorzügliche Besprechung von J. i. Aeg. in der offiziellen »Wiener Zeitung« von Ernst Krenek, höchst erfreulich zu lesen. Weitere Zuschriften zum Briefwechsel. – Spazieren mit K. und *Lion* über Itschnach. Lion zum Essen. Beim Kaffee über die Zeitschrift. Entwürfe zum Inhalt. Lektüre einiger Gedichte Apollinaires. – Installierung der Spiegel-Beleuchtung über meiner Weihnachtskommode, ein Fortschritt. – Brief-Diktate an K. Schreiben an Karl Barth wegen der Mit-Herausgeberschaft. Auch Handschriftliches. Zum Abendessen *Kahler*. Revision des Gedankens an Barth, dessen Stellung Hemmungen brächte. Vieles über die Drangsal der Zeit. Das notwendige programmatische Vorwort von mir für die Zeitschrift.

Freitag den 19. II. 37

Dunkel, Schnee, naß. 8 Uhr auf und zeitig an die Arbeit. Einen Schritt vorwärts auf gut Glück. Mittags mit K. zum

Gemeindehaus, um die Vollmacht für den rumänischen Rechtsanwalt beglaubigen zu lassen. Danach mit K. über Johannisburg spazieren. Mittagessen mit ihr allein. Danach Beschäftigung mit Manuskripten: Klaus Pr. über japanische Oper. Ein französischer Versuch von M. Denhof »Les plans littéraires«, worin Bemerkungen über den Zbg. Dazu die »Weltbühne«. – Nach dem Thee Goethe-Notizen. Abends bei strömendem Regen mit K. ins Schauspielhaus: Giraudoux' »Trojanischer Krieg«, geistreich fazettiertes Stück, dessen Pazifismus sich durch Pessimismus vor Fadheit zu bewahren sucht. Hübsche Helena, guter Paris (dummes Gesicht mit schönen Beinen), sehr überlegener Odysseus (Kalser). Kaffee und Sandwich in der Pause. Regensturm auf der Rückfahrt. – Brief von Basler über den Spanien-Artikel. Lektüre des »Tage-Buch«.

Sonnabend den 20. II. 37

Regensturm, böses Wetter. Gestern sehr spät zur Ruhe, später auf, schenkte mir das Bad. Gearbeitet am Riemer-Gespräch. Brief der Mazzucchetti: Ihre Übersetzung des Briefwechsels für Toscanini, Photographie seiner Danksagung: »Magnifico – commovento – profondo – umano.« Ging mittags nur ½ Stunde aus. Nach Tische Besuch von H. Grafen *Kessler.* Über Hofmannsthal, Spanien, seine Memoiren, den Joseph, den Briefwechsel, die Goethe-Novelle, den bevorstehenden Vortrag von Wolff. – K. in Medi's Konzert-Examen, guter Verlauf. – Schrieb nach dem Thee Briefe an Reisiger und die Mazzucchetti. Ging eine Stunde mit Toby stadtwärts. Abendessen mit K. allein. Telephongespräch mit Brentano, Einladung. Lektüre in Biedermanns »Gesprächen«.

Sonntag den 21. II. 37

8 Uhr auf. Sturm, Regen, Unwetter. Arbeit am Riemer-Gespräch gegen den Einfluß des Wetters. Im Sturm mit K. und Medi über Itschnach gegangen. Zu Tische Fr. M. *Wassermann,* Herr *Lichtenstein* und *Lion,* mit dem ich unter vier Augen

Mehreres die Zeitschrift betreffend besprach. Rückkehr zur Zwei-Monatsschrift. Alleinige Herausgeberschaft. Problem meines ersten Beitrags und der Goethe-Novelle. Mitteilung von Material für einen Aufsatz »Goethe und sein Vaterland«. – Las in der »N. Schweizer Rundschau« einen Aufsatz von A. Kesser über Nietzsche. – Nach dem Thee mit bemerkenswerter Spannkraft zahlreiche Briefe, teils geistigen Charakters, wie an Sagave in Aix und einen japanischen Professor, diktiert. Dann den Brief an Barth im Sinne bloßer Mitarbeit umredigiert. Nach dem Abendessen viele Widmungen und Signierungen von tschechischen Ausgaben meiner Bücher für Private und die Bibliothek von Proseč.

Montag den 22. II. 37

Vor 8 auf. Regen und Sturm Tag und Nacht, knarrende Fenster, überströmte Scheiben. Arbeit am Riemer-Kapitel. Spaziergang im Unwetter mit K. über Johannisburg. Mahlzeiten mit K. allein. Brief-Diktate und Handschriftliches. Lektüre in Biedermanns Gesprächen. Fontanes »Stechlin«. – Weitere Zuschriften anl. des »Briefwechsels«. Korrespondenz mit der Rothbart wegen einer politischen Broschüre bei Gallimard, zusammengesetzt aus Briefwechsel, Achtung, Europa und spanischem Artikel.

Dienstag den 23. II. 37

Kälter, Dunkel, Graupelschnee, Wind. Am Riemer-Gespräch weiter, kurios. Allein durch den Wald mit Toby. Zu Tische *v. Brentano* und Frau. Ein törichter Brief W. Süskinds wurde verlesen und erörtert. Diese Jahre positiv gewertet als »Erlebnis«. Übertragung vom Kriege her. Minderwertiges Geschwätz. – Über die Zeitschrift. – Später Zeitungen. Ein Artikel über die spanischen Dinge aus Valencia beruhigt mich über die Darstellung meines »Nachwortes«. – Ungewöhnlich frecher Schmähbrief einer frontistischen Studentin in Genf anläßlich meiner Äußerung über Pučkin. Nein, es sollte nicht jeder lesen und schreiben lernen. – Nach dem Thee an Strich wegen der Zeitschrift geschrieben und entsprechenden Brief an Hesse diktiert. – Brief der Frau Wassermann, vom »Briefw.« ausgehend, aber in ihre Verhältnisse ausgehend, die uns nötigen, ihr 300 Franken vorzustrecken. Dr. Mönius (Wien) sendet den Druck seiner Gedenkrede auf Karl Kraus. – Abendessen mit K. allein. Danach wohltuende Musik aus Basel von Dvořak gehört. – Gestern abend und bis spät noch im »Stechlin« gelesen. Unverderblich.

Mittwoch den 24. II. 37

Gestern Nacht [...] Phanodorm. Schweres Einschlafen. – Heute helleres, ruhigeres Wetter. Arbeitete nach dem Frühstück normal. Mittags Spaziergang mit K. und *Lion.* Gespräche über Zeitschrift-Fragen. Freude an Luft und Landschaft. Lion zum Essen. Beim Kaffee Fortsetzung der Erörterungen. Zum Thee Exminister *Heymann* mit literarischen Anliegen. Nachher Briefe an Hatvanyi und Heinrich geschrieben. Das Material für Gallimard. Broschüre an die Rothbarth. – Tennenbaum übermittelte einen erstaunlich stupiden Briefwechsel zwischen J. Hecht und einem Geschäftsmann über meinen »Kommunismus«. – Große Packete mit alten Briefen trafen auf dem Wege über die tschechischen Konsulate ein. Ebenso das Diplom des Nobel-Preises.

Donnerstag den 25 II. 37

Lag gegen Morgen längere Zeit wach. War müde. Arbeitete an der Riemer-Szene u. fuhr dann mit K. zur Stadt zur Pediküre. Regenwetter. *Klaus* traf von Amsterdam ein und nahm am verspäteten Mittagessen teil. Zum Thee Leonhard *Frank.* – Trostlose Reden von Labour-Lords im Oberhaus zugunsten Deutschlands. – Toilette zum abendlichen Ausgehen: Fuhren mit Medi zu Reiffs zum Souper, dann ins Kunstgewerbehaus, wo in Gegenwart vieler Bekannter Dr. Wolff seinen zu langen

Vortrag über die Maya-Kultur und -Schrift hielt. Nachher Gesellschaft im Old India am Bahnhof. Müde.

Freitag den 26. II. 37

Frühlingsluft. Gearbeitet am Riemer-Gespräch. Mit K. durch den Wald spazieren. Mittagessen mit dem gesprächigen Klaus. Viel Post tagüber. Neue Zuschriften zum »Briefwechsel« u. a. aus London von Ch. Trevellyan. Abdruck in der Dünndruck-Zeitung der »Sozialistischen Aktion« in 40 000 Exemplaren. – Brief von Frau Knopf: Broschüre bei Werner, Chicago. Brief von Gallimard in der gleichen Angelegenheit. – Nach dem Thee mit K. ins Urban-Kino: Ausgezeichneter amerikanischer Film »Mr. Deeds geht in die Stadt«. Zu Hause Portwein und handschr. Korrespondenz an Bermann und Eisner. Abends Zeitschriften. – – Seit einigen Tagen Lockerung der oberen Zahnbrücke, beschwerliche Aussicht auf Wiederherstellung. – –

Sonnabend den 27. II. 37

Föhniger Frühling, farbig, sonnig, auch beschattet. Etwas schläfrig. Gearbeitet am Riemer-Gespräch. Allein mit Toby den unteren Waldweg gegangen. Zum Thee Frau v. Brentano mit ihrem ältesten Jungen. Chokolade. Später Briefe diktiert. Abends mit K. zum Abendessen bei Rechtsanwalt Löwenfeld mit Frau Oprecht und Kahler. Kriminalistik und Politik.

Sonntag den 28. II. 37

Nasser Schneesturm. Lebhaft gearbeitet. Nur eine halbe Stunde mit K. spazieren. Brief von Hesse, die Zeitschrift betreffend, vorbehaltvoll. Zu Tische Frau *Giehse* und *Lion*. Mit diesem über die Zeitschrift, den ersten Vorabdruck von »Lotte« u. anderes. Interview-Besuch des Herausgebers der Jüdischen Rundschau u. seiner Frau, die mich zeichnete. Nach dem Thee Besuch des Schriftstellers F. Stössinger, der über sein Werk »Revolution der Weltpolitik« interessanten Bericht erstattete. Dann Briefe diktiert an Werners Bookstore, Chicago, und Prof.

Hollnsteiner, Wien. Abendessen mit K. allein, da Klaus und Medi im Cinéma. Nachher Brentanos gestern gekommener Roman »Prozeß ohne Richter« durchgelesen. Begabt und fesselnd, auch sittlich erfüllter vom Scheußlichen als ich erwartet.

Montag den 1. III. 37

Vor 8 Uhr auf. Winterlich, Schnee. An den Riemer-Reden weiter. Kurios. Ehrerbietungsbrief eines Hamburger Professors aus Holland. In den Ort zum Haarschneiden. Verlegenheit der gelockerten Zahnbrücke wegen, da Asper und Guldner verreist. Nach Tische Zeitungen. Nach dem Thee handschriftliche Korrespondenz, unterbrochen durch den Besuch des Deutsch-Amerikaners *Harbeck* mit seinem Sohn in Sachen der Intern. Bibelforscher-Vereinigung, die Material gegen das »3. Reich« zu veröffentlichen beabsichtigt. – Mit K. und Medi zur Tonhalle: Liederabend des ausgezeichneten Baritonisten Schey: Schubert, die Ernsten Gesänge, Hugo Wolf und Löwe-Balladen; großer Genuß und Ergriffenheit. – Nach dem späten Abendessen Briefe ausgefertigt und an der heutigen Arbeit gebessert. – Vor dem Konzert Besuch bei Oprecht in Sachen der Zeitschrift und der amerikanischen Verbreitung des »Briefwechsels«, ferner wegen der Frage des Vorabdrucks von »Lotte« in »Maß und Wert« und seiner Bezahlung.

Dienstag den 2. III. 37

Winterlich, Frost am Morgen. 8 Uhr auf. Am Riemer-Gespräch. Mit K. und *Lion,* der zum Essen blieb, bei sonnigem Wetter spazieren. Beratungen über die Zeitschrift und den Vorabdruck. Schöner Brief einer Deutschen aus Holland. Brief von Fiedler mit Zeitungsartikel eines Schweizer Pfarrers gegen Barth und für das 3. Reich. – Nachmittags festlicher Thee mit zahlreichen Gästen beim tschechischen Konsul. Klaviervorträge, Thee und Champagner. Unterhaltung mit einem politischen Redakteur der N.Z.Z. Meine Meinung über Spanien. Hitler-Schulthess: man braucht es zum Zweck innerpolitischer

Beruhigung. – Nach dem Abendessen Beschäftigung mit dem zweiten Bande von Ludwigs Nil-Buch.

Mittwoch den 3. III. 37

8 Uhr auf. Kaltes, heiteres Wetter. Arbeit am Riemer-Gespräch. Spaziergang mit Brentano, dessen »Prozeß« ich lobte, wohl zu sehr lobte. Mittagessen mit Klaus und Medi, die eine mündliche Prüfung vorzüglich hinter sich gebracht. Nach Tische Zeitungen. Nach dem Thee zahlreiche Briefe diktiert. Zum Abendessen die *Giehse,* Kahler und später Gret *Moser.* Vor diesem Publikum im Arbeitszimmer *Vorlesung des Riemer-Kapitels* bis zum Lobgesang. Großer, heiterer und merkwürdiger Eindruck, stärkende Erfahrung von der Interessantheit des Werkes, in der ich mich nicht getäuscht. – ½1 Uhr.

Donnerstag den 4. III. 37

Andauer des winterlich klaren Wetters. Sehr müde von gestern, da ich mehr als 40 Seiten mit großer Anspannung vorgelesen. Schrieb nicht weiter, besserte und notierte nur dies und das. Mittags beim Zahnarzt Leisinger. Röntgenaufnahmen. Die Brücke wird noch einmal zu erneuern sein. Aufschub bis 15. Heimfahrt mit K. und draußen kurzer Spaziergang mit ihr. Nach Tische Zeitungen. Brief von J. M. Angell, New Haven, der in Yale ein Archiv von Dokumenten über mein Leben und Werk begründen will. Briefe wie den seinen empfing Goethe – ich schiele. – Konnte trotz großer Müdigkeit nachmittags nicht schlafen. Diktierte nach dem Thee Briefe: Absage an Johnson (New School), an Angell über das Archiv. Nach dem Abendessen etwas Musik gehört (Feuermann). Dann las ich »Die Kreuzersonate«. – Brief von Bibi über die notwendige Umstellung seiner Bogentechnik.

Freitag den 5. III. 37
Vor 8 auf. Übergang des winterlichen Wetters in frühlingsmäßigeres. Am Riemer etwas nachgetragen und weiter geschrieben. Vormittags und mittags ungewöhnlich viel Post. Kurze Zeit mit K. spazieren. Zu Tische amerikanische Freundin von Klaus, gutmütig und rot gemalt. Briefe und Zeitungen gelesen. 3 große Kisten mit dem hundertbändigen Goethe aus München. Zwei davon nach dem Thee und dem Abendessen ausgepackt. Einzelne Bände in schlechtem Zustande und reparaturbedürftig. Aber ein großartiger Besitz. Beratungen über die Unterbringung. – Zwei Telegramme von Johnson, New York. Mein Kommen sei von »vitaler Wichtigkeit«. Für wen? K. plädiert für die Reise, und manches spricht tatsächlich für sie, nur fehlt es mir an Unternehmungslust, was nur ein negativer Ausdruck für Sträuben und Widerwillen. Müde, verdrießlich. Unruhe und Sorge. – Von Lion und Breitbach Zusendung des Echo de Paris mit leitendem Artikel des Akademikers Gillet: »L'Excommunié«. Darin: »Tout le monde sait que Monsieur Th. M. est aujourd'hui le personnage littéraire le plus imposant de l'Europe. Mettez à part P. Claudel ou G. d'Annunzio, peut-être encore H. G. Wells ou Shaw, on ne voit pas dans le monde présent de figure d'artiste plus haute et plus majestueuse.« – Dergleichen freut mich als Unterstützung mythischen Spieles, zu der sich die Welt bereit findet.

Sonnabend den 6. III. 37
Blauer Föhntag. Bessere Stimmung. Am Riemer weiter gearbeitet, danach den großen Waldweg gemacht. Zum Essen Eintreffen von Dr. *Landshoff*, auf einige Tage zu Besuch. Erklärungen wegen der Broschüre. Unterhaltung bei Kaffee und Liqueur. Erleichterndes Abraten von der amerikanischen Reise mit ihrem Drum und Dran an Zeitverderb, um ein zu weites Einlassen mit der schlecht gestarteten »Deutschen Akademie« zu vermeiden. – Zeitungen. Schmutzigstes Geschimpf der Nazi-Presse auf La Guardia, der sich scharf gegen die Hitlerei

geäußert. Blöde Ausfälle gegen die amerikanische Demokratie selbst. Recht gut. – Nach dem Thee Brief-Diktate, hauptsächlich in der dänischen Übersetzungssache. Danach Handschriftliches bis zum Abendessen. Nach diesem im Arbeitszimmer vor Landshoff, K., Klaus, Medi und der Enthusiastin Gret Vorlesung des 2. Kapitels von »Lotte in Weimar«. Erfindung des Untertitels »Ein kleiner Roman«. Verabredung von holländischen Vortragsabenden mit Landshoff.

Sonntag den 7. III. 37

Föhnsturm, recht nervös. Vormittags der angekündigte Telephon-Anruf von New York. Leidlich verständlich, abenteuerlich. Der Partner, deutscher Professor, spricht 5 Uhr morgens, ich ½11 Uhr, unter den Wellen des Ozeans hin. Abwehr und Insistenz. Versprach Kabel-Bescheid für morgen. Große Beunruhigung. Arbeitete vor- und nachher am Riemer-Kapitel. Ging mit K. kurz, zu warm gekleidet, spazieren. Zu Tische *Tennenbaum* und die *Giehse*. Über den bevorstehenden Vortrag im jüdischen Club, mit dessen liter. Vorbereitung zu beginnen ist. – Nach dem Thee Gespräch mit Landshoff über ein Bändchen von mir, womit die Querido'sche wohlfeile Bibliothek zu eröffnen, wahrscheinlich der »Krull«. – Ausfertigung von Briefen und Handschriftliches. Zum Abendessen mit K. und Klaus bei Reiffs, mit Frau Dr. Schwarzwald und dem schweizerischen Obersten und Fabrikanten Gerner, der von sehr günstigen russischen Eindrücken erzählte und die Beseitigung der Gewerkschaften in Deutschland für ein Glück erklärte. Vortreffliches Essen. – Zu Hause schon wieder langes Telegramm aus New York mit Unterschriften der ganzen New School. Was soll man machen. Wenn ein gutes Schiff zum rechten Zeitpunkt geht, werden wir reisen.

Montag den 8. III. 37

Begann den Vortrag für den israel. Club zu schreiben. Feststellung der Schiffe. Zusagendes Kabel an die »School«. Zum

Essen Leonhard *Frank*, mit Landshoff. Viel Post mit mancherlei Ansprüchen. Nach dem Thee Brief-Diktate; handschriftlich an die Herz. Abends Vorlesung von Klaus aus seinem Emigranten-Roman.

Dienstag den 9. III. 37

An dem Club-Vortrag weiter. Kurzer Spaziergang. Langes Kabel von Johnson über die Notwendigkeit meines Kommens. Zu Tische Frau *Hallgarten* mit Landshoff, der sich nach dem Kaffee verabschiedete. Zum Thee deutsches Ehepaar *Eggebrecht* aus Essen. Danach Monstre-Telegramm an Erika für den Jewish Congress. Eine Stunde spazieren. Von Moni einer ihrer fatalen Briefe an K. Abendessen mit K. allein. Las ein Buch über Hitler und seine Brut, dann im Schopenhauer.

Mittwoch den 10. III. 37

8 Uhr auf. Vormittags und nachmittags an dem Club-Vortrag gearbeitet. Dank-Kabel von Johnson. Mittags in der Stadt zum Kauf eines Stoffes für einen Frühjahrsanzug. Abends Schopenhauer-Lektüre. – – Rede Motta's über Hitlers Versicherungen. »Hervorragende Persönlichkeit«, »entsprossen einer der größten Bewegungen der Geschichte«. Warum, in Gottes Namen, diese Kriecherei vor der offenkundigen Erbärmlichkeit? – Medis eigensinniger Wille, Landshoff zu ehelichen erregt mein Bedauern. – Netter Brief von Golo. – Brief aus Valencia, Propaganda-Material ankündigend.

Donnerstag den 11. III. 37

Vormittags an dem Vortrag geschrieben, dann bis gegen den Schluß diktiert. Spazieren mit K. und Medi über Johannisburg. Zum Thee das Ehepaar *Lerdau* aus Deutschland. Mit ihnen zur Stadt. Im London-House zum Anmessen des Anzugs. Dann Einkauf eines schönen Spazierstocks. Zu Hause vorm Abendessen handschr. Korrespondenz erledigt. Abends Schlegel über Wilh. Meister gelesen. Abschrift des Vortrags korrigiert. – Die gestern mit herzlichem Entzücken wieder aufgenommene Lektüre von Fontanes »Stechlin« wird vorm Einschlafen fortgesetzt.

Freitag den 12. III. 37

Das Wetter ist morgens und abends sehr kühl, mittags frühlingsmild. – ½9 Uhr auf. Vormittags den Vortrag für morgen mit 3 Seiten über die Josephsgestalt abgeschlossen. – Halbstündiger Spaziergang danach mit Medi. Viel Post und Bücher. Schickeles neuer Roman. Zeitschriften. Propaganda-Material aus Valencia. Von Bermann Errata-Verzeichnis eines Unbekannten zum »Zbg«. Interview und Artikel in der Schweizer Jüd. Wochenschrift anläßlich des Vortrags. Großer und sehr guter Aufsatz von Lesser in der Wiener Zeitschrift »Die Glocke«. Briefe von Lion und Amann betreffend »Maß und Wert«. – Nachmittags mit K. ins Cinéma »Nord und Süd«: origineller und gewinnender Neger-Bibel-Film. Nach dem Abendessen Beschäftigung mit dem vielfältigen Eingang.

Sonnabend den 13. III. 37

Vormittags die Arbeit an dem Riemer-Gespräch wieder aufgenommen. Mit K. über Itschnach gegangen. Viel Post wie jetzt immer: Manuskript von K. Falke. Langer Brief von Dr. Brock über den Joseph III und den Briefwechsel, der nach Aussagen von Deutschen in zehntausenden von Abschriften im Lande verbreitet sein soll. – Entgegenkommende Antwort der »Transatlantique«. – Brief von Hatvanyi. Das »Nachwort« in »Szépszó« erschienen. – – Zum Thee der ehemalige Minister Klepper aus Paris. Gespräch über die notwendige Nachfolge des Nazi-Regimes und ihre Vorbereitung. Vermutliches Eingehen der »Pariser Tageszeitung« und ihr Ersatz durch eine Wochenzeitung. – Smoking-Toilette und Abendessen. Dann mit K., Klaus und Medi zum Conservatorium, wo ½9 Uhr Vortrag vor der Judenheit, »Damengesellschaft« nach der Pause. Große Teilnahme mit viel Saison-Husten. Nachher Geselligkeit mit gut gemeinten Reden im Hotel St. Gotthardt. Kahler nach Haus gebracht.

Sonntag den 14. III. 37

Arbeit am Riemer-Gespräch. Spaziergang mit K. und Medi. Zu Tische *Walters* und *Reiffs*. Laute Unterhaltung. Zahlreiche Briefe diktiert. Weiteres geschrieben. Lektüre von Falkes problematischem Manuskript. An Lion. Studium einer großen Errata-Liste den Zbg. und Joseph betreffend, von einem Wiener Gönner.

Montag den 15. III. 37

Vormittags Arbeit am Riemer-Kapitel. Der »Briefwechsel« auf polnisch erschienen in »Wiadomošci Literackie«. Kontrakt von Querido über den »Hochst.« Briefe von E. Weiß, Brentano, Lion u. a. – Mittags mit K. in der Stadt: langwierige Anprobe im London House, Besorgungen im Papiergeschäft. – Nach Tische mit K. im Gemeindehaus Küsnacht beim Steuerkommissar. – Geschlafen nachmittags. – Zum Thee Dr. *Steiner*. Später Buchhändler *Holzmann* aus Kaunas. – Schrieb an Frau Fischer. Abends mit K. ins Corso: Die Operette »Axel vor der Himmelstür« von Biernatzki mit Max Hansen. Trauriger Mist. Komische Einzelheiten im Spiel Hansens. – Abendessen mit Klaus und Medi. – Wir waren mittags beim Bildhauer Mack, um seine in Ton vollendete Gruppe »Jakob ringt mit dem Engel« zu besichtigen, ein schönes Werk, das das »Ich lasse Dich nicht« ausdrucksvoll versinnlicht. Der Engel ist eine ergreifende Gestalt. Sein reiner Kopf ist nach dem eines jungen Kollegen des Künstlers gearbeitet. Er zeigte uns das Natur-Portrait, das, sehr schön an sich, in der Gruppe noch eine leichte Veredelung erfahren hat. Geschenk einer Ton-Skizze.

Dienstag den 16. III. 37

Gestern sehr spät. Heute müde, wenig gearbeitet, gequälte Nerven. Waldspaziergang mit K. Nachmittags Bettruhe. Briefe diktiert an Lion u. a. Schrieb an Lesser und Brock. Abends Bruno Walter-Konzert. Dicht besetzter Saal. Mozart-Symphonie, Siegfried-Idyll und Eroika. Höchst fesselnder und genußreicher Abend. Nachher Soirée bei Reiffs. Reden Andreä's und Walters. 81. Geburtstag des Gastgebers. Wiederum ½2 Uhr.

Mittwoch den 17. III. 37

Arbeit am Riemer-Kapitel. Spaziergang mit Brentano. Handschriftliche Korrespondenz. Dank an B. Fischer-Bermann für eine Hölderlin-Kunstschrift. – Abends *Kahler,* Vorlesung des für Heft I bestimmten Kapitels aus seinem Buch. – Erika sandte von ihr veranstaltete amerikanische Nachdrucke des »Briefwechsels«, teils caschiert.

Donnerstag den 18. III. 37

Vormittags Arbeit am Riemer-Gespräch. Spaziergang mit K. bei feuchtem, dunstigen Wetter. Viel Post, Bücher, Bermann-Novitäten. Nach Tische Zeitungen. In der Nation. Zeitung bemerkenswerter Bericht über ein Interview des Bonner Professors Naumann in Kopenhagen, worin er erklärt, meine akademische Ausbürgerung sei ohne Befragung der Professoren durch den Rektor erfolgt; sie sei nicht notwendig gewesen und werde von der Reichsregierung (Rust) mißbilligt. Nicht übel. – Zum Thee E. *Frisch.* ½8 Uhr Abendessen und danach ins Schauspielhaus zur Première der Frau Rieser-Werfel »Turandot dankt ab«. Langgezogener Dilettantismus in hübscher Aufführung. In der Pause Thee mit Kahler, dem österr. Konsul und seiner Dame. Begegnung mit Revy aus München, der in Berlin war und von dem Niedergang aller Dinge erzählt.

Freitag den 19. III. 37

Dunstig, feucht, Frühlingsluft und -Licht. Vormittags am Riemer-Gespräch eine Seite weiter geschrieben. Halb 12 bei Zahnarzt Leisinger: Herausnahme der oberen Brücke, Reinigung der Wurzeln, Herausnahme eines Wurzelstücks mit

Anästhesie. Wenig Aussicht auf Haltbarkeit der morgen wieder einzusetzenden Brücke, aber eine gewisse Vertagung. – Nach der Heimfahrt noch kurzer Spaziergang mit K. – Haschee zum Mittagessen. Nach Tische Zeitungen und Zeitschriften. Der letzte Erfolg der Regierungstruppen in Spanien wurde fast ausschließlich von Italienern über Italiener davongetragen. Blüte des Nationalismus. – Der französische Schriftsteller Étiemble schreibt mir in sein Buch »L'enfant de chœur«: »Pour Th. M., qui sut écrire à la fois der Zauberberg et la lettre à Mr ›Dekan‹, avec le témoignage d'une admiration désormais sans réserve«. Im Buch selbst wird der Zbg un livre presque parfait genannt. »Que lui manque-t-il?« – »Dieu«. – Ein Katholik. »Le catholicisme est un remède contre le souvenir.« Gut. Auch Goethe hat gesagt, daß die Ohrenbeichte den Menschen nie hätte genommen werden sollen. – – Angegriffen von der Zahnarzt-Sitzung. Keine Ruhe. Nach dem Thee Briefdiktat an K. Falke, Ablehnung seines Manuskripts, mißlich. Brief an Lion. K. und Medi nach dem Abendessen zur Vorlesung der Lasker-Schüler. Las das »Tagebuch« mit einem respektablen Aufsatz von Heiden über die Schäden der Emigration. – Heute die letzte Kiste mit Bänden des Sophieen-Goethe ausgepackt. Zahlreiche Bände mit gebrochenem Lederrücken. Wiederherstellung wird kostspielig sein.

Sonnabend den 20. III. 37

Naß, Regen, Schnee, dicke Feuchtigkeit. Arbeit am Riemer-Kapitel. Mittags bei Dr. Leisinger: Wiedereinsetzen der Brücke auf gut Glück. Tröstungen über das wahrscheinlich noch Bevorstehende. Nach Tische Durchsicht der Blätter und Studium des alten Hochstapler-Manuskript, Fragment von Buch II, das dem Neudruck des ersten zum Teil anzufügen. Nachmittags mit K. ins Urban-Cinéma: »St. Francisco«, aufregender und erstaunlich inszenierter Liebes- Sanges- und Katastrophenfilm. Der Sieg des Kinos über das Theater durch seine soviel schärferen Reize nur zu begreiflich. – Abendessen mit K. allein.

Nachher weitere Beschäftigung mit den Krull-Fragmenten. – Viel Post, zum Teil belastend. In der New Yorker »Nation« der »Briefwechsel« in großer Aufmachung.

Sonntag den 21. III. 37

Las gestern abend lange in dem Tagebuch von 1927, aus der Zeit der Leidenschaft für den Knaben Klaus H. Ergriffenheit – und Gefühl meines inneren und äußeren Wachstums in diesen zehn Jahren. – Heute Morgen regenkalt, mittags Wandlung ins Frühlingshafte. Schrieb am Riemer-Gespräch weiter bis zum Einsetzen von Lottes Bekenntnissen. Ging mit K. über Johannisburg spazieren. Zu Tische die *Giehse*. Kaffee in der Halle. Richtete das Fragment des 2. Buches des »Krull« für den Druck endgültig ein. Diktierte nach dem Thee eine Reihe zum Teil schwieriger Briefe: Botschaft an die Pariser Volksfront-Kommission, Dankesbrief an den franz. Dichter Étiemble u. a. m. Las in der Schopenhauer-Biographie von Schneider. Abendessen mit K. und Medi. Halsschmerzen. Vorbereitende Manuskript-Studien für das Diktat der New Yorker Tischrede, die mich hoffentlich nicht hindern wird an »Lotte« weiter zu arbeiten. Seit gestern Beschluß, die Reise abzukürzen durch Verzicht auf Holland und vielleicht auch auf London: eine beruhigende Vereinfachung – Der Roman von Schickele, den ich vorm Einschlafen [lese] ist leider langweilig.

Montag den 22. III. 37

Vormittags noch ein Stück weiter am Lotte-Riemer-Kapitel. Mittags im London House zur Anprobe. Meldung des Besitzers, daß unten G. Hauptmann einen Einkauf mache. Gegenseitige Ablehnung – von seiner Seite mit der Einschränkung »bis andere Zeiten kommen«, – worin er sich irrt. – Bei Frau Lind zur Abholung der ersten Lotte-Kapitel und Überbringung des Hochstaplers Buch II. – Viel Post, auch in Sachen der Zeitschrift, auch zum Briefwechsel. Brief von Lion. – Beschäftigung mit dem Material zur Tischrede, deren Anfang ich nach dem

Thee schrieb. Zum Abendessen *Beidlers.* Vorlesung aus seinem Cosima-Buch. – Erfreuliche Erfolge der Regierungstruppen in Spanien. Italienische Niederlage.

Dienstag den 23. III. 37

Feucht, dunkel, kalt. Vormittags diktierte ich in einem Zuge mit Hilfe alten Materials die Tischrede für New York und telephonierte mit Mrs. Hottinger-Mackie wegen Übersetzung und Einstudierung. Ging spazieren mit E. *Brock,* der zu Tische blieb. Merkwürdig war mir seine Bewunderung meiner etwas im »Freud« sich äußernden philosophischen Anlagen. Nachmittags handschriftliche Korrespondenz, während K. die Rede abschrieb. Ich korrigierte sie nach dem Abendessen und las in einem Buch »Ein Arzt erzählt Kulturgeschichte«. Vorm Einschlafen lese wieder »Minuit« von Green, das Schönheiten und Merkwürdigkeiten enthält.

Mittwoch den 24. III. 37

Nasser Schnee, Schneebrei, fast ungangbar, Schneefall weiter den ganzen Tag, monströses Wetter. – An der Lotte-Riemer-Szene weiter geschrieben. Allein über Itschnach gegangen. Zu Tische *Oprechts.* Mit ihnen beim Kaffee über die Zeitschrift. Druckvorlagen über Farben des Titelblatts geprüft. Neudruck noch einmal des Briefwechsels, der in Deutschland tatsächlich in Zehntausenden von Exemplaren verbreitet sein soll. Schneeball-System, Vervielfachung der Abschriften durch jeden Empfänger. – Nachmittags handschriftliche Korrespondenz: an Heinrich, Reisiger u. a. Briefe aus Amerika über den Briefwechsel auf Grund der Nation-Wiedergabe. Neues Telegramm von Johnson. Einladung von Secker u. Warburg in London in Erwartung meines Kommens. – Abendessen bei Brentano's mit Humms.

Donnerstag den 25. III. 37

Arbeit am Lotte-Riemer-Gespräch. Mittags bei Mrs. Hottinger in der Forchstraße zu einer Leseprobe von »Goethe's career«. Noch Schnee und Nässe, aber ein wenig freundlicher. Recht heftiges Rheuma im Bein. Ansage beim Arzt. Zu Tische Frau *Kaula* aus München mit Tochter und der Cello-Virtuos *Feuermann* mit Frau. Nachmittags Brief-Diktate, Vorlesungsanträge, in Sachen der Zeitschrift an Krenek, Hildebrand, Prof. Fischer (Prag); Absage nach London. Abends mit K. ins Schauspielhaus: »Die Stützen der Gesellschaft«, gute Aufführung des großartigen Stückes, stärkster Eindruck aufs Publikum, beteiligte mich eifrig an dem Applaus. Abend-Imbiß mit Klaus und Medi zu Hause. Im Theater mit Kahler und Rechtsanwalt Rieser. – Brief von H. Eulenberg aus dem St. Peter in Zürich. Seine Sehnsucht Deutschland zu verlassen. Viele Deutsche seien, um den »Briefwechsel« zu lesen, nach Holland gereist. – Das Faksimile der Tristan-Partitur durch Frau Kaula wieder in meinen Händen.

Freitag den 26. III. 37. Charfreitag.

Föhnsturm, Regenböen. Trauriges Frühjahr nach einem schlechten Winter. – Wurde ½8 Uhr durch das Telephon, das ein gleichgültiges Telegramm übermittelte (von Walter und Schalom Asch aus Nizza, Glückwunsch zum Briefwechsel) aus dem Schlaf gestört. Blieb unausgeschlafen und müde, arbeitete schlecht. – Mit K. und Medi über Johannisburg spazieren. Nachmittags zwei Stunden im Bette. Nach einer Tasse noch eine Seite weiter geschrieben. Zum Abendessen *Kahler* und die *Giehse.* Später auch Gret *Moser.* Vorlesung der jüngst geschriebenen 20 Seiten (große Rede Riemers). Aufregung Kahlers.

Sonnabend den 27. III. 37

8 Uhr auf. Schnee, Nässe, dann heiterer. Arbeit am Riemer-Gespräch, gebessert und etwas weiter. Mit K. über Johannis-

burg. Zu Tische Frau Wassermann und Söhnchen. Legte mich gleich nach dem Essen etwas zur Ruhe und fuhr nach 3 Uhr mit den Gästen zur Stadt: Konsultation bei Dr. v. Monakow des Bein-Rheumatismus wegen. Vielfache, teils unangenehme Untersuchung. Neuralgische Ischias. Herz und Blutdruck gut. Empfehlung heißer Umschläge; Bestrahlung gegebenen Falles vorgesehen. – Beim österreichischen Friseur Wanneč zum Haarschneiden. Abgeholt von K. mit Mrs. Hottinger. Mit ihr Thee, dann englische Lektion bis ½8. – Enorme Post, die ich erst nach dem Abendessen, allein mit K. genommen, las. Zeitungen und Zeitschriften. Ankunft Bibi's zu den Ferien, von K. eingeholt.

Oster-Sonntag den 28. III. 37

8 Uhr auf. Der Frühstückstisch mit bunten Eiern, Blattgrün und Stollen-Gebäck geschmückt. – Arbeit am Riemer-Kapitel; wenig Energie. Einstündiger Spaziergang mit K. Zu Tische die Giehse und Tennenbaum. Konstipiert, halb unwohl den ganzen Tag. Lästige Brief-Diktate nach dem Thee. Einladender Abendtisch mit den beiden Kindern, zu dem später Gret Moser kam. Man trank eine Bowle und hörte im Radio italienische Musik. Dann las ich aus den »Erzählungen deutscher Auswanderer« die beiden Geschichten »Ferdinand« und »Das Abenteuer der Sängerin Antonelli« beim Licht des einen großmütterlichen Kandelabers vor.

Oster-Montag den 29. III. 37

Erst um 9 Uhr auf. Heiteres, kaltes Wetter, Ostwind. Schrieb nach dem Frühstück am Riemer weiter. Machte mit K. und Toby den großen Waldweg. Zu Tische die *Giehse*, L. *Frank* und *Lion* (aus Paris zurück). Nach dem Kaffee mit Letzterem Konferenz bis nach 4 Uhr in Dingen der Zeitschrift und des Lotte-Vorabdrucks, der durchaus auf 70 Seiten im ersten Heft erhöht werden soll. Widerstreben. – Nach dem Thee lange Reihe von Briefdiktaten, darunter Fragebogen der Lowe-

Porter. Auch Handschriftliches. Abendessen mit K. allein. Privat-Studium der englischen Texte.

Dienstag den 30. III. 37

8 Uhr auf. Kalter Ostwind, dunkle Nebel. Schrieb eine Seite am Riemer-Gespräch weiter. Aufs neue viel Post. Die Harper'-sche Schul-Ausgabe von »Mario«. Brief vom kleinen Hoerschelmann, der in Österreich bei Kubin zu Besuch. (Über die Verbreitung des Briefwechsels in Deutschland.) – Gedichte von J. R. Becher, der Zeitschrift angeboten. – Ging allein über Johannisburg. Nach Tische Beschäftigung mit den englischen Vorträgen. Nach dem Thee fuhr Medi mich zu Mrs. Hottinger in die Forchstraße zur englischen Übung. Die Tischrede geht vorzüglich. Der Goethe-Vortrag verlangt weiteres Studium, vor allem neue Abschrift. Von Medi wieder nach Hause geführt, erledigte noch Handschriftliches. Las Briefe und dann, von der amerk. Ausgabe verführt, in einem Zuge die Geschichte von Mario, die ich sehr gut finde. – Besorgnis wegen der Zahnbrücke, die bereits sich wieder zu lösen scheint, und von der Schwierigkeiten auf der Reise zu befürchten sind.

Mittwoch den 31. III. 37

8 Uhr auf. Kalt, neblig, Novemberwetter. Eine Seite weiter am Riemer. Mit K. in der Stadt: zur Anprobe im London Haus; dann bei Lüscher zur Pediküre. Nach Tische Zeitungen und Briefe gelesen; beschwerliche Dinge. Nach dem Thee handschriftliche Korrespondenz: an Dr. Muckle, Basel, gereizte Ablehnung seines Insistierens. – Toilette, Abendgesellschaft: Herr u. Frau de Boer, Consul Laška, Frau Oprecht. Souper und ausgedehntes Konzertprogramm: H. Wolf-Lieder, holländische Geigenstücke, Teufelstriller von Tartini, virtuos gespielt. Bowle. – Interessanter Brief von Erika, worin sie von der New Yorker Anti-Nazi-Versammlung berichtet, bei der sie meine Botschaft verlesen. 23 000 Menschen. Ovation bei Nennung meines Namens. Großer Beifall für den Brief. Reden

des Generals Johnson, eines Bischofs und Erikas. Gescheiterte Gegenkundgebung.

Donnerstag den 1. IV. 37

Neblig. Dann heiter und lenzlicher. Am Riemer-Kapitel. Allein über Johannisburg. Zu Tische *Lion.* Beim Kaffee über Zeitschrift-Fragen. Der Schweizer Falke als 2. Herausgeber? Sonette von Becher? – Lion blieb zum Thee, und ich las ihm bis ½8 Uhr die erste Hälfte des Riemer-Kapitels, die ihm sehr stark imponierte, namentlich durch die Schwebe zwischen Real und Irreal. »Enormément étrange«. Jedenfalls ist die Interessantheit erwiesen. – Mit K. im Schauspielhaus: hübsches Gesellschaftsstück von Molnar, löblich gespielt. In der Pause Kaffee mit dem Direktoren-Paar und Rechtsanwalt R. Abendessen zu Hause mit Klaus und Medi. Danach noch Geschäfte. Spät ins Bett.

Freitag den 2. IV. 37

Heiter und milder. Müde. Vormittags Frau Hottinger empfangen, mit der ich den engl. Goethe-Vortrag studierte. Allein etwas spazieren, ohne Toby, der eine schlimme Pfote hat. Traf auf dem Rückweg Medi. – Der neue Anzug kam. – Nachmittags Handschriftliches erledigt, Manuskripte zur Abwälzung an Oprecht bereit gemacht. Las einen schönen Aufsatz über Goethe von Rolland. Die Abschrift des 2. Buches von »Krull« kam. – Beschluß die lädierten Bände der großen Goethe-Ausgabe, 40 Stück, neu binden zu lassen. Es wird ein großer Besitz sein, wenn die 130 Bände einmal aufgestellt sind. – Las das Krull-Fragment, sehr amüsiert. Fertigte Briefe aus. – Empfindlichkeit der losen Zahnwurzel. Besorgnis, daß auf der Reise das Provisorium versagen könnte.

Sonnabend den 3. IV. 37

Dunstig, feucht, leichter Regen. 8 Uhr auf. Das zuletzt Geschriebene am Riemer-Kapitel geändert. Lebhaftes Gefühl, daß eine Ruhepause dem Produkt zuträglich sein wird, ja notwendig ist. – Schon ½11 Uhr zur Stadt. Mit K. auf dem amerikanischen Konsulat zur Unterzeichnung von Formularen und Empfang der (kostenlosen) Visa. Von da zum London-Haus, Änderungsprobe. Von da zu Oprecht, dem ich einen Haufen Manuskripte zur Erledigung überbrachte, auch wegen der Zeitschrift einiges mit ihm besprach. Von da zu Mrs. Hottinger zur Akzentuierung der ersten Hälfte des Goethe-Vortrags. Verabschiedung von ihr. Dann in die Seefeldstraße, Pension Neptun, zur Abholung *Lions,* mit dem ich in der Halle auf K. wartete, die die *Giehse* mitbrachte. Diese beiden waren Mittagsgäste. Endgültiges Abkommen mit Lion, daß im ersten Heft von »Maß und Wert« nur die beiden ersten Kapitel von »Lotte« erscheinen sollen. – Von Kahler Entwurf zu einem Vorwort für die Zeitschrift. – Nachmittags eine Reihe von Brief-Diktaten. Ein Beitrag für das Jubiläumsbuch der Sowjet-Schriftsteller fürs Handschriftliche vorbehalten. – Abends mit K. allein. Lektüre des »Tagebuch«. Hübscher Brief von Golo, Citate seines Lehrers Peccaut über die Wirkung meiner letzten politischen Äußerungen in Frankreich.

Sonntag den 4. IV. 37

8 Uhr auf. Frühling. Begann, den Beitrag für das Buch der Sowjet-Schriftsteller zu schreiben. Mit K., teils ohne Mantel, über Johannisburg spazieren. Zum Thee eine Dame aus Thun. Später den großen Koffer gepackt. Angenehmer Zustand der Leichtigkeit, nur noch mit der Handtasche reisen zu müssen. Abends Musik von Buxtehude aus einer Baseler oder Berner Kirche gehört. Čapeks »Krieg mit den Molchen«. Nacht-Lektüre Wolfe's »Schau heimwärts, Engel«.

Montag den 5. IV. 37

Frühling, heiter. Die großen Koffer morgens fortgeschafft. Am Brief an die Sowjet-Schriftsteller weiter. Allein über Johannisburg gegangen. Auch nach Tische im Stuhl an dem Brief geschrieben, den ich nach dem Thee beendete. Briefe aus Amerika: von Knopf, der die Publikation des »Briefwechsels« jetzt in die Hand nimmt. Von Angell, Yale University, über das von ihm geplante Archiv und den eventuellen Ankauf der großen Manuskripte. Weiteres Echo der »Nation«-Veröffentlichung des »Brw.« – Las den Sowjetbrief K. und Klaus vor. Bedingung der ungekürzten Wiedergabe. – Abends Abschiedsfest. Zu Tische *A. M. Schwarzenbach* und *Kahler*, später Gret *Moser*. Nach dem Kaffee Vorlesung im Arbeitszimmer fast des ganzen Buches des »Krull«. Große Heiterkeit. Beziehungen der Arbeit zu »K. H.« sowohl wie »Joseph« und der Goethe-Novelle. – Mitteilung eines längeren Gedichtes von Wolfskehl durch Kahler. Bowle und Süßigkeiten in der Halle.

Dienstag den 6. IV. 37

Nachts gestört und in Sorge versetzt durch eine Entzündlichkeit an der lockeren Zahnwurzel. – Heiterer Frühlingstag. – Anruf bei Dr. Leisinger. Frühstück mit K. 9 Uhr zur Stadt, zum Zahnarzt, beruhigend. Ausspritzung und Behandlung mit Chromsäure. Nichts Ernstliches zu fürchten. – Den Sowjet-Beitrag der Lind zum Abschreiben gebracht. Zu Hause noch einmal Thee mit Anne-Marie, Klaus und Medi. Das Hochst.-Manuskript an Landshoff. Begleitbrief an die russ. Schriftsteller. – Spaziergang ohne Mantel, allein, über Johannisburg. Zu Tische die *Giehse* und *A.-M. Schwarzenbach.* Nachmittags noch Briefdiktate, Ausfertigungen und Verpackungen. Packen der Handtasche, die auch größere Teile des Lotte-Mts. aufnimmt. – Der Buchbinder für die große Goethe-Ausgabe. Der Schreiner wegen des Regals. – Unser Zug geht ½11 Uhr.

An Bord »Normandie«
Mittwoch den 7. IV. 37

Gestern abend von Medi zum Bahnhof gefahren mit Bibi. Dorthin kamen Beidlers und Klaus zur Verabschiedung. Schlafwagen. Abendblatt mit französischen und englischen Gerüchten über eine deutsch-russische Annäherung. Lustig. – Unruhige und recht kurze Nacht, die ich mit Lektüre in Čapeks Roman einleitete. Hübsche, kenntnisreiche Satire. – ¾7 Uhr auf heute. *Paris.* Zum Bahnhof St. Lazare. Zornanfall wegen eines Herrn, der uns das herangewinkte Taxi wegnehmen wollte. Vor dem Bahnhofscafé, Passage, Milchkaffee und Ei gefrühstückt. Dann zum train spécial nach Le Havre, 3 Stunden. Mit Amerikanern. Lektüre im Čapek. Viel Kontrolle. In Le Havre Embarquement in das Riesenschiff. Kabine mit Terrasse. Lunch mit Kaffee in dem kathedralesken Speisesaal. Danach die Salons besichtigt. Auf dem guten Bett geruht. Ablösung vom Quai nach 3 Uhr. Es regnete stark, hat sich aber aufgeklärt. Mäßiges Schwanken. ½6 Uhr Thee im großen Salon. Danach einige Zeit im Cinéma. Dann meinen großen Koffer ausgepackt. Diner 8 Uhr, defin. Tisch No. 39. Gut. Nachher im Salon. Gelesen. Tilleul. Noch ein Besuch im Cinéma. 11 Uhr zu Bett.

»Normandie«, Donnerstag den 8. IV. 37

Die Nacht gut. Ruhige Fahrt. Morgens heftiger Anfall von Neuralgie im Bein, sehr quälend. Auch der Durchschnittszustand verschlimmert. Reduzierte Zeit. Früher auf als gedacht. Schwierigkeiten mit dem Bad. Versagende Heizung in der Veranda. Reparatur. Salzbad gelang schließlich. Rasiert, angekleidet. Radio-Telegramm von »American Hebrew«. – Frühstück in der Kabine. Promenade-Deck. Wermut in der Leder-Halle. Besuch bei Huxleys in der Tourist-Klasse. Wetter bedeckt, aber ruhig. – Heftige Schmerzen im Bein den ganzen Vormittag. Dazu beim Lunch, genommen in Nachbarschaft von Dr. Bollack aus Prag, quälende Empfindlichkeit einer oberen Zahnwurzel gegen Wärme. Diese Last hielt an. Sehr geängstigt nach Tisch. Las in dem Roman von Čapek weiter. Ruhte dann und erholte mich dadurch. Beendete Čapeks Buch mit vielem Beifall. Prächtig fundierte Satire voll bitteren Menschheitsgefühls. – Beim Thee zeigte der Zahn sich gottlob weniger empfindlich. Die Furcht vor der Pulpitis beschwichtigt. Beide Arten von Schmerz auf eine in Paris geholte Erkältung zurückzuführen, die sich auch an der Luftröhre zeigt. – Im Cinéma, elegante Detektiv-Affaire. K. ins Schwimmbad. Beschäftigung mit dem englischen Vortrag. Nach dem Diner beim Konzert im großen Ballet-Salon mit Sterns aus Zürich.

»Normandie«, Freitag den 9. IV. 37

Recht gut geschlafen. Schmerzen gegen Morgen, für die aber eine das Wiedereinschlafen ermöglichende Lage zu finden war. Die Zahnempfindlichkeit nachts ausgeschaltet. Gegen 8, nach zurückgestellter Zeit, aufgestanden. Salzbad mit kalter Douche. Frühstück mit zwei Eiern. Danach mit K. Studium des englischen Goethe-Vortrags. Visite des Chef de Réception. An Deck. Mit Dr. Bollack zu den windgeschützten Kabinen der Tennisdecks. Starker Westwind, aber das Meer harmlos und der Gang des kolossalen Schiffes sehr ruhig. Immerhin auf dem oberen Deck die Seitenschwankung fürs Auge merklich. – Besuch bei Huxleys in der Touring-Class. Bald nach dem Lunch ins Cinéma: »Romeo u. Julia«, langweilig. Danach etwas geschlafen. Thee in der Kabine. Stärkere Bewegung. Las Gides »Retour de U.S.S.R.«, das nach dem Diner im Salon beendete. Unbegreifliche Sensation. Etwas mit Sterns. – Nachmittags ziemlich unwohl. Früh ins Bett, sehr müde.

»Normandie«, Sonnabend den 10. IV. 37

Gegen Morgen heftiger Anfall von Schmerzen. Danach wieder eingeschlafen. Morgens wieder große Qual im Bein. Warm, feucht, Golfstrom. Bedeckt. Gebadet und gedouscht. Frühstück im Bett. Englische Vortragsübung. Chef de réception: Einladung zum Diner beim Kommandanten, unvermeidlich. – Englische Lektüre mit K. – Schon Gepäck-Formulare, Broadcast-Aufforderung. – Auf dem obersten Deck, wütender Sturm. In unserer Veranda gelesen in Essays von Rolland. Lunch und Kaffee, der sehr gut und bekömmlich. Nachher in der Veranda die Lektüre fortgesetzt. Danach etwas geschlafen. Thee im Salon mit Huxleys, behindert durch die Sprache. Mit ihnen etwas im Kino. Beim Gepäck-Beamten. Schwimmbad besichtigt. Nebel. Die Luft wieder kühler. Viel Schmerzen im Bein und auch in dem Zahn. Wär' ich zu Haus. – Absage des Kommandeurs. Den Abend wie gewöhnlich verbracht. Früh zu Bette.

»Normandie«, Sonntag den 11. IV. 37

Gut geschlafen. ½8 auf. Nach dem Frühstück K. die englische Tischrede vorgelesen, wobei heftige Schmerzen, die während des Vormittags kaum aussetzten. Auf Deck gegangen. In der Veranda. 11 Uhr Bouillon an Deck. Unterhaltung mit Sterns. Von ihnen Veramon. Wieder in der Veranda. Das Gästebuch des Schiffes und das des Commissaire principal. Thee-Einladung des 1. Kommandanten. – In Rollands Aufsätzen gelesen. Was habe ich gegen ihn? Welche Geringschätzung flößt er mir ein? Ich finde ihn irgendwie schwächlich und artig. Es ist alsob er nur selten auch Kunst machte, weil er »die Kunst« grenzenlos bewundert. Seine Ansichten sind richtig und gut; aber er ist blaß und fade.

New York, Montag den 13. IV. 37. The Bedford.

Samstag auf dem Schiff nachmittags gepackt. Beim 1. Kommandanten zum Thee in kleiner, zum Teil deutsch sprechender Gesellschaft. Nachher besuchte ich allein das Cinéma. Zum Diner Champagner mit Dr. Pollack. – Gestern Sonntag früh auf. Telegramme von Eri und Simons. Langsame Ankunft. Journalisten und Photographen. Deutscher Paßbeamter. Erika am Pear, von fern begrüßt. Prof. Simons, Nägel, weitere Journalisten. Gepäckschlüssel an Nägel. Per Auto ins Hotel mit Erika. Schöne Wohnung. In Erikas Zimmer, Wermut. Sie hat uns ein Grammophon mit Platten vorbereitet. 1 Uhr Lunch mit ihr unten in der Bar. Dr. Hahnemann. Der törichte Weinmann. – Geruht, erkältet, unwohl, hitzig. Schmerzen. Zum

Thee Besuch von Prof. Lederer, Journalist von N.Y. Times, Freunde Erikas. 8 Uhr fuhr Rice uns zu Knopfs in die Wohnung. Cherry u. Sandwiches. Fahrt in ein Restaurant. Austern und mitgebrachte gute Weine. Appetitlos, nervös, unwohl. – Gut geschlafen. Heute vor 8 auf. Heftige Schmerzen im Bein. Gebadet und gedouscht. Nach dem Frühstück Salizyl-Tablette. Rasiert. Blaues, warmes Wasser. Interviews in den Blättern. Brief von Weigand, Yale.

Dampfer »Ile de France«, Mittwoch den 28. IV. 37

Seit 4 Tagen auf diesem Schiff, nach 11 Tagen New York voller Anstrengungen und Leistungen, auch Eröffnung neuer Lebensperspektiven. (Einladung nach Hollywood.) Die lectures in der New School, die Dinners und Meetings, Interviews, Besuchsgedränge, Blumen, Bücher, Briefhaufen. Das angenehme Hotel Bedford, der ergebene Herr Nägel. Das Zusammensein und Zusammenwirken mit Erika. Ihr Verhältnis mit Gumpert. Ihre Freunde Maurice und der »Mörder«. Theater: Beatrice Lilli. Der junge Tänzer als »Casanova«, blendend. Privat-Vorlese-Abende aus »Lotte« mit Champagner. Riess. Erikas Fisch-Vergiftung. Fast unaufhörliche Schmerzen im Bein, Neuritis, Ischias. Dr. Gumpert, Dr. Bucki, Colmers. Kodein. Neuerliche Verschlimmerung auf dem Schiff, morgens fast unerträglich. – Die Restaurant-Gesellschaften der Knopfs. Miss Cather. Dorothee Thomson und ihr sensationeller Artikel. Diktat von Reden und Ansprachen. Erikas Übersetzerin. Liebevolle Verabschiedung von dem Kind, das vielleicht in der Hoffnung ist, am 24. mittags auf dem Schiff. – Nachbarschaft des Tenors Schmidt. Kammersänger List. Die zutunlichen jungen New Yorker Geschäftsleute mit »Young Joseph« und »Magic Mountain«. – Luxusleben in Schmerzen. Gestern schönes Wetter mit veilchenfarbenem Ozean. Heute grau, feucht und mild. Veramon gegen Morgen, wenn die Schmerzen beginnen. – Briefdiktate an K.: Fiedler und Amerikanisches. Handschriftlich an Reisiger. – Das Schiff das sympathischste bisher. – Lektüre Wolfe: »Schau heimwärts«. Gut, kräftig. Vorher viel Tolstoi, mit alter, neuer Bewunderung. – Die wieder auftauchenden Zürcher Pflichten, das Vorwort für die Zeitschrift, Préface für Schickele. Die im Grunde unabsehbare Beendigung von »Lotte«, – nach der die Bereicherung in Hollywood mit 3000 Dollars pro Woche beginnen soll. (?) – – Die verlangten Verfilmungs-Exposees von »Zbg.« und »K.H.« – –

»Ile de France«, Donnerstag den 29. IV. 37

Gestern »Gala-Diner«, später Konzert und Variété zu Wohltätigkeitszwecken im großen Salon. List und Jos. Schmidt sangen. Das Übrige war Plunder. Die Gesellschaft albern und widerwärtig. Spät ins Bett. Bis ½9 keine Schmerzen. Morgens dann sehr quälende.

»Ile de France«, Freitag den 30. IV. 37

Gestern spät eingeschlafen, weil ich tags infolge Veramons gegen die Schmerzen zuviel geschlafen. Heute beim Erwachen ½9 Uhr lagen wir vor Plymouth. Schöne Rede des Stewards über die abhanden gekommene Moral. Salyzil genommen. Das Bein nicht so quälend wie gestern. Den Koffer gestern zu pakken begonnen. Heute nach dem Frühstück damit fortgefahren. – Weiterfahrt von Plymouth etwa ½11. – Nachts Telegramm von Riess wegen Artikel für »Paris Soir«. – Die üblichen Anreden, respects, Signierungen. – Grau, leicht regnerisch, kühl. – Mit dem Roman von Wolfe dieser Tage fortgefahren. – Oft im Cinéma, ohne erhebliche Eindrücke. – Gestern einen Stoß Briefe expediert.

Dienstag den 4. V. 37. Küsnacht.

Seit Sonntag Morgen wieder hier. Am 30. nachmittags Ankunft in Le Havre. Zoll-Umständlichkeiten. 2½stündige Fahrt im Pullmann-Wagen, worin das Diner, nach Paris. Die beiden jungen New Yorker Juden, Parfum-Händler der Eine, der Andere Händler mit künstl. Juwelen, dabei eifrige Leser, hatten es wieder verstanden, Platz bei uns zu nehmen. Ankunft in Paris abends, St. Lazare. Bibi. Hotel Westminster, Rue de la Paix. Erschöpft, Schmerzen. Am 1. (National-Feiertag) mit K. und Bibi zum Déjeuner mit Champagner bei Annette Kolb, Rue Cas. Perier. Breitbach. Nachmittags wieder lange geschlafen. Abendessen mit Bibi im Oberstock des Café de la Paix. Dann im Hotel Landsbergs. Hübsche Frau, Rheinländerin. Fuhr uns in ihrem D.K.W. zur Gare de l'Est, nach vorheriger Versorgung des großen Gepäcks. Der kleine J. Schmidt u. sein Manager. Schlafwagen. Morgens unerträgliche Schmerzen. Ankunft 8 Uhr am 2ten, Bahnhof Enge. Wohltuender Kaffee im Restaurant, während wir auf Medi warteten, die zum Hauptbahnhof gefahren. Heimfahrt. Frühling, blau, reizende Bilder von Stadt und See. Grün, Blüten, Freude und heftige Schmerzen. Der gerupfte Toby. Frühstück. Hoffnungsloses Post-Gehäuf. Die großen Koffer, Auspacken. Durchsicht, Ordnung, Müdigkeit. – Das Bronce-Köpfchen Medis, vom Cellisten Feuermann aus München gebracht. – Die Giehse anwesend.

Gestern, den 3ten, vormittags dringliche Exzerpte aus Berner Goethe-Büchern, die zurückgefordert. Schönes, warmes Wetter. Mit K. mittags etwas spazieren. Nach Tische Kaffee auf der Terrasse. Dann zu Dr. Katzenstein in der Psychiatr. Klinik. Beratung über meine Ischias, die er zu beseitigen hofft. Verordnungen Pyramidon, Wärmekissen, tonisches Mittel. Ruhe. Absage einer geplanten Ehrung in Paris. Nachmittags geschlafen mit Wärme. Abends mit K. und Medi im Theater: »Nathan der Weise« mit Bassermann und Wiener Truppe. Zu Thränen geneigt. Großer Erfolg der Ringerzählung. Mangelhaftes Stück.

Heute früh von Schmerzen geweckt, Plage, Hitze. Trotzdem vielleicht nach dem Aufstehen weniger Qual. Frühstück mit Flocken, Orangensaft, Pyramidon, Tonikum. – Las gestern Abend noch ein eingegangenes Mt. von Hollnsteiner, Apologie der kath. Kirche, schlecht geschrieben. Die Zeitschrift Last, Verlegenheit und Sorge. Die Albernheiten Brentanos und

Glaesers. Starke Neigung das Ganze abzuwerfen. – Gestern Post-Sendung aus Paris mit der Adresse »M. Th. M. Briefwechsel, Zürich«. –

Küsnacht, Dienstag den 4. V. 37

Vormittags an Kerényi und Freud. Weitere Geschäfte. Trüb, mild, Regen. Mit K. über Johannisburg spazieren bei oft stark schmerzendem Bein. Nach Tische Zeitschriften, zerstreute Lektüre, schmerzendes Sitzen. Geschlafen mit Wärme-Kissen. Nach dem Thee Brief-Sortierung und Diktate an K. Müde. Zum Abendessen Kahler. Briefwechsel Kahler–Brentano. Brief Glaeser. Hoffnungsloses Elend. Mein körperlicher Zustand erträgt es schlecht. Ich möchte die Zeitschrift los sein.

Mittwoch den 5. V. 37

½9 Uhr. Mild, feucht. Etwas kräftigere Geistes- und Seelenverfassung. Heftige Schmerzen morgens. Nach dem Frühstück den Gedankengang eines Vorworts für die Zeitschrift entworfen. Mittags mit K. über Itschnach. Nach Tische einen guten Aufsatz über Goethe von Albert Salomon in einem alten Heft der Zeitschrift »Die Gesellschaft« gelesen. Herrliche Worte Goethes. – Zum Thee Dr. Neumann (Baden-Baden – San Remo), der gegen meine Ischias Diathermie mit Kurzwellen und Injektionen von Vaccineurin empfahl. Seine Erzählungen von dem parapsychologischen Kongreß in Warschau. Materialisationen als ephemeres Leben, das durch die Schizophrenie des Mediums in Trance psychisch-biologisch bewirkt wird. – Las abends den »Essay über die Dummheit« von Robert Musil.

Donnerstag den 6. V. 37. Himmelfahrtstag.

Heiter und warm. Morgens exzessive Schmerzen, die schon um 5 Uhr begannen. Energische Vorkehrungen unaufschiebbar. – Müde. Beschäftigung mit dem programmat. Vorwort. Dann Brief an Lion. Bei sommerlichem Wetter mit K. über Itschnach, hinkend. – Brief des Kapitänleutnants a. D. Graf

Montgelas aus Ascona zum Briefwechsel. Geburtstagsbrief zweier Berliner Studenten mit »arischen« Namen, erfreulich. – Mittagessen mit K. allein. Kaffee auf der Terrasse. Aufstellung einer Chaiselongue im Arbeitszimmer. Las liegend in Annette Kolbs »Mozart«. Nach dem Thee Briefe ausgefertigt und sortiert, teils erst gelesen. Abends im Schauspielhaus mit K. und Medi: »Faust« I. Teil. Intelligente Inszenierung des unvergleichlich liebenswürdigen, durchaus einzigen Werkes. Gingen nach der Gartenszene (mit der Giehse), um es nicht gar zu spät werden zu lassen. In der Pause nach dem Sitzen heftige Schmerzen. Große Sehnsucht nach Befreiung davon. – Nachtessen mit K.

Sonnabend den 8. V. 37

Gestern vormittag bei Katzenstein in der Klinik: Injektion mit Gorun und Kurzwellen-Wärme. Gorun-Cachets. Leidend und von Schmerzen belastet den ganzen Tag. – Meldung vom Explosionsuntergang des Luftschiffs »Hindenburg« in Amerika. – Heute um 6 Uhr Erneuerung der Schmerzen. Qualvolles Ankleiden. Durch das Frühstück Linderung. Beschäftigung mit dem Zeitschrift-Vorwort. 12 Uhr wieder bei Katzenstein zur Wärme-Behandlung. Nachher mit K. am Zürich-Berg spazieren gegangen. Sommerlich schöner Tag. Die kurortartige Schönheit Zürichs bewundert. Das Leiden bringt mich diesmal um den Genuß meiner Lieblingsjahreszeit. – Wärmekissen, Chaiselongue. – Nach dem Thee mit K. ins »Nord u. Süd-Cinéma«, allerliebster englisch-amerikanischer Film vom treuen Diener mit dem vorzüglichen Laughton. – Abendessen mit K. allein. Das Bein während des Nachmittags ruhiger. – Lektüre der Moskauer Zeitschriften. Ann. Kolbs »Mozart«.

Sonntag den 9. V. 37

Bedeckt, drückende Sonne, Regen, Gewitter. – Dies sind Tage schleppenden Krankseins, der Pein, der Mattigkeit. Vormittags einige Zeilen für das Vorwort erkämpft. Das Haar gewaschen. Das Frühstück im Bett bot wenig Vorteil, ist unbequem und soll nicht wiederholt werden. Mit K. mühsam in den Wald spazieren. Nachmittags mit Wärmekissen geschlafen. Nach dem Thee einige Postkarten. Auf der Chaiselongue, ohne Schmerzen, aber fröstelnd und unwohl, im »Mozart« Annettens gelesen. Nach dem Abendessen zu dritt Abschied von Medi, die morgen früh Erikas Ford über Brüssel nach Amsterdam bringt. – Lion schickte seinen Prospekt-Aufsatz. Mäßig, aber vielleicht genügend.

Montag den 10. V. 37

Schöner Sommertag. Schmerzen von Tagesgrauen an. Vormittags am Vorwort. Mittags bei Katzenstein. Krampfhafte Wirkung der Kurzwellen. Mit K. spazieren nach Zollikon. – Viele Bücher. 5 Bände der »Zeitschrift für Sozialwissenschaft«. B. Franks Roman. Nach Tische auf der Terrasse in der Sonne. Neuer Liegestuhl. Zum Thee *Max Oppenheimer* mit Wiener *Galerie-Direktor*. Handschr. Korrespondenz. Den englischen Briefwechsel an Murray und Trevelyan. Abends auf der Chaiselongue gelesen.

Dienstag den 11. V. 37

Früh erwacht, Schmerzen. Vormittags am Vorwort. Beim Arzt zur Wärmekur. Beschluß einer Badekur in Ragaz. Zum Haarschneiden. Zu Fuß von da, hinkend, am Uto-Quai. Wermut bei Bettini. Zu Tische die Giehse. Nachher im Liegestuhl auf der Terrasse. Annettens Mozart beendet und in Franks Emigranten-Roman weiter. Nachmittags längere Briefe an Angell (Yale) und Bermann diktiert. Zum Abendessen *Kahler*, der später im Arbeitszimmer aus seinem bedeutenden Buch einen Abschnitt über die Germanen las. – Freundliches Telephongespräch mit dem närrischen Brentano.

Mittwoch den 12. V. 37

Früh erwacht. Mit Hilfe einer Pastille noch etwas geschlafen. Das Bein recht schlimm. Etwas Arbeit am Vorwort. Die Kurzwellen bei Katzenstein erregten Krampf und hatten üble Nachwirkung, sodaß der Spaziergang am Zürichberg, wo es sehr schön ist, schmerzhaft mißlang. – Brief von Reisiger, der krank war und in Arbeitsbedrängnis ist. – Nach Tische auf der Veranda die Zeitungen und in Franks vortrefflich gefertigtem Buch gelesen. – Zum Thee der Dirigent *Scherchen* mit Dr. *Hirschfeld*. Über die Lage der Emigration und die New Yorker Akademie, der Sch. nicht beitreten kann. – Neues elektrisches Öfchen, wohltätig. – Abends mit K. ins Corso: Variété mit mehreren vorzüglichen Nummern (Lasso-Spiele). Nachtmahl mit K. – Ein Schmerzenstag. Stanger-Bäder (elektrisch) in Aussicht genommen.

Donnerstag den 13. V. 37

Feucht, regnerisch. Das Bein vielleicht etwas besser. Arbeit am Vorwort. Brief von Landshoff über den Krull, der als selbständiges Buch erscheinen soll. Neue Bedingungen. Brief von Fiedler, der in St. Antönien zum Pfarrer gewählt ist. Münchener Doktor-Arbeit (Th. v. Seuffert) über Venedig in der Dichtung mit Abschnitt über den T. i. V. Kühn! – Das Bücher-Packet aus New York. Nachrichten von Klaus über seine Vorträge in Prag und Wien. – In der Klinik (Dr. Brun). Neue Methode der Bestrahlung. Neues anti-neuralgisches Schlafmittel. – Regen, nach Hause. Zeitungen über die Coronation. Italienisch-englischer Pressekrieg mit Hitler im Hintergrund. Hodza's Offenheiten über Deutschland in London. – Die Giehse zum Essen. Nach dem Thee Briefdiktate und Anweisungen an K. Vieles erledigt, auch eigenhändig. Abends langen Brief an Angell (New Haven) ausgefertigt. Br. Franks Roman beendet, beifällig. – Ging gegen Abend mit K. ¾ Stunden ziemlich gut spazieren.

Freitag den 14. V. 37

Blauer, frischer Tag. Unruhig geschlafen. Schmerzen, morgens qualvoll. Vormittags am Vorwort. Zur Wärmebehandlung in der Klinik. Nachher mit K. am Zürichberg und über Zumikon gefahren. Einkehr in Wirtsgarten mit Wermut. Nach Tische auf der Terrasse Zeitungen und Zeitschriften. Nach dem Thee an Annette Kolb über den »Mozart« geschrieben. Mit K. am See spazierengegangen. Nach dem Abendessen Zeitschriften-Lektüre.

Sonnabend den 15. V. 37

Gegen Morgen viel Schmerzen. Der Mai ist schön. Arbeit am Vorwort. Mittags zur Bestrahlung. Danach beim tschechischen Konsul, der uns in Sachen der Vermögensrückgabe citiert hatte. K. büßte die Auto-Schlüssel ein, außer sich darüber. Fahrt mit Taxi. Nach Tische auf der Terrasse, Zeitungen. Behrens über die Antwort des Prof. Krieck auf den »Briefwechsel«. Welch ein Unrat! Dies Gezücht spricht von »Lüge«. Und natürlich von seiner Jugendlichkeit und »unserer« Senilität und Verwesung. – Nach dem Thee an Frank über seinen Roman geschrieben. Dann mit K. in den Wald spazieren. Nach dem Abendessen die guten Aufnahmen des I. Akts »Walküre« gehört.

Pfingst-Sonntag den 16. V. 37

Heftige Schmerzen beim Ankleiden. Keine Besserung will sich zeigen. – Schön Wetter, später gewittrig. Arbeit am Vorwort. Mit K. zum Greifensee gefahren, nebst Toby. Wermut dort in der Wirtschaft. Dampfer mit Leuten. Zu Tische *Beidlers*. Kaffee auf der Terrasse. Mit Wärmekissen geschlafen. Nach dem Thee ein paar Briefdiktate (McLeash und Slochower); dann Sammeln von Übersetzungsausgaben für das Archiv von Yale. Kleine Manuskripte. – Zum Abendessen *Kahler*. Mitteilung des Geschriebenen zum Vorwort. Billigung.

Pfingst-Montag den 17. V. 37

Warm, wechselnd sonnig und bedeckt. Spät auf, weil gegen Morgen viel wach. Schmerzen. Beim Ankleiden peinvoll. Arbeit am Vorwort. Mit K. durch den schönen »Solitüde« gefahren, dort Wermut genommen und etwas gegangen. Zu Tische Max *Oppenheimer.* Kaffee auf der Terrasse. Nach dem Thee zahlreiche handschr. Danksagungen und Antworten. Karte eines anonymen Deutschen aus Basel, Kundgebung zum »Brw.« – Abendgang mit K. Nach dem Abendessen Schopenhauer gelesen. Nicht wohl und sehr müde.

Dienstag den 18. V. 37

Gegen Morgen außergewöhnlich heftiger Schmerzensanfall. – Arbeit am Vorwort. – Prachtvoller Flieder im Hause. – Zur Wärme-Behandlung, nutzlos. Zum Golf-Haus bei Zumikon gefahren; Wermut. Mahlzeit zu zweien. Auf der Terrasse Briefe u. Zeitungen gelesen. Geschlafen. Den Besuch eines Cinémas wegen Reifen-Defekts aufgegeben. Auslese von Manuskripten für Yale. Das Enervierende und Deprimierende der rückwärts gerichteten Tätigkeit, der Beschäftigung mit Abgelebtem, des Aufwühlens der Quieta. Nur vorwärts und neu kann man leben. – Abendgang mit K. Schopenhauer-Lektüre.

Mittwoch den 19. V. 37

Vormittags, nach überstandenen Morgen-Schmerzen, Arbeit am Vorwort, das sich lichtet. – Zur Wärme-Behandlung, dann zur Pediküre. Frau *Hallgarten* abgeholt. Mit ihr zum Mittagessen, Kaffee auf der Terrasse. Später dort im Stuhl geblieben und Schopenhauer gelesen. Nach dem Thee Briefdiktate. Mit K. und Toby in den Wald spazieren, leidlich zu Fuß. Abends Tschaikowsky Klavier- und Violin-Konzert. Rückkehr Medi's von Amsterdam, wo sie mit Dr. Landshoff einig geworden zu sein scheint. – Warmer, dunstiger, duftreicher, schon junimäßiger Tag. Entzücken über die Jahreszeit.

Donnerstag den 20. V. 37

Warm, dunstig, regnerisch. Früh erwacht und ½8 Uhr auf. Lange gearbeitet. Mittags zur Wärmekur, danach mit K. in Johannisburg zum Wermut. Mahlzeit mit Medi. Nachher auf der Terrasse Zeitungen und Schopenhauer. Heiterkeit über das Wiederanbändeln des Reiches mit England gelegentlich der Krönungsfeierlichkeiten, bei denen auch der spanische Botschafter mit viel Auszeichnung behandelt worden. Geständnis Blombergs, daß er gern die Freiwilligen zurückziehen u. in Spanien liquidieren möchte. Mussolini bleibt sitzen. Die großen Demokratieen im Glanz, keine Spur von Verwesung. Im »Œuvre« sonderbare Nachrichten über böse Stimmung in Italien. Wachsendes Prestige der Demokratie. – Geschlafen. – Telegramm des Kende, daß der »Prozeß« aus formalen Gründen vertagt. – Fertigte nach dem Thee Briefe aus und schrieb noch an dem Vorwort weiter, das ich bis zum Schlußabschnitt förderte. Abends im Schauspielhaus: »Die weiße Krankheit« von Čapek, kräftiges und keckes symbolisches Theater von Deutsch in der Hauptrolle überlegen gespielt. Mit Kahler und Riesers. Kaffee in der Pause, nach dem ich mich schlecht fühlte. Nachtessen mit Medi. Viel Schmerzensplage tagüber.

Freitag den 21. V. 37

Regnerisch. Arbeit am Schluß des Vorworts. Wärme-Behandlung. Spazierfahrt über den Zürichberg; die Wälder überaus grün. Nach Tische Zeitungen u. Zeitschriften auf der Chaiselongue. Geschlafen. Nach dem Thee mit Frau Oprecht telephoniert in Sachen der Zeitschrift. Diktate und Expeditionen. An Čapek geschrieben. Lahmender Spaziergang von 7 bis 8 in leichtem Regen. Lion telephonierte. Burschell sandte Hölderlin-Aufsatz, den abends mit Interesse las. New Yorker Drucksachen an die Herz nach London.

Sonnabend den 22. V. 37

Wieder heiterer. Wie immer jetzt früh schlaflos. ½8 Uhr auf. Beendete das Vorwort zu leidlicher Zufriedenheit. 22 Seiten. – Wärme-Behandlung. Dann mit K. im Zoologischen Garten, mit dessen Besichtigung wir meiner Beinschmerzen halber nicht weit gediehen. Eindrucksvolles Aquarium. Schimpanse, der den Pot de chambre benutzt. Begattungsszene. – Wermut auf der Restaurant-Terrasse. Heimfahrt durch den grünen Wald. – Nach Tische Zeitungen auf der Terrasse. Nachmittags verfehlter Cinéma-Besuch: Skandalöse Vorführung der Luftschiff-Katastrophe mit Geschrei der Verbrennenden. Nachfolgend dummer Wiener Gesellschaftsfilm, allerdings mit der Wessely. Ich hatte die Krönungsfeierlichkeiten zu sehen gewünscht. – Aufenthalt im Küsnachter Wald; zu starke Schmerzen. – Zu Hause an Lion geschrieben und mehreres an ihn expediert. – Eindrucksvoller Brief des Journalisten Koestler aus Gibraltar. Der zum Tode verurteilte und knapp Errettete will seine Leiden mit Hilfe meiner Schriften überstanden haben, namentlich des Schopenhauer-Kapitels aus »Buddenbrooks«. Den Brief zu lesen unterbrach ich mich in der Lektüre des Kapitels »Über den Tod«, die ich wohl seit 35 Jahren nicht wiederholt. Spiel des Lebens. »Ich hätte es früher nie für möglich gehalten, daß Kunst einen derartigen drastischen Einfluß auf das Leben gewinnen kann«. Ich auch nicht, früher.

Sonntag den 23. V. 37

Sehr schöner, klarer Tag. Schrieb vormittags energischen Brief an Frank über das infame jüdische Cliquen-Wesen beim »Tagebuch« (Kestner – Döblin) und weigerte mich, für das Blatt über ihn zu schreiben. – Spazierfahrt und -Gang mit K. und Toby auf der Höhe oberhalb Meilen. – Mittagessen mit der Giehse und Medi. Kaffee auf der Terrasse. Nachmittags den Brief von vormittags in Abschrift ausgefertigt und längeren Brief an den Journalisten Koestler handschriftlich. Abendgang mit K. bei Ostwind und großer Klarheit. Nach dem Nachtmahl etwas Radio. Fahre fort, Schopenhauer zu lesen, muß mich aber wieder dem Geist der Erzählung nähern.

Montag den 24. V. 37

Klar und sommerlich. Vormittags wiederanknüpfende Beschäftigung mit »Lotte«. – Wärme-Behandlung. – Mit K. im Zoolog. Garten. Das Baden und Wälzen der Seebären. Schlafende Löwen, träg. Der bengalische Tiger, in wahrer Kriegsbemalung. Sein vorsichtiges Bad, nach leichtem Bespritzen. Das Elefanten-Baby, das sich mit dem Rüssel Sand auf den Rücken streut. – Abscheuliche Schmerzen. – Schöne Rückfahrt. Wunderbare Jahreszeit. – Nach Tisch Zeitungen auf der Terrasse. Nach dem Thee zur »Stanger-Bad«-Prozedur, geschwitzt und gespült. Langwierig, lästig, beängstigend, anstrengend und völlig nutzlos. Konnte nicht gehen nachher. Sehr müde und reizbar. Auf der Chaiselongue. Las im Mt. eine nicht recht gelungene Groteske von Wolfenstein. Brief von Kerényi, Anerbietungen für »M. u. W.« –

Dienstag den 25. V. 37

Klarer, warmer, sommerlicher Tag, unter verstärkten Schmerzen genossen, die schon nachts begannen. Frühstück auf der Terrasse. Kecke Zutraulichkeit der Vögel. Am Riemer-Kapitel endlich eine Seite weiter geschrieben. Medi fuhr mich im Ford zur Wärme-Kur. Katzenstein besteht auf Wiederholung des Bades. Zu Hause Liegestuhl im Schatten des oberen Gartens: die Post und Zeitungen. Nach Tische (mit der Giehse und Medi) auf der Terrasse. Tolstoi »Göttliches und Menschliches«. Bald wurde der Stuhl zur Marter. Auf dem Bette geschlafen. – Expedition des großen Bücher-Packetes und der Manuskripte an Angell, New Haven. Bücher von mir zum Geschenk an Fiedler. Brief-Diktate. Zusage K. Falke's die Herausgeberschaft betreffend. Anfrage an O. Fischer (Prag). Handschr. Brief an Wolfenstein (Prag), redaktionell. Mit K. im Wagen zum Wald, dort gegangen. Abends Tolstoi.

Mittwoch den 26. V. 37
Schönster Sommertag, gegen Abend gewittrig. Schmerzen seit früh, aber lebhaft und humoristisch gearbeitet. Wärme-Behandlung. Nachher mit K. im offenen Ford spazieren gefahren, auf einer Bank Briefe gelesen. Nach Tische auf der Terrasse. Geschlafen. Zum Thee *Marx* in Sachen der Film-Geschäfte. Die Abschrift des Vorworts korrigiert. Mit K. und Medi zum Abendessen bei Oprechts. Silone, Kahler, Hirschfeld, später die Giehse und Kalser. Nach dem Kaffee Vorlesung des Aufsatzes »Maß und Wert«, die starken Eindruck machte. Silone begeistert. Verlangen nach Signierung. – Warme Nacht. – In »Europe«: »Freud et l'avenir«.

Donnerstag den 27. V. 37
Offenes Fenster, die ganze Nacht Gewitter. Heute regnerisch, aber bald aufklärend. Nachts Adonal mit Kamillenthee aus der Thermosflasche. Morgens arge Schmerzen. Müde. An Lion geschrieben u. ihm das Vorwort gesandt. Dann noch eine Seite am Riemerkapitel weiter. Nach der Toilette mit K. und Medi zum Mittagessen (1 Uhr) bei Feuermanns, Rigistraße. Lustige Stimmung. Bei Zeiten fort und geschlafen. Verzicht auf das vorgesetzte Medizinal-Bad wegen Angegriffenheit. Nach dem Thee eine Reihe lästiger Briefe diktiert. – Bei den holländischen Wahlen erhebliche Verluste der National-Sozialisten. – 7 Uhr im Wagen zum Wald und dort gegangen. Nach dem Abendessen Abholung der Cousinen Dernburg und K. Rosenberg durch K. Begrüßung.

Freitag den 28. V. 37
Sehr schlechte Nacht. Einige Stunden schräg liegend mit den Füßen am Boden geschlafen. Morgens unmögliche Schmerzen. Aber nach dem Frühstück (auf der Terrasse) lebhaft gearbeitet. – Brief von Frank als Rückäußerung auf meinen Zornesausbruch. Lion über das Vorwort. Sonst viel Post, die ich nach der Wärme-Behandlung mit K. auf einer Wald-Bank las. –

Mittagstisch mit der Giehse und den beiden Cousinen. – Photographien von Knopf und von anderer New Yorker Seite. – Geschlafen. – Zum Thee *Dr. Wälti,* der über seine Gestapo-Gefangenschaft berichtete. – Waldpromenade mit K. und den Cousinen. – Zum Abendessen *Beidler,* der aus seinem Cosima-Buche las. – Große polnische Bonbonnière von Brüll. – Wundervoller warmer Frühsommer-Tag. Milde Nacht.

Sonnabend den 29. V. 37

Klarster und schönster Frühsommertag. Früh auf wegen Schmerzen. Aber wiederum nach stärkendem Frühstück lebhaft gearbeitet. – Bei Amte in Küsnacht zum Empfang des Ausländer-Ausweises. – Zur Wärme-Behandlung. Danach mit K. in der Richtung auf Baden spazieren gefahren. Wermut in einer Gartenwirtschaft und Lektüre des Brief-Einlaufs. Nachricht der Herald Tribune, daß die University in exile als Folge meines Eintretens von einem reichen Mann namens Littauer 100 000 Dollar erhalten hat. – Die Cousinen in der Stadt, Mittagessen mit der Giehse. Nachher Zeitungen auf der Chaiselongue. Schachts Schmusereien in Paris. – Ruhelos nachmittags, Schmerzen, Veramon. Nach dem Thee ziemlich viel Handschriftliches erledigt. Abends mit Medi in die Oper als Gäste Hirzls: »Fidelio«, Jubiläumsabend des Dirigenten Conrad, gute Stimmen. Gedanken an Deutschland und die Unmöglichkeit des Werkes dort. Aber was ist möglich? Die Zauberflöte, Tell, Egmont, Carlos? Müßte alles verboten sein. – In der Pause mit de Boer. Unmöglich lange zu stehen. Schönheiten des 2. Aktes, Vorspiel mit dem Marsch-Motiv. Die große Ouvertüre gut vorgetragen. Partie des Ministers. »Es sucht der Bruder seine Brüder«. – Nachtessen zu Hause, dazu die Giehse. Erfolg des »Faust« und der »Weißen Krankheit« im Schauspielhaus. – Geschenk eines praktischen Montblanc-Stiftes von der Giehse.

Sonntag den 30. V. 37

Geschlafen mit einem ganzen Phanodorm. Nachts ½ Veramon mit Thee. Zuviel. Neuer herrlich blauer Tag. An dem Riemer-Gespräch weiter. ½ [?] mit K. und den Cousinen ausgefahren: Auf den Pfannenstiel, von da nach dem schön gelegenen Restaurant Luft, wo wir Wermut und guten Emmenthaler nahmen. Bei den Tischen außer der Giehse und den Cousinen, deren Nichte Frau Dr. Wilbrand. Kaffee auf der Terrasse. Schmerzen, Krankheitsgefühl. Las im Schreibtischstuhl in einem neu erschienenen Bande von Aufzeichnungen Kafka's und hatte, als ich mich dann legte, keine Schmerzen, sodaß ich wohltuend schlafen konnte. – Zum Thee eine weitere Cousine. Nichte. Zuviel Frauen. – Gelesen in einem katholischen Buch über den Hitler, das Monstrum. – Ausfahrt zum Golfhotel, schmerzhafter Versuch eines Spazierganges im Wald. Nach dem Abendessen Vorlesung von Lotte, Kap. I für die Cousinen. – Anruf Lions, der seine Begeisterung über das Vorwort äußert. »Das einzig Gute, das er habe«. Ich habe gleich gewußt, daß ich die Zeitschrift allein machen muß.

Montag den 31. V. 37

Arge Nacht. 3 Uhr Alonal, 5 Uhr Ende der Ruhe, Suche nach Erleichterung, halb außer Bett. Nur noch der Gedanke: »Morphium«. Morgens verzweifelte Schmerzen. Frühstück mit den Damen auf der Terrasse. Wutanfall über die telephonische Vergewaltigung K.'s durch einen halb verrückten Dr. Sigl, München. – Müde gearbeitet. Zur Wärmekur. Dann mit K. und den Cousinen am Zürichberg auf einer Bank; die Post gelesen. Freundschaftl. Brief von Schickele. Geburtstagsgratulationen. – Nach Tische Zeitungen. Bombardierung eines deutschen »Kontrollschiffes« durch die Spanier; Rache-Aktion gegen den Kriegshafen Almeria. Stupide Aufregung in Berlin. Widersinn, daß eine in Spanien kriegführende Macht sich an der »Kontrolle« beteiligt. Vielleicht hat das jetzt ein Ende. Rede des Goebbels vor den Massen gegen die kathol. Kirche und ihre sexuelle Lasterhaftigkeit, krasser Exzeß. Wirkung auf das Verhältnis zu Österreich. – Geschlafen. Nach dem Thee an Schickele geschrieben und ihm das Vorwort geschickt. Abends in die Tonhalle: Einführungsabend zu A. Bergs »Lulu«. Balcon, erste Reihe, mit Medi und Kahler. Vom Tristan beeinflußtes Schluß-Adagio. Nachtessen mit den Cousinen. Abkühlung nach Gewitter. Müde von Schmerzen und Alonal. – »Diktatur der Lüge« von Schlamm, gegen die Fascisierung der russischen Revolution.

Dienstag den 1. VI. 37

Leidend in einer derben Weise wie sonst noch nie trete ich in »meinen« Monat ein.

Gestern reichlich gearbeitet. Gewitter und Regen. Nach der Wärmekur beim Friseur. Zum Thee Besuch von *Hermann-Neisse* mit Frau. Die »Angeknackstheit«, die nach ihrer Erfahrung bei deutschen Besuchern festzustellen. – Recht krank, zermürbt. Konnte mich am Abendtisch nicht halten. Aß oben allein ein Ei.

Mittwoch den 2. VI. 37

Schlimme Nacht, in Gesellschaft K.'s zum Teil. Veramon verschaffte gegen Morgen etwas Schlaf. – Gearbeitet, quand même. – Nach der Wärmekur zur Niederlage Chevrolet und einen, gestern nach Tisch vorgeführten Wagen, Limousine, dunkelrot, sehr erfreulich, für 5000 Franken (wobei 3000 für den alten Fiat in Anschlag gebracht) gekauft. Wichtige Handlung. – Brief von Hirschfeld über das Vorwort. (Frage der Signierung und des »Sozialismus«.) – Höchst interessanter Aufsatz über Faust II von M. Kommerell in der Corona. – Nach dem Thee einige Danksagungen geschrieben. Nahm ihn spät; wir fuhren dann zu fünft in die Oper zur Première von Bergs »Lulu«. Loge mit Kahler. Tout Zürich. Vorzügliche Aufführung des Fragment gebliebenen und problematischen Werkes. Die eisige und pathetische Diktion Wedekinds wird zerweicht durch die Musik, die in den Zwischenspielen am schönsten. Oft Tristan'sche Ausdruckskunst, die zeigt, daß W. im »Tristan« am zukünftigsten, zukunftbestimmendsten war. – Besuch von Oprecht in der Pause, dessen Frau in Gastein, da sie an der italienischen Grenze zurückgewiesen worden. – Nachtessen mit den Damen zu Hause gegen Mitternacht. – Schrieb in das Oprecht'sche Hausbuch die Verse der Lachesis.

Freitag den 4. VI. 37

Wunderschöne blaue Tage, unter Schmerzen und Krankheitsgefühl verlebt. Gestern und heute vormittags am Riemer-Kapitel. Gestern zum Thee Ernst *Krenek* und Frau. Heute nicht zur Wärmebehandlung, sondern zu Prof. Ulrich, der die Ohren ausspritzte und die Backen-Schleimhaut behandelte. Im Wald auf einer Bank die Post gelesen. Zu Tische die *Herz*. Nachmittags geschlafen. – Brief des Dr. Klopstock aus Budapest über Eissi's Morphinismus und den Verlauf seiner Entwöhnungskur in einem dortigen Sanatorium. Absencen nachts; steht auf und sucht »die nette Sache«. Sorgenvoller Eindruck. Schrieb unter einen Brief K.'s an ihn ernste Worte. – Gehversuch beim gelben Haus; Feldstühlchen zum Ausruhen. – Zum Abendessen Ign. *Silone*. Sein schweres Leben, viel Gefahr und Entsetzen. Enttäuschung mit Rußland. – Italienische Gesangsplatten. – Neues schmerzstillendes Mittel »Oktyron«. – Die spanisch-südamerikanische Ausgabe von »Freud y el porvenir«. –

Sonnabend den 5. VI. 37

Schönster blauer Tag. Schmerzensreich. Vormittags den Artikel zu Franks 50. Geb. begonnen. Ankunft Erika's. Liebevolle Begrüßung am Wagen und mit ihr auf der Terrasse. Über Klaus, dem sie schon vormittags schrieb. – Wärmebehandlung, danach mit K. im Küsnachter Wald, Feldstühle, Zeitungen. Nach Tische Kaffee mit K. und den Töchtern im Garten. Geschlafen. Briefe und Telegramme zum Geburtstag. Buchgeschenke von Oprecht. Schöner Vierfarbenstift von Kahler nebst Gebirgspflänzchen. Einige Korrespondenz. Spaziergang mit Feldstuhl im Wald. Abends Musik und Unterhaltung mit Erika in der Halle. Über die Vorzüge Amerikas, für Golo, auch für uns.

Sonntag den 6. VI. 37

Mein 62. Geburtstag. Recht bitter gestörte Nacht. Tolle Schmerzen am Morgen. Warmer, bedeckter Tag. Nahm mit der liebevollen K. auf der Terrasse das die Schmerzen lindernde Frühstück. Danach Empfang schöner Geschenke: Stuhl fürs Schlafzimmer, weicher Schlafrock, Koffer mit Thee. Geschirr, schöne Grammophon-Platten etc. Hübsche Feldflasche von Erika. Schrieb ein paar Stunden an dem Artikel für Frank. Danach, meinem Vorschlag gemäß, Ausfahrt mit K., den Töchtern und Toby nach Luft; Imbiß von Wermut und Emmenthaler. Offener Wagen. Lasen im Restaurant-Garten die eingegangenen Briefe von Heinrich, Schickele und anderen. Mittagessen zu viert mit einer vorzüglichen Nußtorte, die Frau Späth gebacken. Nachmittags geschlafen. Dank-Karten geschrieben. Die schon übliche mühsame Waldpromenade mit Feldsessel. Abendessen zu viert mit Champagner. Danach in der Halle Musik, Vorführung neuer Platten, Leonoren-Ouvertüre, H. Wolf-Lieder, Siegfried-Idyll. Familiäre Unterhaltung. Der Wein machte mich sehr müde, aber ich konnte ziemlich schmerzlos sitzen. – Erika von Klaus telefonisch aus Budapest angerufen. Besorgnis seinetwegen. Vorsatz, Dr. Klopstock anzurufen. – Prachtvoller anonymer Blumenstrauß, von Chauffeur überbracht.

Montag den 7. VI. 37

Vormittags, nachdem die ärgsten Schmerzen überstanden, Plage mit dem Glückwunsch-Artikel. – Die Wärme-Kur wegen Zweifel an ihrer Zuträglichkeit aufgegeben. – Mit K. im Wald, sehr deprimiert. Nachmittagsschlaf, wie meistens jetzt. – Bedecktes, warmes Wetter. – Blumenpracht in der Halle wie beim 60. Geburtstag. – Las ein Manuskript der Frau Wassermann über Hofmannsthal, schrieb ihr, sandte es an Lion. Weiteres Handschriftliche. Abends mit K. und den Töchtern im »Lohengrin«. Völker, Nazi-Kapaun mit einigen prachtvollen Tönen. Die Jugendliebe zu dem Werk neu erregt, auch durch das Sprachliche, mit Peinlichkeit versetzt. – Spätes Nachtessen. Zwischenein Telephon-Gespräch K.'s und Eri's mit Dr. Klopstock in Budapest wegen Klaus. E's Abneigung hinzufahren. Der Junge moralisch und selbstkritisch nicht recht intakt. Verträgt keine Autorität, verscherzt aber das Recht, sie nicht zu ertragen.

Donnerstag den 10. VI. 37

Hochsommerlich warme Tage. Gestern Vormittag den Glückwunsch für Frank abgeschlossen, den K. und Eri bei der Vorlesung nach Tische vortrefflich fanden. – Der neue Wagen kam gestern, erfreulich. – Langer, merkwürdiger Brief des japanischen Germanisten T. Aso. – Korrespondenz mit Lion in Sachen der Zeitschrift. – Heute Vormittag im Chevrolet zu Gericht, wo ich als Zeuge zur Sache eines Schweizer Gestapo-Spions auszusagen hatte, den ich nicht kannte. Liebenswürdiger Untersuchungsrichter. – Tröstliche Nachrichten aus Budapest über Klaus. Briefe von ihm an uns und Erika. – Lektüre von Stracheys »Nightingale« und »Manning« (Geschenk Reisigers), überaus reizvoll. – Vor Tische heute an Lion geschrieben. Das »Vorwort« an Oprecht. Den Frank-Artikel nach Basel. Mittags nicht aus. Nachmittag auf Schmerzen etwas eingeschlafen. Einiges Handschriftliche nach dem Thee. Vorm Abendessen mit K. im Walde. Den Abend mit K. und Eri in der Halle verbracht, etwas Musik, Mitteilungen aus einem Brief A. M. Schwarzenbachs aus Deutschland. Turbulente Nachrichten aus Rußland, Verhaftungen von Generälen. Stalin gilt für zuckerkrank. – Viel Schmerzen, Trägheit, Hinfälligkeit. – Bücher zum Mitnehmen vorbereitet.

Küsnacht, Donnerstag den 8. VII. 37

Bis gestern, den 7. Juli, fast vierwöchige Leidenszeit, gegen Ende ein wenig sich mildernd, in *Bad Ragaz, Hotel Lattmann.* Dr. Fährmann, Esel. Thermal- und Stangerbäder. Die morgendliche Fahrt (vor 7 Uhr) zum Schwimmbad. Der Kamillenthee um 9 Uhr abends vorm Schlafengehen und noch zwischen 12 und 2 Uhr mit einem schmerzstillenden Mittel. K. auf dem grünen Feldstühlchen an meinem Bett. Arbeit: Korrespondenz, Korrekturen von »Vorwort« und »Lotte«, Geburtstagsartikel für Hermann Hesse auf Wunsch des Korrodi. Gelesen Tolstoi, Strachey, ein hübsches, leichtes Reisebuch von Fleming, Kafka's Nachlaßband, mit seltsamem Eindruck die Marées-Biographie von Kuttner. – Mynheer und die schwer rheumatische Myfrow. Der von Kinderlähmung genesende junge deutsche Edelmann. Interesse. – Trotz der anstrengenden Bäder eine gewisse Erholung durch die ruhige Lebensweise. Einige Bewegung im Kurgarten und Giesenpark. Eine Besserung der Ischias meiner Überzeugung nach nicht erzielt, obgleich bei der Schlußuntersuchung der Arzt mit voller Sicherheit das Abklingen der Schmerzen binnen 8 Wochen in Aussicht stellte. Möge er recht behalten!

Gestern Vormittag Heimfahrt, zum Schluß, bei Meilen, unter heftigen Gewitterregen. Zum Mittagessen hier. Anwesend Golo und Medi. Schlief nach Tische tief. Zum Thee *Lion.* Besprechungen die Zeitschrift betreffend. Prospekt. K. und Maria packten meine Koffer aus, wie schon in Ragaz K. mir dies Geschäft abgenommen, das ich bisher mit der einzigen Krankheitsausnahme in Jerusalem selbst besorgt. – Einige Schritte mit K. vorm Abendessen gegangen. Mit großem Genuß die 4. Symphonie von Brahms unter Walter, ein bewundernswertes Werk, gehört. »An die Geliebte« von H. Wolf. Das deutsche Kunstlied, welch ein einzigartiges nationales Produkt! –

Zeitig zur Ruhe. »Fontamara« von Silone zu lesen begonnen. Geschlafen bis ½3, dann trotz Allonal im Thee nicht mehr zur Ruhe gekommen. Schmerzen, Qual, keine mögliche

Lage zu finden. Nichts gebessert. – ½8 Uhr auf. Nach gestrigem Gewitter schöner Morgen. Hochsommerliche Fülle, reiches Grün. Behagen am eigenen Heim und den schönen Bildern ringsum. – Frühstück auf der Terrasse, mit Fußmatte. –

Hatte sonderbarer Weise den Inhalt meiner Tisch-Schublade nebst diesem Heft in Ragaz vergessen. Das Paket traf vormittags ein, nachdem ich mich gleich revidierend mit den letzten Abschnitten des Riemer-Kapitels beschäftigt. – Mit dem Leiden heißt es sich vorläufig einzurichten und trotzdem zu arbeiten. – Gewinn: Schwarzer Krückstock mit Gummizwinge. Der junge Kindergelähmte mit den verkümmerten Beinen und dem schönen Kopf hatte genau so einen. –

Federbruch der neuen Stutzuhr, betrüblich. K. mit ihr zur Stadt.

Medi fährt mit Erika nach Salzburg heute. Sie kehren zusammen zurück, bevor E. sich wieder nach Amerika aufmacht.

Mittags per Wagen in den Wald, mit Toby und dem Stühlchen. Zu Tische W. *Herzog*. Nachher auf der Terrasse viel über Rußland, Stalin etc. Notwendigkeit der Distanzierung. Heinrichs allzu positive Haltung. Die Wirkung des Briefwechsels. – Geschlafen, schmerzlos. Nachher das Leiden wieder in alter Blüte. Thee mit Golo auf der Terrasse. Neue Platten versucht: »Wann der silberne Mond«, von der Olzewska, leider kurzatmig gesungen. »Der Musensohn«, prächtiges Lied. – Einige Bände der Sophieenausgabe zu mir genommen. Verwünschter Buchbinder, der nicht liefert. – Allerlei Briefe: Schickele, Besuchsanmeldungen, Franks kommen morgen. – Abreise Medi's nach Sils. – Mit K. etwas gegangen. Warmer Sommerabend. Mahlzeit auf der Terrasse. Gespräch über einen Brief von Bermann, der sich über die Abmachung mit Querido verzweifelt gebärdet und zugleich wegen der Neu-Ausgabe des Zbg. kleinliche und unannehmbare Vorschläge macht. – Unwohlsein infolge des Genusses von frischem Schwarzbrot. – Feuchtwangers Buch »Moskau 1937«. Ist doch merkwürdig zu lesen.

Freitag den 9. VII. 37

½ 8 Uhr. Gebadet. Schmerzen. Die Arbeit im Goethe wieder aufgenommen. Mittags mit K. bei Oprechts. Dann *Franks* vom Beau-Site abgeholt zur Mahlzeit bei uns. Nachmittags Brief-Diktate (Bermann, Podach). Zum Abendessen wieder Franks. Vorlesung des 1. u. 2. Kapitels von »Lotte«. Dankesbrief und Buchgeschenk von Hesse.

Sonnabend den 10. VII. 37

Arbeit am Riemer-Kapitel. – Zu Tische die Herz. – Briefe an Hesse und Schickele. – Zum Abendessen Kahler, der vorlas. – Sturm und Abkühlung.

Sonntag den 11. VII. 37

Bessere Nacht; schlief nach dem Thee leichter wieder ein. – Vormittags am Riemer-Kapitel weiter. Mit K. auf dem Zürichberg; etwas gegangen. Kühl und windig. *Franks* und *Fritz Strich* abgeholt, die bei uns aßen. Strich über das Göttinger Universitäts-Jubiläum, die Berner Adresse mit der Erinnerung an die »Sieben«. Sabotage vonseiten der Studentenschaft. – Enorme Begeisterung der Franks von der Lotte-Vorlesung. Wollten morgen Abend mehr hören. – Zog mich nach 3 ermüdet zurück. Schlecht geruht. Einiges Krankheitsgefühl. Und doch besteht ein leichtes Gefühl der Besserung. – Trank Thee bei mir und las im Riemer-Kapitel, bessernd. – Ankunft von Klaus und A.-M. Schwarzenbach aus Sils, Klaus' amerikanischem Freundchen, Erika und Medi, von Salzburg kommend. Gedrängter Abendtisch. War müde und leidend u. zog mich bald zu stiller Lektüre zurück.

Montag den 12. VII. 37

Regnerisches, etwas wärmeres Wetter. Vormittags gegen den Schluß des Riemer-Kapitels hin gearbeitet. Etwas von Bank zu Bank gegangen. Mittagessen mit Golo und Medi, da die Großen bei Franks. Nachmittags handschr. Korrespondenz. Besuch von Prof. Voegelin aus Wien. Gegen Abend mit K. erneuter Spazierversuch mit Stühlchen über das gelbe Haus. Zum Abendessen die vier Kinder und *Franks*. Frischeres Befinden. Von ½10 bis Mitternacht Vorlesung großer Teile des Riemer-Kapitels vor Franks, K., Erika, Klaus, Golo und Medi. Exzeptioneller Eindruck. Bier in der Pause. Erhitzung und Vergnügen. Spät ins Bett.

Dienstag den 13. VII. 37

Später auf. Gebadet. Grau u. regnerisch, nicht kalt. Elektrische Sonne bei der Arbeit in diesen Tagen. Frühstück mit K. und den 4 Kindern. – Am Riemer-Kapitel. – Allein bei nassem Wetter mit Toby von Bank zu Bank gegangen. Zum Essen Alfred *Neumann* mit Frau, dazu der junge Niko Kaufmann. Müde. Geschlafen. Nach dem Thee zahlreiche Brief-Diktate. Jules Romains empfindlich über Heinrichs und mein Fernbleiben vom Pariser P.E.N. Kongreß. – Studium einer pol. Schrift von Klepper, Paris. – Zum Abendessen Dr. *Feist* aus Berlin. Geschenke, Bücher. Sammlung »Der junge Goethe«. Die Schriften Wagners. Schöne Acquisitionen. – Man musizierte, Lieder.

Mittwoch den 14. VII. 37

Feucht-warmer Sommertag. 8 Uhr auf und gegen das Ende des Riemer-Kapitels gearbeitet. Mittags in Erikas Wagen mit K. und *Feist* in den Wald zum Spazieren. Feist zu Tische. Mit ihm nachher Bücher-Desiderata. – Schmerzen von der Feuchtigkeit im Wald. Wärmekissen. – Zum Thee auf der Terrasse Dr. Rauschning, ehem. Präsident des Danziger Senats. Politica. Zu erwartende kritische Zuspitzung der deutschen Verhältnisse diesen Sommer. Möglichkeit des Krieges. Über die von seinem Kreise (Brüning) geplante Halbmonatsschrift, konservativ. – Chaiselongue, Lektüre [in] G.-Gesprächen der Sophieen-Ausgabe. Aufstellung der neuen Bücher mit Eris Hilfe. – Zum Abendessen Professor Carl *Loewenstein*, Amerika. Unterhaltung in der Halle. – Schöner mond- und sternklarer Abend.

Donnerstag den 15. VII. 37

Sehr warmer Sommertag. Frühstück im Freien. Arbeit gegen das Ende des Riemer-Kapitels. Mit K. im Chevrolet (mit roter Linie und Monogramm) in den Wald bei der Solitude, Spaziergang mit Sessel. Zu Tische *Franks.* Müde. Nach dem Thee handschr. Korrespondenz und Zeitschriften-Lektüre. Starkes Gewitter. Zum Abendessen A. M. *Schwarzenbach,* später die *Giehse.* Vorlesung von Klaus aus seiner Ludwig II-Novelle, vor uns, den Geschwistern und Gästen. – Im »ABC«, Spaniennummer, Veröffentlichung meines in Ragaz geschriebenen Grußes. – Ankunft Bibi aus Paris.

Freitag den 16. VII. 37

Nachts und während des größten Teils des Tages Gewitter und Regen. – Schrieb vormittags das über hundert Seiten lange *Riemer-Kapitel zu Ende.* Ging mit K. im Regen aus, saß auf dem Stühlchen im Regen. – Erika in Bedrängnis, weil gewisse für das amer. Consulat notwendige Papiere von ihrem Paß-Gatten Wystan nicht eintreffen. Ihre Gegenwart, die leider zu Ende geht, immer belebend und erheiternd. – Nachmittags Brief-Diktate. (Dr. Klepper, Paris; Jammerfall eines jüdisch-arischen Ehepaares in Syrien u. a.) – Nochmaliger Ausgang mit K. Schmerzen. – Abends Vorfeier von K.'s Geburtstag mit den 5 Kindern und der Giehse. Nach dem Essen Leonoren-Ouvertüre aufmerksam gehört. Dann in meinem Zimmer Vorlesung der ganzen zweiten Hälfte des Riemer-Kapitels. Pfirsich-Champagner in der Pause und nachher. Erfreuliche Anteilnahme. Feststellung, daß Amüsantheit in so schwierigem Fall das Entscheidende, und daß sie vorhanden. Riemers dialektische Erörterung über All und Nichts zeitgerecht, da Hegels Logik damit beginnt. – Unterhaltung bis gegen 1 Uhr. – Heute Rückkehr der Stutzuhr.

Sonnabend den 17. VII. 37

Beendete gestern Nacht Silones »Fontamara«, ein schönes Buch, sympathisch wie Weniges. Übereinstimmung des Mord-, Lügen- und Foltergeistes in den Diktatur-Ländern – über-nationale Zeit-Erscheinung, uniform, unwillkürlich. Stand zum ersten Mal nachts nicht auf, ließ Thee und Mittel fort. Gegen Morgen Schmerzen. 8 Uhr auf. Frühstück mit K. Am Riemer-Kapitel gebessert und Material studiert. Mittags mit K. gegen Zumikon gefahren und etwas gegangen. Auf dem Sessel zwischen Wiesen gesessen. Müde. Mittagsmahlzeit mit den 5 Kindern. Nachmittags lange gelegen. Nach dem Thee an H. Kesten geschrieben, antwortlich. Erika beim Packen besucht. Mit K. noch etwas beim gelben Haus gegangen. Höherer Himmel, Abschwächung des Föhns. Abendessen mit den Kindern, der Giehse und Anne-Marie. Nachher, während Erika ihr zahlreiches Gepäck fertig machte, musiziert: Sibelius und Mahler. Abreise Erika und Klaus nach Paris, von wo E. nach New York weiterfährt. Verabschiedung. Wehmut. Schmerzen. Es wurde des Todes Grautoffs gedacht, dessen Gründe mir unbekannt. Trübe Mahnung. Oft denke ich, daß aus meinen jetzigen Zuständen nicht mehr herausfinden werde und daß sie die Auflösung einleiten. – Blieb allein zurück, während K., Medi, Golo, die Giehse und Anne-Marie die Reisenden nach Zürich begleiteten.

Sonntag den 18. VII. 37

Recht gute Nacht, ohne Mittel. Vor 8 auf. Freundliches und mildes Wetter. Vormittags Material studiert. Mit K. im Wagen oberhalb Erlenbachs, gegangen. Allein auf dem Feldstuhl, während K. den Wagen holte. Schöne Bilder. Zu Tische Frau *Hallgarten*, ihr Nichtchen und Dr. Hammerschlag (Wien), der eine Vitamin-Injektion empfahl. – Zum Thee H. *Kaspar* (Hamburg), nach Amerika auswandernd. Berichte von Hitlers Wut- und Schreianfällen. – An Reisiger geschrieben. Abendgang mit K., recht schmerzhaft. – Abends Vorlesung Golos aus seinem »Gentz«.

Montag den 19. VII. 37

Schöner, warmer Sommertag. Das Bein recht schlecht. Begann das Vierte Kapitel zu schreiben. In der Stadt zum Haarschneiden. Viele Briefe, über den Th.M.-Fonds in Paris, Ansprüche. – Nachmittags mit K. im Wagen zu dem Gut K. Falkes nahe Rapperswil. Schöne Besitzung, die sich bei dem prächtigen Wetter glänzend präsentierte. Thee und Aufenthalt im Garten. Abendessen im alten Haus und Kaffee im neuen. Gespräch über die Zeitschrift, des Hausherrn Jesus-Roman, den Joseph und Zbg. Über Kainz.

Dienstag den 20. VII. 37

Feuchte Wärme, gegen Abend Gewitter. – Vormittags an der Einleitung des IV. Kapitels von »Lotte« weiter. Mittags mit K. im Wald bei der Solitude. Sitzen am Rand der Lichtung. Nach Tische auf der Terrasse im Liegestuhl, in Silones »Brot und Wein« gelesen. Die Zeitungen über das Monstre-Kunst-Fest in München, das nun doch ohne Mussolini abgehalten worden zu sein [?]. Hitlers »Rede« – Gipfel der Idiotie und des tief unterbetonten Wilhelminismus. – Empfing vorm Thee Dr. Stahel wegen Vitamin-Injektionen. Nachher Korrespondenz. Überlagerte Briefe vernichtet. – Silones »Brot und Wein«. – In Goethes Gesprächen.

Mittwoch den 21. VII. 37

Blauer, sehr warmer Hochsommertag. Am 4. Kapitel weiter. Mittags mit K. in einem entfernteren Wald. Gegangen. Allein, während K. den Wagen holte. Auf dem Wald am Rand einer besonnten Wiese, über der Falter paarweise flatterten. Innige Freude an dem Bilde, dem Frieden. – »Maß und Wert« No. 1, komplett in Korrektur, Umschlag, Prospekte. Befriedigend. – »Das Wort« mit meiner Ansprache im New Yorker Mecca

Temple. – Nach dem Thee Dr. Stahel, der mir die erste Betaxin-Injektion machte. Sie beschwerte mir das Bein. – Briefe diktiert: an Bermann, den jungen Poliakov u. a. Kurzer Abendgang, schmerzhaft. Nach dem Abendessen einige Seiten Tristan gehört, empfänglich für das Melodiöse des Stils.

Donnerstag den 22. VII. 37

Leichter Regen, wechselnd mit Sonne, warm und kühler. Am Adelen-Kapitel weiter. Mit K. in der Stadt zu Geburtstagseinkäufen für sie: Füllfederhalter und Futteral, Toilettenwasser, zur Smaragdnadel aus Ragaz. Vom Bellevue allein zu Fuß. Bänke. Bei Bettini Wermut mit Soda getrunken. Beim Zürichhorn wieder in den Wagen. In Küsnacht noch von Bank zu Bank. – Zu Tische Dr. Feist, von der Jungfrau kommend. Kaffee auf der Terrasse. Er nahm elegisch Abschied, da er nach Deutschland zurück muß. – Nach dem Thee etwas über Maeterlinck zu seinem 75. Geburtstag geschrieben für die Brüsseler Radio-Diffusion. Briefe ausgefertigt. Noch einige Schritte gegangen. Nach dem Abendessen die 4. Symphonie von Tschaikowski gehört. Massage mit dem elektr. Bügeleisen durch K.

Freitag den 23. VII. 37

Las gestern Nacht lange in »Krieg und Frieden«. – Am 4. Kapitel weiter. Brief von Reisiger. Brief von Kindern eines tschechisch-erzgebirgischen Ferienheims, das auf meinen Namen getauft ist. – Injektion von Stahel. – Mit K. wieder den schönen, schattigen Rundweg im Wald bei der Solitude zurückgelegt. Prächtiger, sehr klarer, nicht heißer Sommertag. – Nach Tische auf der Terrasse Zeitungen und Studien über die Schopenhauers. Telephon-Gespräch mit Frau Oprecht über Korrekturen und anderes die Zeitschrift Betreffende. – Zum Thee Prof. *Simons* aus New York. Nachher Briefdiktate. Abendgang. Nach dem Essen, das im Freien genommen wurde,

Tristan-Platten. – Zeitschriften. Heinrich über Christenverfolgung, gut.

Sonnabend den 24. VII. 37

K.'s Geburtstag. Warmer, bedeckter, dann aufklarender Sommertag. Vor 8 mit Medi in ihrem Wagen zur Gärtnerei in Küsnacht zur Besorgung von Blumen für den Gaben- und Frühstückstisch. Anordnung der Geschenke. ½9 kam K. mit den Söhnen vom Bade. Gratulation und Frühstück im Freien. – Arbeit am 4. Kapitel von »Lotte«. Mittags mit K. in den Solitude Wald. Recht gut gegangen. Gefühl der Besserung trotz immer noch hinreichender Schmerzen und Behinderung. Nach Tische Zeitungen auf der Terrasse. Nach dem Thee Brief-Diktate. Ausgegangen 7¼ allein mit dem Sessel. Zum festlichen Abendessen *Beidlers*. Kaffee auf der Terrasse. In der Halle Champagner. Hörten aus Bayreuth den Schluß des Lohengrin. Vertrakte Mischung aus sublimen und gräulichen Elementen. Kleines Konzert der Kinder, Corelli und Bach. Melchior-Platten. – Starke Blitze. Heftiges Gewitter in einiger Entfernung vorüberziehend.

Sonntag den 25. VII. 37

Weiterer warmer Sommertag, bedeckt. Am 4. Kapitel weiter. Injektion von Stahel. Mittags Ausfahrt und Spaziergang oberhalb Erlenbachs. Wermut im »Rigiblick«. Zu Tische *Riess* aus New York. Zum Kaffee *Feuermann* und Frau. Sehr gelacht über *Riess'* Geschichten. – Nach dem Thee handschr. Korrespondenz. Manuskripte und Bücher. Auf der Terrasse gesessen und in G.'s Gesprächen gelesen. Abendgang mit Feldstuhl. Zeitweise böse Schmerzen. Nach dem Abendessen mit Vergnügen Traviata-Platten gehört.

Montag den 26. VII. 37

Sommerlich, wolkig. Die Nacht garnicht sehr gut. Gearbeitet am 4. Kapitel. Ausfahrt in unseren Wald und überraschend gut gegangen. Nach Tische auf der Terrasse Briefe und Zeitungen gelesen. Es schrieben: Heinrich, die Herz, eine Frau aus Palästina über Brfw. und Joseph, Dr. Feist über das Vorwort. – Geschlafen. – Brief nach Amerika über ein Manuskript geschrieben. – Von ½7 bis gegen 8 Besuch von Prof. *Trebitsch,* Wien. – Ging noch einige Schritte. – Durch Oprecht langer Brief Lions, redaktionell, und über sein Verhältnis zu Golo. Telephon-Gespräch mit Falke wegen Tilgung einer Schärfe. – Trebitsch teilte die Entlassung E. R. Curtius' mit, weil er mit jüdischen Freunden Kammermusik getrieben. Nach Jaspers also auch dieser. Man kann zufrieden sein, denn die Erbitterung und Ernüchterung der Studenten kann nur zunehmen durch diese Miserabilisierung.

Dienstag den 27. VII. 37

Vollkommen klarer Tag ohne Schwüle. Gearbeitet am 4. Lotte-Kapitel. Nicht wohl. Ausfahrt und guter Spaziergang in unserem Wald. Besser danach. Nach Tische auf der Terrasse Dramatisches von Csokor gelesen. 1½ Stunden geruht. Nach dem Thee Besuch von dem jungen Russen-Schweizer *Motschan.* Brief an Heinrich. Mit K. um den Weiher gegangen, gut. Nach dem Abendessen Schubert und »Tristan«. – Schwierigkeiten der Dialogführung. –

Mittwoch den 28. VII. 37

Neblig, kühler, dann wieder sommerlich. Im 4. Kapitel umkomponiert. In unserem Wald gut spazieren gegangen nach empfangener Injektion. In Goethes Gesprächen. Korrespondenzen von Frau Oprecht in Sachen der Zeitschrift. Nachmittags längeren Brief an Lion diktiert und einen an Caspary (San Remo). Abendgang allein. Lieder-Platten gehört (wieder einmal den »Lindenbaum«).

Donnerstag den 29. VII. 37

Heiterer, nicht heißer Tag. Frühstück auf der Terrasse. Gearbeitet bis 12, Adele Sch., leichthin. Mit K. zur Stadt, neue Pedicüre auf Empfehlung des Ragazer Bademeisters, Bahnhofstraße. Dann die Mittagsgäste abgeholt: Dr. *Riess,* und Frau *Wassermann.* Mit ihnen zu Tische, Kaffee im Freien. Riess schenkte einen Leucht-Bleistift. – Etwas geschlafen. Zum Thee Mr. und Mrs. *Pratt* aus New York. Mit ihnen später in meinem Zimmer. Nach ihrem Weggang handschr. Korrespondenz: an Csokor und Lion. Abendspaziergang mit Stuhl. K. holte mich ein. Das Bein recht leidlich, die Wahrscheinlichkeit fortschreitender Besserung beruhigend. – Plan, statt ins Engadin, wo Kälte möglich, Anfang September 3 Wochen auf Monte Verità zu verbringen. – Nach dem Abendessen Tannhäuser-Platten (Maria Müller), beeindruckt. – Neu mit lila Seide bezogene Bettdecke.

Freitag den 30. VII. 37

Warm, heiter, bedeckt und wieder aufheiternd. – Arbeit am Adelen-Kapitel. Mittags von Goldbach K.'s Bruder *Heinz Pr.* mit Frau und Söhnchen abgeholt. Spazierfahrt mit ihnen. In Johannisburg Wermut. Mittagessen mit ihnen, Kaffee auf der Terrasse. Nach dem Thee Brief-Diktate. Abendspaziergang allein, mit Stühlchen, um den Weiher. Zum Abendessen außer den Verwandten Prof. *Utitz* aus Prag (auf dem Wege zum Pariser Philosophen-Kongreß). Nach seiner Abfahrt etwas Musik. Die Verwandtenfamilie übernachtet.

Sonnabend den 31. VII. 37

Trübung. Regnerisch. Frühstück mit dem Schwager u. den Seinen. Arbeit am Adelen-Kapitel. Mittags bei leichtem Regen gut gegen Itschnach gegangen. Mittagessen mit den Verwandten, von denen mich nach dem Kaffee verabschiedete. Zeitungsdurchsicht. Brief von Fiedler. Zum Thee Dr. Oberlaender, Afrika-Reisender, legte Kartenbilder afr. Landschaften und Tierszenen vor. Ließ sich den T. i. V. zueignen. – Handschr. Korrespondenz. – Durch Regen verhindert, auszugehen. Abends einige Musik: Liszt-Sonate, von Horowitz excellent gespielt. – In Goethes Gesprächen. – Fahre vorm Einschlafen mit Silones »Brot und Wein« fort.

Sonntag den 1. VIII. 37

Regen, dicke Feuchte. Morgens Schmerzen. Gearbeitet bis gegen Mittag am Adelen-Kapitel. Mit K. zum ersten Mal wieder – bei Regen – über *Itschnach* spazieren gegangen, mit zweimaliger Sessel-Ruhe. Nach Tische auf der Chaiselongue Silone gelesen. Sehr müde. Geschlafen. Nach dem Thee Brief an Angell (New Haven) diktiert; dann an die Herz geschrieben. – National-Feiertag heute, verregnet. Früh morgens Böllerschüsse. Abends mit A. M. *Schwarzenbach*, die mit uns aß und übernachtet, die 4sprachige Radio-Sendung gehört. Rede des Bundespräsidenten Motta, französisch, über Neutralität und Wehrkraft. Scheinwerferbeleuchtung, Raketenschüsse. – In Aussicht, laut Korrespondenz mit dem Agenten Peat, wenn meine Gesundheit es erlaubt, für März Vortragsreise durch die U.S.A. bis Californien über 12 Städte.

Montag den 2. VIII. 37

Heiter, Sonne auf der Feuchtigkeit, Duft. – K. unpäßlich und bettlägrig. Offenkundige Folge ihrer Überlastung. Sorge. – Die Frühmorgenstunden unangenehm. Gearbeitet am Adelen-Kapitel. Injektion von Stahel. Mit ihm bei K. – Spaziergang allein mit Sessel, den unteren Waldweg, fast mühelos. In dieser Beziehung fast tägliche Besserung. Ein paar mal im Schatten gesessen und mich der feuchten, besonnten Natur gefreut. – Langer Brief von Heinrich, ehrenvoll für Golo, dem ich ihn mitteilte. Über Rußland, den »Club der Sauberen«, Klaus, Bernhardt u. anderes. Einseitig, naiv und ungerecht in der persönlichen Bedeutendheit wie immer. – Zeitungen: Aufruhr der Mauren und Spanier gegen die Italiener. Massenerschießungen in der Alhambra. Italienisch-englische »Verständigung« über das Mittelmeer? Englisch-französisch-deutsch-italienischer Viererbund? – Geschlafen. – Brief an Heinrich begonnen und verworfen. Kleinere Korrespondenz. Noch einmal ausgegangen, da nach nachmittäglichem Gewitterregen wieder Heiterkeit. – Redaktionsbrief von Lion, mit Golo mühsam studiert. Unmöglichkeit der Situation. Notwendigkeit, Lion zur Niederlassung hier anzuhalten.

Dienstag den 3. VIII. 37

Heiterer Sommertag, Ostwind. K. noch bettlägrig, aber in der Besserung. Ging nach der Arbeit allein in den Wald. Zu Tische und nachher Gäste ohne K. zu bewirten: der holländische Schriftsteller M. *ter Braak*, zum Kaffee Dr. *Herzfeld* mit Frau und Tochter aus Deutschland. Elende Eindrücke von dort. Der Holländer recht angenehm. – Geschlafen nachher. Brief an Heinrich à la légère. Abendspaziergang mit Sessel. Mahlzeit an K.'s Bett, da die Kinder im Cinéma. Telephon-Anruf Kahlers aus Klosters. – Liebevolle Lektüre von »Brot und Wein«.

Mittwoch den 4. VIII. 37

Ausnehmend schöner, klarer Sommertag. K. wieder außer Bett. Gearbeitet am Adelen-Kapitel. Mit K. schöner Waldspaziergang nach einer Schluß-Injektion von Stahel. – Erfreuliche Buch-Geschenke von Feist, durch Sinsheimer überbracht, der zum Zionisten-Kongreß hier: Graefe, Goethe über seine Werke in 9 Bänden, Riemer und anderes. Beschäftigung nach Tische damit und Aufstellung. – Geschlafen. – Brief-Diktate nach dem Thee. – An dem klaren Abend um den Weiher gegangen. – Eröffnung des Pariser Philosophen-Kongresses mit Begrüßungsbrief von Bergson und fulminanter Anti-Barbaren-Rede Sir Herbert Samuels, die den Exodus der Deutschen (Heyse, Bäumler) hat befürchten lassen. Gewaltiger Beifall. – Abends Lektüre von Buschs »Humor. Hausschatz« – eher verstimmend. – Liebe zu Silones Buch. Das Gute, Rechte und Wahre ist in der Welt, ein Trost angesichts alles elenden Geschehens. – Gedanken zu dem Vortrag über »Demokratie«.

Donnerstag den 5. VIII. 37

Warmer Sommertag, Leinenanzug. Gegen Morgen mit Schmerzen etwas auf und in K.'s Zimmer, die dann beim Wieder-Einschlafen an meinem Bette saß wie in Ragaz. Nach dem Frühstück weiter geschrieben am Adelen-Kapitel. Mittags Ausfahrt und Spaziergang im Wald hinter Solitude. Ermüdet. Nach Tische Zeitungen und Beschäftigung mit Gedichten eines jungen Deutschen, von H. Kaspar überbracht. Gebildet und ziemlich leer. – Geschlafen. – Zum Thee Dr. *Rosenhaupt* (Bern). Über den »Zauberberg« gesprochen. Büchlein hübscher alter Dialektverse. Das Frankfurterisch des netten jungen Menschen interessierte mich. – Später Dr. *Revecs* von der »Cooperation«. – Handschriftliches. – Büchersendung von R. Bloch, Wien: Werke von C. Brunner und Andermann. – Broch sandte sein Exposee an den Völkerbund. Die in Mecca Temple gehaltene Rede in Broschüren-Form. – Abendgang mit Sessel. Einige Musik: Menuhin, Largo von Bach. – Brochs »Resolution« gelesen. Wohlgedacht, wohlgesinnt, aber dickflüssig, undurchsichtig, unübersetzbar. – Brief Felix Bertaux an Golo: Hohe Äußerungen des Kranken, sich sterben Fühlenden über den Joseph als Standard-Werk der Epoche.

Freitag den 6. VIII. 37

Schönster Sommertag, Leinenanzug. Nach der Arbeit Ausfahrt in unseren Wald und erfreulicher weiterer Rundgang. Nach Tische Zeitungen, die voll sind von der Rom-London-Entspannung, aber auch von einer Fühlungnahme zwischen Litwinow und Neurath dies und das verlauten lassen. Es wäre der Gipfel. – Lektüre des »Tagebuch«. – Nach dem Thee langen Brief an den Agenten Peat mit einem Entwurf des geplanten Vortrags diktiert. Dann Kleineres. Handschriftliches danach. Noch etwas ausgegangen. Wunderbar klarer Abend. Beim Essen mit

Golo über die Behandlung des Broch'schen Exposés. Gesuch des Musikschriftstellers Kastner und pekun. Hilfe für seine kranke Frau in Deutschland. Vielleicht durch K.'s Eltern zu gewähren. – Nachricht, daß Knopfs Sohn seit [?] abgängig, um to live on his own, und daß Blanche durch Broad cast nach ihm gerufen. – Die »Intern. Literatur«. – Verlangen nach Tolstoi-Lektüre (»Kr. u. Fr.«)

Sonnabend den 7. VIII. 37

Sehr warmer Tag. Müde. Arbeit am Adelen-Gespräch. Mittags mit K. im nahen Wald. – In Geigers »Goethe und die Seinen«. – Zum Thee Dr. *Sinsheimer* und Mrs. *Herz* (London). Handschriftl. Korrespondenz. Gegen 7 Dr. *Falke* und Frau vom Küsnachter Bahnhof abgeholt. Mit ihnen in den Wald zu kurzem Spaziergang. Abendessen, zu dem noch *Beidlers* kamen. Kaffee im Freien. Dann Konversation, die mich schließlich sehr ennuyierte, in der Halle. – Erste Exemplare von »Maß und Wert« mit skandalösem Druckfehler »Jalouse« auf dem Umschlag. Sonst recht stattlich.

Sonntag den 8. VIII. 37

Weiterer sehr warmer und klarer Tag. Nach Bad und Frühstück die Erzählung der Adele zu schreiben begonnen und ihre Separierung als Novelle und eigenes (5tes) Kapitel erwogen, ja beschlossen. – Ausfahrt in den nahen Wald, weiter Rundgang. Sonntagsgäste auf Bänken und Lichtungen. – Zu Tische der kleine *Tennenbaum.* Ente, Eis und Kaffee. – Las vor der Ruhe in »Maß und Wert«. – Zum Thee das junge Ehepaar *Melius,* ungarische Rumänen. Über den absurden Prozeß und seine politischen Hintergründe. – Briefe ausgefertigt und Handschriftliches erledigt. – Abendessen im Freien. Nachher Vorlesung des Vierten Kapitels (Adelen-Dialog) im Arbeitszimmer vor K., Golo, Medi, Bibi und Gret Moser. Heiterkeit und Interesse. Die Verwandtschaft der Composition mit »Fiorenza«.

Montag den 9. VIII. 37

Gestern Nacht gelesen: Hoffmann, Signor Formica. – Große Hitze, in gewittrige Schwüle ausartend, ohne daß es zu mehr als einigem Regen gekommen wäre. Bedrückend. Vormittags »Erzählung Adelens«. Mittags Spaziergang mit *Brentano*, von Medi in den Wald gefahren und von K. wieder abgeholt. Unterwegs unwohl. – Handschreiben von Beneš wegen Burschells Audienz. – Längeren Brief an Broch wegen seines Exposees diktiert und abends ausgefertigt. Antwort an Beneš. – Beschäftigung mit dem Protokoll des PEN-Club Congresses von Buenos Aires. Dramatisches zwischen Marinetti und den Franzosen. Wie gut tat ich, mich fern zu halten! – Gedichte von Gumpert, New York, der Zeitschrift angeboten. Problematisch.

Dienstag den 10. VIII. 37

Warmer Tag, Gewitter, Erfrischung. – Adelens Erzählung. – In der Stadt zum Haarschneiden. Zu Fuß zu Bettini, wo mich mit K. zum Wermut traf. – In »G. und die Seinen«. – Nachmittags Brief-Diktate (u. a. an die Philharmonie in Moskau zur Empfehlung Klaus P.'s, von dem längerer Brief in Dingen seiner Weltreise kam). – Abend bei Oprechts mit K., Golo und Medi. Viel über die Zeitschrift, deren erster Abonnent das italienische Generalkonsulat war. Lion und seine Nachfolge (Storfer). Der rumänische Prozeß und andere Politica. Brief an Lion wegen Heft 2. – War unwohl, erholte und hielt mich aber. Heimfahrt bei erquickender Luft. Zu Hause noch Handschriftliches erledigt.

Mittwoch den 11. VIII. 37

Schönster blauer Tag mit leichter Luft. Frühstück im Freien. An Adelens Erzählung weiter. Ausfahrt und Wald-Rundgang mit K. Nach Tische Zeitungen, deren Tagesthema der deutsch-englische Presse-Konflikt, der nur ein englisches Aufbegehren gegen die Nazintern ist, und mit dem man zufrieden sein kann. – In »G. u. die Seinen«. – Nach dem Thee langen Brief an Lion und anderes diktiert. Die drei Josephbände an Guillemin gesandt. – Spaziergang mit Toby um den Weiher. Abendessen im Freien. – Gestern Nacht lange in »Krieg und Frieden«, herrliches Werk.

Donnerstag den 12. VIII. 37

Drückend schwühl. Nachmittags Regen und viel Blitzen. – An Adelens Erzählung. – Zwei Briefe von Deutschen, die auf einer Auslandsreise Gelegenheit dazu nehmen. Brief von Wolfskehl zugunsten R. Ullmanns. Soll aus dem Fonds bedacht werden. – Mittags mit K. im Walde. Nach Tische Post- u. Zeitungslektüre. In Biebers »G. im 20. Jahrhundert«. Frau von Stein als »Opfer«: Steigerung und Fall. – Geschlafen. – Brief von Bermann mit neuen, besseren Vorschlägen wegen der wohlfeilen Ausgabe des Zbg. Handschriftliche Briefe an ihn, Lion und kleineres. Für die Zeitschrift P. Bertaux und E. Brock ins Auge gefaßt. Abends im Graef über »Epimenides«.

Freitag den 13. VIII. 37

Nachts schweres Gewitter, gewaltige Donnerschläge, lang andauernd. War einige Zeit auf. K. vertauschte meine Steppdecke, unter der ich schwitzte, mit einer leichteren. – Geringe Abkühlung, Föhn, Regen. – An Adelens Erzählung weiter. Mittags Arnold *Zweig* u. Frau von ihrer Pension am Zürichberg abgeholt. Mahlzeit mit ihnen, Unterhaltung in Halle und Arbeitszimmer. Nachmittags Handschriftliches. Miserabler Brief des P. Caspari, den an Lion sandte. Brief von Brentano, Angebot eines Artikels über die deutsch-französischen Beziehungen. – Zeitschriften-Lektüre. – Verabredungen mit dem Schreiner über Büchergestell für die obere Diele, Platten-Unterbringung, Staffelei für den Medi-Kopf.

Sonnabend den 14. VIII. 37
Schwühl, schwerer Regen, schwere Sonne, Gewitter. – An Adeles Erzählung. – Mit K. ausgefahren, Waldspaziergang. Zu Tische der junge *Niko K.*, sympathisch. – In Graef: G. u. s. W. – Geschlafen. – Zum Thee der Rezitator Jehuda *Ehrenkranz* (Haifa), zart und ennuyant. – Handschr. Briefe im Interesse der Zeitschrift (Brock, Fleiner). – Abends im Graef.

Sonntag den 15. VIII. 37
Föhn, Regen, Abkühlung. Müde. An Adeles Erzählung eine Seite. Mit K. bei Regen über Itschnach spazieren. Zu Tische *Feuermanns* und ihre Freundin *Mme Santa Cruz* aus San Jago, Chile. Nach dem Thee Brief-Diktate, besonders an Felix Bertaux. – In Silones Novellen, von denen gestern vorm Einschlafen eine sehr starke las.

Montag den 16. VIII. 37
Kühl, zum Teil regnerisch, Hagel, Gewitter. – An Adeles Erzählung. – K. die Straße hinab entgegen. Spaziergang unterblieb. – Bericht über einen Vortrag Prof. S. Marcks in der Buch-Ausstellung des S.D.S. über »Th. M.'s politisch-philosophische Botschaft« (Pariser Tageszeitung). – Besprechung von »Freud, Goethe, Wagner« in den New York Times. – Artikel im »Washington Herald«. – – Die Meyer schickt ihre Übersetzung des Vorwortes zu M. u. W., das heute in Amerika mehrfach erscheint. – Brief von Hatvanyi. – Nach Tische Zeitungen. Nach dem Thee ins Cinéma. »Nord und Süd«: recht alberner amerik. College-Film. – Schrieb an Reisiger wegen eines Aufenthaltes in Seefeld. Ludwig, mit dem telephonierten, empfiehlt Brissago. Monte Verità schrieb ab, politischer Gründe verdächtig. – Anruf Lions, der den albernen Caspary versöhnt. Verabredung für morgen. – Reise-Vorbereitungen der Jüngsten, die morgen Autofahrt nach Italien antreten. – Beiträge von Krenek und Roth zu studieren.

Dienstag den 17. VIII. 37

Regenwetter, kühl. Ein Stück an A.'s Erzählung weiter. ½12 Uhr Konferenz mit *Lion* in Sachen der Zeitschrift. Kurzer Ausgang mit ihm im Regen. – Ankunft *Klaus'* mit seinem Freunde *Curtis*. Mittagessen zu fünfen ohne die Kinder, die morgens abgefahren. Nach dem Kaffee Fortsetzung der Besprechung mit Lion, Zuziehung Golos. – In der N.Z.Z. freundliche Besprechung von »M. u. W.« durch Korrodi. – Telegramm an Bermann und Brief an Podach wegen des Nietzsche-Materials. Sonst mancherlei Handschriftliches. – Las in Andermanns »Biologie«. – Anruf Coudenhoves auf der Durchreise.

Mittwoch den 18. VIII. 37

Gestern Nacht »Wahrheit und Dichtung«. – Schwühl heute, heiße Sonne, teils regnerisch. – An Adeles Erzählung weiter. Frage der Stoffverteilung und der etwaigen Aufhebung der August-Szene, die aber doch wohl durchgeführt werden wird. – Mit K. über Itschnach gegangen. – In der »Prager Presse« höchst positive Besprechung der Zeitschrift. – Mittagessen mit Klaus und Curtis. – Aufsatz von Kerényi über die antike Todesvorstellung, nicht gut. – Brief von Fiedler über die Zeitschrift, Artikel von ihm gegen die Bekenntniskirche, problematisch. – ½7 Uhr Fahrt mit K. hinaus zu Falkes. Gang dort im Garten. Abendessen mit einem wundervollen Pfälzer. Unterhaltung über die Zeitschrift. Vorlesung, auf meine Anregung, aus seinem Jesus-Roman, der wohl ein falsches Unternehmen. Geschenk seiner Dramen in fünf Bänden und einer Menge Gemüse. Recht späte Heimkehr. »Dichtung und Wahrheit« eine sehr wohltuende Lektüre.

Donnerstag den 19. VIII. 37

Warm, dunstig, Sonne. Später auf. Etwas weiter geschrieben, müde. ½12 mit K. zur Stadt: neues Manuskript vom Riemer-Kapitel zu Fr. Lind gebracht und Abgeschriebenes geholt. Einkauf von Hemden, eines Regenmantels, schöner Hosenträger.

Postament für den Medi-Kopf nicht gefunden. Zurück und in den Wald gefahren zum Spaziergang. Nach Tische Zeitungen, Briefe, »Weltbühne«. Zum Thee junger Professor aus Michigan, der aus Schreiberhau von Hauptmann kam. – Handschriftliches erledigt und mit K. Abendgang gemacht. Sehr feuchte Luft, im Beine spürbar. – Kamen die Mutter-Nietzsche-Briefe von Bermann. – »Promenade-Konzert« von Küsnachter Bürgern auf der Schiedhaldenstraße.

Freitag den 20. VIII. 37

Gestern Abend lange in den Nietzsche-Briefen. Dokumentärer Wert, die Wirkung oft gespenstisch, oft primitiv. – Heute am Kapitel weiter. Schwühl, Regen. Mit K. über Itschnach gegangen im neuen Regenmantel. Enorm viel Post. Das »Vorwort« englisch in »Washington Post« in großer Aufmachung. Manuskripte von ter Braak, Brentano, Roth für die Zeitschrift. Briefe von Podach, Bermann, Lion u. m. a. – »Tagebuch« und »Weltbühne«. Nach dem Thee Diktate am laufenden Band. Abends *Oprechts* und *Frau v. Kahler*, dazu der kleine Curtis, faszinierend für Oprecht. Besprechung mit diesem nach dem Kaffee. Er meldet großes Interesse der Weltpresse für »Maß und Wert«.

Sonnabend den 21. VIII. 37

Magen etwas angegriffen, frugaleres Frühstück. Arbeit an Adeles Erzählung. Nebelig, Regen, Gewitter. Ging nur kurz allein aus. Zu Mittag traf die *Herz* ein, ausquartiert in der »Sonne«. Widmete mich ihr etwas vor und nach Tische. Las dann Brentanos Aufsatz, schwieriger Fall. Ebenso Roths »Grillparzer«. Zum Thee ausgefahren mit K. nach Witikon zu Brocks. Verabredung eines Beitrags über Vauvenargue. Hübsches neues Häuschen. – Wieder viel [Post]. Großer Aufsatz ter Braaks im Hed Vaderland über die Zeitschrift und seinen Besuch bei mir. – Abendessen mit der Herz und Curtis. Etwas Musik nachher: Wagner und Strauss. Das Tristan-Vorspiel machte mir großen Eindruck. Sah bis spät die Briefe der Mutter Nietzsches zu Ende durch. Ergriffen und gedankenvoll.

Sonntag den 22. VIII. 37

Kühl, Regen, auch Gewitter. Geheizt. An Adeles Erzählung weiter. Die Herz kollationierte mit K. das 2. und 3. Kapitel. Ausfahrt mit ihr zum Zürichberg, Wald-Spaziergang dort. Gespräch über ein Engländern gehöriges Haus am Thunersee, für uns geeignet. – Dann *Annette Kolb* vom Touringhotel abgeholt. Mit ihr zum Essen. Liebe Person. Kaffee in der Halle. Las ter Braaks Manuskript über Nietzsche und Freud. Schrieb nachmittags Briefe. Nach dem Abendessen Aida-Platten. Verabschiedung von der Herz. An Fiedler über die Kirchen. Müde.

Montag den 23. VIII. 37

Kühl, regnerisch, geheizt. Arbeit an »Adeles Erz.« 12 Uhr Besprechung mit Brentano wegen seines Aufsatzes u. darüber hinaus, bis ½2. – Zu Tische Dr. Sinsheimer. Über den neuen Judenstaat und seine Aussichten. Kaffee in der Halle. – Im »Bund« Aufsatz Rychners über die Zeitschrift. In »N.Y.Times« Besprechung von »Freud, Goethe, Wagner«. Das Buch selbst kam in einigen Exemplaren, hübsch zu sehen. – Zum Thee Hr. Lubahn, der Fürsprache braucht in Bern. – Postkarte von jenseits der Kehler Brücke mit »Respekt und unauslöschlichem Gedenken«. – Sonst viel Post. Schöner Brief über »M. u. W.« von Prof. Kozák, Prag. – Antwort vom Hotel Reber, Locarno. Teleph. Bestellung dort. – Machte Abendspaziergang gegen Itschnach. Telephon mit Lion in Schuls-Tarasp wegen der Manuskripte. – Neues Bücher-Gestell auf der oberen Diele. Klaus, Curtis u. K. räumen den Inhalt eines Schranks der Halle hinauf, um für den großen Goethe unten Platz zu schaffen. – Regen. –

Dienstag den 24. VIII. 37

Föhn, feucht ohne Regen, auch kühl. Arbeit an A's Erzählung. Mittags K. entgegen u. im Wagen mit ihr zum Wald. Gegangen über Zollikon. Zu Tische R. *Auernheimer.* Urbaner Plauderer. Nach dem Thee zahlreiche Briefe diktiert. – Manuskripte für die Zeitschrift. E. Bloch (Prag) legt Replik auf das Vorwort vor, die ich abends las und mir gefallen ließ. Sendung des »Rosenkavaliers« aus Salzburg. Genußmittel-Charakter. Große und feine Süßigkeit hier. Strauss, 72, soll krank in einer Klinik liegen. – Begann gestern mit der abendlichen Lektüre von »Père Goriot«.

Mittwoch den 25. VIII. 37

Gestern Abend recht unwohl, erkältet, übermüdet. Auch heute müde. Tat an der Arbeit weiter das Notwendige. Fuhr aus mit K. zum Zürichberg, wo wir schönen Spaziergang machten und dann Fr. *Hallgarten* von ihrer kleinen Pension zum Mittagessen abholten. Nach diesem zog ich mich zurück, um zu lesen, Zeitungen und Manuskripte. Falke über die Kunstrede des Hitler, recht öde. Viel Post, Briefe zur Zeitschrift aus Europa und Amerika, Sendung von Amann, Brief von dem Dramatiker H. Müller vom Thunersee, Sendungen von Lion und Oprecht. Diktierte und schrieb nachmittags. Geschäftigkeit. Zum Abendessen *Zarek,* fett und braun, gewandt und entschieden redend, Politisches und Persönliches. Müde. Fühlte mich körperlich in Abbau und Rückgang.

Donnerstag den 26. VIII. 37

Vorwiegend heiteres Wetter, Nebel. An der Erzählung weiter. Mit K. im Wald. Nach Tische Manuskript »Französische Kriegsbriefe« gelesen. Nach dem Thee an Ernst Bloch über seine Replik geschrieben. Zum Abendessen mit Golo bei den alten Reiffs in Gesellschaft von Beidlers und einem Budapester Ehepaar Dr. Diamand. Schrieb nach der Heimkehr noch an dem Brief fort. Studien in »Goethe und Napoléon« von Fischer.

Freitag den 27. VIII. 37

Dunstig und etwas schwühl. Arbeitete an Adeles Erzählung und ging allein mit dem Hund über Johannisburg spazieren. Ein Teil des neu gebundenen Sophieen-Goethe kam. Aufstellung im Schrank und Beschäftigung mit Brief- und Tagebuch-Bänden. Fortlaufend gehen aus Amerika Briefe mit kleinen Cheks ein, veranlaßt durch das Vorwort. Diktierte zahlreiche Briefe u. a. an ter Braak. Schrieb den Brief an E. Bloch zu Ende. Telephon mit Lion über Goldbergs furiose Bedingungen, Podach, de Broglie etc. – Einnahme von Sant Ander durch die Aufständischen. Der englische Gesandte in Schanghai durch japanische Flieger in seinem Auto beschossen u. schwer verletzt. Don't hurt the flag! Was ist aus dem stolzen England geworden! – Feuilleton Korrodis über Menzel – Goethe – Gotthelf, höchst charakteristisch. – Besprechung von »M. u. W.« in der Nation. Zeitung.

Sonnabend den 28. VIII. 37

Nebeldecke, recht schwühl mit Einschlag von Herbst, nachmittags Sonne. 2 Seiten an der Erzählung weiter. Lang! Zu lang? – Mit K. den unteren Waldweg spazieren. Zu Tische die *Giehse.* Gelesen Zeitungen und »Tagebuch«. Nach dem Thee Brief-Diktat (Goldberg, Podach). Abends etwas Radio und Musik. Goethe-Lektüre, zur Feier des Geburtstags, den bei Handschriftlichem als Datierung benutzte. Vorm Einschlafen jetzt »Père Goriot«, der Blasebalg-Charakter, die soziale Romantik, schwer erträglich, wenn auch immer interessant.

Sonntag den 29. VIII. 37

Kein schöner Spätsommer. Täglich das neblig bedeckte, schwühle und feuchte Wetter. – An der Erzählung fort. Mit K. in den Wald gefahren. Zu Tische *Zarek* und Frau *Fuetiger.*

Kaffee auf der Terrasse. Manuskripte gelesen (Er. Brock, Vauvenargue, recht hölzern). Nach dem Thee des Längeren an Lion. Weitere Geschäfte, Ausfertigungen, Rücksendungen. Abendessen allein mit K. Nachher etwas Radio-Musik. Anruf der Kinder, die, unterwegs von Genua, in der Nacht eintreffen werden.

Montag den 30. VIII. 37

Dasselbe Wetter. Nachts Ankunft der Jüngsten von Italien zurück, wo sie, als meine Kinder erkannt, teils Ehrenvolles, teils Unfreundliches erfahren haben. – Arbeit an Adeles Bericht. – Gide schickt seine Préface für die politischen Aufsätze. New York Times schicken die Nummer mit dem Vorwort. Lion schreibt. Brief einer Deutschen aus Italien am Vortage der Heimreise. – Ging gegen Johannisburg, K. holte mich mit dem Wagen ein, u. wir gingen noch gegen die Tobel-Schlucht. – Eine neue Serie von Bänden des Sophieen-Goethe kam. Nahm Betitelungen vor. Las in einer Selbstverteidigungsschrift der Julia Wassermann. Buch »Die Krise des Bürgers« von E. Jellinek. – Nach dem Thee Brief an Gide diktiert. Ferner Begleitbrief zur Gabe von 250 frs an Regine Ullmann aus dem Th. M.-Fonds. – Schrieb an Feist und Brock. – Milder Abend. Schmerzen im Bein. Ging noch einige Schritte im Dunkeln. – Telephon mit Lion, den in Sachen der Nietzsche-Briefe nachgiebig fand. Unzufriedenheit K.'s und Golo's mit seiner Tätigkeit. – Toby beißt wieder einmal vor den Augen der Mädchen eine Frau u. wird wohl abgeschafft werden müssen.

Dienstag den 31. VIII. 37

Drückend, Gewitter. Arbeit an der Erzählung Adeles. Mit K. zu Wagen in den Wald und dort spazieren. Zu Tische die *Giehse.* Nachher Briefe von morgens gelesen: Anliegen, Ansprüche. Die tschechischen Emigranten in Bedrängnis. Nachmittags Briefe diktiert (an Marcel Brion, der mir schön über den Briefwechsel geschrieben, u. andere); auch Handschriftliches. Nach dem Abendessen kam *Beidler*. Kaffee in der Halle. Später las Golo bei mir seine Besprechungen historischer Bücher für die Zeitschrift, gescheit und anregend.

Mittwoch den 1. IX. 37

Änderung des Wetters. Blauer, schöner Spätsommertag. – An Adelens Erzählung. (Heinke). Mit K. und Toby in den Wald. Rundgang. Auf einer Bank Briefe gelesen. Anmeldung Fiedlers für Sonntag. – Nachmittags mit K. im Cinéma »Nord-Süd«: Älterer deutscher Spielfilm mit Forster und der Bergner, zog ohne viel Eindruck vorüber. Heimfahrt mit Klaus und Curtis, dem ich nach dem Abendessen die 3 Lectures dedizierte. Verließ den Wagen in Zollikon, zu Fuß zu gehen, fühlte mich aber nicht wohl dabei, da die Nerven strapaziert waren und das Gehen auf dem Trottoir beschwerlich fiel. Beklemmung. – Las abends in dem energischen und gescheiten Buch von Jellinek »Krise des Bürgertums«. – Ausfertigungen. – Fahre vorm Einschlafen mit Père Goriot fort.

Donnerstag den 2. IX. 37

Sonnig und warm. Arbeit an der Erzählung (Heinke). Mit K. zu Wagen in den Wald und weiten schönen Rundgang gemacht. Nach Tische Briefe und Manuskripte gelesen. (Podach über Rée-Nietzsche). Thee auf der Terrasse. Verabschiedung von Klaus und seinem Freundchen, die wir an die Wagen geleiteten. Längere Brief-Diktate (Lion, Prager Emigranten-Problem) und Handschriftliches. Zum Abendessen Professor *Lederer* (New York), Stef. *Zweig* und *Zarek*, zu fünfen ohne Kinder. Nach Tisch das übliche politische Gespräch, entmutigender als gewöhnlich. K. fährt die Gäste zur Stadt. Sie vertraute mir gestern, daß Bibi auf der Reise mit seiner Gret geschlafen hat und daß sie sehr besorgt wegen der Folgen sind.

Freitag den 3. IX. 37

Gestern schwer eingeschlafen, erregt. Heute später auf. Arbeit an der Erzählung, müde, mehreres verbesserungsbedürftig. Ausfahrt mit K. und Toby und kurzer Spaziergang im Wald. Mittagessen mit Bibi allein. Nachher Zeitungen u. Zeitschriften. Nach dem Thee handschr. Kleinigkeiten, dann Fahrt nach Feldbach zu Falkes, bei denen wir den Abend verbrachten. Schöner sonniger Tag mit abendlicher Herbstkühle. Im Garten zunächst. Abendessen mit Zabbaione. Nachher Unterhaltung am Kamin. Zeitweise unwohl.

Sonnabend den 4. IX. 37

Gestern Morgen von juckenden Mückenstichen gequält. Salmiakgeist beruhigte. ½9 Uhr auf. Gewitter. An der Erzählung, Umschreiben des Gestrigen. Mit K. zur Stadt, zum Haarschneiden, voll, langes Warten, Unruhe. Dummes Geschwätz des Gehilfen. Von da zu Fuß Bahnhofstr. 100, zur Pediküre. K. holte mich ab. Nach Tische Zeitungen und »Tagebuch«. Nach dem Thee Handschriftliches, Podach, Manuskript-Beurteilungen, Ausfertigungen. Las eine deutsche Arbeit über »Zeit u. Geschichte bei Th. M.« Coudenhoves Zeitschrift. Abends »Lohengrin« aus Rom. Hörten den 1. u. 2. Akt. Furchtbare Hitlerei. Jak. Burckhardt über die Leere und Armut. Er hat »Unrecht« bekommen. So werden wir »Unrecht« bekommen durch die »Geschichte« gegen Hitler – und doch Recht gehabt und nicht nur gehabt haben. – Zweig erzählte: Mussolini sieht Rocca. »Rocca, come va? Sempre la critica? Ebbene ho letto un buon articolo su Thomas Mann.« Es ist doch was andres.

Sonntag den 5. IX. 37

Wiederkehr des dunstigen Wetters mit drückender Sonne. ½9 Uhr auf. Gearbeitet an der Erzählung bis Mittag. Mit K. zu Fuß über Itschnach, Regenmantel und Jacke über dem Arm. Nach Tische gelesen Manuskripte, Shakespeare-Sonette in Benedikts Übersetzung, das Moskauer »Wort«. Zum Thee Ankunft Pfarrer *Fiedlers* aus St. Antönien. Unterhaltung mit ihm. Räumungsarbeit mit auf meinem Schreibtisch aufgehäuften Papieren; verwahrt und beseitigt. Dem Verfasser von »Zeit und Geschichte bei T. M.«, Dr. Sultan, gedankt. Zum Abendessen außer Fiedler: Dr. *Katzenstein* und Frau. Im Lauf des Abends Verabschiedung Bibi's, der erleichtert daß seine Gret nicht in der Hoffnung, nach Paris zurückkehrt. Er hatte Katzenstein ins Vertrauen gezogen.

Montag den 6. IX. 37

Morgen-Nebel, dann sonnig. Frühstück mit K. und Fiedler. Arbeit an der Erzählung von ½9 bis 12. Spaziergang in den Wald, der überaus schön erleuchtet war, mit Fiedler. Rundgang bis ½2, dann Rendez-vous mit dem Wagen, in dem K. den Amerikaner Mr. *Amster* als Mittagsgast brachte. Englisches Tischgespräch. Kaffee auf der Terrasse. – Nachmittags Briefe, vorwiegend geschäftlich, diktiert. Zum Abendessen *Silone,* der, französisch-deutsch, sehr amüsant und sympathisch-komödiantisch sprach und erzählte. Zu ihm später Fiedler. Über die geistigen Sonderbarkeiten seiner Hochgebirgsgemeinde. Zauberei und Sündenbedrückung. Visionäre. Inzuchts-Defekte. Silone über religiöse Weltuntergangs-Ekstatik beim Erdbeben, das ringsum Vernichtung gebracht. Über die Cholera-Epidemie vom Jahre 11, die die des »T. i. V.« war. – Schenkte ihm die beiden ersten Bände des Joseph, italienisch. Der dritte soll erschienen sein.

Dienstag den 7. IX. 37

½9 Uhr auf. Sonniges Wetter. Frühstück mit K. und Fiedler. Arbeit an der Novelle Adelens. Mittags *Lion.* Mit ihm spazieren [im] Wald, konferierend. Mit K. im Wagen zurück. Mittagessen und Kaffee. Dann Fortsetzung der Besprechung in meinem Zimmer. Angegriffen. Geruht. Zum Thee *Humm,* dazu Fiedler. Politisches und literarisches Gespräch. Manches über

Deutschland und seinen wahren Beruf. – Die Maschinen-Abschrift des zweiten Teils von Kap. III. Gab sie Lion mit. – Las vorm Abendessen in der »Intern. Litt.« einen Aufsatz von Lukacs über Kleist. – Abendessen mit Fiedler. Anruf Lions, der über das Riemer-Kapitel in höchstem Enthusiasmus. Will maßloser Weise das Ganze ins 2. Heft haben. Drang auf Überlegung und freute mich. – Hörten das Ballet aus »Tannhäuser«. – Briefe ausgefertigt.

Mittwoch den 8. IX. 37

[. . .] Trotz Phanodorm sehr spät Ruhe und Schlaf gefunden. Heute Andauer des heiteren u. warmen Wetters. Nach dem Frühstück mit K. und Fiedler ein Stück an der Erzählung weiter. Dann zu Wagen in den Wald und gegangen zu dritt. Nach Tische außer den Zeitungen den Aufsatz von Lukacs über Kleist zu Ende gelesen. Die trostlose Albernheit der Mittelmeer-Konferenz gegen die »Piraten«, die mit am Tisch sitzen sollen, aber nicht wollen. – Nach dem Thee Briefe diktiert, u. a. an Goetel in Warschau, des unseligen Goldstein wegen. Fiedler in der Stadt, Abendessen zu dritt mit Medi. Marxistische Arbeit über die deutsche Romantik von Zilsel, heute eingegangen, gelesen. Ferner in »Dicht. u. Wahrh.« – Regen, wolkenbruchartig.

Donnerstag den 9. IX. 37

Gut geschlafen. Das Wetter schwühl, zu Regen geneigt. Frühstück mit K. und Fiedler. Arbeit an der Erzählung, wenig angeregt. Mit K. im Wald. ½2 Uhr Verabschiedung von Fiedler, der vorgegessen hatte und abreiste. Mit uns zu Tische die *Giehse*. – Zahlreiche Exemplare der italienischen Ausgabe von »Jos. i. Äg.«, in 2 Bänden, schmuck. – Nachmittags handschriftlich an Dr. Fährmann, Ragaz, u. Weiteres. Franz Werfel schickt erstes Exemplar seines Romans »Höret die Stimme!«. – ½8 Abendessen, danach mit K. zur Eröffnungsvorstellung ins Schauspielhaus: Operette »Der König mit dem Regenschirm« mit Karlweis als Gast. Dieser leicht und begabt. Das Stück höchst albern, der Abend ohne Festlichkeit. Gingen nach zwei Akten. Im Morgenblatt Meldung von Schachts Rücktritt als Wirtschaftsminister, immerhin eindrucksvoll. – Zu Hause Thee, müde und verdrossen. –

Freitag den 10. IX. 37

Regen, Temperatursturz. Den ganzen Tag sehr müde. Mit der Arbeit kaum vorwärts gekommen. Ging allein nach Itschnach, vorübergehend gesellte K. sich zu mir. Zu Tische Mr. Sam *Stuart*, Chicago. Zeitungen, Zeitschriften. Korrektur von Oprecht. Närrischer Brief von Brentano, den nachmittags mühsam beantwortete. Neues Schreiben aus Prag in Sachen der Emigranten-Verfolgungen.

Sonnabend den 11. IX. 37

Regen, kalt. Stockende Arbeit. Beschluß, das Bisherige vorzulesen. Allein über Johannisburg gegangen. Nachmittags einige Diktate. Abends mit K., Golo und Medi bei Oprechts. Zum Abendessen mit Kahler. Später Bildhauer Speck und Frau. Nach dem Kaffee Vorlesung des größten Teils des von Adeles Erzählung Geschriebenen. Korrektur weiterer Teile des III. Kapitels. Presse-Sammlung über die Zeitschrift. Schnarchen Oprechts beim Lesen. Über die kompositionelle Rolle und Stellung des Kapitels.

Sonntag den 12. IX. 37

Grau und kühl. Geheizt. Eine Seite an der Erzählung. Mit K. über Johannisburg gegangen. Zu Tische die *Giehse*, *Tennenbaum* und Lion. Kaffee in der Halle. Konferenzen Lions mit Golo und mit mir. Beschluß, im 2. Heft das Riemer-Gespräch in extenso mit Kürzungen am Anfang zu bringen. – Müde. – Zum Thee *Reisiger* eingetroffen (in Gesellschaft seiner New Yorker Freundin). Dazu später Prof. *Kerényi* und Frau, die zum Abendessen blieben, um mit dem Nachtzug nach Wien-

Budapest weiterzureisen. Konnte zwischendurch bei mir eine Manuskript-Sendung erledigen. K. »nach Zürich-Küsnacht gekommen, um eine Pflicht des in Europa Reisenden zu erfüllen, wie einst der Aufenthalt in Weimar es war.« Hübsch, hübsch. – Reisiger unverändert angenehm. Unterhaltung mit ihm bei mir. Medi fuhr Kerényis zur Bahn.

Montag den 13. IX. 37

Bewölkt, kühl. Kürzung der Anfänge von Kap. III für die Zeitschrift. Dialogverbindungen. Danach einen Brief geschrieben. – Spaziergang mit Reisiger nach Zollikon, durch den Wald, dessen Grün im Wetterdunkel sehr schön. Nach Tische die umfangreiche Post und Zeitungen gelesen. Alberner Brief von Glaeser. Nach dem Thee Antwortdiktate. Dann Ärger beim Lesen von Korrekturfahnen der Zeitschrift: Beck miserabel geschrieben; Briefe über Nietzsche schlecht ausgewählt. Nach dem Abendessen mit Reisiger in der Halle. Die Leonoren-Ouvertüre gehört. Sprachen über Rußland. – Tschechisches Presse-Telegramm, das den Tod Masaryks anzeigt und Äußerung erbittet.

Dienstag den 14. IX. 37

Regen, kalt, geheizt. Frühstück mit K. u. Reisiger. In Angriffnahme einer Äußerung über Masaryk. Čapeks Buch. Die Handschriften-Affaire. Allein im Regen etwas spazieren. Zu Tische John *Knittel.* Beschluß die Reise bis Freitag zu verschieben. Zum Thee *Lion.* Mit ihm Zeitschriftliches, dann über sein Verhältnis zu Golo. – Ermüdet. – Mit Reisiger zu Abend. Schulgeschichte, gelacht. Nachher aus Bern schönes Orgel-Konzert u. aus Rom Verdis Don Carlos gehört.

Mittwoch den 15. IX. 37

Schwühl, einige Sonne, schließlich wieder Regen. – Schrieb über Masaryk und die Handschriftenaffaire. Ging mit Reisiger in den Wald. Transpiration, Schnupfen. Nach Tische mit dem

Artikel im Stuhl fortgefahren. Ihn nach dem Thee beendet und teilweise die Abschrift korrigiert. Zum Abendessen *Kahler.* Mit ihm nachher in der Halle. Mitteilung des Artikels. Dann vor ihm, Reisiger und Golo langdauernde Vorlesung aus dem Riemer-Kapitel, Anfang und spätere Teile. Große Bewegung. Das Aufregende des Kapitels lebhaft ausgesprochen. Wogen des Lebens und großer Reichtum der Einblicke und Deutungen. Ein Höhepunkt meiner Produktion. – Medi, vom Cornichon zurück, fuhr Kahler nach Haus. Mit Reisiger noch eine Weile allein. Über Hesse, mein Werben um ihn und sein Ausweichen, sein Lieber nichts von mir wissen wollen, aus Unruhe Eifersucht. – Spät ins Bett. Las noch in Dicht. u. Wahrh., da Goriot gestern beendet.

Donnerstag den 16. IX. 37

8 Uhr auf. Zufriedenheit über den Verlauf der gestrigen Vorlesung. Helleres Wetter. Frühstück mit K., Reisiger, Medi u. Golo. Nachher Verbesserungen an dem »Masaryk«-Artikel und Fertigstellung der 3 Exemplare für Prag, das »Tage-Buch« und Amerika. – Vorbereitungen für Abreise, Briefe, Auswahl von Büchern. Schrieb noch ein Stückchen weiter an der Erzählung. Ging mit Reisiger über Johannisburg. Zu Tische *A.-M. Schwarzenbach* mit ihrer Freundin *Barbara X.*, (New York). Las nachher den Beitrag von Goldberg über die griechischen Götter: unverschämt, aber fesselnd. – Nach dem Thee gepackt (in neuen Auto-Koffer). Dann rasiert und angekleidet fürs Theater: Logen-Plätze mit K. und Reisiger, Knittels »Via mala«, derbes u. anfechtbares Machwerk. Begrüßung mit dem Verfasser, seiner Frau, Hitschens, einem jungen Chinesen. Hotel-Souper vermieden, Abendessen zu Hause, Schinken, Thee und Ei mit großem Appetit nach langem Fasten.

Locarno, Sonnabend den 18. IX. 37, Hotel Reber au lac.

Gestern Morgen mußte Medi früh zur Chevrolet-Niederlage fahren, um den elektr. Scheibenwischer, der sehr wichtig wurde, reparieren zu lassen. Ich frühstückte mit Reisiger und packte dann meine Handtasche. Wie immer zogen die Vorbereitungen, das Verstauen des zahlreichen Gepäcks im Wagen sich hin. Gegen ½11 Uhr fuhren wir ab zu dritt bei zunächst leidlichem Wetter, über Rapperswil. Auf der Achsenstraße erschien sogar die Sonne. Dann verstärkten der Regen und die Dunkelheit sich mehr und mehr. Die Großartigkeit der Gebirgsstrecke nach der Achsenstraße beeinträchtigt, aber schön auch so. Reisiger, sehr übel, nahm Vasano. In Göschenen Versorgung des Wagens und Mittagessen mit Rotwein. Dann viertelstündige Fahrt durch den Tunnel. Jenseits der Regen noch stärker. Die Luft verdunkelt von Wasser. Von den Gebirgen zahllose weiß schäumende Bäche, die stellenweise zu stäubenden Kataraktenwurden. Wir stiegen aus, um den größten u. wildesten zu beobachten. Der Ticino lehmgelbes Gewälz. Wasserstürze unmittelbar von den Felsen auf die Straße, die überschwemmt und unterwühlt zu werden drohte. Charakter einer Wetter-Katastrophe. Leichte Aufhellung in der Ebene. Ankunft in Locarno nach 5 Uhr. Hotel, Abladen, Besichtigung der Zimmer. Für uns Eck-Doppelzimmer No. 23 mit Balcon-Veranda. Thee und Toast mit Reisiger in der Halle. Danach Auspacken, Installierung und etwas Ruhe. Gewitter und Sturm. ½[?] Uhr Abendessen im Speisesaal. Warmer Sturm. Etwas den Quai entlang spazieren. Dann bei uns im Zimmer. Kamillen-Thee bereitet. Gegen 10 zur Ruhe. Immer wiederholtes Versagen des Lichtes bei der Nachttoilette u. nachher, sodaß lesen unmöglich.

Etwas unruhig geschlafen. Das Wetter heut etwas besser, der Sturm beruhigt, mild. Gebadet u. auf dem Balcon gefrühstückt. Hoher Lorbeer im Garten. Schreibtisch und Reise-Bibliothek installiert. Zeitschriften u. Büchersendungen kamen gestern Abend.

Nach diesen Aufzeichnungen an der Erzählung gearbeitet. Dann mit K. u. Reisiger im Ort zu einigen Einkäufen, Karten und frische Tinte für mich. Regen. – Viel Post, Briefe, Manuskripte, Affairen und Ansprüche. Nach Tische auf der Veranda Kaffee getrunken. Den chiantiartigen Nostrano darf nicht mehr trinken, der konstringenten Wirkung halber. Nach der Ruhe im Hotel Thee getrunken, da der Regen strömte. Nachher trotzdem ausgegangen bis zur Landzunge; große Nässe. Das Bein empfindlich. – Einige Briefe diktiert und Karten geschrieben. Nach dem Diner mit Reisiger bei uns oben. Beschäftigung mit der Abendpost. Koestler vom Daily Chronicle in Zürich. – Später Vorlesung der Anfänge von A.'s Erzählung. R. interessiert. Auch mir sagte es besser zu als das erste Mal.

Locarno, Sonntag den 19. IX. 37

Die ganze Nacht Regen und heute weiter. Im Zimmer gefrühstückt. Warme Kleidung. Nach dem Frühstück lange an der Erzählung. Angegriffen. Mittags mit Reisiger im Wagen nach Moscia zu *Ludwigs*. Einiges Suchen. Der junge Bab als Pilot. Gastfreie Aufnahme wie gewöhnlich; Weltton nicht ohne Selbstgefälligkeit. Die Mutter und eine Nichte aus Nürnberg. Champagner-Frühstück. Mit L. und Reisiger im schönen Arbeitszimmer, türkischer Kaffee, Erzählungen von Washington und Roosevelt. Im Oberstock geruht. Im Garten geklettert. Gewitter, Regen. Thee. Kontroverse über Hamsun. Film-Vorführung vom »Tasso« am 28. August. Aufbruch ca ½7 Uhr und Heimfahrt, von L. bis zur Landstraße begleitet. Zu Hause viel Post, Korrekturen, Briefe, Interessen der Zeitschrift. Alberner Brief von Roth in der Glaeser-Sache, »alter Offizier«. Ist kühl zu beantworten. – Nach dem Diner mit Reisiger in unserem Zimmer, Lektüre u. Kamillenthee. Zeitig schlafen, las eine Novelle von Mérimée.

Locarno, Montag den 20. IX. 37

Nachts sehr kühl. Rauschen des Sees. Halsschmerzen. ¾8 auf. Leichte Aufklärung nach Regen die ganze Nacht. – An der Erzählung weiter. Mittags bei Sonne mit K. und Reisiger den Quai entlang zum »Lido« promeniert. Nach dem Lunch im

Garten. Danach ein Mt. von W. Haas mit Beifall gelesen. 4 Uhr nach *Brissago* gefahren. Thee auf einer Terrasse, die Kirche im Rücken. Hübsche italienische Ortschaft. Vorm Diner Briefe diktiert (Roth, Lion, Oprecht etc. Petersburg, Zürcher Radio etc.) Anmeldung eines Photographen vom Radio svizzero-italiano. Telegramm von Koestler, der abends eintraf und anrief. Traubensendung von Ludwig. Las abends den Rest des Geschriebenen vor, das Reisiger reizend fand. Nacht-Lektüre Mérimée. Gewitter. – Vorzügliche Rede des spanischen Minister-Präsidenten in Genf.

Locarno, Dienstag den 21. IX. 37

Die ganze Nacht Regen, der sich am Morgen fortsetzt. Dichte Verpackung. Gearbeitet. Nach 11 Uhr hinunter zu *Koestler,* mit dem verabredet. In der Halle mit ihm. Spaziergang am See mit ihm bei aussetzendem Regen. Lunch mit ihm zu viert, Kaffee im Salon. – Nachmittags Briefe diktiert: Vor-Notiz zu Kap. III u. anderes. 7¼ Diner mit Koestler zu viert. Nachher mit ihm u. Reisiger im Salon. Sympathisch. Über seine Todesnot und den Zbg. War aber angegriffen und verstimmt, brach bald auf. Reisiger kehrte zu ihm zurück, auch um mich zu entschuldigen. – Die Prager Presse über die Trauerfeierlichkeiten. Mérimée »Tamango.«

Locarno, Mittwoch den 22. IX. 37

Regen die ganze Nacht und heute weiter, monströs. Erwägungen eines zweiten Zimmers wegen, da der Balcon nicht bewohnbar für K. – Den Tag wie üblich verbracht. Arbeit an der »Erzählung«. Abend nach Moscia. Musikalische Soiree bei Ludwig mit 2 Abendessen. Sehr spät ins Bett.

Locarno, Donnerstag den 23. IX. 37

Leichte Besserung des Wetters. An der »Erzählung«. Mittags u. nachmittags Spaziergänge. Viel Post. Brief von Gide wegen Veröffentlichung seiner Préface in »M. u. W.«. Diktiert: Ansprache für Radio sv.-ital. Brief an Lion. Müde. Abends mit Reisiger in unserem Zimmer. Korrektur des gekürzten Riemer-Gesprächs. Brief von Peat über die Tournee.

Locarno, Sonnabend den 25. IX. 37

Gestern neblig-heiterer. Zu spät auf, bis 11 gearbeitet. Dann zu dritt am See nach Minusio spazieren, wo es sehr hübsch war. Vor Tisch im Garten. Mancherlei Briefe. Photogr. Aufnahmen. Korrektur des 3. Kap. Kaffee getrunken auf der Straße. Dann zur Kirche *Mad. del Sasso* hinaufgestiegen. Zu Hause die Radio-Ansprache zu Ende diktiert. Abends Vorlesung aus dem Riemer. Reisiger, glaub' ich, betroffen und beunruhigt. – Die Weltbühne mit Artikel von Heinrich. Im »Tagebuch« mein Masaryk-Artikel. – Heute Wetter-Klarheit und Frische. Frühstück auf dem Balcon. Bis ½11 gearbeitet. Um 11 mit Ludwigs in unsern zwei Wagen ins *Verzasca-Tal.* Schöne Fahrt, schöner Ausflug. Mittagessen in Brione, ländliche Osteria. Wiederum reizende Gastlichkeit der Ludwigs. Gegen 5 zu Hause. Nach kurzer Ruhe zu Dr. Richter u. Frau nach Ascona. Thee bei ihnen auf der kl. Veranda mit vorzügl. dänischem Honig.

Locarno, Sonntag den 26. IX. 37

½8 Uhr auf. Heiteres, etwas nebliges Wetter. Arbeit bis 11 Uhr. Dann Toilette und mit K. und Reisiger den schönen Seeweg nach Minusio spazieren. Nach Tische Kaffee im Garten mit Lektüre von Zeitungen und Drucksachen. Kühl. Auf dem Balcon in der Sonne. Geruht. 4 Uhr mit K. und R. zum Thee in die Stadt. Geschrei vom Velo-Rennen. Musik. Umzug der »liberalen Arbeiter-Partei«. Beim Spaziergang durch das Besteigen eines endlosen Treppenweges überanstrengt. In Schweiß gebadet und Muskelschmerzen. Zu Hause Briefe diktiert: An Bermann über die neue einbändige Ausgabe des Zbg., die heute kam. Erfreulich. An Lion in Sachen von M. u. W. (Beck) etc. Nach dem Essen, 8¼ Uhr, in unserem Zimmer

Radio-Transmission, Gruß aus Tessin mit Vorrede des Sprechers und Übersetzung durch ihn. 100 Franken Honorar.

Locarno, Montag den 27. IX. 37

8 Uhr auf. Regen. Gearbeitet an der »Erzählung« bis 11. Mit Reisiger zum *Coiffeur.* Danach mit ihm bei Regen etwas am Quai. Nach dem Lunch in der Halle, Lektüre von Briefen u. Zeitungen. Lion zur Zeitschrift. Berichte über die Ankunft Mussolinis in München. – Beschäftigung mit einem Manuskript ter Braaks über das Christentum. Ein kleines Buch von E. Heller »Flucht aus dem 20. Jahrhundert«, worin ich mich mit K. Kraus zusammenfinde. – Nachmittags abgeholt im Wagen von *Mr. Hutschinson;* mit Reisiger zu ihnen in ihr im Umbau begriffenes, schön gelegenes Haus. Thee im Atelier, Musik auf dem Marconi-Apparat. Von H. zurückgebracht, machten wir zu dritt noch einen Gang am Quai. Viel Post, zahlreiche lästige Briefe. Nach dem Abendessen weitere Vorlesung aus dem »Riemer« und Gespräch darüber. Gleichmütiges Vorübergehenlassen des Diktatoren-Rummels, von dem die Zeitungen voll.

Locarno, Dienstag den 28. IX. 37

Heiteres Wetter, Föhn. Vor 8 auf und nach dem Frühstück mehr als zwei Seiten eng geschrieben. Zu dritt bei drückender Sonne u. gefährlich kühlem Schatten nach Minusio spazieren. Nach Tische im Garten, beim Kaffee von dem holl. Maler, den bei Ludwigs trafen, gezeichnet. Revision der Riemer-Korrektur. Zeitungen. Nachmittags zu Wagen auf die Höhe von Madonna del Sasso. Die Kirche mit den panoptikumartigen Gruppen besichtigt. Mit Reisiger über gewisse Ähnlichkeiten des beginnenden Christentums mit dem Nazitum. Zu Hause Briefe diktiert (Lion, Hardekopf). Auf dem Weg zum Diner aus dem Radio Mussolinis Stimme nebst Volksgeschrei. – – Abends Vorlesung von Kap. 2 und 4 der »Lotte«.

Locarno, Mittwoch den 29. IX. 37

Heiteres, warmes Föhnwetter. An der »Erzählung« dringlich weiter. Mit K. und Reisiger zur Stadt. Nach Tische im Garten die Post und Zeitungen. Abominable Bilder der beiden sieghaften Pöbelmänner. Nachmittags mit K. nach Ascona zu *Fleiners*. Von der Frau an der Post erwartet. Steil hinauf zu dem prächtig gelegenen, angenehmen Haus. Thee und Unterhaltung mit den sympathischen Leuten. Des Professors Consternation über das neue deutsche Staatsrecht. Über Fontane, der Verehrung genießt. Blieben recht lange und waren gegen 7 zu Haus. Weitere Postdurchsicht. Telephon mit Lion in Ouchy. Abendessen mit Reisiger, der nachmittags gerudert hatte zur Erholung von seinen Übersetzungs- u. Korrektur-Bedrängnissen. Abends mit ihm auf unserem Zimmer wie gewöhnlich.

Locarno, Donnerstag den 30. IX. 37

Regen. An der »Erzählung«. Mittags nach Minusio. Nach Tisch in der Halle. Zeitungen. Die Berliner Diktatorenreden von excessiver Verlogenheit und Arroganz. Müde, aber mangelhafter Schlaf jetzt. Lockerung der oberen Brücke – mit zugehöriger Perspektive. Nachmittags Kaffee in der Stadt. Einkäufe. Geschenk eines Füllfederhalters an Reisiger. Zu Hause eine Reihe Briefdiktate. Wenig Posteingang. Korrektur der polit. Broschüre von Gallimard. Bermanns Almanach. Nach dem Diner Korrekturen mit K., die leider wieder über Magenschmerzen zu klagen hat. Anruf Medi's. Dankschreiben an Heller (Komotau) für sein Büchlein.

Locarno, Freitag den 1. X. 37

Heiteres Wetter. Dringlich an der Erzählung weiter. Mit K. und Reisiger nach Ascona, dort spazieren gegangen. Dann nach Moscia zu *Ludwig*, dem ich den neuen Zbg. brachte u. von dem ich dagegen eine schöne Tasso-Ausgabe erhielt. Champagner-Frühstück unter seidenem Zeltdach auf der bildschönen Terrasse, pointiert und bewußt illustre Situation mit

Anekdoten, Diwan-Rezitation und Ausgelassenheit. Herzlich-heiteres Mittun. Später dazu die alten Rechtlerinnen Augsburg u. Heymann. Beim Essen Verlust einer Porzellan-Krone in der unteren Brücke. Zu Hause etwas Ruhe, dann mit K. allein in der Stadt Thee getrunken und zu Zahnarzt Dr. Wehrli, der Abdruck machte und in eindrucksvoller Weise vor radikaler Lösung der »oberen« Frage warnte, besonders aus psychischen Gründen. – Abendspaziergang. Gestern und heute Abend Vorlesung aus den Wanderjahren für K. und R. – Brief von Lion. Interessantes Buch von Bettex über das klass. Weimar.

Locarno, Sonnabend den 2. X. 37

Heiteres, frisches Wetter. Frühstück auf dem Balcon. Nach der Arbeit Besuch von H. Marsman, Holländer, Freund ter Braaks. Mit ihm, K. u. Reisiger im Garten gesessen und am See spazieren. Nach Tische zu dritt im Garten. Früher zur Ruhe gelegt. Abholung durch das Ludwig'sche Motorboot, auf 3¼ angesetzt, mißglückte durch Defekt. Warten am Hotel-Lido. Dann Ludwig mit dem Wagen. Spazierfahrt mit ihm nach Intragna. Romantische Landschaft. Schlechtes Fahren, nervös. Zu Ludwigs. Thee dort mit dem Schauspieler Norbert Schiller. Vorlesung aus dem Riemer-Kap., die nach dem Abendessen, zu dem wir blieben, fortgesetzt wurde. Starke Wirkung. Nach einem Abend-Thee Abfahrt mit L.'s Chauffeur. Zeitschriftenpost. Fast Mitternacht.

Locarno, Sonntag den 3. X. 37

Heiterer Morgen, dann regnerisch, dann wieder besser. Müde. Die Arbeit nur wenig gefördert. Mittags mit K. u. R. etwas spazieren. – Nach Tische auf der Gartenveranda Kaffee u. Durchsicht von Drucksachen. Bermann schickte neue Briefsammlung Hofmannsthals. 4 Uhr Besuch von Schiller, der uns zum Besuch seines heutigen Recitationsabends überreden wollte. Abgelehnt. Mit ihm zur Stadt. Thee an gewohnter Stelle. Spaziergang auf halber Höhe. Schönes Licht, schöne südliche Bilder, Mauern, Turm und Winkel. Briefe diktiert an ter Braak, Lion, Angell u. andere, Amerika betreffend. Zum Abendessen Smoking. Dann Goethe-Vorlesung.

Locarno, Montag den 4. X. 37

Heiterer Morgen, dann regnerisch. Zwei Seiten geschrieben, nach gutem Schlaf. 11¼ abgeholt von Ludwigs Wagen mit Reisiger. Fahrt hinauf nach *Ronco*, wo wir L.'s trafen und mit ihnen den schönen Spaziergang (obere Ronco-Straße) machten. Mit dem Wagen zurück. Verspäteter Lunch. Nachher in der Halle Briefe und Zeitungen. Zum Thee Besuch von Herrn und Frau *Thelen* von Auressio. Mit ihnen im Gartensalon. Über ter Braak, holl. Literatur, Portugiesisch-Spanisches. ½6 mit K. zur Stadt. Beim Zahnarzt Dr. Wehrli, Einsetzen der Porzellankrone und Beratung über die kommende Prothese. Beim Abendessen mit Reisiger über die Rolle Englands, an die er glaubt, apologetisch. – Brief von Heinrich wegen einer liberal-sozialistischen Volksfront-Organisation, die mein Vorwort in Deutschland zu verbreiten wünscht. – Zeitungsschnitte: über die Kinder im Erzgebirge und meinen Brief an das »Kollektiv Th. M.«. Schmutzerei des »Angriffs« über mich. – Goethe-Vorlesung (Mann von 50 Jahren).

Locarno, Dienstag den 5. X. 37

Regen. Arbeit. Etwas spazieren mit K. und R. Nach Tische auf unserer Veranda Ansichtskarten geschrieben. Zum Thee im Hotel mit dem jungen *Schilling*, der Zeuge des 30. Juni war, beschädigter junger Mensch. Zu viert am See spazieren. Zu Hause diktiert: an Mrs. Meyer, Consul Laska u. a. Zum Abendessen noch einmal bei *Ludwigs*, mit Kaplan *Fahsel*. Üble Szene zwischen ihm und der »afrikanischen« Frau, die die Mission angriff. Zu dumm und peinlich. Apologetische Rede des einfältigen Mannes. Mappe pompejanischer Wandbilder Dionysos-kultischen Inhalts. Herrliches Marmor-Atrium. Sonst vorwiegend mißlich. Den Kaplan in strömendem Regen nach Hause (Minusio) gebracht. Kamillen-Thee mit Reisiger bei uns. Spät. – Hardekopfs Übersetzung von Gides Vorwort.

Locarno, Mittwoch den 6. X. 37

Die ganze Nacht Regen und tags weiter. Im Zimmer gefrühstückt. Danach Arbeit gegen Ende der »Erzählung«. K. mit dem Wagen im Ort. Mit Reisiger spazieren. Nach Tische im Salon und im Zimmer Post und Zeitungen gelesen. Der Umbruch von Heft 2 der Zeitschrift. Erregt, keine Ruhe. 4 Uhr mit K. zum Thee in die Stadt. Danach Brief an Heinrich diktiert, ablehnend in Sachen der »Liber.-sozial. Volksfront«. Pack-Geschäft. Rasiert. Nach dem Essen Geschenke von Ludwigs vorgefunden (Lederweste, Konfitüren, Säckchen mit Wüstensand). Fortsetzung des Packens, Bücher. Mit Reisiger »Mann von 50 Jahren«.

Zurück in Küsnacht, Donnerstag den 7. X. 37

In Locarno nachts unaufhörlicher Regen und heute weiter. Standen dort vor 8 auf, frühstückten im Zimmer und stellten das zahlreiche Gepäck fertig. Es wurde ½10 bis alles verstaut war. Verabschiedung vom Hotel Reber. Nahmen Reisiger in der Stadt. Reisefahrt bei schlechtestem Wetter, Nässe und Kälte, was die Großartigkeit der umwölkten Bilder nicht beeinträchtigte. Mittagessen und allzu langer Aufenthalt in Airolo. Von Göschenen Abfahrt ca. 3 Uhr. Dann durchgefahren, zum Teil bei dichtem Nebel. Ankunft hier 6 Uhr. Begrüßung mit Medi, Golo, den Mädchen und zwei jungen weißen Katerchen, Geschenk Beidlers. Freundschaft Tobys mit ihnen. – Notwendiger Thee. Mancherlei Post, Broch in seiner Sache, großer Haufen Briefe. Ausgepackt. Nach dem Abendessen Radio gehört, Klavierkonzert von Tschaikowsky, höchst charmant. – Aufsatz-Sendung von Klaus aus New York über das Romantikerheft der Cahiers du Sud. – Bin installiert und werde morgen arbeiten. Zahnwurzel-Reizung durch die gelockerte Brücke. Sorge wegen des zu Unternehmenden.

Küsnacht, Freitag den 8. X. 37

Unruhiger Schlaf, quälende Träume, lange wach, K. einige Zeit bei mir. ½9 Uhr auf. Nach dem Frühstück Weiterarbeit an der »Erzählung«. Frisches, bedecktes Wetter. Mit Reisiger über Johannisburg spazieren. Nach Tische Beschäftigung mit Zeitungen und Klaus' Manuskript. Früherer Thee; mit K. und Reisiger ins Cinéma »Nord u. Süd«, wo ein stets ausverkaufter französischer Film »La grande illusion« läuft, Kriegsgefangenenleben, dargestellt von Franzosen, Deutschen, Engländern, Russen, vortreffliche Darbietung, bewegend und von heilsamer Gesinnung. Befriedigte Heimkehr. Eingang von Post und Zeitschriften. Viel Briefarbeit lagert. Nach dem Abendessen Fortsetzung der Lektüre des »Mannes von 50 Jahren«, zum Teil unter großer Heiterkeit. Über das sublimklischeehafte der Altersprosa, die sich »nur das Allgemeinste erlaubt«. – Anruf bei Leisinger ergab seine Abwesenheit. Anmeldung bei Asper zur Besprechung für morgen Mittag. – Die Mérimée-Lektüre (»Colomba«) wird vor Einschlafen fortgesetzt.

Sonnabend den 9. X. 37

Kühl, kein Regen. Gegen 8 Uhr auf, allein gefrühstückt und gearbeitet. Mit K. und Reisiger zur Stadt. Geschenk eines Füllfederhalters an R. bei Scholl. Manuskript-Papier. Besuch bei Dr. Asper. Ergebnis: die Notwendigkeit der Säuberung des oberen Kiefers und Herstellung des Gesamt-Ersatzes. Ziemliche Chocwirkung. Verabredung auf Freitag. Überlegung der Vorkehrung für die erste, fatalste Sitzung. – Es kamen Exemplare der neuen Hochst.-Ausgabe von Querido. Hübsch. Die Giehse zu Tisch. Kaffee. Nachher Lektüre von Briefen und Zeitschriften. Nach dem Thee zahlreiche Diktate. Abends Beendigung der Lektüre des »Mannes von 50 Jahren«. – Radio-Engagement für 15. November. – Bereite die New Yorker Tischrede für Bermanns Almanach vor und notierte deutsche Originalfassungen für die Übersetzung von Gides Vorwort.

Sonntag den 10. X. 37

Heiter, kühl. Frühstück mit K. Dann Arbeit an der »Erzählung«, für die immer noch ein paar Tage brauche. – Spaziergang über Johannisburg mit K. und Reisiger. Zu Tische *Dr. Lichtenstein,* Herisau. Über die Heilung von Schizophrenie durch Insulin-Coma. Skurrile Wortspielereien der Kranken: »Du alte Drüse, ich werde Dich schlagadern!« (Traum-Erfindung). Kaffee in der Halle. Nachher Beschäftigung mit Manuskripten. Etwas geschlafen. Nach dem Thee Brief-Diktate: an Čapek in Sachen der Emigranten. 10 Mt.-Blätter des »Hochst.« an Querido für die Liebhaberausgabe. Die N.Y.-Rede an Bermann. – Mit Reisiger noch etwas spazieren. Abends den »Blonden Eckbert« vorgelesen.

Montag den 11. X. 37

Neblig-heiterer, kühler Herbsttag. An der »Erzählung« gegen das Ende weiter. Mit Reisiger den großen Waldweg. Oben in der Sonne auf der Bank gesessen. Der Rest der Goethebände kam zu meiner Genugtuung. Sah nach Tische Klaus' Aufsatz über die Romantik zu Ende durch und fand ihn löblich. Die Zeitungen flüchtig behandelt. Die italienische Antwortnote an den Westen äußerst verlogen und cynisch. – Nach dem Thee diktiert und beseitigt. Gegen Abend Telephon mit Lion in Dingen der Zeitschrift. Nach dem Abendessen den vollständigen Goethe geordnet, der sich im Schranke sehr schön ausnimmt. Eignete Reisiger mit seinem neuen Stylographen, über den er sehr glücklich, den »Hstpl.« zu. Las Mörikes »Turmhahn« vor; dann Goethes Prolog zu den Gedichten. – Die Kätzchen werden August und Ferdinand genannt. August fand sich, während ich las, im Eßzimmer-Schrank eingesperrt, machte sich durch Krabbeln bemerkbar.

Dienstag den 12. X. 37

Heiterer, kühler Herbsttag. Nachträgliches gearbeitet (Wahlverwandtschaften). Mit Reisiger über Johannisburg. Nach

Tische in der Sonne im Garten. Zueignung zu Faust vorgelesen. Beschäftigung mit Manuskripten. Geschlafen. Zum Thee Frau Dr. *Kamnitzer,* las Gedichte ihres Sohnes vor. Handschriftliche Korrespondenz: an Denhof, Lion, Oprecht, Frank in Haifa über ein Mt. – Abendgang mit K. Zum Abendessen *Kahler,* der sein großes Buch über Deutschland brachte. – Festmahl mit Fasan, Crême und Champagner. Kaffee in der Halle. Gespräch über Freud und Jung. Im Arbeitszimmer einstündige Vorlesung der späteren Teile von »Adeles Erzählung« bis zum Letztgeschriebenen. Befriedigende Bewährung. Später wieder in der Halle bis ½1 Uhr.

Mittwoch den 13. X. 37

Klarer, kühler, schöner Tag. Gegen das Ende der »Erzählung«. Mit K. und Reisiger zur Stadt. Bei Katzenstein im Institut. Mit ihm über das Bevorstehende. Verordnung von Optalidon und Neurostabil. R. aus einem benachbarten Café von einer Besprechung abgeholt. Mit ihm einen Teil des Rückwegs zu Fuß. Nach Tische Kaffee auf der Terrasse. Dann Fahrt nach *Luzern,* von Medi chauffiert, mit Golo, K. und R. Nach *Tribschen.* Besichtigung der Räume. Merkwürdiger Eindruck. Furchtbare Ölbilder, ganz Hitler. Ein absolut anstößiger lustknabenhafter Siegfried. Neben Nietzsches »Geb. d. Trag.« blödsinniger Weise ein Exemplar des »Fall Wagners« unter Glas. Interessante Familien- und Freundes-Gruppenbilder. Chamberlain-Büste. Pracht der Landschaft durch die Fenster. Möbel, deren Geschmack über den des Mieters geht. Ein Steppsessel, von ihm selbst beigebracht, Bayreuther Stil. Siegfried, verschiedentlich, auf einem jüngeren Bild täuschend jüdisch. Begleitgedicht zum »Idyll« an Cosima – nur »hm!« zu sagen. Elemente der Furchtbarkeit und des Hitlertums deutlich hervortretend, wenn auch eben nur latent und vorgebildet, vom pathetischen Kitsch bis zur deutschen Knabenliebe. – Gang im Garten an den See, wo Nietzsche mit ihm gewandelt. Chokolade im Café des Kunst-Hauses. Spaziergang über die alte

Brücke. Die Berge in zarter Schönheit. Rückfahrt und Ankunft hier 7 Uhr. – Post gesichtet. Reisiger will bis Sonntag bleiben. Nach dem Abendessen Walküre-Platten, mit Bewunderung gehört.

Donnerstag den 14. X. 37

Neblig-angenehmer Tag. An dem Schluß des Erzählungskapitels probiert. Mit Reisiger über Johannisburg spazieren. Neue Bücher von Oprecht und Bermann. K. bei Oprechts wegen der Übergabe der Washingtoner 2000 Franken an uns und der Abrechnung über den Briefwechsel. Nachmittags geschlafen. Zum Thee Herr und Frau *Reinke* aus Rapperswil, wunderliche Leutchen, die ausführlich ihre Lebensangelegenheiten vortrugen, ohne eigentlich etwas zu wünschen. Nachher Brief an Dr. Benedikt, Wien, diktiert u. selbst noch etwas geschrieben. Mit K. und Reisiger ins Schauspielhaus: »Scherz, Ironie etc.« von Grabbe, hübsche Aufführung, aktuell aufgelöst, genialische Momente, Shakespeare-parodisch, die Betrunkenheitsszene ins Großartige spielend. Begrüßung mit Brentanos, Diebold, Frau Rieser, dem kölnischen Literaturhistoriker und Bertram-Schüler. – Morgens, mittags und vor dem Theater Optalidon, starke Schläfrigkeit; aber lebhafter Appetit abends. – Rezension von Blei über Steinhausens Buch »Die Zukunft der Freiheit«.

Freitag den 15. X. 37

Neblig-heiter. Nach dem Frühstück und später Optalidon. Am Schluß der »Erzählung« gearbeitet. Vor 12 von K. zu Asper gebracht: Schwere Stunde, mit Selbstbeherrschung bestanden. Anästhesierungen, Entfernung der Brücke mit Zahn, Extraktionen, davon eine schwer auszuführen. Gipsabgüsse beider Kiefer, der obere mit Gaumenstück, alles ging in Fassung vorüber. Ende 1¼ Uhr. Heimfahrt mit K. Müde. Entsprechende Kost. Kaffee. Nach Tische Zeitschriften-Lektüre. Im »Tagebuch« über die Rolle des »Briefwechsels« in Deutschland.

½6 Uhr schon wieder zu Asper: Längeres Probieren eines Wachsmodells. Zurück etwas zu Fuß. K. einen Brief an Werfel diktiert, worin erkläre, warum mir die Lektüre seines Romans jetzt unmöglich. Weiteres. Nach dem Abendessen mit Reisiger Wagner-Musik gemacht. An Bermann geschrieben. Briefe ausgefertigt.

Sonnabend den 16. X. 37

Nebel, heiter. Letztgeschriebenes neu und besser gemacht. Mit Reisiger den großen Waldweg. Nach Tische auf der Terrasse. Aufsatz über Michelangelo von Brunner †. Müde und angegriffen. Geschlafen. Mit K. u. Reisiger im Rex-Cinéma, graziöser Film von S. Guitry, hübsche moralische Skepsis, vortrefflich gesprochen. In der Stadt viel Leben und Treiben. – Exemplare des zweiten Stückes von »Maß und Wert« kamen, vorzügliches Heft. Nach dem Abendessen mit R. Meistersinger-Musik.

Sonntag den 17. X. 37

Nebel, mittags Sonnen-Durchbruch. Schloß die 89 Seiten lange Erzählung Adelens ab. Danach mit K., Medi und Reisiger zum Zoologischen Garten gefahren und dort bis Essenszeit verweilt: Affen, Aquarium, Raubtiere, Raubvögel, Bären, Elefanten. Erregtes Interesse einer Wildkatze für ein Kind im Wagen vorm Käfig. Klagender australischer Wildhund. Überlegener Menschenblick eines Schimpansen. – Zu Tische Dr. Radl, tschechischer Journalist, und Frau. Kaffee auf der Terrasse. Unterhaltung als Interview. Nach Weggang der Gäste Verabschiedung von Reisiger, den Golo gegen 4 zur Bahn fuhr. Verabredung zu Weihnachten. – Thee mit K. allein. Medi beim Fußball-Match. Nachher Briefe diktiert, dann Handschriftliches. Brief an Klaus nach New York. – K. von einer Wespe in die Hand gestochen, die unter heftigem Schmerz rasch anschwoll. Beunruhigung. Arzt. Verband und Kalk-Injektion. Rasche Besserung in Aussicht. – Schlechter Magen, unlustig und mit Schluckbeschwerden die geseihte Nahrung genommen. – Beschäftigung mit den »Schlesischen Liedern« von Petr Bezruč und mit dem 2. Heft der Zeitschrift.

Montag den 18. X. 37

Weiterer schöner Herbsttag durch Nebel brechend. Vorbereitungen zum Sechsten Kapitel. Penibler Brief Lions über den Beitrag von Klaus, der 50prozentige Kürze verlange. K.s Hand und Arm noch sehr geschwollen, trotzdem ging sie mit mir spazieren, was nicht gut tat. Nach Tische besuchte sie Stahel, der Bettruhe, Heizkissen, Dauerumschläge verordnete. – Schlechter Appetit beim Mittagessen, verstimmter Magen. Zeitungen nach Tische: Nicht-Interventions-Komitee, Reden Grandis und Ribbentrops von lachhafter Frechheit. – Nervös, beklommen, keine Ruhe. Früher Thee und, von Medi chauffiert, zu Asper, der probierte. Nachher Zeichnungen zu Rabinowitsch. – Guter Brief der G. de Francesko in Mailand über ihr Charlatan-Buch u. seine Zusammenhänge mit »Mario«. Beschäftigung mit dem Buch. Telephon mit Lion, Bericht an Golo, den eben besuchte. Abendessen mit ihm an K.'s Bett. Besserer Appetit nach vorherigem Schlechtbefinden. ½ Glas Rotwein.

Dienstag den 19. X. 37

Sonnigster Herbsttag. Vormittags Weiteres zum 6. Kap. vorbereitet, dann Briefe an Verleger über Bezruč und deutsche Lyrik. Mit K. über Johannisburg spazieren. Ihre Hand gebessert. – Kam der längste Brief, den ich je erhielt, zwei starke Schreibhefte, von einem jungen Menschen mit tschechischem Namen in Wien. – Nachmittags mit Golo zu Asper: Probiererei, beschwerlich. Langes Warten vorher mit Lektüre: Zeitschrift für Sozialforschung über Hamsuns praefascistische Ideologie. – K. von Reiffs abgeholt. Zu Hause Brief an einen unbegabten Dichter. Abends Korrektur des 2. Lotte-Kapitels für Bermanns Almanach. Den Aufsatz über Hamsun beendet.

Weiteres in der Zeitschrift über das Nietzsche-Buch von Jaspers (Horkheimer). N. über die Deutschen: »Ein Volk, das sich der Intelligenz eines Luther unterordnet!« – Nein Hitler ist kein Zufall, kein illegitimes Unglück, keine Entgleisung. Von ihm fällt »Licht« auf Luther zurück, und man muß diesen weitgehend in ihm wiedererkennen. Er ist ein echtes deutsches Phänomen.

Mittwoch den 20. X. 37

Starker Nebel, Aufblauung, milde Sonne. Begann das Sechste Kapitel zu schreiben. Mit K. spazieren. Nach Tische Zeitungen: Jammer der Londoner Komitee-Sitzungen. Frecher Hohn der deutschen Presse über England, das den abessynischen Krieg und damit die deutsche Aufrüstung nicht zu verhindern gewußt habe. Neue Hetze gegen die Č. S. R. in Ausdrücken, die gleichsam der Wahrheit über sich selbst aus dem Munde genommen werden – wie immer. »Lüge«, »Gewalt«, »Fälschung«, »Roheit«, »Unsittlichkeit«, das alles eignet das Pack sich an und dreht es um. – Nach dem Thee wieder zu Asper: Probiererei. Gipsabdruck auf morgen verschoben, da müde und übel. Die gegenwärtige Ernährungsweise verstimmend. – Las abends in dem Francesko'schen Buch über den Charlatan.

Donnerstag den 21. X. 37

Nebel, den diesmal die Sonne nicht durchdringen konnte. Am 6. Kapitel weiter. Mittags zu Asper, der den endgültigen Gipsabdruck vornahm. Unangenehmste Minuten, Erleichterungsgefühl nachher und tröstliche Aussicht auf baldige Beendigung des gegenwärtigen mangelhaften Zustandes. – *Blanche Knopf* vom Baur au lac abgeholt. Einkauf von Süßigkeiten mit ihr. Dann nach Hause zum Essen, an dem sie nach ihrer ärgerlichen Art nicht teilnahm, excepted the coffee. Mit ihr im Arbeitszimmer, Plan meiner Reise, Joseph in Egypt erscheint Februar, Ausgabe des komplettierten Krull geplant. – Nachmittags Briefdiktate, hauptsächlich die amerk. Reise betreffend: Zusage an das Hilfskomitee für christliche Emigranten, Yale, Weekend-College etc. – Abends mit der Knopf ins Schauspielhaus: Première eines vorwiegend netten Wiener Stücks mit Paraderolle für die Giehse. In der Pause mit Brentano. Nachher mit Blanche, deren rote Krallen mich irritierten in der Bar des Baur au lac. Nahm Thee, Eier im Glas und Gefrorenes. Über die amerikanischen Probleme, die vielen Strikes mit Toten, die quälende Politik Englands, die Schwäche Frankreichs. Übrigens Nachgiebigkeit Italiens im Nicht-Interventions-Komitee, was wohl die Überzeugung vom Sieg Francos bedeutet. Pessimistischer Artikel Robert Dells in der »Nat. Zeitung« über Sir Robert Vansittart und seine prodeutsche, für Frankreich ruinöse Politik. – Verabschiedung von Blanche. Müde. Notwendigkeit der Inangriffnahme der Reden für Amerika.

Freitag den 22. X. 37

Schrieb noch am 6. Kapitel fort. Mittags mit K. zur Stadt. Manöver-Truppen, Straßenverstopfung. Zum Coiffeur, Haarschneiden und Balsamierung, bedient von dem treuherzigen jungen Gehilfen mit den schönen schwarzen Augen. Sprach über Wanderungen, die er am liebsten allein macht. Zu Fuß bis Bettini. Sonnendurchbruch. Zu Tische die *Giehse,* beglückwünscht und beschenkt. Beim Kaffee Brief-Erörterung: Lion über Fehlschläge mit Hildebrandt und Utitz; Münzenberg über Heinrichs Nobel-Kandidatur, unterstützt von Rolland. Viel Post, Bücher-Zustrom. Zeitschriften. – Nach dem Thee an Lion geschrieben u. ihm Eingänge geschickt. Abendgang von ¾ Stunden. Fortsetzung des Artikels von Dell in der Nat. Zeitung. Eindrucksvoll. Golo prophezeit ein europ. Kuratorium Mussolini – Hitler – Laval – Franco – Chamberlain, Friede und »Ordnung«. – Hörten etwas »Rheingold« aus Mailand, Achsen-Ehrung. – Lektüre des Mts von Utitz über Demokratie.

Sonnabend den 23. X. 37

Noch am 6. Kap. weiter. – Erhielt von Asper die Prothese. Große Schwierigkeiten damit. Mahlzeiten allein im Arbeitszimmer. – Briefdiktate und Handschriftliches (an Basler). – In Uhde's Lebenserinnerungen. In Steinhausens »Zukunft der Freiheit«. – Ankunft Bibi für einige Tage.

Sonntag den 24. X. 37

Regen, Föhn. Noch am 6. Kapitel. Mit K. über Itschnach gegangen. Die *Giehse* zu Tisch. Ich aß allein in Reisigers Zimmer und ging zum Kaffee hinunter. Meine Kost ist wie vor Empfang der Prothese. – Nachmittags viele Briefe ausgefertigt und an Gürster-Steinhausen geschrieben. Abends in die Oper mit Golo und Medi, wo wir zu viert 2 Logen hatten (Verbindung Oprecht). »Schwanda« von Weinberger, kecke Mixtur, lustiges Theater-Folklore, als Tschechen waren wir sehr am Platz. – Nachtessen mit K. und den Kindern, kümmerlich. Die Gewöhnung ist kaum vorstellbar.

Montag den 25. X. 37

Herstellung des heiteren Herbstwetters. – Noch am 6. Kapitel. – Bei Asper mit K. zur Besprechung über die Prothese und Beseitigung hinteren Druckes. Nach der Rückkehr noch etwas mit K. gegangen. Allein im oberen Zimmer gegessen. Dann in der Halle mit Golo über Briefe von Lion und die Zeitschrift. Nachmittags an Reisiger humoristisch-melancholisch über die Erfahrung mit der Prothese geschrieben. In Wahrheit berührt der Gedanke, daß ich das bis an mein Ende tragen soll, mich oft recht unheimlich. – Abendgang mit K. Las abends in der »Internation. Literatur« Stücke aus Heinrichs »König Henri« und Lukácz über Heine als Politiker. Danach wieder im »Tasso«. – Morgens Kakao getrunken. – Sonderbarer Brief »eines Reichsdeutschen« aus Salzburg, ängstlich-anonym, aufschreiartig.

Dienstag den 26. X. 37

Neblig, mild. Kakao morgens. Hatte mit Vorarbeiten zur »Demokratie« begonnen, als Oprecht anrief und mir den Antrag des Stadttheaters übermittelte, Mitte November einen einleitenden Vortrag zur Gesamt-Aufführung des »Ring des Nibelungen« zu halten. Ich war bedenklich, aber um Deutschlands, um Zürichs willen, auch wegen des Gegenstandes, ist mir die Einladung, gegen die es keine Opposition gegeben haben soll, interessant und wichtig, und ich werde wohl annehmen. Neue Umstellung – übrigens auf Reizvolleres. – Ging K. entgegen und mit ihr um den Weiher. Aß wieder allein. Nachher in Wagners Schriften über den Ring. Das Persönliche abstoßend. Verlangt als Mensch »geliebt« zu werden. – Erkältet, Husten, heißer Kopf. Erledigte nach dem Thee Handschriftliches. Abends mit K. und Golo in die Tonhalle: 4. Symphonie Brahms, Beethoven-Konzert (Adolf Busch) und Meistersinger-Vorspiel. In der Pause mit Wölflin, von dem ich erfuhr, daß Fleiner heute gestorben. Bewegung. – Unwohl und fiebrig. Vortreffliches Spiel Buschs. Andreä machte das Vorspiel sehr gut und kraftvoll. K. mit den Kindern zu Reiffs, um mit den Künstlern zu soupieren. Fuhr in R.s neuem Mercedes nach Haus, wo ich die ebenfalls erkältete Medi traf. Aß ein Ei, Griesmus und einen Bratapfel.

Mittwoch den 27. X. 37

Mild, Föhn. Starker Schnupfen. Der Widerwille gegen das im Munde eher gesteigert. Lektüre zum Ring. Mit K. bei Leisinger, mir zureden zu lassen. Zu Fuß bis Zürichhorn, mit dem Wagen nach Haus und dort noch mit K. um den Weiher gegangen. – Linienblätter aus München. – Nachmittags schwierige Briefe diktiert: nach Moskau zum Revolutions-Jubläum; nach Paris zum Intern. Kongreß gegen die K.Z. Lager; an Weigand (Yale). Beileidsschreiben an Frau Prof. Fleiner. – Spielte mir abends einiges aus dem »Ring«. Schrieb an Fiedler.

Donnerstag den 28. X. 37

Föhnig übermild. Nach dem Kakao, der jetzt mein Morgengetränk, Vorbereitungen zum Ring-Vortrag. Mit K. langsam etwas spazieren bei großer Schwühle. Heftigster Schnupfen. Ungezählte Taschentücher verbraucht. Die Affiziertheit der Schleimhäute erhöht sehr die Widerwärtigkeit der Prothese, mit der ich übrigens gut spreche. Im Essen gibt es keinerlei Fortschritt. – Spielte mir nach Tisch Siegfried-Platten. Sah dann die umfangreiche Post durch. Zum Thee Prof. S. Marck (Dijon). Über die mir in Paris zugedachten Ehrungen, die für Mai 38 in Aussicht genommen. Sein Manuskript »Humanismus als polit. Philosophie«. – Weitere Studien zum Vortrag. Abends mit K. ins Theater: »In einer Nacht« von Werfel, den im Eingang traf. Heftiger Husten und Schnupfen. Sinnloses Stück. In der Pause bei Werfels und der Rieser in der Nebenloge. Höflichkeitserfolg und Kopfschütteln. Zu Hause die Kinder. Gequältes Abendessen. Legte die Prothese schon vor Schlafengehen ab.

Freitag den 29. X. 37

Föhnige Sommer-Wärme. Schwerer Katarrh, ohne Geschmack, pappig. Dazu der künstliche Mund. Schwerer Kopf. – Vorarbeiten zum Vortrag, viel geschrieben, Mythos und soziales Manko, deutsch. – Mit K. um den Weiher. – Zu Tische die *Giehse.* Ich aß allein und nahm nachher etwas Teil. Über Werfels Stück, das allgemeine Ablehnung erfährt. Zeitungen u. Zeitschriften. Gang der Dinge hoffnungslos, die Demokratieen ohne Willen, der Fascismus in vollem Vormarsch. – Nach dem Thee wiederum gearbeitet. Abendessen mit K. allein, mühselig. Nachher »Götterdämmerungs«-Platten mit Text und Bleistift. 11 Motive am Schluß.

Sonnabend den 30. X. 37

Tückisches Wetter, schwere heiße Sonne und bei Vernebelung gefährlich kalter Wind. – Andauer des vorziehenden Katarrhs bei ungeminderten Schwierigkeiten mit der Prothese. – Fehlschlagender Versuch, die Niederschrift des Vortrags zu beginnen. – Allein mit dem Hund in Sommeranzug und Regenmantel über Johannisburg gegangen. Zu Tische W. *Herzog*, nicht der Übelste. Geschlafen und geträumt. Nach dem Thee eine Reihe von Briefen diktiert. Der alte Holitscher in Not, die er und seine Fürsprecher auf die »Bücherverbrennungen« schieben. – Unter zahlreichen neuen Büchern ein überaus anziehendes, bei Bermann, Biographie der Mme Curie von ihrer Tochter. – Nach dem Abendessen gleich in mein Zimmer zurückgekehrt, Erleuchtung, wie der Vortrag anzugreifen.

Sonntag den 31. X. 37

Nebel, mittags Aufblauen. Begann den Vortrag zu schreiben. Mittags mit K. in der Sonne gegangen. Mittags die *Giehse*. Nach Tische wieder in der Curie-Biographie. Nachmittags Beschäftigung mit dem »Ring«. Zum Abendessen *Werfel* mit *Riesers*. Unterhaltung in der Halle. – Letzte Nacht sehr unruhig geschlafen. Erkältung und Nervosität. Die erste halbe Tablette wirkungslos. Vielleicht zu lange gelesen. K. einige Zeit bei mir. Nach der zweiten Hälfte Phanodorm Beruhigung und Schlaf bis ½10.

Montag den 1. XI. 37

Nebel, kühler, aber noch mild. Seit gestern zum Morgenthee zurückgekehrt. Am Ring-Vortrag weiter geschrieben. Leichte Besserung des Katarrhs, aber noch verschlammt, schlechtes Rauchen. Mit K. über Itschnach gegangen. Bald nach dem Essen zu *Asper*, der wieder einen Druck beseitigen mußte, sonst aber wenig Rat und Trost wußte. K.'s Gereiztheit gegen ihn wegen seiner Renitenz in Sachen der Verkürzung der Zähne. – Von da zu *Oprechts*. Marcks Manuskript und Angelegenheiten der Zeitschrift. Frage meines Beitrags für Heft III. Begrüßung mit Gret Moser, die untröstlich über Bibis heutigen Wiederabgang nach Paris. – Zu Hause Kollektion wertvoller

Bücher aus dem Phaidon-Verlag. Später der Inhaber, Dr. *Horwitz* (Wien), aus London kommend. Im Arbeitszimmer. Antrag, statt Bermann mein Verleger zu werden. Verheißung gesteigerten Vertriebs, höherer Honorare, bedeutender Anzahlungen, neu zusammengestellter Ausgaben. Bedenklich und zu bedenken. – Beim Abendessen Frikadellen sehr schlecht und mühselig gekaut. Las viel im »Ring« und merkte an. – Entfernung der Ischias-Chaiselongue aus meinem Zimmer. Wiederherstellung der Fauteuil-Ordnung.

Dienstag den 2. XI. 37

Nebel, dunkel. Schlimmer Katarrh. Unruhige Nacht, affiziertes Ohr. An dem Vortrag gearbeitet. Mit K. in der Stadt, bei Ulrich zur Behandlung des Ohres. Zu Fuß am Seeufer hin. Nachmittags geschlafen. Danach wieder gearbeitet. In Nietzsches »R. W. in Bayreuth«. Zum Abendessen *Beidlers.* Viel über W. B. las nach dem Kaffee des Längeren aus seinem Cosima-Buch: über W. und Ludwig, die politischen Verhältnisse in Bayern und W.'s Grundzugehörigkeit zum Fortschritt. Fesselnd und tüchtig. Ein Buch von entschiedenem Interesse.

Mittwoch den 3. XI. 37

Nebel, dunkel, mild. Nachts heftiger Husten, etwas Fieber, Unruhe. K. bei mir im Stuhl. Heute während der Arbeit am Vortrag (müde) Dr. Stahel empfangen. Krankheit beschränkt sich so ziemlich auf die oberen Luftwege. Lösendes Medikament, Nasensalbe, Nikodit, Bettruhe. Mittags bei Asper zur Beseitigung einer Schärfe. Von da zur Pediküre. – Kam die chilenische Ausgabe der »Geschichten Jaakobs«. Ein Stoß weiterer Bücher, englisch. Borgese's italien. Geschichte. – Nachmittags im Bett. Diktierte nach dem Thee eine Menge Briefe und beseitigte unnütze Belästigungen. Stand zum Abendessen auf. In Nietzsches »R. W. i. Bayreuth«.

Donnerstag den 4. XI. 37

Im Bett gefrühstückt, die Post gelesen u. zu arbeiten begonnen. Dann aufgestanden und weiter gearbeitet – in schlechter, matter Verfassung, obgleich die Nacht nach Einnahme von Nikodit ruhiger war. Der Katarrh quälend und beeinträchtigend. Schlechter Appetit. Dabei einiger Gebrauch der Prothese. – Du Bos schickte neue »Approximations«, geht nach Amerika. Die Osloer »Samtiden« mit »Achtung, Europa!« – Das Haus nicht verlassen. Schauspiel-Première abgesagt. Zum Thee der russische Maler *Rabinowitsch,* der die amerik. Luxus-Ausgabe des Zbg. illustrieren soll. Mit ihm über den Gegenstand. Danach handschr. Korrespondenz und Ausfertigungen. Telephon mit Lion. Problematische Finanzgebarung Oprechts. Drohungen der Geldgeberin. – Im Nietzsche.

Freitag den 5. XI. 37

Nachts Husten und Unruhe, auf ½2, nach Phanodorm im Thee guter Schlaf. ½9 auf. Gearbeitet. Besuch von Stahel. Der Katarrh nur leicht gebessert. Ausgehen untersagt. Zu Tisch die *Giehse* und der sympathische *Silone,* der über Borgese zu schreiben versprach. – Sonderbarer Brief eines Deutschen, Thieß, der mich in Sachen der Gründung einer Intern. Monatsschrift sprechen will. (?) – Nachmittags am Vortrag weiter geschrieben. Zeitschriften-Lektüre. Nietzsches »Wagner i. B.« wundervoll geschrieben und schon sehr erkenntnisreich, vieles unterdrückend. Darüber schreibt niemand, ohne sich heimlich vor Leiden zu winden. Wie kommt es, daß auch ich noch Pietät halten muß? Auch wieder aus Zartheit und Dankbarkeit.

Sonnabend den 6. XI. 37

Gestörte Nacht. Nikodit. ½9 auf. Am Vortrag gearbeitet. Mittags bei föhnig milder Luft und Sonne um den Weiher gegangen. Zu Tische Annette *Kolb,* lieb und nett. Schenkte ihr No. 2 von »M. u. W.« Kaffee. Kurze Ruhe. Nachmittags wieder gearbeitet. Abends mit K. u. Golo im Schauspielhaus: *Csokors* österreichisches Armee-Stück, melancholisch ansprechend. Der Autor während zweier Akte bei uns in der Loge. Abendessen mit K. u. Golo zu Hause. Winterliche Kälte. – Nachts Ö. von Horwaths »Jugend ohne Gott«, reizvoll.

Sonntag den 7. XI. 37

Dichter Nebel. Arbeit am Vortrag nach kurzer Nacht. Mittags bei durchbrechender Sonne mit K. um den Weiher. Nachmittags Wiederaufnahme der Arbeit. K. zum Thee-Konzert bei Reiffs. Nach dem Abendessen las Golo seine Besprechung von Kahlers Buch für »M.u.W.« – Es gingen ein: »La Revue Générale« (Brüssel) mit Aufsatz »Quelques aspects de Th. M.« von E. van den Hove und »Modern Languages« (London) mit Aufsatz »Th. M.« von W. Paulsen.

Montag den 8. XI. 37

Arbeit am Vortrag vormittags und nachmittags. Empfing Stahel. Viel Post. Mittags mit K. durch den Nebel in die Sonne zum Golfhaus gefahren u. dort gegangen. Abends selbstzerschnittenes Hühnerfleisch gegessen. Gelesen in Flynns Rockefeller-Biographie.

Dienstag den 9. XI. 37

8 Uhr auf. Der Vortrag. Mittags bei Asper, Probe der unteren Schiene. Rendez-vous bei Bettini mit Frau Burckardt in Sachen einer Londoner Ausstellung »entarteter« Kunst. Zu Tische die Giehse. Nachmittags wieder Arbeit. Strapazierte Nerven, Mißfallen an dem Vortrag, seiner Unsprechbarkeit und schlechten Composition. Müde u. deprimiert. In Nietzsches frühen Schriften. – Gedruckte Einladungen, anspruchsvoll, zu dem Vortrag, »Abendfeier« genannt.

Mittwoch den 10. XI. 37

Regen. ½9 auf, gut geschlafen. Erhelltere Arbeit am Vortrag bis Mittag. Allein eine halbe Stunde gegangen. Nach Tische Korrespondenzkarten geschrieben. Zeitungen. Keine Ruhe. Nach dem Thee weiter gearbeitet. In der N.Z.Z. mattköpfige Besprechung des »Krull« durch Korrodi. Abends Ankunft von Baron *Hatvanyi* und Frau als Logiergäste.

Donnerstag den 11. XI. 37

Hatvanyis. Arbeit am Vortrag. Beschlüsse die Composition des zweiten Teils betreffend. Aber verzweifelte Länge. Ging allein spazieren. Nachmittags weiter geschrieben. Abends mit den Gästen in der Halle. 100 Bogen der Luxus-Ausgabe des Krull signiert.

Freitag den 12. XI. 37

Vor 8 Uhr auf. Einige Sonne. Am Vortrag. Mittags allein etwas spazieren, während die anderen ausfuhren. Müde, gequält. Nach Tische mit Hatvanyis in der Halle, dann Verabschiedung von ihnen, da sie 4 Uhr die Reise nach Budapest antraten. – Schöner Artikel über Giuseppe in Egitto in »Piccolo della sera«. – Im »Tagebuch« Gides préface. – Exemplare des »Avertissement à l'Europe« kamen. – Nachmittags weiter gearbeitet. Will den Schluß morgen bezwingen. – Abends mit K. und Golo in der Tonhalle: »Die Winterreise« mit Schey und Schoeck. Seltsamer, romantisch-trister Reigen, schön vorgetragen. Nachher Begrüßung der Künstler. Begegnung mit Schuhs. Er wird meinen Abend besuchen, den ärgerlicher Weise mehrere anziehende Veranstaltungen konkurrenzieren.

Sonnabend den 13. XI. 37

8 Uhr auf. Freundliches Wetter. *Beendete* in Gottes Namen den Vortrag »Richard Wagner u. der Ring des Nibelungen«. – Choquiert von der groß aufgemachten Wiedergabe meines in äußerst scharfen Ausdrücken abgefaßten Briefes an das Pari-

ser Comité für Freiheit und Gerechtigkeit in Deutschland in der Nationalzeitung. Besorge störende Folgen. – Mit K. und Toby zum Golfhaus gefahren und droben in guter Luft spaziert. Zum Thee junger Amerikaner dänischer Herkunft, Jensen, überaus sympathisch. Auf englisch manches über die fascistische Bedrohung und Möglichkeiten der Vorkehr in Amerika. – Handschr. Korrespondenz. Beim Abendessen mit K. und Golo über die mögliche historische Funktion des Fascismus, die unaufhaltsame Tendenz der Welt, sich ihm zu verschreiben, das unsinnige Opfer, das man – ohne zu wissen, wem? – bringt, indem man sich mit seiner Bekämpfung das Blut verdirbt. Keine Vorspanndienste mehr! Keine Äußerungen und Antworten! Wozu Haß erregen? Freiheit und Heiterkeit! Man sollte sich endlich das Recht dazu nehmen.

Sonntag den 14. XI. 37

Heiteres Wetter. Korrektur und Durcharbeitung der Maschinenabschrift des Vortrags. Handschr. Korrespondenz. Kurzer Spaziergang mit K. Zu Tische Frau *Hallgarten* und die *Giehse*. Nachmittags zahlreiche Briefdiktate. Beschäftigung mit Brods Kafka-Biographie, wichtig. Zum Abendessen mit *Beidlers*. Nachher Vorlesung von »R. W. u. der Ring des Nib.« Großer Eindruck. Scheine das Richtige getroffen zu haben. Einige Kürzungen, Milderungen zur Schonung der Feststimmung.

Montag den 15. XI. 37

Schöne, blaue, frische Herbsttage. Nachtfrost. ½9 Uhr auf nach gutem Schlaf. Einrichtungen am Vortrags-Manuskript und Präparierung des Lese-Stoffes für abends. Mit K. in der Stadt: Haarschneiden und Maniküre. – Neue Sorgen wegen des Schlußteils des »Wagner«. Zusammenziehung, Milderung neu entstandener Schärfen. Im Stuhl gearbeitet. Zum Thee Frau *Meyer-Graefe* aus St. Cyr. Mit ihr über den nachgel. Roman ihres Mannes und Schickele's trüben Zustand. Auch über die Lage Frankreichs und unseren täglichen Verlust an

Boden. – Nachher den neuen Schluß zusammengeschrieben. Briefe ausgefertigt. Früheres Abendessen und mit K. zum Rundfunkhaus: Kurze Vorlesung vorm Mikrophon, Lotte unterm Tüchlein, für 125 Franken. Vorher mit Direktor Job. Über die Albernheit des Einführungsvortrags eines deutschen Wagner-Professors zum »Ring des Nibelungen«. – Müde, abgemattete Nerven, verstimmt und gepeinigt. Brods Kafka-Biographie interessiert mich sehr. – Einige Nervosität beim Sprechen mit der Prothese bei stärkerem Artikulieren.

Dienstag den 16. XI. 37

Klares, sonniges Wetter, morgens Reif. Gleich rasiert. Etwas handschr. Korrespondenz, dann, von K. abgeholt, zur Probe in der Tonhalle, wo Ansermet aus Genf Debussiz konzertierte und dann Millstein Tschaikowski spielte. Mit Beidler im Künstlerzimmer. Millstein, jung, russischer Jude, Vollblut-Virtuose, bietet das große Vergnügen absolute Souveränität des Könnens zu beobachten. Begegnungen mit ihm und dem Dirigenten auf der Straße. Zu Fuß am Quai, dann im Wagen, mit Medi und der kleinen Moser. Mit K. zum Golf-Haus, in der Sonne gegangen. Nach Tische Zeitungen. Nachmittags einige Briefkarten geschrieben. Smoking-Toilette. Nach 7 Uhr Imbiß mit Kaviar und etwas Rotwein. Dann mit K., Golo und Medi zur *Universität* (nach irrtümlichem Betreten der Technischen Hochschule). Die Aula, trotz der gleichzeitigen Veranstaltungen ausverkauft. Im Wartezimmer mit Oprechts und Vorstandspersonen. Große Begrüßung im Saal. Angenehmes Podium, gute Verfassung. Große Aufmerksamkeit und Zufriedenheitskundgebung am Schluß. Gegen das Ende, im Affekt, schlimmer Moment mit der Prothese, vorübergehend. Im Zimmer nachher Danksagungen und Beglückwünschungen. Geselligkeit im Oberstock des »Pfauens«: Direktor des Stadttheaters und Frau, Vorstandsmitglieder der Theater-Gesellschaft, Beidlers, Oprechts, Leisingers, die Giehse u.a. Omelette und Glühwein. Zufriedene Stimmung. Nicht übermäßig ermüdet. Zu Hause erneuter Imbiß, mit Kaviar und Thee in Gesellschaft K.s und der Kinder. 1 Uhr.

Mittwoch den 17. XI. 37

Schnee und Regen. Später auf und gebadet. Nach dem Frühstück die Post geöffnet: Amerikanischer Einlauf, Angell über das Programm der Feier in Yale und die geplante Promotion. Mills College. Kritische Studie, nicht übel, von Weigand über Joseph III in den Monatsheften für deutschen Unterricht, Madison, Wisconsin. Englisches Mt. von Slochower über denselben Gegenstand. – Tod Guido Loosers. – Übergang zur Lektüre über Demokratie. Beschäftigung mit dem Material. – Mittags mit K. über Itschnach gegangen. Nach Tische Lektüre des Eingegangenen. Nach dem Thee zu Asper, der die untere Schiene einlegte und sich über den Vortrag erging, dem er zu Vieren beigewohnt. Der Zwischenfall mit der Prothese sei kaum merklich gewesen, der Eindruck guter Form und Laune dagegen entschieden. Dies bestätigte Beidler, der zur Nachfeier anrief. Auch mit Lion Telephon. Mt. von Falke über Religion zu lesen.

Donnerstag den 18. XI. 37

Vormittags Entwürfe für die lecture. In der N.Z.Z. schöner Bericht von Schuh über den Vortrag. »Denkwürdig«. Mit K. in der Stadt: Maßnahme zu Hemden, Bestellung eines Winter-Anzugs bei Truns, Besorgung von Tagebuch-Heften. Zwischendurch Fahrt auf den Zürichberg, Wermut im Café beim Zoo. Nach Tische auf Brochs Völkerbund-Exposee zurückgekommen. Nach dem Thee längere Briefe an Falke (Sorrent) und Weigand (New Haven) diktiert. Dann Handschriftliches. Abends mit K. ins Schauspielhaus: Amerikanisches Weiberstück, zugleich Modeschau, hübsch inszeniert, nicht ohne Originalität und Keckheit, Klatsch, Hysterie, Kampf um den Mann, völlige Unsentimentalität, New York, Stillen des Babys mit Cigaretten. Badewannen-Szene. – Mit Horwitz, der den Wallenstein probt. In der Pause mit Prof. Singer (Bern). Kaffee-Nachtessen, sehr spät, mit K.

Sonnabend den 20. XI. 37

Gestern und heute vormittags Entwürfe für die lecture. Ging heute allein spazieren. Farbiger Föhntag. Cocteau schickte sein neues Stück »Les chevaliers de la Table ronde«. Las Brochs Völkerbund-Eingabe zu Ende. Ernstes Dokument, aber nichts Rechtes damit anzufangen. Las die englische Abhandlung von Slochower über den Joseph. Fahre fort mit Brods Kafka-Biographie. – Zum Thee der tschechische Professor u. Industrielle X. Tuschelhaftes Gerede über den Weltstaat, sodaß ich Nationales entgegensetzte. Antimarxist, Verteidiger des Kapitals. – Handschr. Korrespondenz. Abends mit K., Golo und Medi in die Oper, »Rheingold«. Vorher mit Beidlers. Aufführung etwas trocken und poesielos, schwache Stimmen. Loge und Alberich gut. Etwas enttäuscht. Aber großes Bedauern, nicht am »Joseph« weitermachen zu können. – Nachtessen mit K. und den Kindern. Schuh begrüßt und bedankt.

Sonntag den 21. XI. 37

Dunkelheit, Nässe. Spät auf. Notizen zur lecture und etwas zu schreiben begonnen. Mit K. über Itschnach gegangen. Zu Tische *Tennenbaum* und Frau *Futziger*. Nachklänge des Vortrags: wie man »von Anfang bis zu Ende aufmerksam geblieben und alles verstanden.« Kaffee. Später Slochowers Joseph-Kommentar, den Knopf als Broschüre bringen sollte. Korrektur des Druckes von »R. W. u. d. R. d. N.« für »Maß und Wert«. Brief an Landshoff über die Möglichkeit einer Verfilmung des »Krull«. – Nach der Ruhe rasiert und Smoking-Toilette. Nach dem Thee einige Geschäfte erledigt; ½7 mit K. und Golo in die Oper zur »*Walküre*«. Dieselbe Loge wie gestern. Vorher u. in den Pausen mit Beidlers. Bequemer Genuß in der Loge. Keine große Aufführung, große Eindrücke dessen ungeachtet. Zu Tränen bewegt von Wotan und Brünnhild. Riesenhafte Schlußszene. Das ganze in diese Zeit nicht mehr passend. Durch und durch 19tes Jahrhundert. Die Oper selbst geht darüber hinweg – zurück zur Oper, vom Ernst zum Spiel. Als Dimension und Zumutung unzeitgemäß. Aber ich bin darin zu Hause. – Kaffee in der 1. Pause. Nachtessen mit den Kindern. 1 Uhr.

Montag den 22. XI. 37

9 Uhr auf. Nässe. Etwas an der lecture. Müde. Mit K. etwas spazieren. Bücher des Präsidenten Beneš, mit Widmung. Nach Tische Zeitungen und in Whitmans Schriften. Zum Thee Bruno *Walter* und Tochter, die bis 7 Uhr blieben. Telephon mit Lion. Hochstehender Beitrag von Musil. Beste Aussichten für Heft III.

Dienstag den 23. XI. 37

Vormittags an der lecture, ohne Vergnügen. Allein spazieren. Nachmittags zahlreiche Diktate. Roman-Mt. eines deutschen Arztes. Flüchtig, jüdische Familien-Tragödie nach der Natur, grauenhaft, talentlos. – *Walter-Konzert:* Mozart und Bruckner VII. Symphonie. Starker Eindruck. Großer Erfolg des Dirigenten. Souper bei Reiffs mit Andreäs, Fr. Schwarzwald, der Duhan und Walters. 1 Uhr.

Mittwoch den 24. XI. 37

Nebel. Vormittags Arbeit an der lecture. Mittags mit K. den unteren Waldweg gegangen. – Tag der *Verdunkelungsübung.* Die Vorbereitungen der letzten Tage: Dunkellampen, schwarze Stoffe etc. treten in Funktion. Transport von Lese-Fauteuil u. Stehlampe ins Schlafzimmer. Thee auf der oberen Diele. Weitere Arbeit an der lecture im verhüllten Schlafzimmer. Abendessen mit K. allein auf der Diele, da Golo im Theater u. Medi mit Freunden in der dunklen Stadt. Vorm Essen mit K. etwas hinaus in die fremdartige Finsternis gegangen. Nachher in der schwach beleuchteten Halle zwei Sätze der Eroica aus

Wien gehört. Dann im Schlafzimmer gelesen: Mt. von E. Feder über Stresemann für »M. u. W.« und in einem Buch »Utopologie« von Hahn. – Ein Liter Eau de Cologne kam als Geschenk von einem Fabrikanten.

Donnerstag den 25. XI. 37

Vormittags Arbeit an der Vorlesung, entworfen und weitergeschrieben. Nur einige Schritte allein spazieren. Zu Tische der Klavier-Virtuos *Horowitz* mit seiner Frau, der Tochter Toscaninis. Dazu die Giehse. Viel über die Diktaturen und Rußland. – Weiterer Eingang neuer Bücher. – Nach dem Thee Briefe diktiert. Abends mit K. ins Schauspielhaus: Wallensteins Lager und Piccolomini in lobenswerter Aufführung. Folgte mit dem lebhaftesten Vergnügen und heller Bewunderung. Welch ein Glanz, welch historischer Atem! – Heimfahrt mit Brentano und Nachtessen mit K. Lektüre von Korrekturen für »M. u. W.«

Freitag den 26. XI. 37

Klare Frostnacht, klarer, frischer, blauer Tag. Arbeit an der Vorlesung, die nur langsam in Gang kommt. Spazieren nach Johannisburg, unterwegs K. getroffen und mit dem Wagen zurück. Toby von Hofhund gebissen. Nach Tische die Post: Brief von Schickele (über Riemer) und vieles andere. Zeitungen und Zeitschriften. Die gespenstische Frechheit einer Presse ohne Widerspruch: Der Völk. Beobachter über die russischen Wahlen! Äußerste Menschenverachtung – und durch wen! – Verdunkelungs-Vorhang im Schlafzimmer bewährt sich u. wird beibehalten. – Brief-Diktate: An Lion, Burschell etc. Noch eine Stunde in der Kälte gegangen. Abendessen mit K. und Golo. – Abends: Bradisch (New York College): »Dichtung u. Wahrheit über Schillers Hingang«. Ein deutscher Autor, Schoeps über Nietzsche und Kafka.

Küsnacht, Sonnabend den 27. XI. 37

Kalter, klarer Tag. Vormittags an dem amerik. Vortrag. Demokratischer Idealismus. Glaube ich daran? Denke ich mich nicht nur hinein wie in eine Rolle? Es ist jedenfalls gut, diese Welt zu erinnern. – Mit K. nur kurz spazieren. Nach Tische Zeitungen. Nach dem Thee an Schickele geschrieben über den platonischen Dialog als Kunstform, – die als solche gesprengt werden kann (Riemer über Goethes Prosa, Kap. III von Lotte). – Soirée bei Dr. Kaufmann, elegante Villa am Quai. Mit Horowitz, Denzler etc. Champagner-Souper. Das Töchterchen, Niko ähnlich, das krank lag. Horowitz, mit dem ich mich nach Tische unterhielt, war lange bei ihm, während man Kegel schob. Zum Schluß noch der Stadttheater-Direktor mit Frau. Ziemlich später Aufbruch. Kaufmann und sein Schwager Dr. Ernst (Vetter des Essayisten) begleiteten uns zum Wagen. – Wärmere Luft, Tauwetter.

Sonntag den 28. XI. 37

Kälte, Reif, leichter Schnee. Arbeit an der Vorlesung. Mit K. über Johannisburg gegangen. Zu Mittag die *Giehse*. Nach dem Kaffee in Cocteau's Artus-Stück gelesen. Reizend. Zum Thee Hermann *Hesse* und Frau. Herzlichkeit, durch Egoismus in Zweifel gestellt. Schrieb nachher den Brief an Schickele zu Ende und abends noch einen an Brock, nachdem wir etwas französische Radio-Musik gehört. – Übersetzungen an Angell. Krull und Avertissement an Schickele.

Montag den 29. XI. 37

Klare Kälte. Arbeit an der Vorlesung. Allein spazieren. Viel Post; erfreulich nur ein schöner Brief von Ernst Weiß. Nachmittags, während K. und Medi bei Horowitz zum Thee waren, Danksagungen für Bücher geschrieben und noch im Vortrag fortgefahren. Abends Cocteaus »Chevaliers« beendet. – Sehr kalt.

Dienstag den 30. XI. 37

Gut geschlafen. Kälte. Vormittags an der amerk. Vorlesung. Zur Stadt: Anprobe von Hemden, Anprobe beim Schneider. Die Mazzucchetti zu Tische aus dem Café Odeon abgeholt. Großes Geplapper. Mein »Vergötterer zu Valencia« gefährdet meine italienischen Ausgaben. – Ernst Weiß schickt seinen mir gewidmeten Roman. Brief von Breitbach in Sachen Annette-Bermann. Schrieb nach dem Thee an Breitbach und Bermann, auch an Broch (Wien) in Sachen seines Exposees. – In den Schriften von Beneš.

Mittwoch den 1. XII. 37

Nebel, wärmer. Arbeit an der amer. Vorlesung. Kurzer Spaziergang mit K. Die Zeitungen über die englisch-französische Minister-Konferenz und den Plan zur Erteilung von Kolonial-Mandaten an Deutschland. Kann aber das Regime auf die natürlichen Bedingungen eingehen? Kann es sich überwinden, irgend etwas zu einer Gesamtlösung beizutragen? Hat England eine Vorstellung von dem absoluten National-Egoismus der Deutschen? Das wohnt auf verschiedenen Sternen, in verschiedenen *Zeiten.* – Viel über den Rücktritt Schachts und den Sieg der Kriegswirtschaft. – Nach dem Thee einiges Handschriftliche. – Reichner in Wien beginnt eine neue Shakespeare-Übersetzung. – Lektüre in dem Manuskript eines Upsala-Professors, das gegen das Völkerrecht, das Recht überhaupt gerichtet ist und von der unglaublichen Verwilderung der Gehirne zeugt. – Smoking-Toilette, Imbiß. *Vorlesung im Kaufmännischen Verein:* Lotte I und Damengesellschaft. Großes Publikum aus kleinen Angestellten, äußerst aufmerksam und zur Erheiterung bereit. Anstrengend, müde. Beim Nachtessen Gespräch mit Golo über den Völkerbund und die menschliche Schadenfreude an menschlichem Mißlingen, – während die mehr oder weniger bewußten Wünsche der Menschheit sich mit der Zeit doch erfüllen.

Donnerstag den 2. XII. 37

Nachts gequält von dem Gehörgang-Ekzem. Morgens Kaffee mit heißem Rahm. Viel an dem Vortrag geschrieben. Allein mit Toby den Wald-Rundweg gemacht. Nach Tische eine Incest-Novelle von Marsman, übers. von Thelen (Mt.) gelesen. Es kam »Life and Letters« mit Gides Vorwort und meinem »Standards and Values«. Nach dem Thee zunächst an Auernheimer geschrieben für sein Wien-Buch, dann diktiert: Message an die amerikan. Künstler zu ihrem antifascistischen Kongreß, von Erika zu verlesen. Briefe an Kozák, Beneš, Thelen u. a. Beim Abendessen mit Golo über die eitlen Sophismen des schwedischen Professors. Die Angelegenheit einer amerik. Schopenhauer-Condensation mit Vorwort, für das 750 Dollars geboten . . .

Freitag den 3. XII. 37

Gestörte Nacht durch das Ohren-Ekzem. Vormittags gearbeitet. Bei Ulrich zur Behandlung der Ohren. Einige Besserung. Nach der Rückkehr mit K. noch etwas gegangen. Nachmittags die Arbeit am Vortrage fortgesetzt. Abends Hofmannsthals Zürcher Beethoven-Rede, schön. Zeitschriften. Briefe ausgefertigt.

Sonnabend den 4. XII. 37

Die Nacht abermals durch das Ekzem gestört. Spät auf. Nur knappe 2 Stunden an dem Vortrag. Wieder bei Ulrich zur Behandlung. Wohltat des alkoholischen Brennens. – Besuch von W. *Herzog* aus Basel. Mit ihm etwas spazieren. Nach Tische etwas aus seinem Barthou-Buche gehört, woraus er einige Kapitel zurückließ. – Neue Zeitung »Die deutsche Freiheit«, herausgeg. von Max Braun in Paris. – Nachmittags Brief an Annette Kolb diktiert, an Erika geschrieben und noch etwas gearbeitet. Zum Abendessen *Kahler*. Über das Riemer-Kapitel, über seine Arbeitspläne für »M.u.W.«

Sonntag den 5. XII. 37

Besser geschlafen. Nach dem Frühstück 3 Seiten an dem Vortrag geschrieben. Kurzer Spaziergang mit K. bei kaltem Westwind. Zu Tische die *Giehse.* Früher Thee und mit K. ins Rex-Cinéma, wo wir auf guten Plätzen einen neuen Guitry Film »Die Perlen« sahen, historische Revue, gut besonders in der ersten Hälfte. Vorzüglich Zacconi als Papst. Englisch, französisch und italienisch, reizvolles Nebeneinander der Sprachen. – Interessante Studie über die »Zauberflöte« von W. Müller (Zürich). – Die letzten Nächte den neuen, mir gewidmeten Roman von Weiß zu lesen begonnen. – Nachrichten über den Erfolg von Heinrichs »Henri IV« in Amerika. – Gedanken an einen bei Bermann zu publizierenden Essay-Band mit »Freud«, »Ring«, »Schopenhauer«, »Briefwechsel«, »Achtung, Europa!«, »Maß und Wert«, »Spanien«, »Sieg der Demokratie«. Der Titel müßte irgendwie die Freiheit des Gedankens und den Dienst an ihm bezeichnen.

Montag den 6. XII. 37

Weiß von Schnee, naß. Gebadet und beim Frühstück mit Kummer die Beeinträchtigung des Gefallens daran festgestellt. Arbeit am Vortrag, der sich lichtet, aber eigentlich wieder nur ein Reservoir für das eigentlich zu Sprechende darstellt. – In der Stadt: bei Ulrich zur Behandlung, dann zum Haarschneiden, dann bei Scholl zur Bestellung von bedrucktem Briefpapier, Karten u. Postkarten. Erprobung eines neuen, wie es scheint, auch zur Arbeit tauglichen Papiers. – K. verfehlt. Mit Taxi bis Zollikon, hier von Medi und Niko Kaufmann mit dem Wagen eingeholt. Der junge Niko zu Tisch. Hübsche schmale Augen, sympathisch, tüchtiger Künstler auf dem Klavier. Medi erklärt, er »würde sie gleich heiraten«. – Viel Post. Russisches Honorar, sehr reichlich. Brief an Peat. Weitere Arbeit am Vortrag. Souper bei Dr. Sommer mit den alten Reiffs, Frau Arnhold (Dresden) und Sommers Nichte. Soignierte Tafel, Weine, Schnäpse, türkischer Kaffee. Kein Vergnügen für mich. Gespräch kam auf Niekisch und Frau in Dresden und ihr albernes Verhalten – sie dumm, er artig-streberisch. Es waren »Verehrer«. – Die Feder der Stutzuhr gestern neuerdings zersprungen. Ausfall.

Dienstag den 7. XII. 37

½9 Uhr auf. Nasser Schnee. Angegriffen von gestern. Gearbeitet am Vortrag. Mit K. über Itschnach spazieren. Viel Belästigung durch Manuskripte. Antrag Gallimards wegen »Lotte in Weimar«. Russischer Artikel nebst Übersetzung aus »Les dernières nouvelles« über das »Avertissement«. – Sehr müde. Nach dem Thee noch diktiert: an Lion, an die Prager čechisch-deutsche Theater-Gemeinde u. a. – Manuskript aus dem Portugiesischen über Paulus, deutsch von Thelen. – Eintragung in das Kaufmann'sche Stammbuch über »Form«, Motto zu der Geburtstagsschrift von Schaber, in der mit erneutem Vergnügen las.

Mittwoch den 8. XII. 37

Nachts durch das Ohr gestört, 4 Uhr Phanodorm, lange geschlafen. Bis 1 Uhr gearbeitet und nicht mehr ausgegangen. Zum Mittagessen *Silone.* Interessante politische Unterhaltung mit ihm beim Kaffee. Auch über »Pane e vino« und den mysteriösen Vorfall mit der Dame, die »die Fortsetzung gelesen«. Aufsatz seines Freundes Chiaromonte über Borgese's Buch, erwünscht, sehr gut. An Lion. – Die ungarische Ausgabe der sämtlichen Novellen kam. – Nach dem Thee allerlei handschriftl. Korrespondenz. Ging 7 Uhr mit den Briefen zum Bahnhof und auf Umwegen nach Haus. Telephon mit Lion über den Wunsch Oprechts, den kritischen Teil einem eigenen Redakteur zu übergeben. (A. Zollinger.) Gut. Golo hinzuzuziehen.

Donnerstag den 9. XII. 37

Dunkles, schlechtes Wetter. 8 Uhr auf. Arbeit am Vortrag. Mittags zu Ulrich zur Behandlung. Zu Fuß zum Zürichhorn. Nach Tisch in der Zeitung über Schumanns Psychose (anläßlich eines schönen Violin-Konzerts). Mahnung an die Faust-Novelle. – Gequält von Unentschlossenheit, ob den Schopenhauer-Aufsatz zu übernehmen oder nicht. – Diktate an die Mazzucchetti (über die Meldung meiner Beteiligung am Kongreß von Valencia), an Bruno Walter u. a. – Nachrichten über die bevorstehende Proklamation der neuen Staatsreligion in Deutschland, deren Gott »sich in der Natur und im Schicksal der Völker offenbart«. Blödes Gesindel. – Im Schauspielhaus, Loge: »Der Bieberpelz«. Hübsche Aufführung mit der Giehse als Wolfen und Horwitz als Wehrhahn, Staunen über die Freiheit des Stückes. Satire war immer möglich, auch im zaristischen Rußland (Revisor). Dies ist die erste satirelose Epoche. Die Macht hat es gut, und doch kann es sein, daß man sich bald nicht mehr um sie kümmert und daß sie ins Vegetieren gerät. – Mit Kahler in der Pause. Kaffee. Nach Schluß Oprecht. Nachtessen mit K. und Medi. –

Freitag den 10. XII. 37

½9 Uhr auf. Das Baden unterlassen. Kaffee gefrühstückt. Am Vortrag gearbeitet. Sonniges Wetter. Spaziergang mit *Brentano.* Unterhaltung über das gestrige Theater, allerlei über Deutschland und Politik, auch über sein Stück »Phädra«. – Nach Tische *den Vortrag abgeschlossen,* 41 Seiten! – Nach dem Thee zu Asper, Korrekturen an der Prothese. Zu Hause einige Beschäftigung mit der Abendpost, Zeitungen, Ausfertigungen, Kontrolle des bestellten Briefpapiers. Dann mit K. und Golo in die Tonhalle: Schlusnus-Konzert, genußreich, Lieder von Beethoven, Brahms, Russen, Wolff, vorwiegend unbekannt. Viele Zugaben. Kälte auf dem Balcon, Mäntel. Begrüßung mit Schuhs nach Schluß. Nachtessen mit K. und den Kindern. – Die Schopenhauer-Einleitung wurde zugesagt für 800 Dollars. Las gestern Nacht im »Objekt der Kunst«. Trug heute das erste der neuen Maß-Hemden.

Sonnabend den 11. XII. 37

Klarer Frost. Vormittags Beschäftigung mit der Ansprache für Yale. Kabel von Harvard mit Einladung, dort 3 Vorträge über Goethe für 1000 Dollars zu halten. Das Geschäft blüht oder könnte es tun. – Sorge im Haus um Bibi, der seit 8 Tagen hoch fiebert und völlig appetitlos ist. Stahel heute zweimal bei ihm. Die Krankheit undeklariert – Typhus, Para-Typhus, Vergiftung? Jedenfalls schwere Infektion und große seelische Beanspruchung K.s. Ging mit ihr mittags den Waldweg. Las nach Tisch Briefe (von Kozák, Zuckmayer u. a.) und Zeitungen. Bevorstehender Austritt Italiens aus dem Völkerbund, Erklärung zum Kaiserreich, Kanzlerschaft Mussolinis, moralische Mobilisierung zur Autarkie, großes Fest. – Nach dem Thee eine Reihe von handschr. Verpflichtungen abgetan. Zum Abendessen *Kahler*. Nachher *Beidlers*. Nach dem Kaffee Vorlesung der 41 Seiten amerikanischen Vortrags mit einer Pause. Großer Eindruck der einfachen Darlegungen, die definieren und ermahnen. Wunsch nach der Verbreitung als Broschüre in vielen Sprachen. »Man kann nicht mehr tun.« Bewegte Besprechung. – Bibi nach einem Medikament schlafend in heftigem Schweiß. Enorme Blutsenkung von 37 mm in der Röhre.

Sonntag den 12. XII. 37

½9 auf. Frost. Bibi gebessert, Fall des Fiebers, Appetit. Schrieb Einiges an der Yale-Rede. Ging mit K. den unteren Waldweg. Zu Tische die *Giehse*. Zum Thee Björn *Björnson* und Frau. Wiedersehen nach 6 oder 7 Jahren. Umarmung. Der Alte, aber sehr gealtert (78). Sie blieben lange. Schrieb nachher an Annette und Lion. Las abends im Schopenhauer und die Erinnerungen an Rilke von Betz (Übersetzer des Zbg.) – Der Schopenhauer-Aufsatz für 800 Dollars per Kabel bestellt.

Montag den 13. XII. 37

Klar, leichter Schnee. Vormittags an der Yale-Rede, die sich verselbständigt. Bibi andauernd recht krank. Stahel diagnostiziert auf Hirnhautreizung und versteckte Lungenentzündung. – Mittags mit K. in der Stadt zu Besorgungen: In zwei Koffergeschäften: Schrankkoffer für mich, der praktisch scheint, und ein angenehmes Handgepäckstück für K. Bei Truns zur Fertigprobe des neuen gestreiften Anzugs. – Unterwegs weitere Einfälle für die Rede. – Zu Tische *Frau Wassermann-Karlweis.* Zeitungen (Mussolinis Austritt) und das »Tage-Buch«, worin eine vorzügliche Hitler-Charakteristik des Prof. Roberts. – Nach dem Thee zahlreiche Brief-Diktate. – In dem Buch über Rilke von Betz. – Das 3. Stück von »Maß und Wert« kam. (Der Titel war enthalten in jener von Schaber citierten Bestimmung der Form.)

Dienstag den 14. XII. 37

Frost, heiter. Leichte Besserung Bibi's; Appetit und Schlaf. – An der Yale-Rede. Kurzer Gang, allein. Zu Tische die Giehse. Nachmittags Handschriftliches und Ausfertigungen. Abends Juden-Souper bei Tennenbaum mit vorzüglichem Rehrücken und langweiligem Palaver. – Dumme Manuskripte. Der neue Anzug. Bücher von Oprecht. Statuten der New Yorker Akademie.

Mittwoch den 15. XII. 37

Frost, leichte Schneedecke. Zeitig auf, dunkel. Kaffee gefrühstückt. Dabei Dr. Katzenstein zum Conzilium bei Bibi, der übrigens in voller Besserung. Schenkte ihm eine Taschenschere. – Gearbeitet an der Yale-Rede. Mittags mit K. spazieren. Nach Tische in neuen Büchern, die zahlreich kommen. Kestens »Philipp II« virtuos, aber kalt und ohne alles, was ich geben würde. – Nach dem Thee Vorbereitung auf den Vortrag des Mont-Kaw-Kapitels aus Joseph III, abends gehalten im Volkshaus, Bildungs-Ausschuß der Sozialdemokr. Partei. Schönes

Kapitel. Begrüßungen nachher auf dem Korridor. Brachten den kleinen Tennenbaum nach Hause. Das Klebe-Pulver für die Prothese bewährt sich gut. – Nachtessen mit K. und den Kindern. Golo ist die Maschinen-Abschrift des amerik. Vortrags anvertraut. – Handschriftliche Korrespondenz. Radio-Sendung des Tonio Kröger mit Musik in Prag.

Donnerstag den 16. XII. 37

Kälte. Arbeit an der Yale-Rede. Von mittags an unwohl, Brechreiz, Widerwillen. Zum Thee G. *Hartung* aus Basel. Zur Dramatik von »L.i.W.« Das Lustspiel. Abends im Theater: »Napoléon« von Bruckner. Nichtssagender Bilderbogen. Steckel sehr gut. In der Pause Wiederbegegnung mit Faesis. Thee. Beim Nachtessen etwas besseren Appetit. Verfroren. Schrieb einen Bogen an Klaus.

Freitag den 17. XII. 37

Kaffee getrunken dazu ein Ei. Neigung zu Übelkeit besteht fort, heute gemildert. Arbeit an der Yale-Rede. Kurzer Ausgang, allein. Zu Tische die *Giehse*. Über das gestrige Stück. Schrieb zur Cigarre an der Rede weiter und *schloß sie nach dem Thee ab*. Auf dem Abendgang mit Toby sogleich Aufnahme von Gedanken für den Schopenhauer-Aufsatz. Nach dem Abendessen Korrektur der von Golo besorgten Maschinen-Abschrift der großen lecture. Dann Lektüre in den »Betr.« für Schopenhauer.

Sonnabend den 18. XII. 37

Dunkler Wintermorgen. Kaffee getrunken. Ziemlich übel. Studien zum »Schopenhauer«. Allein über Johannisburg spazieren. Bericht an Dr. Stahel, der Bibi besuchte, über meine Dégoût-Empfindungen. Verordnung magenstärkender Tropfen und Pastillen. Den ganzen Tag angewidert und tief verdrossen; große Eß-Unlust. Rotwein zu den Mahlzeiten. Brief-Diktate: an Becher von der »Intern. Literatur«, Ablehnung des Moskauer Insistierens. – Matte Lektüre von Zeitungen und Zeitschriften.

Sonntag den 19. XII. 37

Kurz nach 8 auf. Frost, Schnee. Kaffee, unlustig, er war aber auch schlecht. Studien zum »Schopenhauer« (Kunst, Plato, Nietzsche.) – Spazieren mit K. Nach Tische »W.a.W.u.V.« Nach dem Thee Kontrolle der von Golo vorgenommenen Striche in der lecture, Einrichtung. Danach Handschriftliches: Merkwürdiger Brief an eine Dichterin in Jerusalem. Abends wieder »W.a.W.u.V.« mit viel Freude und Erinnerung. – Im Ganzen etwas bessere Verfassung.

Montag den 20. XII. 37

8 Uhr auf. Kaffee und Ei nach dem Bade. Schlechter Appetit. Studien zum Schopenhauer, eifrig. Bei sonniger Kälte allein den Wald-Rundweg gemacht. Nach Tische in der »W.a.W.u.V.« Zum Thee Briefe von Fiedler, J. Lesser u. dem Direktor der »Intern. Literatur« wegen »L.i.W.« und »Hochst.« – Mitteilung des Prager Schutzverbandes, daß mir die »Herder-Preis-Ehrung« zugesprochen. – Handschr. Brief an Frey (Salzburg) und anderes. – Rückkehr der reparierten Tisch-Uhr. – Schopenhauer.

Dienstag den 21. XII. 37

Blauer Frosttag, sehr schön. Yogurt und Kaffee gefrühstückt. Eilende Skizzen zum »Schopenhauer«. Mit K. über Johannisburg gegangen, warme Sonne. Immer wenig Eßlust. In der »Corona« aus Hofmannsthals Tagebüchern, imponierende Gedanken. Citaten-Aufsatz des armen Bertram. Er verweist bereits auf Kolbenheyer. – Beim Thee Brief von Erika mit Warnung vor dem Unternehmer Mende, Rat zur Sicherung des Geldes. Brief an den New Yorker Verleger, Forderung der Hälfte des Honorars, sofort zu senden vor Anfang der Arbeit. Beschluß, bei reichlich angesammeltem Material, den Beginn zu vertagen und zunächst wieder zu »L.i.W.« überzugehen. Seltsame, etwas verwirrende Umstellung. – Brief-Diktate: nach Moskau, Prag etc. Längerer handschr. Brief an Fiedler. Widmung des »Joseph« an Monis Verlobten Lanyi, des Zbg. an einen Wiener gelähmten Bittsteller.

Mittwoch den 22. XII. 37

Tauwetter. Rückkehr zum Thee (mit Yogurt). Daten zu Schopenhauers Biographie. Mit K. in der Stadt: bei Leisinger zur Besprechung meiner Beschwerden und Erwägung einer provisorischen Metall-Prothese. – Bestellung von Piqué-Hemden zum Smoking. – Sehr starke Post, amerikanische Briefe. Hermann-Neisse, Brüll, Angell. Letzterer schickt Platten, jener eine Bonbonière. Brief eines Schweizer »Neutralen« über die Zeitschrift, ehrerbietig gegen mich, aufgebracht gegen diese. – Nachmittags langer Brief an E. Weiß über seinen »Verführer«. Eintreffen des neuen Briefpapiers. Abends in »Kampf um das klassische Weimar« von Bettex. – Telephonische Einladungen an Faesis und Brentanos.

Donnerstag den 23. XII. 37

Tauwetter. Yogurt und Thee. Neue Fühlungnahme mit dem Lotte-Manuskript, physisch und gedanklich. Lektüre von Adeles Novelle. – Brief von Rychner (Bern) mit Rezension des »Krull«. – Neujahrsglückwünsche. Großer Stollen von Mondadori, Süßigkeiten von Kahler. – Im Ort zum Haarschneiden. – Nachmittags Brief an den minderen Verehrer in Bern, dem ich Heft 1 u. 2 der Zeitschrift schickte. Abend-Spaziergang, gestört durch zähen Speichelgang. – Rede Mottas über die totale Neutralität der Schweiz und den Völkerbund, dessen Idee höchst bejahenswert, doch darf er nie zum Centrum einer Ideologie werden. Merkwürdig. – Das »klassische Weimar«.

Freitag den 24. XII. 37. Weihnachtsabend.
Tauwetter, Nässe. Kurz nach 8 auf. Beim Frühstück nur das Yogurt schmackhaft. Verdrießlicher Mund. Studien und Entwürfe zu »Lotte«, belebt. Mittags *Lion* empfangen und die Fragen der Zeitschrift mit ihm besprochen. Einige Schritte mit ihm ins Freie. Er aß mit uns. – Zeitungen und »Tage-Buch«. In der »Weltbühne« guter Aufsatz über Brüning in New York. – Kam Luxus-Ausgabe des »Krull« von Querido. – Bibi neuerdings verschlimmert seit gestern. Heftige Augenschmerzen u. Lichtempfindlichkeit. Heute Nachmittag Zuziehung Dr. Bollacks. Regenbogenhaut-Entzündung als Anschluß-Krankheit der Hirnhautreizung. Lange Anwesenheit der Ärzte. K. sehr niedergeschlagen. Dauer mindestens 4 Wochen und sehr anspruchsvolle Behandlung. Arger Zwischenfall, der K.'s Aufenthalt in Arosa unmöglich machen wird. Getrübtes Weihnachten. – Sehr verspätete Bescherung. Der Patient erhielt sein eigenes Bäumchen u. seine Geschenke in seinem (Erikas) Zimmer. Die Giehse als einziger Gast. Wieder in die Lichter geschaut. K. hatte für erfreuliche Geschenke an alle gesorgt. Unter den meinen tritt der silberne Armleuchter hervor. Platten von Verdis Requiem. Souper, sehr spät, mit Gänseleber und Champagner. Nachher in der Halle, einige Musik und Unterhaltung. Beständige Beeinträchtigung und Anwiderung durch den salzig schlechten Geschmack, den der unter der Prothese stockende Speichel hervorbringt.

Sonnabend den 25. XII. 37. Erster Weihnachtstag.
Nebel, Nässe. Nachts in den »Lehrjahren«. ½9 Uhr auf. Yogurt, Caviar und Thee. Am 6ten Kapitel von »Lotte« ein Stück weiter geschrieben. Mittags mit K. über Itschnach gegangen. Bibi subjektiv guter Dinge, doch ist das Auge durch Atropin etc. vollständig blind, mit riesig erweiterter Pupille, gewissermaßen stillgelegt. – Zu Tische Bibis Freund *Wilhelm* (Paris) und die *Giehse*. Zum Kaffee etwas aus Verdis Requiem. Briefe von Broch und Frey. Nach dem Thee an Reisiger ge-

schrieben in der Frage Arosa, wohin gegebenen Falles mit ihm allein gehe. Einstündiger Abendgang mit dem Hund. Abends in Bettex' Buch über Anti-Klassik. – Phantastisch buntes Montage-Bilderbuch der Frau Prof. Gehrig in Rostock, dem der Aufsatz »Kinderspiele« zugrunde liegt.

Sonntag den 26. XII. 37. Zweiter Weihnachtstag.

Nebel, Nässe. ½9 auf. Am 6ten Kapitel, wenig. Motiv-Verknüpfung, Zeit, Alter, Jugend, Wiederkehr. – Mit K. kurzer Spaziergang. Zu Tische *Oprechts* und *Lion.* Über die Zeitschrift, ihre Mängel und ihren Erfolg. – In Heidens Buch »Das Schicksal Europas«. – Nachmittags viel Post mit K. durchgegangen, Antworten diktiert, anderes zur Erledigung übergeben. – Zum Abendessen der junge Ingenieur *Moser,* vielleicht zukünftiger Verwandter.

Montag den 27. XII. 37

8 Uhr auf. Am 6ten Kapitel, die August-Szene. Allein spazieren gegangen. Frost und rauher Wind. Nach Tische Briefe gelesen von Neumann, der Herz u. a. Golos Übersetzung des Aufsatzes von Chiaromonte korrigiert u. mit ihm durchgegangen. Zum Thee Buch-Geschenke Feists aus Berlin: 20 bändigen Dostojewskij und 6 bändigen Eichendorff, sehr erfreulich. Für Golo einen Schopenhauer. – Beschäftigung mit dem Geschenk, dann handschriftliche Briefe an Frau Gehrig (Rostock) und die Herz (London). Abends Gäste: *Faesi's* und *Brentano's.* Souper, Kaffee in der Halle. Dann in meinem Zimmer, Vorlesung der Ansprache in Yale. Mit Brentano über seine Phädra und ihren partiellen Vorabdruck in »M.u.W.« ½12 Verabschiedung.

Dienstag den 28. XII. 37

Rauher, grauer Frost. Schrieb an der August-Szene weiter. Allein mit Toby den Waldweg. Viel in dem Buch von Bettex. Handschr. Brief an Neumann (Florenz). Scharf distanzierender Brief an den albernen Weinmann. – Außerordentliche Kälte.

Mittwoch den 29. XII. 37

Frost und Schneefall. 8 Uhr aufgestanden und vormittags am August-Kapitel geschrieben. ½1 mit *Lion*, der zum Essen blieb, im Schneetreiben spazieren gegangen. Nach dem Thee handschr. Korrespondenzen erledigt. Abends Gäste: *de Boers* und Dr. *Kaufmann* mit Frau und Tochter. Ausgedehntes Konzert: Viola d'amore, italienische Stücke, vorzüglich gespielt, das Instrument eine Art Streich-Orgel. Lieder von Moussorkski, dramatisch. Das Beisammensein zog sich bis Mitternacht hin. Nach Abfahrt der Gäste Sibelius-Platten probiert, die heute als Geschenk Angells von New Haven eingetroffen.

Donnerstag den 30. XII. 37

Starker Frost, dünner Schnee. Am August-Kapitel nach Yogurt und Kaffee. Mittags kurzer Spaziergang mit K. Brentano sandte sein Stück nebst sympathischem Brief. Las nach Tische 2 Akte nicht ohne Wohlgefallen. Schrieb nachmittags an de Boer über die Viola d'amore für Holland. Abendspaziergang im Frost. Nach dem Abendessen die Musik von Sibelius (»Tapiola«). Seltsame Naturvorgänge. – In dem Stück von Brentano weiter.

Freitag den 31. XII. 37. Sylvester.

Nachts seit einigen Tagen in »Du Coté de chez Swann«. Spät auf, da abends unwohl u. erst spät mit Phanodorm eingeschlafen. Geschrieben vormittags am August-Kapitel. Gewaltige Post mit vielen Neujahrsglückwünschen namentlich aus Amerika. Brief von der Hamburger aus Schweden über meine letzten Veröffentlichungen. Prof. Sommerfeld, Northampton, schickt ein Buch über Goethe mit längerem Brief. Weiteres von Fiedler, Annette Kolb u.s.w. Karte von Heinrich, Brief von Mrs. Meyer, Washington. – Mittags kurzer Spaziergang, allein. Nach Tische Ordnung der Post und Lektüre der Weltbühne mit starkem Aufsatz von Heinrich über das deutsche Regime. – ½6 zum Thee *Bermanns*, die den Abend mit uns verbrachten. Schrieb zwischenein an Lion u. machte wegen des Beitrags der Kolb meine Autorität geltend. – Souper mit Bermanns bei dem Kerzenlicht des neuen Armleuchters. Platten-Geschenk von ihnen: Die Brahms'schen Variationen über ein Thema von Haydn und Siegfrieds Rheinfahrt, beides unter Toscanini, folglich höchst exakt und etwas trocken. – Punch und Pfannkuchen. Die Gäste gingen vor 12. Ich musizierte noch etwas allein, beglückwünschte Bibi, der in Gesellschaft K's Pfannkuchen aß und auf dem erkrankten Auge schon wieder gut sieht, und spannte den neuen Kalender ein. – Das kommende Jahr fordert erhebliche Anstrengungen: Ich will in Arosa den Schopenhauer-Aufsatz schreiben. Dann kommt ein Vierteljahr weitläufigster Reise-Abenteuer. Mai oder Juni wird eine Reise nach Prag oder Wien folgen. Möge der Sommer, für den eine Badereise vorgesehen ist, oder der Herbst die Vollendung von »Lotte in Weimar« bringen. Dies »bringen« ist es eigentlich, woran ich glaube und worauf ich hoffe, nicht Energie und Aktivität. Die Zeit bringt alles. Möge mir Zeit gegönnt sein!

1938

Sonnabend den 1. I. 38

½9 Uhr auf. Frost und leichter Schnee. Trank Kaffee und schrieb am August-Kapitel weiter, unbefriedigt; der indirekte Dialog scheint nicht statthaft; das »Stück« behauptet sein Recht. – Gegen Mittag *Bermanns.* Geschäftliches mit ihm in K.'s Zimmer. Dann Spaziergang zu dritt. Über den geplanten Essayband. Ich beschloß: Abtrennung eines rein politischen Bandes für später und Publikation des »Wagner« und »Schopenhauer« in B's Schriftenreihe. – Bermanns zu Tische. Zum Kaffee *Beidlers.* – Viel Post auch heute. Schauspieler Langhoff, vom »Krull« angetan. Dankschreiben von de Boer. Glückwünsche. – Nach dem Thee an Heinrich geschrieben u. anderes erledigt. Abendspaziergang bei Schneefall. Beim Abendessen mit K. und Medi Radio-Musik von Rimski-Korsakoff. Telephon mit Brentano über sein Drama. Ruhiger Abend.

Sonntag den 2. I. 38

Nach 8 Uhr auf. Andauer des Frostes, blauer Himmel. Am August-Kapitel neu geschrieben, schwerfällig, unlustig. Das Unternehmen hat an Reiz eingebüßt und braucht neue Aufregung. – Mit K. über Johannisburg gegangen. Gesellschaft zu Tische: die *Giehse, Tennenbaum,* Dr. *Lichtenstein, Lion.* Bibi wieder bei Wege. Mit Dr. L. über sein politisches Manuskript. Mit Lion im Arbeitszimmer über Dinge der Zeitschrift (Chiaromonte). – Nachmittags Briefe diktiert: Angell, Kondolationen zum Tode Max Mohrs und mehreres andere. Manches beseitigt. – Nach dem Abendessen die erste Hälfte von Verdis Requiem gehört. – Andauernd verdorbene Stimmung durch die Prothese. Das Verhältnis zum Frühstück völlig gestört, zweifellos auch das zur Arbeit aus demselben Grunde. – In Sommerfelds Aufsätzen über Goethe. – Briefe ausgefertigt.

Montag den 3. I. 38

Gegen ½9 auf. Starker Frost bei leichter Schneedecke; scharfer Wind. – Am August-Kapitel, belebter. – Mittags mit K. in der Stadt: bei Ulrich zur Kontrolle der Ohren. Spaziergang in die Altstadt, Freude an den prächtigen Waren-Auslagen. Bei Truns zur Bestellung eines Fracks. Cigaretten- und andere Einkäufe. – Hübscher Brief des Schauspielers H. Ziegler in Wien. Ludwig sandte eine Liste der von den amerik. Buch-Händlern dem Weißen Hause geschenkten Bücher, worunter die »Stories from 3 decades«. Ferner einen Artikel über Huxley und mich. – Zum Thee Dr. Goldschmidt (Bern) u. Frau, für den bei der Fremdenpolizei zu sollizitieren. – Das Mt. der Ansprache für Yale und das der lecture an Mrs. Meyer in Washington. – Einiges Handschriftliche. Vorm Abendessen eine Stunde bei strenger Kälte gegangen. Nachher Requiem-Platten gehört, deren Genuß durch einen schrillen Sopran beeinträchtigt.

Dienstag den 4. I. 38

Starker Frost, morgens -14°. Neuer Schnee. Nach 8 Uhr auf. Lustloses Frühstück. Am August-Kapitel. Kurzer Ausgang mit K. Ärger unterwegs mit dem Hund, der als unerziehbar abgeschafft werden sollte. – Verstimmt, gequält. Nachmittags Briefe an Felix Bertaux und die Berner Fremdenpolizei diktiert. An Unruh geschrieben. Im Pariser Radio sollte Pierre Bertaux über das »Avertissement« sprechen, doch war die Sendung gestört, und der Sprecher gelangte noch nicht zum Thema. – Abends in Sommerfelds Buch über Goethe. – Viel ohne die Prothese. Leidend.

Mittwoch den 5. I. 38

8 Uhr auf. Andauer der Kälte. Am August-Kapitel gearbeitet. Mittags mit *Brentano* spazieren gegangen. Über sein Stück, die Veröffentlichung und die durch Klatschereien komplizierte Honorierungsfrage. Wermut in Johannisburg. Über die Zwei-

seitigkeit der Deutschen, ihr Auf beiden Achseln tragen und Alles vereinigen wollen. – Zu Tische die *Giehse* und Dr. Feist, der unterwegs nach Amerika, K. und den Kindern Geschenke brachte, auch einen Plan unterbreitete, uns von K.'s Erbteil etwas zu beschaffen. Problematisch. Kaffee in der Halle. – Nachmittags an Prof. Sommerfeld (Northampton) geschrieben. – Abends in der Oper: »Boris Godunoff«. Pittoreske Musik. Gingen während des 4. Akts, da ich genug hatte. In der Pause mit Oprecht: über die Frage des Artikels von Chiaromonte. Über das Benehmen Brentanos. – Nachtessen mit K. – Bollack bei Bibi. Das Auge hat 50% seiner Sehkraft zurückgewonnen. Es ist weiter das Haus zu hüten.

Donnerstag den 6. I. 38

8 Uhr auf. Belebtere Arbeit am August-Kapitel. Es wird mir wieder leid sein, mich zu unterbrechen, was wegen des Schopenhauer bald geschehen muß, da die ersten 400 Dollars unterwegs. – Schneegestöber. Spazieren mit K. und *Feist,* der zu Tische blieb. – Im »Tasso«. – Zum Thee Dr. Marck (Brüssel) und eine Freundin der Hamburger aus Schweden. Einladungen nach beiden Seiten. Gespräch über Judentum und Christentum, die angebliche neue Katholizität (Einheitsglaube) und das Ende der transcendenten Religion. (?) – Empfehlungsbriefe für Feist nach Amerika und anderes diktiert. Danksagung für die Mitgliedskarte eines neuen sudetendeutschdemokratischen Clubs in Prag. Handschriftliches. – Feist auch zum Abendessen. Verabschiedung von ihm.

Freitag den 7. I. 38

8 Uhr auf. Milde Luft, Föhn, viel Schnee. – Am August-Kapitel. – In der Stadt: bei Asper zur Kontrolle, zur Pediküre, beim Schneider zur Anprobe des Fracks. Verspätetes Mittagessen mit der *Giehse.* Nach Tische die Post: schwer leserlicher Brief von E. Ludwig. Brief von Heinrich an Bibi. Brief des Centre Intern. pour le droit et la liberté en Allemagne wegen

eines Schrittes beim Völkerbund in Sachen der Konzentrationslager und der Behandlung der jüdischen Insassen als Geiseln gegen Auslandsmeldungen. – Die Zeitungen wüst und trostlos: Rumänien, die Insolenz des durch europäische Zerrissenheit und Unmoral ermutigten Japan. Der einzige Trost bleibt der bewundernswerte Widerstand der spanischen Volksfront. – Nach dem Thee am Roman weiter gearbeitet. Spaziergang im Schnee. Honorar von 500 Fr. von Oprecht für den »Wagner«. – Telephon mit Prof. Rheinstrom. – Lions schlechtes Benehmen in der Frage des italienischen Aufsatzes. – Abends Lektüre der Zeitschriften. – Viel alte Briefe beseitigt.

Sonnabend den 8. I. 38

8 Uhr auf. Föhnsturm, weißer Regen. Am August-Kapitel weiter, bange vor der Unterbrechung. Allein über Itschnach gegangen. Die steile Straße hinauf sehr langsam zu gehen gezwungen. Der Herzmuskel läßt zu wünschen übrig; vielleicht nicht mehr als bei anderen meines Alters. – Nach Tische die Handbibliothek für Arosa zusammengestellt (Schopenhauer); Golo besorgte das Packet. Zeitungen gelesen. Nach dem Thee Verzeichnis von Schopenhauers Werken. Brief-Diktate. Zorniger Absage-Brief von ter Braak der Striche wegen in seinem Aufsatz, die Lion ihm zumutet. – Gelesen in Björn Björnsons törichtem Schauspielerbuch. – Goethes Pandora. Schillers Kritik. (Bürger.)

Sonntag den 9. I. 38

Gestern Abend schlechter Magen, schwer eingeschlafen, spät Phanodorm. ½9 Uhr auf. Föhnsturm, Regen auf den Schnee. Nach dem Frühstück (Thee mit Ei). Brief an Strich in Bern wegen Gebrauchs des Namens »Klassik«. Verbesserungen und Notizen. Mittags Ausgang mit K. bei erschreckendem kalten Regensturm. Der Weg nach Itschnach hinauf sehr anstrengend. Durchnäßt. Zu Tische die Giehse. Verabschiedung von ihr für die nächsten Wochen. Die Xenien gelesen. Zum Thee

Trebitsch aus Wien auf der Reise nach Nizza. Über sein Büchlein vom Verjüngten. Klägliche Anekdoten über Hauptmanns Aufenthalt in Wien. Vorm Abendessen den Handkoffer gepackt. Golo u. Medi in der Oper, mit K. und Bibi gegessen. Nachher Papiere verwahrt und zerstört. – »Pandora«. In Gundolfs »Goethe«.

Dienstag den 11. I. 38, Arosa, Waldhotel.

Gestern in Küsnacht bis 11 Uhr noch am Dialog Charlotte-August gearbeitet. Dann gepackt. Wir aßen ¾1 zu Mittag. Das Wetter war föhnig und heiter. Wir fuhren bald nach Tische mit dem Chevrolet, von Golo gefahren, ab. Am Bahnhof Beidler zur Verabschiedung. Auf der Fahrt nach Chur (mit Ausländern) Brief- und Zeitungslektüre, etwas Ruhe. In Chur Kaffee getrunken. Bei der Fahrt herauf allein im Coupé. Bequemlichkeit der Reise hierher. Nach Versorgung des Gepäcks im Schlitten zu Fuß durch die Stadt zum Hotel. »Ununterbrochenheit«, Unmittelbarkeit des Wiederanschlusses an das gewohnte Milieu, ganz als sei man nie weggewesen. Das Hotel wie immer. Begrüßung mit Concierge u. Personal. Dr. Richter, der uns auf die gewohnten Zimmer im III. Stock begleitet, aus denen wir »eben« ausgezogen u. in denen wir uns nun zur Wiederholung (die etwas variiert sein, andere Inhalte haben wird) wieder einrichten. Bequemlichkeit, Platz, praktische Behaglichkeit. Freude an der Wiederaufnahme dieser Lebensform bis zur Bewegtheit. Ausgepackt. Dunkler Vorhang, Bücherbord auf der Kommode. Rasiert und dunklen Anzug angelegt. Zum Diner ½8 Uhr. Tisch bei unserem vorjährigen in der Ecke. Der »Gendre«. Zu frischer Kalbsbraten. Aber mit Luftwechsel-Appetit gegessen. Nach Tische *Lion*. Mit ihm im hinteren Salon. Die Zeitschrift; die Fälle ter Braak und Chiaromonte, der »Fuoruscito«, beraten, in Erwartung Oprechts. Bier getrunken. Müde. ½10 hinauf und Kamillenthee bereitet. Im Bette im »Swann« weitergelesen.

Nachts tadelnswerte Störung durch lärmende Gäste, die

vom Kostümball heraufkamen. Mit ½ Phanodorm gut geschlafen bis 8¼ Uhr. Gebadet. Thee-Frühstück, sehr beeinträchtigt durch die Prothese. Dennoch Beifall für das hier so gute Grahambrötchen mit Honig, das ohne die obere Hilfe nicht zu essen wäre. – Den Schreibtisch zurechtgemacht. – Dunkel, Schneefall. Das Bücherpaket geöffnet u. die vorangeschickte Lektüre (Schopenhauer-Literatur) aufgestellt. – An dem August-Dialog gebastelt, unsicher. Die Wendung zur Schopenhauer-Arbeit ist vielleicht jetzt das Richtige, und »Lotte« ruht besser. – Fell-Teppich unter dem Arbeitstisch. – Mittag mit K. in den Ort zu Einkäufen. Bergstock. Nach dem Lunch im Zimmer politisches Manuskript von Döblin gelesen, bedenklich und wohl kaum noch das. Geruht, beklommen. Zum Thee mit K. ins Old India. Zu Hause Briefe diktiert: an W. Türk (Oslo), Bonnier (Stockholm), ter Braak ('s Gravenhagen) u. andere. – Nach dem Diner im kl. Salon mit Lion. Oben Kamillenthee.

Mittwoch den 12. I. 38, Waldhotel

Gestern Abend amüsiert im »Swann« weiter gelesen. Unruhig geschlafen, oft aufgewacht. Frühstück mit Zwieback und Grahambrot. Studium des Schopenhauer-Materials, ohne mich zu einem Anfang zu entschließen. – Ausführlicher Brief von Strich in der »Klassik«-Frage. Guter Brief von Schickele über Rußland, die Lage überhaupt und die günstigen Auspizien meines amerikanischen Vortrags. Der Kontrakt über den »Schopenhauer« nebst Chec über 360 Dollars. – Mittags langsam zum Ski-Übungsplatz. Tauwetter, Schneegestöber. – Mit K. etwas gegangen. Während der Lunch-Zeit Aufklärung, Sonne. In der Loggia geraucht und gelesen (Frauenstedt). Dann auf dem Bette etwas geschlafen. Thee mit K. im »Old India«. Allein nach Haus, da K. beim Coiffeur. – Schlimmes Vers-Manuskript von Falke. – Abends mit *Lion* und *Mrs. O'Malley,* Gattin des engl. Gesandten in Peking.

Donnerstag den 13. I. 38
Ziemlich spät auf. Warm, Sonne. Nach dem Frühstück den »Schopenhauer« zu schreiben begonnen. Zu hoffen, daß der Aufsatz nun seinen Weg nimmt. Mittags zum Übungsplatz und von da mit K. gegen Maran gegangen. Nach dem Lunch in der Loggia. Novelle eines jungen Deutschen für die Zeitschrift, hübsch. Frauenstädt über Sch. – Geruht. Um den See zum Thee gegangen. Nachher Brief-Diktate. Nach dem Diner mit Lion: Über Golo und seinen Wert. Über die Schwierigkeiten mit Brentano und Falke, bei denen ich in die Bresche springen muß.

Freitag den 14. I. 38
Durch Ekzem-Jucken und quälende Gedanken gestörte Nacht. Schlaflosigkeit trotz Phanodorm. K. zeitweise bei mir. Gegen Morgen geschlafen. ½9 Uhr auf. Am Schopenhauer weiter. Schwierig. Mittags zum Übungsplatz u. mit K. bis kurz vor Maran. Heiteres, mildes Wetter. Guter Lunch. Nachher in der Loggia Heine über deutsche Philosophie gelesen. Im Zimmer geruht. Mit K. über die Bündner Heilstätten spazieren, danach selbst Thee bereitet. Den notwendigen langen Brief an Falke mit der Ablehnung seiner beiden Beiträge diktiert. Nach dem Diner mit Lion. Der Beitrag des jungen Deutschen, einer Geheim-Clique von 10 Personen angehörig. Über Schopenhauer und seine Mischung aus Voltairianismus und Dunkelheit, Klassik und Romantik. Schelling, als Naturphilosoph, mehr Mut zur Mystik. Immerhin der Versuch über das Geistersehen u. auch sonst Natur-Mystik bei Schopenhauer. Lektüre des Briefes an Falke; Lion, glaube ich, beleidigt durch den Ton über ihn. – Den ganzen Tag machte der Ischias-Nerv sich verdächtig bemerkbar.

Sonnabend den 15. I. 38
8 Uhr auf. Föhn, Wärme, starker Schneefall. – Müde. Die Arbeit am Schopenhauer mühsam. Das Haar gewaschen. Spazier-

gang auf dem Weg nach Maran. Nach dem Lunch bei dichtem, taumeligem Schneegestöber in der Loggia. Briefe und Zeitschriften. Klaus berichtet aus Hollywood, hält Vortrag über mich in Californien. Die Herz meldet, daß Peat in London war und die Presse benachrichtigte, daß meine 15 lectures in den Staaten sämtlich ausverkauft seien. – In dickem Schnee um den See zum Thee gegangen. Zeitung: Regierungskrise in Frankreich. Besorgungen im Ort. Propaganda für »Maß u. Wert« im Fenster der Buchhandlung. Zu Hause eine Reihe Briefe diktiert: an Mendel (New York), Hollnsteiner (Wien) u. m. a. Nach dem Diner im kleinen Salon mit dem jungen *Kilpper* aus Stuttgart. Thörichter, musikalischer junger Deutscher.

Sonntag den 16. I. 38

Sehr hell und heiter, reicher Schnee. Am »Schopenhauer«. Mittags eine Stunde mit K. spazieren. Vorzügliches Lunch. Dann in der Loggia: die Korrektur des Freud-Aufsatzes für das psychoanal. Jahrbuch besorgt. Ankunft Medi's. Nachmittags mit ihr und K. zum Thee in den Ort. Zu Hause Karten geschrieben und viele Briefe ausgefertigt. Außerordentlich müde; ruhte mich vor der Smoking-Toilette eine halbe Stunde auf dem Bett [aus]. Nach dem Diner zu dritt Unterhaltung mit Lion in dem Salon, der im Winter 33 die Stätte unserer Erlebnisse war, und wo wir mit den Nikisch die Abende verbrachten. Über die Fragen der Zeitschrift, die deutschen und italienischen Beiträge, Brentano, Falke. Mit Lion über Platon und Schopenhauer. Aristophanes. – Medi's Zimmer besichtigt.

Montag den 17. I. 38

8 Uhr auf. Föhn, Tauwetter. Am »Schopenhauer« gearbeitet, dann eine Stunde spazieren. Medi auf der Ski-Wiese. Nach dem Lunch in der Loggia Verschiednes gelesen: Freud über Moses, von dem Alten gesandt. Manuskript von ter Braak. Etwas geruht und mit K. in den Ort zum Thee. Besorgungen.

Zu Hause längeren Brief an Erika in Sachen der Guild und E's Anstellung diktiert. Danksagung an Freud begonnen, aber zu müde. – Vertrag mit Mendel-Longmans unterschrieben zurück. – Nach dem Diner Kostümball in der Halle. Zu dritt mit Lion im hinteren Salon. Dinge der Zeitschrift, dann viel über Schopenhauer.

Dienstag den 18. 1. 38, Waldhotel.

Heiteres Wetter, kälter, Neuschnee. Unruhig geschlafen, mit Hilfe von Phanodorm. Nach 8 auf. Arbeit am »Schopenhauer«. Mittags mit K. gegen Maran gegangen. Nach dem Lunch gutes Manuskript aus Jerusalem über Platen und Platon gelesen. Blieb zur Ruhe in der Loggia. Nachher Spaziergang mit K. auf dem »Eichhörnchenweg«. Besonnte Bergspitzen, unter denen eine lange Wolke das Thal füllte. Zu Hause den Brief an Freud und Weiteres diktiert, auch Handschriftliches erledigt. Nach dem Diner im Spiel-Salon. Unterhaltung mit Lion, dann Zeitungslektüre. – Telephon mit Brentano gegen Abend wegen der Akt-Wahl für seinen Vorabdruck. Einigkeit. – Abends vor Einschlafen Proust-Lektüre. Bewunderung für seinen Reichtum an Worten und Kenntnissen, kunsthistorisch, biologisch, botanisch. Vergleiche homerisch auf moderner Stufe. Der Flügelkäfer, der, um seinen Jungen für die Zeit nach seinem Tode frisches Fleisch zu schaffen, Spinnen und anderen Insekten genau das motorische Zentrum durchbohrt, sodaß sie lebend-unbeweglich sind. Die naive, selbstverständliche, ruhige und stumme Grausamkeit und Niedertracht der Natur. Dabei okkult in der Genauigkeit des Wissens und Könnens im Dienst der Art-Erhaltung.

Mittwoch den 19. 1. 38

¾8 Uhr auf. Bedeckt, föhnig. Nach Bad und Frühstück am »Schopenhauer« geschrieben. Mittags mit K. gegen Maran. Nach Tische in der Loggia in Frauenstädts Biographie. Nachmittags im Ort zum Thee, dann zum Haarschneiden. Zu

Hause Einiges diktiert: wegen polnischer Ausgabe des »Avertissement«. Abends im Salon Gesangsvorträge einer Engländerin und Roelli's. Die Dame entschieden angenehmer, als der sehr kokette Volkssänger. Vorher Begrüßung mit Christa Hatvanyi und Unterhaltung mit ihr und Richters im Salon. Das Konzert vor kleinem geladenen Publikum. Späte Stunde.

Donnerstag den 20. I. 38

½9 Uhr auf. Bedeckt, Schneegestöber, große Schneemassen. Am »Schopenhauer« geschwinder und fließender gearbeitet. Mit K. gegen Maran gegangen. Nach dem Lunch in der Loggia Korrekturen der Zeitschrift gelesen und Manuskripte durchgesehen. Kalt. Nachmittags zum Thee in den Ort, ein paar Besorgungen. Zu Hause handschriftl. Korrespondenz. Ankunft *Oprechts.* Mit ihm, Lion, K. und Medi nach dem Diner im ersten Salon. Fragen der Zeitschrift. Besprechungen derselben in der Presse. Das Problem Falke, das schon keines mehr ist. – Guter Brief von Kahler. Franz. Presse-Bureau wegen des Wagner-Vortrags. Schöne Besprechung des »Briefwechsels« im Luzerner Tagblatt von einem Berner Strich-Schüler. Brief des Verfassers. – Die Hälfte dieses Aufenthalts ist verflossen, ich stelle es mit Bedauern fest, denn ich fürchte das Nachkommende und fühle mich hier, trotz vorkommender Angegriffenheit, Erregung und Müdigkeit, wohler als irgendwo.

Freitag den 21. I. 38

8 Uhr auf. Gebadet. Lebhaft und lange gearbeitet. Schönster Tag, blau, glitzernde Schneemassen, tief verschneites Gebirg. Mit K. vom Ski-Platz gegen Maran. Lunch zu viert mit Oprecht. In der Loggia de Broglie's Vortrag über Physik (Indeterminismus) in der Korrektur gelesen. Dann eine eingegangene Schrift »Kallistos«, von einer jugoslawischen Gelehrten, Rebal. Eros als Lichtgott (Pharus) Liebe und Erkenntnis. Notiert für Josephs Gespräch mit Amenhotep. – Spaziergang über die Heilstätten. Wundervolle Veduten. Umfangreiche amerikani-

sche Post: Angell, Weigand, die Meyer von der Washington-Post. Das Joseph-Manuskript nach Yale und anderes Ausstellungsmaterial, schwierig. Die Meyer über die Yale-Rede und ihre Arbeit über den Joseph, die zu meiner Ankunft vielfach erscheinen soll. Die Reise droht oder verheißt einen höchst festlichen Charakter anzunehmen. Erregung und Ermüdung. Weigand über das Riemer-Kapitel. Weitere Post. – Diner zu viert mit Oprecht. Nachher mit ihm im Salon. Las in den Korrekturen eines vortrefflich geschriebenen Buches von Koestler über seine spanischen Abenteuer und Gefangenschaft. Striche fixiert in dem Artikel von Chiaromonte, der so erscheinen mag. – Im »Tagebuch« guter Aufsatz von H. Kesten über den Krull. Wie matt und gleichgültig ist das Fragment einst in Deutschland aufgenommen worden. Wahrhaftig, die deutsche Literatur braucht die Juden! – Gestern Nacht »Ein unangenehmes Erlebnis« von Dostojewskij gelesen. Großartiger Gipfel des Quälenden, kaum zu bewältigen, aber durchdringend wahr und menschlich.

Sonnabend den 22. I. 38

Gegen 8 Uhr auf. Föhn und Trübung. Am »Schopenhauer« weiter. Mit K. gegangen. Lunch mit Oprecht. In der Loggia Zeitungen u. Zeitschriften gelesen und dort geruht. Ankunft *Golo's.* Mit K. zum Thee in den Ort. Zu Hause Briefe nach Amerika und anderes diktiert. Ankunft *Bibi's* und *Gret Mosers.* Diner im Smoking. Tisch zu 7 Personen. Erbleichen und Abgang Bibi's, Weinkrampf. Bedenkliche Geschichte mit der Tötung seines Hündchens heute morgen nach gestrigem Champagner-Exzeß. K. zur Beruhigung geredet. Im Salon mit Oprecht. Vorher Telephon mit Lion, der sich beleidigt von O. zurückhält. Zu vermitteln gesucht. Lion: »Mit Ihnen benimmt O. sich wie bei Hofe!« – Lektüre von Korrekturen der Zeitschrift. Plädiere zu K's Beruhigung dafür, daß Bibi die Überfahrt nach New York mit uns, nicht vorher auf eigenem Schiffe macht.

Sonntag den 23. I. 38

Weiterer schöner Sonnentag, ein paar Wärmegrade vormittags, nachmittags leichter Frost. – Unruhig geschlafen. Nahm noch um ½3 eine halbe Tablette. ½9 Uhr, gebadet. Bis 12 Uhr am Schopenhauer gearbeitet. Dann mit K. spazieren. Vorzügliches Lunch mit Oprecht, Golo u. Medi. Bis 4 Uhr in der Loggia. Umfangreiche Post durchgesehen. Nachmittags Spaziergang mit K. und Medi. Thee zu Hause und danach Diktat an der Préface zur französischen Ausgabe von Schickeles »Witwe«. – Brief von Knopf über das bevorstehende Erscheinen von »Joseph in Egypt« und den geplanten Essayband. – Smoking-Toilette. Sonntags-Diner zu sieben Personen, mit Gret, die in ihrem Abendkleid sehr hübsch aussah. Nachher die Kinder bei der Vorstellung des Prestidigitateurs Flamingo, den ich später als alten Bekannten begrüßte. Im hinteren Salon mit Oprecht und Golo, die Schach spielten, K. und dem charakterlos causierenden, seine deutschen Enquêten zum Besten gebenden Lion. Brief einer deutschen Jüdin, die nebst ihrer Freundin eine Zusammenkunft zur Eröffnung ihrer tristempörenden Schicksale erbat. Habe in einem bei Orelli zu deponierenden Brief freundlich abgelehnt.

Montag den 24. I. 38, Waldhôtel

Vor 8 Uhr auf. Wärmer, blau, Sonne. Bis 11 Uhr zwei Seiten geschrieben, dann zum Ski-Platz und mit K. nach Maran gegangen, wo wir unter vielen Menschen vorm Hause Wermut tranken. Lunch mit K. allein, da alle Kinder und Oprecht auf einem Ausflug. In der Loggia »W.a.W.u.V.« gelesen. Zu warm dort, im Zimmer geruht. ½5 mit dem amerikanischen *Putzel* in den Ort zum Thee bei Orelli. Über die Sammlung der Herz und ihr Trachten, in Yale Kustodin zu werden. – Zu Hause Brief an Knopf wegen des Essaybandes diktiert. An Goergel in Jerusalem, den Verfasser des Platen-Platon-Aufsatzes geschrieben. Diner mit Oprecht und den Kindern. Nachher im Salon mit *Christa Hatvanyi*. Über den hoffnungslosen Verfall in Deutschland. – Ärger über die Herz, die es fertig gebracht hat, wegen ihrer Sammlung und Anstellung an Roosevelt zu schreiben, ohne mich zu fragen. – Es kam das Jahrbuch »Philosophie« mit dem Aufsatz »Th. M. als Dialektiker« von Prof. Marck (Dijon).

Dienstag den 25. 1. 38

Gestern spät eingeschlafen. ½9 Uhr auf. Heiter und warm. Am »Schopenhauer« gearbeitet. Mit K. spazieren. Lunch zu dritt mit Medi. In der Loggia erst Zeitungen, dann Welt als Wille gelesen und zur Ruhe dort geblieben. Mit K. auf dem oberen Weg nach Maran spazieren. Schöne Spät-Beleuchtung der Berggipfel. Thee zu Hause; dann die Vorrede zu »Witwe Bosca« zu Ende diktiert. Diner mit Oprecht und den Kindern. Nachher mit Lion, teils unter vier Augen, teils zusammen mit Oprecht und Golo. Bundesrat Etter übersendet eine christliche Broschüre. Bier getrunken. Sorgen wegen der herausfordernden Paradoxie des Aufsatzes von ter Braak.

Mittwoch den 26. I. 38

Gestern Abend starkes Nordlicht, nach Berichten. Montierte Stimmung unter den Gästen. Vielleicht Bedeutung von Krieg und Pestilenz? Freudige Aufregung. – Gegen 8 Uhr auf und nach dem Frühstück eifrig geschrieben. Mild, bedeckt, dann sonnig. Allein nach Maran gegangen, von K. eingeholt und mit ihr zurück. Prächtiges Bild der besonnten Schneedünen und ferneren Berge beim Blick von Maran hinüber. Wohltuende Wärme der Sonne. Lunch mit Oprecht und den Kindern. Verabschiedung von ersterem und Golo, die 2 Uhr abreisen mit dem Zug, den am Montag auch wir benutzen werden. – In der Loggia Zeitungen und »Welt als Wille«. Draußen geruht. Mit K. in den Ort zum Thee. Begrüßung und Briefübergabe der deutsch-jüdischen Briefschreiberin von neulich. Zu Hause Briefe diktiert: an die Herz, Bermann, Hilfscomité für die rumänischen Juden. Brief an Kesten begonnen.

Diner in verkleinertem Familienkreis. Nachher mit Lion allein im hinteren Salon bei einer Flasche causiert. Die Zeitschrift, Schopenhauer, Hegel, die Hebungen und Wellenthäler meiner Stellung, die Jugend des heimlichen Deutschland und ihre Reinheit, Moralität, die aber mehr Simplifikation ist. Ich sprach über den um 20 Jahre vorweggenommenen »National-Sozialismus« des T.i.V. – Verlesung eines einfältigen Briefes von Falke, worin es zur Abdikation nicht kommt. Brief von Unruh. – Im Blatte viel über die Nordlicht-Erscheinung über ganz Europa. Gelehrte Commentare. Im Kanal Aufhebung der Flut; Radio-Störungen etc.

Donnerstag den 27. I. 38, Waldhotel.

Unruhig geschlafen. [...]. ½9 Uhr auf. Arbeit am »Schopenhauer«. Dunkel, Schneegestöber, tiefer Schnee. Mit K. in den Ort zu Einkäufen: Liqueur und Cigaretten. Mühsames Gehen. Nach Tische in der Loggia Korrekturen der Zeitschrift gelesen. Kalt. Im Zimmer geruht. K. auf einem Ski-Ausflug nach Lizi-Rüti. Trafen uns bei Orelli, wo wir Thee tranken. Zu Hause den Brief an Kesten zu Ende geschrieben und anderes Handschriftliche besorgt. Diner mit K., Medi und dem Brautpaar. Tischmusik und Sammlung. Im hinteren Salon mit Lion. Vorlesung für ihn, K. und die Kinder des vom »Schopenhauer« bisher Geschriebenen. Spät das Vorwort für Schickele redigiert und an ihn geschrieben.

Freitag den 28. I. 38. Waldhotel

Gestern Nacht wieder lange im »Spieler« gelesen. Heute zunächst Andauer des Schneewetters. ½9 Uhr auf, gebadet und, etwas verstimmt über Lions kleinliches Gebaren bei der gestrigen Vorlesung, am »Schopenhauer« weiter geschrieben. (Schuld und Verdienst). Mittags mit K. spazieren. Phantastisches Aufklaren in mehreren Ansätzen. In der Loggia Sonne. Einiges von Lion Oktroyierte zu lesen versucht: Korrekturen einer Schrift über Goethes Enkel, bekannt und störend. Einige

Seiten in Hegels Ästhetik – die Rückkehr zur W. als W. u. V. sehr wohltuend. Widerspenstigkeit gegen das Heraustreten aus meiner Welt, vor allem auf Wunsch. – Draußen geruht. Spaziergang im Pelz mit K. und Medi auf dem oberen Weg an den Chalets vorüber. 11° Kälte. Prächtige Bilder. Thee bei Orelli. – Füllfeder gefallen und lädiert. – Schrieb an Dr. Kaufmann, dankend für die Schrift des Bundesrats Etter. – Müde. – Viel Post. Brief von Steward, Loyola-University, Chicago. Werde dort vor 4000 Personen mit Mikrophon sprechen, und so wird es wohl überall sein. – Allein im hinteren Salon gelesen. Brief von Reisiger, aus dessen Doktorat wohl nichts werden wird. Glänzender Artikel Heinrichs in der »Weltbühne« über die 5 Jahre. Später Lion, der seinen neuen Vertrag mit Oprecht und der Mayrisch produzierte. Hinausdrängung Falkes durch Entziehung des Vetorechts. Unbehaglich.

Sonnabend den 29. I. 38

Nach gestrigem Phanodorm gut geschlafen. Gegen 8 Uhr auf und am »Schopenhauer« gearbeitet. Mittags rasiert und zum Ski-Platz, von wo der gewohnte Spaziergang gegen Maran. Temperaturfall, Tauwetter, Schneegestöber. Versuche zum Aufhellen, vergebens. Großartige und bedrohliche Wolken-Vorgänge, Abprallen vom Berge, Zurückwälzen, Eindringen in andere Falte. Dichtes, dunkles Gestöber, während in der Loggia die Blätter las. Die schwachsinnige Staats- und Prachtbauerei in Deutschland. Hitlers 5 Jahre. Kein »Reichstag«. Die Charta der Arbeit in Paris – ernst, nicht Lüge und Volksbetrug. Der Erzbischof von Paris, Rede vor Journalisten, erstaunlich und erfreulich. »Ich, der ich rot bin vom Kopf bis zu den Füßen –«. – Auf dem Bett geruht. Unwohl, deprimiert, bedrückt. Ging nicht mehr aus, erwartete K. zum Thee und diktierte nachher eine Reihe Briefe: Marck, Simon u. m. a. Bibi war mit Gret Moser im Schneesturm auf der Weißhornspitze gewesen, in Gesellschaft. Sturz des Mädchens in eine tiefe Mulde durch Abbrechen des Schneerandes, gut abgelaufen. –

Beim Diner *Brentano,* mit dem nachher im hinteren Salon. Ernstes Gespräch mit Lion über seinen unmöglichen Vertragsentwurf. Retirade. Danach Unterhaltung beim Bier. Holländischer Kostümball. Herumtragen eines Steckkissens mit Fragezeichen.

Sonntag den 30. I. 38, Waldhotel

Der letzte Tag hier oben. Schlecht geschlafen, erkältet, von Husten gestört. Kamillenthee mit Phanodorm noch gegen Morgen. Auch seelisch leidend. K. einige Zeit bei mir. Als sie meine Hand hielt, dachte ich, so möchte es sein in meiner Sterbestunde. – Dann noch ein paar Stunden geschlafen. ½9 auf, gebadet und am »Schopenhauer« weiter geschrieben. Mittag mit K. und Brentano etwas über den Skiplatz hinausgegangen. Dichtes Schneegestöber, sichtlos. Nach dem Lunch mit K. und den Kindern bei Richters zum Kaffee. Dann in der Loggia im Schnee Blätter gelesen. Im Moskauer »Wort« Berichte über schmutzige Schimpfereien der Nazi-Presse (»Westd. Beobachter«) auf mich. Ihre Gedanken sind Jauche, ihr Brüten Mord. – Ausgang nach 4, atemraubender Schneesturm von den Bäumen und vom Boden, Erschrecken und Umkehr. Thee getrunken und einen gut zuredenden Antwortbrief an Falke (Rom) diktiert. Beschäftigung mit der englischen lecture. Rasiert und Abendanzug. Diner mit Brentano. Dieser politisierte exzitiert, unter sichtbarem Einfluß der Luft. Lion und Christa Hatvanyi ließen absagen, weil sie der Schneesturm, der den ganzen Nachmittag tobte, zur Umkehr gezwungen hatte. Gingen um 10 hinauf. K. leider sehr erkältet und heiser. Besorgnis. Müde.

Montag den 31. I. 38. Zurück in Küsnacht

Die letzte Nacht in Arosa sehr unruhig, gequält von dem Gerede Abend und vielen Gedanken und Beängstigungen. Dazu Husten. Schlaflos bis 3 Uhr und länger. Ein ganzes Phanodorm erst spät von Wirkung. Einige Zeit bei K. im Stuhl.

Zimmerpromenade. Gegen Morgen einige Stunden Ruhe. – Heute dort oben ½9 Uhr auf. Nach dem Frühstück bis 11 Uhr am »Schopenhauer« geschrieben. K. heftig erkältet, sehr heiser, ein rechtes Unglück. Von 11-1 Uhr Bücher und Koffer gepackt. Lunch mit Brentano. Ich erzählte von den bürgerlichen Eindrücken meiner Jugend, Travemünde. Gegen 2 Uhr Abfahrt im Schlitten nach Verabschiedung von Richters und dem Personal. Das Wetter, das nach der gestrigen Krisis sich aufhellen wollte, trübte sich wieder. Große Schneemassen. Schlittenfahrt zum Bahnhof, wo Christa Hatvanyi und Lion uns erwarteten. Medi blieb bis zum 4 Uhr-Zug zurück. K. sehr affiziert und elend aussehend. In Chur Kaffee. Im Zuge nach Zürich Ausbleiben eines Handkoffers, der sich dann unter fremdem Gepäck fand. Auf der Weiterfahrt Dostojewskijs »Doppelgänger« gelesen. Ankunft 6 Uhr. Golo mit dem Wagen. Fahrt nach Hause. K. bald zu Bette. Thee genommen und ausgepackt. Dann Durchsicht der Post bis zum Abendessen mit Golo und Bibi. Nachher die neue, von Bibi besorgte Organisation der Plattensammlung besichtigt. Der neue Schrank mit Vorhang versehen. Bei K., die etwas Temperatur hat. Mit Golo über Schopenhauer, seine Angefochtenheit von Fachseite, sein europäisches Literatentum, Juden seine Freunde, das halb Außerdeutsche, die Starrheit, immer das Eine, ausgebaut und belegt, nichts von Entwicklung. – Monatsschrift der »Deutschen Freiheitspartei«. Skepsis.

Dienstag den 1. II. 38

Vorzüglich geschlafen. Dankbarkeit für das gute Bett, die leichte und warme seidene Decke, das gewohnte Kissen. Zeitig auf, gebadet, Flocken, Zwieback, Ei und Thee gefrühstückt und an »Schopenhauer« geschrieben. – Dr. Stahel bei K. Vorschriften und leidliche Prognose. – Föhnsturm. Machte nach dem Rasieren kurzen Spaziergang mit dem Hunde. Zu Tische die *Giehse,* die bei K. den Kaffee nahm. Bereitstellung der nach New Haven zu befördernden Gegenstände. Das 3fache

Manuskript des »Joseph« neu geordnet. Nobel- und Harvard-Diplom etc. Den Thee bei K. Nachher das Material für die polnische politische Broschüre. Manuskript des »Briefwechsels« (mit dem Wisch des Dekans) für Yale. Zueignungen eingesandter Bücher. Handschr. Brief an Bermann in Sachen der Publikation des »Sch.« in seiner Schriftenreihe. Abendessen an K.'s Bett. Kopfschmerzen. Expedition der »Götter Griechenlands« an Lion, der Manuskripte an den polnischen Professor etc. In der »Welt als Wille« gelesen. – Langer Verzweiflungsbrief der Herz als lästige Reaktion auf den meinen.

Mittwoch den 2. II. 38

½9 Uhr auf. Föhn. Andauer von K.'s heftiger Erkältung, unter der sie wegen der Verzögerung ihrer Vorbereitungen sehr leidet. – Nach dem Frühstück etwas am »Schopenhauer«. 11 Uhr mit Golo zur Stadt gefahren. Rücksprache bei Cook wegen der Beförderung der Ausstellungsgegenstände nach New Haven. Bei Fein-Kaller weiße Weste, zwei Paar Handschuhe, etc. vor allem ein sehr schöner dunkelblauer Wintermantel für 270 Franken. Bei Bally Wildleder- und Lackschuhe, schwarzseidene Socken. – Zu Hause Durchsicht der Post. Telegramm von Eri für meinen Brief. Dankschreiben von Schikkele für das Vorwort. – Nach Tische in den umbr. Bogen des 4. Heftes von »Maß und Wert«. – Thee bei K. Dann nochmals zur Stadt mit Medi: Frack-Anfrage bei Truns. Abholung des Füllfederhalters, der leider nicht der alte geworden. – Ankunft der Kiste von Arosa, Einreihung der Bücher, Ordnung der Papiere, Separierung des zur Lektüre Bestimmten. – Brief an die Herz, entschieden und, wie K. meinte, gutmütig. – Abendessen an K.'s Bette. – Weitere Lektüre der Aufsätze in »M.u.W.« – Ankunft Moni's, die von Golo und Medi eingeholt worden. Mit den Kindern im Eßzimmer.

Donnerstag den 3. II. 38

½9 Uhr auf. Föhnhimmel, heller. Am »Schopenhauer« weiter. Schloß die Darstellung des Systems ab und begann mit dem »Commentar«. – Der Arzt bei K. Gebessert. Aufstehen erlaubt bei Zimmergewahrsam. – Mit dem Hund über Johannisburg gegangen. Nach Tische Gwinner über Schopenhauer gelesen. Thee bei K. Telephon mit Frau Oprecht und Mrs. Hottinger (Verabredung.) Monis Verlobter, Dr. Lany, sprach vor. – Eine längere Reihe Briefe am Bette diktiert. »Wagner u.d.R.d.N.« für »Coopération«, Änderungen für die Zeitungen angegeben. Danach Handschriftliches. Mit Medi ins Corso, Varieté-Programm, phänomenaler Rechenkünstler, Hundetheater, glänzende Komiker. Große Heiterkeit Medi's. – Nachher bei K. zum Bericht und mit Medi zu Nacht gegessen. Danach Briefe ausgefertigt und eingegangene Manuskripte erledigt.

Freitag den 4. II. 38

Sehr schlechte Nacht, quälender Hustenreiz, der mich bis gegen 4 Uhr wachhielt. Phanodorm, Kodein. Dann bis gegen 9 geschlafen. Gebadet. Ei und Thee. Am »Schopenhauer« geschrieben. Mittags über Itschnach gegangen. Helleres Wetter. Zu Tische Dr. Lany. Kaffee und ein sehr guter Cherry-Cognac. Zeitschriften. Etwas geschlafen. Nach dem Thee ein paar Expeditionen, danach noch etwas weiter gearbeitet. Nach dem Abendessen einige Liederplatten gehört. Danach in Gwinners Schopenhauer. – K. nahm wieder an den Mahlzeiten teil, doch fehlt noch viel an ihrer Gesundheit. – Müde.

Sonnabend den 5. II. 38

Heiteres Wetter. 8¼ auf. Besser geschlafen. Bis ¾11 am »Schopenhauer« geschrieben. Dann zu Mrs. Hottinger, mit der ich die erste Hälfte der lecture studierte. Der Vortrag ist gut. – Am See K. mit dem Wagen. Das letzte Stück zu Fuß. Nach Tische die Zeitungen, die seit gestern voll von Meldungen über die deutsche Krise, den Abgang Blombergs, Fritschs, Neuraths und vieler Offiziere, Diplomaten. Der Vorgang, eine umgekehrte »Reinigung« wie Juni 34, stellt sich als der Sieg der Partei über die Armee und den Konservativismus überhaupt dar und als starker Schritt zur Radikalisierung. Aber ist hier nicht jeder Schritt ein Schritt zum Ende? Darum freut man sich jeder Bewegung. – Nachmittags wieder Arbeit. Abendgang. Zum Abendessen Dr. Lanyi. Musik aus der »Zauberflöte«. Nachher Beschäftigung mit der Zusammenstellung des Knopf'schen Essaybandes und Lektüre in Gwinners Schopenhauer.

Sonntag den 6. II. 38

¾9 auf. Nebel, dann Klarheit. Am »Schopenhauer« geschrieben. Mittags mit K. in der Sonne gegangen. Zu Tische der kleine Tennenbaum und die Giehse. Kaffee. In den »Parerga«. Geschlafen. Nach dem Thee Briefe diktiert an Minister Krofta, in Sachen L. Hardt, und an diesen. Dann weitere Beschäftigung mit der Komposition des Essay-Omnibus. Einteilung in »Essays«, »Reden u. Vorträge«, »Einleitungen«, »Politica«, »Rundfragen« und »Bekenntnisse«. Es wurde ein reiches Buch. – Abendessen mit K. und Golo. Nachher etwas Grammophon gespielt. Den »Appell an die Vernunft« hervorgesucht. – In den »Parerga« gelesen.

Montag den 7. II. 38

Nebel, mittags Sonne und Klarheit. Schlief mit ½ Phanodorm, das ich nachgerade schwer misse. Arbeitete am »Schopenhauer«, ohne die Composition zu übersehen. Ging mittags ¾ Stunden aus. Zu Tische Dr. Lány. Nachher die Post gelesen, dann die Zeitungen über die Berliner Evénements. Geschlafen. Zum Thee Mrs. Hottinger, mit der ich dann die zweite Hälfte der lecture studierte. – »Adelens Erzählung« in Abschrift an Lion und die Übersetzer. – Manuskripte von Lion und anderen. Aber ich höre, im Hinblick auf die Reise, schon auf, zu reagieren. – Arbeiten des jungen Schweizers Moser von ansprechender Moralität. – Ferner lange in einem Dissertations-Manuskript aus Bern über das Humanistische bei George und mir gelesen.

Dienstag den 8. II. 38

Ohne Phanodorm recht gut geschlafen, aber tags angegriffen, der Magen nicht in Ordnung, Neigung zu Übelkeit. – Nebel, mittags Sonne. Am »Schopenhauer« gearbeitet. Allein über Johannisburg gegangen. Nach Tische mit K. und Bibi zur Stadt aufs amerikanische Konsulat wegen des Visums. Eidesleistung beim Konsul auf die Angaben, die einzutragen er übernahm. Zu Hause die Zeitungen und Durchsicht der deutschen Version des amerik. Vortrags. Nach dem Thee Beschäftigung mit der Organisation des Essay-Omnibus. Früheres Abendessen nach schwarzer Toilette. Mit K., Golo und Moni zum Hotel Baur en Ville, wo ich vor ca 100 Personen, dem jüdischen Dienstag-Club die lecture in deutscher Sprache hielt. Gute Wirkung und langandauernder Beifall. Las sitzend an hufeisenförmiger Tafel. Thee und Unterhaltung danach. Angestrengt. Warnung Dr. Löwensteins vor Erkältungen in Amerika. Fuhren um 11 und nahmen Nachtessen zu Hause. Der Vortrag hat sich noch als zu lang erwiesen – für mich, denn die Zuhörer halten gern aus.

Mittwoch den 9. II. 38

Spät zu Bette, aber mit ½ Phanodorm gut geschlafen und mich besser befunden als gestern. Arbeit am »Schopenhauer«. Mittags zu Mrs. Hottinger, mit der ich die Yale-Rede studierte. Zu Fuß gegen das Zürich-Horn, dann mit dem Wagen in Gesellschaft Frau Wassermanns nach Hause, die mit Dr. Lány bei uns aß. Nachmittags wieder Beschäftigung mit dem Aufsatz, ohne weiter zu schreiben. Las abends in »La Flèche« die Rede des Herrn Bergery gegen das Kabinet Chautemps. Gegen die Banken und gegen Moskau, nationale

Vereinigung gegen diese, also gegen die Union nationale, also eine Art von Fascismus ohne Rassismus, Führertum, fascistische Außenpolitik. – Brief von Kesten, begeistert vom Riemer-Gespräch. – W. Paulsen, Reading, England, schickt eine Arbeit über Kafka.

Donnerstag den 10. II. 38

Kurz nach 8 auf. Föhnsturm. Bis ½12 Arbeit am »Schopenhauer«. Zu Mrs. *Hottinger* zur Repetition. Von da 1 Uhr zu *Reiffs,* wo mit K., die Jüngsten und ich, zum Lunch geladen. Frau R. noch mit Handverbänden von ihrem Auto-Unfall. Schmuck-Gaben aus München für Medi, Erika und K. Sehr gutes Essen und Kaffee. Zu Hause die Post und Zeitungen gelesen. Brief von Lion über »Adelens Erzählung«. – Zum Thee Dr. Stern. Sven Hedins Buch über Hitler-Deutschland. – Die neuen Schrankkoffer probiert, übersichtlich und praktisch. – Handschr. Brief an Lion über die Einteilung der Novelle für Heft 5 und 6 der Zeitschrift. Text der Vorbemerkung. Dann Inhalt des Essay-Omnibus. – Abends mit K. ins Theater: »Der Arzt am Scheidewege« von Shaw. Gut unterhalten. In der Pause Kaffee. Mit Vickihalder und Riesers. – Ausartung des Föhns in tollen, nassen Schneesturm. Beschwerliche Heimfahrt. Nachtessen, spät.

Freitag den 11. II. 38

½9 auf. Nasser Schnee, liegend. Nach Bad und Frühstück, wozu Flocken mit Rahm, an »Schopenhauer« geschrieben. Mittags mit K. zur Stadt, zur Hottinger: die zweite Hälfte der lecture repetiert. Zum See, mit dem Wagen nach Hause. Nach Tische die Zeitschriften über die Berliner Krise. Schwarzschilds düstere Informationen über General v. Keitel. Ohne Krieg, der unmöglich zu wünschen, sind glückliche Wendungen kaum denkbar. Die Entwicklung einer »roten Armee« wahrscheinlich. Möge ich mich irren. – Nach dem Thee abermals zur Stadt. Zur Frackprobe bei Truns. Dann mit K. zu Dr. Jadassohn [...]. Den Frack geholt. – Zu Hause Packen des Schrankkoffers, der schon morgen geholt wird. Nach dem Abendessen (mit Gret Moser) Fortsetzung dieser Thätigkeit.

Sonnabend den 12. II. 38

Schnee, rauher Wind. Kaffee gefrühstückt, nach unruhiger Nacht, durch heftigen Hustenreiz gestört. – Arbeit am »Schopenhauer«. Viel Post, amerikanische; Briefe von Eri und Klaus, die Vortragsliste von Peat. Neue Lobeserhebungen Lions über Adelens Erzählung. Exemplar von Heft IV der Zeitschrift. – Mittags in den Ort zum Haarschneiden. Unendlich langsamer Gehilfe. – Zu Tische Dr. Lány. Golo seit einigen Tagen grippig-unpäßlich. – Den Schrankkoffer geschlossen, der gegen 4 abgeholt wurde. Erste Etappe. – Die Zeitungen. – Zum Thee Mrs. Hottinger. Mit ihr die Yale-Rede repetiert. Danach Ergänzungen zum Essay-Omnibus. Die mitzunehmenden Papiere, Manuskripte, in den beiden Mappen gesammelt. – Rückkehr des entbehrten Füllfederhalters. – Zum Abendessen *Dr. Katzenstein* und Frau, später *Beidlers* und die Giehse. Kaffee in der Halle. Ratschläge Katzensteins für Amerika, Phytin und Kola. Vorlesung Beidlers aus seinem Cosima-Buch. Bayreuth im Werden und Hitler-Geist. Der böse Engel Wagners, des »Korruptiblen«. Briefe zwischen den Beiden und Ludwig, erbärmlicher Kitsch.

Sonntag den 13. II. 38

Schneetreiben. Fließend an »Schopenhauer« gearbeitet, der für unterwegs nicht mehr viel zu tun übrig lassen wird. – Mittags mit K. im Schnee über Johannisburg gegangen. Zu Tische die *Giehse,* Frau *Flückiger* und Dr. *Lány.* Kaffee. – Einiges in Nietzsche gelesen. Dichtes, kleinflockiges, sandsturmartiges Schneegestöber. – Nach dem Thee mit K. den Brief-Eingang der letzten Tage bearbeitet. Diktate an: Beneč, den Sekretär der Th.M.-Gesellschaft, nach Amerika im Interesse Sinsheimers u. a. m. Handschriftlich an Lion. – Nach dem Abendessen die 5. von Tschaikowsky und Lieder gehört. – Mitnahme der letzten Teile des Lotte-Manuskripts und des Materials beschlossen. – Ischias-Regungen zuweilen. – Abreise Bibi's nach Paris.

Montag den 14. II. 38

Schnee, Winter, kalt und feucht, unzuträglich. Meldungen von Stürmen über der Nordsee, England. Gleich rasiert. Zum Frühstück 1½ Tassen Kaffee mit Zwieback. Am »Schopenhauer« gearbeitet. ½12 zur Stadt: bei Ulrich zur Pflege der Ohren; dann unter Besichtigung der Schaufenster die Bahnhofstraße entlang gegangen zur Pedicure Biegler, sympathische Frau mit ihrem dicken Hund. Mit K. nach Hause. Sehr glatt. Nach Tische die Zeitungen, Erörterungen über die Entrevue Schuschnigg-Hitler-Ribbentrop, bei der letzterer Esel einen Mißerfolg, den zweiten nach Rumänien, zu verzeichnen gehabt zu haben scheint. – Keine Ruhe, nervös erregt. Nahm zum Thee 2 Optalidon, was sehr befriedigend wirkte. Beschäftigung mit den englischen Vorträgen. Hübsches Buch eines Kreises junger Schweizer Dichter, wofür ich handschr. dankte. Las weiter in der Berner Dissertation über George und mich, die mich in manchem »erinnert«. Zum Abendessen Dr. Lány. Briefe ausgefertigt. Dostojewskij-Bände für die Reise ausgewählt. – Mit starkem Interesse weiter in der Dissertation von H. A. Mayer-Bern gelesen.

Dienstag den 15. II. 38

Der Tag der Abreise herangekommen. Gegen ½9 Uhr auf. Schnee, tief winterlich. Nach Bad und Thee-Frühstück an »Schopenhauer« gearbeitet. Wann wieder? Vielleicht bälder, als bei einem anderen wahrscheinlich. Allein in den Wald spazieren gegangen. Glatteis. Scharfer Nord-Ostwind. Zu Tische Dr. Lány. Verabschiedung von ihm. Die Zeitungen gelesen und besser geruht als gestern. – Golo war, noch angegriffen aussehend, wieder bei Tisch. – Schreibmappe und

Manuskript verpackt. Nach dem Thee, im Reise-Anzug, Hand an den Wiener Koffer und die Tasche gelegt. – Bis gegen 8 war das Geschäft des Packens beendet. Bis zum letzten Augenblick Manuskripte, die an Lion expediert. Anhänge-Schilder ausgeschrieben u. das Gepäck damit versehen. – Letztes Abendessen mit den drei Kindern. Zahntoilette im Voraus. Werde noch meinen Kamillenthee nehmen und im Schlafwagen mit dem »Gatten« von Dostojewskij fortfahren. Es ist noch eine halbe Stunde bis zu unserer Abfahrt.

Mittwoch den 16. II. 38, Paris, Rue C. Périer

Abfahrt gestern Abend mit Moni und Medi: Zu früh am Bahnhof, Restaurant, Thee. Beidlers, die Giehse, Tennenbaum fanden sich mit Reise-Mundvorräten ein. Abgang des Zuges gegen 11 (10) Uhr. Installierung und Lagerung. Die Nacht, nach einiger Lektüre im »Gatten« gut verbracht. Das Ankleiden quälend wie gewöhnlich. Übelkeit und Leiden unter der Prothese. Ankunft 8 Uhr 15, Nordbahnhof. Restaurant. Thee und Brioche. Begegnung mit dem Berner Theosophen Erni. Mit Taxi hierher. Gepäck bei der Concierge. Begrüßung mit Annette. Zeitungen über Österreich, bedenklichst. Nazi-Umbildung des Wiener Kabinets scheint unvermeidlich. Die franz. Blätter sprechen von Armeekorps, die an der Schweizer Grenze sollen aufmarschiert gewesen sein.

»Queen Mary«, Ozean, Donnerstag den 17. II. 38

Die Reise steht in dem niederschlagenden Zeichen der österreichischen Katastrophe. – Hatten gestern in Paris, nachdem die Damen mich für eine Stunde verlassen, während ich vor dem Holzfeuer des Kamins saß, mit der alten, leidenden Annette ein rührend gepflegtes Mittagsmahl mit Champagner. Bibi kam hinzu. Nachher Kaffee im Salon und bald Abreise mit dem zahlreichen Handgepäck. Bahnhof St. Lazare. Zug nach Cherbourg. Stark besetztes Coupé. Geschlossene Augen. Dann die begonnene Lektüre von Koestlers Spanien-Buch fortgesetzt, die auch nicht erfrischend wirkte. 4½ stündige Fahrt. Thee im Speisewagen zwischendurch. Ankunft 7 Uhr. Zu beantwortendes Telegramm von der »New Republic«, Anstehen. Depression und Durchdrungensein von der Sinn- und Zwecklosigkeit des Ganzen. Einschiffung auf dem Tender. Mit K. auf dem Sofa eines kleinen Damen-Abteils. Langes Warten. Dann Überfahrt zu dem Riesengebäude der »Q. M.«, das Bibis Staunen erregte. Aufsuchen der Kabine, geschmackvoll, wohltuender Eindruck. Die Schrankkoffer. Gefühl der Geborgenheit. Zum Diner in den ruhig-eleganten Speisesaal. Kaviar, Suppe, Tournedos und Eis, Chablis, Kaffee. Nachher mit Bibi Läden und Salons besichtigt. – Sorgen in der Kabine: Die eine Flasche mit Schüttel-Medikament zerbrochen. Die Querträger in meinem Schrankkoffer zerbrochen. Ausbleiben des Handkoffers mit den Manuskripten. Fast gleichgültig dagegen. Übermüdet. Im (sehr guten) Bett den »Gatten« weiter gelesen.

Ruhige Fahrt die ganze Nacht. Recht gut geschlafen. Vor 8 nach der neuen Zeit Morgen gemacht, eigentlich versehentlich. Frühstück: Grapefruit, Thee, Ei und Honig. Eintreffen des fehlenden Gepäckstücks, dessen Wegbleiben allerdings für die Reise tötlich gewesen wäre. Die Bordzeitung über die österreichische Tragödie. Furchtbar. Schuschnigg gezwungen, die Mörder Dollfuß' und die Bombenwerfer und Attentäter auf ihn selbst zu begnadigen. Der Nazi-Innenminister nach Berlin. Goering in Wien erwartet. Niedergeschlagenheit der österr. Patrioten, Panik der Katholiken und Juden. Natürlich Verpönung alles »Antideutschen«, der Zeitschriften (»Maß und Wert«!) – Feiges und kaltes Gerede Edens im Unterhaus. Grausig. Die Folgen für Prag? Die Wirkung auf die Schweiz? Wohin? Paris? London? Amerika? – Nach 10 aufgestanden, rasiert und gebadet. Das Meer so ruhig, daß das Schiff durchaus eben geht. Mit K. und Bibi auf verschiedenen Decks promeniert. Dann im Großen Salon in Koestlers Buch gelesen. ½1 Uhr Lunch mit Kaffee. Danach niedergelegt und etwas geschlafen. Nach 4 Uhr zum Thee im gr. Salon, wo ¾5 Ciné-ma. Schwacher amerik. Film nach Molnar. K. im Schwimmbad. Ich promenierte mehrmals ums große Deck und werde jetzt Smoking-Toilette zum Diner machen. – Dauernd beschäftigt, grämt und erregt mich der Fall Österreichs und frage ich mich nach den Folgen.

»Queen Mary«, Freitag den 18. II. 38

Gestern das übliche thörichte Gala-Carneval-Diner mit Papiermützen und Scherzartikeln. Kaviar. Kaffee. Nachher im Salon bei der Musik mit Bibi. Gelesen in Koestlers Buch, das ich im Bett beendete. – Ohne Mittel gut und ruhig geschlafen. Heute im Schlafrock am Tischchen gefrühstückt. Danach Kürzungen in der lecture. Nach dem Ankleiden mit K. an Deck, Rundgänge im Freien. Aufenthalt bei den Games. Hellerer Himmel. Aufkommender Wind. In der langen Gallerie Wermut getrunken und in dem Buch von Jellinek über Goethes Enkel gelesen. 1 Uhr Lunch mit Kaffee. Bewegung, Rollen. Erfreut über meine Unempfindlichkeit. Auf dem Bett gelesen, etwas eingeschlafen. 4¼ sehr guter chinesischer Thee im Salon. Dann Cinéma, das wir bei öfters starkem Schwanken bis zu Ende sahen. (Amerik. Excentric- und Dancing-Film, mit anmutiger Heldin.) – K. und Bibi zum Baden. In der Kabine komisch symmetrische Vorbereitungen des Stuarts zur Smoking-Toilette.

»Queen Mary«, Sonnabend den 19. II. 38

Nachts starkes Rollen. Erst mit Phanodorm eingeschlafen und nicht ausgeruht. Müde tagsüber. Nach dem Frühstück den englischen »Goethe« durchgegangen. Den Tag wie gestern verbracht. Ruhigere Fahrt. Nebel kälter. Schlechter Magen. Nachmittags geschlafen. Hübscher Opernfilm. K. schlimmes Auge; besorgt. – Bei Tische stellten wir die 33 Jahre unseres Verheiratetseins fest. Das Erschrecken, der Schwindel dabei: Das Leben – ich sagte, ich möchte es nicht wiederholen, das Peinliche habe zu sehr überwogen. Fürchte K. weh getan zu haben. Solche Urteile über das Leben, das eigene, das ja doch identisch mit einem ist (denn ich bin mein Leben) haben keinen Sinn. –

»Queen Mary«, Sonntag den 20. II. 38

Bedeckt. Ruhige Fahrt. Den gestrigen Abend wie gewöhnlich verbracht. Nachts öfters erwacht. Der Magen hält sich leidlich. K.'s Augenschwellung scheint auf Windreizung zu beruhen. – 8 Uhr auf. Nach dem Frühstück Einräumen der Schrankkoffer. In dem meinen die Bügel zerbrochen, Behelf mit Strikken. Auch den Handkoffer vorbereitet. Rasiert und angekleidet. – In Österreich Triumphumzüge der Nazis mit eigenem Ordnungsdienst. Jüdische Industrielle von Schuschnigg getröstet. Dieser ermahnt die Nazis, »ihre neuen Rechte nicht zu mißbrauchen«. Grausig. Fragen uns, ob Reisiger noch in Seefeld? – Schrieb vor Tische im Schreibzimmer an Heinrich, Reisiger und Lion. Erbat Nachrichten von Letzterem über die Zeitschrift. – Nervös angegriffener Magen. Nach dem Lunch Ruhe auf dem Bett bis 4 Uhr. Zum Thee in den Salon. Danach ohne K., die es vorzog, ihre Augen zu schonen, Cinéma gesehen. Dumme Dinge. In der Kabine den Handkoffer fertig gepackt und auch die Handtasche vorbereitet. Die großen Trunks sind schon entfernt. – Begann nach sehr langer Zeit den »Idioten« wieder zu lesen. –

New York, The Bedford, Dienstag den 22. II. 38

Gestern Morgen die übliche sehr allmähliche Ankunft, nach einer Nacht, deren erste Hälfte stark bewegt. Nach dem Eintritt überraschender Eintritt Erikas in die Kabine. Dann Journalisten, Interviews. Dann Broadcast nach schnell aufgesetztem Text auf Deck vor einem Publikum, das applaudierte. (Über Österreich). Paß-Kontrolle im Salon. Warten auf Bibi, für dessen Freigabe Erika sorgte. Verlassen des Schiffes. Knopfs, Nägel. Stehen, Warten. Nägel übernahm das Gepäck. Fahrt mit Knopfs. Hotel. 17. Stock, behagliche Wohnung.

Meine Zimmer korrespondieren genau mit den vorjährigen. – Bei Erika, Wermut. Programm-Besprechungen. Unstimmigkeiten mit Bibis Unterkunft. Feist. Lunch mit ihm unten im Restaurant. Nachher kurze Zeit geruht. Danach Erika ein Presse-Statement in die Maschine diktiert. Dr. Gumpert. Dr. Heimann von »N. Y. Times«. Interview, Thee. Weitere Journalisten. Auspacken, Einräumen. Rasiert, umgekleidet. Mit K. und Erika zu Passy. Souper mit Knopfs. Seine Begeisterung für »Joseph III«. »He goes to town with me«. Feierlichste Propaganda.

Las im Bette noch im »Idioten« und schlief trotz Kaffee bald ein. Bis 7 Uhr. 8 Uhr auf, gedoucht. Mit K. gefrühstückt. – Die zweibändige Ausgabe von »J. in Egypt« nebst Büchlein von Slochower. – Schöne Blumen in den Zimmern. – Journalisten. Kurzer Ausgang mit K. bei scharfem Wind. Lunch mit Gumpert, W. Hallgarten und Dr. Kayser im Restaurant. Ungeordnete Zimmer. Warten auf die Maid. Unruhig geruht. Fortlaufend Blumen. 4 Uhr Journalisten-Konferenz mit Mrs. Meyer und Erika als Dolmetscherin. Thee mit Mrs. Meyer, der ich das Manuskript von »M.u.W.« schenkte. Lektüre der Yale-Rede mit ihr in Gegenwart K.'s und Erika's. Ihr Aufsatz über den Joseph im Manuskript. Zum Abendessen mit K., Eri und Bibi in das Restaurant mit dem guten Münchener Bier. Danach ausgedehntes Interview mit dem intelligenten Cl. Fadiman vom »New Yorker«, von 9 bis 11 Uhr. Seine Besprechung des »Joseph«, hochgestimmt.

New York, Mittwoch den 23. II. 38

Vormittags farbige Photographie mit großer Apparatur. Hübscher Student (deutsch sprechend, mit Büchern). Weiteres Interview. Lunch mit K. und Erika auswärts. Nachmittags Dr. Johnson, Prinzessin Löwenstein, Peat. Souper 7 Uhr im Plaza bei Meyers. Mit ihnen ins Theater: »You can't take it with you«, hübsche amerk. Milieu-Groteske, ausgezeichnet gespielt. Nachher bei Erika, Bier getrunken mit Gumpert.

New York, Donnerstag den 24. II. 38

Gut geschlafen. ½9 Uhr auf. ½11 Photograph. Besprechung wegen Artikels von 10 Seiten für 1000 Dollars. Mittags zu Knopfs ins Bureau. Lunch mit Knopf allein. Mit dem Bus nach Hause. Nachm. Mrs. Lowe-Porter (über den Essay-Omnibus), dann Mr. Angell, Besprechungen für morgen. Abends mit Angell zum Dinner bei Mr. Altschul, Professoren, Gelehrte, Dorothy Thompson. Reden, Diskussionen. Spät.

Freitag den 25. II. 38. Bei Prof. Weigand, nahe New Haven, Bethany

Morgens 8 Uhr auf. Gefrühstückt und gepackt. Die großen Koffer verwahrt, die Zimmer verlassen. Abreise nach New Haven mit Angell, Knopfs, Pforzheimer. Zweistündige Fahrt. Müde, geruht. Bei Angells, naiv unbequem. Sherry und Buffet-Lunch. Prof. Löwenstein. Allein auf der Coach, umgekleidet; gereizt. Zur Universität, die Ausstellung, hübsch und liebevoll. Riesen-Auditorium, Speech, großer Beifall. Autogramme. Zu Angells, Gepäck, Autofahrt, ½ Stunde, hierher, hübsche kleine Wohnung.

Middletown, Sonntag den 27. II. 38. House of Guests

Auf Sonnabend in Bethanien bei Weigand übernachtet. Dort gestern Kaffee-Frühstück mit Speck, der schlecht bekam. Spaziergang mit Weigands durch ihren Wald mit den ausgehauenen alten Bäumen. 11 Uhr Autofahrt mit W.'s nach Middletown mit Einkehr bei dem Yale-Professor [?]. Lunch, appetitlos, in dieser Stadt. Dann zu dem luxuriösen Amtshause des Professors Butom, japanische Diener. Thee bei ihm. Warten auf den jungen Jaffe. B. führt uns zum behaglichen Gästehaus, das wir allein bewohnen. Unruhig geruht. Umgekleidet. 7 Uhr Dinner in kleinem Kreise, mit Deutsch-Professor, bei Buttom (Romanist). Bedienende Students. Kaffee im Salon mit modernen Möbeln. Dann Rückzug der Damen und Eintritt in die Versammlung der reiferen Studenten. Begrüßung des

Hausherrn, dann freie Rede über Wagner. Fragen, verdolmetscht. Vorträge über die Geschichte von »Buddenbrooks« und »Zauberberg«. Das Beste: Verhältnis des Künstlers zum Liebes- und Gedanken-Erlebnis. Primär und als Mittel zum Werk. Fortsetzung der Diskussionen beim Beer und Cheese. Eintragungen. Eindruck von Zufriedenheit beim Auditorium. K. aus ihrer Damengesellschaft abgeholt. Zu Fuß zum Gästehaus. Gemeinsames Schlafzimmer. Etwas »Idiot« gelesen. Gut geschlafen.

Heute ½9 Uhr auf, jeder in seinem Badezimmer gebadet. Im kleinen Speisezimmer des Erdgeschosses im Schlafrock gefrühstückt, bedient von einem student boy in weißer Jacke, Juice, Thee und Ei.

Mittwoch den 2. III. 38

(Im Zuge von Chicago nach Detroit.). –

Der Aufenthalt in Middletown ging bei beständiger Geselligkeit, mit Lunch und Thee, am 27. II. zu Ende. Wir wurden nachmittags von unserem Gästehäuschen mit Auto zur Station [gebracht], Fahrt nach New York, abendliche Ankunft dort, Wiedereinzug im »Bedford«. Improvisiertes Abendessen dort. Erika und Gumpert. Bei Erika. –

28. morgens Besuche von Peat und Colin (Film). Lunch mit Feist und Bibi unten. Danach Ruhe. Gegen 4 überstürzte und nervöse Abreise. Central Station, Apartment nach Chicago wohnlich. Thee im Speisewagen, dann Studium der lecture mit Erika. Hudson-Landschaft. Abendessen. Die Nacht in bequemem Bette nach Lektüre gut verbracht.

1. III. Frühstück mit Kaffee, Thee und Eiern im Speisewagen. Ankunft *Chicago* 8 Uhr. Mrs. Sulzberger. Journalisten, photogr. Aufnahmen. Fahrt am Riesensee zu Sulzbergers. Hübsches Zimmer, schmutziges Badewasser. Orange Juice. 11 Uhr Journalisten-Konferenz. Lunch mit der Wirtin, nachher photogr. Aufnahmen. Zu Bette. K. und Eri ohne mich zum Universitäts-Dinner. Allein 7 Uhr gegessen im Smoking,

nervös. Mr. Sulzberger. Fahrt mit dem Ehepaar zum Vortrag. Mr. Snyder. Riesen-Theater, gefüllt von 4500 Menschen. Lautsprecher. Ruhe und Festigkeit. Publikum Gesellschaft und Jugend. Für diese der Vortrag geeigneter. Dauer 56 Minuten. Glückwünsche. Empfang im Congress-Hotel gegenüber, Fruchtpunsch. Hundert Händedrücke. Nachher Imbiß mit Bier bei Sulzbergers.

Heute den 2. vormittags Frühstück im Zimmer. Empfänge: deutscher Journalist und *Borgese.* Unterhaltung im Salon mit diesem. Bücher-Widmungen für die Wirtin. Message an die Juden von Ch. diktiert. Abreise, begleitet von Mrs. S., um Mittag. Bequemes Abteil. Lunch im Speisewagen. Ausgestreckt geruht. Thee im Abteil. Sehr angenehmes Reisen. Zeitungen: Tod d'Annunzio's, Durcheinander in Österreich, Geldstrafe (!) für Niemöller.

Detroit, Donnerstag den 3. III. 38 Hotel Statler.
Schritt vor Schritt. Eine weitere Station, verbunden mit der nächsten, Ann Arbor, wohin wir mittags fahren. Es wird eine große humoristische Genugtuung sein, wenn das Ganze, jetzt noch unabsehbar überstanden ist. – Ankunft gestern hier ca ½ 8 Uhr. Zimmer im 9. Stock mit Radio. Besuchten ein prunkvolles Cinéma, zugleich Singspielhalle und Variété. Film mit der reizenden Französin Annabella. Abendessen nachher im Hotel, ermüdet. Bösartig kalter Wind, Blizzard, vereiste Straßen.

Nach etwas Lektüre rasch, ohne Hilfe, eingeschlafen und gut geruht. Kaffee-Frühstück heute Morgen mit Erika. Danach Photograph und Interview für ein hiesiges Blatt.

Freitag den 4. III. 38. Im Zuge von Ann Arbor nach New York. – Gestern nach dem Lunch im Hotel-Restaurant Detroit Fahrt nach *Ann Arbor,* abgeholt von Universitätsleuten. Wohnung im Studentenhaus. Nach dem Thee Interview mit 2 Studenten für ihr Blatt, das hübsche Begrüßungen brachte. Smoking Toilette und Dinner unten mit Mr. Brandt. Abgeholt vom Präsidenten, Fahrt zum Vortragshaus, Zimmer, kolossaler Kuppelsaal, 4000 Personen, Einführung, lecture, größte Aufmerksamkeit, aber wieder zurückhaltender Schlußbeifall, der auf den unpersönlichen Charakter des Vortrags zurückzuführen. Erika u. K. raten den Schluß ins Wärmere umzuarbeiten. – Empfang nachher, mehrere Gelegenheit, deutsch zu sprechen, auch französisch mit Pariser Kunsthistoriker de Lorey. Äußerst müde. Tief geschlafen.

Heute K. erkältet. Sorge. Frühstück im Zimmer spät, ½10, Kaffee und Eier. Gepackt. Menge Bücher signiert. Ausfahrt mit jungen Leuten. Hospital, Gymnasium, Schwimmbad, Tennishalle. Lunch beim Präsidenten, elegantes Haus, gutes Essen mit Kaffee. Ägyptologischer Sohn, den Erika für homosexuell erklärt. Ebenso de Lorey. Türkisches Ehepaar, deutsch sprechend. – Schneefall. In Californien desaströse Überschwemmungen. – Aufenthalt im Wohnhaus, Rechnung für die Zimmer. Zum Bahnhof, Mr. Brandt zur Verabschiedung. Apartment. Thee. Zeitungen. Hübsche Annoncen Knopfs, Brief Fadimans. – Gemischte Nachrichten aus Österreich.

New York, Sonnabend den 5. III. 38, Bedford

Morgens. Gestern längeres Warten im Smoking Room auf das Dinner im Speisewagen, da kein Platz. War übermüdet und scheinbar appetitlos, aber das Essen (Suppe, Hühnerfrikassee u. Kirschkuchen) schmeckte mir dann überraschend gut. Nachher Dostojewskij-Lektüre im Apartment. Vergnügen an dem guten Bett, worin ich sie fortsetzte und gut schlief. Ebenso K., deren Husten durch Dikodit gestillt. –

Heute 7 Uhr auf. K. ihre Brustnadel suchend, die sich dann im Hotel in meinem Hosenaufschlag fand. Wieder-Einzug im Bedford. Kaffee-Frühstück, Auspacken und Rasieren. Umfangreiche Post, Briefe von Angell, Aussicht auf Verkauf des Mts. von »J. i. Aeg.« Zahllose Einladungen etc. – Besuch des notleidenden Musikers Clement. – Gegen 2 Uhr Lunch unten mit Bibi und K. Riess. Wieder Kaffee, schädlicher Weise. Zu Bette und etwas, unruhig, geschlafen. Nachher Thee mit K. in meinem Salon. Haar gewaschen. – Vor dem Lunch, deutsche Besuche: Segher von der Volkszeitung, Dr. Stern u. Dr. Wittfogel vom soziol. Forschungsinstitut. Sämtliche bringen Vortragswünsche für die Zeit meiner Rückkehr. – Die Erledigung der Post liegt im Ungewissen. – Die Schrankkoffer wieder zur Stelle. – Smoking-Toilette.

New York, Dienstag den 8. III. 38, Bedford

Die Tage vergehen unter den vorgesehenen müßigen Strapazen, Magen und Nerven halten leidlich stand. Das Toscanini-Broadcast Concert, vorgestern, Wagner-Programm, war ein Genuß. Vorher ging ein elegantes Souper, von Colin offeriert, im 19. Stock des Gebäudes, mit einem intelligenten Film-Mann und seiner Freundin. Gestern bei Muschenheims, Astor Hotel, den Abend mit Toscanini verbracht. Heute mit Erika den Schluß der lecture ins Persönlichere geändert. Broadcast über Franks »Reisepaß« hergestellt, den heute Abend lese. Danach Dinner der New School. – Geluncht heute mit Colmers und Frau nach Besuch beim Hair Dresser. Besuch von Prof. Hoffmann mit Frau und Tochter. – Das Buffet Dinner bei Knopf am 5., Gespräch mit Miss Cather unter vier Augen über den »Joseph«. Knopf mit dem Verkauf des Buches zufrieden; 7000 Exemplare in einer Woche. –

New York, Mittwoch den 9. III. 38. Bedford

Gestern Abend 8 Uhr Rundfunk-Ansprache über Franks »Reisepaß« mit nachf. photogr. Aufnahmen durch Schaal. Sheermans Zufriedenheit. Erika macht Hoffnung auf Übernahme des J.i.E. durch den B.o.the M.Club. – Zum Dinner der New School. Viele Menschen. Tischrede Johnsons. Dankrede deutsch. Knopf berichtet, daß 8000 Stück verkauft. Beschluß des Abends mit Gumpert bei Erika. Bier getrunken. [...]

Heute wieder gegen ½10 aufgestanden, gebadet und Kaffee gefrühstückt. Telegramm von Franks. Vormittags ist ein Journalist von der United Press zu empfangen, auch W. Hallgarten. Abends findet der Goethe-Vortrag in Brooklyn statt und morgen Vormittag die lecture in der town hall. Gleich danach ist morgen Abreise nach Washington. Es ist also heute im Lauf des Tages zu packen. Lunchen werden wir mit R. Nürnberg im Interesse des Zbg. Manuskripts.

Samstag den 12. III. 38. Im Zuge von Philadelphia nach Cansas City.

Verlauf wie vorgesehen. Seit Abreise von New York scheint viel Zeit vergangen. Erfolg begleitet die Reise. Gefüllte Riesensäle und großer Eindruck. In Washington das elegante Haus der Meyers. Dinierte dort allein, beim Nachtisch in Gesellschaft der Hausfrau. Nach dem Vortrag großer Empfang. Der spanische und französische Botschafter. Viel Champagner. Hübsche Stunde nachher im Zimmer zu dritt beim Bier mit Erika, die noch zur Hausfrau gebeten wurde. – Gestern Morgen Frühstück ins Zimmer. Ausfahrt allein mit Mrs. Meyer, Spaziergang am Lincoln Memorial. Über den Manuskript-Verkauf. Besuch der chinesischen Sammlung. Pharao Kopf, altes Reich. Lunch, appetitlos. Gleich danach Abreise nach *Philadelphia.* Auf der Bank des Wohnraums etwas geschlafen. Hotel Bellevue, Salon und Schlafzimmer. Thee und Journalisten-Empfang. Beim Interview überrumpelnde und niederschlagende Nachrichten über die Gewalttat an Österreich. Depression, Erregung. Änderung des Anfangs der lecture. Toilette, Imbiß, stimul. Tablette. Überfülltes Opernhaus, tief aufmerksam. Zweimaliger Hervorruf. Begeisterung der Unternehmer. Grand evening. Im Hotel mit Braceland. Bier u. Sandwiches. Cigarre. Umkleiden und Einpacken. Freie nächtliche Zeit. Abreise 1 Uhr nach Mitternacht. Bier im Club Wagen. Bett-Zufriedenheit, gelesen. Nur bis 6 geschlafen. 9 Uhr auf. Frühstück im Speisewagen. Pittsburgher Zeitung mit schändlichen Nachrichten. »Ernster Protest« des englischen Kabinets. Jammer.

Kansas City, Sonntag den 13. III. 38, Hotel Muehlebach
Gestern Nachmittag Aufenthalt in Chicago, im Hotel Bismarck Thee, nach Besuch beim deutschen Buchhändler, der den Joseph im Fenster hatte. Warten auf Erika, die das Gepäck besorgte. Angegriffen vom Eisenbahnfahren und tief deprimiert. In der Halle. Elend der Zeitungen. Nachricht, daß Ottokar Fischer in Prag bei der österr. Nachricht vom Schlage gerührt. Furchtbar unglücklich und beängstigt. Zur Station, Abendessen im Zuge mit Feist, der seine Preziosen zeigte. Schlechte Nacht trotz $^1/_1$ Phanodorm, früh wach, gequält. ¾7 auf, unausgeschlafen. Journalisten am Bahnhof abgelehnt. Fahrt nach diesem Hotel, elegante Zimmer-Suite. Frühstück in Spezial-Raum. Nach einigem Auspacken ins Bett und 2 Stunden geschlummert. Zum Lunch abgeholt von Mr. Harkow, in dessen wohlgebautem Haus Party zu 12 Personen. Englisch gestümpert. Nachher im Hotel Journalistenkonferenz. Viel über Österreich. Die Nachrichten der N. Y. Times relativ tröstlich. Empörung in England. Mussolini rasend. Halifax »enttäuscht«. Chamberlain willens zu Neuwahlen, weil er nicht sicher sei, das Land hinter sich zu haben. Die kleinen Länder schwer beunruhigt. – Das Scheusal spricht heute in Wien, wird es nicht ohne »Geschicklichkeit« tun und zu beruhigen suchen. Das Plebiscit wird folgen. Aber geschickt ist es kaum, Mussolini anzuzeigen, daß die deutsche Grenze am Brenner liegt. Und wenigstens ist die Apathie in Europa nicht so hoffnungslos wie es schien. Die Folgen des ekelhaften Streiches sind unabsehbar, der Choc stark, die Belehrung wirksam. Der Besuch in Rom von der italien. Presse für fraglich erklärt. – Erika korrespondierend. Thee im »Speisezimmer«. Kräftiger gesinnt. – Mit Feist zu viert im Cinéma: Farbiger Film »Tom Soyer«, zu süß. Nachher Abendessen im Café Store des Hotels, appetitlos, reizlos. Mit Feist in unserem Salon, Cigarre. Las die Adelen-Szene vor, die sehr gefiel.

Kansas City, Montag den 14. III. 38

Gut geschlafen. Rührei gefrühstückt. Journalisten, Photograph. Besuch von Knopf. Gegen Mittag mit Feist ins Museum. Schöner Bau, schöne indische Sammlung, Tizian Portrait. Lunch zu viert in italien. Restaurant, wenig Appetit. Nachmittags keine Ruhe. Stand auf und ging zu den Frauen hinüber. Erörterungen. Zustand erinnert an 33, verstärkt, vergrößert, aber mit Vorzügen. – Besuch des Mannes (Rabbiner), der mich heute Abend einführt. – Thee mit wohlschmeckendem sweet bread. – Verbürgte Nachricht über R. Huch, Rede in einer Professoren-Versammlung: Sie habe Deutschland immer geliebt, jetzt hasse sie es. Bedroht von der pol. Polizei. – Europ. Post, überholt. Briefe von Golo, Lion. – Haarwaschen, Smoking-Toilette. Mit Feist zum Vortrag, Music Hall; Wartezimmer, Photograph, Blitzlicht, Blendung abzuwarten. Comfortable Bühne. Ca 1400 Personen. Gut gelesen. Questions mit Erika. Nachher wieder Aufnahmen. Mit Knopf u. Feist hinaus zu Glendennys, Hausherr betrunken. Champagner. Psychoanalytiker. Kaviar und Turky. Medizin. Büchersammlung. Spät heim. Bier im Salon.

Tulsa, Mittwoch den 16. III. 38

Gestern Vormittag in Kansas City Besuch des »Ministers of the church«, Gespräch über die Möglichkeiten des Widerstandes gegen die faszistische Propaganda in Amerika zu organisieren. Besuch des intelligenten jungen Rabbiners mit party. Lunch mit Knopf im railway Restaurant. Das Laufende mit ihm besprochen. 9000 Copien vom Joseph verkauft. Verabschiedung vorm Hotel von Knopf, der nach N.Y. zurückfliegt. – Unruhig geruht. Zu packen begonnen. Die Schrankkoffer für Saltlake City fertig gemacht. Zum Thee Feist; Empfehlungsbrief für ihn an E. Warburg. – Weiter gepackt. Zum Dinner abgeholt vom Manager der (jüdischen) Bildungsveranstaltungen. Hübsches Haus draußen. Jüdische Gesellschaft, angenehm. Appetitlos, trotz vorzüglicher Küche. Rede Erikas bei Tisch, von mir aufgefordert, zugunsten der Guild-Aktionen, namentlich in Hinsicht auf die neuen österr. Flüchtlinge. Liedervortrag nach Tisch. Bald fort und in Eile die letzte Hand an das Gepäck gelegt. Mit Privat-Auto und Gepäck-Taxi zum Bahnhof. Bier mit Feist im Café. Im Zug Verabschiedung von ihm, dessen Schicksal so ungewiß. Ließen bald die Betten bereiten.

Erregt. Bis gegen 8 heute im stehenden Zug verblieben. Zum Hotel Mayo, recht bequeme Wohnung mit Aussicht ins offene Land. Kaffee-Frühstück. Die Zeitungsnachrichten erregend und zu Diskussionen Anlaß gebend. Spannung und Panik in Europa derart, daß die Wahrscheinlichkeit nahen Krieges nie entfernt so groß war. Dennoch teile Erikas Zweifel. Auf jeden Fall ist Österreich ein großer Schritt weiter in der Entwicklung. Die Stimmung in England total umgeschlagen. Frankreich so gut wie mobilisiert. Schleunige Hilfe für Spanien, wo Deutschland und Italien »mehr Truppen als nötig« ansammeln. Sofortige Inangriffnahme der sudetendeutschen Autonomie durch die deutsche Presse und Henlein. Sturm in der tschechischen Kammer. – – Besuch der Vortrags-Managerin. Spaziergang bei sehr warmem Wetter mit E. und K. Lunch im Restaurant des Hotels. Geschlafen, Thee. Journalisten. (Österreich, der nahe Krieg, das Verbrechen). Abendgang mit K. allein. Abendessen im Café shop, sympathische Kellnerin mit Brille, die Österreich a shame findet und trotz Amerikas Abneigung an Krieg glaubt. – In unserm Salon, Vorlesung Erikas aus ihrem Buch über Nazi-Erziehung. Sehr müde und heiser. 70 Bände signiert für den book shop, der Blumen schickte.

Tulsa, Donnerstag den 17. III. 38

Recht gut geschlafen. Bad und Kaffee-Frühstück. Gedanken und Gespräch Österreich und das unglückliche Wien. Ermordung Feys und der Seinen. Schuschnigg nach Deutschland transportiert. Tausende von Verhaftungen. Selbstmord-Epidemie unter Gelehrten etc. Frage nach Beer-Hoffmann und den anderen. Frankreich verzichtet auf Einmischung in Spanien gegen englische Zusicherung Hilfe in Afrika. Mittel-Europa scheint ausgeliefert zu werden. Die englische Haltung von trostloser Schwachköpfigkeit (Halifax). Alberne Äußerungen Shaws. – Heiserkeit scheint etwas besser. Beständige Geniertheit durch die Prothese. Blaues, warmes Wetter. Grünende Bäume. – Abgeholt von Mrs. Fortsyth und ihrem Gatten, glücklicher Architekt. Fahrt zum Country Club, hübsche Lage, Spaziergang, Sherry auf der sonnigen Terrasse. Dann im Hause der Fortsyths, Chicken-Lunch. Erika, dazukommend, berichtet von der Rede Hulls, die sie am Radio gehört, und die sehr feierlich entschiedenen Charakters gewesen sein soll. Rafft die Welt sich auf? Krise des englischen Kabinets. Wer rettet aber Schuschnigg, der schamloser Weise in Deutschland vor Gericht gestellt werden soll? – Gequält nachmittags von Gram und Haß. Käme der Krieg! Écrasez l'infâme! Befreiung von diesem Alp des Ekels! Man erstickt. – Thee mit den Frauen, die trösten. Brief-Diktat, der »Guild« Mittel für die Flüchtlinge aus Österreich zu verschaffen. Streicher in Wien! – Zahllose Bücher signiert. – Schreibmaschinen-Tätigkeit. Hilfe für Dr. Klopstock. – 8 Uhr im Café Shop zu Abend gegessen. Nachher im Cinéma.

Tulsa, Freitag den 18. III. 38

Nach dem Frühstück Photograph des »Life«, Aufnahme in versch. Situationen, mit herbeicitierter Interviewerin. Fahrt mit Mrs. Fortsyth und dem Photographen zum Country Club, Aufnahmen dort, Lunch dort. – Ausführliche N. Y. Times Berichte aus Österreich, unglaubwürdig. Weitere Selbstmorde. Demütigung der österr. Offiziere. Okkupation. Hysterie der Bevölkerung. Betretenheit der österr. Nazisten. Die Züge mit fliehenden Juden und Ausländern. Massen von deutschen Truppen, Tanks und Flugzeugen – nur für Österreich? – Bedrohung Litauens durch Polen. Ankündigung eventuellen deutschen Marsches nach Memel. – Chamberlain will nicht abtreten, verteidigt sich. Fortwährende quälende Spannung, heiße Wünsche für die Vernichtung des Übels, für die Erkenntnis der Welt, daß kein anderes ihm gleichkomt. – – Zu Bette, unruhig, dann rasiert und das Haar mit Portugal gewaschen. – Korrespondenzen und Ausfertigungen. Smoking. Rührei und Bier. Guter Dinge. Abgeholt von Leuten mit Wagen. Großer Zudrang zum Theater, Menschen von fernher. Langsame Versammlung. Langes Warten hinter der Szene. Life-Photograph. Rührende Ansprache der Fortsyth. Ankündigung Erikas. Lebhaft gesprochen und ohne Fehler. Größte Aufmerksamkeit und großer Beifall. Questions. Beglückwünschungen, Shakehands mit Mütterchen, die viele Meilen weit aus dem Staate Oklahoma gekommen waren. Fahrt zu Forthsyths. Große Party. Der Life-Boy, der im Saale ausgezischt worden. – Sehr müde. Zudrang von Frauen. Bei Gewitter fort. Die Luft erfrischt. Bier mit K. und Eri im Salon.

Tulsa, Sonnabend den 19. III. 38

Schwer und spät eingeschlafen. Heute 9 Uhr auf. Bad und Theefrühstück. Gepackt. Der Life-Boy bringt Indianer zum Photographieren. Wir reisen 1 Uhr im Club Car nach Kansas City zurück, haben dort 2 Stunden und nehmen den Schlafwagen nach Saltlake City. – Plan eines Aufsatzes »Tagebuchblätter« für »Cosmopolitain«, sehr hoch bezahlt. – *(Im Zuge)* Aufnahmen für »Life«. Zum Bahnhof. Warmes Wetter, bedeckt. Mrs. Fortsyth. Verabschiedung von ihr, aufgenommen. Club Car, bequem, mit benachbartem Speisewagen. Lunch bei noch stehendem Zuge begonnen. Gut und in Ruhe gegessen. Kaffee. Nachher im Stuhl etwas geschlafen. Zeitungen. Morde und Selbstmorde in Wien. Andauernde Plünderungen, die idiotischer Weise offiziell »verkleideten Kommunisten« zugeschrieben werden. Es scheint, daß alle Mitarbeiter Dollfuß' umgebracht werden. Was sagt der »Capo del Governo« dazu?

– Hitler im »Reichstag« als Führer und Retter gefeiert. Steht demütig gesenkten Hauptes. – Litauen nimmt das polnische Ultimatum an, also die Deutschen wohl nicht nach Memel. Äußerungen Hoovers in London, er glaube nicht an großen Krieg in nächster Zeit. – Beim Thee von der vorläufigen Rückkehr nach Küsnacht gesprochen. Auflösung des Haushalts, Ausfolgung der Bibliothek. –

Sonntag den 20. III. 38. Im Zuge (Drawing Room) nach Denver, morgens.

Gestern Abend nach Dinner im Speisewagen Ankunft in Cansas City. Bahnhof-Bar, Bier. Erika kauft Alkoholika, vorsorglich gegen Prohibition. Müde Nerven. Weiterfahrt, Entdekkung beim Chicken, daß Reise nach Saltlake viel länger, Ankunft dort nicht heute, sondern morgen früh. Im Zuge Zeitung. Inangriffnahme der Tschechoslowakei. Forderung Kündigung des russischen Bündnisses und Anschluß an »Deutschland«. Konnte garnicht anders kommen. Schwachköpfe, die nicht sahen, daß, wenn man Österreich zuließ, kein Halten war. Das großdeutsche 100 Millionen Reich kommt gewalttätig zustande. Welcher Triumph der Gewalt-Majestät! Welche Folgen für das europäische Denken! Aber welche Rolle auch wieder werden die Deutschen in der Welt, vor der Gesittung spielen! Kein Herz, kein Kopf, kein Wille auf der anderen Seite, niemand, der auch nur ein starkes und gutes Wort fände. Die wüsteste Demoralisation durch Deutschland. Fürchterliches Bombardement Barcelonas durch deutsche und italien. Flugzeuge, entsetzlicher Effekt der neuen deutschen Brisanzbomben. – Nach der Annahme des polnischen Ultimatums durch Litauen: Juden-Progrom in Warschau, verübt von dem enttäuschten Mob. – Gram und Sorge, Gedanke an mein Schreiben, Frage nach meiner Leserschaft. –

Nicht schlecht geschlafen nach Lektüre im »Idiot«. Morgens Wiedereinsetzen der Sorge u. Beängstigung. ½9 Uhr auf. Im Cabinet rasiert, zum ersten Mal. Thee- und Ei-Frühstück im

Speisewagen, mit K., dazu später E. Wüste seit vielen Stunden. Sonne, warm. Weidende Kühe. – Erwägungen unseren Reiseplan (S. Francisko-Los Angeles) betreffend.

Aufenthalt in Denver einige Stunden nachmittags. Schönes modernes Hotelzimmer. Lunch 2 Uhr im Hotel Restaurant, gut. Nachher zu Bette gelegt und schließlich etwas zur Ruhe gekommen. Tasse Thee 5 Uhr. Dann Wiederabreise Wohnraum, Saltlake City. Zeitung, jüdische »Arbeitsbataillone« in Wien. Deutsche Truppenansammlung, kriegsmäßig, in Österreich. Selbstverständlich gegen die Tschechoslowakei. Englische Minister im Week-end. Es ist ziemlich klar, daß man dem Menschen die Ordnung der Dinge nach seinem Sinn einfach überläßt. Jemand muß es in die Hand nehmen. Aber ob Krieg oder nicht, daß wir überhaupt noch einmal in die Schweiz zurückkehren, scheint immer unrätlicher. Geht es so weiter, wird dem Scheusal bald nichts mehr unmöglich sein. Plan, daß Erika allein nach Europa fährt, den Haushalt auflöst, die Situation der Kinder ordnet und den Transport leitet. Doch ist der Lauf der Dinge in den nächsten Wochen abzuwarten. – Diese Reise könnte, namentlich dank Erika, trotz aller Anstrengungen heiter sein, ohne den grauenerregenden politischen Hintergrund. Mutmaßlich ist es wieder ein Glück, daß wir draußen sind. Zu vertrauen, daß der individuelle Charakter meines Lebens stets wieder durchschlägt. Auch die Aufrechterhaltung eines deutschen Geisteslebens meines Gepräges wird so oder so möglich sein, etwa durch die Eröffnung eines deutschen Verlages durch Knopf. – Anti-Hitler-Demonstrationen in New York und Denver. »Stop the killers!« (Für das englische Publikum ist Österreich »zu weit«.)

Dienstag den 22. III. 38 Im »Streamliner« von Salt Lake City nach Californien.

Der Aufenthalt in S. L. C. gestern und heute merkwürdig: Hochgebirge, 1500 M, belebende Luft. Kaffee-Frühstück im Hotel Utah. Journalisten-Konferenz. Zum Präsidenten der

Mormonenkirche, 82jährig. In die Gemeindehalle, Orgelkonzert. Lunch im Hotel mit dem Universitätspräsidenten Thomas und Professoren. Nachmittags Auto-Fahrt in die Berge. Abends der Vortrag in der Universität. 2000 Personen. Einführung durch den Präsidenten. Aufmerksamkeit und öfterer Zwischen-Applaus, sogar bei den »sozialistischen« Stellen. (Studenten). Schwäche-Anwandlung in der zweiten Hälfte, sodaß einige Seiten nur »las«. Zum Schluß wieder erholt. Großer Eindruck. Sehr erschöpft. (Die hohe Luft). In unserem Hotel-Salon Abendessen zu dritt, war sehr hungrig, aß Rührei und Schinken, rauchte eine Cigarre.

Heute in S. L. C. ½8 Uhr auf, da um 10 zu reisen gedachten. Gebadet, Kaffee gefrühstückt und gepackt. Dann Entdeckung, daß die Zeit für den Zug gewechselt und daß wir erst gegen Abend fahren könnten, mit dem Streamliner, der Los Angeles sogar früher erreicht. – Aufenthalt in der Halle mit Miss Knight, der Peat-Agentin. Aufregung des Bahn-Bureaus, (Mr. Thomas), das durch Telegramme aus Los Angeles beeindruckt. – Autofahrt mit der Knight, Bergstraße. Lunch mit ihr. Auf meinem Bett geruht. ½5 Thee mit K. und E. Vorzügliche Schnecken. Etwas später Abreise, Mr. Thomas am Bahnhof. Seltsamkeiten des Raketenzuges, 130 km Durchschnittsgeschwindigkeit.

Erschüttert den ganzen Tag durch die politischen Nachrichten, die wir dank der Unzulänglichkeit der Zeitungen nur skelettiert erhalten. Wien – furchtbar. Freud. Friedell aus dem Fenster. Massenverhaftungen im Hochadel, Mißhandlungen, niedrigster und feigster Sadismus wie gewohnt. Verhaftung der Tochter Bruno Walters. Dabei tritt das englisch-hitlerische Einverständnis klar hervor: Polen, Litauen hindern Rußland, der Tschechoslowakei zu Hilfe zu kommen. Diese von England offenkundig geopfert, gegen Verzicht Deutschlands auf Kolonien, die »bei dem Umfang des Territoriums« nicht mehr nötig. Übermächtiges und wirtschaftlich gesichertes Groß-Deutschland. So mußte es entstehen.

Viel Post, Telegramm, Bermann in Zürich. Die Meyer über Princeton, günstig.

Los Angeles (Hollywood) Donnerstag den 24. III. 38
Hotel Beverly Wilshire. – Gestern *Mittwoch* morgens 8 Uhr Ankunft hier. Collin und Photographen am Bahnhof. Lange Fahrt mit Mr. Lissauer von Down Town nach diesem Hotel. Hübsche Zimmer, Suite. Rasiert. Herzliche Begrüßung mit Franks. Dann mit Erika und Collin zurück zur Stadt, wo in einem Salon des Hotels X. Journalisten-Konferenz mit Aufnahmen. Langweilig und anstrengend. Der first name Goethes. Über den Verrat Englands. – ½1 zum Mittagessen bei Franks. Hübsches Häuschen. Sehr müde. Später auf dem Bette etwas geschlafen. Nachmittags mit Franks u. ihrem russisch-amerikanischen Freunde zum Ozean. Promenade überm Meer. Alles weit, hell und neu. Schöner Strand. Thee in Hotel Bar. Kurze Zeit bei uns. 8 Uhr Abendessen bei Franks. Nachher Miss Meyer und der russ. Amerikaner. Vorlesung der ersten Hälfte von »Adeles Erzählung«, deren stilistische Einzelheiten sehr amüsierten. Spät schlafen. Im »Idioten« gelesen.

Heute 9 Uhr auf nach ziemlich ausgiebigem Schlaf. Gebadet und Kaffee-Frühstück. Der Tag ist wie gestern blau und frisch. Eukalyptus-Geruch mit Meerluft vermischt. Cigarettenprobe zum Frühstück. – Keine neuen politischen Nachrichten. Die Rede Chamberlains hat heute wohl schon stattgefunden und das Schicksal Mitteleuropas wird besiegelt sein. Beginnende Gleichgültigkeit gegen das alles, gefördert gegen die gestrige Vorlesung. Krieg unwahrscheinlich. Ob Rückkehr in die Schweiz oder nicht bleibt abhängig von dem Gesicht der Dinge in einigen Wochen.

Vormittags Unterhaltung mit Collin über die Agentur-Frage (Brandt u. Brandt). – Franks. Mit ihnen zum Hotel Beverly-Hills. Bungalow-Besichtigung. Swimming Pool. Lunch im Speisesaal. Fasriges Fleisch, appetitlos, Kaukalamitäten. Nachher kurze Ruhe bei uns. 4 Uhr mit Collin, Franks, K. und

E. zur Paramount-Produktion. Literaten- und Regie-Personal. Beim Präsidenten, Aufnahmen. Telephon mit Lubitsch. Film-Vorführung seiner Regie, während der ich mich sehr schlecht befand. Geschmackwidrigkeiten. Besuch bei Fr. Lang im Aufnahmesaal. Haus voller Schriftsteller; fronend. Lungerndes Publikum vorm Tor. – Im Hotel, rasiert. Besuch von »Tomski«-Curtis. Abendessen mit Franks, Collin, Curtis im Hotel unten. Beratungen über unser Lebensprogramm. Äußerst enerviert und müde. Whisky und Soda bei Franks. Todmüde.

Hollywod, Freitags den 25. III. 38

Die gestrige Rede Chamberlains schamlos. Lichtblick die Kundgebung Amerikas für die deutschen und österr. Flüchtlinge. Entlassungen aus den Lagern in Wien (Wahlen, England?). – Sturm in der Nacht, dauert an, blauer Himmel. Unruhig geschlafen. Gebadet und nach 9 mit K. und Erika im Salon gefrühstückt. Seit gestern Abend vernunftgemäßer Beschluß, nach der Rückkehr von San Francisko den April hier im Beverly Hill zu verbringen (mit Erika), dann noch Vorträge in Cleveland, New York, Brooklyn zu machen und für den Sommer das Haus der Newton am Meer zu beziehen. Erika von dort nach Küsnacht. Golo und Medi zu uns. – Mit dem Umpacken begonnen. – Konferenz mit den Arrangeuren des hiesigen Dinners. Finanzielle Hilfe für die österr. Flüchtlinge, 1000 Dollars für Th. M. Fonds. – Wohltuender Spaziergang mit K. und Eri durch die anmutigen Villenstraßen mit Rasenflächen und Palmen. Allerliebster Geschmack der Häuser, Oil- und Moovy-Leuten gehörig. – Mittagessen bei Franks, heiterer, wohler. Kaffee. Während ich im Hotel ruhte, mieteten K. und E. das Bungalow im Garten des Beverly Hill, wohin schon heute unsere Schrankkoffer geschafft werden, für den 31. Es kann dort ein hübsches und beruhigendes Wohnen sein. – 5 Uhr Thee mit Caviar, von Curtis geschenkt. Collin, der ebenfalls nach St. Fr. kommt. L. Frank mit Büchern, die für Versteigerung signierte. – Gepackt. Sturmwind. Aufbruch von hier 7 Uhr.

San Francisco, Clift Hotel. Sonntag den 27. III. 38

Gestern 8 Uhr Ankunft hier. Größerer Empfang, Rappaport, Barry u. a. Photographen. Ins Hotel, elegante Suite 15. Stock, schöner Blick. Viele Rosen. Schon ½10 lange, stark besuchte und anstrengende Preßkonferenz. Mittags Lunch zu dritt im Hotel Restaurant. Böser Eindruck durch holländisches Kabel, daß Reisiger in Innsbruck verhaftet. Telegramm an Bermann. Unruhe. – Nach Tische geschlafen. ½5 Ausfahrt mit Rappaport; chines. u. italienisches Quartier, Parks, Panorama der Stadt. Farben bei Sonnen-Untergang. Abendessen im ital. Restaurant Lucca, Überfluß und Appetitlosigkeit, Zabaione. Zu Fuß nach Hause. Im Salon kaliforn. Sherry, Zeitungen mit Artikeln, Interviews und Bildern. Viel von Reisiger. Konflikt zwischen Berkeley University und hier.

Ausgiebig geschlafen. Bad und Thee-Frühstück. Telegramme, eines von den Kindern Küsnacht, die Reisiger Nachricht bestätigen und unruhig wegen Zukunft. Nachricht an sie. – Heiteres, sonniges Wetter. Telegramm der Newton wegen ihres Hauses am Meer für den Sommer. Brief der Meyer (Washington) wegen Princeton, wo die Dinge günstig stehen und wegen der Manuskripte. – Über Land gefahren, Besuch in »Cushlands« Landhaus. Weiterfahrt nach Stanford, wo Lunch im Drog-Restaurant. Nach Hause, etwas geschlafen. Zum Thee der junge Amerikaner von der Press-Konferenz mit Tennis-Matadorin. Tisch-Ansprache mit Erika, studiert. Smoking. Eintreffen Colins. Abgeholt von Rappaport. Fest-Dinner einen Stock tiefer. Musik. Nachbar der Rektor von Stanford, Mediziner. Über China. Er war Chairman bei den 10 Ansprachen. Lieder-Vortrag. Meine und Erika's Rede. Sehr gequält und erschöpft. Im Zimmer mit Colin und Rappaport. Beruhigt. Sherry.

San Francisco, Montag den 28. III. 38

Nicht sehr gut geschlafen. 9 Uhr gefrühstückt. Viel Post gestern und heute. Telegramm Bermann, Nachricht Reisiger bestätigend. Antrag Ehren-Degree von Montreal u. anderes. – Im Barber Shop unten. – Helles, kühles Wetter. – Lunch im reichen Hause der alten Mrs. Cushland. Nachmittags Besuch des Bohemian Club. Mit K. etwas in der ruhigen Stadt gegangen. Mit ihr und Eri ins Cinéma: »Snowwhite«, stillos, aber hübsch und als Arbeit erstaunlich, anziehend für mich im Hinblick auf »Joseph«, – was Erika fühlte. Abendessen unter uns, mit Appetit im »Fasanen«. Nachher Cigarre, Signierungen, Eintragungen.

San Francisco, Dienstag den 29. III. 38

Immer sehr frisches, blaues Wetter. Gegen 9 Uhr auf, Frühstück mit Erika. Journalistin, Buchhändler, Signierungen. Mit K. Ausgang, schwarzen Hut gekauft. Zum Lunch nach Berkeley, Universität, Fahrt über die kolossale Brücke, Frühstück im Hause des Präsidenten. Aktion für Reisiger, Anforderung durch die Universität; nachher beim Vice-Präsidenten Deutsch fortgesetzt. – Zum Thee Gäste: Ehepaar, Psychoanalytiker (Cecconi-Verwandtschaft) und Agent Knopfs. – Einfügungen in den Vortrag mit Erika und Repetition. – In den Zeitungen Nachrichten, daß Schuschnigg zum Tode verurteilt werden soll. – Frack-Toilette. Rührei-Imbiß. Viel leere Zeit. Zum Opernhaus. Wartezimmer. Mit Erika und dem Vice-Präsidenten aufs Podium. Hoch aufgebaute Menge. Einführung Deutsch. Lecture, gut gesprochen. Großer Beifall. Questions mit Erika. Nachher viele Leute, 100 Studenten und Studentinnen vom »Sacramentum« in besonderem Zimmer begrüßt. Aufmerksame Polizisten. Abfahrt. Abendessen mit K. und E. in dem Hotel nahegelegenen Restaurant. Deutscher Wirt, Gäste, die vom Vortrag kamen. Californischer Champagner. Mühseligkeit des Fleischessens; Beschränkung auf Suppe und Ice Cream. Zu Hause Cigarre, Inskriptionen.

San Francisco, Mittwoch den 30. III. 38

Sehr schwer eingeschlafen. Ganzes Phanodorm. ½10 mit K. und E. gefrühstückt. Journalistin, die ausnahmsweise künstlerische und psychologische Fragen stellte, aber nicht wußte, was ein »Lied« ist. – Die Hinrichtung Schuschniggs scheint nicht beabsichtigt. Halifax erklärt im Oberhaus, er könne an sinistre Absichten Deutschlands nicht glauben. – Heller, blauer Tag. Es kommt das Town Hall Lunch um 1 Uhr und abends der Vortrag in Berkeley University. Vorher muß das Gepäck fertig gemacht werden. Wir reisen morgen früh 8 Uhr nach Los Angeles zurück, beziehen das Bungalo und haben abends 9 Uhr das Subskriptions Dinner.

Donnerstag den 31. III. 38. Im Zuge nach Los Angeles.

Das Frühstück gestern im Hotel, große Beteiligung, mit Reden, Gesangsvorträgen und Questions, war eher gemütlich. Leichte Kost. Saß zwischen Erika und einer Judge. Rasiert nach der Ruhe. 5 Uhr Thee (mit B. Heilbronn und Dr. Rappaport, der sich verabschiedete). Las später etwas im »Tagebuch« über d'Annunzio von Ludwig (schlecht) und Borgese (gut). Smoking und Sandwitsch-Imbiß. Abgeholt zur Fahrt nach Berkeley University. Neuer schwarzer Hut und weißer Schal. Wartezimmer. Vorstellung im Lautsprechersaal. Dann Hauptsaal, Podium mit K., Erika und dem recht einfältigen introduzierenden Professor. Etwa 1200 Personen, viele Studenten. Sprach gut. Mehrmals Beifall, andauernd am Schluß. Nur ein paar Fragen. Englischer Student, im Namen des Christentums protestierend! – Heimfahrt mit denselben Leuten. Zu Hause Abendessen: Erbsensuppe, Rühreier und Eis. Bier. Zur Cigarre gepackt. Schließlich recht erschöpft.

Unruhig geschlafen. Die englische Interpellation ging mir nach, und ich beantwortete sie fortwährend im Halbschlaf. Optalidon gegen 4 Uhr. ¾7 auf, rasch angekleidet und fertig gepackt. Abreise. Daylight-Zug. Angenehmer Drawing room, der Einzige. Kaffee-Frühstück mit Flocken und Eiern im

Speisewagen. Danach Erika die Rede für heute Abend diktiert, die sie nun an der Schreibmaschine teilweise ins Englische übersetzt. – Helles warmes Wetter. Gebirgige Landschaft. – Gutes, ruhiges Lunch. Danach allein im Kabinet geruht. Danach im Aussichtswagen. Schöne Strecke am Ozean hin. Badeort Santa Barbara.

Beverly Hills, Freitag den 1. IV. 38. Bungalo Hôtel Beverly Hills.

Gestern angenehme Beendigung der angenehmen Reise. Ankunft Los Angeles 6 Uhr. Colin am Bahnhof. ½stündige Fahrt hierher. In Besitznahme des schmuck erleuchteten Parkhauses. Sherry von Franks. Besuch von ihnen. Flüchtiges Auspacken und Rasieren. Smoking-Toilette. Abgeholt zur Soirée beim reichen Film-Producer Warner. 100 Dollar-Dinner für die Flüchtlinge. Stars. Pompöses Haus und Park. Schöner Bibliothek-Raum, Kirchenkerzen auf den Tischen im Eßzimmer. Nach Tische deutsch gesprochen. Später in der Bibliothek Reden, Frank und ich. Questions. Kolossale Einkommen-Summen. Sehr müde. Bei uns zu Hause Sherry mit Colin.

Heute erst 10 Uhr auf. (Ganzes Phanodorm). Kaffee-Frühstück auf der Veranda. Ausgepackt. Schlafzimmer-Umzug. Installierung im Arbeitszimmer. Franks. Mietwagen, Ford, offener Viersitzer besichtigt und in Besitz genommen. Warmer, strahlend heller Tag. Leichter Anzug dringend erforderlich. – Neue Aufforderung zu Vorträgen nächstes Jahr von Peat. – Cardinal Newman Ehrung, Detroit, angenommen. – Lunch zu dritt auf der Terrasse des Hotels. Büchersignierungen. Radio und Handwerker. – Allerliebster Aufenthalt. Zur Arbeit vorbereitet. Im »Schopenhauer« gelesen. Gestern an den Schluß von »Lotte« gedacht. – Absicht, Sommersachen aus Küsnacht kommen zu lassen. – Spät etwas geruht, dann rasiert. ½7 Uhr Sandwitsch-Imbiß und Thee. Smoking. Mit Colin im Hammerstein'schen Auto nach Angeles. Warten hinter der Szene des kolossalen Amphitheaters, das sich mit ca

6000 Menschen füllte. Reinhardt, Franks und andere. Platform, lange Reihe von Sprechern und Ehrengästen. Introduktionen. Lecture gut gesprochen, oft einfallender Beifall und großer Eindruck. Nachfolgende Ansprachen: Frank, warm und gut. Präsentationen. Sinclair Lewis, humoristisch. Erika, Werberede, den ganzen Nachmittag vorbereitet, für die österr. Flüchtlinge, rührend. Geldsammlung und Ausklang. Allgemeine Zufriedenheit. Photogr. Aufnahmen. Nach Hollywood zu Franks, hungrig, Bier, Hackbraten und Eier. Elisabeth Meyer, deren Mutter in Washington bei Hull Erleichterungen für unsere Einbürgerung erwirkt. Hull telegraphisch ersucht, die 1500 Dollars auf diplomatischem Wege nach Prag und Zürich an den Th. M. Fonds zu leiten. Heitere Stimmung bei Franks. Erst gegen 2 Uhr zu Bette.

Beverly Hills, Sonnabend den 2. IV. 38

Die Nacht kalt. 10 Uhr auf. Klarheit, der Tag wird warm. Nach dem Bade auf der Veranda gefrühstückt. Mit Knopfs Agenten nach Los Angeles, Book shops, Signaturen. Mit K., E. und Colin in einem Café geluncht. Danach Sommer-Einkäufe im Kaufhaus, Kleider und Unterwäsche. Ermüdend. Parkplatz, neuartig. Heimfahrt bei abgekühlter Luft. Zu Hause die Kleidung gewechselt. Die Frauen zu häuslichen Einkäufen, unterdessen Colin bei mir. Zum Thee Dr. Lissauer und Frau. Resultat der gestrigen Sammlung 1000 Dollars. Um direkte Verwendung für die Österreicher ersucht. – Mit Colin über Joseph IV, erzählt. Mit Franks im Hotel zu Abend gegessen; dann mit ihnen bei uns. Bier. Müde. Der junge K. Katzenellenbogen als Hausgast.

Beverly Hills, Sonntag den 3. IV. 38

½9 Uhr auf nach gutem Schlaf ohne Mittel. Mit K. und E. selbst bereitetes Frühstück. Der Thee unschmackhaft. Briefe geschrieben an Zarek und Lion. Etwas in der Sonne gegangen. Lunch zu Hause. ½4 zu Franks, große Garden Party. Erregt durch eine halbe Tablette Eri's. Hundert Menschen gesprochen, Rheinhardts, old Lemmle, die Moovings, der sympathische Franco Bruno u.s.f. – Erschöpft. – Zu Hause Brief an Weiß geschrieben. Viele Briefe: von Heinrich, Klaus und Golo aus den Tagen der ersten Panik nach Österreichs Fall. Viel Amerikanisches. Abendessen zu Hause, teils selbst bereitet, teils Hotel. Eri unpäßlich, Ohr-Nasen-Katarrh. Zeitungen: In Spanien scheint es zu Ende zu gehen.

Beverly Hills, Montag den 4. IV. 38

Vormittags »Impromptu« zu schreiben begonnen. Lunch bei Franks. Nachmittags Briefe diktiert. Besuch des Musikers Pollack. (Über Klaus Pr.) Abends bei Dieterles, Dinner, Soirée und Film-Vorführungen, Micki Maus und »Zola«. Der Erfinder des Micky Mouse Films. Muni, der Darsteller des Zola. Erst 2 Uhr ins Bett.

Beverly Hills, Dienstag den 5. IV. 38

Übernächtig. Spätes Frühstück mit K., E. und Katzenellenbogen. Briefe. Von Golo politischer Brief aus Paris, trostlos. Europäisches und Amerikanisches. »Cosmopolitain« wegen des Artikels. Aber wie ist es möglich. – Mühsam einige Zeilen geschrieben. Zum Lunch bei Huxleys. Sehr müde, unlustig und hinfällig. Besuch von Vice President Deutsch (Reisiger). Den Nachmittag im Bette verbracht, »Tagebuch« gelesen, Nekrologe auf Österreich. Zum Abendessen aufgestanden. Amerik. Zuschriften. Telephon-Anruf des »Examiner« wegen der Card. Newman-Ehrung. Mit dem jungen Katzenellenbogen gegessen. – Las in Aufsätzen zur Geschichte der Antike u. des Christentums und begann vorm Einschlafen den »Landpfarrer« von Bernanos zu lesen.

Beverly Hills, Mittwoch den 6. IV. 38

Reichlich geschlafen. Mit K., E. und dem jungen Konrad gefrühstückt. An den Tagebuchblättern weiter geschrieben. Mittags Ausfahrt ans Meer, gegangen und auf der Terrasse des Miramar geluncht. Zum Thee Mrs. Frisch, Konzertleiterin, wegen Klaus Pr. Einige Brief-Diktate. London Film-Joseph Kontrakt leider nicht zur Hand. – Kabel von Bermann: »Reisiger frei.« – Mittags sehr warm. Zum Thee den neuen Sommeranzug. – Soirée bei der Schriftstellerin Vicki Baum. Fast nur deutsch sprechende Gäste. Der Architekt Neutra, der Komödiant, Musiker, Schauspieler, Dr. Klemperer, Schönberg etc. Lange Unterhaltung vorm Essen. Buffet Dinner. Zuletzt Bali-Film mit Jünglingen in ritueller Trance. Zuckungen. – Der schöne junge Inder-Tänzer. – Zu Hause noch mit Colin. Spät.

Beverly Hills, Donnerstag den 7. IV. 38

Spät auf. Zunehmende Wärme. Frühstück mit K. und E. Kaum einige Zeilen geschrieben. Müde und gequält. Sommeranzug. Lunch in Hollywood mit den Brüdern Charell in sehr gutem italien. Restaurant. Von ihnen zurückgebracht, während K. und E. in Los Angeles Einkäufe machen. Geruht. Gegrübelt. An Carlas Tod und an Travemünde in der Kindheit gedacht. – Thee mit den Frauen. Dazu Colin. Später in der Kühle Abendspaziergang mit K. Neue Erwägungen wegen der Rückkehr in die Schweiz für den Sommer. Für und Wider. Gespräch mit Erika hierüber beim häuslichen Abendessen. Schwierigkeiten mit dem Haus der Newton geben den Anlaß. Zweifel wegen persönlicher Sicherheit. Besuch des B. Amendt. Diskussion mit ihm. Verständnis Erikas. Warmes Abraten Amendts. Rückkehr zu dem Gedanken, den Sommer am Meer nahe New York zu verbringen, Kleider und namentlich Bücher kommen zu lassen. Die Aufgabe, ein passendes Haus irgendwo mit Raum für Golo und Medi zu finden. Festzuhalten, daß seit unserer Abreise die Gesamtatmosphäre drüben sich verändert hat und wir auch die Luft in der Schweiz verändert finden würden.

Beverly Hills, Freitag den 8. IV. 38

Vormittags zu arbeiten versucht. Mittags mit Franks ans Meer, etwas gegangen, Lunch vorm Miramar. Im kleinen deutschen Buchladen. Nachmittags langen Brief an Bermann diktiert. Abends Soirée bei Max Reinhardt. Schönes Haus in prächtiger Lage. Lichtermeer der Stadt. Mit Sokolow über Rußland. Mit dem Rabine. Mit dem jungen R. über eine deutsch-amerikanische Zeitschrift. Auf dem Heimweg Franks getroffen. Mit ihnen Bier bei uns.

Beverly Hills, Sonnabend den 9. IV. 38

Vormittags zu arbeiten versucht. Tiefes Daniederliegen der Nerven. Mittags mit Franks und Colin in Walt Disneys Wagen nach seinen Ateliers. Besichtigungen und Vorführung des »Zauberlehrling«-Films in primitivem graphischem Zustand. Merkwürdig die Persönlichkeit D.'s. Ermüdung. Fast schweigend. Lunch als Colins Gäste im italienischen Restaurant. Gequält, leidend. Zu Hause geschlafen. Thee mit K. Am Aufsatz gebessert und den Absage-Brief an Bermann ausgefertigt. Abendspaziergang mit K. Häusliches Abendessen. Nachher Mitteilung der am Aufsatz geschriebenen Seiten, Gespräch darüber und Vorlesung der zweiten Hälfte von Adelens Erzählung, an deren Originalität ich mich freuen durfte.

Beverly Hills, Sonntag den 10. IV. 38

Mit K. und E. vorm Hause gefrühstückt. Frischer, schöner Tag, in der Sonne gesessen. Etwas geschrieben. Danach das Haar gewaschen und rasiert. Ein Glas Tomato Juice getrunken und eine halbe Stunde spazieren gegangen. 2 Uhr Garten-Lunch beim alten Lemmle. Schöne Besitzung. Vorspeisen in der Hütte, Buffet im Freien, Tische, »Hamburger«, Kompott, Kuchen, Kaffee. Neben dem Alten. Von Colin versorgt. Reinhardts Insistieren auf unserer Niederlassung hier. Neues Haus-Angebot auf Long Island. Harmlos angenehmer Aufenthalt. Spät zur Ruhe, gegen 6 mit K. Thee getrunken. Frische der Luft. Verzicht auf nachmittägliche Briefschreibe-Arbeit, um die z. Z. geringe Spannkraft für die morgendlichen Versuche zu sparen. – Besuch von Colin, Abendgang mit ihm und K. Dinner mit dem Schriftsteller J. Deval und Colin im Speisesaal des Hotels (C. zu Gefallen). Zahlreiche Briefe. Bermann über seine amerik. Pläne. – Das Gerücht behauptet sich, daß Auernheimer verhaftet und Salten sogar nach Dachau geschafft sein soll. Viehisch. – Frankreich wieder einmal ohne Regierung. Die Prager erlauben ihren Deutschen, am Tage des österr. Plebiscits Hakenkreuz zu flaggen. Das Ergebnis der »Wahl«: 99% für Hitler. – Brief der Gujer, der von der Verstörtheit in der Schweiz zeugt.

Beverly Hills den 11. IV. 38

½9 Uhr auf. Bedeckt. Vormittags eine Seite geschrieben. Aufklaren. Ausfahrt zu viert mit Amendt, Spaziergang in den Hügeln zum Observatorium hinauf. Lunch am Hollywood Bd. Bis 5 geruht. Nach dem Thee Wäsche ausgegeben. Erika beim Rechtsanwalt wegen unserer Immigration. Schwierigkeiten mit notwendigen Papieren. – Nachricht des Pariser Agenten Revecz, Wien gehe über alle Beschreibung. Erinnerung an Salten bei seinen letzten sommerlichen Besuchen in Küsnacht, mit seidenem Schlips, noch in der Sicherheit der Civilisation. Es ist ein phantastisches Höllenschicksal, etwa wie das eines jungen Mädchens aus gutem Hause, das in Bordell in Buenos Aires verschleppt wird. – Grauenhafter Anblick eines Blattes der »Frankf. Zeitung«, von K.'s Mutter geschickt, mit »Erfüllter Sehnsucht« und »Adolf Hitler in Österreich«. Rasch weggelegt. – Zum Abendessen bei Franks mit dem Ehepaar Edmund Knopf. Sympathischer Mann. Anspielung auf »Joseph«, mit dem sich die Studios beschäftigen. Sehr müde zuletzt.

Beverly Hills, Dienstag den 12. IV. 38

Vormittags eine Seite geschrieben. Bedeckt, zum Regen geneigt. Mittags mit K., Eri und Colin zum Goldwyn-Mayer-Studio, bei Knopf, Lunch mit ihm unter den Hauszugehörigen, Bekannte darunter. Dann Führung durch einen Angestellten durch die Filmstadt, seltsamer Eindruck. Trick-Welt, Straßen, Plätze, Flüsse, Dschungel, südfranz. Hafen, deutsche Städtchen. Aufnahmen beigewohnt. Sehr interessiert und unterhaltend. Mr. Montgomery, der präsumptive Joseph, schöner Mensch von reizvollem Ausdruck, zu schwer. Schabernack mit dem New Yorker Agenten, Verhaftung. Bei Knopf nachher Begegnung mit dem Schüler Peter Pr.'s. – Zu Hause geschlafen. Später Thee mit Fruchtkuchen. Briefe diktiert. Kurzer Abendgang in leichtem Regen. Häusliches Abendessen mit K. allein. Lektüre des »Tage-Buch«. Jammervoll kluges Benehmen des österr. Episkopats. – Gehe abends in dem Buch von Bernanos weiter.

Beverly Hills, Mittwoch den 13. IV. 38

Morgens Kaffee. 1½ Seiten geschrieben. Spaziergang mit K. Regendrohung. Häusliches Mittagessen ½2, sehr gut. Im Bernanos gelesen. Geschlafen. Zum Thee Colin, der dabei von Knopf zu Goldwyn berufen wurde. Reihe von Brief-Diktaten (Mrs. Meyer, Yale Review, Angell etc.) Später Colin, sehr bewegt, Abschluß wegen Joseph 90% sicher. Habe mich nicht glücklich genug gezeigt. Lachte nur, als C. im Ganzen eine Einnahme aus diesem Aufenthalt von 60 bis 70 000 Dollars versprach. Erika behauptet, er habe vorher geweint. – Abend bei Amendts. Kampf mit Übelkeit nach einer Krabbensuppe. Über Amendts Erzählungen von amerikan. Gastspielen gelacht.

Beverly Hills, Donnerstag den 14. IV. 38

Spät eingeschlafen, Phanodorm. Kaffee getrunken. Eine Seite geschrieben und mich interessiert. Ausfahrt mit Huxleys bei aufblauendem und sich rasch erwärmendem Wetter, am Ozean ausgestiegen und bei Ebbe ziemlich weit am blau-weiß beleuchteten Meere gegangen. Am Strand zahlreiche Präservative. Ich sah sie nicht, aber Mme Huxley hat K. darauf hingewiesen. – Lunch in Pallas Verdes. Schöne Aussicht von der Terrasse auf die weite Bucht. Suppe, gebackenes Huhn (zäh), Eiscream zwischen Biscuit und Kaffee. Mehr als gewöhnlich englisch gesprochen. Rückkehr nach 3 Uhr. Nach 4 Thee zu Hause. Colin mit neuen Nachrichten über die Verhandlungen mit Goldwyn. Ihm besser meine Erkenntlichkeit bezeugt. Etwas geruht. Notarin wegen Verlängerung unserer Aufenthaltsbewilligung. Unterschriften. Erika bereitete in unserer Abwesenheit mit dem Bureau-Angestellten unsere Rückreise über Chicago, Cleveland und Toronto vor. – Thee mit den Frauen. – Häusliches Abendessen. Danach mit Knopfs Assistenten ins M.G.M.-Studio: Privat-Vorführung von »Night must fall«, hochstehender Film mit Montgomery, der guten psychologischen Typ bietet und ausgesprochene Joseph-Momente hat. Sehr interessiert. – Zu Hause mit Colin, der morgen reist, befriedigt von dem Erreichten. Verabschiedung von ihm bis New York.

Beverly Hills, Freitag den 15. IV. 38

Vormittags eine Seite geschrieben. Lunch zu viert mit Liesl Frank vorm Miramar. Vorher am Strand. Zu Hause »Tage-Buch« gelesen. Schauderhafte Brief-Berichte aus Wien. Über Friedells Tod. – Nachmittags einen zweiten ausführlicheren Brief an Bermann diktiert. Smoking. Soirée bei Knopfs. Zeitweise gelitten, dann besser. Nachher mit Franks bei uns Thee und Torte. – Englische Bibel von Knopfs zum Geschenk.

Beverly Hills, Sonnabend den 16. IV. 38

Erst 9 Uhr auf. Wieder Thee zum Frühstück. Eine Seite geschrieben. Es sind schon 12, das Maß, ich muß sparen. – 12 Uhr mit Elisabeth Meyer in ihrem Buick den Vorangefahrenen nach an einen schönen Platz ¾ Stunden von hier am Meer, Freunde von ihr und E. Solo, Huff-Levin, Ehepaar, Movy-Schriftsteller. Neu-Engländer der Mann, die Frau Jüdin von New York. Schönes Haus mit prächtigem Meerblick, schwarze Klippen. Der junge Sohn, zuerst in Badehose, frappante Ähnlichkeit mit Klaus Heuser, ebenso die jüngere Schwester mit der seinen. Spaziergang mit Elisabeth M. am Strand, beiderseits durch Klippen aufgehalten. Angenehmes Lunch auf der Terrasse, danach in Liegestühlen, Grammophon-Musik und Wellenschlag. Moovy-Aufnahmen der Kinder. Freundlich zurückhaltende Wirte. Glücklicher Aufenthalt. Nach 4 gefahren mit unserem Wagen. Vor-Ostern-Verkehr. Zu Hause Thee. Danach Erika für Peat Presse-Statement über meine Reise diktiert. Dann ein großes Packet Bücher signiert, schon lange lagernd. – Brief von Lion aus Mailand mit Beschwörungen, nach Europa zurückzukehren, die mich lebhaft an Bermann 1933 erinnern. Bin selbst erstaunt, wie gering die Versuchung geworden ist. – Las in der englischen Bibel. Entwarf innerlich für den 4. Band. Erinnerte mich an die geschriebenen Entwürfe im Schreibtisch. – Häusliches Abendessen. Danach bei Franks: Erika gab meinen Brief an Bermann zum besten. Später las ich das 4. Kapitel von »Lotte« zur eigenen und der anderen Erheiterung.

Beverly-Hills, Oster-Sonntag den 17. IV. 38

Wolkenloser Himmel, sehr warmer Sommertag. Früher auf, kurz nach 8. Im Freien gefrühstückt. Träge u. mühsam gearbeitet, wie meistens nach Vorlese-Abenden. Zum Lunch in der Sonnenglut bei offenem Wagen weit gefahren: Zu Mr. Adrian, 1. Kostüm-Entwerfer der M.G.M., excellentes Haus, Mahlzeit im Garten, zum Nachbarn ungarischer Bildhauer, Kommen und Gehen. Besuch beim Affenkäfig. Inneres des Hauses überaus geschmackvoll. Essen unbekömmlich durch Hitze und Unregelmäßigkeit. Waren mit Curtis. – Zu Hause bis ½5 auf dem Bette gelegen. Leichte Kleidung. – Brief an Oprecht diktiert. Beschäftigung mit dem Aufsatz. Lektüre in der englischen Bibel. Smoking. Soirée bei Lubitsch. Wieder ein schönes Haus. Dinner an kleinen Tischen. Die schöne Madelaine C. und ihre Geschichte vom geheimnisvollen Zbg-Fanatiker. Etwas bezaubert von der Frau. Fortschreitende Betrunkenheit der Gäste. Viel Champagner. Die Schriftstellerin im Seelenelend, fortgebracht. Der ehemalig große Sänger. Charakteristischer Abend. Des Längeren mit Reinhardt gesprochen. Mit Frank am Wagen auf dem Hof. Mit Madelaine. Der Hausherr zur Verabschiedung herausgeholt. Sehr warmer Abend. Viel Briefpost.

Beverly Hills, Oster-Montag den 18. IV. 38

Warmer Sommertag wie gestern. Leichteste Kleidung. Schrieb ziemlich leicht, aber nicht lange, da wir mit dem Architekten Neutra u. seiner Frau ausfahren mußten, Häuser zu sehen. Kubischer Glaskasten-Stil, unpleasant. Einkehr bei verschiedenen Leuten. Am sympathischsten der junge amerk. Schriftsteller David M. in Santa Monica. Einfluß des Zbg. Manuskript. Eltern der Fr. Neutra, Zürcher, Wirte der Marta Wassermann. – Lunch zu dritt auf der Terrasse unseres Hotels. Danach Erika Telegramm für New Yorker Star-Konzert zugunsten der Österreicher diktiert. Im Bernanos gelesen. Geruht. Haar gewaschen und rasiert. 5 Uhr abgeholt von Mr. Brown, Schriftsteller, u. seiner Frau. Fahrt nach Passadena zu Upton Sinclair. Mit der Familie im Garten. Weitere Ausfahrt und Spaziergang. Mit Sinclair und Brown im Wohnzimmer. Dinner zu 7 Personen, mit den beiden Töchtern, im großen Hotel von P. Sherbet zu den Speisen. Zeitige Rückfahrt. Müde. Zu Hause zwei Tassen Thee, sehr durstig. Schönste, milde Nacht. Im Schaukelstuhl vor der Tür gesessen, Palmen und Sterne. – In der Politik: Erfolge der Chinesen über die Japaner. –

Beverly Hills, Dienstag den 19. IV. 38

Sehr warm. Gearbeitet. Lunch im Miramar. Große Hitze nachmittags im Zimmer beim Ruhen. 5 Uhr zu Dieterles: Im Garten. Eis-Kaffee und Torte. Sehr kalt. Film-Vorführung: »Pasteur«. Ermüdet, appetitlos beim chinesischen Dinner. Nachher Gespräch mit Schönberg und Jessner. Gute Cigarre. Zu Hause Besuch von Franks. – Post, deutsche und schwedische Sympathie-Briefe. Die Meyer über die Toronto-Sache. Golo berichtet über die Zürcher Stimmung.

Beverly Hills, Mittwoch den 20. IV. 38

Bedeckt und abgekühlt. Vormittags am Aufsatz gearbeitet. Hoffe morgen zu Ende zu kommen. Lunch mit Rabbin Magnin u. seiner Frau in ihrem Country Club. Nachmittags geschlafen. Zum Thee Liesl Frank. Abgeholt von Prof. Bird zur Dinner Party in seinem College. Nach Tische akadem. Diskussion. Mahlzeit und Tanz der Studenten. In Birds Hause. Rückfahrt mit ihnen. Erikas Kritik an dem Abend (Interesse Lissauers). – Brief von Klaus, berichtet munter von Entziehungskur und »Tugend«. –

Beverly Hills, Donnerstag den 21. IV. 38

Schöner, wieder sommerartiger, aber frischer Tag. Beendete vormittags den Aufsatz »Tagebuch-Blätter«. Ging danach etwas spazieren, saß im Garten und ließ mir im barber shop das Haar schneiden. Lunch bei Franks. Zum Thee ein Rabbi und ein Buchhändler; der eine wegen Sinsheimers Auslösung, der andere wegen Wassermanns Wahnschaffe-Manuskript. Mit den Frauen und Curtis zum alten Lemmle. Im Privat-Filmtheater Vorführung von »Meyerling«, sehr wirksam und unterhaltend. Boyer als Rudolf vorzüglich. Familien-Dinner. – Princeton bietet wie Yale den Ehrendoktor an. – Golo sendet Papiere für Immigration und schreibt ausführlich und interessant, übrigens positiv über den Schweizer Zustand.

Beverly Hills, Freitag den 22. IV. 38

Bedeckt und kühl. Vormittags Briefe geschrieben, unter a. an Heinrich und unser Außenbleiben mitgeteilt. Später mit Lisl Frank in der Stadt eine befr. Buch- und Kunsthändlerin besucht. Einen Amethystring für Erika gekauft. Danach abgeholt von Lorre's Wagen mit Schildkraut. Zum Lunch ins Fox-Studio, mit Artisten und Schriftstellern. Nachher bei Aufnahmen: Lorre als Landstreicher. Die kleine Temple in ihrem Wohnwagen beim Unterricht. Dann Szene. Die glückliche Mutter. – Zum Thee Dr. Klemperer. Politisch philosophiert. Über die Juden. Blieb lange. – K. beim Abschreiben des Aufsatzes sehr fasziniert, aber bedenklich wegen öffentl. Möglichkeit der Wahrheit. – Umgekleidet: Abend bei Elisabeth Meyer. Nachher Franks bei uns.

Beverly Hills, Sonnabend den 23. IV. 38

Bedeckt, kühl. 9 Uhr auf. Vormittags mit Erika den Vortrag für Champain, Illinois, hergestellt (Empfang des Cardinal Newman Award). Mittags mit Franks am Meer, Santa Monica, Lunch bei Frau Viertel, mit ihren Söhnen, der jüngere sympathisch. Zu Hause etwas geschlafen. Thee. Die Abschrift des Aufsatzes korrigiert. ½6 abgeholt zur Film-Vorführung im Universal Studio, Bergstraße von Bev. Hills. Im Vorführungsraum: »Hundert men and a girl«, ausgezeichneter Film, genußreich, gescheit und rührend. Beim Regisseur, Szenen-Aufnahmen. Abendessen mit Franks, K. und Eri im Restaurant chez Mosell. Zu Hause Klemperer-Konzert im Radio. Bücher für Fox signiert.

Beverly Hills, Sonntag den 24. IV. 38

8 Uhr auf. Nach dem Frühstück K. Briefe diktiert, die dringlich waren. An Fiedler geschrieben und das Diktierte ausgefertigt. – Dunkel, Regen, kühl. Lunch bei Rabbine Browne in S^{a} Monica, ohne Erika. Glühwein und kaltes Essen. Gute Bibliothek. Engl. Tolstoi-Ausgabe mit eigenhändiger Widmung. Korane.

Götter-Collection mit Christus darunter. Nach dem Essen Schriftsteller und Damen. Von der Hausfrau nach Hause gefahren. – Heute ist Medi's zwanzigster Geburtstag. Wir telegraphierten ihr gestern. – Kurze Nachmittagsruhe. Zum Thee der Film-Direktor Macmallian. Mit Franks zu P. Cohne zum Anschauen seiner Film-Aufnahmen von Franks Garden Party. Danach zu Franks zum Abendessen. Vorlesung des Aufsatzes »Tagebuch-Blätter«, der außerordentlichen Eindruck machte. – Heute für Golo die Liste der Bücher aufgestellt, die ich zunächst aus Küsnacht an mich ziehen möchte. Ihn beauftragt, die Nachricht über das Warner Geschäft zu dementieren.

Beverly Hills, Montag den 25. IV. 38

Wetter aufgehellt, aber windig und unsicher. Nach 8 Uhr auf, Frühstück vorm Hause. Letzter Tag dieses Aufenthaltes. Wenn es nach unseren Gedanken gegangen wäre, stände die Heimfahrt nahe bevor, die Reise wäre abgelaufen. Nun handelt es sich darum, ein neues Zu Hause entstehen zu lassen, und das wird Zeit kosten. – Den Aufsatz neu korrigiert. Bücher-Packet nach New York. Die Schrankkoffer sind für dort zu packen, die Handkoffer für die Tage bis 6. Mai, der Ankunft dort, für Chicago, Cleveland, Toronto. – Zu packen begonnen. Eri und Lisl Fr. beim Schwimmbad besucht. Lunch zu dritt im Speisesaal mit gutem Appetit. Kaffee, darum nicht geruht. Das Packen fortgesetzt. Zum Thee eine Anzahl Gäste: Amendts, Frau Heims, Prof. Pollack, Eliz. Meyer, L. Frank, Rameau. Letzterer über meine günstigen horoskopischen Aussichten nach seinem Büchlein. Miss Meyer überbringt ihre Übersetzung der Champain-Ansprache. – Nach Weggang der Gäste ein paar eilige Briefe diktiert (Angell, wegen der Aufforderung von Yale, dort eine Professur zu übernehmen. Die 4000 Dollars von Lewis eingezahlt.) – Abendessen mit Franks zum Abschied im Beverly Wilshire. Bücher signiert für Oberkellner und Buffetdame. Von Franks den neulich gesehenen schönen Lapislazuli-Ring zum Geschenk erhalten. Im Austausch Geschenke an Liesl. Bei den Wagen Verabschiedung von Franks. Erika zu Barnowsky in Sachen des Ludwig v. Bayern-Films. –

Im Zug nach Chicago, Dienstag den 26. IV. 38

Heute gegen 8 Uhr auf, rasiert und gebadet. Nach dem Frühstück das Gepäck fertig gemacht. Ca ½10 Uhr Aufbruch aus dem hübschen Hause, Abschied von meinem interimistischen Arbeitsplatz, der immerhin die Vollendung eines guten Stükkes Prosa gesehen. Fahrt im Auto nach Passadena. Viel Zeit dort, Spaziergang. Am Bahnhof Amendt mit Bonbonière. Abfahrt gegen 11. Privat-Cabinet, leider kein drawing room mit eigener Toilette. Aufblauen, Wärme. Taktische Einwände K.'s und E.'s gegen eine Partie des Aufsatzes diskutiert. 12 Uhr gutes Lunch. Danach Tillichs Exposee über die Emigration gelesen. Allein geruht. 4 Uhr Thee im Room. Vorlesung der Tillich'schen Schrift und Diskussion. – Draußen lila beleuchtete Wüste, Sand, Kakteen, Wüstenberge. – An diesen Zug sind wir zwei Tage und zwei Nächte gebunden.

Im Zug nach Chicago, Mittwoch den 27. IV. 38

Speisewagen, nach dem Frühstück. – Gestern 7 Uhr sehr gutes Dinner. Danach in Erikas Nazi-Erziehungsbuch gelesen, wofür in Toronto Vorwort zu schreiben sein wird. Im Club Car, während die Betten gemacht wurden. Längere Zeit im Bernanos gelesen. Dann gut geschlafen. – ½9 Uhr auf. Kein kaltes Wasser. Hosenträger in die Zahnschale gefallen. Blauer Tag, der warm zu werden verheißt. Allein gefrühstückt, dann K. Draußen besonnte Sand- und Felsenwüste mit Schneebergen im Hintergrund. – Geschrieben an einem Vorwort für Erika. Mit dieser den Newman-Vortrag, seine Einpassung in den anderen studiert, sodaß doch eine Art von Tätigkeit zustande kam. – Sehr gutes Lunch ½1 Uhr. Der Nachmittag nicht angenehm, nervös bedrückt. Vorzügliches Dinner. Beendete abends, während die Betten gemacht wurden, im Aussichtswagen den Roman von Bernanos sehr bewegt. Ein starker Lese-Eindruck. – Zweimal an Stationen mit spanischen Namen ausgestiegen u. etwas auf dem Perron gegangen.

Im Zug nach Chicago, Donnerstag den 28. IV. 38

Gestern im Bette »Die Lilie im Thal« zu lesen begonnen. Nervös, schwer eingeschlafen. Nach dem ½ Phanodorm ½ Evipan. Morgens die Zeit verschlafen, erst 10 Uhr erwacht und aufgestanden. Weckte Erika u. frühstückte allein. Landschaft verändert, fruchtbar, junges Grün, Blüten. – Zeitungsnachricht über Enteignung der Juden in Deutschland (die Alten!). – K. und Eri, frühstückend.

Chicago, Freitag den 29. IV. 38

Reise ging ohne Langeweile zu Ende. Etwas am Eri-Vorwort geschrieben. Eingepackt. Ankunft hier nach Sommerzeit erst ca ½3 Uhr. Zum Hotel The Drake. Wohnung im 6. Stock. Mittagessen unten im Restaurant. Danach Ruhe. Nachmittags mit K. etwas spazieren. Zu Hause Thee. Erika gab der Associated Press Statement über die Wiener Büchervernichtungen, die öffentlich nicht stattgefunden zu haben scheinen. Zeitungen über die Tschechoslowakei und die deutsche Confiskation der jüdischen Vermögen, die ein Hauptgrund für die Eroberung Österreichs gewesen zu sein scheint. – Verbrachten den Abend in einem Kino und aßen in dem franz. Restaurant gegenüber unserem Hotel. (Schweizer Kellner, gute Küche). Cigarre zu Hause. Vorm Einschlafen in »Lilie des Thals« weiter.

Heute 9 Uhr auf, gebadet und mit K. im Salon gefrühstückt. Wetter bläulich-leicht bedeckt, nicht warm. Zeitung mit Nachrichten über den Abschluß eines französisch-englischen Militär-Bündnisses mit gemeins. Oberbefehl, eindrucksvoll. Doppelter Pakt mit Italien. Verständigung über Sudetenfrage steht aus. – Abschrift der Champain-Rede.

Cleveland, Sonntag den 1. Mai 38. Hotel Cleveland.
Freitag Fahrt nach Champain, Drawing Room, Rede präpariert, geruht und Thee getrunken. Ankunft späterer Nachmittag, abgeholt von Father O'Brien und Deutsch-Professor. Höchst unbequeme Unterkunft. Besichtigung des Campus, Musik-Konkurrenz der Studenten, Konzert-Probe. Smoking, appetitloses Dinner allein mit dem anderen Father, bedient von Haushälterin. Fehlerhaft, mit den anderen zu essen, wäre besser gewesen. Abgeholt zum Vortrag. Große Menge, große Stimmung. Ansprachen und Anheftung der Medaille. Lektüre und Nach-Rede O'Briens. Nachher Cercle. Nachher Bier und Thee bei uns.

Geschlafen von Freitag auf Samstag in den improvisierten Betten mit scheußlicher kleiner Waschtoilette. Frühstück von der Haushälterin mit K. u. Eri. Konferenz mit Father O'Brien, wegen »Kommunismus«. Verstimmt. Spaziergang in den Univers. Park. Treibhäuser. Freude am jungen Grün. Abreise mit Hilfe des italien. Studenten, mit dem am Bahnhof Sandwich und Eiscream mit Kaffee lunchten. Abfahrt nach *Chicago*, schlechter Zug. Genickt und in der »Lilie« gelesen. Ankunft ½5. Erika besorgte Gepäck. Zum »Drake«, Thee getrunken. In der Halle gesessen, unwohl im Gefühl des Herumgetrieben seins. Brief-Post. Gestörte Verdauung, auch gestörte Ernährung. Müde u. scheinbar ess-unfähig. Dinner gegen 7 in dem schon bekannten, diesmal gefüllten franz. Restaurant, dessen Küche sich vorzüglich bewährte. Danach in ein riesiges, überfülltes Cinéma, Tanz und Gesang, dann komischer Film mit der aus New York bekannten B. Lilly. Von da zum Bahnhof, da Schlafwagen von 10 Uhr offen. Einiges Warten, dann müde zu Bette und nach etwas Lektüre im Balzac recht gut geschlafen.

Heute schöner, sonniger u. noch frischer Tag. Verließen den schon stehenden Schlafwagen 8 Uhr. Peat zum Empfang. Mit ihm in das mit dem Bahnhof verbundene Hotel Cleveland. Schöne Wohnung. Zu dritt gefrühstückt, Unterhaltung mit Peat, Büchersignierungen. Dann ins Badezimmer, Genuß des auf der letzten Station vermißten Comforts. Verdauung wiederhergestellt. Nach dem Ankleiden Spaziergang mit K. zum See, keine Promenade. Im Hotel erwartet von Ehepaar, das uns im Wagen zu Rabbin Dr. Silver zum Lunch brachte. Englischer Garten, schöne Lage des Hauses am See. Etwa 10 Personen, englische Unterhaltung bei Tisch. Bald nach dem Kaffee aufgebrochen. 3 Uhr in unserem Salon Press-Konferenz. Photogr. Aufnahmen u., mit Erika, die üblichen Fragen. Von 4 bis 5 geruht. Zufrieden, daß K. schlief, die schlechte Nächte hatte u. sich wegen des Confiskationsgesetzes um ihre Eltern grämt. – 5 Uhr Thee getrunken. Dann die reguläre lecture wieder geordnet. – Unter der gestrigen Post auch Europäisches: Brief von Lion, der meine Zukunft erwägt, von der Schweiz nun selbst abrät und London empfiehlt. Redaktionsbrief von Golo. Heft V der Zeitschrift erschienen.

Toronto, Montag den 2. V. 38

Gestern Abend der Vortrag in Cleveland, gewaltiges Amphitheater, überfüllt. Erika mit auf dem Podium. Einführung durch den Präsidenten der Universität; die übliche tiefe Aufmerksamkeit. Zwischen-Beifall und lang andauernder Applaus am Schluß. Questions. Beglückwünschungen im Künstlerzimmer. Hotel-Wirt hatte seinen Wagen offeriert; Einfahrt und Ausfahrt unter Polizei-Schutz mit Rücksicht auf den 1. Mai. – Im Hotel gepackt. Peat und Damen. Zu Fuß zum Bahnhof hinüber, mit dem das Hotel verbunden. Im Drawing Room Abschied von Erika, die in Cleveland übernachtet und heute nach Erie zu einer Lecture fährt. Dank an sie. – Kurze, unruhige Nacht. Schwer excitiert. 7 Uhr Zoll- und Immigrationsbeamte.

Heute 8 Uhr Ankunft Toronto. Mit Peat ins Hotel, das wie das gestrige mit dem Bahnhof eins. Bequeme Wohnung mit 2 Badezimmern. Vollständig ausgepackt. Peat mit einem Herrn der veranstaltenden Organisation, den für den Hotel-Direktor hielten. – Mit K. zum amerikanischen Consul.

Sitzung zunächst mit dem Sekretär, dann mit dem Consul. Entgegenkommen und glatte Abwicklung, immerhin Umständlichkeiten, Copien, Photographien. Zum Paß-Bild-Photographen, der sich entzückt zeigte und größere Aufnahme für sich verlangte. – Zu Fuß zum Hotel, ½2 im Coffee shop geluncht. Danach geruht. 4 Uhr Haar gewaschen u. rasiert. Thee. Quälende Press-Konferenz mit einem alten Idioten unter ein paar intelligenteren. Nach 6 Uhr Auto-Ausfahrt mit dem recht sympathischen Komitee-Mitglied, während Peat Kriegskameraden besuchte. Hübsche Wohn-Viertel gesehen. Rückkehr ½8, bald danach Dinner im Coffee shop. Übermüdet. – Vormittags, unterwegs, Kauf einer Watermann Füllfeder mit Halter für den Schreibtisch. – Zeitig zu Bett.

Toronto, Dienstag den 3. V. 38

Ruhig geschlafen. 9 Uhr auf. Der Morgen sehr dunkel, Gewitter. Schrieb nach dem Frühstück etwas an dem Vorwort für Erika. Folgte dann K. aufs amer. Consulat zur weiteren Bearbeitung der Immigrationspapiere. Langwierig. Ging zurück, die Pässe zu holen (und den Mantel). Beschwor die Angaben. Die Sache ist bereinigt. – ½2 Uhr Lunch im Coffee shop. Danach geruht. ½4 Uhr Besuch eines jungen canadischen Schriftstellers, der mich morgen einführen wird. Über den T.i.V., russische Literatur. Danach Besuch des »Hart House«, Universitätskreis, viel deutsch. Thee-Empfang, Vorstellungen, Gespräch mit Orientalisten. Besichtigung des College Speisesaals, der Kapelle mit modernen Malereien. – Zu Hause rasiert und Smoking. Brief von Erika noch aus Cleveland, der von glänzender Presse berichtet. Allein zum Dinner beim [?] Kleiner, sehr unamerikanisch englischer Kreis, merkwürdig und in a way komisch. Sir Robert Falkner. Hausfrau nur bei Tische, nachher Herren-Party. Über Hitler, Mussolini, Roosevelt, englischen Sozialismus. Vom Sohn des Hauses zum Hotel gefahren; dieser amerikanischer als die Alten. K. schon im Bett. – Die neue Füllfeder eine gute Acquisition.

Mittwoch den 4. V. 38 in *Toronto*, Lunch im Kreise des German Department. Abends Vortrag. Danach mit Peat per Auto nach Buffalo. Von da Nachtzug nach:

New York, Donnerstag den 5. V. 38
Ankunft hier 10 Uhr nach Frühstück im Speisewagen. Erika und Gumpert am Bahnhof. Ins vertraute Hotel nach ca zweimonatiger Abwesenheit. Riesige Post. Ausgepackt. Lunch unten in der Bar. ½3 Uhr stark besuchte Presse-Konferenz in meinem Salon. Zum Thee Mrs. Lowe. Nachher mit K. u. E. ins Cinéma: »Mr. Hyde«, vorzüglich. Abendessen zu vieren mit Gumpert im »Habsburg«.– Affaire wegen Verhältnis zur Č.S.R. Gestern Telegramm an Korrespondenten der London Times, heute langes Telegramm an Beneč.

New York, Bedford, Freitag den 6. V. 38
Ausgiebig geschlafen, nach Lektüre im 5. Heft von »Maß und Wert« (mit Lotte in W. III). Ergreifender Aufsatz über Österreich. – Gegen 9 Uhr auf. Nach dem Frühstück an Lion geschrieben, dann an dem Vorwort für Erika. Lunch in der Bar mit Gumpert, dazu Professor aus Princeton wegen Commencement day. Danach Damen empfangen wegen Afidavit für Broch in Wien. Langer Brief von Klaus über seine Zusammenkunft mit Osborn wegen Reisiger, der in Berlin mit Paß, aber in Verstörtheit, Furcht und Unentschlossenheit. Sorge um ihn. – Geruht. Nach dem Thee zahlreiche Briefdiktate an K., besonders an Consul Lasca in Zürich, Mitteilung und Ergänzung des Kabels an den Präsidenten. – – Abends Vortrag in Carnegie Hall. Große Menschenmenge. Wärmster Empfang. und schöner Verlauf. Erheben des Publikums von den Plätzen. Viele Besucher im Künstlerzimmer. Nachher im Plaza Hotel mit Gumpert, Katzenellenbogen, Colin und Knopfs. – In den Zeitungen Schauerliches über das Benehmen des Hitler in Rom. Glotzend, finster und teilnahmlos nach offenbar negativ verlaufener Unterredung mit M.

New York, Sonnabend den 7. V. 38
Gegen 9 Uhr auf. Schöner, frischer Tag. Douche und Kaffee-Frühstück. Müde. Von 10-11 Uhr mit Erika an Dinner-Rede für Montag gearbeitet. Besuche. Mit K. beim Optiker, neue Fernbrille für die eingebüßte bestellt. Lunch im Hotel mit Bibi, Gumpert, Riess. Danach Movi-Aufnahmen auf dem Dach, mit Rede-Satz. Etwas geruht. Danach mit Erika an der Rede weiter. Nervositätsausbruch gegen K., im Recht, aber bedauert. Thee. Viel Post. Dinner mit Knopfs bei Passy. Viel über die Frage der deutschen Ausgaben, Landshoff, Bermann. Abwarten angeraten. Nachher bei Knopf in der Wohnung. Bier, Spaß mit dem kleinen Hund. Grammophon-Musik, durstig gelauscht. Joh. Strauß, Tanz. Sibelius Violin-Konzert, virtuos, von neuer Seite. Schuschniggs Österreich-Buch englisch.

Sonntag den 8. V. 38 nachmittags nach *Princeton.* Dinner dort mit Prof. Flexner, Präsident Dodds und der Lowe. Wichtige Unterhaltung nach Tisch mit den Herren.

Montag den 9. V. 38 Vormittags in *Princeton,* Besuch der Universität, Bibliothek etc. Fahrt durch die Wohnviertel, recht hoffnungsvolle Eindrücke. Lunch bei Mrs. Lowe. Rückfahrt nach New York 2 Uhr. Zu Hause Lektüre der Dinner-Rede mit Erika. Thee; geruht; Fracktoilette, erneute Übung, dann abgeholt zum Astoria: Großes Dinner zugunsten der christlichen Emigrees, 1100 Personen, ehrenvolle Begrüßung, nach Tische Reden des Völkerbund-Kommissärs McDonald, Dorothy Tomson, Überreichung des Goldenen Buches an mich, meine Rede, viel belobt. Broadcast, viele Aufnahmen, Signaturen, Händedrücke. Nachfolgende Geselligkeit unter dem Patronat der Muschenheims.

New York, Dienstag den 10. V. 38
Fest geschlafen, starkes Gewitter nachts nicht bemerkt. Vormittags Reihe von Besuchen. Telegramm Bermann, das Ab-

schluß mit Bonnier meldet. Gemischte Gefühle. Mittags neue Fernbrille abgeholt und erweiterten Lapislazuli-Ring empfangen. Lunch mit Landshoff und Bibi. Dann mit Feist bei mir. Geruht, Thee. Weitere Besuche. Beratung mit Landshoff und Erika über die Verlagsfrage. Anerkannt, daß Konzentration notwendig. Telegramm an Bermann, daß Freiheit salviere. Abendessen unten. Dann abgeholt zur Aufführung pazifistisch-antifascistischen Propaganda-Films (van Loon). Mit Einstein und Steven Wice. Photographen. Nachher mit Landshoff Bier bei mir.

New York, Mittwoch den 11. V. 38

½9 Uhr auf. Ab 10 Uhr mit Erika die Tisch-Rede für heute Abend hergestellt. Danach zum Coiffeur in der Nähe. Etwas Lexington Av. gegangen. Lunch unten mit Gumpert. Bibi berichtet von einem stupiden Brief der alten Elsa Bernstein an einen hiesigen Freund über die Kinder und mich. Klägliches Dokument für den Geisteszustand gewisser jüdischer Deutscher. – Las in dem neulich empfangenen Ehrenbuch. Merkwürdiger Eindruck. – Geschlafen. Nach dem Thee die englische Roh-Übersetzung der »Tagebuch-Blätter« kontrolliert, die sich für »Cosmopolitain« als zu schwer erweisen. – Nicht notiert den gestrigen Besuch Heusers wegen Ehrendoktorats Columbia am 1. Juni. Heute Brief von Präs. Butler, der meine Einwände nicht beachten zu wollen scheint. – Neuer Antrag derselben Art von Williams College. – Smoking-Toilette. Der kleine Schaal mit farbigen Photographien. – Im letzten Augenblick die Übersetzung der Rede mit Erika durchgegangen. Zum Dinner der Guild f. G.C.Fr., Governor Cross. Reden von Villard, Toller und Kuh (schlimm). Meine sachlichen Hinweise. – Mit Landshoff und Gumpert bei Erika; Bier und Cigarre. Vorlesung Gumpert aus den Memoiren des Artisten Klemke. Heiterkeit und Verwunderung.

New York, Donnerstag den 12. V. 38

9 Uhr auf. Kühles, klares Wetter. Nach dem Frühstück mit K. zum Notar (Drug Store) in der Nähe wegen des eingetroffenen Koffers mit Sommersachen aus Küsnacht. Nachher Besuche: Miss Bernice von Brandt u. Brandt, Interviewer u. a. Mit Colin zum Lunch im Rockefeller Highbuilding, mit Eppsteins aus Chicago und Feist. Manches über Deutschland, von wo Eppstein kam, und seine Gespräche mit Schacht. Bericht eines Augenzeugen über das Fiasko des technischen Apparats bei dem Zug gegen Österreich. Aber die Opposition zweifellos im Rückgang. Wenn kein Krieg kommt, wird sie aussterben. Über die Wahl zwischen Californien und dem Osten. Eppstein tritt für ersteres ein. Nach dem Kaffee noch mit Colin allein. Zu Fuß nach Hause. Geruht. Zum Thee Miss Branden von der Guild. Mit ihr und Erika über Scholarships. – Dankbarer Brief von E. Weiß. – 6 Uhr ins Plaza Hotel zu Mrs. Meyer. Sherry und Dinner mit Champagner. Schlechte Steaks. Wiederum viel über das Problem Californien oder Princeton. Die Übersetzung der Demokratie-Lecture. Vorschlag, sie mit »Maß und Wert« zusammen als »Timely Observations« zu veröffentlichen. – Zu Fuß nach Hause. Bier mit K. In den Times: spanisch-russische Anklagen gegen England. Halifax »irritiert«. – Möchte Ruhe zur Beendigung des Schopenhauer-Aufsatzes finden. – Bei der Meyer mit Erika über »Fiorenza«, die Aktualität und Aufführbarkeit.

New York, Freitag den 13. V. 38

8 Uhr auf. Sehr kühles Wetter. Nach dem Frühstück zahlreiche Briefe diktiert. Mit K. zu Fuß zu Knopf, Madison Avenue, mit ihm im Bureau, dann mit Smith, Koshland etc. Die Veröffentlichung der lecture. Die Bücher der W. Cather. Von dort zum Lunch bei Dorothy Thompson, am Central Park, mit Erika und Sinclair Lewis. Zu Hause viel Post und Packete. Geschenk einer Aschenschale nebst Cigaretten und eines Spitzen-Taschentuchs für K. Hier zurückgelassene Bücher und

Gegenstände. Mein Pelz aus dem Hotel Mühlebach. – Geruht. – An Klaus zu schreiben begonnen. Interviews mit ungarischem Journalisten und jungen Mädchen. 8 Uhr mit Bibi unten gespeist. Danach Geselligkeit bei Gumpert mit Prof. Goldstein und Frau, Mr. Villard und Frau. Ziemlich angeregt unterhalten. – Den Brief nach Küsnacht beendigt. – Empfing Brief von Oprecht, guter Eindruck.

New York, Sonnabend den 14. V. 38

Vormittags Beschäftigung mit dem Schopenhauer-Aufsatz, Lektüre des Geschriebenen, Notizen. – Etwas gegangen; kühl u. zu Regen geneigt. Zum Lunch bei Colmers in kleinem Kreis, angenehm. Zu Hause von Journalistinnen abgefangen; Photographien, Signierungen. – Geruht. – Zum Thee Prof. *Tillich*. Recht interessantes Gespräch mit ihm über die Aufgabe der Emigration und das Kommende (»Humanistischer Kollektivismus«). – Nachher mit K. zur Wochenschau in Erwartung unserer Ankunftsaufnahmen, die aber schon abgesetzt. Regen und Sturm. Mit K. und Bibi unten zu Abend gegessen.

New York, Sonntag den 15. V. 38

8 Uhr auf. Trüb, kühl. Vormittags die Arbeit am Schopenhauer wieder aufgenommen. Mittags mit K. etwas spazieren. Lunch unten mit Landshoff, Gumpert, W. Hallgarten und der morgens eingetroffenen Lisl Frank. Danach farbige Aufnahmen, durch Schahl in meinem Salon. Geruht. Nach dem Thee eine Reihe Briefe diktiert. Rasiert und umgezogen. ½8 unten Abendessen. Danach musikalische Soirée bei Gallancien. Bibi spielte Sonaten von Händl und dem 14jährigen Fuchs. Dessen Eltern, der Cellist Landshoff u. a. Bibi erfreuliche Fortschritte. Nachher bei Erika, die nachts nach Boston zu ihrem Verleger fährt.

New York, Montag den 16. V. 38

Vormittags am »Schopenhauer« weiter. Von der Maid gestört. Mit K. spazieren. Mit ihr allein geluncht. Nachher neue Beschäftigung mit dem Aufsatz. In »M.u.W.« gelesen. Zum Thee Colin mit Brief von Knopf, Hollywood, vielversprechend über die Kauf-Frage und das Interesse Montgommerys. Skepsis bleibt geboten. Danach Herr Weissgerber: Über Spanien und Sonstiges. Umgekleidet. Leckeres Dinner mit Knopfs und Miss Cather bei Passy. Nach dem Kaffee Abend bei Knopfs: Platten-Konzert, Champagner. Gespräch mit Knopf über unsere Zukunft. Anregung die Idee der Universität fallen zu lassen. Empfehlung Bostons, Studium der Karte, bemerkenswert. Fortsetzung der Erörterung mit K. auf dem späten Heimwege, den zu Fuß zurücklegten. Im Hotel zahlreiche Briefe. Langes, insistentes Telegramm von Bermann mit falschen Argumenten, die mich an Zusammenarbeit nicht zu hindern brauchen.

New York, Dienstag den 17. V. 38

Vormittags am »Schopenhauer« geschrieben. Zum Lunch mit K. bei Miss Newton in ihrem Club. Über das Haus in Jamestown. Ihre ungeheuere Schätzung des »Joseph«. Zu Hause noch etwas geschrieben. Zum Thee Charles *Du Bos* mit Tochter und Sekretärin. Später mit Landshoff über das Telegramm Bermanns und die Antwort. Depesche aufgesetzt, Zusammenkunft mit L. befürwortet. – Lisl Frank über Unterstützungen an Emigranten. Abendmahlzeit mit ihr, Gumpert, Landshoff, Erika, Bibi. Nachher in meinem Salon Bier und Gespräch, Europa-Abreise Lisl Franks morgen Mittag. – Boston mehrfach erörtert.

New York, Mittwoch den 18. V. 38

Vormittags den *Schopenhauer*-Aufsatz mit 64 Seiten *abgeschlossen!* Danach mit Erika die Grundstein-Rede für morgen hergestellt. Lunch mit K. Riess unten. Etwas geruht. 3 Uhr abgeholt von Mrs. Meyer, mit ihr im Auto nach ihrem bewunderns- und neidenswerten Landsitz hinter White-Planes. Spaziergang bei heiterem, frischem Wetter in den Wäldern der Besitzung, dann Besichtigung des Hauses. Im Arbeitshäuschen der Besitzerin. Kaviar und Sherry. Dann Dinner mit Poularde, Garten-Gemüsen, Erdbeeren und Champagner. Kaminfeuer. Kaffee. Bei der Petroleumlampe Vorlesung aus der zweiten Hälfte des »Schopenhauer«. Heimfahrt, eine Stunde. ½11 bei Erika mit Gumpert und K. Katzenellenbogen. Infizierter Finger, Pythyol-Salbe und Pflaster-Verband von Gumpert. – Mit der Meyer über Boston. Sie schreibt an den Präsidenten Conant.

New York, Donnerstag den 19. V. 38

9 Uhr auf. Schlechtes Befinden, nervös gequält bei Herstellung eines Briefes an Fleischmann über mein Verhältnis zur Č.S.R., über das die Nazipresse sich ergeht. – Mittags bei der Pediatrist Walsh in der 57. Straße, die gut arbeitete. Zu Fuß nach Hause. Lunch mit Gumpert und K. Nach kurzer Ruhe abgeholt mit K. und Eri zur Grundsteinlegung des Palestina-Pavillons der nächstjähr. Weltausstellung. Mit La Guardia. Empfang im Verwaltungsgebäude. Langwierig-rednerische Feier. Hielt meine Ansprache, herzlich empfangen, und vollzog noch die Unterzeichnung. Wurde dann unwohl und betrieb die Heimfahrt, die mit dem Mayor in seinem Wagen geschah. Salutierende Polizisten. Zu Hause Thee. Dann zu Bette. Erregungs- und Krankheitsgefühl. Kein Fieber. Aß abends im Bette Suppe u. Ommelette. Las in B. Fairleys »Goethe«. – Der Finger von Gumpert neu verbunden.

New York, Freitag den 20. V. 38

Gut geschlafen, Befinden normal, wenn auch neuerdings etwas erregt und beängstigt. – Nach dem Frühstück den Brief an Fleischmann zur Zufriedenheit hergestellt. Schrieb danach ein paar Briefe, hauptsächlich an Weigand in Yale wegen des Dr. Mayer in Bern u. seines Manuskripts. Ging mittags allein etwas in den Straßen. Wurde zum ersten Mal von jemandem hier gegrüßt, einem Herrn, den ich übrigens nicht kannte oder wiedererkannte. – Mit Gumpert in der Halle auf K. gewartet. Mit ihm und K. geluncht. Keinen Kaffee nach dem Essen, der für mich nur ausnahmsweise zulässig und abends weit eher als mittags. Bei Gumpert zur Behandlung des gebesserten Fingers. Untersuchung des Herzens, das sich nach wie vor als intakt erwies. Der Zustand meiner Nerven begreiflich und zu verwundern, daß ich das Zurückgelegte wie geschehen überstanden. – Las in Hindemiths Operndichtung »Mathias, der Maler«, deren Première in Zürich am 28. wir leider versäumen. – Geschlafen. – 5 Uhr Thee mit K. – Brief an Prof. Loewenstein, Amhurst, wegen Rendezvous in Jamestown. Danach Sitzung mit Erika über Küsnacht, wohin sie morgen abreist. Aufstellungen, Anweisungen, Besprechungen wegen der Kinder, der Mädchen, der Bücher, des Hausrats. Einhändigung von Schweizer Geld, der Teersalbe von Ulrich, meiner Schlüssel (an Rohrschach erinnernd). – Besuch von Feist und Verabschiedung von ihm. – Abendessen unten mit Gumpert und Landshoff. Danach bei Erika mit den vorigen und Colin. Über den Č.S.R.-Brief und die Frage des Joseph-Films und meiner Teilnahme daran.

New York, Sonnabend den 21. V. 38

Nach dem Frühstück Verabschiedung von Erika, die sich, geleitet von K. und den Freunden 12 Uhr einschiffte zur Fahrt nach Europa, Paris, Küsnacht. Bewegt, traurig u. erwartungsvoll. – Schrieb Briefe. Warmer Sommertag. Ging mittags mit Colin und Feist einige Schritte aus. Lunch mit Bibi, Landshoff und Dr. Riess mit seinem Söhnchen. Nachher mit Landshoff bei mir über die bevorst. Zusammenkunft mit Bermann. Geruht. Nach dem Thee von Central Station nach White Plains zu Pforzheimers mit Knopf u. der Familie. Im Park. Madeira. Dinner mit Weinen, Kaffee mit Vor-Kriegs-Alasch. Radio-Musik, Suite eines englischen Komponisten. Heimfahrt mit dem Wagen. – Die politische Lage gespannt und spannend. Die Tschechoslowakei mobilisiert. Erschießung zweier Deutscher an der Grenze. Wüten der deutschen Presse. Dennoch der Krieg mir unwahrscheinlich. Rechne bestimmt mit dem Zurückweichen der Nazi, da ein Land die Zähne zeigt.

New York, Sonntag den 22. V. 38

8 Uhr auf. Nach dem Frühstück gepackt, z.T. mit K.s Hilfe. Gepäck für Jamestown, Schrankkoffer und angesammelte englische Bücher zurückzulassen. Schwierigkeit der Unterbringung. – Nachts Regen. Vormittags Aufklaren u. zunehmende Wärme. – Denke oft an Erika, die auf hoher See schwimmt. Es ist ein neues holländisches Schiff. Sie wird Mitte August zurück sein. Golo ist schon Mitte Juni zu erwarten. – Verstimmend ist, daß der Aufsatz »Tagebuchblätter« unverwendbar scheint. Der Schopenhauer-Essay ist abgetan, bietet aber noch das Problem der Kürzung für seine Aufgabe als Einleitung, und ich bin mir über seinen Wert nicht klar. In Jamestown werde ich zum begonnenen August-Kapitel von »Lotte« übergehen können und hoffe auf Stimmung. Nach Golos letztem Brief ist die Goethe-Literatur verpackt u. unterwegs. Die Arbeit, wenn sie sich belebt, wird ein gutes Mittel sein, die Zeit hinzubringen, bis Erika zurückkehrt und alles sich zu größerer Endgültigkeit ordnet. Es gibt viel zu erwarten: die Vereinbarungen zwischen Bermann und Landshoff, den Gang der Dinge in Europa und die Entscheidungen über unsere Neu-Installierung. Daß auch die Küsnachter Mädchen kommen werden, ist wahrscheinlich. –

Jamestown, Rhode Island, Haus der Miss C. Newton
Dienstag den 24. V. 38

Sonntag Abfahrt von Central Station mittags, verabschiedet von Colin und Landshoff. Fahrt nach Kingston mit Bibi, 4 Stunden, Pulman und Speisewagen, bequem. Abgeholt von der Newton, Autofahrt zur Fähre und zu dieser Insel hinüber.

Haus leidlich angenehm, Seeluft, malerische Kampen-Lage, Genuß der Stille u. freien Natur. Räumlich zunächst beschränkt durch Anwesenheit der Hausfrau u. der jungen Ulmann aus München. Bekanntschaft mit dem nahen Ort, gestern Nachmittag mit Newport, wohin mit dem Fähr-Dampfer gelangten. – Einkäufe, Einleitung der Miet-Erwerbung eines Wagens. Die Propyläen-Goethe-Ausgabe in Aussicht, einige Goetheana in Reklam-Ausgaben. – Das Wetter mild-neblig-windig, heut Nässe gegen Abend. – Heute Mittag willkommene Abreise der Fremden, erstes Mittagessen zu dreien allein, selbst eingekaufte Mutton-Chops, bereitet und serviert von der Negerin Lucy. – In Besitznahme des zum Arbeitszimmer bestimmten Raumes, Installierung dort, Schreibtisch aufgeschlagen. – Heute der Brief aus *Princeton:* eindrucks- und ehrenvolle Angebote, 6000 Dollars für ein Jahr für Zugehörigkeit zur Universität und 4 Vorlesungen, von denen 3 mit Goethe u. Schopenhauer bestritten werden können. Die 4. über Faust. Drehung der Nadel dorthin. Brief an Mrs. Meyer diktiert. Weiteren an Oprecht wegen Veröffentlichung der lecture, deren deutsches Mt. Erika mitnahm. Weitere Korrespondenz gestern und heute abgetan. – »N.Y.Times« täglich aus dem Dorf. Entspannung der europ. Lage, offenbar dank der imponierenden Haltung der Tschechen. – Charakteristicum des Aufenthalts das fast immer tönende Nebelhorn. – Unsicherheit unseres Verbleibens Anfang Juli, wenn die Besitzerin hier einziehen sollte. Zusammenleben mit ihr kaum vorstellbar. Die nächsten Wochen gesichert, aber unterbrochen durch die Degree-Besuche in New York und Yale am 31. und 20. – Vorsatz des zeitigen Zubette-Gehens hier. – Morgens Milch-Kaffee aus chines. Tasse, die Miss Newton zum Geschenk machte. – Bibi in der Garage übend, beglückt von dem Aufenthalt. – Düstere Stimmung, Nebel, Windstimme und Warnhorn. Oft ängstlich im Gemüt. Hoffnung auf Erholung. –

Jamestown, Mittwoch den 25. V. 38

Gestern Abend Gewitter und Regen. Heute heiterer Tag, Seewind. Bedrängter Schlaf. Vormittags eine Änderung an »Tagebuch-Blätter« geschrieben, die nun, wie so manche Versuche ähnlicher Art aus früheren Jahren, liegen lassen werde. – Mittag mit K. etwas spazieren. Nach Tische in Gumperts »Dunant« gelesen. Auch die N.Y.T., die neuerliche Verschärfung der Lage meldet. – Während ich ruhte Besuch der Nachbarin Mrs. Marshal bei K. Nach dem Thee Spaziergang mit K. zum kleinen Strand. Nach der Rückkehr Briefe diktiert. – Beim morgendlichen Vors Haus treten Erinnerung an Reisiger und Frage nach seinem Gemüts- u. Gedankenzustand. Vermutungen und Befürchtungen. – Oft Gedanken an Erika, die auf dem Ozean Nachrichten durch ihre Bord-Zeitung empfängt. – Gumpert und Landshoff riefen an.

Jamestown, Freitag den 27. V. 38

Gestern und heute fast ununterbrochener Landregen, schlaffe, wärmliche Luft, gedrückte, oft bange Stimmung. Gestern, bei rauchendem Kamin, eine Besserung am August-Kapitel geschrieben. Heute nichts als Briefe: an Gumpert über sein Buch, Fiedler, Brentano, Klemperer, Wolfes über Hindemith u. a. Telegramm u. Brief der Meyer, Princeton zustimmend. Las gestern Gumperts gutes Buch zu Ende, heute in den Gesprächen mit Eckermann. – Nicht recht wohl; erneute Zweifel an der Richtigkeit unseres Tuns. Wäre uns nicht, trotz dem drohenden Kriege, an den ich nicht glaube, wohler in Küsnacht? Neuer Brief von Fleischmann über die Erregung und Hetze in der Tschechoslowakei wegen meiner Einwanderung hier trägt zur Verstimmung bei.

Jamestown, Sonnabend den 28. V. 38

Langsames Aufblauen, Seewind. Vormittags am August-Kapitel. Mittags mit K. im Wagen ausgefahren, Spitze der Insel, Klippen, Brandung und Meeresluft, wohltuend. Etwas gegangen. Bibi reisefertig. K. brachte ihn nach Tische mit dem Wagen zur Fähre. Er schifft sich am 1. nach Europa (Paris) ein. – Saß hinterm Haus gegen das Meer in der Sonne und las den »Clavigo«, der mir sehr gefiel. K. war zum Thee zurück. Ich schrieb an Frank, wobei zum ersten Mal die tagüber wiederholt mit K. besprochene Möglichkeit erwähnte, daß wir doch am 24. nach dem Yale Besuch, mit der »Statendam«, noch für 2 Monate nach Europa und in die Schweiz fahren. Unser Nicht recht wohin wissen für Juli-August und die beruhigtere Lage drüben legen diesen Gedanken nahe. – *Den Brief an President Dodd diktiert,* worin ich die Berufung nach Princeton annehme. Danach Abend-Spaziergang mit K., wobei erneute Erörterung der Reise-Frage. – Viel Post, aber nichts Wichtiges.

Jamestown, Sonntag den 29. V. 38

Blauer Himmel, stürmischer Wind. Vormittags am August-Kapitel. Nachmittags Besuch bei der alten Mrs. Marschall. Mittelmeerischer Blick. Verwandte im Garten. – Brief an Heinrich wegen einer möglichen Begegnung in der Schweiz. Brief an Prof. Kozak, gemeinsam mit K. – Viel über die Europa-Reise. Las den »Egmont«. [...]

Jamestown, Montag den 30. V. 38

Klarer, windiger Tag. Vormittags am August-Kapitel gebessert und geschrieben. Dankesbrief von E. Weiß, der Unterstützung von der Guild empfängt. Mit K. ausgefahren und am Ende der Insel gegangen. Nach Tische mit Liebe den »Egmont« zu Ende gelesen und dabei aus der Zeitung über die Lage gehört, deren Problematik mich doch wieder an der Möglichkeit der Europa-Fahrt zweifeln ließ. Die Wahlerfolge der sudetendeutschen Partei geben ein mächtiges Propagandamittel. Mit meiner Vernunft kann ich an den Krieg nicht glauben, weil niemand ihn will. Aber dieselbe Vernunft sagt mir, daß weder die Auflösung der Tschechoslowakei noch die Herabsetzung Frankreichs auf den Rang Spaniens ohne Krieg denkbar ist. In Frankreich Mahnungen zur Bereitschaft durch Pétain und Lebrun. – – Zum Thee Journalistenbesuch, Interview, Photographien, was mich sonderbarer Weise heiterer stimmte, sodaß vermuten muß, die Bedrücktheit dieser Tage sei auch durch die Einsamkeit mitbegründet. – Abendspaziergang mit K. zur Bucht. Sehr kalt. Nach dem Abendessen Brief an die Meyer.

Dienstag den 31. V. 38. Im Zuge nach New York.

Heute 8 Uhr auf. Blauer, kalter Morgen. Nach dem Frühstück (schlechter Kaffee) rasiert und gepackt. Danach noch etwas gearbeitet. ½12 Uhr Abfahrt zur Fähre. Nach der Überfahrt mit dem Wagen hübsche, erfreuliche Fahrt nach Kingston. Dort den Wagen am Bahnhof geparkt u. etwas gegangen. Ca 1 Uhr der Zug. Pulman. Nach Abfahrt Lunch mit Kaffee im Speisewagen. Danach Studium der Zeitung. Trotz allem, der Krieg ist vorläufig unwahrscheinlich. Hitler *kann* keinen führen. Auch wird man die Tschechen zu äußersten Zugeständnissen bestimmen nach Henleins Wahlerfolgen. Ich glaube, daß wir reisen können. K. wird das Reiseamt aufsuchen. – Etwas im Stuhl geruht. – Zunehmende Wärme. –

Mittwoch den 1. VI. 38. New York, Hotel Kings Crown.

Gestern gegen 5 Ankunft 124. Straße. Colin und Gumpert. Mit ihnen, privat und Taxi zu diesem Hotel. Bibi. Minderer Aufenthalt. Thee zu Fünfen in unserem engen Salon. Besprechung der ungewissen Lage. (Europa-Reise widerraten). Briefpost. Schöner, interessanter Brief von Kahler (Schmerz, Tschechoslowakei). Ebenso Golo interessant. Weiteres. Erwägung einer Hausmiete am Meer. – Umgekleidet. Zum Dinner bei Butler nahbei, irrtümlich in K.'s Begleitung. Ca 25 Gentlemen, Scolars. President von Yale, Orientalist. Höchst überflüssig und langweilig. Ging um 10. Brief-Lektüre mit K.

Reichlich geschlafen. Nach 8 Uhr auf. Klar, warm. Das heutige Lunch für mich abgesagt. –

Zur Pediküre nahe der 5. Avenue; gute Bewährung der Frau. Von da eine Weile auf der Avenue spazieren gegangen. 1 Uhr zu Gumpert; sein Office besichtigt. [...] Mit ihm geluncht in einem angenehmen Restaurant nahe Plaza. Mit Taxi durch den Central Park zum Hotel. Geruht. K. kam ca 3 Uhr von ihrem Damen-Lunch heim. Umgekleidet. ½5 eine Tasse Thee. Gegen 5 Colin, Gumpert; Begrüßung mit Dorothy Thompson und S. Lewis in der Halle. Prof. Fife, mein Herold, und Frau. Zum Universitäts-Campus. Versammlung der Graduierten, Begrüßungen. Talar und Barett. Photogr. Aufnahmen. Während des Einzuges der verschiedenen Gruppen von Studenten und Graduierten in das weite, von Tribünen umgebene Feld, langes Warten in der Halle. Cigarette. Dann im Kostüm unter Musik die Stufen hinab angesichts der Menge zu den Tribünen-Plätzen. Gebet und langsame Abwicklung der Ceremonien, während die Sonne nach anfänglichem warmem Scheinen hinter die Häuser ging und es sehr kalt wurde. Wind. Neben dem Rektor von Yale. Reihenfolge der Ehren-Doktoren alphabetisch. Folgte auf die Thompson-Lewis. Großer Applaus, wiederholt bei der Erwähnung meiner Einbürgerung, lang andauernd am Schluß. – Arg verfroren. Wiederfinden mit K. und den Begleitern. Kurze Zeit im Hotel. Dann zum informal dinner nahe von hier. Tisch mit Knopfs, Gumpert und Fremden. Huhn und Eis. Nach Tische Dank und Verabschiedung von Präs. Butler. Mit Colin und Gumpert zu Knopfs, um dort den Abend zu beschließen. Bier und Plattenmusik. Lieder. 2. Symphonie von Sibelius mit sehr enthusiastischem 4. Satz. Noch unter Tschaikowskys Einfluß, spannend. – Viel über die Lage u. die fragliche Ratsamkeit der Europa-Fahrt. ½12 Aufbruch, von Gumpert nach Hause gefahren.

Donnerstag den 2. VI. 38, New York, »Kings Crown«.
Recht gut geschlafen nach etwas Lektüre im Eckermann. Nach 8 Uhr auf. Briefpost. Blau, warm, dunstig. K. zum Schiffsbureau. Geschrieben und gepackt.

Zurück in Jamestown. Aufbruch vom Hotel »Kings Crown«, mit dem wir vollständig unzufrieden waren, ca ½12 Uhr. New York Central Station 125. Str. Abreise mit Pullman. Lunch im Speisewagen, Kaffee. Im Eckermann gelesen. Geruht. Ankunft Kingston nach 3 Uhr. Vorfinden unseres Wagens, Fahrt zur Fähre. Dort Zeit bis ½5, Spaziergang. Der gleiche Wind wie letzthin, aber ein wenig sommerlicher. Überfahrt auf Deck. Eventual-Anmelde-Telegramm nach Küsnacht entworfen. Ankunft hier 5 Uhr, begrüßt von der schwarzen Lucy. Einige Post. Briefe der Newton. Nebel-Phänomen, von der See, nach anfänglich nur leichtem Dunst, rasch herüberwehend u. die Insel einhüllend. Dann Auflösung und Sonne. – Interview des Providence-Journalisten von neulich, hübsch beobachtet. – Einladung zu einem Vortrag in Philadelphia für Oktober (?). – Ausgepackt. – Reihe von Brief-Diktaten. – Die Kisten mit dem Propyläen-Goethe kamen von der Newton. – Abends appetitlos und müde. Radio-Musik. Las in einer Schrift Goethe u. Ch. v. Stein von Hoefer, entliehen aus der Bibliothek von Newport. Bei Zeiten zu Bette.

Jamestown, Freitag den 3. VI. 38

Regen. Gebessert und weiter geschrieben am August-Kapitel. Mittags nicht aus. Nach Tische Briefe und Zeitungen. Das Telegramm an die Kinder ging ab. Nachm. geschlafen. Nach dem Thee Spaziergang mit K. ohne Regen. Zu Hause den Propyläen-Goethe ausgepackt und auf dem Fensterbrett vor meinem Schreibplatz aufgereiht. Nach dem Abendessen eine Reihe Briefe diktiert und in »G. als Persönlichkeit« (Propyl.) gelesen. Briefe ausgefertigt. Optalidon zum Kamillenthee.

Jamestown, Sonnabend den 4. VI. 38

Regnerisch, schlaffe Luft. Nur kurze Zeit etwas geschrieben. Dann mit K. nach Newport. Zum Haarschneiden. Cigarren besorgt, dann einen zweiten Desk-Füllhalter, der noch nicht funktioniert. Nachmittags Ankunft Gumperts, den K. von der

Fähre abholte. Thee und Spaziergang mit ihm, feuchte Kleider. Abendessen mit ihm. Mehlige Erdbeeren. – Viel Briefpost. Interviews abgelehnt. Die Meyer befürwortet Europa. Beratungen über Modus und Datum, Statendam, Normandie. Häuser-Offerten von Princeton. Beratschlagt über K.'s Besuch dort.

Jamestown, Sonntag den 5. VI. 38

Zeitig auf. Nach dem Frühstück am August-Kap. weiter geschrieben. Fand auch Zeit zum Rasieren u. zur Nagelpflege, bevor wir mit Gumpert den Ausflug über Newport nach Warenham zu seinem Verleger Villard machten. Prachtvoll am Meer gelegenes Haus. Lunch dort. Nachher im Park und am Strande bei herrlichem Seewind. Besichtigung des Nachbarhauses, zu groß. Rückfahrt mit Dr. G. Thee in Newport. Dann G. zur anderen Fähre begleitet und zu Fuß nach Hause, worüber es 8 Uhr wurde. Sehr müde. Beim Dinner Appetit. Über Goethe gelesen. – Tagüber höchst launisch wechselndes Wetter, heftiger Gewitterregen auf der Rückfahrt, abends Gewitter und Sturm hier.

Jamestown, Montag den 6. VI. 38

Mein 63. Geburtstag. Blauer Himmel und Wind. Glückwunsch K.'s nach dem Aufstehen, goldner Bleistift und Eau de Cologne zu dem Desk-Halter, den K. vormittags zur Revision nach New Port nimmt. Vorm Frühstück auf der geschorenen Wiese hinterm Haus. 3 Telegramme aus Newport gemeldet. – Schrieb ein hübsches Stück am August-Kapitel weiter. K. brachte Telegramme von den Kindern, Bermanns, Bedford, Gumpert, der Giehse, Landshoff, Knopfs. Gute Cigarren von Knopf. (Der neue Federhalter funktioniert schlecht nach wie vor.) – Schönes Wetter, Seewind. Fuhr mit K. zur Klippenspitze und freute mich an der Offenheit und ihrem Atem. Merkwürdige Holzklippen. (Versteinernde Waldreste?) – Zum Lunch Ankunft von Prof. Löwenstein (Amhurst) und Frau. Mit ihnen viel über Deutschland und die Aussichten. Seine Prognose ist, daß in 5 Jahren der Spuk vorüber sein wird. – Spaziergang mit ihnen um 4 zur kleinen Bucht. Sie fuhren ab nach dem Thee. – Begrüßungs-Message für ein spanisches Meeting in N.Y. geschrieben. Abends schweres Herz, appetitlos und müde. Kuchen und amerik. Champagner zum Nachtisch. Über Goethe gelesen und Briefe ausgefertigt.

Jamestown, Dienstag den 7. VI. 38

Wind und fliegende Nebel. Morgens am August-Kapitel. Luxus-Kabine auf »Statendam« wurde fest bestellt. Sonderbar heiterer und nicht leicht zu fassender Gedanke, nun dennoch in die Schiedhaldenstraße wieder einzufahren, wo alle sechs Kinder versammelt sind. Noch immer kann die Politik ihn wieder zerstören. – Mittags mit K. ausgefahren und gegangen. Nach dem Thee eine lange Reihe von Briefen diktiert. Nachträgliche Geburtstagstelegramme. Abendgang mit K. Besserer Appetit zum Dinner. – Im »W.-ö. Divan«. Abends Göthe über Shakespeare, Wieland, usw. Stelle über die Klassik, ohne Namensnennung und Wielands Entfremdung von der Epoche. Klassik an Kant anknüpfend. – Shakespeare kein Theaterdichter, durchaus für den inneren Sinn.

Jamestown, Mittwoch den 8. VI. 38

Vormittags am August-Kapitel, gelangweilt. Mit K. etwas ausgefahren, Cigaretten gekauft. Von der Fähre Kabel Bermanns und Landshoffs über ihre Einigung abgeholt. Briefe von Erika (vom Schiff) und von Medi an mich zum Geburtstag. – Schlaffe Luft, schlaffer und bedrückter Sinn. Nach Tische im Freien. Nachmittags Veränderung des Wetters ins Sommerliche. Leichtere Kleidung. Schrieb an Lion. Fuhr und ging mit K. spazieren in der Parkgegend. Abends im Faust gelesen. Briefe ausgefertigt.

Jamestown, Donnerstag den 9. VI. 38
Thee zum Frühstück im Freien. Klarer, sonniger Tag. Am August-Kapitel wenig zustande gebracht. Den ganzen Tag schwere Brust, schweres, leidendes Gemüt. Mittags mit K. ausgefahren und im Coffee shop an der Inselspitze geluncht. Schöner Garten am Sund, freundlicher Aufenthalt. Nachmittags nach Newport, ans Meer gefahren, prachtvolle Besitzungen, sehr schöner öffentlicher Weg über den Klippen am Ozean. Viertel nach 7 wieder zu Hause. An die Herz geschrieben. Abendessen ohne Lucy. – Brief des Dekans Gauss von Princeton, meine Tätigkeit betreffend.

Jamestown, Freitag den 10. VI. 38
Andauer des schönen Wetters. Leichteren Gemütes. Schrieb freier am August-Kapitel. Mittags mit K. an der hölzernen Klippenspitze, wo es zu heiß war. Fahrt zu einem anderen Punkt, Richtung Coffee Shop, wo sich die Klippen gleichfalls als versteinernd hölzern erwiesen. – Zahlreiche Briefe, darunter von Fiedler, Frank, der Herz, die eine Taschenlampe schickt. – Zum Thee Mr. Barrett von New Port. Englisch gesprochen. Mit ihm im Garten und gegen die Fähre gegangen. Nachher und nach dem Dinner Briefe mit K. Langer Brief von K. mit drolliger Charakteristik Monis, überhaupt reizend. – Müde. Briefe ausgefertigt. Der Newton unsere beabsichtigte Abreise mitgeteilt. Verabredung, daß K. allein zur Haussuche nach Princeton fährt und wir Colin einladen, mir Gesellschaft zu leisten. – Sehr träge Verdauung hier.

Jamestown, Sonnabend den 11. VI. 38
Dichter Nebel und Regen den ganzen Tag. Unmöglich, auszugehen. – Ein Charakteristikum der Insel ferner eine Sorte kleiner, aber starker, zähleibiger Käfer, die sich mit dem Kopf in die Haut bohren. Schwer abzuheben und, wenn schon eingedrungen, wie es mir neulich geschah, nur mit der Schere abzuschneiden. Zahlreiche getötet. Verhaßt. – Vor acht auf. Bes-

ser am August-Kapitel. Nach dem Tisch in den Times über die tschechischen Verteidigungsmittel, die Plünderung Österreichs und Verweigerung der Schuldenzahlung. – Aus Bielsko kommendes Statement über Mittel und Wege zur Befreiung österr. Intellektueller, ziemlich aussichtslos, aber gut geschrieben, vielleicht von Brüll. Die Räuberbande gut charakterisiert. – Nachricht über Luzerner Musikfest mit Toscanini, Walter, Strauss, interessant und erfreulich. – Gelesen in den Notizen und Entwürfen zu »D. u. W.«, vieles Bemerkenswerte. – Neuerliche Erfahrung von der die Sinnlichkeit außerordentlich stimulierenden und erregenden Luft der Meeresinsel. Aphrodisiacum, namentlich bei feuchtem Wetter. – – Morgens Telephon mit Colin, Einladung mir Gesellschaft zu leisten während K. in Princeton. Freudige Aufnahme. – Nachmittags K. das Manuskript des »Schopenhauer« eingehändigt. – Nicht ausgegangen. Dicker Nebel. Nach dem Thee Mehreres eigenhändig geschrieben: an Frank, die Herz, Danksagungen, an Fiedler.

Jamestown, Sonntag den 12. VI. 38

Heiteres Wetter. Morgens hinausgegangen. Eine Seite am August Kapitel. Mit K. ans Insel-Ende mit dem Coffee shop gefahren. Zu drückend zum Gehen. Daheim leichte Kleidung, die sofort wieder als zu kühl empfunden wurde. Verdrießlich und gereizt. Das Leben zu langweilig und eintönig hier. Nach dem Lunch Briefe gelesen und die Zeitung, aus der Zunahme der Spannung hervorgeht. Dennoch kann ich an den Krieg, von dem ich nicht weiß, ob ich ihn wünsche, nicht glauben. – Geschlafen nachmittags. Nach dem Thee Spaziergang mit K. am Haff. Immer die gleiche Erörterung der Lage. Frage nach Golo und Bibi im Kriegsfall. Zu Hause bis zum Abendessen Briefe diktiert. »Hans Wursts Hochzeit« und Urfaust. In D.u.W. über das Frankf. Gretchen. – Abends Gewitter wie schon vergangene Nacht; Unwetter. – Erdbeben in der Nordsee, Belgien.

Jamestown, Montag den 13. VI. 38

Wind, bedeckt, kein Regen. ½9 Uhr auf. Am August-Kapitel, an das ich mich weit besser attachiert. – Haarwaschen und Rasieren. Danach zur Fähre gegangen, dem Wagen entgegen, mit dem K. Dr. Riess von Kingston abgeholt. Mit ihm nach Hause. Gesprächiges Lunch. Zola und France, Flaubert. Geschenk zweier Bände von Brechts Dramen. Über die moralische Verpflichtung oder Nicht-Verpflichtung, in dem kommenden Kriege mitzukämpfen. – Brief von Heinrich, optimistisch. Briefe von Weigand (über Maiers Manuskript) und Brüll. – Friedensrede des Ersatz-Führers Hess, Verwerfung des Krieges um der »europäischen Kultur« willen. Artikel des englischen Korrespondenten der N.Y.Times, sehr pessimistisch à la longue, aber auch auf die Annahme hinauslaufend, daß Deutschland diesen Sommer sich zum Kriege noch nicht entschließen wird. (Erstens Unbereitschaft und zweitens »das Friedenswerk«.) – Nach dem Thee zu dritt mit Riess zur Bucht und weiter gegangen. Nach dem Abendessen über Bücher und Stücke geplaudert. – Klarer Himmel, Vollmond über der See.

Jamestown, Dienstag den 14. VI. 38

Heiterer, frisch-warmer Sommertag. Morgens bis zur Straße gegangen. Mit Riess gefrühstückt. Dann bis 12 gearbeitet. Danach mit Riess u. K., die gebadet hatten, zur Klippenspitze gefahren. (Die Klippen erwiesen sich schiefern). Dort sitzend die zahlreich eingegangene Post durchgesehen. Hübscher, interessanter Brief von Golo, ein ähnlicher von Medi. Von der Mazzucchetti, Abschied nehmend, nach der Auffassung, die anfangs die meine war. Von Annette Kolb, aus dem hervorgeht, daß R. Auernheimer in Dachau getötet worden. Grauenhafter Eindruck. (Nachricht von Werfel.) – Nach Tische und nach dem Thee Gespräche mit Riess über das Für und Wider unserer Europa-Fahrt. Empfehlung eines kleinen normannischen Badeortes unfern Le Havre für den Fall, daß die Schweiz nicht behagen sollte. Daß Klaus im Schauspielhaus über Ossietzky gesprochen, Beidler im Stadttheater anti-bayreuthisch, macht einen guten Eindruck. – Zur 6 Uhr-Fähre mit Riess, Verabschiedung von ihm. Guter Kerl. – Spazierfahrt am schönen Nachmittag ans andere Insel-Ende. Spaziergang zwischendurch. – Zu Hause Telephon mit Colin, Verabredung, daß K. Donnerstag nachmittag nach Princeton reisen, Colin Freitag Mittag mit einem Freunde kommen soll. – Telephon mit Prof. Ladenburg in Princeton. – Abends »Dicht. u. W.« –

Jamestown, Mittwoch den 15. VI. 38

Vor acht auf, etwas vorm Haus gegangen. Kaffee getrunken und am August gearbeitet. Mit der Post langer Brief von Erika, Bericht über ihre Küsnachter Thätigkeit. In den Times Bericht über Hitlers Grundsteinlegung zum auf 25 Jahre berechneten Neubau Berlins, das alsdann die Hauptstadt und Pilgerstätte Europas, zum mindesten, sein soll. Die 25 Milliarden Kosten werden die zukünftigen Touristen bezahlen. Desto beruhigter können wir nach Europa fahren. – Mittags mit K. zur kl. Bucht gegangen und uns am Strändchen aufgehalten. Nach Tische Briefe gelesen und Erikas Artikel im »Tage-Buch«, worin sie Angriffe auf meine Europa-Untreue zurückweist. – Mit der 4 Uhr-Fähre nach Newport, Besorgungen, die Bücher auf der Bibliothek zurückgegeben, in der Stadt löblichen Thee getrunken. Ans Meer gefahren. Die Besitzungen bewundert und wegen Gewitterregen die Klippen-Promenade nur kurze Zeit verfolgt. Fuhren auf schöner Straße bis zur Insel-Spitze. Badestrand der Reichen. 7 Uhr Rückkunft hier. Feucht, Abkühlung, Regen. – Es kam »The Lonely Debate, Dilemmas from Hamlet to Hans Castorp« von Houston Peterson. – Zum Dinner Spargelsuppe, Hummer und Erdbeeren mit Crème. Hübsche italienische Musik aus Providence. Gelesen G.'s »Ewigen Juden« und »Prometheus«. Ein paar kleine Briefe geschrieben.

Jamestown, Donnerstag den 16. VI. 38

½9 Uhr auf. Die Nacht sehr kühl, heute bedeckt und vormittags noch so kühl, daß ich, wie oft, die elektr. Sonne brauchte. Ging vorm Kaffeetrinken etwas aus. Arbeitete nachher bis 12 am August-Dialog, der die Divan-Sache verläßt und auf Augusts eigene Lebensstimmung kommt. Die Post brachte zahlreiche Stücke, aber nichts Erhebliches. Longmans & Green versichern ihr Einverständnis mit meinen Eröffnungen über den »Schopenhauer«. – Ging mit K. spazieren, der Bucht vorbei den Weg zur Fähre und gegen das Wasser. Pflücken von lila Lilien, die reichlich wachsen. Das Gesträuch, Heckenrosen, Holunder etc. blüht sehr lange. – Nach Tische über Goethe gelesen, während K. Geschäfte erledigte und für ihren wichtigen Ausflug nach Princeton packte. Nachher ½4 fuhr sie unter meinen Glückwünschen ab, nachdem ich ihr den Handkoffer auf den Vordersitz gestellt. Nervöses Einsamkeitsgefühl und Beklemmung. Nahm Optalidon, das mir gut that. Um 5 Uhr servierte Lucy mir den Thee. Ich bestellte das Dinner auf 7½. Um 10 oder später erwarte ich Colin, der morgens seine Ankunft, gewissenhafter Weise schon für heute Abend ansagte. – Schrieb bis zum Essen und nachher längeren Brief an Brüll in Bielsko. Die Negerin meldete eine Natter in der Garage, die ich besichtigen mußte. Sie wurde von dem hübschen jungen Arbeiter-Studenten, der den Rasen schert, getötet. – Colin telephoniert gegen neun, daß er noch eine 3stündige Fahrt vor sich hat und voraussichtlich nachts im Hotel absteigen wird.

Jamestown, Freitag den 17. VI. 38

Bedeckt und sehr kühl. ½9 Uhr auf. Gearbeitet am August. Colin kam 12 Uhr mit dem jungen Jordan. C. untergebracht und dann in Jordans Pontiac spazieren gefahren. Die Post geholt. Exemplare von »The coming victory of Democracy«, sehr hübsch. – Lunch mit den beiden Gästen. Nachher mit Colin über die Europareise, der er abgeneigt ist und für die er ein Haus von abwesenden Freunden auf dem Lande empfiehlt. Radio-Pläne und -Offerten. Verzicht. Telegramm Corda's wegen des Joseph, das C. sehr ermutigt. – Zum Thee mit den beiden Gästen ein junger Mann aus Providence. Nachher Ausfahrt im geheizten Wagen an die Klippenspitze und zum Coffee shop, wo Jordan wohnt. Sherry in Jamestown. Abendessen zu zweien mit Colin bei mir. Nachher K. am Telephon, berichtend. Hat nach anfänglichen Fehlschlägen schönes Haus zu 250 Dollars mtl. gefunden. Der an sich hohe Preis soll verhältnismäßig bescheiden sein. – Mit Colin und Jordan im Wohnzimmer bis ½11.

Jamestown, Sonnabend den 18. VI. 38

Gegen 8 Uhr auf. Dicker Nebel und weiche Luft. Müde, wenig gearbeitet. Mit Colin in den Ort gegangen, die Post geholt und Wermut getrunken. Mittagessen und Kaffee mit Colin. Mit der 4 Uhr Fähre zu dritt nach New Port. Gebessertes Wetter. Am public beach. Kaffee getrunken. Promenade an den Klippen und weiter die Ozeanstraße. Im Vicing Hotel und davor. Mit der 6^{40} Fähre zurück bei klarem Himmel. – Nach 8 Heimkehr K.'s, halb verrichteter Dinge. Verlust eines schönen, (zu) großen Hauses; anderes Mögliche in Aussicht. Abendessen mit Colin. Beschluß, Einschiffung auf 29. zu verschieben und zusammen Princeton vorher zu besuchen. – Abfahrt Colins und Jordans. Müde, niedergeschlagen.

Jamestown, Sonntag den 19. VI. 38

Gut geschlafen, aber den ganzen Tag beklommen und geängstigt von Alters- und anderen Schrecken. Sehr warm und schwühl. Vormittags gearbeitet. Mittags ausgefahren. Gefrorenes zum Nachtisch. Nachmittags heftiges Gewitter und Regenguß. Briefe diktiert, Exemplare der lecture einer Reihe von Personen dediziert und eingesandte Bücher inskribiert. Beratungen über die Form unserer Reise übermorgen, – Wagen? Bahn? Gepäck? – Zu Wagen nach New Haven. –

Jamestown, Montag den 20. VI. 38

Sehr warmer Sommertag mit frischem Wind. ½8 Uhr auf. Vormittags Einiges am Kapitel. Dann die Dinge des Arbeitszimmers zusammengeräumt, Bücher, Manuskripte. Mit K. zur Klippen-Spitze. Liebevolle Anschauung der über das Gestein schäumenden Wellen. Nach dem Lunch Brechts »Dreigroschen-Oper«. Vor und nach dem Thee an Erika geschrieben. K. packt die teils nach New York mit Eilfracht gehenden Koffer. Rasiert und im Garten gesessen, mit dem Brecht'schen Stück fortgefahren. Gefühl der Entfremdung von einer gewissen deklarierten Modernität. – Anruf der Newton. Dito Colin. – Zum Dinner konserv. Hühnersuppe, Flundern u. Himbeeren in Rahm. Nachher meine Handtasche gepackt. – Etwas Rheumatismus in den Beinen.

Jamestown, Dienstag den 21. VI. 38

Gut geschlafen. ½8 Uhr auf. Schöner Sommermorgen mit leichtem Wind. Zum Frühstück Thee, 2 Eier ohne das Weiße des einen und Toast mit Honig. Packen der Handtasche, die Flaschen, die zahlreichen Dinge des täglichen Bedarfs. Wir werden ½10 Uhr aufpacken und die 10 Uhr-Fähre benutzen. – Die Stücke von Brecht nicht ohne Anziehung, Sozialismus des munteren Mitleids, die Form (»episches Theater«) doch wohl theoretisierend überschätzt. –

New York, Bedford, Donnerstag den 23. VI. 38

Am Dienstag gute Fahrt im Wägelchen von Jamestown nach New Haven mit Mittagspause in Gasthaus aus dem 18. Jahrhundert. Kein Bier. Ankunft in New Haven am Master Hause bei Prof. Frensch ca 4 Uhr. Etwas geruht. Thee bei der Witwe des ehem. Präsidenten, die wegen Sport Game abwesend. Abends Dinner im Hause Frensch. (Weigand.) – Gestern, den 22. ½9 Uhr gemeinsames Frühstück mit den Wirten u. anderen Gästen. Danach Beginn der Commencement Exercises, Kostümierung, Prozession, Halle, Einzug, Orchester (Meistersinger), feierlicher Verlauf. Teilte mich mit Disney in den stärksten Beifall. Weiteres Degree. Große Hitze. Empfänger Gouverneur von Canada, der Dirigent Kusewitzki, mit dem mich nachher im Erfrischungssaal und beim anschließenden Lunch in der großen Halle befreundete. Reden. Ende der Feierlichkeiten ½3. Zu Frensch, Packen und Verabschiedung. Zug 4^{15} nach New York, Pulman. Etwas geruht. Neue Zweifel, ob nicht besser schon mit der Statendam zu fahren. Nein. – Ins Hotel. Andere Zimmer im 14. Stock. Besuch von Riess, Colin, Gumpert. Das Gepäck von Jamestown, die Bücherkisten von Küsnacht ins Zimmer. Riess und Colin zum sensationellen Boxkampf Schmeling-Neger Champion. Wir mit Gumpert in seinem Wagen zum Abendessen im Dach-Restaurant des St. Moritz. Kühler Wind dort oben nach erschreckend dumpfer und feuchter Hitze bei der Ankunft u. in den Zimmern. Nachher mit Gumpert in den Park und nach Harlem gefahren. Ausbruch der Nachricht unter den Negern, daß ihr Mann den Schmeling im ersten Gange k.o. geschlagen. Freudentaumel, Küsse, Tänze, Getute, Böllerschüsse, Autorasen. Reitende Schutzleute. (Schmeling im Voraus vom »Führer« telegraphisch beglückwünscht.) – Gegen Mitternacht zu Bette, im Brecht gelesen, der zunehmend mißfällt.

Schwer eingeschlafen. Große Hitze. Heute ½9 Uhr auf. Gedoucht. Langes Warten aufs Frühstück. Auspacken. Öffnen der Bücherkisten. Haarwaschen, Rasieren. K. mit Colin auf Besorgungen. Anruf Koppel. Mühseliges Geschäft des Auspackens und Ausladens der voreilig bestellten Bücherkisten, deren Inhalt mir trotz der Entnahme in der Schweiz fehlen wird. – Bei Knopfs im Bureau. Mit Cushland, Bücher signiert. Bei Alfred, über die Aussichten des Joseph-Films, die Übersetzungen etc. Von J.i.E. 16000 verkauft. – Mit Knopfs in das benachbarte sehr hübsche Club-Lunch-Lokal mit Spiegeln und Sternenhimmel. Schriftsteller, Verleger und Movy-Leute. Mit Appetit gegessen. Begegnung mit Fadiman. – Zu Hause Fortsetzung der Bücher-Packarbeit mit K.'s Hilfe. Dann geruht. Allein Thee getrunken. – 6 Uhr Besuch des Schiffs-Agenten. Colin meldet, daß ich im Winter die goldne Medaille des Jewish Center mit einer Geldprämie erhalten soll. – Dinner mit Riess in seinem kleinen franz. Restaurant. Nachher Gang im Trubel des Broadway. In einem Cinéma dort, Vorführung des Kampfes Schmeling-Louis. Spät zu Bette, etwas in Tolstois Kosaken gelesen.

New York, Freitag den 24. VI. 38

Vor 8 Uhr auf. Fichtennadel-Essenz im Bad. 9 Uhr mit K. nach *Princeton.* Mit der Agentin, die uns erwartete, in der Hitze Häuser studiert: Holzhaus, möbl. Landhaus, »Schloß-Hotel«, endlich *Hoche Street,* das weitaus wünschenswerteste nach Charakter, Raum, Einteilung. Schönes Arbeitszimmer. Preis- und Boiler-Probleme. Abschluß nach Verständigung schriftlich. – Bei Ladenburgs, Eislimonade, Lunch im Peacock Inn zwischendurch. Rückfahrt hoffnungsvoll verrichteter Dinge. Zu Hause Thee. Kabinenbestellung für die Rückfahrt 17. Sept. »New Amsterdam«. – Abendessen mit Colin hoch auf dem Club-Dach von Grand Central. Die Stadt im Nebel, beleuchtet, großartig. Sächsischer Kellner. Zu Fuß nach Hause.

New York, Sonnabend den 25. VI. 38

Vor 8 auf. Kühles Bad. 9 Uhr in Gesellschaft Riessens mit der Subway zum Bureau des Sailing-Permit, Sitzung mit dem Beamten, Income Tax 118 Dollars. Wiedereinreise. – Danach mit K. Besorgungen: Blauer Anzug, Strohhut, seidner Schlafrock. Zu Fuß nach Haus, während K. die Einkäufe für sich fortsetzt. – Handkoffer und Packete aus Beverly Hills und Jamestown. – Neuerliche Veränderung der Lage in Sachen des Hauses, da die englischen Besitzer des möblierten, noblen nun doch vermieten wollen. Geplant von Meyers aus noch einmal nach Princeton zu fahren. – Las im Mt. Tollers Stück aus Konzentrations-Deutschland; nicht schlecht. – Neuere Ausgabe des »Tage-Buch«. – Lunch im Hotel, Kaffee. Nachher gelesen. Etwas geruht, danach Pack-Arbeit in der Hitze bis ½8 Uhr, äußerst anstrengend. Verteilung auf das Mount Kisco, New York und Zürich-Gepäck. Bücher-Handkoffer. – Zum Abendessen bei C. Newton mit dem sympathischen jungen amerik. Schriftsteller [?]. Die Gastgeberin phantastisch unverständliche und tötliche Geschwätzigkeit. – Neuer Trubel mit den Häusern. Auch die Besitzer von Hoche Street haben sich besonnen, nicht zu vermieten. Kindische Geschäftssitten.

Mount Kisco, Seven Springs Farm, Montag den 27. VI. 38

Gestern ½11 Uhr nach viel Pack- u. Organisationsarbeit Abfahrt mit dem Meyerschen Wagen hierher. Merkliche Kühlung. Park, Stille, Reichtum und Comfort. Zahlreiche Gesellschaft zum Lunch, vorher Apéritiv auf der Terrasse. Wunderschönes Gartenhaus. Gewitter, Dauerregen. Sehr kühl, kurze Unterhosen, Schnupfen. Zum Thee wieder gesellig. Nachher mit K. einige dringliche Briefe. Dinner 8 Uhr en famille, überladener Magen. Konversation in der Bibliothek. Bei Zeiten hinauf, aber große Schwierigkeit Schlaf zu finden. Phanodorm u. Evipan. Im Schlafrock im Stuhl. Dann noch ausreichend geschlafen.

Heute 9 Uhr auf. Erkältet, angegriffener Magen. Regen. Frühstück bei uns. Danach rasiert u. angekleidet. Telephon Haus-Agentin, Verabredungen mit der Hausfrau wegen Fahrt nach Princeton. Eröffnungen über die Basis meines Engagements in Princeton: die 6000 Dollars größtenteils von der Rockefeller-Stiftung, deren Treuhänder »alles meine Freunde« (Mrs. Meyer). Verpflichtung gegen die Universität nicht sehr ernst, Verlängerung steht gewiß in meinem Belieben. Grund-Aspekt, daß es in Amerika Geldsorgen kaum für mich gibt. –

11 Uhr mit Mrs. Meyer im Wagen zur Stadt, wo sie eine wirtschaftspolitische Versammlung zu besuchen hatte. Fuhren mit dem schwerhörigen Chauffeur Philipps weiter nach *Princeton*. Dort Lunch im Peacock Inn, appetitlos. Von da mit

der Agentin zum Hause Library Place, 65 Stockton Street. Mr. Midford und Frau, Leser, fahren nach England, wollen die lecture dem Prime Minister zu lesen geben. Besichtigung des eleganten und praktikablen Hauses, Erörterung der Einteilung, Abrede über die Räumung der Hälfte der Bibliothek im Studio. Schöne Schlafzimmer, von denen eines, im Zusammenhang mit einem anderen nebst Bad, auch als Einheitsquartier für mich in Betracht käme. *Mieteten für 250 Dollars monatlich* für ein Jahr. Hoffnung des Besitzers, das Haus leichter zu verkaufen, wenn wir es bewohnen; auch daß wir selbst es kaufen. Bedeutender Tag, der diesen Abschluß brachte. Das Heim gegen Küsnacht zweifellos eine Erhöhung des Lebensniveaus. Ein guter Wagen außer dem Jamestowner Chevrolet wird in der Doppel-Garage stehen. Geschmackvolle Empfangsräume. Das Studio nicht groß und etwas dunkel, aber behaglich und separiert, mit erwünschtem Sofa. Möglichenfalls Golo als Wohnung zufallend.

Andauernder Regen. Rückfahrt nach N. Y. Mrs. Meyer vom Plaza Hotel abgeholt und mit ihr nach Mount Kisco heimgekehrt. Dort Thee getrunken. Erkältet, Schnupfenhals. ½8 Familiendinner ohne den Hausherrn. Unwohl. Abends en famille ins Theater, Aufführung eines preisgekrönten Erstlingsstückes aus dem College-Leben, recht nichtssagend, hübsch gespielt. Unter den jungen Leuten keine anziehende Erscheinung. Es gibt wenig amerikanischen Jünglingsreiz. – Bei fortströmendem Regen nach Hause.

Mount Kisco, Dienstag den 28. VI. 38

Nachts gestört durch kratzenden Schnupfenhals, aber ohne Nachhilfe geschlafen. ½9 Uhr auf. Gebadet mit neuer Fichtennadel-Essenz. Frühstück bei uns. Andauer des Regenwetters, sodaß wieder der Park, der so erfreulich sein könnte, nicht zu benutzen. – Von Mrs. Meyer das neue (6.) Heft von »Maß u. Wert« mit der 2. Hälfte von Adeles Erzählung und den Gedichten von Werfel. – Recht unwohl, aber nachmittags der

Hausfrau u. ihrer Tochter »Das bunte Kleid« hübsch vorgelesen.

Dampfer »Washington«, Mittwoch den 29. VI. 38

Gestern nach dem Dinner in M.K. den Abend en famille in der Bibliothek verbracht. Schließlich mit Br. Frank in Beverly Hills telephoniert. Gepackt. Gut geschlafen. Heute Frühstück mit Mrs. Meyer unten. Abfahrt 8 Uhr. Nach N.Y. zum Bedford. Gumpert, Riess, Dr. Gutmann. In dessen Wagen zum Hafen. Über Käthe Rosenberg u. Schwester. Am Quai Colin. K. verstört über nur scheinbaren Verlust eines von Gumpert übergebenen Medikaments. Schiff, Kabine. Mit Colin und der Newton. Blumen, Pfefferminzkonfekt, Konfekt von Blanche Knopf, Telegramme. Viel Post aus dem Bedford. Abfahrt 12 Uhr mittags. Auf Deck in der Sonne. Wermut in der Kabine. Lunch im Speisesaal ½2. Nachher ausgepackt. Gelegen. Husten und Schnupfen. Thee. Briefe gelesen. Nichts getan. Zug auf dem Schiff. Zu leicht gekleidet. Dinner, nach dem Comment im grauen Anzug; ½8 Uhr an unserem richtigen Tisch mit den Rosen von Elizabeth M. Caviar. Kaffee. Cigarre im Salon. Kein Kamillenthee erhältlich. »Kosaken« gelesen, wundervoll.

Ozean, Donnerstag den 30. VI. 38

Nachts ziemlich stark bewegt. Schlief gut bis 5 Uhr, nahm ein Vasano, schaute nach den hereinsprühenden Wellen durch die Luke, schlief wieder bis 8. Bad (braun) und Frühstück am Tisch neben dem Bett. Himmel regnerisch bedeckt, Meer bewegt. – Beruhigung im Lauf des Tages, aber bedeckt. Vormittags und nachmittags viel im Deckstuhl, wo auch ruhte und Thee trank. Mehrfache Ansprache auf Deck und abends im Salon (jüdischer Herr aus Milwaukee, der in Rußland gewesen u. es rühmte.) – Zunehmende Schwühle, Golfstrom. Feucht, bedrückend. Nachmittags Cinéma im Salon. Abends dort »Pferderennen«. Sehr schwühl. Tranken Bier im Trinkraum, der kühl. Waren noch vorm Schlafengehen auf dem offenen Deck. Viel »Kosaken« gelesen.

Ozean, Freitag den 1. VII. 38

Ein neuer Monat auf »Reisen«. Wievieles durchgestanden und eingeleitet seit dem Aufbruch von Küsnacht, wohin nun doch wieder unterwegs! Könnte ich nur an Sinn und Fruchtbarkeit von alldem glauben. Es ist viel geleistet und doch eigentlich nichts getan, es sei denn fürs »Leben«. – Gestern dank Kaffee und feuchter Schwühle fast unmöglich einzuschlafen. Es ist trotz ½ Phanodorm gewiß 3 Uhr geworden. 9 Uhr auf, kühl gebadet. Nach dem Frühstück Frühstückstisch zwischen den Betten zum Schreiben stehen lassen. Himmel aufblauend. Luftzufuhr arbeitend. – Dem Hause in Princeton, der eigentlichen Neugründung dieser Monate, wenden sich oft die Gedanken zu. – Briefliche Einladung pazifistischer Damen, die nach Budapest unterwegs, zum Thee. –

Ozean, Sonntag den 3. VII. 38

Haben schönes, meist blaues, stilles und warmes Reise-Wetter, die beste Überfahrt. Bleibe nach dem Frühstück in der Cabine und schreibe am abgedeckten Tisch etwas am August-Kapitel. Bin nach Tische an Deck, bis der Thee kommt und besorge nach dem Cinéma mit K. Briefe, bevor wir uns zum Dinner ankleiden. Gestern Gala-Dinner mit Scherzartikeln, Mützen, Ballons. Heidenlärm und Gesang. Vorzügliches Essen und halbe Flasche Champagner. Abends wieder einmal Ansprache durch jüdisches Geschwisterpaar, lästig. Auch nachmittags an Deck Besuchen ausgesetzt. Briefzustellung bei Tisch. Dabei gewiß schwere Enttäuschung für die Neugierigen, schon wegen mangelnder Ausdrucksfähigkeit. – Gestern Abend unmöglich einzuschlafen. Wiederholtes Aufstehen und im Stuhle kampieren. ½5, als ich schließlich im Bette zur Ruhe kam, ½ Evipan und ½ Phanodorm. Gequältheit von allem. Empörte Gedanken an Auernheimer und all das andere. Der Krieg wäre das Wahre und Rechte, aber sie werden ihn nicht machen (was auch wieder eine Beruhigung ist), und Frankreich, desorientiert, zerrissen, ist wahrscheinich so wenig imstande ihn zu führen wie Hitler. – In der Schiffszeitung nichts von Bedeutung. Auf das Wiedersehen mit den Zürcher Freunden freue ich mich, doch mischt sich auch Grauen hinein vor Europa, dem Neuen und dem verrinnenden Leben. – Beendete gestern Tolstois »Kosaken«, ein Meisterwerk. Die Zeit ist wie sie ist, weil heute dergleichen nicht geschrieben werden kann – und umgekehrt. In mir sieht man einen Gegenbeweis und findet also Trost darin, daß ich noch da bin. Mit Recht? – –

Vor Queenstown, Irland, Dienstag den 5. VII. 38

Am Sonntag Abend mit zwei amerik. Lehrern, einem Oldenburger und seinem Collegen, Bier getrunken. Gestern Vormittag etwas am August-Kapitel gearbeitet. Im Lauf des Tages zunehmender Wind und Seegang. Großartiger Anblick des Geschäumes um das Schiff und des ganzen Meeres. Abends starkes Rollen des Schiffes; unerwartetes und ungewöhnliches Wetter. National-Feiertag, Fest-Dinner, wieder mit Mützen und Lärm-Gegenständen. Nervosität unseres Schweizer Kellners, den die Ansprüche einer Dame in Wut versetzt hatten. Gaben ihm recht gegen den Reisepöbel, der desto frecher wird je mehr man ihm bietet. Ohnedies ist eine Seefahrt gleich dieser eine Provokation nach allen Seiten und Dimensionen. – Mit den Amerikanern von neulich zuzüglich einer in sozialen Interessen nach Skandinavien reisenden Dame im Bar-Salon. Müde und enerviert machte ich mich davon mit dem Anschein von Seekrankheit. Las Tolstois »Sewastopol«. Schweres Einschlafen, heftiges Rollen, notwendige Sicherung aller Gegenstände. – Im Laufe der Nacht Beruhigung. ½10 Uhr auf und Schinken-Ommelette gefrühstückt. Die in Mount-Kisco zugezogene Erkältung seit gestern wieder verstärkt. Zur wollenen Unterhose zurückgekehrt. – Die irische Küste in Sicht. Bedeckter Himmel, milde Luft, ruhige See, Buchtwasser. Sandig trübes Bad. – An Deck. Weite Bucht, Blick auf Stadt Queenstown. Automobile zum Ausladen. Großes Gepäck in starken Netzen schwebend. Versammlung der Reisegesellschaft, zusehend. Movi-Aufnahmen von K. und mir. Paß-Kontrolle für Aussteigende. – Las gestern nach dem Cinéma in der Kabine K. den größten Teil des Geschriebenen vom 6. Kapitel vor. Grundvoraussetzung des Ganzen humoristische Vorgabe einer sprachgeübten Bildungsatmosphäre, nicht real, aber geltende Fiktion, sodaß der platonische Dialog als real angenommen. – Etwas Weiteres getan.

»Washington«, Mittwoch den 6. VII. 38

Gestern nach dem Lunch wie gewöhnlich auf Deck im Liegestuhl. Nachmittags noch einmal im Cinéma. Im Lauf des Tages öftere photogr. Aufnahmen, Movis und andere. Vorm Diner mit Packen begonnen. Abends wieder Bier mit dem Oldenburger und seinem College-Collegen. – Küste von Cornwall schon gestern Abend. Viel Tristan-Reminiscenzen. Ankunft Plymouth schon vor Einschlafen. Stillliegendes Schiff, unangenehm, ja widerlich. Frühe Unruhe. Schon 7 Uhr auf. Kaffee gefrühstückt. Schönes Wetter. Wiederaufnahme der Fahrt 8 Uhr.

Küsnacht, Donnerstag den 7. VII. 38

Heute Morgen 9 Uhr Wiederankunft in Zürich nach einer Abwesenheit von fast vier Monaten. – Gestern vormittag auf der »Washington« viel auf Deck im Langstuhl auch nach Tische. Zwischendurch photogr. Aufnahmen, Verabschiedungen. 4½ Uhr Le Havre. Paßrevision, Verlassen des Schiffes, Zoll-Umständlichkeiten. Telegramme an Annette Kolb, die zum Mittagessen vergebens auf uns gewartet und an die Kinder. Zug nach Paris, Pulman. Diner serviert gegen 7 Uhr. Gelesen im »Atlantic«, worin hübsche Besprechung des »Joseph«. 9 Uhr Paris. Zur Gare de l'Est mit 11 Stück Handgepäck. Falsche Ankunftszeit für Zürich acquiriert. Neues Telegramm an die Kinder. Fehlschlagender Versuch, Annette telephonisch zu erreichen. Schlafwagen. Ganzes Phanodorm. Gut geschlafen. Morgens in Basel Milchkaffee. Prächtig blauer Sommermorgen. Reizendes Land. Am Bahnhof Golo und Medi. Die Großen in Spanien. Der Chevrolet. Fahrt nach Hause. Alles etwas wie im Traum. Begrüßung mit den Mädchen, dem Hund. Blumengeschmückter Frühstückstisch auf der Terrasse. Freude und Behagen. Viel über Zeit und Umstände deliberiert. Auspakken. Gewaltige Post an Briefen und Sendungen, obgleich einiges auf die »Statendam« gegangen. K. durch elterliche Nachrichten der Sorge überhoben, daß ihre Briefe angehalten sein könnten. Brief des Val. Heins in München mit exorbitanter Forderung, die ihm der Staat verweigert trotz eigener Gesetzgebung. – Mit K. einige Schritte vor Tisch gegangen. Neuigkeit, die Schweizer Blätter, die »Weltbühne« zu lesen. – Schöner, nicht zu warmer Sommertag. Immer noch von Mount Kisco her erkältet; heftige Hustenanfälle. – Nach dem Thee Einiges in der großen Goethe-Ausgabe. – Die Lücken in der Bibliothek sind durch andere Bücher geschlossen. – Telephon mit Kahler und der Giehse (Sils). Anne Marie Schwarzenbach in gefährlichem Zustand von Morphiumsucht. – Nachricht, daß schon vor 3 Wochen der alte Reiff gestorben. – Zum Abendessen Kahler. Las bei mir die »Tagebuchblätter« aus Beverly Hills vor. Eindruck des halb Geglückten; Gründe im Gegenstand. Kernteil, Hitler als Künstler oder Gegen-Künstler, Antichrist wäre gesondert auszuführen. – Viel über Amerika und Europa. Österreich als Belastung. Das bemerkenswert rasche Verbrauchtsein der Wirkung. Die Notwendigkeit, weiter zu gehen. – Unwahrscheinlich, daß wir noch gestern Nachmittag auf den Deckstühlen lagen. – Werde den Tolstoi-Band, den ich zuletzt in Amerika las, vorm Einschlafen beenden. 1 Uhr. – Unter Post Briefe von Bermann aus Stockholm: über die Fortführung des Wiener Geschäfts durch die Nazis, Auslieferung meiner Bücher an das Ausland! Über Neudruck meiner Bücher, Novellenband in wohlfeiler Serie.

Küsnacht, Freitag den 8. VII. 38

Gut geschlafen. ½9 Uhr auf. Blauer, voller Sommertag. Frühstück mit K. u. Golo auf der Terrasse. (Erdbeeren und Flocken in Rahm). Über Kahlers zögernde Absicht, ebenfalls nach Amerika zu gehen. Eher zu widerraten. – Einige Zeilen geschrieben. 11 Uhr mit K. zur Stadt, die sich sehr schön ausnahm. Bei Zwicker zur Bestellung einer neuen Brille, Weißgold mit eingeschliffenen Lesegläsern. Dann bei *Oprechts*. Besprechung der schwebenden Fragen. Golo als zuk. Redaktor von »M.u.W.« »Demokratie« als Sonder-Ausgabe der Zeitschrift. Über das Zürcher Schauspielhaus. Oprechts Anschluß an die europäisch-amerikanische Verleger-Gruppe. – Einkauf von Cigaretten und Chokolade. Nach Tische Zeitungen und »Tage-Buch«. Die Übereinstimmung der Kunstreden Wilhelms und Hitlers, (Abbruch der »Siegesallee«). – Nach dem Thee Briefe diktiert (V. Heins). Besuch von Dr. Stahel zur Untersuchung meines stockenden Katarrhs. Obere Bronchien affiziert; Verordnungen. Blutdruck 110. – Früheres Abendessen. Nachher Frau Reiff, bevor sie nach Deutschland (Bayern) reist. Über den Tod ihres Mannes. Halbstündige Atemnot, sehr bald ohne Bewußtsein. Schwierigkeiten mit Hinterlassenschaft, große Verluste und Erbschaftssteuern, lange Verzögerung der Verfügungsmöglichkeit. – Schönes, erfinderisches und Genuß bereitendes Bilderbuch der Frau Gehrig in Rostock.

Küsnacht, Sonnabend den 9. VII. 38

Bedeckt, Regen. 8 Uhr auf. Vormittags etwas am August-Kapitel, zerstreut und müde. Mittags zu Dr. Asper zur Untersuchung und Besprechung für Anfang August. Zu Fuß im Regenmantel bis zum Zürihorn. Viel Post. Belastendes Öffnen und Klären der liegen gebliebenen Sendungen. Nachmittags mit K. Briefe, hauptsächlich an Bermann über eine Reihe von Punkten: den Novellenband, die englische Ausgabe von »Lotte«, Musils Befreiung aus Wien, die schamlose Fortführung des Wiener Bermann-Fischer Verlages durch die Nazi, die meine Bücher ins Ausland verkaufen. – Vorm Abendessen mit K. um den Weiher gegangen. Gret Moser zu Tische. Golo teilt den Brief eines Prager Freundes mit, wonach alles Deutsche hemmungslos zur Henlein-Partei übergeht. Gefühl, daß die Welt die Č.S.R. im Grunde doch verloren gibt. – Sortieren von Manuskript- und anderen Sendungen. Müde. –

Küsnacht, Sonntag den 10. VII. 38

Bedeckt, regnerisch, empfindlich kalt. Vormittags am August-Kapitel geschrieben, das sich seinem Ende nähert. Mittags mit K. über Itschnach gegangen. Zu Tische Tennenbaum. Über seine Heiratspläne, seine großen Ausgaben für Wohltätigkeit. Das anständige Verhalten der Schweiz gegen österr. Flüchtlinge. – Zum Thee ins Dolder Hotel zu Trebitschs. Shaws Hilfe für ihn: tausend Pfund. Verstörte Leute im ersten Stadium der Emigration, hoffen auf ihre Wiener Habe, Sehnsucht nach Schreibtisch, Büchern, Heim. Perspektive: Südfrankreich. – An Frau Gehrig geschrieben. Golo berichtet über Treffen mit einem jungen Deutschen, der in Goerings System arbeitet. Fatalistischer Gleichmut der Bevölkerung, für Nicht-Juden, die sich nicht quer stellen, Sicherheit und mancher Vorteil. Wirtschaftl. Zusammenbruch ausgeschlossen. Ohne Krieg kein Ende. Dieser auf die Dauer zwar wahrscheinlich, aber nicht sicher. – Selbstmorde in Wien, planmäßig herbeigeführt, weiter an der Tagesordnung. Völlige Denaturierung der Stadt. Der Tod Auernheimers in Dachau von den London Times neuerdings gemeldet. – Aussonderung zurückzulassender Zeitschriften etc. – Lektüre der neuen »Zeitschrift für freie deutsche Forschung«, darin ein Aufsatz von Marck, worin, eigentümlich zu lesen, die Bezeichnung »ein Genie« fällt.

Küsnacht, Montag den 11. VII. 38

Vormittags am August-Kapitel. Mittags zum Wald gefahren, dort Rundweg. Wagen im Schlamm des Grabens stecken geblieben, zu Fuß nach Hause. – Kam von Borgese sein Buch

»Der Marsch des Faschismus«. Darin gelesen. Zum Thee Prof. R. Hoffmann aus Californien. Nachmittags handschriftlich an Brüll, Frey, an die Moskauer »Prawda« über Spanien zum 2. Jahrestag. Zum Abendessen Dr. Barth (N.Z.Z.) und Frau, Beidler und Frau. Später bei mir erneute Vorlesung der »Tagebuchblätter«. Diskussion darüber und weitere gute Unterhaltung. Spät.

Küsnacht, Dienstag den 12. VII. 38

Vormittags am August-Kapitel. Zur Stadt, die neue, sehr teuere goldene Brille mit geschliffenen Doppelgläsern abgeholt. Weitere Besorgungen durch nervöses Unwohlsein, das mich nach Hause trieb, verhindert. Zu Tische Max Oppenheimer und Dr. Lichtenstern. Nach dem Thee langweilige Brief-Diktate (u. a. Prinz Löwenstein, »Akademie«). – Viel in Borgese's Buch, dessen Verve sehr fesselt. – Telephon mit der Giehse in Sils. A. M. Schwarzenbach bei Binswanger zur Entziehungskur. – Borgese über Croce, sehr unterrichtend. Seine Entwicklung der meinen verwandt.

Küsnacht, Mittwoch den 13. VII. 38

Bedeckt, halbregnerisch und kühl wie gestern. Vormittags am August-Kapitel. Mittags mit Lion gegangen und gesprochen. Er blieb zu Tische. Bücher von Oprecht. Oppenheimers Portraitzeichnungen. Nachmittags geschlafen und eine Reihe handschriftlicher Briefe und Karten geschrieben. Zum Abendessen W. Herzog, unterwegs nach Evian, wo er die Anregung eines informatorischen Bulletins für die Politiker der Demokratien geben will. Anregung, Rabelais zu lesen (deutsche Übersetzung von Regis). Die europäische Entwicklung könnte zu einer humoristischen Gewaltnatur seiner Art hinführen, die die adäquate Gestaltung dieser Zeit und ihrer Taten leisten könnte. – Frage des politischen Essaybandes von Bermann wieder aufgeworfen. Die lecture als Broschüre. Kollidiert mit Oprechts Absichten.

Küsnacht, Donnerstag den 14. VII. 38

Sommerlich, warm, ja drückend, Klarheit. – Vormittags am August-Kapitel. Mittags bei Oprecht: Wegen der Broschüre, Honorar dafür, Honorar für Beiträge in »M.u.W.« – Danach bei Dr. Klingenberg zur Behandlung des schlimmen Mundes (Winkel-Verletzung und Infektion), der mich in den letzten Tagen belästigte. Chromsäure-Pinselung. – Danach Rendezvous mit Alfr. Neumann und Piskator in der Stadt. Mit ihnen zu Bettini, dort im Freien Wermut. – Zu Tische Niko Kaufmann, gern gesehen. Zeitungen gelesen. Chamberlain verteidigt seine Stellung, indem er dem Hitler eine scharfe Warnung vor einem Angriff auf die Č.S.R. erteilt. – Nach dem Thee Briefe mit K. An Bermann. Essayband. Musil in Wien gefährdet, Problem ihm ins Freie zu helfen. – Widerstand gegen die Belastung durch Korrespondenz, die mir die Zeit zur Freiheit, Lektüre, Erholung stiehlt. – Zum Abendessen Dr. Katzenstein, angenehmer Mann. – Heute kurzer Brief von Schickele, der ein Ekzem am Schreibfinger bekommt, wenn er zu arbeiten versucht. – Bibis Heiratspläne nehmen feste Gestalt an. – Die Großen melden aus Frankreich ihre Rückkehr für Ende der Woche.

Küsnacht, Freitag den 15. VII. 38

Sehr warm, später drückend, Gewitter und Regen. Nachts Husten und Schmerzen am Mund. Schlafe jetzt aber ohne Mittel. ½9 Uhr auf. Auf der Terrasse gefrühstückt. Am August-Kapitel geschrieben. Mittags zum Wald gefahren und dort gegangen mit Freude und Genuß. Nach Tische eine wunderliche Erzählung jungschweizerischer Provenienz für »M.u.W.« gelesen. Viel Post, Briefe aus Nord- und Süd-Amerika, von Brock, Werner Türk, Besuch in Schweden neuerdings angeregt. – Nachmittags geschlafen. Reihe von Brief-Diktaten. Nach dem Abendessen Prof. Kestenberg mit Beidlers. Über den musikpädagogischen Kongreß. Die mutmaßlich kommende »Verständigung« der Č.S.R. mit Deutschland unter dem Druck der

Westmächte bei Vermeidung des Krieges. – Große Besprechung der »Democracy« in N. Y. Times, von Cushland gesandt.

Sonnabend den 16. VII. 38, Küsnacht

Bedeckt, schwühl, Regen. 8 Uhr auf. Vormittags August v. Goethe. Zur Stadt, bei Klingenberg zur Behandlung. Bei Fein-Kaller, farbige Hemden bestellt, Schirm und Stock gekauft. Zu Fuß zur Pension Neptun: mit Lion im Wagen nach Hause zum Essen. Zeitschrift-Fragen, Rubrik »Das notwendige Wort« (Golo über die deutschen Beschimpfungen der Tschechen). – Zum Thee jugoslavischer Journalist mit seiner Frau, Tochter Ferrero's. Interview über Deutschland und Europa. – Handschriftliche Korrespondenz. Mit K. einige Schritte hinaus. Beim Abendessen über die Absicht von K.'s Eltern nach Konstanz zu reisen und uns in Kreuzlingen zu treffen. – In Fiedlers autobiogr. Manuskript lange gelesen. Fragwürdig, nahe peinlich. Schwierigkeit der Stellungnahme.

Sonntag den 17. VII. 38, Küsnacht.

Gestern spät schlafen, aber kein Bedürfnis nach Hilfsmitteln. ½9 Uhr auf. Milder, bedeckter, angenehmer Tag. Am August-Kapitel geschrieben (Arnim). Mittags mit K. zu dem Wald nahe Heslibach gefahren, wo wir uns zur Ischiaszeit mit dem Stühlchen ergingen. Bau-Grundstücke für ein europäisches Pied à terre betrachtet, belebt davon. Vorsatz, die Sicherung eines solchen mit Hilfe eines Geschäftsmannes zu betreiben. – Zu Tische Frau M. Wassermann, die von unverwüstlicher Unannehmlichkeit. Hilfe zugesagt bei ihren Bestrebungen, nach Amerika zu gelangen. – Nachmittags Briefe diktiert: südamerik. Verlagsangelegenheiten, Antwort an W. Türk und Schritt seinetwegen bei Mrs. Meyer-Washington Post. Weiteres. – Vorm Abendessen mit K. um den Weiher gegangen, der mit Schilf und Wasserrosen ein malerisches Bild von außerordentlich farbiger Schönheit bot. Aufmerksam glückliche Betrachtung. – Abends etwas Tannhäuser und Tristan gehört. Einige Goethe-Gedichte gelesen. Danach wieder lange Lektüre von Fiedlers autobiogr. Manuskript. Seltsamer Fall, reizvoll mit Störungen, Mischung von religiösem Ernst und Selbstgefälligkeit. Mündliche Verständigung darüber erwünscht.

Montag den 18. VII. 38, Küsnacht

8 Uhr auf, Kaffee gefrühstückt auf der Terrasse. Freundlicher Tag. Gearbeitet am August-Kapitel. Mittags in der Stadt: bei Dr. Klingenberg (der Mund gebessert), dann zur Pediküre, gründlichere Behandlung als in New York. Zwischendurch Bestellung eines zweiten silbernen Leuchters. Nach Tische in Jacob Grimms Schriften. Nach dem Thee Briefe an Fiedler und Borgese. Vorm Abendessen Ankunft Erikas und Klaus', nachdem sie aus Basel telephoniert. Austausch der Erlebnisse. Groß der Kinder Eindruck von der spanischen Front. Nach der Mahlzeit Madrider Kampfplatten und weitere Berichte und Erörterungen. Sonderbare Folgen von K.'s heutigem Besuch bei den Eltern Moser. Über den desperaten Zustand A. M. Schwarzenbach. Den Plan von K.'s Eltern, die Grenze zu überschreiten. U. m. a.

Küsnacht, Dienstag den 19. VII. 38

8 Uhr auf. Schöner Sommertag. Frühstück auf der Terrasse (Erdbeeren und Flocken). Gearbeitet Nachträgliches am August-Kapitel. Mittags ausgefahren und im Wald über dem Golfhaus gegangen. Mittagessen mit allen nun versammelten sechs Kindern. Nachher Manuskript von W. Uhde, manifestartig, gut gemeint und nicht unrichtig. Kleines Roman-Mt. »Die stummen Götter«, griechisch-trojanisch, von einem jungen Freunde der Kinder, begabt. Hübscher Aufsatz von Golo über Generationen in der N.Z.Z. – Nach dem Thee Briefe an Bermann (wegen der vorhabenden Publikationen »Die schönsten Erzählungen von« und des Essaybandes »Achtung, Europa!«) und Secker & Warburg (wegen der englischen Aus-

gabe des »Kommenden Sieges«). Ausfertigungen und Handschriftliches (an Unruh), Abendgang mit K. um den Weiher. – Brief der Mayrisch wegen Musil. – Eintreffen der Propyläen-Goethe-Ausgabe, die, wie in Jamestown, auf dem Fensterbrett aufgereiht wird. – Mit den Kindern in der Halle etwas musiziert. Spanische Artikel von Erika und die Moskauer »Intern. Literatur« gelesen.

Küsnacht, Mittwoch den 20. VII. 38

Schöner Sommertag. 8 Uhr auf. Frühstück auf der Terrasse. Gearbeitet am Nachtrag zum August-Kapitel. Telephon mit Korrodi. Mittags mit K. (und Toby im Wagen) verschiedene Bauplätze inspiziert und im Walde gegen den Pfannenstiel gegangen. Zu Tische Lotte Walter, erholt von ihrer Gefangenschaft in Wien. Bericht über ihre Eltern in Lugano. – In den Zeitungen das Pariser Besuchsfest, das glücklich abzulaufen scheint, sympathisch behandelt. – Zum Thee M. C. Harbeck von den »Bibelforschern«, der sein Anklage-Buch gegen Deutschland überbrachte. – Sehr dringender Brief von Aragon, zum antifascistischen Kongreß nach Paris zu kommen, belastet mich. Telegramm mit Absage und Versprechen einer Message. – Zusammenstellung des Materials zum pol. Essayband; Titelblatt mit Motto von Herder. – Kurzer Abendgang mit K. Abendessen im Freien. Blieben des Längeren draußen. Später bei mir vor K., Erika, Klaus, Golo und Moni Vorlesung großer Teile des August-Kapitels. Außerordentlicher Eindruck, Anschauung der Merkwürdigkeit und Ermutigung. ¾1 Uhr.

Küsnacht, Donnerstag den 21. VII. 38

Heiteres, frisches Wetter. Frühstück im Freien. Gearbeitet, die Einschaltung abgeschlossen. 12 Uhr Besuch bei Korrodi auf der Zeitung. Er will Notiz über meine Situation entwerfen. – Zu Fuß am See entlang, Badeleben, heiteres Bild von Stadt und See. Bei Bettini Wermut und Zeitungen. Nach Tische Besprechungen mit Erika über Gesuche an die »Guild«. Die Compilation der Message für Paris vorbereitet. Zum Thee viel amerikanische Post. Die Message diktiert nebst Brief an Aragon. An Herrmann-Neisse (London) geschrieben. – Zum Abendessen Herr und Frau Moser mit Tochter. Konzert der Kinder, Alt-Niederländisches, Vieuxtemps und Tschaikowsky. Bibis Spiel zeugte von fleißiger Arbeit, aber nach meiner Überzeugung nicht von geigerischem Impuls. – Bemühte Bewirtung der Mosers, an der Erika sich einnehmend beteiligte. – Lektüre der »Weltbühne«. Ausfertigung der Diktate. – Wieder vorgeschrittene Stunde. – Kamen Holzschnitte eines ungarischen Künstlers über das Joseph-Thema, »dem größten Deutschen des Jahrhunderts«. Ansehnlicher Verkauf meiner Bücher in Ungarn.

Freitag den 22. VII. 38, Küsnacht.

Warmes Sommerwetter. K. wartet den ganzen Tag auf Nachricht von ihren Eltern aus Konstanz oder Kreuzlingen, beschließt dann, morgen früh aufs Geratewohl dorthin zu fahren. – Nach der Arbeit mit Erika in ihrem Wagen zur Stadt, Einkauf einer krokodilsledernen Handtasche für K. zum Geburtstag. Verfehlter Besuch beim Pelzhändler. Beim Friseur Bachmann zur Haarpflege. – Lektüre eines schwachen Stückes von Annette Kolb im Manuskript. Brief-Diktate. Beschäftigung mit einem Theater-Beitrag für die Schauspielhaus-Publikation. – Zum Thee der Verfasser des Masareel-Festspiels, Sahl, und Dr. Lichtenstern, dessen kommunistisches Gewissen durch den Verlust von 6 Millionen Schilling erleichtert. – Wiederverstärkung der Erkältung, Luftröhren-Katarrh.

Sonnabend den 23. VII. 38, Küsnacht

Schönes Sommerwetter. Arbeit am August, Schwierigkeit des Schlusses. – Im Hause Warten auf Nachrichten von dem alten Paar in Konstanz und von K, die früh morgens nach Kreuzlingen abgefahren. Brief von ihrer Mutter, daß der Versuch der Grenzüberschreitung trübselig mißglückt, der Beamte den Alten unglimpflich behandelt. – Mit Erika zur Stadt. Einkauf eines prachtvollen Silberfuchskragens für 650 Franken. Parfümerien. Danach bei Oprechts in der Wohnung. Über die Broschüre, Fiedler. – K. zum Essen zurück. Nur Telephongespräch war erreicht. Traurigkeit und Erbitterung. – Nach Tische Zeitungen. Nach dem Thee Briefe mit K., an Annette, deren Stück zart abzulehnen war, und andere. Kontrakt über den Novellenband. – In der N.Z.Z. Korrodis Notiz, das Rechte. – Fahrt Gret Mosers und Medis an die Grenze. – Schrieb an Fiedler. – Las abends Ludwigs Schrift »Heilige Allianz«. Flach u. ungenügend. – Versammlung an K's Bett, Bericht Gret M.'s über ihren Besuch bei den Alten, denen sie Briefe u. Lesematerial gebracht. Besserung der Stimmung, Verweilen in Konstanz in der Hoffnung, mit Hilfe Binswangers etwas auszurichten. Geschenke an K. – Besichtigung der meinen mit den Kindern.

Sonntag den 24. VII. 38, Küsnacht.

Regnerischer Tag, anfangs noch warm, dann sehr kühl, sodaß Winterkleidung anlegte. ½8 Uhr auf, rasiert und gebadet. K's Gabentisch zum 55. Geburtstag vorbereitet. Blumen. Einbescherung und gemeinsames Frühstück. Etwas gearbeitet. Dann zum Baur au lac, Begegnung mit dem alten Lemmle. Konferenz mit Frau Mayrisch über Musil, dann die Zeitschrift. Unterredung mit zwei Wiener Flüchtlingen, Arzt und Literat, Empfehlungen nach Paris. – Zu Hause Portwein und Torte gefrühstückt, dann die Arbeit am Kapitel fortgesetzt. Zu Tische der kleine Tennenbaum. Nachmittags Telephon Binswanger der Alten wegen. Guter Mann, wohltuender Eindruck. – Eigenhändig geschrieben an v. Hahn, Buenos Aires. – Festliches Abendessen mit Lotte Walter und Gret Moser als Gästen. Champagner. Nachher Telephon mit Walters in Lugano, Musik, Lieder, die Moldau u. a. Die Rheinfahrt, unleugbar herrlich. – Müde. Melancholie ob des bevorstehenden Abschieds von diesem Hause. Wollte, unser Chalet hier stünde schon.

Montag den 25. VII. 38, Küsnacht

Heiteres Wetter 8 Uhr auf. Gearbeitet und gegen den Schluß des Kapitels gedrängt. K. den ganzen Vormittag ans Haus gebunden, weil sie auf Antwort von Binswanger wartete, die dann negativ lautete. Machte mittags allein mit dem Hund zum erstenmal wieder den Wald-Rundweg. Viele Briefe, die ich nach Tische las. Zeitungen. Höchst stupide und unverschämte Rede des Hess. – Manuskript, Wiener Kindheitserinnerungen von E. A. Rheinhardt. – Nach dem Thee Kundgebung an das Zürcher Schauspielhaus zu seiner Neugründung geschrieben. Zum Abendessen mit K., Golo und Medi zu Mosers. Schöner Blick auf den See. Zugegen die 82 jährige Großmutter. Nach Tische elterliche Besprechung und Anerkennung der Heiratswünsche. Später Teilnahme der Jugend. Freundliche Unterhaltung, politische Übereinstimmung. Verachtung des Schweizers für die Widerstandslosigkeit der Österreicher. Die große psychologische Wirkung des westlichen Festes bestätigt sich. – Die Hochzeit für September in Aussicht genommen. – Zu Hause Gespräch mit Erika über Medis unselige Leidenschaft für Landshoff. Obstinate Versessenheit, Asthma, Schlaflosigkeit, Herausforderung anderer verwandten Typs. Katzenstein nimmt die Sache phlegmatisch.

Küsnacht, Dienstag den 26. VII. 38

Prachtvoller Sommertag. Verschlafen, erst gegen 10 Uhr auf. Aber nach dem Kaffee-Frühstück von 11 Uhr an noch mehr geschrieben als sonst bei frühem Beginn. Zum Schluß; es wird ein großer Schritt damit getan sein. – Mittags zu Wagen in den Wald, der durchsonnt, von Wassern plätschernd. Freude daran. – Nach Tische in »Goethe und der Osten« von Schaeder. Schauerliche Merkmale deutschen Geistes von heute. – Golo beendet die Vorwort-Kürzung des »Schopenhauer«, die ich nach dem Thee kontrolliere und approbiere. Zeitraubend. – Nachricht über den Verkauf der »Tagebuchblätter« an eine N.Y.er Zeitschrift durch Brandt u. Brandt. Protest-Kabel. –

Gewitter, gewaltige Blitze. Regen. Abends liest Klaus Szenen aus seinem Emigranten-Roman, begabt. – Verabschiedung Bibi's zur Abreise nach Paris. – Erneuter Besuch seiner Braut in Konstanz bei den Alten. – Viel amerikanische Post. Not-Brief K. Hillers. Brief der Mayrisch wegen Musil. Telephon mit E. Ludwig wegen einer Pariser Aktion. Affaire mit dem Plan eines emigrationsdeutschen Pavillons in New York. Gegen Publizität.

Küsnacht, Mittwoch den 27. VII. 38

Bedeckt, kühler. ½9 Uhr auf. Kaffee. Gegen den Kapitelschluß. Mittags allein über Johannisburg. Zu Tische Frau E. Schwarzwald. Nach dem Thee mit K. Brief an Bermann. Abends jenseits des See bei Riesers mit Neumanns und amerk. Producer. Gutes Souper. Kaffee im Freien. Mit Riesers über das Schauspielhaus. Über ein Schwefelbad oberhalb Bern. – Vertreter einer Speditionsfirma. – Material zum pol. Essayband beisammen. – Viel rückständige Brief- und Manuskript-Lese-Arbeit. – Abends Erika nach Paris.

Küsnacht, Donnerstag den 28. VII. 38

Glänzender, warmer Sommertag. Nach der Arbeit (Rede Charlottes gegen Ende Kapitels) mit Tennenbaum, dem Architekten und dem Besitzer der Wiesen das in Frage kommende Grundstück begangen u. besprochen, Straßenanlage, Wasser u. Licht, Preis pro Quadrat-Meter (6-8 Franken). Belebend. Auch das Itschnacher Grundstück noch besichtigt. – Nach Tische in dem Schaeder'schen Buch, ärgerlich, aber interessant. – Nachmittags viel Korrespondenz erledigt, diktatweise und handschriftlich. Das Material für »Achtung, Europa!« und den »Schopenhauer« expediert. – Zum Abendessen Gäste: Dr. Bollack und Frau. Gen.Consul Laška, Herr Gasser. Viel Politik. Tschecho-Slowakei, Runciman, der Zustand Hitlers und Mussolinis, letzterer von Gestapo bewacht. Für und Wider des Krieges. August kritischer Zeitpunkt.

Küsnacht, Freitag den 29. VII. 38

Vielfach bedeckt, schwühl, schöne Farben durch Feuchte. Nach der Arbeit mit K. im Wald. Lektüre des »Tage-Buch«. Nachmittags handschr. Korrespondenz: E. A. Rheinhardt, die Herz, viele Ausfertigungen. Speditionsmann. Neue Auffassung der Bibliotheksbeförderung, strengere Auswahl. Abendessen im Freien nach Rundgang um den Weiher. Lektüre der Korrekturen von Heft VII von »M.u.W.« Vorzügliche Geschichte aus dem spanischen Krieg von J.-P. Sartre. Großes Stück aus Golos »Gentz«, ausnehmend gescheit und beziehungsvoll. Golos tschechisches Militär-Problem viel besprochen. [...]

Küsnacht, Sonnabend den 30. VII. 38

Blauer, sehr warmer Tag. Leichteste Kleidung. Mahlzeiten außer dem Mittagessen im Freien. ½9 Uhr auf. Vormittags *das August-Kapitel beendet.* Ausfahrt mit K. zum Zürichberg, Spaziergang dort, Lagerleben von Pfadfindern. Zu Tische S. Trebitsch, arg reduziert. Zum Thee der jugoslavische Pädagog Dr. Friedmann und Frau. Über »Lotte« und »Joseph«. – Handschriftliches. Abendgang. Nach dem Abendessen Roman-Manuskripte für die Guild durchgesehen.

Küsnacht, Sonntag den 31. VII. 38

Andauer des sehr warmen, schönen Wetters. Vormittags den »Schopenhauer« durchkorrigiert, doppelt für Bermann und Mrs. Meyer. Mittags mit K. im Wald. Rückkunft Erikas von Paris, Bericht über ihre Verhandlungen wegen der Einigung der Opposition zum Empfang des englischen Geldes. Zu Tische außer E. *Brentano's,* die von ihren Bübchen abgeholt wurden. Später Ankunft *Fiedlers,* der für einige Tage das obere große Zimmer bezieht. Thee mit ihm. Danach Ausfahrt zu dritt *auf den Albis,* dort Zusammentreffen mit *Hanharts* und ihrem Gast A. M. *Frey.* Weiter zu ihrem Waldhause, schwierige Zufahrt, Kletterspaziergang im Park, Abendessen auf dem Balcon, Brötchen und Kuchen mit leichtem Wein. Wundervoller Blick auf den Zugersee u. das Gebirge, roter Sonnenuntergang durch die Bäume, Lichtschein über der Luzerner Gegend, blutrot aufgehender Mond, zunehmend. Kerzenbeleuchtung. Rückfahrt nach Aufräumung des Häuschens, anfangs in Hanharts Wagen, Verabschiedung vor der Stadt.

Küsnacht, Montag den 1. VIII. 38

Den vorigen Monat beschloß ich auf dem Ozean. – Warmer Sommertag mit leichter Gewitterneigung. Kurz nach 8 Uhr auf, Frühstück mit K. und Fiedler auf der Terrasse. Wiedervornahme der »Tagebuch-Blätter« von Beverly Hills und Versuche einer konzentrierten Fassung – ziemlich ergebnislos. Lektüre in Napoléon-Literatur, Kircheisen, Mereschkowsky, Faure. – Mittags mit K. ausgefahren, Wald nahe Solitude. Mittagessen ohne Fiedler. Nachher in Mereschkowsky's »Napoléon«. Nach dem Thee zahlreiche Briefe mit K., Befürwortungen etc. – Einige Schritte allein gegangen. Abendessen im Freien. National-Feiertag, Feuerwerk und Illumination. Mit Golo und Fiedler auf der Terrasse politisiert. Gab letzterem den »Schopenhauer« zu lesen. – Antrag an K. die Badereise aufzugeben und nur für 8 Tage ins Engadin zu gehen, mit sichtlicher Erleichterung aufgenommen. Sorge Bibi's wegen, dem sein Tschechentum bei seinen Auswanderungs- und Heiratswünschen wenig zustatten kommt. – Unerfreulicher Zustand zwischen den Arbeiten. Faust-Vortrag, Aufsatz »Der Bruder«?

Küsnacht, Dienstag den 2. VIII. 38

Schönster, nicht zu heißer Sommertag mit Ostwind. Auf der Terrasse mit K. und Fiedler gefrühstückt. Vormittags Studien zu Faust. Mittags mit Fiedler gegangen, von K. eingeholt mit dem überholten Wagen. Zum Strandbad, Frau Wassermann-Karlweis und Söhnchen zum Essen abgeholt. Kaffee in der Halle. Studien zu Faust. Zum Thee Ephr. Frisch. Viel Komisches über E. Ludwig. Nachher mit Golo meine Bibliothek auszusortieren begonnen. Große Mengen Bücher, die zurückbleiben sollen, im Zimmer lagernd. Kurzer Abendgang mit K. Abendessen auf der Terrasse. Nachher Roman-Manuskripte für das Preis-Ausschreiben.

Küsnacht, Mittwoch den 3. VIII. 38

Sehr warmer Tag. Etwas Kopfschmerzen. Frühstück mit Fiedler auf der Terrasse. Titel seines Buches. Der doppelte Brennpunkt, wodurch die nationale Kritik entwertet. – Vormittags Studien zu Faust. Mittags mit K. und Fiedler erst zu unserem Grundstück, dann auf den Pfannenstiel gefahren, über Meilen zurück. Nach Tische in der ersten Fassung des »Goetz« gelesen. Bewunderung der jugendlichen Sicherheit beim Gespräch zwischen großen Herren. Nach dem Thee mit Golo das Geschäft der Sichtung und Räumung der Bibliothek fortgesetzt. Mit K. um den Weiher gegangen. Telephon mit Oprecht: Notwendigkeit für den neuen Jahrgang von »M.u.W.« eine kurze Einleitung zu schreiben. – Telephon mit Asper, Bescheidung auf Samstag. – Zum Abendessen im Freien: *Kahler.* Heitere Unterhaltung. Später bei mir bis ½12 Vorlesung der 2. Hälfte des August-Kapitels. Diskussion. Möglichkeiten des unmöglichen Buches: In Rußland von wegen des »Erbes«, in Amerika von wegen »continental«. Im Ganzen ist die Zeit einem Buch so sehr entgegen, daß sie ihm fast schon wieder entgegenkommt. Sie ist schon so ungebildet, daß Bildung »wieder möglich« ist.

Küsnacht, Donnerstag den 4. VIII. 38

Sehr warmer Hochsommertag. Leichteste Kleidung. Nach dem Frühstück Verabschiedung von Fiedler, der vormittags abreiste. Das Vorwort zum 2. Jahrgang der Zeitschrift zu schreiben begonnen. Mittags mit K. im Walde. Nach Tische Zeitungen und in Herzogs »Barthou«. Die Reise Runciman's nach Prag, der mit Angel- und Golf-Gerät dort eintraf, um zu »vermitteln«, gehört zu den größten Albernheiten der Zeit. Der

Grenzkrieg zwischen Rußland und Japan auch nicht übel. Über den Erfolg am Ebro schreibt die N.Z.Z., es sei den Roten »gelungen, den Krieg zu verlängern.« – Unwohl, wahrscheinlich vom Apfelmost mittags. – Nach dem Thee Briefe diktiert, besonders an Bermann. 7 Uhr Ausfahrt mit Kahler nach Rapperswil, dort Neumanns, Abendessen zu 7 Personen im Garten des »Adler« am See, Forellen und Neuenburger. Schöner, milder Sommerabend. Reizende Bilder am See. Auch die Rückfahrt genußreich. Die Neumann lustig münchnerisch.

Küsnacht, Freitag den 5. VIII. 38

8 Uhr auf. Sehr warmer Tag, »Hitze«, Staub. Vormittags an dem Vorwort. In der Stadt, Rendez-vous mit Oppenheimer vorm Kunsthaus, Besuch seines Ateliers dort und Besichtigung seines großen Orchesterbildes. Danach bei der Pediküre. Sie hatte über mein Horoskop (Jungfrau) gelesen. Verbundene Zehe. Durch den Wald nach Hause gefahren. Nach Tische Zeitungen. Zum Thee amerikanische Professorin mit sympathischer Schweizer Freundin. Fragen zum Joseph beantwortet. Aus Äußerungen der Schweizerin Nachklang der großen Wirkung, die der Zürcher Wagner-Vortrag getan. – Im Arbeitszimmer den jungen Mutschan empfangen. Danach eine Botschaft für die »Time capsule« geschrieben, die anläßlich der New Yorker Ausstellung vergraben werden soll. – Mit K. ausgefahren zur Postversorgung, dann zu den Höhen über Erlenbach; etwas gegangen. – Nachricht vom Tode des 71 jährigen Binding in Starnberg. – Abends im Moskauer »Wort«. – Optalidon.

Küsnacht, Sonnabend den 6. VIII. 38

Überraschend schädliche Wirkung des Optalidon, schlaflos, Erregungszustand, K. geweckt, Ruhe erst gegen 3. Heute unwohl, müde. Absagen an Asper und Trebitsch, bei dem frühstücken sollten. Vormittags an Heinrich geschrieben, dann am Vorwort gearbeitet. Hitze. Mittags im Walde oberhalb Zollikons spazieren gegangen; erfreulich. Nach Tische Briefe gelesen und das Tage-Buch durchgesehen. Keine Ruhe dank der drückenden Wärme. Nach dem Thee die Arbeit am Vorwort fortgesetzt. Abendgesellschaft bei Oprechts mit Golo, Medi, Silone, Leisinger, Hirschfeld, Schweizer. Gegessen und getrunken, gesprächig. – Gewitter.

Küsnacht, Sonntag den 7. VIII. 38

Kühler. ½9 Uhr auf. Nicht wohl dieser Tage. An dem Vorwort weiter geschrieben. Mittags im Wagen in die Gegend der Forch und des Clubhauses, dort im Walde gegangen, Bank auf dem Golfplan, Genuß der Landschaft. – Zu Tische Frau »Fruttinger«. Beim Kaffee Problem einer neuen Abschreiberin, da die Lind verschwunden. Später einiges im Faust. Nachmittags Gewitter und Regen. Schrieb noch an dem Vorwort weiter bis gegen den Schluß und beschloß, überdrüssig, diesen von Golo machen zu lassen. Abschrift der Blätter durch K. Abends in dem Buch von Schaeder.

Küsnacht, Montag den 8. VIII. 38

Vor 8 auf. Schwühl. Gleich rasiert. Studien zum »Faust«. Nervös und mißmutig in Erwartung der Zahnarzt-Chikane. ½12 mit K. beim Notar in Küsnacht in Beglaubigungsdingen. Dann zu Asper, der nur probierte, einen unteren Wachsabdruck machte und Weiteres auf den 22. verschob. Ärgerliche Vergeudung von Bereitschaft. Wermut im Garten des Bahnhofsrestaurant. Dann zur Kontrolle des Fußes bei der Bilger. Von da nach Hause. Nach Tische Zeitungen und Faust. Nach dem Thee Briefe diktiert (Landshoff, Zuckmayer u. a.) Golo's Beendigung des Vorwortes zum Schluß nicht befriedigend. Trachten nach einer anderen Kadenz. Zum Abendessen in Witikon bei *Bahrts* mit Golo. Wunderschöne Lage des gepflegten Hauses. Kostbare Bibliothek, weite Aussichtsfenster. Besuch beim Baby. Vorzügliches Essen. Politische Unterhaltung. Immer das deutsche Problem.

Küsnacht, Dienstag den 9. VIII. 38

Wechselnde Bewölkung, warm. ½9 Uhr [auf]. Vormittags das Vorwort zum 2. Jahrgang zu Ende geschrieben, dann Faust-Studien. Über Itschnach und Witikon – schöne Strecke – zum Zürichberg gefahren, dort zum Mittagessen bei Eugenie Schwarzwald. Lustige Erzählungen von Wien. Über den österreichischen Charakter. Nach dem Kaffee zu Oprecht, der Frau das Vorwort eingehändigt. Zu Hause Zeitungen. Nach dem Thee längeren Brief an Lion geschrieben. Korrektur des Briefes ans Schauspielhaus. Ausfertigungen. Mit K. einige Schritte. Gewitter. Abends in Schaeders Buch, das bei einigem Anzueignenden, von der rechthaberisch-verhimmelnden Sorte. Für die Produktion können schlechtere Bücher, die aber weniger unterwürfig, bessere Hilfe sein.

Küsnacht, Mittwoch den 10. VIII. 38

Warm und schön, Wolken. Vormittags Faust-Notizen. Mittags Dr. Leisinger abgeholt u. mit ihm ein Haus in der Vorstadt besichtigt, das uns nicht gefiel. – Brieföffner gekauft, da mein langjähriger zerbrochen. – Vielfältige Post. Guter Brief von Alfred Knopf, Verkauf des »Joseph« an den Buchklub, 5000 Dollars. Chec außerdem von diesem über 500. Bild-Prospekt. – Franz. Übersetzung meiner Friedens-Message. Brief der Meyer mit Artikel über meine Roosevelt-Apologie. Brief von Heinrich. Vieles andere, das nach Tische las. Nach dem Thee Briefe diktiert: An Angell über die Herz als Custodin. An Bertaux. – Korrektur der »Demokratie« von Oprecht. – Abends an Heinrich geschrieben. Über Faust gelesen und Paralipomena.

Küsnacht, Donnerstag den 11. VIII. 38

8 Uhr auf. Dunstig heiteres Wetter. Studien zu Faust. Etwas allein gegangen. Dann noch auf ½ Stunde mit K. in den Wald. Korrektur der »Demokratie«. Korrektur des Vorwortes für »M.u.W.«, das den Beifall der Redaktion fand. Zum Thee

Simon aus Paris: Angelegenheit des englischen Geld-Angebots und der überparteilichen Sammlungskonferenz, die ich nach Paris einberufen soll. Dazu Konsul Laška, dem die 3 Josephbände mit Widmung überreichte. Photogr. Aufnahmen. Beim Abschied dringliche Vorstellungen wegen Golo's militärischer Schwierigkeiten, die mich in Princeton in die schwierigste Lage bringen würden, wenn sie zu seiner Festhaltung führten. – Zum Abendessen Dr. Falke, ohne Frau, die von einer Wespe gestochen. Nachdem er Abendessen u. Wein sichtlich genossen, teilweise schwieriges Gespräch.

Küsnacht, Freitag den 12. VIII. 38

Regen, Gewitter, Abkühlung. Schloß die Studien für den Faust-Vortrag ab und bearbeitete die Manuskripte für das Preisausschreiben. Zum Lunch im Dolder-Hotel bei Trebitschens. Nachher im Waldhaus Frau Dr. Hirsch-Hatvanyi besucht. Nachmittags Gutachten geschrieben. Abends Zeitschriften.

Sils Baseglia, Hotel Margnia, Sonntag den 14. VIII. 38

Gestern Dunkelheit und strömender Regen. Zweifel an der Möglichkeit der Fahrt. Teleph. Anfragen. Verspätete Abfahrt. Einstündige Verzögerung dazu bei Schlosser und Garagist, weil der Kofferkasten (mit Reserverad) nicht zu öffnen. (Neues Schloß mit altem Schlüssel). Endlich 12 Uhr Antritt der Reise, die mir sehr gefiel und deren Naturbilder auch in der Trübnis große Freude machten. Forellen-Mittagessen mit Rotwein in Nesslau noch vor Chur. Bis dorthin Regen, dann leichte Besserung. Recht kalt. Vermieden den Berg beim Walensee u. fuhren über Toggenburg. Wiedersehen mit Ragaz, Lenzerheide. Abstieg nach Tiefenkastel, Julier Paß, letzte Geröll-Öde 2300 M. Thee vorher auf 1800. Ankunft hier ½7 Uhr. Haus A. M. Clarcs, Erika, die Giehse, die von Binswanger entwichene Annemarie, Klaus. In ihrem Wohnzimmer. Im Hotel provis. Zimmer, eng. Gegen 8 mäßiges Diner im Speisesaal. Danach den Abend bei den jungen Leuten drüben verbracht, Kaffee und Liqueur. – Geschichte mit der alten Schwarzenbach u. dem erlisteten Brief, worauf Verstoßung. Absurd und empörend. – Telephon mit Walters.

Sils Baseglia, Sonntag, 14. Fortsetzung

Leidlich geschlafen. Wetter bleibt frisch und trüb. ½9 Uhr Kaffee. Rasur und Maniküre. Später mit K. etwas auf dem Chasté-Wege gegangen. Unterdessen unsere Zimmer mit Bad frei geworden. Umzug, teils eigenhändig. ¾1 Uhr mit Erika und Klaus zu Ludwigs gefahren. Dort Walters. Elegantes Frühstück, sehr laute Unterhaltung, die nach Tische hauptsächlich von Ludwig bestritten. Spät fort. Von 5 bis 6 etwas geruht. Selbstber. Thee. Etwas spazieren. ½8 Diner im Speisesaal. Danach zu den Kindern. Kaffee und Vorlesung der zweiten Hälfte des August-Kapitels, das Erika faszinierend fand. Merkwürdiger Eindruck; glückliche Zufriedenheit auch meinerseits; ruhigeres Gefallen als das erste Mal. – Zu Hause Kamillenthee mit ½ Phanodorm. In dem Helena-Buch von Meissinger gelesen.

Sils Baseglia, Montag den 15. VIII. 38

Gut geschlafen, 8¼ auf. Nachwirkende Zufriedenheit über die gestrige Vorlesung. Wetter etwas lichter. Gebadet. Separates Frühstück, Thee. – Den Faust-Vortrag zu schreiben begonnen, unterbrochen von John *Knittel,* der mich besuchte. Sonne. Spaziergang mit K. auf die Chasté zur Nietzsche-Tafel. 1 Uhr Lunch, danach im Garten, das Helena-Buch, die N.Z.Z. über die deutschen Kriegszurüstungen. Nach meinem Weggang Szene zwischen K. und einem deutschen Juden, der sich gegen eine wohlwollende Schweizerin despektierlich über mich und die Meinen geäußert. – Geruht, Herzklopfen. ½5 Uhr Rendezvous mit *Walters* im Suvretta Hause zum Thee, wozu auch die Kinder sich einfanden. Freundschaftlicher Austausch. Danach zu Besorgungen in St. Moritz. Kabel wegen Dramatisierung von »Mario u.d.Z.« – Sehr kühl. Abends Winteranzug. Bei den Kindern mit *Dr. Klopstock* aus Budapest.

Sils B. Dienstag den 16. VIII. 38

7¾ Uhr auf. Heiteres Wetter. Nach dem Frühstück Faust-Vortrag, Neubeginn. Mittags mit K. spazieren, Weg zum Fexthal. Zum Lunch Dr. Klopstock. Mit ihm Kaffee im Garten. Zum Thee nach Sils Maria, Terrasse, Erika. Zum Haarschneiden am Platz. Medi begegnet, eben eingetroffen. Zu Hause Briefe an Knopf und Lewis, den Dramatiseur, diktiert. Smoking, St. Moritz, Culm Hotel zu Knittel. Elegantes Souper mit ihm, Champagner, angetrunkenes Geschwätz. Rückfahrt 11 Uhr im Dunkeln sehr hübsch. Sternklarheit.

Sils, Mittwoch den 17. VIII. 38

Heiteres, windiges Wetter. 8 Uhr auf. Vormittags am Faust-Vortrag weiter, müde. Spaziergang mit K. und Medi gegen Clavadetsch, ziemlich hoch. Nach dem Lunch im Garten, Ziegler über Faust. Zum Thee mit K. und den Töchtern zu Hanselmann. Leichter Regen. Nachher Briefe diktiert. Spätes Diner. Nachher zum Kaffee bei Mme Clarc. Gäste, die Professoren Wolfen und Bergsträßer mit Damen. Unangenehm. – Neuerdings erkältet. Schnupfen.

Sils, Donnerstag den 18. VIII. 38

Zeitig auf, ¾8. Sehr schönes Wetter. Geschrieben über den »Ewigen Juden«. Mit K. und Medi um die Chasté gegangen. Nach Tische eine Zusendung von Zimmer über Sisyphus gelesen, ferner das 7. Heft von »M.u.W.« Herzklopfen, Baldrian. Zum Thee zu Ludwigs. Auf der Wiese, dann im Hause. Recht angenehm. Zu Hause Briefe ausgefertigt. Nach dem Diner zu Mme Clarc, meinen leichten Kaffee getrunken. Dann Prof. Zimmer mit Christiane und Raimund Hofmannsthal. Bessere Gesellschaft als die gestrige. Viel über Österreich und Deutschland, den kommenden Krieg, Amerika. Wiedersehen in Princeton verabredet. – Medi morgen früh nach Zürich zurück.

Sils, Freitag den 19. VIII. 38

Prachtvolles Wetter mit Wind. Vormittags am Vortrag geschrieben. Mittags schöner Spaziergang mit K. gegen das Fexthal. Großartig klarer Blick über das ganze Ober-Engadin. Nach Tische im Garten Briefe gelesen und Einiges in der Zeitschrift. Zum Thee bei Erika, die allein in dem hübschen Bauernhaus, dessen Räume wir besichtigten. Telegramm an den spanischen Ministerpräs. Negrin nach Zürich. Das Für und Wider des Krieges, dessen Ausbruch auch auf der Redaktion der N.Z.Z. jetzt geglaubt werden soll. Die Unversöhnbarkeit des deutsch-tschechischen Gegensatzes zugegeben, kann ich mich, alles abgewogen, nicht zu diesem Glauben verstehen. – Mit Erika zu dritt ausgefahren über St. Moritz, zu Fuß den oberen Weg nach der Meierei und zum Stazer See. Sehr frisch, brauendes Gewölk, drohender Wetter-Umschlag, von Erikas dienender Frau bewunderswert vorausgesagt: Es sei »zu romantisch« gewesen. – Abreise auf Sonntag angesetzt. – Diner mit Erika zu dritt. Nachher Kaffee bei ihr und einige Grammophon-Musik. Karten an Falkes und Mosers.

Sils, Sonnabend den 20. VIII. 38

Schwankendes Wetter, warm, windig. Gearbeitet am Vortrag. Mittags bei den Frauen im Gärtchen drüben, dann Ausfahrt mit K. zum Fexthal, dort gegangen. Nach Tische im Garten, viel amerikanische Post, auch von der Newton, von Bermann über den »Schopenhauer«. Las einen gestern Nacht begonnenen recht guten Artikel von Annemarie Clarc über die amerik. Südstaaten zu Ende. 4 Uhr abgeholt von Hutchinson, mit ihm zu seinem hübschen Bauernhaus im Fexthal. Dort Thee mit schweizerisch-deutschem Ehepaar. Besichtigung des Hauses, prächtige Balkenstämme des Daches, großartig primitiv. Brauendes Gewölk, Regen und Gewitter. Nach dem Diner zu Erika hinüber. Dr. Klopstock dort. Kaffee und Kirsch. Erika las ein Kapitel aus ihrem Emigrantenbuch, hübsch. Viel über die Kriegsdrohung oder -hoffnung. England scheint mehr und mehr zum Kriege gezwungen zu werden. Die unfaßliche Unfähigkeit der politischen Convenienz, bei Zeiten das Notwendige zu tun und die völlig seltsame Bereitschaft, in der vertrauten Münze des Krieges 100 mal so hoch zu zahlen als man bei etwas mehr Mut zum Außergewöhnlichen hätte zahlen müssen.

Küsnacht, Sonntag den 21. VIII. 38

Heute morgen in Sils vor 8 Uhr auf. Strömender Regen. Vor und nach dem Frühstück gepackt. Bei Erika mit Klopstock. Abfahrt 10¼ Uhr. Julier, kolossales Gewölk, geschwollene Wasser. Tiefenkastel, Lenzerheide, Chur. 1 Uhr in Maienfeld bei *Knittels.* Schön adaptiertes Haus, arabische Dienerschaft, Lunch in kleinem Kreise: ehem. engl. Botschafter in Berlin, arabischer Arzt, Sohn u. Tochter des Hauses. Klaviervorträge der Tochter, englische Unterhaltung. Vortreffliche Bewirtung, Wein-Geschenk im Wagen unterwegs entdeckt. Weiterfahrt ca ½4 Uhr. Kerenzerberg, Rapperswil. Letzte Rückkehr in das Haus Schiedhaldenstraße. Viel Post: Brief von Kozak, Chec für die Schopenhauer-Einleitung. Thee mit Klaus, Golo, Moni. Danach ausgepackt und noch einmal hier installiert. Lastende Briefschulden. Aufsätze und Dissertationen über mich.

Küsnacht, Montag den 22. VIII. 38

8 Uhr auf. Heiteres Wetter. Etwas am Faust-Colleg. Baldrian, weil 11 Uhr zu Asper: längst bevorstehendes Abenteuer des Gipsabdrucks, mit Selbstbeherrschung überstanden. Bei schönem Wetter zu Fuß zu Bettini, Wermut. Unterwegs Freude am Stadtbild, den Gesichtern, der Schweizer Menschenrasse, die eigentlich wohl die mir sympathischste der Welt. – Mit K. von Bettini durch den Wald nach Hause. Nach Tische im »Jungen Goethe« über Faust. Nach dem Thee zahlreiche Briefe münd-

lich. ½8 Abendessen. Danach wieder Ausfahrt: mit K. und 3 Kindern ins Cinéma: Amerik. Film nach skandinavischer Novelle, gut gespielt, psychologisch nicht recht haltbar, aber rührend. Ganz Amerika, die neue Heimat, stieg auf. Zu Hause Thee und Emmenthaler. Mt. über das Zeitthema im Zbg und Joseph. – Beschlossen, daß die Mädchen nicht mit uns nach Princeton gehen, sondern daß wir durch die Newton die schwarzen Longs engagieren.

Küsnacht, Dienstag den 23. VIII. 38

½9 Uhr auf. Trüb. Am »Faust« weiter. Bei Asper zur Probe. Bei Bally 2 Paar Schuhe gekauft. Mit K. weitere Einkäufe. Heftiger Gewitterregen. Mit A. M. *Frey* nach Hause zu Mittag. Kaffee. Später Manuskript-Prüfung. Nach dem Thee noch etwas am Kolleg. Gutachten geschrieben. Zum Abendessen Ankunft von Heinz Pringsheim und Frau, die übernachten. Mit ihnen abends in der Halle. Über die deutschen Zustände. Vom Hause Poschingerstraße, groß angebaut, seltsam und unheimlich zu hören. Unmöglichkeit des Krieges. – In Wiegands Literaturgeschichte.

Küsnacht, Mittwoch den 24. VIII. 38

8 Uhr auf. Schönes, aber kühles Wetter. Frühstück mit den Gästen. Gearbeitet am Colleg. Viel Post, Amerikanisches. Brief von Dean Gauss, daß der Faust erst im frühen Jahr daran kommt. Von Colin aus Beverly Hills über die Aussichten des Joseph, Gaukelei mit 40 000 Dollars. Bis man kauft, wird Montgomery alt und fett sein. – Mittags mit K. und den Gästen ausgefahren. Besichtigung des Wiesengrundstücks, dann zum Pfannenstiel, zu Fuß zur Höhe, lichtes Panorama. – Zu Tische Dr. Klopstock und der Prager Schriftsteller Grab. Nach dem Thee Reihe von Briefen diktiert: an ter Braak, Lion etc. Abends mit inniger Aufmerksamkeit Platten-Musik gehört: Maria Müller als Elisabeth.

Küsnacht, Donnerstag den 25. VIII. 38

Heiterster, herbstlich kühler Tag. 8 Uhr auf. Vorm Frühstück mit K. zum Notar zur Beglaubigung unserer Zustimmung zu Bibis Heirat. Danach Frühstück mit den Gästen. Geschrieben am Colleg. Mittags zu Asper, Entgegennahme der neuen leichteren aber noch ungewohnten Prothese. Ein paar Besorgungen, dann bei prächtigstem Wetter zu Fuß zu Bettini, einen Wermut zu trinken. Zu Tische Dr. Klopstock außer den Hausgästen. Kaffee auf der Veranda. Nachmittags ¾5 Uhr Ausfahrt nach Rapperswil, wunderbares Licht, Schönheit der Schneeberge. Thee auf der Hotel-Veranda am See, Spaziergang über die Seepromenade zum alten polnischen Schloß. Rückweg über Uster, Witikon. Schöne, genußreiche Fahrt, Freude an den reizenden Bildern des Landes. Ungemein klarer Sonnen-Untergang. Zum Abendessen Herb. *Eulenberg.* Viel über Deutschland. Vertrauen der Schafsköpfe dort auf den »Blitzkrieg« (Buller). – Ankunftstelegramm Heinrichs. – Brief der Servicen. »Le niveau intellectuel de tous les publics baisse, hélas, de plus en plus«. – Wort Gobineaus: »On prétend que l'homme descend du singe. Je prétends, moi, qu'il en monte.« – Das Beinkleid des Anzugs aus Los Angeles am elektr. Ofen verbrannt.

Küsnacht, Freitag den 26. VIII. 38

Bedeckt, herbstlich kühl. ½9 Uhr auf. Frühstück mit den Münchener Gästen, die nachher abfuhren. – Arbeit am Colleg bei merklicher Zerstreutheit. Mittags mit K. nach Zürich zum Bahnhof. Abholung Heinrichs. Mit ihm nach Hause unter Erörterung der politischen Lage. Wermut in seinem Zimmer. Kaffee nach Tische mit ihm [und] den Kindern. – Druck der neuen Prothese. – Erstes Exemplar von »Der zuk. Sieg der Demokr.« Anfang der Korrektur des Essay-Bandes. – Verlängerter Thee mit dem Bruder. Danach an Slochower über seinen Aufsatz geschrieben. Eine halbe Stunde mit K. und Heinrich ausgegangen. Nach dem Abendessen im Radio den

2. Akt des Tannhäuser aus Salzburg gehört. Arg extreme Tempi, ruppiger Wolfram. – Besorgnis um K., deren Leistungsfähigkeit durch die Auflösung des Haushalts auf eine Probe gestellt wird, der sie früher besser gewachsen gewesen wäre.

Küsnacht, Sonnabend den 27. VIII. 38

8 Uhr auf, gebadet und mit K. und Heinrich Kaffee gefrühstückt. Danach am »Faust« gearbeitet. Mittags bei neblig bedecktem, milden Wetter zur Stadt, zu Asper, Erleichterung der Prothese. Zu Fuß zu Bettini, angenehm beim Wermut gesessen bis der Wagen kam. Nach Tische auf der Terrasse. Kamen Exemplare der »Demokratie«. In der »Prager Presse« Bilder aus dem »Th.M.-Kollektiv«, Kinderlager im Riesengebirge. – Üble Nachrichten über die Sudeten-Nazis, Unruhen. – ½5 Ausfahrt mit K. und Heinrich nach Rapperswil. Thee dort wie neulich und Spaziergang. Rückfahrt auf oberer Strecke. Zu Hause Heinrich Aida-Platten vorgespielt. Zum Abendessen Frau Reiff und Dr. Grab. Nach ihrem Weggang Schluß des Luzerner Toscanini-Konzerts gehört (Meistersinger-Vorspiel).

Küsnacht, Sonntag den 28. VIII. 38

8 Uhr auf. Neblig bedeckt, feuchte Luft. Im Garten und auf der Straße. Mit Heinrich Kaffee getrunken. Vormittags gearbeitet am »Faust«. Mit K., Heinrich und Toby zum Wald gefahren, dort gegangen. Zu Tische Lavinia *Mazzucchetti* und die *Giehse*. Erstere geschwätzig. Eingeschränkter Verkauf meiner Bücher in Italien, keine neuen. Liegenbleiben der Essay-Übersetzungen. – Nachmittags etwas geschlafen. Zum Thee Tennenbaum mit seiner mährischen Cousine. Über das Grundstück und den Preis (12 Franken pro qm) – Briefe geschrieben über Manuskripte. Mit K. um den Weiher gegangen. Abendessen zu dritt mit K. und Heinrich, der Bedenken trägt, morgen zum Konzert nach Luzern zu fahren. Radio- und Platten-Musik. Las aus dem Faust vor. – Photographie an Mrs. Knittel. – Bücher ausgesucht vor Eingreifen der nahenden Packer.

Küsnacht, Montag den 29. VIII. 38

8 Uhr auf. Thee-Frühstück mit K. und Heinrich. Danach gearbeitet. Mittags mit H. ausgegangen, im Walde von K. mit dem Wagen eingeholt. Warm, stechende Sonne, Rückkehr des Sommers begrüßt. Viel Post. Langer Brief Lions über die Finanzen der Zeitschrift, die Mayrisch, Golo, meine nächsten Beiträge etc. Viel Amerikanisches. – Nach Tische Zeitungen auf der Veranda. Reden Simons und Churchills. 6 Uhr mit K. und Moni nach Luzern zum Walter-Konzert. Am See, Terrasse des Kunsthauses Imbiß. Hübscher Saal. Weber, Wagner, Schubert. Intime Wirkung. Müde. In der Pause bei Walter, der stark gealtert. Heftiger Regen. Nach Schluß mit Walters und einigen anderen Personen bei seiner Gastgeberin. Nachricht, daß die home fleet in der Nordsee konzentriert. Die Lage äußerst gespannt. Kann Hitler noch zurück? Krieg führen kann er noch weniger. – Sehr späte Heimfahrt. ½3 Uhr.

Küsnacht, Dienstag den 30. VIII. 38

½9 Uhr auf. Zum Teil sonnig. Frühstück mit Heinrich und den gestern Abend von Sils eingetroffenen Erika und Golo. Den ganzen Tag Packer im Hause, die vormittags, während ich am Faust-Aufsatz schrieb, die Wohnhalle auflösten und sich mittags an mein Arbeitszimmer machten. – Mit K., Heinrich, dem Bruder Tennenbaum und dem Besitzer auf dem Grundstück: Zufahrtstraße, Maße. Danach etwas weiter gefahren und den Ort Küsnacht besucht. Zu Tische die Giehse mit den 5 Kindern und Heinrich. Die neue Prothese nach Leichtigkeit und Sitz ein entschiedener Fortschritt. – Mein Zimmer unzugänglich, Chaos. Las im Schlafzimmer etwas Hamsun. Unruhe, innere Bewegung wegen des Abschlusses dieser Epoche. Unterhaltung mit Heinrich und Erika beim Thee. Dazu K. aus der Stadt. – In meinem Zimmer, leere Bücherregale. – Brief des Schauspielhauses wegen der Abschiedsvorlesung am 13. September. – Die Zeitungsnachrichten eher nach Entspannung und Zeitgewinn lautend. Englische

Anleihe an die Sudetendeutschen? – Fernes Gewitter. Andauernder Regen. – Manuskripte und Arbeitsmaterial bei Seite geräumt. Nach dem Abendessen in meinem bücherleeren Zimmer mit Kisten ergreifende Vorlesung Heinrichs aus dem 2. Bande seines Henri IV. – Später mit den Söhnen über Lions Brief, Golo, die Mayrisch. Die Affaire des englischen Geldes in Beziehung auf die Zeitschrift.

Küsnacht, Mittwoch den 31. VIII. 38

Früh Lärm der Packer. ¾8 Uhr auf. Mit K. u. Heinrich gefrühstückt. Danach im verwüsteten Zimmer geschrieben. Regen. Allein mit dem Hund über Itschnach spazieren gegangen. Nach Tische Korrektur der politischen Aufsätze gelesen. Unruhe. Nach dem Thee ein wenig Handschriftliches. Abends mit K. und den beiden Großen zu Reiff; Souper mit Walters und Eugenie Schwarzwald. Tochter und Schwiegersohn später. Viel über die Lage. Besorgnis, da Beneš gegen seine Opposition Zugeständnisse durchsetzt, die die Auflösung des Staates in ein paar Jahren bedeuten. Die Tschechen begierig nach Krieg. Man ist es im Tiefsten auch. Beneš persönlich soll an befriedigende Lösung glauben. – Fortschreitende Auflösung des Hauses. – Mit Walters Schwiegersohn über Zürcher Boarding House-Wohngelegenheiten. Tröstlich für nächstes Frühjahr.

Küsnacht, Donnerstag den 1. IX. 38

Halte die Zeit! Nutze sie! Sei aufmerksam auf jeden Tag, jede Stunde! Sie entschlüpfen unbeaufsichtigt gar zu leicht und schnell. – Ein neuer Monat. Der der Rückreise, Übersiedelung. Heute der Haupt-Auszugstag. Morgens blieben die Packer aus. Ich schrieb nach dem Frühstück noch am Schreibtisch am Faust-Vortrag weiter. Mittags kam der »Lift«. Ausfahrt mit K. und Heinrich zum schönen Wald von Zumikon, wo wir gingen. Nach Tische Hinaustragen der Möbel und Kisten. Ich hatte viel Kleines, auch den Grabes-Diener (in Watte verpackt) in den Schreibtisch-Schubladen verstaut u. diese nach

Weisung des Packers herausgezogen. Wartete beim »Lift« lange auf das Erscheinen des Sekretärs, um selbst die Schubladen wieder zu verschließen. Saß auf der Steinstufe der Garten-Platform, sah Stücke hinaustragen, den Empire-Fauteuil, worin ich den Schluß des Briefes nach Bonn geschrieben. K. und Eri gesellten sich dazu. Überließ schließlich die Versorgung der Schubladen K., um mich etwas hinzulegen. – Um die Theezeit leidliches Wiederwohnlichmachen des Hauses. Schreibe wieder an dem Tisch, den ich vor 5 Jahren benutzte, bevor die Möbel aus München kamen. Magere Neuordnung der Halle ohne Schränke und Musikapparat. – Eintreffen der ersten Korrekturen des »Schopenhauer«. – Smoking Toilette. Mit K., Klaus, Moni und Medi ins Schauspielhaus, Eröffnungsvorstellung »Troilus und Cressida«, Loge. Merkwürdiges Stück, nihilistisch bitter, als Handlung und Composition problematisch. In der Pause Kaffee mit Oprecht und Falkes. Ferner viele Leute begrüßt: Faesis, die Rothbart, die Mazzucchetti, Kaufmanns, Kahler. – Ungeheurer Abstand im Geiste des Stückes von Homers Thersites. Shakespeare, der moderne Dichter. – Das nachfolgende Bankett abgelehnt. Heimfahrt, Sternenhimmel. Geordnete Leere des Hauses. Nachtessen mit der Familie. Zahlreiche Gäste für diese letzten Tage zu erwarten.

Freitag den 2. IX. 38, Küsnacht.

Gestern Nacht sehr schwer eingeschlafen; ganzes Phanodorm. Spät auf. Sehr frisch, leicht geheizt. Mittags und nachmittags sonnig-sommerlich. – Etwas am Faust-Aufsatz. Mittags mit K. und Heinrich Ausfahrt zum Club Haus Zumikon, aufmerksam auf das dortige Bauland, das vor dem zuerst ins Auge gefaßten manchen Vorzug hat. – Nachmittags Diktat von Briefen wegen einer dänischen Ausgabe der politischen Essays; ferner an Bermann wegen des Buches und an Lion, antwortlich. Zum Abendessen *Kahler*. Nachher Vorlesung Heinrichs in meinem Zimmer aus den Schlußteilen des »Henri IV«.

Küsnacht, Sonnabend den 3. IX. 38

8 Uhr auf. Trübe. Kaffee getrunken. Versuch, das californische Tagebuch-Blatt für den politischen Band zu redigieren. Mittags bei Regen mit K. über Itschnach gegangen. Nachmittags geschlafen. Zum Thee Dr. Peters aus Winterthur mit seinen polnischen Damen. Korrekturen des pol. Bandes, Doubletten bearbeitet. Abends zu Sechsen ins Schauspielhaus, recht gute Aufführung von »Frau Warrens Gewerbe« mit Valentin und der Giehse, der wir Geschenke sandten. Verabschiedung von Kahler. Kaffee in der Pause; Oprecht. Abendessen zu Hause. Fortsetzung der Korrektur.

Küsnacht, Sonntag den 4. IX. 38

8 Uhr auf. Trüb, mild. Machte die Tagebuch-Blätter »Der Bruder« fertig. Mittags mit Heinrich ausgefahren, oberhalb von Erlenbach gegangen. Schöner Blick. Zu Tische die Giehse. Kaffee. Danach noch an dem Aufsatz geschrieben. Zum Thee Robert *Musil* und Frau. Über seine Lage. Später mit Erika an dem Rundbrief in Sachen der Pariser Emigranten-Einigung. Zu Achten bei Oprechts zum Abendessen in Gegenwart ihres Gastes, eines jungen Conte. Manches Politische. Die italienische Generalität entschlossen, Mussolini gefangen zu setzen, wenn er Krieg macht. Hitler überzeugt, daß England es nicht ernst meint, entschlossen zu marschieren, falls die Tschechen ihm nicht das Letzte bewilligen. Ist nicht nur seine Schuld. Vor 11 Uhr Aufbruch. – Bibi eingetroffen, wohnt bei Mosers. In Küsnacht aufgeboten.

Küsnacht, Montag den 5. IX. 38

½9 Uhr auf. Sehr kühl, eher heiter, nachmittags Regen. Nach dem Frühstück mit Erika das Rundschreiben an die Pariser Personen. Danach Post und Zeitungen. 11 Uhr zur Stadt, bei Oprecht, Begegnung mit Kesser, beim Schneider, beim Optiker, Pull-over aus Kaschmir gekauft. Sonne. Zu Fuß zu Bettini, dort beim Wermut gesessen. Zu Tische Max Oppenheimer und

Lotte Walter. Nachher Herstellung einer guten Zeichnung von mir durch O. – Beim Thee mit Heinrich über die querelles allemandes in der Emigration und das Pariser Vorhaben. Später viel Korrespondenz mit K. erledigt. Notwendige Botschaften und Beiträge bleiben zurück. Nach dem Abendessen Vorlesung von »Der Bruder« vor K., Heinrich, der Giehse und den 5 Kindern. Für den Band akklamiert. Vorlesung des Schlusses von Henri IV durch Heinrich. Großes, rührendes Werk.

Küsnacht, Dienstag den 6. IX. 38

8 Uhr auf. Frühstück mit Heinrich, der lebhaft für Publikation des »Bruders« plaidierte. Telephon mit Falke wegen Donnerstag. Als Arbeit Vorbereitung von Diktaten. Kurzer, langsamer Spaziergang mit K. und Heinrich. Zu Tische R. *Ladenburg* (Princeton). Vor 3 Uhr Verabschiedung von H., den K. zum Zürcher Bahnhof brachte. – Nach dem Thee einiges Handschriftliche, dann Diktate von Messages an versch. Organisationen und die Prager Volks-Illustrierte zum 20 jährigen Bestehen der Č.S.R. – Telephon Erikas mit Braun, Paris, wo beträchtliche Aufregung über die franz. Teil-Mobilisierung. – »Der Bruder« an Bermann. Die Yale-Rede an Lion. – Zum Abendessen *Beidlers*. Müde.

Küsnacht, Mittwoch den 7. IX. 38

8¼ Uhr auf. Heiteres Wetter. Kaffee getrunken. Einen Beitrag für Fadimans Sammlung philosophischer Bekenntnisse zu schreiben begonnen. Mittags zur Stadt: bei Asper, Wollen-Keller, Pediküre. Cigaretten gekauft. Nach Tische Briefe gelesen, hauptsächlich aus Amerika. Zum Thee Schriftsteller Herm. Kesser. Die »Schopenhauer«-Korrektur vollständig. Die des Essay-Bandes weitergeführt. Rasiert. Zum Abendessen mit K. bei Katzensteins. Nach dem Essen Dr. M. Pulver mit seinem seltsamen Assistenten Schlag, ferner Erika und Klaus. Zu Hause im »Schopenhauer« gelesen.

Küsnacht, Donnerstag den 8. IX. 38

½9 Uhr auf. Heiteres Wetter. An dem Artikel für Fadiman geschrieben, müde und gelangweilt. Mittags allein mit dem Hund den großen Waldweg gemacht. Nach Tische die Korrektur des Essaybandes beendet. Nach dem Thee einiges Handschriftliche: Manuskript von Amann (durch Hesse) an Welti. Falkes. Mit ihnen zur Stadt, Abendessen im Restaurant (sehr gut). Nachdem mir tagüber schlecht und beklommen zu Mute gewesen, besserte sich mein Zustand. Nach dem Essen ins Schauspielhaus, Loge mit Falkes, Golo und Medi. Gute Aufführung einer Raskolnikow-Dramatisierung. In der Pause Kaffee mit Falkes, Hirschfeld, Freund. Nach Schluß Dir. Wälterlin in seiner Loge aufgesucht. Mit Falkes nach Hause, die Golo nach Feldbach weiterführte. – Nachrichten über die Tschechoslowakei trostlos. Desaströser Times-Artikel, offiziell verleugnet, für Abtretung der sudetendeutschen Gebiete. Der Verrat Englands wird immer deutlicher. Das Land soll auf kaltem Wege geopfert werden. Es wird keinen Krieg geben, – was nicht ausschließt, daß man ihn unter erschwertesten Bedingungen doch eines Tages führen muß.

Küsnacht, Freitag den 9. IX. 38

½9 Uhr auf. Bedeckt, mild. Vormittags an dem Artikel für Fadiman weiter, zum Lakonismus entschlossen und zum Abtun. Dadurch Erleichterung. Ausfahrt mittags zu den Höhen oberhalb Erlenbach, Freude am Blick, Interesse für dortigen Baugrund. Zu Tische Anne Marie Schwarzenbach, verödeter Engel. Kaffee. Zeitungen und Briefe. Neues Schimpf-Skriptum des Sonderegger, an Oprecht, der ihm geantwortet. Nicht gelesen. – Nach dem Thee an Kerényi geschrieben, dann Diktate, darunter kurze Antwort an Sonderegger. Zum Abendessen die Giehse. Golo berichtet von einem Redaktor der N.Z.Z., der in Nürnberg gewesen. Hitlers deplorabler Zustand, zerschlägt, was man ihm in die Hand gibt. – Abends den größten Teil der Schopenhauer-Korrektur gelesen.

Küsnacht, Sonnabend den 10. IX. 38

½9 Uhr auf. Mild, Regen, finster. Kaffee getrunken. Den Beitrag für Fadiman à baton rompu beendet. Bermann akzeptiert und akklamiert den Aufsatz »Der Bruder«. Dramen-Manuskript eines jungen Franzosen. In den Zeitungen »Zuspitzung der tschechoslowakischen Affaire«. – Ging allein die Höhe gegen Itschnach hinauf. Zu Tische A. M. Schwarzenbach. Nachher das »Tage-Buch« gelesen. ½6 Uhr Rendez-vous am Küsnachter Bahnhof mit Faesi's. Mit ihnen im Wagen unter Benutzung der Fähre auf ihr Gut. Verbesserung des Wetters, bewundernswerte Farben der Berge und Landschaft bei einem kurzen Spaziergang. Das renovierte Haus von 1816. Hübsches Speisezimmer, Kaffee auf der Diele. Rückfahrt mit den Wirten, die wir nach Zollikon brachten. Berichte über deutsche Spionage in der Ostschweiz und systematische Vorbereitung der Bemächtigung. Phantastisch, aber wenn die Č.S.R. fällt, ist alles möglich. Listen Prominenter. Großes Material in Bern. – Besprechung der »Demokratie« in »Het Vaderland« von ter Braak. – Abreise Erika und Klaus.

Küsnacht, Sonntag den 11. IX. 38

8¼ Uhr auf. Gestern Nacht lange in dem Buch von St. H. Roberts über Hitler-Deutschland gelesen. – Morgens Nebel, dann außerordentlich schöner Spätsommertag. Schrieb vormittags an der Ansprache für Dienstag. Mittags mit Tennenbaum die Grundstücke beim Golfhaus und über Erlenbach besichtigt. Erstere, die schönsten, scheinen dem Club zu gehören. Vorher Besuch anderer Plätze an der Forch-Bahn in Begleitung des italienischen Besitzers. – Tennenbaum zu Tische. Kaffee auf der Terrasse. Dort die Korrektur des »Schopenhauer« beendet. – Nachmittags Beginn des Packens. Sommerkleider und Wäsche für K.'s großen Schrankkoffer. – An der Ansprache. – In dem Buch von Roberts. Abendessen nur mit K., Moni und Bibi. – Tennenbaum gibt das Gerücht von dem »ultimativen« Telegramm Chamberlains an Hitler wieder. Zuziehung Edens bei den Beratungen im Foreign Office. – Wüste Prahlrede Goerings. – In Roberts' Buch.

Küsnacht, Montag den 12. IX. 38

Vor 8 Uhr auf. Nebel, dann schönster, sommerlich warmer Tag. Beendete die Theater-Ansprache. Mit Medi im Ford zur Stadt, bei Asper, dann zum Haarschneiden, dann zu Fuß zu Bettini. Zu heiß in der Sonne. Mit K. nach Haus. Nach Tische Lektüre von Briefen und Zeitungen auf der Terrasse. Zum Thee zu *Mosers* zur Verabschiedung. Danach Packen der für das Schiff, nicht für Paris bestimmten Koffer; auch des Bücherkoffers. Zum Abendessen zu *Brentano's*. Berichtet von seinem Roman, der die veränderte Menschlichkeit analysiert, aus der das Politische hervorgegangen. Glaubt dabei an die Möglichkeit einer Revolution in Deutschland. – Telephonischer Bericht Golos über die Nürnberger Rede Hitlers: brüllend, herausfordernd, aber allgemein und ohne bestimmte Forderungen. Das heißt: kein Krieg, was ich immer gewußt habe.

Küsnacht, Dienstag den 13. IX. 38

8 Uhr auf. Heiteres, etwas nebliges Wetter. Nach dem Frühstück Beschäftigung mit der heutigen Abschiedsvorlesung. Beschluß, das August-Kapitel zu benutzen. Kontrolle der Ansprache. Mittags allein etwas ausgegangen. – Hitlers Kettenhund-Rede, Times: »Daß das Haupt eines großen Volkes solchen Unsinn redet.« – Erika telephoniert von Paris, Einziehung der Reserven. »Demokratie« an Br. Walter und Herrn Moser. Handschr. Kleinigkeiten. Smoking. ½8 Imbiß mit Rotwein. Zum Schauspielhaus mit K. und Moni, Golo. Auf der Bühne mit den Direktoren Wälterlin und Schweizer. Auftritt, Empfang, Dank-Rede herzlich aufgenommen. Las das erste und letzte Drittel des August-Kapitels. Schöner Eindruck. Das Theater voller Freunde. Blumen und Hervorrufe. Empfang bei Oprechts, viele Leute, Katzensteins, Falkes, Roda, zuletzt Stadtpräsident Klöti, die Schauspieler. Geschenk des Direktors

Schweizer: japanische Ausgabe des »Tonio Kröger«. Geschenk der Giehse: Elfenbein-Schreibzeug aus dem 17. Jahrhundert für Feder, Tinte und Streusand. – Unter dem Eindruck des »Ultimatums« von Henlein an die Regierung den Belagerungszustand aufzuheben, befristet sechs Stunden. Nachrichten lauten auf Ablehnung. Ministerrat Prag in Permanenz, »Verhandlungen gehen weiter«.

Küsnacht, Mittwoch den 14. IX. 38

Letzter Tag in Küsnacht, letzte Eintragung. Sonnig warm. 8 Uhr das 5 Jahre benutzte Bett verlassen. Vormittags am Faust-Vortrag geschrieben. Mittags vorm Hause. Abreise der Jüngsten. Mit K. und Tennenbaum weitere Grundstücke bei Zumikon besichtigt. Beim Architekten. Letztes Mittagessen, mit dem kleinen Geschäftsmann als Gast. K. überaus belastet. Nach Tische Zeitungen: Die europäische Krise, die in Deutschland als rein deutsch-tschechisch hingestellt wird. Zwischenfälle mit Toten, Revolten der Verhetzten, Militär, Schüsse, Überfälle, Sturm auf Gewerkschaftshäuser. – Nachmittags Packen. Die Giehse bei K., Adieu von ihr. Verabschiedung von Golo, der ebenfalls nach Paris kommt. – Trage den schönen Brillant-Ring, der für mich erweitert worden. – Unser Zug geht gegen neun.

Paris, Donnerstag den 15. IX. 38. Hotel Lutétia.

Gestern nach dem Abend-Imbiß (brachte der gequälten K. Schinkenbrot und Rotwein hinauf) nach Verabschiedung von den Mädchen und Moni Abfahrt mit dem Wagen des jungen Küsnachter Garagisten, bei ziemlich knapper Zeit. Am Bahnhof Oprecht. Am Zuge Beidlers und Tennenbaum. Blumen und Süßigkeiten, Lebewohl. Schlafwagen, zeitig zur Ruhe, etwas in dem Buch von Roberts gelesen. Unruhe und Ergriffenheit von dem Abschluß dieser 5 jährigen Lebensepoche. Aber zufrieden, daß durch die Rückkehr ein bewußter Abschied, die letzte Ausfahrt aus der Schiedhaldenstraße herbeigeführt. –

Der Chevrolet für 4300 Franken verkauft. – Ganzes Phanodorm zur Nacht. 6¼ Uhr Wecken. Regen. K. kleidete sich an, während der Zug schon Gare du Nord stand. Einberufener Träger. Die Situation haarscharf am Ausbruch. Chamberlain zu Hitler nach Berchtesgaden – beschämend. Kämpfe und Tote im Sudetenland. S.A. in Civil. – Fahrt ins Hotel, von Erika in unserem Zimmer empfangen. Frühstück mit ihr und Austausch. Danach weitere Bettruhe bis nach 10. Rasiert. Besuch der jungen Kinder. Briefe von Bermann, Marck. – Heinrich trifft zur Sitzung ein. – Schrieb Abschiedszeilen an Frau Gujer. – Telephon mit Bermann, Stockholm. Über die Neuerscheinungen und -Ausgaben, den Bruder-Aufsatz, Geschäftliches. – Mittags bei Annette, Rue C. Périer. Sehr alt und krank. Déjeuner mit Champagner an ihrer Chaiselongue mit großem Appetit. Kaffee. Erika und die Kleinen. – Immer der Chamberlain-Flug und Les Soudètes. Kriegserwartung. Thee in unserm kleinen Salon mit Heinrich und den Kindern. Diner bei Hugo *Simon,* Rue Grenelle. Prächtige Wohnung. Anwesend der junge Kaffee-Händler u. Literaturfreund Janice. – Chamberlain von Berchtesgaden abgereist.

Paris, Freitag den 16. IX. 38, »Lutetia«

Vormittags 10 Uhr mit Erika u. Heinrich zur politischen Sitzung ins Hotel Scribe. Vorstellungen in der Halle: Stampfer, Dahlem, Braun, Rauschning, Spieker, Simon etc. Warten auf das Konferenz-Zimmer. Meine Einleitungsworte. Diskussion. Friedlicher Geist. Beteiligung Heinrichs und Erikas. Kleines Bureau beschlossen, Vorschläge an mich. Beauftragung mit Aufruf. Déjeuner im Restaurant. Nachher im Konferenzzimmer mit Stampfer, der den Aufruf redigiert. Zu Hause Ruhe. Thee mit Heinrich und den Kindern. Am Aufruf. ½7 Schwarzschild: Lebhafte Debatte über Rußland und das Verhalten des N.T.B. – Abendessen in angenehmem, kleinen Restaurant: Marmite, Omelette und Himbeeren. Verabschiedung von Heinrich. Nachher mit Erika den Aufruf fertig gestellt. Vorm

Schlafen in Hamsuns Reisebildern. Die politischen Nachrichten wechselnd. Stundenweise schien der Krieg sicher, aber mein Unglaube an ihn bewährt sich immer wieder.

Sonnabend den 17. IX. 38. Im Zuge nach Boulogne s.m.
Das klarste, frische Herbstwetter hält an. Heute nach 6 Uhr auf. Schlechtes Frühstück. In zwei Taxis mit Golo u. Medi zum Bahnhof. Verabschiedung von Golo. Spezialzug, I. Klasse, zu dritt allein. Die Nachrichten lauten auf Spaltung der Sudetend. Partei nach Flucht der Führer, übrigens auch Auflösung. Feste Haltung Prags. Entrevue in Köln unwahrscheinlich. Kriegs-»Gefahr« merklich zurücktretend. Diplomatische Niederlage Hitlers nicht ausgeschlossen. Sehr günstige Nachrichten über die Stimmung in Deutschland. – Ankunft Boulogne 11¼ Uhr.

An Bord »Nieuwe Amsterdam«. Tender. Gedränge. Löwenfelds aus München-Zürich. Weitere Bekannte aus Toronto. Das große Schiff, neu und prächtig. Geräumig-angenehme Kabine, aber zu weit hinten. Blaues Meer. Speisesaal, Besorgung des Tisches, Lunch; Kaffee. Holl. Cigarre gekauft. Stühle Promen. Deck gemietet. Dort geraucht, während K. nach Medi suchte. Danach in der Kabine, ausgepackt, geschlafen. Nach 5 Thee mit K. u. Medi im Rauchsalon. Spaziergang bei untergehender Sonne auf dem breiten Oberdeck. Leicht schmerzender Ischiaticus. – *Southampton.* Dinner 7 Uhr. Danach mit Medi im gr. Salon. Besuch von der Herz, nicht mehr erwartet. Höchst erregt, vergißt sie schließlich ihren Paß. Vergebliche Versuche ihn ihr noch zuzustellen. – Im Cinéma, reizendes Theater. Dummer Film mit Montgomery, der hübsche Joseph-Momente hatte. Zurückstellen der Uhr.

Nieuwe Amsterdam, Sonntag den 18. IX. 38
Gestern Nacht der Aufenthalt in Southampton sehr langwierig. Heute, 11 Uhr vormittags immer noch in England nahen Küstengewässern mit Schiffen. Leicht bedeckt, ruhige See. – Heftiger Einfluß der Meerluft. Geschlafen mit Phanodorm bis

gegen ½9 Uhr. Gedouscht, am Bette gefrühstückt und rasiert. Finde Vergnügen darin, tags den Lapis Lazuli und abends den großen Diamanten zu tragen. – Gestern Abend englische Zeitungen. Die deutsche Presse vollkommen zügellos gegenüber der Tschechoslowakei. Benesch »ein Verbrecher«. Die »Frankf. Zeit.« erklärt es für einen »tragischen Irrtum« der Tschechen, zu glauben, die Sache könne noch auf diplomatischem Wege gelöst werden. Wo ist der tragische Irrtum? Die deutsche Unwissenheit u. Einsamkeit, Sonderweltlichkeit ist wieder vollkommen. Aber es scheint nicht, daß Hitler noch zurückkann. Ein Weichen ohne Erfüllung der radikalen Forderungen wäre für sein Prestige katastrophal. Doch kann auch der Krieg, bevor er ausbricht, seinen Sturz bringen. Ob für diesen Fall Kräfte im Lande bereit stehen? Sicher ist, daß die Tschechen im Fall von Gewaltanwendung kämpfen werden; sie erklären offen, es lieber heut als morgen zu tun. Verhaftung einiger Hundert Tschechen in Deutschland, bereits Kriegs-Untat. Möglichkeit, daß England sich zurückzieht, darum auch Frankreich nicht marschiert und Deutschland mit den Slaven allein die Sache auszufechten hat. Auf jeden Fall wäre bewiesen, was zu beweisen war, daß das Regime der Krieg *war* und nichts anderes. Neugier, ob Italien wirklich, gleich oder später, mit ihm gehen würde. Gefühl für den Unterschied seines Verhältnisses zu Europa und dem der Deutschen. – – Vormittags im Liegestuhl, etwas gegangen. Hamsun über die Türkei: Der Spott über die westl. Civilisation nicht hochstehend. 12¾ Lunch mit Kaffee. Kleine Portionen. Nachher wieder auf Deck, geraucht. In der Cabine die Schiffszeitung. Belagerungszustand in der Tschechoslowakei, Aufhebung der Press- u. Versammlungsfreiheit für 3 Monate. Entschlossenheit zu kämpfen. Chamberlain und Daladier für das Plebiscit gegen starke Opposition in ihren Ländern. Labour droht, die Rüstung nicht mehr zu unterstützen. Seltsamste und spannendste Lage. Der Krieg wird auf sehr zögernde, fremdartige Weise entstehen u. sehr neuartige Formen annehmen. – Geruht bis 4¼. Thee mit K. u. Medi. Danach Einkäufe im Shop, gutes Amsterdamer Geschäft. Schutzbrille für K., deren Augen unter dem Winde leiden. Smokinghemd für mich. Tücher, Westen, Mütze. – 6 Gepäckstücke, die der Zürcher Firma in Auftrag gegeben, nicht vorhanden. – Spaziergang an Deck. Aufklaren und Wind. Leichtes Rollen. Schönes Meer und Regenbogen. – Zum Diner Smoking. Nachher mit Medi im Salon. Gelesen in Kessers Essays, vernünftig. ½10 Uhr Cinéma, Fliegerfilm mit unangenehmem, bei Frauen beliebten Helden und imposanten Aufnahmen.

Nieuwe Amsterdam, Montag den 19. IX. 38

Ziemlich früh erwacht. Wetter eher trüb, frisch, leicht unruhig. Stand ¾8 auf, zog mich gleich an und frühstückte allein im Speisesaal. Nachher auf dem Promenadedeck. Schrift von Kerényi über den griechischen Roman. Vorher am Faust-Colleg mit Bleistift geschrieben bis Nachbardame mir hineinsah. Wetter heiterer, bewegt. Einige Gänge zu dritt ums Oberdeck. Tasse Kaffee nach dem Lunch. Dann wieder im Stuhl. Faust Stellen nachgelesen. Bord Zeitung. Die Lage so miserabel wie möglich. Daladier und Chamberlain einig, daß nur Plebiscit den Frieden retten kann. Vereinigter Druck auf Beneš. Abtretung der »rein deutschen Gebiete« und Befragung in den gemischten. Danach internationale Garantierung der neuen Grenzen der Č.S.R. Bedeutet zweifellos Neutralisierung und Abhängigkeit von Deutschland. Neue Erklärung Hodzas, daß die Republik das Plebiscit verweigere. Was geschieht, wenn sie dabei bleibt? Offener Vertragsbruch Frankreichs? – Es ist eine unfaßliche Geschlagenheit der Gehirne. Man will den Krieg nicht – er würde nicht kommen, wenn man Hitler die Stirn böte. Er könnte ihn nicht führen, es wäre sein Ende. Man will also sein Ende um keinen Preis. Warum nicht? Weil man den Bolschewismus fürchtet. Dieser wäre angeblich auch das Ergebnis des Krieges. Also nicht Krieg und nicht Hitlers Fall, indem man ihn am Kriege hindert. Sondern man gibt ihm die

Č.S.R. ohne Krieg, wie er es gewollt hat. Bereitwillig läßt man seinen simplen, offenkundigen Plan Schritt für Schritt in Erfüllung gehen. Ein größeres und dümmeres Elend ward nicht erlebt. – Thee in der hübschen Veranda überm Meer. Spaziergang auf dem Oberdeck. Ziemlich starke Frontal-Bewegung. Sturzseen übers Vorderdeck. Regenbogen. – Nach dem Diner zog K., etwas seekrank, sich bald zurück. Ich saß mit M. im Salon, las in der »Corona« Briefe des jungen Hofmannsthal an George. Durchblätterte anderes. Würdevoll geistige Atmosphäre der Zeitschrift, großartig unbeteiligt, eher unangenehm. Sah dann mit Medi einen äußerst dummen, um eine Kunst-Eisläuferin herumgedrehten Film. – Starkes Rollen.

An Bord »Nieuw Amsterdam«, Dienstag den 20. IX. 1938

Nachts starkes Rollen, unruhiger Schlaf. ¾8 auf, gedoucht und im Speisesaal gefrühstückt. Witterung morgens düster und bewegt, dann zeitweise Aufklaren. Auf Deck, etwas zu schreiben versucht, bis Stuhlnachbarn mich einengten. Unbekanntbekannte Dame stellte einen Herrn Lippschütz aus Antwerpen vor. Durch ihn neue Nachrichten elendester Art: Kapitulation Prags unter höchstem Druck. Zunächst noch Versuch des Widerstandes, gestützt auf das russisch-französische Bündnis, dann nachts ¾1 Uhr Annahme der Abtretung und des Plebiscits, Ersatz der Bündnisse durch »internationale Garantie«. Über Bedeutung und furchtbare Folgen zu schweigen. Teile K.'s tiefe Niedergeschlagenheit, wenn auch, wie immer, sogleich mit dem Versuch der Hoffnung und der Erinnerung, daß nicht aller Tage Abend. Immerhin überraschend, daß Beneš und die Seinen die Kapitulation vertreten. – Seit gestern schlimmer Oberkiefer, offenbar durch die neue Prothese, die in N.Y. zu revidieren. Trage die alte. – K. nach dem Lunch zu Bette. Ich war auf Deck, las in den »Annalen«, bald wieder eingeengt von der Nachbarschaft. »Ocean Post«, die jammervollen Nachrichten nachzulesen. Geteiltheit im britischen Kabinett und außerhalb, aber der Verrat war notwendig. News

Chronicle äußert, es sei zu befürchten, daß das furchtbare Opfer umsonst gebracht sei. In der That. Rußland hat wissen lassen, daß es, wenn Frankreich nicht marschiere, keine Hilfe außer Flugzeugen und Material bringen werde. Die Tschechen waren allein, so wurde die Resignation Beschluß. Nach der ersten Consternation in Prag solche Empörung, daß Engländer und Franzosen sich nicht auf der Straße zeigen dürfen. Es ist zweifellos eine der größten Schändlichkeiten der Geschichte. Der Tschechenstaat von den Siegern von 1918 gegründet. Ihr Sieg von ihnen selbst Schritt für Schritt als nicht haltbar, als Irrtum anerkannt und aufgegeben. Sehr wahrscheinlich, daß der Fascismus nach Amerika hinüberlangen wird. Aber immer auch möglich, daß der Krieg, sei es um Straßburg oder die Schweiz doch noch geführt werden muß. Doch ist mir dies unwahrscheinlich, da der Durchbruch nach Osten das Hitlerregime wirtschaftlich saniert und konsolidiert. – Abwenden, abwenden! Beschränkung aufs Persönliche und Geistige. Ich brauche Heiterkeit und das Bewußtsein meiner Bevorzugung. Ohnmächtiger Haß darf nicht meine Sache sein. – Thee im Salon bei der Musik, wo Platz war, da viele Leute seekrank. Danach einige Male im Wind ums offene Deck. Douche von einem hohen Spritzer. – Gestern an Erika nach Paris gefunkt: »Publication impossible«. Zufrieden, den Aufruf los zu sein, der ohnehin nicht von mir kam. – Ob Bermann nach dem Triumph des »Burschen« wagen wird, den Aufsatz zu bringen? Er ist passender als je. – K. schreibt den Artikel für Fadiman ab. – Schrieb im Fauteuil am Bett weiter am Faust-Vortrag. Nach dem Diner im Salon mit Rechtsanw. Löwenfeld. Bier. Mit ihm ins Cinéma: Film nach Remarques »Drei Kameraden«, sehr mäßig.

Nieuw Amsterdam, Mittwoch den 21. IX. 38

Tue mir etwas zugute darauf, daß ich gestern Nachmittag arbeitete, abends ohne Mittel leicht einschlief und eine gute Nacht hatte. Phlegma, Gemütsruhe, Unbeirrtheit und Beständigkeit. Wer weiß, wie es weiter geht? Ich kann leben und bestehen, wie es auch gehe. – Stand ½8 auf, rasierte und douchte, frühstückte in der Kaschmir-Weste im Speisesaal Grapefruit, Chines. Thee, Eier im Glas, Brioche, Schwarzbrot und Honig. Dann auf Deck die »Kurze philosophische Rechenschaft« korrigiert. – Trübes Wetter. In der Nacht wurde es wärmer (Golfstrom). Seegang beruhigt. – Schrieb längere Zeit im Stuhl am Faust-Aufsatz, trank um 11 Bouillon, ging mit K. auf dem Oberdeck bei gelinderem Wind spazieren. Die Nachrichten erschütternd. Tschechen verlangen verzweifelt nach dem ihnen vertragsmäßig zustehenden Schiedsgericht, erklären, daß Erfüllung der Hitler'schen Forderungen die Auflösung des Staates bedeute. Tatsächlich erstrecken diese Forderungen sich schon auf Ablösung der polnischen u. ungarischen Teile. England-Frankreich erklären die Antwort auf das deutsche Ultimatum für »ungenügend«, verlangen vollständige Unterwerfung, wenn Invasion vermieden werden solle. Furchtbare, brutalste Lage eines kleinen, tüchtigen Volkes, das auf seinen Staat stolz war und Grund dazu hatte. Die Nachrichten sehr dürftig, Stimmung in den Demokratieen, Zustand Prags unbekannt. Fordert das Volk vielleicht den Verzweiflungskampf? Die Forderung wäre leichtfertig und übermenschlich. Aber das nicht kampflose Untergehen wäre ein großer moralischer Faktor und gewissermaßen eine Ehrenrettung Europas. Muß man nicht England als entehrt betrachten. Frankreich ist hiernach kein bündnisfähiger Staat mehr. Es ist die vollständige Niederlage der Demokratie und allen Rechtes. Die Auflösung eines lebenswilligen, civilisationsdienlichen Staates auf das erpresserische Verlangen einer die Civilisation verhöhnenden Macht ist nicht erhört. Ich könnte mir Menschen denken, die sich das Leben nehmen nach dieser Erfahrung. – Maschinengewehr-Kämpfe an der tschechisch-deutschen Grenze. Ablauf des Ultimatums heute Abend. Es ist an der Unterwerfung wohl nicht zu zweifeln. – – Nach dem Lunch im Stuhl, Horváths »Ein Kind dieser Zeit« gelesen. Geruht auf dem Bett und gegrübelt. Thee in der hübschen Meeresveranda. Danach einige Zeit im Cinéma, wo kein Platz zu haben. – Spaziergang auf dem Oberdeck, zuletzt mit Lippschütz. Ruhige, rasche Fahrt. – Funktelegramm von der Meyer, bei ihr zu wohnen bis Princeton fertig. – Diner. Hernach mit Medis Freunden, der Zürcher Schauspielerin und dem Inder. Gelesen in dem Horváth, der abfällt, aber ein schönes Buch bleibt. Irrtümlich ein »Wagner-Konzert« erwartet. Statt dessen noch einmal im Cinéma. Wiederholt an der Anschlag-Tafel, ohne Neues zu erfahren. Zeitig zu Bette dank der Rückstellung der Uhr.

Nieuw Amsterdam, Donnerstag den 22. IX. 38

Nachts wurde es sehr warm (Golfstrom). Von 4 Uhr an nicht mehr geschlafen. Husten. 7¼ Uhr auf. Vergeblicher Gang zur Anschlagtafel. Auf dem Oberdeck, das gewaschen wurde. Frühstück im Speisesaal, auch K. Sonnig, blau, drückend warm. Immer Erörterung der grauenhaften Lage. Begreiflich, wenn Beneš sich sagte: Frankreich kann es nicht dulden – und kämpfte. Tatsächlich wollte der bedienende Steward von Unruhen in Paris wissen. Wie ist die Stimmung der Völker, über deren Köpfe hinweg, ohne Befragung der Kammern, beschlossen wird, eine solche Missetat zu begehen? Die nationale Linke Frankreichs muß die völlige Isolierung und Degradierung des Landes erkennen. – Welch ein Trick, ein Groß-Reich aufzurichten durch Erpressung des pazifistischen Reifezustandes der anderen! Die Geschichte wird's rühmen. Der junge Steward sagte: »Die Menschen sollten wissen, daß es durch Krieg nicht besser wird.« Gewiß nicht. Aber so weit sind die Menschen, ihre Aufklärung hält beim Pazifismus: Das ist für den Tiefstand die große Gelegenheit, seine »historische« Stunde. – Immer noch ist der Krieg übrigens möglich. – Schrieb im Stuhl am Faust-Vortrag. Gegen 11 Uhr teilte K, die mich hatte schreiben lassen, mit, daß die Tschechen angenommen. Ich wendete mich ab. – – –

Nieuw Amsterdam, Freitag den 23. IX. 38

Bedeckt, kühler. Nachrichten von verheerendem Wirbelsturm in Neu-England. – 8 Uhr auf. Der Rest des gestrigen Tages und der heutige wie gewöhnlich. Üppiges Abschieds-Dinner gestern. Heute nach dem Frühstück Besuch der Küche. Auf Deck am »Faust« gearbeitet. – Zahlreiche Gespräche mit Reisegefährten über den europ. Skandal. In Prag Rücktritt der Regierung. Der einäugige General als Erster Minister. Heftige Demonstrationen der Bevölkerung. Die Radikalen in Paris gegen die Regierung. In London Ansammlungen gegen Chamberlain, der in Godesberg. Kämpfe an der tschechisch-deutschen Grenze. – Mit Packen begonnen. – Begierig, baldmöglichst meinen Faust-Sack komponiert ausgeräumt zu haben. – – Thee mit Frau Sperling. Nachher mit Löwenfelds in der Touringklasse. Umschlagbild der Tochter zum Zbg. – Gepackt. – Nachrichten von einer Änderung der Lage in Europa, russische und französische Mobilmachung. – ½9 mit Medi Diner vom Obersteward mit Champagner. ½11 Uhr im Salon ausf. Broadcast Nachrichten, London (Apologie Chamberlains) Prag: Mobilmachung, Daladiers Erklärung, Vollbesetzung der Maginot-Linie, Überschreitung der tschech. Grenze durch Henlein'sche Freiwillige etc. Der Krieg hängt offenbar an einem Haar, und es ist eine Wohltat, daß das Abscheuliche wenigstens nicht ohne schwerste Krisis hingenommen wird. Sehr erschüttert. Ernst des zuhörenden Publikums.

New York, Bedford, Sonnabend den 24. IX. 38

Eingenommen, einige Stunden gut geschlafen. Heute auf dem Schiff 6¼ Uhr auf. Die Handtaschen fertig gemacht. Frühstück 7 Uhr im Speisesaal. Schiff mit Gepäck verbaut. Stundenlanges sich hinziehen der Kontrolle, des Débarquements. Journalisten. In der Zollhalle Mrs. Meyer, ihr Gehilfe, Colin, Angestellter der Transportfirma. Warten auf Medi. Formalitäten. Mit der Meyer draußen in ihrem Wagen. Bericht über die Lage in Europa. Welle, eindrucksvoll und wirksam, in Amerika.

Rußlands Drohung an Polen. Reaktionen in London u. Paris. Rede Edens. Rückkehr Frankreichs zur Vertragstreue. Hitlers »letztes Wort« von Chamberlain nach Prag übermittelt mit 6 tägiger Frist. Parliament auf Montag oder Dienstag einberufen. Hitlers Forderungen, immer noch die Č.S.R. als unabhängigen Staat vernichtend, können den Krieg herbeiführen, den als logische und moralische Konsequenz ersehne. Besser freilich wäre der entzaubernde Rückzug des Elenden. – Gepäck vom Hotel transportiert. Im Wagen der Meyer mit K. und Medi, unter Benutzung der Fähre durch die Fifth Avenue zum Hotel. Drei Zimmer gewohnter Art im 17. Stock. Colin, Riess, die Newton. Blumen. Zimmer voller Gepäck. Viel deliberiert. Lunch mit Riess, C. Newton, Gumpert drunten. Begrüßung mit der Sängerin [?]. Bis ½5 geruht, ohne zu schlafen. – Blauer Himmel, sehr warm. – Thee mit Riess in K's Salon. Mr. Lewis wegen des morgigen Meetings für die Tschechen. Nachrichten, Chamberlain: Krieg sehr möglicher Weise nicht zu vermeiden. London in Verteidigungszustand. Schiffahrt suspendiert. Einberufung britischen Parlaments auf Montag? – Abendessen mit K. und Medi im hübschen Restaurant Lexington Av. Danach zu Knopfs. Elsässer Wein, Musik. Nachrichten: Deutsche Presse schreibt: Hitler bemüht sich mit Chamberlain um den Frieden, aber Stalin und Prag hintertreiben ihn. Dialog zwischen einem Amerikaner und Engländer über die brit. Politik.

New York, Sonntag den 25. IX. 38

Recht gut geschlafen, aber müde und nach dem Kaffee recht schlecht. Schrieb trotzdem auf englisch die Ansprache für heute Nachmittag zu Ende u. las sie K. und dem eben mit der »Champlin« eingetroffenen Klaus vor. Verbesserungen. Abschrift. – Heiteres warmes Wetter. – Keine Nachricht von den Kindern in Paris. – N.Y.Times: Optimismus der deutschen Presse. Č.S.R. wird annehmen oder der Krieg wird lokalisiert bleiben. – Mittags mit K. und Colin etwas in der Park Avenue. Lunch mit Dr. Klopstock u. Klaus im Hotel. Kurz geruht.

Dann abgeholt zum Madison Square Garden. Begrüßungen im Vorraum. Riesensaal, gefüllt von 18 000 Menschen; draußen weitere 10 000. Tschechische Landmädchen, Hymne. Reden. Dor. Thompson. Ungeheuere Kundgebung bei meinem Auftreten ½5 Uhr. Eine weitere bei »Hitler must fall!« – Eindrucksvollste Veranstaltung. Gespräch mit dem tschechischen Redner. Sie werden kämpfen. Einfall der Deutschen von Österreich her erwartet. – ½6 zu Hause. Thee mit Klopstock u. Klaus. Kabel von Erika, die die Brüder schickt und selbst, wie erwartet, zu bleiben scheint. – Große und tiefe Spannung. Wird Hitler in sein Verderben rennen? Jede Überraschung ist möglich. Der Krieg kann kurz sein, aber auch die Veränderung aller Dinge bringen. Brächte er, vielleicht ohne recht auszubrechen, die Entzauberung des fascistischen Welt-Unfugs zur Beschämung der feigen Kriecher vor seiner Millenniums-Größe! – Den Pariser Aufruf per Kabel freigegeben. – Mit K. und Medi zum Abendessen bei Dr. Gumpert. Sein niedliches Töchterchen. Überreichung seines Dunant-Buches auf englisch. Nach der Mahlzeit Riess mit Nachrichten: Ablehnung des Ultimatums durch die Tschechen; Gegenvorschläge, deren Ablehnung gewiß ist. Truppen aus ganz Deutschland gegen die tschech. Grenze bewegt. Ankündigung einer Rede Hitlers im Sportpalast. Wird noch einmal alle Schand-Register ziehen, um die Westmächte in Schach zu halten und die Welt zu verwirren. Die Deutschen haben Angst genug vor dem Kriege im Bund mit Italienern und Polen. Aber es ist zu befürchten, daß auch die anderen ihn mit schlechtem Gewissen wegen des Versailler Friedens führen werden, von dem die Č.S.R. ein Teil ist. – Wie, wenn es mit dem Sturz Mussolinis begönne? Dann würde Hitler bald nachfolgen. Bricht der allgemeine Krieg aus, so werden die anderen ihre zahllosen Fehler seit Versailles damit bezahlen.

New York, Montag den 26. IX. 38

½8 Uhr auf. Fortsetzung des schönen Wetters. Am Faust-Aufsatz geschrieben. Photogr. Aufnahmen. Dr. Koppel in buchhändlerischen Angelegenheiten. Klaus. Aussichten und Vermutungen. Mit K. u. Medi ausgegangen, Besorgungen. Optimo-Cigarren. Mittags von Koppel abgeholt, in seine Wohnung mit schönem Blick auf Park und Stadt. Kaltes Lunch. Bei Kaffee und Cigarre aus dem Radio der Berliner Sport-Palast und die Rede des Hitler. Gegeifer auf Beneš und Rückzug auf die Berchtesgadener Zugeständnisse. Sicherlich kein Krieg und die Möglichkeit für die Diktatur, das Gesicht zu wahren. Kein Einmarsch vor 1. Oktober. Wahrscheinlich, daß Prag angehalten werden wird, das schon Zugestandene zu erfüllen. Versicherung, daß es »die letzte territoriale Forderung« ist (durch die er aber so mächtig wird, daß auch die weiteren nicht verweigert werden können). Schlimmer Rückschlag durch hysterisch aufgezogene Geschicklichkeit. Depression, mit Wurstigkeit verbunden und dem Sinn für die Vorzüge des Nicht-Krieges. Immerhin ist einiges geschehen. – ½5 Uhr bei Dr. Brodsky zur Erleichterung der Prothese. Zu Fuß nach Hause. Der Photograph, einige Bilder gekauft. – Über die Lage mit Riess diskutiert, der sie weniger pessimistisch auffaßt. Besuch von Buchhändler Krause, Oprechts Agent, mit Frau. Tiefe Unaufmerksamkeit. Zum Dinner von Alfred Knopf abgeholt. Im Wagen Radio, daß England u. Frankreich die Ausführung der Berchtesgadener Forderungen garantieren. Wahrscheinlich falsch. Zeitungen mit Überschriften von russisch-englisch-französischem Bündnis zum Schutze der Č.S.R. Mit Knopf vorzügliches Diner in französischem Restaurant. Blanche dazu. K. sehr niedergeschlagen und appetitlos. Meine Auffassung ruhiger. Sehr wohl möglich, daß Hitler, selbst wenn ihm das Gebiet gewährt wird, nicht zu seinen eigentlichen Zielen gelangt, weil die Unabhängigkeit der Č.S.R. gewahrt bleibt. – Nach dem Kaffee zu Knopfs; einige Musik. Freude an Dingen von Rossini und Chopin. Zu Hause Telephon mit Klaus. Morgenblätter lassen von Veränderung der Lage nichts merken. Die Rede gilt als unversöhnlich, der Krieg als näher gerückt. Französische Vorbereitung in schnellem Tempo beendet. – Knopf sagte beim Essen, ich sei heute Hitlers gefährlichster Feind. – Neudruck von »Buddenbrooks« unterwegs. – Artikel von Mrs. Roosevelt über »Coming Victory«. –

New York, Dienstag den 27. IX. 38

Excitation. Mit Phanodorm geschlafen. ½9 Uhr [auf]. Bedeckt, schwühl. Nach dem Kaffee rasch etwas geschrieben. Deutsch-amerikanischer Journalist, Columnenschreiber, polit. Erörterung, Beteiligung an weiterem Meeting abgelehnt. Das Gepäck wieder fertig gemacht. Mit Medi etwas ausgegangen. Gewühl in der Fifth Avenue. Lunch mit K. allein. Las nachher oben, während K. Chamberlains Rede hörte: Eine Menschenstimme, bewegt, ernst, läßt nicht viel Hoffnung auf Frieden. Besser zu kämpfen als in einer Welt zu leben, in der nur die Gewalt herrscht. – Abholung des Gepäcks auf Veranlassung der Newton. Eine Stunde geruht. Gegen ½5 mit Taxi zu Brodsky. Mit seiner Frau u. einem Prof. Bernstein im Salon. Über die Lage, geistig und politisch. Prothese zufriedenstellend. Regen, Gewitter. Mit Taxi zurück. K. las Blätter: Krieg scheint unvermeidlich. Mussolini erklärt, daß Italien sich bereitet, auf Deutschlands Seite zu kämpfen. Gedanke an die Schweiz. Keine Frage, daß Deutschland Furchtbares anrichten würde; dennoch ist die Verblendung dieser Menschen monströs. – 5½ Jahre, seit ich in Arosa nach Verlust meiner deutschen Existenz die ersten Tagesaufzeichnungen machte. – Besuch von Mr. Ritchy, Zusage für Chicago-Dinner 1. Dezember. Besuch von Peat; über lectures im März, die viel Geld bringen werden. – Peat berichtet, Churchill habe ihm vor Monaten den Gang der Dinge genau vorausgesagt. Er und Eden werden regieren. Das Duell zwischen Fascismus und Demokratie war wohl unausbleiblich. Deutschland und Italien von Anfang an auf Krieg ausgerichtet, das Ganze wäre sinnlos ohne den

Zweck des Krieges. Bewähren kann die »Weltanschauung« sich nur im Kriege. Sie tritt nun den Beweis an, daß so geformte Völker unwiderstehlich sind. – – Abendessen mit Colin zu dritt in koscherem Restaurant am Broadway mit vorzüglicher Küche. Danach sehr komischer Film der Marx brothers. Treiben im Buntlicht der Straße. Schöne Veduten. Lichtmeldungen in der Höhe. Mobilisierung der britischen Flotte. In Frankreich noch Hoffnung, daß der Druck der demokr. Mächte den Krieg verhindert. Auch ich glaube noch in diesem Augenblick nicht daran, daß Hitler in sein Verderben rennen wird. Sein ganzes Concept ist gestört. Hat man in England den Krieg jetzt gewollt – da man ihn gewußt. Ist alles geschehen, um das Empire dafür reif zu machen? Ist Hitler in eine Falle gegangen? – Freude in Italien über Chamberlains letzte Friedenshoffnungen. Zweifellos ist der Krieg an der Seite Deutschlands höchst unpopulär. Vielleicht sind von dort zuerst Überraschungen zu erwarten. – Besprechung des »Coming Victory« durch Stampfer in der Volkszeitung. – Angriff in der Staatszeitung: »Man darf sein eigenes Land nicht angreifen«. (Was ich getan habe?)

Princeton, Donnerstag den 29. IX. 38

Gestern zu müde, um zu rekapitulieren. Stand im Bedford 8 Uhr auf und arbeitete nach dem Frühstück längere Zeit an der Faust-Vorlesung. Dann neue politische Wendung: K. telephonierte im Beisein von Klaus mit der Meyer; Telegramm, daß Hitler Chamberlain, Daladier und Mussolini zu einer Konferenz nach München bestellt hat. Im Zusammenhang damit Gerüchte von Unruhen in Italien, Gefährdung Mussolinis, von dem sehr möglicher Weise der Rettungsgedanke der Konferenz als Ausweg aus der Sackgasse ausgegangen. *Die beiden waren verloren;* aber Chamberlains Rede bot die Handhabe, sehr absichtlich zu ihrer Bewahrung. Auf jeden Fall sichtbar geworden, daß sie den Krieg nicht führen können. Die Westmächte *hätten* in München einen guten Stand. . . . Bücherköfferchen und Handtasche gepackt. Gegen 12 der Meyersche Wagen. In der Halle mit Riess, Elizabeth Meyer: Abfahrt. Heiteres, kühles Wetter. Unterwegs Lunch in einem bescheidenen Inn. Unangenehme Beschäftigung des Magens mit weichlichen Hühnerkottletts. Ankunft Princeton. Auffinden des Hauses Stocktonstreet 65, Ecke Library Place. Lucy und ihr John, magerer Nigger, der Kleider, Bücher und Wäsche ausgepackt hatte. Einteilungs-Prüfungen. Ungewißheit des Arbeitszimmers. Vorläufige Installierung. Sehr müde und ergriffen. Selbstverständlich höchst unfertiger und chaotischer Zustand. Saß längere Zeit in einem der beiden Veranda-Zimmer u. las die deutschen Zeitschriften. Post-Haufen zu öffnen und zu sichten begonnen. Auch einer und der andere Schmähbrief. Hatten Thee in der Veranda. Ging gegen Abend mit K. einige Schritte aus u. kaufte Cigaretten. Abendessen zu dritt mit Medi in dem gegen Küsnacht sehr geräumigen u. repräsentativen Eßzimmer. Luxuriöse Bedienung, Caretaker extra für Heizung und Garten. Waschfrau. – Haus nicht im besten Zustand, viele Lampen nicht funktionierend, Mangel an Kontakten, Mängel da u. dort . . . . Nach dem Essen Fortsetzung der Brieföffnung. Verstärkung meiner Erkältung, Husten. Schlafzimmer recht hübsch. Bei Zeiten, übermüdet, zur Ruhe; nur ein paar Seiten in Musils intellektuellem Buch.

Nachts viel Husten. Nach 8 Uhr auf. Schellte nach John wegen Garderobedingen u. Frühstück. Im Garten. Hatten Thee und Eier im Eßzimmer. Kaminfeuer im Arbeitszimmer. Viel Gegenwart des schwarzen Dieners. – Bibis Eintreffen bevorstehend. Da bestimmt kein Krieg kommt, auch Erika und Golo bald zu erwarten. – Neue Post, gelesen. – Gute Digestion. – Etwas am »Faust«. – Mittags mit K. zur Stadt, Einkäufe. Mittagessen zu dritt. Nachher auf der Terrasse vorm Haus, Zeitungen, N.Y. Times und alte Schweizer. Das Münchener Meeting, quälend. Die Diktatoren waren verloren. England rettet sie. – Geruht. Thee im Eßzimmer. Besuch einer Lady, die Blumen und Präsentkarten hiesiger Geschäfte überbringt.

Bücher geordnet. Goethe-Literatur. Telephon mit Riess, der versichert, daß Hitler tatsächlich auf 80 % von dem verzichten mußte, was er forderte. Er kann am 1. in Randgebiete einrücken und das Gesicht wahren, aber (nach R.) wird der Mißerfolg nicht zu verbergen sein. Der Krieg ist mißlungen. Es hat Unruhen in Berlin, in Rom beinahe Revolution gegeben. Diese Erpressung ist nicht mehr anwendbar, eine gewisse Kleinlautheit des Regimes ist wohl unausbleiblich, es hat sich mit Europa einigen müssen, und welchen Sinn hat es noch, wenn der Kriegsgedanke wegfällt? Welche wirtschaftlichen Folgen bringt die Umstellung auf den Frieden? Und welche anderen? Eine folgenreiche Krise war es denn doch. – Regen. Die Dienerschaft auf Ausgang. Improvisiertes Abendessen zu Hause. Im Arbeitszimmer Fontane gelesen und in Kühnemanns »Faust«.

Princeton, Freitag den 30. IX. 38

Die Nacht bei K. verbracht. Husten erst gegen Morgen. 8 Uhr auf. Regnerisch dunkel. Frühstückte Kaffee und Eier mit K. und Medi. Die »N.Y.Times«: äußerst niederschlagender Eindruck. Ausgang der Konferenz bedeutet unsinniger und betrügerischer Weise nichts anderes, als das, wogegen einen Augenblick Europa in Waffen stand, die Zerstückelung und das Ende der Č.S.R. Hitler war verloren. Durch die Konferenz, zu der Chamberlain die Hand bot, hat er sich nicht nur gerettet, sondern auch alles erreicht, was er wollte. Und Frankreich? Italien, das keineswegs kämpfen mochte, faßt das Ergebnis als den Sieg der Diktaturen über die zum Kampfe unfähigen oder unwilligen Demokratieen auf. Chamberlain in München stürmisch gefeiert. – Angewidert, beschämt und deprimiert. – Gearbeitet, so gut es gehen wollte. Besuch von Prof. Flexner. Mit ihm im Salon. Über die empörende politische Lage. K. dazukommend. Mit ihr in den Alleen spazieren. Kühl, grau, windig. Angegriffener Kopf, hinfällig. – Viel Post, Briefe, Bücher. Günstiger Bericht von Knopf über den Verkauf.

Knopfs schicken als Willkommsgeschenk Plattenalbums von Tschaikowsky und Prokofiew. – Mittagessen mit einmal passiertem Kaffee. – Nachher mit K. zur Notarin wegen des Zürcher Umzugsguts. Briefpapier besorgt. Zu Hause geruht. Thee im großen Salon. Telephon mit Klaus. Klarheit über die antirussisch, pro-deutsche Politik Englands. Friedenspakt zwischen England und Deutschland. Entschiedenste Resignation. Schweiz? Hausbau? Europa überhaupt? – – Eine Reihe von Briefen mit K. erledigt. Selbst geschrieben an Kayser und die Lindt. Abendessen zu dritt. Nachher in der Bibliothek, »Krieg und Frieden«.

Princeton, Sonnabend den 1. X. 38

Schlief wieder in meinem provis. Zimmer. K. und Medi früh nach New York. Heiteres Wetter. Vor 8 auf. Im Garten, herbstlich, welke Blätter. Allein gefrühstückt, von dem Schwarzen bedient. Times: Resignation und Protest der Č.S.R., Annahme des Diktats. Britische Truppen zur Überwachung der Plebiscite. Die 3 Minister als Friedensmacher gefeiert. Einrücken der Deutschen. Ultimatum der Polen und Ungarn. Paris selig, daß der Friede gewahrt. – Vormittags am Faust-Vortrag. Mittag 1 Uhr zur Station, nach etwas Spazieren K. dort abgeholt u. mit ihr nach Hause. Über die immerhin möglichen deutsch-innerpolitischen Folgen der pax anglogermanica. In den Absichten Englands liegt jedenfalls die Zähmung des Regimes. – Lunch allein mit K. um 2 Uhr. Medi in New Haven zur Abholung des Jamestowner Wagens. – Zum Thee ihre Rückkehr mit Riess und seinem Söhnchen, kürzlich. An Oprecht geschrieben und weitere handschr. Korrespondenz. Kaminfeuer. Gutes Abendessen mit K. und Medi. – Exemplare der neuen Knopf-Ausgabe von »Buddenbrooks« mit Profilbild. – »Going home« von Ernst Harthern mit Widmungsbrief.

Princeton, Sonntag den 2. X. 38

8 Uhr auf. Heiteres kühles Wetter. Den ganzen Tag sehr niedergeschlagen und gequält. Meldung vom Rücktritt Duff Coopers. Einmarsch und Flucht in Zone 1 des Sudetengebiets. Hitler und Chamberlain Helden des Tages. In Italien von Rückschlägen in den Demokratieen zur Wahrung des Heroismus. Der ganze »Friede« gewiß eine gemeine Lüge – und dafür die ungeheuere Stärkung Deutschlands, der zermalmende Schlag gegen die demokratische Idee. Der bessere Teil der Welt ist tief verzweifelt. – – Schrieb am Faust-Vortrag weiter bis gegen das Ende. Fühlte mich sehr schlecht. Besuch eines Studenten vom Liberal Club mit der Bitte, Senator Beneš bei übermorgigem Meeting einzuführen, was nicht ablehnen kann. Ausfahrt mit K. im Jamestowner Wagen, Versuch zu gehen fehlgeschlagen. Dichter Sonntags-Wagenverkehr. – Sehr schwer, schlecht und bedrückt. – Kaffee auf der Terrasse. Geruht, Krämpfe im Fuß; Neigung dazu im linken Bein seit der Ischias. – Vorm Thee mit Einstein telephoniert, der »noch nie in seinem Leben so unglücklich war.« Colin und Klaus berichten von einem guten Artikel der Thompson. – Lange Reihe von Brief-Diktaten bis zum Abendessen. Furcht vor dem neuen Leben wird durch die Depression erregt. – Telephon mit Gumpert über den Sinn oder Unsinn des Erscheinens der politischen Essays, jetzt. G. empfiehlt Vorwort. – Gelesen im Riemer. Kamillenthee in der Thermosflasche.

Princeton, Montag den 3. X. 38

Noch gegen Morgen etwas Evipan, länger geschlafen. Schöner klarer Tag. Vormittags auf englisch an der Ansprache für morgen geschrieben. Mittags mit K. in den Parks und Alleen spazieren. Angenehmer Eindruck. Etwas heller im Gemüt. Nach Tische auf der Terrasse Briefe gelesen; der gute Basler über »Demokratie«. Etwas geschlafen. Nach dem Thee Mrs. Conner wegen Sekretariatsdiensten und Konversation. Die Ansprache beendet. – Die N.Z.Z. und Prager Presse furchtbar zu lesen. Frankreich als entlaubter Baum. Die völlige Erfüllung von Hitlers Programm. Der Todeskampf Prags. Rührende Ansprache Čapeks, als es noch Verteidigung galt. Alles schwer zu ertragen. – Nach dem Abendessen mit der Conner die Ansprache durchgegangen, ihr zur Abschrift gegeben.

Princeton, Dienstag den 4. X. 38

8¼ Uhr auf. Blau und kühl. Schloß vormittags die Bemerkungen über »Faust« mit 42 Seiten ab. – Colin schickte Artikel der Thompson über die Politik, der alles beim rechten Namen nennt. »Ein fascistischer coup d'état«. Sehr wohl, und konstituierend für Europa auf Jahrzehnte. Wenigstens sehe ich nichts anderes und weiß nicht, wie manche Leute sich die Rückschläge und Veränderungen vorstellen, die sie kurzfristig erwarten. Dazu hat sich das Ganze zu planmäßig und konsequent vollzogen und hat zu tiefe Wurzeln im halb unterbewußten europäischen-bourgeoisen Gesamtwillen. – Der Betrug der Völker. – Die Rolle Daladiers in München. Goering, der ihn auf die Schulter klopft u. ihn auffordert, zum Oktoberfest zu bleiben. – – Mittags im barber shop, Öl-Massage etc. Danach mit K. noch etwas gegangen. – Den ganzen Tag wieder äußerst bedrückt. Absage des Sen. Beneš, gleichgültiger Ersatz, sodaß ich meine Beteiligung ablehnte und umsonst gearbeitet habe. – Besuch der Conner mit der Abschrift. – Nach Tische mit Briefen und Zeitschriften auf der Terrasse. – Zum Thee Ankunft Klaus. Erika's Verstummen. Soll nach Prag gereist sein. Klaus überrascht von der Eleganz des Hauses, an dem ich keine Freude habe. – Diktate an K. Haufen alter Briefe (aus Californien vom Februar, März) beseitigt. – Langer Brief der Herz vom Augenblick der Kriegsnähe, die vorgetäuscht war zur Verängstigung der Völker. – Abendessen zu viert mit Klaus. – Nächste Arbeit muß, schon um »Lotte« noch hinauszuschieben, ein Vorwort für den Essayband sein.

Princeton, Mittwoch den 5. X. 38

Ohne Mittel recht gut geschlafen, nach Lektüre in »Krieg und Frieden«. Gegen ½9 Uhr auf. Gut heißes Wasser. Kaffee, Eier und Flocken mit Himbeeren gefrühstückt. Begann, das Vorwort für die Essays zu schreiben und sandte Telegramm an Bermann. – Sonniges Sommerwetter. Ausfahrt mit K. zum See, in dessen Nähe wir etwas gingen. Mittagessen mit den beiden Kindern, danach Briefe und Zeitungen auf der Terrasse. Zum Thee Mr. u. Mrs. McConnle, mit Photograph, Interview. – Hübsche Bilder vom Zürcher Abschiedsabend durch Oprecht. Zeitungsbesprechungen. Italienisches antisemitisches Blatt, »Wälsungenblut« mißbrauchend, bezeichnet mich als »Juden«. Legts zum Übrigen. – Erikas »School for Barbarians« kam, mit meinem Vorwort. – Meldung von der Abdankung Beneš'. Kummer und Scham. Telegramm an ihn nach dem Abendessen. – An Basler geschrieben. – Umschlag-Bilder zu »Joseph in Egypt«. – Die Universität sandte ersten Chec über 600 Dollars.

Princeton, Donnerstag den 6. X. 38

8 Uhr auf. Strömender Regen, tiefe Dunkelheit. Bei der Lampe an dem Vorwort zu den Essays weiter. Noch keine Antwort von Bermann. Lewis schickt Chec über 4000 Dollars für die Manuskripte der Jaakobsgeschichten u. des J.J. – Mittags mit K. gegangen, zum Bahnhof, sehr nasse Beinkleider. Nach Tische die »Times«, Rede Churchills – hätten sie vorher gekämpft und das Volk aufgerufen, das Spiel aufgedeckt. In der Č.S.R. Anlehnung an Deutschland proklamiert. Abschiedsrede Beneš, unverwüstlich und fast banal optimistisch. Peat will ihn engagieren. – Vorm Thee Besuch einer komischen kleinen Dame aus der Nachbarschaft. – Das Gepäck und die Zürcher Habe für morgen in Aussicht. – Briefdiktate an K. – Kabel von Burschell wegen Hilfe und Affidavits für ein Dutzend Leute, die sich in Prag nicht halten können. – Nach dem Abendessen weitere alte Briefe beseitigt. –

Princeton, Freitag den 7. X. 38

8 Uhr auf. Heiteres Wetter. Nach dem Frühstück einiges an dem Vorwort weiter. Großer Tag: Mittags Ankunft des »Lifts« mit dem Zürcher Besitztum und den zurückgebliebenen Koffern. Nach einem Ausgang mit K. (Besuch der Bank, Gespräch mit dem Direktor) zunächst Umzug ins neue, größere Schlafzimmer mit Balcon-Thür. Auspacken von Wäsche und Anzügen, Einräumen. Schlepperei, die Möbel, Bilder, Bücher- und Porzellankisten. Die Diele voll verstellt und mit Holzwolle bedeckt. Erwartetes Durcheinander. John montierte die großmütterlichen Kandelaber. Medis Flügel in eines der Verandazimmer. Aufsicht eines Inspektors, der »Buddenbrooks« zum Geschenk bekam. Ruhte etwas im ersten Schlafzimmer. Trank Thee im Salon mit K. und Klaus, wo die Empire-Bücherschränke aufgestellt. Mein Schreibtisch, Umstellung in der Library. Mein Münchener Lesestuhl, Medis Kopf, die Schweizer Uhr. Höchste Phantastik, die Dinge hier wieder um mich zu haben. Genaue Wiederherstellung des Schreibtisches, jedes Stück, Medaillen, ägyptischer Diener, genau an seinem Platz wie in Küsnacht u. schon in München. Ein paar Schubladen verwechselt, Verwirrung, Sperrung, dann Wiederherstellung. – Dies das Erste, was ich am eigenen Tische schreibe, angesichts des schönen Siam-Kriegers. – Nach dem Abendessen mit K. u. Klaus bei mir. Tagsüber, besonders nach Tische beim Kaffee in der Sonne, viel über die Lage, ihre Gefahren und Aussichten. – Fortwährend Einladungen zu Vorträgen u. Dinners. Telegramm des Radio Our People, daß Beneš amerk. Professur annimmt. – Fascisierung der Č.S.R. – Durchaus lügnerische Schlußrede Chamberlains im Unterhaus. Vertrauen bei 100 Enthaltungen. Telegrammwechsel Flandin-Hitler – fast skandalös verräterisch. Fl.'s Interview und der Times-Artikel die deutlichsten Etappen in der Entwicklung des Bubenstücks. – Medi in N.Y. zum Vorspiel bei einer Meisterin.

Princeton, Sonnabend den 8. X. 38

Turbulenter Tag. Unordnung. Etwas gearbeitet, bald unterbrochen durch Ansprüche des Tages, von Knopf befürwortete Aufforderung, bei Das gute Buch und Pressfreiheit in N.Y. zu sprechen. Telegramm von Erika wegen amerk. Aktion für die der Č.S.R. verbleibende Industrie, mit D. Thompson telephoniert, abgeraten. Auspackerei von Porzellan und Silber. Plage mit der Vorrede bis mittags. Zu Tische Riess und Klopstock, mit Medi aus N.Y. kommend. Dazu R's Söhnchen. Kaffee in der Sonne auf der Terrasse. Zur Theezeit Hereinbruch von Bruckner und [?] mit Damen. Wegen der schauerlichen Nachrichten von der Auslieferung der deutschen Emigranten in Prag an Deutschland. Beratung, Telephon mit Einstein, Telephon unter Riess' Beistand mit der Thompson (auf dem Lande) und dem Präsidenten des Flüchtlingsschutzes (dito). Dann Telegramme, besonders an Hull. Erleichtert über den Abzug der Invasion. Mit K. erst abends etwas an die Luft. Abendessen mit Dr. Klopstock, Riess u. seinem Kleinen, Medi und Klaus. Nachher von Kl. die Bronchien untersuchen lassen. Im Salon. Geplauder mit Riess über Literatur nach Klopstocks Abreise. Ankunft Bibi von Quebeck. – Viel Briefpost. Verwirrt, zerstreut, deprimiert und angewidert von dem Ablauf in Europa, besorgt um Amerika, müde. Brief von Gumpert.

Princeton, Sonntag den 9. X. 38

8 Uhr auf. Heiteres, kühles Wetter. Gut geschlafen, bessere Nerven. Morgens in der Allee. Nach dem Milchkaffee am Vorwort gearbeitet. Mittags Ausfahrt mit K. Besuch bei Prof. Priest. Dann am See gegangen. Lunch zu sechsen mit Riess und dem sehr drolligen amerikanisch radotierenden Kleinen. Nachmittags etwas geschlafen. Nach dem Thee unter Vernachlässigung der wartenden Briefhaufen mit Riess, Klaus u. dem schleppenden Kleinen Bücher geräumt und sortiert. Noch unabsehbar; Zweifel am Raum. Ging am klaren Abend noch

etwas aus. Die Neger auf Urlaub. Improvisiertes Nachtmahl. Briefe ausgefertigt.

Princeton, Montag den 10. X. 38

8 Uhr auf. Sehr schöne Witterung. Morgens in der Allee. Nach dem Frühstück am pol. Vorwort. Zum Lunch mit K. im Princeton-Inn bei Flexners mit Lady Atholl und einer Reihe anderer Gäste. Anschließend Vortrag der Atholl über Č.S.R. und Spanien. Zu Hause geruht. Nach dem Thee Sitzung für den Portraitisten Woolf mit Interview. Den ganzen Nachmittag und Abend Bücher-Räumen mit Klaus, Bibi und dessen beiden Freunden, die am Abendessen teilnahmen. Einrichtung der beiden Schränke im Salon. Füllung meiner Bibliothek. Trubel, Verwirrung, mechanische Sorgen und Müdigkeit. Gestaute Post.

Princeton, Dienstag den 11. X. 38

8 Uhr auf. Schönster sommerlicher Herbsttag. Den ganzen [Tag] wohl befunden, heiter und kräftig gesinnt. Von den Schlägen erholt, obwohl in Europa alles auf schlimmstem Wege. – Morgens in der Allee. Nach dem Frühstück an der Vorrede geschrieben bis gegen Mittag. Rauche jetzt morgens, mit Dr. Klopstocks Zustimmung, wieder eine Cigarre »Optimo«. – Mittags Spazierfahrt mit K. Nach dem Lunch Kaffee im Gartenzimmer mit dem jungen Koplowitz. Nachher Bilder-Aufhängen mit dem Schreiner: der L. v. Hoffmann im Salon, der Lenbach in der Bibliothek, Erika in der Diele etc. – Geruht. Weiteres Einräumen der Bücher durch Klaus u. Koplowitz, ziemlich fertig. Das Haus weitgehend in Ordnung. Freude daran. – Nach dem Thee Brief-Arbeit mit K., die übermüdet. Auslese für die Conner. – Zum Abendessen Mrs. Lowe. Nachher mit ihr in der Bibliothek. Vorlesung aus dem Faust-Kolleg.

Princeton, Mittwoch den 12. X. 38

Sehr schwühler, feucht dunstiger Tag. Morgens im Freien. Nach dem Frühstück Arbeit. Nach dem Rasieren mit K. gegangen, Park an der weiteren Stockton Street, Begegnung mit Prof. Weil; bei ihm. – Nach dem Lunch beim Kaffee im Gartenzimmer mit der Conner. Briefe übergeben und expliziert. Nachmittags Dr. Klopstock, der zum Abendessen blieb. Inhalationsapparat. – Die orientalistische Sammlung geordnet. Fehlen des Ermann-Ranke, unbegreiflich. – Handschr. Korrespondenz, englisch und deutsch. – Telephon mit Mrs. Meyer und Gumpert. – Angebot eines Buick-Wagens durch Riess für 900 Dollars.

Princeton, Donnerstag den 13. X. 38

8 Uhr auf. Kühler Herbstmorgen, dann Sonne und Erwärmung. Weichheit der Luft, Wirkung auf die Geschlechtsnerven. – In der Allee. Nach dem Frühstück gearbeitet, das Vorwort gefördert. Mittags mit K. im Villenviertel spazieren. Prachtvolle [?] in bunter Färbung. Geschmackvolle Häuser. Nach Tische Zeitungen und Briefe. Aufforderung Tillichs in seiner christlich-sozialistischen Vereinigung zu sprechen. Die Schweizer Presse sehr skeptisch in Hinsicht auf den »Frieden«. Die Prager hält quälender Weise noch bei Glauben und Kampfbereitschaft. – Zum Thee Broch aus Wien, Eindruck eines äußerst Müden. – Briefe mit K. Vorm Abendessen etwas in der Allee. Nachher musiziert: Violinkonzert Poliakow-Heifitz. Interessantes Werk. Vergnügen an dem lange nicht benutzten Elektrola-Apparat. – Im Riemer gelesen.

Princeton, Freitag den 14. X. 38

Nach 8 Uhr auf. Nebel und Klarheit, sehr milde und feucht. Nach dem Frühstück am Vorwort weiter (»Die Höhe des Augenblicks«). Mittags mit K. ausgefahren u. gegangen. Prachtvolle Farben. Nach dem Lunch Musik. Die Conner mit Brief-Arbeit, mäßig und teuer. Hat ausgespielt. – Schweizer und

Prager Zeitungen. – Zum Thee zwei Princetoner Damen, später der Schriftsteller Harthern mit seinem Publisher (nebst Photographen) und Mr. Davis vom Harper Magazin. – Zahlreiche Ausfertigungen und Handschriftliches. Sehr guter Artikel Budzislawskys über »München«. Mehreres Weitere an Artikeln über den Gegenstand.

Sonnabend den 15. bis Montag den 17. X. in Mount Kisco bei Meyers. Auf der Hinreise, in New York, Kauf des Buick-Wagens. Rückkehr Montag Nachmittag, nach Besorgungen in N. Y. und Lunch im Bedford mit Gumpert, Riess und Klopstock. Zu Hause viel Post. Besuche. Schrieb vor und nach dem Abendessen langen Brief an Frank. Den Schluß des Vorworts in Mount Kisco erdacht. – Prager Zeitungen und zwei Ausgaben des »Tage-Buch«.

Dienstag den 18. X. 38

½8 Uhr auf, rasiert u. gebadet. Das klare, warme Herbstwetter bei braunem Blätterfall hält Tag für Tag an. Gestern war es sommerlich warm, heute etwas kühler. – Trank Thee und beendete vormittags »Die Höhe des Augenblicks«. – Mittags mit K. einige Besuche gemacht (Prof. Thayer). Nach Tische zum Kaffee: Direktor des Rockefeller-Instituts. Über dessen Aufgaben. Nach dem Thee Briefe mit K. Allein Weiteres. Im Dunklen ausgegangen u. verirrt. – 50 Blätter des »Coming Victory« signiert für eine Organisation. Schriften der Bermann-Suite: Werfel und Huizinga. Ersterer unangenehm, trivialisierter Joseph, sollte nur Gedichte schreiben. – Letzte Nacht erwachte ich um 3 und konnte nicht wieder einschlafen. Balconthür u. Fenster waren offen; der Blätterfall draußen unter den Sternen klang wie Regen. Ich nahm noch ½ Evipan und schlief dann einige Stunden im Liegestuhl beim Licht der Lampe. War erquickt. – Im Moskauer »Wort«: aus Tolstois Tagebüchern und Briefen über die Kunst. – Vorm Schlafen immer »Krieg u. Frieden«.

Princeton, Mittwoch den 19. X. 38

Neue Beschäftigung mit »Lotte«. Ausführliche handschr. Briefe an Lion und Kahler. Nach Tische Interviewerin der N.Y. Times in der Sun Porch empfangen. Zum Thee Besuch von Dean Gauss und Frau. Abends mit Begeisterung »Götterdämmerung« gehört. Gelesen »Der Mensch und die Kultur« von Huizinga. Gut und vernünftig. – Bibi krank. Hiesiger Arzt. Gelbsucht oder Nahrungsmittel-Vergiftung.

Princeton, Donnerstag den 20. X. 38

Vorarbeit zum 7. Kapitel. Nachmittags Besuch von Dr. Bermann-Höllriegel und Mrs. Brandes. Guild-Angelegenheiten. Danach Presse-Konferenz mit Studenten, darunter einer mit sehr liebem Gesicht. – Brief an Dr. Brock, der einen Aufsatz schickte. – Erika, angekommen, telephoniert aus New York. Zustände in Prag. Golo in Zürich bei Oprechts. Bedauern darüber. – K. besorgt um Bibi. Arzt äußert sich beruhigend. – Viel in Schweizer Zeitungen. – Kam der neue Anzug. Luxusdruck, Geschenk des alten Bender in San Francisco.

Princeton, Freitag den 21. X. 38

Kühleres Wetter heiter. Bibi leicht gebessert, von Klopstock u. dem hiesigen Arzt besucht. Quälende Gelbsucht. – Notizen für »Lotte« den ganzen Vormittag. Tagüber Gedanken an die Form des Kapitels, versuchend, vielleicht Monodram und Selbstgespräch. – Zu Tische Prof. Ladenburg. Allein mit ihm, da Medi in N.Y. – Zahlreiche Briefe diktiert, darunter an Hull wegen der Prager Unglücklichen. Dann Befreiung von vielen veralteten Briefen durch Zerreißen. – Borgese schickte Aufsatz über Mussolini in »Life«. – Viel im Riemer. – Schlechter Appetit.

Princeton, Sonnabend den 22. X. 38

Vorarbeiten zum 7. Kapitel, Experimentieren mit der Form, fragwürdig und weit vom Ziel. – Mit K. eine Stunde spazieren. Einige Zeit nach Tische in der Bibliothek Besuch von Einstein und Dr. Kayser, der einen Aufsatz über den Joseph überreichte. Zum Thee Dr. Klopstock. Bibi gebessert; Nahrungsaufnahme. Englische Briefe der neuen Sekretärin. Medi bringt im neuen Buick das zahlreiche Gepäck ihrer Geschwister. Dann Eintreffen von Erika u. Klaus. Unterhaltung bei mir, die Politik. Erika bewundert das Haus. Ratschläge Klopstocks wegen meiner Appetitlosigkeit und Verstimmung. Als Abendgast der junge Speyer. Abendessen zu sieben Personen. Nachher bei mir Vorlesung von »Die Höhe des Augenblicks«, das starken Eindruck machte. Erika für weite Verbreitung als Broschüre. Diskussion. Abreise Klopstock und Speyer. Fortsetzung der Unterhaltung im Salon bei Whisky u. Soda. Amüsantester Bericht aus Europa: Steigen des Ansehens und des Einflusses der Emigration!

Princeton, Sonntag den 23. X. 38

Bemühungen um das VII. Kapitel. Landshoff u. seine junge Freundin zu Tische, Thee u. Abendessen. Aufregung über das Vorwort, das als Flugschrift in vier Sprachen zu verbreiten. Umstilisierungen mit Hilfe Erikas zur Loslösung vom urspr. Zweck. Manuskript an Bermann und Brief an ihn. Außerordentlich müde. – Erbarmen mit Medi, der man den Besuch ihrer Rivalin nicht hätte anzutun brauchen. – Nach Tische auf Erikas Veranlassung Anruf K.'s bei ihren Eltern in München zur diamantenen Hochzeit. Sie saßen nach ihrem Abendessen mit herbeigereisten Verwandten beim schwarzen Kaffee. Hinwegsprechen über den halben Tag.

Princeton, Montag den 24. X. 38

Regen, sehr dunkel. Manuskript von »Dieser Friede« für Knopf fertig gemacht. Beschäftigung mit Kap. VII., ¾ Stunden spazieren. Nachmittags unendliche Brief-Diktate. Abends Verdi's Requiem. – Zärtlich mit Medi. – Erzählungen Erikas über den Jammer in Prag, den Zusammenbruch, eigentlich

Mord, eines Glaubens. Das mißhandelte und vertriebene Tschechenpaar aus einem Städtchen mit vorw. deutscher Bevölkerung. Das Ganze eine ewig unverantwortliche Missethat. – Las in der Prager Presse Aufruf der tschech. Intellektuellen an die gebildete Welt, mit Censurlücken, ergreifend. – Viel über Helena und Unterhaltungen mit Boisserée. –

Princeton, Dienstag den 25. X. 38

Heiter und sehr frisch. Studien zum VII. Kapitel – Annäherung an das Wagnis. Mittags mit K. im neuen Wagen ausgefahren u. gegangen. – Klaus in N.Y. – Mit der Post viele beist. Zuschriften zu dem Interview mit Woolf u. meinen Äußerungen über den Frieden, was viel Bereitschaft für die Flugschrift verrät. – Auflage von »Coming Victory« über 22 000. – Nachmittags geschlafen. Zum Thee amerk. Mitglied einer schwedischen Vereinigung, die den 80. Geburtstag der Lagerlöf feiern will. – Handschriftl. Briefe an Annette Kolb und die Herz. Nach dem Abendessen Musik u. etwas Whisky u. Soda. Mit Erika. Besorgnis um sie wegen Gumpert, mit dem sie morgen eine Unterredung hat und dem Verzweifeltes zugetraut wird. – Schwarzschilds Zeitschrift gelesen, kontradizierend. Rede Nicolsons sehr gut.

Princeton, Mittwoch den 26. X. 38

Vorbereitungen zum VII. Kap. Ausgefahren. Zu Tische Prof. Brunner u. Frau. Kaffee im Garten. Viele Brief-Diktate u. Ausfertigungen. Nachricht, daß Golo Anfang November reist. Bibi sehr gebessert. Erika in N.Y., telephonierte, daß Gumpert mit Erschießen gedroht, weshalb sie – . Bermann schreibt, daß unter schwed. Obrigkeitsdruck »Der Bruder« nicht aufgenommen werden kann. Natürlich Vorwort erst recht nicht. Telephoniert mit Landshoff. Imprint Longmans Green. Kabel an Bermann. – Viel Goethe-Studien.

Princeton, Donnerstag den 27. X. 38

Vorbereitungen zum VII. Kapitel. Zum Haarschneiden mit Massage und Öl-Shampooing. Cigaretten gekauft. Zustimmendes Telegramm von Bermann, Kontakt mit Landshoff. Zum Thee fremde Dame, dann Priest mit zwei Schülern. Handschr. Korrespondenz. »Goethe u. d. Osten«. – Schönes Wetter, abends leichter Regen. – Trafen Geschenke des alten Bender aus San Francisco ein: für K. eine chines. Kette, für mich schöne Brockat-Decke, die meinen Rauch- und Lampentisch schmückt. – Bibi etwas außer Bett. – Dankesbrief an Bender. –

Princeton, Freitag den 28. X. 38

Regnerisch, warm, dunkel. Versammelte das Gesammelte u. begann ½12 Uhr einige Zeilen vom VII. Kapitel zu schreiben. – Schwerer, trüber Tag, müde u. tief verstimmt u. leidend. – K. vormittags in N.Y., zum späten Lunch zurück. Haufen Post. Nach Tische ein Mann, der Moving Pictures von Gelehrten u. Schriftstellern für ein Archiv herstellt. Zum Thee Prof. M. Beck u. Frau. Korrektur von »Dieser Friede«, sofort in Angriff genommen. Zum Abendessen Colin aus N. Y. Albernheit seines »Family«-Radioplans. – Die Korrektur revidiert und versandfertig gemacht.

Princeton, Sonntag den 30. X. 38

Gestern nach der Arbeit, gegen Mittag, mit C. Newton und Mr. Westcot im Auto nach dem Landhaus der Newtons bei Philadelphia zum Weekend. Lunch in der Familie, abends Dinner Party. Heute nach dem Frühstück Besuch im Hause des Bruders, Lunch beim Architekten. Nach dem Thee Rückfahrt im Dunklen, hier empfangen von Erika, Klaus, Bibi und Medi. Abendessen. Golo's Lage sehr schwierig und besorgniserregend. Erika teilt enthüllungsreichen Artikel aus »Ken« über die Hintergründe der Krise mit. – Gute Cigaretten, bedrucktes Briefpapier.

Princeton, Montag den 31. X. 38

Heiteres, kühles Wetter. Einiges am VII. Kap. Mit K. spazieren. Telephon mit Landshoff über die Korrektur des Vorworts. Zum Thee Prof. Priest wegen Hardt. Telegramm an den tschechischen Gesandten in Paris wegen Golo. Diktate u. zahllose Ausfertigungen, handschriftl. Danksagungen. Telephon mit dem wegen Radio-Wünschen insistierenden Colin, gereizt. – Nach dem Abendessen Musik. Dann Heinrichs Manuskript über Nietzsche mit Bewegung gelesen.

Princeton, Dienstag den 1. XI. 38

Sehr schöner sonniger Tag. Das VII. Kapitel von neuem begonnen. Mittags bei der Lowe in Sachen des »Schopenhauer« und des »Friedens«. Danach am See gegangen. Nach Tische Besuch des geisteskranken »Messias«, sympathischer Mann, der sich selbst als harmless bezeichnet, in Begleitung eines Polizeibeamten, der nachher mitteilte, der Mann sei in Gale und werde morgen aus dem Staate geschafft (statt ihn einer Anstalt zu übergeben). Kaffee auf der Terrasse. Nachmittags, wie jetzt öfters, etwas geschlafen. K. machte Visiten. Mit ihr nach dem Thee viele Briefe, manches zur Emigrantenhilfe. Auch selbst geschrieben. Etwas gegangen u. Luft geschöpft. – Manuskript »The shadow of madness« von Wertham (Empfehlung Goldsteins). J. R. Becher, Moskau, schickt neuen Gedichtband. Gedichte des Malers Henninger in Arcegno. – Nach dem Abendessen Brahms u. Wagner gespielt. Mit Landshoff Telephon wegen Heinrichs »Nietzsche«.

Princeton, Mittwoch den 2. XI. 38

Merkwürdige Steigerung des Geschlechtslebens hier, klimatisch bedingt? – Andauer des heiteren Wetters. Kaffee getrunken. Am VII. Kap. geschrieben. Besuch von Gumpert und Villard. Mit ihnen ausgefahren. Lunch mit ihnen. Nachher auf der Terrasse. Gumpert las »Dieser Friede« und »Der Bruder«, wovon ein Abzug kam, dieser aus »Forum«. Zum Thee Mr.

Ritchy in Emigrantensachen. (Manuskriptspende). Danach handschr. (englische) Korrespondenz. Auch an Landshoff (Goethe'sches Brief-Motto). – Erika u. Klaus nach New York. Abends im 8. Stück von »M.u.W.« gelesen.

Princeton, Donnerstag den 3. XI. 38

Neblig. Kaffee getrunken, keine Eier. Quälte mich mit dem Lunch Speech für den 9ten. Übelbefinden. Mittags mit K. im Ort. Beim Photographen zu Bildern für die First Papers. Visite beim Präsidenten Dodds, der uns empfing. Dann Knopfs, die hier eingetroffen, von der Nassau Taverne abgeholt. Lunch mit ihnen und nachher im Salon. Später geschlafen. Nach dem Thee die Tischrede über Freiheit des Wortes fast zum Schluß diktiert. Ausfertigungen u. Handschriftliches. Nachricht von Kahler, der gestern in N.Y. angelangt mit Mutter und Frau. –

Princeton, Freitag den 4. XI. 38

Nebel und heiter, mild. Schrieb die Tischrede zu Ende, und natürlich ist das allein Geschriebene das einzig Gute. Ging einige Schritte mit K. Lunch mit ihr und den Jüngsten. Medi über die in N.Y. zu Erikas Ehren gegebene Cocktail Party. – Höchst belastende Post, amerikanisch u. von Zürich und Paris. Notwendigkeit für die Pariser »Zukunft« einen Artikel zu schreiben. (Englische u. deutsche Ausgabe). Briefe von Musil und Walter, der für Zuckerkandl spricht, von Polster, Buchhändler Finkler und zehn anderen S.O.S.-Rufern. . . Dazu unaufhörliche Einladungen u. Forderungen, die das Gehirn bearbeiten. – Vorzügliche Abschrift des Faust-Vortrags aus N.Y. von Lobkowitz. – Sorge um K., die über Überlastung klagt. – Nach dem Thee Diktate, die wenig Luft schafften. Zum Dinner Knopfs. Nachher Musik u. Unterhaltung.

Princeton, Sonnabend den 5. XI. 38

Vormittags Artikel für »Zukunft«. Mittags mit John im Buick nach Pr. Junction gefahren, Kahler abgeholt. Zum Lunch, gegen 2, auch K. und Medi von N.Y. zurück. Mit Kahler bis 4 Uhr. Rückkehr Erikas. Mit ihr über die Frage des Artikels. Kabel. 6 Uhr Prof. Borgese, mit ihm im Salon. Plan seiner Organisation »Comittee on Europe«. Dinner mit ihm und Kahler. Disput über Fascismus und Menschheitsdämmerung, übertrieben. Weitere Gäste, Freunde Borgeses. Zuletzt die Post geöffnet. Übersetzung der Tischrede, schlecht. – Nacht-Lektüre, »Asien« von Prokosch, begabt.

Princeton, Sonntag den 6. XI. 38

Sehr weiche und feucht-schwühle Luft. Regen. Kaffee getrunken. Den Artikel für die »Zukunft« beendet. Dann Briefe an Lobkowitz u. an Heinrich über seinen »Nietzsche«. Regen. Kaum das Haus verlassen. Zu Tische Dr. Riess. Wenig Appetit. Nach dem Kaffee mit Erika die Übersetzung der Lunchrede durchgearbeitet. Nach dem Thee Brief-Diktate, zahlreich. An Messersmith in Washington über Golo, sehr dringend. Mit Erika über K.'s u. meine Überlastung u. das Problem des Sekretärs. Abendessen mit Riess. Süßliches Konzert im Radio. Prager, Pariser und Zürcher Zeitungen. Ankündigungen der Wendung des Dritten Reiches gegen Westen, Störung der Aufrüstung.

Princeton, Montag den 7. XI. 38

Unnatürliche und entnervende Wärme, heiße Sonne. Wiederaufnahme der Versuche am 7. Kapitel; schwer beweglichen Geistes. Nachricht über die Festhaltung von Gret Moser in Ellis Island nach ihrer heutigen Ankunft. Erika dorthin. Brachten sie mit Medi im Wagen zur Station, fuhren dann ins Freie und gingen etwas in der schweren Sonne. Nach Tische Korrektur des »Zukunft«-Artikels und Studium der Tisch-Rede. Zum Thee Dr. Leitch von der Universität, mit dem die Daten meiner Vorlesungen über Faust, Wagner und Freud für Dezember, Januar und Februar fixierte. Danach Brief an Lion Heinrichs »Nietzsche« betreffend. Rückkehr Erikas, die die

Freilassung des Mädchens für heute nicht erreicht hat. Verbleiben bis übermorgen früh unvermeidlich. Großer Unmut. – Artikel für die »Zukunft« nach Paris. – Nach dem Abendessen mit Erika über einen törichten Brief Spiekers, das Pariser Komitee betreffend. – In dem engl. Manuskript von Wertham.

Princeton, Donnerstag den 10. XI. 38

Am Dienstag Nachmittag im Wagen nach New York bei drückend warmem, feuchtem Wetter. Langwierige Einfahrt. Bedford. Zimmer im 12ten. Mit der Familie Stevens im *Hamlet,* St. James Theater. Interessanter Abend. Dinner während der gr. Pause im Astor. Nach Schluß bei Erika. – *Mittwoch:* Morgens Erika von Ellis Island zurück, nach Befreiung Gret Mosers. Mittags Herald Tribune Lunch im Astor, 1100 Personen. Cocktail vorher. Vorträge D. Thompson und zweier Presseleute. Dann meine Rede, Nervosität und Ergriffenheit. Viele Begrüßungen. – Zum Thee im Hotel Koppel und Landshoff wegen der Buchgemeinschaft. Das Problem Bermann, der in einer Art Rachwut Buch und Broschüre auf die eigene Kappe nimmt und von dieser 10000 drucken läßt. – Abends in unserem Wohnzimmer Fest für Erika mit Gumpert, Riess, Katzenellenbogen, Gret, Medi, Bibi. Champagner, Suppe, Gänseleber, Rebhuhn, Baumkuchen. Gegen 11 Abreise mit Medi als Fahrer. Unannehmlichkeiten mit Straßenwächtern. Hier nach 12 angekommen.

Bis ½9 gut geschlafen. Telephon: Faust-Vorlesungen auf Ende November vorverlegt. – Korrektur des Faust-Vortrags für die Lowe. Damit zu ihr. Schönes, kühles, heiteres Wetter, Spaziergang. Zu Tische Prof. Simons. Kaffee im Garten. Die Post gesichtet. Geschlafen. Nach dem Thee Brief-Diktate. Zahlreiche Ausfertigungen. Smoking-Toilette, früheres Abendessen, Kammermusik zu Flexners Geburtstag, zahlreiche Gäste, genoß die wohlexekutierte Musik. Zu Hause noch Citatenbezeichnung für die Lowe ausgeführt.

Princeton, Freitag den 11. XI. 38

Klar und heiter. 8 Uhr auf. Kaffee. Ausschweifende, organisierte Juden-Progrome in Deutschland und Österreich im Anschluß an die Tötung des Gesandtschaftsmitgliedes in Paris. – Zu arbeiten versucht, fast erfolglos. Außerordentlich matt. Mittags mit K. ausgefahren und 50 Minuten gegangen. Zu Tische die Brief-Sekretärin und ihr Mann, Professor der Physik. Vor Müdigkeit sehr einsilbig. Kaffee auf der Terrasse. Nach diesen Gästen Prof. Bird vom Occidental College mit Damen, in Sachen der Th. M. Collection dort. – Etwas geschlafen. Zum Thee Berman-Höllriegel mit Dr. Liptzin und einem Studenten. Ladung Konkurrenz-Manuskripte. Später noch etwas Briefbearbeitung mit K. Chicago wegen Aufgabe der gesellsch. Form und Terminwechsel telegraphisch abgesagt. – Nach dem Abendessen Beschäftigung mit den Manuskripten. – Trüber Tag. – Radiomeldung von wachsender Empörung über die deutschen Hunde in England. Zu spät.

Princeton, Sonnabend 12. XI. 38

Fortdauer des schönen Wetters, warm, schon wieder zu heiße Sonne. Etwas lebhafter gearbeitet. Kabel von Bermann wegen Weglassung des »Bruders« mit Rücksicht auf die Progrome u. mögliche persönliche Folgen. Zunächst anheimgestellt, dann entschieden verzichtet und Zurückhaltung des Buches vorgeschlagen. Haufen von Post. Antwort von Messersmith, ausführlich und völlig negativ. Immigrationssache der Kinder – unendliche Schwierigkeiten. Dabei beständige Bitten um Hilfeleistungen für andere. (Marck.) – Sühne-Kontribution von einer Milliarde für die deutschen Juden, also radikale Enteignung. Viel Empörung in England. – Bald nach Beginn des Tages wieder sehr matt und niedergeschlagen dank tristen Eindrücken und Überlastung. Briefe von Lion über die Zeitschrift. Manuskripte von »Faust« und August an ihn. Telephon mit Erika über das Problem Golo, zu dessen Lösung in N.Y. Weiteres zu versuchen. Viel Zeit mit dem Lesen u. Ordnen von Briefen verbracht. Nach dem Abendessen in der Nachbarschaft Film aus Nazideutschland gesehen, der, wenigstens ohne Kommentar, eher eine Empfehlung. Die Jüngsten zurückgekehrt mit Gret Moser. Verfehltes Radio-Konzert Bibi's. – In Briefen beängstigende Kennzeichnungen der gefährlichen Lage auch Amerika's. – Princeton heut überfüllt; Fußball-Match; Gestau von Wagen.

Princeton, Sonntag den 13. XI. 38

Bedeckt, kühl, später Regen. Englisch-amerikanische Presse stellt fest, daß die Vorgänge in Deutschland nichts mehr mit westeuropäischem Wesen zu tun haben, sondern nur mit denen der russischen Revolution zu vergleichen sind. (Nach 6 Jahren!) Düstere Reden englischer Conservativer; England werde um sein Leben kämpfen müssen. – Etwas gearbeitet. ½1 Uhr Eugene Meyer und Frau aus Washington. Sherry mit ihnen. Einige Schritte im Freien mit ihnen. Lunch mit ihnen u. Kaffee. Mit Mrs. Meyer bei mir; über ihre Arbeit und das Geistige im Zbg. und Joseph. Individuum und Collectiv. Gleichgewicht – Weisheit – Güte. Demokratie als Gleichgewicht von Individuum und Collectiv gegen Fascismus u. Bolschewismus. – Die Milliarde Kontribution für die Juden in Deutschland: nicht völlige Enteignung, da das jüd. Vermögen an 4 Milliarden betragen soll. Verpflichtung zur Wiederherstellung der Progrom-Schäden durch die Eigentümer vor der Enteignung. Die Versicherungsgelder fallen an den Staat! – Nach dem Thee an Lion zu den Manuskripten. Dann bis zum Abendessen Brief-Bearbeitung mit K. Abends lange in »Goethe als Pers.« unter Vernachlässigung der Preis-Manuskripte.

Princeton, Montag den 14. XI. 38

Unruhige Nacht, Mittel; Sturmwind, kalt, bei blauem Himmel. Mühsam am 7. Kapitel, dessen Form kaum zu finden. Mittags bei der Lowe, dann Versuch eines Spaziergangs, der fehlschlug, da der Sturm den Nerven unerträglich. Nach Tische

Briefe und Zeitungen. Etwas geschlafen. Zum Thee Interviewer vom »New Yorker«, war gut gelaunt, zeigte ihm meine Sehenswürdigkeiten. Danach zahlreiche Brief-Erledigungen. Ging, da der Sturm sich gelegt, noch etwas aus. Abends Prager u. Zürcher Zeitungen durchgesehen. Die Kinder über Spanien im Moskauer »Wort«. – Abreise Bibi's u. der Seinen. – Engl. Briefe signiert. – Viele Kundgebungen hier gegen das deutsche Treiben. In England Forderung nach Abbruch der Beziehungen, nicht ernst zu nehmen. Immerhin Unterbrechung der Verhandlungen. Aber Chamberlain ist gesonnen, sie wieder aufzunehmen. – Gram K.s um ihre Angehörigen, da Juden keine Lebensmittel verabfolgt werden sollen. Hilferuf des jungen Fulda hier für seinen Vater. Und andere. – Korrekturen des Buches von Judge Black. –

Princeton, Dienstag den 15. XI. 38

Blau und kühl. Reger gearbeitet. Allein eine Stunde gegangen, da K. mit den Immigrationsgeschäften sehr beschäftigt. Diese nach Canada. Broadcast Wünsche und anderes war abzuwehren. Die dänische Ausgabe von »Briefwechsel« und »Demokratie« traf ein. Sonst viel Post. Brief der Meyer über »Dieser Friede«. Enthusiastisches darüber von Dr. Zuckerkandl. Kabel von Bermann, der die Essays herausbringt. Exposé von O. Strasser über die deutschen Weltpläne und das kommende deutsch-russische Bündnis. – Nach Tische in den Manuskripten. Zum Thee die beiden Lehrer, mit denen wir auf dem Schiff Bier tranken. Schrieb an Koplowitz, Becher-Moskau, Heinz Caspar. Abends »Die Weltbühne«.

Princeton, Mittwoch den 16. XI. 38

Blau, winterliche Temperatur. Am 7. Kapitel. Empfang des Vertreters des N.Y.er Union College mit Anerbieten des juristischen Ehren-Doktors. Lunch bei Mr. u. Mrs. Lowe mit Einstein u. a. Nach Tische mit Einstein über Zuckerkandl, Marck, Fulda. Die Lowe unterhalten vom »Faust«. Ehren-Doktorat von Oxford in Aussicht. – Die Kinder bis 1. XII. in Toronto. Telegramm Laškas, daß Golo vom tschech. Militärdienst zurückgestellt. Diktate von Telegrammen, Messages u. Briefen an K. Mit ihr zur Post vorm Abendessen. Sehr müde. Telephonische Botschaft nach Chicago zu einem Protest gegen die Judengreuel scheiterte. Vernichtender Artikel über Rußland im »Tage-Buch.« –

Princeton, Freitag den 18. XI. 38

Gestern *Donnerstag* nach *New York* per Bahn. Ins Hotel, Klaus, Erika, Tomsky. Frühstück bei Mrs. Rosenthal zugunsten Klopstocks. Zum Thee im Hotel Landshoff. Viel Telephon. Abends Carnegie Hall, Concert der Bostoner Philharmoniker unter Kussewitzky: Ravel, Sibelius, Beethoven. Nachher Soirée mit dem Dirigenten bei Knopfs. Mit Dorothy Thompson über das Intellektuellen-Manifest. Entwurf übernommen.

Heute Vormittag in N.Y. Besorgungen mit K. Einkäufe zu Klaus' Geburtstag. Mit ihm, Erika, Tomski, Riess und Söhnchen Lunch im Restaurant Lexington Aven. Nach 3 Zug hierher. Von der Junction abgeholt von John, dem wir eine Chauffeur-Mütze besorgt. – Große Ansammlung von Briefen, Telegrammen u. Büchern. Durcharbeitung u. Organisation nach dem Thee. Telephon Tillich. Abfassung englischer Telegramme mit K. Ausfertigungen. Golo gekabelt wegen seines Visums und wegen der Alten in München. Die Bewegung in Amerika gegen Deutschland gewaltig. Auch hiesiger Botschafter abberufen. – »This peace« in zahlr. Exemplaren, erscheint Montag. Exemplare von »Schopenhauer« kamen. – Kleist gelesen.

Princeton, Sonnabend den 19. XI. 38

Schwühl, Regen. Das Manifest zu schreiben begonnen. Mittags zum Haarschneiden. Football Game, Wagen-Gedränge. Lunch mit K. allein. Nach dem Kaffee Briefe und Schweizer

Zeitungen. Etwas geschlafen. Zum Thee Mr. und Mrs. Pforzheimer, gute Leute. Zahlreiche Briefe mit K. Abendessen zu zweien. Nachher Beschäftigung mit den Wettbewerb-Manuskripten. – Schlechter Appetit, Neigung zu Übelkeit. Aber festere seelische Verfassung heute, ernst und gewillt, im Namen der moralischen Welt eine große Sprache zu reden und einen Schlag gegen das Geziefer zu führen.

Princeton, Sonntag den 20. XI. 38

Kälter und heller. Vormittags Arbeit am Manifest. Spaziergang mit K. Verstimmung wegen des Sekretärplans, Leiden, Kummer und Krankheit. Gegen meine Absicht beim Mittagessen, zu dem Erika, Klaus und Herr Meisel eingetroffen. Mit diesem Verabredung, wegen seiner Dienstleistungen, in der Bibliothek. 2 Stunden zu Bette. Thee dort. Nachher Einstein und Dr. [?] ferner Frau Jakoby zu photogr. Aufnahmen von Einstein und mir. Mit E. über den N.Y.er Ausstellungsplan, den er ablehnt. Abends in Zernattos Buch über Österreich. – Kopfschmerzen, leidend.

Princeton, Montag den 21. XI. 38

Gesünder. Sonniges Wetter. An dem Manifest. Allein spazieren. Zu Tische Kahlers, die in der Nähe ein Haus mieten. Zum Thee dieselben. Mehrere handschr. Briefe, Diktate an Türk (Oslo), Eisner (Prag) und Heimann (N.Y.Times). Viele Ausfertigungen englisch. Abends in Murry's »Heros of thought« über Goethe. – Mit Kahler viel über das Schicksal der Schweiz, gegen die die ersten Drohungen fallen. Natürlich ist sie ein Relikt aus liberalistischen Zeiten. Die kommende Atomisierung und Europas, – der dann auch das geschwollene Reich verfällt.

Princeton, Dienstag den 22. XI. 38

Trüb, weich, regnerisch. An dem Manifest. Erika und Klaus nach New York. Mit K. spazieren. Mahlzeiten zu zweien.

Nachmittags geschrieben an M. Mejer in Mendoza u.a. Mehreres diktiert (Absage an Richter Black); an Dorothy Tompson. Abends in einem Mormonen-Manuskript und dem eingegangenen Buch »The inner world of man« von Wickes. – Wüten der deutschen Presse gegen England und Amerika, Freundschaft mit Frankreich. Eine ehem. deutsche Kolonie als Siedlungsland für die Juden! Ankündigung riesiger Propaganda Aktion gegen die Juden in ganz Deutschland! Idiotismus. Sicher hat das Volk genug. – Die Protest-Meetings in Amerika nehmen kein Ende. Telegramme. Machte mir nach dem Abendessen etwas Tschaikowsky-Musik.

Princeton, Mittwoch den 23. XI. 38

Regen, wärmlich. Arbeit am Manifest vormittags und nachmittags. Erika von N.Y. zurück mit Gret Moser. Die Faust-Übersetzung von der Lowe, abends studiert. – Besonders schamloser Artikel des »Schwarzen Corps«, in der Times wiedergegeben. Dort Besprechung von »This peace«.

Princeton, Donnerstag den 24. XI. 38

Kälte, Sturm, Graupelschnee. Vormittags: »An die gesittete Welt«. Nach dem Thee beendet. Abends K., Erika, Klaus, der kleinen Moser vorgelesen. Aufstellung von 140 Namen zur Beipflichtung.

Princeton, Freitag den 25. XI. 38

Gestern Schnee-Unwetter. Heute blauer Himmel und lagernde Schneemassen. Frost. – Wieder am 7. Lotte-Kapitel. Mit K. und Gret Moser im Schnee spazieren. Nach Tische Dr. Meisel. Zum Thee derselbe, zur Entgegennahme von Briefen. Ließ mich von John zur Lowe-Porter fahren, mit der ich die erste Hälfte des Faust-Vortrags durchging. Von K. abgeholt. Nach dem Abendessen Vorlesung Erika's: Vorspiel zu ihrem Emigrantenbuch, hübsch. – Dann Begleitbrief an Dor. Thompson zu dem Manifest diktiert. – Exemplare von »Dieser Friede«, deutsch. Exemplare der »Schönsten Geschichten« (Forum-Sammlung). Vergnügen daran.

Princeton, Sonnabend den 26. XI. 38

Heiteres Wetter, Schnee, glatt. Am 7. Kapitel, Monolog. Mit K. eine Stunde gegangen. Zu Tische Mr. Amster, der Schubert-Platten schenkte. Zum Kaffee Mr. Billikopf mit dem jungen Magnes (Jerusalem), Besprechung der Th. M.-Foundation. Zum Thee Dr. Meisel (Brief-Übergabe). Danach zu Mrs. Lowe zur Durchlesung der 2. Hälfte der Faust-Lecture. Von K. abgeholt, ging aber zu Fuß nach Haus. Mühsam, beklommen. Abendessen zu dritt mit Erika. Briefe von K. u. Meisel ausgefertigt. Schubert u. Meistersinger gehört. Im Divan gelesen.

Princeton, Sonntag den 27. XI. 38

Dicker Schnee, heiter. Thätig am 7. Kapitel. Nachher unwohl und beklommen. Mit K. etwas spazieren bei reiner Luft. Zu Tische Dr. Landshoff u. seine holländ. Freundin. Nach dem Kaffee Erika nach N.Y. und weiter abgereist. Im Divan und Boisserés Briefen. Geruht. Zum Thee außer dem Landshoff-Paar Kahler mit einem Freunde. Vor diesen in der Bibliothek Vorlesung des Manifests »A.d.g.W.« Ausstellung Kahlers, es müsse Aktivität gefordert werden. Diskussion. Verabschiedung der Gäste. Vor und nach dem Abendessen Beschäftigung mit dem Faust-Vortrag. Ausfertigung von Briefen an Türk, Eisner, Heymann. Zueignung von Exemplaren der Neuigkeiten. – Kabel von Golo aus Prag, Fortschritte meldend. – Bedenkliche Meldungen aus Frankreich. Die Regierung mobilisiert die Streikenden.

Princeton, Montag den 28. XI. 38

Strenge Kälte, Schneemassen. Morgens mit der Lecture, dann etwas am 7. Kapitel. Spaziergang mit K. Rückkehr Medis, rebus bene gestis. Nach dem Lunch die Lecture. Dr. Meisel. Viel Post, Zeitschriften u. Zeitungen aus Europa. Nach dem

Thee Briefe ausgefertigt. Dann Toilette. Mit K. u. Medi zum Abendessen bei Dean Gauss. Danach zur Alexander Hall. Einführung durch Gauss. Vortrag »Goethe's Faust«, treulich durchgeführt, herzlicher Beifall. Nachher im Club, Professorenkreis, Bier und Sandwiches. Im Taxi nach Haus. Begrüßung mit K. u. Medi. – Brief von Brüll. Brief von Golo, noch aus Zürich. Sorge wegen seines guten Fortkommens aus Prag.

Princeton, Dienstag den 29. XI. 38

Milder, Tauwetter. Einiges am 7. Kapitel. Mit K. spazieren Mercer-Street. Indirekte Nachricht aus München, daß die Alten »verzogen« – vielleicht nur Gerücht. – Ankunft Klaus und sein Freund. Lunch mit ihnen. Nachher mit dem 2. Teil der Faust lecture. Zum Thee Dr. Meisel. Briefe empfangen u. eingehändigt. Besprechungen u. Aufträge. Smoking-Toilette. Briefe ausgefertigt. Platten-Geschenk einer Dame von Philadelphia. – Leichtes Abendessen gegen ½8. Abgeholt zum Vortrag Alexander Hall; K., Medi, Klaus und Tomski in unserem Wagen. Wohl bestanden. Nachher Flexners, Priest u. a. Zu Hause Thee, Bier und Musik, die neuen Platten: Wagner und Beethoven.

Princeton, Mittwoch den 30. XI. 38

Tauwetter. Vormittags: »Das siebente Kapitel«. Im Wagen zu Weils, mit Frau W. im nahen Park spazieren, danach vorzügliches Lunch bei dem Ehepaar. Türkischer Kaffee. Viel Freundliches über die gestrige u. vorgestrige Lesung. Bemerkung über die Aufmerksamkeit des Publikums. – Zum Thee Dr. Meisel; Briefe. Dann zahlreiche Diktate an K. (An das Hunter College wegen Abfalls der Germanistinnen.) Etwas ausgegangen. Abendessen mit Klaus und Curtiss. Buchwidmungen für diesen. Musik bei offener Tür zur Bibliothek. Auswahl von Kellers Gedichten, von Brentano gesandt. Mit Rührung gelesen. Aufs neue erstaunt über die »Oeffentlichen Verleumder«. – Unruhe Golo's wegen, von dem wir Nachricht haben sollten.

Princeton, Donnerstag den 1. XII. 38

Tauwetter bis leichte Kälte. Etwas am Siebenten. Nur kürzlich mit K. aus. Zum Lunch Frau v. Kahler. Knopf meldet Neudruck von »This peace« und proponiert, die Herald Tribune Lunch-Rede mit aufzunehmen. – Zum Thee Briefe mit Meisel. Später mit K. Präparation der New Yorker Ansprache für den 4ten. Müde. Englische Briefe ausgefertigt. Hörte wiederholt die Parsifal-Platten (Melchior). Das dringlich erwartete Kabel von Golo aus Zürich. Schifft sich ein. Sendbote zu den Alten in München. – Las in der »Farbenlehre«.

Princeton, Freitag den 2. XII. 38

K. nachts erkrankt, Vergiftungserscheinungen, Erbrechen, leichtes Fieber. Heutige Fahrt nach N.Y. zum »Tristan« auch meinerseits aufgegeben. Mittags Dr. Meisel, der Brief-Diktate von K. und mir aufnahm (an Knopf wegen der Lunch-Rede). Mit ihm ins Village, Apotheke, Post. Mit ihm allein geluncht. Beim Thee Brief-Besprechungen mit ihm. Dann erneutes u. erweitertes Diktat der Rede für den N.Y.er Deutschen Tag, bis auf den Schluß. – Der Doktor bei K. Die Austern bei Weils als Ursache angenommen. Leichte Besserung. – Kälte. Ging vorm Abendessen etwas aus. – Beschäftigung mit der Farbenlehre durch den Text und Bielschowskys Commentar. – Brief von Jellinek, sein Buch über Goethes Enkel begleitend. Das immer öftere Wiederkehren der Verbindung meines Namens mit dem Goethes und wie mein Identifikationsspiel sich in den Geistern durchsetzt. – Abdruck von »Dieser Friede« in der »Volkszeitung«.

Princeton, Sonnabend den 3. XII. 38

Warm, Schmelze. K. gebessert, noch bettlägrig. Gearbeitet an Lotte VII. Mittags etwas spazieren mit Meisel, der zum Lunch blieb. Nach dem Kaffee den Schluß der Rede für die Deutsch-Amerikaner geschrieben. Enorm viel Post: Lange Briefe von Bermann, Musil, Lion, Heinrich etc. Notschreie von da und dort. (Prager deutsches Theater). – Thee mit Meisel, ihm dann den Schluß der Rede diktiert. Nachher lange bei K., Mitteilung von Briefen, darunter ein mysteriöser aus Hannover über Zürich, den »alten Mac-Auley« betreffend. Eintreffen von Medi, Bibi und Gret, die vom N.Y.er »Tristan« berichten. Mit ihnen zu Abend gegessen. Teleph. Verabredungen mit Dorothy Thompson und Mrs. Meyer. Abends gelesen »The dialectical Humanism of Th. M.« by A.F.B. Clark (University of Toronto Quarterly). – Sinnen über mein Leben.

Princeton, 4. XII. 38, Sonntag

K. gebessert. Nach dem Frühstück rasiert und angekleidet. Meisel brachte Abschriften und Presse-Auszug. Etwas am 7. Kapitel gearbeitet. Gegen ½12 mit John zur Junction, allein. Nach New York. Las unterwegs interessanten Aufsatz von Kerényi über Helena-Nemesis-Aphrodite im Manuskript. Von Pensylvania Station zu Dorothy Thompson, Central Parc. Lunch mit ihr. Die Modalitäten der Publikation des Manifests. Nach dem Kaffee in ihrem Schlafzimmer geruht. Nachher ihr Söhnchen mit vortrefflichem Marionetten-Kasperl. Mit Dorothy zu Fuß bei klarem Himmel und großer Milde ins Plaza zu Mrs. Meyer. Thee mit ihr und weitere Besprechung der Modalitäten. Nach 6 mit Taxi zum »Royal Windsor«, deutsch-amerik. Kulturverbands-Fest. Dr. Klopstock und Curtiss. Voller Saal, banausische Darbietungen. Langes Warten, Journalisten, Autogramme. Nach 8 Uhr meine Rede, gewaltige Begrüßung und großer Beifall zwischenein und am Ende. Mit Klopstock und Curtiss per Underground zur Pen. Station. Voller Zug, Verspätung. Unterhaltung mit junger Reisegefährtin aus Philadelphia, Studentin of political science. Medi mit dem Wagen an der Station. K. noch auf. Improvisiertes Abendessen u. Bericht. Viele englische Briefe ausgefertigt.

Princeton, Montag den 5. XII. 38

Wärme und Nässe. Am 7. Kapitel gearbeitet. Viel Post. Erfreuliche Karte von Hesse zum »Schopenhauer«. Zuschriften zu »This peace«. K. außer Bett, aber angegriffen und zu stark beschäftigt. Mit ihr etwas ausgegangen. Lunch zu Hause mit den Kindern. Bibi und Gret nachmittags wieder nach N. Y. Die »Zukunft« mit meinem Artikel. Die deutschen Zeitschriften und Zürcher Zeitungen. Nach dem Thee Dr. Meisel lange Briefe diktiert an Bermann, Oprecht, Stampfer und Kerényi. An van Loon geschrieben über seinen offenen Brief wegen Schuschnigg. Ungewöhnlich starker Eingang von Drucksachen, Büchern. Embarras de lecture. In den Times Bericht über die gestrige Rede.

Princeton, Dienstag den 6. XII. 38

Kälter, kein Regen. Am 7. Kapitel. Mittags mit K. etwas gegangen. Immer viel Post, auch Schmähbriefe antisemitischer Provenienz. Nach dem Lunch Zeitungen u. Zeitschriften. Zum Thee Prof. Ladenburg, Meisel, ein Rabbi Liebman, von Einstein geschickt. Kataloge signiert für die Rosenbaum Versteigerung. Mit Meisel, Briefe empfangen, Manuskripte übergeben. Einladungen zu Dinners zu Ehren von Borgese und Lotte Lehmann. Schrieb an Hesse. Frack-Toilette, Diner beim Präsidenten Dodds zu unseren Ehren; von John hingebracht u. abgeholt. Englische Konversation, ermüdend.

Princeton, Mittwoch den 7. XII. 38

Spät auf. Kühl, trocken. Arbeit am 7. Kapitel. Mit K. spazieren. Nach dem Lunch beim Kaffee mit Liqueur, den ich sehr liebe und der mir hier besser bekommt als in Zürich, Lektüre von Briefen. Das Buch Rauschnings »Die Revolution des Nihilismus« zu lesen begonnen, sofort gefesselt und befriedigt. Nach dem Thee Briefe mit Meisel, dann Diktate an K.: Dor. Thompson, Knopf u. a. In Rauschnings Buch weiter; ebenso nach dem Abendessen. Rückkehr Medi von Newark, wo sie von Judge freigesprochen. Schrieb an Mrs. Meyer. – Wohlgefallen an der englischen Übersetzung des Manifests. Ließe nur die Prozedur sich abkürzen.

Princeton, Donnerstag den 8. XII. 38

Mild, ohne Regen. Gearbeitet am 7. Kapitel. 8 Uhr auf, obgleich gestern Nacht zu lange in Rauschnings Buch gelesen. Mittags kurze Zeit mit K. spazieren. Zum Lunch der Agent Peat. Mit ihm über die Frühjahrsreise. Beim Thee mit Meisel Briefsachen. Danach Diktate und Besprechungen an K. Ausführlicher an die Mazzucchetti. Noch etwas ausgegangen. Verirrungsnervosität. Nach dem Abendessen etwas italienische Musik. Danach weiter in Rauschnings Buch. Vorm Einschlafen nicht mehr Politik, sondern Meredith, Der Egoist zu lesen.

Princeton, Freitag den 9. XII. 38

Mild u. regnerisch. Am 7. Kapitel. Mittags mit K. in der Estate. Zum Lunch Dr. Wertham. Über sein Manuskript, Psycho-Analytisches, Totalität des Geistigen, auch Politisches. Zum Schluß Insistieren wegen eines Vorworts. Dr. Meisel zugegen. Brief-Besprechungen mit ihm. Übergabe von Lektüre. – Gestern Nacht und auch nachmittags vom Geschlecht gequält. – Nach dem Thee Danksendungen ausgepackt, Briefe ausgefertigt, dann im Rauschning gelesen. Zum Abendessen Kahlers. Nachher etwas Musik. Danach in der Bibliothek *Vorlesung der ersten 20 Seiten des Siebenten Kapitels.* Eindruck des Großartigen.

Princeton, Sonnabend den 10. XII. 38

Spät auf. Am 7. Kapitel. Kurzer Spaziergang mit K. Allein mit ihr geluncht. Kahler, vorsprechend, hat den außerordentlichen Eindruck von gestern bestätigt. – Dänische Besprechung von J.i.Aeg. – In der »Nation« meine philosophische Konfession als »Coming humanism«. – Zum Thee Dr. Meisel. Ihm Brief an Knopf über das Manifesto diktiert. Dann Briefe mit

K. Selbst an Brentano und Dr. Rosenhaupt (Frankf. Dialekt) geschrieben. Abends das Buch von Rauschning. Telegramm der Großen aus San Francisco. Wochenend-Ankunft der Jungen.

Princeton, Sonntag den 11. XII. 38

Winterlich. Kein Regen. Gearbeitet am hum. Dialog von VII. Mit Medi u. K. ausgefahren Elmsroad, gegangen, auf dem Rückweg Unwohlsein, sodaß ich Medi den Wagen holen ließ. Zum Lunch C. Newton und der junge Speyer. Beim Thee die Newton und Dr. Revecz, Paris. Mit ihm über die Proklamation u. anderes. Mit der Newton im Arbeitszimmer. Schrieb nachher an Fiedler. Abends lange in der »Revolution des Nihilismus«. – Telegramm Golos meldet sein Eintreffen am 24.

Princeton, Montag den 12. XII. 38

Winterlich, kein Regen, mittags sich erheiternd und färbend. Gearbeitet am Siebenten. Mit K. spazieren. Nach dem Lunch die Post gelesen. Brief Lions über »Faust« und »August«. Die Meyer verstimmt über die Entrevue à trois. Viel anderes. Oprecht und Bermann-Verstimmung. Europ. Zeitungen u. Zeitschriften. Nachmittags mit Meisel, Referate, Briefe. Schrieb an Basler. Smoking-Toilette u. irrtümliche Fahrt gegen Newark zum Concert, das erst morgen stattfindet. Heiterkeit, Rückfahrt u. verspätetes Abendessen. Viele gute englische Briefe der Shenston ausgefertigt. Zeitungen gelesen. Barth über Rauschning.

Princeton, Dienstag den 13. XII. 38

Heiteres Wetter. Arbeit an VII. Mit K. in Pine Estate. Teilweise nicht wohl. Ein Stoß Post, abgeschoben, mags nicht mehr lesen. Zum Thee außer Meisel Interviewer aus dem Mittelwesten, intelligenter Mann. Nach 7 Uhr nach Newark gefahren, Toscanini-Konzert; genußreich, viele Vorlesungen. Saßen mit Muschenheims. Oberon, Pathéthique, Haydn-Variationen,

Waldweben und Meistersingervorspiel. Nachher Abendessen in kleinem Restaurant. Heimfahrt im Buick (geheizt) mit John. Schrieb zu Hause noch an Brüll. Spät.

Princeton, Mittwoch den 14. XII. 38

Heiteres Wetter. Gearbeitet an VII. Zum Haarschneiden. Danach mit K. in Pine Estate. Zum Lunch Meisel mit Frau und der Kapellmeister Maier. Wachsender Widerstand gegen die Lektüre und Bearbeitung der Post, Übersättigung u. Auflehnung. Visitation, pers. Auswahl und Abschiebung. – Beim Thee Mr. M. Siedelungs- und Versicherungs-Businesman, bigott gefärbter Vortrag, Dokumente. Danach mit Meisel, Diktat an Borchardt, Weiteres übergeben, Hilfe für Oppenheimers Bruder in Wien via Stockholm. »Dieser Friede« u. »Schopenhauer« einer Anzahl Anwärtern weihnachtlich zugeschrieben. Nach dem Abendessen in dem Buch von Rauschning. – Sehr müde, strapazierte Nerven.

Princeton, Donnerstag den 15. XII. 38

Sonnig, kalt, rauher Wind. Geschrieben an VII. Spaziergang mit K. Ruhiger Tag. Nach dem Kaffee gelesen. Beim Thee Briefbesprechungen mit Meisel. An Lion geschrieben. Ausfertigungen u. Signierungen. Abends die Lektüre des Buches von Rauschning beendet.

Princeton, Freitag den 16. XII. 38

Die letzten Nächte ohne Stützmittel gut geschlafen. Besserung der Gesundheit. – Kälte, sonnig. K. in New York zu Weihnachtseinkäufen. Frühstück allein. Arbeit am VII. Mittags Meisel, der die Post öffnet. Mit ihm in Pine Estate. Lunch mit ihm. Beim Kaffee Brief-Vortrag. Gelesen Schrift über Goethe u. St. Simonismus von Schuchardt (New York). Kritische Randbemerkungen. Thee allein, danach Entwürfe zu einem Artikel über Demokratie. Rückkehr K.'s zum Abendessen. Die Schrift zu Ende gelesen.

Princeton, Sonntag den 18. XII. 38

Gestern, Samstag, vormittags am 7. Kapitel. Kurzer Ausgang mit K. Zum Lunch Dr. Klopstock. Gepackt. Nach dem Thee im Wagen nach *Philadelphia,* Hotel Bellevue-Stratford. Dort umgekleidet und einen Imbiß genommen. Ins nahe Opern- u. Konzerthaus. Loge der Ormandys mit dem Präsidenten des Orchesters. Brahms-Abend mit der Anderson als Solistin. Nachher bei Ormandy im Künstlerzimmer. Journalisten, unangenehmes politisches Interview. Im Hotel mit Ormandys, Heinz Caspar und Vertretern des intellektuellen Philadelphia. Ice Cream und Bier.

Die Nacht sehr gut geschlafen, besseres Befinden, als gestern, da den ganzen Tag leidend. Spät auf. Nach Bad u. Frühstück einiges für den zu schreibenden politischen Aufsatz notiert. Gegen Mittag von Mr. Billikopf abgeholt, mit ihm durch die Stadt, Besichtigung des schönen Gebäudes der Constitution. Zum Essen bei ihm, größere Gesellschaft, der alte Arzt, der Psychiater, der reiche Brief-Warenvertriebshaus-Besitzer, Käufer des Wagner-Mts. Die Schauspielerin Rainer u. ihr Mann. Abfahrt mit unserem Wagen ½4 Uhr. Regnerisch.

Hier Anwesenheit der Jugend. Thee mit Medi. Schrieb danach Briefe an Voegelin und Schuchardt über ihre Arbeiten. Abends Studien zum Wesen der Demokratie durch Schuchardts Schrift über Saint Simon. – Gestern vor der Abfahrt Platten-Geschenke von Kussewitzky und Angell. Telegramm betr. Wahl zum korresp. Mitglied der Amerikanischen Akademie der Wissenschaften u. Künste.

Princeton, Montag den 19. XII. 38

Winterlich, rauh, leichter Schnee. Vormittags Beschäftigung mit dem Aufsatz für »Survey-Graphic«. Mit K. in Pine Estate. Lunch mit der Jugend. Schweizer Zeitungen u. Pariser Zeitschriften. Zum Thee Meisel; mit ihm Brief-Besprechungen. K. einiges diktiert; an Kozák in Prag. Widmungen in Bücher an Bender, Koussewitzky u. a. Ausfertigung von Gratulationskarten. Abends gelesen, Zeitschriften, kleine engl. Schrift über »Buddenbrooks« von Millett (Middletown); »Philosophie u. Politik« von Beck.

Princeton, Dienstag den 20. XII. 38

Schlaf ohne alle Nachhilfe. Wie gestern 8 Uhr auf. Sehr deutliche Heimweh-Vergegenwärtigung meiner Küsnachter Zimmer. – K. nach dem Frühstück nach N.Y. Quälende Versuche mit dem Artikel für Survey Graphic. Zu weitläufig angefangen. Das übliche Leiden unter der Trennung von der Hauptarbeit. Entnervt und müde. Mittags Dr. Meisel; mit ihm Briefe besprochen. Spazieren bei kaltem klaren Wetter mit Medi Springdale Road. Lunch allein mit Medi. Nach dem Kaffee gelesen in »Röm. Kaiserreich« von Rostofftzew, Untergang der antiken Kultur. Haupt-Phänomen: die allmähl. Absorbierung der gebildeten Schichten durch die Massen, »Vereinfachung« aller Funktionen des politischen, sozialen, wirtschaftl. u. *geistigen* Lebens: Barbarisierung. – Thee mit Medi. Season-Glückwünsche und einige Ansprüche. – Schrieb an Korrodi nach Zürich über die Wahl in die Akademie und die Manuskript-Versteigerung. – Rückkunft K's, von Medi und mir abgeholt. Geschenke von Knopfs (Wein) und Meyers (Handtasche, Jade-Aschenbecher, gest. Taschentücher für Medi). – Interessante Aufsätze in der »Zeitschr. f. freie deutsche Forschung«. –

Princeton, Mittwoch den 21. XII. 38

Kalt, dunkel, leichter Schnee. Den Aufsatz neu zu schreiben begonnen. Vorwiegend traurig u. müde. Todesgedanken. Mittags mit K. etwas gegangen. Einspruch bei einer gutmütigen Dame in hübschem Haus mit Wintergarten. Gelesen in der »Zeitschrift für freie deutsche Forschung«. Beim Thee Briefe mit Meisel. Notgedrungene Absagen an die Harvard Studenten u. andere brave Leute, die auf mich rechnen, dringend nach mir verlangen, ihre Unternehmungen an meine Teilnahme knüpfen. Noch etwas an dem Artikel geschrieben. Zum Abendessen Kahlers. War müde, gelangweilt und unstät. Kahler über das neueste Buch von E. Jünger, das eine arge Unterhaltung sein muß.

Princeton, Donnerstag den 22. XII. 38

Blau, sonnig, kalt, scharfer Wind. An dem Graphic-Artikel geschrieben. Mittags ausgefahren im geheizten Wagen. Zahlreiche Season-Glückwünsche. Bücher. ½ 5 Uhr mit K. und Medi zu Ladenburgs zum Thee. Töchter und Kinder. Zu Hause zahlreiche Bücherwidmungen, Gratulationskarten und engl. Briefe ausgefertigt. Beschäftigung mit neuen englischen u. deutschen Büchern. Diebolds Nachkriegs-Roman. »The Process of revolution« von Pettee. – Nach Schlafengehen Heines »Französische Zustände«.

Princeton, Freitag den 23. XII. 38

Kalt, bedeckt. Vormittags am Graphic-Artikel. Mittags mit Meisel, ihm die ersten Blätter zur Abschrift. Einige Schritte ins Freie. Lunch mit K. allein. Im Salon der Baum. Nach dem Kaffee gelesen in Medicine in modern Society von Riesman. Zum Thee Ankunft Golos mit Klaus. Herzliche Begrüßung und Vorzeigen des Hauses. Berichte u. Gespräche beim Thee. Reichliche Post, Briefe von Spieker und Münzenberg aus Paris. Wollen den deutschen Masaryk aus mir machen. – Abendessen zu viert mit den Söhnen. Kranz an der Hausthür, farbige Illumination der Außentreppe durch John. Nach dem Essen Ankunft Erikas. Borsac und Unterhaltung im Salon. Neues Heft von »M.u.W.«, achtbar, Heinrichs »Nietzsche« vorzüglich. 12 Uhr.

Princeton, Sonnabend den 24. XII. 38

Heiteres, kaltes Wetter. Schloß vormittags den Aufsatz für Survey Graphic ab. Mittags mit Meisel, der die Abschrift der ersten Hälfte brachte u. anderes vorlegte. Gratulationen, Bücher. Viel Packetlagerung auf der Diele und dem Verandazimmer. Mittags mit Golo spazieren. Über seine Zukunftsmöglichkeiten und die Zeitschrift. Zahlreiche Packete mit Exemplaren des politischen Essaybandes, der Bermann'schen Broschüre und neuer Forum-Ausgaben. Mittagessen mit den 5 Kindern u. Bibis Braut. Festliche Unruhe. Beim Thee mit Erika über den »Freiheits-Pavillon«. Korrektur des Aufsatzes, mechanische Geschäfte u. Umkleiden. Weihnachtsabend. Vor der Bescherung Versammlung der Kinder im Arbeitszimmer und Gesang. Baum, mit dünnen Kerzen brennend. Geschenktische. Bücher-Köfferchen von Kahlers, schöner engl. Shakespeare, Pyjama, Platten etc. Reiche Gaben überall. Blumentöpfe und Süßigkeiten. Dr. Gumpert. Abendessen mit Kerzenbeleuchtung; festlich angenehmes Bild. Champagner. Kaffee. Später Kahlers. Unterhaltung in der neuen Sitzecke bei Champagner und Baumkuchen bis 1 Uhr. »Achtung, Europa« u. »Schopenhauer« den Freunden u. Kindern. Das schwarze Paar mit Geld- u. anderen Geschenken zufrieden gestellt. – Vorm Einschlafen in den »Französischen Zuständen«. – Den ganzen Tag die Seltsamkeit der Situation sehr lebhaft empfunden. Durch die Versammlung der Kinder erheitert. Erstes Weihnachten in Amerika. Die Möglichkeiten der Zukunft immer wieder erörtert.

Princeton, Weihnachts-Sonntag den 25. XII. 38

Kaltes, sonniges Wetter. 9 Uhr auf u. gebadet. Frühstück mit K., Medi u. Golo. Stollen. Die 2. Hälfte des Aufsatzes an Golo zur Abschrift. Vor-Beschäftigung mit dem Reise-Vortrag. Mittags Spaziergang mit K., Klaus, Golo, Medi und Gumpert in Pine Estate. Lunch am verlängerten Tisch mit den Kindern, Gumpert und Klopstock. Enten. Nach dem Kaffee etwas gelesen: Schweizer Zeitungen, philosophische Aufsätze des Holländers Dr. Kraft. Zum Thee Gäste: Ernst Krenek mit Frau, Prof. Session mit Frau, Shenstons. Schrieb an de Lange-Amsterdam über »Kassandra« von Walter. Nach dem Abendessen in der Bibliothek Vorlesung des 7. Kapitels für K., Erika, Klaus, Golo, Medi, Gret Moser, Gumpert und Klopstock. Seltsamste Wirkung. Abfahrt von Klaus u. Medi zu einem Fest beim jungen Reinhardt in N. Y. Mit ihnen die Ärzte. Mit K., Eri und Golo im Salon. Borsac getrunken. Noch manches über das Kapitel.

Princeton, Weihnachts-Montag den 26. XII. 38

Milder. Spät auf. Umschau im Stoff des Reise-Vortrags. Korrektur u. Expedition des Graphic-Artikels. Mit K. ausgefahren in der Nähe des Sees gegangen. Gegenwart des jungen Speyer. Beim Kaffee mit Erika die Pariser Briefe. Geschlafen. Nach dem Thee bis zum Abendessen dreiseitigen Brief an die Kinder für ihr Emigrantenbuch geschrieben. Vorlesung nach dem Essen, dankbar aufgenommen. Musik von Brahms mit neuer Saphir-Nadel probiert. Lektüre in »Maß und Wert«. Abreise Erikas. Abräumen des Weihnachtstisches. – Tief u. schmerzlich betroffen vom Tode Karel Čapeks. – Regen u. Sturm.

Princeton, Dienstag den 27. XII. 38

Nachts geräuschvolles Wetter. Bis 3 oder 4 unruhiger Schlaf. ½ Phanodorm. Schlafrock und Wandel. Schlief dann mehrere Stunden im Stuhl bei offenem Fenster, kehrte ins Bett zurück u. stand spät auf. Bad u. frische Wäsche. Frühstück mit K., Medi u. dem jungen Brautpaar. (Sie scheint in der Hoffnung.) – Blaues, aprilartiges Wetter. – Den Reise-Vortrag zu schreiben begonnen. Spazieren mit K. und Medi. Diese nach Tische mit Klaus und Golo zum Borgese-Dinner nach N.Y. Schweizer Zeitungen. Beim Thee Briefe mit Meisel, nachher Diktate mit K., besonders an Klaus Pr., von dem ein langer Brief über die Lage eintraf. – Einsetzende Kälte. – Abends einige Musik gehört, dann Beschäftigung mit eingegangenen Büchern.

Princeton, Mittwoch den 28. XII. 38
Frost, klar, windig. Am Vortrage weiter. Mrs. Luben mit Begleiter zum Interview. Allein ½ Stunde spazieren. Nach dem Kaffee Telephon mit Huebsch in Sachen des jüdischen Ehrendinners, wegen dessen Knopf mir einen alarmierenden Brief geschrieben. Zum Thee Meisel. Mit ihm hierüber, dann Diktat an ihn, dann Verschiedenes mit K. fast bis zum Abendessen. Bücherwidmungen, engl. Ausfertigungen. Meisels Brief in der fatalen Dinner-Sache ungenügend. – Rückkehr Golos von N. Y. Über das Borgese-Dinner u. Klaus' Rede. B. über mich, als »gegenw. Präsidenten der geistigen Republik«. Seltsam. – Medi verabschiedet sich zum Ski-Ausflug mit Ladenburgs. Das Brautpaar kehrt nach N.Y. zurück. – Mit Interesse in Valentins Weltgeschichte.

Princeton, Donnerstag den 29. XII. 38
Kälte. Vormittags Arbeit am Vortrag. Mittags mit K. etwas spazieren. Zu Tische Dr. Meisel mit Frau und Söhnchen. Beim Kaffee und bis gegen 4 Uhr Portraitsitzung für den Maler Kaufmann nebst Photograph vom »Life«. Zum Thee junge Leute, interviewend. – Verstimmender Verlauf der Manifestsache. Kritik, Repliken, Angriffe in der »Tribune«, verfrühte Einmischung Unberufener durch Schuld des Komitees. Telephon mit Mrs. Thompson, abends Brief an sie, absagend. – In Valentins Weltgeschichte. – Ausfertigung des Briefes an die jüdischen Dinner-Unternehmer mit der Einstein-Medaille.

Princeton, Freitag den 30. XII. 38
Kälte, trocken. K. stark katarrhalisch. Gearbeitet am Vortrag. Mit K. eine kleine Stunde gegangen. Lunch mit Golo. Beim Kaffee Brief-Besprechungen. In Segers Volkszeitung über Hitlers antikirchliche Pläne; seinen Wunsch mit dem Papst persönlich anzubinden (Schuschnigg und Beneč). – Beim Thee mit Meisel Briefe. Ausführlicher Bericht Bermanns über den Verlag, politisch optimistischer. Beilagen aus London über die

Reise Schachts und die Absichten Italiens (Spanien). Brief-Diktate an K.: an Mrs. Meyer als Antwort auf ihr heutiges Schreiben in der Herald Tribune-Affaire. An weitere Personen. Ausfertigung englischer Briefe in Sachen Bab und Brod. – John tagüber in N.Y. zur Hilfe für Bibi beim Umzug in neue Wohnung. – Hörte abends aus »Walküre«. Las wiederum in Valentins Weltgeschichte.

Princeton, Sonnabend den 31. XII. 38

Frost. Geschrieben am Vortrag. Mittags ausgefahren und am See gegangen. Zum Lunch Prof. Weil mit Frau und zwei jungen Söhnen. Viel Post, auch vom »Committee« wegen des Manifesto. Kam der französische »Joseph en Egypte«. Zum Thee junge Cellistin, von Feuermann eingeführt. Dazu Meisel; Brief-Besprechungen mit ihm. Ausfertigungen, handschr. Brief an Schickeles. Dankesbrief für This peace nebst einer Flasche Bordeaux von Dean Gauss. Abendessen mit K. und Golo, Nachtisch von Braunen Kuchen und Nüssen nebst Borsac. Danach Sibelius-Platten und Walküre gehört. Verzweifelter Brief von Käthe Rosenberg. Über das Unverzeihliche im Verhalten des deutschen Volkes. – Schweizer Zeitungen gelesen. Die Zürcher Uhr schlägt Mitternacht. Das neue Jahr hat begonnen. Wer lebt, wird sehen. Ich spanne den neuen Kalender ein.

1939

Princeton, Sonntag den 1. Januar 1939

Milderes Wetter. Geschrieben am Vortrag. Mittags zum Park gefahren u. dort gegangen. Zum Lunch Mrs. Shenston und ihr Söhnchen. Gelesen in »Joseph en Egypte« mit Vergnügen. Zum Thee Eintreffen des Dr. H. Jaffe. Briefe mit K.: an die Servicen, an Falke (Zug) und Prof. Frankl (Paris). Gelesen in russ. Zeitschriften. Abendessen mit Jaffe. Nachher Kahler, Champagner. Viel Politik und Geschichte. Heine, Nietzsche, Napoléon, Bismarck, die Deutschen und das Aufräumen in der Maske der Reaktion u. des ranzigsten Gemütes. Verhunzung der Geschichte. Die zähe Erbitterung des Klassenkampfes von oben. Heutige Unfähigkeit der Völker dazu.

Princeton, Montag den 2. I. 39

Mildes, windiges Wetter. Gearbeitet am Vortrag, mit dem Vorsatz nach seiner Beendigung ein ganzes Jahr nichts mehr dergleichen zu schreiben. – Besuch von K.'s Cousine Hedda nebst Tochter. Mit ihnen spazieren. Zu Tische auch Landshoff, Klaus und Erika. Über den Tribune-Ärger, der weiter geht, und das verfehlte Unternehmen. Erika bei D. Thompson vorstellig zu werden gewillt. Mit Landshoff über Bermann u. die Geschäfte. Gelesen in Valentins »Weltgeschichte«. Geschlafen. Französischer Thee mit Professoren von hier und Harvard. Längerer Brief an Lion. Nach dem Abendessen Abreise Erika's, die an Blasenkatarrh kränkelt. Rückkehr Medis von der Skitour. Hörte Tristan und Aida im Familienzimmer. Vorm Einschlafen dieser Tage Heines Franz. Zustände und Lutetia.

Dienstag den 3. I. 39, Princeton

Zeitig auf. Dunkel und windig. Nach dem Frühstück bis mittags Arbeit am Vortrag, dessen Vollendung dringlich und dessen Gang sich leidlich geklärt hat. – Mit K. zu Mrs. Lowe: über den Wagner-Vortrag und die Übersetzungen des Manifests u. des Graphic-Artikels. Etwas gegangen. Lunch mit Klaus, Medi und H. Jaffe, der nach dem Kaffee abfuhr. Nachmittags Referat Meisels über die heute sehr starke Post. Anweisungen u. Unterschriften. Sendung von Falke: Schweizer Aufruf an Amerika. Brief von Auernheimer aus N.Y. Politischer Brief von Otto Straßer. Immer neue Irritationen in der Manifest-Sache; auch die Zürcher Übersetzung schlecht. – Weitere Post, mit K. und den Söhnen abends besprochen. In Valentins Weltgeschichte gelesen.

Princeton, Mittwoch den 4. I. 39

Dunkel und unter Null. Gearbeitet am Vortrag. Mit K. ein Stündchen gegangen. Zu Tische Stephan Zweig. Zum Thee Dr. Bermann-Höllriegel mit Begleiterin. Neue Manuskripte. Deutsche Zeitschriften. Zum Abendessen Kahler. Angeregtes philosophisches Gespräch nach Tische mit ihm. Bericht über die Ergebnisse von Erikas heutiger Unterredung mit Dorothy Th. Abbruch und Neubeginn der Aktion mit dem [von] Golo geschickt gekürzten Text. Diesen an Erika gesandt.

Princeton, Freitag den 6. I. 39

Gestern nachmittag nach *New York,* Bedford. Erika. Concert Koussewitzky in Carnegie Hall (Hindemith). In der Loge mit Alexandra Tolstoi. Bewegend. Nachher Souper bei Eiselmanns. Mit Koussewitzky über den Sommerfestspielplan. Verabredung für »Lincoln«. Edwin Knopf über Franks. Nachts schweres Gewitter, Bombardement. Sehr später Schlaf.

Heute im Bedford ½11 Konferenz mit Gross u. Begleiter vom Committee u. Erika in der Manifestsache. Besorgungen mit K. Dann Lunch mit Knopfs in seinem Restaurant. Appetit. 3 Uhr Abreise nach Hause. John verspätet. Hier Klaus und Golo. Zum Thee Dr. Bloch. Plan einer deutschen Tageszeitung. Sprechende Literatur-Intelligenz. – Post-Organisation. Korrektur des August-Kapitels. Engl. Übersetzung des Wagner-Vortrags. – Gelesen unterwegs in Bermann-Höllriegels Amazonas-Buch.

Princeton, Sonnabend den 7. I. 39
Frühlingswetter, Sonne. Die Arbeit am Vortrag wieder aufgenommen; Förderlichkeit der Unterbrechung vermerkt. Mittags mit K. und Medi zum Park gefahren u. dort gegangen. Zu Tische W. Schlamm. Politisches Gespräch. Die Korrektur des 6. Lotte-Kapitels gelesen. Zum Thee Meisel; Briefe mit ihm, Diktat. Geschrieben an L. Hardt. – Entdeckung der pathetischen Botschaft aus Deutschland im Rücken der vor Längerem eingetr. Macauley-Ausgabe. – Vor und nach dem Abendessen die Lesung der Korrektur beendet.

Princeton, Sonntag den 8. I. 39
Heiteres, mildes Wetter. Arbeit am Vortrag. Mit K. und Medi ausgefahren und gegangen. Zum Lunch Mr. Childs, englisch konversiert. Viel Post: Briefe von Feist, Käthe R., Lion, Basler. Dieser schreibt, daß das Schweizer Radio meine Wahl in die Akademie gemeldet hat. – Nach dem Thee Briefe mit K. Große Heiterkeit über einen albernen Brief der Gerhardt. Neues von Münzenberg über die »Zukunft«; Äußerung der Berliner Börsenzeitung! – Las abends lange in dem Kriegstagebuch eines Juden von Marx.

Princeton, Montag den 9. I. 39
Sonnig, frisch. Gearbeitet am Vortrag mit wieder nachlassendem Elan. Wird mir immer schwerer, diese Dinge meinem Kopf abzugewinnen. – Mittags spazieren mit K. Nach Tische Briefe gelesen. Kabel von der Prawda, über Lenin zu schreiben. Der Nachmittag nach dem Thee verging fast bis zum Essen mit Brief-Besprechungen, Diktaten, Handschriftlichem u. Ausfertigungen. Abends Kahler. Vorlesung vor ihm, K., den Söhnen u. Medi des Vortrags soweit ich ihn geschrieben, was schon mehr als eine Stunde dauerte. Diskussion. Das Pädagogische beifällig bemerkt. Die Auslassung Marxens taktisch richtig. Das Christliche als Schutzwehr. Der Schluß noch heikel. – In der Moskauer »Intern. Literatur« Teile aus »Demokratie« an leitender Stelle. –

Princeton, Dienstag den 10. I. 39

K., die nach N.Y. fahren wollte, war nachts unwohl und blieb zu Hause. Frühstückte mit ihr, Golo und Medi, die nachmittags zum Konzert nach N.Y. fuhr. Schrieb am Vortrag weiter gegen das Ende. Sehr glückliche Vorstellung, für die Erzählung wieder frei zu sein. – Regen, von dem Trübnis zurückblieb. Mittags zum Haarschneiden. Priest getroffen. Brief von Oprecht in der Redaktions- u. Finanzfrage, worüber beim Kaffee mit Golo. Brief Erikas an Spiecker. Nach dem Thee zahlreiche Geschäfte mit Meisel. Ohne ihn weiter. Abends Beschäftigung mit der deutschen und englischen Fassung des Ring-Vortrags, der große Schönheiten hat. Die Lowe noch krank. – Verständiges Interview von Childs und gutes Bild in St. Louis Post-Dispatsch.

Princeton, Mittwoch den 11. I. 39

K. in New York mit Golo. Sonniges Wetter mit kaltem Wind. Am Schluß des Vortrags. Mittags, überraschend, weil vergessen, R. Auernheimer. Mit ihm etwas aus, angegriffen vom Wind. Lunch mit ihm und Medi. Erzählungen vom Lager etc. Hat es relativ und seinem Charakter gemäß gehabt. Blieb lange nach dem Kaffee, auf seinen Zug wartend. Ließ ihn mit Medi allein, um zu ruhen. Zum Thee Meisel, Geschäfte. Rückkehr K.'s. Freundlicher Damenbesuch. *Schloß danach den Vortrag* mit Hilfe der letzten Partie der Tribune-Lunchrede ab u. schickte die letzten Blätter zu Meisel zum Abschreiben. Hat es mich viel zu viel Zeit gekostet, ist es nun doch getan. – Abendessen mit K. u. Medi. Nachher Telephon mit Mrs. Meyer. Lektüre des neuen Behrens'schen Basler Kampfblattes »Schweizer Zeitung«. In der »Intern. Literatur« Aufsatz über George, nicht unwahr.

Princeton, Donnerstag den 12. I. 39

Kalt, rauh, leichter Schnee. Vormittags Korrektur des Vortrags. Beschäftigung mit VII. Brief an Bloch über Lotte. – Mit

K. zum Bahnhof, Colin abzuholen. Spazieren mit ihm, Lunch und Kaffee mit ihm. Brachte Blumen, Bonbons, Cigaretten. Über die Jewish Forum Affaire, in der mich weiter ablehnend verhalte. – Brief von Heinrich über »Dieser Friede«. Brief von Kerényi. Bücher. Briefe von A. Neumann und Zuckmayer. – Beim Thee mit Meisel. Diktate an ihn, dann an K. Kaltes Haus, da die Schwarzen vor Ausgang die Heizung vernachlässigt. – Schluß des Vortrags korrigiert. Abendessen mit K. und Medi. Später Ankunft Bibi und Gret. Glimmendes Kaminfeuer. Beschäftigung mit Roman-Manuskripten, unter Widerstand, Mißmut. Heimweh nach der Schweiz, wo ich mir das Leben, vielleicht irrtümlich, besser denke. – Die Lowe ernstlich krank. Studium des »Wagner«? Übersetzung der »Freiheit«?

Princeton, Freitag den 13. I. 39

Kalt, dunkel. Spät auf. Am Siebenten etwas weiter geschrieben. Mit K. zum Park gefahren. Schneefall. Zum Lunch Eintreffen von *Mrs. A. Meyer.* Mit ihr Nachmittag u. Abend verbracht. Sie liest »Problem der Freiheit« u. übernimmt die Übersetzung. Artikel Falkes. Über ihren vorhabenden Aufsatz. Nach dem Thee Vorlesung des Anfangs von Kap. VII. Reist nach dem Dinner in tiefem Schnee ab. – Europa-Post. Brief von Kozák (ergreifend), Basler, Lion, Brüll, mit K. gelesen. Von Bermann Abzüge von »Der Bruder«. – Kopfschmerzen.

Princeton, Sonnabend den 14. I. 39

8 Uhr auf. Tiefer Schnee. Einiges an VII. Mittags Erika vom Bahnhof abgeholt. Ankunft auch von Klaus. Zum Lunch großer Familientisch. Nachher mit Erika über das Problem von »Maß u. Wert«, das (russische?) Geld, Golo, Lion, die Redaktionsfrage. Große Schwierigkeit. Dann Photographen für Vogue. Quälend, langwierig, Unordnung schaffend. Fortsetzung noch nach dem Thee. Meisel zur Sichtung der Post. Telephon mit Colin wegen der Dinner-Affaire, die nicht zur Ruhe

kommen will. ½ [?] zum Abendessen bei Shenstones zusammen mit dem Ehepaar Lindley. Recht angenehmer Abend. Freue mich darauf, im Bette »Auferstehung« weiter zu lesen, womit, durch die Begegnung mit der Tochter angeregt, wieder begann.

Princeton, Sonntag den 15. I. 39

Nur wenig im VII. vorwärtsgekommen. Bläue, Frost, Schnee. Mittags eine Stunde mit K. spazieren. Zum Lunch Oppenheimer und Dr. Hammerschlag. Wegen Mopps Bruder in Wien Zeilen an Bermann. – Nach dem Thee zur Lowe zum Studium des Wagner-Vortrags, bis gegen 8 Uhr. Abendessen ohne Bedienung, wie ich es liebe, mit Golo, den Verlobten u. Medi. Eingelangte Bücher zur Bedankung vorbereitet.

Princeton, Montag den 16. I. 39

Kalt, Schnee. Schöner Moment im VII. Kap. Mit K. u. Golo spazieren. Die verheir. Brautleute zurück nach N.Y. Nach Tische Studium der Wagner-lecture. Zum Thee Meisel, Briefe mit ihm, dann junge Leute vom »Princetonian« wegen der Vorlesung. Briefe geschrieben an Diebold und Marx (Zürich). Viele Ausfertigungen. Besprechung mit K. wegen schwieriger Zumutungen. Brief aus London über den Tod von Vivian Forbes, pathetisch-traurige u. gebrechliche Geschichte. – Abends Studium der lecture. Deutsche Zeitschriften.

Princeton, Dienstag den 17. I. 39

Nachts unwohl, beängstigt, Schüttelfrost. Schlief bei K. Heute nichts geschrieben, Wegrichtung geändert. Mittags spazieren bei hellem Tauwetter. Nach Tische Beschäftigung mit dem Vortrag. Beim Thee Meisel. Briefe mit ihm. Toilette. Halb 8 Imbiß mit Kahlers. Dann nach Alexander Hall, voller Saal, der »Wagner« dauerte unvorhergesehener Weise 1½ Stunden, was ich nur an der Ermüdung merkte, mit der ich gegen Ende zu kämpfen hatte. Große Aufmerksamkeit und warmer

Beifall. Nachher Zusammensein mit Kahlers bei uns im Eßzimmer. Thee und Bier stellten mich aus der Erschöpfung wieder her. Die sportliche Leistung im Grunde bemerkenswert in Anbetracht meiner sehr deutlichen nervösen Mitgenommenheit durch die weite Verpflanzung und die unbestimmbaren Zumutungen des Klimas.

Princeton, Mittwoch den 18. I. 39

Böiges Schneetreiben. Nur einige Zeilen geschrieben, dann Brief an Alfr. Neumann begonnen. Mittags mit K. in der Nähe spazieren. Viel Post, auch europäische: Servicen, Fiedler, Herzog, Stampfer. Besprechung des J. en Eg. aus »La Lumière«. Nach dem Thee mit Meisel lange gearbeitet, dann mit K. an Bermann etc. Den Brief an Neumann beendet. Beschäftigung mit Konkurrenz-Manuskripten.

Princeton, Donnerstag den 19. I. 39

Sonnig, kalt, Schnee. Etwas am VII. Kap. (Boisserée) Aber der Kopf ist mühselig, widerstrebend, das Kapitel wohl überaltert, sollte aber eines neuen Zustroms von »Begeisterung« fähig sein. – Übrigens zerstreut und abgelenkt durch eine Rundfrage von Common Sense über Artikel B. Russels, der Amerika Neutralität im vielleicht nahen Kriege rät. – Mittags mit K. etwas gegangen. Bei Tische auch mit Golo über die Frage, die sehr weit führt. – Im Biedermann und Divan. Nachmittags mit Meisel, der mich mit einem langen Brief einer dummen Frau langweilte u. aufhielt. – Excerpte aus dem Divan. Einige Erledigungen mit K. Einladung zu einem humanitären Riesen-Meeting in Philadelphia. – Nach dem Abendessen auf meinen Wunsch Kahler, zur Besprechung der Russel-Frage. Sie ist falsch gestellt und für mich nicht zu beantworten.

Princeton, Freitag den 20. I. 39

Frost, Sonne, Wind. Schrieb lebhafter an VII. Mittags eine Stunde mit K. bei starker Kälte gegangen. Nach Tische Verschiedenes gelesen, Schweizer Blätter, »Das neue Deutschland«, Barth über Kirche u. Politik. Mit Meisel nicht viel. Besuch von Einstein, der seine Medaillen-Rede brachte, worauf ich die meine schrieb. ½8 Dinner. Danach mit K. ins Konzert des jungen Geigenvirtuosen Margolies. Begabter Junge mit kleinem Ton. Zu Hause Thee.

Princeton, Sonnabend den 21. I. 39

Grau, Tauwetter, Schnee. Geschrieben an VII, zweifelnd. Mittags eine Stunde Bewegung. Nach Tische die Meyer. Ihre Übersetzung der lecture studiert; blässer geworden, mag aber recht sein für die Praxis. Beim Thee Briefe mit Meisel. Danach längeren politischen Brief an Münzenberg (Paris) K. diktiert. – Brief aus Wien mit deutschen Marken, Danksagung für die N.Y.er deutsche Rede, über die europ. Radios referierten. – In Luthers Briefen. – Die Absetzung Schachts seit gestern großes Thema der Presse. Besorgnis der City. – »Commune«: sehr ernster, patriotischer Aufsatz des Kommunisten J. R. Bloch über München und Frankreich. Verwandte Rede Pierre Cots in der Kammer. Es gibt Proteste, gibt klare Einsicht, aber die Dinge gehen ihren Gang.

New York, Sonntag den 22. I. 39 »Bedford.«

Sturm, blau, wärmer. Vormittags in Princeton am VII. Kap. Nachher gepackt. Nach dem Lunch mit John zur Junction und mit schnellem Zuge hierher. Im Hotel gemeinsam mein erstes Zimmer, 1701, an dessen Sekretär ich den »Schopenhauer« zu Ende schrieb. Geruht. 5 Uhr ins Plaza zur Meyer, Thee und Studium der Freiheits-Lecture bis gegen 8. Taxi zurück. Smoking, Schinken und Bier, mit Erika, Klaus und Golo zur Soirée in Steinway Hall. Tänze der Florenze mit griechischem Partner. Der Junge bot Besseres. Champagner, Unterhaltung. ½12 nach Hause.

New York, Montag den 23. I. 39, Bedford

½10 Uhr auf. Blau. Frühstück nach dem Bade. In Deutschland scheint die »Revolution« wacker nach links »vorgetrieben« zu werden. Rückkehr zu 34 und Röhm. Stärkung der S.A. Entthronung der Offizierskaste. Viele werdens bewundern, es scheint im Augenblick das geeignetste Mittel, die Stimmung zu heben, die nach allen Nachrichten wieder einen Tiefpunkt erreicht hat. – Studium der lecture. – Mit K. in der 5. Avenue einen Schlafrock für Bibi gekauft, den ich hier trage. – Lunch im Hotel mit Colin, Klopstock, Klaus und Golo. – Zum Thee Mrs. Brodsky in Sachen ihres Twice a year book. Danach Abgesandter des Botschafters Dodd in Erziehungs- und Propagandadingen. – Weite Taxifahrt zum Theol. Seminar. Wohnung des Prof. Niebuhr. Tillich und Frau. Abendessen. Danach durch den Tunnel zuerst in den Vortragssaal, dann wegen Überfüllung in die Kapelle. Erste Lesung der Freiheits-lecture. Gut. Anhaltender Beifall. Nachher in der Halle Diskussionsreden Tillichs u. Niebuhrs. Interpellationen. Zurück in N.'s Wohnung. Diskussion über die Worlds Fair Sache. Protest der Italiener u. Notwendigkeit, den Plan außerhalb des allgem. Rahmens durchzuführen. ½12 Uhr nach Hause. Starke Kälte.

New York, Dienstag den 24. I. 39. Bedford

Nachts kalt. Belästigung durch das Ekzem im Ohr, das sich verschlimmert. Vormittags etwas am VII. Kap. geschrieben. Abgeholt von C. Newton zum Besuch des Metropolitain Museum. Reiche Ägyptische Sammlung. Nachher Lunch im schwedischen Restaurant mit der Newton und englischem Kunsthistoriker, deutsch sprechend, gebildet, wahrscheinlich invertiert. Zu Hause geruht. Zum Thee Koppell und Frau. Über die Alliance B.C., die Worlds Fair, Papier-Fragen u. a. Klaus. – Smoking. Behandlung des Ohres durch Gumpert, Theersalbe. 7 Uhr abgeholt von Princeton Gentleman zu den Alumni. Sherry. Dinner. Lecture vor ca 150 Herren. Sitzend, schon gewandt. Großer Beifall und Cheers. Interpellationen u. Begrüßungen. Herr, der zur Zeit der Taylors im Münchener Hause gewesen war. 10 Uhr nach Hause. K. noch im Theater. Flasche Bier und Cigarre. Lektüre von Briefen, die Meisel brachte. Lion über M.u.W. Otto Zoff, Werner Türk u. a. »Tage-Buch«. –

New York, Mittwoch den 25. I. 39. Bedford

Unruhig geschlafen. Müde. Vormittags etwas zu schreiben versucht, unterbrochen durch Hub. Loewenstein in Guild- und Akademiedingen. Mit K. zur Pedicure. Von da zu Knopf ins Bureau. Sherry. Von da zum Lunch zu Serkins, hinzu Medi mit dem Wagen. Das altmodische Kind. Verabredung eines Konzerts Serkin-Busch bei uns in Princeton. Zu Hause unzulänglich geruht. Thee mit Erika. 300 Dollars zur Unterhaltung des Bureaus der World Fair. Von der Meyer zu erbitten. – Heftige Kälte, Eissturm. – Mit K. und Medi zum Dinner mit Mr. Bratter und seiner Party im Restaurant, Sonderzimmer. Ungewöhnlich saftiges u. schmackhaftes Hammelgericht mit Bier in Krügen. Danach ins Theater: »Lincoln«, demokratisches Festspiel, täglich ausverkauft, mit portraitähnlichem Hauptdarsteller, in seiner Art fesselnd.

Princeton, Donnerstag den 26. I. 39

Im Bedford, gestern, übernachtete Medi bei uns im Salon. Heute dort 9 Uhr auf. Nach dem Frühstück Erika, die W. Auden, auch Riess vom Schiff abgeholt hatte. Mit ihr über das spanische Elend, die im Gang befindliche Einnahme von Barcelona, die bevorstehenden Massacres, die englische Anleihe für Franco, mit der Italien u. Deutschland bezahlt werden sollen – und all dies Schändliche. Der Fall Tschecho-Slowakei wird durch Spanien womöglich übertroffen. Nicht zuviel damit abgeben. Abermals Teil-Mobilisierungen in Italien und Deutschland. Verlorenheit Frankreichs, wo die Regierung einen Film verbietet, der chinesisches und spanisches Flüchtlingselend zeigt. Der Schutz der vom Kapital-Interesse preisgegebenen nationalen Ehre ist überall der Linken auferlegt, bei der er von pazifistischer Überlieferung durchkreuzt wird. Militant sind nur die Kommunisten. – Vormittags kam Interviewer der Ass. Press zum Artikel in Survey Graphic. Ferner Peat: die neüe lecture, das Reise-Programm und die Frage von Erikas Teilnahme. – Gegen Mittag Abreise mit dem Wagen, von Medi geführt. Außerordentliche Kälte. Heizung. Bibi und Gattin mit uns. Ankunft hier ¾2. Mit Golo über das Politische. Nach dem Lunch »Goethe als Erbe seiner Ahnen« von Bradish. Zu Bette, erwärmt und etwas geschlafen. Nach dem Thee Vortrag Meisels. Abschrift des Freud-Vortrags. Ausgepackt. Vor u. nach dem Abendessen Beschäftigung mit dem Freud-Vortrag. Die Schrift von Bradish. – Zeitig zu Bett.

Princeton, Freitag den 27. I. 39

Strengster Frost. Den ganzen Tag sehr müde und geistig träge. Schlecht gearbeitet, mit widerwilligem u. versagendem Kopf Briefe diktiert. Großer Haufen von Post, auch europäische; Briefe von Lion und Falke. »Survey Graphic« mit meinem Aufsatz. Gelesen in Theilhabers Goethe-Buch.

Princeton, Sonnabend den 28. I. 39

Morgens wieder ziemlich ergebnislose Bemühungen um Förderung des Kapitels. Kompositionsschwierigkeiten treten mit Überdruß und Müdigkeit zusammen. – Andauer des Frostes. Allein die Straße hin und her gegangen. Movy-Leute stellten im Salon ihre Apparate auf. Gegen 1 Uhr Neizer aus New York, dann Einstein, Mrs. Shenston. In der Library Überreichung der Medaille am Band vor kleinem Familien- u. Journalisten-Publikum und Tausch der Reden. Nachher im Salon Aufnahmen der Szene. Zum Lunch Neizer und die Shenston. Nachher Times-Korrespondent. – Beim Thee Radio-Rede Chamberlains aus Birmingham, nichtssagend, immerhin die Rüstung anempfehlend und rühmend. – Telegramm der Mrs.

Meyer über Erikas Abend in Washington. Briefe mit K. Langes Schreiben an die Meyer wegen wirtsch. Hilfe für die Schweiz (Falke); dann hauptsächlich wegen »Maß und Wert«, der Redaktionsübernahme durch Golo und der Finanzierung mit 2000 Dollars. – Nach dem Abendessen (mit dem Brautpaar allein, da Golo u. Medi in N.Y.) Papierproben von Koppell versucht. Goethe-Portraits. Aufsatz von Lesser über Bachofen, mit Brief aus London.

Princeton, Sonntag den 29. I. 39

Tauwetter, Regen. ½9 Uhr auf. Neuer Anlauf zur Fortführung des Kapitels, Beseitigungen, Umordnung. Mittags in der Nässe mit K. etwas spazieren. Zum Lunch Riess, der den Tag über blieb. Beim Thee Geschäftliches mit ihm über die Zeitschrift und Oprecht. Aufstellungen für Bilanz-Erkundigungen an O. – Nachmittags ein paar handschr. Briefe. Ging im Regen noch etwas aus, begleitet von Riess. Einige Musik nach dem Abendessen. Moni's Geschmacklosigkeit im Briefschreiben, Heiterkeit und Befremden. – Gegen Ende des Tages wieder sehr müde u. verstimmt. – In »Altertum, Rhein u. Main«.

Princeton, Montag den 30. I. 39

Strömender Regen, Auflösung des Schnees. Am VII. Kapitel, etwas heller. Ankunft von Erika und Klaus mit W. Auden und Liesl Frank. Berichte Erikas über Washington und ihren Thee im Weißen Hause, Roosevelts Sympathie für den Freiheitspavillon. – Mit K. etwas aus. Die Straßen Bäche. Lunch zu 7 Personen. Die kleine Frank über ihres Mannes desolaten Zustand. Beim Kaffee Reichstagsrede des Hitler im Radio, die 2½ Stunden gedauert hat. Aufzählung der Triumphe und drohender Ruf nach wirtschaftlicher Hilfe. Nach dem Thee mit Meisel Brief-Besprechungen, dann mit K. Brief an Oprecht wegen Vorlegung der Bilanz. – Buchgeschenk von Auden: »Leight verses« mit gescheiter Einleitung von ihm. »Tagebuch«, »Weltbühne«, »Zukunft«. – Mit Liesl Frank, die abends nach N.Y. zurückkehrte, Verabredung eines Vortrags in Hollywood zu Gunsten der Ausstellung und der Zeitschrift.

Princeton, Dienstag den 31. I. 39

Spät auf. Schnee. Leichter gearbeitet, der Überdruß lichtet sich. Mit K. und Medi zur Post u. etwas weiter. Ankunft des Freundes W. Audens. Lunch mit Erika und ihnen. Nachher Life-Photograph: Von ½3 bis gegen ½5 zahlreiche Aufnahmen in der Library u. im Salon, einzeln u. gruppenweise. Beim Thee auch Meisel. Einige Geschäfte mit ihm. Mit K. dann Privateres. Handschriftlich an Lesser, London. Nach dem Abendessen Musik für Auden: Tristan und Wolf.

Princeton, Mittwoch den 1. II. 39

Leichte Kälte, klar. Frühstück mit den englischen Gästen. Arbeit am VII. Kapitel, um-assoziiert und neu geschrieben. – Ludwig Hardt und Frau. Mit ihnen etwas spazieren. Lunch mit ihnen. Beim Kaffee Besprechung eines Vortragsabends bei uns. Über Heines »Börne« und Lektüre daraus. Wie er seine Deutschen kannte und wie wenig neu das Heutige wesentlich ist. – Nach dem Thee mit Meisel. Handschr. Brief an Mrs. Meyer, die über die Finanzierung von »M.u.W.« ermutigend schrieb. – Abends zu Kahlers. Mahlzeit mit der alten Dame. Später Klaus u. Medi; Vorlesung Kahlers, Aufsatz »Die moralische Einheit der Welt«, für amerikanische Zeitschrift bestimmt, gut, richtig und nützlich. – Neue, energische Rede Roosevelts, die die deutsche Presse mit der Feststellung beantwortet, Amerika sei das Centrum der »Kriegshetze«.

Princeton, Donnerstag den 2. II. 39

Regen, Auflösung des Schnees, Brei u. Getriefe. – Gearbeitet am VII. Mit K. gegangen. Zahlreiche Exemplare von »Survey Graphic«. Büchersendungen, bes. von Waldo Frank: »The Bridegroom Cometh«. – Gelesen in Bermanns »Urwaldschiff«. – Nachmittags mit Meisel. Danach an A.M. Frey (Basel) geschrieben. Besuch von Klopstock in seinen Angelegenheiten. Abends lange in Goethes Jugendbriefen, Werther u. deutsche Baukunst.

Princeton, Freitag den 3. II. 39

Spät zu Bett u. spät auf. Nebel, Regen. Einiges am VII. Mit K. mehr gewatet als gegangen. Zum Lunch der recht fade Neffe Freunds und sein Vetter, der Lyriker Waldinger, der Werke überreichte. Große Masse Post, auch europäisch, Heinrich, Lion, Eulenberg. Nachmittags mit Meisel. Dann an Annette Kolb geschrieben. Golo zurück, Abendessen mit ihm. Deutsche Zeitungen u. Zeitschriften. Von Priest seine Faust-Übersetzung.

Princeton, Sonnabend den 4. II. 39

½9 Uhr auf. Klar, kalt. Gearbeitet an VII. (Kuß). Mit K. Mercer Street spazieren. Zum Lunch Prinz Löwenstein und Frau mit Bermann-Höllriegel. Neue Preis-Manuskripte. Das Manuskript von »Dieser Friede« für die Versteigerung gegeben. »Achtung, Europa« als Geschenk für die Gäste. Unterschriften und Briefe an Meisel. Bücher-Signierungen. – Im Stuhle geruht. Zum Thee Ladenburgs mit Frau und Tochter. Über die peinliche Präsidenten-Affaire, Abrücken von seiner Rede. Wiedergabe schamloser Äußerungen italienischer u. deutscher Blätter über ihn in der amerk. Presse. Unmöglich. Zusammenarbeit Hitlers auch mit der Roosevelt-Opposition. Niemals gegen ein Volk en bloc, sondern Teilung, Zersetzung, Unterwühlung und seine Parteigänger »das amerik. Volk« nennen; die anderen: Juden, Marxisten u. Kriegshetzer. – Einiges mit K. bearbeitet. In Martha Dodds Buch über Hitler-Deutschland. Im Tage-Buch. – Halsschmerzen. Mit meiner Arbeitsenergie dauernd unzufrieden.

Princeton, Sonntag den 5. II. 39

Gestern vorm Einschlafen Früh-Briefe Goethes. 9 Uhr auf. Gearbeitet an der Kuß-Passage, Werther. Mit K. ein Stündchen gegangen. Klar, leicht frühlingshaft. Zum Lunch der Sänger *Destal* mit Frau und dem Musiker [?]. Über »Joseph«. Verabredung eines Liederabends. Im Stuhle geruht. Zum Thee der sympathische und gescheite Prof. Webbles mit Frau. Das Phänomen der auf Zeit dressierten Fische u. des Verhältnisses von Wärme und Zeitsinn. Einsichtige politische Bemerkungen. – Geschrieben an einer Antwort an B. Russell für Common Sense. Sehr angegriffen. Mit K. zum Briefkasten bei Frost. Nach dem Abendessen besser. Einige Musik (Siegfried). Prof. Niels Bohr sandte Arbeit über Natur-Philosophie und menschliche Kulturen. Beschäftigung damit.

Princeton, Montag den 6. II. 39

½9 auf. Heiter, Frühlingseinschlag. Arbeit an einer Antwort an Russell, mühsam. Mittags mit K. zum Bahnhof, *Stampfer* abzuholen, den wir verfehlten. Nach Hause zurück u. mit ihm etwas spazieren. Nach dem Lunch beim Kaffee in Gegenwart K's u. Golo's lange und prekäre Erörterung der Pariser Comité- und Fundus-Angelegenheit. (Kommunistische Mystifikation?) Plan der Begründung eines neuen Fonds zur Bekämpfung des Hitler aus amerikanischen Mitteln. (Finanzierung des »Vorwärts«) – Belastend. – Im Stuhle geruht. Zum Thee außer Meisel – Prof. K. *Pinthus*. Mit ihm [im] Arbeitszimmer, Befragung u. Einhändigung von Literatur. Danach noch Arbeit an der Replik, skrupulös, pénibel. Abends gelesen: Kerényi »Vom Wesen des Festes«, beziehungsvoll überallhin in dem Meinen.

Princeton, Dienstag den 7. II. 39

Morgens Neuschnee, aber der Tag milde u. mit Frühlingszeichen. Die Antwort an Russell zornig hingeworfen, Absage an die Zeitschrift, Wiederaufnahme des VII. Kapitels. Mit K.

etwas gegangen. Nach dem Lunch Movi-Aufnahmen für eine Portraitistin mit Einstein. Im Stuhl geschlummert. Beim Thee mit Meisel. Großer und halb feindseliger Artikel in der trotzkistischen Zeitschrift »Partisan Review«. Unterschriften. Handschr. Briefe an Mrs. Meyer, Falke und Faesi. Zum Abendessen im kleinen Kreise bei Weils mit Webbles und Niels Bohr. Dieser sympathisch und anregend. Beeinträchtigung der Gesellschaft durch doppelte Sprache. Zu Hause mit Golo und Medi, die von Shenstons kamen.

Princeton, Mittwoch den 8. II. 39

Heiter und mild. K. in New York. Geschrieben am VII. Kap. Mittags zum Haarschneiden. Lunch mit Golo u. Medi. Höchst lächerliche Nachricht über deutsche Wünsche, das Sudetengebiet wieder abzugeben. – K. zum Thee zurück. Briefe mit Meisel. An Heinrich geschrieben. Interessanter Brief von Bloch, betr. Goethes »Wiederholte Spiegelungen«. Ebenfalls interessanter Brief von Simon an Erika über Arbeit in Deutschland und wirtschaftl. Zustände dort. – Nach dem Abendessen K. mit Golo zum Vortrag eines Quäkers über Deutschland. Einige italien. Musik gehört. Las den Aufsatz von Rosenberg über mich in »Part. Review«, worauf zu antworten wäre: »Reine mittlere Wirkung zur Vollendung des Guten und Rechten ist sehr selten; gewöhnlich sehen wir Pedanterie, welche zu retardieren, Frechheit, die zu übereilen strebt.« – Goethes »Spiegelungen«, worin das heute Morgen gebrauchte Wort »emporsteigern« auffiel. Meteorologisches, Wolken. – Telephon mit Kahler.

Princeton, Donnerstag den 9. II. 39

Gut geschlafen. ½9 Uhr auf. Wetter heiter u. mild. Gearbeitet am Monolog. Rhythmische Unzuträglichkeiten. Nur kürzlich spazieren. Briefe von Bermann, Strasser (pessimistisch), Hellen Keller (über This peace), Erika (über Stampfer). Nachmittags im Stuhl geschlafen. Zum Thee, außer Meisel, der Buchhändler Krause. (Konflikt mit Alliance B.C.) Briefe mit dem Sekretär. 7 Uhr abgeholt von Rastede u. seinen Freunden. Fahrt zum ländlichen Wirtshaus, gutes Abendessen im Sonderzimmer. Deutscher Oberkellner, Kenner des Konz. Lagers, bebend vor Haß. Glücklich, reden zu können und mit mir. War müde, appetitlos u. nervös. Die Wirte genossen das Zusammensein. 10 Uhr Heimfahrt. Im englischen Hamlet.

Princeton, Freitag den 10. II. 39

Regen, Nebel. Spät auf. Nachtlektüre: Die Karamasows, nach Beendigung von »Auferstehung«. Einiges am 7. Kapitel. Nur kurze Zeit spazieren. Lunch zu dritt mit Golo. Nach dem Kaffee Brief an Stampfer diktiert. Ruhe im Stuhl, erkältet. Nach dem Thee zu Mrs. Lowe: mit ihr Studium des Freud-Vortrags, den sie höchlich lobt aber für zu schwierig hält. Zwischendurch Meisel. ½8 von John abgeholt. Viel Post. Brief von Lion, das 4. u. 5. Heft betreffend, nach dem Abendessen mit Golo besprochen. (Rundfrage über zukünft. Regierungsform in Deutschland.) Beschäftigung mit Roman-Manuskripten.

Princeton, Sonnabend den 11. II. 39

Hell, Vorfrühling. Etwas geschrieben am 7. Kap. Unwohl. Mittags Meisel, Briefe. Exemplare des »Schopenhauer«. Die Rosette der Akademie. Im Park mit K. Nach dem Lunch Studium des »Freud«. Nach dem Thee Brief an Bermann diktiert. Smoking-Toilette. *Soirée* bei uns: Flexners, Gauss', Kahlers, Lowe. Recht angenehmer Verlauf. Mit den Herren in der Library nach Tisch. Widmete mich nachher Mrs. Gauss u. konversierte englisch. Ankunft Bibi, Medi, Gret. Wunderlicher Eindruck, die beiden schwarzen Diener am Werke zu sehen. Komik des Horatio. – Berichte der Mrs. Gauss über die desaströse deutsche Wirtschaftslage.

Princeton, Sonntag den 12. II. 39

Spät eingeschlafen, spät auf. Hell, kalt, windig. Etwas gearbeitet an VII. Mit K. zur alten Brücke gefahren, gegangen. Zum Lunch *Koppell* und Frau. Schreibpapier-Bestellung. Über den Fall Krause u. dergl. Unsinnige Times-Nachricht von Wieder-Einschaltung der deutschen Juden ins Wirtschaftsleben und deutscher wirtschaftl. Zusammenarbeit mit dem Westen. – Studium der Freud-Lecture. Zum Thee *Revesz* (Paris). Über den von ihm entrierten amerikanisch-europäischen Artikel-Vertrieb. Gelegentliche Beiträge. – Schrieb an Bloch, bereitete anderes vor. Zum Abendessen Ankunft Klaus. Mahlzeit ohne Diener. Bericht über Toronto und betrübliche Nachrichten über das Scheitern der Pavillon-Pläne. Radio-Musik gehört. Studium des Vortrags fortgesetzt, der schwer zu sprechen.

Princeton, Montag den 13. II. 39

½9 Uhr auf. Hell, windig, mild. Einiges am 7. Kap. Mittags mit K. u. Medi ausgefahren und gegangen. Lunch zu sechsen mit den 3 Söhnen, Medi u. Gret. Nach dem Kaffee Beschäftigung mit dem Vortrag und deutschen Zeitschriften. Einleitung zu Erikas Erziehungsbuch in der Weltbühne. Beim Thee Meisel; mit ihm Briefe nachher. Smoking-Toilette. 7¼ Abendessen. Nach Alexander Hall mit den Kindern: *Freud-Vortrag*, stärkster Besuch, guter Verlauf trotz einiger Nervosität, größte Aufmerksamkeit und starke Wirkung. Gauss (trotz Faculty Dinner) zugegen und im Wartezimmer. »Interessantester Vortrag seiner Erfahrung!« Zu Hause Brötchen, Thee und Bier mit der Familie und Kahler. Anfangs sehr erschöpft, dann ruhiger u. besser. Angeregte Unterhaltung: über den Vortrag, die politische Konstellation, Schillers Balladen, deutsche Lyrik in der Welt. Der Princetoner Astronom, in kürzlichem Vortrag, gegen den Nazismus wetternd mit geballten Fäusten. Zufrieden u. entspannt, rebus bene gestis. Wahrscheinlichkeit des Wieder-Engagements.

Princeton, Dienstag den 14. II. 39

Müde. Nicht weiter geschrieben. Mittags Ausfahrt: »New Siehl-Thal«. Nachmittags zu Bette. Zum Thee Mrs. Shenston. Mit Meisel. Diktate an K. (van Loon, K. Loewenstein). Handschr. an H. Rastede. Nach dem Abendessen Kahler. Vorlesung Klaus aus seinem Emigrationsroman. Ästhetische und politische Diskussion. Unmöglichkeit des satirischen Romans (»Tote Seelen«). Das Phänomen »Nat. Sozialismus« der künstlerischen Kraft nicht würdig. Versagen oder Verzagen oder Entsagen des Wortes, Mattheit des Schimpfs. War es je, daß Wirklichkeit und Kunst so völlig inadäquate Sphären wurden? Kunst nicht anwendbar auf das »Leben«. Lebloser Greuel, Ohnmacht verbreitend.

Princeton, Mittwoch den 15. II. 39

Lauwarm, excessiver Sturm, Regenguß. Einiges geschrieben. Nur ½ Stunde spazieren. Notizen beim Lesen von G.'s Maximen. Beim Kaffee amerik. Besuch, Freund von Klaus. Beim Thee außer Meisel, reiferer Student zur Verabredung einer Vorlesung für seinen Kreis im Mai. Schrieb ausführlich an Lion. Abends Notizen zum Monolog. – Tagüber Besprechungen wegen der Modalitäten unseres Schweizer-Aufenthalts. – Der ungarische Minister führt die Juden-Gesetze ein, erfährt, daß er selbst eine jüdische Großmutter hat und tritt zurück. – Schnee, Kälte, absurd.

Princeton, Donnerstag den 16. II. 39

Eiseskälte, schneidender Wind. Nach der Arbeit Ausfahrt im geheizten Wagen. Dr. Klopstock zum Lunch und Thee. Einiges mit Meisel. An Kerényi über seinen »Fest«-Aufsatz geschrieben. Mit K. und Klaus im Cinéma, langweilige Darbietungen. Späteres Abendessen; danach den Brief zu Ende geschrieben. Lektüre: Zeitschrift für Sozialforschung. Horkheimer gegen den allerdings schwachen Marck, nimmt mit Recht an, daß ich mich bei der mir zugesprochenen philosophisch-politischen

Botschaft nicht wohl fühle. Spricht von der Lasurfarbe der Ironie, die der Erfahrene noch über meinen politischen Kompositionen entdeckt . . .

Princeton, Freitag den 17. II. 39

Kälte herabgemindert. Spät auf, wie jetzt meistens. Geschrieben am 7ten Kapitel. K. in New York. Viel Post, Briefe von dem douteusen Harthern, von Oprecht, Weiß u. a. Gestern schöner Dankesbrief einer Frau in Budapest, ein anderer über Erika u. mich von einem jungen Soziologen in Oxford, Ohio. – Mittags mit Golo im Park spazieren. Lunch mit den beiden Söhnen. In der Zeitschrift für Sozialwissenschaft. – Nervös gequält durch die bevorstehenden abendlichen Pflichten. Optalidon. Zum Thee Meisel, ferner ein junger *Kopenhagener Biolog,* Schüler Bohrs und Bewunderer des Joseph, angenehm. Briefe mit M. Besuch von *Dr. Aschermann,* dem Schwiegersohn Heinrichs. Dazu Golo. Gegen 7 abgeholt von Prof. Hall und Begleitung, zum Club Mercer Street: Dinner im Kreise von Princeton Historikern, anschließende Diskussion auf der Grundlage von »Coming Victory«, wobei ich mit meinem englisch leidlich bestand. Trug die Akademie-Rosette. Verabschiedete mich 10 Uhr. Zu Hause Begrüßung mit K. und gegenseitiger Bericht. Bier.

Princeton, Sonnabend den 18. II. 39

Heiter, windig u. wieder frühlingsmäßig. Früher auf. Halbe Belebungstablette zum Frühstück, danach ausdauernd gearbeitet. Mittags mit K. zum Bahnhof, Erika abzuholen. Mit ihr zum Park gefahren, dort spaziert. Lunch mit ihr, Briefe beim Kaffee mit ihr (Spiecker, Pariser Comité), charakteristische Erzählungen. – Kam »Souvenirs d'un militant socialiste«, von E. Vandervelde, gesandt von seiner Witwe. »Die Hugenotten« von O. Zoff. In der »Intern. Literatur« höchst packender Aufsatz von Bernanos über Spanien. – Im Stuhl geruht. Thee mit Erika und Meisel. Von Post unbehelligt. Schrieb eigenhändig an Lion, Landshoff und an die Leserin in Budapest. Ging noch etwas in der Allee. Entenbraten mit Erika. Über das Fiasko des Pavillon-Planes. Nach dem Essen Kahler. In der Bibliothek vor ihm, K., Erika, Golo und Medi *Vorlesung von ca 30 Seiten Neugeschriebenem des Siebenten.* Außerordentlicher Eindruck, bewegte Erörterung, auch Heiterkeit. Unmöglichkeit der Übersetzung. – Abfahrt Erika's, leider zum letzten Zuge. – Müde und befriedigt.

Princeton, Sonntag den 19. II. 39

Unruhig geschlafen, zeitig auf. Einiges am 7., träge. Mittags mit Medi u. K. ausgefahren u. gegangen. Warm, bedeckt. Nach Tische marxistische Zeitschriften. Bernanos: »Friedhöfe im Mondschein«. Nach dem Thee Briefe diktiert an Mrs. Meyer u. Ernst Weiß. Dann an die Herz geschrieben. Zum Abendessen *Borgese.* Mit ihm viel nach Tische über Italien u. Deutschland und über seine Idee einer Corporation freier Geister als Weltautorität. Zweifel geäußert. Die Kirche hatte die Offenbarung. Kritikfeste Autorität nur möglich bei Besitz der Offenbarung.

Princeton, Montag den 20. II. 39

Unnatürliche Wärme, brütende Sonne. Am 7ten Kapitel geschrieben, das seit der Vorlesung an Ansehen u. Reiz bei mir gestiegen ist. Das Haar gewaschen, rasiert und mit K. eine Stunde gegangen. Viel Post, viele Bücher, darunter Heinrichs »Henri IV«, Kestens »Kinder von Gernika«, J. M. Cains »Serenade in Mexiko«. Beschäftigung damit nach Tische. Duhamel schickt sein »Mémorial de la Guerre blanche«. Beim Thee mit Meisel, Korrespondenz die bevorstehenden Reisen betreffend. Unterschriften, Ausfertigungen englischer Briefe, an Knopf mit K. – Beim Abendessen mit Golo über die Harmlosigkeit der Heiligen Allianz mit der heutigen Gegenrevolution. Deren unvergleichlich überzeugtere Energie und Fähigkeit, gegnerischen Besitz mit aufzunehmen. Äußerste Brutalität (Gernika).

– Zeitschriften »Zukunft«, Tagebuch, Weltbühne. Budzislawsky meint, mit Spanien sei die Klassenfrage erledigt, die imperialistischen Interessen träten in voller Stärke hervor. Dubito. Klassenkampf-Gesichtspunkt ist nicht recht gesagt, es handelt sich um eine gegenrevolutionäre Gesamttendenz, die, wie ich fürchte, den Ausschlag gibt. – »Serenade« attraktiv.

Princeton, Dienstag den 21. II. 39

Kälter. ½9 auf. Gearbeitet an VII. Mit K. eine Stunde gegangen. Nach Tische das Buch von Duhamel. Beim Thee mit Meisel. Besuch des Mr. Liebermann: Bedenklichkeiten über Heinrichs Schwiegersohn Aschermann. – Brief an Einstein. »Achtung, Europa« an Duhamel. Brief von der Meyer. Schrift des Schweizer Historikers Gasser über Volksfreiheit u. moderne Demokratie. – Müde u. deprimiert.

Princeton, Mittwoch den 22. II. 39

Neuschnee, scharfer Wind. Kaffee getrunken, gearbeitet und mittags, nach einem Besuch bei Einstein, den wir zum Hardt-Abend einluden, mit K. spazieren gefahren. Nach Tische noch am Kapitel. Freedom repetiert. Zum Thee *Stampfer* und Prof. *Staudinger.* Politisches. Hilfsfonds auf meinen, der Thompson und Staudingers Namen. Tote in Nord-Afrika, deutsche Transporte nach Italien. – Mr. and Mrs. Ellis, state commissioner von N.J. – Nach Weggang der Gäste noch am Kapitel umgeschrieben. Abends an die Meyer. Lecture repetiert.

Donnerstag den 23. nach dem Lunch nach *New York,* Bedford, geruht, zum Thee Ritchie, Erika. Dann Peat. Fahrt nach Brooklyn, elegantes Souper im Hause Blum mit Mc.Donald. Vortrag »Problem of freedom« im vollen Opernhaus (ohne Lautsprecher), eingeführt u. bedankt von Mc.Donald. Ehrenvoller Verlauf. Nachher bei Prof. Slochower mit St. Zweig. 12 Uhr zurück zum Bedford.

Freitag den 24. gegen Mittag zu Knopf ins Office. Von da zum Lunch im Hotel [?] mit den Berlinern Vogelstein. Im Hotel B. geruht. Peat. 50 Briefe Ritchies, Einladungen von ministers signiert. Fahrt im Mietsauto nach *Montclair;* Abendessen bei Mrs. Elder mit dem anziehenden jungen Dr. Lutze (München-Salzburg). Vortrag im ausverkauften 2000 Personen-Saal, von der Präsidentin eingeführt. Tiefste Aufmerksamkeit des Publikums und dankbarste Aufnahme. Abend und Übernachten bei dem jungen deutschen Fabrikanten-Ehepaar Krebs.

Princeton, Sonnabend den 25. II. 39

Heute Morgen in Montclair mit den Krebs gefrühstückt. Danach Spaziergang mit ihnen den Berg hinauf und Ausfahrt in ihrem Wagen. ½11 von John mit dem Buick abgeholt. Ankunft hier ½1. Nach dem Lunch hier Abreise Klaus. Dafür die jungen Eheleute. Zum Thee Meisel. Viel Post zu besprechen. Schreiben eines ehemaligen Goebbels-Sekretärs aus Argentinien (mit Bild), der die Beschaffung von Mitteln zur Ermordung Hitlers anregt. – Diktate an die Servicen und Beck (Vorwort-Zumutung). An Dr. Lutze geschrieben; verabschiedend. Besuch von Revecz, »Cooperation«, verbesserte Bedingungen für meine Mitarbeit, Reklame-Bilderbuch der Herald-Tribune. Nach dem Abendessen Hardts Programm für den 28. durchgegangen. – In den letzten Tagen viel mit Cains' »Serenade«, starker Eindruck.

Princeton, Sonntag den 26. II. 39

Spät auf. Strömender Regen. Luft voller Wasser. Gearbeitet an VII. Mit K. etwas im Wasser gegangen. Zum Lunch der junge Speyer. Gelesen Aufsatz von Lukacz über Wilh. Meister in der »Intern. Literatur«. Nach dem Thee wiederum gearbeitet. Abreise des Schwiegertöchterchens nach Canada zur Einwanderung. Abendessen ohne Bedienung mit Golo u. Medi zu vieren. »Pro domo« von Zuckmayer, mäßige Schriftstellerei.

Beschäftigung mit Roman-Manuskripten, allerlei im Goethe. – Indefinible Schmerzen hinter dem rechten Ohr, rheumatisch?

Princeton, Montag den 27. II. 39

Heiteres Wetter, windig. Gearbeitet an VII. Mit K. in den Park. Kam das goldene Abzeichen der Akademie am Bande. »La Commune« mit dem Miss Cuzzle-Kapitel und einem Artikel Lichtenbergers »L'humanisme de Th. M.« Zum Thee Bermann-Höllriegel mit Verleger und Agenten, Konferenz über die Preis-Romane. – Zeitschriften u. Zeitungen; abends Brief an Dr. Voegelin, handschr. Ausschlag am Hals und Reißen; junger Doktor, Verordnung von Salbe und Kapseln. Shingles.

Princeton, Dienstag den 28. II. 39

Regen, Lachen. VII etwas gefördert. Schmerzen. Mittags wegen der Nässe wenig gegangen. Neues Briefpapier von der »Alliance«. Zum Thee Erika (Brief an Spiecker). Neues Heft von M.u.W. mit dem August-Kapitel und hymnischer Besprechung des »Henri« durch Kesten. ½7 Uhr *Hardt.* Im Gespräch mit ihm unwohl. Im Schlafzimmer Besuch von Gumpert und Klopstock, die unter den sich versammelnden ca 40 Gästen aus Princeton u. New York. Ging hinunter, als das Auditorium saß. Zu lange u. zu dramatische Produktion Hardts. Reizend die »Fliege« Hamsuns. »Schulkrankheit«. Kafka, Heine und Goethe. Kaltes Souper. Mit Mrs. Gauss und der Lowe. Einstein. Früher Aufbruch der New Yorker, darunter Erika: Nach-Sitzung mit K., den Kindern und Kahler. – Auf dem Spaziergang berichtete mir K. von dem Verhältnis zwischen Medi u. Borgese, der sie zu heiraten wünscht.

Princeton, Mittwoch den 1. III. 39

Gestörte Nacht, an die Ischias-Zeit erinnernd. Um 3 Uhr eine der Kapseln. Im Stuhl. Herankommen des Morgens bei Halbschlaf und Wachen. Reißen im Ohr und Kopf. Entzündlichkeit der Hautnerven. – Ziemlich kaltes Wetter. Etwas weiter an VII. Ausgefahren Neu-Siehlthal u. um den See. Manches über die gestrige [Vorlesung], telephonisch u. unter einander. Schmerzen, Entwicklung eines Knotens rechts am Hinterkopf, Empfindlichkeit der Hautnerven an der rechten Hand. Gelesen in »M.u.W.« den Aufsatz von André Siegfried. Thee im Schlafzimmer. Dort den Doktor empfangen. Leichtes Schlafmittel. – Briefdiktate, an die Braven von der Schweizer Sonntagszeitung, Annahme einer Einladung der Bookseller für Mai, telegraphische Message an die Gegner des »Bundes« u. a. m. – Constipiert, unwohl, müde, Schmerzen. Abends Telephon mit der Meyer. Danach im Salon mit Golo und Klaus, politisch, dann über Moni. – An einem Brief an Heinrich laboriert.

Princeton, Donnerstag den 2. III. 39

Helles, windiges Wetter. Besser geschlafen. Schmerzen leidlich. Vormittags an Heinrich geschrieben (sein Buch u. sein Schwiegersohn). Mittags ausgefahren u. gegangen. Zum Lunch Riess, der über den Tag blieb. Nachmittags weitere handschr. Briefe (Priest, Moser). Abends Vorlesung Golos aus seinem Gentz-Buch, fesselnd. Müde, Schmerzen. – Pacelli als Pius XII. – Über »Der Bruder«. Plan der Veröffentlichung in Moskau oder Paris.

Princeton, Freitag den 3. III. 39

Helles Wetter. K. bis zum Nachmittag in N.Y. Einiges am 7. Kap. Mittags eine Stunde mit Golo spazieren. Nachmittags geschlafen, da die Nacht wieder unruhig war. Besprechungen mit Meisel. Den Arzt empfangen. Zum Abendessen bei Ladenburgs mit Frau Prof. Weil, dem rumänischen Nat.-Ökonomen, Einstein, Niels Bohr. Viel über das Politische. Verstärkte Schmerzen. [. . .] Am Tage anderes Medikament, nur zur Nacht die schmerzstillenden Kapseln.

Princeton, Sonnabend den 4. III. 39

Regnerisch. Recht gut geschlafen. Einiges an VII. Mittags mit K. zu Fuß. Zum Lunch Prof. *Brunner* und Miß Steven. Geschlafen. Nachmittags quälende Schmerzen, offenbar in Entbehrung der Kapseln. Viel Post mit Meisel u. K. zu besprechen. Privates von Heinrich, der Meyer, Oprecht, Bermann. Den »Bruder« an Schwarzschild zum Versand. Zum Thee Herr *Laubruch* und Frau, Platten-Geschenk. An die Meyer geschrieben. Nach dem Abendessen Medi mit der Nachricht, daß die jungen Leute am Montag kirchlich getraut werden. – Abreise auf Dienstag Abend festgesetzt. – Andauernde ermüdende Schmerzen.

Princeton, Sonntag den 5. III. 39

Regnerisch. Unruhige Nacht, lange im Stuhl geschlafen, nachdem gesalbt u. mediziniert. Nach dem Frühstück einiges am 7. Kap. Mittags allein einige Schritte. Zum Lunch Rechtsanwalt *Loewenstein* und Frau, Caroline *Newton*. Mit dieser in der Bibliothek über ihren Auftrag, meine Biographie zu schreiben. Beschäftigung mit A. M. Freys Roman-Manuskript vom wiedergekehrten Gefallenen. Gut geschrieben, aber zu breit. – Geschlafen. Zum Thee junge Leute, *Dr. Flechtheim u.* C°. – Aufklaren des Himmels. Gedankliche Vorbereitungen zur Reise. – Brief an die alte Frau Fischer diktiert. – Noch am Kapitel. – Abends in »Erde und Kosmos« von Hartmann. – Große Müdigkeit mit der Krankheit verbunden. Weniger Schmerzen, weil eingenommen. Ausschlag vom Hals in Haar hinauf.

Princeton, Montag den 6. III. 39

Recht sehr gequälte Nacht, im Stuhl geschlafen, keine Kopflage recht möglich. Wetter regnerisch, später stürmisch. Geschrieben an VII (Bretschneider). Mittags den Doktor empfangen. Auf Deutsch scheints eine Form der Gürtelrose. Zum Lunch Dr. *Klopstock,* der mir später eine Vitamin-Injektion machte. Beim Thee mit Meisel Brief-Besprechungen. Weniger krank gefühlt. An Bermann geschrieben. Auswahl mitzunehmender Manuskripte; Einrichtung des Bücherkoffers. Zum Abendessen *Kahlers;* dann die jungen Leute aus N.Y. nach ihrer kirchlichen Trauung. Brachten junges Hündchen mit. Champagner nach Tisch und Lebenswohl getrunken. Kahler las aus Gundolfs Vers-Literaturgeschichte vor, Geschenk an Frau F. K. Vertrautes Spiel mit Sprache und Deutschtum. Über George. Abwehr meinerseits. (Hofmannsthal.) – Brennendes Jucken. Neigung des Ausschlags zu weiterer Ausbreitung. Mediziniert.

Princeton, Dienstag den 7. III. 39

Die Nacht etwas besser, wenn auch unruhig. Wetter hell und windig. Kaum geschrieben; müde und zerstreut. Vor Tische meine beiden Handkoffer gepackt u. rasiert. Verzicht auf Haarschneiden, da zu empfindlich. Nach dem Lunch deutsche Zeitschriften. Die Politik brachte eine Art von Staatsstreich in Spanien, Generalsregierung, die »spanischen Frieden« will und Anarchisten ausschließt. – Geruht u. gepackt. Einige Geschäfte mit Meisel. Der kleine Hund Jimmy beim Thee. – Nehme VII mit auf die Reise. Wir fahren ½8 Uhr zur Junction, steigen im Bedford ab und reisen abends mit Erika nach Boston.

Reise

Nacht auf *Mittwoch den 8.* Schlafwagen *Boston.* Dort Hotel Ritz Carlton. Interviews um 12 Uhr zusammen mit K. und Erika. Vorher Besuch des Forum-Mannes. Blauer Himmel u. starke Kälte. Spaziergang mit K. durch die Anlagen. Die Stadt anziehend, europäisch wirkend. Lunch im Restaurant des Hotels. Bettruhe. Zum Thee Erikas Verleger. Rasiert und umgekleidet. Deutscher Professor und Frau in der Bar, Apéritiv, danach Dinner gegenüber im Club mit ihm, einem Collegen und zwei Amerikanern, während E. und K. mit den Damen aßen. Danach zum Vortrag Ford Hall Forum. Das übliche Getümmel. Voller Saal, E. u. K. mit auf der Platform. Einleitung des deutschen Professors. Trug »Freedom« mit Nachdruck vor. Langer Beifall. Questions mit Erika. Der marxistische Zeitungsverkäufer. Sehr ermüdet. Nachher auf verzweifeltes Drängen nach Harvard zu den Deutsch-Studenten im Turm: Mützen, Bier, deutsche Lieder, Salamander. Ehrenmitglied. Begrüßungs- u. Abschiedsworte. Zurück ins Hotel, eiliges Packen, Thee und Sandwiches. Abreise Mitternacht. Karamasows gelesen und einige Stunden leidlich geschlafen. Der Hals u. Hinterkopf sehr empfindlich, aber Heilung scheint im Gange. –

New York, Donnerstag den 9. III. 39

Hier Regen. ½8 den Schlafwagen verlassen. Ins Bedford. Gebadet. Frühstück. Durchsicht von Briefen. Zeitung: 300 000 Mann britisches Landungscorps in Frankreich von engl. Kriegsminister angekündigt. Die Nazi-Presse nennt es ein Symptom der »Rüstungspsychose«. – Nichtsthun im seidenen Schlafrock vormittags. Las mit Rührung mein »Portrait« aus dem Buch der Kinder in »Atlantic Monthly«. Lunch mit K. unten. Bettruhe. Thee. Mit dem jungen Rechtsanwalt in Steuersachen zum Notar. Danach Besuch des österr. aktiven Illegalen, der mit franz. Paß Deutschland bereist. Berichte. Smoking-Toilette. Abgeholt zum Dinner mit Prof. Tapper u. Frau, der Goslar, im Faculty Club nahe der Columbia. Dann Vortrag dort, vorzüglicher u. angenehmer Verlauf, sympathischer Saal, gutes Publikum. Questions mit Erika. Im Künstlerzimmer zahlreiche Begrüßungen. Colmers etc. Später Geselligkeit bei Erika mit Riess, Klopstock, Gumpert. Heißer Tee im Papierbecher aus dem Café, Sandwiches, Cigarre. ½1 Uhr zu Bette.

New York, Freitag den 10. III. 39

9 Uhr auf. Helles, kaltes, windiges Wetter. 10 Uhr in unserem Wagen mit Medi zur Pediküre. Von da zu Fuß, unterwegs Besorgungen: Schuhe für K., Cigarren für mich. Erwarten Klopstock, werden zum Thee die Kinder sehen und ½7 Uhr die Reise nach Detroit antreten, wo morgen Vortrag habe. – Gestern in dem Hartmann'schen Buch einiges Eindrucksvolle, auf G. bezüglich, vermerkt. In den Blättern gewaltige Ziffern zur englischen Aufrüstung. Gekränktheit der totalitären Staaten, Klage über offensiven Charakter.

Detroit, Sonntag den 12. III. 39, Hotel Book Cadillac.

Freitag Mittag Lunch mit Knopfs im Regis. Nachmittags gepackt, die Kinder und Bedford-Freunde bei uns. ½7 Abreise, Dinner im Zug, Clubwagen, Schlaffahrt nach Detroit, wo gestern Morgen ankamen. Hotel Book Cadillac, elegant. Hübsche Wohnung. Frühstück. Danach Presse-Konferenz mit dem Rabbi und dem Free Press Man Exstein. Langwierig, photogr. Aufnahmen. Haarwaschen, Rasieren. Mittags Lunch mit dem Rabbi im russischen Restaurant. Kohlsuppe, Pastetchen und geröstet. Hammelfleisch. Zu Hause längere Bettruhe. Nach dem Thee mit Erika Kürzungen in der ersten Hälfte des Vortrags, neue Einleitung. Smoking. Zeitig vom Rabbi abgeholt. Mit Taxi zur Straße des riesigen Opernhauses. Nervös und müde. Beginn ca ½9 Uhr. Gewaltiges Auditorium von 5000 Menschen. Großer Empfang. Einleitung des Rabbi, neue Begrüßung bei Beginn u. Applaus-Unterbrechungen. War anfangs schwach, wurde dann aber fester und besser. Mehrfache Bedankung. Längere Question-Periode mit Erika, Fragezettel. Befriedigender Verlauf. Mit dem Rabbi im Café unseres Hotels. Ommelette Confiture und Thee. Nach der Verabschiedung von ihm mit Erika im Salon, Bericht über den abenteuerlichen Keiler und seinen Antrag.

Ausgiebig geschlafen. ½10 Uhr auf, gebadet, Milchkaffee gefrühstückt. Nach dem Ankleiden für die Alliance einiges über Kestens »Gernica« diktiert. – Wie gestern regnerisches Wetter, neblig, kalt. Nicht ausgegangen, den Vormittag lesend in den Zimmern verbracht. Lunch im Coffee Shop, mit Appetit. Danach rauchend im Salon. Geruht u. um 5 eine Tasse Thee getrunken. Danach das Gepäck wieder in Stand gesetzt. Erikas Reise-Radio-Einkauf. Zu dritt in das große Cinéma, Variété und Picture nach Novelle von Cains, Sänger-Ehe-Geschichte reizvoll gespielt. Gut unterhalten. 2 Stunden dort, dann Abendessen im Coffee Shop des Statler, dazu Burgunder, der mir nicht guttat. Mißgefühl bei Abreise mit den beiden Taxi, 14 Stück Gepäck. Mäntel vergessen. In den Zug gegen 11. Abfahrt 12 Uhr.

Cincinnati, Montag den 13. III. 39. Haus Kühn.
Ankunft hier ½8 Uhr. Heiteres Wetter. Empfang von christlicher u. jüdischer Seite. Photographen. Wagen der Mrs. Kühn, in deren Haus außerhalb der Stadt, hoch und hübsch gelegen, wir wohnen. 3 Räume im 1. Stock. Frühstück mit Hafergrütze u. Kaffee. Presse-Konferenz. Erika danach ins Hotel. Rasiert. Ausfahrt u. Spaziergang auf der Höhe. Lunch im Universitäts-Klub mit Rabbi Heller, Mr. Goldman und Gen. . . Über Brod. Zu Haus geschlafen. Thee mit Mrs. Kühn. Umkleiden. Dinner. Fahrt zur Stadt u. zur Vorlesung. Chairman, Photographen. Eintritt mit Erika, Begrüßung, Einführung. Vortrag bewährt wieder Wirksamkeit der zweiten Hälfte. Andauernde Bedankung. Questions mit Erika, harmlos. Gegner anwesend, Katholiken u. Nazis, aber unter Polizei; heiter freundwillige Stimmung. Präsentationen u. Autogramme im Foyer. Danach Reception im Hause des Schwiegersohns der Mrs. Kühn, zahlreiche Gesellschaft, Buffet, Kaffee. Nach Mitternacht hinüber, Karamasows.

Dienstag den 14. III. 39. Im Zuge nach Chicago
Warmes, heiteres Wetter. In Cincinnati ½9 Uhr auf. Bei uns gefrühstückt. Danach Herstellung des Gepäcks. Junge Leute

zeigten Dessins für ihr neues Magazin. Abgeholt von Rabbi Heller, zur Hebrew University. Spinoza-Sammlung, Thora Collection, in der Kapelle Begrüßungsworte an die Studenten. Viele Autogramme. Danach mit Mrs. Kühn im Taft-Museum: Gainsborough, Turner, schönes Männer-Portrait von Hals, do Frauen-Portrait von Ingres. – Mit unserer Wirtin zum Lunch mit Mr. Fletscher. Dazu Heller, der meldet, daß die Berufung Brods beschlossen. – Vortrag Hellers aus seinem Oratorium. Abreise 3 Uhr. Erika am Bahnhof zu uns. Am Zuge Verabschiedung von unserer Wirtin, einer vortrefflichen Frau von schöner sozialer Aktivität. (Volks-Wohnhäuser, die wir sahen.) – Privat-Abteil. Tag beschattet von den politischen Nachrichten, neue deutsche Gewaltsamkeiten im Osten betreffend. Ultimatum, Auflösung der Tschecho-Slowakei. Die Wehrmacht »uninteressiert«. Niederschlagende Wirkung vorausgesehener Dinge, deren Affekt doch jedesmal schlimmer als vorausgesehen. Verstärkte Gefährdung auch der Schweiz. Zweifel an der Möglichkeit unseres Besuches dort. – Thee im Speisewagen. Müde u. nervös. Hoffnung, morgen in Chicago mich mit VII beschäftigen zu können. Belästigung durch zu langes Haar, das wegen der Abszesse noch nicht geschnitten werden kann. –

Chicago, Hotel Drake. Im Speisewagen zu Abend gegessen. Ankunft hier ½9 Uhr. Empfang durch Comité-Mitglieder, Photographen-Interview. Ins Hotel, sehr angenehme, bequeme Wohnung. Bier im Wohnzimmer, neue Zeitungen: Kompletter Erfolg Hitlers im Osten. Okkupation Prags, des Stahlgebietes. Rumänien und Ungarn werden folgen. Am Schwarzen Meer. Öl und Getreide. Ungeheuere Stärkung. England und Frankreich ohne Regung. Rußland – eine Sphinx. – Für morgen ½11 Uhr zu Beneč gebeten.

Chicago, Mittwoch den 15. III. 39. Drake

Kalter Sturm, Schnee. ½9 Uhr auf, nachdem schwer eingeschlafen. Gebadet und Kaffee gefrühstückt. Rasiert. Abgeholt zum Besuch im Hotel Windermere bei *Beneč.* Sein Neffe, Dr. Masaryk, dann der Präsident, später seine Frau. Fast zweistündige Unterredung über das Politische. Tiefes Gefühl der Sympathie trotz dem Bewußtsein, daß größere Kraft u. Kühnheit die Ereignisse anders hätten wenden können. – Hernach Ärger und Trübung durch das Zutagekommen des Journalisten-Trics, durch den wir zusammengebracht. – Lunch zu dritt in unserm Hotel. Danach Interview mit Telephon und photogr. Aufnahmen. Danach mit Erika das erste Drittel des Vortrags aktuell umgearbeitet. Geruht. Thee. Smoking. Erika übersetzend und abschreibend. Zum Dinner in der Wohnung von Mr. u. Mrs. M. von der Tempel-Gesellschaft, mit dem Rabbi u. seiner Frau. Vorzügliches Essen. Zum Vortrag zum Tempel. Gefüllte Halle. Gut gesprochen. Fragen mit Erika. Nachher Empfang im Wartezimmer. Nach Hause. Telephon mit Beneč und Masaryk. Bier und Sandwich. Telephon mit Klaus in Princeton. – Die Deutschen in Prag. Die Tschechen mit deutschen Pässen versehen.

Chicago, Donnerstag den 16. III. 39. Drake.
Unruhiger Schlaf. ½9 Uhr auf. Hell, kalt, windig. Frühstückte Kaffee und ließ danach den Hairdresser zum Haarschneiden kommen, dem ersten nach den shingles; es ging gut vonstatten. Starkes Heiljucken der Abszesse dauert an. – Beschäftigung mit dem VII. Kapitel. Schrieb einige Zeilen und förderte die Assoziation unter Telephongeklingel und Erkundigung nach Zeitungsneuigkeiten bei Erika. Chamberlains Bedauern. Niemand habe die Entwicklung voraussehen können! Zersetzung des amputierten tschechischen Staates von innen. Dabei geben die engl. Zeitungen den Bericht des tschechischen Ministers wieder, daß Hitler die Zerstörung Prags angedroht habe, falls nicht um den Einmarsch ersucht werde. Die Beute ist sehr groß. Das Land besaß 3 mal soviel Gold, als das Reich. – – Mittags bei Kälte u. Sturm mit K. etwas am See gegangen. Lunch zu dritt bei Jacques mit den Vögeln. Danach Besuche:

Mann der Teacher Union, Journalist u. andere, die ich nicht sah. Ruhe auf dem Bett. Thee. Erika verabschiedet sich zu einer lecture in der Umgegend, kehrt nachts zurück. – Mit K. ins Cinéma: »Pygmalion« nach Shaw, hübscher Film. Müde danach. Abendessen in einem Restaurant an der Straße des Kinos. Zu Hause Zeitungen, schändliche, schwere Lektüre. Menschenjagd und Selbstmordwelle in Prag. Dreck-Romantik mit »Heiligem Deutschen Reich«. Gesetzgebung Hitlers! Im Unterhaus Reden immerhin. Die Atholl niedergeschrieen. Die »Autonomie« besteht in völliger Ausschließung der Tschechen von der Verwaltung des Landes. Schmerz und Ekel.

Chicago, Freitag den 17. III. 39. Drake

Besser geschlafen. Wetter wie gestern. Kaffee gefrühstückt. Erika zurück. Über das Politische. Vormittags wiederum an VII studiert. Mittags in der Archipenko-Ausstellung (Moses). Lunch im »Petit Gourmand«. Zu Hause gepackt u. etwas geruht. Nach 4 Uhr Abreise. Stromliner, Clubwagen. Thee, Lektüre, 7 Uhr Abendessen. Von Springfield bis St. Louis junger Journalist, Ausfragung. Zeitungen, Statement von Beneš an die Staatsoberhäupter. Kundgebung Roosevelts, [die] den tschechischen Zustand als »vorübergehend« bezeichnet. Revision der amerk. Neutralität. – Ankunft St. Louis 9½ Uhr. Unternehmer, Journalisten, Photographen. Ins Hotel: Fortsetzung der Interviews, mit Bockbier. Meldung von Pariser Demonstrationen für Rumänien u. Polen.

St. Louis, Sonnabend den 18. III. 39

9 Uhr auf. Blauer Himmel. Ablehnung deutscher wirtschaftlicher Forderungen durch Rumänien. Diktatorische Vollmachten für die französische Regierung. Neue Rede Chamberlains. Triumphzug Hitlers Prag-Brünn-Wien-Berlin. – Haar gewaschen, Post, Briefe von Lion (übers nächste Heft), Weiß, Mrs. Meyer u. a. Mittags großes Lunch in einem Hotel der Stadt (Pulitzer, Nagel). Rede und Antwort. Dr. Born. Zu Hause

geruht. Radio-Nachricht von *amerikanischer Wirtschaftsblokkade* gegen Deutschland. Rumänien mobilisiert und ruft die Demokratien zu Hilfe. Nazis dementieren Ultimatum. – Interviews und Bilder in den Zeitungen. Offener Brief von Veteran, Labor and Church Groups zur Bronce-Plaquette. – Besuch des jungen jetzt hier thätigen Deutschen, der Hauptangeklagter in dem Brief-Prozeß war. – Tschechen konstituieren hier Regierung wie im Krieg. Frage des tschechischen Ausstellungspavillons und der deutsch-österreichischen Beteiligung. – Abends Symphonie-Konzert (Gluck, Eroika, Ravel), danach Soirée. Spät zu Bett.

St. Louis, Sonntag den 19. III. 39

9 Uhr auf. Arbeit mit Erika am Vortrag und an Danksagung für Bronce-Plaquette. Brief an die jungen Leute vom »Little Man«. Spaziergang mit Born im Park. Lunch bei Rabbi Isserman mit dem Bischof, dem Universitätspräsidenten etc. Nachher K. und E. im Tauber-Konzert, ich zu Hause. Ruhiger Nachmittag, aber nicht geruht. Abends, nach Imbiß, Vortrag in der überfüllten »Turnhalle« mit Lautsprecher Neben-Saal. Hunderte abgewiesen. Die Leute hatten seit 5 Uhr gewartet. Überreichung des paritätisch gezeichneten Briefes auf Bronce. Dankrede. Introduktion. Vortrag. War müde, hielt aber durch. Großer Eindruck u. Beifall. Viele Begrüßungen u. Signaturen. Solche im Wartezimmer fortgesetzt, Coca-Cola, geeist. Sehr erschöpft. Soirée bei dem reichen Schuh-Fabrikanten. Naive Ansprüche unaufhörlich. Thee, Whisky Soda. Imbiß. Später Bach- und Chopin-Spiel des jungen jüdischen Pianisten. Feines Köpfchen. Noch lange bei uns, mit Bier. Das Politische. Cigarre. 2 Uhr zu Bett.

St. Louis, Montag den 20. III. 39

Excitation. Viel eingenommen. Erst nach 4 zur Ruhe gekommen. Heute sehr warm, wie schon gestern. Seidene Unterhose. 10 Uhr auf. Kaffee gefrühstückt. – Gestern Meldungen über triumphalen Einzug Hitlers in Berlin. Er »müde u. grimmig«. Amerik. Boykott. Militärische Bereitschaft und diplom. Zusammenarbeit Englands, Frankreichs, Rußlands u. Amerikas. Heute Mitteilung der russischen Note an Deutschland, vorzüglich. – Büchersignierungen. – Mit Rabbi Isserman in dem vorzüglich bestellten Zoo. Lunch im Hotel. Danach Packen. Abreise ca 4 Uhr. Texas Express. Beamte der Linie am Bahnhof. Im Coupé, da sehr durstig, Coca Cola. Radio. Deutsche Zeitschriften. Dinner ½8 Uhr im Speisewagen. Cigarre im Club-Wagen. Zeitig zu Bett.

Fort Worth, Texas, Dienstag den 21. III. 39

Ankunft hier ½10 Uhr nach Frühstück im Speisewagen. Vertreter der Bahn. Hotel Texas. Häßlichkeit des Ortes. Dame des lecture Clubs. Appointments. Journalisten, mit Erika. Sehr warmes Sommerwetter, leichter Anzug. Einige Schritte gegangen. Lunch im Hotel, in dem Vereinsfest-Gewimmel. Europäische Lage undurchsichtig, zwar sichtlich gespannt, aber wiederum quälend durch Englands Zweideutigkeit u. Unaufrichtigkeit. Abweisung von Rußland Konferenz-Angebot. Andererseits Störung Deutschlands in Rumänien. Brief H.'s an den Andern, der nicht gratuliert hatte, wie Franco tat. Littauen vom Anmarsch deutscher Truppen über Memel hinaus bedroht; Polen beunruhigt. Beschimpfungen Englands durch Göbbels. Es »wolle keinen Frieden in Mittel-Europa; München sei ein Betrug gewesen«. – Dinner im Hause des reichen Burnsley (oder so ähnlich).

Fort Worth, Texas, Mittwoch den 22. III. 39

Nach dem Frühstück Statement für Benesch-Meeting. Auffrischungen am Vortrag. Abgeholt von dummer Dame zum Country Club, Schauplatz der lecture. Fast ausschließlich Damen, aber der angenehme, Roosevelt-freundliche Sohn der einführenden Lady dabei. Sagte ihm im Abgehen: »'t was rather for you than for the others«. Sprach frisch u. leicht.

Lunch mit Verehrung u. Conversationsarbeit. Questions mit Erika. Fahrt nach *Wetherford* im Chrysler mit Mrs. Douglas Chandor, empfangen von ihrem Gatten, dem Maler, u. dem fetten Hündchen. Der eigenhändig angelegte Garten, indischer Tänzer, Buddha. Zum Thee Damen. Atelier-Besuch. Zu glatte Portraits. Ausfragungen, Notizen, Ausbeutung durch den üblichen naiven Eifer. Half mir zeitweise mit Boccia-Spiel auf dem hübschen lawn u. hatte zum Jubel des boyischen britischen Hausherrn einen »touch«. Liebfrauenmilch, immer begierige Damen. Ca ½6 Uhr Abfahrt. Erika hatte Briefe u. Statements geschrieben. Packen. Abendessen im Coffee Shop. Abreise. Gut aussehende junge Träger, einer wirklich reizend. Diesmal kein Compartement; Pulmanbetten. Neuartiger Behelf.

Donnerstag den 23. III. 39. Im Zuge nach Kansas City
Schlief nach einiger Lektüre ein, nahm aber ½2 Uhr noch ein Phanodorm u. schlief dann fest bis 8½ Uhr, wo ich geweckt wurde. Waschraum, geteilt mit rasierendem jungen Mann. Frühstück mit K. im Speisewagen, Milchkaffee u. Eier. Warmer, blauer Tag. Nicht unerfreuliche, fruchtbare Landschaft. Farmen. – Politische Entwicklung nimmt unter erhöhtem Widerstand der Welt ihren Gang, vorläufig ohne daß Hitler gehindert wird, sein Programm mit Gewalt zu verfolgen. Ultimatum an Lithauen. Per Kriegsschiff nach Memel. Mussolini erklärt den allgem. Krieg als Folge von Versailles für unvermeidlich. Diktatur in Frankreich, Mobilisierung der Maginotlinie. Trotzdem wird sicher die »Krise« noch einmal ohne Krieg vorübergehen. Daß aber die deutsche Geschichte-Macherei sich als Unsinn erweisen wird, davon bleibe durchdrungen. Guter Artikel der Dor. Thompson über das 4. Reich, einleuchtend und nützlich.

Kansas. Ankunft hier 2 Uhr nachm. Lunch im Coffee Shop des Hotel Mühlebach. Ruhetag. Nach Tische geschlafen. Um 6 Uhr Thee. 7 Uhr zu dritt ins benachbarte Cinéma: anmutiger Film mit Boyer in hübschem Zusammenspiel mit seiner amerk. Partnerin. Hübscher Disney Film. Bilder von der Papstkrönung. Bilder aus Mexiko, dessen sozialistische Regierung mit den Nazis Öl-Handel treibt. Sehr prompte Einigkeit der kapitalistischen Welt gegen Länder, die den Sozialismus versuchen. – Abendessen im Coffee Shop. Danach für uns in unserem rotledernen Salon mit Radio. Bier. Gegen Mitternacht zu Bett.

Kansas City, Freitag den 24. III. 39

Ruhig geschlafen. Wetter kühler als gestern. Gebadet u. Kaffee gefrühstückt. Schreibe an dem kleinen roten Schreibtisch im Salon. Das deutsch-rumänische »Wirtschaftsabkommen« nichts anderes als die volle Unterwerfung unter das Ultimatum – das soviel Schein-Lärm u. Schein-Widerstand erregte. Die Auslieferung des Ostens war immer beschlossene Sache, alle Gebärden dagegen sind Betrug, und die Verweigerung hätte nach dem Fallenlassen der Tschechoslowakei auch gar keinen Sinn mehr gehabt. Die »Kriegsgefahr« war ebenso Schwindel wie vor München. Möglich, daß sie eines Tages ernst wird, wenn Hitler sich nach der Annektion Süd-Dänemarks gegen Westen wenden sollte. Die Schweiz und Holland werden vorläufig durch Militärverträge gedeckt, und die westliche Aufrüstung ist formidabel. Übers Jahr wird man möglicherweise kämpfen. Es ist aber durchaus möglich, daß die Nazifizierung des Westens sich ebenso »friedlich« vollziehen wird, wie die des Ostens, u. wenn sie ohne eigentliche Aggression, durch bloßes Schwergewicht vor sich geht, wird man sie kaum hindern. H. hat in Memel erklärt, die »Ungerechtigkeiten« seien jetzt nahezu getilgt. Die ganze klägliche Welt berät, was der mächtige Mann mit dem »beinahe« gemeint haben mag. – Brief an einen tadelnden Kommunisten aus Bratislava. Karten an Kahlers u. Meisel.

Omaha, Nebraska. In Kansas vormittags Beschäftigung mit dem VII. Kapitel. Gepackt. Angegriffen und appetitlos. Im

Coffee Shop nur eine Gemüsesuppe gegessen. Abreise ca 2 Uhr. Gepäck-Umständlichkeiten. Club-Wagen. Im Sessel geruht. Müde und frostig. Thee im Speise-Abteil. Ankunft hier gegen ½7. Vertreter der Lecture Gesellschaft. Mit ihnen ins außerh. der Stadt gelegene Hotel. Sherry mit ihnen. Um Ruhe ersucht. Journalist, Interview mit Erika. Abendessen auf dem Zimmer, hungrig. Briefe aus Prag von vor dem Fall: Brod, Winder. Briefe von Klaus u. Golo.

Omaha, Sonnabend den 25. III. 39. Hotel Blackstone

Hitze. Lange geschlafen. Änderung des Vortrags. Mittags mit K. etwas spazieren, an Princeton erinnert. Lunch zu zweien im Coffee Shop des Hotels, während Erika ein Question-Frühstück zu leisten hatte. Nach der Ruhe Besuch eines dummen Österreichers, tschechenfeindlich. Abgeholt vom Committee-Herrn und seinem chauffierenden Sohn. Fahrt durch den Park zu seinem Heim, wo Thee-Empfang. Zu Hause umgekleidet. 7 Uhr weiches Ei u. Bier. Abgeholt zum Vortrag. Hinter der Bühne. Angenehmer Saal, überfüllt. Introduktion. Bequemes Pult mit Lautsprecher. Absolvierte die lecture eher träge, aber erfolgreich. Viele wieder weither gekommen. Signierungen, Ansprachen. Nachher im Hotel Empfang mit Buffet. Überdrüssig. Auf dem Zimmer noch Bier. Gepackt. Erika's Erfolg mit den Antworten. Engagement. Viele Erkundigungen nach Joseph.

Sonntag den 26. III. 39. Im Zuge nach Seattle

In Omaha 8 Uhr auf. Abkühlung, Sturm. Gebadet u. nach dem Frühstück fertig gepackt. ½10 Uhr Abreise, Gepäck mit Taxi, wir im Wagen des Committee Mannes. Lotte-Manuskript in der Mappe. Appartement. Zeitung deprimierend durch die Analyse der gehäuften Erfolge Hitler-Deutschlands. Der Widersinn ist, daß das alles dem Kriege gilt, für den Krieg aber ganz unbrauchbar wäre u. seine Vermeidung zur Voraussetzung hat. Im Radio herausfordernde Rede Mussolinis, dessen

Land »an der Erhaltung des Friedens nicht interessiert« sei. Hohn über die verspäteten Stop Hitler Versuche – wie in Deutschland, wo selbstverständlich der Übermut riesengroß. – Beschäftigung mit dem Hartmann'schen Kosmos-Buch. 1 Uhr Mittagessen im Speisewagen, Kaffee. – Klar blauer, ziemlich kühler Tag. – Nach dem Thee Casino gespielt, neu für Erika, die zum erstenmal gewann. Lektüre des »Neuen Deutschland«. Nach dem Diner im Clubwagen, Hartmann'sche Anthroposophie, manches interessant. Von Goethe inspiriert, der aber wie immer in dieser Sphäre sehr einseitig spiritualisiert wird. – Nachricht, daß Polen bereit, Danzig abzutreten, aber gegen weitere Forderungen mobilisiert. Hitler deckt Mussolinis Forderungen und erklärt Frankreich verantwortlich für den Frieden. – Bei Zeiten schlafen.

Montag den 27. III. 39. Im Zug nach Seattle

Karamasows vorm Einschlafen. Gestört durch schlechte Bremse, aber genügend geschlafen. Berge, Hochebene. (Gestern Abend Schneegestöber). 8 Uhr auf. Frühstück mit K.: Hafergrütze und Rühreier. Den Tag schlecht und recht verbracht, nach niederschlagenden, verbitternden Nachrichten über deutsch-holländischen Handelsvertrag und intelligent unverschämte Rede Mussolinis. Leichtes Frühstück im Abteil, da Speisewagen von internationaler Ski-Gesellschaft okkupiert. Ebenso abends. Müde, verstimmt, bedrängt. Beschäftigung mit dem oft unerträglich verblasenen, doch immerhin lehrreichen Hartmann'schen Buch. Zeitig zu Bett. Zweiter Band der Karamasows.

Dienstag den 28. III. 39. Zug von Portland nach Seattle

Im Zuge nach Portland bis 6 Uhr gut geschlafen. Blauer kühler Morgen. 7 Uhr geweckt. Portland Zugwechsel. Frühstück im Bahnhofsrestaurant, wiederum mit der Ski-Konkurrenz, Franzosen, Schweizer, Amerikaner der 40 Familien. Haferbrei und Kaffee. Weiterfahrt 10 Uhr. Compartment. Heiteres

Land, Kanäle, Wiesen, Fruchtbäume. Die Zeitung: Übergabe von Madrid. Die loyalistischen Soldaten mit weißen Fahnen aus den Gräben übergehend. Ausgang der Agonie eines Volkes, das, unkundig der faschistischen Teufelei Europas, noch an Fortschritt, Nation u. Freiheit geglaubt hatte. Mißverständnis, hinter der Epoche zurück. – Daladier besteht, gegen Bonnet, auf Präzisierung der italien. Forderungen u. erklärt sich fähig, sein Recht zu verteidigen. Engl. Generalstabschef in Paris. Göbbels in Ungarn, das gegen Bratislava vordringt. Lithauen in Aufregung gegen die Abtretung Memels und den vollziehenden Minister, der abtreten mußte. – Gedacht über die falsche Loyalität u. Konnivenz Englands, die Herstellung des mitteleuropäischen Wirtschaftsgebietes in diesem Zeichen u. Geiste zu fördern, – zum Zweck der Kriegsautarkie, einer sinnlosen Idee, da das »Reich« nur zusammenkommt, weil Krieg ausgeschlossen ist, und da es im Kriege unhaltbar wäre. Aber das fascistische Einverständnis, die soziale Revolution abzuwehren, schafft es. Nur diese aber kann das föderalistische Europa bringen – –.

Seattle, Mittwoch den 29. III. 39

Gestern Lunch im Zuge. Ankunft hier ca ½3 Uhr. Kein Empfang, keine Publicity, keine Zimmerreservation, wenn auch Post. Heitere Zweifel und höfliches Mißtrauen des Hotel-Managers. Erkundigung und Bestätigung. – Geruht. Nach dem Thee zu dritt ins Cinéma: Gangsterstück und Gesellschaftslustspiel, nett. Sehr müde. Dinner im eleganten Speisesaal des Hotels. Gute Küche. Cigarre im Sitting room. Bei Zeiten zu Bette.

Heute durch Helligkeit zu früh erwacht. 9 Uhr auf. Gebadet. Hafergrütze und Thee gefrühstückt. ½11 zahlreich besuchte Pressekonferenz. Mittags zu dritt ausgegangen. Mantel für K. gekauft. 1 Uhr Lunch im Hotel mit dem dänisch-amerikanischen Professor Sophus Winter und seinem deutschbürtigen Kollegen Groth vom German Department als Gästen. Letzterer so aufgeregt, daß er nichts zu sich nahm. – Geruht. Zum Thee Instructor Schertel vom German Department, Nazi mit Doktorarbeit über mich und »allem Verständnis«. – Erika mit Zeitung. Wohltuende Rede Daladiers, Abweisung Mussolini's und eine Charakteristik der Weltlage, die wie ein erster »Laut« wirkt – nach 6 Jahren. – Die Situation scheint sich dem Kriege zu nähern, wird voraussichtlich sich wieder von ihm entfernen, um am Ende doch in ihm unterzugehen. Die kapitalistische Welt wird durch ihr Hätschelkind, den Fascismus, zum Kriege gezwungen werden. – Umgekleidet. Abgeholt von Prof. Winther zum Vortrag. Ausverk. Haus, ca 3000 Personen. Einführung durch Winther. Sprach gut. Großer Erfolg. Questions mit Erika. Nachher Zudrang u. Signierungen. Empfang in Privathaus. Whisky u. Collation. Müde und bald flüchtig.

Seattle, Donnerstag den 30. III. 39, Olympic.
Vormittags Signierungsarbeit für Buchhändler. Besuch des tschechischen Consuls mit Begleiter in Sachen einer intern. Organisation für Recht u. Demokratie. Nach 11 Uhr die jungen Bodenheimers von der Rechtsfakultät zur Spazierfahrt. Park. Kunstausstellung (indisch-chinesisch), Wohnungsviertel mit Blick auf den See, sehr anziehend, an Küsnacht erinnernd. Seattle klimatisch, landschaftlich und als Stadt eine Entdekkung, der beste Eindruck der Reise, gut zu leben, wärs nicht so weit. – Lunch mit Erika im Hotel. Danach gepackt. Abreise ½4 Uhr.

Zug nach Los Angeles. Compartment. Vorm Thee etwas geruht. Nachher Casinospiel. ½8 Uhr Abendessen im Speisewagen. Nachher im Clubcar. Zeitungen. Die pol. Lage eigentümlich versteift. Italien von Frankreich abgewiesen. England bietet Polen militär. Garantieen gegen deutschen Angriff und sucht ebenfalls Handelsvertrag mit Rumänien. Italienische Presse eher still. Sicher kein Krieg vorläufig. Vielleicht bringt auch die nächste Krise, Mai oder Juni, noch keinen.

Zug nach Los Angeles, Freitag den 31. III. 39

Experiment mit unterem Bett für K. durchaus nachteilig u. nicht zu wiederholen. Nach etwas Karamasow-Lektüre mit ganzem Phanodorm bis gegen 7 gut geschlafen. Nach 8 Uhr auf, rasiert. Gebirge, Schnee auf den Höhen, Bergwasser, Schluchten, Schönheit nach viel Wüstenei. Frühstück mit K., Oat Cereals u. Kaffee. Heiteres Wetter. Allmählicher Austritt aus dem Gebirge. –

Beverly Hills, Sonnabend den 1. IV. 39

Weitere Nacht im Schlafwagen. 8 Uhr auf. Frühstück zu dritt im Clubwagen. Ankunft hier etwa 10 Uhr. Fahrt von Down town hierher, Freude des Wiedersehens mit dieser heiteren u. gepflegten Lichtwelt in Meeresluft. Das vertraute Hotel. Parterre-Wohnung. Blumen und Konfekt von Franks u. der Massary. Besuch der kleinen Frau. Wahl zwischen zwei Wagen; den geschlossenen gemietet. Lunch bei Franks. Nachher Frau Massary. Heitere Stimmung. Nachmittags für uns, eingerichtet und geruht. Abends wieder zu Franks. Kaltes Abendessen mit Thee. Vorlesung des ersten Dritteils vom Siebenten Kapitel. – Unfall K's mit der Verwechslung von Borwasser und Salmiak. Schrecken und Besserung.

Beverly Hills, Sonntag den 2. IV. 39

Recht gut geschlafen. K.'s Verletzung gemildert. Vormittags Diktat der Tischrede für Mittwoch. Mit K. gegangen und mich der heiteren gepflegten Gegend gefreut. Lunch mit Franks in dem reizenden Haus der Massary. Champagner. Kaffee im Garten am Schwimmbassin. Geruht. Thee. Besuche von Weisgerber und Conner, die Rede. Abendessen mit Franks in der Stadt. Nachher im Cinéma: Women vanished, amüsant. Zu Hause Bier. Spät zu Bett.

Beverly Hills, Montag den 3. IV. 39

Ziemlich unruhig geschlafen. Gebadet. Brei und Kaffee. Telephon Weisgerber: Telegramm State Department, Washington, wegen gefährdeter Loyalisten. – Hitler-Rede scheint ziemlich eindruckslos verpufft. England scheint sich in der Organisation des stop nicht stören zu lassen. »Völk. Beobachter« warnt, Deutschland werde keine Einkreisung »dulden«. Dummes Gesindel. Mundelein, zurückgekehrt, erklärt, der Krieg könne täglich ausbrechen. Noch ungläubig. Wird man die Politik dieser ganzen 6 Jahre durchstreichen (Spanien!) und die Consequenzen eines antifascistischen Krieges nicht scheuen? – Daladier »glaubt« an Frieden durch Festigkeit. – Leicht bedecktes warmes Wetter. – Die Rede, Abschrift, Korrektur. – Lunch mit Br. Frank hier im Hotel. Nachmittags mit Dr. Schiff bei Zahnarzt Goldmann zum Wiedereinsetzen einer Krone. Schlechte Auspizien. Angegriffen. Umkleiden. Diner bei Goldmeyers mit Knopfs und Franks. Filmvorführungen; das Beste Heifitz. Mit Franks bei uns. Spät schlafen.

Beverly Hills, Dienstag den 4. IV. 39

Bedeckt, leider. Zum Frühstück Nachrichten über die entschlossenen Kundgebungen des engl. Unterhauses und das Gegeifer der deutschen Presse. Drohung mit raschen Handlungen Hitlers. Material-Transporte von Rußland nach Polen. – – Lunch mit der Viertel bei M.G.M. Nachher Film: »Christine von Schweden« mit der Garbo. Abendessen in der Stadt mit Amend. Nachher bei Max Reinhardt.

Beverly Hills, Mittwoch den 5. IV. 39

Die Übersetzung studiert. Lunch bei Franks. Manuskript-Besprechung mit ihm. – Briefe gestern u. heute an Heinrich, den jungen Fulda (zum Ableben seines Vaters) u. a. Vormittags Besuch bei Goldwyn Produktion, Knopf. Einer Szene assistiert. Nachmittags Studium der Rede. Abgeholt zum Banquett im Hotel Wilshire durch Lubitsch. Gesellschaft von ca 300 Personen. Champagner Cocktail u. viele Menschen (Verfasserin von »Mortal storm«) Dinner, Speaker table. Champagner. Vorträge der internat. Kinder-Kapelle, vortrefflich. Mit dem Begründer, dem Dirigenten und jung Konzertmeister. Reden des Chairmans, Bruno Franks. Mein Vortrag, fehlerhaft, aber eindrücklich. Stark gefeiert von der Auslese Hollywoods. Danach Erika, überaus lieb u. sympathisch. Großer u. ungewöhnlicher Erfolg des Abends, der mehr als 3000 Dollars trug, wovon 1000 zu unserer Verfügung. Nach dem Fest Geselligkeit im Caffé vis-à-vis mit Dieterles, Lubitsch u. v. a. Pancakes mit Butter und Syrup, vortrefflich. Viel englisch u. deutsch gesprochen. Allseitige Zufriedenheit. – In den Zeitungen: Italien. Okkupation Albaniens. Sehr spät ins Bett.

Beverly Hills, Donnerstag den 6. IV. 39

Recht gut geschlafen. 9 Uhr auf, gebadet, Thee u. Rühreier. Sehr warmer Tag. Abgeholt von Bird u. einem Prof. des englischen Departments. Überflüssiges Lunch in Passadena mit langer Hin- und Rückfahrt, letztere mit der Verfasserin von [?]. Geruht. Thee. Halb 6 mit Franks Fahrt zu Dieterles. Mit ihnen ins Warner-Studio: Vorführung des Films »Maximilian und Juarez«, vorzügliche Leistung in jeder Beziehung, Ehre der Industrie. Die Massary in Thränen. Nachher elegantes Abendessen im Hause Dieterle mit chinesischer Bedienung. Sehr müde, Kopfschmerzen. Abends Abkühlung nach sehr warmem Tage.

Beverly Hills, Freitag den 7. IV. 39 Charfreitag

Letzter Tag hier, Andauer der Sommerwärme. Rühreier u. Thee. Mit Packen begonnen. – Albanien leistet Widerstand, Kämpfe dort. Abkommen Polens mit England. »Überlegene Ruhe« der deutschen Presse. Leider und begreiflicher Weise auch deutliche Zurückhaltung Rußlands. – Zum Lunch im Studio Warner brothers, Privat-Speisesaal, mit Franks, der Massary, dem jungen Reinhardt und anderen Mitgliedern der Produktion. Remarque und die Dietrich, minderwertig. Feine Küche, guter Kaffee. Nachher mit der Cigarre Privat-Vorführung des sehr nützlichen u. eindrucksvollen Nazi-Spionage-Films, gut gespielt, höchst komfortabler Vorführungsraum. Ungezogenheit Remarques. Die Hollywood Produktion charakteristisch für die Kriegslage. – Zu Hause fertig gepackt. Zum Thee im letzten Augenblick R. Nürnberger mit Frau u. dem netten kleinen Riess. Dazu Franks. Aufbruch ca ½7 Uhr. Herzlicher Abschied von Franks. Copien der Rede im letzten Augenblick. Lange Fahrt zur S. Fé Station in unserem Wagen mit intelligentem, short stories schreibenden jungen Chauffeur. Super Chief. Hübsches Abteil. Parsifal im Radio. 8 Uhr Abendessen im Speisewagen. Nachher Bier im Clubcar. Vorstellen der Uhren. 12 Uhr zu Bette.

Super Chief nach Chicago, Sonnabend den 8. IV. 39

Sehr gut geschlafen. 9 Uhr auf. Blauer, warmer Tag. Frühstück mit K.: Oat meal u. Kaffee. – Trostloser Eindruck durch die läppische Reglosigkeit der Westmächte angesichts der albanischen Aktion, die ausdrücklich als Antwort auf die »Einkreisung« bezeichnet wird. Kein Wunder, wenn Polen mit England nicht abschlösse. Zäher, aber natürlich aussichtsloser Widerstand in Albanien. – Gestern von vielen Seiten erfreulicher Nachhall des Banquett Abends. Eindruck des Außergewöhnlichen. Begeisterte Artikel. Erikas großer persönlicher Erfolg. – – Der Reisetag sehr angreifend durch die gewaltigen Höhenunterschiede. Nachmittags unwohl. Abends müde, leidend, nervös. Nach dem Thee Casino-Spiel. Auch mit der Einrichtung der Rede für Chicago beschäftigt. – Frostig, fiebrig, erkältet.

Zug nach Chicago, Oster-Sonntag den 9. IV. 39

Schwer eingeschlafen. Nicht wohl. 9 Uhr auf. Nur Thee und Toast. Schöner blauer Tag. Missesippi. Die Zeitungen über die albanische Gewalttat, die Italien bei den Moslim schaden mag, über die Bedrohung Polens durch Deutschland und die tatsächliche sichere Übermacht der Anti-Achsen-Mächte im Fall des Krieges. Verhöhnung Englands als »Hüter der Moral« durch die deutsche Presse. Moral-Verachtung als Halbbildung. – In dem Hartmann'schen Buch. Träumte gestern Nachmittag den Schluß von »Lotte« u. vergaß ihn wieder. – Leichtes Lunch im Diner. Ankunft 1 Uhr 40. Gerührte Verabschiedung von Erika, die nach N.Y. weiterfährt, um schon am 16. wieder auf lecture Tour hier zu sein. Comité-Herr. Photographen. Erstaunlich kalt, erschreckend nach dem Californ. Sommer. Der übliche Wind. Trockener Hals, Schnupfengefühl und erschüttertes System. Zu zweien, ohne das liebe Kind, ins *Congreß-Hotel.*

Chicago, Ostern. Zu Bette gegangen. 5 Uhr Thee. Altmodisches Hotel, Doppelzimmer u. Sittingroom. Europa-Post. Briefe von Oprecht, Bermann u. Fiedler, letzterer über »Der Bruder«. Einhelligkeit, daß die Katastrophe näherzieht, vielleicht sehr nahe ist. Dennoch kann ich mir England u. Frankreich noch nicht kriegführend denken. – Journalist vom »Herald Examiner«, Interview. Lektüre in »Erde u. Kosmos«. Abendessen im Hotel. Nachher bei uns Prüfung eines Aufsatzes von Th. Wolff, matt und lang.

Chicago, Oster-Montag den 10. IV. 39 Congress Hotel
Recht gut geschlafen. Gebadet. Thee u. Ei gefrühstückt. Etwas erkältet und der Leib nicht gut. Trostloses Wetter, dunkel, kalt, Regen. Einrichtung der Hollywood Rede für das A.C. f. germ. Christian emigrees. Haarschneiden im Zimmer. Haarwäsche u. Rasieren. Telephon mit dem Comittee. Brief von Erika vom Zuge über ihren Besuch bei Borgese und die Heiratsidee. Rührend und seltsam. Experimentelle Sommerpläne der beiden. (Erika schon in New York). Telegramme an Franks u. Mrs. Meyer. – Die Politik elend. Polen u. Griechenland bedroht, Albanien endgültig, Jugoslavien sich zur Achse wendend, der Balkan den demokratischen Mächten mehr oder

weniger verloren. Die kriegerische Aufregung durchaus betrügerisch. – Lunch im Blackstone mit Mr. Mack und Party, Frau und Sohn, der aus der Schule geholt, Rabbi X und Frau. Vertrauensvoll, dankbar, herzlich ausbeutend die Leute, Question period allewege. Erschöpft und elend. Im Drake, Post zu holen: Europäische Drucksachen, Tage-Buch mit »Bruder Hitler«. – Geruht. Das Wetter monströs, Regen in Schnee übergehend. Beschäftigung mit der Rede. Statement für Ch. Daily News über die Frage einer Welt-Friedenskonferenz. Anruf Riess. Gegen 8 Uhr abgeholt zum Vortrag: Meeting des A. Com. f. g. christian Emigrees. Die große Halle von ca 2000 Personen gefüllt. Warten im heißen Couloir. Der Bischof u. andere Vorstellungen. Eintritt, Begrüßung, Orgel, relig. Ansprache des Bischofs, der Chairman führt mich ein, meine Ansprache, fließend, Beifall zwischendurch und sehr stark am Schluß, wiederholtes Danken. Danach Frau Kayser, gewandt u. angenehm, u. ein Amerikaner. Guter u. ersprießlicher Verlauf des Abends. Zufriedenheit der Veranstalter. Signierungen u. Unterhaltungen auf der Stage, netter blonder junger Mann mit Fragen nach meinem besten Buch und nach der Politik. Ins Hotel gebracht durch den Comitee Herrn vom Dienst. Abendessen in der Taverne in Erwartung Riessens, der nicht kam. Nachher bei uns Cigarre und Lektüre in den deutschen Zeitschriften. Spät ins Bett.

Chicago, Dienstag den 11. IV. 39, Congress Hotel

Gut geschlafen. ½2 Uhr Sirenen der Feuerwehr. Morgenblatt meldet Großfeuer und Todesfälle. Besseres Wetter. Gebadet und Grütze u. Kaffee gefrühstückt. Englische u. franz. Kriegsschiffe im Mittelmeer zum Schutze Griechenlands und Rumäniens, das dem englischen Concern beitritt.

Im Zug nach Washington, den 11.

Vormittags Riess mit der (geheim gehaltenen) Nachricht, daß italienische Schiffe im Mittelmeer 25 Minuten lang von französischen u. englischen beschossen worden seien. »Kriegsausbruch«. Größter Skeptizismus. Tatsache ist neues Versprechen Mussolinis an Chamberlain, die Truppen aus Spanien zurückzuziehen, womit Ch. (zugleich mit der Flottendemonstration) vor dem Unterhaus paradieren kann. Das Zusammengehen mit Rußland unbedingt zu vermeiden, die Idee, Italien herüberzuziehen unausrottbar. Beileibe kein antifascistischer Krieg. Aber die fascistischen Systeme auf Leben u. Tod an einander gebunden. Eins kann nicht ohne das andere leben. Auch Mussolinis Judenvertreibung bindet ihn. England, unberührt von Greueln, wünscht immer noch, den innerpolitischen Gesichtspunkt auszuschalten. Aber die Eingliederung Rußlands in ein Friedenssystem ist möglich, die der Fascismen nicht, denn sie können keine Friedensatmosphäre brauchen. – Im Ganzen Chamberlain betrügt nach wie vor. Die Aussicht auf Krieg, der nie sein sollte, geringer als je. Die Einen weit entfernt, ihn zu wagen, die andern wollen ihn nicht. Stupide Frechheit der deutschen Presse, die engl. Schiffe »alte Badewannen«. Wozu will man sich Mut machen? – – Junge Journalistin. – Mit K. ausgegangen. Im Kaufhaus: Erwerb von 2 Desk-Füllfederhaltern mit Onyx-Doppel-Basis; längst gehegter Wunsch, zum Lohn für die Reise erfüllt. 25 Dollars. Handschuhe u. Strümpfe für K. – – Lunch mit Riess im Pompejan. Speisesaal unseres Hotels, gut, Scaloppini. Danach fertig gepackt. Abreise. Zug ½4 Uhr. Zeitung. Auf der Bank des Appartments geruht. Thee im Speisewagen.

Washington, Crescent Place, Mittwoch den 12. IV. 39

Gestern im Zuge zeitiges Abendessen. Danach in »Erde und Kosmos«. Im Clubwagen vor Schlafengehen. »Karamasows«, lange. Excitation. Nicht ausgeschlafen. Ankunft hier nach 8 Uhr. Diener und Wagen. Das schöne u. elegante Haus. Meyers. Frühstück: Eier und Kaffee. Austausch und Programm. Auf der Terrasse: Knospen und Blütenbäume. Arbeitszimmer und Wohnung. Auspacken. Ausfahrt mit der Hausfrau, Wald. Windig kühler Tag. Lunch en famille ohne den Gatten. Nachmittags geschlafen und geträumt. Thee bei uns. Ein u. der andre Brief. Die Abendtoilette – vom Kammerdiener vorbereitet. 7 Uhr Diner im Hause; der Schweizer Gesandte mit Frau, angenehm; dazu die literarische Vertraute der Hausfrau. 8 Uhr gemeinsam zum Concert in Constitution Hall, Bruno Walter. Loge. Weber, Mozart, Strauss u. Wagner. Genußreich. Der mir gemäßeste Dirigent. In der Pause bei ihm. Stürmische Überraschung. Soiree im Hause Daus. Diplomaten, Cousine Roosevelts, deutsch sprechend. Mit Walter und der eleganten New Yorkerin an einem Tisch. Erzählung von seinem Avion-Unfall in Griechenland. Englische Unterhaltung. Wiedersehen in Schweden, der Schweiz? – Bier, Champagner, Ice Cream. Warten auf den Wagen. ½2 Uhr ins Bett.

Washington, Donnerstag den 13. IV. 39

Windiger Frühlingstag. Nach 9 Uhr auf. Gebadet. Thee und Eier. Ausfahrt allein mit Mrs. Meyer 20 Minuten zu ihrem Landhaus, schönste Lage, sachlichster Comfort, romantischer Blick auf Fluß und Klippen. Besichtigung der ländlichen Eleganz. Dann Lesung und Besprechung der »Ouverture« zu ihrem Buch über mich. Über mein »kaltes« und der organ. Spontaneität ermangelndes Verhältnis zu den Mitmenschen, offenbar in Zusammenhang gebracht mit »Hippe«. Hoffnung auf Perfektion und den vierten Band Joseph. Wer das Bisherige konnte, kann alles... Kletter-Spaziergang zum Fluß. Zum Lunch K. und die mittlere Tochter. Suppe, kaltes Fleisch u. Ice Cream mit Chokoladensauce. Kaffee. Nachher noch etwas geklettert. Heimfahrt und geruht. Thee bei uns. – Unverschämtheiten des Göbbels im »Angriff« gegen Roosevelt. – Abends 8 Uhr Diner hier im Hause: Justice Frankfurter, Mr. u. Mrs. Messersmith, der Chef der Washington Post, Justice Douglas etc. Mrs. Messersmith zu Tische. Nachher Herren unter sich. Müde, unwohl, verstimmt. ½12 hinauf.

Washington, Freitag den 14. IV. 39

9 Uhr auf. Angegriffen. Frühstück mit K. Die N.Y.Times die britischen Garantieen für Griechenland, Rumänien, Polen. Wut und Hohn der deutschen Presse. Deutsche Flotten-Manöver an der spanischen Küste. Scharfe Rede Chamberlains im Unterhaus (nicht aufrichtig, aber er muß). Besuch von Mr. Meyer. Über »Maß und Wert«. Zusicherung von 2000 Dollars. – Mit K. ein Stündchen spazieren. Warm. Danach mit Mrs. Meyer in ihrem Boudoir. Sherry. Zum Lunch Dr. Lake, Orientalist. Die Karamasows zu Ende gelesen. Unbegreifliches Fehlen der Begegnung Iwans mit dem Teufel im 24. Band der Insel-Ausgabe. Auch die Stelle nicht zu finden, wo die Wiederkunftslehre anticipiert. – Nach dem Thee mit Mr. Meyer bei dem alten Justice Brandeis. 48er Tradition. Zu Hause Sherry mit den Wirten. Dann Frack-Toilette. Dinner Party im Hause Daus, nicht unangenehm. Danach im museumartigen Hause Bliss große Konzert-Soiree, viel Diplomaten und höchste Gesellschaft. Vokal- u. Instrumental-Musik von Monteverdi bis Stravinsky. Gothische und byzantinische Kunstwerke. Ein Greco. Spät nach Hause. Dort Besuch einer Freundin, gesuchten Psychiatrin. Bier und Cigarre.

Washington, Sonnabend den 15. IV. 39

Vorm Einschlafen »Faust II«. Gut geschlafen. 9 Uhr auf. Gespräch mit der Hausfrau über »mich«. Sehr bereitwillig und gutmütig. – Warm, bedeckt. Schöne Ausfahrt mit Mutter und Tochter nach dem Washington Haus und -Park. Reizende Frühlingsbilder, lila Blüten, gelbliches junges Grün. – Lunch zu Hause mit Mr. Meyer. Kurze Ruhe. 4 Uhr Thee-Empfang im Hause. Gespräch der Stunde die Botschaft des Präsidenten an Hitler. Denkwürdiges Dokument, aber zweischneidig. Innenpolitischer Schachzug? Ist es klar, daß Hitler nicht Mitglied einer Friedenswelt sein kann? – Mit russischen, tschechischen, rumänischen Attaché. Mitarbeitern der »Post«. Limonade, durstig. Zog mich 5 Uhr zurück. Nahm die beiden neuen

Desk-Federn in Benutzung, die sich gut zu bewähren scheinen. – Frack-Toilette. Nach 7 Uhr mit dem Wagen, begleitet von der jungen Tochter, zum großen Presse-Dinner, Gegenwart des Präsidenten. Aufsuchen Meyers in der Masse der männlichen Gäste. Vorstellungen, Cocktail. Allmähliche Versammlung im großen Speisesaal. Stimmenlärm, Musik. Platz am Ehrentisch, zwischen Meyer und Senator X. Langhingezogene, beständig durch humoristische Aufführungen unterbrochene Mahlzeit. Präsentationen. Abgewogener Applaus für die Diplomaten. Der Albane und Tscheche zusammen, Huldigung. China. Größte Ovation Finnland (wegen bezahlter Schulden). Scheinwerfer auf den Gerufenen. Freundliche Kundgebung für mich. Zeitweise sehr erschöpft. Dann besser. Viel Wein mit Wasser getrunken. Champagner. Tief bewegt vom Anblick des aufrichtig verehrten Präsidenten, der gegen Mitternacht sprach: anmutig und höchst sympathisch. Sein energisch-mühsames Aufstehen. Sein gestützter Abgang mit dem Chef des Sicherheitsdienstes, dicht an uns vorüber. – Viel über die Message, die schon so gut wie abgewiesen sein soll. Hull sehr gefeiert, feiner angelsächsischer Kopf. – Fuhr allein nach Hause.

Washington, Sonntag den 16. IV. 39

Reise-Tag. Die Tour abgewickelt und so oder so bestanden. Gestern Nacht in »Helena«. Nachts bei offenem Fenster gefroren. Bedeckt und kühl. Gebadet. Zum Thee Rührei mit wohlschmeckenden Würstchen. Danach Packen der Koffer. Mitnahme einer angenehmen Rosenseife.

(Im Zuge nach Trenton) Nach beendigter Pack-Arbeit mit Mrs. Meyer und Tochter Sherry u. Unterhaltung über das Gestrige. Lunch mit dem Hausherrn u. der psychiatrischen Freundin. Nach dem Kaffee, ½3 Uhr, Verabschiedungen, weiblicherseits sentimental. Abreise mit »Mr. Philipps«. Der Zug 3 Uhr. Neues Billet zu kaufen, da verschiedene Linie. Drawing room. Sehr trüber, regnerischer Tag. Mit Kissen etwas genickt. 5 Uhr

Thee im Diner. Philadelphia. Zeitung: Reaktion Europas auf die Roosevelt Botschaft: Frankreich begeistert, britische Regierung zustimmend, Gegenstimmen aus Sorge vor Scheinberuhigung. Italien u. Deutschland gekränkte Ordnungsmächte. – Delaware River. –

Princeton, Sonntag den 16. IV. 39

Ankunft Trenton 6 Uhr. Medi mit dem Wagen (der vorübergehend gestohlen war.) Regen. Fahrt hierher. Die Schwarzen, Klaus, Golo, das junge Ehepaar. Ansammlung eingegangener Bücher. Der etwas gewachsene junge Hund. Überblick, Wiederbesitznahme und Auspacken. Abendessen zu 7 Personen. Im Salon. Gespräch über den möglichen Krieg und die Zukunft Deutschlands.

Princeton, Montag den 17. IV. 39

Gestern spät ins Bett. Gelesen in »Escape to life« der Kinder. Die Schopenhauer Kurz-Ausgabe, Albernheiten. 9 Uhr auf. Kaffee und Flocken mit K. und Golo. In der Zeitung Meldungen über den Eindruck der R.-Message in Deutschland. Weltwirkung ist groß. – Ordnen. Aufstellen der neuen Federhalter. – Vormittags Brief an Th. Wolff und Retouche am VII. Kapitel. – Mit K. spazieren. Frische Luft. Erstes Lunch wieder »zu Hause« zu fünfen, der gewohnte Kaffee u. Liqueur danach. Durchsicht von Briefen und Drucksachen. Lion, sehr taktlos über die – so gut wie hinfällige – Kandidatur Golos. – Geruht. – Beim Thee mit Meisel und K. zahlreiche Papiere durchgesprochen. Signaturen. – Hitler wird seine Antwort erst in Tagen in einer Reichstagssitzung erteilen. Die Presse schimpft. Gegen den Einzug in Danzig scheint es Widerstände zu geben. – Zum Abendessen *Kahler.* Die gefährlichen Schattenseiten der Präsidenten-Botschaft. Über Californien und die Idee dort zu leben. – Handschriftlicher Dankesbrief. Telephon Erikas aus Chicago über ihre Unterredungen mit Benesch und ihre Autorisation über die russische Hilfsbereitschaft im September 38 und die Stärke der russischen Militärmacht in den Ch. Daily News zu veröffentlichen.

Princeton, Dienstag den 18. IV. 39

Spät zu Bett, 3. Band Karamasows. Spät auf. Kaffee. Am VII. Kapitel. Mit K. spazieren. Zum Lunch Ruth Frank. Beim Thee Briefe mit Meisel. Nachher desgl. mit K. bis zum Abendessen. Danach Beschäftigung mit Meisels Roman-Manuskript. Politischer Vortrag im Radio, mit K. u. den Kindern angehört. Prognose für Antwort des Hitler. Die Angst der Deutschen vor dem Kriege. Flottenaufmarsch im Mittelmeer. – Telephon mit Bermann-Höllriegel in Sachen des Wettbewerbs. Telegramm von Frank. Telephon mit Dean Gauss wegen Faust-Lecture.

Princeton, Mittwoch den 19. IV. 39

½9 Uhr auf. Warm, dunkel, Regen, Donner. Oat meal und Kaffee. Gearbeitet an VII., träge. Mit K. gegangen. Nach Tische Aufsatz von Slochower in Southern Review »Th. M. and Universal culture«, merkwürdig. Im Stuhl geruht. Nachmittags müde und gequält. Briefe mit Meisel, der wegen seines Romans insistiert, den ich wie alles Oktroyierte widerwillig und unaufmerksam durchgehe, sodaß mich schwer verantworten kann. Diktate mit K. Brief an Knopf, um vielleicht wenigstens das Buchhändler Lunch in N.Y. loszuwerden. Katastrophales Programm von Ende April bis nach Mitte Mai, das mich nicht wenig bedrückt. Heute notgedrungene Zusage für das Dinner zu Ehren del Vayo's am 9.V. – Handschriftliches. Ausfertigungen. Abendessen mit K. allein, da Klaus, Golo u. Medi in N.Y., letztere zur morgigen Ankunft Oprechts. – In Meisels Manuskript; widerstrebend.

Princeton, Donnerstag den 20. IV. 39

½9 Uhr auf. Helleres Wetter. Etwas im Garten. Oat Meal und Thee. Am VII. Kapitel. John statt Kräuter, Hintergrund erfunden. Mit K. bei Einstein, Rosen abgegeben, nachträglich zum Geburtstag. Dann im Park. Lunch zu zweien. Deutsche Zeitungen, »Die Internationale«. Im Stuhl geruht. Zum Thee Prof. Ladenburg. Mit Meisel. Englische Briefe gelesen und signiert. Telephon Golo, N.Y. über Oprechts Ankunft, der begeistert über die Haltung der Schweiz. Besuch von Einstein, der von meinem Hitler-Aufsatz sprach. Vorm Abendessen mit K. in der Village, Kommissionen. Die Mahlzeit ohne Kinder und Bedienung. Abschließende Durchsicht von Meisels Roman, der ein begabtes Buch, von dem ich nicht viel wissen mag. Kritische Versuche heute schmerzten sehr u. werden nicht wiederholt. – Zur Abendzigarre Brief an Stampfer. – Mussolini-Rede, die Message verhöhnend, aber durchaus friedlich. Hitler bei seinem 50. Geburtstag als Friedensfürst gefeiert. Mehrer des Reichs. Riesen-Parade mit unerhörten Geschützen, die tiefen Eindruck gemacht. Das Geburtstagskind auf goldenem Stuhl. – Karte von Schickele über den Eindruck, den der Hitler-Aufsatz gemacht. »Schon gelesen?«

Princeton, Freitag den 21. IV. 39

½9 Uhr auf. Heiterer Frühlingstag. K. nach dem Frühstück nach Newark. Am VII. Kapitel. Allein, ohne Mantel, gegangen. Mrs. Shenston begegnet. Allein zu Mittag gegessen. K. kehrte zum Nachtisch zurück. Mit ihr Zeitungen u. Briefe. Nachmittags mit Meisel, der sehr glücklich über mein Lob seines Romans. Handschriftliche Briefe (Schickele). Mit K. in den Ort. Glückwunsch-Telegramm an Klopstock, der einen Chirurgenposten in Boston gewann. Rückkehr Golo's u. Medi's. Durch Oprecht das neue Heft von »M.u.W.« mit dem Princetoner Kolleg über Faust. J. Wüsten über deutsche Verhältnisse, höchst interessant. Abends Radio Vortrag über die werdende Neubildung der Triple-Entente. Außerordentlich feine u. klare Mondsichel.

Princeton, Sonnabend den 22. IV. 39

½9 Uhr auf. Freundlicher Frühlingstag. Oat Meal u. Kaffee. Am 7. Kapitel, flüssiger. Mit K. im Ort: Zwei Anzüge, einen schwarzen und einen Übergangs-Straßenanzug, bestellt. Etwas auf dem Campus gegangen. Nach dem Lunch in der »Weltbühne« gute Artikel, Heinrich an die deutschen Soldaten. Nettes englisches Mt. »The average reader and Th.M.« – Zum Thee Frau Prof. Weyl mit Sohn, Prof. Loewenstein, Prof. [?] aus Frankfurt mit Sohn. Mit Meisel Korrespondenz. Mit Loewenstein etwas spazieren. Er blieb zum Abendessen. Dazu das junge Ehepaar. Bibi zum 20. Geburtstag beschert. Kuchen und Wein. Gespräch über »Romantik« mit Loewenstein u. Golo. Frau Gehrig aus Rostock schickte Karten. Im Anschluß daran wieder in ihren reizvollen Montagen geblättert.

Princeton, Sonntag den 23. IV. 39

Erregung. ¾9 auf. Ausnehmend schöner Frühlingstag. Kaffee, Ei und Flocken. Am VII. Kapitel. Mit Dr. Loewenstein und K. im Pine-Park; Ladenburgs getroffen. Loewenstein zum Lunch. Gelesen M. Schertel (Seattle) über den Genealog. Roman. Zum Thee zahlreiche Gesellschaft, Emissäre wegen Radio-Kundgebung mit Beneč am 9. Mai, Dean Gauss, Frau E. Wagner, die Wiener Fiore mit ihrem Mann, dem Musiker u. a. Einige Briefe mit K. Auch Handschriftliches. Abendgang bei reinstem Himmel. Nach dem Abendessen Musik mit Pinza. Später polit. Vortrag Kaltenborns – nichts Neues. Im Bielschowsky über Faust. – Pracht der Magnolien.

Montag den 24. IV. 39, Princeton

Ein eben so schöner Tag. Verspätet 9 Uhr auf. Medi's 21. Geburtstag. Sie bekam 21 Nelken von Borgese und Geschenke von uns. – Am VII. Kapitel (John, eigene Tragikomödie). Mittags mit K. und Medi in »Neu-Siehlthal«. Nach Tische Besuch eines Emissärs von Rutgers University, Verabredungen. Zum

Thee Peat, Verabredungen wegen literarischer lecture für Universitäten (Goethe - Schopenhauer - Nietzsche - Wagner). Mit Meisel. Mehreres Handschriftliche. Zum Abendessen Champagner. Handkoffer zu packen für das morgige Baltimore. Englischer Faust-Vortrag für Studenten lecture von Golo gekürzt.

Princeton, Mittwoch den 26. IV. 39

Gestern Morgen vor 8 auf. Frühstück und Abfahrt nach Trenton, wo den Zug nach *Baltimore* nahmen. Sehr warm und immer wärmer. Ankunft um Mittag, begrüßt von unserer Wirtin, Frau des Lawyers, Photographen und Interviewer. Bescheidenes Absteigequartier. Lunch mit der Hausfrau in dem prächtigen Parkhause des ehemaligen Botschafters in Rom und im Haag. Glänzende Bibliothek, große illustrierte Literatur über Vögel. Die alte geschminkte Hausfrau malend und Konzerte veranstaltend. Recht Reaktionär, pro Franko, anti Roosevelt, wie eher auch unsere Wirte und, unserem Eindruck nach, die Baltimorer Gesellschaft. Zu Hause geruht. 4½ Uhr Thee-Empfang, viele Händedrücke, auch deutsch zu sprechen. 7 Uhr privates Dinner im Abendanzug mit dem Geographie-Professor u. seiner Frau. Nach dem Kaffee zum Haus der lyrischen Oper, großer Zudrang in den gewaltigen Saal. Warten u. Begrüßungen im Wandelgang und in der Loge. Entrée, Begrüßung, Einführung durch unseren Wirt und lecture – lebhaft, trotz enormer Hitze u. heftigem Schwitzen. Größte Aufmerksamkeit, andauernder Beifall. Sehr glänzende Veranstaltung, Abendkleider und Fracks. Der Sozialismus wurde geschluckt. Nachher zu Hause Bier, während ein Journalist das Mt. excerpierte.

Schwer eingeschlafen dank Excitation und Hitze; ganzes Phanodorm. Heute in *Baltimore* gegen 8 Uhr auf, gebadet u. gepackt. Kaffee-Frühstück mit den Wirten. Die Nacht hatte es heftig u. lange geregnet, war aber sehr schwühl geblieben. Abfahrt mit unserem Wirt zur Pa-Station, Zug gegen 10. Pulman, wie gestern. Zeitungslektüre und Diktat meiner Message für das Guild Dinner mit Ickes heute Abend, von Erika zu verlesen. Auch Beschäftigung mit der Faust lecture. Ankunft Trenton 12 Uhr. Medi mit dem Wagen. Regenwetter, scharfer Temperatur-Kontrast gegen Baltimore. Fahrt nach Hause. Enorme Post. Rasiert u. umgekleidet. Zum Lunch W. Auden, der nach dem Kaffee die Message ins Englische übersetzte. Im Bette geruht, etwas Karamasows gelesen. Katja nach New York. Thee mit Medi und Meisel, Briefe durchgegangen. Aus Hollywood Plan der Verbreitung meiner dortigen Rede in 60 000 Exemplaren. – Brief von Bermann, der mit dem Druck von »Lotte« zu beginnen wünscht(!) und Stockholmer Zeitungsausschnitt mit der Ankündigung meines Kommens zum Kongreß beilegt (Bild, zusammen mit Rolland, Wells und Croce). – 7¼ kleine Mahlzeit. Nachher mit Golo zu Dean Gauss, mit ihm zum Club der advanced, lecture über Faust, ¾ Stunden, nach freier englischer Einleitung. Folgend Question period, allgemein, dann Diskussion mit deutsch verstehender Gruppe; gab mir alle Mühe u. ließ mich zu weit führen. Nachher bei Gauss, dem Golo zugehört hatte, Erneuerung der Diskussion mit seiner Gruppe. Mit G. zu Fuß nach Haus. Thee u. Imbiß, zu dem Auden, von einer eigenen lecture kommend, sich einfand. Über Krieg und Pazifismus. –

Princeton, Donnerstag den 27. IV. 39

Allein gefrühstückt und am VII. etwas weiter geschrieben. Mittags zum Haarschneiden. Feuchte Erwärmung. K. zum Lunch zurück mit Erika. Dazu W. Auden. – Müde von diesen letzten Tagen. Vorzüglicher Aufsatz von J. R. Bloch in der »Intern. Literatur« über »München« und Frankreich – wahr und entmutigend. – Im Stuhl geruht. Nach dem Thee des Längeren mit Meisel. Danach Handschriftliches. Abend Kürzung der Freedom lecture mit Erika für morgen. Im Radio: »Town Hall-Meeting« über das Recht auf Kriegserklärung, populäre Diskussion, eigentümlich amerikanisch. Isolationisten und

Interventionisten. Roosevelt, ironisch the golden voice. »Wird nicht immer Präsident sein.« – Das »Schwarze Corps« deutet U.S.A. mit »Unverschämt, schamlos, albern«. Dazu die Flagge. Wird dieses Pack je bezahlen müssen? – Erika denkt daran, ihre Europa-Reise aufzugeben. Ich kann an den Krieg nicht glauben, obgleich die Vorbereitungen gewaltig sind. – 5 Uhr morgens wird Hitlers Antwort an Roosevelt im »Reichstag« gesendet. R. hat erklärt, er werde nicht zuhören. Ich auch nicht.

Princeton, Freitag den 28. IV. 39

½9 Uhr auf. Sehr kühl und dunkel von Nebel. Rasiert, gebadet u. fertig angekleidet. Nach dem Frühstück noch etwas am VII. getan. Dann mit K. (John) Fahrt nach *New Brunswick*, Haus des Präsidenten von *Rutgers University*. Begrüßung dort, dann hinüber zum Gymnasium, dichte Versammlung Tausender junger Leute. Im Wartezimmer Vorstellungen und Einkleidung. Auf dem Podium Gesang, Gebet, Einführung, dann mein Vortrag in 42 Minuten, für den exceptionelle Empfänglichkeit gezeigt wurde. Danach Ernennung zum Ehrendoktor, Kapuze, Diplom. Ansprechende Feier. Lunch im Hause des President. Viel über die »Antwort« Hitlers, die zwar relativ gedämpft, aber völlig negativ u. von stumpfsinniger Verständnislosigkeit für die Lage ist. Verabschiedungen. Rückfahrt zeitig. Schon 3 Uhr wieder zu Hause. Englische Ausfertigungen. Im Stuhl geruht. Beim Thee mit Meisel. Mit Erika über einen Plan, Literatur emigrierter Schriftsteller nach Deutschland hineinzubringen. Wachsender Wunsch, auf das Volk zu wirken. Simon über die Selbstverständlichkeit und Unausweichlichkeit meiner Präsidentschaft nach Hitlers Fall. . . Churchill im Radio über Hitlers Gerede, schwach. – Vorzubereiten sind Ansprachen für das Spanische Dinner, den Pen Club, die Buchhändler, und das Zbg-Colleg.

Princeton, Sonnabend den 29. IV. 39

8¼ Uhr auf. Kaffee gefrühstückt und am VII. Kapitel geschrieben (John). Mit K. zur Junction, *Oprecht* abzuholen, der mit Klaus eintraf. Mit Oprecht vorm Essen in den Park. Nach dem Lunch mit O. bei mir über die Zeitschrift, Lion u. Golo. Danach Familienberatung über Golos Wahl zwischen Europa u. Amerika. Beim Thee mit Meisel, der mich mehr ödet. Sehr müde nachmittags und abends. Vorbereitungen zur lecture über den »Zauberberg«. Abreise Erika's. Erfreulicher Artikel über ihr Buch im Londoner »D. Telegraph« von Nicolson. »This amazing family«. – Abendessen mit Oprecht. Nachher Kahler. Tragi-komischer Brief von Frau Neumann aus Nizza. Rührendes Schreiben der Kurz-Marie an die Kinder, geschrieben unter dem Eindruck der Bilder in »Vogue«, die in Berlin zu sehen.

Princeton, Sonntag den 30. IV. 39

½9 Uhr auf. Überraschender Verlust einer Stunde durch Eintritt der Sommerzeit. Kaffee und Oat Meal. An der John-Szene geschrieben. Zum Lunch Car. *Newton*, mit der wir vorher etwas gingen. Über ihr Buch und die »Nachfolge G.'s«. Zum Kaffee Dr. *Klopstock*. Die Gäste auch zum Thee, dazu Bekannte aus Baltimore mit Sohn, der hier Graduate. Nachher K. die Rede für das spanische Dinner diktiert. Zum Abendessen außer Klaus Klopstock und Oprecht. 10 Uhr Abreise der letzteren. – Beschäftigung mit dem Mt. »The quester hero« von Nemerow, Cambridge.

Princeton, Montag den 1. V. 39

½9 Uhr auf. Kühl, halb sonnig. Thee und Ei. Danach an der John-Szene geschrieben. 12 Uhr kinematographische Aufnahme im Salon; Abschnitte aus der Freedom lecture. Einige Schritte ins Freie. Zum Lunch Mrs. Lowe-Porter. Über die Frage der Oxford-Ehrenpromotion; die Zusammenstellung der Essay-Sammlung bei Knopf; den unwahrscheinlich-wahrscheinlichen Krieg; die Spanien-Tischrede zur Übersetzung. Etwas geschlafen. Beim Thee Meisel; Briefe. Danach Diktat der P.E.N. Club Rede; zu lang. Einige Schritte ins Freie. Nach dem Abendessen Lektüre deutscher Zeitschriften. R. Olden im »Tage-Buch« vorwurfsvoll über den »Bruder«.

Princeton, Dienstag den 2. u. Mittwoch den 3. V. 39

Verwirrte Tage, Herstellung der Magic Mountain lecture zunächst wenigstens per Diktat nicht möglich, heute Vormittag schriftlicher Anlauf. Zum Lunch *Knopf*, verschiedene Besprechungen, Essayband, Druck der Reden in Hollywood und Rutgers Univers. Sehr müde, im Stuhl geschlafen. Nach dem Thee rasiert und umgekleidet. Schon 6¼ Uhr abgeholt von Graduates in Begleitung Kahlers. College, Dean. Dinner im großen Refektorium, Talar. Lecture im Sitting Room. Vernachlässigtes Manuskript, fehlende Blätter, Unterbrechung, Heimfahrt und Beschluß unter Benutzung des Durchschlags. Bedankt. Zu Hause mit Kahler. Faulige Nachrichten aus Europa: Widerstand Englands gegen russische Garantie der osteurop. Grenzen, Absetzung Litwinows als Radio-Gerücht. Düstere Perspektiven, mögliche Nachfolge des bolschewistischen Flügels in Deutschland mit Himmler u. Bündnis mit Rußland. Veränderung gewiß, aber kaum zu unseren Gunsten. Rückkehr zu meiner Vorhersage nach der Münchener Katastrophe. Die Hoffnung auf Krieg, der ein Links-Krieg wäre, so gut wie ausgeschlossen. Beschäftigung mit Weigands Buch über den »M.M.«

Donnerstag den 4. V. 39

Nach dem Lunch nach *New York*, Bedford. Abends del Vayo Dinner im Astor. Speaker table mit van Loon, Frau del Vayo, neben dem Chairman. Erfolgreiche Rede. Zuletzt sehr erschöpft. Begegnung mit Negrin abgelehnt.

Princeton, Freitag den 5. V. 39
In N.Y. halb 9 Uhr auf nach gutem Schlaf. Kaffee getrunken und an der Zbg-lecture weiter geschrieben. Später mit Erika und Simon. Über die Entlassung Litwinows, die gestern so niederschlagend wirkte, und die sehr anständige Rede Becks. Die Introduktion von Schriften in Deutschland, »Maß u. Wert«, »Lotte in Weimar«! – Mit Erika allein geluncht, da K. beim jungen Paar. Rückfahrt 3¼ Uhr. Rettung von K. vergessener Brieftasche mit 100 Dollars in Princeton Junction. – Hier Klaus u. Medi. Thee mit Meisel. Die neuen Anzüge. Die ersten Blätter der Zbg lecture an die Lowe. Langer Brief an Lion.

Princeton, Sonnabend den 6. V. 39
Sommerhitze. Zum Lunch Jules *Romains* mit Frau, dazu Shenstons. Den ganzen Tag Arbeit am Zbg-Vortrag. Nachmittags viel diktiert. Abends gelesen: »Nietzsche und die Juden« von Lonsbach, rühmenswert.

Princeton, Sonntag den 7. V. 39
Schwere Sommerhitze. Den Zbg-Vortrag abgeschlossen. Abschrift und Übersetzung. Mittags Besuch zweier Germanisten, Prof. *Jaeger* u. Assistent. Danach Heinz *Simon*, mit dem wir ausfuhren. Zum Lunch ferner Prof. *Marck*, Dijon und Prof. Wittvogel, New York. – Brief an Bermann wegen Druck-Beginn von »Lotte« und Buch-Ausgabe der Princeton-lectures mit Ring des Nibelungen. Abendspaziergang mit K. Klaus u. Medi nach N.Y. Abendessen zu dritt mit Golo. Zbg-Vortrag an Mrs. Meyer.

Princeton, Montag den 8. V. 39
Etwas frischer als gestern, wenigstens morgens, aber heißer Sommer. Ägyptischer Anzug, Panama. – ½9 auf. Geschrieben an der Promotionsrede für Princeton. Mit K. im Park Neu-Siehlthal, von Wächtern angesprochen u. geehrt. Lunch

mit Golo. Müde u. angegriffen. Im Stuhl geruht. Thee mit Meisel: Aufträge u. Antworten. Danach Arbeit mit den verschiedenen Reden, Verbesserungen in der Übersetzung der morgigen. – Gelesen »Die griechischen Götter in ihren Landschaften« von P. Philippson.

Princeton, Dienstag den 9. V. 39

Bedeckt, sommerlich. Nach 8 Uhr auf. Einiges am Promotionsspeech. Mit K. zur Junction und mit dem Zuge ½12 Uhr nach *New York.* Lunch bei Busch-Serkins. Danach mit der Subway zur Fair. Irrfahrten zur Hall of Music, zuletzt als Gäste eines Privat-Autos. Begrüßung bei Betreten des Podiums. Van Loon, Maurois u. a. Meine Rede die einzige ernsthafte. Nachher viele Begrüßungen. Klopstock, Colin, Piscator etc. Mit ihnen Kaffee getrunken. Rückfahrt zur Stadt u. ins Bedford. In Erikas Zimmer mit ihr, Gumpert u. Klaus. ½8 Uhr zu Passy, Abendessen mit Knopfs. Mit dem 10 Uhr-Zug zurück, von der Junction mit dem Wagen. Post gesichtet. – Den neuen leichten schwarzen Anzug zuerst getragen mit dem Knopf der Amerik. Akademie.

Princeton, Mittwoch den 10. V. 39

Schöner Sommertag. Grünen. Weiße u. rosa Blüten der Dogwood-Sträucher. – Spät auf. Vormittags an der Promotionsrede. Mit K. ausgefahren; gegangen in der Kanal-Gegend. Lunch mit Golo. Danach Studium der Zbg. Lecture. Beim Thee Anweisungen an Meisel. Später rasiert u. umgekleidet, Imbiß nach 7, dann von John zu Gauss gefahren. Mit diesem zum Club der Advanced. Eine Stunde gelesen, gut. Danach Fragen u. später Sitzung mit der Gruppe in Gegenwart Golos. Ziemlich erschöpft. Kuriose Burschen. Zu Dean Gauss, wo es wiederum Questions gab. Mit Golo nach Hause. Imbiß u. Bier mit ihm und K. Deutsche Zeitungen u. Zeitschriften. – Heute Chec von Brandt u. Brandt über 9117 Dollars.

Princeton, Donnerstag den 11. V. 39

Schöner Morgen, dann Trübung, Regen u. Kühle. Vormittags u. nach Tisch die Princeton-Rede abgeschlossen. Einige Schritte gegangen mit K. Zum Thee *Borgese* mit Medi. Ausführlich über das Politische. Die Bedeutung des englisch-russischen Bündnisses, *wenn* es zustande kommt, als Zusammenfinden von Demokratie u. Sozialismus, von unvermeidlichen günstigen atmosphärischen Folgen. Die internat. Mächte, Katholizismus u. Kapitalismus für ein neues München. – Brief an Fiedler. – Der junge Bertaux schreibt an Golo, mit 1 Million Dollars wäre in Italien die Revolution zu machen. Die Regierungen wollen es nicht. Aber auch ein Privater könne es thun. – Abends gelesen »Figura«, gelehrte Schrift von Erich Auerbach, Firenze. Erstaunliche Erkundungen im »Joseph«.

Princeton, Freitag den 12. V. 39

Vollkommen schöner, frischer u. sonniger Frühlingstag. Vormittags die Buchhändler-Rede zu schreiben begonnen. Mittags *Landshoff*. Mit ihm in Pine Estate, nun verschlossen, wie die Gärtner erklärten. Lunch mit Landshoff. Nachher Frau *Geiringer* aus Wien zu Photographieen. Beschluß, abends das erste Lotte-Kapitel zu lesen. Zum Thee *Bermann-Höllriegel* mit Freunden. Mit ihm im Arbeitszimmer. Beschlüsse wegen des Preisausschreibens. Über die Alliance B. C. Verabschiedung von Landshoff. ½8 Imbiß mit K. Dann abgeholt zur *Vorlesung* bei den Deutsch-Lehrern. Deutsche Einführung von Thayer. Lotte I gefiel sehr. Viele Vorstellungen, Priest, Jäger u. a. K. zugegen. Gute Portraitzeichnung, während der Lesung angefertigt von Medi's englischer Lehrerin. – Zu Hause Brötchen u. Bier mit K. Die Schrift »Figura« zu Ende gelesen.

Princeton, Sonnabend den 13. V. 39

Sehr kühl, regnerisch, Kaminfeuer. Kaffee u. Grütze gefrühstückt, an der Buchhändler-Rede geschrieben und mit K. spazieren gegangen. Nach Tische mit K. Korrespondenz durchgegangen. Zu lesen begonnen Freuds »Moses«. Geschlafen. Nach dem Thee längeren Brief an Nemerov, Harvard, Meisel diktiert. Danach Handschriftliches, an Federn, New York, an Mrs. Meyer, mich dagegen verteidigend, daß ich in der Frau nur die Verführerin sähe. (!) Zum Abendessen Ankunft Erikas u. der jungen Leute. Nachher am Kaminfeuer Vorlesung der beiden jüngst geschriebenen Reden. Teils deprimierende, teils erheiternde Erzählungen Erikas. Der Bonner [Brief] illegaler Best Seller in Deutschland. 30 000 Exemplare. – Spät Ankunft Klaus.

Princeton, Sonntag den 14. V. 39

Nachts vor Kälte erwacht und gezittert. Heute etwas wärmer, Sonne. Vormittags die Rede an die Buchhändler zu Ende geschrieben. Mittags *Oprecht.* Mit ihm einige Schritte gegangen und geluncht an langer Tafel zu 8 Personen, bedient von den beiden Schwarzen in weißen Anzügen. Kaffee im Garten. Mit Oprecht über unseren etwaigen Besuch in Zürich. Waldhotel Dolder. Mit Erika Besprechung des Briefes an die Comité-Mitglieder zur Organisation der Einführung von Schriften in Deutschland. – Nach dem Thee Korrektur der Abschriften. Die spanische Ansprache an del Vayo. Längeren Brief an Heinrich geschrieben. Zum Abendessen wieder Oprecht. Kaminfeuer im Salon. Grammophon-Musik. Plan, am 23. zum Tristan nach N.Y. zu fahren. Die P.E.N. Ansprache deutsch an Oprecht für »M.u.W.« Verabschiedung von O., der nächstens nach Europa zurückkehrt.

Princeton, Montag den 15. V. 39

8 Uhr auf. Heiter u. kühl. Ging aus vorm Frühstück. Schrieb nachher am VII. Kapitel weiter. Mittags mit K. spazieren. Lunch mit den 6 Kindern. Danach noch etwas gearbeitet, um bis zum Punkt nach dem zweiten Diktat zu kommen. Dann im Garten in der Sonne. »Moral aid« mit Erika. Deutsche Zeitungen. Zum Thee Prof. *Weil* und Frau. 6 Uhr mit K. zur

Junction zur Abholung Annette *Kolbs*, die einige Tage bei uns wohnt. Für Knopf über Freud etwas ausgezogen. Bücher-Gutachten vorbereitet. Abendessen an langer Tafel mit Annette u. den Kindern. Nachher in der Bibliothek bei Kaminfeuer Vorlesung neuer 25 Seiten des VII. Kapitels. Das humoristisch Quälende des Politischen in der John-Szene. *Kahler*, der mit seiner Frau zur Vorlesung kam: »Erhaltung des Mythos bei ironisch-kritischer Realisierung.« Gewagteres Gegenstück zum Joseph. Diskurs. – – Gestrige Friedensrede Mussolinis. »Keins der europ. Probleme einen Krieg wert.« Saure Trauben. Aber wie wollen sie Frieden ertragen? Den Deutschen wesentliche Bestandteile der Rede verschwiegen. In Washington Neigung, auf die Konferenz-Idee zurückzukommen.

Princeton, Dienstag den 16. V. 39

½9 Uhr auf. Andauernd sehr kühl. Kaminfeuer, später Heizung. Einiges am VII. vorbereitend u. schreibend. – Brief von President Dodd wegen Fortsetzung meiner akademischen Thätigkeit hier von Februar an für 3000 $. – Mit Annette zum See gefahren. Nach Tische im Biedermann. Nach dem Thee Besuch von Prof. Thayer in obiger Sache. Not und Pein mit der erstaunlich schlechten Lowe'schen Übersetzung der Princeton-Rede. Verbesserungen mit Hilfe von K., Klaus und Annette. Zum Abendessen der junge Übersetzer der Buchhändler-Rede. – Zahlreiche englische Ausfertigungen. Gelesen in dem Buch »Initiation à l'étude de la langue et de la littérature allemandes modernes« von Prof. Fuchs, Strasbourg. Ästhetische Analyse der Marienbader Elegie und der Buddenbrooks nebeneinander.

Mittwoch den 17. V. 39.

Morgens nach *New York*. Unterwegs Studium der abendlichen Rede. Von Pensylv. Station mit der Subway zur World Fair. Zum russischen Pavillon bei vergessener Eintrittskarte.

Sogleich Hilfe u. eifriger Einlaß. Begrüßung mit La Guardia und dem Botschafter. Sessel im Amphitheater. Reden Umanskys u. des Mayors etc. Nachher Besichtigung der Ausstellung. Fest-Lunch. Am Botschaftertisch neben Colonel der Roten Armee. Vorspeisen. Nach einer Stunde die Suppe. Akklamation beim Aufbruch nach dem Hühnchen. Ins Bedford. Erika begrüßt. Geruht. Gegen 6 Thee getrunken. Haar gewaschen, rasiert und angekleidet. Nach 7 abgeholt von Knopf. Hotel Pensylvania, Dinner der Buchhändler. Allzu lange private Cocktail Party mit dem Chairman und Personen des Speaker Tisches. Arnold Zweig. Später Beginn des Dinners. Neben dem Chairman. Sehr leidliches Essen. Zuletzt meine Rede, gut aufgenommen. Erinnerungsgeschenke. Hingezogener Aufbruch. Mit Knopfs zum Probierabend der Food and Wine Company. Zahlreiche gute Champagnerproben. Spät ins Bett.

Princeton, Donnerstag den 18. V. 39

Heute in N.Y. 9 Uhr auf (schwer eingeschlafen). Gelesen die letzten Abende Novellen von Mérimée. Gebadet u. angekleidet. Oat Meal u. Kaffee gefrühstückt. Besuch von Prof. Staudinger, den ich nicht mag. Danach Interview über den russ. Pavillon. Zur Abreise fertig zu Erika, die unpäßlich im Bett. Dr. Gumpert. Europa-Reise für den 6. Juni auf Ile de France zusammen mit Erika beschlossen. Abreise ½12. Im Pulman Studium der Doktor-Rede nachmittags. An der Junction John. Heiteres wärmeres Wetter. Lunch mit Annette. Nach dem Kaffee Lektüre des »Tage-Buch« mit bemerkenswerten Artikeln von Rauschning und Schwarzschild über Hitlers Lage. Nachrichten auch von Staudinger über die krasse Verschlechterung seines Geisteszustandes. Die Lage gefährlich und hoffnungsvoll. – Etwas geruht. 4 Uhr abgeholt vom Wagen des Präsidenten Dodd. Thee auf der schönen Garten-Terrasse des Präsidenten-Hauses in kleinem Kreise. Dann zum Faculty-Hause. Akadem. Toilette im Office des Präsidenten. Einzug in den sehr würdigen Saal, größeres Publikum, vorn K. mit den beiden Söhnen und Medi. Rede des Deans, lateinische Worte des Präsidenten, Bekleidung mit dem Hut. Rede Dodds, meine akadem. Thätigkeit rühmend, Wunsch, ich möge sie fortsetzen. Danach meine Rede. Sprach gut. Im Office Beglückwünschungen. Im Saal photogr. Aufnahmen. Verabschiedung. Sah etwas sehr Schönes u. Ergreifendes draußen bei der Abfahrt. Zu Hause Einiges mit Meisel. Mit Golo wegen Arrangements der Rede zur Promotion am 29. – Manuskript über Päderastie und Homosexualität von Kreitner, Barranquilla, Colombia. Bestreitbare Psychologie des Geheimnis, aber nicht unwissend.

Princeton, Freitag den 19. V. 39

Morgens noch kühl, wurde der Tag gegen Mittag sehr warm und schwühl. Einiges am VII. Kapitel. Mittags mit K. etwas gegangen. Nach dem Lunch mit Annette im Garten, neue Möbel unter den Bäumen. Aufforderung von Random House für eine illustrierte Ausgabe von »Anna Karenina« die Einleitung zu schreiben. Anzunehmen. – Studien für das Kapitel. Korrektur des philosoph. Aufsatzes für Fadiman. Bücher von Schickele. Ges. Gedichte von Werfel. – Thee wieder im Garten. Kürzung von »Probl. of Fr.« 7 Uhr abgeholt zum *Vortragsabend bei den Theologen.* Einstein aufgenommen. Kapelle. K. und Annette zugegen. Orgel, Gesang und Gebet. Sehr unverständlicher Vortrag Einsteins. Danach meine ½ stündige Lecture, die sich wiederum gut ausnahm. Viele Vorstellungen. Mit Einstein fort. Zu Hause verspätetes Abendessen. Danach musiziert. 2ter Satz des Prokofjew-Concertes sehr reizvoll.

Princeton, Sonnabend den 20. V. 39

Zeitig auf, um noch etwas am Kapitel zu tun. ½11 mit Flexner Fahrt zu dem ¾ Stunden, über Trenton hinaus, gelegenen *Negro-College,* dessen finanzieller Protektor Mr. Bards, Philadelphia. Versammlung der Gäste (Einsteins, Panowskys, Swarszenskys etc.) vorm Hause. In der Aula Einmarsch der männlichen u. weiblichen Zöglinge. Spirituals, prächtig gesungen. Präsentation u. Danksagung der Gäste. Hübsch zu sehender Wieder-Ausmarsch. Vorstellungen. Gespräch mit dem anmutigen jungen Farbigen. Lunch mit Einstein u. Herren des College. Rückfahrt mit Flexner bei aufziehendem Gewitter, das sich nach der Heimkunft nicht allzu nahe schwer entlud. Sehr müde. Im Stuhl geruht. Zum Thee gelehrte Dame aus Washington, Nationalökonomin. K. zu einer Thee Party. Mit der Fremden und Annette. Diese reist abends ab nach herzlichem Adieu. Schrieb langen Brief an die Meyer, forderte die 2000 Dollar für »M.u.W.« ein. Abendessen wieder zu dritt mit Golo. In Freuds »Moses« gelesen.

Princeton, Sonntag den 21. V. 39

Drückend warm, gewittrig. Vor 8 Uhr auf. Vorm Frühstück in der Allee. Arbeit am VII. Kapitel (politische Faust-Szene). Mittags eine halbe Stunde mit K. gegangen. Besprechung der Europa-Reise, Mitnehmen des Wagens. Lunch zu dritt mit Golo. Früher geruht. Angegriffen, schwacher Magen. Zum Thee zu Weils, mit ihren Gästen Arn. Zweig und seinem Sohn. Zu Hause mit K. Briefe durchgegangen, einiges diktiert. Danach noch einmal ausgegangen bei aufziehendem Gewitter. Nach dem Abendessen in der Bibliothek einem Schubert-Quartett gelauscht. In Freuds Altersbuch gelesen. – Mit der abendlichen Wieder-Lesung von »Anna Karenina« zu beginnen in Hinsicht auf die zu schreibende Einleitung.

Princeton, Montag den 22. V. 39

Qualmige Wärme, gewittrig. 8 Uhr auf. Gearbeitet am Kapitel bis gegen Mittag. Zur Grundsteinlegung des neuen Gebäudes für advanced studies, die Institutsgesellschaft, Reden. Lunch im Princeton Inn: Flexner, Miss Bamberger, Rede Einsteins. – Nachmittags mit Meisel und K. Korrespondenz; Brief an Lewisohn diktiert über seinen Roman. Brief von Liefmanns, die überraschend in N.Y. eingetroffen. Nach dem Abendessen Telephon Dr. Wertham, gräßliche Nachricht, daß E. *Toller* sich in seinem Badezimmer erhängt. Forderung, bei der Beerdigung zu sprechen, höchst bedrückend und kaum erfüllbar. Im »Tage-Buch« Aufsatz Koestlers über den Wahnsinnstod des Dichters Attila Jozsef. – In der Zukunft guter Aufsatz über das Verhältnis der deutschen Opposition und eines zukünftigen Deutschland zur Sowjet-Union. – Verletzung des einen der neuen Federhalter, sehr schmerzlich empfunden.

Princeton, Dienstag den 23. V. 39

Kühler. 8 Uhr auf und bis Mittag gearbeitet. Mit K. zum Haarschneiden. Brief vom Präsidenten wegen der Dedikation des Manuskripts an die Library; Anmahnung der Einladung zur Fortsetzung meiner Thätigkeit. – Sehr seltsamer und verdächtiger politischer Brief Kiefers (Basel), nicht zu beantworten. – Brief von Käthe Rosenberg aus London, der »Pestluft« entronnen. – Schreiben des Rechtsanwalts Goldstein in Sachen einer Trauerfeier für Toller, bedrückend. – Zum Thee mit Meisel der Schriftsteller *Maass*, seit 8 Tagen in N.Y., unangenehm stumpf-pessimistisch, was Deutschland u. eine Änderung dort betrifft. Unerfreulich. – An Schickele geschrieben. – Zum Abendessen *Kahler*, der eine drollige Barock-Pièce bayrisch-mönchischer Provenienz zum Besten gab. – Telephon Riess, dessen Pariser Chef hier eingetroffen und sich vertrauensvoll über die Lage äußert. Englisch-russisches Bündnis sei gesichert. – »Anna Karenina« zu lesen begonnen.

Princeton, Mittwoch den 24. V. 39

Wetter heiter und frisch. 8 Uhr auf. Vormittags Bemühungen um die Rede zur Trauerfeier für Toller. Gequält. Mittags mit K. spazieren. Automobil-Transport nach Frankreich. Check von Eugene Meyer für M.u.W. – Zum Lunch tschechisch-jüdischer Journalist, der für die Basler Nat. Zeitung schreiben will. Gelesen Dor. Thompsons Artikel über Toller. Beim Thee Besprechungen mit Meisel. Anweisungen zu Briefen, Unterschriften u. Signierungen. Frühzeitige Toilette, da 7 Uhr zu

Thayers in kleinem Kreise geladen. Nach Tische deutsche Konversation. Zu früh weg, sodaß Entschuldigung nötig. – Korrekturen von »M.u.W.« Artikel über deutsche Philosophie von Eyser.

Princeton, Donnerstag den 25. V. 39

Gestern nach dem Zubettgehen sehr unwohl. Die Nacht bei K. verbracht. Müdigkeit heute, kein Wort geschrieben, sondern nur Motive bedacht u. zu ordnen gesucht. Mittags etwas ausgefahren u. gegangen. Nach Tische der Aufsatz von Eyser. Freuds Buch beendet. Geschlafen. Nachmittags Diktate an K. und Handschriftliches; (an Goldstein über Tollers Tod.) Eine halbe Stunde allein gegangen. Abends deutsche Zeitungen, Intern. Literatur.

Princeton, Freitag den 26. V. 39

Schöner, frisch-warmer Tag. Aber meine Verfassung den ganzen Tag sehr schwer und leidend. Vormittags weitere Schreiberei an der Rede zur Totenfeier. Diese Not dann laut telephonischer Nachrichten abgewendet. Werden schon fort sein. – Nicht ausgegangen. Vor Tisch im Garten »Anna Kar.« gelesen. Auch nach Tisch wieder dort. Beschäftigung mit einem Lehrbuch »Deutscher Stil«. Thee ebenda. Nachher Diktate an K.: Empfehlungen von Konkurrenz-Manuskripten an amerik. Verleger. – Manuskript eines Dr. Lenz über den Briefwechsel Hofmannsthal-George. Rief mir die Erinnerung an Verwey und seinen Gegensatz zu G. wach. Zum Abendessen die beiden jungen jurist. Steuer-Berater, die vorher mit K. gearbeitet. Mit ihnen nach Tische noch im Salon. Gelesen in der »Intern. Literatur« Briefe zwischen Lukács und Anna Seghers.

Princeton, Sonnabend den 27. V. 39

Badestubenwärme, gewitterdrohend, dann aber wieder hell. ½9 Uhr auf und etwas gegangen. Gesünder im Gemüt. Am VII. Kapitel das Letzte umgeschrieben. Mittags mit K. die

Newton vom Bahnhof abgeholt. Mit ihr ein wenig gefahren u. gegangen. Zum Lunch außer ihr die beiden jungen Lehrer. Beim Thee dem Meisel Exzerpte über »K.H.« in Auftrag gegeben. Mit der Newton bei mir: Rede gestanden ihrem Buch zu Hilfe. Etwas allein gegangen. Zum Abendessen Ankunft Klaus. Über einen Aufsatz des Goebbels im »Völk. Beobachter«, der eine »letzte Warnung« an die Mächte der Abwehr ist. – Verabschiedung von der Newton. Die Erinnerungen von Verwey wieder gelesen, mit Entsetzen vor der Hitlerei des Georgewesens.

Princeton, Sonntag den 28. V. 39

Feuchte Hitze. Spät auf. Nach dem Thee geschrieben am 7ten. Matte, bedrückte Stimmung. Nicht ausgegangen. Kopfwäsche, Maniküre u. Rasieren füllten die Stunde vor Tisch. Leinen-Anzug. Zum Lunch Prof. Priest, der sich zu seiner Deutschlandreise verabschiedete. Gelesen in einem eingegangenen Buch des Baslers Baumgarten: »Juristische Methodenlehre«, bemerkenswert. – Thee mit K., den beiden Söhnen und Medi. Brief-Ausfertigungen. – Es ist zu packen, da wir heute Abend um 9 zur Reise nach Geneva im Staate N.Y. aufbrechen zur Entgegennahme des Hon. Degrees und 300 Dollars für die zu haltende freedom lecture. – Brief an Käte Hamburger. Gepackt u. umgekleidet. Abendessen mit den drei Kindern. Über die Schriftsteller Zweig, Ludwig, Feuchtwanger u. Remarque. Welchem die Palme der Minderwertigkeit zu reichen.

Sonntag den 28. abends nach Junction, von da nach New York, zur Gr. Central Station, Schlafwagen nach *Geneva.*

Montag den 29. V. 39

Nach nicht sehr ruhiger Nacht im Appartment (Anna-Karenina-Lektüre, ganzes Phanodorm) morgens in *Geneva* vom Präsidenten Eddy u. seiner Frau abgeholt, in ihr Säulenhaus an der Seepromenade, Zimmer, Familien-Frühstück. Umgekleidet und zur Commencement-Feier auf den Campus. Einkleidung und Vorstellungen. Aufzug zur Tribüne vors Publikum unter Zelt. Meine Rede ziemlich bald nach Eröffnung. Später die Promotionen h.c., letzte Stelle nach dem Bischof, dem Marinegeneral, dem March of Time-Producer Orchard etc. Nach den Ceremonien zu Hause etwas geruht. Dann zum großen Lunch, Ehrenplatz zwischen Eddy u. dem ehemaligen President, mit dem über Musik gesprochen werden konnte. Reden der Degree-Empfänger am Schluß, englisch-deutsche Ansprache zugunsten deutscher Kultur. Mit Mrs. Eddy über die Wiese nach Hause. Geschlafen. ½5 Uhr Thee-Empfang unten u. beschwerliche Question-Period. Danach Spaziergang den See entlang mit K., in Haus und Garten gebeten von freundlichem Ehepaar. Zu Hause gepackt und rasiert. 7 Uhr Dinner en famille. Beim Kaffee Grammophon-Musik. Mit dem Gepäck ins Cinéma, wie fast immer gut unterhalten. Zum Bahnhof. Mr. Th. Orchard Mitreisender. Beglückwünschungen zu den »beiden« Reden bis zum letzten Augenblick. Verabschiedung von den Wirten. Einzelbetten. Waschraum. Im Club Car Bier mit Mr. Orchard. – Tolstoi-Lektüre bis ½1 Uhr.

Princeton, Dienstag den 30. V. 39

Heute Morgen ca ½9 Uhr Ankunft in New York, Pensylvania Station. Ins Restaurant: Oat Meal u. Kaffee gefrühstückt u. Zeitungen gelesen. Die europ. Situation zur Reise nicht sehr einladend. Zug nach Junction, John und Wagen. Hier Klaus, Golo, Medi. Scheck der Universität und 300 Doll. Honorar für gestern. Merkwürdiges Stock-Geschenk (für die Europa-Reise gedacht?) Starke Hitze. Leinenanzug. – Conception der Writer-Rede gesichert. Gute Artikel der »Weltbühne« und des »Tage-Buchs«. Nach dem Lunch in J. Wechsbergs China-Buch. Zum Thee Mrs. Shenston. Später Gentleman mit Olympia-Marken, deren Verkäuflichkeit durch Signierung zu steigern. Handschriftliche Danksagungen. Mit K. und dem wachsenden Jimmy etwas spazieren. Abends Weiteres in Baumgartens »Jur. Methodenlehre.«

Princeton, Mittwoch den 31. V. 39

Schwere Hitze. Gearbeitet am VII. Kap. Zum Lunch *Falkes* aus Zürich. Nachmittags Ankunft Erikas. Mit ihr die Rede für die Amer. Writers. Nach dem Abendessen G. M. *Richter* als alter Mann. Mit ihm in der sehr warmen Nacht im Garten gesessen. Bewunderung des Hauses. Sein Plan, in den Staaten zu leben, Universität im Mittelwesten. Seltsame Erinnerung an die frühen Münchener Zeiten. Wunderlicher Hergang. – Die Rede Molotows, scharf gegen den Westen, auf dem Bündnis als vollkommenem Gegenstück zur »Achse« bestehend.

Princeton den 1. VI. 39, Donnerstag

Die Hitze etwas milder. 8 Uhr auf. In der Allee gegangen. Kaffee und Oat Meal gefrühstückt und Einiges am VII. Kapitel geschrieben. (Parodie). Etwas gegangen. Abreise Erikas nach dem Lunch. Briefe von ihr in Sachen der Deutschland-Schriften. Nachmittags mit Meisel. Eigenhändig an Olden über Musil u. a. Noch etwas bewegt bei zunehmender Abkühlung. Gelesen gute Bemerkungen in den Deutschland-Berichten der soz. dem. Partei; englischen Aufsatz über Goethe u. Carlyle von A.M. Wagner. Guéhenno schickt sein »Journal d'une Révolution«. – Übersetzung der Schriftsteller-Rede.

Freitag den 2. VI. 39

Morgens nach *New York,* ins Bedford. Erika. Zur French Line, von dort mit Underground Reise zur Einholung des Reenter-Scheines. Zum Lunch zurück. Mahlzeit mit Erika und Prof. Kingdon. Bei Landshoff, der von der Gelbsucht genest. 7 Uhr ins Plaza zu Mrs. Meyer. Souper mit ihr und ihren Kindern. Später ihr Gatte. Rede mit Erika. Gegen 9 Carnegie-Hall, *Meeting der Amerikan Writers.* Podium. Begrüßungen, Beneš. 10 Uhr meine Ansprache. Gewaltige Begrüßung. Aragon. Beneš' Rede. Anziehende Erscheinung des Philippino-Schriftstellers. ½12 ins Hotel zurück. Bier u. Cigarre bei Erika.

Princeton, Sonnabend den 3. VI. 39

Heute im Bedford ½9 Uhr auf. Kaffee u. Ei. Zur Notarin im Hotel Commodore. Mit Erika bei Landshoff. ½11 Rückreise. Junction, wie gewohnt. Viel Post. Briefe: von Bermann (wegen Lotte, neuem Zbg. und Essayband), Fiedler, Lion. Nach dem Lunch mit der Familie im Salon. Geschlafen. Beim Thee Meisel. Excerpte aus meinen Tolstoi-Schriften für die Vorrede. Zum Abendessen Kahler. Abreise Klaus. Unterhaltung über das Politische und Amerika. Abschied von Kahler für den Sommer. Ermahnung, auf dem Qui vive zu sein.

Princeton, Sonntag den 4. VI. 39

8¼ auf. Regen, dunkel. Etwas geschrieben am VII. Kapitel. Müde. Mittags mit K. Abschiedsbesuche bei Gauss, Thayers und Maughams. Dies unter dem Eindruck eines Kabels der Alten, daß Schweden der Schweiz voranzusetzen. Sehr störender, deprimierender Schlag. Beratung auch mit Erika, telephonisch. Telegramm an Oprecht, Lage auszukundschaften. – Lunch zu dritt mit Medi. Reise-Vorbereitungen begonnen: Bücher, Manuskripte etc. Zum Thee Shenstones mit Söhnchen, das beschenkt wurde. Nachher mit K. Brief an Borgese, antwortlich des seinen über Medi. Verlobung steht wohl bevor. – Zu dritt mit dem Hund etwas gegangen. Zusagenden Brief an Dodds ausgefertigt.

Princeton, Montag den 5. VI. 39

½9 Uhr auf. Heiterer, warmer Tag. Gebadet, in der Allee gegangen, Thee getrunken und interessierter gearbeitet als die letzten Tage. Dann physische Arbeit: Ausspülen der Federn, Zusammenpacken des Materials, im Schlafzimmer Pakken des großen Koffers. – K. von morgens bis zum Thee in Newark und New York mit dem Anwalt in Sachen der Papiere, schwer geplagt. – Lunch mit Medi allein. »Tage-Buch« u. a. Blätter u. Schriften durchgesehen. Beim Thee Dr. Meisel u. Frau, die in unsrer Abwesenheit das Haus bewohnen. Rückkehr K.'s. Erwarte Besprechung unserer unsicheren Lage. Da im Frühherbst schwere Krise zu erwarten, bezweifle, daß wir überhaupt noch in die Schweiz gelangen. Schweden wird, auch unter dem Gesichtspunkt der Arbeit das Beste sein. Auf rasche Stimmung zur Herstellung der Vorworte zu hoffen, sodaß noch im Laufe des Sommers »Lotte« entscheidend gefördert werden könnte. – Reden Hitlers und Daladiers über das encirclement. Führer H. stellt Vergleiche mit 1914 an, ebenso tierisch dumm, wie daß die Alten nicht entlassen werden, wenn wir in der Schweiz sind. Alles derselbe Geist, – der die Welt beherrschen will. – Verabschiedung von Meisels. Fortsetzung des Packens. – Zum Abendessen Rückkehr Golo's. Bericht über das Writer meeting, bei dem Klaus gesprochen. Meine Wahl zum Ehrenpräsidenten der Association! – Malted Milk zum Nachtisch getrunken. – Manuskript des IV. Kapitels von Lotte mit auf die Reise. Die Koffer sehr überfüllt.

Dienstag den 6. VI. 39

Mein 64. Geburtstag. Reisetag. Früh ½7 Uhr von K. mit Glückwunsch geweckt. Fertig gepackt und gefrühstückt. ¾8 in zwei Wagen mit dem Gepäck (die 3 Schwarzen in ihrer neuen Limousine), wir von Medi gefahren, nach New York in 1½ Stunden, zum Hafen, zur »*Ile de France*«. Ausladen. Caroline Newton. Auf das bekannte Schiff. A-Deck, Cabine 295, der Erikas benachbart. Klaus, Golo, Medi, Klopstock, Gumpert, der Maler X., interviewende Journalisten, der rekonvaleszierend mitreisende Landshoff, andere Gäste. Blumen, Geschenke, Bonbonièren u. Cigarren, Freude über einen eleganten Pencil von der Newton. Füllfeder von dem Lehrer. Betrübnis mit Medi, von Erika wegen Vergeßlichkeit heftig gescholten, ohnedies erschüttert u. verwirrt, in Thränen. Zugeredet. Klaus ohne Papiere zurückbleibend. Golo ungewiß. – Turbulente Verabschiedung, Musik und Lärm beim Exodus der Begleiter. Bei Erika und Landshoff in der Cabine. Nach 11 Uhr Abfahrt. Champagner u. Biscuits. Briefe und Telegramme. Blumen in Vasen verteilt. 1 Uhr Lunch am provisorischen Tisch. Danach auf Deck im Stuhl. Noch warm. Gelesen in schöner Erstausgabe von Heines »Romant. Schule«, die Mrs. Shenston mir zum Geburtstag geschenkt. Etwas geschlummert. ½5 Uhr Thee zu dritt im Salon. Weitere Besprechung des Verbleibens. Neigung zu holländ. Seebad als Wartestation vor der Schweiz. – Im Cinéma: Jazz-Musik-Film, langweilig. – Auf Deck spaziert. In der Cabine einiges Auspacken. Rasiert. 8 Uhr Diner am eigenen Tisch. Champagner. Nachher bei der Musik Heine gelesen. Später bei Erika mit Landshoff. Grammophon. Gute Cigarre von Knopf. Allmähliche Zeitänderung. Ca 11 Uhr sehr müde zu Bette. – Dies Heft begann noch auf dem Schiff, das uns nach Amerika führte. Die Tagesrekapitulation von mehr als 8 Monaten stehen zwischen jener Fahrt u. dieser.

An Bord »Ile de France«, Mittwoch den 7. VI. 39

Es wurde nachts sehr kühl. Zweite wollene Decke. ½9 Uhr auf. Gebadet. Frostig. Pfannkuchen mit Syrup u. Thee gefrühstückt. Danach ausgepackt. Frostig und nicht wohl. Graue Himmel, leichtes Schwanken. Vor Tische im Deckstuhl. Viel in der »Romant. Schule« gelesen. Nach dem Lunch mit den Damen Du *Bos'*, der leidend in der Touring Class. Nachmittagsruhe im Stuhl. Nach dem Thee im Cinéma. Nachgeholtes Anniversaire-Diner mit bedrucktem Bande, Fest-Menu's, Blumen und Torte. Champagne Rosé. Zuviel. Angestrengt, übernommen, nervös, gequält. Deprimiert von der Tanz-Eleganz im Salon. Bei Erika mit Landshoff. Grammophon.

»Ile de France«, Donnerstag den 8. VI. 39

Lange geschlafen. Unwohl und psychisch tief widerwillig, verstockter Leib, leidend. Wenig gefrühstückt. Mehrfach ins Bett zurückgekehrt. Bordzeitung »L'Atlantique«: Englisch-russische Verhandlungen; die baltischen Staaten, die nicht garantiert sein wollen und Nicht-Angriffs-Pakt mit Deutschland schließen. – Den Tag vorwiegend im Bett verbracht. Viel geschlummert. Nicht zum Lunch; Crême d'orge auf Deck. Zum Diner aufgestanden und einiges gegessen. Nachher mit Erika u. Landshoff im Musiksalon. »Anna Kar.« gelesen bis zum Tanz verdunkelt wurde. – Weich u. windig. Einiges Rollen. Regen.

»Ile de France«, Freitag den 9. VI. 39

Spät eingeschlafen u. lange geschlafen. Heiteres Wetter. Seebad mit Fichten-Essenz. Thee, Ei u. Camembert. – – – – – –

»Ile de France«, Sonntag den 11. VI. 39

Leidende Tage. Tiefe Nervendepression, Thränen und Pein. Spät gefundener Schlaf. Ekel vor Speisesaal, Kellnern, Toilette, Salon. Kommandanten-Diner und kollektive Einladung zu einer Vorlesung abgesagt. Constipation. Vergebliche Bemühungen, das Vorwort zu K.H. in Gang zu bringen. Gestern einige handschr. Korrespondenz im Schreibzimmer, sehr erhitzend u. ermüdend. Abends auf Erikas Verlangen Funktelegramm von Oprecht, daß Berichte in Plymouth u. Le Havre liegen. Polizistenmorde und Rache-Maßnahmen in Krasno, Tschecho-Slowakei. Bericht-Verbot an die ausländ. Korrespondenten. – Ruhige Fahrt bei wenig Sonne. »Anna Karenina« in großen Zügen. – Ankunft morgen Abend. Aufenthalt in Paris und Holland beschlossen. – – Etwas freundlichere Verfassung. Verzicht auf Arbeit. Vor Tische mit K. u. Landshoff auf dem Promenade- u. Sonnendeck gegangen. Lunch mit Pflaumen. Einige Zeit mit Eri im Cinéma. Besonders nichtige Collection von Filmen. Nachher auf dem Sonnendeck. Die neue Feder ließ Erika füllen. – [. . .] Schiffe in Sicht; Nähe der englischen Küste. Ankunft Le Havre morgen Abend 8 Uhr, sodaß wir sehr spät in Paris sein werden. –

»Ile de France«, Montag den 12. VI. 39

Gestern den Abend mit Lippmanns aus Washington (der früheren Frau Armstrongs), Diner an ihrem Tisch und Kaffee in der sog. Bar. Nachher bei Erika. Verabschiedung von Landshoff, der in Plymouth aussteigt und auf Umwegen nach Amsterdam weiterreist. – Nachts ziemlich bewegt. Nach der Lektüre leichter eingeschlafen. Jetzt Ruhelage vor Plymouth. Photographieen wurden gebracht. Außerdem Oprechts Bericht und der seiner Anwältin, die in München war. Gesetzwidrige Handhabung der Versteigerung in England, vor deren Abschluß die Ausreise aus Furcht vor Anfechtung nicht zugelassen wird. Außerdem *könnte* unsere Anwesenheit in der Schweiz stören, namentlich da das »Schwarze Corps« u.a. Naziblätter den »Bruder« wiedergegeben. Notwendigkeit bis August ante portas zu bleiben. – Packen. –

Paris, Dienstag den 13. VI. 39. Hotel Astoria

Gestern die Anstrengungen und Aufregungen der Ankunft. Nach dem Lunch auf Deck gelesen. 4 Uhr dort Thee. Später mit K. und E. auf dem Sonnendeck bei heiterem Wetter. Danach fertig gepackt. Photographieen vom Schiff gewidmet, Karten geschrieben. 7 Uhr Diner. Trinkgelder, Abschluß. Geburtstagstelegramm an Frank. Paßrevision im Cinéma-Salon, unbeanstandet. Verlassen des Schiffes. Entnervendes Warten bei der Zollrevision, worauf unser zahlreiches Gepäck kaum untersucht wurde. Bibi, von London kommend, findet sich ein. Hatte den Wagen erwartet und reist mit uns im Zug der Linie. Pulman, Tolstoi gelesen. Aufwartung eines Angestellten der Linie. Stammbuch des Bedienenden, Musik-Enthusiasten, der 1933 meinen Wagner-Vortrag in Paris gehört und Bilder seiner Spezial-Bibliothek zeigte. – Kalt, verfroren. Ankunft Paris um Mitternacht. 21 Stück Gepäck. Verabschiedung von Bibi. Droschke mit Gepäckdach. Hotel Scribe besetzt. Zur Etoile, Astoria, wo reserviert. Paris sehr voll, niemand nach Deutschland u. Italien. – Gutes Zimmer. Verfroren. Langsames Erscheinen u. Verteilen des Gepäcks. Thee. Recht elend.

Mit halbem Phanodorm bis ½10 Uhr tief und ausgiebig geschlafen. Trüber, kühler Tag. Gutes Badezimmer. Thee und

Ei gefrühstückt. K. zu den Konsulaten. Schrieb Brief an Oprecht und legte E. Meyers Check bei. ¾1 Uhr mit Erika zu Fuß ein Stück Champs Elysées. Regen. Taxi zu kleinem Restaurant eleganteren Bohème-Charakters. Überraschend voll. Warten an der Theke mit Apéritiv. K. dazu, noch nicht ganz verrichteter Dinge. Rückfrage im Haag. Vorzügliche Mahlzeit nebst Filtre zu dritt. Vorsatz, den morgigen Tag noch hier zu verbringen. Fuhr 3 Uhr mit Taxi nach Hause, während die Frauen sich zu weiteren Wegen trennten. – – Ruhe. K. mit der Nachricht des Mißlingens der Bemühungen um das niederl. Visum. Beschämend und ärgerlich. – Überraschender Anruf Heinrichs und sein Besuch. Politik. Er hat sich das farbige Bild aus »Life« einrahmen lassen! Erika dazu. Erörterung Süd-Frankreichs als Aufenthalt. Anmeldung im Athénée zu Giraudoux »Undine«. Mit Heinrich zu viert ins »Hungaria«, Champs Elysées, zum Essen. Recht schlecht. Von da ins Theater. Vollständig verfehlter Abend in der Proszeniumsloge. Zu Hause mit Erika weitere Beratung der Lage.

Paris, Mittwoch den 14. VI. 39

Wetter bleibt sehr kalt. Mit einem Pulver gut geschlafen. Verfassung jenseits schlechter Laune. Anmeldung bei der Tabouis, die ausgerechnet auf 4 Uhr bestellt. Holländische Gesandtschaft? K. gegen Cassis und den Süden aus Furcht vor verquerer Wirkung auf mich. Anruf Heinrichs. Anruf der Tabouis. Anruf des niederl. Gesandten. – Briefe geschrieben an C. Newton und Fiedler. Mittags Besuch beim Gesandten. Danach zu Annette Kolb zum Essen. Champagner und Kaffee. Auf ihrem Sofa die Baseler Nation. Zeitung gelesen (Artikel über Princeton) und geschlafen. Mit K. zur Tabouis, die wir verfehlten. Zu Hause Thee u. Brief an Fredric Prokosch über seine »Asiaten«. Besuch von Mlle Servicen. Mit K. und Eri ins Hotel St. Anne. Mit Heinrich im Vestibule. Dann zum Essen in dem angenehmen Restaurant gegenüber dem Théâtre Français. Dort Zusammensein bis ca 10 Uhr. Viel leidend und traurig. Herzliche Verabschiedung von H. für diesmal. Erika gerührt von ihm. – Empfehlungsbrief des Gesandten, Unterstützung an der Grenze. Belgisches Entgegenkommen bleibt fraglich. –

Noordwijk, Huis ter Duin, Freitag den 16. VI. 39

Gestern, Donnerstag, in Paris allein gefrühstückt und mit Gepäck und Toilette beschäftigt, bis K. rebus bene gestis vom belgischen Consulat zurückkam. Ca ½11 Uhr Abfahrt vom »Astoria« mit Erika in zwei Taxi's. Am Bahnhof Gepäck-Komplikationen wegen Überzahl und Verzögerung durch Telephon-Gespräch mit Konsulat. Pulman, gute Unterbringung. Lunch ½1 Uhr. Von Anfang an u. durchgehend französische, belgische und holländische Revisionen u. Stempeleien. Jedoch vollkommene Wirkung des Empfehlungsschreibens und der Benachrichtigung der Grenze. Glatte Akzeptierung der Pässe u. Verzicht auf jede Gepäck-Kontrolle. Erstaunter Blick des Schaffners. Thee gegen 5. Das Tage-Buch gelesen. Die Einfahrt in Holland betrachtet. Sehr warm. Viel mit Erika über die Schuld Englands und Rußlands an der Verzögerung des Paktes. Mangelnder guter Wille auf beiden Seiten. Die 15, 16 kapitalistischen Groß-Schurken der Welt, nach deren Willen alles geht. – Im Haag ½6 Uhr. Wieder zwei Autos und Fahrt auf schönen Waldstraßen hierher. Herr der Rezeption. Zimmer im 3. Stock, recht elegant, zu vernünftigem Pensionspreise. Auspacken, eifrig. Spät, ½9 Uhr, Diner im leeren Speisesaal mit Rundhorizont. Schweizer Saaltöchter. Nachher Kaffee im Salon bei der Tanz-Kapelle. Nur mit doppeltem Mittel eingeschlafen. Erregung und Depression über verlorene Princetoner Schreibtisch-Schlüssel, verfehlte Zürcher Ärzte (Ohren, Zähne, Pediküre?) und alles Weitere. Nach der roten Kapsel Schlaf.

Heute müde. Spät auf. Heiteres, sehr weiches Wetter. Nach dem Frühstück etwas am Strand. Nach dem Lunch im Badeörtchen vor deutschem Café. Der Kaffee, wie schon gestern

Abend, zu teuer. Ebenso Ausbeutung beim Wechseln von Dollars im Hotel. Einkauf von Cigarren u. Cigaretten. Karte an Bermann und Diktat an die Herz wegen »Lebensabriß«, nötig für die deutsche Fassung des Zbg.-Vortrags, der als Einleitung zur neuen Ausgabe dienen soll. – Die langen Telephonate Landshoffs mit seiner psychischen Pflegerin Erika. Der Tod des Trinkers Roth soll unmittelbar unter dem Eindruck von Tollers Selbstmord erfolgt sein. – Etwas auf dem Bette geschlafen. Danach Thee zu dritt auf der großen Terrasse überm Meer. Strandspaziergang mit K. Danach etwas im Stuhl in der Sonne. Brief an Mrs. Shenstone. Gegen 8 Diner. Danach im Salon, gelesen jeder in einem Heft der neuen Ausgabe von »M.u.W.« mit Aufsatz von Rauschning über »Passive Resistenz«. Kamillenthee, gut.

Noordwijk, Sonnabend den 17. VI. 39

½9 Uhr auf nach ruhiger Nacht. Heiteres, aber sehr kühles Wetter. Über »K.H.« zu schreiben versucht, aber andauernder Zustand von Insuffizienz. Mittags beim Haarschneider. Nach Tische Kaffee im Stuhl in der Sonne. Zum Thee Eintreffen Landshoffs. Mit K. Einkäufe (Bademantel, leichte Sportmütze). Spaziergang zu vieren am Strande. Seelsorge für Landshoff auf Wunsch Erika's... Diner zu vieren und Aufenthalt in der Social Hall. Ergebener Brief Rauschnings in der Broschüren-Sache. Bei Zeiten hinauf.

Noordwijk, Sonntag den 18. VI. 39

Gestern Nacht Erregung, Todestraurigkeit u. Thränen. Mit roter Kapsel spät eingeschlafen. Früher auf, heiteres Wetter. Im Strandkorb an dem Vorwort zu K.H. mit Bleistift, angenehm. Leichte Cigarre. Später etwas am Strande gegangen. Nach dem Lunch Kaffee im Terrassenstuhl. Zahlreiche Sonntagsgäste, darunter deutsche Fabrikanten. Auf dem Balcon in dem Heft von »M.u.W.« gelesen, Kritisches über Brecht und anderes. Zufriedenheit mit der Zeitschrift. Brief von Oprecht über die Einreise-Schwierigkeiten Golos u. das Problem der Redaktion. Verfolgt von der Mitteilung Landshoffs, daß R. Strauss, 75 jährig, nach der Festaufführung seiner letzten Oper in Wien, wozu Hitler herbeigeflogen, am nächsten Tage mit diesem Lunch gehabt. – – Thee unten und danach Diktate an Oprecht, Rauschning, die Servicen wegen Flinker u. a. Spaziergang am Strand. Smoking-Toilette zum Diner. Abends in der Halle bei der Jazzmusik Kaisers Roman im Mt. zu lesen begonnen. Schlacht von Tannenberg. – Müde u. angegriffen, klimatisch.

Noordwijk, Montag den 19. VI. 39

Gestern abend lieber gleich rote Kapsel. Wirkung des Klimas wie Hochgebirge. Heute grau, kalt u. regnerisch. Ans Zimmer gebunden. K. in der Loggia Briefe tippend.

Noordwijk, Dienstag den 20. VI. 39

8 Uhr aufgestanden u. im Strandkorb an der Einleitung zu K.H. geschrieben. Der hier zu benutzende Wagen wurde nach Tische gebracht. Viel internationale Post; der Portier bat um die Marken. Verspätete Glückwünsche. Heinrichs Geburtstagsbrief. Manuskript »T.M.'s Weg zu Goethe«. Bermann, die Herz, Americana, Münzenberg, politisch. – Das Klima sehr angreifend. Beschränkte Arbeitsfähigkeit.

Noordwijk, Donnerstag den 22. VI. 39

Ideales Wetter. Im Strandkorb gearbeitet. Geburtstagsbriefe von Beidler, Brüll, dem jungen Motschan, Zürich. Danksagungen geschrieben. Mt. des Zbg.-Vortrags an Bermann, zweifelhaft. Neuer Wagen, im Austausch. Schlechter Schlaf, schwere Constipation. Morgens Kaffee. Erster Teil des Siebenten Kapitels nachmittags der Amsterdamer Abschreiberin übergeben.

Noordwijk aan Zee, Freitag den 23. VI. 39

Dunstiger milder Tag. ½9 Uhr aufgestanden, Kaffee gefrühstückt und im Strandkorb gearbeitet. Schloß die Einleitung zu K.H. mit 6 Seiten ab. Nach Tische lange auf der Terrasse im Stuhl. Las Kitty's Niederkunft. Nachmittags Landshoff mit seiner Freundin und Landauer. Nach dem Thee Spaziergang am Strande. Schrieb an die Mazzucchetti und Danksagungen. Abends Vorlesung der Einleitung.

Noordwijk, Sonnabend den 24. VI. 39

Feuchtes, sehr kühles Wetter. Nicht am Strand. Schrieb den Brief an die Shenstone zu Ende u. machte Notizen für die Tolstoi-Einleitung. Abgeführt mit Marienbader. Mittags mit K. am Meere gegangen. Eintreffen des Gallimard-Büchleins »La Victoire finale«. Nachmittags Ausfahrt mit Landshoff u. seiner Kleinen nach Leyden, reizvolles Theehaus »Buchenhof«. Einkauf wärmerer Socken. Excessive Aggressivität der deutschen Presse gegen England. Teilweises Zurückweichen der Japaner vor den angels. Mächten, aber Fortdauer der Blockade und Spannung in Tsingtau. Weitere Verschleppung des Russenpaktes. Dagegen Abschluß des französisch-türkischen Vertrages. In Deutschland keine Ferien der Jugend u. keinen Urlaub den Soldaten. Nach innen gilt jedoch weiter die Parole, daß »das Genie des Führers alles ohne Krieg erreichen wird«. Die objektive Wahrscheinlichkeit des Krieges ist aber, logisch bedacht, wohl im Wachsen. Öftere Erörterung in Bezug auf uns.

Noordwijk, Sonntag den 25. VI. 39

Kalt, aber viel Sonne. 10 Uhr am Strand, Hochflut zum Korb. Erregt und verfroren. Auf der Terrasse im Stuhl weitere Beschäftigung mit der A. K. Vorrede, fast bis zu Tisch. Mit der Kleinen am Strande. Schaum. Nach Tische die Lektüre von A.K. beendet. Nachmittags viele Leute, dichter Wagenpark. Ausfahrt zu fünfen nach Waarmond. Vorzügliches Garten-

Restaurant, reiche Thee-Tafel. Landshoff u. die Kleine nach Leiden gebracht, Verabschiedung von ihnen. – Göbbels-Rede vor Arbeitern, Canaille. – Exemplare von »Schopenhauer« und »Achtung, Europa!« Widmungen an die Cousinen in London. An Monsieur Commaun vom Pulman Le Havre-Paris den Wagner-Vortrag in M.u.W.

Noordwijk, Montag den 26. VI. 39

Immer sehr kühl, aber vorwiegend sonnig. Aus der Schweiz u. v. a. O. wird exorbitant schlechtes Wetter gemeldet. – Im Strandkorb an der Tolstoi-Einleitung zu schreiben begonnen. Mittags Ankunft von Peter Pr. mit Frau aus Brüssel. Lunch mit ihnen und Kaffee auf der Terrasse in der Sonne. Etwas in Menninger Man against himself. An Bruno Frank geschrieben. Nicht geruht. Zum Thee mit Peters zum Bökenhof in Leiden. Besorgungen in der Stadt. Abschrift der Einleitung zu »K.H.« korrigiert u. an Knopf. Beim Diner sehr reiner Sonnen-Untergang.

Noordwijk, Dienstag den 27. VI. 39

Andauernd frostig. 8 Uhr auf. Malheur des Kellners mit dem Frühstückstablett. Morgenpost, darunter Lion, dem ich gleich ermahnend antwortete. Dann im Strandkorb weitere Versuche mit der Tolstoi-Einleitung. Lunch mit Peters. Kaffee auf der Terrasse. Auf dem Balcon das »Tage-Buch« gelesen. Geschichte der »Einkreisung«. Zum Thee ausgefahren nach Waarmond. Der üppige 1 Gulden Thee complet. Der schöne Garten. Auf dem Rückweg Einkäufe. Nach dem Diner mit der Cigarre auf dem Balcon gesessen. Windstille u. beruhigtes Meer. Von Beidler Aufsatz über Wagners Wirkung in England.

Noordwijk, Mittwoch den 28. VI. 39

Mild, still, Wind, kälter, Wechselwetter. ½9 Uhr auf. Nervös, bedrückt, erregt, müde. Wie falsch, daß wir zuerst hierher mußten. Solche Anpassungsforderung nach den Schwierigkeiten von Princeton, die sogar als shingles ausbrachen! – Fast vergeblich im Strandkorb gearbeitet. Kopfschmerzen hinter den Augen. Am Strand gegangen. Nach Tische keinen Kaffee. Auf dem Balcon Stevenson gelesen. Keine Ruhe gefunden. Thee mit Peters im »Oranje«. Nachher etwas gegangen. Handschr. Brief an Kahler begonnen. – Abends Vorlesung des ersten Adelen-Kapitels für die Gäste.

Noordwijk, Donnerstag den 29. VI. 39

Zum zweiten Mal mit Bitterwasser abgeführt. Thee-Frühstück. Auf Arbeit verzichtet u. am Schreibtisch an Kahler zu Ende geschrieben. Starker Sturm bei blauem Himmel. Nach dem Lunch auf der Terrasse im Stuhl mit Windschutz Stevenson gelesen: »Der Flaschenteufel«. Verabschiedung von Peter Pr. u. seiner Frau. Zum Thee Menno ter Braak. Verabredung mit ihm für den Haag. Spaziergang mit K. im Dünenwäldchen des Hotels. Diner wieder zu dritt mit Erika, die wir morgen nach Amsterdam begleiten, um abends allein hierher zurückzukehren ... Anmeldungen Oprechts und Bermanns für Anfang nächsten Monats.

Noordwijk, Freitag den 30. VI. 39

Gegen ½9 Uhr auf. Briefe von Lion (das VII^{te} für Heft 1, III) und Bermann (Akklamation der Zbg-Einleitung). Etwas an dem Brief an die Meyer geschrieben. Zwischen ½11 und 11 Uhr Aufpacken von Erikas Sachen und Fahrt mit ihr *nach Amsterdam.* Aufsuchen des Städt. Museums, das K. und ich besuchten, während E. im Amstel-Hotel ihr Zimmer nahm. Van Gogh-Sammlung, eindrucksvoller Überblick. Der düstertintige Beginn, der Durchbruch des Lichtes. Das Selbstportrait, sehr wahnsinnig, Tücke der Augen. Leidenschaftliches Bild, Kornfeld mit dunkelblauem Himmel und Krähen. Das berühmte Gelbe Zimmer sagt mir nichts. – Ins Hotel-Restaurant Europe, Lunch zu viert mit Landshoff. Von da in E's Zimmer, auf ihren Betten geruht. Fünf Uhr Thee mit ihr auf der Hotel-

Terrasse am Fluß; an Basel erinnernd. »Daily Telegraph« mit überraschend gerader u. scharfer Rede des Lord Halifax über Deutschlands Selbst-Einkreisung. Verstärkte Spannung Danzigs, wo freche Militarisierung. Über unseren Rückzug bei unmittelbar drohender Kriegsgefahr. E. würde zu uns stoßen. – Nach 6 Uhr zum Wagen (mit den Abschriften des 1. Teiles von Kap. VII). Übergabe des Ford an K. Landshoff dazu. Abschied von Erika, Schmerz und Wehmut. Drückte ihre Hand an meine Wange und küßte sie. – Abfahrt mit K. Sehr nervös u. vom Abschied erschüttert bei der nicht leicht zu findenden Ausfahrt im Radfahrergewimmel. High Way und Straße von Leiden nach Noordwijk. Ankunft hier ½8 Uhr, allein zu zweien. E.'s schon wieder hergestelltes Zimmer. Windstille. Kleidete mich um, und wir hatten 8 Uhr Diner zu zweien, während dessen E. anrief und vorher mehrfach fälschlich bedeutet war, wir seien nicht da. Berichtet von Aufsatz Rauschnings im T.-B., worin er deutsche Nachrichten über Hitlers klinischen Geisteszustand wiedergibt.

Noordwijk, Sonnabend den 1. VII. 39

Der Eintritt in den neuen Monat ist eher traurig. Stand 8 Uhr auf, das Wetter war feucht und dunkel, dann stürmisch, ich schrieb im Zimmer den Brief über die Eltern an die Meyer zu Ende, weil ich vor der Arbeit an der Tolstoi-Einleitung zurückschreckte u. hatte den ganzen Tag ein schweres, furchtsames Herz. Kaffee in der Glas-Veranda. Mißliebiger Artikel im »T.B.« anläßlich des Angriffs einer Zürcher kommunistischen Korrespondenz wegen Äußerungen in Amerika über Fascismus u. Kommunismus. Darüber auch in der »Zukunft« und im »Neuen Vorwärts«. Ursprung: die Fälschung durch Times u. Herald Tribune. – Thee im Ort. Danach Spaziergang, wie vormittags ein kurzer am Strand. Nachher Briefe diktiert, ziemlich ausgiebig. Zum Diner schwarz gekleidet. Danach Anruf Eri's: Affaire der Amsterdamer Arbeiter-Journalisten, die hier gestern photographiert und Interview fingiert haben. Dementi notwendig. – Politisch erregte Abendpresse, Danzig kritisch, die japanisch-englische Sache unter dem Einfluß der Achse offenbar wieder verschärft.

Noordwijk, Sonntag den 2. VII. 39

8 Uhr auf. Stürmisch und kalt. Zeitweise blau, das Meer sehr unrein-bräunlich, angeblich Jod-Gehalt. – Das K.H.-Vorwort an Knopf. Am Strand. Den Korb gegen eine Hütte vertauscht, worin mehr Bewegungsfreiheit. An der Einleitung geschrieben und schließlich Kassierung des Bisherigen beschlossen, da mir das Lyrisch-Episch-Meerische verfehlt schien. Aber nicht entsprechend schlechte Stimmung. Gesünder, im Gefühl, daß das Schwerste der klimatischen Anpassung überstanden. Ging mittags am Strande. Nach dem Lunch Kaffee in der Glas-Veranda wegen des Windes. Die National-Zeitung gelesen und den Stevenson-Band zu Ende. Das Bedeutendste »Omalla«, an Poe erinnernd. Zum Thee im Ort. Spaziergang danach. Zu Hause Briefe an Hatvanyi (Paris) und Brüll (Bielsko) diktiert und Anstreichungen aus »A.K.« notiert. Abends sehr hitzig und müde.

Noordwijk, Sonntag den 2. VII. 39

½9 Uhr auf. Andauer des Windes. [...] Vor Tisch eine halbe Stunde am Strande gegangen. Nach dem Lunch in der Glasveranda Kipling gelesen: »Das Licht erlosch«. Nachmittags keine Ruhe gefunden. Sehr düster, nervös u. niedergeschlagen. Qual und Ratlosigkeit wegen der Einleitung, Sorgen wegen der Beendigung von »Lotte«, Bewußtsein der Erstarrung u. Versteifung des VII. Kapitels. Fahrt mit K. nach Leiden zum Einkauf eines Plaids und einer Flasche Wermut. Nervös und verstimmt, empfindlich gegen alles. Zu Hause Brief von Lion über Begegnung mit Oprecht. Problematische Lage der Zeitschrift u. Undurchsichtigkeit von O.'s Gebahrung. Die Schweizer Zeitung mit Meldungen über die ernst warnende Haltung der Westmächte gegenüber Hitler und das schamlose Geschreibe des Goebbels. Mit K. einige Seiten des VII. Kapitels kollationiert. Beim Diner als Folge meiner Depression Vorschläge K.'s, den Wagen nicht länger zu mieten und die diesjährige amerik. Vortragsreise abzusagen. Nun ja. – Beruhigung des Windes. Das Wetter scheint sommerlich werden zu wollen.

Noordwijk, Dienstag den 4. VII. 39

Plötzliche Sommerwärme. [...] Zuerst im Zimmer, dann in der Strandhütte am Tolstoi-Aufsatz. Bessere Verfassung. Nach Tische kein Kaffee; auf dem Balcon Kipling gelesen: Übertriebene Virilität, aber packende Geschichte. Anruf Landshoff wegen der Amsterdamer Journalisten, die nach dem Thee kamen: vom Telegraph und Handelsblatt, mit Photographen. Mit ihnen auf der Terrasse, am Strande u. in der Halle. Ausführliche Gespräche bis nach sieben. Danach mit K. etwas am Strande gegangen. Ungewöhnliche Hitze der späten Sonne. 9 Uhr (nach Sommerzeit) sehr warm. Anzeichen, daß Hitler sich von der Entschlossenheit der Demokratieen überzeugt hat. Einige Verlangsamung in Danzig, aber Konskriptionsgesetz des »Senats«, neue Bedrohung Polens.

Noordwijk, Mittwoch den 5. VII. 39

Gestern Abend Anruf Erika: Nachricht über Mittelsmann von hohem Nazi-Funktionär, der Krieg sei für Anfang August beschlossene Sache, mit Zustimmung der Generalität. Skepsis; aber Beschluß, für alle Fälle amerik. Schiffsplätze für Anfang August zu belegen. – Heute sommerliches Wetter. Stand 8 Uhr auf und arbeitete vormittags in der Hütte am Tolstoi. Nahm mittags von der Badeanstalt aus ein erstes kurzes, empfindlich kaltes Seebad. Zum Lunch Querido aus Amsterdam nebst seiner Mitarbeiterin u. Landshoff. Dazu überraschend Erika, mit der die Lage besprach. Nach dem Essen auf der Terrasse. Weiteres Manuskript vom VII. Kapitel an Landshoff. Nochmalige Verabschiedung von Erika, die heute Abend nach Paris fährt.

Brief von Oprecht, daß Golo sein Kommen Ende des Monats endgültig angekündigt. Problem Lion. Unruhe wegen der Richtigkeit u. den möglichen Folgen von Golo's Herüberkunft. Beschäftigt mit der Lage. – Thee im Ort und etwas gegangen. Briefdiktat u. Karten-Korrespondenz. Holländische Blätter mit Interviews. – Nach dem Diner jetzt Aufenthalt im Freien. Bier als Abendgetränk.

Noordwijk, Donnerstag den 6. VII. 39

Ein Monat seit unsrem Aufbruch von Princeton. – 8 Uhr auf. Thee und Ei. Kühler, windig, wechselnd bewölkt. In der Hütte am Tolstoi weiter gearbeitet. Schon notwendig, Raum zu sparen. Nach Tische Kaffee in der Glasveranda. Keller-Lektüre, Sinngedicht. Im Stuhl auf der Terrasse bei Sonne u. Wind angenehm geruht. Thee im Ort und eine Stunde mit K. spazieren gefahren gegen Haarlem, nach »Voorhout«. – Anruf Bermanns aus Amsterdam, Anmeldung für Samstag. – Einige Korrespondenz diktiert und rasiert. Nach dem Diner bei milder guter Luft auf dem Balcon gesessen. Wut Hitlers gegen Polen wegen seiner Schlappe, Angebote an Rußland, die, wie zu fürchten, mit der unheimlichen Verschleppung der Verhandlungen Moskau-London zusammenhängen. Annahme: Schlag gegen Polen, sicherer Anfangserfolg, dann großes Friedensangebot. Er könnte höchstwahrscheinlich auf die Mächte, die hinter München standen, rechnen. Im Falle daß die Westmächte eingreifen, die holländ. Küste als »Faustpfand« ausersehen.

Noordwijk, Freitag den 7. VII. 39

Nach dem Frühstück mit K. zum Notar am Kirchplatz in Noordwijk zur Beglaubigung meiner Unterschrift für Bibi und Gret. Gesellschaftlicher Empfang, Hausfrau, Wohnung. Danach am Strande gearbeitet. Stürmisches Wetter, Sandwehen. Nach Tische Regen. Im Zimmer u. auf dem Balcon. Viel Post aus Princeton, darunter erfreuliche Kundgebungen. Solche auch aus Holland. Zeitschriften. Geschlafen. Thee vorm Oranje, dann etwas ausgefahren u. an Kanälen in Alleen gegangen. Zu Hause zahlreiche Karten geschrieben. Brief an Münzenberg in der Zürcher Kommunistensache.

Noordwijk, Sonnabend den 8. VII. 39

8 Uhr auf. Andauer des stürmischen Südwestwindes. Bitterwasser. Zuerst im Zimmer, dann bei Regen in der Hütte am Tolstoi. Dort von den eben eingetroffenen Bermanns aufgesucht. Mit ihnen Wermut und Lunch. Kaffee mit ihnen in der Glasveranda. Über »M.u.W.«. Probebände des Zbg. als Band I u. II der »Stockholmer Gesamtausgabe«. Umschlag und Prospekt von »Lotte in Weimar«. – Auf dem Balcon Briefe von Annette Kolb und Erika aus Paris gelesen. Depression dort über den nicht mehr zu bezweifelnden schlechten Willen der Russen. Schweigen Polens. Appeasement? – Nachmittags besseres Wetter. Mit Bermanns nach Leiden zum Buchenhof. Chokolade getrunken. Über den geplanten Essayband. – Diner in Schwarz. Über Deutschland u. seine düstere Zukunft. – Schrift von Maritain über Demokratie und Christentum, durchgesehen. – Den Roman von Klaus begonnen. Widerstände. – Abends Auswahl eines Essaybandes von 12 Stücken mit Bermann. »Meister der Menschheit«?

Noordwijk, Sonntag den 9. VII. 39

Der selbe Wind, mehr Sonne. Diarrhoe. In der Hütte gearbeitet im Kampf mit dem Streusand. Lunch mit Bermanns, danach auf der Terrasse. Geschäftliches und Literarisches. Im Stuhl in der Sonne unter dem Sonntagspublikum bei der Musik geruht. Zum Thee mit Bermanns nach Waarmond gefahren; im Garten. Über Leiden zurück. Eintreffen des II. Bandes von Valentins Weltgeschichte; Stellung des Zbgs. – Nach dem Diner Vorlesung der Anfänge von Kap. VII zu großem Beifall.

Noordwijk, Montag den 10. VII. 39

Nordwestlicher Wind, kalt. Zeitig auf. Am Strande lange geschrieben. ½4 Uhr Fahrt mit Bermanns nach Haarlem, in dem schönen Frans Hals-Museum. Nachher Thee am Stadthaus-Platz. Rückkehr nach 6 Uhr. Konferenz mit Bermann in unserm Zimmer: Vorschuß, Übersetzungsfreiheit, neuer Kontrakt, das Problem der Ankündigung von »Lotte«, der Essayband »Adel des Geistes«? Die allgem. Lage. – Beim Diner heiter neugierig schauende Deutsche. Allerlei Briefe. Lion, giftig gegen Oprecht. – Meldungen über Verständigung Berlin-Warschau und ultimative Entscheidungsforderung der Westmächte an Rußland.

Noordwijk, Dienstag den 11. VII. 39

Mangelhaft geschlafen, früh auf, heiß gebadet, die Nacht war sehr kalt, und ich schlief mit 3 wollenen Decken. Lange in der Hütte gearbeitet. Mittags Ankunft Oprecht. Mit ihm viel über die Zeitschrift, Lion, Golo, der durch Bonnet das franz. Visum für ein Jahr bekommen hat. Das Wetter wurde vollkommen schön und sonnig. Vor dem Lunch Vertrag mit Bermann auf 3 Jahre. Wermut. Nachher auf der Terrasse Kaffee und fernere Unterredung mit Oprecht. Blieb zur Ruhe im Stuhl mit Sonnendach. Musik und laute Gäste. Von Oprecht, außer Medikamenten, das »Psychoanalytische Volksbuch« und ein Bilderwerk über Zürich. Von Bermann neue »Ausblicke«. Von de Lange Roths »Trinker«. Br. Franks Broschüren-Manuskript. – Thee mit den 3 Gästen auf der Terrasse (Strandkorb gegen die Sonne). Nach der Verabschiedung von ihnen Strand-Spaziergang mit K. Vorm Diner Lektüre eingegangener Briefe, aber zu müde für Korrespondenz. Nach Tische angesichts des sehr schönen leicht rollenden Sonnenuntergangsmeeres auf dem Balkon. – Die politische [Lage] sieht nach Détente und Schwindel aus. Defaitistische Stimmen in Frankreich. »Wegen Danzig«. Erika rief aus Paris an, im Begriff nach Zürich zu fahren. Schiffskartenbestellung fallen gelassen. Vorgesehen ist

Rückreise von Schweden, wo der Vortrag »Das Problem der Freiheit« zu halten. – Erste Teile des 7. Lotte-Kapitels an Oprecht für »M.u.W.« –

Noordwijk, Mittwoch den 12. VII. 39

Zeitig auf. Bedeckt, windig. Vormittags in der Hütte am Tolstoi gegen das Ende hin gearbeitet. Mittags Besuch von Landshoff. Mit ihm Lunch. Mit ihm auf der Terrasse Oprechts Rechnungen geprüft. Die üble finanzielle Lage der Zeitschrift. Gelesen in der Intern. Literatur guten Aufsatz von Lukács über Keller. Im Stuhl geruht. Thee mit Landshoff vor einem Strand-Café. Über die Zeitschrift als Gemeinschaftspublikation der Emigrationsverlage. Rat zur Besprechung. Abfahrt Landshoff. Brief von Hatvanyi (über Erika). Diktat an Oprecht in obiger Sache. Danach handschr. Brief an Lion, nach dem Diner beendet. Abends in Klaus' Roman.

Noordwijk, Donnerstag den 13. VII. 39

8 Uhr auf. Schönes Wetter. Schloß 11 Uhr am Strande die Tolstoi-Einleitung zur Zufriedenheit ab. Ging spazieren und las die Schrift von Huxley mit Vergnügen zu Ende. Nach dem Lunch auf der Terrasse in Klaus' Roman weiter. Im Stuhl geruht. Zum Thee auf der Terrasse Herr Wallagh aus Amsterdam, Interview für seine Wochenschrift. Im Ort, Bleistifte für die Strandarbeit gekauft. Danach am Strande gegangen. Besuch von Frau Witkop, eher fatal, nicht zum Diner eingeladen. Nach der Mahlzeit an Erika geschrieben zu Franks Manuskript etc.

Freitag den 14. VII. 39, Noordwijk.

Nach 8 Uhr auf. Klarer Himmel, wenig Wind. Kaffee gefrühstückt und in der Strandhütte das VII. Kapitel wieder aufgenommen, mit Bleistift in das Vater-Sohn-Gespräch eingetreten. Nahm nach 3 stündiger Arbeit ein Seebad, sehr kalt und wohl nicht sehr bekömmlich. Nach dem Lunch auf der Terrasse. Zum Kristall in dem Buch von Hartmann. Auf dem Bett geruht. 5 Uhr Dr. H. Wolf aus Amsterdam. Thee mit ihm vor dem ferneren Strand-Café. Holländische Übersetzung meiner Schopenhauer-Auswahl. Politisches und Parapsychologisches. Brachten Wolf im Wagen nach Leiden. Verfroren und unwohl. Nach dem Diner weitere Lotte-Studien.

Noordwijk, Sonnabend den 15. VII. 39

8 Uhr auf. Die Luft sehr weich, dick, schwühl. Fühlte mich bei der Arbeit am Strand unwohl und ging hinauf, ruhte mit Kompresse. Später wieder unten, am Kapitel und gegangen. Nach dem Lunch auf der Terrasse. In Klaus' Roman. Besuch von Bermanns und Landshoff mit der Seinen. Diese badeten. Oben etwas geschlafen. Leichter Regen. Thee mit der Gesellschaft in der Glasveranda. Mit den Verlegern über »Maß u. Wert«. Gemeinsamer Spaziergang am Strande. Mit Bermann über seine Pläne. Erhielt die Abschrift weiterer Teile des 7. Kapitels. Kam die holländische Ausgabe der »Demokratie«. Diner in Schwarz. K. beendet die Abschrift des Tolstoi. – Gestern amüsanter Brief Erikas: Moskauer Indignation über den Zürcher Angriff auf mich; Schwarzschilds Verzweiflung und Nöte wegen des geänderten »Bruder«-Titels; Bericht englischer Rüstungsindustrieller, man wolle den Krieg und sei überzeugt von Deutschlands raschem Zusammenbruch. – Volle Bereitschaft der engl. Flotte zum 1. August. Finanzierung der Verbündeten zur Aufrechterhaltung ihrer Mobilisation. Wie lange ist dieser Zustand erträglich?

Noordwijk, Sonntag den 16. VII. 39

Stilles, mildes Wetter. Vormittags am Strande gearbeitet. Nach dem Lunch Regen. Auf dem Balcon gelesen. Gewitter. Thee vorm »Oranje«. Etwas am Meer gegangen. Besuch von Herrn und Frau Dr. Salomon aus Amsterdam, in der Halle empfangen. Korrektur der Abschrift vom Tolstoi-Aufsatz. Nach dem Diner an Frank geschrieben. In Klaus' Roman weiter, der mich doch sehr interessiert und rührt.

Noordwijk, Montag den 17. VII. 39

Andauer des gewittrig-regnerischen Wetters, dann Auffrischen des Süd-West, schräge Brandung. Vormittags am Strande gearbeitet – die Kristall-Affaire unter Benutzung des Hartmann'schen Buches. Mittags zum Haarschneiden. Nach dem Lunch wegen nassen Wetters bei uns. Bols-Liqueur. Gelesen in »G. u. der Osten«. Etwas geschlafen. In der Halle Kaffee getrunken. Besuch eines jüdisch-miesmacherischen Dozenten aus Amsterdam, mit dem wir spazieren gingen. Nachher zahlreiche Diktate, Äußerungen zum Intern. Studenten-Kongreß in Paris, zum Tel Aviv-Orchester. – In Valentins Weltgeschichte über Napoléon. Handschriftliches in Kürze. – Brief von Käthe Rosenberg für meine Schriften. K. von ihrer Mutter; schaurige Zweifel am endlichen Gelingen der Ausreise. Aufenthalt hier wird sich wohl bis Ende des Monats verlängern, sodaß Zimmerwechsel für letzte Woche nötig.

Noordwijk, Dienstag den 18. VII. 39

8 Uhr auf. Kaffee gefrühstückt nach Bitterwasser. Anfangs im Zimmer, dann am Strande an der Vater-Sohn-Szene gearbeitet. Rasiert. Nach dem Lunch auf dem Balkon Material studiert u. in Klaus' Roman gegen das Ende gelesen, recht ergriffen. Thee vorm weiteren Strandlokal, wo wir mit entfernten Verwandten K.'s aus Dresden zusammentrafen. Dann nach Leiden gefahren. Einkauf von Cigarren und Bleistiften. Auf der landschaftl. Straße zurück. Post aus Princeton. Ferner »Abschieds«-Brief von Lion. – Zeitungsbericht über bösen Zank zwischen den beiden Gaunern wegen der Evakuierung von Süd-Tirol. Drohung Mussolinis mit »Achsenbruch«.

Noordwijk, Mittwoch den 19. VII. 39

Schwühl und gewittrig. 8 Uhr auf und am Strande bis 11 Uhr gearbeitet. Dann Fahrt nach *dem Haag,* wo ter Braak uns am Mauritius Haus erwartete. Besichtigung der Galerie. Rätsel der Blüte und des Verblühens der holländ. Malerei. Die Rembrandts. Stärkster Eindruck vom Portrait des Vaters. Der sogen. Homer, Rabbiner, »Gottessorge«, Jaakob. Jugendbild einer Darbringung im Tempel. »Saul und David«, das unverhüllte Auge. Der Judenbub. – Frühstück mit ter Braak im Hotel. Dann hinüber in ein Café, dort mit Dr. Falk über seine deutsch-jüdischen Arbeiten, biblische Stoffe, hebräische Schrift, Nibelungen-Strophen, sehr merkwürdig. – Heimfahrt bei Gewitterregen nach ½4. Hier bis ½6 etwas geruht. Thee im Strandkorb auf der Terrasse. Erneuter Regen. Im Faust den Mummenschanz gelesen. Strandspaziergang. Beim Diner die Nationalzeitung: Der »Anschluß« Danzigs wird friedlich vorübergehen unter Stärkung Polens gegen das tschechische Schicksal. – Telegramm von der Meyer aus London, daß sie nach Hamburg, Lübeck, München fliegt. Amüsant.

Noordwijk, Donnerstag den 20. VII. 39

8 Uhr auf. In der Hütte am 7. Kap. weiter (Mummenschanz). Regen. Im Gummimantel spaziert. Nach dem Lunch auf dem Balcon in Valentins Weltgeschichte. Thee vorm Oranje. Danach wieder Strandspaziergang. Zu Hause Handschriftliches, auch nach dem Diner. Brief von der Meyer: Gespräch mit Halifax. Brief von Schickele. Die Herz meldet Gerüchte vom Oxforder Ehren-Doktor.

Noordwijk, Freitag den 21. VII. 39

Vor 8 Uhr auf. Dunstig-schön. In der Hütte gearbeitet (Billet). Beim Gang mit K. über unsere Reise-Lage. Verbleib hier ins Unbestimmte? Ende des Monats England und Schweden? – Haarwäsche und Rasieren. An die Herz geschrieben, nebst Drucksachen. Nach dem Lunch auf der Terrasse mit »G. u. die Seinen« von Geiger. Dort geruht. In der holl. Presse Bilder von unserm Besuch im Haag, im u. vorm Mauritshuis. Thee auf der Terrasse. Dazu ter Braak und der Maler Citroen, der Zeichnungen von mir machte. Unterhaltung mit ter Braak über Nietzsche, über Religionen, Christentum. Das skurrile

Sektenwesen Hollands. Verfroren. Motion am Strand u. landeinwärts mit K. Im »Tage-Buch« der Survey-Graphic-Aufsatz deutsch, durch Cooperation, gut zu lesen. – Molotow in Urlaub, Vertagung des Paktes. Rede des Generals Brauchitsch mit Forderung des Korridors. Zusammenstoß zwischen Roosevelt und Borah bei der Neutralitätskonferenz im Weißen Haus. – Der Glaube an den Krieg wieder im Wachsen. Schlechter Besuch der Schweiz. Die Engländer fehlen. So auch hier.

Noordwijk, Sonnabend den 22. VII. 39

Zuviel gegessen u. mangelhaft geschlafen. Etwas müde in der Hütte gearbeitet, dann bei Wind gegangen. Den Nachmittag auf der Terrasse. Goethes »Paria«. Verführung. Zum Thee Dr. Warschauer für den Stockholmer »Sozialdemokraten«. Telegramm von Erika, die rät, Ende des Monats nach Zürich zu gehen. Bericht über die Londoner Versteigerung, Ergebnis 20 000 Pfund. – Rutgers University-Druck von »Problem of freedom«.

Noordwijk, Sonntag den 23. VII. 39

Am dunklen Strand lange am Schluß des 7. Kapitels. Müde spaziert. Mittags Landshoff. Mit ihm nach dem Lunch auf der vollen Terrasse. Sonne. Bei Musik geruht. In der Nation. Zeitung ebenfalls »Kultur u. Politik«. Besprechung des »Vulkan« von Frey. Thee mit Landshoff. Etwas zu dritt gegangen. Über Oprechts Antwort und die Zeitschrift. Vor u. nach dem (vorzüglichen) Diner langer Brief an Klaus über seinen Roman.

Noordwijk, Montag den 24. VII. 39

K.'s 56. Geburtstag. *Schloß* an diesem Tage vormittags am Strande das *Siebente Kapitel* von »Lotte in Weimar« auf der 104. Seite knapp dialogisch *ab* und wandte mich beim nachfolgenden Wandeln sofort dem Achten zu. – Dunkel, Regen war in der Hütte abzuwarten. Nach dem Lunch auf dem Balcon im Biedermann. Auf dem Bette geruht. Thee vorm

»Oranje«. Neuerlicher Regen. Las K. zur Feier des Tages die letzten 20 Seiten des Siebenten vor. – Langer Brief von Erika aus Arosa, die Schriften-Reihe und die Alten betreffend. Brief von Golo aus Paris. Erfreulicher Brief von ter Braak über den »Schopenhauer«. Champagner zum Diner am geschmückten Tisch. Dankte ter Braak. –

Noordwijk, Dienstag den 25. VII. 39

Dunkel und feucht. Blieb vormittags im Zimmer und bereitete an der Hand von Bildern u. Büchern allerlei fürs Achte Kapitel vor. Mittags mit K. am Strande gegangen. Beim Lunch wieder festgestellt, daß sich mein Appetit hier sehr gebessert hat. Auf der Terrasse bei durchdringender Sonne. Dort geruht und aufgefahren mit eigentümlicher nervöser Schreckenssensation, alsob Feuer sich meinem Munde näherte. Zum Thee Citroen, der photographierte u. zeichnete. Nachher Spaziergang im Hotel-Park. Unterdessen Umzug vom III. in den IV. Stock, von 367 nach 461. Hiermit zu schaffen. Nach hergestellter Ordnung auch mit dem neuen, gewöhnlicheren Zimmer leidlich zufrieden. Eine Reihe [Briefe] teils durch Diktat, teils durch Besprechung mit K. erledigt. Brief von Frau Oprecht, die Alten betreffend, denen es unter Einwirkung der W. Wagner bevorzugt gut geht – verhältnismäßig. Anzunehmen, daß ihr Vertrag erfüllt wird. Da aber mit wochenlanger Verzögerung zu rechnen, regt K. an, daß wir am 1. VIII nach London und Schweden reisen und die Schweiz ans Ende des Sommers stellen. Mir soll es recht sein. – Brief von der Servicen über die Schwierigkeit der Übersetzung von Kap. VII wegen der Allusionen. Denke an Noten-Beigabe eines Germanisten. – Einladung der Künstler-Genossenschaft im Haag.

Noordwijk, Mittwoch den 26. VII. 39

Im neuen Zimmer. Angenehmer Vormittag am Strand, windstill, mild-bedeckt, mit zum Meere gekehrter Hütte. Begann das 8te Kapitel. Ging langsam spazieren und Reizendes, das alle Tage vorkommt. Nach dem Lunch auf der Terrasse mit Citroen, der zeichnete und recht Löbliches zuwege brachte. Strandkorb-Stuhl; danach Liegestuhl, wo ich ruhte. Interessantes Goethe-Bilderwerk von Citroen. – Es kam »Über den Prozeß der Civilisation« von N. Elias. Rührende Huldigungsbriefe von Zeit zu Zeit aus dem Lande. – Spaziergang mit K. nach der Leuchtturm-Seite bei Ebbe nach dem Thee, den wir im Ort nahmen. Vorm Diner handschriftliche Geschäfte. Die Lindt sandte Artikel von B. Uhse über die Yale-Collection aus dem »Par. Tageblatt«. Die Zeitungen faul-wässerig, aber nicht auf Krieg deutend. Chamberlain nachgiebig gegen Japan, was in Moskau und Washington nachteilig wirken muß. Das unsägliche Gebahren der deutschen Presse, immer wieder.

Noordwijk, Donnerstag den 27. VII. 39

Wolkenlos schöner Tag, frisch, bei leichtem, wechselndem Wind. Nach Bad und Kaffee in der Hütte am Eingang des 8ten Kapitels weitergeschrieben. Lebhafte Hoffnung, den Roman für das Erscheinen im Herbst noch rechtzeitig fertig zu machen. – Nach dem Lunch die Herren Fr. Warschauer und Citroen zum Zeichnen und Photographieren, beides viel versprechend. Auf der Terrasse geruht. Gelesen in Elias' »Civilisation«. Thee im »Seinpost«, nachher Spaziergang am Strande. Handschr. Brief an R. Bermann-Höllriegel in der peinlichen Sache des Preisausschreibens. Brief von Olden, Oxford, wegen Übernahme der Vertretung der deutschen Gruppe in Stockholm. Brief an Bermann-Fischer wegen der Essay-Sammlung, der besser 2 Bände gewidmet werden. Nach dem Diner Dankbrief an den Lehrer Rozelaar in Naarden.

Noordwijk, Freitag den 28. VII. 39

Bedeckt, verstärkter Süd-West. Zeitig auf und 3 Stunden in der Hütte am 8ten Kapitel. Danach gegangen. Korrektur von »Problem der Freiheit« in den »Ausblicken«. Ter Braaks holländ. Artikel über den »Schopenhauer«. Sonst viel postalische Beschwer. Nachricht aus London, daß die Einzahlung allenfalls Ende August erfolgen kann. Es hat also keinen Sinn – und hatte nie einen – die Schweiz aufzuschieben. Anzunehmen, daß wir in etwa einer Woche dorthin abreisen. – Auf der Terrasse nach dem Lunch. Erwärmung. Deutsche Zeitschriften. Der Wohlthat-Handel zum Überdruß. Unten geruht. Zum Thee Herr Cordan mit Proben seiner Amsterdamer Zeitschrift »Der Centaur«. Gedicht von Verwey gegen das Dritte Reich. Interesse für Lyrisches in der Welt. Freimaurerei der Kultur. – Etwas am Strande u. im Ort gegangen. Cigarren. Einige Diktate vorm Diner u. nachher auch dergleichen ermüdende Geschäftigkeit vor dem abschließenden Glase »Urquell«.

Noordwijk, Sonnabend den 29. VII. 39

Schönes, sommerliches Wetter, mit dem Wind leichte Regenspritzer. Verbrachte den Vormittag wie gewöhnlich arbeitend und gehend am Strande. Ca 12¼ Uhr Fahrt mit dem Wagen nach *dem Haag* zu Landger. Rat Ulman in der Lange Doorkant. Mittagessen bei diesen Vertriebenen. 3 Uhr zum Pulchri Studio, Empfang des Kunstenaars Centrum voor Geestelüke Veerbaarheid. Gedrängtes Auditorium, vortreffliche Ansprachen junger freigesinnter Schriftsteller, ter Braaks, eines Literarhistorikers, einer pazifistischen Frau. Ich sprach nach dem Thee. Geschenk eines Buches »Panorama de la Littérature Hollandaise« mit den Signierungen der Redner. Viele Vorstellungen. Sehr heiß. Gegen 5 Heimfahrt. Dankbare Rückkehr zum Meere. Schrieb an Schickele. Danach wohltuender Spaziergang am abendsonnigen Strand. Diner im Smoking. In den Blättern viel über die Kündigung des Handelsvertrags mit Japan durch Roosevelt. Erbitterung in Tokio, Erleichterung in England. Mögen weitere Behinderungen des chinesischen Krieges beabsichtigt sein.

Noordwijk, Sonntag den 30. VII. 39

Sommerliches Wetter, Sonne schon morgens zu heiß. Gestern sehr schwer, nur mit wiederholten Mitteln eingeschlafen. Vormittags 3 Stunden in der Hütte gearbeitet. Dann gewandelt. Landshoff zum Baden eingetroffen. Lunch mit ihm u. nachher zum Kaffee auf der Terrasse. Den Forum-Vertrag über »Buddenbrooks« unterschrieben u. Check empfangen. Bei der Musik geruht. »Problem der Freiheit« korrigiert. Die Zeitung über die Versteifung Amerikas gegen Japan recht angenehm zu lesen. Weltbühne. – Zum Thee mit Landshoff nach Wahrmand. Beim Sitzen am Kanal Luftröhrenaffektion geholt, die hoffentlich überwunden wird. Landshoff zum Leidener Bahnhof. Zu Hause Diktate: über Kaysers Roman an den Book of the Month Club, Verschiedenes an die »Guild« etc. Nach dem Diner Anruf des Gesandten in Paris zum Dank für das übersandte »Achtung, Europa!« – Vorm Einschlafen jetzt immer das »Sinngedicht« – mit herzlicher Bewunderung für die gediegene, lautere Kunst. – Viel hin und her Beraten tagsüber, ob nächster Tage in die Schweiz zu reisen ist und von da vierzehn Tage später nach London, oder wir besser diesen förderlichen Aufenthalt verlängern, von Rotterdam nach England reisen und unter Umständen die Schweiz ganz fahren lassen sollen.

Noordwijk, Montag den 31. VII. 39

Gestern Abend schwere Verdunkelung des Himmels, Gewitter, Regengüsse, ins Zimmer nässend. Sturm, der heute heftig andauerte. Morgens Eintragungen in die Korrektur des »Ausblicks«. Dann in der Strandhütte gearbeitet. Das Gehen am Strande wegen des Windes unmöglich. Haarwäsche und Rasieren. Nach dem Lunch auf der Terrasse photogr. Aufnahmen des Frl. Oesterreicher. Briefe von Oprecht und Golo, der morgen in Zürich eintrifft. Las in Cassirers »Descartes«. [...] Thee vorm Oranje, danach im Park in der Sonne gesessen. Beschluß, am 3. abends nach *Zürich zu reisen.* Zu Hause Diktat an Oprecht. »Het Vaterland« mit Bericht über die »Huldigung« u. dem Aufsatz über »Schopenhauer« von ter Braak. – Schrieb an Dr. Elias, London, über seine Geschichte der Civilisation.

Noordwijk, Dienstag den 1. VIII. 39

Andauer des Süd-West-Sturmes, etwas abgeschwächt. Während der dreistündigen Arbeit am Strande Nachricht, daß vor Sonnabend keine Schlafwagenplätze erhältlich. Abreise auf den 5ten abends verschoben, – wobei immer noch mit erzwungener Änderung der Direktion zu rechnen. Nach der Arbeit (Ankunft am Frauenplan) im Winde spaziert. Nach dem Lunch auf der Terrasse. In Cassirers »Descartes«. Etwas geschlafen. 4 Uhr hinauf, umgekleidet und einen Brief geschrieben. Zum Thee in »Seinpost«, von wo der Anblick des rollenden Meeres besonders schön. Am Strande dorthin und zurück. Kleine Einkäufe im Ort. Zu Hause längeres Diktat an Bermann (der Kongreß, die beiden Essay-Bände, Wohnung in Schweden etc.) Einladung der schwedisch-deutschen Gesellschaft, den Vortrag für sie öffentlich zu wiederholen. – Handschr. Korrespondenz bis zum Diner.

Noordwijk, Mittwoch den 2. VIII. 39

Gestern Abend 11 Uhr Ankunft Bibi und Gret zu kurzem Besuch. Gegen Morgen schwer tönendes Gewitter. 8¼ auf und mich zur Arbeit beeilt, mich aber etwas müde erwiesen. Gegangen, zunächst mit den zum Bade fertigen Kindern u. K., am Strande. Lunch zu vieren. Danach auf der Terrasse. Gegen 4 brachte K. die jungen Leute im Wagen nach dem Haag zur Rückkehr nach Belgien. Keine rechte Ruhe. Gelesen über Descartes und Christina. Nahm allein den Thee auf dem Zimmer, ordnete die nach Princeton zu sendenden Bücher u. erledigte einiges Schriftliche. ½6 Uhr mit der zurückgekehrten K. Spaziergang in Dünenstraßen u. am Strande. Zu Hause Diktat an die Lowe zur Beruhigung wegen des VII. Kapitels u. einig. a.

Auch weiteres Handschriftliche. K. korrigiert die sehr mangelhafte, in Amsterdam geleistete Maschinen Copie des VII. – Zeitungsmeldung von langer Unterredung Hendersons mit dem Hitler in Bayreuth.

Noordwijk aan Zee, Donnerstag den 3. VIII. 39

Zeitig auf. Regnerisch. Zuerst im Zimmer, dann am Strande gearbeitet. Danach bei starkem Südwest gegangen. Nach dem Lunch in der Glasveranda. Descartes. Auf dem Bette geruht. Thee bei Seinpost, danach Strand-Spaziergang. Milde. Schöne, gelassene Wellen, Silberlicht. Aus Princeton mit anderen Drucksachen Nicolsons Schrift »Is war inevitable?«, mit Bezugnahme auf »Dieser Friede«. – Längerer Brief an Kerényi.

Noordwijk, Freitag den 4. VIII. 39

Morgens heiteres Wetter. In der Hütte, die vorgeschoben u. dem Meere zugekehrt war, am 8ten Kapitel gearbeitet und dabei, wie schon gestern, den Besuch des zweijährigen holländischen Kindes empfangen. Etwas gegangen, müde, angegriffen, stockender Unterleib. Vielleicht zu lange Kaffee getrunken. Auch mag mir die morgige Abreise schon in den Gliedern liegen. Brief von Bermann über günstige Wohnung unweit Stockholm am Meer. Plan, den Zürcher Aufenthalt auf 8-10 Tage abzukürzen. – Landwind, flau. Nach Tische auf der Terrasse. Die Pariser Zeitschriften. Nachmittags Verdunkelung, Regen- u. Gewitterneigung. Thee in Strandkörben auf der Terrasse. Danach nur ein paar Einkäufe im Ort. Vorbereitungen zum Départ. Bücherpacket nach Princeton, Manuskripte und Mappen für den Koffer geordnet. Abends Gewitter mit heftigen Blitzen.

Sonnabend den 5. VIII. 39

Reisetag. Vormittags in Noordwijk am Strande gearbeitet und spaziert wie gewöhnlich, während K. packte. Nach dem Lunch Verabschiedung von »Frau Büntels« und dem bedienenden

Oldenburger Mädchen nebst Douceurs. Auf der Terrasse Verabschiedung von dem Mann der Arbeitshütte. Las dort in dem Buch über die Geschichte der Civilisation u. blieb zur Ruhe dort. Dann auf dem Zimmer Beendigung des Packens mit improv. Thee. Fertig mit dem komplizierten Apparat gegen ½7. Unten Geschenk der 4 Erzählungen an den Portier, Trinkgelder und Verabschiedungen. Abfahrt mit großem Taxi ½7 nach dem Haag auf vertrauten Wegen. Dort zuerst den Bahnhof verfehlt. Am holländischen Aufgeben zweier Koffer und suchen nach dem Restaurant, wo wir mit Landshoff verabredet. Begegnung mit diesem. Im Restaurant wartend Alfr. Knopf. Englisch-amerikanische Einschaltung. Abendessen zu viert. Gegen 9 Uhr von Landshoff u. Knopf zum Schlafwagen geleitet. Französisch sprechender italienischer Schaffner, knirpsartig, der bei Durchsicht unserer Pässe fragt, ob ich »le grand philosophe« sei. Mit K. in freiem Abteil. Wasser-Unordnung im Waschkabinett. Zurückstellen der Uhr. Ca ½11 Uhr zu Bette. Ganzes Phanodorm. Das »Sinngedicht« zu Ende gelesen.

Sonntag den 6. VIII. 39. Schlafwagen zwischen Straßburg u. Basel.

Etwa 7 Stunden fest geschlafen. ¾8 Uhr auf u. angekleidet. Nicht recht wohl. Endlose Wanderung durch den langen, menschenvollen Zug zur primitiven Frühstücksküche ganz am Ende. Beängstigung, Unwohlsein. Thee, dünnes Ei und etwas altes Brot. Cigarette. Erholung, aber die Nerven nicht zum besten. Bedeckter Himmel, feuchte Wege. Den ungewöhnlichen Rückweg durch den Zug mit K. zusammen zurückgelegt. – Der ital. Schlafw. Conducteur und der Angriff in Indépendence Belge. Über Abessinien.

Zürich, Waldhotel Dolder.

In Basel leichte Paß- u. Gepäckrevision. Imbiß von Wermut und Emmenthaler vorm Bahnhofsrestaurant. Fahrt nach Zürich durch das vertraute Land. Am Bahnhof Oprechts mit Asso,

Golo, Tennenbaum. Wagen des Hotels. Fahrt dorthin in Begleitung Frau Oprechts. Zwei Zimmer mit Veranda im 2. Stock. Blumen u. Chokolade. Mittagessen mit Golo im Speisesaal. Kaffee auf der Terrasse davor. Auspacken. Installation des Schreibtisches. Auf dem Bette geruht. Thee auf unsrer Veranda. Spaziergang im nahen Wald. Sexuell tätiges Paar auf einer Bank, diskrete Umkehr. Zu Hause Anruf des Herrn Moser. Telephon mit Erika in Arosa, die pessimistisch wegen des politischen Verlaufs. Kündigt ihren Besuch an. – Diner mit Golo, danach Besuch vom Vater Moser, der im Salon bei einem Café-Crême lange mit uns saß und angeregt plauderte.

Zürich, Montag den 7. VIII. 39

Vor 8 Uhr auf, gebadet und mit K. auf unserer Veranda Kaffee getrunken. Bis 11 Uhr gearbeitet am 8. Kap. Mit Zahnrad- und Trambahn zur Stadt, zur Haarpflege bei Bachmann, Begrüßung mit Chef und Angestellten. Einkäufe. Reizender Eindruck der geschmückten Stadt. Mit Taxi zurück zum Waldhaus. 1 Uhr Lunch im Speisesaal. Kaffee auf der Terrasse. Nachher bei uns auf Liegestühlen. In dem Buch von Elias. Draußen geruht. Vor und nach dem Thee Briefe gesichtet und beseitigt. An Fiedler geschrieben. Mit K. im Walde gegangen. Etwas unwohl im Magen. Gegen 8 von Golo abgeholt, zu Fuß auf grünem Wege zur Stadt hinunter und mit Taxi zur »Landi«, Dörfli-Seite. Vorzüglichen Neuchâteler mit Abendessen. Gang durch das allerliebste Dörfli. Mit Trambahn und Dolderbahn nach Hause.

Zürich, Dienstag den 8. VIII. 39

Zeitig auf u. nach dem Milchkaffee bis ½12 gearbeitet. Mit Drahtseilbahn u. Tram zur Stadt, bei Prof. Ulrich zur Revision der Ohren nach langem Warten. Prüfung des Gehörs mit vollkommen befriedigendem Ergebnis. Bei Scholl Einkauf von Schreibblocks und Heften dieser Art. Lunch im Hotel. Kaffee und Benediktiner auf unserer Veranda. Die erste »Deli« wieder geraucht. Das Buch von Elias wertvoller als ich dachte, namentlich die Bilder aus dem späten Mittelalter u. der ausgehenden Ritterzeit. – Draußen geruht. Interessanter Brief der Mrs. Meyer über ihren Aufenthalt in Deutschland. Die Zerrissenheit und Angst. Das Kulturvolk! Die Aufführung im Münchner Schauspielhaus! – Brief von Bermann über die Stockholmer Vorträge und unser Hotel am Meer. 6 Uhr zu Oprechts; mit ihnen zur Landesausstellung. Strömender Regen. Gang hindurch. Eindruck rührender Selbstverherrlichung, berechtigt, gewinnend, notwendig. Souper zu 7 Personen mit Golo und Leisingers im Muster-Hôtel. Vorzügliche Küche und guter hellroter Schweizer Wein. War aber recht müde. Leisingers brachten uns in ihrem kleinen Wagen nach Haus. – Vortrefflichkeit der Keller'schen »Legenden«.

Zürich, Mittwoch den 9. VIII. 39

8 Uhr auf. Besseres Wetter. Zum Kaffee von dem guten Kuchen, den Beidlers uns gebacken. Gearbeitet bis ½12. Mit der Dolderbahn zur Stadt. In der Bahnhofstraße, wo ich die prächtigen Auslagen betrachtete, Begegnung mit K., die mir in einer Nebenstraße den schmucken kleinen Peugeot zeigte, den sie eben für 18 Franken pro Tag gemietet. Einkauf einer grauen Hose, die ich brauchte. In der Bellevue-Apotheke; Freude des Personals. Mit dem Wagen nach Hause. Lunch hier, danach auf der Veranda Beschäftigung mit den Gedichten von Karl Kraus. Auf dem Bette geruht. Nach dem Thee Ausfahrt mit K. nach Küsnacht, die vertraute Strecke in die vertrautere Landschaft, der Wald, wo ich tausendmal gegangen, Johannisburg, Besuch bei Studer-Gujers, wo wir nur die Schwester trafen. Dann in die Schiedhaldenstraße. Wir fuhren den Wagen in die offene Garage, stiegen die verwachsenen Stufen hinauf. Die Steinplatform, wo ich saß, als die Möbel zum »Lift« hinuntergetragen wurden. Die Gartenterrasse vorm Eßraum, der Hecke beraubt. Einblick in die Wohnhalle mit einigen der bekannten Möbel; ins Eßzimmer. Aufblick zu meinem Arbeitszimmer,

wo der dritte Band des Joseph, der Brief an den Dekan, der größte Teil von Lotte entstanden. Tiefe Bewegung, erschüttertes Lebensgedenken, Trauer und Schmerz... Rückfahrt durch den Wald zum Zürichberg und Hotel. – Diktiert an Mme Mayrisch. Geschrieben an die Mazzucchetti über Jollos. Diner im Speisesaal. Um 9 Uhr Beidlers und Golo. Mit ihnen in K.'s Zimmer bei Bier, Cigarren und Kaffee. Mitteilung des Briefes der Meyer über Deutschland. Freundschaftliche Unterhaltung, gedämpft der Nachbarschaft wegen, an Abende im Arbeitszimmer der Schiedhaldenstraße erinnernd.

Zürich, Donnerstag den 10. VIII. 39

8¼ Uhr auf. Schönes, sommerliches Wetter. Frühstück auf der Veranda, dann bis Mittag gearbeitet. ½1 Uhr zum Bahnhof im kleinen Wagen zur Abholung Erika's, die mit der Giehse und deren Schwester von Chur kam. Mit Erika zu uns. Zum Lunch auch Golo. Kaffee auf der Terrasse. Schlecht geruht, angegriffen u. unwohl auf dem Wald-Spaziergang, den wir zu dritt nach dem Thee machten. Zu Hause Diktat an die Direktion der Ausstellung zum Dank für übersandte Eintrittskarten. Früheres Diner am runden Tisch mit Erika, Golo und der Giehse. Danach Champagner in K.s Zimmer. Vorlesung des Vater-Sohn-Dialogs, Schluß von Kap. VII, und des vom VIII. Geschriebenen. Schöner Eindruck. Feststellung, daß das Aufregende des Anfangs sich wieder hergestellt. Ausgedehntes Beisammensein bis gegen 12, gedämpft durch Klopfen der Nachbarschaft.

Zürich, Freitag den 11. VIII. 39

7¾ Uhr auf. Warmer Sommer. Bis ½12 gearbeitet. Dann mit K. und Erika zur *Ausstellung* gefahren. Im Muster-Hotel u. a. Abteilungen. Fahrt auf dem Schifflibach. Reizende, überaus gewinnende Eindrücke. Mittagessen in der Weinstube. Heimfahrt gegen 3. Sehr heiß. Geruht. ½5 ins Gr. Hotel Dolder zum Thee mit *Trebitschs*. Mit ihnen durch den Wald zurück.

Zu Hause rasiert u. umgekleidet. Auf der unteren Veranda Dr. *Marlberg* aus Bern empfangen. Über die Möglichkeiten seines Manuskripts »Weg zu Goethe«. Zum Abendessen bei *Oprechts* mit der Giehse u. ihrer Schwester, dazu später Dr. Lothar aus London. Die üblichen politischen Gespräche. Äußerte viel Lob der Ausstellung. – Einladung von Tor Bonnier.

Zürich, Sonnabend den 12. VIII. 39

Vor 8 auf. Sommerlich. Gearbeitet am 8. Kap. bis gegen ½12. Mit Seil- und Trambahn zur Stadt, auf dem Wege zu Asper den trostlosen Trebitsch getroffen. Revision und Säuberung bei Asper. Von da zu Wollen-Keller, Hosenträger und Socken gekauft. Bei Frau Bilger zur Pediküre. Abgeholt von K. Mit ihr weitere Einkäufe. Spätes Lunch. Nachher in unserer Loggia Zeitungen und Tagebuch. Beratung über unerfreuliche Informationen wegen der Reise London-Stockholm, die wohl am besten per Flug nach Kopenhagen und anschließendem Schlafwagen bewerkstelligt wird. – Auf dem Bette geruht. Nach dem Thee Ausfahrt mit Golo u. K. in den Küsnachter Wald, wo wir ausstiegen und den »kleinen Rundgang« (ohne Toby) machten. Rückfahrt über Zumikon u. Witikon. Gewitterregen. – Zu Hause Diktate an Bermann, Tor Bonnier, Edfeld (Stockholm) wegen des öffentlichen Vortrags. Diner mit Golo. Nachher in der Halle gelesen. Guter Artikel der N.Z.Z. über Danzig. Zweifelhaft gute Novelle von Gumpert für das 1. Heft von »M.u.W.« dessen recht erfreuliches Programm Golo vorlegte. – Entwürfe zu »Anna Karenina« aus dem Tolstoi-Archiv, Moskau, in der Zeitung. Ebendort melancholisch geistesschwacher Briefentwurf des sterbenden W. Scott an Schopenhauer.

Zürich, Sonntag den 13. VIII. 39

7¾ Uhr auf. Neblig. Vormittags gearbeitet. Mittags mit Golo am See entlang und bei Meilen hinauf nach »Luft« gefahren, wo wir in der Wirtsstube gut zu Mittag aßen und einen guten, leichten roten Schweizer tranken. Kaffee im Garten. Zurück die schöne Strecke über den Pfannenstiel. Andauernde Rührung. – Im Hotel Sonntagsbetrieb, Musik. Auch in der Umgebung viele Menschen. Fuhren nach dem Thee etwas weiter fort in den Wald, wo wir gingen. Nachher Diktate an Nicolson, die Meyer, die Servicen. Begann Brief an Medi in Mexiko. Nach dem Diner mit Golo Manuskripte für M.u.W.

Zürich, Montag den 14. VIII. 39

7½ Uhr auf. Leicht herbstlich-neblig, heiter. Gearbeitet am 8ten Kapitel bis ½12. Zur Stadt, Einkäufe bei Jelmoli, Wollen-Keller, Fein-Kaller. (Nachlaufen der Besitzerin auf die Straße.) Tennenbaum abgeholt u. ihn zum Lunch gefahren, das wir auf der Veranda mit ihm und Golo nahmen. Briefe von Fiedler und Mme Mayrisch. ½6 abgeholt von Barths. Fahrt in zwei Wagen am rechten Seeufer hin, landeinwärts an dem Gute Faesis vorüber zum Gasthaus Aichmühle. Spaziergang mit Barths u. Golo von dort aus; ½8 Uhr gutes Abendessen mit rotem Schweizer Landwein im Wirtsgarten mit beinahe thüringischer Aussicht. Schöner, milder angenehmer Abend mit den sympathischen Freunden. Viel über das Politische, aber auch Austausch über Dichterisches. Auf der Rückfahrt mit Barth über Korrodi und seine Melancholie. – Die Zeitungen über den Besuch Burckhardts in Berchtesgaden u. seinen Bericht nach London. (Runciman). Mussolini's Plan einer 5 Mächte-Konferenz unter Ausschluß Rußlands. Man hofft die anti-russischen Mächte in Frankreich u. England mobil zu machen.

Zürich, Dienstag den 15. VIII. 39

Heiteres, leicht herbstliches Wetter. Vormittags an der Gesellschaft bei Goethe. Mittags im Wagen Tennenbaum u. den Architekten abgeholt, der den Besitzer des Grundstücks beim Golfhause Zumikon vertritt. Fahrt dorthin, Besichtigung ungefähre Abmessungen. Freudige Eindrücke. Verabredung für Donnerstag. – Lunch im Hotel. Nachher in unsrer Veranda Gitermann: »Die histor. Tragik der sozialistischen Idee«. Auf dem Bette geruht. Nachmittags ausführlichen Brief an Medi nach Mexico City geschrieben. Gegen ½7 zu Oprechts, die uns mit Leisingers erwarteten. In zwei Wagen zu Leisingers ob Küsnacht. Haus und Garten in reizender Lage. Prächtiger Zottenhund Billi, neben Asso. Kurzer Spaziergang und Abendessen in gedeckter Garten-Veranda. Nachher im Zimmer. Ruhiger, sympathischer Abend.

Zürich, Mittwoch den 16. VIII. 39

Vollkommen schönes Wetter mit herbstlichem Einschlag. Vormittags gearbeitet. Mittags mit K. im Walde gegangen, dann Golo zum Lunch geholt. Nachmittags mit ihm und Oprechts nach *Luzern* gefahren. Dort Besuch bei *Walters.* Abendessen mit Oprechts auf der Terrasse des Hotels Balance am Fluß. Zum Kaffee Walters. Heimfahrt von 10 bis nach 11 Uhr. Verabschiedung von Oprechts.

Zürich, Donnerstag den 17. VIII. 39

Warmes Sommerwetter. Morgens wieder Thee getrunken. Auf der Veranda mit Bleistift im Liegestuhl an der Gesellschaft gearbeitet, während K. packte. Mittags Prof. P. Stefan empfangen. Danach einige Schritte in den Wald gethan. Nach dem Lunch erneute Beschäftigung mit den Goethe-Aufsätzen von Schaeder. Abholung des Gepäcks, das direkt nach Stockholm geht. Etwas geschlafen. K. brachte aus der Stadt außer einer neuen Weckuhr für meinen Nachttisch die enttäuschende Nachricht zurück, daß der Besitzer des Zumikoner Grundstücks vorläufig nicht verkaufen will. Nahmen uns vor, ihm von Stockholm aus zu schreiben. – Brief an Unruh. Einpacken und Auflösen. Mit K. etwas gegangen und das Schwimmbad besichtigt. Mit Golo zu dritt auf der Terrasse diniert. Sich umschauende Deutsche in der Nähe. Nachher oben, die Handtasche gepackt. Weißwein auf dem Balcon mit dem hübschen Lichterblick auf die Stadt und die »Landi«. Telephon mit Erika zum Abschied unter den zweifelhaftesten Umständen. Die Spannung verschärft sich, ich bezweifle, daß Hitler kämpfen will, doch wird er vielleicht dazu gezwungen werden. – Ich scheide ungern von Zürich. Ob wir im September zurückkehren? – 11 Uhr zu Bette, um morgen vor 7 aufzustehen.

London, Hotel Alexandria, Freitag den 18. VIII. 39

Heute in Zürich ¾7 Uhr auf. Starke Nebel. Thee gefrühstückt und fertig gemacht. Golo zur letzten Begleitung. Mit Taxi zum Bahnhof, Omnibus der Swiss Air. Visitationen. Abschied von Golo. Mit dem Omnibus zum Flugplatz. Langes Warten dort. Start in dem großen Aluminium-Apparat mit ¾ stündiger Verspätung. Aufstieg ¾10 Uhr. Flug nach Basel, Aufenthalt. Dann in große Höhe, über die Nebel, 2500 Meter. Weiß-weiche Wolkenlandschaft unter dem lichten Blau. Oben ruhige, schnelle Fahrt. Tüchtige Schweizer Stewardeß. 12 Uhr Lunch: Bouillon und Schinkenbrot. Cigaretten. Nur eine Anwandlung von Herzerregung. Über dem Kanal, kleine Dampfer darauf, die englische Küste als geographisches Relief. Bei London stoßend durch die Wolkenschicht hinab. Landung. Moni mit Lanyi am Platz von der Terrasse winkend. Begrüßung. Gedehnte Paß- u. Gepäckkontrolle. Lange Omnibus-Fahrt mit Lanyis zur Victoria Station. Taxi zum Hotel. Gutes Doppelzimmer im II. Stock. Sehr verspätetes u. improvisatorisches Lunch zu vieren im Speisesaal. Ruhe auf dem Bett. Guter Thee mit Sahne.

London, Sonnabend den 19. VIII. 39

Gestern den Nachmittag gleichgültig vertan. Diner mit Lanyis in einem italienischen Restaurant. Von da mit Taxi in ein Cinéma: französischer Kleinstadt-Eheirrungsfilm mit guten Typen, gut gespielt. Zu Fuß nach Hydepark u. zum Hotel zurück. Sehr müde. Lektüre: Hutchinson, »Ein Testament«.

Recht gut geschlafen. Gegen ½9 auf u. gebadet. Ziemlich stark neblig. Porridge und Thee gefrühstückt. Anruf der Rosenbergs und der Herz. Dankesbrief von Klaus aus Santa Monica. Brief von Bab (Paris). K. zum Reise-Bureau. – Mit Taxi zu Rosenbergs in ihr ruhiges Quartier. Freudige Begrüßung. Mit ihnen im Garten in der Sonne. Besichtigung ihrer Zimmer. Mit ihnen per Omnibus zur Stadt, vergebliches Suchen nach dem gestrigen Restaurant, in ein andres statt dessen, recht gut und teuer. Lunch zu viert. Viel über das Politische und Persönliche. Erregung der gealterten K.R. beim Zurückkommen auf die Hölle der Auswanderungsformalitäten. – Ruhe im Hôtel. – Thee mit der Herz. Später angenehmer Spaziergang mit ihr nach Buckingham Palace, an den sommerlich bevölkerten Parks hin, Trafalgar Square, Themse-Brücke, Parlament, Downingstreet. Renaissance-Repräsentation des 19. Jahrhunderts. Mit Taxi zu Lanyis. Nette kleine Wohnung. Selbstgekochtes Abendessen, Kaffee u. Bier im Arbeitszimmer. Nach 11 Uhr mit Omnibus nach Hause.

London, Sonntag den 20. VIII. 39

½9 Uhr auf. Nebel, feucht. Thee mit Porridge. Nicht sehr wohl. Bestellung eines Wagens. – Einige Zeilen am 8. Kapitel. 11 Uhr ausgefahren (Chauffeur mit Wolfsrachen), die Kinder abgeholt. Fahrt nach *Hampton Court*, (Richmond Parc). Spaziergang in dem herrlichen Park, Lunch im Gartenrestaurant, danach Besichtigung des großartigen Schlosses, der mit italienischen Gemälden behangenen Gemächer, Schlaf- und Empfangssäle. Galerie mit prächtigen Ausblicken in den Park. Die Idee, die hinter solchen Schöpfungen notwendig stehen muß. Nach der Heimfahrt geruht. Zum Thee die »Tanten«. Nachher Vorlesung des 8ten Kapitels soweit geschrieben. Mit den Damen ins italien. Restaurant. Minestrone und Zabbaione. Zu Hause Telephon mit der Lowe.

London, Montag den 21. VIII. 39

Sehr warm. Vormittags etwas gearbeitet. Mit der Herz Affaire der polit. Platten-Aufnahme für Deutschland, die schließlich ablehne. Lunch mit Willards im Carlton. Ob Hitler nicht größer sei als Bismarck? – – Allein nach Haus. Heftiges Gewitter. Post aus Princeton. Excitierendes Exposee von O. Strasser. Erregt und deprimiert. Nur im Sitzen etwas die Augen geschlossen. Zum Thee Burschell zum Referat über die Th. M. Gesellschaft. Abends mit Lanyis und den Tanten als Gästen ins Globe-Theater: »The importance of being earnest«, hübsch gespielt. Nachher Thee und Käsegebackenes in einem Café. Mit Omnibus nach Hause. Sehr müde. – Beim Gewitter 6 Menschen in Hydepark vom Blitz getötet.

London, Dienstag den 22. VIII. 39

Trübe. Im »Telegraph« grelle Sensation: Ribbentrop fliegt nach Moskau zum Abschluß eines Nichtangriffspakts. Für die Engländer »vollkommen überraschend«. Allgem. Minister-Rat heute. Frau Olden telephoniert, daß ihr Mann nicht nach Stockholm geht. Dieser wünscht mich zu sprechen. – Zugleich mit der politischen Elendsnachricht die private, daß Grete Walter in Bern von ihrem Mann erschossen, der sich danach selbst getötet. Erschüttertes Telegramm abgefaßt. Nichts gearbeitet. Vormittags mit Lanyi ins Britische Museum, wo Prof. Saxl sich zur Führung einstellte. Assyrien, Ur und Ägypten. Lunch nachher mit Lanyi in kleinem Restaurant. Mit Omnibus nach Hause. Geruht – ohne Ruhe. Zum Thee mit Omnibus zur Herz, abgeholt von Moni und Gatten. Kreis des Warburg-Instituts mit Saxl. Nach Hause zurückgekehrt Besuch von R. Olden und Frau. Mit ihnen über die Lage und den Stockholmer Kongreß. Abendessen mit ihnen in Speranza. Abendblatt mit Kommentaren zum deutsch-russischen Pakt. Kummer in Japan. Œuvre: »Rußland tritt dem Antikomintern-Pakt bei«. Unglaube an die Haltbarkeit des Vertrages. Vorläufig unerschütterte Haltung Polens. Hier Einberufung des Parlaments auf Donnerstag. Kein Zweifel, daß die Kriegsgefahr verstärkt. Gefühl von dem cynischen Leichtsinn des Schrittes, der nur von Hitlers wütender Ungeduld eingegeben, sich an Polen zu rächen. Mit Prag verleugnete er die völkische Idee, jetzt die antibolschewistische. Kopflose Preisgabe. – Erika u. Golo zur Bestattung in Zürich.

London, Mittwoch den 23. VIII. 39

Vormittags einiges am 8. Kap. Nach 11 mit K. zum Schwedischen Consulat, Omnibusfahrten. Zum Lunch mit Lanyis zu Speranza. Im Hotel das umständliche Packen der Handtasche. Beim Ruhen nachher Ideen zum Schluß-Kapitel. Abschiedsthee mit den »Tanten«, die uns zum Cab hinunterbegleiteten und dankbar-traurig zurückblieben.

Fahrt zum St. Pancraz-Bahnhof. Lanyis und die Herz mit Marzipan dort. Viel Zeit. Abschied von den jungen Leuten, denen im Kriegsfall die Protektion Murrays und Nicolsons zu erwirken. Das zart verkümmernde Wesen Moni's gibt rührend zu denken.

Pulman-Fahrt nach *Tilbury* mit Zeitungen über den deutsch-russischen Coup, dessen Wirkungen wohl in Deutschland enttäuschen. – Paßkontrolle sehr langwierig. Viele heimkehrende Schweden.

An Bord »Suecia«. Fahrt die Themse hinunter. Ziemlich kleines, aber wohl ausgestattetes Boot. Kabine recht eng. Sitzen auf Deck. Diner 8 Uhr im Speisesaal. Am Tisch mit sonderbarem alten Mann, Parse von Bombay, Padisha mit Namen, der im Gespräch meine Identität erriet. Dazu später zwei junge Amerikanerinnen, von denen die eine bildhübsch. Nachher Kaffee im oberen Decksalon. Versammlung von Radio-Nachrichten-Hörern. Die Meldungen brachten nichts wesentlich Neues. Das sehr bestimmte britische statement wird den Deutschen verschwiegen. Beharren auf den deutschen Lebensrechten. Die »diplomatische Niederlage«, auch in Amerika u. in der Schweiz festgestellt, wird von England u. Frankreich sehr ruhig hingenommen. Wie weit reicht sie? Es gilt für wahrscheinlich, daß die Klausel, es dürfe kein Dritter angegriffen werden, in dem Pakt enthalten ist. Antwort an den japanischen Botschafter in Berlin: Der Vertrag berühre nicht den Antikomintern-Bund, da er nicht auf ideologischer Basis geschlossen sei. Grenzenlose Lumperei wie immer. – Henderson überbringt Botschaft des Kabinetts in Berchtesgaden. – Meine Zweifel, daß es zum Kriege kommen wird, bestehen fort. Auch bei russischer Neutralität ist er für die Nazis ein unabsehbares Abenteuer, das sie nicht leicht riskieren werden. Auch ist Stalin gewiß nicht für die Teilung Polens. Aber die Verwirrung der moralischen Fronten ist gelungen, das Zusammengehen von Sozialismus u. Demokratie als nicht bloß konservative Freiheitswelt verhindert. Es stehen sich nun – wenigstens scheinbar – eine Welt der Zukunft u. eine der Vergangenheit gegenüber. – Der Entschluß, mit dem Bolschewismus zu paktieren, stammt wahrscheinlich von Göbbels.

Nordsee, An Bord »Suecia«, Donnerstag den 24. VIII. 39

Gestern, wie zu erwarten, in der schwühlen Kabine sehr spät und nur mit ganzem Phanodorm eingeschlafen. ½9 Uhr auf. Grau, neblig, kühl-mild, zum Nieseln geneigt. Nach der beschwerlichen Toilette etwas an Deck. Frühstück mit dem alten Parsen, der seiner alten Schwester in Bombay von seiner Begegnung geschrieben. Thee und Eier, Honig. Nachher auf Deck; Stuhl und Decke. Lektüre in Hutchinsons »Testament«. Das Gestrige geschrieben. Die See ruhig bei Regenneigung. Schwedische Nachrichten, die man nicht versteht. – Wieder auf dem Meer zu sein und aus der Reichweite der Ereignisse zu fahren ist eher beruhigend. – Tagüber meist im Stuhl auf Deck. Wetter klärte sich auf. K. hörte das englische Radio und berichtete mir. Rede Chamberlains im Unterhaus: entschiedenes Festhalten an der Garantie und Abweisung der Hitler'schen Anmaßungen. Der russische Verrat scheint sehr bösartig: (Generalsbesprechungen). – Groß die Verwirrung der

Welt, da der Begriff der »Linken« nun jeden Sinn eingebüßt hat. Diese hatte sich trotz allem mehr oder weniger an Rußland angelehnt, das nun auf die andere Seite getreten. Die sozialistisch gefärbte Freiheit glaubte auf Rußland zählen zu können und hat sich geirrt.

Freitag den 25. VIII. 39. Im Zuge von Goetheborg nach Stockholm

Gestern Abend zeitig zu Bette, ein rotes Pulver genommen u. nach einiger Lektüre bis 6 Uhr ruhig geschlafen. Das Gepäck fertig gemacht. Frühstück (Kaffee u. Grütze) mit dem Parsen. Nachher bei unbequemer Wärme die obligat entnervenden Ankunftsformalitäten. Gepäck-Revision und -Verstauung im Zuge nach der Station. Nach dem Kauf des Billets nach Stockholm trafen die Freikarten ein. Musterhaft eleganter u. sauberer Eisenbahn-Wagen. Seen, Felsen, das Land sommerlich. – Die Situation immer schwer den Sinn beschäftigend. Deutschland vom »Westen« vielleicht für immer geschieden, auf die östliche Seite gefallen. Englands Lage höchst kritisch, wenn der Balkan, die Türkei (wo Papen abenteuert) zu den Diktaturen halten. Immerhin scheint in Deutschland u. namentlich in Italien Enttäuschung zu herrschen über das englische Ausharren. Die Hoffnung, der russische Choc werde »den Frieden« retten, scheint sehr lebhaft gewesen. Sie wird ausdrücklich zurückgewiesen. Wenn man recht versteht, haben die Polen Danzig, wo Forster sich zum Herrn der Stadt gemacht hat, »umzingelt«. Berliner Kriegsrat. Überall fieberhafte Vorbereitungen. Immer noch bleiben Friedensüberraschungen möglich, aber ich verhehle mir nicht, daß ich den Krieg wünsche, *weil* er in seinen Folgen unabsehbar ist und aus dem jetzigen Zustand hinausführt, wahrscheinlich auch in Deutschland. Vor allem wäre ein neuer kampfloser Einmarsch Hitlers dermaßen widerlich, daß alles ihm vorzuziehen ist. Die Manifeste Roosevelts und der kleinen Neutralen sind wohl ohne Bedeutung. – Gutes Lunch mit vielen kalten Vorspeisen. Nachher Cigarre und Lektüre. Ankunft *Stockholm* 3 Uhr. Bermanns am Bahnhof. Mit ihnen im Mercedes Frau Fischers nach

Saltsjöbaden, Grand Hôtel. Zimmer mit Loggia in reizender Lage. Viel Post. Die Druckbögen von »Zbg«, »Buddenbrooks«, »Lotte«, Prospekt zu »Lotte« etc von Bermann vorbereitet. Thee zu viert in der Loggia. Viel über die groteske Schwenkung in Deutschland und Rußland, bei der lächerliche faux pas unterlaufen. Während K. auspackte (das Zürcher Gepäck richtig vorgefunden), las ich die Briefe: von der Meyer, ausführlich, über Lübeck und deutsche Eindrücke; von Random House höchst beifällig über die Tolstoi-Einleitung etc. Telephon mit Erika in Zürich, die abends nach Paris fährt und auf langsamem Schiff in schlechter Kabine eiligst nach Paris zurückkehrt. Wollte, wie ich es wünschte, nach Schweden kommen, hörte aber von dem Run auf die Dampfer nach N.Y. Wir haben Plätze für den 19. September fest. Aber die Rückreise nimmt sich zweifelhaft aus für den Fall des Krieges, in den Amerika wahrscheinlich rasch eintreten würde. – Ankunft Frau Fischers mit Tochter Hilla. Begrüßung nach langen Jahren. Journalist u. Photograph trotz Abweisung anderer, nicht loszuwerden. Abendessen mit den Fischers im Speisesaal. Danach mit ihnen im bunt erleuchteten Garten. Telephon mit Bermann, der nichts Entscheidendes zu berichten hatte. Henderson neuerdings auf Hitlers Wunsch bei diesem, darauf nach London. In Deutschland die feste Überzeugung, daß es nicht zum Kriege kommt und ein neues München bevorsteht. Möge sich das als Täuschung erweisen! Noch kein Anzeichen für das Versagen Polens. Die Japaner, stark beleidigt, beteiligen sich nicht am Parteitag.

Saltsjöbaden, Sonnabend den 26. VIII. 39

½8 Uhr auf. Sehr warm, weich. Schrieb Brief des Mitgefühls und Trostes an Bruno Walter in Lugano, was den Vormittag in Anspruch nahm. Kleiner Spaziergang mit K. Lunch (schwedischer Tisch) mit Frau Fischer, Hilla und Bermanns. Nachher in der Loggia die ersten Kapitel von »Lotte« gelesen. Auf der Chaiselongue geruht, sehr müde. Smoking-Toilette. 6 Uhr abgeholt von Bonniers Wagen. Zu diesen in ca einstündiger Fahrt über Stockholm aufs Land. Empfang im Garten. Blumen-Rabatten. Haus von 1750, angebaut. Deckengemälde Jaakob u. Joseph am Brunnen, astral, mit Tierkreisbildern. Die alten Bonniers, die junge Hausfrau, schwedische Schriftsteller, Präsident des P.E.N. Club, Akademiker. Diner in schönem zeltartigem Raum. Rede Thur Bonniers. Sprach ebenfalls und gedachte Fischers u. der Seinen. Nach Tische das Haus betrachtet. Des Längeren mit dem alten Bonnier. Schwedische Radio-Nachrichten. Während man nachmittags den Eindruck eines heraufkommenden Appeasements hatte, herrschte abends wieder das Gefühl, daß der Krieg unausweichlich. Sitzungen des englischen Cabinets heute u. morgen. Botschaft an Hitler, auch an Daladier. Voller Kriegszustand in Deutschland, Luft-Absperrung etc. Hitler hat durch das Russenbündnis für den Anfang eine ermutigende Lage geschaffen. Dennoch wird das Volk vor dem Kampf mit dem Weltwesten erbeben. Was mit dem Kriege käme, wäre unabsehbar, für die Welt, die geistigen u. physischen Zustände, für jedes Schicksal. – – Heimfahrt nachts mit Fischers. Telegramm Bibis, daß er unterwegs nach England. Verstörender Telephon-Anruf der armen Erika aus Amsterdam. Diebstahl ihres ganzen, kostbaren Gepäcks mit den Manuskripten auf der Fahrt durch Belgien nach Rotterdam, von wo, nach 3 stündiger Zugverspätung, ihr Schiff schon abgefahren. Sprachen beide auf die abscheulich Getroffene und Weinende ein, ohne viel realen Trost bieten zu können. Alarmierung der Polizei – nicht sehr aussichtsreich im Kriegstrubel. Auch die Zugskasse gestohlen. Der morgige Sonntag erschwert den Beraubten ihre schändliche Lage. Arbeitsergebnis des Sommers, Familienschmuck, neue Ausstattung aus ihrem Verdienst, woran sie sich freute. Großes Mitleid, das uns lange wachhält. Armes, so tapferes, liebes Kind, ganz gebrochen. Und doch wäre Schlimmeres zu denken. Sie denkt, wenn möglich, nach Schweden zu kommen. Dieses Wenn möglich gilt für unsere eigene Rückkehr . . .

Saltsjöbaden, Sonntag den 27. VIII. 39

8 Uhr auf nach einigen Stunden Schlaf. Sehr warmes Wetter. Kaffee- u. Grütze-Frühstück in der Loggia. Beschäftigt vom Mitleid mit Erika u. der Sorge um das Kommende. Immer galt die Katastrophe als die moralisch ersehnte Consequenz alles Geschehenen, die Furcht vor ihm bricht jetzt durch als Grauen des Fleisches, aus dem man fast den Triumph des Verhaßten vorzöge. – Vormittags etwas am 8ten Kapitel. Nachgelesen. Mittags einige Schritte mit K. Lunch zu vieren bei Fischers. Nachher in der Loggia Korrektur des Romans fortgesetzt. Etwas geruht. 4 Uhr abgeholt von Dr. Philipson, dem Besitzer eines schönen Motorbootes, und seinem Freunde X. Mit ihnen und Fischers einstündige Fahrt durch das Schärenmeer nach Dalarö, wo Bermanns mit den Kindern uns am Landungssteg erwarteten. Vespermahlzeit in ihrem Garten. Miniatur-Krokketspiel mit den Kindern. Viel über die scheinbar ausweglose Krisis. Bedrückt von Erikas Mißgeschick. Die Heimfahrt war nach 9 Uhr zurückgelegt. Das aufs Zimmer bestellte Abendessen blieb länger als eine Stunde aus. Korrektur des 3ten Kapitels gelesen. Glückliches Telegramm von Erika, daß ihr Gepäck sich wieder eingefunden. Heitere Erleichterung. Neu erweckte Skepsis den Krieg betreffend. Er kommt nicht. Zwar ist eine Verständigungsmöglichkeit, die wirklich aus dem gegenwärtigen Zustande herausführte, nicht erkennbar; aber es ist wieder so gut wie gewiß, daß der Krieg nicht sein soll. Mussolini ist der eifrigste Friedensagitator. Er hat seine Gründe. Aber »Es dürfen nicht Millionen Menschen geopfert werden« heißt doch immer noch: Man muß uns alles geben, was wir verlangen. Was not thut, ist nicht möglich bei dieser Denkungsweise, diesen Menschen. Also? –

Saltsjöbaden, Montag, den 28. VIII. 39

Vormittags am 8ten Kapitel gebessert u. etwas weitergeschrieben. Mittags etwas mit K. gegangen. Lunch mit Frau Fischer. Briefe von Golo und Bibi. Korrektur in der Loggia. Danach geruht. ½6 Uhr von Bermann abgeholt: Fahrt nach Dalarö zur Abendgesellschaft bei Bermanns mit der Familie Bonnier und Dr. Philipson. Beste Bewirtung, Lampions im Garten und Aufenthalt bei Kerzen auf der Veranda und im Garten an dem sehr milden Abend. Beschluß, daß der P.E.N. Congreß unbestimmt verschoben. Schwedische Radionachrichten und deutsche aus London, aus denen äußerste Zuspitzung der Krisis hervorgeht. Vollständige Kriegsbereitschaft überall, Verkehrsinhibierungen, Deutschland abgesperrt und von Enttäuschung erfüllt über das Versagen des russischen Paktes, dessen Weltwirkungen denn doch recht ungünstig zu sein scheinen. Allem Anschein nach wird das Monstrum nun dennoch zum Kriege gezwungen sein. Auch Nicolson, von dem ein Brief kam, glaubt daran, und eine Wohltat wäre es unbedingt, wenn er das widrige Erpressungsgeschäft nicht länger üben dürfte und bewiese, daß sein Regime die Katastrophe von allem Anfang in sich trug.

Saltsjöbaden, Mittwoch den 30. VIII. 39

Heute Morgen beim Ankleiden Ankunft Erikas. Begrüßte sie mit Liebe. Ausgedehntes Frühstück in der Loggia und Besprechung der läppisch vexatorischen politischen Lage. Sie neigt durchaus und zweifellos zum Frieden, da Hitler, wie ich immer wußte, den Krieg nicht führen will und kann. Das zerrüttete Volk gebärdet sich verzweifelt, wie es nun die Gefährlichkeit der Lage begreift – später als das Italiens, dessen Aktionsunfähigkeit völlig manifest geworden. In Japan englandfreundliche Regierung. England hat im Mittelmeer freie Hand. Offenkundiges Zurückweichen der Diktaturen, deren ganze Schwäche zu Tage tritt. Befohlener Umschwung in der deutschen Presse, die das eben pöbelhaft beschimpfte England umwirbt. Verzögerte Ratifizierung des Russenpaktes, der gänzlich versagt hat und nur den Nazis schädliche Wirkungen übt. Die Erpresserpolitik scheint beendigt. Was wird man noch zugestehen? – – Etwas kam ich noch zur Arbeit. Ging um das Bade-Inselchen. Lunch mit Erika und Fischers. Korrektur gelesen. Nach dem Thee Spaziergang mit K. und Erika. Bei dieser nach dem Diner schöne Platten gehört; Schubert Lieder von Erb mit außerordentlicher Kunst gesungen. Wohltuend für das Gemüt. – Entbehrung der Zeitungsinformation. Londoner deutsche Radio-Nachrichten abends.

Saltsjöbaden, Donnerstag den 31. VIII. 39

Das warme Wetter, ungewöhnlich für Schweden um diese Zeit, hält an. Frühstück mit K. und Erika in der Loggia. Mittags mit E. zur Bade-Insel, K. abzuholen. Nach dem Lunch Korrektur gelesen. 5 Uhr große Presse-Konferenz im Salon. Hatte viel zu sprechen. Nachher noch einmal. Die Journalisten sollen hoch befriedigt gewesen sein. Erging mich im Garten. Bermanns blieben zum Diner. Nachher vor Fischers, Bermanns, K. und E. Vorlesung des 8. Kapitels fast soweit ich geschrieben. Unruhe K.'s wegen Bibi in London, das evakuiert wird. Teleph. Verbindung stellte sich als unterbrochen heraus. Londoner Abendsendung. Die Spannung kommt aufs Äußerste. Kriegs-Comité in Deutschland mit Goering an der Spitze, kompetent für Verfügungen, die nicht die Unterschrift Hitlers brauchen. Nicht ersichtlich, wie man dem Krieg noch ausweichen will. Der Russenpakt übrigens ratifiziert. Einberufungen auch dort. Voll-Mobilisation überall. Ist man entschlossen, den Menschen nicht mehr herauszulassen und dem unerträglichen Zustand um jeden Preis ein Ende zu machen?

Freitag den 1. IX. 39, Saltsjöbaden

Bombardement von Warschau und anderen polnischen Städten, Einmarsch der Hitler-Truppen in Polen, Bombardement Danzigs, dessen Einverleibung proklamiert. Voll-Mobilisation der Westmächte. Chamberlain: »Wenn die Kundgebung Herrn H's bedeutet, daß Deutschland Polen den Krieg erklärt –«. Statement Molotows, recht einleuchtend. Hitler deklariert die Abstinenz Italiens. – – Nach dem Frühstück etwas geschrieben, zerstreut, weil ich glaubte, im Stadthause reden zu müssen. Frühstück dort nach einer Führung durch den Stadtpräsidenten. Von städt. Auto abgeholt und zurückgebracht. Unter den Gästen Bert Brecht und Frau. Ratskeller, intime Trinksprüche im Sinn einer glücklichen Wendung. Auf der Heimfahrt Besorgung eines Radios, durch das K. und E. leider die »Rede« Hitlers vor seinem Reichstag hörten. Protest eines Ehepaars im oberen Zimmer gegen die Hunnenstimme. – Unser Wegkommen von hier fraglich. Das gestrige Interview in allen Zeitungen. Das Datum unsrer Abreise unvorsichtiger Weise genannt. – Sehr müde und reizbar. – Korrekturen gelesen.

Saltsjöbaden, Sonnabend den 2. IX. 39

½8 Uhr auf. Kühl, Regen, dann besser. Kämpfe, Bombardierungen in Polen. Frühstück mit Erika. Schrieb einiges am 8ten Kapitel. Mittags Frl. Dr. Hamburger aus Göteborg, mit der ich auf die Insel ging, und die zum Lunch blieb. Kaffee mit ihr im Salon. Nach dem Thee spazieren mit dem Franzosen, der in Schweden Präzisionsinstrumente einkaufen wollte und, von Paris abgeschnitten, 3 Söhne in der Armée hat. Nach dem Diner Korrekturen gelesen. Dann dem Londoner Sender zugehört. Ultimatum Englands. Entschlossenheit, dem nat. sozialistischen Regime ein Ende zu machen. Loyalitätskundgebungen der Dominions. Ansprache eines Hochschullehrers der deutschen Sprache, einfach und wirksam. Welt-Pressebericht. Nun wird unsere Sprache gesprochen, Hitler ein Wahnsinniger genannt. Spät, spät! Halifax hat sich sogar nach Schuschnigg erkundigt ... Gleichviel, die Erschütterung ist groß. Ich denke viel an den Bonner Brief u. seine Voraussagen. Wir sprachen noch lange. Hätte der unselige Mensch einen Funken der »Liebe zu Deutschland«, aus der er angeblich seine Untaten begangen, so würde er sich eine Kugel in den Kopf schießen und hinterlassen, daß man aus Polen abziehe. – Wells, in Göteborg angekommen, erklärt, meinetwegen gekommen zu sein.

Saltsjöbaden, Sonntag den 3. IX. 39

Wieder sommerlicheres Wetter. Ich schrieb meine Seite wie gewohnt, der Ereignisse gewärtig. Ging mittags zum Bade-Insel-Klippenweg u. wurde auf einer Bank sitzend von einem schwedischen Lehrer angesprochen, mit dem ich mich einige Zeit unterhielt. Um 12 Uhr lief das englische Ultimatum ab. Seit dieser Stunde sind England u. Frankreich mit Deutschland im Kriegszustande. Im deutschen Radio Marschlieder, die Antwort auf die englische Forderung (von trotziger Lügenhaftigkeit) und Hitlers Proklamation an die Truppen im Osten, zu denen er abreist. Das Schicksal nimmt seinen Lauf. Man will in 14 Tagen Polen niederwerfen und am Westwall den Feind abwehren. Es wird von den Monaten »und Jahren« gesprochen, die kommen. Wird in Deutschland das Volk diese Jahre abwarten wollen? In der Welt glaubt niemand, daß es das kann. – Die »Kungsholm« ist überfüllt nach N.Y. abgegangen. Anzunehmen, daß wir von Bergen aus am 12. reisen können. – Rede des Königs von England. Reden im Unterhaus. In Deutschland Einziehung aller Apparate, durch die das Ausland zu hören. – Botschaft Chamberlains ans deutsche Volk.

Saltsjöbaden, Montag den 4. IX. 39

Heiteres Wetter. Vormittags am 8ten Kapitel. Bei den Korrekturen nachmittags starke Unzufriedenheit mit den vorletzten Teilen des Siebenten, die steif geworden. Tagüber, zwischen dem Politischen, Umarbeitung erwogen. – Abreise der Fischers nach Stockholm. – Frankreich meldet Beginn der Feindseligkeiten zu Lande, zu Wasser u. in der Luft. Torpedierung eines englischen, nach Canada bestimmten Flüchtlingsschiffes durch die Deutschen, die einfach leugnen. Empörung überall. Angriff der Polen in Ostpreußen. Die Engländer machen einen Erkundungsflug über Deutschland, bei dem sie einige Millionen Flugblätter abwerfen und überhaupt nicht beschossen werden. – Anruf Björkmans, Einladung morgen mit Wells bei ihm zusammenzutreffen. Anruf des Präsidenten des P.E.N. Clubs. Mit K. einige Briefe erledigt. Vorlesung Erika's aus ihrem Buche »Our Nazi town«. Anmutige Darbietung grausiger Fakten. Und dieses Volk soll kämpfen, siegen.

Saltsjöbaden, Dienstag den 5. IX. 39

An Oprecht geschrieben. Dann mit der Änderung am 7ten Kapitel begonnen. Zum Bade gegangen. Nach Tische Manuskript von Benedikt über seine Erlebnisse. Thee mit Herrn u. Frau Dr. Zuckerkandl im Garten. Nachher umgekleidet und zu dritt mit der Bahn nach Stockholm. Abendgesellschaft bei Björkmans mit Wells. »Man muß wünschen, daß der Krieg lange dauert, damit die nötigen sozialen Veränderungen sich vollziehen können, die zum europ. Foederalismus und einem liberalen Kollektivismus führen.«

Saltsjöbaden, Mittwoch den 6. IX. 39

Schreibe an der Besserung im VII. Kapitel weiter. Wachsende Besorgnisse wegen unserer Rückreise. Einsicht in die Unratsamkeit das Schiff am 12., für das wir gebucht, zu benutzen. Besuch beim amerikanischen Gesandten. Augenmerk auf norwegische Linie. Nach dem Abendessen wieder zur Stadt: Soirée bei Bermanns mit der Gräfin Posse, Brechts, dem schwedischen Fürsorge-Präsidenten und Soziologen u. a. Zuckerkandl über das VII. Kapitel. »Kontaktnahme«, unio mystica, Ununterscheidbarkeit im Sprachlichen. Wagner. Am Ende des Tages über die Rückfahrt getrösteter. Übersiedelung nach Oslo ins Auge gefaßt. – Neuer ungestörter Flug der Engländer. Meldungen aus Basel u. Luxemburg von starker Kanonade. Deutliche deutsche Tendenz, den Krieg im Westen nicht gelten zu lassen. Dort enteignende Einkommensteuer, Lohnsenkung, Gemeinschaftsküchen. Der russische Rundfunk teilt (nach Stefani) den von Hitler sabotierten Konferenz-Vorschlag Mussolinis mit. In Amerika Sturmlauf gegen das Embargo.

Saltsjöbaden, Donnerstag den 7. IX. 39

Morgens an der Paria-Nachtragung. Um die Insel gegangen. Erika's Aktivität in Stockholm beim Gesandten, bei Luft- u. Schiffahrtslinien. Aussicht Beförderung nach London und SS. President Harding. – Zum Lunch Dr. Benedikt und Frau. Nachher mit ihnen im Garten. Sehr ermüdet, auf dem Bette geruht. Nach dem Thee Rückkehr E.'s, die viel, noch nicht fraglos erfolgreich geleistet. Spaziergang mit K. zum Observatorium. – Die Franzosen im Saargebiet. Teile der Bevölkerung nach Deutschland flutend. In der schwedischen Presse die Annahme einer Friedensoffensive nach der Niederwerfung Polens aufrecht erhalten. – Zum Abendessen Bermanns. Mit ihm über die Korrekturen, die zurückbleibenden Bücher u. anderes. – Unser Schiff wäre die »Washington«. Noch keine Entscheidung, ob wir die 3 Flugplätze erhalten.

Saltsjöbaden, Freitag den 8. IX. 39

Gut bis früh geschlafen. ½8 auf. Heiteres Wetter. Trank Kaffee und schrieb den Paria-Nachtrag fürs VII. Kapitel zu Ende. Erika in der Stadt. Ohne Nachricht von ihr bis mittags. Schwebezustand, der das Packen noch nicht erlaubt. Telephon mit Bermann wegen des Manuskripts. Telegramm der Meyer, daß das State Department sich beim Gesandten verwandt. – Gerücht, daß Hitler von Polen nach Bayern zurückgeflogen, Nachrichten halber von Mussolini. Sie denken den nicht zur Kenntnis genommenen Weltkrieg zu stoppen. – Beim Lunch Nachricht von Erika, daß die Flugplätze gesichert. – Einhändigung des Ergänzungs-Manuskript an den Boten Bermann-Fischers. – Packen. Warten auf Erika. – Sie kommt. Thee. ½7 abgeholt mit K. von Bonniers Wagen. Diner bei den Alten im Balkensaal, ca 30 Personen mit dem Prinzen Wilhelm, Wells etc. Tischrede. ½9 Aufbruch mit Bermanns. Erika am Bahnhof, das Gepäck besorgt. Schlafwagen Malmö. Abschied von Bermanns.

Im Flugzeug nach Amsterdam, Sonnabend den 9. IX. 39

Im Schlafwagen recht früh erwacht. Aufgestanden ¾7 Uhr. Das Waschbecken verbaut, auf der Toilette erfrischt. In Malmö Gepäckirrungen. Mit dem Omnibus zum Flugplatz. Schöner Morgen. Wie fast zu erwarten gewesen, wurden wir gezwungen, den größeren Teil des Gepäcks zurückzulassen, wodurch E. aufs neue ihre Manuskripte einbüßt. Die Sachen gehen an Bermann zurück zur Beförderung. – Kurzer Flug nach Kopenhagen. Heißer Kaffee u. ein paar Züge Cigarette. Niedriger Flug über Dänemark, Aufstieg zu 2000 m über der Nordsee. Starke Sonne, ruhiger Gang. Nette Stewardess. In einer Stunde sollen wir in Amsterdam sein. –

Im Zuge London-Southampton. Landung in Amsterdam. Landshoff mit Rini, herzlich. Revisionen, scharf. Wermut im Restaurant. Abschied und neuer Aufflug. Sehr warm. Englisches Flugzeug. Ca 3 Uhr virtuose Landung auf dem weit verlegten, engen Flugplatz. Wie erwartet sehr ausgedehnte rigorose Visitation, namentlich der Bücher u. Schriften, übrigens nicht incognito. Omnibusfahrt, 1½ stündig, durch das baumreiche, sommerliche Land. Week end-Stimmung. Vom Bureau der Linie Taxi zum Waterloo-Bahnhof. Dort Thee u. Butter-Toast. Abfahrt halb 7 Uhr. – Die »Flucht« bis hierhin gelungen. Deutsche Flugzeuge sollen in den letzten Tagen über die Tragflächen der Holländer gegangen sein u. ihre Insassen zu den Passagieren hineingeschaut haben. – Englische Zeitungen. Erbärmliches Friedensgerede Görings. Kalte Ablehnung. Das Regime ist gerichtet: Hoffen wir, daß das endgültig sei. Diese Reden sind eigentlich schon Gewinsel eines verbrecherischen Regimes, das fühlt, daß es ihm an den Kragen geht. Die Welt ist unwiderruflich dagegen aufgestanden

– man muß es wenigstens glauben. – Fortschritte der Franzosen. Saarbrücken scheint schwer zu nehmen. Kämpfe, wie es scheint, in den Vorstädten von Warschau. – Englische Flieger bis nahe Berlin, Millionen Flugblätter, keine Bomben, keine Verluste. Der Westen scheint auf einen möglichst unblutigen Erdrückungskrieg zu hoffen.

Southampton, Sonntag den 10. IX. 39 Hotel South Western
Gestern abend 8 Uhr Ankunft hier. Mit der mangelhaften Gepäck-Auswahl in Taxi zum Hotel. Zwei Zimmer mit Bad, dunkel, sehr behindert. Licht in den unteren Räumen. Kriegführendes Land. Gestern in London jedermann mit umgehängter Gasmaske versehen. Am Himmel eine Menge Abwehr-Ballons, mit feinen Fangnetzen unter einander verbunden. – Gestern Abend Diner im gut erleuchteten Speisesaal. Nachher letzte »Delhi« aus Zürich. Mit dem Porter über das Schiff. Washington noch nicht eingetroffen. Pres. Harding geht noch vor ihr. Werden bis morgen oder übermorgen zu warten haben, was den Vorteil hätte, daß morgen ein oder der andere Einkauf zu tätigen wäre. – Telegramme an Bermann und die Jüngsten. Ca 11 Uhr hinauf, im Dunkeln zu Bette und gemischt eingenommen, da die Abenteuer des tollen Tages überreizte Müdigkeit gezeitigt.

Heute 9 Uhr auf. Gebadet. Frische Wäsche. Wohltat des Tageslichtes. Kaffee-Frühstück und Daily News. Die Russen meldeten gestern im Radio kühl, daß die Deutschen über Warschau falsche Nachrichten verbreiten. – Karte an Bermann wegen eines Fehlers in der Abschrift des Paria-Abschnitts, der eine sinnreiche, die Handlung verstärkende Einfügung. – Freundliches Herbstwetter. Etwas unheimlich das Säumen des Schiffes und Mißgeschick des Sonntag. – Etwas am 8. Kapitel geschrieben. Einige Schritte mit K. gegen den Hafen. Lunch gegen 2, nach einigem Warten, im Speisesaal. Nachher im Heine (Forum) mit Erstaunen gelesen. Von 4 bis 5 auf dem Bette geruht. Telephon Erikas mit »General Hans« in London.

Sunday News über den mindestens 3 jährigen Krieg, auf den England sich vorbereitet. Antwort an Goering. Entschlossenheit, dem Nazi-Regime ein Ende zu machen.

Southampton, Montag den 11. IX. 39

Gestern Nachmittag mit K. etwas in die Stadt gegangen, Geschäfte auszukundschaften. Später zu Hause auf einem Stuhle sitzend den Einbruch der Dunkelheit erwartet. Zeitungslektüre u. Gespräche über den Krieg. 8 Uhr Dinner. Nachher in der Halle gelesen. Radio-Meldung russischer Teil-Mobilmachung, die mir weitläufig-sorgenvolle Gedanken über den Verlauf des Krieges erregte. Wird das Regime zu stürzen sein? In Deutschland hat eine tief greifende Revolution stattgefunden, die das Land, bei »nationaler« Allüre, nach allen älteren Begriffen von Deutschtum, völlig *ent*nationalisiert hat. Der Nazi-Bolschewismus hat *nichts* mit Deutschtum zu tun. Die neue Barbarei hat sehr natürlich den Kontakt mit dem scheinbar entgegengesetzten Rußland gefunden. Steht dieser Block von annähernd 300 Millionen Menschen zusammen, so ist es fast undenkbar, daß die »Civilisation«, die in einem langen Kriege auch nicht sie selber bleibt, ihn so besiegen könnte, daß sie ihre Bedingungen stellen kann. Das Geschehene in Deutschland wahrscheinlich nicht rückgängig zu machen. Die Zukunft sehr dunkel. – –

Früh erwacht, sorgenvoll. Gebadet und Kaffee gefrühstückt. Heiteres Wetter. Nachricht von der Line, daß die Washington morgen kommt u. wahrscheinlich auch geht. – Warschau teilweise in Flammen. Schwere Kämpfe dort u. langsamer Rückzug der Polen auf vorbereitete Verteidigungslinien. Bedeutende deutsche Truppenmassen von Osten nach Westen, wo die Franzosen auf deutschem Boden kämpfen. Englische Presse fährt fort, die Friedensfühler der Nazi-Führer bestimmt zurückzuweisen. Räumung Polens und der Tschechoslowakei verlangt, dazu die Garantie gegen neue Aggressionen – womit die Beseitigung des Regimes gemeint. – Beschäftigung mit dem

Kapitel, Letztgeschriebenes gestrichen. Mit K. zu Besorgungen in der Stadt, Bank, Einkauf von Schuhen. Bei der Rückkehr Message von Erika, die wegen ihrer Ausreise nach London mußte und heute Abend oder morgen mit dem Bootszug zurückkehren wird. Hinterließ Papiere. – Telephon mit Bibi und Gret in Wales. Gehen mit Flesch nach Holland, von wo man versuchen wird, sie nach Amerika zu schaffen. – Lunch mit K. allein. – Hiesiges Mittagsblatt: Warschau 15 mal in kurzer Zeit bombardiert. Die Deutschen aus der Stadt zurückgeworfen. Deutsche Ankündigung, daß das Vordringen sich nun naturgemäß verlangsamen wird. Mangel der Polen an Flugzeugen und Abwehr? Warum? Weil man sich auf die Russen verließ? – Beim Lunch Tisch mit französischen Offizieren. – Auch hier trägt jedermann die Gasmaske umgehängt. Viele Sandsäcke, von denen der Staat für Hunderte von Millionen Pfund bestellt. Die deutschen Unterseeboote fügen England beträchtlichen Schaden zu, da man ihnen Zeit gelassen, vor dem Kriege in Stellung zu gehen. – Ich ruhte auf dem Bett. ½5 Uhr tranken wir Thee u. bereiteten danach gemeinsam das Gepäck wieder vor. – Andauernde Sorgen K.'s um Bibis Zukunft. Etwas Heine gelesen. Auch nach dem Dialog bei Tische im Biedermann wieder umgesehen. Beklommenheit und Nervosität der Situation. Möchte morgen die Ausreise und das Entkommen nach unserer sicheren Basis ohne Zwischenfälle vonstatten gehen! – K. verließ mich auf ¾ Stunden zu Einkäufen. –

Southampton, Dienstag den 12. IX. 39

Gestern noch im dunklen Zimmer Telephonate mit Käthe R. und Bibi. Erika traf glücklich wieder ein, als wir unten, in der Halle saßen. Sie nahm Sandwiches bei uns oben, nachdem sie vor Geschäften tagüber nichts gegessen. Man plauderte noch vor Einschlafen. – Heute ca 8 Uhr auf, gefrühstückt und das Gepäck klar gemacht. – – Toller Tag. Abreise vom Hotel ca ½11 Uhr, Fahrt zum Dock, Halle der Kontrollen. Stunden langes Warten. Bänke. Freundliche Nachbarn mit Chokolade. Prof. Niebuhr u. Familie. Recht unwohl vor Nervosität. Brillante Aktivität Erikas, die mich etwa ½2 Uhr als sick *an Bord* bugsierte. Warten in einem schon vollen Salon auf dem Sofa bei Klavierspiel. Bald K. und E. Stundenlanges Arbeiten an dem Arrangement der Unterkunft, unterbrochen von einem Imbiß von Kaffee u. Sandwiches in der III. Klasse. Wiedersehen mit deutschem Obersteward. Aufnahme in die I. Klasse nach Bekanntschaften mit Häuptern der Linie. Alles viel irregulärer u. kriegsmäßiger als vorgestellt. Improv. Schlafsäle mit Pritschen bei getrennten Geschlechtern. Wermut im Cocktail Raum. Polit. Bekannter Erikas. Benesch besorgt, daß die Reichswehr das Regime ablösen u. England mit den Generälen schwachen Frieden machen könnte, um die Revolution zu vermeiden. – Späte Mahlzeiten zugeteilt. Mit K. u. E. auf Deck gegangen und gesessen. ½9 Dinner im Speisesaal, Illusion der gewohnten Reiseverhältnisse, Kaviar, vorzügliche Mahlzeit, Champagner, demi tasse. Nachher besorgte E. Cigaretten u. Cigarren. Alles gedrängt voll. Das Schiff mag von ca 3000 Menschen, Kindern überfüllt sein. Diakonissinnen. Komisch protestierende Damen. Eine Widerwärtige, die mit der Bremen zu fahren gedachte und deren Gepäck in Bremerhaven. – Nach Tische irgendwo geraucht u. gelesen. Kein Mineralwasser eingenommen. Behelf mit der Nachttoilette. Zu Bette als Nachbar eines Alten, der unsere Unterkunft als Concentration Camp bezeichnet.

S.S. Washington, Mittwoch den 13. IX. 39

Gestern noch Telegramme an Bermann (wegen des Gepäcks), die Meyer, Gumpert, der uns in der Stocktonstreet anmelden soll. – Schlief bis 6 Uhr, geweckt vom Licht u. einzelnen Aufstehenden. Stand ¾8 auf, bekam vom Steward Kaffee, ging hinunter zum Baden. Traf K. Sitzbad u. Zähneputzen. Ankleiden im Schlafsaal. Auf Deck. Regnerisch. 9¼ Frühstück mit K. und zwei Damen, Schauspielerinnen. Nachher mit K.

an Deck, illegale Stühle, da wir zu den 600 gehören, die keine haben. – Die Unterseeboote fügen England großen Schaden zu. »Blockade« deutscherseits. Alle Schiffe, die irgendetwas nach England bringen, werden versenkt, was eine rasche Verschärfung des Krieges herbeiführen muß, vermutlich doch auch, trotz Borah, den Eintritt Amerikas. – Ruhiger, schneller Gang des Schiffes, das Montag in N.Y. sein soll. Es wird gut sein, die unabsehbare Entwicklung des Krieges, seine Wechselfälle u. Schrecken in meiner Princetoner library verfolgen u. abwarten zu können. – –

Princeton, Dienstag den 19. IX. 39

Sechs eigentümlichste, gedehnte, schwer durchzuführende Tage im Menschengedränge auf der Washington bei ruhigem, gegen das Ende der Reise sehr schönem Wetter. Der schlimmste und schwerste Tag, trüb, schwühl, dunkel und naß, derjenige, an dem das Eingreifen Rußlands in Polen klar wurde, das allerdings korrigierte Gerücht von der Kriegserklärung Rußland an England und Frankreich aufkam. Viel gelitten, aber, bei guten Mahlzeiten und unterstütztem Schlaf Phlegma und Vertrauen in das eigene Schicksal aufrecht erhalten – bei zunehmender Einsicht in die zeitliche und inhaltliche Unabsehbarkeit des begonnenen Prozesses, dessen Ende zu erleben ich nicht gewiß sein kann. – Frühes Aufstehen (½7 Uhr) und Alleinsein von 10 Minuten im Bade eine Treppe tiefer als das Pritschenlager. Nach dem Frühstück (Kaffee und Oat Meal) im Deckstuhl Bleistift-Arbeit am 8ten Kapitel, eigensinnig. 1 Uhr Wermut in der überfüllten Bar. ½3 Uhr Lunch, ½9 Uhr Dinner. Danach meist Casino-Spiel mit K. und Eri, deren Anwesenheit sehr wohltuend und hilfreich. Ansprachen und Meetings schlecht und recht standzuhalten. Der lazy boy. Der pro-russische Bruder von Knopfs Smith. Thee beim Captain mit Kreislers. Montgommery. Den Roman von Hutchinson, Werk von starkem Interesse fast zu Ende gelesen.

Gestern Ankunftstag, es war überstanden. Morgens noch geschrieben. Schon vorher Fertigmachen des Gepäcks. Begrüßung Funk der Newton. Nach dem einzelnen kanadischen Flugzeug, das uns unterwegs umflog und die Gewässer nach Unterseebooten absuchte, jetzt zahlreiche Luftschiffe und Avions bei prächtigem Herbstwetter. Die Ankunft war zwischen 4 und 5 nachmittags. Gedränge. Kam, da ich mich nach dem Lunch in unteren Toilettenräumen aufgehalten mit K. u. E. auseinander. Kontrolle der Papiere ohne Schwierigkeiten. Journalisten und Photographen auf Deck. Verlassen des Schiffes. Wartend: Meisel, Gumpert, Rastede, dazu die Newton. Langes Warten auf das mit herübergebrachte Gepäck. Revision. John mit dem Wagen. Erika ins Bedford. Fahrt mit K. und dem freudig schwatzenden Schwarzen nach Princeton. Dort Besorgung von Wermut u. Brandy. Heimkehr – eine Art davon. Amerika Schicksals- und Notheim vielleicht für den Rest meines Lebens; die Meinung, der »Krieg« werde 10 Jahre dauern wird vielfach ausgesprochen. Vansittard, verbittert über die Fruchtlosigkeit seiner sechsjährigen Warnungen, hält dafür und sieht den Untergang der Civilisation. – Zurück im Hause nach 3½ Monaten. Die Schweizer Uhr aufgezogen. Ausgepackt. Abendessen mit K. allein. Mrs. Shenston. Wir werden viel allein sein. Sehr müde. Allein im großen Schlafzimmer, das breite Bett mit der Daunendecke.

Heute ½8 Uhr und den alten Morgengang in der Allee gemacht. Mit K. gefrühstückt. Feuer in der noch sommerlich dunklen Library. Füllen der Desk-Halter und Instandsetzung zur Arbeit. – Telephon mit Knopf.

Rußland und Deutschland teilen Polen zwischen einander bis auf einen kleinen Rest- und Pufferstaat. Nachdem die Friedensmächte so Ordnung geschaffen, fragen sie, welches in aller Welt nun die Kriegsziele der Unordnungsmächte seien. Sie möchten den vorigen Frieden weiter zu Ordnungszielen führen.

Gestern Abend Kabel an Bibi und Golo, den ich sehr herbeiwünsche. Telephon mit der Meyer, die uns nach Mount Kisco ruft, nebst Erika.

11 Uhr Ankunft Medi's, die K. an der Junction verfehlt. Mit ihr in der Library. Zu dritt bei Sherry im Salon. – Zeitungen mit Bildern und Artikeln über unsere Reise. –

Borgese sehr pessimistisch. Italiens Unterseeboote. Erwartet Angriff auf Tunis. – Was ich erwarte und erhoffe ist: Deutschland als Kriegsschauplatz beim Kampf zwischen Rußland u. dem Westen, kommunistische Revolution und Untergang Hitlers darin. Der Untergang des Regimes unter schwerer Heimsuchung des schuldigen Landes ist im Grunde alles, was ich wünsche. –

Mittags nach dem Rasieren etwas mit K. und Medi spazieren. Heiße Sonne. Vor Tische im Radio Rede des Hitler in Danzig; die erwartete Friedensoffensive, von dick berechneter Verlogenheit unter Anrufung Gottes. Sehr widerlicher Eindruck. – Gutes Mittagsmahl. Kaffee im Garten. Beschäftigung mit eingegangenen Büchern. Sehr müde. Geruht. Zum Thee Meisel, mit dem nachher längere Zeit Briefe besprach. – Abends gelesen N. Berdiajew: »Sinn u. Schicksal des russ. Kommunismus«.

Princeton, Mittwoch den 20. IX. 39

8 Uhr auf. Wetter sommerlich mild und schwühl. Nach dem Frühstück Diktat eines Statement für »Paris Soir«. Danach unterwegs Geschriebenes am 8. Kapitel umgeschrieben und Neues überlegt. Mittags Ankunft Erikas mit Gumpert. Lunch zu fünfen. Nachmittags Briefbesprechungen mit Meisel. Novellen-Manuskript von Auernheimer, mißbilligt. Abends Vorlesung Gumperts aus seiner deutschen Statistik »Heil Hunger«. (Zum Kaffee nach Tische im Garten Journalist aus Philadelphia mit Frau, politisches Interview mit Erika als Interpreten.)

Princeton, Donnerstag den 21. IX. 39

8 Uhr auf. Bedeckt und heiterer. Um- und neu-geschrieben am 8. Kapitel. Verabschiedung von Gumpert. Mit K. spazieren. 3 Uhr im Radio die Kongreß-Rede Roosevelts über die Neutralitätsbill, geschickt, warm und gut. Rede Daladiers. Nach dem Thee Unterschriften an Meisel u. Ausfertigung englischer Briefe. Geschrieben ablehnend an Farrel, den Trotzkisten. 7 Uhr mit K. Erika zur Junction begleitet. Abschied von ihr am Speisewagen. Abendessen mit K. allein. Swings Radiobericht über Rumänien, Rußland, Deutschland, die französ. Armee etc.: ermutigend. (Ermordung des rumän. Premiers, anti-nazistische Militär-Regierung.) – Las in W. Schubarts »Europa u. die Seele des Ostens«. (Verhaßtheit der Deutschen).

Princeton, Freitag den 22. IX. 39

½9 Uhr auf. Schönes Wetter. Gesünderer Tag als die früheren. Schrieb am 8. Kap. weiter. Mittags Ausfahrt mit K. und Medi zum See und Spaziergang dort. Nach dem Lunch und Kaffee im Garten Zeitungen gelesen. Geschlafen. Meisels zum Thee. Mit ihm Erörterung seiner Ausdankung. Einige Briefe mit K. (Bermann). Handschriftliches: einige Karten und Brief an Auernheimer, seine Novelle ablehnend. Abends gelesen das Londoner Memorandum of Information und eine Schrift über Schiller von Havenstein (»In Ehrerbietung«. Weil man das Ende nahen sieht?) – Polen zwischen Rußland und Deutschland geteilt, sodaß Rußland an Rumänien und Ungarn, und, ohne Pufferstaat, direkt an Deutschland grenzt. In Rumänien, nach der Ermordung des anti-nazistischen Premier, Blutbad unter der Eisernen Garde. Warschau hält sich ähnlich wie Madrid, obgleich die Regierung im Ausland. Das britische Blaubuch, interessante Auszüge in den N.Y. Times. Hitler: »Deutschland hat in einem Kriege nichts zu verlieren, England viel.« »Wenn ich Polen habe, setze ich mich zur Ruhe. Ich bin weit eher Künstler als Politiker und will mein Leben als Künstler beenden.« »Ich führe lieber mit 50 Jahren einen

Krieg, als mit 55 oder 60.« Hendersons Rapporte schwankende Krankenberichte. Ribbentrop, den »Führer« in der Hysterie nachäffend. – Goebbels und Rosenberg seit dem Russenpakt mehr oder weniger ausgeschaltet.

Princeton, Sonnabend den 23. IX. 39

Vor 8 Uhr auf. Heiteres Wetter. Vor dem Frühstück im Freien. Am 8. Kapitel. Mittags zur Haarpflege. Kaffee im Garten. Gelesen in Schubarts »Europa u. d. Seele des Ostens«. Zum Thee *W. Schaber.* Im Garten. Viel über das Politische. Später E. v. Kahler, zum Wochenende eingetroffen. Mit ihm zu Abend gegessen u. den Abend verbracht. Viel über das Politische. Die Läppischkeit Italiens. Rußland entscheidend – dank Hitlers Idiotie. Revanche für die Münchener Beleidigung gründlich.

Princeton, Sonntag den 24. IX. 39

Heute Nacht Wechsel der Zeit eine Stunde zurück. Vormittags die Schweizer Uhr für diese Frist angehalten. – 8 Uhr auf und mit K. und Kahler gefrühstückt. Nachher gearbeitet. Mittags Besuch von Prof. Rheinstrom und Frau aus Paris nebst amerikanischer Party. Später mit K. und Kahler ausgefahren und etwas gegangen. Schönes, sommerliches Wetter. Nach dem Lunch mit Kahler Kaffee unter den Bäumen. Viel über das Politische und das Unglück des deutschen Volkes, das überhaupt nicht mehr wissen wird, wie über sich denken. – Zum Thee im Garten *Shenstons.* Später *Dr. Kraft* aus Holland. Frühes Dunkeln nach der Winterzeit. Abendessen mit Kahler. Später am Abend Vorlesung etwa des 1. Drittels des 8. Kapitel mit außerordentlicher Wirkung auf Kahler. Las ihm nach K.'s Weggang auch die Paria-Einschaltung zum 7ten im Lauf einer Diskussion über den Gegenstand, die sich bis spät ins Welt-Politische und -Problematische erweiterte. Er meinte, ich sei mit Riemer und »Gemurmel« am höchsten gekommen. Beschreibung des Schlusses.

Princeton, Montag den 25. IX. 39
½9 Uhr auf. Frühstück mit K. und Kahler. Verabschiedung von diesem. Gearbeitet am 8ten. Viel Post. Die Oktober-Verpflichtungen beginnen eine Rolle zu spielen. Tolle Gerüchte über die Art des Kriegsfortganges. Neue Friedensoffensive Hitlers mit Anerbieten seines persönlichen Rücktritts in den Künstlerstand. Was ist nicht möglich aus Angst vor dem Bolschewismus? – Mittags bei Hitze und Wind Ausfahrt mit K. Verfehlten Priest. Ausführliche Briefe von Golo, Datum des 11., an K. und mich über den Zustand der Schweiz, die Zeitschrift, Oprechts Wunsch sie weiterzuführen, G.'s Zweifel etc. Siedender Deutschenhaß, Murren gegen die Neutralität! – Mehrfache Erörterung des ärgerlichen Problems Meisel. – Zum Thee Prof. *Priest.* Übergab Meisel Teile des 8. Kapitels zum Abschreiben u. wies ihn an, nur noch jeden zweiten Tag zu kommen. Schrieb an Ernst Cassirer, Göteborg. – Las »Common Sense«. – Mit K. über Medi und Borgese. Finanzielles. – Ausbleiben der Koffer von Malmö und der Bücher von Nordwijk.

Princeton, Dienstag den 26. IX. 39
½9 Uhr auf. Kühler. Mit K. und Medi gefrühstückt. Danach gearbeitet. Wenns nur schneller ginge. Mittags mit K. eine Stunde spazieren. Nach dem Kaffee Briefe u. den Herald gelesen. Nach dem Thee (ohne Meisel) Einiges diktiert und dann begonnen, ausführlich an Golo zu schreiben. Abends Vorführung des von dem jetzt verstorbenen Lämmle gekauften, nach Capeks »Weisser Krankheit« gedrehten Films im Salon. Die Schwarzen als Mit-Publikum. Der Manager und sein Sohn. Die Spieler aus Prag teils entflohen, teils im Lager. Wunsch, daß ich für die Leinwand eine Einleitung spreche. Zweifelhaft. Aber die Unterhaltung war gut.

Princeton, Mittwoch den 27. IX. 39

½9 Uhr auf. Dunkelheit und Nässe. Dieser Tage Rückkehr zum Thee-Frühstück. Vorwärtsgedrängt im 8. Kapitel. Allein etwas gegangen. Nach dem Lunch Interview mit jungen Leuten vom Princetonian. Zum Thee Joachim *Maass* mit Meisel. Dieser brachte die Abschrift und erhielt Weiteres vom 8ten Kapitel. Briefe ausgefertigt. Nach 7 Uhr *Borgese;* Wermut und Abendessen mit ihm. Viel über das Politische. Swing-Meldung, daß englische Schlachtschiffe in der Nordsee von 20 deutschen Flugzeugen ohne ernsten Erfolg angegriffen worden, ein interessantes Faktum des Krieges. Mit Borgese über den Film-Vorschlag. Rat, eine Forderung von 5000 Dollars zu stellen.

Princeton, Donnerstag den 28. IX. 39

Vor 8 Uhr auf. Heiteres Wetter. Vorm Frühstück mit K. in der Allee. Bis mittags geschrieben am 8ten Kapitel. Mit K. eine Stunde spazieren. Nach Tische englisches Interview mit dem hiesigen Korrespondenten der N. Y. Times u. a. Blätter. Zum Thee *Rastede* und seine Kollegen. Dazu *Dr. Dunker* wegen eines Aufrufs ans Volk in Deutschland, der mit einigen Vertrauen erweckenden Unterschriften abzuwerfen wäre. Diskussion und Beratung. Korrespondenz-Besprechung mit K. und einiges Handschriftliche. Müde und angegriffen. Abendessen mit K. allein, ohne Neger. Beschäftigung mit dem Fadiman'schen Sammelbuch »I believe«. – Unterwerfung Estlands durch Rußland. Große Cour im Kreml. Englische Handelsdelegation nach Moskau, angeblich unter Lloyd George. Fortgesetzte deutsche Behauptung der Versenkung eines englischen Schlachtschiffes, von den Engländern bestimmt geleugnet. Langsame u. kleine Fortschritte der Franzosen.

Princeton, Freitag den 29. IX. 39

½9 Uhr auf. Frühstück mit K. u. Medi. Geschrieben am 8ten Kapitel. Mittags Ankunft Erika. Etwas mit K. gegangen, dann Gespräch mit E. wie auch nach dem Lunch bis ½4. Nach dem

Thee mit ihr, dann leider wieder Abschied, diesmal bis Weihnachten. Sorge um ihre Gesundheit. – Mit Meisel einiges. Er bringt das Persönliche zur Sprache. – An Golo weitergeschrieben. Mit K. zur Post gegangen. Nach dem Abendessen amerik. Zeitschriften. Der Aufruf von Dunker. Übersetzungen von Gedichten der Vincent Millay. – Swing über das anscheinend dürftige Ergebnis von Moskau. Die wirtschaftl. Hilfe Rußlands für Deutschland wird gering sein. Russ. Hafen in der Ostsee und russ. Kontrolle der rumänischen u. ungarischen Grenze. N.Y.Times Telegramm, das die Militär-Censur passierte: Deutschland müsse stärker sein als je zur unabwendbar bevorstehenden Auseinandersetzung mit Rußland. – Morgen 10 Uhr Abfahrt mit K. und Medi zum Week end in Mount Kisco.

Princeton, Sonnabend den letzten September 39

Nachts Gewitter. ¾8 Uhr auf. Feuchte Schwühle, sehr arg. Frühstück allein, danach die Arbeitsdinge zur Abreise. K. Telephon mit Erika. Die Koffer seit 8 Tagen da, Unfug. Nachricht aus Amsterdam, daß in Paris alle Schriftsteller etc. unter 60 Jahren, gleichviel ob sie sich zum Dienst gemeldet, unter sehr schweren Bedingungen verhaftet. – Dorothy Thompson nicht erreicht. – Englisches Arrangement mit der Türkei, das nicht Rußland entgegen sein darf, ohne solche Klausel für Deutschland. – Das deutsche Radio versichert das Volk, der Krieg sei beendet. –

Mount Kisco, Sonntag den 1. X. 39

Gestern Abfahrt von Pr., chauffiert von Medi, ¾11 Uhr. Über New York hierher. Am Dock die »Ile de France«, mit der wir am 6. Juni nach Europa abreisten . . . Die »Queen Mary«, grau gestrichen. Die »Normandie«. Schöne Strecke am Hudson, der Park High Way. Ankunft hier zum Lunch. Begrüßung mit Mrs. Meyer u. ihrem Gatten. Auf der Terrasse alter Sherry. Dort wieder nach dem Essen. Berichte u. Betrachtungen. Geruht in meinem Schlafzimmer, von dem nur das Bad benutze. Nach dem Thee »Arbeitsstunde« mit der Meyer. Vorlesung und Erörterung. Umgekleidet zum Diner, zu dem zwei Töchter und der Gatte der Älteren, der Schauspieler *Homolka.* Nach Tische Radio und Zeitungen. Müde. Der Hausherr behaglich-drollig u. skeptisch. Die Töchter schweigsam. Gegen 11 zu Bette, nicht wohl. Ljeskow gelesen. Mitternacht Licht gelöscht.

Heute ½9 Uhr auf. In meinem Bade. Gegen ½10 Uhr mit K. Thee u. Eier gefrühstückt. Vergnügen am vollkommenen Komfort des reichen Hauses. Medi zum Reiten. Bezog das mir zur Arbeit eingeräumte Zimmer, wo Feuer gemacht wurde. Arbeitete bis mittags am 8ten Kapitel. Mit K. bei der Meyer oben im Arbeitszimmer, wo ihre »Kollektion«, Th. M.-Material. Ihr Buch über China. Sherry. Vorm Lunch Champagner-Cocktail mit Mr. Meyer. – Thee mit der Hausfrau, später Alfred u. Blanche *Knopf.* Über die neue Ausgabe von »K.H.« und die starke Nachfrage nach dem einbändigen »M.M.« – Erneute Vorlesung der Meyer und Diskussion. Dinner, zuviel. Mr. Meyer sehr müde u. angegriffen von den responsibilities. Etwas Radio und Unterhaltung mit der Hausfrau.

Princeton, Montag den 2. X. 39 (abends)

Heute in Mount Kisco um 8 Uhr auf. Regenwetter. Kühl. Rasiert u. gefrühstückt. Bei Kaminfeuer gearbeitet bis gegen Mittag. Dann Konferenz mit Mrs. Meyer in ihrem Arbeitszimmer. Sherry und Cigaretten. Gelassene Abwehr von Indiskretionen. Gegen 2 Lunch zu vieren mit K. u. Medi. Der Diener machte die Handtasche fertig. Abfahrt mit dem Buick ca 3 Uhr. Fahrt nach *New York, Bedford.* Durch den trafic außerordentlich aufgehalten. Hinauf zu Erika, die Konferenz mit Prof. Kingdon etc. in Sachen der Moral Aid hatte. Thee. W. Auden. Unten Wieder-Aneignung des schwedischen Gepäcks, das arg verschmutzt u. beschädigt. – Weiterfahrt schon im Dunkeln. Sehr schwierige Ausfahrt, wiederholte Verstopfung. Angelangt hier nach ½8. Brief von Frank wegen des in Frankreich arretierten Speyer. Kabel an Giraudoux schon bereit, dazu Clipper-Brief. Auspacken. Abendessen mit K. und Medi. Im Radio Vermutungen über die Entschlüsse des Hitler, seine heutigen Vereinbarungen mit Ciano.

Princeton, Dienstag den 3. X. 39

½9 Uhr auf. Bedeckt, kalt, regnerisch. Feuer in den Kaminen. Kaffee getrunken u. bis mittags gearbeitet. Mit K. gegangen. Zum Lunch *Peat.* Mit ihm über das lecture Programm, im Wesentlichen Wiederholung von Problem of freedom. – Einräumen der aus Schweden gekommenen Dinge und Papiere, Wiedersehen mit den Schweizer Schreibblocks und Heften dieser Art. – Sehr tätiger Tag. Schwedische u. Schweizer Post, Brief von Oprecht, Verlangen nach einem Vorwort für den neuen Jahrgang. Briefe von Frank u. Klaus wegen des internierten Speyer. Telegramm an Giraudoux und Brief an ihn. Telephon mit Dorothy Thompson. An Meisel ein Editorial für den »Princetonian« diktiert, ebenso Brief an Farrel. Château-Brief an die Meyer, der ich die Einleitung zu Anna Karenina sandte. Mit K. Brief an Duncker, der auf ein bevorstehendes Gesetz gegen Konspiration mit Vertretern kriegführender Mächte aufmerksam zu machen. – Swing über das Eindringen russischer Truppen in China nahe Indien. Mobilmachung Afghanistans. Erstaunliche Mahnung Lloyd Georges, ernste Friedensvorschläge zu prüfen. Fortschreitende Aneignung der Randstaaten durch Rußland, Annullierung von Brest-Litowsk. Dies wäre Englands Preis für das Bündnis mit Rußland gewesen. Italien scheint nicht kriegswillig. Aus Paris phantastische Gerüchte über radikal-pazifistische Friedensvorschläge, die von Hitler kommen sollen, aber denn doch in der Aneignung und Selbstproklamierung gegnerischer Ideen so weit gingen, daß sie die Abdankung des Regimes bedeuten würden.

Princeton, Mittwoch den 4. X. 39

Gestern Nacht sehr unwohl, offenbar überanstrengt, Schüttelfrost und Übelkeit. Schlief in K.'s Zimmer, die ebenfalls grippig-erkältet. Heute ½9 Uhr auf, Thee u. Ei gefrühstückt, bis mittags am 8. Kapitel gearbeitet, das nun rasch zu Ende führe. K. etwas fiebrig und nach dem Lunch bettlägrig. Ging allein etwas spazieren bei trübem, etwas wärmerem Wetter. Las nach Tische die Reden Chamberlains u. Lloyd Georges im Unterhaus. Nachmittags geschlafen. Thee in K.'s Schlafzimmer. Viel Post. Erledigte eine Reihe von Briefen handschriftlich, Beurteilung von Manuskripten etc. – Prospekt der wohlfeilen Ausgabe des »M.M.«, der im Ganzen in 114 260 Copien verbreitet. – Abendessen bei K. Nachher Pariser deutsche Zeitungen, Briefe. Gute englische Übersetzung von »Unordnung« (Schrader, Chicago).

Princeton, Donnerstag den 5. X. 39

½9 Uhr auf. Heiterer u. wärmer. Bis mittags am 8. Kapitel. Dann *Auernheimer* aus New York, mit dem ich spazieren ging, und der Lunch-Gast war. Schwätzer. – Die englische Fassung des Editorials für den »Princetonian«. Las die Blätter. Zum Thee außer Meisel Prof. *Ladenburg*. Ältere Briefe gesichtet, beseitigt, etwas Handschriftliches. Nachträgliches zum heute Geschriebenen im Kapitel. Abendessen mit K. allein ohne Bedienung. Borgese's Werther-Übersetzung und sein Essay »Six Kings«, historisch-schwungvoll. Swings Broadcast, Vermutung über Hitlers peace terms morgen früh. Demütigende Komödie, dies Weltlauschen auf die Stimme dieses Idioten, von dem das Schicksal abhängt.

Princeton, Freitag den 6. X. 39

8 Uhr auf. Sehr weiche und drückende Luft. Ging vorm Frühstück etwas aus. Machte John Vorhaltungen wegen des Boiler. Schrieb dringlich am 8. Kapitel weiter, das anfängt zu Ende zu gehen. Mittags mit K. Miss Newton von der Junction abgeholt.

Mit ihr Vermouth, dann zu dritt etwas gegangen. Nach dem Kaffee Frage- u. Antwort-Sitzung mit der Biographin. Dies auch noch nach dem Thee. – Im heutigen »Princetonian« mein Artikel. – Schrieb den liegen gebliebenen Brief an Golo zu Ende. – K. war morgens um 6 aufgestanden, um Hitlers mit angehaltenem Atem erwartete »Reichstagsrede« zu hören. Nascitur etc. Doch ist die Maus ein gefährliches Ungeziefer. Dieser schmutzige Gauner möchte aus dem Krieg herausgelassen werden, um Zeit zu gewinnen und mit den bewährten »friedlichen« Mitteln alles zu unterjochen. Nicht die kleinste Handhabe für die Demokratieen für einen Frieden in Ehren. Unfehlbar muß der Krieg weiter gehen – ein Anachronismus, erzwungen von einem Verbrecher, der einen Zustand Europas, der den Krieg geistig ausschließt, grenzenlos erpressen wollte.

Princeton, Sonnabend den 7. X. 39

8 Uhr auf. Heiteres, heißes Wetter, verspäteter Hochsommer bei fallenden Blättern. Vorm Frühstück gegangen. Gearbeitet am 8ten Kapitel gegen das Ende. K. den größten Teil des Tages erkältet im Bett. Mittags zur Station, versehentlich, um Liefmanns abzuholen. Nachher einige Schritte mit K. Zeitungen nach Tisch. Gequält von einer Lage, wie es sie widerlicher wohl nicht gegeben hat. Das Nein der Alliierten ist unsicher. Der Krieg ist nicht möglich, die Civilisation erträgt ihn nicht mehr, sie hat nur die Wahl zwischen ihm und Hitler, u. ihr ahnt, daß sie Hitler wählen muß. Nicht erwiesen, daß sie den besser erträgt. Seine »Vorschläge« werden retouchiert werden, aber es wird zu einem Frieden, einem Waffenstillstand kommen, und das Regime wird bleiben. Kaum etwas anderes ist noch möglich. – Roosevelt, immerhin, lehnt es ab, bei einem einseitigen Frieden zu vermitteln. – – Nachmittags keine Ruhe. Zum Thee außer Meisel der Agent u. Verleger Fles mit der Übersetzerin H. Besprechung der Luxusausgabe von »Meerfahrt« und der leidigen Guild-Affaire. – Las die Rede des Hitler auf englisch, wenigstens stückweise. Grenzenlos

vernünftig, einleuchtend und mild. Der Papst hat sie gelobt. – Abendessen in K.'s Schlafzimmer. – Interesse an der Lektüre von Zimmers »Indischer Weltmutter«.

Princeton, Sonntag den 8. X. 39

½9 Uhr auf. Herbstliches Wetter. K. mit starkem Katarrh bettlägrig. Schrieb vormittags das *Achte Kapitel zu Ende.* Mittags Dr. *Gumpert* u. Töchterchen. Mit ihnen und Medi ausgefahren und etwas gegangen. Lunch mit ihnen und Dr. *Broch* als weiterem Gast. Kaffee mit ihnen im Salon. Viel über das Politische. Unmöglichkeit der Annahme eines wirklichen Friedens durch Hitler. Untersuchung K.'s durch Gumpert u. Verordnungen. Schädlichkeit des Hustensaftes durch einen Beisatz von Brechwurz. – Thee mit Gumperts. Danach in K.'s Schlafzimmer Vorlesung größerer Teile des Achten Kapitels. G.: »Die erste dramatische Analyse des Genies«. – Verabschiedung. Reichliches Schwitzen K.'s nach Aspirin. – Machte einen Abendgang, nachdem ich Radio gehört. Es sieht nicht nach Apeasement aus. Die Alliierten werden Gegenforderungen stellen, die für Hitler ebenso unannehmbar sind wie für sie die seinen. Der nicht mehr mögliche Krieg wird also aufgenommen werden, und man erwartet die deutschen Massen-Flug-Angriffe, die sich wahrscheinlich rasch erschöpfen werden. – Abendessen mit Medi allein. – Kabel-Anfrage Bermanns über Umfang des Rest-Manuskripts. Abends Antwort, daß 65 Blatt abgehen und ca 20 folgen. – In Souvarines »Stalin«.

Princeton, Montag den 9. X. 39

8 Uhr auf. Badestuben- und Treibhausluft. Gegangen vorm Frühstück. K. besser, aber noch bettlägrig. Vormittags an der neuen Einleitung zur lecture. Mittags *Liefmanns* von der Station geholt. Sherry mit ihnen im Salon. Lunch mit ihnen. Kaffee mit ihnen in K.'s Zimmer. – Thee mit Meisel bei K. Besprechung von Briefen. Einhändigung der letzten 20 Blätter

des 8ten Kapitels. Schrieb ausführlicher an Frank. Fertigte englische Briefe aus. Radio-Nachrichten: Russische verspottet den Westen wegen des Religionskrieges, den er führen wolle. Das sei mittelalterlich. Anzeichen, daß Italien auf die andere Seite neigt. Evakuierung der Ostsee-Länder von Deutschen und deren Ansiedlung auf polnischem und tschechischem Gebiet. Übernahme auswanderungslustiger Tschechen durch Rußland. Die Kriegstätigkeit zu Wasser u. zu Lande eher erhöht. – Maschinen-Korrektur von Kap. VIII.

Princeton, Dienstag den 10. X. 39

8 Uhr auf. Bruthitze, höchst unnatürlich. Ein Erdbeben würde nicht überraschen. – Vorm Frühstück gegangen. K. weiter bettlägrig. Arbeit bis gegen ½1 an der Redaktion der lecture, englisch u. deutsch. Lunch mit Medi bei K. 2 Uhr im Radio Rede Daladiers, kurz u. entschieden. Doch blieb später die authentische Repetition aus, und beunruhigende Divergenzen scheinen zwischen ihm u. den Briten zu bestehen. Verschiebung der Unterhaus-Rede Chamberlains. Aktivität Lloyd Georges zugunsten einer Konferenz. – Zeitungen. Geschlafen. Zum Thee Graf *Czernin* und Frau. Angeregte Unterhaltung bis ca ½7 Uhr. Bei K. Die Abendblätter über Freudentaumel-Szenen in Deutschland über das Gerücht, das englische Cabinet sei zurückgetreten und es gäbe Frieden. Neue Rede des Hitler im Sport-Palast: Friede oder Zerstörungskrieg. In England wachsende Furcht vor dem Bolschewismus u. seiner Ausbreitung. In der italienischen Presse Verachtung für den Rückzug des Deutschtums im Osten, die Evakuierungen etc. Gerücht von dem abgewiesenen Rücktrittsgesuch des deutschen Admirals X. wegen Überlassung der Ostsee an Rußland. – Ging vorm Abendessen etwas spazieren und aß mit Medi bei K. – Festzustellen die jetzt sich bemerkbar machende Erholung, namentlich gewiß durch Noordwijk, Leistungsfähigkeit und Vigor bei allen bleibenden Schwierigkeiten. – Nach Tische Besuch des Rev. Welch, President von

Dubuque University wegen einer Convocation Lecture im Januar. –

Princeton, Mittwoch den 11. X. 39

8 Uhr auf. Kühler. Vorm Frühstück gegangen. Redaktion der Lecture, mit K. durchgesprochen u. die Composition noch bereinigt bis 1 Uhr. Zum Lunch Dr. *Lothar* aus New York zur Besprechung seines »Princeton Theater«-Plans. Unterstützung zugesagt. Vorm Thee rasiert. Nachher mit Meisel die lecture, Anordnung mitgeteilt, fehlende Stellen diktiert. Das Geschäft rascher getan, als gedacht. Vor ½7 damit fertig. Bei K. Briefe durchgesehen: Elend der Hallgartens; 100 Dollars. Brief der Lowe wegen eines für England zu schreibenden und vom englischen Radio nach Deutschland zu sendenden Artikels, für den mir aber die Situation nicht reif scheint, weil ich nicht mit Bestimmtheit sagen kann, daß man mit Hitler auf keinen Fall Frieden machen wird. – Brief der Meyer. Vertrag von Fles über die Luxus-Ausgaben. Brief von Korrodi, der Erzählendes für die N.Z.Z. wünscht. – ½8 bei K. gegessen. Mit Medi zur Aufführung der Pr. Film Group. Schlechter Saal, schlechter Wiedergabe-Apparat, unverständlich u. dunkel. Alte March of Time-Bilder und »Cavalcade«. Gingen vor Schluß.

Daladiers Rede in Deutschland sehr günstig aufgenommen. Nichts darin sei unvereinbar mit Hitlers Vorschlägen. Die morgige Rede Chamberlains wird »die Thür offen lassen«. Hitler soll sich näher erklären. Lloyd George arbeitet für einen Waffenstillstand. Große Aufklärung über das bedrohte Finnland, das sich gegen Rußland zur Wehr setzt, aber keine Hilfe zu erwarten hat.

Maschinen-Korrektur vom Schluß des 8. Kapitels und Übertragung.

Princeton, Donnerstag den 12. X. 39

Heiter-herbstlich, starker Blätterfall. 8¼ Uhr auf. Vorm Frühstück gegangen. Kaffee getrunken und das 9te Kapitel von

»Lotte in Weimar« zu schreiben begonnen. Mittags allein gegangen. Ansprache durch einen freundlichen, nicht zu identifizierenden Professor. Begegnung mit dem schönen Setter »Rowy«, der sich freute. K. zum Lunch auf. Engl. Briefe ausgefertigt u. Zeitungen gelesen. Geschlafen. Thee bei K. Nachher an Bermann geschrieben und das 8te Kapitel zur Reise nach Schweden verpackt, die 12 Tage dauern wird. Abendgang. Abendessen mit Medi und K., die hierzu wieder außer Bett. Kaminfeuer im Saal. Swing gehört und Chamberlains Unterhausrede gelesen, die eine eher stärkere Absage als Daladiers. Großer Ernst. Eindrucksvoll die Stelle, wo er von der veränderten Welt spricht, die aus dem Kriege hervorgehen wird. England beginnt diesen Krieg nicht leichtsinnig und gedankenlos. Aber klar ausgesprochen: »Das einzige Hindernis für den Frieden ist die gegenwärtige deutsche Regierung«. Das hat 6 Jahre gebraucht. – Bemerkenswerter Artikel von Lippmann im »Herald« über die Notwendigkeit eines konservativen Deutschland als Grenzwall gegen Asien. – Diplomatische Vorstellungen der U.S.A. u. der skandinavischen Länder in Moskau für Finnland. Schwedische Mobilisation.

Princeton, Freitag den 13. X. 39

8 Uhr auf. Heiteres Herbstwetter. Gegangen vorm Frühstück u. am 9ten Kapitel weiter geschrieben, das leider zu dem Vorwort für »M.u.W.« unterbrechen muß. – Mittags u. nach dem Lunch heute angegriffen und unwohl, besonders da ein des Weges nicht sicherer Spaziergang mit K. das Unbehagen verstärkt hatte. Die Ruhe von 4 bis 5 tat gut. Nach dem Thee an Korrodi (Zürich) und Born (St. Louis) geschrieben. Meisel empfangen. K. diktiert: Absage an Duncker. Abendessen mit K. und Medi. Dem Radio zugehört. In Amerika die Alarmiertheit über das Vordringen des Bolschewismus sehr groß. Man urteilt, Hitler habe drei Möglichkeiten: 1.) selbst bolschewistisch zu werden oder 2.) vom Bolschewismus verschlungen zu werden oder 3.) mit dem Westen Frieden zu machen und

Deutschland seine Rolle als Bollwerk gegen den Bolschewismus zurückzugeben. – Unsäglich alberner Versuch der Nazis (dann natürlich dementiert,) die Verantwortung für das »größte Blutbad der Geschichte« auf Roosevelt abzuwälzen, wenn er nicht interveniere. Spott des Mr. Swing darüber. – Die Friedensoffensive tatsächlich immer noch nicht beendet. Hitlers Geduld unerschöpflich. Konsultationen heute mit Rußland und Italien. – K. durch die Erkältung am Ohr leidend. – Brief von Golo. – Las K. und Medi den Schluß des 8ten Kapitels in der Library vor.

Princeton, Sonnabend den 14. X. 39
8 Uhr auf. Kühl, herbstlich. Vormittags notgedrungene Beschäftigung mit dem Vorwort für »M.u.W.« Mittags zum Haarschneiden, wobei ich die Torpedierung eines englischen Schlachtschiffes, übrigens eines ausgedienten, erfuhr. Drei deutsche Unterseeboote zerstört. – Lunch mit K. allein. Schönes Buch-Geschenk: »Modern American Painting« betrachtet. – Zum Thee zu Thayers. Aufforderung im November über den »Werther« für die Studenten zu sprechen. – Von Meisel englische Lecture. – Besuch von *Colin* aus New York. Mit ihm Vermouth und Abendessen. Danach mit ihm und K. ins Mc Carter Theatre: Première von »Margin for error«, formidabel dummem Stück der Boothe. Nachher auf der Bühne mit dem Direktor Preminger, Einsteins u. der Verfasserin, einer hübschen Person, die als Kriegsberichterstatterin nach Europa geht. – Zu Hause Bier. Durchsicht der lecture.

Princeton, Sonntag den 15. X. 39
½9 Uhr auf. Sehr kühl, heiter. Viel Holz im Kamin verbrannt, da die Heizung noch in Reparatur. Vormittags teils allein, teils im Diktat mit K. Das Vorwort für »M.u.W.« fertig hergestellt, das auch für London zu benutzen. Vorm Lunch ½ Stunde mit K. spazieren, deren Ohr sich noch nicht bessern will. N.Y. Times gelesen. Der Untergang des Schlachtschiffs empfind-

licher Schlag für England. Die Panzerplatten waren neu, u. ihre Durchschlagung deutet auf das Vorhandensein eines noch unbekannten deutschen Torpedotyps. – Zum Thee der junge Übersetzer, mit dem ich nachher in K.'s Gegenwart die lecture zur Akzentuierung las. Segers Zeitung gelesen. Kommunistisch-demokratische Kämpfe im Schutzverband. Die amerikanischen Kommunisten für einen Münchner Frieden auf Grund der Teilung Polens. Man muß sie meiden. – Abends Grammophon-Musik, Tschaikowsky und Brahms. – Die morgige Reise geordnet.

Princeton, Montag den 16. X. 39

8½ Uhr auf. Vormittags am Schluß-Kapitel. ½1 Uhr mit Medi nach *New York*. Zum Bedford. Dort Zimmer genommen, etwas gelesen und geruht. 4 Uhr zum Thee Besuch von Koppell und seiner Frau. Bericht über den Plan einer englischen Emigranten-Bibliothek. Danach mit dem Köfferchen zur *Town Hall*. Bücher-Signierungen. Lecture vor ca 500 Personen von »Problem of freedom« in der neuen Form. Gute Bewährung. Nachher Dinner mit Verwaltungsmitgliedern und Auernheimers, Frau Schnitzler, Miss Newton als Gästen. An anschließender kleiner Diskussion vorübergehend teilgenommen: Mit den Wienern gegangen, auf vorhabenden Kino-Besuch verzichtet und den 9 Uhr-Zug genommen. Fanden hier *Shenstones* vor, die K.'s Gäste gewesen waren. Thee getrunken.

Princeton, Dienstag den 17. X. 39

Nach ½9 Uhr. Die Luft wärmer. Vormittags am 9ten Kapitel. Mittags eine Stunde mit K. gegangen. Nach Tische das »Tage-Buch« von Mitte September gelesen. Werfel über die Wiederherstellung der österr. Monarchie als »Ost-Union«. – Thee mit Meisel. Besprechung eines Artikels für »New Republic« über Amerika u. die Immigration. Nachher Diktate an K., u. a. an Epstein über die Schutzverband-Affaire. Nachher Umarbeitung des Duncker'schen Aufrufs, – – dessen Zeitgemäßheit anfängt unsicher zu werden angesichts der schweren Schädigung der britischen Flotte durch die deutschen Submarines. (Neue Versenkung in Scapa Flow). – Abends Vorbereitungen zum Fortgang des Schlußkapitels.

Princeton, Mittwoch den 18. X. 39

8 Uhr auf. Heiteres, kühles Herbstwetter. Seit gestern arbeitet die Heizung. – Vormittags am 9. Kapitel, nach Kaffee, mit Cigarre. Mittags mit K. ausgefahren u. gegangen. Schöne [?] Nach dem Lunch Zeitungen. Geschlafen. Meisel brachte den Artikel für Republic. Gebilligt. Diktate an K. und Handschriftliches. Abends Pariser deutsche Blätter. – In diesen Tagen freudiges Gefühl darüber, daß die Beendigung von »Lotte in Weimar« winkt. – Swing gehört. Chamberlain berichtet im Unterhaus von einem neuen Flugangriff auf England, bei dem 8 deutsche Flugzeuge ohne englischen Verlust vernichtet. Er sagt viel Schwereres voraus. Solches steht im Westen unmittelbar bevor: ein großer deutscher Angriff wird binnen 24 oder 48 Stunden erwartet.

Princeton, Donnerstag den 19. X. 39

½9 Uhr auf. Blau, warm u. windig. Vormittags das 9te Kapitel vorwärtsgetrieben. Mittags mit K. spazieren gegangen. Nach dem Thee Diktate an K. Dem Prinzen Löwenstein meinen Austritt aus der Guild erklärt. – Polemiken gegen Lindbergh wegen Canada. – Aus der Offensive im Westen wird nichts. Die Deutschen erklären, daß sie die Franzosen nicht über ihre Grenze zu »verfolgen« beabsichtigen. Der Vertrag der Türkei mit den Alliierten ist unterzeichnet.

Princeton, Freitag den 20. X. 39

8 Uhr auf. Blau und zu warm. Vorm Frühstück gegangen. An der Szene im Wagen weiter. Es scheint zu gehen. Mittags mit K. und Medi ausgefahren. Landschaft sonnenblank und bunt. Es kamen Exemplare der illustr. englischen Ausgabe von Anna

Karenina mit meiner Einleitung aus Noordwijk. Las sie nach dem Kaffee im Salon. Nachmittags Weiteres am Schlußkapitel. Vorm Abendessen gegangen. Zu diesem *Broch,* der nachher in der Bibliothek aus seinem Vergil-Roman vorlas. Subtile Tiefseelen-Dichtung, das Leben abstreifend, sicher bemerkenswert.

Princeton, Sonnabend den 21. X. 39

Nachts einige Stunden im Stuhl geschlafen. 8 Uhr auf. Warmer Altweiber-Sommer. Gang vorm Frühstück. Am 9ten Kapitel geschrieben. Mittags mit K. ausgefahren. Zum Lunch Frau Arthur *Schnitzler.* Zum Thee Dr. Duncker. Mit ihm über den Plan des Aufrufs, meinen Text gelesen, Aufschub bis zu günstigem Augenblick beschlossen. – Brief an Colin diktiert in der ärgerlichen Sache mit dem Palestina-Pavillion. – Geschrieben an Mopp und die Meyer. Smoking-Toilette, Abendessen nebenan bei Lowes mit Shenstones u. dem Judge. Recht freundlicher Abend. Nach Tische Unterhaltung über Physik und Einstein. – Gewitter.

Princeton, Sonntag den 22. X. 39

8 Uhr auf. Feucht und dunstig. Mittags Sonne. Gearbeitet vormittags an IX. Schwierigkeiten. Mit K. den Springdale-Rundgang. Zum Lunch Dr. *Hammerschlag,* Dr. *Alevin* und Mr. *Bussard,* die lange blieben. Zum Thee Mr. *Nemerov,* der junge Verfasser des »Questor Hero«, von Boston gekommen. Im »Tasso« gelesen. Abends Zeitung. Der Krieg wird nicht geführt. Das Herabholen eines deutschen Flugzeugs an der schottischen Küste war die Kampfhandlung des Tages. – Skeptische Rede Lloyd Georges, die Blockade sei zu 50% durch den Verlust Rußlands mattgesetzt. Arbeit des Welt-Kommunismus für den Frieden. Ermutigende Rede des brit. Kriegsministers. – Schilderungen des furchtbaren Sturms, den der »President Harding« zu bestehen hatte. Landung vieler Schwerverwundeter. – Schrieb englisch an Peat wegen der Town Hall Lecture.

Princeton, Montag den 23. X. 39

8 Uhr auf. Blau und stürmisch. Vormittags am 9ten Kapitel. Mittags mit K. ausgefahren. Nach Tische Times und Egmont. Zum Thee Dr. *Tolnay* von Harvard. Über Michelangelo, Kerényi. Mit Meisel über den Plan der Schriftsteller-Farm. Schrieb an Colin u. das Palestina-Committee. Nach dem Abendessen mit K. ins Play house: Sentimentaler Musik-Film »Intermezzo« mit Howard. Imposante Bilder der britischen Flotte, die ich applaudierte. – Zu Hause Imbiß und Bier. Klaus in N.Y. eingetroffen telephonierte. In den Abendblättern Nachrichten über die Bildung einer deutschen Gegen-Regierung mit Rauschning als Reichskanzler. (?) – »Iphigenie«.

Princeton, Dienstag den 24. X. 39

8 Uhr auf. Heiteres Herbstwetter. Kaffee und Oatmeal. Geschrieben am 9ten Kapitel. Mit K. eine Stunde gegangen. Freude an den goldnen Farben der Bäume. Nach dem Lunch gelesen einen Artikel über Wagner und Hitlerism, den Common Sense sandte, und die neue Broschüre von Rauschning »Ihre Zeit ist um«. Schlecht geschrieben, aber packend und sehr geeignet zur Verbreitung in Deutschland. – Zum Thee Mrs. *Brodsky* wegen ihres Liberty-Buches, für das sie »Problem of freedom« in erster Form erhielt. Dazu *Broch.* Mit ihm über die Frage der Guild. – Beschäftigung mit dem Schluß des Kapitels. – Smoking. Abendessen bei *Shenstones* mit dem Astronomen *Russel* und seiner Frau. Zu sehr der Typ Willamowitz, aber unterhaltend.

Princeton, Donnerstag den 26. X. 39

Gestern stand ich ca ½9 Uhr auf, frühstückte Kaffee und Eier und schrieb am IX. Kapitel gegen das Ende hin. Ging mittags ein wenig mit K. in unserer Gegend. Nach dem Lunch weitere Versuche mit Bleistift am Ende. – Rede Ribbentrops in Danzig von ekelhafter Dummheit und Unverschämtheit. – Ich ruhte nachmittags ohne zu schlafen und schrieb nach dem Thee bis gegen ½8 Uhr den Schluß von »Lotte in Weimar« – wie er nun bleiben möge als versöhnliche Auskunft. Auch dies getan. Ich schlug in diesen Heften die Küsnachter Aufzeichnung vom September 1936 auf, die den Beginn der Niederschrift meldet. Siebenunddreißig Monate. Wenn man bedenkt, wie rasch ein Monat mit seinen kleinen und größeren Zwischenfällen und Inzidenzien dahin ist, so ist's nicht einmal viel. Manches Größere, wie der »Schopenhauer«, der Faust-Vortrag, Wagner u. der Ring, dazu der Inhalt von »Achtung, Europa«, die hiesigen lectures, der Sieg der Demokratie, Problem der Freiheit, wurde zwischenein gemacht. Die letzten hundert Seiten des Romans entstanden unverhältnismäßig schnell. – Schwer über das Produkt zu denken. Es ist als solches originell, als Beziehungsgewebe recht reich, manches ist Compilation und Aneignung, hilfesuchend, das Goethe-Portrait intim, heiter, neu, nicht ohne Intimität mit der Größe, der dabei eine demokratische Ironie entgegengesetzt wird. – Möge es seinen Platz einnehmen – in meinem Leben und in der Welt der Schriften. – Meldete K. den Abschluß mit 552 Seiten. *Kahlers* kamen zum Abendessen, das vortrefflich war: Brathuhn und Champagner. Kaffee danach. Später in der Bibliothek Vorlesung für Kahlers, K. und Medi von Teilen des Diners und vom Schlußkapitel, für das ernstlich belobt wurde. Sehr müde und hitzig, las ich dennoch gut und bedachte mit den Teilnehmenden das Fertiggestellte. Spät ins Bett und noch etwas Ljeskow gelesen.

Heute gegen ½9 Uhr auf. Mildes, bedecktes Wetter mit noch bunten Bäumen. Frühstück mit K. u. Medi. Die Embargo Bill im Senat bestätigt. Die deutsche Presse dringt auf Luftangriffe auf England, während die französischen durch Lautsprecher aufgefordert werden, die Waffen niederzulegen. Amerika umschmeichelt, im Widerspruch aber ein Handelsschiff versenkt. – Kabel von Bermann wegen Beförderung und Adressierung des Schlußkapitels u. wiederholter Sendung von Kap. VIII, das offenbar nicht eingetroffen. – Räumte das Material zu »Lotte« bei Seite. Das Schluß-Manuskript durch K. an Meisel zum Tippen. –

Heute ½9 Uhr auf. Sommerlich warm. Schrieb vormittags englisch für die Pavillion-Feier. Mittags mit K. ausgefahren u. etwas im Walde im liegenden feuchten Laube gegangen. Nach Tische die engl. Zbg Lesung und das Wagner-Hitler-Problem für Common Sense. Nach dem Thee der englische Gruß. 7 Uhr abgeholt von *Rastede* u. seinen Freunden. Fahrt zum vorjährigen Lokal und Abendessen dort. Bei Zeiten nach Hause. Die fertige Abschrift des Schlußkapitels korrigiert und übertragen. Ordnete das Gesamt-Manuskript des Romans und legte es bei Seite. – Von Bonnier Exemplare von »Frihetens Problem«.

Princeton, Freitag den 27. X. 39

½9 Uhr auf. Nachts viel im Stuhl, der Wärme wegen. Den ganzen Tag schlaffe, brütende Witterung; heißer Kopf, Blätterregen. Auch nasser Regen. – Vormittags Zbg-Lecture und Pavillion speech. Mittags mit K. zur Junction: Ankunft *Klaus* nebst Riess. Zu Hause Wermut und Unterhaltung mit ihnen. Viel über das Politische, den Schutzverband, auch die Vollendung des Romans. So nach dem Lunch. Sehr erschöpft die Ruhe genossen. Nach dem Thee Besprechungen mit Meisel, dann mit Broch wegen der Guild u. des Preis-Ausschreibens. Danach mit Riess in Sachen des Schutzverbandes. Abendessen zu fünfen u. weitere Unterhaltung. Swing im Radio. Sympathische Encyklika des Papstes.

Princeton, Sonnabend den 28. X. 39

Erst gegen 9 Uhr auf, da nachts unter Schwühle gelitten. Plaid als Decke. Bläue mit Sturm. Blätterregen. Vormittags Schreiberei an der Werther-Lecture. Mit K. Springdale Road. Daheim Miss Caroline mit *Pudel Gueulard* vorgefunden, den sie mir zum Geschenk macht. Stummes, scheues, edles Tier. Lunch mit Klaus und Caroline. Exemplare von Royal Highness mit der Vorrede aus Noordwijk. – Nachmittags Unwohlgefühl.

Hatte den Pudel bei mir im Zimmer u. machte Notizen nach Ausmerkungen im Werther. Zum Thee Colin, der Cigaretten brachte, mit dem Pavillion-Juden. – Abends liest Klaus seinen Artikel über Giraudoux und berichtet über paneuropäischen Filmplan.

Princeton, Sonntag den 29. X. 39

½9 Uhr auf. Blau und frisch. Vormittags Schreiberei am Werther-Vortrag, gelangweilt. Mittags mit K. und dem Pudel spazieren. Zu Tische *Mopp* und seine Freundin Hutzler. – Abreise Klaus zu lectures. – Zum Thee O. *Flechtheim.* Politisches. Diktate an K. – Verdrossener Stimmung, müde. Las abends in Flechtheims Schrift über Marx (Manuskript) und der Zeitschrift von »Neu Beginnen«.

Montag den 30. X. 39, Princeton

Wärmliches Regenwetter. Mit dem Pudel, der nun Niko heißt und ein sehr liebes Tier ist, morgens in der Allee. Schreiberei an der Werther-Lecture. Mittags mit K. u. dem Pudel gegangen. Kein Besuch außer Meisel. Nachmittags Gutachten über H. Broch für »Guggenheim« u. langen Brief an Prof. Loewenstein diktiert. Gelesen Cassirer über Goethe.

New York, Bedford, Dienstag den 31. X. 39

Heute, wie gestern, kompletter Regentag. Wärmlich und dunkel. Kritzelte vormittags in Nico's Gesellschaft an der Wertherlecture. Packte dann, u. ½1 Uhr fuhren K. u. ich zur Junction. Mittagessen im Diner des Zuges, womit die Reise verbracht war. In N.Y. abgeholt von Colin und dem Pavilion-Juden. In seinem Wagen zum Hotel. Bettruhe bis 4 Uhr. ½5 Uhr Thee. Die Briefe von heute gelesen und die lecture studiert. Besuch von Tomsky und Medi. Später Colin. Unaufh. Regen, mit Colin im Wagen zur Fair. Buntes Licht, Wasserkünste, wenig Menschen, große Beeinträchtigung der Schlußfeier durch das miserable Wetter. Geführt durch den Palestina-Pavillion.

Wechsellicht vor den Landschaften von Tel Aviv u. Jerusalem, den ehemal., den jetzigen Zustand zeigend. Einzeichnung ins Buch, photogr. Aufnahmen. Dinner von 75 Personen im Verwaltungsgebäude; zwischen Chairman u. Rabbi Wise. Reden. Vor Schluß, aber zu spät für alles Weitere fort. Sehr müde und gelangweilt. Rückfahrt mit dem Windbeutel Colin nach N.Y., Bier in der Hotel-Bar.

New York, Mittwoch den 1. XI. 39

Der Gedanke, daß »L.i.W.« fertig u. fort ist, daß der vorige Monat der letzte ihres Zeichens war, ist doch viel gegenwärtig. Neue Liebesfreuden und Lebensanhänglichkeiten sind der zarte Pudel und der in Aussicht stehende erstklassige Musik-Apparat. – Lange geschlafen. Gebadet u. Kaffee getrunken. Meldung, daß die Münchener Alten in Zürich eingetroffen. – Böse Rede Molotows gegen den »imperialistischen« Krieg der Demokratieen. Starke Veränderungen in der italienischen Regierung, doch wohl mit dem Sinn der Ausschaltung Deutschfreundlicher. – Heute heiteres Wetter. Telephon mit Prof. Lyon von Columbia. – Zu Fuß zum Regis-Hotel, dort Lunch mit Knopf. Abgeholt von Lyon. Fahrt mit ihm zur Columbia University. Dort vor der erweiterten Klasse, nach Einführungen, Vortrag »Magic Mountain«, lebhaft und gut. Nachher Thee mit Colin, Times Square. Mit K. ins Cinéma, »Mr. Chips«. Von da zu Fuß ins Hotel. Dort im Zimmer Wermut mit Colin, der uns zum 9 Uhr-Zuge zur Station begleitete.

Zurück in *Princeton* 10 Uhr. John mit dem Wagen. Medi erkältet bettlägrig. Niko vertraulich. Imbiß. Viel Post. Führte den Pudel aus. Sehr müde.

Princeton, Donnerstag den 2. XI. 39

8 Uhr auf. Mit Niko in der Allee. Entkommen des Tieres nachher durch die vom Fliegenfenster entblößte Tür. Besorgnis u. Suchen. Wieder eingefangen per Wagen von K. und John. – Geschrieben am Werther-Vortrag. Mittags mit K. spa-

zieren. Medi bettlägrig. Gelesen eine neue Broschüre von Nicolson über den Krieg, vom Verfasser gesandt. Beim Thee Briefbesprechungen mit Meisel. Danach Diktate an K., hauptsächlich präsidiales Schreiben an Riess als den Sekretär des Schutzverbandes, grundsätzlich. Abendgang. – Politisches Ereignis des Tages: Annahme der Neutrality Bill im Kongreß mit bedeutender Mehrheit. – Es kamen ein Exemplar des »Zauberbergs« in der Stockholmer Gesamtausgabe mit dem Princetoner Vorwort, und eines der neuen Sonderausgabe von »Tonio Kröger«. Las abends lange im Zbg.

Princeton, Freitag den 3. XI. 39

8 Uhr auf. Heiteres Herbstwetter. Vormittags widerwillige Schreiberei an dem Werther-Vortrag, gestört durch die Gelangweiltheit des Pudels. Lunch bei Prof. Weyls mit deutschen Kollegen von ihm. Nachmittags an Golo, die Meyer geschrieben, viele englische Briefe ausgefertigt. Vorm Abendessen mit Nico etwas Motion. – Bücher der Verlage Bermann, Querido und de Lange. Las lange in Gumperts Lebenserinnerungen eines Arztes, anziehendes Buch.

Princeton, Sonnabend den 4. XI. 39

Den Entwurf des Werther-Vortrags heute abgeschlossen. Zu etwas anderem ... Zum Thee die gute *Mrs. Lowe,* dazu Mr. u. Mrs. *Pforzheimer,* die mein Englisch bewunderten. Brief von Bermann, noch ohne Bestätigung des Manuskripts. Mit Wohlgefallen in Gumperts Buch gelesen. Der Pudel schon sehr aufgeheitert und zutunlich. Beim Lesen einem Toscanini-Conzert, Beethoven, zugehört.

Princeton, Sonntag den 5. XI. 39

Dunkelheit und Regen. K. schreibt den Werther-Vortrag ab. Ich begann einen Brief an »Common Sense« über Wagner u. das Deutschtum. Nachmittags engl. Briefe ausgefertigt und an C. Newton über den Pudel berichtet. – Gelesen in den Aufsätzen Churchills. Nach dem Abendessen bei Ladenburgs. Weißwein. Über das Politische, Heifitz im Radio.

Princeton, Montag den 6. XI. 39

½9 Uhr auf. Am Wagner-Brief gearbeitet. Zum Haarschneiden. ½5 mit dem Wagen nach *Newark*. Dinner und Lecture »Problem of Freedom«. Überfüllter Saal. Großer Erfolg. Späte Heimkunft und Imbiß.

Princeton, Dienstag den 7. XI. 39

½9 Uhr auf. Mit Nico draußen. Eier und Thee. Am Wagner-Brief geschrieben. Mit K. u. dem Pudel spazieren. Zum Lunch Mr. u. Mrs. *Lowe-Porter*. Nachmittags mit Meisel. Ausgang mit dem Pudel. Abends gelesen in deutschen Blättern aus Paris, »Tage-Buch«-Ausgaben. Gutes Exposee Brochs an die »Guild«. Englische Presse-Auszüge, deutsch. – Friedensvermittlungsangebot Belgiens und Hollands gemeinsam. Ablehnung durch Halifax, prompt. Der Schritt ein Ausdruck begreiflicher Furcht, namentlich Hollands, dem eine deutsche Invasion unmittelbar zu drohen scheint. Kriegsrecht u. Überschwemmungsbereitschaft. Es wäre wohl eine Verzweiflungstat des Untiers u. ein Beweis, daß es den Kriegswinter sehr zu fürchten hat.

Princeton, Mittwoch den 8. XI. 39

Spät, erst gegen 9 Uhr auf. Am Wagner-Brief geschrieben. Mittags mit K. u. dem Pudel gegangen. Nach dem Lunch die Zeitungen mit der vortrefflichen Radio-Rede Halifax' gelesen. Zum Thee Herren- und Damen-Besuch, tschechisch-ungarisch, südamerikanischer Agent. Einiges Briefliche mit K. Abendgang. Zum Essen G. M. *Richter*, alt und altgewohnt, treuherzig und gemütlich. Hörten mit ihm Swing, der ein schweres Attentat auf den Hitler in München nach seiner Keller-Putsch-Rede meldete. Gerettet durch vorzeitiges Verlassen des Bräu's nach blödsinnigen Schimpfereien auf die englischen Minister.

Unmittelbare Bedrohung Hollands mit der Invasion scheint Tatsache. Solidarität mit Belgien durch das gemeinsame Vermittlungsangebot demonstriert.

Princeton, Donnerstag den 9. XI. 39

8 Uhr auf. Nach dem Frühstück den Wagner-Brief fast zu Ende geschrieben. Mit K. zur Post. Danach Ankunft Klaus. Mit ihm im Salon. Mit ihm Lunch. Die Zeitungen über den Bombenanschlag und die Bedrohung Hollands. Zum Richter mit Dr. Shapley, Kunstzeitschrift-Editor. Über einen Aufsatz zur Kritik. Mit Meisel. Engl. Briefe. Lektüre in »New Republic«. Der Abfall der Intellektuellen von Rußland. – Smoking. Nach dem Abendessen Flexner-Konzert nahebei im Club. Quartette von Mozart u. Schubert. Große Gesellschaft. Mit Einstein u. vielen anderen. Den Pudel noch ausgeführt.

Princeton, Freitag den 10. XI. 39

½9 Uhr auf. Blau, mild, windig. Kaffee und Oatmeal gefrühstückt und den Wagner-Brief zu Ende geschrieben. Mittags mit K. und dem Pudel zum See gefahren, dort gegangen. Viel über das Bierkeller-Attentat u. seinen Ursprung. Ankunft des neuen großen Radio-Grammophons, Beschäftigung mit seiner Technik. Zeitungen gelesen. Abends musiziert, Swing gehört. In dem Buche »Modern Fiction« über die »Geschichten Jaakobs« gelesen.

Princeton, Sonnabend den 11. XI. 39

8 Uhr auf nach zu kurzem Schlaf. Müde. Schrieb vormittags an Fiedler und Mrs. Meyer. Kabel von Bermann, daß Schluß-Manuskript in Stockholm eingetroffen! – Mittags zur Pediküre. Nachmittags geschlafen. Beim Thee und nachher mit Meisel. Abschrift des Schlusses vom 7. Kapitel. Briefe mit K. Abends Toscanini-Beethoven im neuen Apparat. Vor Einschlafen jetzt Novellen von Conrad.

Princeton, Sonntag den 12. XI. 39
8 Uhr auf. Heiter, frühlingsähnliches Wetter. Vormittags einige Briefe geschrieben. Mit K. zum See gefahren, wo wir den Pudel zum ersten Mal frei laufen ließen und uns an seinem reizenden, folgsam verständigen Benehmen freuten. Begegnung mit Frau Ladenburg. – Kein Besuch heute. Den Musik-Apparat viel benutzt. Nachmittags gelesen in Zimmers Büchlein über die indische Große Mutter. Auch sein Buch »Maya« wieder vorgenommen. Gedanken an eine indische Novelle nach einem bei ihm schon früher angemerkten Motiv. Abends Musik gehört. Parsifal-Platten.

Princeton, Montag den 13. XI. 39
8 Uhr auf nach reichlicherem Schlaf. Vorm Frühstück mit K. u. dem Pudel in der Allee. Begann den politischen Aufsatz für »Cooperation« zu schreiben. Mittags zum New Sielthal gefahren, wo wir Niko laufen ließen. Leichter Schnee. Winterliche Luft. – Die Antworten George V. und Lebrun an Wilhelmina. Frankreich nennt Österreich unter den zu befreienden Ländern. Vorzügliche Radio Rede Churchills, in den Times nach Tische gelesen. Hitler ein cornered maniac. – K. bei einem Damenthee. Mit Meisel Briefe. Die Abschrift des Wagner-Briefes. Abendgang. Eine gute Erzählung von Sophie Lemport, Wienerin, im Mt. gelesen. Mit dem Pudel gescherzt.

Princeton, Dienstag den 14. XI. 39
Heiteres, frisches Wetter. Mit dem Pudel in der Allee. Beschäftigung mit dem pol. Aufsatz. Mittags mit K. 5/4 Stunden gegangen. Rennen Nikos auf dem Golf Ground. Tagüber Notizen für den Aufsatz. An die Meyer geschrieben auf zwei Briefe. Abendgang. Radio-Musik. Brief von Landshoff. – Optimistisch gestimmt die Lage betreffend. Eindruck, daß in Deutschland Lähmung u. Ratlosigkeit herrschen. Der Angriff auf Holland wird, offenbar auf Widerspruch der Generale, nicht gemacht, weil er alle Neutralen aufbringen würde und

wirtschaftlich wie moralisch desaströs wäre. Fast zu bedauern. – Bei Tische mit Klaus und K. lange über die schwer vorstellbare Zukunft Deutschlands.

Princeton, Mittwoch den 15. XI. 39

Vor 8 auf. Heiteres, kaltes Wetter. In der Allee. Eier und Thee. An dem Aufsatz geschrieben noch ohne Attachement. Mittags mit dem Pudel am See. Er tollte und schwamm. Begegnung mit Ladenburgs. Spiel der Hunde. – »Twice a Year« mit amüsantem Material. Neues Londoner Memorandum. – Zum Thee Mr. Bussard. Mit ihm die Werther-lecture durchgegangen. – Nach dem Abendessen mit K., Klaus u. Medi ins Play House. Broch. Dean Gauss und Frau. Sehr hübscher französischer Film, Schauspieler-Altersheim, menschlich und fein. Den Hund ausgeführt. Bier getrunken.

Princeton, Donnerstag den 16. XI. 39

½9 Uhr auf. Nach dem Frühstück etwas an dem Aufsatz. 11 Uhr zur Junction u. mit dem Zuge nach *New York,* wo wir uns von Klaus trennten. Ins Hotel [?] zu *Walters.* Ergriffenes Wiedersehen. Lunch mit ihnen im Speisesaal. Nachher in ihrem Salon. Geruht in Lottes Schlafzimmer. Thee mit Walters. Über seinen Plan von Mozart-Festspielen i. J. 1941. Heimfahrt mit dem Koffer, der Dinge der ermordeten Gretl für Erika enthält. Unwohlsein infolge des zum Lunch getrunkenen Kaffees. Mit dem Wagen von der Junction. Medi mit Broch u. dem Pudel getroffen. Zu Hause Wermut u. Erholung. Abendessen zu dritt mit Medi. Hummer und Zuckerei, dessen Weißes mit sehr praktischem mechanischem Schaumschläger zubereitete. Nachher die Werther-Lecture studiert, Swing gehört und Niko ausgeführt. Fast krank von morgens an von einem Interview Papens, worin er als Deutschlands Kriegsziel die europäische Confoederation proklamiert!! Commonwealth! Nazi-Commonwealth! Jedesmal hätte man soviel schamlose Dummheit, dumme Schamlosigkeit nicht für möglich gehalten.

– Aber Reinaud ist in London u. führt Besprechungen über eine vollkommene französisch-britische Cooperation, die der erste Schritt zu einem foederierten Europa wäre.

Princeton, Freitag den 17. XI. 39

8 Uhr auf. Der Pudel, durch Spiel mit anderen Hunden in der Allee verwildert u. verwirrt, lief fort und war zu unserm Kummer nicht wieder beizubringen. – Kaffee und Toast. Danach, 9¼ Uhr, abgeholt von den Professoren und Lowe's, zum Campus, Werther-Lecture im Hörsaal. Sehr lebendiger und akklamierter Verlauf, Begrüßung von Studenten, Heimfahrt mit Lowes. – Mit K. etwas gegangen. Mildes, frühlingsähnliches Wetter. Eintreffen Borgeses. Lunch mit ihm. – Üble Publikation der League of Amerc. Writers, antifranzösisch. Artikel in Segers Blatt über meine Stellung zum Stalinismus. – Zum Thee Meisel, Borgese, *Marck* und *Broch*. Diskussion über den Plan eines Sammelwerkes zur Vorbereitung eines restaurierten Abendlandes ... Vorm Abendessen ohne Niko etwas gegangen. Mit Borgese. Müde. Das Grammophon des neuen Apparats zu laute Bässe. – Pariser deutsche Zeitungen. – Der Pudel nicht gekommen noch gebracht.

Princeton, Sonnabend den 18. XI. 39

Schlecht geschlafen. 8 Uhr auf. In der Allee Wiedererscheinen Nikos in verschmutztem Zustande. Sehr glücklich erregt. Brachte ihn nach Hause, wo er 2 Schalen Milch trank u. von Medi gekämmt wurde. – Frühstück mit Borgese. Unlustige Arbeitsversuche. – Sehr warmes Frühlingswetter. Mittags mit K. u. dem Pudel spazieren. – Mit Borgese über Italien u. Deutschland. Hinrichtung von 9 Studenten in Prag. – – Nachmittags Briefdiktate an K. (die Herz, Angell). Brief-Entwurf an die League of A.W. wegen des defaitistischen Bulletin. Abends im Radio Beethoven-Toscanini.

Princeton, Montag den 20. XI. 39

Gestern sehr unwohl und bedrückt. Hatten zum Lunch Borgese und den Theatermaler Roth aus Zürich. Hielt mich zurück. – Heute mit mehr Teilnahme an dem Aufsatz geschrieben. Sehr winterlich, kalter Wind, wollene Unterhosen. Mit K. über den Campus und Golfplatz spazieren. Gerenn des Pudels. – Bei den Mahlzeiten mit Borgese, dessen Aufsatz über Machiavelli ich las. Nachmittags mit Meisel. Übersetzung des Wagner-Briefes an Common Sense. – Untergang von 10 neutralen und britischen Passagierschiffen durch von deutschen Unterseebooten gelegten Minen. Unter den Umgekommenen viele jüdische Emigranten.

Princeton, Dienstag den 21. XI. 39

Auch heute in sehr matter und leidender Stimmung. Mit Abneigung und Müdigkeit an dem Artikel. Schneegestöber. Nicht lange gegangen. Nach Tische mit Klaus über die Schwierigkeiten mit den kommunistischen Schriftstellern. Schwarzschilds Denunziationswut. – Dinner beim Präsidenten Dodds mit van Zeeland, ehem. belgischen Außenminister. Sein Vortrag nach Tische für die Herren über die politische Lage, optimistisch, angenehm zu hören. Variationen über den cornered maniac. – Zu Hause mit Borgese und Medi.

Princeton, Donnerstag den 23. XI. 39

Tage von großer Bedrücktheit, Schwermut, Gemütsleiden. Widerstehen der Arbeit. Heute Medi's Hochzeit. Mittags mit K., Broch und Seshons in der Kirche. Kurze Ceremonie. Weinte vor Nervenschwäche. Nachher Lunch bei Seshons in kleinem Kreis. Sehr leidend und abgeneigt. Nachmittags Ankunft Audens. – Ausfertigung englischer Briefe. Nach Groningen geschrieben wegen fälligen Honorars.

Princeton, Freitag den 24. XI. 39

Gestern Abend Hochzeits-Dinner mit Sessions, Shenstones, Frau v. Kahler, Gumpert und Auden, der früh abfuhr. Medi in Weiß sehr rührend. Worte an Borgese. Sesshion spielte. Zog mich ½11 zurück. – Heute nach dem Frühstück Abfahrt des Paares. In den Zeitungen Ausführliches. – Schrieb gottergeben an dem Aufsatz weiter. Mittag bei schönem Winterwetter (nachts Frost) mit K. und dem Pudel am See und feldein. Nachmittags mit Meisel. Freud-Auszug für den Schutzverband. Übersetzung des Briefs an die League. Interessante Nummer der Zukunft: über »Großraum-Gewalt« als neue Form des noch privatkapitalistischen Imperialismus. – Besorgniserregende Eindrücke von dem Gegen-Blockade-Krieg, der deutschen Minen-Technik. Beschädigung eines weiteren britischen Schlachtschiffes.

Princeton, Sonnabend den 25. XI. 39

Vor 8 Uhr auf. Sehr rauhe Winterluft. An dem Aufsatz weiter. Mittags mit K. u. dem Hunde gegangen. Mahlzeiten mit K. allein. Zum Thee junger Journalist, Schüler von Helbling in Zuoz, und 3 Midshipmen von der U.S. Navy. Lange, ermüdende Sitzung. Abends Beethoven unter Toscanini gehört. Späte Quartett-Sätze für Streichorchester. 1. und 2. Leonoren-Ouvertüre. Vorstufen der Großen. Es wäre alles mehrmals und nach verschiedenen Vorübungen zu machen. Ein privates Beispiel ist der Brief an den Dekan.

Sonntag den 26. XI. 39. Princeton.

An dem Aufsatz. Kopfschmerzen. Einsamer Tag. Hörte mit Genuß Götterdämmerungsplatten. Sphäre des Joseph. Schrieb nachmittags des Längeren an Heinrich. Mittags Ausfahrt und Spaziergang. Abends Konzert mit M. Anderson gehört. Kopfschmerzen.

Princeton, Montag den 27. XI. 39

An dem Aufsatz weiter. Mittags zum Haarschneiden. Danach mit K. am See. Den Astronomen u. seine Frau getroffen. – Lieber Brief von Erika. Kabel von Bermann, daß der Roman überraschender Weise, heute ausgeliefert worden; 5000 Vorbestellungen. – Brief von Medi aus Virginia. – Nachmittags mit Meisel. Abendessen mit Shenstones. Mit ihnen ins Play House danach: Greta Garbo-Film, sowjetrussisch-pariserisch, amüsante Lubitsch-Regie, nicht ohne Taktlosigkeiten. Zu Hause Bier. Briefe einer deutsch-amerikan. Unbekannten über Schwächen der Joseph-Übersetzungen u. über das Riemer-Kapitel. – »New Republic« und »Zukunft«.

Princeton, Dienstag den 28. XI. 39

Heiteres, mildes Wetter. Am Aufsatz. Mittags in noch unbekannter Park- u. Villen-Gegend rechts der Trentoner Straße. Handschriftl. Korrespondenz. Abends Kahler und Broch, denen das bisher Geschriebene vom politischen Aufsatz vorlas.

Princeton, Mittwoch den 29. XI. 39

Vormittags an dem Aufsatz. Mittags mit dem Pudel gegangen, dann mit K. gefahren. Sehr schöner Herbsttag. Gelesen in den Zeitungen und Büchern aus Oprechts Verlag. Geschrieben an die Übersetzerin von »Unordnung«. Zum Thee Caroline Newton, die Niko wiedersah. Abends Frack: Großer Empfang im Damen-Club. Ganz Princeton. Eine Stunde lang Händedrücke. Nachher mit Kahlers und Mrs. Shenstone bei uns.

Princeton, Donnerstag den 30. XI. 39

Neblig schöner Herbsttag. Schrieb an dem Aufsatz weiter. Mittags mit K. u. dem Pudel auf dem Campus und über den Golfplatz. Mit dem Historiker X. nach Hause gefahren. – Nachmittags an die Lemport über ihre Novelle geschrieben u. des Längeren an Erika zu schreiben begonnen. – Kummer über den Musik-Apparat u. seine übertriebene Baß-Resonanz. – Abendblätter und Radio über die russische Invasion Finnlands, Luftangriffe, Brände, Menschenopfer. Allgemeine Indignation mit Ausnahme der sympathisierenden deutschen Presse.

Princeton, Freitag den 1. XII. 39

Nebelig – leicht regnerisch. Schrieb belebter an dem Aufsatz weiter. Mittags mit K. u. dem Pudel gegangen. Zum Lunch G. Seger. Über die Schutzverbandfrage und das Politische. Schätzt die Dauer des Krieges auf 3 Jahre. – Musiziert. – Zum Thee der Biologe *Huxley* mit Frau, der Princetoner Professor X mit Frau und *Einstein.* Schrieb den Brief an Erika zu Ende. Mit Vergnügen Platten gespielt. Abends Swing gehört. In Finnland kommunistische Nebenregierung, mit der allein Rußland verhandeln will. Bedenklichkeit weiterer Duldung kommunistischer Parteien z. B. in Bulgarien und Rumänien. – Weitere Beschäftigung mit dem Gedanken die Lecture-Reise aufzugeben.

Princeton, Sonntag den 3. XII. 39

Gestern, regnerischer Tag, vormittags geschrieben. Nach 11 Uhr abgeholt zum Week and von Caroline N. Mit ihr nach *Philadelphia.* Im Hotel Lunch mit ihren Eltern u. ihrem Bruder. Dort geruht. Dann aufs Land zu Judge X. und Familie. Intellektuelles Haus. Thee mit ihnen. Dinner in größerem Kreise. IX. Symphonie per Radio, rührendes Menschheitswerk, stark franz. Revolution. 12 Uhr zu Bett.

Heute Frühstück im Hause des Judge auf dem Zimmer. Kurzer Spaziergang. Mittags mit Caroline zu dem Architekten X u. seiner rheinländisch aussehenden Frau. Gutes Lunch dort am Kamin. Der gesprächige Lawyer, die Professorin für englisch, der temperamentvolle Historiker. – Zum Haus der Newtons. Dort geruht, dort Thee. Die beiden Hunde. Caroline nach Philadelphia gebracht, von da nach Hause. – Wiedersehen mit

Niko. Abendessen zu zweien. Etwas Radio gehört. Beschäftigung mit den Rede-Verpflichtungen für den 6. und 7.

Princeton, Montag den 4. XII. 39

Bedeckt, recht kalt, windig. Geschrieben am Aufsatz. Mit K. und dem Pudel über den Golfground. Artikel der Meyer über Royal Highness in der Korrektur. Nachmittags mit Meisel Besprechungen und Arrangement der Rede für den 7ten. Zum Abendessen *Einstein, Lowes* und *Kahler.* Viel über das Politische. In den Abendblättern die Nachricht englischer Kriegserklärung an Rußland, damit nicht die skandinavischen Länder unter russisch-deutsche Kontrolle geraten. Eintritt Amerikas dann wahrscheinlich – und wehe den Kommunisten dann u. allem, was für kommunistisch gilt. – Brief des Journalisten Schlamm, der sich über unverschuldete Grobheiten vonseiten Klaus' beklagt. Thörichte Affaire.

Princeton, Dienstag den 5. XII. 39

Grau und rauh. Vormittags an der politischen Schrift. Mittags mit K., dem Pudel und dem schönen Bobby spazieren. Gescheiter Artikel von Lippmann über Finnland u. die Notwendigkeit es zu schützen. Gelesen in F. Blei: »Zeitgen. Bildnisse«. Nach dem Thee Brief an Schlamm diktiert. Dem Prinzen Löwenstein zum Töchterchen gratuliert. Abends musiziert und Swing gehört. Die skandinavischen Staaten vor schweren Entschlüssen. Britischer Emissär per Clipper nach Amerika.

Mittwoch den 6. nachmittags nach *Staten Island.* Dort Dinner Party mit Ansprache an die Studenten des Wagner College und Lecture im Jewish Community Center. Übernachtete bei Dr. Meyer u. Familie.

Donnerstag den 7. nach *New York,* zu Dr. Brodsky. Lunch mit Knopfs im St. Regis. Thee im Bedford mit Klaus u. Curtis, Landshoff. Dieser erfüllt von »Lotte«. Edison Hotel, Dinner der Friends of German freedom. Reden von Dr. Hertz, N. Thomas, R. Niebuhr und mir. Nachher Bier mit Tillich u. Frau. Im Hotel mit Klaus. Sehr spät.

Freitag den 8. XII Im Bedford ca 9 Uhr auf. Nach dem Frühstück Konferenz mit Peat. Danach Rückfahrt nach Princeton. Hier vorm Lunch. Freude des Pudels. Viel Post, europäische, Oprecht, Bibi. Erstes Kriegsheft von »M.u.W.« Nachmittags Meisel, höchst angetan von dem Roman. Das Siebente mein Höchstes. Besprechungen mit [ihm]. Früher gegessen u., müde, ins Conzert der E. Schumann, Verspätung. Die Sängerin indisponiert. Schubert, Schumann, Brahms, Wolf. Mein Cachenez eingebüßt. Die Schumann begrüßt. Zu frühes Ende. Warten auf den Wagen im eiskalten Wind. Leichtes Übelbefinden.

Princeton, Sonnabend den 9. XII. 39
½9 Uhr auf. Vormittags an dem polit. Aufsatz, der nun einmal zu Ende geschrieben werden muß. Seit gestern neues Denken an die indische Novelle, die zu wagen ich Lust habe, obgleich sie für die Jubiläumsnummer der »Nation« kaum fertig werden könnte. – Mittags Dr. *Zuckerkandl* von der Junction abgeholt. Spaziergang mit ihm, K. und Niko am See. Lunch mit ihm. Überbringt Brief von Bermann. Über »Lotte«. Idee einer Repräsentation des »anderen Deutschland« durch mich – mit wem. Völlige Ungewißheit, wie Deutschland (und die übrige Welt) nach dem Kriege aussehen wird. – Z. auch zum Thee. – Abends Ankunft Prof. Loewenstein als Logiergast. Dazu Kahler zum Abendessen. Viel über das Politische, den Verlauf des Krieges, die Zukunft Deutschlands. Dazwischen im Radio französische Musik gehört: C. Frank und Ravel. Dazwischen den Pudel betreut, hinausgeführt.

Princeton, Sonntag den 10. XII. 39
Mild, Indian summer. Vormittags an der Broschüre. Mittags mit K. und Loewenstein ausgefahren und von der Villenkolo-

nie auf dem gelben Lehmwege mit Niko ins Freie gegangen. Lunch mit dem Wochenendgast. Nachher in »M.u.W.« Guten Artikel von Sir A. Zimmern gelesen. Thee mit Loewenstein, der sich danach verabschiedete. Ankunft *Klaus*, der mit Erika nach N.Y. gekommen. Diese wieder unterwegs bis zum 22. Klaus über »Lotte«, erfreulich. In den »Times« die Besprechung »R.H.'s« von der Meyer mit Bild. Mit dem Pudel gegangen. In »Lotte« gelesen. – Noch Einiges an der Schrift. Ausfertigung englischer Briefe. Abendessen mit Klaus. Bei Musik gelesen in »M.u.W.«, über den New Deal.

Princeton, Montag den 11. XII. 39

Vor 8 Uhr auf. Vormittags an der Broschüre. Sturm. Abgekürzter Spaziergang. Lunch mit Klaus. Beschäftigung mit Indien. Beim Thee mit Meisel. Messages für Finnland-Meetings. Brief an Oprecht. Völkerbund-Kundgebung gegen Rußland? – Buch über Ludwig II von W. Richter. – Kälte und eisiger Wind.

Princeton, Dienstag den 12. XII. 39

Kälte, heiteres Wetter. K. in New York. Vormittags an der polit. Schrift. Mittags mit dem Pudel allein spazieren, ließ ihn auf dem Golfplatz rennen. Lunch mit Klaus und Bussard, mit dem ich englische Stunden verabredete. Gelesen in der »Intern. Literatur«. Fünf Uhr mit John zur Professoren Cocktail Party im neuen Institute. Mr. Earl. Führung durch die Sekretärin. – Brief der Meyer, lästig. Dankesbrief von Speyer. – Nach 7 Rückkehr K.'s. Abendessen mit ihr u. Klaus. Zu Weihnachten bunter Besuch in Aussicht, Franks mit der Massary, Landshoff, Gumpert. – Schauerlicher Bericht in Herald Tribune über den Terror und die Plünderung in Polen. – Die »Bremen« beschämender Weise den Engländern entkommen, angeblich, weil man sie »nicht warnen« konnte.

Princeton, Mittwoch den 13. XII. 39

Vormittags an dem Aufsatz. Mittags mit K. zur Junction, Landshoff als Gast abgeholt. Mit ihm am See spazieren. Dunkelheit, Regen. Lunch zu viert mit Landshoff. Weiteres in dem Buch über Ludwig, das mich auch historisch-politisch fesselt. Zum Thee außer Meisel Mr. Brennan, Lehrer für Philosophie. Manuskript über meine Philosophy of Art. Mit Meisel gearbeitet. Nach dem Abendessen ins Play house: Abenteuer-Kostüm-Film mit dem Engländer Lothan, vorzüglicher Schauspieler. Nachher Bier mit Landshoff. Über die Wahl unserer Lebensform nach günstig verlaufenem Kriege. Korrektur des Wagner-Aufsatzes.

Princeton, Donnerstag den 14. XII. 39

Spät auf, nach Schlafmittel. Frühstück mit Landshoff. Am Aufsatz geschrieben. Haarpflege und Rasieren. Mittags zur Junction, um *Erika* abzuholen, die mit Curtis kam. Nach ihrer Einholung allein mit dem Pudel etwas gegangen. Sonnig. Zum Lunch, außer den großen Kindern, Curtis und Landshoff, *Knopfs*. Kaffee im Salon. Über den Titel für die englische Lotte. Schwierig. Man blieb lange. Zum Thee Bussard. Mit ihm, nach Verabschiedung von Erika, englische Lektüre, Essays von Santayana. Zum Dinner bei Weyls mit Westcot, dem neuen Institut-Mitglied von Swarthmore, einem weiteren Professor nebst Damen. Mit den Herren die Entwicklung Picassos nach Review-Bildern. Zu Hause Niko befreit u. ausgeführt. – Ekstatischer Brief der Meyer über das Goethe-Bruchstück in M.u.W. –

Princeton, Freitag den 15. XII. 39

Spät ins Bett, spät auf. Frost. Am Aufsatz geschrieben. Mittags zu Knopfs ins Princeton Inn, dort Lowes getroffen, mit ihnen ins Institute und die Räume, besonders den des Prof. Lowe besichtigt. Lunch mit Klaus und Curtis, den Knopfs im

Wagen nach N.Y. nahmen. Amüsanter Brief Golos mit Korrodis citatenreichem Hymnus auf »Lotte« in der N.Z.Z. Immerhin ein erregend-erfreuliches Dokument. Lieber u. enthusiastischer Brief von Annette K. über denselben Gegenstand. – Zum Thee Mrs. Lowe. Mit ihr wegen der Übersetzung, Zweifelsfälle im VII. Kapitel, englischer Titel, der vielleicht »The beloved returns« lauten soll. – Begann Brief an die Meyer, den aus Abneigung abbrach. – Britische Erfolge zur See. Brief eines amerik. Kommunisten mit der Aufforderung, für das friedliche Rußland, das von den Westmächten durch den Puppet-Staat Finnland angegriffen wurde. – Verlangen des Pariser-Tageblatts nach 25 000 frs, alsbald zu besorgen. – Brief von Jules Romains über die Lage der verhafteten Emigranten.

Sonntag, den 17. XII. 39, Princeton

Gestern Brief an Mrs. Meyer. Heute an Annette K., herzlich. Vormittags mit halbem Herzen an der pol. Schrift. Mittags ausgefahren. Gestern u. heute allerlei Musik gehört. In dem Buch über Ludwig II weiter gelesen. Die englische Übersetzung des 7. Kapitels. Der »Graf Spree« vor Montevideo von der Besatzung in die Luft gesprengt. Lügenhafte Funkberichte nach Deutschland über den Hergang aufgefangen. Giftgase der Engländer hätten den Proviant verdorben.

Princeton, Montag den 18. XII. 39

Vormittags an der polit. Schrift, die sich dem Ende nähert. Mit K. und Niko spazieren. Die Zeitungen über die Versenkung des deutschen Schiffes. Luftgefecht bei Helgoland, in dem die Deutschen große Erfolge gehabt haben wollen. Torpedierung eines deutschen Kreuzers. – Zum Thee Meisel u. eine Mrs. Thompson, die den »M.M.« zur Signierung für ihren Sohn brachte. Zum Abendessen bei Kahlers mit der alten Dame u. der Haushälterin. Nachher in K.'s Arbeitszimmer Vorlesung größerer Teile des Pamphlets. Beifall für Moralisches, Diskussion über Sachliches. Zu Hause den Pudel, dessen Freude groß war, noch ausgeführt.

Princeton, Dienstag den 19. XII. 39

K. in New York. Wenig geschrieben. Zur Pediküre, danach mit dem Pudel auf den Golfplatz. Allein geluncht. Zum Kaffee in F. Blei's Zeitgen. Bildnissen einiges Gute und anderes Mindere gelesen. Thee mit Meisel. Das Politische und Briefe besprochen. Abendgang. An Korrodi geschrieben. 7 Uhr Rückkehr K.'s. Mit ihr Abendessen. Musik danach. Nachrichten aus Zeitungen u. Radio: Selbstzerstörung des drittgrößten deutschen Handelsschiffes angesichts eines engl. Kreuzers; ausgefahren aus Übermut mit Oelladung, weil die »Bremen« entkommen und die Meere Deutschland gehören. Scheusälige »Rede« des Ley in Polen über die göttlichen Herrschaftsrechte der deutschen Rasse. Der sehr einseitige finnisch-russische Krieg geht unter relativen Erfolgen der Finnen weiter, mit einigen Subsidien vonseiten der Alliierten.

Princeton, Mittwoch den 20. XII. 39

Vormittags an dem Aufsatz geschrieben. Regen. Kürzer gegangen. Ankunft von 20 Exemplaren der »Lotte«. Eines an Caroline. Widmung an die Meyer. Zum Thee außer Meisel Dr. Weixlgärtner (Wien), Gedichte und Philosophie. Manuskript von »Kultur u. Politik« als Geschenk an den alten Mr. Bender. – Selbstmord des Kapitäns des »Graf Spree«.

Donnerstag den 21. XII. 39

Vormittags mit K. nach *New York*, Bedford, gutes Zimmer 1601. Lunch im Restaurant. Dann zur Metropolitain Opera zur Aufführung von »Tristan u. Isolde« in Gesellschaft von Mrs. Meyer (der ich »L.i.W.« überbrachte) und dem jungen über mich Colleg lesenden Germanisten. Große Enttäuschung durch den stimmlosen Melchior. Die Flagstadt tüchtig, Kurwenal schwach. Nüchterne Aufführung in dem Riesenhause.

Die wundervolle Musik in lauter- und trockener Deutlichkeit. Mit der Meyer und dem Bewunderer ins Plaza Hotel. Kaviar und Sherry. Zum Dinner Franks, herzliches Wiedersehen. Lebhaftigkeit englisch u. deutsch. Champagner. Elizabeth M. Sie ging mit Franks nach dem Kaffee, wir blieben noch mit der Gastgeberin u. dem jungen Amerikaner zusammen. Ins Bedford zurückgekehrt, Bier mit Klaus und Landshoff in unserm Salon. Vorm Einschlafen Ljeskow gelesen.

Princeton, Freitag den 22. XII. 39

Heute im Bedford gegen 9 Uhr auf. K. ging nach dem Frühstück aus. Ich schrieb an der mitgebrachten Arbeit bis gegen das Ende, nahezu bis zur Mittagszeit. Lunch in der Bar mit Erika u. Klaus. Danach Abreise. Las auf der Fahrt Schwarzschilds höfliche und schiefe Diatribe gegen das »Problem der Freiheit« im »Tage-Buch«. Ankunft hier zum Thee mit Meisel. Ärger wegen des verzögerten u. verteuerten Klavier-Transports nach Chicago. Begrüßung des Pudels. Viel gleichgültige Post. Brief von Fiedler. – »Lotte«-Widmungen zu Weihnachten.

Princeton, Sonnabend den 23. XII. 39

Schrieb vormittags das Politicum zu Ende. Ging mittags allein mit Niko aus. Frost. Ankunft Medis mit Borgese. Apéritiv und Lunch mit ihnen. Der Baum seit gestern. Viele Gratulationen. Einlauf von Geschenken. Sorgfältige Freundlichkeit der Shenstones. Flaggen-Kalender des kleinen Michel, hübsch erdacht. Süßigkeiten. Nachmittags zahlreiche Widmungen in den Roman. Verse für K. Abends Musik mit Borgeses. Briefe von Hesse (über Lotte), Basler, jetzt Oberleutnant, und der Meyer. Telegramme an Walters, Bermanns, Knopfs, die Meyer mit K. abgefaßt. – Stammbaum des Pudels »Gueulard« mit Bildnis seiner Ur-Großmutter.

Princeton, Sonntag den 24. XII. Weihnachtsabend
Vormittags Verbesserungen an dem Politicum. Scharfe Kälte. Mittags gemeinsame Ankunft von Erika, Klaus und Franks. Mit ihnen im Salon. Borgese dazu. Allzu laute, sich über das ganze Festlunch erstreckende Diskussion der politisch-religiösen Dinge, ausgehend von der Nominierung eines vatikanischen Botschafters durch Roosevelt, der ersichtlich nur noch »ein Instrument der Jesuiten« sei. Italienische Optik, furios behauptet. Einige Niedergeschlagenheit. – Nachmittags weitere Geschenk-Bücher-Ausfertigungen. Weihnachts-Message des Präsidenten. Mit Frank bei mir. Über »Lotte«, die ihm jetzt alles. ½8 Versammlung bei mir mit Einschluß von Gumpert u. seinem Töchterchen. Lieder. Zur Bescherung noch Kahlers. Brennender Baum und viele schöne Gaben. Bett und Decke für Niko, der sehr verwirrt. Champagner-Dinner zu 12 Personen mit dreifacher schwarzer Aufwartung bei brennenden großmütterlichen Kandelabern. Nachher im Weihnachtszimmer. Champagner u. Baumkuchen. Musik neuer Platten. Mit Borgese über seine Arbeitspläne. In der Library vor dem ganzen Kreise Vorlesung des 9ten Kapitels von »Lotte«, das die Kinder sich aufgespart hatten. Ergriffenheit. Diskussion über den englischen Titel. Franks ins Peacock Inn. Gumperts bei uns. Spät zu Bette.

Princeton, Montag den 25. XII. 39. Erster Weihnachtstag.
Kälte, Schneedunkel. Mit K. u. dem Pudel in der Allee. Frühstück mit K. u. der hübschen kleinen Gumpert. Die 5 points peace message des Papstes – nichts Beunruhigendes für uns und völlig fremd den Deutschen. Es soll mehr sein als eine Weihnachtsgeste, aber ein Erfolg ist z. Z. nicht vorstellbar. – Vormittags Briefe geschrieben an die Meyer, an Hesse und Basler. Mittags spazieren bei scharfem Wind mit K., Medi und dem Pudel. Lunch mit Borgeses u. den ältesten Kindern. Las einiges in dem Buche English in the American Way. Zum Thee Shenstones. Abschied Gumperts. Die Kleine had a won-

derful time. Abends Champagner und Musik. Weitere Titelfahndung. Da ich die pilgrimage bevorzugte, landete man vorläufig bei »The wondrous pilgrimage of Lotte Buff«. – Die Finnen sollen komischer Weise auf russischem Boden stehen. – Das Mt. des Politicums an Meisel.

Princeton, Dienstag den 26. XII. 39. Zweiter Weihnachtstag. Klare Kälte. 8¼ auf. Mit K. u. dem Pudel in der Allee. Scharfe Weihnachtsrede Daladiers gegen Deutschland, das diesmal zu erdulden haben werde, was es anderen zugefügt. – Vormittags Studien zur Novelle »Die vertauschten Häupter«. – Mittags mit K., Medi u. dem Pudel zum See gefahren. Viel Post. Der Wagner-Brief in »Common Sense«. – Unruhige Tage. Zum Thee Mr. u. Mrs. Seshion und die alte Mrs. S. An Fiedler geschrieben. Borgeses zum Abendessen bei Kahlers. Im Radio Erörterung der Papst-Message. Sekundierung durch Mussolini's Friedensplan mit Wiederherstellung Polens und Tschechiens. Müßig, da Hitler nicht annehmen kann und, selbst wenn er wollte kein Friedenspartner wäre. Seine einzige Hoffnung die Revolution in Frankreich – wie dort durch Rauschning bekannt. – – Sozialistisches Exposee Hillers, wenig geneigt.

Princeton, Mittwoch den 27. XII. 39
Vormittags Studien zur Novelle. Mittags zum Haarschneiden. Danach mit K. u. Niko auf dem Campus. Frost und Schneefall. Zum Lunch Borgese's Tochter. Nachher Journalist von World Telegraph, Interview mit Hilfe Erikas. – Zum Thee Weyls und Bodenheims aus Seattle. – Längerer Brief an Bermann. – Abends in der Library Vorlesung Erika's aus »Lights go down«. Nach Weggang der Borgeses Heiter-Wunderliches über Medi. –

Princeton, Donnerstag den 28. XII. 39

Klarer Frost und Schnee. Nach dem Frühstück Abschied von Medi und Borgese. Excerpte zur Novelle. Mittags mit K. u. dem Pudel gegangen. Lunch zu vieren mit den Großen, die morgen dahingehen. Gestern Nacht und heute Franks Novelle gelesen, die eine schöne Arbeit. Mit Meisel beim Thee über die journalistische Einteilung u. Betitelung des Politicums. Mit K. Briefe (Antwort auf Knopfs Warnungen). Handschr. Danksagungen. Pariser deutsche Zeitungen. Tage-Buch.

Princeton, Freitag den 29. XII. 39

Schneedunkel, wärmer. Beschäftigung mit indischen Dingen und Spaziergang mit K. Mittags Landshoff, der bis abends blieb. Nach dem Thee Korrektur des Politicums und Abänderung des Anfangs. Zum Thee der junge Nachbarsohn, für dessen Schul-Bibliothek ich die Jaakobsgeschichten signiert. Abends mit Erika und Landshoff, Musik, Schumann-Quintett. Nachricht von Senatsrede Daladiers über die Europ. Konfoederation. Beschädigung eines engl. Schlachtschiffes durch Torpedo. – Gelesen im Tage-Buch Deutsch-Wirtschaftliches von Bonn. – Nach 10 Uhr Abschied von Erika, die mit Landshoff abreiste. Schwermut. Sie beabsichtigt, auf unserer Reise zu uns zu stoßen. Unwohl, schein-fiebrig, Muskelschmerzen an der rechten Seite der Brust.

Princeton, Sonnabend den 30. XII. 39

Spät auf. Gleich gefrühstückt. Nachher beschäftigt mit Rüstzeug für die Legende. Wärmer. Mit K. und dem Pudel gegangen. Nach dem Lunch Verabschiedung auch von Klaus. Die Einsamkeit gut für Erfinden und Beschließen. Über Indien gelesen. Zum Thee Dr. Jaffe. Mit Meisel Aufträge. Nach dem Ausgang weitere Studien. Abends mit K. allein. Konzert aus Radio City. Bewunderte sehr das Lohengrin-Vorspiel, dies mir vertrauteste Musikstück. – Neujahrsrede Hitlers: Das Jahr 1940 werde das entscheidendste der deutschen Geschichte sein.

Es werde den Sieg bringen. Goering im Völk. Beobachter: Die größte Luftflotte der Welt warte nur auf den Befehl, England zu zerschmettern. Offenbar sind starke Spritzen nötig.

Princeton, Sonntag den 31. XII. 39

½9 Uhr auf. Starker Frost. Morgens in der Allee, danach Studien für die Novelle. Mittags W. *Hallgarten,* mit dem wir spazieren gingen und lunchten. Gelesen über Indien. Nach dem Thee kurze handschr. Briefe an Klopstock (Boston) und C. Newton, von der morgens ein sehr warmes Telegramm über »L.i.W.« aus Philadelphia kam. – Mit K. allein. Allerlei Radio gehört und über Indien gelesen. – Starke Kälte. – Näheres über Hitlers Neujahrsbotschaft: Ein Abbau an den Staatssouveränitäten sei notwendig, und die dauernde Bedrohung der Welt durch England müsse ein Ende haben. (Aneignung und Umkehrung). »Die neue Welt, sozialistisch.« Der Elende, der Elende. – Nachrichten aus Deutschland über die zunehmende Proletarisierung der Lebensformen. –

Das zweite Jahresende in diesem Lande. Legte den neuen Kalender auf. Mit welcher Spannung sieht man dem kommenden verhängnisvollen Jahr entgegen! Was man treibt gewinnt mehr und mehr den Charakter des Zeitvertreibs. Möge er ehrenvoll sein.

ANHANG

ABKÜRZUNGEN

GW	Thomas Mann, Gesammelte Werke in dreizehn Bänden, Frankfurt 1974.
Briefe II	Thomas Mann, Briefe 1937-1947, herausgegeben von Erika Mann, Frankfurt 1963.
TM-HM	Thomas Mann/Heinrich Mann, Briefwechsel 1900-1949, herausgegeben von Hans Wysling, Frankfurt 1969.
TM-GBF	Thomas Mann, Briefwechsel mit seinem Verleger Gottfried Bermann Fischer, herausgegeben von Peter de Mendelssohn, Frankfurt 1973.
HH-TM	Hermann Hesse/Thomas Mann, Briefwechsel. Erweiterte Ausgabe, herausgegeben von Anni Carlsson und Volker Michels, Frankfurt 1975.
TM-KK	Thomas Mann/Karl Kerényi, Gespräch in Briefen, herausgegeben von Karl Kerényi, Frankfurt 1960.
Regesten II	Die Briefe Thomas Manns. Regesten und Register. Herausgegeben von Hans Bürgin und Hans-Otto Mayer. Band II, 1934-1943. Frankfurt 1980.

ANMERKUNGEN

1937

1. 1. 1937

1] *K.:* TMs Abkürzung für den Vornamen seiner Gattin Katia geborene Pringsheim (24. 7. 1883-25. 4. 1980), die er durchgehend im Tagebuch verwendete. Obwohl sie selbst sich stets ›Katia‹ schrieb, hielt er zeitlebens an der Schreibweise ›Katja‹ fest. 3

2] *Neujahrsbotschaft:* TMs Antwort an den Dekan der Philosophischen Fakultät der Universität Bonn, der ihm, als Folge von TMs Ausbürgerung, die Aberkennung der Ehrendoktorwürde mitgeteilt hatte. Der Brief an den Dekan, in dem TM nach langem Zögern seinen vollständigen Bruch mit Hitlerdeutschland vollzog, wurde vom 27. bis 30. Dezember 1936 geschrieben und am 31. 12. 1936 im Haus des Zürcher Verlegers Emil Oprecht erstmals verlesen. Er erschien unter dem Titel *Ein Briefwechsel* in der ›Neuen Zürcher Zeitung‹ vom 24. 1. 1937 und gleichzeitig als Broschüre unter demselben Titel im Verlag Oprecht, Zürich. GW XII, 785 bis 792 und Briefe II, 9-15.

3] *Ausbürgerung:* TM wurde am 2. 12. 1936 »ausgebürgert«, das heißt, auf Grund eines NS-›Gesetzes über die Aberkennung der deutschen Staatsangehörigkeit‹ vom 14. 7. 1933 der deutschen Staatsangehörigkeit für verlustig erklärt. Seine Gattin und die vier jüngeren Kinder waren in die Maßnahme eingeschlossen. Die Ausbürgerung entbehrte insofern der rechtlichen Bedeutung, als TM zwei Wochen zuvor die tschechoslowakische Staatsbürgerschaft erworben hatte und aus dem deutschen Staatsverband bereits ausgeschieden war.

4] *Verleger Klein:* Der Berliner Kunstverleger Woldemar Klein (1892-1962).

5] *Die Russen:* Der Verlag Gospolitizdat in Leningrad, in dem 1934-1938 eine sechsbändige Ausgabe von TMs ›Gesammelten Werken‹ erschien. Zuletzt war 1934-1935 eine zweibändige Ausgabe des *Zauberberg* erschienen. 1938 kam ein Band gesammelter Essays heraus.

6] *Annenkow:* Das Telegramm kam von der Moskauer ›Deutschen Zentral-Zeitung‹, war in deutscher Sprache und gezeichnet ›Annenkowa‹.

7] *Novelle:* Der ursprünglich als Novelle geplante Roman *Lotte in Weimar,* dessen Niederschrift TM am 11. 11. 1936 begonnen hatte; im Tagebuch zumeist als ›die Novelle‹ bezeichnet.

8] *Dr. Hanhart:* Der Zürcher Arzt Dr. Ernst Hanhart (1891 bis 1973), Spezialist für erbliche Krankheiten, Professor an der Universität Zürich, war mit TM seit 1921 befreundet und beriet ihn häufig in medizinischen Fragen, unter anderem für den *Zauberberg.*

9] *Lion:* Der elsässische, deutschsprachige Literatur- und Kulturkritiker und Essayist Ferdinand Lion (1883-1965), den TM aus München seit langem kannte. Er emigrierte 1933 in die Schweiz und war 1937-1938 Redakteur der von TM und Konrad Falke im Verlag Oprecht in Zürich herausgegebenen Zweimonatsschrift ›Mass und Wert‹. Er schrieb ›Romantik als deutsches Schicksal‹, ›Der französische Roman im 19. Jahrhundert‹, ›Geschichte biologisch gesehen‹ und zwei Monographien über TM: ›Thomas Mann in seiner Zeit‹ (1935) und ›Thomas Mann, Leben und Werk‹ (1947, erweiterte Fassung 1955).

10] *Reisiger:* Der Erzähler und Übersetzer Hans Reisiger (1884 bis 1968), den TM seit 1913 kannte. Er gehörte zu seinen engsten und liebsten Freunden und war ein Hausfreund der ganzen Familie. Er lebte äußerst bescheiden und zurückgezogen in einem Gasthof in Seefeld in Tirol, tauchte aber häufig zu längeren Besuchen, vordem in München, jetzt in Zürich auf. Er übersetzte, hauptsächlich aus dem Englischen, für den S. Fischer Verlag, und TM verdankte ihm unter anderem seine Kenntnis Walt Whitmans, den Reisiger übersetzte und herausgab. Reisiger arbeitete damals an einem Maria Stuart-Roman ›Ein Kind befreit die Königin‹, der 1939 erschien. Siehe *Hans Reisiger,* GW X, 539-543; *Hans Reisigers Whitman-Werk,* GW X, 626-627; und *An Hans Reisiger,* GW XIII, 219-223.

11] *Leonhard Frank:* Der Schriftsteller Leonhard Frank (1882 bis 1961), bekannt durch seine Erzählungen ›Die Räuberbande‹, ›Karl und Anna‹, ›Das Ochsenfurter Männerquartett‹, floh im Frühjahr 1933 nach Zürich, ging 1937 nach Paris und gelangte nach mehrfacher Internierung in Frankreich 1940 in die Vereinigten Staaten. Er kehrte 1950 nach Deutschland zurück. TM über seinen im Exil geschriebenen Roman ›Traumgefährten‹ in GW XIII, 428-430.

12] *Freundin:* Ester Freifrau von Pidoll aus München, eine langjährige Freundin von Leonhard Frank. Die Familie Pidoll war mit dem Haus Pringsheim befreundet und auch TM seit langem gut bekannt.

13] *New School:* Die ›New School for Social Research‹ wurde 1918 gegründet, und ihr Leiter war zu dieser Zeit der amerikanische Pädagoge und Publizist Alvin Johnson (1873-1971), der sich besonders tatkräftig für die exilierten deutschen Intellektuellen einsetzte.

14] *Löwenstein:* Der emigrierte deutsche politische Publizist Hubertus Prinz zu Löwenstein (geboren 1906), der 1935 in den Vereinigten Staaten mit Hilfe einer großen Anzahl bedeutender Persönlichkeiten des amerikanischen kulturellen Lebens – unter ihnen auch Alvin Johnson, der Leiter der New Yorker ›New School for Social Research‹ – die ›American Guild for German Cultural Freedom‹ ins Leben gerufen hatte. Diese Hilfsorganisation für das exilierte deutsche Geistesleben rief im Frühjahr 1936 die in Freiheit lebenden deutschen Geistigen auf, sich zu einer ›Deutschen Akademie in New York‹ zu vereinigen, deren Aufgabe es sein sollte, »als höchste Autorität für den Wiederaufbau und die Verteidigung deutscher Kulturgüter zu wirken und die von der ›American Guild for German Cultural Freedom‹ aufgebrachten Mittel zu verwalten und auf die fruchtbringendste Weise nutzbar zu machen«. Es gelang, Thomas Mann, Heinrich Mann, Bruno Frank, Alfred Neumann, Lion Feuchtwanger, René Schickele und zahlreiche andere zur Mitwirkung an der Akademie zu gewinnen. TM gehörte ihrem Präsidium wie auch den Gremien der ›American Guild‹ an. Prinz Löwenstein erhoffte sich von TMs Vorlesungen an der ›New School‹ eine fördernde Wirkung für die Akademie. Siehe TMs Aufsatz *Zur Gründung der ›American Guild for German Cultural Freedom‹ und der ›Deutschen Akademie‹*, GW XI, 941-945.

2. 1. 1937

3 1] *Vorwort: Gedenken an Max Liebermann*, als Einleitung zu dem Katalog der Liebermann-Ausstellung in der Wiener Galerie Otto Kallir geschrieben, wegen der steigenden Spannungen zwischen Deutschland und Österreich damals nicht veröffentlicht. Der Text war eine Neufassung von *Max Liebermann zum achtzigsten Geburtstag* von 1927 (GW X, 442-444) und erschien schließlich englisch als *In Memory of Max Liebermann* im Juni 1944 im Katalog der von Otto Kallir in der New Yorker Gallery St. Etienne veranstalteten Liebermann-Gedächtnis-Ausstellung und deutsch in ›Aufbau‹, New York, 9. 6. 1944.

2] *Bachmann:* Der Coiffeur Bachmann in der Poststraße in Zürich.

3] *Joseph: Joseph in Ägypten*, der dritte Roman der Tetralogie *Joseph und seine Brüder*, der im Oktober 1936 im Verlag Bermann-Fischer in Wien erschienen war.

4] *Prof. Marck:* Siegfried Marck (1889-1957), Professor der Philosophie an der Universität Breslau, emigrierte 1933 und lehrte an der Universität Dijon; er übersiedelte 1939 in die Vereinigten Staaten. Unter seinen Werken ›Große Menschen unserer Zeit‹ (1954), darin ›Die deutsche und europäische Krise im Spiegel des Lebenswerkes von Thomas Mann‹.

5] *Dr. Born:* Der Maler und Graphiker Wolfgang Born (1894 bis 1949) schuf 1921 neun farbige Lithographien zu *Der Tod in Venedig*, die als Mappe und in Buchform erschienen und zu denen TM in Form eines Briefes (*Vorwort zu einer Bildermappe*, GW XI, 582-584) ein Vorwort schrieb. Born war Professor für Kunst und Kunstgeschichte in Wien, wo er die Zeitschrift ›Der Wiener Kunstwanderer‹ herausgab, und emigrierte später in die Vereinigten Staaten.

4 6] *Agent aus Budapest:* Veranstalter der Lesung in Budapest war die Zeitschrift ›Szép Szó‹ (Schönes Wort); Organisation und Propaganda wurden von dem Konzertbüro Rózsavölgyi besorgt, das hier mit ›Agent‹ gemeint ist.

7] *Unruh:* Der pazifistische Dramatiker Fritz von Unruh (1885 bis 1970), aus alter preußischer Adels- und Offiziersfamilie, berühmt durch seine expressionistischen Dramen ›Ein Geschlecht‹ und ›Platz‹ und sein Schauspiel ›Louis Ferdinand Prinz von Preußen‹, emigrierte 1932 nach Frankreich, lebte zumeist in Nizza, kam jedoch häufig in die Schweiz, ging 1940 in die Vereinigten Staaten und kehrte 1952 zeitweise, 1962 endgültig nach Deutschland zurück. Unruh hielt am 17. 5. 1936 auf einer Kundgebung der Europa-Union in Basel einen Vortrag, ›Europa erwache!‹. Zentralpräsident der ›Europa-Union‹ war Dr. Hans Bauer, Basel, der auch TM 1935 zu einem Vortrag vor der Union in Basel gewonnen hatte.

3. 1. 1937

1] *Breitbach:* Der deutsch-französische Erzähler und Dramatiker 4
Joseph Breitbach (1903-1980), der seit 1929 in Paris lebte und mit Erika und Klaus Mann befreundet war. Er schrieb unter anderem den Erzählungsband ›Rot gegen Rot‹, ›Die Rabenschlacht und andere Erzählungen‹, die Romane ›Die Wandlung der Susanne Dasseldorf‹, ›Bericht über Bruno‹ und ›Das blaue Bidet‹, sowie den Essayband ›Feuilletons‹ und die Bühnenstücke ›Die Jubilarin‹, ›Hinter den Kulissen oder Genosse Veygond‹ und ›Requiem für die Kirche‹.

2] *Frau v. Mayrisch:* Aline Mayrisch de Saint-Hubert, Witwe des luxemburgischen Stahlmagnaten Emile Mayrisch und Schwiegermutter des französischen Diplomaten und Schriftstellers Pierre Viénot, kam in der Stille, ohne daß ihr Name an die Öffentlichkeit gelangte, vielen exilierten deutschen Schriftstellern, unter anderen Annette Kolb, zu Hilfe und trug ab 1937 wesentlich zur Finanzierung von TMs Zeitschrift ›Mass und Wert‹ bei.

3] *Schlumberger:* Der französische Schriftsteller und Publizist Jean Schlumberger (1877-1968), aus elsässischer Industriellenfamilie, gründete 1909 mit André Gide und Jacques Rivière die ›Nouvelle Revue Française‹, leitete seit 1913 das Theater ›Vieux Colombier‹, ab 1938 regelmäßiger Mitarbeiter des ›Figaro‹ über politische Fragen. Mit Joseph Breitbach verwandt.

4] *Frau Hallgarten und Sohn:* Constance Hallgarten (1881-1969), Witwe des Münchner Privatgelehrten Robert Hallgarten (1870 bis 1924). Die Familie Hallgarten wohnte in unmittelbarer Nachbarschaft von TM im Münchner Herzogpark, und die Familien waren seit langem befreundet. Besonders der jüngere Sohn Richard Hallgarten, genannt Ricki, gehörte zu Erika und Klaus Manns engsten Freunden; er nahm sich 1932 siebenundzwanzigjährig das Leben.

Frau Hallgarten und ihr ältester Sohn, der Politikwissenschaftler Wolfgang (später George W.) Hallgarten (1901-1970), emigrierten 1933 nach Frankreich und später, mit Zwischenaufenthalten in der Schweiz, nach den Vereinigten Staaten. Siehe die Lebenserinnerungen von George W. Hallgarten, ›Als die Schatten fielen‹, sowie Klaus Mann, ›Der Wendepunkt‹, 285 f.

4. 1. 1937

4 1] *Plagiatsaffaire:* Im Mai 1936 hatte im Organ der rumänischen Hakenkreuzler ›Porounca Vremii‹ ein gewisser Sietcu Petru TM des Plagiats beschuldigt. Er behauptete, das Romanwerk *Joseph und seine Brüder* sei das Plagiat eines unter dem Titel ›Visul Faraonitor‹ (Der Traum des Pharao) erschienenen Versdramas in dreißig Akten eines rumänischen Schriftstellers namens Aurelian Pacurariu. Dieser habe einen Redakteur des ›Pesti Hirlap‹ in Budapest namens Desiderius Lippai seinerzeit beauftragt, das Buch ins Deutsche zu übersetzen. Dieser ›Jidan‹ (Jude) habe das Meisterwerk durch einen Mittelsmann namens Straussmann dem ›Jidan‹ und ›Banditen‹ Thomas Mann verkauft, der es umarbeitete und unter seinem Namen herausbrachte. TM hatte das Ganze bereits am 13. 7. 1936 in einem Brief an die Zeitung ›Adeverul‹, den der ›Pester Lloyd‹ am 9. 8. 1936 deutsch nachdruckte, als Groteske bezeichnet: er habe nie das Werk ›Der Traum des Pharao‹ gelesen, habe die Namen Pacurariu oder Straussmann nie gehört, und überdies sei der ägyptische Teil des Joseph-Romans noch gar nicht erschienen. ›Der Bund‹, Bern, brachte am 22. 8. 1936 einen kurzen Bericht unter dem Titel ›Grotesker Streit um Thomas Mann‹. Der wahre Sachverhalt dieser absurd verwickelten Episode wurde im August-Oktober 1975 in einer sechsteiligen Artikelfolge in der in Brasov (Kronstadt) erscheinenden deutschsprachigen ›Karpaten-Rundschau‹ ausführlichst geschildert. Alle hier genannten Personen hat es tatsächlich gegeben. Der rumänische, aber ungarisch schreibende ›Dichter‹ Aurelian Pacurariu war Lehrer an der Handelshochschule in der rumänischen Kleinstadt Lippa im Banat, die vor 1919 zu Ungarn gehörte. Sein Werk ›Der Traum des Pharao‹ mit dem Untertitel ›Kampf der Götter und Menschen‹ war ungarisch geschrieben, 1152 Druckseiten stark und 1929-1930 in Lippa in der Druckerei der Witwe des Miklos Beer gedruckt worden. Der an-

gebliche Mittelsmann Straussmann war der 1885 geborene Dezsö (Desiderius) Straussmann, Sohn des Rabbiners Jakob Straussmann in Lippa. Er magyarisierte seinen Familiennamen, nannte sich Lippai (d. i. Lippauer) und arbeitete als Journalist in Arad, später in Budapest und wurde Verlagsdirektor der Tageszeitung ›Budapesti Hirlap‹. Der in Timisoara (Temesvár), Rumänien, lebende ungarische Schriftsteller József Méliusz, dessen Besuch in Zürich im Zusammenhang mit der Plagiatsaffäre TM im Tagebuch am 8. 8. 1937 notiert, erklärt in seinen Erinnerungen, er habe als erster TM auf die Plagiatsbeschuldigung aufmerksam gemacht und ihm einen Rechtsanwalt empfohlen. Dies war der ebenfalls in Timisoara lebende antifaschistische Rechtsanwalt Dr. József Kende, den TM in einer Tagebucheintragung vom 20. 5. 1937 nennt. Pacurariu reichte seine Klage gegen TM und Konsorten am 21. 12. 1936 beim Gericht in Timisoara ein, und der Prozeß begann am 19. 5. 1937. Pacurariu stellte eine Schadenersatzforderung von 38 Millionen Leu (etwa 800 000 Schweizerfranken), von denen 20 Millionen allein auf TM fielen. Die weiteren Verhandlungen wurden immer wieder verschoben und das Verfahren schließlich überhaupt eingestellt. Siehe Anmerkung 1 zum 8. 8. 1937. Für die vorstehenden komplizierten Ermittlungen ist der Herausgeber Herrn Dr. Paul Schweitzer in Budapest zu besonderem Dank verpflichtet.

2] *Oprescu:* Der rumänische Kunsthistoriker Georges Oprescu, Professor an der Universität Cluj (Klausenburg), Rumänien, den TM seit 1934 von den Tagungen des Völkerbundskomitees für internationale geistige Zusammenarbeit kannte.

3] *Bertaux:* Der französische Germanist Pierre Bertaux (geboren 5
1907), Sohn von Félix Bertaux (1881-1948), dem Freund und Übersetzer Thomas und Heinrich Manns, mit Golo Mann befreundet, Hölderlin-Forscher, Schriftsteller und Politiker. Er organisierte im Zweiten Weltkrieg eine Widerstandsgruppe in Südfrankreich, war nach dem Krieg zeitweise Préfet du Rhône in Lyon, Direktor der ›Sûreté Nationale‹ (Polizeiminister), danach Senator für den französischen Sudan, 1958 Professor für Germanistik in Lille und ab 1964 an der Sorbonne. Er schrieb mehrere Bücher über Hölderlin. Hier ist sein erstes gemeint, das 1937 im Verlag Hachette, Paris, erschien: ›Hölderlin. Essai de Biographie Intérieure‹.

4] *Golo:* TMs zweiter Sohn Angelus Gottfried Thomas, genannt

Golo (geboren 27. 3. 1909), studierte Philosophie und Geschichte und promovierte 1932 in Heidelberg bei Karl Jaspers. Er verließ Deutschland im Frühsommer 1933, hatte Lehrämter in St. Cloud und Rennes inne und war anschließend Mitredakteur der Zeitschrift ›Mass und Wert‹ in Zürich. Er ging im Mai 1940 von der Schweiz als Kriegsfreiwilliger nach Frankreich, wurde von den Franzosen interniert und konnte im Spätherbst 1940 nach den Vereinigten Staaten entkommen. Dort war er Professor an den Colleges von Olivet/Michigan und Claremont/Kalifornien. 1958 bis 1959 war er Gastprofessor an der Universität Münster, 1960 bis 1964 Professor für Politische Wissenschaft an der Technischen Hochschule Stuttgart. Er lebt seither als freier Schriftsteller in Kilchberg. Unter seinen Werken: ›Friedrich von Gentz. Geschichte eines europäischen Staatsmannes‹ (1947); ›Vom Geist Amerikas – Eine Einführung in amerikanisches Denken und Handeln im zwanzigsten Jahrhundert‹ (1954); ›Deutsche Geschichte des 19. und 20. Jahrhunderts‹ (1958); die Esssaybände ›Geschichte und Geschichten‹ (1961), ›Zwölf Versuche‹ (1973), ›Zeiten und Figuren‹ (1979) und die Biographie ›Wallenstein‹ (1971). Er ist Herausgeber der neuen ›Propyläen-Weltgeschichte‹ und war 1963-1979 Mitherausgeber der ›Neuen Rundschau‹.

5. 1. 1937

5 1] *Bibi:* Michael Thomas Mann (21. 4. 1919-1. 1. 1977), TMs dritter und jüngster Sohn, in der Familie ›Bibi‹ genannt, besuchte in Zürich die Schule und das Konservatorium, wo er Schüler von Willem de Boer war, studierte sodann in Paris und ab 1938 in New York bei Professor Jean Galamian, wurde Violinist und Bratschensolist und spezialisierte sich auf moderne Musik. Er unternahm Konzertreisen in Amerika, im Fernen Osten und in Europa, gab jedoch die Musikerlaufbahn auf, studierte Germanistik und promovierte 1961 an der Universität Harvard über Heinrich Heines Musikkritiken. Seit 1962 war er Professor für Deutsche Literatur an der University of California in Berkeley. Bei der Feier von TMs 100. Geburtstag 1975 hielt er in Lübeck den Festvortrag.

2] *Medi:* Elisabeth Veronika Mann Borgese (geboren 24. 4. 1918), genannt ›Medi‹, TMs dritte und jüngste Tochter, Schriftstellerin in englischer Sprache, Verfasserin eines Novellenbandes ›To Whom it May Concern‹ (New York 1960) (deutsch ›Zwei Stunden. Geschichten am Rande der Zeit‹, 1965); ›Ascent of Woman‹ (New York, 1963) (deutsch ›Der Aufstieg der Frau‹, 1965), ›Das Drama der Meere‹ (1977) und ›Seafarm‹ (1980). Sie heiratete den italienisch-amerikanischen Historiker und Literaturwissenschaftler Giuseppe Antonio Borgese (1882-1952), Professor an der Universität Chicago, und kehrte mit ihm 1950 nach Italien zurück. Sie ist Mutter zweier Töchter und hat ihren ständigen Wohnsitz in Kanada.

3] *Hueguenin:* Richtig Huguenin: Café und Restaurant in der Bahnhofstraße, Zürich.

4] *Stäheli:* Die Buchhandlung Kurt Stäheli in der Bahnhofstraße, Zürich.

5] *Bata:* Der tschechische Schuhfabrikant Thomas Bata (1876 bis 1932), der aus einer kleinen Schusterwerkstatt einen großen, über die ganze Welt verbreiteten Konzern von Schuhfabriken und Verkaufsstellen aufbaute.

6] *Brief an Oprescu:* TM an Georges Oprescu vom 7. 1. 1937 in Regesten II, 37/12. Darin bittet TM Oprescu um seine Meinung, wie ernst die Plagiatsaffäre zu nehmen sei und wie man in Rumänien darüber denke.

7] *Heinrich:* Heinrich Mann (1871-1950), TMs älterer Bruder, war einer der bedeutendsten deutschen Erzähler und Essayisten der ersten Jahrhunderthälfte, berühmt durch seine Romane ›Die Göttinnen‹, ›Die kleine Stadt‹, ›Professor Unrat‹ und ›Der Untertan‹. Er hatte am 21. 2. 1933, wenige Tage nach seinem erzwungenen Rücktritt vom Präsidium der Sektion für Dichtkunst der Preußischen Akademie der Künste, Deutschland verlassen und lebte seither zurückgezogen in Nizza, wo er an seinem großen Alterswerk, dem ›Henri Quatre‹-Roman, arbeitete, dessen erster Band, ›Die Jugend des Königs Henri Quatre‹, 1935, der zweite, ›Die Vollendung des Königs Henri Quatre‹, 1938 im Verlag Querido, Amsterdam, erschien. Heinrich Mann hatte sich, anders als sein Bruder, im Exil von Anfang an keine politische Zurückhaltung auferlegt und entfaltete, als unversöhnlicher Gegner des Nationalsozialismus, sogleich eine rastlose und weitreichende publizistische

Tätigkeit. Seine politischen Aufsätze und Essays erschienen in allen wesentlichen Organen der deutschen Emigration sowie in französischen Zeitungen und Zeitschriften. Im Herbst 1940 gelangte er auf abenteuerlicher Flucht aus Frankreich über Spanien und Portugal nach den Vereinigten Staaten und lebte bis zu seinem Tod in Los Angeles, in der Nähe seines Bruders. Siehe TMs Reden und Aufsätze *Vom Beruf des deutschen Schriftstellers in unserer Zeit. Ansprache an den Bruder* (1931), GW X, 306-315; *Ansprache zu Heinrich Manns siebzigstem Geburtstag* (1941), GW XIII, 852 bis 857; *Bericht über meinen Bruder* (1946), GW XI, 476-480, und *Brief über das Hinscheiden meines Bruders* (1950), GW X, 521 bis 523. Der hier erwähnte Aufsatz: Heinrich Mann, ›Der Weg der deutschen Arbeiter‹, in ›Internationale Literatur‹, Moskau, Jg. 6 (1936), Heft 11.

8] *Internationale Literatur:* In Moskau erscheinendes ›Zentralorgan der Internationalen Vereinigung revolutionärer Schriftsteller‹, kam neben der deutschen Ausgabe in russischer, englischer, französischer, spanischer und chinesischer Sprache mit jeweils abweichendem Inhalt heraus. Der deutschen Redaktion gehörten zu verschiedenen Zeiten Johannes R. Becher, Hans Günther, Karl Schmückle, Hugo Huppert, Willi Bredel, Georg Lukács, Ernst Ottwalt, Theodor Plievier, Erich Weinert und Friedrich Wolf an.

9] *Oprecht:* Der sozialdemokratische Zürcher Buchhändler und Verleger Dr. Emil Oprecht (1895-1952) war mit TM gut befreundet. Zusammen mit seiner Gattin Emmie Oprecht nahm er sich in aufopfernder Weise der exilierten deutschen Schriftsteller und Schauspieler an. Seine Buchhandlung in der Rämistraße 5 in Zürich war Treffpunkt und Zentrum der exilierten deutschen Intellektuellen, und die von ihm gegründeten Verlage ›Dr. Oprecht und Helbling‹ und ›Europa-Verlag‹ waren die führenden antifaschistischen Verlage der Schweiz. Siehe *Abschied von Emil Oprecht* (1952), GW X, 526-528.

10] *›Briefwechsel‹:* Siehe Anmerkung 2 zum 1. 1. 1937.

6. 1. 1937

6 1] *G.'s Annalen:* ›Annalen‹ von Goethe (1830).

2] *E. Glaeser:* Der Schriftsteller Ernst Glaeser (1902-1963) wurde bekannt durch seinen 1928 erschienenen Kriegsroman ›Jahrgang

1902‹. Er emigrierte 1933 in die Schweiz, ohne sich indessen eindeutig für das Exil zu erklären, veröffentlichte 1935 im Zürcher Humanitas-Verlag seinen in viele Sprachen übersetzten Roman ›Der letzte Zivilist‹, machte jedoch 1939 seinen Frieden mit dem NS-Regime, kehrte nach Deutschland zurück und war im Krieg verantwortlicher Redakteur der Wehrmachtzeitung ›Adler im Süden‹.

7. 1. 1937

1] *zweite Kapitel:* Das Zweite Kapitel von *Lotte in Weimar;* darin 6
das Gespräch Lottes mit Miss Cuzzle.

2] *bevorstehende Reise:* Die Vortragsreise nach Prag, Wien und Budapest vom 9. bis 15. Januar 1937.

3] *Benesch:* Der tschechoslowakische Staatsmann Dr. Eduard Benesch (1884-1948) war der engste Mitarbeiter T. G. Masaryks bei der Gründung der tschechoslowakischen Republik, 1918-1935 Außenminister und 1921-1922 zugleich Ministerpräsident der ČSR und nach Masaryks Rücktritt 1935 Staatspräsident. Nach dem Münchner Abkommen und der Abtretung der Sudetengebiete trat er am 5. 10. 1938 zurück und war 1940-1945 Präsident der tschechoslowakischen Exilregierung in London. Am 16. 5. 1945 kehrte er nach Prag zurück, wurde erneut Staatspräsident und legte nach dem kommunistischen Staatsstreich im Februar 1948 sein Amt nieder.

4] *Proseč:* Die kleine Arbeiterstadt Proseč u Skutče im Kreis Polička in Mittelböhmen, die auf Betreiben des dortigen Kaufmanns und Gemeindevertreters Rudolf Fleischmann TM und seiner Familie am 18. 8. 1936 das Heimatrecht gewährt hatte, wodurch ihre Einbürgerung im November 1936 möglich wurde.

5] *Hatvanyis:* Der deutsch und ungarisch schreibende Schriftsteller Lajos (Ludwig) von Hatvany (1880-1961) und seine dritte Gattin Jolan (Loli) waren seit vielen Jahren mit Katia und Thomas Mann befreundet. Hatvany spielte nach dem Ersten Weltkrieg eine führende Rolle in der ungarischen Radikalen Partei, floh vor dem faschistischen Regime Horthy, kehrte heimwehkrank zurück und wurde ins Gefängnis geworfen. (Siehe TMs *Brief an den Verteidiger L. Hatvanys,* 1928, GW XI, 773-775.) Nach seiner Entlassung unbehelligt, floh er neuerlich vor Hitler und verbrachte die Kriegsjahre im Exil in England. Nach dem Ende des Zweiten Weltkrieges kehrte er nach Budapest zurück.

6] *Hollnsteiner:* Professor Johannes Hollnsteiner (geboren 1895), Kirchenrechtslehrer an der Universität Wien, Freund und geistlicher Berater des österreichischen Bundeskanzlers Schuschnigg. Hollnsteiner hatte sich 1936 bemüht, TM zur Übersiedlung nach Wien zu bewegen, und sich bei Schuschnigg für eine rasche Einbürgerung TMs verwendet.

7] *Kozak:* Jan B. Kožak (geboren 1888), Professor für Philosophie an der Prager Karls-Universität und Präsident der Prager Thomas Mann-Gesellschaft, die 1936 als Hilfsorganisation für notleidende deutsche Schriftsteller gegründet worden war. Kožak war bei der Einbürgerung der Familie Mann behilflich gewesen.

8] *Herausgabe der Habe:* TMs in München vom NS-Regime beschlagnahmter und anschließend enteigneter Besitz (Haus, Möbel, Bibliothek, Autos), dessen Freigabe auf Intervention der tschechoslowakischen Regierung zeitweise immerhin möglich schien.

9] *Grimms Flugschrift:* Die Schrift ›Über meine Entlassung‹, die Jacob Grimm (1785-1863) im Anschluß an den Protest der ›Göttinger Sieben‹ 1838 in Basel veröffentlichte. Die sieben Göttinger Professoren Albrecht, Dahlmann, Ewald, Gervinus, Jacob und Wilhelm Grimm und W. Weber hatten gegen die Aufhebung der hannoverschen Verfassung protestiert und waren dafür am 14. 12. 1837 vom König aus ihren Lehrämtern entlassen worden.

10] *Franco:* Der spanische General Francisco Franco (1892-1975), der am 17. 7. 1936 den spanischen Bürgerkrieg entfesselte und von Hitler und Mussolini, die seine Rebellion gegen die spanische Republik mit Waffen und Truppen unterstützten, bereits am 18. 11. 1936 anerkannt worden war. Der Bürgerkrieg endete erst mit dem Fall Madrids am 28. 3. 1939.

8. 1. 1937

7 1] *Leibbinde:* Gemeint ist das im Verlagsbuchhandel häufig verwendete Streifband, auch ›Bauchbinde‹ genannt, das bei Neuerscheinungen mit einem werbekräftigen Schlagwort um den Schutzumschlag gelegt wird.

2] *Bruno Frank:* Der Erzähler und Dramatiker Bruno Frank (1887 bis 1945), enger Freund TMs seit 1911 und bis 1933 sein Nachbar im Münchner Herzogpark. Frank und seine Gattin Liesl (1903 bis 1979), eine Tochter der Operettendiva Fritzi Massary, verließen Deutschland am Tag nach dem Reichstagsbrand (27. 3. 1933) und lebten zu dieser Zeit abwechselnd in Aigen bei Salzburg und in London. 1937 übersiedelten sie nach Hollywood. Siehe *Politische Novelle*, GW X, 685-700; *Bruno Franks ›Requiem‹*, GW X, 566 bis 567; *Vorwort zu Bruno Franks ›Cervantes‹*, GW XIII, 444 bis 449, und *In memoriam Bruno Frank*, GW X, 497-500.

3] *Joseph III: Joseph in Ägypten:* der dritte Roman der Tetralogie *Joseph und seine Brüder*.

9. 1. 1937

[Von TM bis zum 13. 1. irrtümlich mit 1936 statt 1937 datiert; 7
vom Herausgeber berichtigt.]

Tage-Buch: Die von Stefan Grossmann 1921 in Berlin gegründete, später von Leopold Schwarzschild herausgegebene, politisch-kulturelle Wochenschrift ›Das Tage-Buch‹ wurde seit 1933 von Schwarzschild in Paris unter dem Namen ›Das Neue Tage-Buch‹ fortgeführt und war die bestinformierte und bedeutendste deutsche Exilzeitschrift.

10. 1. 1937

1] *Frankenberger:* Julius Frankenberger, ›Walpurgis. Zur Kunst- 7
gestalt von Goethes Faust‹. Band 2 der Reihe ›Staat und Geist‹, im Verlag Wiegandt, Leipzig, 1926. TMs Exemplar ist erhalten.

2] *Golo in Prag:* Golo Mann, inzwischen Bürger der ČSR, war 8
im Herbst 1936 nach Prag gegangen, in der Hoffnung, dort Lehrer werden zu können, zu welchem Zweck er an der Prager Universität noch einige Kurse zu nehmen hatte. Das Unternehmen erwies sich jedoch als verfehlt, und er verließ Prag im Sommer 1937 wieder.

3] *Goschi:* Henriette Maria Leonie Mann, genannt ›Goschi‹, (geboren 1916), Tochter Heinrich Manns aus seiner ersten Ehe und sein einziges Kind, lebte bei ihrer Mutter Maria (Mimi) Kanova in Prag.

4] *Mimi Mann:* Maria (Mimi) Mann geb. Kanova (1886-1946), die erste Gattin Heinrich Manns, gebürtige Pragerin, ursprünglich Schauspielerin, verheiratet mit Heinrich Mann 1914-1930, kehrte nach ihrer Scheidung nach Prag zurück und rettete nach Heinrich

Manns Emigration mit Hilfe der tschechoslowakischen Regierung seine in Deutschland zurückgelassenen Manuskripte, Briefe und Bibliothek. Sie lebte mit ihrer Tochter Leonie (›Goschi‹) in sehr bescheidenen Verhältnissen in Prag. Während der NS-Herrschaft verbrachte sie fünf Jahre im Konzentrationslager Theresienstadt.

5] *W.M.L.:* ›Wilhelm Meisters Lehrjahre‹ von Goethe.

6] *Natonek:* Der Schriftsteller Hans Natonek (1892-1963), bis 1933 Feuilletonredakteur der ›Neuen Leipziger Zeitung‹, emigrierte 1933 nach Prag, später über Paris in die Vereinigten Staaten. Er war ständiger Mitarbeiter der Prager deutschsprachigen Blätter, der ›Neuen Zürcher Zeitung‹ und der ›National-Zeitung‹, Basel, sowie der bedeutenden deutschen Exilzeitschriften.

7] *Dr. Goldschmidt:* Dr. jur. Siegfried Goldschmidt (geboren 1890), Staatsanwaltschaftsrat in Breslau, Sozialdemokrat, emigrierte 1933 nach Prag, wo er Leiter der Jüdischen Emigranten-Fürsorge war, und nach 1938 in die Vereinigten Staaten.

8] *Frankl:* Oskar Benjamin Frankl, Leiter der Volkshochschule ›Urania‹ in Prag, der TM von früheren Vorlesungsreisen nach Prag gut bekannt war. Er emigrierte 1938 über Paris in die Vereinigten Staaten.

9] *Budzislawski:* Der Publizist Hermann Budzislawski (1901 bis 1978), ursprünglich Sozialdemokrat, später Kommunist, emigrierte 1933 in die Schweiz, 1934 in die Tschechoslowakei, 1938 nach Paris, 1941 in die Vereinigten Staaten. Während der Jahre 1934 bis 1940 war er Herausgeber der ›Neuen Weltbühne‹ in Prag und Paris und steuerte sie im Sinn der Volksfront-Bewegung. Er kehrte 1948 nach Deutschland zurück und wurde Professor für Zeitungswissenschaften an der Universität Leipzig.

10] *Capek:* Der tschechische Dramatiker und Erzähler Karel Čapek (1890-1938), berühmt durch seine dichterische Erfindung der ›Roboter‹ in dem Drama ›RUR‹, die Schauspiele ›Die weiße Krankheit‹ und ›Aus dem Leben der Insekten‹ und den Roman ›Krakatit‹. Er war ein enger Freund des Staatspräsidenten Thomas G. Masaryk; siehe seine ›Gespräche mit Masaryk‹, 3 Bände. TM kannte ihn von den Tagungen und Sitzungen des Völkerbundskomitees für internationale geistige Zusammenarbeit, dem beide angehörten.

11] *Milka Pr.:* Emilie (Milka) Pringsheim (1912-1976), Nichte von Frau Katia Mann, Tochter von Frau Katias Zwillingsbruder Klaus

Pringsheim und Klara (Lala) Pringsheim geborene Koszler, in Prag geboren, kam 1914 mit ihren Eltern nach Deutschland, besuchte die Reinhardt-Schule in Berlin, 1931-1932 Schauspielerin am Landestheater Schleswig, emigrierte 1933 nach Prag, dort bis 1946, danach in München, heiratete Hans E. Reuter.

11. 1. 1937

1] *Krofta:* Dr. Kamill Krofta (1876-1945), bedeutender tschechi- 8
scher Historiker, Professor der Geschichte in Prag, war 1936-1938 Außenminister der tschechoslowakischen Republik.

2] *Cerny:* Josef Černý (1885-1971), Innenminister in den Kabinetten Malypetr (1932-1935), Hodza (1935-1938) und Syrovy (1938).

3] *Präsident der Republik:* Dr. Eduard Benesch. Siehe Anmerkung 3 zum 7. 1. 1937.

4] *»Damengesellschaft«: Die Damengesellschaft,* das fünfte Kapi- 9
tel des Siebenten Hauptstücks von *Joseph in Ägypten.*

5] *Hart:* Der deutsche Rezitator Ludwig Hardt (1886-1947), den TM seit 1920 aus München kannte und der ihn als erster auf Franz Kafka aufmerksam machte. Siehe *Über einen Vortragskünstler,* GW X, 864-866. Hardt lebte in bedrängten Verhältnissen im Exil in Prag, und TM versuchte, ihm zu helfen. Er emigrierte 1938 nach den Vereinigten Staaten, wo TM ihn wiedertraf.

6] *deutscher Minister:* Der sudetendeutsche Sozialdemokrat Dr. Ludwig Czech (1870-1942), seit 1920 Vorsitzender der Deutschen Sozialdemokratischen Arbeiterpartei der Tschechoslowakei und 1929-1938 nacheinander Fürsorge-, Arbeits- und Gesundheitsminister. Er kam im Konzentrationslager Theresienstadt ums Leben.

7] *Kestenberg:* Leo Kestenberg (1882-1962), ursprünglich Pianist, war 1918-1932 Musikreferent im Preußischen Kultusministerium, seit 1921 Professor an der Hochschule für Musik in Berlin. Er emigrierte 1933 nach Prag und 1938 nach Palästina, wo er Geschäftsführer des Palestine Orchestra in Tel Aviv wurde.

8] *Frantisek Langer:* Der tschechische Arzt, Erzähler und Dramatiker František Langer (1888-1965) war mit den Brüdern Karel und Josef Čapek befreundet, wurde berühmt durch seine Lustspiele ›Peripherie‹ und ›Ein Kamel geht durchs Nadelöhr‹. Er emigrierte

1939 über Polen nach Frankreich und England, wo er Armeearzt war, und kehrte 1945 nach Prag zurück.
9] *Czech:* Siehe Anmerkung 6 zum 11. 1. 1937.

12. 1. 1937

9 1] *Burschell:* Der Schriftsteller Friedrich Burschell (1889-1970) emigrierte 1933 nach Frankreich und Spanien, lebte 1934-1938 in Prag, wo er maßgeblich an der 1936 gegründeten Thomas Mann-Gesellschaft beteiligt war, deren erster Sekretär er war. Er ging 1939 nach England und kehrte 1954 nach Deutschland zurück, wo 1968 seine bedeutende Schiller-Biographie erschien.
2] *Dr. Bacher:* Dr. Franz Bacher, Redakteur der deutschsprachigen Tageszeitung ›Bohemia‹, bis 1935 Abgeordneter der Demokratischen Partei im Prager Parlament.
3] *Fleischmann:* Der Kaufmann Rudolf Fleischmann (1904-1966) in Proseč, dessen Initiative die Familie Mann die Gewährung des Heimatrechtes in Proseč verdankte, das die Voraussetzung für die Einbürgerung war. Es gelang ihm, 1938 nach England zu entkommen, und er lebte bis zu seinem Tod in Preston bei Manchester.

13. 1. 1937

9 1] *Peter:* Péter Frankó, der Fahrer Hatvanys.
2] *Bruder:* Der Maler und Kunstsammler Ferenc (Franz) Hatvany (1881-1958), jüngerer Bruder von Lajos Hatvany. Sein Haus befand sich wie das seines Bruders im Budaer Burgviertel und enthielt eine bedeutende Gemäldesammlung mit Werken von Ingres, Courbet, Manet und Cézanne.
3] *Christa Hatvany:* Die Schriftstellerin Christa Hatvany-Winsloe, die erste Gattin von Lajos Hatvany, Verfasserin des sehr erfolgreichen Bühnenstücks und Films ›Mädchen in Uniform‹; sie lebte zumeist in München und war eine gute Freundin von Erika und Klaus Mann. Sie befand sich während des Krieges im besetzten Frankreich und wurde angeblich von einer französischen Widerstandsgruppe erschossen, weil sie achtloser Weise mit deutschen Soldaten deutsch gesprochen und sich dadurch verdächtig gemacht hatte.
4] *ein Maler:* Der Maler Lipót (Leopold) Herman (1884-1972),

der mehrere Porträtzeichnungen von TM anfertigte, die in ungarischen Zeitungen erschienen.

5] *ungarischer Schriftsteller:* Frigyes (Friedrich) Karinthy (1887 10
bis 1938), dessen Buch über seine Gehirntumor-Operation unter dem Titel ›Eine Reise um meinen Schädel‹ 1939 deutsch erschien.

6] *Zarek:* Der Schriftsteller Otto Zarek (1898-1957) war TM seit 1919 aus München, wo Zarek Dramaturg an den Kammerspielen war, persönlich gut bekannt. Er emigrierte 1933 nach Ungarn, 1938 nach England und kehrte 1954 nach Deutschland zurück. Anfänglich Dramatiker und Romancier, veröffentlichte er später hauptsächlich biographische Werke. Seine Biographie des ungarischen Freiheitshelden Kossuth war 1935 in Zürich erschienen.

7] *gehässiger Artikel:* Der Artikel erschien an diesem Tag (13. 1. 1937) in dem rechtsextremistischen Blatt ›Uj Magyarság‹, dessen Chefredakteur der Faschist István Milotay war. Darin hieß es am Schluß: »Daß diesem Papst der Emigranten, diesem neuen Tschechoslowaken hier gewisse Kreise ein Nationalfest veranstalten und in ihm das Gewissen Kultur-Europas feiern, dagegen muß diese so oft provozierte und so oft beschämte christlich-nationale Gesellschaft doch Einspruch erheben. Es geht doch nicht an, daß man aus Ungarn für die linken Emigranten ein Heim bereitet, wie es vor kurzem für die Schieber Vaduz war.«

8] *Ignotus:* Der Essayist und Kritiker Pal (Paul) Ignotus (1901 bis 1978), der den einleitenden Vortrag zu TMs Vorlesung hielt.

9] *Attila:* Der bedeutende ungarische Lyriker Attila Jozsef (1905 bis 1937). Er hatte seine Ode ›Gruß an Thomas Mann‹ bei der Veranstaltung öffentlich vortragen wollen, aber die Polizei hatte die Rezitation mit der Begründung verboten, daß die Ode nicht, wie verlangt, unpolitisch sei. Jozsef nahm sich noch im selben Jahr 1937 das Leben. Siehe *Dem Gedenken Attila Jozsefs* (1955), GW XIII, 871-872.

10] *Roda-Roda:* Der Humorist, Komödienautor und Anekdotenerzähler Alexander Roda-Roda (ursprünglich Sandór Friedrich Rosenfeld) (1872-1945), berühmt vor allem durch sein Lustspiel ›Der Feldherrnhügel‹, emigrierte 1933 nach Österreich und Ungarn, 1938 in die Schweiz, 1940 in die Vereinigten Staaten.

11] *Gerbaud:* Berühmte Konditorei in Budapest, nach der Verstaatlichung Anfang der 50er Jahre in ›Vörösmarty‹ umbenannt.

15. 1. 1937

10 1] *Dr. Klopstock:* Der Budapester Arzt, Forscher und Literat Dr. Robert Klopstock (1899-1972), einer der letzten und nächsten Freunde Franz Kafkas, später mit der Familie Mann gut befreundet. Er emigrierte in die Vereinigten Staaten und starb in New York.

2] *Mohr:* Johann Mohr. Vermutlich ein Freund oder Bekannter des Ehepaars Hatvany. Nichts Näheres bekannt.

3] *Brüll:* Der Textilindustrielle Oswald Brüll aus Bielitz in Polen, der zumeist in Wien lebte, ein langjähriger Verehrer TMs. Er schrieb zahlreiche Einzelstudien über TM und ein Buch ›Thomas Mann. Variationen über ein Thema‹, 1923.

4] *Oppenheimer:* Der Maler und Zeichner Max Oppenheimer, genannt Mopp (1885-1954), lebte nach 1933 in Österreich und der Schweiz, übersiedelte später in die Vereinigten Staaten. Oppenheimers vorzügliches ›Porträt Thomas Mann‹, gemalt 1926, Öl auf Leinwand, befindet sich in Wien, Museen der Stadt Wien. Siehe TMs Aufsatz über sein Gemälde ›Das Konzert‹ unter dem Titel *Symphonie* (1926) in GW X, 877-879.

5] *Kugel:* Kommerzialrat Georg Kugel, Leiter einer Wiener Konzertdirektion, Impresario und Tourneen-Organisator.

6] *Frau Walter:* Elsa Walter geb. Wirthschaft, genannt Korneck (1871-1945), die Gattin des Dirigenten Bruno Walter. Die Familie Mann war mit dem Ehepaar Walter und seinen Töchtern Lotte und Grete seit Bruno Walters Münchner Zeit eng befreundet.

7] *Benedikt:* Dr. Ernst Benedikt (1882-1973), Nachfolger seines Vaters Moritz Benedikt als Herausgeber und Chefredakteur der ›Neuen Freien Presse‹, Wien, fruchtbarer Essayist, Dramatiker und Biograph. Er emigrierte 1938 nach Schweden.

8] *Hartmann:* Das damals berühmte Wiener Luxusrestaurant Hartmann am Kärntner Ring; es wurde 1937 geschlossen.

9] *Bermanns:* Dr. Gottfried Bermann (geboren 1897), ursprünglich Chirurg, heiratete 1926 Brigitte Fischer, genannt Tutti (geboren 1905), die ältere Tochter von TMs Verleger S. Fischer, sattelte auf den Verlegerberuf um und trat in den S. Fischer Verlag ein. Er wurde 1928 Geschäftsführer des Verlags und fügte auf Wunsch seines Schwiegervaters den Namen ›Fischer‹ seinem eigenen Familiennamen hinzu. Nach S. Fischers Tod am 15. 10. 1934 lag die Leitung allein in seinen Händen. Im Frühjahr 1935 gelang es ihm, mit dem NS-Propagandaministerium eine Vereinbarung zu treffen, wonach die in Deutschland unerwünschten bzw. verbotenen Autoren des Verlags sowie das zugehörige Buchlager und einige Vermögenswerte zur Auswanderung freigegeben wurden, unter der Bedingung, daß die Familie Fischer die verbleibenden Teile des Verlags verkaufte und in ›zuverlässige‹ Hände übergehen ließ. Peter Suhrkamp, seit 1932 im S. Fischer Verlag tätig, brachte eine Gruppe von Finanzleuten zusammen, die diesen Teil des Verlags erwarb und unter seiner Leitung weiterführte. Bermann Fischer hatte sich mit dem neuen, emigrierten Verlag in der Schweiz niederlassen wollen, konnte jedoch, da die Schweizer Verleger Einspruch erhoben, keine behördliche Erlaubnis erlangen und gründete den neuen Bermann-Fischer Verlag GmbH folglich in Wien, in dem hinfort die Werke TMs erschienen. Der Verlag nahm im Frühjahr 1936 in Wien die Produktion auf. Siehe Thomas Mann, *Briefwechsel mit seinem Verleger Gottfried Bermann Fischer, 1932-1955,* herausgegeben von Peter de Mendelssohn, Frankfurt 1973.

10] *Dr. Amann:* Der österreichische Philologe und Kulturhistoriker Paul Amann (1884-1958), engagierter Pazifist und Verehrer Romain Rollands, mit dem TM von 1915 bis 1918, während der Niederschrift der *Betrachtungen eines Unpolitischen*, ohne Amann persönlich zu kennen, in ausführlichem und ihn sehr anregenden Briefwechsel stand. Der Briefwechsel brach ab, als Amann einen scharf ablehnenden Aufsatz über die *Betrachtungen* in einer Münchner Zeitschrift veröffentlichte, und wurde erst im Februar 1935 durch Amanns Initiative wieder aufgenommen; sie lernten sich erst jetzt, im Januar 1937, in Wien persönlich kennen. Amann emigrierte später in die Vereinigten Staaten, wo TM ihn noch einmal wiedertraf. Amanns Briefe an TM sind verloren; TMs Briefe an ihn sind in *Briefe an Paul Amann,* herausgegeben von Herbert Wegener, 1960 veröffentlicht. Siehe auch Peter de Mendelssohn, ›Der Zauberer‹, Teil I, 1019 f.

11] *Frau Mayer-Graefe:* AnneMarie Meier-Graefe geb. Epstein, genannt ›Busch‹, die Witwe des 1935 verstorbenen Kunsthistorikers Julius Meier-Graefe, den TM gut gekannt hatte. Sie heiratete 1949 den Schriftsteller Hermann Broch.

12] *Beer-Hofmann:* Der österreichische Lyriker, Erzähler und *11*

Dramatiker Richard Beer-Hofmann (1866-1945), bekannt durch seine Erzählung ›Der Tod Georgs‹, seine Dramen ›Der Graf von Charolais‹ und ›Jaákobs Traum‹ und das ›Schlaflied für Mirjam‹, gehörte zum engsten Freundeskreis Arthur Schnitzlers und Hugo von Hofmannsthals. TM kannte ihn seit seinem Wien-Besuch im Dezember 1919. Er emigrierte 1938 in die Vereinigten Staaten.

13] *Musil:* Der österreichische Romancier und Essayist Robert Musil (1880-1942), weltberühmt durch seinen Roman ›Der Mann ohne Eigenschaften‹, lebte in Wien in sehr bedrängten materiellen Verhältnissen. TM kannte ihn seit 1919. Er emigrierte 1938 in die Schweiz. Siehe *Robert Musil, ›Der Mann ohne Eigenschaften‹* (1932), GW XI, 782-785.

14] *Trebitsch:* Der Wiener Schriftsteller Siegfried Trebitsch (1869 bis 1956), hauptsächlich bekannt als der erste deutsche Übersetzer der Werke George Bernard Shaws, dem er in Deutschland zum Ruhm verhalf. Trebitsch lebte bis 1938 in Wien, danach in Zürich. TM kannte ihn seit 1919. Siehe *Siegfried Trebitsch zum Geburtstag,* GW X, 543-545.

15] *Auernheimer:* Der Wiener Erzähler, Dramatiker und Feuilletonist Raoul Auernheimer (1876-1948), den TM seit 1919 aus Wien kannte. Er wurde 1938 verhaftet, kam ins Konzentrationslager Dachau und emigrierte schließlich in die Vereinigten Staaten.

16] *Schönherr:* Der österreichische Dramatiker und Erzähler Karl Schönherr (1867-1943), berühmt durch seine viel gespielten Dramen ›Glaube und Heimat‹ (1911) und ›Der Weibsteufel‹ (1914).

17] *Frau Mahler:* Alma Mahler-Werfel (1877-1964) geborene Schindler, in erster Ehe verheiratet mit Gustav Mahler, in zweiter mit dem Architekten Walter Gropius und in dritter mit dem Lyriker, Erzähler und Dramatiker Franz Werfel (1890-1945). Das Ehepaar Werfel lebte damals in Wien, emigrierte 1938 nach Frankreich und gelangte 1940 über Portugal nach den Vereinigten Staaten. In Kalifornien gehörten Werfels zu TMs engerem Bekanntenkreis.

18] *Zuckerkandls:* Dr. Viktor Zuckerkandl (1896-1965), Kapellmeister, Musikkritiker und Philosoph, war damals Lektor des Bermann-Fischer Verlags in Wien. Er gelangte 1938 in die Schweiz und von dort nach Stockholm, wo er wieder für den Bermann-Fischer Verlag arbeitete, und ging später in die Vereinigten Staaten, wo er Professor der Musikwissenschaft am St. John's College in Annapolis war.

16. 1. 1937

1] *Rente:* TM erhielt vom S. Fischer Verlag und später vom Bermann-Fischer Verlag eine monatliche Rentenzahlung, die auf seine Tantiemen angerechnet wurde. Sein Verlagsvertrag wurde ursprünglich auf fünf, später auf sechs Jahre abgeschlossen und jeweils um diese Zeitspanne verlängert, wobei die Bedingungen neu vereinbart werden konnten. Eine solche Verlängerung war jetzt fällig. *11*

2] *Zbg.:* TMs Abkürzung für *Der Zauberberg.* Der Roman sollte in einer neuen Ausgabe des Bermann-Fischer Verlages herauskommen.

3] *Broch:* Der österreichische Erzähler und Essayist Hermann Broch (1886-1951), Autor der Romantrilogie ›Die Schlafwandler‹, des Romans ›Der Tod des Vergil‹ und philosophischer Schriften. Er floh 1938 nach England und von dort nach den Vereinigten Staaten. Siehe *Über Hermann Brochs ›Der Tod des Vergil‹,* GW XIII, 449.

4] *Walter:* Der Dirigent Bruno Walter (1876-1962), nahezu gleichaltrig mit TM, gehörte zu TMs engsten und liebsten Freunden. Sie lernten einander kennen, als Walter 1913 Generalmusikdirektor in München wurde, und die Freundschaft währte lebenslänglich. Während der Münchner Jahre (1913-1922) war Walter TMs unmittelbarer Nachbar im Münchner Herzogpark. Walter emigrierte 1933 nach Österreich, war 1936-1938 Leiter der Staatsoper Wien und ging 1940 in die Vereinigten Staaten, wo er in Beverly Hills wiederum unweit TMs wohnte. TM schrieb mehrmals über ihn: *Musik in München,* GW XI, 339-350; *Für Bruno Walter* (zu seinem sechzigsten Geburtstag), GW X, 479-483; *An Bruno Walter zum siebzigsten Geburtstag,* GW X, 507-512; und *Die Sendung der Musik. Zum fünfzigjährigen Dirigenten-Jubiläum Bruno Walters,* GW XIII, 859-863.

12 17. 1. 1937
Bonnet: Jules Bonnet, im Sekretariat des Völkerbundes tätig und Organisator der Tagungen des ›Comité permanent des Lettres et des Arts‹, dem TM angehörte.

18. 1. 1937
12 1] *Toby:* TMs Hund, ein Terrier.
2] *W. Herzog:* Der Schriftsteller und Publizist Wilhelm Herzog (1884-1960), enger Freund Heinrich Manns, hatte TM zu Beginn des Ersten Weltkrieges wegen seiner chauvinistischen Haltung in seiner pazifistischen Zeitschrift ›Das Forum‹ scharf angegriffen, und TM, der ihn seit langem aus München kannte, verabscheute ihn damals. Später, nach TMs politischer Wandlung, kamen sie zu freundschaftlichem Einvernehmen. Herzog lebte seit 1933 in Basel, gelangte schließlich in die Vereinigten Staaten und kehrte 1952 nach Deutschland zurück. Seine Porträtsammlung ›Menschen, denen ich begegnete‹ enthält interessante Erinnerungen an Heinrich und Thomas Mann.
3] *Masaryk:* Thomas Garrigue Masaryk (1850-1937), seit 1882 Professor der Philosophie an der tschechischen Universität Prag, propagierte seit 1914 die tschechoslowakische Eigenstaatlichkeit, wurde 1918 zum Gründer der Tschechoslowakischen Republik, deren erster Präsident er von 1918-1935 war. Er starb im Ruhestand am 14. 9. 1937. Siehe *Thomas Masaryk,* GW XII, 820-824.
4] *Corso:* Varieté-Theater in Zürich.
5] *Klaus:* Klaus Heinrich Thomas Mann (18. 11. 1906-21. 5. 1949), TMs ältester Sohn, veröffentlichte bereits als Achtzehnjähriger seine ersten dichterischen und kritischen Arbeiten, trat Ende der zwanziger und zu Beginn der dreißiger Jahre mit einer rasch wachsenden Zahl von Büchern und Aufsätzen hervor – die Stücke ›Anja und Ester‹, ›Revue zu Vieren‹, die Novellenbände ›Vor dem Leben‹ und ›Abenteuer‹, die Romane ›Der fromme Tanz‹, ›Alexander‹, ›Treffpunkt im Unendlichen‹, die Essays ›Heute und Morgen‹ und ›Auf der Suche nach einem Weg‹, die Autobiographie ›Kind dieser Zeit‹ – und war zur Zeit des deutschen Umsturzes, sechsundzwanzigjährig, bereits ein sehr bekannter, von der politischen Rechten heftig angegriffener Schriftsteller. Er besaß einen großen internationalen intellektuellen Freundeskreis und war mit ausgeprägtem

politischem Verstand und Realitätssinn begabt. Er verließ Deutschland zusammen mit seiner Schwester Erika im März 1933, ging vorerst nach Paris, später nach Amsterdam, wo er ab Herbst 1933 die Exilmonatsschrift ›Die Sammlung‹ herausgab, die bis Ende 1935 erschien. In der Folge war er unablässig zwischen Paris, Amsterdam, Zürich, Prag und Wien und New York unterwegs. Er übersiedelte später, wie auch seine ganze übrige Familie, endgültig in die Vereinigten Staaten, gab in New York während des Zweiten Weltkrieges die kurzlebige englischsprachige Zeitschrift ›Decision‹ heraus, schrieb seine Autobiographie ›Der Wendepunkt‹ und war schließlich in der Endphase des Krieges amerikanischer Soldat. Verzweifelt über die, wie ihm schien, aussichtslose Lage der Geistigen im Nachkriegseuropa, nahm er sich 1949 in Cannes aus tiefster Todessehnsucht, die ihn stets begleitete, das Leben. Zur vorliegenden Eintragung: Klaus Mann war Mitte September 1936 zum Gastspiel des von seiner Schwester Erika geleiteten Kabaretts ›Die Pfeffermühle‹ nach New York gereist, und kehrte Mitte Januar 1937 nach Europa zurück. Siehe Anmerkungen 6 und 7 zum 18. 1. 1937. Eine Auswahl aus seinen Briefen (›Briefe und Antworten‹) erschien in zwei Bänden, herausgegeben von Martin Gregor-Dellin, 1975. Siehe *Vorwort zu einem Gedächtnisbuch für Klaus Mann* (1950), GW XI, 510-514, und *An Klaus Mann über den Roman ›Der Vulkan‹* (1939), GW X, 766-769.

6] *Erika:* Erika Julia Hedwig Mann-Auden (9. 11. 1905-27. 8. 1969), TMs älteste Tochter, ursprünglich Schauspielerin, später Journalistin, kulturpolitische Publizistin und Schriftstellerin, 1925 bis 1928 mit dem Regisseur und Schauspieler Gustaf Gründgens verheiratet, seit 1935 mit dem englischen Dichter Wystan H. Auden. Unter ihren Veröffentlichungen: sieben Kinderbücher; Texte für ihr Kabarett ›Die Pfeffermühle‹; ›School for Barbarians‹ (über Kindererziehung unter Hitler) (New York, 1938); ›The Lights Go Down‹ (Wahre Geschichten aus dem Dritten Reich) (New York, 1940); ›Das letzte Jahr. Bericht über meinen Vater‹ (Frankfurt 1956). Zusammen mit ihrem Bruder Klaus veröffentlichte sie ›Rundherum. Ein heiteres Reisebuch‹ (Berlin 1929); ›Escape to Life‹ (Boston 1939); und ›The Other Germany‹ (New York 1940). Während des letzten Lebensjahrzehntes ihres Vaters wurde sie zu seiner ständigen Begleiterin auf allen seinen Vortragsreisen und zur vertrauten Helferin bei seiner Arbeit. Sie gab 1961 bis 1965 eine dreibändige Auswahl aus den Briefen TMs heraus und verwaltete seinen Nachlaß.

7] *reicher amerikanischer Jude:* Der New Yorker Bankier Maurice Wertheim. Erika Mann ging im Herbst 1936 mit ihrem Kabarett ›Die Pfeffermühle‹ zu einem Gastspiel nach New York, wo sie jedoch im Unterschied zu Europa einen Mißerfolg mit einem beträchtlichen Defizit erlitt. Bankier Wertheim, ein am New Yorker Theaterleben besonders interessierter Mann, befreite sie aus ihrer Bedrängnis, indem er die Schulden des Kabaretts übernahm und bald darauf Erika Mann einen Heiratsantrag machte, den sie jedoch abschlug. Die ›Pfeffermühle‹-Truppe löste sich nach dem New Yorker Mißerfolg auf; Erika Mann blieb in Amerika, wo sie persönlich mit Vorträgen und Journalismus viel Erfolg hatte.

8] *»Tageszeitung«:* Die in Paris erscheinende deutschsprachige Exils-Tageszeitung ›Pariser Tageszeitung‹, die von 1936 bis 1939 erschien. Sie war die Fortsetzung des ›Pariser Tageblatt‹, das von 1933 bis 1936 existierte. Beide Zeitungen wurden von Georg Bernhard, dem vormaligen Chefredakteur der ›Vossischen Zeitung‹ in Berlin, geleitet.

19. 1. 1937

13 1] *»Das Volk«:* ›Das Bekenntnis Thomas Manns. Ein Dokument des Geistes gegen die Gewalt‹. Ungezeichneter Artikel in ›Das Volk‹, Olten, 18. 1. 1937.

2] *Sacerdote:* Gustavo Sacerdote, der italienische Übersetzer der Joseph-Romane. Der erste Roman erschien 1933, der zweite 1935, der dritte 1937 und der vierte 1949, alle im Verlag Mondadori, Mailand.

3] *Moni:* Monika Mann, genannt Moni oder Mönchen, TMs zweite Tochter, geboren 7. 6. 1910, lebte in Florenz, wo sie Musik studierte. Sie heiratete 1939 in London den ungarischen Kunsthistoriker und Donatello-Forscher Jenö Lányi (geboren 1902), mit dem zusammen sie 1940 von England aus die Vereinigten Staaten zu erreichen suchte. Ihr Schiff, die ›City of Benares‹, wurde von den Deutschen torpediert. Lányi ertrank vor ihren Augen, sie selbst wurde nach vierundzwanzig Stunden im Wasser gerettet und gelangte bald darauf zu Eltern und Geschwistern nach USA. Sie lebt heute auf Capri, Verfasserin mehrerer Bücher, darunter ›Vergangenes und Gegenwärtiges‹, das Erinnerungen an ihren Vater enthält.

4] *Langenhahn:* Die Schweizer Pianistin und Klavierpädagogin Anna Hirzel-Langenhahn (1874-1951), nach erfolgreicher Konzertlaufbahn seit 1926 auf Schloß Berg (Thurgau) als Lehrerin tätig. Monika Mann wollte aber nicht zu ihr und fuhr trotzdem nach Wien.

5] *E. Elster:* Ernst Elster, ›Goethe und die Liebe‹. Rede zur Goethe-Gedächtnisfeier in Marburg am 2. 2. 1932. Erschienen in der Reihe ›Marburger akademische Reden‹, Nr. 53, Marburg 1932. Elster (geboren 1860) war seit 1901 Professor für Deutsche Literatur und Sprache in Marburg.

6] *»Die Zeit«:* Schweizer Kulturzeitschrift, herausgegeben von Albin Zollinger, unter Mitwirkung von R. J. Humm, erschien seit 1933, ging mit dem Januarheft 1937 ein.

20. 1. 1937

1] *wie gewohnt:* TM und Frau Katia verbrachten alljährlich einige Winterwochen im Neuen Waldhotel in Arosa. Hier hatte im März 1933 ihr Exil begonnen. *13*

2] *Dr. Richter:* Der Besitzer und Direktor des Neuen Waldhotels in Arosa.

3] *Brentano:* Der Schriftsteller Bernard von Brentano (1901 bis 1964) gehörte 1925-1930 der Redaktion der ›Frankfurter Zeitung‹ an, emigrierte 1933 in die Schweiz und kehrte 1949 nach Deutschland zurück. Er veröffentlichte im Exil eine Anzahl von Romanen, die in Zürcher Verlagen und im Exilverlag Querido in Amsterdam erschienen, sowie später mehrere Biographien. *14*

21. 1. 1937

1] *Old India:* Café und Teestube in Arosa. *14*

2] *Brief von Heinrich:* Heinrich Mann an Thomas Mann aus Nizza vom 19. 1. 1937. Nicht in TM-HM enthalten, jedoch im TM-Archiv Zürich vorhanden. Darin die Sätze: »Deinen ›Briefwechsel‹ habe ich mit großer Genugtuung gelesen. Du sagst mit größter Wirksamkeit alles auf einmal ... Du hast vorher wahrhaftig nichts versäumt; was Du jetzt sagst, ist das Endgültige.«

3] *»Dagens Nyheter«:* Zum Presse- und Verlagskonzern Albert Bonnier gehörende schwedische Tageszeitung, die die schwedische, im Verlag Bonnier 1937 erschienene Ausgabe des *Briefwechsels* vorabdruckte.

4] *Otto Strasser:* Der nationalsozialistische Politiker Otto Strasser (1897-1974), Bruder des von Hitler am 30. 6. 1934 ermordeten Gregor Strasser, auf dem linken Flügel der Partei stehend, gründete 1930 nach seinem Bruch mit Hitler die ›Schwarze Front‹ revolutionärer Nationalsozialisten. Nach der Regierungsübernahme durch Hitler emigrierte er 1933 nach Wien, später nach Prag, dann nach Kanada. Er kehrte 1955 nach Deutschland zurück.

5] *Advokat in Temesvar:* Der Rechtsanwalt József Kende in Temesvar. Siehe Anmerkung 1 zum 4. 1. 1937. TM antwortete ihm am 22. 1. 1937 aus Arosa und schickte ihm eine Vollmacht, ihn vor Gericht zu vertreten. Siehe Regesten II, 37/20. Kende (geboren 1910) wanderte später nach Israel aus, wo er heute lebt.

22. 1. 1937

15 1] *Tagebuch-Artikel:* Erich Andermann, ›Thomas Mann spricht . . .‹, in ›Das Neue Tage-Buch‹, Paris 23. 1. 1937.

2] *junge Schwedin:* Frau Sassa Wetterlind geborene MacDonald-Hellberg (geboren 1906), Schwägerin des schwedischen Verlegers Kaj Bonnier, verheiratet mit Alf Wetterlind.

23. 1. 1937

15 1] *Nationalzeitung:* ›Ein offener Brief Thomas Manns‹ gezeichnet ›Kl.‹ (Otto Kleiber) in ›National-Zeitung‹, Basel, 24. 1. 1937.

2] *Bund:* Hugo Marti, ›Ein Briefwechsel. Ein Dokument der Zeit‹, in ›Der Bund‹, Bern, 21. 1. 1937.

3] *Neurat:* Konstantin Freiherr von Neurath (1873-1956) war von 1932 bis 1938 Reichsaußenminister in den Regierungen Papen, Schleicher und Hitler, wurde am 18. 3. 1939 Reichsprotektor von Böhmen und Mähren, 1946 im Nürnberger Kriegsverbrecherprozeß zu fünfzehn Jahren Gefängnis verurteilt und 1954 entlassen.

4] *François-Poncet:* André François-Poncet (1887-1977) war 1931 bis 1938 französischer Botschafter in Berlin, 1943-1945 von den Deutschen interniert, 1949 französischer Hochkommissar in Deutschland, 1953-1955 Botschafter in der Bundesrepublik.

5] *Blum:* Der Führer der Sozialistischen Partei Frankreichs Léon Blum (1872-1950). Er bildete nach seinem Wahlsieg vom 3. 5. 1936 das erste Kabinett der Volksfront (Front populaire), das aus Sozialisten und Radikalsozialisten bestand und von den Kommunisten unterstützt wurde. Die Regierung Blum blieb bis zum 10. 6. 1937 im Amt und wurde dann von einer neuen Volksfront-Koalition unter Camille Chautemps abgelöst.

24. 1. 1937

1] *Der Morgen eines Gutsbesitzers:* Novelle von Leo N. Tolstoi (1856), hervorgegangen aus dem Material zu einem geplanten, aber nicht geschriebenen Roman über den russischen Gutsbesitzer. Die Figur des Fürsten Nechljudow kommt hier zum ersten Mal vor. *16*

2] *Besprechung in der NZZ:* ›Eine Antwort Thomas Manns‹. Zu ›Ein Briefwechsel‹. Ohne Verfassernamen in der ›Neuen Zürcher Zeitung‹ vom 24. 1. 1937.

25. 1. 1937

1] *Brief an Heinrich:* Dieser Brief ist nicht erhalten. *16*

2] *Die Cuzzle:* Die englische Porträt-Zeichnerin Miss Rose Cuzzle im Zweiten Kapitel von *Lotte in Weimar.*

3] *die Alten:* TMs Schwiegereltern Professor Alfred Pringsheim (1850-1941) und seine Gattin Hedwig geborene Dohm (1855 bis 1942), die in München lebten.

26. 1. 1937

»Oeuvre«: ›L'Œuvre‹, Pariser Tageszeitung, Organ der französischen sozialistischen Partei. *17*

27. 1. 1937

1] *Fiedler:* Dr. Kuno Fiedler (1895-1973), evangelischer Pastor, stand mit TM seit 1915 in Briefwechsel und taufte TMs jüngste Tochter Elisabeth. Er wurde wegen seiner Streitschrift ›Luthertum oder Christentum‹ aus dem Dienst der evangelischen Kirche entlassen, trat in den thüringischen höheren Schuldienst ein, machte sich aber durch seine theologischen und philosophischen Schriften beim NS-Regime so mißliebig, daß er abermals entlassen wurde. *17*

Er lebte zurückgezogen in Dettingen am Main, wo er am 2. 9. 1936 von der Gestapo verhaftet wurde. Er entfloh aus dem Würzburger Gefängnis, entkam in die Schweiz und war bis Ende 1955 Seelsorger in St. Antönien in Graubünden. Von seinem umfangreichen Briefwechsel mit TM sind nur Teile erhalten. Eine Auswahl daraus wurde in den ›Blättern der Thomas Mann-Gesellschaft Zürich‹, herausgegeben von Hans Wysling, in den Heften 11 und 12, 1971 bis 1972 veröffentlicht. Siehe *Kuno Fiedler ›Glaube, Gnade und Erlösung nach dem Jesus der Synoptiker‹* (1940), GW X, 769-771.

2] *E. Weiss:* Der Arzt und Schriftsteller Ernst Weiss (1882-1940) emigrierte 1933 von Berlin nach Prag und von dort 1938 nach Paris, wo er sich im Juni 1940 beim Einmarsch der deutschen Truppen das Leben nahm. Er lebte im Exil in bitterster Armut.

3] *Nationalzeitung:* ›Die Entscheidung steht bevor‹, nicht namentlich gezeichneter Leitartikel in der ›National-Zeitung‹, Basel, vom 26. 1. 1937, in dem die Friedensaussichten und der Friedenswille der Völker gegenüber Hitlerdeutschland erörtert werden und aus TMs *Ein Briefwechsel* der Satz zitiert wird, »daß der Krieg nicht mehr erlaubt ist –«.

4] *Brw.:* TMs Abkürzung für ›Ein Briefwechsel‹.

5] *Wolfenstein:* Der Lyriker, Essayist und Anthologist Alfred Wolfenstein (1883-1945), gab 1919 im S. Fischer Verlag die expressionistische Anthologie ›Die Erhebung‹ heraus, später zusammen mit Hermann Kesten eine Anthologie neuer französischer Erzähler im Kiepenheuer-Verlag. Er emigrierte 1933 nach Prag, 1938 nach Frankreich, lebte während des Zweiten Weltkrieges versteckt in Südfrankreich und nahm sich am 22. 1. 1945 in Paris das Leben. Er veröffentlichte 1938 im Exilverlag Querido in Amsterdam eine Anthologie ›Stimmen der Völker. Die schönsten Gedichte aller Zeiten und Völker.‹

6] *Döblin:* Der Berliner Arzt und Schriftsteller Alfred Döblin (1878-1957), berühmt durch sein Hauptwerk, den Roman ›Berlin Alexanderplatz‹. Er emigrierte 1933 über die Schweiz nach Frankreich, 1940 über Portugal in die Vereinigten Staaten, kehrte 1945 nach Frankreich zurück und wirkte ab 1946 als französischer Kulturoffizier in Baden-Baden. Während der Exilzeit erschienen seine Bücher im Querido-Verlag, Amsterdam. Döblin schätzte TM als Schriftsteller nicht, hatte sich schon vor 1933 mehrfach sehr abfällig über ihn geäußert und entfesselte nach 1945 in Deutschland eine scharfzüngige Polemik gegen ihn. Während der Exiljahre herrschte Verträglichkeit zwischen ihnen.

28. 1. 1937

Kahler: Der Historiker, Soziologe und Kulturphilosoph Erich von 18
Kahler (1885-1970) war mit TM seit 1919 aus München bekannt, aber erst in der Emigration, namentlich in den gemeinsamen Jahren in Princeton, entwickelte sich eine enge Freundschaft. Kahler emigrierte 1933 in die Schweiz und 1938 in die Vereinigten Staaten. Er schrieb mehrfach über TM, unter anderem ›Die Säkularisierung des Teufels‹ (1948) und ›The Orbit of Thomas Mann‹, 1969. Siehe *Erich von Kahler*, GW X, 502-506, und *An Exceptional Friendship, The Correspondence of Thomas Mann and Erich Kahler* (Briefwechsel), 1975 in englischer Übersetzung, und eine Auswahl im deutschen Original in ›Blätter der Thomas Mann-Gesellschaft‹, Zürich, Nr. 10, 1970.

29. 1. 1937

1] *Strich:* Der Literarhistoriker Fritz Strich (1882-1963) wurde 18
1915 außerordentlicher Professor in München und war mit TM seit der Münchner Zeit befreundet. 1929-1953 war Strich ordentlicher Professor in Bern. Sein Buch ›Kunst und Leben‹ enthält unter anderem drei Aufsätze über TM.

2] *»Goethe und die Seinen«:* Ludwig Geiger, ›Goethe und die Seinen. Quellenmäßige Darstellungen über Goethes Haus‹. Leipzig 1908. TMs Exemplar ist erhalten.

3] *Lesser:* Der österreichische Philologe und Schriftsteller Jonas Lesser (1896-1968), emigrierte 1938 nach London und veröffentlichte 1952 sein Hauptwerk ›Thomas Mann in der Epoche seiner Vollendung‹, das sich sehr ausführlich mit den Joseph-Romanen beschäftigt.

4] *Frau Schwarzwald:* Die österreichische Frauenrechtlerin, Sozialreformerin und Pädagogin Dr. Eugenie Schwarzwald (1872-1940), aus deren berühmter Mädchenschule in Wien eine Anzahl nachmals bekannter Frauen (Helene Weigel, Alice Herdan-Zuckmayer, Hilde Spiel) hervorging. Sie war mit Erika und Klaus Mann befreundet und emigrierte 1938 in die Schweiz, wo sie starb. Ihre

Schulen, Kinderheime und anderen pädagogischen und sozialen Einrichtungen wurden vom NS-Regime geschlossen.

5] *Max Mohr:* (1891-1944), hauptberuflich Arzt, erfolgreicher Erzähler und Dramatiker der zwanziger Jahre, Autor von ›Improvisationen im Juni‹ und ›Venus in den Fischen‹, emigrierte 1934 nach China.

6] *rheinisches Nazi-Zeitungsblatt:* Siehe Anmerkung 1 zum 3. 2. 1937.

30. 1. 1937

19 *Kahlers Buch:* Gemeint ist Erich von Kahlers umfangreiches Werk ›Der deutsche Charakter in der Geschichte Europas‹, das 1937 im Verlag Oprecht, Zürich, erschien. Neuausgabe 1980 in der Reihe ›Exil-Literatur‹ des Verlags Gerstenberg, Hildesheim.

31. 1. 1937

19 1] *Sekretärin des holländischen PEN-Clubs:* Fenna de Meyier, Generalsekretärin des niederländischen PEN-Clubs 1934-1939.

2] *Boccarini:* So in der Handschrift. Gemeint ist der italienische Komponist Luigi Boccherini (1743-1805).

3] *Kreisler:* Der Violinvirtuose und Komponist Fritz Kreisler (1875 bis 1962), der seit 1915 mit seiner amerikanischen Frau Harriet zumeist in den Vereinigten Staaten lebte, aber in der ganzen Welt konzertierte.

20 4] *Hitlers gestrige Rede:* Hitlers Reichstagsrede am 30. 1. 1937, in der er Deutschlands Unterschrift unter den Versailler Vertrag ›zurückzog‹, das Ende der Zeit der ›sogenannten Überraschungen‹ verkündete und das ›berechtigte nationale Ehrgefühl‹ der deutschen Minderheiten-Gruppen betonte.

1. 2. 1937

20 1] *Brief an Dagens Nyheter:* Der Nobelpreis, heißt es darin, sei eine so weltweite Einrichtung, daß die geistige Gesellschaft auch »bei vorübergehender Gesellschaftsunfähigkeit Deutschlands« fortbestehen werde. Regesten II, 37/28.

2] *Orelli:* Orellihaus, bekanntes Café und (alkoholfreies) Restaurant in Arosa.

2. 2. 1937

1] *Gespräch mit Riemer:* Das dritte Kapitel von *Lotte in Weimar* 20
mit dem langen Gespräch zwischen Lotte und Goethes Sekretär Riemer.

2] *Hofmannsthal:* TM hatte Hugo von Hofmannsthal (1874 bis 1929) seit dem Jahr 1908 persönlich gut gekannt und bis zu Hofmannsthals Tod in regelmäßiger Verbindung mit ihm gestanden. Er war stets von Hofmannsthals Wesen bezaubert, wenngleich er gegenüber seinem Werk, wie aus den Tagebüchern 1918-1921 hervorgeht, gewisse Vorbehalte hatte. Er war auch mit Hofmannsthals Verwendung des Begriffs der ›Konservativen Revolution‹ durchaus nicht einverstanden. Aber er empfand Hofmannsthals frühen Tod als einen schweren Verlust. Siehe *Hugo von Hofmannsthal zum fünfzigsten Geburtstag* (1924), GW XIII, 821, und *In memoriam Hugo von Hofmannsthal* (1929), GW X, 453-458.

3] *Frau Wetterlind:* Siehe Anmerkung 2 zum 22. 1. 1937. 21

4] *Frau Steiner:* Unbekannt.

5] *Schickele:* Der elsässische Schriftsteller René Schickele (1883 bis 1940), naher Freund von Annette Kolb, lebte seit 1932 in Sanary, Südfrankreich, und TM war im Sommer 1933 mit ihm dort beinahe täglich zusammen gewesen. Schickele gab 1915-1919 die pazifistische Zeitschrift ›Die Weißen Blätter‹ heraus, mit der er, von Polizei und Zensur bedrängt, in die Schweiz emigrieren mußte, und die eine der vorzüglichsten literarisch-politischen jener Zeit war; unter anderem erschien dort im November 1915 erstmals Heinrich Manns berühmter Essay ›Zola‹. Schickele hatte TM im Ersten Weltkrieg in den ›Weißen Blättern‹ scharf angegriffen, wurde aber in der Folge zu einem seiner guten Freunde. Zu einer Wiederbelebung der ›Weißen Blätter‹ kam es nicht. Siehe *Zur französischen Ausgabe von René Schickeles ›Witwe Bosca‹*, GW X, 761-766, und TMs Nachruf auf ihn, GW XIII, 849-851.

3. 2. 1937

1] *rheinisches Naziblatt:* In einem ungezeichneten (von Eduard 21
Behrens stammenden) Leitartikel ›Warum Deutschland beliebt war‹ kommentierte die ›National-Zeitung‹, Basel, vom 3. 2. 1937 die Hitlerrede vom 30. 1. 1937. In dem Kommentar heißt es am Schluß: »– – der ›Schriftleiter‹ einer der führenden deutschen Staatszeitun-

gen, der Düsseldorfer ›Rheinischen Landeszeitung‹, setzt sich hin und darf schreiben: ›Wo es galt, eine Unterschrift zu leisten zum Protest gegen die Hinrichtung eines gemeinen Mörders oder gegen die Verurteilung eines Landesverräters oder Sexualverbrechers, stand Thomas Mann vorne an. Prag, Amsterdam und Zürich sind die Stationen seines Windmühlenkampfes gegen das Land, dem er alles verdankt und das ihn jetzt mitsamt seiner ganzen Sippe aus dem Leben der Nation ausgelöscht hat. Mag er in seiner Jugend in den ›Buddenbrooks‹ eine literarische Leistung von Wert vollbracht haben, sie ist für uns in dem Augenblick null und nichtig, wo ihr Schöpfer zum vaterlandslosen Lumpen ge – – – hat.‹ Erst wenn so was für immer unmöglich gemacht ist, könnten die Chancen anfangen, daß sich Europa, d. h. das Europa, das zählt, und Deutschland einander wirklich näherten.«

2] *Schweizer Spanien-Publikation:* ›Spanien. Menschen in Not‹. Schweizer Arbeiterkinderhilfswerk Zürich. TM schrieb ein *Nachwort* zu dieser Veröffentlichung, das auch in englischer Sprache in ›The Nation‹, New York, und ›Life and Letters Today‹, London, erschien. GW XII, 793-798.

3] *Heinemann:* Dannie N. Heineman (1872-1962), amerikanischer, in Brüssel ansässiger Ingenieur, Unternehmer, Financier und Konzernherr der weltumspannenden belgischen ›Sofina‹-Gesellschaft, die er aus kleinsten Anfängen aufbaute. Er war ein bedeutender Philantrop, wendete der wissenschaftlichen Forschung große Stiftungen zu, war den deutschen Exilierten ein freigebiger Helfer und besaß eine staunenswerte Autographen-Sammlung, mit 13 Goethe- und 20 Napoleon-Briefen.

4] *Knopf:* Alfred A. Knopf (geboren 1892), seit 1924 TMs amerikanischer Verleger. Er leitete den Verlag zusammen mit seiner ungemein tatkräftigen Frau Blanche Knopf (1894-1966), und TM und Frau Katia waren mit dem Ehepaar Knopf seit langem herzlich befreundet. TM hatte seine erste Amerikareise im Mai-Juni 1934 auf Einladung Knopfs unternommen.

5] *Manchester Guardian:* Der *›Briefwechsel‹* erschien in der englischen Übersetzung von H. Lowe-Porter unter dem Titel *An Exchange of Letters* mit einem Vorwort von J. B. Priestley 1937 als Broschüre der ›Friends of Europe‹ in London und 1938 zusammen mit dem Essay *The Coming Victory of Democracy* (übersetzt von

Agnes E. Meyer) im Verlag Secker and Warburg, London. Ein Abdruck in der liberalen Tageszeitung ›Manchester Guardian‹ ist nicht nachgewiesen.

6] *»Marianne«:* Pariser illustrierte Wochenzeitung.

7] *die Herz:* Die Nürnberger Buchhändlerin Ida Herz (geboren 1894), eine frühe Verehrerin TMs, lernte ihn 1925 kennen und wurde von ihm beauftragt, seine Münchner Bibliothek zu ordnen. Seither stand sie in regelmäßiger Verbindung mit dem Hause Mann und in häufigem Briefwechsel mit TM. Sie war eine eifrige und gewissenhafte Sammlerin aller erdenklichen, TM betreffenden Unterlagen und Kuriosa, und TM selbst fügte ihrer Sammlung im Lauf der Jahre zahllose Zeitungsausschnitte, Zeitschriftenbelege und Manuskriptabschriften hinzu, wissend, daß sie bei ihr am besten aufgehoben waren. Ida Herz emigrierte 1936 in die Schweiz und von dort nach London, wo sie noch heute lebt. Sie rettete ihre einzigartige Sammlung nach London und übergab sie später, zusammen mit ihrem sehr umfangreichen und größtenteils noch unveröffentlichten Briefwechsel mit TM, dem TM-Archiv in Zürich.

4. 2. 1937

1] *Paul Geheeb:* Der Pädagoge Paul Geheeb (1870-1961), von seinen Schülern und Freunden ›Paulus‹ genannt, war eine der führenden Persönlichkeiten der deutschen Landerziehungsheim-Bewegung. Er arbeitete 1902-1906 mit Hermann Lietz in Haubinda zusammen, gründete dann gemeinsam mit Gustav Wyneken die Freie Schulgemeinde Wickersdorf und errichtete 1910 die Odenwaldschule bei Heppenheim an der Bergstraße. Er verließ Deutschland 1934 mit seinen engsten Mitarbeitern und gründete in Goldern im Berner Oberland die Ecole d'Humanité. Klaus Mann war 1922 ein Jahr lang sein Schüler in der Odenwaldschule gewesen, und TM kannte ihn persönlich aus dieser Zeit. 22

2] *An Schickele:* TM an René Schickele aus Arosa, datiert 5. 2. 1937, in Regesten II, 37/32.

5. 2. 1937

1] *Jäger:* Der klassische Philologe Werner Jaeger (1888-1961) wurde 1921 Professor in Berlin, 1936 in Chicago, 1939 an der Universität Harvard. Verfasser einer großen Anzahl grundlegender 22

Werke über die griechische Geistesgeschichte. Seine Studie ›Paideia, die Formung des griechischen Menschen‹ (1934-1947) hatte eine weltweite Wirkung.

2] *Baronin:* Jolan (Loli) Hatvany.

3] *Casino:* Ein altmodisches, nicht sehr schwieriges Kartenspiel, das Glück mit Geschicklichkeit verbindet; das einzige Kartenspiel, das TM spielen konnte.

4] *Buch eines franz. Kritikers:* Nicht eindeutig ermittelt. Eine Arbeit von R. Bodart, ›Marcel Proust, Thomas Mann et l'idée de temps‹ erschien erst 1939 in den ›Cahiers du Sud‹, Marseille, und könnte mit dem von TM erwähnten Werk in Zusammenhang stehen.

23 5] *an die Herz:* TM an Ida Herz vom 4. 2. 1937 in Regesten II, 37/29.

6] *Hemmerich:* K. G. Hemmerich. Nichts Näheres bekannt.

6. 2. 1937

23 1] *»Nation«:* Die einflußreiche liberale New Yorker Wochenschrift ›The Nation‹, herausgegeben von Freda Kirchwey.

2] *Werner's Bookstore:* Buchhandlung und Verlag in Chicago.

7. 2. 1937

23 1] *Beidler:* Franz W. Beidler (geboren 1901), Enkel Richard Wagners (Sohn der Wagner-Tochter Isolde aus ihrer Ehe mit dem Dirigenten Franz Beidler), Schriftsteller in Zürich, beschäftigt sich hauptsächlich mit Wagner. Bei seiner Arbeit über Bülow und Liszt handelt es sich um einen Abschnitt aus seinem bisher unveröffentlichten Buch ›Cosima Wagner – Der Weg zum Wagner-Mythos‹.

2] *Gildemeister:* Nicht identifiziert.

3] *Ley:* Ein Freund Ferdinand Lions. Nichts Näheres bekannt.

8. 2. 1937

24 1] *Fragmente von Hofmannsthal:* Hugo von Hofmannsthal, ›Dramatische Entwürfe aus dem Nachlaß‹, 1935.

2] *Schuschnigg:* Kurt von Schuschnigg (1897-1977) war 1932 bis 1934 österreichischer Justiz- und Unterrichtsminister und wurde nach der Ermordung von Engelbert Dollfuß am 30. 7. 1934 österreichischer Bundeskanzler. In auswegloser Lage gegenüber dem

deutschen Druck trat er am Tag vor dem deutschen Einmarsch am 12. 3. 1938 zurück, war bis Kriegsende in Haft, ging 1945 in die Vereinigten Staaten und kehrte 1967 nach Österreich zurück.
3] *Gilbert Murray:* (1886-1957), englischer Altphilologe und Übersetzer griechischer Klassiker, Professor in Oxford und 1923 bis 1938 als leidenschaftlicher Anwalt der Völkerverständigung Präsident der League of Nations Union. Er war Mitglied des Völkerbundkomitees für Kunst und Literatur, dem auch TM angehörte, und ein tatkräftiger Helfer der exilierten deutschen Intellektuellen.
4] *Brief über den Nobel-Boykott:* Der Brief erschien in ›Dagens Nyheter‹, am 4. 2. 1937.

9. 2. 1937
1] *Azana:* Manuel Azaña y Díez (1880-1940), Präsident der Spa- 24
nischen Republik 10. 5. 1936-5. 2. 1939.
2] *Doll:* Josef Doll, Taxihalter in Küsnacht, Chauffeur der Familie Mann.
3] *Maria:* Maria Ferber, später verheiratete Fröhlich, Stubenmädchen bei Manns, war während der Abwesenheit der Familie in Arosa auf Urlaub in München gewesen.
4] *die beiden Mädchen:* Maria Ferber und Marie Treffler, Hausmädchen der Familie Mann, die aus München in die Schweiz mitgekommen waren.
5] *Käthe Rosenberg:* (1883-1960), Kusine von Frau Katia Mann (Tochter von Else Rosenberg, die eine Schwester von Hedwig Pringsheim war), namhafte Übersetzerin aus dem Französischen, Englischen und Russischen. Sie besuchte die Familie Mann mehrfach in der Schweiz und emigrierte schließlich zusammen mit ihrer Schwester Ilse Dernburg nach London.
6] *Bertram:* Der Germanist, Lyriker und Essayist Ernst Bertram (1884-1957), Professor in Köln und Verfasser eines von TM sehr geschätzten Nietzsche-Buches, hatte seit 1910 zu TMs engsten Freunden gezählt und an der Niederschrift der *Betrachtungen eines Unpolitischen* beratend mitgewirkt. Sie hatten sich freilich in den letzten Jahren der Weimarer Republik bereits weitgehend auseinander gelebt, und Bertrams offene Sympathien für den Nationalsozialismus, dessen Ruchlosigkeit er nicht begriff, führten rasch zur völligen Entfremdung und schließlich zum Bruch. Sie sahen sich

erst nach dem Krieg 1954 in Köln wieder, und es fand eine oberflächliche Versöhnung statt. Siehe *Thomas Mann an Ernst Bertram/ Briefe aus den Jahren 1910-1955*, herausgegeben von Inge Jens, 1960. Bertrams Briefe an TM sind verloren. Bertrams Schrift ›Von der Freiheit des Wortes‹ erschien 1936, die Rezension im Literaturblatt der ›Frankfurter Zeitung‹ am 7. 2. 1937 ›Zwischen den Alternativen‹ war namentlich gezeichnet von Benno Reifenberg und ausgesprochen skeptisch: »Er will in die Lücke treten, damit kein Entweder Oder entstehe.«

10. 2. 1937

25 1] *holländische Übersetzung:* ›Een Briefwisseling‹ (Ein Briefwechsel) erschien in der Übersetzung von J. Dutric im Verlag Van Loghum Slaterus, Arnhem, 1937.

2] *tschechische Übersetzung:* Unter dem Titel *Odpoved*, in der Übersetzung von Otokar Fischer, im Verlag Melantrich, Prag, 1937 erschienen. Der Literaturwissenschaftler Otokar Fischer (1883 bis 1938) war Professor an der tschechischen Universität Prag.

3] *Hitschens:* Der englische Romanschriftsteller Robert Hichens (1864-1950), Verfasser des populären ›Garden of Allah‹, lebte in Ägypten. TM hatte ihn 1934 durch John Knittel kennengelernt.

4] *Stories of 3 Decades:* Die amerikanische und englische Ausgabe von TMs gesammelten Novellen, die in der Übersetzung von H. Lowe-Porter 1936 im Verlag Knopf in New York und bei Secker and Warburg in London erschien. Das damals noch unvollendete Hochstapler-Fragment war unter dem Titel *Felix Krull* in dem Band enthalten.

5] *Eloesser:* Der Berliner Literarhistoriker Dr. Arthur Eloesser (1870-1938), Kritiker an der ›Vossischen Zeitung‹ und Mitarbeiter der ›Neuen Rundschau‹, war mit TM seit langem gut bekannt. Er veröffentlichte 1925 zu TMs 50. Geburtstag die Monographie ›Thomas Mann. Sein Leben und sein Werk‹ im S. Fischer Verlag. Seine zweibändige Literaturgeschichte ›Die deutsche Literatur vom Barock bis zu Goethes Tod‹ und ›Die deutsche Literatur von der Romantik bis zur Gegenwart‹ erschien 1929. TM rezensierte Band I im Dezemberheft 1929 und Band II im Januarheft 1933 der ›Neuen Rundschau‹. Siehe GW X, 727-734, sowie *Arthur Eloessers sechzigster Geburtstag* (1930), GW X, 464-465.

11. 2. 1937
1] *Bettini:* Die Gastwirtschaft von Antonio Bettini am Seefeldquai 25
in Zürich. Das Lokal besteht nicht mehr.
2] *Puškin:* So in der Handschrift. Gemeint ist *Über Puschkin* (Brief zum Erscheinen der tschechischen Jubiläumsausgabe der Werke Puschkins), erschienen in der ›Prager Presse‹ vom 10. 2. 1937. GW XIII, 839 f.
3] *»La Montaña Mágica«:* Die spanische Übersetzung des *Zauberberg* von Mario Verdaguer war 1934 im Verlag Editorial Apolo in Barcelona in zwei Bänden erschienen. Dieselbe Übersetzung erschien 1941 im Verlag Anaconda in Buenos Aires.
4] *Dr. v. Fischer:* Nicht identifiziert.

12. 2. 1937
1] *Pester Lloyd:* Das Februar-Heft 1937 der angesehenen Buda- 26
pester Monatsschrift ›Nyugat‹ (Westen) hatte einen Aufsatz ›Thomas Mann levele‹ (Der Brief Thomas Manns) des Chefredakteurs Mihály Babits veröffentlicht. Der ›Pester Lloyd‹ veröffentlichte am 7. 2. 1937 eine deutsche Teilübersetzung dieses Artikels, in der die von TM angeführten Sätze vorkamen. TM hatte Babits bei seinem Besuch in Budapest am 13. 1. 1922 kennengelernt.
2] *Dr. Wolf:* Der Archäologe Dr. Werner Wolff. Sein Vortrag: ›Die Erschließung der altamerikanischen Kultur‹ (Entzifferung der Maya-Schrift).
3] *Schrieb an Fiedler:* TM an Kuno Fiedler aus Küsnacht vom 12. 2. 1937 in Regesten II, 37/34.
4] *»Weltbühne«:* ›Die Weltbühne‹, linksgerichtete kulturpolitische Wochenschrift, begründet 1905 von Siegfried Jacobsohn, seit 1927 geleitet von Carl von Ossietzky, wurde nach dem Verbot in Prag als ›Die Neue Weltbühne‹ weitergeführt. Ihr Chefredakteur war Hermann Budzislawski.
5] *Heinrich über Hitlers Rede:* Heinrich Mann, ›Die Rede‹ in ›Die Neue Weltbühne‹, Prag, 4. 2. 1937.
6] *Klaus:* Klaus Mann, ›Der Streit um André Gide‹, ›Die Neue Weltbühne‹, Prag, 11. 2. 1937. Dasselbe in ›Prüfungen. Schriften zur Literatur‹, herausgegeben von Martin Gregor-Dellin, 1968, 109.
7] *Gides »Retour«:* Der französische Schriftsteller André Gide

(1869-1951), den TM zeitlebens sehr schätzte und den er seit ihrer ersten Begegnung in Paris 1931 auch persönlich kannte. Siehe *Si le grain ne meurt* (1929), GW X, 711-721, und *Zum Tode André Gides* (1951), GW X, 523. Gide hatte ursprünglich mit dem Sowjetkommunismus als einer Alternative zu dem ihm verhaßten westlichen Kolonial-Imperialismus sympathisiert, kehrte jedoch von einer Rußlandreise enttäuscht und durch den Augenschein eines anderen belehrt zurück. Die Frucht dieser Reise war das Buch ›Retour de l'U.R.S.S.‹ (1936), das 1937 deutsch erschien und auf das 1937 ›Retouches à mon retour de l'U.R.S.S.‹ folgte. Die beiden Schriften erregten bei ihrem Erscheinen großes Aufsehen und Gide wurde ihretwegen viel angefeindet.

13. 2. 1937

27 *die Giehse:* Die Münchner Schauspielerin Therese Giehse (1898 bis 1975) war eine enge Freundin Erika Manns und Mitgründerin und Hauptmitwirkende des Kabaretts ›Die Pfeffermühle‹. Sie floh vor der nationalsozialistischen Verfolgung im März 1933 nach Tirol, wirkte im Exil weiter an der ›Pfeffermühle‹ mit, gehörte anschließend bis 1953 dem Ensemble des Zürcher Schauspielhauses an und spielte nach ihrer Rückkehr nach Deutschland an den Münchner Kammerspielen. Sie war mit dem ›Pfeffermühle‹-Gastspiel in New York gewesen und kehrte nach Auflösung des Ensembles in die Schweiz zurück.

14. 2. 1937

27 1] *Prof. Muschg:* Der schweizerische Literarhistoriker, Lyriker und Dramatiker Walter Muschg (1898-1965), seit 1936 Professor in Basel, nach dem Zweiten Weltkrieg sehr bekannt durch sein umstrittenes Buch ›Die Zerstörung der deutschen Literatur‹.

2] *Karl Barth:* Der Schweizer protestantische Theologe Karl Barth (1886-1968), Wortführer der ›Dialektischen Theologie‹, war seit 1930 Professor in Bonn, wurde 1935 vom NS-Regime abgesetzt und wirkte bis 1962 als Professor in Basel. TM war von seiner Schrift ›Theologische Existenz heute‹ (1933) sehr beeindruckt.

3] *Ottokar Fischer:* Siehe Anmerkung 2 zum 10. 2. 1937.

4] *Johann-Konzert:* Versehen TMs; vermutlich ist ein Johann-Strauß-Konzert gemeint.

5] *Weingartner:* Der Dirigent Felix von Weingartner (1863-1942) war bereits 1908-1911 als Nachfolger Gustav Mahlers Direktor der Wiener Hofoper gewesen. Er war seit 1927 Direktor des Konservatoriums und der Allgemeinen Musikgesellschaft in Basel und wurde 1935-1936 nochmals Direktor der Wiener Staatsoper.

15. 2. 1937

1] *Aufsatz von Klaus:* Klaus Mann, ›Thomas Mann: Exile. My 28
Father's Political Development‹, in ›Common Sense‹, New York, Februar 1937.

2] *Völkerbund-Comité:* Das ›Comité permanent des Lettres et des Arts‹ des Völkerbundes, ein Unter-Ausschuß der ›Commission Internationale de Coopération Intellectuelle‹ des Völkerbundes.

3] *W. Auden:* Der englische Lyriker und Essayist Wystan Hugh Auden (1907-1973) war seit 1935 mit Erika Mann verheiratet. Obwohl die Eheschließung ursprünglich als eine reine Formalität betrachtet wurde, um der vom NS-Regime ausgebürgerten Erika Mann eine neue Staatsbürgerschaft und einen gültigen Paß zu verschaffen, entwickelte sich in der Folge ein sehr herzliches Verhältnis zwischen Auden und der ganzen Familie Mann. Erika Mann-Auden hielt bis an ihr Lebensende an ihrer britischen Staatsbürgerschaft fest.

4] *Bettelini:* Onorato Bettelini (1895-1961), Baumeister und Bauunternehmer in Locarno, leitete dort eine literarisch-kulturelle Vereinigung, vor der TM im April 1934 einmal gesprochen hatte.

16. 2. 1937

1] *Artikel Herzogs:* Nicht ermittelt. 28

2] *Prof. Frei:* Der Veterinär-Wissenschaftler Walter Frei (1882 bis 1972), Professor an der Universität Zürich.

3] *Frau Reiff:* Lilly Reiff-Sertorius (1866-1958), Pianistin, Liszt-Schülerin, und ihr Gatte, der Zürcher Seidenindustrielle, Kunstliebhaber und Mäzen Hermann Reiff (1856-1938), waren alte Freunde von TMs Schwiegereltern, dem Ehepaar Pringsheim in München, und führten in Zürich ein gastfreies, besonders der Musik aufgeschlossenes Haus, in dem sie auch oft Vorträge und Dichterlesungen veranstalteten. TM hat den Reiffschen ›Salon‹ im *Doktor Faustus*, Kapitel XXXIX, GW VI, geschildert.

4] *Stroganov:* Graf Alexander Grigorjewitsch Stroganoff (1770 bis 1857), russischer Diplomat, Gesandter in Madrid, Stockholm und Konstantinopel. Sein Gespräch mit Goethe in Weimar fand zu einem nicht näher bestimmbaren Zeitpunkt in Goethes letzten Lebensjahren statt. Goethe erwähnt lediglich in seinem Tagebuch am 18. 2. 1823, als er krank lag, er habe Stroganoff, der sich anmeldete, leider nicht empfangen können.

29 17. 2. 1937

1] *Lowe-Porter:* Helen Lowe-Porter (1877-1963), TMs in England lebende amerikanische Übersetzerin, die zwischen 1924 und 1951 sein gesamtes Werk ins Englische übertrug. Siehe John C. Thirlwall, ›In another Language. A Record of the Thirty-Years Relationship between Thomas Mann and Helen Lowe-Porter‹, 1966, in dem zahlreiche Auszüge aus ihrem sehr umfangreichen Briefwechsel mit TM veröffentlicht sind.

2] *Brief an die Times:* Helen Lowe-Porter, ›Thomas Mann and Bonn University‹, in ›The Times‹, London, 8. 2. 1937.

3] *Vor Torschluß:* Der 20. 2. 1937 war der vom Londoner Nichteinmischungs-Ausschuß beschlossene Stichtag, an dem alle ausländische Intervention im Spanischen Bürgerkrieg aufzuhören hatte.

4] *Veröffentlichung des Briefwechsels in England:* Siehe Anmerkung 5 zum 3. 2. 1937.

18. 2. 1937

29 1] *Post von Bermann:* Dieser Brief GBFs an TM ist nicht erhalten. Der von TM genannte Verlag hieß richtig Jespersen og Pio und befand sich in Kopenhagen, mit einer Zweigstelle in Oslo. Die beiden ersten Joseph-Romane waren in dänischer Übersetzung von Carl V. Østergaard 1933 und 1935 in diesem Verlag erschienen. Band III erschien 1938, Band IV 1948.

2] *Ernst Krenek:* Der österreichische Komponist und Schriftsteller Ernst Křenek (geboren 1900), berühmt durch seine Jazz-Oper ›Johnny spielt auf‹, lebte damals in Wien, emigrierte 1938 in die Vereinigten Staaten, lehrt in Los Angeles. Er hatte *Die Geschichten Jaakobs* am 26. 11. 1933 in der ›Vossischen Zeitung‹, Berlin, besprochen (›Zivilisierte Magie. Zu Thomas Manns alttestamentarischem Roman‹). Sein Aufsatz über *Joseph in Ägypten:* ›Roman der Prüfung‹ in ›Wiener Zeitung‹ vom 15. 2. 1937.

3] *Apollinaire:* Der französische Lyriker, Erzähler und Essayist Guillaume Apollinaire (1880-1918), Wegbereiter des Surrealismus.

4] *Schreiben an Karl Barth:* TM an Karl Barth aus Küsnacht vom 22. 2. 1937 in Regesten II, 37/38.

19. 2. 1937

1] *Klaus Pr.:* Der Musiker Klaus Pringsheim (1883-1972), Zwil- 30
lingsbruder von Frau Katia Mann, Schüler Gustav Mahlers und vormals musikalischer Leiter der Berliner Reinhardt-Bühnen, wirkte seit 1931 als Dirigent und Lehrer am Kaiserlichen Konservatorium in Tokio. Sein Aufsatz ›Kabuki-Oper‹, im Dezember 1936 geschrieben, nur im Typoskript erhalten, Veröffentlichung nicht nachgewiesen.

2] *M. Denhof:* Maurice Denhof. Siehe Anmerkung 2 zum 12. 10. 1937. Seine Arbeit ›Les plans littéraires‹ (Die literarischen Ebenen) nicht festgestellt.

3] *Giraudoux:* Der französische Romancier und Dramatiker Jean Giraudoux (1882-1944). Er trat 1910 in den diplomatischen Dienst ein und war in seiner amtlichen Eigenschaft Pressechef des Außenministeriums in Paris (Quai d'Orsay) und 1939-1940 französischer Propagandaminister. Sein 1935 geschriebenes Drama ›La guerre de Troie n'aura pas lieu‹ (›Der Trojanische Krieg findet nicht statt‹) lag 1937 in einer deutschen Übersetzung von Annette Kolb unter dem Titel ›Kein Krieg in Troja‹ (Bermann-Fischer Verlag, Wien 1936) vor. In Deutschland wurde das Stück erst nach dem Zweiten Weltkrieg gespielt. In Zürich wurde die Übersetzung von Annette Kolb gespielt, in der Inszenierung von Leopold Lindtberg und mit Bühnenbildern von Teo Otto mit Kurt Horwitz, Erwin Kalser, Leonard Steckel, Ernst Ginsberg, Maria Schanda und Lotte Koch.

4] *Basler:* Otto Basler (geboren 1902), Lehrer und Essayist, lebt in Burg im Aargau und war mit TM seit 1930 befreundet. Er erhielt im Lauf des nächsten Vierteljahrhunderts rund 150 Briefe von ihm, aus denen er 1965 in Heft 5 der ›Blätter der Thomas Mann-Gesellschaft‹ eine Auswahl veröffentlichte. Siehe auch *Briefe an einen Schweizer* in *Altes und Neues*, 1953.

20. 2. 1937

30 1] *Mazzucchetti:* Lavinia Mazzucchetti (1889-1963), italienische Germanistin, Essayistin und Kritikerin, die seit dem Ende des Ersten Weltkrieges eine Anzahl vorzüglicher Arbeiten über TM veröffentlichte, nach dem Zweiten Weltkrieg auch einige größere Werke TMs wie *Lotte in Weimar, Leiden und Größe der Meister, Adel des Geistes* und *Bekenntnisse des Hochstaplers Felix Krull* übersetzte. TM kannte sie persönlich seit 1918 und war in späteren Jahren mit ihr befreundet. Zwischen 1937 und 1945 konnten TMs Werke in Italien nicht erscheinen. Lavinia Mazzucchetti fertigte eine private Übersetzung des *Briefwechsels* an, damit Arturo Toscanini ihn lesen konnte. Der *Briefwechsel* erschien in italienischer Sprache öffentlich erst 1947 in einem Band politischer Essays TMs *Della republica tedesca* in der Übersetzung von Cristina Baseggio im Verlag Mondadori, Mailand.

2] *Toscanini:* Arturo Toscanini (1867-1957), der berühmteste Dirigent seiner Zeit, lehnte es als erklärter Gegner aller politischen Gewaltherrschaft ab, im faschistischen Italien zu wirken, und gab nach Hitlers Machtantritt auch die Mitwirkung an den Bayreuther Festspielen auf. Er dirigierte 1931-1937 bei den Salzburger Festspielen, wo TM ihn im August 1935 zusammen mit Frau Mazzucchetti traf, kehrte aber nach dem gewaltsamen Anschluß auch Österreich den Rücken und wirkte 1937-1954 an der amerikanischen Rundfunkgesellschaft NBC. Er kehrte 1946 nach Italien zurück.

3] *Graf Kessler:* Harry Graf Kessler (1868-1937), Schriftsteller, Bibliophile und Diplomat, Präsident der Deutschen Friedensgesellschaft, 1918-1921 deutscher Gesandter in Warschau, Gründer der ›Cranach-Presse‹, Verfasser der ersten Rathenau-Biographie, schrieb mit Hugo von Hofmannsthal für Richard Strauss die ›Josephslegende‹. Seine Erinnerungen ›Gesichter und Zeiten‹, die 1935 noch im Berliner S. Fischer Verlag erschienen, und seine posthum veröffentlichten ›Tagebücher 1918-1937‹ (1961) sind von beträchtlicher zeitgeschichtlicher Bedeutung. Er hielt sich im März 1933 in Paris auf, kehrte nicht nach Deutschland zurück und starb am 4. 12. 1937 in Frankreich. Seine eigene Tagebucheintragung vom 20. 2. 1937 (›Tagebücher 1918-1937‹) berichtet ausführlich von dem Besuch bei TM.

4] *Brief an die Mazzucchetti:* TM an Lavinia Mazzucchetti aus Küsnacht vom 20. 2. 1937 (mit einer ausgelassenen Stelle) in Briefe II, 15.
5] *Biedermanns »Gespräche«:* Goethes ›Gespräche‹, herausgegeben von Flodoard Freiherr von Biedermann, 5 Bände, 1909-1911, ein Quellenwerk für *Lotte in Weimar.*

21. 2. 1937
1] *Frau M. Wassermann:* Marta Wassermann geborene Karlweis 30
(1889-1965), Schwester des Schauspielers Oskar Karlweis, die zweite Gattin von Jakob Wassermann. Sie war in den zwanziger Jahren unter ihrem Mädchennamen eine bekannte Romanschriftstellerin und veröffentlichte im Herbst 1935 eine Monographie ›Jakob Wassermann. Bild, Kampf und Werk‹ im Verlag Querido, Amsterdam, zu der TM ein Geleitwort beisteuerte. GW XIII, 834-838.
2] *Lichtenstein:* Unbekannt. Möglicherweise identisch mit Dr. Lichtenstein. Siehe Anmerkung 1 zum 10. 10. 1937.
3] *A. Kesser:* Der Journalist Armin Kesser (geboren 1906), Sohn 31
des Erzählers und Dramatikers Hermann Kesser (1880-1952), der 1933 in die Schweiz emigrierte, war ein Schulfreund Klaus Manns aus der Odenwaldschule. Sein Aufsatz ›Elemente zur Beurteilung Nietzsches‹ in ›Neue Schweizer Rundschau‹, Neue Folge, Jg. 4, Januar 1937.
4] *Sagave:* Pierre Paul Sagave (geboren 1913), Professor für deutsche Literatur an der Universität Aix-en-Provence, veröffentlichte zahlreiche Arbeiten über TM, darunter seine Doktor-Dissertation ›Un problème littéraire redevenu actuel: Les discussions de Naphta et Settembrini dans La Montagne Magique de Thomas Mann‹ und ›Réalité sociale et idéologie religieuse dans les romans de Thomas Mann‹. TMs Brief an Sagave, datiert 23. 2. 1937, in Regesten II, 37/43.
5] *Brief an Barth:* Regesten II, 37/38.

22. 2. 1937
1] *Fontanes »Stechlin«:* ›Der Stechlin‹, Theodor Fontanes letzter 31
Roman, geschrieben 1895-1897, eines von TMs Lieblingsbüchern, das ihn stark beeinflußte.

2] *Rothbart:* Margarete Rothbart vom ›Institut International de Coopération Intellectuelle‹ des Völkerbunds in Paris stand seit längerem mit TM in Verbindung. Die erwähnte ›politische Broschüre‹ erschien unter dem Titel *Avertissement à l'Europe*, übersetzt von Rainer Biemel, mit einem Vorwort von André Gide, 1937, im Verlag Gallimard, Paris.

23. 2. 1937

31 1] *Süskind:* Der Münchner Schriftsteller W. E. (Wilhelm Emanuel) Süskind (1901-1970), der bis 1933 mit Erika und Klaus Mann befreundet war. Er suchte 1933 Klaus Mann zur Rückkehr nach Deutschland zu bewegen (siehe Klaus Mann, ›Briefe und Antworten‹, Band II, 460 f.). Er war 1933-1942 Redakteur der Zeitschrift ›Die Literatur‹ und nach dem Zweiten Weltkrieg Redakteur an der ›Süddeutschen Zeitung‹, München.

32 2] *Brief an Hesse:* TM und Hermann Hesse (1877-1962), beide Autoren des S. Fischer Verlags, kannten einander seit 1904 und waren seither in ständiger Verbindung. Hesse war seit 1923 Schweizer Staatsbürger und lebte in Montagnola im Tessin. Seit dem Frühjahr 1933, als TM in Lugano weilte und Hesse häufig besuchte, bestand ein reger Meinungsaustausch zwischen ihnen, der bis zu TMs Lebensende fortdauerte. Siehe ihren Briefwechsel, erweiterte Ausgabe, herausgegeben von Anni Carlsson und Volker Michels, Frankfurt 1968. Der hier erwähnte Brief: TM an Hermann Hesse aus Küsnacht vom 23. 2. 1937 in Briefe II, 16 f., und HH-TM, 113-114.

3] *Dr. Mönius:* Der katholische Publizist Georg Moenius (geboren 1890), seit 1929 Herausgeber der Wochenschrift ›Allgemeine Rundschau‹, München. Seine Gedenkrede ›Karl Kraus, der Zeitkämpfer‹ erschien 1937 im Verlag Lanyi, Wien. Kraus war am 12. 6. 1936 gestorben. Moenius emigrierte in die Vereinigten Staaten, kehrte nach dem Zweiten Weltkrieg nach Deutschland zurück.

24. 2. 1937

32 1] *Exminister Heymann:* Vermutlich ist der vormalige württembergische Kultusminister Berthold Heymann (geboren 1870) gemeint, der TM bereits am 16. 4. 1936 einmal aufgesucht hatte.

2] *Brief an Hatvany:* TM an Ludwig Baron Hatvany aus Küsnacht vom 24. 2. 1937 in Regesten II, 37/45.

3] *Brief an Heinrich:* Nicht erhalten.

4] *Tennenbaum:* Der Zürcher Geschäftsmann Richard Tennenbaum, Vermögensverwalter von Fritzi Massary und von ihr und Bruno Frank 1933 an TM empfohlen; er war TM wiederholt in finanziellen Dingen und bei der Rückerlangung eines Teils seiner Münchner Habe behilflich.

5] *J. Hecht:* Vermutlich Direktor Jakob Hecht, Inhaber einer Basler Reederei-Gesellschaft, TM seit 1933 aus Basel bekannt.

26. 2. 1937

1] *Ch. Trevellyan:* Sir Charles Trevelyan, englischer Politiker, 33
Sohn des Historikers George Macaulay Trevelyan, seit 1899 liberaler Unterhausabgeordneter, trat 1922 der Labour Party bei und war mehrmals britischer Unterrichtsminister.

2] *»Sozialistische Aktion«:* Organ der Sozialdemokratischen Partei Deutschlands, wurde in Dünndruck zur illegalen Verbreitung in Deutschland in Karlsbad und Brünn hergestellt, erschien wöchentlich, später vierzehntägig 1933-1938. Beiträge von TM sind im Februar und Juni 1937 nachgewiesen.

3] *amerikanischer Film:* ›Mr. Deeds goes to Town‹ mit Gary Cooper.

4] *an Bermann:* Dieser Brief ist nicht erhalten.

5] *Eisner:* Der zweisprachige deutsch-tschechische Journalist und Kritiker Pavel (Paul) Eisner (1889-1958) veröffentlichte zahlreiche Aufsätze über TM, war Herausgeber der tschechischen Gesamtausgabe der Werke TMs und übersetzte ab 1936 eine Anzahl von Werken TMs ins Tschechische, darunter *Buddenbrooks, Lotte in Weimar* und *Doktor Faustus.*

27. 2. 1937

1] *Frau von Brentano:* Margot von Brentano geborene Gerlach, 33
Gattin des Schriftstellers Bernard von Brentano. Siehe Anmerkung 3 zum 20. 1. 1937. Ihr ältester Sohn, Michael von Brentano, geboren 1933 in Zürich. TM schenkte ihm ein mit Schokolade gefülltes Stoffkaninchen.

2] *Rechtsanwalt Löwenfeld:* Philipp Loewenfeld (1887-1963), Münchner Strafverteidiger, emigrierte 1933 nach Zürich und ließ sich 1938 in New York nieder.

28. 2. 1937

33 1] *Brief von Hesse:* HH an TM vom 25. 2. 1937 in HH-TM, 115 bis 116.

2] *Jüdische Rundschau:* Gemeint sind das ›Israelitische Wochenblatt für die Schweiz‹, sein Herausgeber Dr. Erich Marx-Weinbaum und seine Gattin, die Zeichnerin Magda Marx. Interview und Porträt-Skizze erschienen in Nr. 11 der Zeitschrift vom 12. 3. 1937.

3] *F. Stössinger:* Der Schriftsteller Felix Stössinger (1889-1954) emigrierte 1933 nach Prag, 1938 nach Nizza und 1942 in die Schweiz. Sein Buch ›Revolution der Weltpolitik‹ erschien 1938 in Paris. 1949 veröffentlichte er im Zürcher Manesse-Verlag einen Band Essays.

34 4] *Brentanos Roman:* ›Prozeß ohne Richter‹, Roman von Bernard von Brentano, erschien 1937 im Verlag Querido, Amsterdam.

1. 3. 1937

34 1] *Asper:* Dr. Hans Asper, TMs Zahnarzt in Zürich, Bahnhofstraße.

2] *Guldner:* Dr. Adolf Guldener, Zahnarzt in Zürich, Bleicherweg.

3] *Schey:* Der aus Deutschland stammende holländische Konzertsänger Hermann Schey (geboren 1895).

2. 3. 1937

34 1] *tschechischer Konsul:* Dr. Jan Laška, tschechoslowakischer Konsul in Zürich, Dolderstraße.

2] *Hitler-Schulthess:* Hitler hatte gegenüber Alt-Bundesrat Edmund Schulthess (1868-1944) in einer Unterredung die Unantastbarkeit der Schweiz anerkannt, deren Existenz ›eine europäische Notwendigkeit‹ sei, die von allen respektiert werden müsse.

3] *Ludwig:* Der Schriftsteller Emil Ludwig (1881-1948), in alle Weltsprachen übersetzter Verfasser erfolgreicher Biographien (›Bismarck‹, ›Goethe‹, ›Napoleon‹, ›Michelangelo‹, ›Beethoven‹, ›Schliemann‹ und andere) war seit 1932 Schweizer Staatsbürger und lebte in Moscia bei Ascona, wo TM ihn und seine Gattin Elga Ludwig mehrfach besuchte. Er übersiedelte 1940 in die Vereinigten Staaten und kehrte nach dem Zweiten Weltkrieg in die Schweiz zurück. – Sein Nil-Buch: ›Der Nil. Lebenslauf eines Stromes‹, erschien 1935-1937 im Querido Verlag, Amsterdam, in zwei Bänden.

3. 3. 1937

Gret Moser: (geboren 1916), Tochter von Paula und Dipl. Ing. Fritz Moser in Zürich, Schulfreundin von Elisabeth Mann, heiratete Michael Mann 1939. 35

4. 3. 1937

1] *Leisinger:* Dr. Hermann Leisinger, Zahnarzt in Küsnacht, mit den Familien Oprecht und Mann befreundet. 35

2] *J. M. Angell:* Joseph Warner Angell (geboren 1908), amerikanischer Anglist und Militärhistoriker, 1936-1939 an der Universität Yale, wo er die dortige ›Thomas Mann Collection‹ ins Leben rief. Er lehrte 1939-1951 am Pomona College, Kalifornien, seither Professor der Air University der amerikanischen Luftwaffe. Er veröffentlichte ›The Thomas Mann Reader‹, eine Anthologie mit Einführungen (1950), sowie eine Anzahl von Aufsätzen über TM.

3] *Johnson:* Alvin Johnson (1873-1971), amerikanischer Publizist und Pädagoge, Professor für Volkswirtschaft und politische Wissenschaft an den amerikanischen Universitäten Columbia, Chicago, Cornell und Stanford; 1917-1923 Herausgeber der Wochenschrift ›The New Republic‹, danach Direktor der ›New School for Social Research‹, New York. Siehe Anmerkung 13 zum 1. 1. 1937.

4] *an Angell:* TM an Joseph W. Angell aus Küsnacht vom 4. 3. 1937 in Regesten II, 37/48.

5] *Feuermann:* Der österreichische Violoncellist Emanuel Feuermann (1902-1942), war 1929-1933 Professor an der Musikhochschule in Berlin, lebte dann in Wien, emigrierte 1938 nach den Vereinigten Staaten und starb in New York.

6] *»Die Kreuzersonate«:* Richtig ›Kreutzersonate‹, Erzählung von Leo N. Tolstoi (1889).

5. 3. 1937

1] *hundertbändiger Goethe:* Goethes Werke, herausgegeben im Auftrag der Großherzogin Sophie von Sachsen, sogenannte ›Weimarer‹ oder ›Sophien-Ausgabe‹, in 133 Bänden, 1887-1919. 36

2] *Akademiker Gillet:* Der französische Kunsthistoriker und Kritiker Louis Gillet (1876-1943), seit 1935 Mitglied der Académie Française.

6. 3. 1937

36 1] *Dr. Landshoff:* Fritz H. Landshoff (geboren 1901) war bis 1933 Direktor des Gustav Kiepenheuer Verlags in Berlin und gründete 1933 die deutsche Abteilung im Verlag Querido, Amsterdam, die zum bedeutendsten deutschen Exilverlag wurde und den größten Teil der namhaften exilierten deutschen Autoren in der deutschen Originalsprache herausbrachte. Landshoff, seit seiner Jugend ein Verehrer TMs und insbesondere mit Erika und Klaus Mann eng befreundet, bemühte sich mehrfach, TM für den Querido Verlag zu gewinnen. Beim deutschen Überfall auf die Niederlande, der den Querido Verlag zertrümmerte, befand er sich durch Zufall in London und in Sicherheit. Er ging von dort nach New York, wo er zusammen mit Gottfried Bermann Fischer den L. B. Fischer Verlag gründete. Er kehrte nach dem Krieg nach Holland zurück, führte den deutschen Querido Verlag bis zu seinem Zusammenschluß mit dem neugegründeten S. Fischer Verlag weiter und wirkt heute in leitender Stellung im Verlag Harry N. Abrams in New York.

2] *»Deutsche Akademie«:* Siehe Anmerkung 14 zum 1. 1. 1937.

3] *La Guardia:* Fiorello La Guardia (1882-1947), amerikanischer Politiker, Demokrat, 1935-1945 Mayor (Bürgermeister) von New York.

37 4] *Erfindung des Untertitels:* Der Untertitel ›Ein kleiner Roman‹ wurde nicht beibehalten. Der endgültige Untertitel lautet ›Roman‹.

7. 3. 1937

37 1] *jüdischer Club:* Die jüdische Vereinigung ›Kadimah‹ in Zürich.

2] *»Krull«:* Die *Bekenntnisse des Hochstaplers Felix Krull* bestanden zu diesem Zeitpunkt aus dem Ersten Buch (Buch der Kindheit), das vor 1933 in verschiedenen Ausgaben erschienen war, und einem fragmentarischen zweiten Buch, das bis zum Fünften Kapitel (Musterungsszene) führte und noch unveröffentlicht war. TM hatte die Niederschrift des im Januar 1910 begonnenen Romans zugunsten des *Tod in Venedig* und des *Zauberberg* im Mai 1911 abgebrochen und seither nicht wieder aufgenommen. Er ver-

einbarte mit Landshoff eine Neuausgabe des Ersten Buches zusammen mit dem noch unveröffentlichten Fragment des Zweiten Buches, die im Herbst 1937 im Verlag Querido erschien.
3] *Gerner:* Der Kaufmann und Artillerie-Oberstleutnant (nicht Oberst) Walo Gerber (nicht Gerner) (geboren 1881), ein Bekannter des Ehepaars Reiff.

8. 3. 1937
1] *an die Herz:* TM an Ida Herz aus Küsnacht vom 8. 3. 1937 in 38
Regesten II, 37/54.
2] *Klaus' Emigranten-Roman:* Klaus Mann, ›Der Vulkan. Roman unter Emigranten‹, erschien 1939 im Verlag Querido, Amsterdam.

9. 3. 1937
1] *Eggebrecht:* Kurt und Hella Eggebrecht aus Essen. Nichts Nähe- 38
res bekannt.
2] *Jewish Congress:* Erika Mann sprach am 17. 3. 1937 auf einer vom ›American Jewish Congress‹ einberufenen Massenversammlung gegen das Naziregime, an der zum ersten Mal prominente Persönlichkeiten des amerikanischen öffentlichen Lebens wie Rabbi Stephen Wise, Bürgermeister La Guardia, General Hugh Johnson und Gewerkschaftsführer John L. Lewis teilnahmen. Sie verlas ein Telegramm TMs in deutscher und englischer Sprache. Wortlaut der Botschaft vom 9. 3. 1937 in Briefe II, 17-18.
3] *Buch über Hitler:* Nicht identifiziert.

10. 3. 1937
Motta: Giuseppe Motta (1871-1940), schweizerischer Politiker, 38
seit 1911 Mitglied des Bundesrates, war mehrfach und auch im Jahre 1937 Bundespräsident.

11. 3. 1937
1] *Ehepaar Lerdau:* Nicht eindeutig zu entziffern, könnte Serdau 38
oder auch Landau heißen. Nicht identifiziert.
2] *London House:* Englisches Herrenmodegeschäft in Zürich, Bahnhofstraße.
3] *Schlegel über Wilhelm Meister:* Friedrich Schlegel, ›Über Goethes Meister‹, im 2. Stück des ›Athenäum‹ (Juni 1798), dort als

Fragment gekennzeichnet durch die Bemerkung ›Die Fortsetzung folgt‹; diese Fortsetzung wurde jedoch nie geschrieben; danach in ›Charakteristiken und Kritiken‹ (1801).

12. 3. 1937

39 1] *Schickeles neuer Roman:* ›Die Flaschenpost‹, Roman von René Schickele, erschien 1937 im Exilverlag Allert de Lange, Amsterdam.

2] *Schweizer Jüd. Wochenschrift:* Siehe Anmerkung 2 zum 28. 2. 1937. In dieser Nummer auch ›Thomas Mann zum Gruß. Zu seinem Kadimah-Vortrag‹.

3] *Lesser:* Jonas Lesser, ›Thomas Manns biblischer Roman »Joseph und seine Brüder«‹, in ›Die Glocke‹, Wien, 1. 3. 1937.

4] *Neger-Bibel-Film:* ›The Green Pastures‹, ein Warner Brothers-Film (1936) mit ausschließlich schwarzen Darstellern (Rex Ingram, Eddi Anderson u. a.).

13. 3. 1937

39 1] *K. Falke:* Der schweizerische Schriftsteller Konrad Falke (1880 bis 1942), Pseudonym für Karl Frey, übersetzte Dantes ›Divina Commedia‹, schrieb eine große Anzahl von Bühnenwerken und war Mitherausgeber (mit TM) von ›Mass und Wert‹.

2] *Dr. Brock:* Der Schweizer Germanist Dr. Erich Brock (1889 bis 1976), der zahlreiche Arbeiten über TM veröffentlichte und seit 1933 in regem Briefwechsel mit ihm stand.

3] *Transatlantique:* Die französische Schiffahrtsgesellschaft ›Compagnie Générale Transatlantique‹.

4] *»Szépszó«:* Die Budapester Zeitung ›Szép Szó‹, in der das Nachwort zu ›Spanien‹ unter dem Titel ›Utószó‹ in ungarischer Übersetzung erschien.

5] *Klepper:* Otto Klepper (1888-1957), Jurist und Bankfachmann, wurde 1931 Preußischer Finanzminister im Kabinett Severing, entkam 1933 der Verhaftung durch Flucht nach Frankreich, war bis 1935 Berater des chinesischen Finanzministers in Nanking und Shanghai, dann in den Vereinigten Staaten, 1937-1942 in Paris, später Rechtsanwalt in Mexico, seit 1948 wieder in Deutschland.

6] *Vortrag:* Siehe Anmerkung 1 zum 7. 3. 1937. Vor der Lesung einleitende Worte über den Joseph-Roman und das ›Problem des Antisemitismus‹, GW XIII, 479-490.

15. 3. 1937

1] *Dr. Steiner:* Dr. Herbert Steiner (1892-1966), Redakteur und Mitherausgeber der Zeitschrift ›Corona‹, die von 1930 bis 1943 in München und Zürich erschien und mehrfach Beiträge von TM veröffentlichte. Nach dem Zweiten Weltkrieg gab Steiner die Gesammelten Werke von Hugo von Hofmannsthal im S. Fischer Verlag heraus. 40

2] *Frau Fischer:* Frau Hedwig Fischer geborene Landshoff (1871 bis 1952), die Witwe des Verlegers S. Fischer, die noch in Berlin lebte. Sie emigrierte schließlich 1939 nach Schweden und von dort nach den Vereinigten Staaten. Nach dem Zweiten Weltkrieg kehrte sie nach Deutschland zurück.

3] *Biernatzki:* Der Operettenkomponist Ralph Benatzky (1887 bis 1957), sehr erfolgreich mit seinen Operetten ›Im Weißen Rössl‹, ›Meine Schwester und ich‹ und ›Axel an der Himmelstür‹. Er lebte damals in Zürich, ging 1940 nach New York und kehrte nach dem Zweiten Weltkrieg in die Schweiz zurück.

4] *Max Hansen:* Der dänisch-deutsche Filmschauspieler, Operettensänger und Kabarettist Max Hansen (1897-1961), sehr erfolgreich im Berlin der zwanziger Jahre, emigrierte 1933 und verbrachte die NS-Jahre in Skandinavien, mit häufigen Gastspielen in der Schweiz.

5] *Bildhauer Mack:* Der Schweizer Bildhauer Alfons Magg. Er schuf eine lebensgroße Gruppe ›Jakob ringt mit dem Engel‹, die TM in seinem Atelier sah, die Magg aber wieder zerstörte. Die Ton-Skizze – ein kniender Jakob, der einen Engel mit Flügeln umfängt –, die er TM schenkte, stand lange Zeit auf TMs Schreibtisch und zerbrach später durch ein Mißgeschick.

16. 3. 1937

Andreä: Der Schweizer Dirigent und Komponist Volkmar Andreae (1879-1962) war 1906-1949 Leiter des Zürcher Tonhalle-Orchesters und 1914-1939 Direktor des Zürcher Konservatoriums. TM schreibt den Namen anderwärts auch ›André‹, ›Andrée‹ oder ›Andrä‹. 41

17. 3. 1937

41 *B. Fischer-Bermann:* Brigitte (Tutti) Bermann Fischer (geboren 1905), die ältere Tochter des Verlegers S. Fischer und Gattin von Gottfried Bermann Fischer. Sie ist eine ausgebildete Kalligraphin und fertigte zuweilen kunstvolle Schriftblätter an.

18. 3. 1937

41 1] *Professor Naumann:* Hans Naumann (1886-1951), seit 1932 Professor für Literaturgeschichte an der Universität Bonn. Er befand sich zu Gastvorlesungen in Kopenhagen und wurde von der Zeitung ›Ekstrabladet‹ am 10. 3. 1937 interviewt. Der Text des Interviews, wie es am 11. 3. 1937 in der Zeitung erschien, findet sich in vollem dänischem Wortlaut sowie in deutscher Übersetzung in Paul Egon Hübinger, ›Thomas Mann, die Universität Bonn und die Zeitgeschichte‹, 1974, 573-576.

2] *Rust:* Der vormalige Studienrat Bernhard Rust (1883 bis 1945), 1933-1945 nationalsozialistischer preußischer Unterrichtsminister und 1934-1945 Reichsminister für Wissenschaft, Erziehung und Volksbildung. Beging 1945 Selbstmord.

3] *E. Frisch:* Der Schriftsteller und Übersetzer Efraim Frisch (1873 bis 1942) war ein guter Bekannter TMs aus München, wo Frisch die literarische Monatsschrift ›Der Neue Merkur‹ geleitet hatte, an der TM mitarbeitete. Frisch emigrierte 1933 in die Schweiz und arbeitete später an TMs Zeitschrift ›Mass und Wert‹ mit.

4] *Frau Rieser-Werfel:* Marianne Rieser, Schwester des Dichters Franz Werfel und verheiratet mit dem Direktor des Zürcher Schauspielhauses, Ferdinand Rieser. Ihr Drama ›Turandot dankt ab‹ wurde am 18. 3. 1937 mit Sybille Binder, Therese Giehse, Wolfgang Langhoff, Kurt Horwitz, Leonard Steckel, Ernst Ginsberg und Otto Wallburg uraufgeführt und war trotz des großen Aufwandes ein Mißerfolg.

5] *österr. Konsul:* Dr. Ferdinand Forster (1887-1973), österreichischer Generalkonsul in Zürich 1935-1938.

6] *Revy:* Der Schauspieler und Regisseur Richard Revy, seit 1907 in München, seit 1927 Regisseur an den Münchner Kammerspielen. Er emigrierte 1933 über die Schweiz nach Hollywood, wo TM ihn später wiedertraf.

19. 3. 1937
1] *Etiemble:* Der bedeutende französische Schriftsteller, Literaturwissenschaftler und Komparatist René Etiemble (geboren 1909), 1938-1943 Professor an der Universität Chicago, seit 1949 Professor für französische Literatur an der Universität Montpellier, Verfasser eines großen und vielgestaltigen literarischen, belletristischen und wissenschaftlichen Werkes, das er stets nur mit ›Etiemble‹ zeichnet, darunter ›Essais de Littérature (vraiment) générale‹. 42
2] *Lasker-Schüler:* Die Lyrikerin und Dramatikerin Else Lasker-Schüler (1869-1945), ausgezeichnet mit dem Kleistpreis 1932, emigrierte 1933 nach Zürich, ging 1934 vorübergehend nach Jerusalem, kehrte nach Zürich zurück und emigrierte 1937 endgültig nach Palästina, wo sie starb. Ihr Prosaband ›Das Hebräerland‹ erschien 1937 im Verlag Oprecht, Zürich. Sie lebte in Zürich in großer Armut.
3] *Heiden:* Der politische Schriftsteller und Publizist Konrad Heiden (1901-1966) erregte 1932 durch seine im Verlag Rowohlt erschienene ›Geschichte des Nationalsozialismus‹ großes Aufsehen, emigrierte 1933 ins Saargebiet, 1935 nach Paris und 1940 über Portugal nach den Vereinigten Staaten. Im Exil veröffentlichte er im Europa-Verlag, Zürich, 1936-1937 eine sehr erfolgreiche, viel übersetzte zweibändige Hitler-Biographie, den Band ›Europäisches Schicksal‹, 1937 im Verlag Querido, Amsterdam, und anderes. Er war regelmäßiger Mitarbeiter des ›Neuen Tage-Buch‹. Sein Aufsatz: ›Der Prüfungsfall der Emigration‹, in ›Das Neue Tage-Buch‹, 20. 3. 1937

20. 3. 1937
»St. Francisco«: ›San Francisco‹, ein Metro-Goldwyn-Mayer-Film mit Jeanette MacDonald und Clark Gable, Regie William S. Van Dyke, 1936. 42

21. 3. 1937
1] *Tagebuch von 1927:* Dieses Tagebuchheft ist nicht erhalten; es wurde zusammen mit anderen Heften aus der Zeit vor 1933 von TM vernichtet. 43
2] *Klaus H.:* Klaus Heuser, Sohn von Professor Werner Heuser, dem Direktor der Düsseldorfer Kunstakademie. TM hatte die Fa-

milie Heuser 1927 in Kampen auf Sylt kennengelernt und eine starke Zuneigung zu dem ansprechenden siebzehnjährigen Jüngling gefaßt. Er lud Klaus Heuser zu sich nach München ein und widmete ihm viel Zeit und Aufmerksamkeit. Der inzwischen Vierundzwanzigjährige besuchte TM noch einmal in Zürich im September 1935.

3] *Botschaft:* Begrüßungsschreiben TMs an die unter dem Vorsitz Heinrich Manns tagende Pariser Konferenz des vorbereitenden Komitees der Deutschen Volksfront, auf der unter anderen auch Rudolf Breitscheid und Willi Münzenberg sprachen. Veröffentlicht in ›Pariser Tageszeitung‹ und in ›Literaturnaja Gazeta‹, Moskau, vom 1. 5. 1937. Siehe Anhang.

4] *Schneider:* Walther Schneider, ›Schopenhauer‹, erschien 1937 im Bermann-Fischer Verlag, Wien. TMs Exemplar ist erhalten.

5] *Tischrede:* Die Rede, die TM bei dem Festbankett der ›New School for Social Research‹ am 15. 4. 1937 in New York zu halten hatte.

22. 3. 1937

43 1] *G. Hauptmann:* Frau Katia Mann erzählt die Geschichte von der Nicht-Begegnung zwischen TM und Gerhart Hauptmann in Zürich etwas ausführlicher in ›Meine ungeschriebenen Memoiren‹, 1974, 48-49. TM sah Hauptmann, den er in früheren Jahren gut gekannt und sehr verehrt hatte, nicht wieder, aber die Nachricht von seinem Tod, die ihn in Kalifornien erreichte, erschütterte ihn dennoch sehr – siehe *Die Entstehung des Doktor Faustus*, GW XI, 274-279 – und er hielt 1952 in Frankfurt die Gedenkrede zu Hauptmanns 90. Geburtstag; GW IX, 804-815.

2] *Frau Lind:* Die Schreibdame Frau Lind in Zürich, die TMs handschriftliche Manuskripte in die Schreibmaschine übertrug. Sie hatte zuvor *Joseph in Ägypten* abgeschrieben: »Eine Frau von erstaunlicher Intelligenz, die meine vertrackte Schrift mühelos und exakt las«, wie TM schrieb.

44 3] *Cosima-Buch:* Siehe Anmerkung 1 zum 7. 2. 1937.

23. 3. 1937

44 1] *Mrs. Hottinger-Mackie:* Mary Hottinger-Mackie (1893-1978), aus Liverpool gebürtige, mit einem Schweizer verheiratete und seit

1926 in Zürich ansässige schottische Schriftstellerin, Übersetzerin und Herausgeberin, bis 1950 Dozentin für englische Literatur und Sprache an der Volkshochschule und Universität Zürich, besonders bekannt durch ihre Anthologien erlesener Kriminal- und Gespenstergeschichten. Sie übersetzte TMs ›Tischrede‹ ins Englische und übte mit ihm, da er die Rede auf Englisch zu halten hatte, den korrekten englischen Vortrag.

2] *»Ein Arzt erzählt Kulturgeschichte«:* Ralph H. Major, ›Ein Arzt erzählt Kulturgeschichte‹, aus dem Englischen übersetzt von Viktor Polzer, Wien, Verlag Zsolnay, 1937.

3] *Green:* Julien Green (geboren 1900), französischer katholischer Schriftsteller kanadischer Abkunft, wurde um die Mitte der zwanziger Jahre sehr bekannt durch seine Romane ›Mont-Cinère‹, ›Adrienne Mesurat‹, ›Leviathan‹ und ›Epaves‹. Der Roman ›Minuit‹ erschien 1936 und im selben Jahr deutsch unter dem Titel ›Mitternacht‹. Nach dem Zweiten Weltkrieg, den er in Amerika erlebte, hatte Green eine zweite Periode großen intellektuellen Einflusses weit über Frankreich hinaus mit den drei Bänden seiner Memoiren und den acht Bänden seiner auch ins Deutsche übersetzten Tagebücher.

24. 3. 1937

1] *an Heinrich:* Dieser Brief ist nicht erhalten.

2] *Secker u. Warburg:* Die englischen Ausgaben der Werke TMs 44
erschienen parallel mit den amerikanischen im Verlag Secker and Warburg, London, (vormals Martin Secker) und benutzten dieselben Übersetzungen von Helen Lowe-Porter.

3] *Humms:* Der Zürcher Schriftsteller und Journalist Rudolf Jakob Humm (1895-1977) und seine Gattin Lili Humm.

25. 3. 1937

1] *»Goethe's career«:* Englischer Titel des Vortrags *Goethe's Lauf-* 45
bahn als Schriftsteller.

2] *Frau Kaula:* Nelli Kaula, Gattin des Kommerzienrats Friedrich Kaula, vormalige Nachbarn TMs, die in der Steubstraße am Herzogpark wohnten.

3] *Frau Feuermann:* Eva Feuermann geborene Reifenberg.

4] *Hildebrand:* Der Philosoph Dietrich von Hildebrand (1889 bis

1978), Sohn des Bildhauers Adolf von Hildebrand. Er war 1924 bis 1933 Professor in München und seit 1941 Professor an der Fordham University in New York.

5] *»Die Stützen der Gesellschaft«:* Drama von Henrik Ibsen (1877).

6] *Rechtsanwalt Rieser:* Dr. Siegfried Rieser-Goldmann, Rechtsanwalt in Zürich.

7] *H. Eulenberg:* Der Dramatiker, Erzähler, Essayist und Feuilletonist Herbert Eulenberg (1876-1949), sehr erfolgreich mit seinen ›Schattenbildern‹, einer mehrbändigen Sammlung von Kurzbiographien bedeutender Menschen, mit TM seit Anfang der zwanziger Jahre bekannt. Er lebte in Düsseldorf.

26. 3. 1937

45 *Schalom Asch:* Der jiddische Dramatiker und Erzähler Schalom Asch (1880-1957), berühmt durch sein Drama ›Der Gott der Rache‹, die Erzählung ›Mottke der Dieb‹ und seine großen biblischen Romane, in Polen geboren, lebte 1906-1910 in Palästina, dann in den Vereinigten Staaten, seit 1923 in England und ließ sich 1955 in Israel nieder. Er verbrachte die Sommermonate in Südfrankreich, und dort hatte TM ihn im Mai 1935 bei René Schickele kennengelernt.

27. 3. 1937

46 1] *Söhnchen:* Charles (Karl Ulrich) Wassermann (1924-1978), Jakob Wassermanns jüngster Sohn, aus seiner zweiten Ehe mit Marta Karlweis. Er emigrierte mit seiner Mutter nach Kanada und lebte später als Schriftsteller und Rundfunkautor in Alt-Aussee.

2] *Dr. v. Monakow:* Der Zürcher Neurologe Dr. Paul von Monakow (1885-1945), Sohn des berühmten russischen, in Zürich ansässigen Neurologen und Hirnanatomen Constantin von Monakow (1853-1930). Constantin von Monakow ist in vielen Zügen, vor allem in seiner Lebensphilosophie, das Vorbild zum Arzt Dr. Joseph Kerkhoven in Jakob Wassermanns zwei letzten Romanen ›Etzel Andergast‹ und ›Joseph Kerkhovens dritte Existenz‹. Paul von Monakow behandelte den zucker- und nierenkranken Wassermann in seinen letzten Lebensjahren. Der mit der Familie Mann befreundete Zürcher Neurologe Dr. Erich Katzenstein war ein Schüler und Assistent Constantin von Monakows gewesen.

3] *Wanneč:* Schreibfehler TMs. Richtig: Willy Wannewitz, Coiffeur in Zürich.

28. 3. 1937

1] *»Erzählungen deutscher Auswanderer«:* ›Unterhaltungen deutscher Ausgewanderten‹, Novellenfolge von Goethe (1795). 46

2] *Kandelaber:* Zwei aus dem Münchner Haus nach Zürich gerettete Kandelaber, die ursprünglich aus dem Haus der Konsulin Mann, der Großmutter TMs, in der Mengstraße in Lübeck stammten.

30. 3. 1937

1] *Harper'sche Schul-Ausgabe: Mario and the Magician,* übersetzt von Helen Lowe-Porter, erschien 1931 im Verlag Knopf in New York. Der New Yorker Verlag Harper and Brothers veranstaltete 1937 eine Schulausgabe des deutschen Originals, herausgegeben und mit Einleitung, Anmerkungen und Vokabular versehen von Waldo C. Peebles. 47

2] *Hoerschelmann:* Der Maler und Zeichner Rolf von Hoerschelmann (1885-1947), mit TM aus München gut befreundet. TM nannte den zwergenhaft kleinen, verwachsenen und überaus kenntnisreichen, humorvollen und herzlichen Mann scherzhaft den ›Herrn vom Hörselberg‹. Hoerschelmanns Erinnerungen ›Leben ohne Alltag‹, in denen er auch von TM erzählt, Berlin 1947.

3] *Kubin:* Der österreichische Graphiker Alfred Kubin (1877 bis 1959), den TM seit langem aus München kannte und dessen »unheimliche und laszive Graphik mich stark erschütterte«, wie er im *Lebensabriß* schrieb (GW XI, 108). Kubin war mit Hoerschelmann befreundet.

4] *J. R. Becher:* Der kommunistische Lyriker Johannes R. Becher (1891-1958), emigrierte 1933 in die Tschechoslowakei, dann nach Frankreich und ging 1935 in die Sowjetunion. Er kehrte 1945 nach Deutschland zurück und war 1954-1958 Minister für Kultur der Deutschen Demokratischen Republik. TM begegnete ihm 1949 und 1955 bei seinen Besuchen in Weimar.

31. 3. 1937

47 1] *Lüscher:* Fritz Lüscher, Masseur und Pedikeur in Zürich, Bahnhofstraße.

2] *Dr. Muckle:* Der in Basel lebende deutsche Privatgelehrte Dr. Friedrich Muckle (geboren 1883), Verfasser von ›Die Rettung des Abendlandes durch den Geist der Goethezeit‹. Muckle war ein »ci-devant Gläubiger des Nationalsozialismus«, hatte TM den ersten, 1932 erschienenen Band seines Werkes ›Goethes Frömmigkeit‹ übersandt und drängte, TM besuchen zu dürfen.

3] *de Boer:* Der holländische Geiger und Musikpädagoge Willem de Boer (1885-1962) war Konzertmeister des Zürcher Tonhalle-Orchesters und zeitweise Michael Manns Lehrer am Zürcher Konservatorium.

48 4] *General Johnson:* General Hugh S. Johnson (1882-1942), einer der frühen Mitarbeiter Präsident Roosevelts in den beiden ersten Jahren des New Deal, seit seinem Ausscheiden aus der Militärlaufbahn in Industrie und Bankwesen tätig, von Juni 1933 bis Oktober 1934 Administrator der NRA (National Recovery Administration), der staatlichen Aufsichtsbehörde über die amerikanische Wirtschaft, später Leitartikler der Scripps-Howard-Zeitungen und Rundfunk-Kommentator.

1. 4. 1937

48 1] *Gesellschaftsstück von Molnar:* ›Große Liebe‹, Komödie von Franz Molnàr, Regie Leopold Lindtberg, mit Sybille Binder, Ernst Ginsberg, Therese Giehse, im Zürcher Schauspielhaus.

2] *Rechtsanwalt R.:* Rechtsanwalt Rieser.

2. 4. 1937

48 *Rolland:* Der französische Musikwissenschaftler, Romancier, Dramatiker und politische Publizist Romain Rolland (1866-1944), berühmt durch seinen großen Musikerroman ›Jean-Christophe‹ und seine Biographien (Beethoven, Michelangelo, Tolstoi und Mahatma Ghandi), war ein entschiedener und kämpferischer Pazifist. Im Ersten Weltkrieg entfachten TMs chauvinistische Äußerungen eine heftige polemische Auseinandersetzung mit ihm, die an vielen Stellen der *Betrachtungen eines Unpolitischen* ihren Niederschlag fand. In den zwanziger Jahren bekannte Rolland sich zum Kom-

munismus und wurde nach 1933 zu einem der Führer der Volksfrontbewegung in Frankreich. In seinen letzten Lebensjahren begann sein Glaube an die Sowjetunion zu wanken. TM achtete und schätzte seine geistige und menschliche Integrität, hegte aber gegenüber dem Politiker Rolland stets eine beträchtliche Skepsis. – Sein Aufsatz über Goethes ›Stirb und Werde‹ in dem Essayband ›Gefährten meines Weges‹, aus dem Französischen von Erwin von Bendmann, Humanitas-Verlag, Zürich 1937.

3. 4. 1937

1] *Beitrag für Jubiläumsbuch:* Der Beitrag hat die Form eines sehr 49
ausführlichen Briefes *An den sowjetischen Schriftsteller-Verband,* datiert aus Küsnacht, 5. 4. 1937, in Briefe II, 18-21. Darin heißt es, TM müsse es als westlicher Schriftsteller ablehnen, für das Sammelwerk zum 20. Jahrestag des Bestehens der Sowjetunion einen Beitrag zu leisten, da schon die Andeutung kommunistischer Sympathien heute ein Martyrium bedeute. Wenn er auch einer der schärfsten Gegner des Faschismus sei, so sei er damit kein kommunistischer Schriftsteller.

2] *Peccaut:* Felix Pécaut, Direktor der Ecole Normale Supérieure in St. Cloud, an der Golo Mann 1935 Lehrer war.

4. 4. 1937

1] *Capek:* ›Krieg mit den Molchen‹, Roman von Karel Čapek, 49
1936; deutsche Ausgabe im selben Jahr, Neuausgabe 1954.

2] *Wolfe:* Der amerikanische Erzähler Thomas Wolfe (1900 bis 1938). Sein ganzes riesiges Romanwerk ist im Grunde eine romanhaft gestaltete, vielfach variierte Autobiographie. Der erste dieser Romane, ›Look homeward, Angel‹ (1929), erschien 1932, übersetzt von Hans Schiebelhuth, unter dem Titel ›Schau heimwärts, Engel‹ im Verlag Rowohlt, wo auch die folgenden erschienen: ›Of Time and the River‹, ›The Web and the Rock‹ und ›You can't go home again‹.

5. 4. 1937

1] *Ankauf der großen Manuskripte:* In einem Brief an Joseph W. 50
Angell vom 4. 3. 1937 hatte TM erklärt, er wolle zu dem geplanten TM-Archiv in Yale selbst Neuerscheinungen, Übersetzungen, Kri-

tiken und »eine Anzahl kleinerer Manuskripte« beisteuern. Im Interesse seiner Familie wolle er sich aber von den großen Manuskripten seiner Romane nicht trennen, die einen gewissen Wert repräsentierten, denn er habe fast sein ganzes Vermögen seiner politischen Überzeugung geopfert. (Regesten II, 37/48). Da alle großen Romanmanuskripte bis einschließlich *Der Zauberberg* in München zurückgeblieben waren und nicht zur Verfügung standen, konnte es sich zu diesem Zeitpunkt nur um die Handschriften der drei ersten Joseph-Romane handeln. Ein Versuch im Frühjahr 1938, die bei dem Münchner Rechtsanwalt Dr. Valentin Heins zu treuen Händen deponierten früheren Manuskripte (*Buddenbrooks, Königliche Hoheit, Der Zauberberg* und andere) zurückzuerlangen, schlug fehl, da der Anwalt sich weigerte, die Handschriften dem von TM entsandten Bevollmächtigten Rolf Nürnberg auszuliefern. Sie verbrannten angeblich bei einem Bombenangriff im Zweiten Weltkrieg.

50 2] *A. M. Schwarzenbach:* Annemarie Schwarzenbach-Clarac (1908 bis 1942), Schweizer Schriftstellerin, aus reichem Industriellenhaus, enge Freundin von Klaus und Erika Mann.

3] *Wolfskehl:* Der Dichter Karl Wolfskehl (1869-1948) gehörte seit der Jahrhundertwende dem Münchner Kreis Stefan Georges an und war eine der markantesten Persönlichkeiten des Münchner Kulturlebens. Er floh 1933 in die Schweiz, dann nach Italien und ging 1938 nach Neuseeland, wo er vereinsamt und heimwehkrank starb. TM war mit ihm seit Jahrzehnten aus München gut bekannt.

7. 4. 1937

51 *Tilleul:* Lindenblütentee.

8. 4. 1937

51 1] *»American Hebrew«:* Die New Yorker jüdische Zeitschrift ›American Hebrew Jewish Tribune‹.

2] *Huxley:* Der englische Romancier und Essayist Aldous Huxley (1894-1963), berühmt durch seine gesellschaftskritischen Romane ›Parallelen der Liebe‹ und ›Kontrapunkt des Lebens‹ sowie seine meisterlichen Kurzgeschichten, war zu jener Zeit ein erklärter und unbedingter Pazifist und übersiedelte angesichts der drohenden Kriegsgefahr im April 1937 mit seiner Gattin Maria geborene

Nys, einer gebürtigen Belgierin, nach den Vereinigten Staaten. TM hatte das Ehepaar Huxley im Sommer 1933 in Sanary in Südfrankreich durch Sybille von Schönebeck, eine Freundin von Erika und Klaus Mann, kennengelernt. Sybille von Schönebeck, genannt Billux, wurde später bekannt als die englische Schriftstellerin Sybille Bedford und schrieb die zweibändige autorisierte Biographie Aldous Huxleys. Huxley reiste aus Sparsamkeit in der Tourist Class.

3] *Dr. Bollack aus Prag:* Nicht identifiziert. TM schreibt seinen Namen auch Pollack.

4] *Pulpitis:* Zahnmark-Entzündung. 52

5] *Sterns aus Zürich:* Nicht identifiziert.

9. 4. 1937

1] *»Romeo und Julia«:* Ein Metro-Goldwyn-Mayer-Film von 1936, Regie George Cukor, mit Norma Shearer, Leslie Howard, John Barrymore, Basil Rathbone. 52

2] *Gides »Retour«:* Siehe Anmerkung 7 zum 12. 2. 1937.

10. 4. 1937

Essays von Rolland: Siehe Anmerkung zum 2. 4. 1937. 52

13. 4. 1937

1] *Simons:* Hans Simons (1893-1972), Pädagoge und Schriftsteller, war 1925-1929 Direktor des Instituts für Politik in Berlin, emigrierte in die Vereinigten Staaten und war seit 1935 Professor für Politische Wissenschaft, 1943-1950 Dekan und 1950-1960 Präsident der New School for Social Research in New York. 53

2] *am Pear:* So in der Handschrift. Richtig: Pier.

3] *Nägel:* Das deutsch-amerikanische Ehepaar Nägel, Manager des Hotels Bedford in New York, in dem viele deutsche Emigranten wohnten. TM kannte die Nägels bereits seit dem Jahr 1935, als sie noch Geschäftsführer des Hotels Algonquin waren.

4] *Dr. Hahnemann:* Nicht identifiziert. Möglicherweise ist Martin Gumpert gemeint, der eine Biographie des Arztes Hahnemann veröffentlicht hatte.

5] *Weinmann:* Fritz Siegfried (Fred) Weinmann (geboren 1889), emigrierte 1926 nach den Vereinigten Staaten, zeitweise Präsident des deutschen Sprachvereins in New York, kehrte 1955 nach Deutschland zurück.

54 6] *Prof. Lederer:* Der Volkswirtschaftler und Soziologe Emil Lederer (1882-1939) war 1920-1923 Professor in Heidelberg, 1931 bis 1933 in Berlin, emigrierte in die Vereinigten Staaten, wo er Professor an der Graduate Faculty of Political and Social Science in der New School for Social Research in New York war.

7] *Rice:* Nicht identifiziert; möglicherweise eine Verschreibung TMs.

8] *Cherry:* Sherry.

9] *Weigand:* Der amerikanische Germanist Hermann John Weigand (geboren 1892), Professor an der Yale University, veröffentlichte zahlreiche Arbeiten über TM. Sein Buch ›Thomas Mann's Novel »Der Zauberberg«. A Study‹ (1933) ist bis heute eine maßgebende Untersuchung dieses Werkes und wurde von TM selbst sehr geschätzt.

28. 4. 1937

54 1] *Gumpert:* Der Berliner Arzt und Schriftsteller Martin Gumpert (1897-1955) hatte 1934 im S. Fischer Verlag Berlin sein Buch über Samuel Hahnemann, den Erfinder der Homöopathie und 1935 ›Das Leben für die Idee. Neun Forscherschicksale‹ veröffentlicht, wanderte 1936 nach den Vereinigten Staaten aus und war in New York mit Erika Mann sehr eng befreundet. Sie konnte sich jedoch nicht entschließen, ihn zu heiraten, wie er es wünschte.

2] *Maurice:* Siehe Anmerkung 7 zum 18. 1. 1937.

3] *der »Mörder«:* Nicht identifiziert.

4] *Beatrice Lilli:* Die englische Music Hall-Sängerin Beatrice Lillie.

5] *Riess:* Der deutsche Journalist Curt Riess (geboren 1902), ein Freund von Erika und Klaus Mann, war vor 1933 Sportjournalist in Berlin an der ›BZ am Mittag‹ und dem ›Zwölf-Uhr-Blatt‹, emigrierte 1933 über Prag und Wien nach Paris und 1934 nach New York, wo er als Korrespondent europäischer Zeitungen, namentlich ›Paris Soir‹ arbeitete. Er kam 1943-1944 mit der amerikanischen Armee als Kriegsberichterstatter nach Europa, kehrte 1948 ganz nach Europa zurück und lebt seither in der Schweiz. Verfasser einer großen Anzahl, in viele Sprachen übersetzter Bücher zur Zeitgeschichte.

6] *Dr. Bucki:* Dr. Gustav Bucky (1880-1963), bedeutender, vormals deutscher Radiologe, seit 1923 in USA, befreundet mit Albert Einstein.

7] *Colmers:* Franz Colmers, vormals Chefarzt des Krankenhauses Coburg, den TM seit 1921 kannte, und seine Gattin Marie Colmers. Das Ehepaar emigrierte nach den Vereinigten Staaten.

8] *Miss Cather:* Die amerikanische Erzählerin Willa Cather (1873 bis 1947), bedeutende Schilderin amerikanischer Frauenschicksale, wurde berühmt durch ihren Roman ›Death comes for the Archbishop‹ (1927). Sie veröffentlichte einen großen Essay ›The Birth of Personality. An Appreciation of Thomas Mann's Biblical Trilogy‹ in ›Saturday Review of Literature‹, New York, 6. 6. 1936. Dasselbe unter dem Titel ›Joseph and His Brothers‹ in ihrem Essayband ›Not under Forty‹, im Verlag Knopf, New York, 1936.

9] *Dorothee Thomson:* So in der Handschrift. Gemeint ist die amerikanische Journalistin Dorothy Thompson (1894-1961), die Gattin des Romanciers Sinclair Lewis. TM kannte sie gut seit seiner Amerikareise im Juni 1935, schrieb aber ihren Namen beharrlich falsch. Sie war 1924-1934 Auslandskorrespondentin in Berlin gewesen, wurde 1934 wegen ihrer nazifeindlichen Berichterstattung aus Deutschland ausgewiesen. Sie sprach fließend deutsch und war mit vielen deutschen Schriftstellern, unter anderen mit Carl Zuckmayer, befreundet. Nach ihrer Rückkehr nach Amerika wirkte sie als einflußreiche politische Kommentatorin in der ›New York Herald Tribune‹ und am amerikanischen Rundfunk. Sie veröffentlichte mehrere große Aufsätze und Besprechungen über TM. Ihr ›sensationeller Artikel‹: ›To Thomas Mann‹, in ›New York Herald Tribune‹ vom 14. 4. 1937; sowie in der Anthologie ›The Stature of Thomas Mann‹, herausgegeben von Charles Neider, New York 1947, 101-102.

10] *Tenor Schmidt:* Der aus Rumänien stammende deutsche Tenor Joseph Schmidt (1904-1942). Vormals ein sehr beliebter Konzertsänger, starb einsam im Exil in der Schweiz in einem Internierungslager.

11] *Kammersänger List:* Der österreichische Sänger Emanuel List (1888-1967), Bassist, gehörte 1923-1933 der Staatsoper Berlin an, danach der Metropolitan Opera in New York, besonders geschätzt als Sarastro und als Wagner-Interpret, auch als Liedersänger.

12] *Briefdiktat an Fiedler:* TM an Kuno Fiedler vom 27. 4. 1937 an Bord der ›Ile de France‹, Regesten II, 37/78.

30. 4. 1937

55 *»Paris Soir«:* Curt Riess war Korrespondent von ›Paris Soir‹ in New York. Ein Artikel von oder über TM in ›Paris Soir‹ ist nicht nachgewiesen.

4. 5. 1937

[Das Tagebuch enthält hintereinander zwei mit »Dienstag, den 4. V. 37« datierte Eintragungen, von denen die erste vermutlich am Vormittag gemacht wurde und die vorangegangenen Tage resümiert, die zweite am Abend und nur diesen einen Tag aufzeichnet.]

56 1] *Annette Kolb:* Die Erzählerin und Essayistin Annette Kolb (1870-1967), mütterlicherseits französischer Abkunft, war eine Jugendfreundin Katia Manns und mit dem Haus Mann seit Jahrzehnten befreundet. Unter ihren Werken vor allem die Romane ›Das Exemplar‹, ›Daphne Herbst‹ und ›Die Schaukel‹. Sie war stets für eine deutsch-französische Verständigung eingetreten und verließ Deutschland im März 1933 aus Widerwillen gegen den Chauvinismus und Antisemitismus des NS-Regimes. Nach vorübergehendem Aufenthalt in der Schweiz lebte sie im ihr heimatlichen Paris. Sie gelangte auf abenteuerlicher Flucht im April 1941 nach den Vereinigten Staaten, kehrte im Oktober 1945 nach Europa zurück und übersiedelte 1961 endgültig von Paris wieder nach München.

2] *Landsbergs:* Der Philosoph Paul-Ludwig Landsberg (1901 bis 1944), Dozent in Bonn, Barcelona und Paris, in der Emigration hervorgetreten mit grundlegenden Arbeiten zur Wissens- und Erkenntnissoziologie, veröffentlichte 1937 ›Die Erfahrung des Todes‹.

3] *Bronce-Köpfchen Medis:* Die Büste der jüngsten Tochter Elisabeth (Medi) stammte von dem Münchner Bildhauer Hans Schwegerle (1882-1950), der auch zwei Büsten TMs schuf, und stand in TMs Arbeitszimmer in München. Sie befindet sich heute im TM-Archiv in Zürich.

4] *Dr. Katzenstein:* Der Zürcher Neurologe Dr. Erich Katzenstein (1893-1961), Oberarzt an der Universitätspoliklinik für Nervenkranke in Zürich. Er und seine Gattin, Nettie Sutro-Katzenstein

(1889-1967), die 1933 das Schweizer Hilfswerk für Emigrantenkinder gründete, waren mit der Familie Mann befreundet.
5] *Bassermann:* Der Schauspieler Albert Bassermann (1867-1952), bedeutender Ibsenspieler und Darsteller klassischer Rollen. Er gehörte 1900-1914 Max Reinhardts Deutschem Theater in Berlin an und war anschließend fast nur noch auf Gastspielreisen. Er emigrierte 1933 in die Schweiz, ging später in die Vereinigten Staaten und kehrte 1946 nach Zürich zurück.
6] *Mt. von Hollnsteiner:* Nicht identifiziert. Hollnsteiner veröffentlichte 1937 im Bermann-Fischer Verlag, Wien, sein Buch ›Christentum und Abendland‹.

4. 5. 1937
1] *Kerényi:* Der ungarische Philologe und Religionswissenschaftler 57
Karl Kerényi (1897-1973), mit dem TM seit 1934 in häufigem Briefwechsel und religionswissenschaftlichem Meinungsaustausch stand. Unter Kerényis Werken: ›Apollon‹, ›Mythologie der Griechen‹, ›Die antike Religion‹. Kerényi lebte in Budapest, wo TM ihn im Januar 1935 persönlich kennenlernte, und übersiedelte 1943 in die Schweiz. Siehe ›Thomas Mann-Karl Kerényi/Gespräch in Briefen‹, herausgegeben von Karl Kerényi, neue, erweiterte Ausgabe, Frankfurt 1960. Der hier erwähnte Brief TMs an KK in TM-KK, 78, und GW XI, 642 f.
2] *Freud:* TM kannte Sigmund Freud seit dem März 1932, als er zu seinem Vortrag *Goethe als Repräsentant des bürgerlichen Zeitalters* in Wien weilte und ihn besuchte. Er hatte zuvor 1929 den Vortrag *Die Stellung Freuds in der modernen Geistesgeschichte* in München gehalten (GW X, 256-280). Er hielt 1936 in Wien zu Freuds 80. Geburtstag den Festvortrag *Freud und die Zukunft* (GW IX, 478-501) und besuchte Freud abermals. Der hier erwähnte Brief TMs ist ein Dank an Freud für die Übersendung von Freuds Aufsatz ›Moses, ein Ägypter‹; Regesten II, 37/81.

5. 5. 1937
1] *Albert Salomon:* Nicht ermittelt. 57
2] *Dr. Neumann:* Nicht identifiziert.
3] *Musils Essay:* Robert Musil, ›Über die Dummheit‹, ein Vortrag, erschien 1937 im Bermann-Fischer Verlag, Wien.

6. 5. 1937

58 1] *Graf Montgelas:* Kapitänleutnant a. D. Paul Graf Montgelas (geboren 1886), Sohn des damaligen deutschen Gesandten in Bern.

2] *Annette Kolbs »Mozart«:* Annette Kolb, ›Mozart. Sein Leben‹, erschien 1937 im Bermann-Fischer Verlag, Wien.

3] *»Faust«-Inszenierung:* Regie Leopold Lindtberg, Bühnenbild Teo Otto, mit Kurt Horwitz (Faust), Leonard Steckel (Mephisto) und Erwin Kalser, Ernst Ginsberg, Therese Giehse und Johanna Wilhelm.

8. 5. 1937

58 1] *Luftschiff »Hindenburg«:* Das deutsche ›Zeppelin‹-Luftschiff LZ 129 (›Hindenburg‹) war nach der Überquerung des Atlantik am 6. 5. 1937 in Lakehurst in den Vereinigten Staaten einer Brandkatastrophe zum Opfer gefallen. Der Luftschiffbau wurde daraufhin, weil kein Helium als unbrennbares Füllgas zur Verfügung stand, in Deutschland eingestellt.

2] *Film vom treuen Diener:* Die amerikanische Filmkomödie ›Ruggles of Red Gap‹ (Der Musterdiener) mit Charles Laughton (1935).

10. 5. 1937

59 1] *»Zeitschrift« für Sozialwissenschaft:* Vermutlich ist die von Max Horkheimer im Auftrag des Instituts für Sozialforschung ursprünglich in Frankfurt, dann in Paris und schließlich in New York herausgegebene ›Zeitschrift für Sozialforschung‹ gemeint. Sie erschien dreimal jährlich von Juni 1932 bis März 1941.

2] *B. Franks Roman:* Der Emigrantenroman ›Der Reisepaß‹ von Bruno Frank, der 1937 im Verlag Querido in Amsterdam erschien, Neuausgabe München 1978.

3] *Wiener Galerie-Direktor:* Nicht identifiziert.

11. 5. 1937

59 1] *Brief an Angell:* TM an Joseph W. Angell aus Küsnacht vom 11. 5. 1937, in Briefe II, 22-25. Ein sehr aufschlußreicher Brief, in dem TM die Autoren nennt, die ihn in seinem Leben beeinflußt haben, sowie die Quellen seiner Romane, soweit er sich ihrer er-

innern kann. TM war inzwischen in New York mit Angell zusammengetroffen.
2] *Brief an Bermann:* Nicht erhalten.

12. 5. 1937
1] *Scherchen:* Der deutsche Dirigent und Musikpädagoge Her- 60
mann Scherchen (1891-1966), bedeutender Förderer moderner Musik, Gründer der Zeitschrift ›Melos‹, dirigierte 1922-1947 u. a. die Konzerte des Stadtorchesters Winterthur. Er verließ Deutschland 1933, gab 1933-1936 in Brüssel die Zeitschrift ›Musica viva‹ heraus, leitete die ›Musica viva‹-Konzerte in Wien und dirigierte 1944-1950 an den Rundfunksendern Zürich und Beromünster. Er lebte zu dieser Zeit in Gravesano in der Schweiz.
2] *Dr. Hirschfeld:* Kurt Hirschfeld (1902-1964) emigrierte 1933 in die Schweiz und wurde unter der Direktion Ferdinand Rieser Dramaturg am Schauspielhaus Zürich. Nach Aufenthalten in Italien und Frankreich kehrte er 1938 nach Zürich zurück und war unter der Direktion Oskar Wälterlin Dramaturg und Regisseur und ab 1961 Direktor des Schauspielhauses Zürich. Während seines jahrzehntelangen Wirkens in Zürich erwarb er sich, vor allem in den Kriegsjahren, große Verdienste um das exilierte deutsche Bühnenschaffen und die emigrierten deutschen Schauspieler.
3] *Stanger-Bäder:* Hydroelektrische Bäder.

13. 5. 1937
1] *Seuffert:* Thea von Seuffert, ›Venedig im Erlebnis deutscher 60
Dichter‹, darin ein Abschnitt über TM, Stuttgart, 1937.
2] *Coronation:* König Georg VI. von England, der seinem Bruder Eduard VIII. nach dessen Abdankung am 11. 12. 1936 auf den Thron gefolgt war, wurde am 12. 5. 1937 in der Westminster-Abtei in London gekrönt.
3] *Hodza:* Milan Hodža (1878-1944), von 1935 bis 1938 viermal hintereinander tschechoslowakischer Ministerpräsident, emigrierte 1939 in die USA.
4] *Brief an Angell:* Siehe Anmerkung 1 zum 11. 5. 1937. Es handelt sich um den an diesem Tag diktierten Brief.

15. 5. 1937

61 1] *Behrens:* Eduard Behrens (1884-1944), Schriftsteller und Journalist, politischer Mitarbeiter und Kommentator der ›National-Zeitung‹, Basel. Sein ›Be‹ gezeichneter Kommentar: »Auch eine Antwort. Zu Dr. Kriecks ›Agonie-Schlußwort zu Thomas Mann‹«, in ›National-Zeitung‹, Basel, 15. 5. 1937.

2] *Krieck:* Der Pädagoge Ernst Krieck (1882-1947) vertrat die NS-Pädagogik und -Weltanschauung, wurde 1933 Professor an der Universität Frankfurt am Main, 1934 an der Universität Heidelberg. Er schrieb ›Nationalsozialistische Erziehung‹ (1935) und ›Völkisch-politische Anthropologie‹, 3 Bände, 1936-1938, und gab die Zeitschrift ›Volk im Werden‹ heraus, in der er im März 1937 seinen Aufsatz ›Agonie. Schlußwort zu Thomas Mann‹, veröffentlichte; dasselbe auch in Schröter, ›Thomas Mann im Urteil seiner Zeit‹, 290-294. Darin bezichtigt er TM, mit den *Betrachtungen eines Unpolitischen* das deutsche Volk belogen zu haben, und polemisiert gegen den Antwortbrief TMs an die Universität Bonn.

3] *›Walküre‹:* Unter Bruno Walter mit Lotte Lehmann, Lauritz Melchior, Emanuel List und den Wiener Philharmonikern.

16. 5. 1937

61 1] *McLeash:* Der bedeutende amerikanische Lyriker Archibald MacLeish (geboren 1892), ein großer Bewunderer TMs. Er war 1939-1944 Direktor der Library of Congress in Washington und nach Amerikas Eintritt in den Krieg stellvertretender Direktor des Office of War Information (OWI).

2] *Slochower:* Der Literarhistoriker und Soziologe Harry Slochower (geboren 1900) begann in Deutschland mit einem Buch über Richard Dehmel (1928) und war bereits vor 1933 Dozent an der Universität Brooklyn. Er schrieb unter anderem ›Thomas Mann's Joseph Story‹ (New York 1938) sowie zahlreiche Aufsätze über TM. Er hatte 1934 bei TMs erstem Amerika-Aufenthalt einen polemischen Zusammenstoß mit ihm, als er einen von zahlreichen amerikanischen Intellektuellen unterzeichneten Brief, in dem TM aufgefordert wurde, sich für die Opfer des Nationalsozialismus in Deutschland öffentlich einzusetzen, und den TM unbeantwortet gelassen hatte, am 27. 6. 1934 in der Zeitschrift ›The New Republic‹ veröffentlichte.

17. 5. 1937
»Solitüde«: Restaurant am Waldrand oberhalb Küsnacht. 62

20. 5. 1937
1] *Blomberg:* Werner von Blomberg (1878-1946), Generalfeldmarschall, wurde am 30. 1. 1933 Reichswehrminister, vereidigte nach dem Tod Hindenburgs 1934 die Reichswehr auf Hitler und wurde im Mai 1935 Reichskriegsminister und Oberbefehlshaber der Wehrmacht. Er leitete die deutsche Wiederaufrüstung, wurde 1938 verabschiedet. Siehe Anmerkung zum 5. 2. 1938. Er befand sich zu den Krönungsfeierlichkeiten Georgs VI. in London. 63
2] *Kende:* Rechtsanwalt József Kende. Siehe Anmerkungen 1 zum 4. 1. 1937 und 5 zum 21. 1. 1937.
3] *»Die weiße Krankheit«:* Drama von Karel Čapek (1937). Regie Leopold Lindtberg, Bühnenbild Teo Otto, mit Ernst Deutsch (als Gast), Leonard Steckel, Erwin Kalser, Ernst Ginsberg und Therese Giehse.
4] *Deutsch:* Der Schauspieler Ernst Deutsch (1890-1969) gehörte den Berliner Reinhardt-Bühnen an, wo er in klassischen und modernen Rollen sich einen großen Ruf erwarb. Er emigrierte 1933, gastierte eine Zeitlang in Prag, Wien und Zürich, ging dann in die Vereinigten Staaten, kehrte nach dem Krieg nach Europa zurück und spielte und filmte auch wieder in Deutschland.

21. 5. 1937
Hölderlin-Aufsatz: Über Friedrich Burschell siehe Anmerkung 1 zum 12. 1. 1937. Es erschien kein Hölderlin-Aufsatz von ihm in ›Mass und Wert‹. 63

22. 5. 1937
1] *Wiener Gesellschaftsfilm:* ›Die ganz große Torheit‹, Film von Carl Froelich mit Paula Wessely, Rudolf Forster, Hilde Wagener, Gustav Waldau, Hedwig Bleibtreu und Kurt Meisel. 63
2] *Wessely:* Die Wiener Bühnen- und Filmschauspielerin Paula Wessely (geboren 1907) gehörte zum Ensemble Max Reinhardts und erzielte 1932 als Rose Bernd am Deutschen Theater in Berlin ihren sensationellen Durchbruch.
3] *Koestler:* Der Schriftsteller und Journalist Arthur Koestler (geboren 1905), in Ungarn, Österreich und Deutschland aufgewachsen,

studierte Naturwissenschaften, wurde dann Auslandskorrespondent deutscher Blätter, ab 1930 Redakteur im Ullstein-Verlag, Berlin, trat 1931 der kommunistischen Partei bei (die er 1937 wieder verließ), emigrierte 1933 nach Paris. Er berichtete 1936 als Korrespondent der Londoner Zeitung ›News Chronicle‹ zuerst von der Franco-Seite, dann von der republikanischen Front im Spanischen Bürgerkrieg, geriet beim Fall von Málaga in Gefangenschaft, wurde nach vier Monaten zum Tode verurteilt und auf britische Intervention begnadigt. 1940 in Frankreich interniert, flüchtete er und diente 1941-1942 in der britischen Armee. Er schrieb bis 1940 deutsch, seither nur noch englisch; lebt in London. Mehrere seiner zum Teil aufsehenerregenden politischen Romane und Schriften waren überaus erfolgreich, so sein Bericht ›Spanish Testament‹, 1937 (mit einem Vorwort der Herzogin von Atholl), der Roman ›Darkness at Noon‹ (Sonnenfinsternis), 1940, die Essays ›The Yogi and the Commissar‹, 1945, und wurden in alle Weltsprachen übersetzt. Seine zweiteilige Autobiographie ›Arrow in the Blue‹, 1953, und ›The Invisible Writing‹, 1955, ist ein wichtiges Dokument unserer Zeit und ihrer Auseinandersetzung mit dem Sowjetkommunismus.

4] *»Über den Tod«:* Das Kapitel ›Über den Tod und sein Verhältnis zur Unzerstörbarkeit unseres Wesens an sich‹ im Zweiten Teil von ›Die Welt als Wille und Vorstellung‹ von Arthur Schopenhauer. Es ist das Kapitel, das der Senator im fünften Kapitel des vorletzten Teils von *Buddenbrooks*, von Todesahnungen heimgesucht, mit großer innerer Bewegung liest. TM datierte seine eigene erste Begegnung mit Schopenhauer in den *Betrachtungen eines Unpolitischen* und im *Lebensabriß* ins Jahr 1899. In diesem Jahr, in dem er vierundzwanzig wurde, entstand das genannte *Buddenbrooks*-Kapitel.

23. 5. 1937

64 1] *jüdisches Cliquen-Wesen:* Hermann Kesten hatte in Leopold Schwarzschilds ›Neuem Tage-Buch‹ dem neuen Roman Alfred Döblins eine hymnische Besprechung gewidmet, die TMs heftigen Ärger erregte, weil diese »tendenziöse Lobhudelei«, wie er in seinem Brief vom 23. 5. 1937 an Bruno Frank ausführlich erklärte, »unverkennbar auf meine Kosten« geschehen sei. Kesten habe von

Döblin als dem Schöpfer des »mythischen Epos deutscher Zunge« gesprochen, gleich als gäbe es den ›Joseph‹ überhaupt nicht. Das sei »freche Tendenz«, und er habe »keine Lust, einer Zeitschrift, die dies zuläßt, auch noch Gelegenheit zu geben, sich mit meinem Namen zu schmücken.« Die jüdische Kritik, die ihn immer schon schnöde behandelt habe, ignoriere seine Leistung, »indem sie einen Bluts- und Cliquen-Genossen mit unverschämter Ostentation gegen mich, den dummen Goi, auf den Schild erhebt.« Er wolle an dem ›Neuen Tage-Buch‹ nicht mehr mitarbeiten und könne folglich auch nicht Bruno Franks neuen Roman ›Der Reisepaß‹, wie vorgehabt, dort besprechen, und Frank möge dafür Verständnis haben. TM stellte es Frank anheim, den Inhalt dieses langen, tief gekränkten und in heftigem Ton gehaltenen Briefes Schwarzschild zur Kenntnis zu bringen. Dies geschah möglicherweise, denn die Verstimmung wurde offenbar beigelegt: bereits am 25. 9. 1937 erschien TMs Aufsatz *Zu Masaryks Gedächtnis* im ›Neuen Tage-Buch‹. Statt TM schrieb Klaus Mann über Franks Roman im ›Neuen Tage-Buch‹ vom 5. 6. 1937.

2] *Kestner:* Gemeint ist der Schriftsteller Hermann Kesten (geboren 1900), mit seinen ersten Romanen ›Josef sucht die Freiheit‹ und ›Ein ausschweifender Mensch‹ einer der Begründer der Neuen Sachlichkeit. Er war bis 1933 Lektor des Kiepenheuer-Verlags in Berlin. 1933 gründete er zusammen mit Walter Landauer, einem vormaligen Direktor des Kiepenheuer-Verlags, im Rahmen des Allert de Lange-Verlags in Amsterdam, neben dem Querido Verlag einen zweiten großen deutschen Exilverlag und war sein literarischer Leiter. Er war mit Klaus Mann und Fritz Landshoff befreundet. Kesten wurde 1940 in Frankreich interniert und gelangte nach seiner Freilassung nach New York, wo er mit großer Energie für die Rettung der in Frankreich zurückgebliebenen deutschen Exilschriftsteller wirkte. Er kehrte nach dem Zweiten Weltkrieg nach Europa zurück, lebte zumeist in Rom und war 1972-1976 Präsident des PEN-Zentrums der Bundesrepublik Deutschland.

24. 5. 1937

Brief von Kerényi: Dieser Brief ist in TM-KK nicht enthalten und 65
muß als verloren gelten.

25. 5. 1937

65 1] *Tolstoi:* TM besaß die ›Gesammelten Novellen‹ Tolstois, die, herausgegeben von Raphael Löwenfeld, 1924-1928 bei Eugen Diederichs, Jena, erschienen. Band 6 dieser Ausgabe hatte den Titel ›Göttliches und Menschliches‹ und war übersetzt von Ludwig und Dora Berndl, 1928.

2] *O. Fischer:* Otokar Fischer. Siehe Anmerkung 2 zum 10. 2. 1937.

26. 5. 1937

66 1] *Marx:* Julius Marx (geboren 1888), emigrierte 1935 in die Schweiz und betrieb dort zusammen mit Bernhard Diebold einen Film-Verlag.

2] *Silone:* Der italienische antifaschistische Schriftsteller Ignazio Silone (1900-1978). Er war 1921 Mitbegründer der italienischen kommunistischen Partei, aus der er 1930 wieder austrat, und lebte 1930-1944 im Exil in Zürich. Nach Italien zurückgekehrt, war er Abgeordneter der verfassunggebenden Versammlung und Chefredakteur der sozialistischen Tageszeitung ›Avanti‹. Während der Exilzeit erschienen die sehr erfolgreichen deutschen Ausgaben seiner Bücher, darunter die Romane ›Fontamara‹ (1930), ›Brot und Wein‹ (1934), ›Der Samen unter dem Schnee‹ (1942) und seine politischen Schriften im Verlag Oprecht, Zürich.

3] *Kalser:* Der Schauspieler Erwin Kalser (1883-1958) wirkte 1923 bis 1933 am Staatlichen Schauspielhaus, Berlin, emigrierte 1933 nach Zürich, wo er bis 1939 dem Ensemble des Schauspielhauses angehörte. Er lebte während des Zweiten Weltkrieges in den Vereinigten Staaten, kehrte nach dem Krieg nach Zürich zurück und ging dann nach Berlin.

4] *»Mass und Wert«:* Das Vorwort zum ersten Jahrgang der Zeitschrift. GW XII, 798-812.

5] *»Freud et l'avenir«:* Die französische Fassung von *Freud und die Zukunft* erschien in der Pariser Zeitschrift ›Europa. Revue Mensuelle‹, Mai 1937.

27. 5. 1937

66 *Dernburg:* Ilse Dernburg (1880-1964), Kusine von Frau Katia Mann, Tochter von Else Rosenberg geb. Dohm, einer Schwester von Frau Hedwig Pringsheim. Sie heiratete 1900 den Architekten

Professor Hermann Dernburg, von dem sie 1914 wieder geschieden wurde, lebte mit ihrer unverheirateten Schwester, der Übersetzerin Käthe Rosenberg (siehe Anmerkung 5 zum 9. 2. 1937), zusammen und emigrierte mit ihr später nach London. Die Kusinen besuchten die Familie Mann häufig in der Schweiz.

28. 5. 1937

1] *Brief von Frank:* Nicht auffindbar. 66

2] *Dr. Wälti:* Dr. Jakob Welti (1893-1964), 1919-1955 Feuilletonredakteur und Theaterkritiker der ›Neuen Zürcher Zeitung‹.

29. 5. 1937

1] *University in exile:* Die 1933 von Alvin Johnson gegründete ›Graduate Faculty of Political and Social Sciences‹ der New School for Social Research, die den exilierten europäischen Wissenschaftlern und Gelehrten eine neue Heimstätte bieten sollte und auch ›University in Exile‹ genannt wurde. Zur Feier des vierten Jahrestages ihrer Gründung hielt TM am 15. 4. 1937 in New York seine Rede *The Living Spirit.* Ein »reicher Mann« hatte versprochen, dem Institut hunderttausend Dollar zu stiften, wenn TM nach New York komme und bei der Feier die Festrede halte. Dieser Mr. Littauer (vermutlich Lucius Nathan Littauer [1859-1944], Handschuh-Fabrikant, vormaliger Kongreßabgeordneter und Spender großer Hochschulstiftungen) hatte sein Versprechen gehalten. 67

2] *Hirzl:* Kammersänger Max Hirzel (1888-1957), gefeierter Heldentenor am Zürcher Opernhaus.

3] *Dirigent Conrad:* Max Conrad (1872-1963), Kapellmeister am Zürcher Opernhaus 1900-1937.

30. 5. 1937

1] [?]: Lücke im Manuskript. 68

2] *Frau Dr. Wilbrand:* Dr. Renate Wilbrandt (1911-1976?), geborene Rosenberg, Ärztin, verheiratet mit Dr. Walter Wilbrandt, Professor für Pharmakologie an der Universität Bern. Sie war eine Nichte von Käthe Rosenberg und Ilse Dernburg und eine entferntere Verwandte von Frau Katia Mann.

3] *Aufzeichnungen Kafka's:* Franz Kafka, ›Tagebücher und Briefe‹

(Auswahl), herausgegeben von Max Brod und Heinz Politzer, Verlag Heinrich Mercy, Prag 1937.

4] *Buch über Hitler:* Nicht ermittelt.

31. 5. 1937

68 1] *Dr. Sigl:* Unbekannt.

2] *Rache-Aktion:* Sogenannte ›rotspanische‹, das heißt, den legitimen republikanischen Regierungsverbänden angehörende Flugzeuge hatten angeblich das in spanischen Gewässern kreuzende deutsche Panzerschiff ›Deutschland‹ bombardiert, und deutsche Kriegsschiffe hatten daraufhin am 31. 5. 1937 die spanische Hafenstadt Almeria beschossen.

69 3] *an Schickele:* TM an René Schickele aus Küsnacht vom 31. 5. 1937 in Briefe II, 27 f.

4] *A. Bergs »Lulu«:* Die Oper ›Lulu‹ (nach Wedekind) des österreichischen Komponisten Alban Berg (1885-1935). Die Oper war unvollendet; es fehlte die Instrumentation des dritten und letzten Aktes. Das Fragment (zwei Akte) wurde am 2. 6. 1937 im Stadttheater Zürich uraufgeführt. Bei dem von TM erwähnten Einführungsabend am 31. 5. 1937 in der Zürcher Tonhalle sprach Franz Werfel eine ›Vorrede auf Alban Berg‹, und Ernst Křenek hielt die Einführungsrede. Der fehlende dritte Akt wurde seither nach dem erhaltenen Particell und Klavierauszug von Friedrich Cerha ergänzt, und die vollständige Fassung 1979 in Paris uraufgeführt.

5] *Schlamm:* Der Wiener kommunistische Publizist Willi Schlamm (1904-1978), der sich später William S. Schlamm nannte, hatte von April 1933 bis März 1934 die ›Neue Weltbühne‹ als Exilzeitschrift auf trotzkistischer Linie in Wien geleitet. Dann wurde ihm die Zeitschrift von Hermann Budzislawski entwunden, der sie konsequent im Fahrwasser der Volksfrontpolitik der Exil-KPD steuerte. Schlamm emigrierte von Wien nach Prag und von dort nach den Vereinigten Staaten, wandelte sich vom kommunistischen zum konservativen Publizisten, wirkte an den Zeitschriften von Henry Luce mit und kehrte 1959 nach Europa zurück, wo er eine vehemente antikommunistische publizistische Tätigkeit entfaltete und auch eine eigene Zeitschrift herausgab. Sein von TM genanntes Buch ›Diktatur der Lüge‹ (eine Abrechnung mit dem Stalinismus) erschien 1937 im Europa-Verlag, Zürich.

1. 6. 1937

Hermann-Neisse: Der Lyriker Max Herrmann-Neisse (1886-1941) emigrierte 1933 in die Schweiz und später nach London. Zu seinem 1936 im Verlag Oprecht, Zürich, erschienenen Gedichtband ›Um uns die Fremde‹ schrieb TM ein Vorwort (GW X, 756-761). 69

2. 6. 1937

1] *M. Kommerell:* Der Literarhistoriker, Lyriker und Essayist Max Kommerell (1902-1944), Stefan George nahestehend und zur Schule Friedrich Gundolfs und Ernst Bertrams gehörig, wurde 1941 Professor in Marburg. Er schrieb unter anderem ›Jugend ohne Goethe‹ (1931), ›Jean Paul‹ (1935) und ›Geist und Buchstabe der Dichtung‹ (1940). Sein Aufsatz in der Zeitschrift ›Corona‹: ›Faust II. Teil. Zum Verständnis der Form‹, ›Corona‹, Jg. 7, 1937, Heft 2/3. 69

2] *W.:* Richard Wagner. 70

3] *Lachesis:* Die dritte der Moiren oder Parzen, der Schicksalsgöttinnen der griechischen Mythologie. Die Verse der Lachesis: In der Gruppe ›Die Parzen‹ jeweils drei Vierzeiler, gesprochen von Atropos, Klotho und Lachesis in Goethes Faust II. Erster Akt, in der Szene ›Weitläufiger Saal‹ (Mummenschanz):

> Mir, die ich allein verständig,
> Blieb das Ordnen zugetheilt;
> Meine Weife, stets lebendig,
> Hat noch nie sich übereilt.
>
> Fäden kommen, Fäden weifen,
> Jeden lenk' ich seine Bahn,
> Keinen lass' ich überschweifen,
> Füg' er sich im Kreis heran.
>
> Könnt' ich einmal mich vergessen,
> Wär' es um die Welt mir bang;
> Stunden zählen, Jahre messen,
> Und der Weber nimmt den Strang.
>
> Den Freunden Oprecht, herzlich, Thomas Mann
> Küsnacht, 1. 6. 1937.

4. 6. 1937

70 1] *Prof. Ulrich:* Professor Konrad Ulrich, Ohrenarzt in Zürich.

2] *Ernste Worte:* TM an Klaus Mann aus Küsnacht vom 4. 6. 1937 in Klaus Mann, ›Briefe und Antworten‹ II, 463. Klaus Mann befand sich zu einer Heroin-Entziehungskur in der Obsorge von Dr. Klopstock im ›Siesta Sanatorium‹ in Budapest.

3] *»Freud y el porvenir«:* Die spanische Ausgabe von *Freud und die Zukunft*, übersetzt und eingeleitet von Werner Suhgé, Verlag Panopress, Buenos Aires 1937.

5. 6. 1937

70 1] *Franks 50. Geb.: Bruno Frank zum 50. Geburtstag,* in ›National-Zeitung‹, Basel, 13. 6. 1937, GW X, 484-488.

2] *Ankunft Erika's:* Erika Mann war aus New York zurückgekehrt.

6. 6. 1937

71 1] *Luft:* Ausflugsrestaurant oberhalb Meilen am Zürichsee.

2] *Brief von Heinrich:* Nicht erhalten.

3] *Frau Späth:* Nicht identifiziert.

7. 6. 1937

72 1] *Manuskript der Frau Wassermann:* Es erschien kein Beitrag von Marta Karlweis-Wassermann in ›Mass und Wert‹.

2] *Völker:* Der Heldentenor Franz Völker (1899-1965), 1931 bis 1935 an der Wiener Staatsoper, 1935-1945 an der Berliner Staatsoper, 1945-1952 an der Münchner Staatsoper. In den Jahren 1931 bis 1944 trat er auch bei den Salzburger und Bayreuther Festspielen auf.

10. 6. 1937

72 1] *T. Aso:* Der japanische Germanist Taneo Aso veröffentlichte ›Thomas Mann. Eine Studie über Leben und Tod in der modernen Literatur‹ in japanischer Sprache in ›Doitsu Bungaku‹, Tokio, 1939.

2] *Schweizer Gestapo-Spion:* Diese Gerichtssache hat sich nicht feststellen lassen, da die Schweizer Presse offenbar nicht darüber berichtete.

3] *Briefe von Klaus:* Klaus Mann an Katia Mann aus dem ›Siesta Sanatorium‹, Budapest, vom 7. 6. 1937, in Klaus Mann, ›Briefe und Antworten‹ I, 305-306.

4] *Strachey:* Der englische Essayist und Biograph Lytton Strachey (1880-1932) entwickelte als erster den Typ der ›vie romancée‹, der entheroisierenden, ironisierenden und romanhaft erzählenden Biographie. Er hatte mit ›Queen Victoria‹ und ›Elisabeth und Essex‹, die in Deutschland in der Übersetzung von Hans Reisiger im S. Fischer Verlag erschienen, großen Erfolg und fand viele Nachahmer. Seine biographischen Essays über Florence Nightingale und Kardinal Manning erschienen englisch in dem Band ›Eminent Victorians‹ (1918), deutsch 1937 unter dem Titel ›Macht und Frömmigkeit‹, übersetzt von Hans Reisiger und Wolfgang von Einsiedel im S. Fischer Verlag.

8. 7. 1937

1] *Dr. Fährmann:* Nicht identifiziert. 73

2] *Geburtstagsartikel: Dem sechzigjährigen Hermann Hesse* in ›Neue Zürcher Zeitung‹, 2. 7. 1937. GW XIII, 840-843.

3] *Korrodi:* Eduard Korrodi (1885-1955) Schweizer Publizist und Literaturkritiker, seit 1914 Feuilletonredakteur der ›Neuen Zürcher Zeitung‹ und von maßgebendem Einfluß im deutschen Sprachgebiet. Er war mit TM seit langem gut bekannt und veröffentlichte viele Beiträge von ihm in der NZZ. Es kam zu einem schweren Zerwürfnis zwischen ihnen, als Korrodi am 26. 1. 1936 in der NZZ die deutsche Exilliteratur mit Ausnahme TMs in Bausch und Bogen als jüdisch bezeichnete. TM trat ihm in einem offenen Brief vom 3. 2. 1936 scharf entgegen und solidarisierte sich, nach langer Zurückhaltung, ausdrücklich mit der deutschen Emigration. Siehe Briefe I, 409. Seither war ihr Verhältnis ausgesprochen kühl.

4] *Reisebuch von Fleming:* Vermutlich Peter Fleming (geboren 1907), ›News from Tartary‹, Reiseskizzen, 1936.

5] *Kafka's Nachlaßband:* Franz Kafka, ›Beschreibung eines Kampfes‹, Novellen, Skizzen, Aphorismen aus dem Nachlaß. Herausgegeben von Max Brod und Heinz Politzer, Verlag Heinrich Mercy, Prag 1936.

6] *Marées-Biographie:* Erich Kuttner, ›Hans von Marées. Die Tragödie des deutschen Idealismus‹, erschien 1937 im Verlag Oprecht, Zürich. Der Verfasser (1887-1942) war bis 1933 Mitglied des Preußischen Landtages und Redakteur des sozialdemokratischen ›Vorwärts‹, emigrierte nach Amsterdam, wurde 1942 von der Gestapo verhaftet und kam im Lager Mauthausen ums Leben.

7] *Jerusalem:* Auf seiner Reise nach Ägypten und Palästina im Februar-April 1930 erkrankte TM in Jerusalem an Amöben-Dysenterie und mußte einige Tage zusammen mit seiner bereits in Kairo erkrankten Gattin im Deutschen Diakonissen-Hospital in Jerusalem zubringen.

8] *H. Wolf:* Der Komponist Hugo Wolf (1860-1903).

9] *»Wann der silberne Mond«:* Lied von Johannes Brahms, Gedicht von Hölty.

74 10] *Olzewska:* Die österreichische Opernsängerin Maria Olszewska (1892-1969), bedeutende Wagner-, Verdi- und Strauss-Sängerin, ab 1921 an der Wiener Staatsoper, 1928-1932 an der Civic Opera, Chicago, 1933-1935 am Metropolitan Opera House, New York.

11] *»Der Musensohn«:* Lied von Franz Schubert, Gedicht von Goethe.

12] *Brief von Bermann:* GBF an TM aus Wien vom 7.7.1937 in TM-GBF, 133-135.

13] *Feuchtwangers Buch:* Lion Feuchtwanger (1884-1958), weltberühmter Autor der Romane ›Jud Süß‹, ›Die häßliche Herzogin‹, ›Erfolg‹ und anderer, wohnte seit 1933 in Sanary bei Toulon, wo TM im Sommer 1933 häufig mit ihm zusammen gewesen war. Er wurde 1940 von den französischen Behörden interniert, gelangte in abenteuerlicher Flucht über Spanien und Portugal nach den Vereinigten Staaten und lebte, weiterhin überaus erfolgreich, seit 1941 in Pacific Palisades in Kalifornien, wo er TMs Nachbar war. Feuchtwanger unternahm im Winter 1936/1937 von Südfrankreich aus eine Reise nach Moskau, deren Niederschlag das Buch ›Moskau 1937. Ein Reisebericht für meine Freunde‹ war, das im selben Jahr im Verlag Querido in Amsterdam erschien. Das Buch ist ein emphatisches Bekenntnis zur stalinistischen Sowjetunion und erregte durch seine positive Stellungnahme zu den Trotzkisten-Prozessen Verwunderung und Kritik.

9. 7. 1937

1] *Brief an Bermann:* Nicht erhalten. 75

2] *Podach:* Der Nietzsche-Forscher Erich F. Podach (1894-1967), Herausgeber von ›Der kranke Nietzsche. Briefe seiner Mutter an F. Overbeck‹, erschienen 1937 im Bermann-Fischer Verlag, Wien, aus dem TM Auskünfte und Anregungen für *Doktor Faustus* schöpfte. Podach lebte seit 1933 im Exil in der Schweiz. TMs Brief an ihn ist nicht nachweisbar.

3] *Dankesbrief von Hesse:* HH an TM vom 7. 7. 1937 in HH-TM, 126-127. Bei dem erwähnten Buchgeschenk handelt es sich entweder um den Privatdruck von Hesses 1937 geschriebenem Gedicht ›Orgelspiel‹ oder, wahrscheinlicher, um ›Der lahme Knabe. Eine Erinnerung aus der Kindheit‹, Zürich 1937.

10. 7. 1937

1] *Brief an Hesse:* TM an HH aus Küsnacht vom 10. 7. 1937 in HH-TM, 128. 75

2] *Brief an Schickele:* TM an René Schickele aus Küsnacht vom 10. 7. 1937 in Regesten II, 37/124. Darin dankt TM für Schickeles Prosastück ›August‹, das in Heft 1 von ›Mass und Wert‹ erschien.

11. 7. 1937

Klaus' amerikanischem Freundchen: Thomas Quinn Curtiss (geboren 1907), amerikanischer Theaterkritiker, den Klaus Mann in Budapest im Hause Hatvany kennengelernt hatte und mit dem ihn hinfort eine langjährige enge Freundschaft verband. Curtiss, auch Tomski genannt, arbeitete später an Klaus Manns amerikanischer Zeitschrift ›Decision‹ mit, lebt heute als Journalist in Paris. 75

12. 7. 1937

Prof. Voegelin: Professor Erich Voegelin (geboren 1901), Soziologe an der Universität Wien, wanderte 1937 in die Vereinigten Staaten aus, wurde 1939 Professor der Staatswissenschaften in Harvard, 1942 an der Louisiana State University in Baton Rouge, nach dem Zweiten Weltkrieg Professor für Politische Wissenschaften an der Universität München; seit 1969 wieder in USA als Forschungsprofessor der Hoover Institution an der Stanford University in Kalifornien. Sein Buch ›Die politischen Religionen‹ erschien 1939 im Bermann-Fischer Verlag, Stockholm. 76

13. 7. 1937

76 1] *Alfred Neumann:* Der Erzähler und Dramatiker Alfred Neumann (1895-1952) war TMs Nachbar im Münchner Herzogpark gewesen und mit ihm seit Beginn der zwanziger Jahre befreundet. Unter seinen sehr erfolgreichen Hauptwerken die Romane ›Der Teufel‹, ›Der Held‹ und die Romane über Napoleon III. ›Neuer Cäsar‹ und ›Das Kaiserreich‹. Seine Gattin Katharina, genannt Kitty, war die Tochter des Münchner Verlegers Georg Müller. Alfred und Kitty Neumann emigrierten 1933 nach Florenz, von dort nach Südfrankreich und 1940 in die Vereinigten Staaten, wo sie, während der kalifornischen Jahre, wiederum TMs Nachbarn waren und zu seinem vertrautesten Umgang gehörten. Alfred Neumann erlag während eines Europa-Aufenthaltes 1952 in der Schweiz einem Herzleiden. Seine Witwe starb 1979 in München. Siehe TMs Nachruf *Für Alfred Neumann*, GW X, 530-531, und Thomas Mann/Alfred Neumann, Briefwechsel, herausgegeben von Peter de Mendelssohn, Heidelberg 1977.

2] *Niko Kaufmann:* Nico Kaufmann, Sohn des Zürcher Arztes Dr. Willi Kaufmann, Pianist, lebt in Zürich; mit TMs Kindern befreundet.

3] *Jules Romains:* Der französische Romancier und Dramatiker Jules Romains (1885-1972), bekannt durch seinen großen Romanzyklus ›Les Hommes de bonne volonté‹ (1932-1956) in 28 Bänden, von denen nur die ersten 7 deutsch erschienen. Er brachte die Kriegsjahre im Exil in den Vereinigten Staaten zu, kehrte 1946 nach Frankreich zurück. Er war zum Zeitpunkt dieser Eintragung Präsident des französischen PEN-Club und 1936-1941 internationaler Präsident des PEN.

4] *Dr. Feist:* Dr. Hans Feist (1887-1952), ursprünglich Arzt, war seit den zwanziger Jahren, als TMs älteste Kinder ihn in Berlin kennenlernten, ein namhafter Übersetzer aus dem Italienischen, Französischen und Englischen, unter anderen von Pirandello und Jules Romains. Er übersiedelte später nach München und verkehrte im Hause Mann, wo man ihn wegen seiner undeutlichen und verschwommenen Ausdrucksweise scherzhaft ›Nebel‹ nannte. Er blieb bis 1939 in Deutschland, unternahm jedoch unablässige Auslandsreisen in Europa und Amerika, um Erika und Klaus Mann zu treffen, und emigrierte schließlich bei Kriegsausbruch in die Schweiz. Er kehrte nach dem Krieg nach Deutschland zurück. Siehe *Hans Feist zum Gedächtnis*, GW X, 532-533.

5] *»Der junge Goethe«:* Nicht zweifelsfrei identifiziert. Wahrscheinlich ›Der junge Goethe‹, neue Ausgabe in sechs Bänden, eingeleitet und herausgegeben von Max Morris, Insel Verlag, 1909 bis 1912; möglicherweise ist aber auch ›Der junge Goethe‹ von G. Lindenlaub, Verlag Beltz, 1937, gemeint. TM besaß beide Werke.

14. 7. 1937

1] *Dr. Rauschning:* Hermann Rauschning (geboren 1887), konservativer, zeitweise nationalsozialistischer Politiker, wurde 1933 nach dem Sieg der Nationalsozialisten bei den Wahlen in Danzig Präsident des Senats der Freien Stadt, galt zunächst als Vertrauensmann Hitlers, geriet aber bald in Konflikt mit dem NS-Gauleiter Forster, legte im November 1934 sein Amt nieder und floh 1936 über Polen in die Schweiz. Er ging 1938 nach Frankreich, 1940 nach England und 1941 in die Vereinigten Staaten. In der Schweiz schrieb er eine Anzahl großer polemischer Anklagewerke gegen das NS-Regime, die weltweites Aufsehen erregten, weil sie die ersten aus den Reihen ehemaliger Hitler-Anhänger waren: ›Die Revolution des Nihilismus‹ (1938), ›Gespräche mit Hitler‹ (1939), die im Europa-Verlag (Oprecht), Zürich erschienen und in zahlreiche Sprachen übersetzt wurden. *76*

2] *Brüning:* Der deutsche Zentrumspolitiker Dr. Heinrich Brüning (1885-1970), seit 1924 Reichstagsabgeordneter, 28. 3. 1930-30. 5. 1932 deutscher Reichskanzler, vom Reichspräsidenten Hindenburg brüsk entlassen, obwohl er sich mit seiner Politik zur Überwindung der Wirtschaftskrise kurz vor dem Ziel glaubte. Mit Brünings Sturz ging die Weimarer Republik zu Ende. Die nachfolgenden kurzlebigen Kabinette Papen und Schleicher waren nur noch Wegbereiter Hitlers. Brüning entzog sich 1934 drohender Verhaftung durch Emigration in die Vereinigten Staaten, wo er Professor an der Universität Harvard war.

3] *Carl Loewenstein:* Dr. Karl Löwenstein (1891-1973), angesehener Münchner Rechtsanwalt und Privatdozent an der Universität München, emigrierte 1934 nach den Vereinigten Staaten und war Professor für Staatsrecht an der Universität Yale. Er stand mit

TM bis zu dessen Lebensende in regelmäßigem Briefwechsel und politischem Meinungsaustausch.

15. 7. 1937

77 1] *Klaus' Novelle:* Klaus Mann, ›Vergittertes Fenster. Novelle um den Tod des Königs Ludwig II. von Bayern‹, erschien 1937 im Querido Verlag, Amsterdam. Neudrucke in Deutschland: Frankfurt 1960, München 1972, sowie in dem Novellenband ›Abenteuer des Brautpaars‹, München 1976.

2] *»ABC«: Gruß von Thomas Mann* in ›ABC, Unabhängige schweizerische Tribüne‹, Zürich, 15. 7. 1937. (Geleitwort zur Spanien-Sondernummer der Zeitschrift). Siehe Anhang.

16. 7. 1937

77 *Wystan:* Wystan Hugh Auden, Erika Manns »Paß-Gatte«. Siehe Anmerkung 3 zum 15. 2. 1937.

17. 7. 1937

78 1] *an H. Kesten geschrieben:* Vermutlich im Zusammenhang mit der ›Joseph‹-Kontroverse. Siehe Anmerkung 1 zum 23. 5. 1937. Der Brief war bisher nicht auffindbar.

2] *Tod Grautoffs:* Der Kunsthistoriker und Übersetzer Otto Grautoff (1876-1937) war ein Schulfreund TMs aus Lübeck und bis nach der Jahrhundertwende eng mit ihm befreundet. Er war am 27. 4. 1937 in Paris, wo er seit langem lebte, gestorben. Siehe *Thomas Mann, Briefe an Otto Grautoff* (1894-1901) *und Ida Boy-Ed* (1903-1928), herausgegeben von Peter de Mendelssohn, Frankfurt 1975.

18. 7. 1937

78 1] *Nichtchen:* Unbekannt.

2] *Dr. Hammerschlag:* Der österreichische Arzt Dr. Ernst Hammerschlag, den TM im September 1936 in Le Lavandou kennengelernt hatte. Er emigrierte später nach New York.

3] *H. Kaspar:* Heinz M. Caspar. Nichts Näheres über ihn bekannt. Im einzigen erhaltenen, aus Wien vom 1. 1. 1937 datierten Brief an TM berichtet er lediglich, das Leben in Hamburg sei unmöglich geworden, und er sei nach Wien gegangen, von wo er seine Auswanderung betreibe.

4] »*Gentz*«: Siehe Anmerkung 4 zum 4. 1. 1937. Golo Manns Gentz-Biographie wurde erst 1943 vollendet und erschien zuerst in englischer Übersetzung in USA: ›Secretary of Europe. The Life of Friedrich Gentz‹, Yale University Press 1946. Die deutsche Fassung erschien 1947 im Europa-Verlag (Oprecht) in Zürich. 79

19. 7. 1937

1] *Jesus-Roman:* Konrad Falke, ›Jesus von Nazareth‹. Der Roman erschien erst posthum 1950. 79

2] *Kainz:* Der Schauspieler Joseph Kainz (1858-1910), seit 1892 am Deutschen Theater in Berlin, ab 1899 am Wiener Burgtheater, der bedeutendste Romeo- und Hamlet-Darsteller seiner Zeit.

20. 7. 1937

1] *Monstre-Kunst-Fest:* Die nationalsozialistischen Münchner Festtage, bei denen Hitler das ›Haus der Deutschen Kunst‹ mit der Ausstellung ›Entartete Kunst‹ einweihte, dem ›Völkischen Beobachter‹ zufolge »die Stunde der Wiedergeburt der deutschen Kunst«, in welcher »der Führer den deutschen Künstlern ihren Weg zeigt«. 79

2] *Dr. Stahel:* Dr. med. Jakob Stahel (1872-1950), Hausarzt der Familie Mann in Küsnacht.

21. 7. 1937

1] *›Das Wort‹:* Die deutschsprachige literarische Monatsschrift ›Das Wort‹ erschien von Juli 1936 bis März 1939 in Moskau. Ihre Herausgeber waren Bertolt Brecht, Lion Feuchtwanger und Willi Bredel. TMs *Bekenntnis zum Kampf für die Freiheit* (Rede, gehalten am 21. 4. 1937 im Mecca-Temple, New York) erschien im Juliheft 1937 der Zeitschrift. Siehe Anhang. 79

2] *Brief an Bermann:* Nicht erhalten.

3] *Poliakov:* Nicht identifiziert.

22. 7. 1937

1] *Adelen-Kapitel:* Das Vierte Kapitel von *Lotte in Weimar*, das den Besuch Adele Schopenhauers schildert. 80

2] *Maeterlinck:* Der belgische Dichter Maurice Maeterlinck (1862 bis 1949), symbolistischer Lyriker und Dramatiker, berühmt durch sein Schauspiel ›Pelléas und Mélisande‹ und seine philosophischen

Naturbetrachtungen (›Das Leben der Bienen‹). Sein 75. Geburtstag war am 29. 8. 1937. TMs Geburtstagsgruß ist in einem undatierten, handschriftlichen, bisher nicht veröffentlichten Textentwurf erhalten. Siehe Anhang. Die Überschrift *Äußerung über Maeterlinck* auf dem Manuskriptblatt ist von fremder Hand hinzugefügt.

23. 7. 1937

80 *Heinrich über Christenverfolgung:* Heinrich Mann, ›Christenverfolgung‹, in ›Die Neue Weltbühne‹, Prag, 22. 7. 1937.

24. 7. 1937

81 1] *Konzert der Kinder:* Elisabeth und Michael Mann, die oft zusammen konzertierten.

2] *Melchior:* Der dänisch-amerikanische Opernsänger Lauritz Melchior (1890-1973), der bedeutendste Wagner-Heldentenor seiner Zeit, bis 1921 an der Königlichen Oper, Kopenhagen, 1924-1939 regelmäßig in Bayreuth, London und an der Berliner Staatsoper, 1926-1950 an der Metropolitan Opera, New York.

25. 7. 1937

81 *G.s Gespräche:* Goethes Gespräche.

26. 7. 1937

81 1] *Brief von Heinrich:* Nicht erhalten.

2] *Brief nach Amerika:* Nicht identifiziert.

3] *Curtius:* Der Romanist Ernst Robert Curtius (1886-1956) wurde 1920 Professor in Marburg, 1924 in Heidelberg, 1929 in Bonn, ein bedeutender Vorkämpfer der modernen französischen Literatur in Deutschland, bahnbrechend durch seine Bücher ›Die literarischen Wegbereiter des neuen Frankreich‹ (1919), ›Maurice Barrès und die geistigen Grundlagen des französischen Nationalismus‹ (1921), ›Balzac‹ (1923), ›Französischer Geist im neuen Europa‹ (1925). TM stand seit 1920 mit ihm in Briefwechsel und Meinungsaustausch. Siehe *Das Problem der deutsch-französischen Beziehungen*, GW XII, 604-624. Trebitschs Mitteilung war unzutreffend. Curtius wurde nicht entlassen und auch, wiewohl bei den NS-Behörden mißliebig, in seiner Lehrtätigkeit nicht unterbrochen,

bis die Zerstörung der Universität 1944 die Fortführung seiner Vorlesungen unmöglich machte. Seine Ablehnung des NS-Regimes hingegen war allgemein bekannt.
4] *Jaspers:* Der Philosoph Karl Jaspers (1883-1969), seit 1916 Professor für Psychologie, seit 1921 Professor für Philosophie in Heidelberg, veröffentlichte 1931 seine berühmte, in der NS-Zeit vielbeachtete Schrift ›Die geistige Situation der Zeit‹, erhielt 1937-1945 Lehrverbot durch das NS-Regime, wurde 1948 an die Universität Basel berufen. Bedeutender Vertreter der Existenzphilosophie, der sich nach dem Zweiten Weltkrieg mit mehreren polemischen Schriften in die weltpolitische Debatte einschaltete (›Die Schuldfrage‹, 1946; ›Die Atombombe‹, 1958; ›Lebensfragen der deutschen Politik‹, 1963, und ›Wohin treibt die Bundesrepublik?‹, 1966).

27. 7. 1937
1] *Dramatisches von Csokor:* Der österreichische Dramatiker 82
Franz Theodor Csokor (1885-1969), erklärter Pazifist und Antifaschist, hatte TM sein Drama ›Dritter November 1918‹ in der endgültigen Fassung von 1936 geschickt, die 1937 im Burgtheater Wien uraufgeführt wurde. Csokor emigrierte 1938 freiwillig nach Polen, später nach Jugoslawien, kehrte 1946 nach Österreich zurück. Er war mit Erika und Klaus Mann befreundet.
2] *Motschan:* Der Industriechemiker Georges Motschan, als damals Siebzehnjähriger ein Bewunderer TMs, wurde als Sohn schweizerischer Eltern 1920 in Rußland geboren, lebte seit 1924 in der Schweiz. In seinem Wagen und von ihm gefahren, legte TM 1949 seine erste Deutschlandreise nach dem Zweiten Weltkrieg (nach Frankfurt und Weimar) zurück. TM schenkte ihm die Handschrift der *Ansprache im Goethejahr* mit einer Zueignung.
3] *Brief an Heinrich:* Nicht erhalten.

28. 7. 1937
Caspary: Unbekannt. 82

29. 7. 1937
1] *Adele Sch.:* Adele Schopenhauer (im Vierten Kapitel von *Lotte* 83
in Weimar).

2] *Pratt:* George C. Pratt. Nichts Näheres bekannt. Möglicherweise handelt es sich um den amerikanischen Industrie-Anwalt und Syndikus George Collins Pratt und seine Gattin Alice geb. Chambers. Am 27. 6. 1934 veröffentlichte die ›Chicago Daily News‹ unter dem Titel ›An Important Letter from Thomas Mann‹ einen Brief TMs an George C. Pratt, in dem TM über die Entstehung des *Zauberberg* Auskunft gibt. Der Brief ist nicht datiert. Der Zeitungsabdruck ist von Rebecca Hayward ins Englische übersetzt. Das deutsche Original ist nicht erhalten. Der englische Text (mit Rückübersetzung ins Deutsche) findet sich in GW XIII, 106 bis 107.

3] *an Csokor:* TM an Franz Theodor Csokor aus Küsnacht vom 29. 7. 1937 in Regesten II, 37/134.

4] *Maria Müller:* Die österreichische Sängerin Maria Müller (1898 bis 1958), eine hervorragende Wagner-Darstellerin, gehörte 1923 bis 1924 der Münchner Oper, 1925-1935 der Metropolitan Opera, New York, 1950-1952 der Städtischen Oper und Staatsoper Berlin an und sang auch häufig bei den Bayreuther und Salzburger Festspielen.

30. 7. 1937

83 1] *Heinz Pr.:* Heinz Pringsheim (1882-1974), Bruder von Frau Katia Mann, ursprünglich Archäologe, wandte sich später der Musik zu, komponierte, dirigierte und war ein bekannter Musikschriftsteller. Seine Gattin Mara geborene Duvé war seine zweite Frau. Er hatte unter dem NS-Regime Berufsverbot und lebte zurückgezogen in Oberbayern; 1945-1950 leitete er die Musikabteilung von Radio München und war zugleich Musikkritiker der ›Süddeutschen Zeitung‹.

2] *Prof. Utitz:* Der Kultur- und Kunstphilosoph Emil Utitz (1883 bis 1956), seit 1925 Professor in Halle, 1934-1939 in Prag; danach bis 1945 im Konzentrationslager.

31. 7. 1937

83 1] *Dr. Oberländer:* Nicht eindeutig identifiziert; möglicherweise Hans Oberländer aus Tübingen, der TM 1935 zum 60. Geburtstag gratulierte.

84 2] *Horowitz:* Der Pianist Wladimir Horowitz (geboren 1904), Schwiegersohn von Arturo Toscanini, lebt in New York.

1. 8. 1937

1] *Brief an Angell:* TM an Joseph W. Angell aus Küsnacht vom 1. 8. 1937, Regesten II, 37/135. 84

2] *an die Herz:* TM an Ida Herz aus Küsnacht vom 1. 8. 1937, Regesten II, 37/136.

3] *Peat:* Der amerikanische Impresario und Vortragsagent Harold Peat, der TMs amerikanische Vortragstourneen organisierte.

2. 8. 1937

1] *Brief von Heinrich:* Nicht erhalten. 84

2] *»Club der Sauberen«:* Unter Führung von Leopold Schwarzschild und Konrad Heiden hatte sich im Juni 1937 in Paris eine Gruppe deutscher Exilpublizisten und Schriftsteller gebildet, die sich ›Bund Freie Presse und Literatur‹ nannte und unter dem Eindruck der Moskauer Prozesse eine ›saubere‹ politische und moralische Haltung, nämlich Abwendung von allen Volksfront-Bestrebungen und Bündnissen mit kommunistischen Gruppen forderte. Die Mitglieder des Bundes erklärten, einem Aufruf zufolge, »geistige Freiheit, moralische Sauberkeit und Verantwortungsgefühl für die Grundlage jeder öffentlichen geistigen Wirksamkeit«. Dieser ›Club der Sauberen‹ rief in der Familie Mann gewisse Spannungen hervor. Heinrich Mann gehörte zu den Führern der Volksfront-Bestrebungen, deren Organ die kommunistische ›Neue Weltbühne‹ war; Klaus Mann war dem Bund ursprünglich beigetreten, zog sich aber auf Grund der Vorstellungen seines Onkels Heinrich und eigener Bedenken wieder aus ihm zurück; Thomas Mann war zum Beitritt überhaupt nicht aufgefordert worden. Die ganze Kontroverse, in die auch das Schicksal des ›Pariser Tageblatts‹ und der ›Pariser Tageszeitung‹ und die undurchsichtige Haltung Georg Bernhards hineinwirkten, ist durch den Briefwechsel zwischen Klaus Mann, Heinrich Mann, Leopold Schwarzschild, Konrad Heiden und Lion Feuchtwanger in Klaus Mann, ›Briefe und Antworten‹, Band I, 282-316, mit den zugehörigen Anmerkungen Martin Gregor-Dellins gut dokumentiert.

3] *Bernhardt:* Georg Bernhard (1875-1944), 1920-1930 Chefredakteur der ›Vossischen Zeitung‹, Berlin, Professor an der Handelshochschule Berlin und seit 1928 Reichstagsabgeordneter der Demokratischen Partei, emigrierte 1933 nach Paris, wo er die deutsche Emigranten-Tageszeitung ›Pariser Tageblatt‹ gründete und leitete. Er veröffentlichte 1933 ›Die deutsche Tragödie. Der Selbstmord einer Republik‹ und 1936 ›Warum schweigt die Welt?‹

85 4] *mühsam studiert:* Ferdinand Lions handschriftliche Briefe waren sehr schwer leserlich und stellenweise überhaupt nicht zu entziffern.

3. 8. 1937

85 1] *M. ter Braak:* Der holländische Schriftsteller, Philologe und Kritiker Menno ter Braak (1902-1940), Freund von Klaus Mann und Mitarbeiter seiner Zeitschrift ›Die Sammlung‹, veröffentlichte eine Anzahl von Aufsätzen über TM. Er war ein entschiedener Gegner des Nationalsozialismus. Beim Einmarsch der Deutschen in Holland am 10. 5. 1940 versuchte er, ein Fischerboot zu kaufen, um damit nach England zu gelangen. Als dies mißlang, nahm er sich am 14. 5. 1940 im Haus seines Bruders, des Neurologen Dr. W. ter Braak, mit einer Dosis Cyankali das Leben. Siehe *In memoriam Menno ter Braak* (1947), GW X, 513-515.

2] *Dr. Herzfeld:* Dr. Günther Herzfeld-Wüsthoff (1893-1969), als junger Leutnant im Ersten Weltkrieg schwer verwundet, schrieb aus dem Feldlazarett an TM, der seine Briefe in den *Betrachtungen eines Unpolitischen* zitierte. Er suchte TM später in München auf, und TM, der ihn sehr sympathisch fand, bat ihn, einer der Taufpaten seiner jüngsten Tochter Elisabeth (Medi) zu sein. Er lebte später in großer Zurückgezogenheit als Büchersammler und Antiquar am Bodensee. TMs Briefe an ihn sind erhalten, aber nicht zugänglich.

3] *Brief an Heinrich:* Nicht erhalten.

4. 8. 1937

85 1] *Sinsheimer:* Hermann Sinsheimer (1883-1950), Chefredakteur des ›Simplicissimus‹ und danach bis 1933 Chef des Feuilletons des ›Berliner Tageblatt‹. Er emigrierte erst 1938 nach England; seine Lebenserinnerungen ›Gelebt im Paradies‹ erschienen posthum 1953.

2] *Graefe:* ›Goethe über seine Dichtungen‹, Hauptwerk des Goethe-Forschers Hans Gerhard Gräf (1864-1942), erschien in neun Bänden 1901-1914 und gilt als unentbehrliches Hilfsmittel der Goethe-Forschung. Nicht klar, wie es sich hier um ein ›Buchgeschenk‹ Feists handeln konnte. TM besaß das Werk in München und konsultierte es bereits 1918, wie das Tagebuch jenes Jahres ausweist. Möglicherweise gehörte es zu jenen seltenen und wertvollen Werken, die Hans Feist aus dem Haus Poschingerstraße 1 an sich genommen hatte, um sie zu retten und TM zuzustellen. Der größte Teil dieser Bücher wurde jedoch von der Gestapo in Feists Wohnung beschlagnahmt.

3] *Pariser Philosophen-Kongreß:* Der neunte ›Congrès International de Philosophie‹ fand 1937 in Paris statt.

4] *Bergson:* Der französische Philosoph Henri Bergson (1859 bis 1941), Professor am Collège de France, Nobelpreisträger für Literatur 1927, schuf den Begriff des ›Lebensimpulses‹ (Elan vital) als Grundlage einer intuitiven Erkenntnislehre, die sich der rein verstandesmäßigen Weltdeutung entgegenstellte. Er war von großem Einfluß auf die zeitgenössische französische Literatur und befruchtete die deutsche Phänomenologie und den George-Kreis.

5] *Sir Herbert Samuel:* Der britische Philosoph und Politiker Sir Herbert (seit 1937 Viscount) Samuel (1870-1963), seit 1902 liberaler Unterhausabgeordneter, zwischen 1909 und 1918 mehrfach Minister, 1920-1925 erster Hochkommissar in Palästina, 1931 bis 1935 Innenminister. Er war 1931-1959 Präsident des British (später Royal) Institute of Philosophy, Verfasser von ›Practical Ethics‹ (1935) und ›Belief and Action‹ (1937) und ein einflußreicher Fürsprech und Helfer der deutschen Exilierten.

6] *Heyse:* Hans Heyse (geboren 1891), seit 1932 Professor der Philosophie in Königsberg.

7] *Bäumler:* Der Schriftsteller Alfred Baeumler (1887-1968) schrieb einen großen Aufsatz über TMs *Betrachtungen eines Unpolitischen*, ›Metaphysik und Geschichte‹, der im Oktoberheft 1920 der ›Neuen Rundschau‹ erschien und zu TMs persönlicher Bekanntschaft mit ihm führte. Baeumler wurde 1928 Professor der Philosophie in Dresden, geriet ins nationalsozialistische Fahrwasser, wurde 1933 Professor für politische Pädagogik an der Universität Berlin und Direktor des hierfür errichteten Instituts. Er veröffentlichte ›Nietzsche der Philosoph und Politiker‹ (1931), von TM als eine ›Nietzsche-Verhunzung‹ bezeichnet, und ›Männerbund und Wissenschaft‹ (1934) und war Mitherausgeber des ›Handbuchs der Philosophie‹. TM wandte sich sehr bald nach der persönlichen Begegnung von ihm ab und erblickte in ihm einen unverbesserlichen Nazi.

8] *Busch:* Der Maler, Zeichner und Dichter Wilhelm Busch (1832 bis 1908).

86 9] *Vortrag über »Demokratie«:* Der Vortrag *Vom kommenden Sieg der Demokratie (The Coming Victory of Democracy)*, den TM für seine Vortragstournee in den Vereinigten Staaten im Frühjahr 1938 vorzubereiten hatte (GW XI, 910-941).

5. 8. 1937

86 1] *Dr. Rosenhaupt:* Hans Rosenhaupt (geboren 1911) studierte 1928-1933 in Berlin und München, promovierte 1935 bei Fritz Strich in Bern und ging später nach Amerika. Er lehrte bis 1947 Deutsch und Französisch an mehreren Colleges, ist seit 1969 Präsident der Woodrow Wilson National Fellowship Foundation und lebt in Princeton.

2] *Dr. Revecs:* Der ungarische Leiter der Presse-Agentur ›Coopération‹ in Paris, die Artikel bekannter Autoren an Zeitungen in der ganzen Welt vertrieb und ab und zu auch TM vertrat. Nichts Näheres über ihn bekannt. TM traf ihn in der Folge in den Vereinigten Staaten wieder.

3] *R. Bloch:* Richard Bloch in Wien, ein Bewunderer TMs, der ihm mehrmals wertvolle Buchgeschenke machte.

4] *C. Brunner:* Der Philosoph Leo Wertheimer (1862-1937), der unter dem Namen Constantin Brunner schrieb.

5] *Andermann:* Friedrich Andermann, ›Irrtum und Wahrheit der Biologie‹, Wien 1937.

6] *Brochs Exposee:* Siehe Anmerkung 4 zum 9. 8. 1937.

7] *Rede im Mecca-Temple:* Siehe Anmerkung 1 zum 21. 7. 1937. Die im Tagebuch erwähnte ›Broschüre‹ ist ein vierseitiges Faltblatt ›Thomas Manns Bekenntnis für ein freies Deutschland. Rede, die am 21. April 1937 in New York gehalten wurde‹, herausgegeben von der German-American League for Culture, New York, und enthält nur TMs Rede. Die New Yorker ›Volkszeitung‹ veröffentlichte einen Bericht über die Kundgebung und den vollen Wortlaut der Rede.

8] *Felix Bertaux:* Félix Bertaux (1881-1948), französischer Germanist und Übersetzer aus dem Deutschen, mit Heinrich und Thomas Mann befreundet, hatte seit 1914 zahlreiche Aufsätze über TM veröffentlicht, 1925 *Der Tod in Venedig* übersetzt und damit TM in Frankreich eingeführt und auch die französische Fassung von *Leiden und Größe Richard Wagners* hergestellt. Sein Sohn Pierre Bertaux (geboren 1907) ist ein Jugendfreund von Golo Mann.

6. 8. 1937

1] *Litwinow:* Der sowjetische Politiker und Diplomat Maxim Lit- *86*
winow (1876-1951) vertrat 1917-1919 die Sowjetunion in London, war seit 1930 Volkskommissar des Äußeren (Außenminister) und trat konsequent für kollektive Sicherheit gegenüber dem nationalsozialistischen Deutschland und dem faschistischen Italien ein. Er mußte im Mai 1939 zugunsten von Molotow zurücktreten, der die Verständigung mit Hitlerdeutschland herbeiführte, und war 1941 bis 1943 Sowjetbotschafter in Washington.

2] *Brief an Peat:* TM an Harold R. Peat aus Küsnacht vom 7. 8. *87*
1937 in Regesten II, 37/138.

3] *Kastner:* Rudolf Kastner, 1928-1934 erster Musikkritiker der Ullsteinschen ›Berliner Morgenpost‹. Über sein Schicksal im Exil nichts Näheres bekannt.

4] *Knopfs Sohn:* Alfred Knopf jun. genannt Pat (geboren 1918), Sohn von Alfred und Blanche Knopf, gründete 1959 zusammen mit Simon Michael Bessie und Hiram Haydn den Athenaeum Verlag in New York. »To live on his own«: ein eigenes, selbständiges Leben führen.

5] *»Kr. u. Fr.«:* ›Krieg und Frieden‹, Roman von Tolstoi.

7. 8. 1937

1] *Geiger:* Ludwig Geiger (1848-1919), ›Goethe und die Seinen‹, *87*
1908.

2] *Druckfehler:* Statt ›Jalouse‹ mußte es ›Jaloux‹ heißen, nämlich Edmond Jaloux, dessen Beitrag ›Der schöpferische Traum‹ in Heft 1 von ›Mass und Wert‹ erschien.

8. 8. 1937

87 1] *Ehepaar Melius:* Siehe Anmerkung 1 zum 4. 1. 1937 zum rumänischen Plagiatsprozeß. In einem Aufsatz ›Ein Nachmittag bei Thomas Mann‹, erschienen in ›Igaz Szó‹ im Juli 1957, berichtet József Méliusz, er habe seinerzeit über die Redaktion der Zeitschrift ›Szép Szó‹ als erster TM von der Absicht, einen Plagiatsprozeß gegen ihn anzustrengen, unterrichtet und ihm einen jungen antifaschistischen Rechtsanwalt (József Kende) empfohlen, dank dessen Hilfe »der Prozeß mit einem Fiasko endete«. TM habe ihm dann geschrieben, er möge ihn doch besuchen, wenn er einmal in die Schweiz komme.

2] *›Fiorenza‹:* TMs einziges Bühnenwerk, ein Renaissance-Drama um Savonarola und Lorenzo Medici, geschrieben 1903-1905.

9. 8. 1937

88 1] *Signor Formica:* Novelle von E. T. A. Hoffmann, im Siebenten Abschnitt der ›Serapions-Brüder‹.

2] *»Erzählung Adelens«:* Das Fünfte Kapitel von *Lotte in Weimar* mit dem Untertitel *Adeles Erzählung,* in der Adele Schopenhauer die Geschichte der Ottilie von Pogwisch und Augusts von Goethe erzählt.

3] *Handschreiben von Beneš:* Nicht aufgefunden.

4] *Brief an Broch:* TM an Hermann Broch aus Küsnacht vom 9. 8. 1937. Regesten 37/140. Brochs Exposé ›Ein Appell an das Gewissen der Welt‹ blieb unveröffentlicht.

5] *Antwort an Beneš:* Nicht nachgewiesen.

6] *Marinetti:* Der italienische Schriftsteller Tommaso Marinetti (1876-1944), veröffentlichte 1909 das erste futuristische Manifest und wurde zum Begründer des Futurismus. Sein starker Nationalismus machte ihn zum Faschisten und Anhänger Mussolinis; er nahm am Abessinienkrieg und am Zweiten Weltkrieg teil.

10. 8. 1937

88 *Storfer:* Der Wiener Schriftsteller Adolf Josef Storfer (1888-1945), Direktor des Internationalen Psychoanalytischen Verlags, Wien, und Redakteur der Zeitschrift ›Imago‹. Sein Buch ›Wörter und ihre Schicksale‹ erschien 1935 im Atlantis-Verlag, Zürich. Er war ab

1924 Herausgeber der ›Gesammelten Schriften‹ Sigmund Freuds und emigrierte 1938 nach Australien.

11. 8. 1937

1] *Nazintern:* So in der Handschrift. Unklarer Hinweis, möglicherweise Verschreibung. 88

2] *Guillemin:* Der Schriftsteller und Kritiker Bernard Guillemin (geboren 1898), vor 1933 Feuilletonredakteur in Leipzig, Übersetzer aus dem Französischen, emigrierte 1934 nach Jugoslawien, 1944 nach den Vereinigten Staaten. Er schrieb in den zwanziger Jahren mehrfach über TM, aber eine Rezension der Joseph-Romane aus seiner Feder ist nicht nachgewiesen. 89

12. 8. 1937

1] *R. Ullmann:* Die von Rilke entdeckte und geförderte, in der Schweiz von deutsch-jüdischen Eltern geborene Erzählerin Regina Ullmann (1884-1961), bis 1935 in München, die in großer materieller Bedrängnis in Salzburg im Exil lebte und für die Karl Wolfskehl, selbst im Exil in Italien, von TM Hilfe erbat. Sie gelangte im Januar 1938 über Rumänien und Italien in die Schweiz und konnte sich in ihrer Geburtsstadt St. Gallen niederlassen. Sie kehrte nach dem Zweiten Weltkrieg nach München zurück. Mit dem ›Fonds‹ ist der Prager Thomas Mann-Fonds für notleidende exilierte Schriftsteller gemeint. 89

2] *Bieber:* Hugo Bieber, ›Goethe im 20. Jahrhundert‹, Berlin, Wegweiser-Verlag, 1937. TMs Exemplar ist erhalten.

3] *Brief von Bermann:* GBF an TM aus Wien vom 10. 8. 1937 in TM-GBF, 135-137. Siehe hierzu den von TM nicht erwähnten vorangegangenen Brief GBFs vom 7. 7. 1937 (TM-GBF, 133-135).

4] *Brief an ihn:* Ein Brief TMs an GBF von diesem Tag ist nicht erhalten; wohl aber ein Telegramm an GBF vom 12. 8. 1937 aus Küsnacht:»Vergnügt und einverstanden. Mann.« TM-GBF, 137.

5] *P. Bertaux:* Pierre Bertaux.

13. 8. 1937

1] *Arnold Zweig:* Der Erzähler Arnold Zweig (1887-1968), berühmt durch seinen 1927 erschienenen Kriegsroman ›Der Streit um den Sergeanten Grischa‹, emigrierte 1933 nach Frankreich und 89 ging später nach Palästina, von wo er 1948 nach Deutschland (DDR) zurückkehrte. Seine Frau: Beatrice Zweig. Sein Sohn: Michael Zweig.

2] *P. Caspari:* Nicht eindeutig entziffert und nicht identifiziert.

14. 8. 1937

1] *Niko K.:* Nico Kaufmann.

2] *Jehuda Ehrenkranz:* 1906 in Bessarabien geborener, deutschsprachiger jüdischer Schauspieler und Vortragskünstler, gehörte der ›Wilnaer Truppe‹ an, seit 1925 Vortragsreisen in ganz Europa, seit 1933 in Palästina, lebt zurückgezogen in Tel-Aviv.

3] *Fleiner:* Der Schweizer Historiker und Staatsrechtslehrer Fritz Fleiner (1867-1937), seit 1915 Professor in Zürich.

15. 8. 1937

90 1] *Mme Santa Cruz:* Vermutlich die Gattin des chilenischen Komponisten und Musikprofessors Domingo Santa Cruz (geboren 1899), der seit 1934 Dekan der Musikfakultät der Universität in Santiago de Chile war.

2] *San Jago:* Santiago de Chile.

3] *an Felix Bertaux:* TM an Félix Bertaux aus Küsnacht vom 16. 8. 1937, Regesten II, 37/147.

4] *Silones Novellen:* Ignazio Silone, ›Eine Reise nach Paris‹, Novellen, Zürich 1934.

16. 8. 1937

90 1] *S.D.S.:* Der im Pariser Exil neu gegründete Schutzverband Deutscher Schriftsteller.

2] *Pariser Tageszeitung:* Siegfried Marck, ›Thomas Mann‹, in ›Pariser Tageszeitung‹, Paris, 13. 8. 1937.

3] *New York Times:* Charles Poore, ›Freud, Goethe, Wagner‹, in ›New York Times‹, New York, 4. 8. 1937.

4] *»Washington Herald«:* Nicht aufgefunden.

5] *Die Meyer:* Agnes E. Meyer geb. Ernst (1887-1970), von deutschen Einwanderer-Eltern in den Vereinigten Staaten geboren, Gattin des amerikanischen Großbankiers, Philanthropen und Besitzers und Herausgebers der ›Washington Post‹, Eugene Meyer (1875-1959). Sie studierte in Paris an der Sorbonne, war mit Rodin und Claudel befreundet und entfaltete eine eifrige publizistische Tätigkeit auf politischem und sozialfürsorgerischem Gebiet; häufige Mitarbeiterin der ›Washington Post‹, ›New York Times Book Review‹, ›Atlantic Monthly‹, ›Reader's Digest‹ und anderer. Das sehr vermögende Ehepaar Meyer machte sein Stadthaus in Washington und seinen Landsitz in Mount Kisco zu einem glänzenden Mittelpunkt amerikanischen und internationalen politischen, gesellschaftlichen und künstlerischen Lebens und hatte auf Grund seiner vorzüglichen Beziehungen beträchtlichen Einfluß im Weißen Haus und in Regierungskreisen. Agnes E. Meyer, die fließend deutsch sprach und schrieb, lernte TM während seines Amerika-Aufenthaltes im Frühjahr 1937 kennen und schloß sich eng an ihn an. Sie übersetzte seine Schrift *Vom zukünftigen Sieg der Demokratie* und das erste Vorwort zu ›Mass und Wert‹ (*Standards and Values*) und stand, abgesehen von ihren häufigen Begegnungen, nahezu zwanzig Jahre lang in intensivem, sehr umfangreichem Briefwechsel mit ihm, der zum großen Teil beiderseits erhalten ist. In ihrer Autobiographie ›Out of these Roots. The Autobiography of an American Woman‹ (1953) ist ihr Verhältnis zu TM geschildert.

6] *amerik. College-Film:* ›College Holiday‹: mit Jack Benny, Georges Burns, Gracie Allen und Mary Boland. Regie Frank Tuttle.

7] *Beiträge von Krenek und Roth:* Von Ernst Křenek erschien der Aufsatz ›Ist Oper heute noch möglich?‹ in Heft 2 von ›Mass und Wert‹ (November/Dezember 1937). Von Joseph Roth erschien kein Beitrag in der Zeitschrift.

17. 8. 1937

1] *A.'s Erzählung: Adeles Erzählung,* das Fünfte Kapitel von *Lotte in Weimar.* 91

2] *Curtis:* Siehe Anmerkung zum 11. 7. 1937.

3] *Korrodis Besprechung:* Eduard Korrodi (gezeichnet »K.«), ›Mass und Wert‹ in ›Neue Zürcher Zeitung‹, 17. 8. 1937.

4] *Coudenhove:* Richard Graf Coudenhove-Kalergi (1894-1972), Schriftsteller und Politiker, gründete 1924 die Paneuropa-Bewegung mit dem Ziel eines europäischen Staatenbundes. Er mußte 1938 seine österreichische Heimat verlassen, wurde 1940 Professor für Geschichte an der Universität New York, kehrte 1946 nach Europa zurück und war als Präsident der Paneuropa-Union zuletzt in der Schweiz ansässig.

18. 8. 1937

91 1] *»Prager Presse«:* Eine Besprechung zu diesem Zeitpunkt ist nicht nachgewiesen; wohl aber Arnošt Kraus, ›Mass und Wert. Über Thomas Manns Zweimonatsschrift‹ in ›Prager Presse‹, Prag, vom 3. 12. 1937.

2] *Aufsatz von Kerényi:* TM hatte Kerényi am 4. 5. 1937 um einen Beitrag für ›Mass und Wert‹ gebeten. Kerényi sandte daraufhin seinen Aufsatz ›Die religiöse Idee des Nichtseins‹, für den sich aber weder TM noch Ferdinand Lion erwärmen konnten. Kerényi zog den Aufsatz daher bei seinem Besuch in Küsnacht im September wieder zurück, und er erschien später als Nachwort in seinem Buch ›Die antike Religion‹, Amsterdam, 1940. Siehe TM-KK 79 und 209, Anmerkung 43.

3] *Artikel von Fiedler:* Ein Aufsatz von Kuno Fiedler gegen die deutsche Bekenntniskirche erschien nicht in ›Mass und Wert‹. Fiedlers Name erscheint nur einmal, in Heft 3, 1940, als Mitarbeiter der Zeitschrift.

19. 8. 1937

92 1] *junger Professor:* Der amerikanische Germanist Walter A. Reichart, Professor an der Universität von Michigan in Ann Arbor, Michigan. Er arbeitete hauptsächlich über Gerhart Hauptmann, mit dem er persönlich gut bekannt war, und veröffentlichte auch eine Anzahl von Arbeiten über TM. Mitarbeiter von Hans Bürgin an der Bibliographie ›Das Werk Thomas Manns‹ (1959).

2] *Mutter-Nietzsche-Briefe:* Siehe Anmerkung 2 zum 9. 7. 1937.

20. 8. 1937

92 *Frau von Kahler:* Josefine (Fine) von Kahler geb. Sobotka (1889 bis 1959), die erste Gattin Erich von Kahlers, mit der er 1912-1941 verheiratet war. Sie stand Stefan George und Friedrich Gundolf nahe, der ihr seinen ›Goethe‹ (1916) widmete.

21. 8. 1937
1] *»Sonne«:* Das ›Hotel zur Sonne‹ in Küsnacht. 92
2] *Brentanos Aufsatz:* Von Bernard von Brentano erschien kein Aufsatz in ›Mass und Wert‹.
3] *Roths »Grillparzer«:* Nicht in ›Mass und Wert‹ erschienen.
4] *Vauvenargue:* Ein Beitrag von Erich Brock über Vauvenargues kam nicht zustande.
5] *Aufsatz ter Braaks:* Menno ter Braak, ›Maat en waarde‹, in ›Het Vaderland‹, Den Haag, 18. 8. 1937.

22. 8. 1937
ter Braaks Manuskript: ›Nietzsche contra Freud‹, das 3. Kapitel 93
von Menno ter Braaks Buch ›Politicus zonder Partij‹, das 1934 in Rotterdam erschien. Ter Braak schickte TM eine deutsche Übersetzung von unbekannter Hand.

23. 8. 1937
1] *Rychner:* Der Schweizer Literarhistoriker, Essayist und Kritiker 93
Max Rychner (1897-1965) war ein Schüler Eduard Korrodis und ein früher Bewunderer TMs, den er erstmals im Januar 1914 in Zürich vorlesen hörte. Er übernahm 1922 die Redaktion der Zeitschrift ›Wissen und Leben‹, die er als ›Neue Schweizer Rundschau‹ fortführte. 1931 ging er als Feuilletonredakteur an die ›Kölnische Zeitung‹ in Köln, gab den Posten jedoch bei der nationalsozialistischen Machtübernahme auf und blieb als Sonderberichterstatter der ›Neuen Zürcher Zeitung‹ bis 1937 in Köln. 1937-1939 arbeitete er am ›Bund‹ in Bern, danach an der ›Tat‹ in Zürich. Er veröffentlichte im Lauf der Jahre über fünfzig Arbeiten über TM, darunter drei große Aufsätze: ›Thomas Mann zu seinem fünfzigsten Geburtstag‹ (1925), ›Thomas Mann und die Politik‹ (1947) und ›Gestalten und Bezüge in den Romanen Thomas Manns‹ (1955). Siehe auch sein Buch ›Frühe Erfahrungen‹, 1957. – Der hier erwähnte Aufsatz: Max Rychner, ›»Mass und Wert«; zum Vorwort von Thomas Mann‹, in ›Der Bund‹, Bern, 18. 8. 1937.
2] *Lubahn:* Robert Lubahn (geboren 1903), ursprünglich Beamter, sodann dilettierender Schauspieler, Rezitator und Lyriker, war der Verfasser des Textes der ›Olympischen Hymne‹, die Richard Strauss für die Eröffnung der Olympischen Spiele in Berlin, im

August 1936, komponierte. Lubahn behauptete, außer Landes getrieben worden zu sein, und hatte TM bereits einmal zuvor, am 19. 8. 1936, in Küsnacht aufgesucht. Offenbar handelte es sich darum, in Bern eine Aufenthaltserlaubnis für ihn in der Schweiz zu erwirken.

24. 8. 1937

94 1] *E. Bloch:* Der marxistische Philosoph Ernst Bloch (1885-1977), Verfasser von ›Der Geist der Utopie‹ (1918) und ›Das Prinzip Hoffnung‹, seit 1933 im Exil, lebte damals in Prag. Er ging 1938 in die Vereinigten Staaten und kehrte 1949 nach Deutschland zurück, wo er 1949-1957 Professor in Leipzig (DDR) und seit 1961 Professor in Tübingen war. Seine Replik auf TMs Vorwort erschien nicht in ›Mass und Wert‹. Die Zeitschrift brachte erst 1940 einen Beitrag von ihm.

2] *»Père Goriot«:* Roman von Honoré de Balzac (1834).

25. 8. 1937

94 *H. Müller:* Der österreichische Dramatiker Hans Müller (1882 bis 1950) wurde bekannt durch sein viel gespieltes Schauspiel ›Die Flamme‹ (1920). Er war ein Bruder des Schriftstellers und Theaterleiters Ernst Lothar und lebte in Einigen am Thunersee.

26. 8. 1937

94 1] *Brief an Ernst Bloch:* Nicht aufgefunden.

2] *Ehepaar Dr. Diamand:* Unbekannt.

95 3] *»Goethe und Napoléon«:* Andreas Fischer, ›Goethe und Napoleon, eine Studie‹. 2. erweiterte Auflage mit einem Anhang ›Weimar und Napoleon‹, Verlag Huber, Frauenfeld, 1900. TMs Exemplar ist erhalten.

27. 8. 1937

95 1] *Goldberg:* Der Berliner Mediziner und Orientwissenschaftler Oskar Goldberg (geboren 1885), dessen Buch ›Die Wirklichkeit der Hebräer‹ (1925) TM für die Joseph-Romane benutzte. Sein Aufsatz ›Die Götter der Griechen‹ erschien in Heft 2 (1937) von ›Mass und Wert‹. Goldberg war ein Freund Ferdinand Lions und lebte als emigrierter Privatgelehrter in Italien. Züge von ihm sind

in TMs Schilderung des Chaim Breisacher in *Doktor Faustus* eingegangen.

2] *de Broglie:* Der französische Physiker Louis de Broglie (geboren 1892), Begründer der Materiewellen-Theorie, Träger des Nobelpreises für Physik 1929. Sein Beitrag ›Betrachtungen über den Indeterminismus in der Quantenphysik‹ (Vortrag, gehalten auf dem IX. Internationalen Philosophie-Kongreß in Paris) erschien in Heft 4 (März-April 1938) von ›Mass und Wert‹.

3] *Sant Ander:* So in der Handschrift: die spanische Hafenstadt Santander.

4] *englischer Gesandter:* Der britische Botschafter in Shanghai Sir Hugh Knatchbull-Hugessen war im chinesisch-japanischen Krieg auf einer Dienstreise im Auto von japanischen Fliegern beschossen und verwundet worden.

5] *Feuilleton Korrodis:* E. K. (Eduard Korrodi), ›Wolfgang Menzel als Kritiker‹ (Besprechung von ›Wolfgang Menzel als Dichter, Literarhistoriker und Kritiker‹ von Emil Jenal, Berlin 1937) in ›Neue Zürcher Zeitung‹, 27. 8. 1937.

6] *Nation. Zeitung:* Eine ausführliche Besprechung des ersten Heftes von ›Mass und Wert‹, gezeichnet ›Kl.‹ (Otto Kleiber), in der ›National-Zeitung‹, Basel, 27. 8. 1937.

29. 8. 1937

Frau Fuetiger: Siehe Anmerkung 1 zum 13. 2. 1938. *95*

30. 8. 1937

1] *Préface:* Gide schrieb das Vorwort (›Préface à quelques écrits récents de Thomas Mann‹) zu dem Bändchen *Avertissement à l'Europe,* das in der Übersetzung von Rainer Biemel 1937 bei Gallimard in Paris erschien. *96*

2] *Julie Wassermann:* Julie Wassermann-Speyer (1876-1963), Tochter des Wiener Textilfabrikanten Albert Speyer, die erste Gattin von Jakob Wassermann, von der er sich unter großen äußeren und inneren Schwierigkeiten nach dem Ersten Weltkrieg trennte. Sie veröffentlichte den autobiographischen Roman ›Das lebendige Herz. Roman einer Ehe‹, ›Jakob Wassermann, Briefe an seine Braut und Gattin Julie 1900-1929‹ (darin enthalten Fragmente aus Wassermanns verlorengegangenen Tagebüchern) und anderes. Siehe auch Wassermanns letzten, posthum erschienenen Roman ›Joseph Kerkhovens dritte Existenz‹, in dem der Zusammenbruch seiner ersten Ehe und die manischen Prozeß-Machenschaften seiner ersten Frau geschildert sind.

3] *E. Jellinek:* Fritz Jellinek (1895-1966), ›Die Krise des Bürgers‹, erschien 1935 im Europa-Verlag (Oprecht), Zürich. Der Verfasser lebte als Emigrant in London.

4] *Lion nachgiebig:* Eine Auswahl aus den von Podach im Verlag Bermann-Fischer herausgegebenen Briefen von Nietzsches Mutter an Franz Overbeck erschien mit einer Vorbemerkung Lions in Heft 2 (November/Dezember) 1937 von ›Mass und Wert‹.

31. 8. 1937

96 1] *Marcel Brion:* (geboren 1895), französischer Kritiker, Erzähler, Historiker und Kunsthistoriker.

97 2] *Golos Besprechungen:* In Heft 3 (Januar-Februar 1938) von ›Mass und Wert‹ veröffentlichte Golo Mann unter dem Titel ›Deutscher Historismus‹ eine Sammelbesprechung deutscher historischer Werke (Erich Marcks, ›Der Aufstieg des Reiches‹; Heinrich von Srbik, ›Deutsche Einheit‹; Friedrich Meinecke, ›Die Entstehung des Historismus‹ und Erich von Kahler ›Der deutsche Charakter in der Geschichte Europas‹).

1. 9. 1937

97 1] *Heinke:* Der verwundete Offizier Ferdinand Heinke in *Adeles Erzählung*, dem Fünften Kapitel von *Lotte in Weimar*.

2] *Film mit Forster und der Bergner:* ›Ariane, ein russisches Mädchen‹, Film von Paul Czinner mit Elisabeth Bergner und Rudolf Forster nach dem Roman von Claude Anet.

3] *die 3 Lectures:* Vermutlich der Band *Freud, Goethe, Wagner. Three Essays*, der 1937 bei Knopf, New York, erschien und die amerikanischen Fassungen der drei Vorträge über Freud, Goethe und Wagner enthielt.

2. 9. 1937

97 1] *Rée-Nietzsche:* Es erschien kein Aufsatz von Podach in ›Mass und Wert‹.

2] *Stef. Zweig:* Der österreichische Erzähler und Autor erfolgreicher Biographien Stefan Zweig (1881-1942), den TM seit 1914 gut kannte. Zweig emigrierte 1938 von Salzburg nach England, wo er bereits seit 1934 einen zweiten Wohnsitz hatte, erwarb die britische Staatsbürgerschaft, ging im Zweiten Weltkrieg in die Vereinigten Staaten und nahm sich 1942 in Brasilien das Leben. Siehe *Stefan Zweig zum zehnten Todestag*, GW X, 524-525, und TMs Brief an Friderike Maria Zweig-Winternitz, Zweigs erste Gattin, vom 15. 9. 1942, in Briefe II, 280-281.

4. 9. 1937

1] *deutsche Arbeit:* Herbert Sultan ›Zeit und Geschichte bei Thomas Mann‹, Heidelberg 1934 (Maschinenschriftliche Vervielfältigung, 23 Seiten). 98

2] *Coudenhoves Zeitschrift:* Die von Richard Graf Coudenhove-Kalergi 1924 gegründete Zeitschrift ›Paneuropa‹, Organ der Pan-Europa-Bewegung.

3] *Rocca:* Der italienische Kritiker Enrico Rocca veröffentlichte eine Anzahl von Aufsätzen über TM während des faschistischen Regimes und auch nach dem Zweiten Weltkrieg, und sein 1950 erschienenes Werk ›Storia della letteratura tedesca dal 1870 al 1933‹ enthält auch ein Kapitel über TM.

5. 9. 1937

Shakespeare-Sonette: Vermutlich ist der TM bekannte Dr. Ernst Benedikt in Wien gemeint. Eine Übersetzung der Shakespeare-Sonette von seiner Hand ist nicht nachweisbar, blieb vermutlich unveröffentlicht. 98

6. 9. 1937

1] *Mr. Amster:* Nicht identifiziert. 99

2] *Joseph italienisch:* Siehe Anmerkung 2 zum 19. 1. 1937. Der dritte Joseph-Roman *Giuseppe in Egitto* erschien in zwei Bänden 1937.

7. 9. 1937

Aufsatz von Lukacs: Georg Lukács, ›Die Tragödie Heinrichs von Kleist‹, in ›Internationale Literatur‹, August 1937. 100

8. 9. 1937

100 1] *Mittelmeer-Konferenz:* Die Konferenz von Nyon (10.-14. 9. 1937) der Mittel- und Schwarzmeer-Mächte (außer Italien). Sie beschloß Maßnahmen zur Bekämpfung des ›Piratentums‹ im Mittelmeer, nämlich vor allem italienischer U-Boote gegen sowjetische Versorgungsschiffe für die spanische Republik.

2] *Goetel:* F. Goetel, ein polnischer Kaufmann und Industrieller, den TM seit seinem Besuch beim Warschauer PEN-Club im März 1927 kannte. Nichts Näheres über ihn bekannt.

3] *Goldstein:* Franz Goldstein, seit Mitte der zwanziger Jahre Redakteur der Literatur-Beilage der in Kattowitz erscheinenden ›Wirtschaftskorrespondenz für Polen‹, die er unter dem Pseudonym ›Frango‹ mit wenigen Freunden, unter ihnen Oskar Koplowitz-Seidlin und Klaus Mann, fast allein bestritt. Diese ›Buch- und Kunstrevue‹ ging Anfang 1936 ein, und Goldstein, stets ein schwieriger und unglücklicher Mensch, ging nach Prag, wo er sich in kümmerlichen materiellen Verhältnissen befand. Im Frühjahr 1938 gelangte er nach Palästina.

4] *Zilsel:* Dr. Edgar Zilsel, Wien, der TM mit Begleitbrief eine Arbeit von sich übersandte, in der Hoffnung, ihn zum Marxismus bekehren zu können. Nichts Näheres über ihn bekannt.

9. 9. 1937

100 1] *Franz Werfel:* Der Erzähler, Lyriker und Dramatiker Franz Werfel (1890-1945), gebürtiger Prager, lebte damals mit seiner Gattin Alma Mahler-Werfel (1877-1964), der Witwe Gustav Mahlers, in Wien, emigrierte 1938 nach Frankreich und 1940 über Portugal nach den Vereinigten Staaten, wo er mit seinem Lourdes-Roman ›Das Lied von Bernadette‹ einen Welterfolg hatte. In Kalifornien gehörte er zu TMs engerem Bekanntenkreis. Sein Roman ›Höret die Stimme‹ erschien 1937 im Paul Zsolnay Verlag, Wien. Siehe *Franz Werfel*, GW X, 500-502.

2] *Operette:* ›Der König mit dem Regenschirm‹, musikalisches Lustspiel von Ralph Benatzky, Regie Leonard Steckel, mit Oskar Karlweis als Gast.

101 3] *Karlweis:* Der Wiener Bühnen- und Filmschauspieler Oskar Karlweis (1894-1956), Bruder von Marta Wassermann-Karlweis, der zweiten Gattin von Jakob Wassermann, emigrierte nach den

Vereinigten Staaten, wo er am New Yorker Broadway großen Erfolg hatte, kehrte 1951 zurück und spielte wieder in Berlin und Wien.
4] *Schachts Rücktritt:* Der Bankier Dr. Hjalmar Schacht (1877 bis 1970) stabilisierte als Reichswährungskommissar 1923 die deutsche Währung, war zweimal (1924-1930 und 1933-1939) Reichsbankpräsident und 1934-1937 zugleich Reichswirtschaftsminister in der Regierung Hitler. Görings Ernennung zum Beauftragten für den Vierjahresplan und damit praktisch zum Wirtschaftsdiktator machte die Stellung des ehrgeizigen Mannes unhaltbar, und er ersuchte Hitler um seine Entlassung aus dem Reichskabinett. Er ging am 5. 9. 1937 vorerst auf Urlaub und trat am 8. 12. 1937 offiziell zurück. Sein Nachfolger wurde zuerst Göring, dann Walter Funk. Schacht war wegen seiner oppositionellen Haltung 1944 bis 1945 im Konzentrationslager und wurde im Nürnberger Kriegsverbrecher-Prozeß freigesprochen.

10. 9. 1937

Sam Stuart: Samuel M. Steward, damals Assistant Professor für *101*
englische Literatur an der Loyola University, Chigaco, in mehreren Ausschüssen der Universität tätig.

11. 9. 1937

Bildhauer Speck: Der Schweizer Bildhauer und Keramiker Paul *101*
Speck (1896-1966) und seine Gattin Else Speck. Er arbeitete 1914 bis 1933 in Deutschland, kehrte dann in die Schweiz zurück.

12. 9. 1937

bei mir: Diese häufig gebrauchte Wendung TMs bedeutet stets ›in *102*
meinem Arbeitszimmer‹.

13. 9. 1937

1] *Glaeser:* Der »alberne Brief« ist nicht erhalten, aber aus einem *102*
Brief TMs an Bernard von Brentano vom 10. 9. 1937 (Regesten II, 37/161) geht hervor, daß Ernst Glaeser seine Mitarbeit an ›Mass und Wert‹ verweigerte, weil er mit TMs »politischer Entwicklung nicht einverstanden« war.
2] *Beck:* Maximilian Beck, ›Unabhängigkeit der geistigen Kultur

von der Rasse‹. Vortrag, gehalten auf dem Congrès international de la population, Paris, Juli 1937. Dieser Beitrag wurde offensichtlich zurückgestellt; er erschien erst in Heft 4 (März/April) 1938 von ›Mass und Wert‹.

3] *Tod Masaryks:* Thomas G. Masaryk, erster Staatspräsident der Tschechoslowakei, war am 14. 9. 1937 siebenundachtzigjährig auf Schloß Lány bei Prag gestorben.

14. 9. 1937

102 1] *Äußerung über Masaryk: Zu Masaryks Gedächtnis* (GW XII, 820-824) erschien in ›Das Neue Tage-Buch‹, Paris, 25. 9. 1937; ›Prager Presse‹, 26. 9. 1937; sowie englisch, übersetzt von H. Lowe-Porter unter dem Titel *In Memory of Masaryk* in ›The Nation‹, New York, 9. 10. 1937, und ›Life and Letters Today‹, London, Nr. 11, 1938.

2] *Capeks Buch:* Karel Čapek, ›Gespräche mit Masaryk‹, 3 Bände, 1928-1935, deutsche Ausgabe in einem Band unter dem Titel ›Masaryk erzählt sein Leben‹, 1936, aus der TM in seinem Nachruf ausgiebig zitiert.

3] *Handschriften-Affaire:* Der sogenannte ›Handschriftenstreit‹ um die vorgeblich mittelalterlichen ›Königinhofer‹ und ›Grünberger Handschriften‹, Sammlungen epischer und lyrischer Gedichte aus der tschechischen Heldenzeit, die 1817 aufgefunden sein sollten und zur Stärkung des tschechischen Nationalbewußtseins wesentlich beigetragen hatten. Sie erwiesen sich als Fälschungen aus dem 19. Jahrhundert, und Masaryk, damals Professor in Prag, stellte dem Sprachforscher Jan Gebauer die von ihm herausgegebene Zeitschrift ›Athenäum‹ für einen Aufsatz zur Verfügung, in dem die Fälschung nachgewiesen wurde. Dies trug Masaryk den Haß der tschechischen Nationalisten ein, die seine Entlarvung der ›Nutzlüge‹ für unpatriotisch erklärten. TM schildert den Hergang in seinem Nachruf ausführlich.

4] *John Knittel:* Der Reiseschriftsteller und Romancier John (eigentlich Hermann) Knittel (1891-1970), bekannt durch seinen Roman ›Via Mala‹, in Indien als Sohn eines deutschen Missionars und einer Engländerin geboren, lebte abwechselnd in Ägypten und Graubünden. TM kannte ihn seit Juni 1934.

15. 9. 1937
Cornichon: In der Nachfolge von Erika Manns ›Pfeffermühle‹ gegründetes schweizerisches literarisch-politisches Kabarett in Zürich, in dem die Malerin und Bildhauerin Elsie Attenhofer zum ersten Mal als Schauspielerin auftrat und großen Erfolg hatte. 103

16. 9. 1937
1] *Freundin Barbara X.:* Unbekannt. 103
2] *Beitrag von Goldberg:* Siehe Anmerkung 1 zum 27. 8. 1937.
3] *Knittels »Via mala«:* Eine Dramatisierung von John Knittels sehr erfolgreichem gleichnamigen Roman. Uraufführung am Schauspielhaus Zürich mit Ernst Ginsberg, Therese Giehse, Hermann Wlach.

18. 9. 1937
1] *Achsenstraße:* Axenstraße, am Vierwaldstätter See. 104
2] *Daily Chronicle:* Richtig ›News Chronicle‹, liberale Londoner Tageszeitung, in entschiedener Opposition zur Regierung Chamberlain; 1960 eingestellt.

19. 9. 1937
1] *Der junge Bab:* Bernd Bab, Sohn des Kritikers Julius Bab (1880 bis 1955). 105
2] *Roosevelt:* Franklin Delano Roosevelt (1882-1945), 1933-1945 Präsident der Vereinigten Staaten. Siehe *Rede für Franklin D. Roosevelt im Wahlkampf 1944*, GW XI, 979-983, und *Franklin Roosevelt* (1945), GW XII, 941-944.
3] *Hamsun:* Der norwegische Dichter Knut Hamsun (1859 bis 1952), von TM als Erzähler seit seinen Anfängen sehr verehrt, schon im Ersten Weltkrieg ein entschiedener Parteigänger Deutschlands, machte seit 1933 aus seinen Sympathien für das NS-Deutschland kein Hehl und trat in den dreißiger Jahren der norwegischen NS-Partei Quislings (National Samling) bei. Bei der Besetzung Norwegens 1940 erließ er einen Aufruf an seine Landsleute zugunsten Deutschlands. Auch hatte er sich in polemischen Zeitungsartikeln gegen den Friedens-Nobelpreis für Carl von Ossietzky ausgesprochen und mit seinen törichten Äußerungen einen Sturm der Empörung hervorgerufen. TM empfand Hamsun, den er einmal sehr geliebt hatte, als ein absurdes und störendes Ärger-

nis. Siehe *Knut Hamsun zum siebzigsten Geburtstag* (1929), GW X, 459-464, und *Die Weiber am Brunnen* (1922), GW X, 617 bis 624.

4] *»alter Offizier«:* Joseph Roth (1894-1939) war kein ›alter Offizier‹. Er wurde, soweit sich feststellen läßt, im August 1916 als Einjähriger einberufen, und kam im Frühjahr 1917 als Berichterstatter einer Kriegszeitung nach Galizien. Er brachte es seiner eigenen Aussage nach bis zum Fähnrich. Seine Angaben über sein Leben sind jedoch denkbar unzuverlässig und widersprüchlich und häufig nachgewiesenermaßen reine Phantastereien.

5] *Mérimée:* Die Novelle ›Tamango‹ von Prosper Mérimée (1803 bis 1870), deutsch 1929 in dem gleichnamigen Novellenband.

20. 9. 1937

106 1] *W. Haas:* Der Schriftsteller und Kritiker Willy Haas (1891 bis 1973) gründete 1925 zusammen mit Ernst Rowohlt die Wochenzeitung ›Die Literarische Welt‹, die er bis 1933 leitete und an der TM häufig mitarbeitete. Er mußte die Zeitschrift unter Druck zwangsverkaufen und emigrierte nach Prag, von dort nach Indien, später nach London, kehrte 1948 nach Deutschland zurück. In Prag gab er 1933-1934 die kurzlebige literarische Wochenzeitung ›Die Welt im Wort‹ heraus, die zwei Beiträge von TM veröffentlichte. In ›Mass und Wert‹ erschien kein Beitrag von ihm.

2] *Brief nach Petersburg:* Vermutlich TM an W. Issakow aus Locarno vom 20. 9. 1937 (wegen russischer Übersetzung von *Lotte in Weimar*), Regesten II, 37/165.

3] *an Zürcher Radio:* TM an Jakob Job aus Locarno vom 20. 9. 1937, Regesten II, 37/166. Dr. Job (1891-1973) war Leiter der Kulturabteilung des Schweizer Rundfunks, Zürich, und hatte TM zu einer Rundfunk-Lesung aus *Lotte in Weimar* eingeladen.

4] *spanischer Ministerpräsident:* Juan Negrin war vom 18. 5. 1937 bis zum 5. 3. 1939 viermal hintereinander Ministerpräsident der spanischen Republik.

21. 9. 1937

106 1] *Diner mit Koestler:* Arthur Koestler hat die nicht sehr glücklich verlaufene Begegnung mit TM in ›Die Geheimschrift‹, dem 2. Band seiner Autobiographie, S. 395-398, ausführlich geschildert.

2] *Trauerfeierlichkeiten:* Anläßlich des Todes von T. G. Masaryk.

23. 9. 1937

1 *Brief von Gide:* André Gides ›Préface‹ erschien nicht in ›Mass und Wert‹. 106

2] *Ansprache:* Der Text dieser Ansprache, der am 26. 9. 1937 vom Radio svizzera-italiana gesendet wurde, hat sich bisher nicht auffinden lassen, und die Aufnahme selbst ist laut Auskunft der ›Radiotelevisione della Svizzera italiana‹ in Lugano nicht mehr erhalten. 107

25. 9. 1937

Artikel von Heinrich: Vermutlich ist gemeint Heinrich Mann, ›Parteitag der Arbeitsscheuen‹, in ›Die Neue Weltbühne‹, Prag, 23. 9. 1973. 107

26. 9. 1937

An Bermann: Dieser Brief ist nicht erhalten. 107

27. 9. 1939

1] *Mussolini in München:* Mussolinis Staatsbesuch in Deutschland 25.-28. 9. 1937. 108

2] *Manuskript ter Braaks:* ›Christus der Antichrist‹ von Menno ter Braak, übersetzt von Albert Vigoleis Thelen, aus dem Buch ›Van oude en nieuwe Christenen‹, Rotterdam 1937.

3] *E. Heller:* Der Germanist Erich Heller (geboren 1911) emigrierte 1938 aus der Tschechoslowakei nach England, promovierte in Cambridge, war 1950-1960 Professor in Swansea, seit 1960 an der Northwestern University in Evanston bei Chicago, Ill. Er veröffentlichte zahlreiche Arbeiten über TM, vor allem ›Thomas Mann, der ironische Deutsche‹, 1959. ›Flucht aus dem zwanzigsten Jahrhundert‹, erschienen im Saturn-Verlag, Wien, vordatiert auf 1938, war sein erstes Buch.

4] *K. Kraus:* Der Wiener Schriftsteller und polemische Publizist und Sprachkritiker Karl Kraus (1874-1936), berühmt durch sein großes Drama ›Die letzten Tage der Menschheit‹ und seine aggressive kulturkritische Zeitschrift ›Die Fackel‹.

5] *Mr. Hutchinson:* Bill und Li Hutchinson. Nichts Näheres über sie bekannt.

28. 9. 1937

108 *holl. Maler:* Vermutlich der holländische Maler Ernst Leyden (geboren 1892), der sich in Amerika van Leyden nannte. Er weilte häufig bei Emil Ludwig im Tessin und war auch mit TM bekannt.

29. 9. 1937

109 *Lion in Ouchy:* Ferdinand Lion, unstet und von jeher ›unbehaust‹, konnte sich nicht dazu verstehen, einen festen Wohnsitz in Zürich, dem Ort seiner Redaktionsarbeit, zu beziehen, sondern reiste unablässig umher, von einem Gönner und Gastgeber zum andern, und hielt sich oft lange in Italien, Frankreich und am Genfer See auf. Es gelang TM nicht, ihn zu einer geregelten Lebensweise anzuhalten.

30. 9. 1937

109 1] *polit. Broschüre: Avertissement à l'Europe.*

2] *Bermanns Almanach:* ›Die Rappen‹. Jahrbuch des Verlages Bermann-Fischer. Erschienen im Herbst 1937.

1. 10. 1937

109 1] *neuer Zbg.:* Die neue wohlfeile einbändige Ausgabe des *Zauberberg,* die im Herbst 1937 im Bermann-Fischer Verlag, Wien, erschien.

110 2] *die alten Rechtlerinnen:* Die pazifistischen deutschen Frauenrechtlerinnen Anita Augspurg (1857-1943) und Lida Gustava Heymann (1868-1943). Sie gründeten 1903 den Deutschen Verband für Frauenstimmrecht und gaben zusammen die Zeitschrift ›Die Frau im Staat‹ heraus. Sie emigrierten 1933 in die Schweiz.

3] *Dr. Wehrli:* Dr. Federico Wehrli, Zahnarzt in Locarno.

4] *Bettex:* Der Schweizer Literar- und Kulturhistoriker Albert Bettex (geboren 1906), 1944-1957 literarischer Redakteur der Monatsschrift ›DU‹. Sein Buch: die Dissertation ›Der Kampf um das klassische Weimar 1788-1798‹ (1935).

2. 10. 1937

110 1] *H. Marsmann:* Der niederländische Schriftsteller Hendrik Marsman (1899-1940), Herausgeber der Zeitschrift ›De Vrije Bladen‹.

Er ertrank auf der Überfahrt von Bordeaux nach England, als sein Schiff im Kanal torpediert wurde.

2] *Norbert Schiller:* Der Berliner Schauspieler Norbert Schiller. Spielte in Leopold Jessners letzter Berliner Staatstheater-Inszenierung 1929 den Don Carlos, seine erste klassische Rolle in Berlin. Vorher am Schauspielhaus Frankfurt.

3. 10. 1937

1] *Briefsammlung Hofmannsthals:* Hugo von Hofmannsthal, *110*
›Briefe 1900-1909‹, erschienen im Herbst 1937 im Bermann-Fischer Verlag, Wien. Dies war der zweite Band der zweibändigen Auswahlausgabe der Briefe Hofmannsthals. Der erste, ›Briefe 1890-1901‹, war noch 1935 im S. Fischer Verlag, Berlin, erschienen. Ungenannter Herausgeber war Hofmannsthals Schwiegersohn Heinrich Zimmer.

2] *an ter Braak:* TM an Menno ter Braak aus Locarno vom 3. 10. *111*
1937, Regesten II, 37/176.

3] *an Angell:* TM an Joseph W. Angell aus Locarno vom 3. 10. 1937, Regesten II, 37/175.

4. 10. 1937

1] *Thelen:* Der deutsche Schriftsteller Albert Vigoleis Thelen (ge- *111*
boren 1903), lebte seit 1931 in Spanien, seit 1936 in Frankreich und der Schweiz, später in Portugal, Holland und neuerlich in der Schweiz. Er übersetzte zusammen mit H. Marsman portugiesische Autoren ins Holländische, war mit Menno ter Braak befreundet und Mitarbeiter von Klaus Manns Zeitschrift ›Die Sammlung‹. Er übernahm auf ter Braaks Vorschlag unter dem Pseudonym Leopold Fabrizius die Betreuung der deutschen Emigranten-Literatur in ›Het Vaderland‹ im Haag, in der wöchentlichen Chronik ›Duitse letteren in den Vreemde‹, nach dem der vorherige Rezensent Friedrich Markus Hübner sich geweigert hatte, über Emigranten zu schreiben. Thelen wurde 1953 sehr bekannt durch seinen Exilroman ›Die Insel des zweiten Gesichts‹.

2] *Brief von Heinrich:* Nicht erhalten.

3] *Kinder im Erzgebirge:* Hierüber haben sich keine Unterlagen gefunden.

4] *Schmutzerei des »Angriffs«:* Eine ›H. K.‹ gezeichnete Schimpfglosse über TM anläßlich einer Zeitungsnotiz im ›San Francisco Examiner‹ vom 20. 8. 1937 in ›Der Angriff‹ vom 18. 9. 1937.

5] *Goethe-Vorlesung:* ›Der Mann von fünfzig Jahren‹, Novelle von Goethe, in ›Wilhelm Meisters Wanderjahre‹, Zweites Buch.

5. 10. 1937

111 1] *Schilling:* Nicht ermittelt.

2] *Kaplan Fahsel:* Der katholische Geistliche Helmut Fahsel (1891 bis ?), in den zwanziger Jahren in Deutschland sehr bekannt durch seine Vorträge über philosophische und religiöse Fragen, schrieb unter anderem ›Gespräche mit einem Gottlosen‹ (1926), ›Ehe, Liebe und Sexualproblem‹ (1928). Er lebte seit 1933 in der Schweiz.

112 3] *Hardekopf:* Ferdinand Hardekopf (1876-1954), namhafter Übersetzer von Balzac, Zola, Maupassant, Gide, Malraux, Giono, Ramuz und anderen, lebte seit 1922 in Paris, überdauerte die NS-Zeit versteckt in Südfrankreich, ging 1946 in die Schweiz. Seine deutsche Übersetzung von Gides Vorwort erschien im ›Neuen Tage-Buch‹, Paris.

6. 10. 1937

112 *Brief an Heinrich:* Nicht erhalten.

7. 10. 1937

112 1] *Namen Reisiger in der Stadt:* So in der Handschrift. Muß wohl heißen »Nahmen Reisiger mit in die Stadt«. Reisiger vertrug Autoreisen nicht und fuhr mit dem Zug nach Zürich.

2] *Aufsatz-Sendung von Klaus:* Klaus Mann, ›Wiederbegegnung mit den deutschen Romantikern: Bemerkungen anläßlich der Sondernummer der »Cahiers du Sud«: ‹Le Romantisme allemand›‹. Der Aufsatz erschien nach bitteren Auseinandersetzungen mit Ferdinand Lion stark gekürzt in Heft 6 (Juli-August) 1938 von ›Mass und Wert‹ und blieb Klaus Manns einziger Beitrag zu der Zeitschrift während Lions Redakteurszeit.

8. 10. 1937

113 1] *»La grande illusion«:* Deutsch-französischer Kriegsfilm (in Gemeinschaftsproduktion) von Jean Renoir mit Erich von Stroheim, Jean Gabin, Dita Parlo und Pierre Fresnay.

2] *»Colomba«:* Novelle von Prosper Mérimée (1840).

9. 10. 1937

1] *Scholl:* Das Schreibwarengeschäft Gebr. Scholl in der Poststraße, Zürich. 113

2] *New Yorker Tischrede: The Living Spirit* (GW XIII, 337 bis 351). Aus dieser Eintragung und der des folgenden Tages geht hervor, daß ein deutsches Manuskript der Rede damals noch vorhanden war, aber offenbar verloren ging. Für Band XIII der GW mußte die Rede rückübersetzt werden. Der Almanach des Bermann-Fischer Verlags ›Die Rappen‹, der zum Jahresende 1937 erschien, brachte als Beitrag TMs jedoch nicht den Text dieser Rede, sondern den Anfang des Zweiten Kapitels von *Lotte in Weimar.* Siehe Eintragung vom 19. 10. 1937.

10. 10. 1937

1] *Dr. Lichtenstein:* Dr. Heinz Lichtenstein (geboren 1904) war eine kurze Zeit lang Arzt in der Kantonalen psychiatrischen Klinik in Herisau. Nichts Näheres bekannt. 114

2] *An Čapek:* TM an Karel Čapek aus Küsnacht vom 10. 10. 1937, Regesten II, 37/179.

3] *Mt.-Blätter:* Der Verlag Querido stellte von seiner *Hochstapler*-Ausgabe eine Vorzugsausgabe von 100 numerierten und signierten Exemplaren her, davon die ersten zehn mit je einer handschriftlichen Seite aus dem Originalmanuskript, in Pergament mit Golddruck, 40 Exemplare in Maroquin handgebunden. Der Erlös dieser Exemplare war für die Thomas Mann-Gesellschaft bestimmt.

4] *»Blonden Eckbert«:* ›Der blonde Eckbert‹, Märchennovelle von Ludwig Tieck (1773-1853), entstanden 1796, erstmals veröffentlicht in Tiecks ›Volksmährchen‹, Berlin 1797.

11. 10. 1937

1] *»Hstpl.«:* Die Neuausgabe des *Hochstapler.* 114

2] *»Turmhahn«:* Die Idylle ›Der alte Turmhahn‹ von Eduard Mörike.

3] *Goethes Prolog:* ›Zueignung‹ von Goethe, der Gesamtheit seiner Gedichte vorangestellt.

4] *Die Kätzchen:* Genannt August und Ferdinand nach August von Goethe und Ferdinand Heinke im Fünften Kapitel von *Lotte in Weimar.*

12. 10. 1937

115 1] *Frau Dr. Kamnitzer:* Nicht identifiziert.

2] *Denhof:* Maurice Denhof, ›La ligne de moindre résistance‹, Roman, Paris, 1938. Die deutsche Originalausgabe: Moriz Denhof, ›Die Linie des geringsten Widerstandes‹, erschien 1929 im Drei-Masken-Verlag, München. TM schrieb zur französischen Ausgabe ein Vorwort *Lettre à un ami.* Dieser gemeinsame Freund TMs und des Verfassers war René Schickele. Der Text TMs ist nur in französischer Fassung erhalten. Siehe Anhang.

3] *Kahlers großes Buch:* Erich von Kahler, ›Der deutsche Charakter in der Geschichte Europas‹, Zürich, Europa-Verlag (Oprecht), 1937, war soeben erschienen.

13. 10. 1937

115 1] *Tribschen:* Ort bei Luzern, wo Richard Wagner von 1865 bis 1872 lebte, die ›Meistersinger‹ vollendete und die Komposition des ›Ring‹ bis zur ›Götterdämmerung‹ fortsetzte. Das Haus, in dem er wohnte und das ›Siegfried-Idyll‹ schrieb, ist heute eine Gedenkstätte.

2] *»Geb. d. Trag.«:* ›Die Geburt der Tragödie aus dem Geiste der Musik‹ (1872), Friedrich Nietzsches Erstlingswerk.

3] *»Fall Wagner«:* ›Der Fall Wagner‹ von Friedrich Nietzsche (1888).

4] *Chamberlain:* Der englische Kulturphilosoph Houston Stewart Chamberlain (1855-1927) heiratete 1908 Richard Wagners Tochter Eva und lebte in Bayreuth. Sein sehr umstrittenes Werk ›Die Grundlagen des 19. Jahrhunderts‹ war ein einflußreicher Vorläufer der NS-Rassenideologie.

14. 10. 1937

116 1] *Washingtoner 2000 Franken:* Nicht ermittelt. Vermutlich ein amerikanisches Honorar, das über den Verleger Oprecht abgerechnet worden war.

2] *Reinke:* Siegfried Reinke (geboren 1883), deutscher Kunsthistoriker, lebte in Jona bei Rapperswil.

3] *Grabbe:* ›Scherz, Satire, Ironie und tiefere Bedeutung‹ von Christian Dietrich Grabbe im Zürcher Schauspielhaus, Regie Leopold Lindtberg, mit Ernst Ginsberg, Leonard Steckel, Kurt Horwitz, Erwin Kalser, Wolfgang Langhoff und Wolfgang Heinz.

4] *Diebold:* Bernhard Diebold (1886-1945), gebürtiger Schweizer, Publizist und angesehener Theaterkritiker der ›Frankfurter Zeitung‹. Er kehrte 1933 in seine Heimat zurück und arbeitete nur noch fallweise an der FZ mit.

5] *Bertram-Schüler:* Nicht ermittelt.

6] *Blei:* Der österreichische Schriftsteller, Übersetzer und Zeitschriften-Herausgeber Franz Blei (1871-1942), TM aus München gut bekannt, emigrierte 1933 nach Mallorca, kehrte 1936 nach Wien zurück, ging 1938 nach Italien und 1941 nach den Vereinigten Staaten. Er veröffentlichte 1940, im Exil, ›Zeitgenössische Bildnisse‹, im Verlag Allert de Lange, Amsterdam.

7] *Steinhausen:* Hermann Steinhausen war das Pseudonym des Dramaturgen, Kritikers und Essayisten Eugen Gürster (1895 bis 1980). Er emigrierte 1933 in die Schweiz, 1941 nach den Vereinigten Staaten, wo er Gastprofessor für Germanistik an den Universitäten von Maryland und Detroit war. Er kehrte 1952 nach Deutschland zurück und erwarb sich große Verdienste als langjähriger Kulturattaché an den Deutschen Botschaften in London und Wien. Sein Buch ›Die Zukunft der Freiheit‹ erschien 1937 im Europa-Verlag (Oprecht), Zürich. Ihm folgte ›Die Rolle des Bösen in der Weltgeschichte‹, 1938 im Bermann-Fischer Verlag, Stockholm. Es erschienen mehrere Beiträge von ihm in ›Mass und Wert‹, nicht aber Bleis Rezension seines Buches.

15. 10. 1937

1] *»Tagebuch«:* Nicht aufgefunden. Möglicherweise Verwechslung mit einer anderen Zeitschrift. *116*

2] *Brief an Werfel:* TM an Franz Werfel aus Küsnacht vom 14. 10. 1937, in ›Blätter der Thomas Mann-Gesellschaft‹, Nr. 17, 1979, und Regesten II, 37/182. Von TM falsch datiert. *117*

3] *An Bermann:* TM an GBF aus Küsnacht vom 15. 10. 1937 in TM-GBF, 137-138.

16. 10. 1937

117 1] *Brunner †:* Constantin Brunner war am 28. 8. 1937 im Exil in Den Haag gestorben. Es erschien kein Aufsatz von ihm in ›Mass und Wert‹.

2] *Film von S. Guitry:* ›Der Roman eines Schwindlers‹ (Le roman d'un tricheur), Film von und mit Sacha Guitry (1885-1957), 1936.

17. 10. 1937

117 1] *Dr. Radl:* Vermutlich der Prager Journalist Dr. Otto Radl. Nichts Näheres bekannt.

2] *Brief an Klaus:* TM an Klaus Mann aus Küsnacht vom 17. 10. 1937 in Klaus Mann, ›Briefe und Antworten‹ II, 10 f.

118 3] *Bezruč:* Der tschechische Lyriker Petr Bezruč (Pseudonym für Vladimir Vašek) (1867-1958), Sohn des frühverstorbenen Philologen Antonin Vašek, der die Unechtheit der ›Königinhofer Handschrift‹ nachwies. (Siehe Anmerkung 3 zum 14. 9. 1937). Bezruč, der aus Troppau in Schlesien stammte, veröffentlichte seine ›Slezské pisně‹ erstmals 1903, erweitert 1909; eine deutsche Nachdichtung unter dem Titel ›Schlesische Lieder‹ erschien erst 1927.

18. 10. 1937

118 1] *Penibler Brief Lions:* Siehe Klaus Mann an Ferdinand Lion aus New York vom 29. 11. 1937 in ›Briefe und Antworten‹ II, 15-16: »Niemals habe ich einen schwierigeren Redakteur als Sie gekannt.«

2] *Grandi:* Dino Grandi (seit 1937 Graf Grandi) (geboren 1895), einer der Mitbegründer der italienischen faschistischen Bewegung, 1929-1932 Außenminister, 1932-1939 Botschafter in London, 1939 bis 1943 Justizminister. Er führte am 25. 7. 1943 im faschistischen Großrat den Sturz Mussolinis herbei. Zur Zeit dieser Eintragung war er der Vertreter Italiens im Nichteinmischungs-Ausschuß, der in London tagte.

3] *Ribbentrop:* Joachim von Ribbentrop (1893-1946), ursprünglich Kaufmann, Hitlers außenpolitischer Hauptberater, schloß als Sonderbotschafter im Juni 1935 das deutsch-britische Flottenabkommen ab, wurde im August 1936 deutscher Botschafter in London und war anschließend 1938-1945 Reichsaußenminister. Im

August 1939 führte er die Verhandlungen zum deutsch-sowjetischen Nichtangriffspakt. Er wurde 1946 als Hauptkriegsverbrecher in Nürnberg zum Tod verurteilt und hingerichtet. 1937 vertrat er Deutschland im Londoner Nichteinmischungs-Ausschuß.

4] *Rabinowitsch:* Der aus Wien stammende, seit 1914 in der Schweiz ansässige Maler und Graphiker Gregor Rabinovitch (1884 bis 1958). Er porträtierte zahlreiche prominente Künstler, Gelehrte und Politiker, unter ihnen auch TM. Seine Tochter Isa heiratete Heiner Hesse, den zweiten Sohn von Hermann Hesse.

5] *G. de Francesko:* Grete de Francesco, ›Die Macht des Charlatans‹, Basel, Verlag Benno Schwabe, 1937. TMs Exemplar ist erhalten.

19. 10. 1937

1] *Aufsatz über Hamsun:* Leo Löwenthal, ›Knut Hamsun. Zur Vorgeschichte der autoritären Ideologie‹, in ›Zeitschrift für Sozialforschung‹, Jahrgang 6, 1937, Heft 2. *118*

2] *Nietzsche-Buch von Jaspers:* Karl Jaspers, ›Nietzsche‹ (1936, Neuausgabe 1950). Besprechung von Max Horkheimer, ›Bemerkungen zu Jaspers' »Nietzsche«‹ in ›Zeitschrift für Sozialforschung‹, Jahrgang 6, 1937, Heft 2. *119*

3] *Horkheimer:* Der Philosoph und Soziologe Max Horkheimer (1895-1973), seit 1930 Professor in Frankfurt, wo er 1931 das Institut für Sozialforschung gründete. Er emigrierte mit dem Institut und dessen engsten Mitarbeitern Theodor W. Adorno, Herbert Marcuse und Leo Löwenthal 1933 nach Genf und 1934 nach New York, wo das ›Institute for Social Research‹ bis 1949 fortbestand. 1932-1938 gab er für das Institut die namhafte ›Zeitschrift für Sozialforschung‹ heraus. Horkheimer kehrte 1949 nach Frankfurt zurück und war dort Rektor der Universität. Sein bekanntestes und einflußreichstes Buch ist die zusammen mit T. W. Adorno verfaßte ›Dialektik der Aufklärung‹ (1948).

21. 10. 1937

1] *Blanche Knopf:* Siehe Anmerkung 4 zum 3. 2. 1937. Sie aß fast nichts, trank nur Kaffee, was ihre Autoren bei ihren Einladungen zum Essen stets in Verlegenheit setzte. *119*

2] *Joseph in Egypt:* Titel der englisch-amerikanischen Ausgabe von *Joseph in Ägypten,* übersetzt von H. Lowe-Porter, die 1938 erschien.

3] *komplettierter Krull:* Eine amerikanische Ausgabe des ergänzten *Krull*-Fragmentes kam nicht zustande.

120 4] *Hilfskomitee:* Das ›American Committee for Christian German Refugees‹ in New York.

5] *Wiener Stück:* ›Kleines Glück auf der Wieden‹, Komödie von Viktor Skutezki, inszeniert von Hans Rothe, mit Therese Giehse, Lia Lange und Hermann Wlach.

6] *Robert Dell:* Liberaler britischer Publizist, langjähriger Korrespondent des ›Manchester Guardian‹. Sein Aufsatz ›Sir Robert Vansittart, der Schiedsrichter Europas‹, in ›National-Zeitung‹, Basel, 21. 10. 1937.

7] *Sir Robert Vansittard:* Der britische Diplomat Sir Robert (später Lord) Vansittart (1881-1957), seit 1929 ständiger Unterstaatssekretär im britischen Außenministerium, wurde Ende 1937 wegen seiner kritischen Einstellung zur hitlerfreundlichen Außenpolitik der Regierung Chamberlain, die er nicht meinte vertreten zu können, seines Postens enthoben und Anfang 1938 auf das für ihn geschaffene Amt eines Ersten diplomatischen Beraters der Regierung abgeschoben, das er bis 1941 bekleidete. Er galt hinfort, im Unterschied zu Robert Dells Auffassung, als ein kompromißloser Deutschenfeind, der in seinem Buch ›Black Record‹ alle Deutschen in Bausch und Bogen für Nazis erklärte.

22. 10. 1937

120 1] *Hildebrandt und Utitz:* Es war offenbar nicht gelungen, von Hildebrand und Utitz Beiträge für ›Mass und Wert‹ zu bekommen. Siehe Anmerkungen 3 zum 25. 3. 1937 und 2 zum 30. 7. 1937.

2] *Münzenberg:* Der kommunistische Publizist und Verleger Willi Münzenberg (1889-1940), seit 1924 Mitglied des Reichstags, leitete den Propaganda-Apparat der KPD, gründete 1924 in Berlin den ›Neuen Deutschen Verlag‹, der mehrere kommunistische Zeitungen und Zeitschriften herausgab. Er emigrierte 1933 nach Paris, wo er den Verlag ›Editions du Carrefour‹ gründete, der mit der Veröffentlichung mehrerer sogenannter ›Braunbücher‹ eine weltweite Propaganda gegen das NS-Regime betrieb. Er gab 1936 den

Anstoß zur Bildung eines deutschen Volksfront-Ausschusses in Paris, zu dessen führenden Persönlichkeiten Heinrich Mann gehörte, und wurde 1937 wegen seiner Kritik an Stalin aus der KPD ausgeschlossen. 1938 gründete er den Verlag ›Editions Sebastian Brant‹, in dem er die Zeitschrift ›Die Zukunft‹ herausgab. Er wurde nach dem Einmarsch der deutschen Truppen in Frankreich am 21. 10. 1940 im Departement Isère tot aufgefunden, vermutlich ermordet.

3] *Heinrichs Nobel-Kandidatur:* Willi Münzenberg setzte sich in seinen Volksfront-Publikationen dafür ein, daß Heinrich Mann den Literatur-Nobelpreis 1937 erhalten solle.

23. 10. 1937

1] *an Basler:* TM an Otto Basler aus Küsnacht vom 23. 10. 1937, Regesten II, 37/187. *121*

2] *Uhde:* Der Kunsthistoriker Wilhelm Uhde (1874-1947), der bereits seit 1924 in Paris lebte und im Exil seine bedeutenden Werke über Van Gogh und die Impressionisten veröffentlichte. Er verbrachte die Jahre 1940-1945 versteckt in Südfrankreich. Seine Lebenserinnerungen ›Von Bismarck bis Picasso. Erinnerungen und Bekenntnisse‹ erschienen 1938 im Verlag Oprecht, Zürich.

3] *Steinhausen:* Siehe Anmerkung 7 zum 14. 10. 1937. Sein Buch ›Die Zukunft der Freiheit‹ war soeben im Verlag Oprecht, Zürich, erschienen.

24. 10. 1937

1] *an Gürster-Steinhausen geschrieben:* TM an Eugen Gürster (Hermann Steinhausen) aus Küsnacht vom 24. 10. 1937 in Regesten II, 37/188. *121*

2] *Weinberger:* Der tschechische Komponist Jaromir Weinberger (1896-1967), dessen in siebzehn Sprachen übersetzte Volksoper ›Schwanda der Dudelsackpfeifer‹ (1927) ein Welterfolg war. Weinberger lebte bis 1937 in Prag und ging dann nach den Vereinigten Staaten. Er schrieb auch eine ›Wallenstein‹-Oper.

25. 10. 1937

1] *Heinrichs »König Henri«:* Ein Vorabdruck in der Moskauer Zeitschrift ›Internationale Literatur‹ aus ›Die Vollendung des *121*

Königs Henri Quatre‹, dem zweiten, abschließenden Band von Heinrich Manns großem Alterswerk, der 1938 im Verlag Querido, Amsterdam, erschien.

2] *Lukácz:* Georg Lukács, ›Heinrich Heine als nationaler Dichter‹, in ›Internationale Literatur‹, Moskau. Auch in ›Schriften zur Literatursoziologie‹, Teil II, Abschnitt 22, Neuwied, Luchterhand 1961.

26. 10. 1937

122 1] *»Demokratie«:* Gemeint ist der Vortrag *Vom kommenden Sieg der Demokratie.*

2] *Vortrag über »Ring des Nibelungen«:* Der Vortrag *Richard Wagner und der ›Ring des Nibelungen‹*, den TM anläßlich der ›Ring‹-Aufführung im Stadttheater Zürich am 16. 11. 1937 in der Aula der Universität Zürich hielt. Der Text erschien in Heft 3 (Januar-Februar) 1938 von ›Mass und Wert‹.

3] *Adolf Busch:* Der Violinist Adolf Busch (1891-1952), jüngerer Bruder des Dirigenten Fritz Busch, war ab 1918 Lehrer an der Hochschule für Musik in Berlin, gründete 1919 das Busch-Quartett, übersiedelte 1926 nach Basel, 1940 in die Vereinigten Staaten. Er war als Solist und Kammermusikspieler vor allem ein berühmter Interpret von Werken Bachs, Beethovens und Brahms'. TM war mit Adolf Busch schon seit längerem persönlich gut bekannt. Buschs Tochter Irene heiratete den Pianisten Rudolf Serkin.

4] *Wölflin:* Der Kunsthistoriker Heinrich Wölfflin (1864-1945) wurde 1912 Professor in München, woher TM ihn kannte, und war seit 1924 Professor in Zürich. Er wirkte vor allem durch seine ›Kunstgeschichtlichen Grundbegriffe‹ (1915) weit über sein Fachgebiet hinaus.

27. 10. 1937

122 1] *Linienblätter:* TM hatte jahrzehntelang sein Manuskriptpapier, einen liniierten oder karierten hochformatigen Kanzleibogen, von der Schreibwarenhandlung Prantl in München bezogen. Vermutlich hatte er sich von dort einen neuen Vorrat kommen lassen.

2] *nach Moskau:* Nicht aufgefunden.

3] *nach Paris:* Botschaft TMs an die ›Europäische Konferenz für Recht und Freiheit in Deutschland‹, die am 13./14. 11. 1937 in Paris tagte. Wortlaut des unvollständig erhaltenen Textes im Anhang. Siehe auch Tagebuch-Eintragung vom 13. 11. 1937. Es handelte sich um eine auf kommunistische Initiative zustandegekommene Propagandaaktion, die ein ›Centre International‹ in Paris ins Leben rief, aber nur ein einziges nachweisbares Bulletin herausgab und bald wieder verschwand.

4] *an Weigand:* TM an Hermann J. Weigand aus Küsnacht vom 28. 10. 1937 in Briefe II, 31 f.

5] *an Fiedler:* TM an Kuno Fiedler aus Küsnacht vom 27. 10. 1937 in ›Blätter der Thomas Mann-Gesellschaft‹, Heft 11, 1971, 19 f. und Regesten II, 37/190.

28. 10. 1937

1] *Marck:* ›Der Neuhumanismus als politische Philosophie‹ von Siegfried Marck erschien 1938 im Verlag Der Aufbruch, Zürich. *123*

2] *Werfel:* Das Schauspiel ›In einer Nacht‹ von Franz Werfel, 1937 (1966 auch als Hörspiel), ein wenig bekanntes Stück, Uraufführung in Zürich, Regie Leonard Steckel, mit Ernst Ginsberg, Wolfgang Langhoff, Erwin Kalser, Eva Lissa.

30. 10. 1937

1] *W. Herzog:* Wilhelm Herzog. *124*

2] *Holitscher:* Der Romancier und Reiseschriftsteller Arthur Holitscher (1869-1941), den TM aus der Zeit ihrer gemeinsamen Anfänge in München um die Jahrhundertwende gut kannte. (Holitscher behauptete in seinen Lebenserinnerungen, TM habe ihn in der Gestalt des Dichters Detlev Spinell in der Novelle *Tristan* porträtiert.) Holitscher hatte in den zwanziger Jahren zu den bekanntesten Autoren des S. Fischer Verlags gehört, stand der kommunistischen Partei nahe, emigrierte 1933 nach Wien, von dort nach Budapest und 1938 in die Schweiz. Er starb nach langer Krankheit mittellos und völlig vergessen 1941 in Genf.

3] *Biographie der Mme Curie:* Die Biographie ›Madame Curie. Leben und Wirken‹ von ihrer Tochter, Eve Curie, war der größte Erfolg des Bermann-Fischer Verlags in Wien.

1. 11. 1937

Phaidon-Verlag: Bedeutender Kunst- und kulturhistorischer Verlag, gegründet 1923 von Dr. Bela Horovitz in Wien und Berlin. Der Verlag mußte 1935 Berlin und 1938 Wien verlassen, und *125*

Horovitz führte ihn, unterstützt von Dr. Ludwig Goldscheider, mit großem Erfolg in London mit Ausgaben in englischer Sprache fort.

2. 11. 1937

125 1] *»R. W. in Bayreuth«:* Friedrich Nietzsche, ›Richard Wagner in Bayreuth‹, das Vierte Stück der ›Unzeitgemäßen Betrachtungen‹.

2] *W.:* Richard Wagner.

3] *B.:* Beidler.

4] *W. und Ludwig:* Richard Wagner und König Ludwig II. von Bayern.

3. 11. 1937

125 1] *Nikodit:* Verschreibung TMs. Es dürfte Dicodid, ein sehr starkes Hustenmittel, gemeint sein.

2] *chilenische Ausgabe: Las Historias de Jacob,* übersetzt von José Maria Souveron, Santiago de Chile, Ediciones Ercilla, 1937.

3] *Borgese:* Der italienische Schriftsteller, Historiker und Literaturwissenschaftler Giuseppe Antonio Borgese (1882-1952), bis 1931 Professor in Rom und Mailand, verweigerte den faschistischen Eid und blieb in den Vereinigten Staaten, wo er 1931 eine Gastprofessur an der Universität Berkeley innehatte. Er war anschließend Professor am Smith College, und 1936-1947 Ordinarius für italienische Literatur und Politische Wissenschaft an der Universität Chicago. Er heiratete 1939 Elisabeth Mann, TMs jüngste Tochter, und kehrte mit ihr 1950 nach Italien zurück, wo er in Mailand bis zu seinem Tod einen Lehrstuhl innehatte. Sein von TM angeführtes Werk: ›Goliath. The March of Fascism‹, das 1937 in Amerika erschien. Eine deutsche Übersetzung von Hans Meisel erschien 1938 unter dem Titel ›Der Marsch des Faschismus‹ im Verlag Allert de Lange, Amsterdam.

4. 11. 1937

126 1] *Du Bos:* Der französische Literarhistoriker und Übersetzer Charles Du Bos (1882-1939), den TM seit seinem Paris-Besuch im Januar 1926 persönlich kannte und der sich in Frankreich um die deutsche Literatur im allgemeinen und TM im besonderen sehr verdient machte. Seine ›Approximations‹ erschienen in einer Folge von sieben Bänden 1922-1937.

2] *»Samtiden«: Achtung Europa!* erschien in norwegischer Übersetzung unter dem Titel *Europa i fare* in der Osloer Zeitschrift ›Samtiden‹, vol. 48, 1937, 423-434.

3] *amerik. Luxus-Ausgabe des Zbg.:* Diese Ausgabe ist nicht nachweisbar und scheint nicht zustandegekommen zu sein.

4] *Geldgeberin:* Vermutlich ist Madame Mayrisch gemeint. Nicht ersichtlich, worin ihre Drohung bestand und worauf sie sich gründete.

5. 11. 1937

Thiess: Nicht identifiziert. 126

6. 11. 1937

1] *Csokors Stück:* ›Dritter November 1918‹ von Franz Theodor Csokor. Siehe Anmerkung 1 zum 27. 7. 1937. In der Aufführung des Zürcher Schauspielhauses spielten unter der Regie von Leopold Lindtberg Kurt Horwitz, Leonard Steckel, Ernst Ginsberg, Wolfgang Langhoff, Hermann Wlach und Marta Schärf. 127

2] *Ö. von Horwath:* ›Jugend ohne Gott‹, der erste Roman des Dramatikers Ödön von Horvath (1901-1938), der 1938 im Verlag Allert de Lange, Amsterdam, erschien und in zehn Sprachen übersetzt wurde. Horvath erhielt 1931 den Kleist-Preis, lebte bis 1934 in Oberbayern, emigrierte nach Wien und 1938 über die Tschechoslowakei, Jugoslawien, Italien und die Schweiz nach Holland. Er kam während eines vorübergehenden Aufenthaltes in Paris am 1. 6. 1938 durch einen Unfall ums Leben. Sein nachgelassener Roman ›Ein Kind unserer Zeit‹ erschien 1938 mit einem Vorwort von Franz Werfel und einem Nachruf von Carl Zuckmayer.

7. 11. 1937

1] *Golos Besprechung:* Golo Manns Rezension von Erich von Kahlers ›Der deutsche Charakter in der Geschichte Europas‹ erschien im Rahmen einer Sammelbesprechung ›Deutscher Historismus‹ in Heft 3, Januar-Februar 1938, von ›Mass und Wert‹. 127

2] *»La Revue Générale«:* E. van der Hove, ›Quelques Aspects de Thomas Mann‹, in ›Revue Générale‹, Bruxelles, 15. 10. 1937.

3] *W. Paulsen:* Wolfgang Paulsen, ›Thomas Mann‹, in ›Modern Languages‹ (London), Oktober 1937.

8. 11. 1937

127 *Rockefeller-Biographie:* John T. Flynn, ›Gold von Gott. Die Rockefeller-Saga‹, übersetzt von Victor Polzer, Verlag Zsolnay, Wien, 1937.

9. 11. 1937

127 *Frau Burckardt:* Die Architektin, Zeichnerin und Malerin Elsa Burckhardt-Blum (1900-1974), Gattin des Zürcher Architekten Ernst F. Burckhardt und Schwester des Komponisten Robert Blum.

10. 11. 1937

128 *Besprechung des »Krull«:* E. K. (Eduard Korrodi), ›»Felix Krull« von Thomas Mann‹, ›Neue Zürcher Zeitung‹, 10. 11. 1937.

12. 11. 1937

128 1] *»Piccolo della sera«:* Nicht nachgewiesen.

2] *Schoeck:* Othmar Schoeck (1886-1957), Schweizer Komponist und Dirigent, 1917-1944 Leiter der Symphonie-Konzerte in St. Gallen, bedeutend vor allem durch seine spätromantischen Liedkompositionen; schrieb auch mehrere Opern.

3] *Schuhs:* Der Zürcher Musikschriftsteller und Musikkritiker der ›Neuen Zürcher Zeitung‹ Dr. Willi Schuh (geboren 1900) und seine Gattin Nelli Schuh (1901-1976). Schuh hatte sich in der ›Neuen Zürcher Zeitung‹ vom 21. 4. 1933 in einem Artikel sehr nachdrücklich für TM eingesetzt und die Unterzeichner des Münchner Wagner-Protestes scharf zurechtgewiesen. Der erste Band seiner groß angelegten Richard Strauss-Biographie erschien 1976.

13. 11. 1937

128 1] *Brief an das Pariser Comité:* Siehe Anmerkung 3 zum 27. 10. 1937: ›Thomas Mann und die Europäische Konferenz für Recht und Freiheit in Deutschland‹, in ›National-Zeitung‹, Basel, 13. 11. 1937.

129 2] *Jensen:* Unbekannt.

14. 11. 1937

129 *Kafka-Biographie:* Der Prager Schriftsteller und Kritiker Max Brod (1884-1968), Jugendfreund von Franz Kafka und Franz Wer-

fel, schrieb eine Anzahl erfolgreicher Romane, darunter ›Tycho Brahes Weg zu Gott‹, ›Rëubeni, Fürst der Juden‹, ›Die Frau, nach der man sich sehnt‹. Er widmete sich vor allem der Betreuung des Werkes seines Freundes Franz Kafka, dessen Nachlaß er herausgab. Sein Buch ›Franz Kafka. Eine Biographie‹ erschien 1937 im Verlag Heinrich Mercy, Prag. Brod verließ Prag 1939 und emigrierte nach Palästina.

15. 11. 1937

1] *Frau Meyer-Graefe:* Siehe Anmerkung 11 zum 15. 1. 1937. 129
Meier-Graefes waren nahe Freunde und Nachbarn René Schickeles und auch mit TM seit dem Sommer 1933 in Südfrankreich gut bekannt. Bei dem nachgelassenen Roman von Julius Meier-Graefe handelt es sich um die tagebuchartige Erzählung ›Der Kampf um das Schloß‹, die Meier-Graefe kurz vor seinem Tod beendet hatte, die aber im S. Fischer Verlag, mit dem ein Vertrag bestand, nicht mehr hatte erscheinen können. Das Werk blieb unveröffentlicht.

2] *Direkter Job:* Siehe Anmerkung 3 zum 20. 9. 1937. 130

3] *Wagner-Professor:* In einer Sonntags-Matinée des Stadttheaters hielt Dr. Curt Zimmermann, ein an der Bremer Kunsthochschule lehrender Schweizer, einen, der ›Neuen Zürcher Zeitung‹ zufolge, sehr dilettantischen Einführungsvortrag in Wagners ›Ring‹.

16. 11. 1937

1] *Ansermet:* Der Schweizer Dirigent Ernest Ansermet (1883 bis 130
1969) war 1918-1968 Leiter des Orchestre de la Suisse Romande in Genf, besonders bekannt als Interpret von Debussy, Ravel und Strawinsky.

2] *Debussiz:* So in der Handschrift, statt Debussy.

3] *Millstein:* Der aus Odessa stammende, amerikanische Violinvirtuose Nathan Milstein (geboren 1904), seit Jahrzehnten einer der hervorragendsten Geiger unserer Zeit in der Tradition Bronislaw Hubermans.

4] *»Pfauen«:* Zürcher Restaurant im Haus des Schauspielhauses.

5] *Direktor des Stadttheaters:* Karl Schmid-Bloss, seit 1919 Darsteller, später Regisseur am Zürcher Stadttheater (Opernhaus),

1932-1947 Direktor dieser Bühne, und seine Gattin Grete Schmid-Bloss.

17. 11. 1937

131 1] *geplante Promotion:* Joseph W. Angell hatte etwa gleichzeitig mit der Eröffnung der Thomas Mann Collection in Yale die Verleihung der Ehrendoktorwürde von Yale an TM geplant. Der Plan ließ sich nicht verwirklichen, da TM nicht bis zur Entgegennahme der Auszeichnung im Juni 1938 in den Vereinigten Staaten bleiben konnte.

2] *Mills College:* Kein Hinweis auf den Zusammenhang auffindbar.

3] *Weigand:* Hermann J. Weigand, ›Thomas Mann's »Joseph in Ägypten«‹, in ›Monatshefte für deutschen Unterricht‹, Madison, Wisconsin, Nr. 29, Oktober 1937.

4] *Slochower:* Harry Slochower, ›Thomas Mann's Joseph Story: An Introduction with a Biographical and Bibliographical Index‹, erschien als Broschüre von 108 Seiten, TMs Vorschlag entsprechend, 1938 im Verlag Knopf, New York. Siehe Tagebuch-Eintragung vom 21. 11. 1937.

5] *Looser:* Dr. Guido Looser (1892-1937) in Kilchberg bei Zürich, Schriftsteller und Professor für Geschichte und Deutsch an der Kantonalen Handelsschule, Zürich. Er veröffentlichte mehrere Romane und Gedichtbände, war ein Freund Hans Reisigers und mit TM gut bekannt. Er hatte sich das Leben genommen.

6] *Mt. von Falke:* Vermutlich handelt es sich um den Aufsatz ›Jesus oder die Kirche?‹, eine Polemik gegen Karl Barth, von Konrad Falke, der in Heft 3, Januar-Februar 1938, von ›Mass und Wert‹ erschien.

18. 11. 1937

131 1] *Bericht von Schuh:* Willi Schuh, ›Thomas Manns Vortrag über den Nibelungenring‹ in ›Neue Zürcher Zeitung‹ vom 18. 11. 1937.

2] *Truns:* Das Herrenbekleidungsgeschäft Truns, Bahnhofstraße, Zürich.

3] *Brief an Weigand:* TM an Hermann J. Weigand aus Küsnacht vom 18. 11. 1937 (Regesten II, 37/207), eine der wesentlichsten brieflichen Äußerungen TMs zum Joseph-Roman, in der er die Bezüge zu Wagners ›Ring‹, Goethes ›Faust‹ und seinem eigenen Roman *Königliche Hoheit* erörtert.

4] *Amerikanisches Weiberstück:* ›Frauen in New York‹ (›The Women‹), Komödie von Clare Boothe, Regie Leonard Steckel, mit Margrit Weiler, Therese Giehse und dreißig anderen Damen.

5] *Horwitz:* Der Schauspieler und Regisseur Kurt Horwitz (1897 bis 1974) wirkte in den zwanziger Jahren vor allem an Falckenbergs Münchner Kammerspielen, emigrierte 1933 in die Schweiz, gehörte 1933-1945 dem Zürcher Schauspielhaus an, leitete 1946 bis 1950 das Stadttheater Basel und war 1953-1958 Intendant des Bayerischen Staatsschauspiels, München.

6] *Prof. Singer:* Der österreichische Germanist Professor Samuel *132*
Singer (1860-1948), hervorragende Autorität auf dem Gebiet der mittelalterlichen Literatur, war seit 1896 Professor an der Universität Bern. Er vermittelte TM eine neue Übersetzung des mittelhochdeutschen Textes von Hartmann von Aues ›Gregorius‹, von seiner Mitarbeiterin Marga Bauer-Noeggerath, die TM als Vorlage für *Der Erwählte* benutzte.

20. 11. 1937

Cocteau: Der französische surrealistische Dichter, Maler und *132*
Filmregisseur Jean Cocteau (1889-1963) war mit Klaus Mann befreundet, der mehrfach über ihn schrieb und auch seinen Roman ›Les Enfants Terribles‹ dramatisierte. Sein Briefwechsel mit TM ist verloren gegangen. Sein Drama ›Les Chevaliers de la Table Ronde‹ (Die Ritter der Tafelrunde) erschien deutsch erst 1953.

21. 11. 1937

1] *lecture:* Vortrag. Gemeint ist der in Arbeit befindliche Vortrag *132*
Vom kommenden Sieg der Demokratie.

2] *Frau Futziger:* Siehe Anmerkung 1 zum 13. 2. 1938.

22. 11. 1937

1] *Bücher des Präsidenten Beneš:* Die Widmungsexemplare der *133*
Bücher von Eduard Benesch sind nicht erhalten, und folglich lassen sich die Titel nicht mit Bestimmtheit angeben. Benesch veröffentlichte eine Anzahl von Werken, darunter ›Der Aufstand der Na-

tionen‹ (1928), ›Probleme der tschechoslowakischen Republik‹ (1936), ›Masaryks Weg und Vermächtnis‹ (1937) und andere.

2] *Beitrag von Musil:* Robert Musil, ›Mondstrahlen bei Tage‹ (Aus dem unveröffentlichten Teil des Romans ›Der Mann ohne Eigenschaften‹) erschien mit dem Vermerk ›Copyright by Bermann-Fischer Verlag, Wien, in Heft 3, Januar-Februar 1938, von ›Mass und Wert‹.

23. 11. 1937

133 1] *Roman-Mt. eines deutschen Arztes:* Nicht ermittelt.

2] *Duhan:* Die Schauspielerin Eva Maria Duhan, damals am Schauspielhaus Zürich.

24. 11. 1937

134 1] *E. Feder:* Ernst Feder, ›Erinnerung an Stresemann‹ erschien in Heft 4, März-April 1938, von ›Mass und Wert‹. Ernst Feder (1881-1964), namhafter Berliner Publizist, gehörte 1919-1931 der politischen Redaktion des ›Berliner Tageblatt‹ an, zuletzt als stellvertretender Chefredakteur, emigrierte 1933 in die Schweiz, von dort nach Paris und entkam 1941 nach Brasilien. Er kehrte 1957 nach Deutschland zurück.

2] *»Utopologie« von Hahn:* Arnold Hahn, ›Grenzenloser Optimismus. Die biologischen und technischen Möglichkeiten der Menschheit. Utopiologie‹, Prag, im Selbstverlag, 1937. Hahn (1881-1963), im Berlin der zwanziger Jahre ein erfolgreicher populär-wissenschaftlicher Publizist, emigrierte 1933 in die Tschechoslowakei, 1939 nach England.

25. 11. 1937

134 1] *Tochter Toscaninis:* Wanda Horowitz geborene Toscanini. Siehe Anmerkung 2 zum 31. 7. 1937.

2] *Schauspielhaus:* Schillers ›Wallensteins Lager‹ und ›Die Piccolomini‹ in der Inszenierung von Leopold Lindtberg mit Wolfgang Langhoff, Kurt Horwitz, Ernst Ginsberg, Leonard Steckel, Erwin Kalser und Margrit Weiler.

26. 11. 1937

134 1] *Brief an Lion:* TM an Ferdinand Lion aus Küsnacht vom

26. 11. 1937 in Regesten II, 37/211: eine detaillierte Erörterung des Inhalts von Heft 3 von ›Mass und Wert‹.

2] *Bradisch:* Der aus Österreich stammende amerikanische Germanist Joseph Arno von Bradish, auch Bradisch (1883-1970), seit 1927 in den Vereinigten Staaten, ordentlicher Professor an der City University of New York. Er hatte bereits im März 1935 TM seinen Aufsatz über Schillers Beisetzung gesandt, und TM las im Oktober 1936, während der Vorarbeiten zu *Lotte in Weimar,* Bradischs Buch ›Goethes Beamtenlaufbahn‹.

3] *Schoeps:* Hans-Joachim Schoeps (1909-1980), emigrierte 1938 nach Schweden, kehrte 1947 nach Deutschland zurück, seither Professor für Religions- und Geistesgeschichte in Erlangen, Autor einer großen Reihe historischer Werke, die sich namentlich mit dem christlich-jüdischen Verhältnis und der Kultur- und Geistesgeschichte Preußens beschäftigen. Seine Schrift ›Gestalten an der Zeitwende (Burckhardt, Nietzsche, Kafka)‹, Vortrupp-Verlag, Berlin 1936.

27. 11. 1937

1] *an Schickele:* TM an René Schickele aus Küsnacht vom 27. 11. *135*
1937, Regesten II, 37/212.

2] *Dr. Kaufmann:* Dr. med Willi Kaufmann (1887-1942), Präsident des Zürcher Theatervereins, Vater von Nico Kaufmann, wohnte am Seefeldquai 17.

3] *Denzler:* Der Schweizer Dirigent Robert F. Denzler (1892 bis 1972), Schüler von Volkmar Andreae, war 1927-1932 Kapellmeister an der Städtischen Oper, Berlin, und 1934-1946 musikalischer Oberleiter der Zürcher Oper, wo er 1934 die Uraufführung von Hindemiths ›Mathis der Maler‹ und 1937 die Uraufführung von Alban Bergs ›Lulu‹ dirigierte.

4] *Töchterchen:* Susi Kaufmann (geboren 1921).

5] *Niko:* Siehe Anmerkung 2 zum 13. 7. 1937.

6] *Dr. Ernst:* Der Jurist Dr. Hans Ernst in Zürich.

7] *Essayist:* Der Schweizer Literarhistoriker Fritz Ernst (1889 bis 1958), Professor für Vergleichende Literaturgeschichte an der Eidgenössischen Technischen Hochschule in Zürich, Verfasser zahlreicher Werke zur deutschen und schweizerischen Literatur. TM kannte und schätzte ihn.

30. 11. 1937

136 1] *»Vergötterer zu Valencia«:* Diese Anspielung hat sich nicht aufklären lassen.

2] *Roman von Ernst Weiss:* ›Der Verführer‹, Roman von Ernst Weiss, erschien 1938 im Humanitas-Verlag, Zürich.

3] *Annette-Bermann:* Annette Kolb befand sich in Paris in großer finanzieller Notlage, und es handelte sich darum, ihren Verleger Bermann-Fischer zu bewegen, ihr auf die eine oder andere Weise zu helfen. Joseph Breitbach war mit Annette Kolb befreundet und bemühte sich für sie.

4] *schrieb an Bermann:* TM an GBF aus Küsnacht vom 30. 11. 1937 in TM-GBF, 140.

1. 12. 1937

136 1] *Reichner:* Der Verleger Herbert Reichner in Wien, der zwischen 1933 und 1938 hauptsächlich die Bücher Stefan Zweigs herausbrachte.

2] *Shakespeare-Übersetzung:* Die nachmals stark umstrittene, aber zumindest sehr originelle Shakespeare-Übersetzung des österreichischen Dramatikers, Essayisten und Shakespeare-Forschers Richard Flatter (1891-1960), die auf sechs Bände angelegt war und von der die beiden ersten Bände noch 1938 im Verlag Herbert Reichner in Wien erscheinen konnten. Eine neue Übersetzung von Shakespeares ›Sonetten‹ durch Richard Flatter war 1934 im Wiener Saturn-Verlag erschienen. Flatter emigrierte 1938 nach England, ging 1948 nach den Vereinigten Staaten und kehrte 1952 nach Wien zurück. Eine neue sechsbändige Ausgabe seiner Shakespeare-Übertragungen erschien 1952-1955 im Verlag Walter Krieg, Wien.

3] *Upsala-Professor:* Nicht feststellbar.

4] *Vorlesung:* Literarischer Abend des Kaufmännischen Vereins, ›Thomas Mann liest aus eigenen Werken‹, am 1. 12. 1937 im Vereinshaus Zur Kaufleuten, Pelikanstraße, Zürich.

2. 12. 1937

137 1] *Marsman:* Die von Albert Vigoleis Thelen übersetzte Novelle erschien nicht in ›Mass und Wert‹. In seinem Brief an Lion vom 7. 12. 1937 schreibt TM, er könne sie »nur bedingt empfehlen«.

2] *»Life and Letters«:* TMs Vorwort zu ›Mass und Wert‹ wurde zweimal ins Englische übersetzt: von Agnes E. Meyer unter dem Titel ›Standards and Values‹ für die ›Washington Post‹, und von Helen Lowe-Porter unter dem Titel ›Measure and Value‹. Letztere Übersetzung erschien in der englischen Monatsschrift ›Life and Letters Today‹, London, Oktober 1937.

3] *Auernheimers Wien-Buch:* Raoul Auernheimer, ›Wien. Bild und Schicksal‹, 1938.

4] *Message an die amerikan. Künstler:* Unveröffentlicht. Siehe TM an Erika Mann aus Küsnacht vom 4. 12. 1937, Briefe II, 34. Text im Anhang.

5] *amerik. Schopenhauer-Condensation:* Es handelte sich um eine zusammenfassende Auswahl aus Schopenhauer ›Die Welt als Wille und Vorstellung‹, die der Verlag Longmans, Green & Co., New York, in seiner Reihe ›The Living Thoughts Library‹, herausgegeben von Alfred O. Mendel, mit einer Einleitung von TM herauszubringen beabsichtigte. Diese Einleitung wuchs sich zu einem großen Essay aus, der für die amerikanische Publikation gekürzt werden mußte. Der ungekürzte Essay *Schopenhauer* erschien 1938 im Bermann-Fischer Verlag, Stockholm, die amerikanische Auswahl unter dem Titel ›The Living Thoughts of Schopenhauer. Presented by Thomas Mann‹ erschien 1939 und wurde in zahlreichen europäischen Sprachen veröffentlicht. Siehe Anmerkung 3 zum 21. 12. 1937. Der Essay *Schopenhauer* in GW IX, 528-580.

3. 12. 1937

Hofmannsthals Beethoven-Rede: Hugo von Hofmannsthal, ›Beethoven. Rede, gehalten an der Beethovenfeier des Lesezirkels Hottingen in Zürich‹ am 10. 12. 1920. Die Rede war frei gesprochen, und ihr gedruckter Text wurde nach dem Stenogramm hergestellt. Nach einem Zeitungsabdruck in der ›Neuen Zürcher Zeitung‹, 1920, erschien sie als Broschüre 1938 im Verlag H. Reichner, Wien, und kam so zu TMs Kenntnis. Jetzt in Hofmannsthal, Gesammelte Werke in zehn Bänden (Taschenbuchausgabe), Reden und Aufsätze II, 69-81. *137*

4. 12. 1937

137 1] *Barthou-Buch:* Wilhelm Herzogs Buch über den ermordeten französischen Außenminister Louis Barthou (1862-1934) erschien 1938 im Verlag ›Die Liga‹, Zürich. Ein Vorabdruck in ›Mass und Wert‹ kam nicht zustande.

2] *»Deutsche Freiheit«:* Deutschsprachige politische Wochenzeitung, herausgegeben von dem vormaligen saarländischen sozialdemokratischen Parteiführer Max Braun, die von Dezember 1937 bis April 1939 in Paris erschien. TM, Heinrich und Klaus Mann gehörten zu ihren Mitarbeitern. Sie war eine Art Fortsetzung der von Max Braun von 1933 bis 1935 in Saarbrücken herausgegebenen ›Unabhängigen Tageszeitung‹ gleichen Namens, die von der Saarregierung mehrfach verboten worden war und nach dem Saar-Plebiszit ihr Erscheinen einstellen mußte.

3] *an Erika:* TM an Erika Mann aus Küsnacht vom 4. 12. 1937 in Briefe II, 34. Erika und Klaus Mann befanden sich zu dieser Zeit wieder beide in New York.

5. 12. 1937

138 1] *Guitry-Film:* ›Die Perlen der Krone‹, ein Film von Sacha Guitry mit Jacqueline Delubac, Raimu, Sacha Guitry und dem berühmten spanischen Tanzstar Nati Morales.

2] *W. Müller:* ›Mozart und der Tod. Eine Zauberflötenstudie‹ von Werner Y. Müller, in ›Schweizer Musikzeitung‹, 1. 1. 1938.

3] *Heinrichs »Henri IV«:* Heinrich Manns ›Die Jugend des Königs Henri Quatre‹ erschien 1937 unter dem Titel ›Young Henri of Navarre‹ im Verlag Knopf, New York. Der zweite Teil ›Die Vollendung des Königs Henri Quatre‹ folgte 1939, ebenfalls im Verlag Knopf.

6. 12. 1937

138 1] *Dr. Sommer:* Der Industrielle Dr. ing. et rer. pol. Albert Sommer (1879-1968) aus Dresden, befreundet mit dem Ehepaar Reiff, durch das TM ihn kannte. Er emigrierte 1939 nach New York und ließ sich schließlich in Montagnola nieder, wo er starb.

2] *Frau Arnhold:* Nicht identifiziert; vermutlich zur Dresdner Bankiersfamilie Arnhold gehörig.

139 3] *Niekischs:* Arthur Philipp Nikisch (1889-1968), Sohn des Diri-

genten Arthur Nikisch, Verwaltungsjurist in Dresden, später Professor für Arbeitsrecht an mehreren deutschen Universitäten, verheiratet mit der Opernsängerin Grete Merrem-Nikisch, die zu den Stars der Dresdner Oper gehörte. Das Ehepaar war mit TM seit 1922 befreundet und hatte ihn mehrmals in Dresden bei sich zu Gast gehabt. Sie hatten sich zuletzt im März 1933 im Neuen Waldhotel in Arosa gesehen. Worin ihr »albernes Verhalten« bestand, ist nicht ersichtlich. Nach dem Zweiten Weltkrieg war die Freundschaft wieder so herzlich wie zuvor, und Grete Merrem-Nikisch, gebürtige Rheinländerin, half TM mit Auskünften über Düsseldorf für die Novelle *Die Betrogene.*

7. 12. 1937

1] *Gallimard: Charlotte à Weimar,* übersetzt von Louise Servicen, konnte erst nach dem Zweiten Weltkrieg im Verlag Gallimard, Paris, erscheinen. *139*

2] *an Lion:* TM an Ferdinand Lion aus Küsnacht vom 7. 12. 1937 Regesten II, 37/221.

3] *Manuskript über Paulus:* J. Texeira de Pascoaes, ›Paulus, der Dichter Gottes‹, aus dem Portugiesischen übersetzt von Albert Vigoleis Thelen, erschien 1938 im Humanitas-Verlag, Zürich.

4] *Geburtstagsschrift von Schaber:* Der Essayist Will Schaber (geboren 1905) emigrierte 1933 in die Tschechoslowakei, 1938 in die Vereinigten Staaten. Seine Schrift ›Thomas Mann. Zu seinem 60. Geburtstag‹ erschien 1935 im Verlag Oprecht, Zürich. Er veröffentlichte außerdem eine Anzahl von Aufsätzen über TM. Das Motto in seinem Buch lautet: »Form ist etwas Lebensgesegnet-Mittleres zwischen Tod und Tod; zwischen dem Tode als Unform und dem Tode als Überform, zwischen Auflösung also und Erstarrung, zwischen Wildheit und Erstorbenheit, sie ist das Mass, sie ist der Wert, sie ist der Mensch, sie ist die Liebe.« Thomas Mann

8. 12. 1937

1] *»Pane e vino«:* Der italienische Originaltitel von Ignazio Silones Roman ›Brot und Wein‹. *139*

2] *Chiaromonte:* Nicola Chiaromonte (geboren 1905), italienischer antifaschistischer Schriftsteller, seit 1934 im Exil in der Schweiz. Seine Rezension von G. A. Borgese, ›Goliath. The March of Fascism‹, erschien in Heft 5, Mai-Juni 1938, von ›Mass und Wert‹.

3] *An Lion:* TM an Ferdinand Lion aus Küsnacht vom 8. 12. 1937, Regesten II, 37/223.

4] *ungarische Ausgabe: Összes Novellai* (Sämtliche Novellen). Übersetzt von Dezsö Kosztolanyi, Viktor Lányi und György Sárközi. Budapest, Verlag Athenaeum, 1937.

5] *A. Zollinger:* Der Schweizer Lyriker und Erzähler Albin Zollinger (1895-1941), Mitarbeiter von ›Mass und Wert‹, redigierte seit 1933 ›Die Zeit‹ in Bern.

9. 12. 1937

140 1] *Faust-Novelle:* Die von TM seit langem geplante Musiker- und Teufelspakt-Novelle, die sich an Schumann und Hugo Wolf, aber auch an Nietzsche anlehnen sollte und aus der schließlich der Roman *Doktor Faustus* wurde.

2] *Kongreß von Valencia:* Der von Michael Kolzow organisierte zweite ›Internationale Schriftstellerkongreß zur Verteidigung der Kultur‹, der während des Spanischen Bürgerkriegs 1937 in Valencia stattfand.

3] *»Der Bieberpelz«:* ›Der Biberpelz‹, Komödie von Gerhart Hauptmann (1893).

4] *Revisor:* Die Komödie ›Der Revisor‹ von Nikolai Gogol (1836).

10. 12. 1937

140 1] *»Phädra«:* Schauspiel von Bernard von Brentano. Buchausgabe 1939 im Verlag Oprecht, Zürich. In Heft 4, März-April 1938 von ›Mass und Wert‹ erschien ein Vorabdruck daraus.

2] *Schlusnus-Konzert:* Der Opern- und Konzertsänger Heinrich Schlusnus (1888-1952) war 1917-1945 Mitglied der Berliner Staatsoper und einer der gefeiertesten Sänger seiner Zeit.

3] *»Objekt der Kunst«:* Nicht festgestellt.

11. 12. 1937

141 *Zuckmayer:* Der Dramatiker, Lyriker und Erzähler Carl Zuckmayer (1896-1977), Autor der in den zwanziger Jahren sehr erfolgreichen Komödien und Volksstücke ›Der fröhliche Weinberg‹, ›Schinderhannes‹, ›Katharina Knie‹ und ›Der Hauptmann von Köpenick‹, und des Romans ›Salware oder Die Magdalena von Bozen‹, lebte im Exil in Henndorf bei Salzburg, floh beim Anschluß Österreichs 1938 nach England und ging von dort nach den Vereinigten Staaten, wo er sein erfolgreichstes Schauspiel ›Des Teufels General‹ schrieb. Er kehrte nach dem Zweiten Weltkrieg nach Europa zurück und lebte in Saas-Fee in der Schweiz. Seine Lebenserinnerungen ›Als wär's ein Stück von mir‹ erschienen 1966.

12. 12. 1937

1] *Björnson:* Björn Björnson (1859-1942), norwegischer Schrift- *141*
steller, Schauspieler und Theaterleiter, Sohn des Dichters Björnstjerne Björnson. Er war 1899-1907 Direktor des Nationaltheaters in Kristiania (Oslo), 1908-1909 des Hebbel-Theaters in Berlin, lebte zumeist in Berlin und München, von wo TM ihn seit langem kannte.

2] *an Annette und Lion:* TM an Ferdinand Lion aus Küsnacht vom 12. 12. 1937, Regesten II, 37/229. Annette Kolb hatte der Zeitschrift einen Nachruf auf den kürzlich verstorbenen Grafen Kessler angeboten, der in Heft 4, März-April 1938, von ›Mass und Wert‹ erschien.

3] *Betz:* Der französische Schriftsteller und Übersetzer Maurice Betz (1898-1946) hatte Rilke während seiner Pariser Jahre gut gekannt und auch einiges von ihm übersetzt. Seine Erinnerungen ›Rilke à Paris‹, deutsch ›Rilke in Paris‹ (1948). Seine Übersetzung des *Zauberberg* (La Montagne Magique) erschien 1931 im Verlag Arthème Fayard, Paris.

13. 12. 1937

1] *Mussolinis Austritt:* Italien war am 11. 12. 1937 aus dem *142*
Völkerbund ausgetreten.

2] *Prof. Roberts:* Stephen H. Roberts, ›The House that Hitler built‹, London 1937, ein äußerst scharfsinniges Buch eines englischen Historikers, war eine der ersten gründlichen und zuverlässigen Analysen des ›Dritten Reiches‹ von einem ausländischen Beobachter und erregte damals großes Aufsehen. Das Pariser ›Tage-Buch‹ veröffentlichte einen Auszug in deutscher Übersetzung. Eine deutsche Ausgabe, in der Übersetzung von Fritz Heymann, erschien 1938 im Verlag Querido, Amsterdam, unter dem Titel ›Das Haus, das Hitler baute‹.

15. 12. 1937

142 1] *Yale-Rede:* Die Ansprache *Zur Gründung einer Dokumentensammlung in Yale University,* die TM am 25. 2. 1938 bei der feierlichen Eröffnung der TM-Sammlung in Yale hielt. Ihr Text in ›Mass und Wert‹, Heft 2, November-Dezember 1938, und in GW XI, 458-467.

2] *Kestens »Philipp II«:* Hermann Kestens historischer Roman ›König Philipp der Zweite‹ erschien 1938 im Verlag Allert de Lange, Amsterdam, in einer Neuausgabe im Verlag Kurt Desch 1950, unter dem Titel ›Ich der König Philipp II.‹

3] *ohne alles, was ich geben würde:* TM beschäftigte sich viele Jahre lang mit Philipp II. als Novellen- oder Romanstoff und plante zeitweilig ein Novellen-Triptychon ›Joseph-Erasmus-Philipp II.‹ Von diesem Plan wurde nur der ›Joseph‹ durchgeführt, der sich zu einem vierteiligen Romanwerk auswuchs. »Philipps granitne Klosterfestung«, der Escorial, hatte TM auf seiner Spanienreise 1923 großen Eindruck gemacht.

4] *Mont-Kaw-Kapitel: Bericht von Mont-kaws bescheidenem Sterben,* das sechste und letzte Kapitel des Fünften Hauptstückes von *Joseph in Ägypten.*

5] *Volkshaus:* Die Vorlesung fand auf Einladung des Bildungsausschusses der Sozialdemokratischen Partei im Volkshaus Zürich statt.

16. 12. 1937

143 1] *G. Hartung:* Der Regisseur und Theaterleiter Gustav Hartung (1887-1946) war bis 1933 Intendant des Hessischen Landestheaters, Darmstadt, emigrierte in die Schweiz und wirkte bis zu seinem Tod in Zürich und Basel.

2] *»Napoléon« von Bruckner:* Das Schauspiel ›Napoleon der Erste‹ von Ferdinand Bruckner (Pseudonym für Theodor Tagger). Tagger (1891-1955) hatte 1923-1927 sehr erfolgreich in Berlin das Renaissance-Theater geleitet und anschließend, als Ferdinand Bruckner, mit seinen Dramen ›Krankheit der Jugend‹, ›Die Verbrecher‹ und ›Elisabeth von England‹ großen Erfolg gehabt. Er emigrierte 1933 nach Paris, 1936 in die Vereinigten Staaten und kehrte 1950 nach Berlin zurück. In der Zürcher Aufführung seines ›Napoleon‹ spielten unter der Regie von Leopold Lindtberg Leonard

Steckel, Ernst Ginsberg, Wolfgang Heinz, Margrit Weiler und Rita Liechti.

3] *Steckel:* Der Schauspieler und Regisseur Leonard Steckel (1901 bis 1971), in den zwanziger Jahren ein bedeutender Charakterdarsteller der deutschen Bühnen, emigrierte 1933 in die Schweiz, war bis 1953 Mitglied des Zürcher Schauspielhauses, wo er mehrere bedeutende Brecht-Aufführungen inszenierte, danach Intendant der Freien Volksbühne Berlin und bis zu seinem Tod bei einem Eisenbahnunglück zwischen München und Zürich als Schauspieler auf Gastspielreisen.

4] *Faesi:* Der Schweizer Schriftsteller und Literarhistoriker Robert Faesi (1883-1972), 1922-1953 Professor für deutsche Literatur an der Universität Zürich, war mit TM seit 1914 befreundet. Bereits vor 1933 war TM mehrmals Faesis Gast in Zollikon bei Zürich gewesen. Faesi schrieb ›Thomas Mann. Ein Meister der Erzählkunst‹ (1955) und veröffentlichte 1962 seinen Briefwechsel mit TM.

5] *an Klaus:* TM an Klaus Mann aus Küsnacht vom 16. 12. 1937 in Klaus Mann, ›Briefe und Antworten‹, Band II, 20-21.

17. 12. 1937

»Betr.«: TMs *Betrachtungen eines Unpolitischen,* erschienen 1918, 143
in denen sein jugendliches Schopenhauer-Erlebnis ausführlich dargelegt ist.

19. 12. 1937

1] *»W.a.W.u.V.«:* ›Die Welt als Wille und Vorstellung‹ von Ar- 144
thur Schopenhauer.

2] *Brief an eine Dichterin:* Nicht identifiziert.

20. 12. 1937

1] *Prager Schutzverband:* Der ›Schutzverband deutscher Schrift- 144
steller‹ im Prager Exil. Der ›Herder-Preis‹ der Tschechoslowakei wurde an exilierte deutsche Schriftsteller verliehen.

2] *Frey (Salzburg):* TM an A. M. Frey aus Küsnacht vom 20. 12. 1937, Regesten II, 37/240. Der Schriftsteller A. M. (Alexander Moritz) Frey (1881-1957), bekannt durch seinen Kriegsroman ›Die Pflasterkästen‹, TM seit der Jahrhundertwende aus München gut bekannt, ging 1933 freiwillig ins Exil, zuerst nach Salzburg, später in die Schweiz, und kehrte nicht nach Deutschland zurück. Er stand während der Exiljahre in ständiger brieflicher Verbindung mit TM. Siehe *Liebenswerte Menagerie* in GW X, 827-829.

21. 12. 1937

144 1] *»Corona«:* Siehe Anmerkung 1 zum 15. 3. 1937. In Heft 5, 1937 erschien ›Aus Hugo von Hofmannsthals Tagebüchern‹ sowie ein Aufsatz ›Von den Möglichkeiten‹ von Ernst Bertram.

2] *Kolbenheyer:* Der Schriftsteller Erwin Guido Kolbenheyer (1878-1962), bekannt durch seine Paracelsus-Romantrilogie. Er gehörte der Sektion für Dichtkunst der Preußischen Akademie der Künste seit ihrer Gründung 1926 an und zählte zu ihren reaktionären, mit dem Nationalsozialismus sympathisierenden Mitgliedern, die nach der Gleichschaltung und Ausstoßung aller nicht Genehmen in der Akademie verblieben.

3] *Brief von Erika:* Erika Mann an ihre Eltern aus New York vom 14. 12. 1937. Unveröffentlichter Brief, darin sie TM bittet, er solle »mit der Schopenhauer-Einleitung vorsichtig sein«. Der Mann, um den es sich handle, sei ihr suspekt, und sie rate, TM solle nicht zur Feder greifen, ehe eine beträchtliche Anzahlung von etwa 500 Dollars zur Stelle sei – »denn warum: man ärgert sich sonst grauenhaft.« Wie TMs Tagebuch-Eintragung zeigt, befolgte er ihren Rat. Der »Unternehmer Mende« war Alfred O. Mendel, Cheflektor und Redakteur des hochangesehenen New Yorker Verlags Longmans, Green & Co., in dem ›The Living Thoughts of Schopenhauer‹ erschien.

145 4] *Brief an Fiedler:* TM an Kuno Fiedler aus Küsnacht vom 21. 12. 1937, in ›Blätter der Thomas Mann-Gesellschaft‹, Zürich, Nr. 11, 1971, 20 f. und Regesten II, 37/242.

5] *Lanyi:* Siehe Anmerkung 3 zum 19. 1. 1937.

22. 12. 1937

145 *an E. Weiss:* TM an Ernst Weiss aus Küsnacht vom 22. 12. 1937 in Briefe II, 36 ff.

23. 12. 1937

1] *Adeles Novelle:* Gemeint ist *Adeles Erzählung*, das Fünfte Kapitel von *Lotte in Weimar*. 145

2] *Mondadori:* Arnoldo Mondadori, Mailand, TMs italienischer Verleger.

3] *Verehrer in Bern:* Vermutlich Dr. Franz Kienberger in Bern. Nichts Näheres über ihn bekannt. Siehe Briefe II, 38-39.

24. 12. 1937

1] *Aufsatz über Brüning:* Klaus Mann, ›Brüning in New York‹ in ›Die Neue Weltbühne‹ vom 23. 12. 1937. 146

2] *Dr. Bollack:* Dr. Harry Bollag, TMs Augenarzt in Zürich.

25. 12. 1937

1] *Bibis Freund Wilhelm:* Kurt Wilhelm, Freund von Michael Mann, studierte zusammen mit ihm bei Jean Galamian in Paris, überstand den Krieg im französischen Untergrund, nannte sich seither Jean-Pierre Wilhelm, vor allem Übersetzer und Kunstmanager, lebte nach dem Krieg in Paris, später in Düsseldorf. 146

2] *Frau Prof. Gehrig:* Frau Emmy Gehrig, Gattin von Oscar Gehrig, Dozent am Pädagogischen Institut der Universität Rostock, eine langjährige Verehrerin TMs, die ihm zuweilen aparte Geschenke sandte. 147

26. 12. 1937

1] *Heidens Buch:* Konrad Heiden, ›Europäisches Schicksal‹, erschien Ende 1937 im Verlag Querido, Amsterdam. 147

2] *Ingenieur Moser:* Hans Moser (geboren 1912), Freund von Michael Mann und sein späterer Schwager, Ingenieur, lebt heute in Brüssel. Siehe Anmerkung zum 3. 3. 1937.

27. 12. 1937

1] *Neumann:* Dieser Brief von Alfred Neumann ist nicht erhalten, nur TMs Antwort auf ihn. 147

2] *an die Herz:* TM an Ida Herz aus Küsnacht vom 27. 12. 1937, Regesten II, 37/246.

28. 12. 1937

147 *an Neumann:* TM an Alfred Neumann aus Küsnacht vom 28. 12. 1937 in Thomas Mann-Alfred Neumann, ›Briefwechsel‹, herausgegeben von Peter de Mendelssohn, Heidelberg, 1977, 39 bis 40; und gekürzt in Briefe II, 39 f.

29. 12. 1937

148 *Moussorkski:* So in der Handschrift: der russische Komponist Modest Mussorgskij (1839-1881), berühmt durch seine Oper ›Boris Godunow‹.

30. 12. 1937

148 1] *an de Boer:* TM an Willem de Boer aus Küsnacht vom 30. 12. 1937 in Briefe II, 40 f. Darin eine Schilderung des Konzerts vom Vorabend, mit der Sonate für Viola d'amore von Attilio Ariosti (1666-1740).

2] *»Tapiola«:* Die symphonische Dichtung ›Tapiola‹, das letzte große Werk, 1925 geschaffen, des finnischen Komponisten Jean Sibelius (1865-1957).

31. 12. 1937

148 1] *»Du Coté de chez Swann«:* Der erste Roman in der Folge ›A la recherche du temps perdu‹ von Marcel Proust. TM war erstmals 1921 durch Annette Kolb auf Proust hingewiesen worden.

2] *die Hamburger:* Die Germanistin Käte Hamburger (geboren 1896) übersandte im Herbst 1932 TM ihre Schrift ›Thomas Mann und die Romantik‹, die zu einem ausgedehnten Briefwechsel führte (siehe Briefe I, 322 und folgende). Sie emigrierte 1933 nach Schweden, wo sie ein Lehramt fand, kehrte nach dem Zweiten Weltkrieg nach Deutschland zurück und übernahm eine Professur an der Technischen Hochschule Stuttgart. Sie veröffentlichte 1945 ›Thomas Manns Roman »Joseph und seine Brüder«. Eine Einführung‹. (Neufassung 1965 unter dem Titel ›Der Humor bei Thomas Mann. Zum Joseph-Roman‹.)

3] *Prof. Sommerfeld:* Martin Sommerfeld (geboren 1894) emigrierte in die Vereinigten Staaten, war Professor für deutsche Literatur am Smith College in Northampton, Massachusetts. Sein Buch

›Goethe in Umwelt und Folgezeit‹ erschien 1935 im Verlag Sijthoff in Leiden.

4] *Karte von Heinrich:* Nicht erhalten.

5] *Aufsatz von Heinrich:* Heinrich Mann, ›Ziele der Volksfront‹ in ›Die Neue Weltbühne‹, Prag, 30. 12. 1937.

6] *Beitrag der Kolb:* TM an Ferdinand Lion aus Küsnacht vom *149*
31. 12. 1937. Lion hatte Annette Kolbs Nachruf auf den Grafen Kessler mit einem »charmanten« Brief ablehnen wollen, aber TM verhinderte die Absendung des Briefes, da er eine Feindschaft heraufbeschwören würde, die der Zeitschrift weitere Beiträge von ihr versperren würde: »Die Kolb gehört durchaus zu den Autoren, die für die Erzeugnisse *selbst* einstehen, selbst die Verantwortung tragen; die Redaktion kann da einfach ihre Hände waschen.« Der Nachruf erschien in Heft 4, März-April 1938, von ›Mass und Wert‹.

1938

1. 1. 1938

153 1] *B's Schriftenreihe:* Die Schriftenreihe ›Ausblicke‹, die der Bermann-Fischer Verlag 1937 in Wien begründete und später in Stockholm fortsetzte. TMs Essay *Freud und die Zukunft* war der Beginn dieser Broschürenreihe, in der auch der Essay *Schopenhauer,* nicht aber der *Wagner* erschien. Andere Autoren der Reihe waren Claudel, Musil, Valéry, Huizinga, Werfel, Zuckmayer, Huxley, Nicolson, Schnitzler, Borgese.

2] *Langhoff:* Der Schauspieler Wolfgang Langhoff (1901-1966) wurde 1933 verhaftet und im Konzentrationslager interniert, gelangte 1934 in die Schweiz und schrieb seinen aufsehenerregenden Erlebnisbericht ›Die Moorsoldaten. Dreizehn Monate Konzentrationslager‹, der 1935 im Schweizer Spiegel Verlag erschien und in viele Sprachen übersetzt wurde. Langhoff gehörte 1934-1945 dem Zürcher Schauspielhaus an, kehrte nach Kriegsende nach Deutschland zurück und war 1946-1963 Intendant des Deutschen Theaters in Ost-Berlin.

3] *an Heinrich:* TM an HM aus Küsnacht vom 1. 1. 1938 in TM-HM, 348-349. Der Brief ist längsseitig durchgerissen und bietet keinen fortlaufenden Text. Der rekonstruierte Inhalt in Regesten II, 38/5.

2. 1. 1938

153 1] *Aufregung:* TM verwendet häufig das Wort ›Aufregung‹ statt des geläufigeren ›Anregung‹ oder ›Antrieb‹.

2] *politisches Manuskript:* Nicht ermittelt.

3] *an Angell:* TM an Joseph W. Angell aus Küsnacht vom 2. 1. 1938, Regesten II, 38/3.

4] *Tod Max Mohrs:* Vermutlich eine Falschmeldung. Der Schriftsteller Max Mohr starb, soweit bekannt, erst 1944 in Shanghai.

3. 1. 1938

1] *H. Ziegler:* Der Schauspieler, Regisseur und Theaterdirektor Hans Ziegler (1879-1961) wirkte an zahlreichen deutschen und österreichischen Bühnen, zuletzt (seit 1945) am Theater in der Josefstadt, Wien. 154

2] *»Stories from 3 decades«:* Richtig *Stories of Three Decades,* die englisch-amerikanische Sammelausgabe sämtlicher Novellen TMs, erschienen 1936 bei Knopf, New York, und Secker and Warburg, London.

3] *Dr. Goldschmidt:* Nicht identifiziert.

4. 1. 1938

an Felix Bertaux: TM an Félix Bertaux aus Küsnacht vom 4. 1. 1938, Regesten II, 38/7. 154

5. 1. 1938

1] *K.'s Erbteil:* Frau Katia Mann hatte von ihren noch immer sehr wohlhabenden Eltern in München ein nicht unbeträchtliches Erbteil zu erwarten. Es bestand die Gefahr, daß das Pringsheimsche Vermögen früher oder später an das NS-Regime verloren ging. 155

2] *Benehmen Brentanos:* Siehe TM an Ferdinand Lion aus Küsnacht vom 6. 1. 1938, Regesten II, 38/8, und an Bernard von Brentano vom 12. 1. 1938, Regesten II, 38/14.

6. 1. 1938

1] *Dr. Marck:* Nicht identifiziert. 155

2] *Freundin der Hamburger:* Unbekannt.

7. 1. 1938

1] *Centre Intern.:* ›Centre International pour le droit et la liberté en Allemagne‹. Siehe Anmerkung 3 zum 27. 10. 1937. 155

2] *Honorar von Oprecht:* Für den Abdruck des Vortrags *Richard Wagner und der ›Ring des Nibelungen‹* in ›Mass und Wert‹, Heft 3, Januar-Februar 1938.

3] *Prof. Rheinstrom:* Heinrich Rheinstrom (1884-?), Professor für Finanzwissenschaft und Steuerrecht an der Technischen Hochschule München, später Professor an amerikanischen Hochschulen. 156

4] *italienischer Aufsatz:* Nicola Chiaromontes Rezension von

G. A. Borgeses ›Goliath. The March of Fascism.‹ Ferdinand Lion neigte dazu, Beiträge für ›Mass und Wert‹ in sehr selbstherrlicher Weise zu kürzen, ohne die Autoren vorher zu fragen.

8. 1. 1938

156 1] *Björnsons Schauspielerbuch:* Björn Björnson, ›Nur Jugend. Ein Leben voll Kunst, Frohsinn und Liebe‹, Wien 1936.

2] *Bürger:* »Über Bürgers Gedichte‹, Rezension von Friedrich Schiller, geschrieben 1790 und anonym erschienen, die wegen ihrer Schärfe unter den Zeitgenossen Aufsehen erregte, aber von Goethe, der nicht wußte, wer der Verfasser war, gerühmt wurde.

9. 1. 1938

156 1] *Brief an Strich:* TM an Fritz Strich aus Küsnacht vom 9. 1. 1938 in Briefe II, 43 f.

2] *Xenien:* Epigramme in Distichen nach dem Muster der ›Xenia‹ des Martial von Goethe und Schiller, entstanden 1796, Erstdruck im ›Musenalmanach für das Jahr 1797‹.

157 3] *Trebitschs Büchlein:* ›Der Verjüngte‹, Roman von Siegfried Trebitsch.

4] *»Pandora«:* Einaktiges Festspiel in Versen von Goethe (1807 bis 1808).

5] *Gundolf:* Der Literarhistoriker Friedrich Gundolf (1880-1931), dem Kreis Stefan Georges zugehörig, dem er sich später durch seine Heirat entfremdete, war seit 1911 Dozent, seit 1920 Professor für Literaturgeschichte in Heidelberg. Seine auf Georges Geschichts- und Kunsttheorien beruhenden geistesgeschichtlichen Arbeiten über Shakespeare, Goethe, Kleist und Julius Caesar waren zu ihrer Zeit von großem Einfluß auf die Literaturwissenschaft. Sein ›Goethe‹ erschien 1916.

11. 1. 1938

157 1] *»Gendre«:* Schwiegersohn.

2] *»Fuoruscito«:* Politischer Flüchtling, Emigrant.

158 3] *politisches Manuskript von Döblin:* Nicht identifiziert.

4] *W. Türk:* Der Schriftsteller Werner Türk (geboren 1901) emigrierte 1933 in die Tschechoslowakei, später nach Norwegen, schließlich nach England. Er schrieb den politischen Roman ›Klei-

ner Mann in Uniform‹ (1934) und eine Mozart-Biographie (1939).
5] *Brief an ter Braak:* TM an Menno ter Braak aus Arosa vom 11. 1. 1938, Regesten II, 38/12. Darin teilt er mit, daß er Lion zurechtgewiesen habe – der aus ter Braaks Manuskript vier Seiten mit Blaustift weggestrichen hatte – und bittet ihn, nicht auf der Zurückziehung des Manuskriptes zu bestehen. Ter Braak blieb jedoch offenbar unbesänftigt, denn sein Aufsatz ›Christus der Antichrist‹ (ein Kapitel aus dem Buch ›Van oude en nieuwe Christenen‹, in der Übersetzung von Albert Vigoleis Thelen) erschien nicht in ›Mass und Wert‹.

12. 1. 1938
1] *Frauenstedt:* Der Philosoph Julius Frauenstädt (1813-1879), Freund Schopenhauers, der ihm seine sämtlichen Manuskripte und Verlagsrechte vermachte. Frauenstädt veranstaltete die sechsbändige Schopenhauer-Gesamtausgabe von 1873-74 und gab 1871 das Schopenhauerlexikon heraus. Er schrieb ›Briefe über die Schopenhauersche Philosophie‹ (1854) und ›Neue Briefe über die Schopenhauersche Philosophie‹ (1876). *158*
2] *Vers-Manuskript:* Unbekannt.
3] *Mrs. O'Malley:* Richtig Lady O'Malley (geboren 1891), unter dem Namen Ann Bridge eine damals sehr namhafte Romanschriftstellerin, wurde bekannt durch ›Peking Picnic‹ (1932). Sie war die Gattin von Sir Owen St. Clair O'Malley (geboren 1887), der 1925 britischer Botschaftsrat in Peking, später im britischen Außenministerium und zur Zeit des Zusammentreffens seiner Gattin mit TM Geschäftsträger der britischen Botschaft in Spanien in St. Jean de Luz war.

13. 1. 1938
Sch.: Schopenhauer. *159*

15. 1. 1938
1] *Mendel (New York):* Siehe Anmerkung 3 zum 21. 12. 1937. *160*
2] *Kilpper:* Sohn des Stuttgarter Verlegers Gustav Kilpper, des Besitzers der Deutschen Verlagsanstalt.

16. 1. 1938

160 *Freud-Aufsatz:* Unklarer Zusammenhang. *Sigmund Freud und die Zukunft* erschien in ›Almanach der Psychoanalyse 1937‹, Wien. Das Psychoanalytische Jahrbuch erschien erst ab 1960 im Verlag Huber in Bern.

17. 1. 1938

160 1] *Freud über Moses:* Sigmund Freud, ›Der Mann Moses und die monotheistische Religion‹, in ›Imago‹, Wien 1937, Band 23, Heft 1 und 4 unter den Titeln ›Moses ein Ägypter‹ und ›Wenn Moses ein Ägypter war‹.

2] *Guild:* ›American Guild for German Cultural Freedom‹ in New York. Siehe Anmerkung 14 zum 1. 1. 1937. TMs Brief an Erika Mann in dieser Sache ist nicht erhalten, nur Erika Manns Antwort an ihren Vater aus New York vom 4. 2. 1938 (unveröffentlicht). TM war mit der Tätigkeit der ›Guild‹, u. a. wegen ihrer unzureichenden Geldmittel, unzufrieden und erhoffte sich einen Aufschwung, wenn Erika Mann Generalsekretär der ›Guild‹ würde. Erika Mann läßt in ihrem Brief diese Frage offen: sie müsse das mit ihm besprechen, wenn er nach New York komme. Es kam nicht zu der Anstellung.

18. 1. 1938

161 1] *Manuskript aus Jerusalem:* Goergel, ›Platen und Platon‹.

2] *Brief an Freud:* Nicht auffindbar.

19. 1. 1938

162 1] *polnische Ausgabe:* Eine polnische Ausgabe von *Avertissement à l'Europe* ist nicht nachweisbar.

2] *Roelli:* Hans Roelli, Schweizer Volkssänger, trat alljährlich während der Saison in Arosa auf, TM von früheren Aufenthalten bekannt.

20. 1. 1938

162 *Besprechung des »Briefwechsels«:* ›Militanter Humanismus‹, mit ›Mr.‹ gezeichneter, von Hans Albert Maier stammender Aufsatz im ›Luzerner Tagblatt‹ vom 15. 1. 1938. Siehe Regesten II, 38/23.

21. 1. 1938
1] *de Broglie's Vortrag:* Louis de Broglie, ›Betrachtungen über den 162
Indeterminismus in der Quantenphysik‹, in ›Mass und Wert‹, Heft 4, März-April 1938.
2] *Rebal:* Amica Savic Rebal, ›Thomas Mann‹ in ›Preglad‹, Sarajevo 1937, Jg. 2, 82-86.
3] *ihre Arbeit über den Joseph:* Agnes E. Meyer, ›A new novel by 163
Thomas Mann: »Joseph in Egypt«‹, in ›Washington Post‹, 27. 2. 1938.
4] *Buch von Koestler:* Arthur Koestler, ›Spanish Testament‹, erschien 1937 im Verlag Victor Gollancz, London, und deutsch 1938 im Europa-Verlag, Zürich, unter dem Titel ›Ein spanisches Testament‹.
5] *Aufsatz von H. Kesten:* Hermann Kesten, ›Hochstapler Krull‹, in ›Das Neue Tage-Buch‹, Paris, 22. 1. 1938. Dasselbe in Klaus Schröter (Hrsg.), ›Thomas Mann im Urteil seiner Zeit‹, 302-306.
6] *»Ein unangenehmes Erlebnis«:* TM besaß die fünfundzwanzigbändige Dostojewski-Ausgabe des Insel Verlags. ›Ein unangenehmes Erlebnis‹ findet sich in Band 13 (›Der Spieler und kleinere Erzählungen‹).

22. 1. 1938
1] *Briefe nach Amerika:* Davon nur TM an Agnes E. Meyer aus 163
Arosa vom 22. 1. 1938, Regesten II, 38/24 bekannt.
2] *Bibi nach New York:* Michael Manns Pariser Geigenlehrer Jean Galamian übersiedelte nach New York, und Michael Mann sollte ihm dorthin folgen.

23. 1. 1938
1] *Préface: René Schickele Ecrivain Français de la Langue Alle-* 164
mande (übersetzt von Maxime Alexandre), Vorwort (Préface) zu René Schickele, ›La Veuve Bosca‹, Paris 1939. Dasselbe in ›Les Nouvelles Littéraires‹, Paris, 14. 1. 1939. Deutscher Originaltext *Zur französischen Ausgabe von René Schickeles ›Witwe Bosca‹*, GW X, 761-766.
2] *geplanter Essayband:* Ein neuer amerikanischer Essayband kam zu dieser Zeit nicht zustande. Erst 1942 erschienen die ge-

sammelten politischen Aufsätze und Reden bei Knopf unter dem Titel *Order of the Day.*

3] *Prestidigitateur:* Zauberkünstler oder Taschenspieler. TM kannte den Artisten Flamingo von seinen Darbietungen im selben Hotel in früheren Jahren her.

24. 1. 1938

164 1] *Putzel:* Max Putzel, Journalist in USA, Vetter von Otto Putzel, einem Schwager von Ida Herz. Er bemühte sich um ein Affidavit für Ida Herz, das ihr die Einreise nach den Vereinigten Staaten ermöglichen sollte.

165 2] *Marck:* Siegfried Marck, ›Thomas Mann als Dialektiker‹, in ›Philosophia‹, Belgrad 1937, Jg. 2, 112-138.

25. 1. 1938

165 1] *Etter:* Der Schweizer Politiker Philipp Etter (1891-1977) war 1930-1934 Mitglied des Ständerates und 1934-1959 Bundesrat (Leiter des Departements des Inneren) und wurde 1939, 1942, 1947 und 1953 Bundespräsident. Er veröffentlichte mehrere Werke zum Schweizer Verfassungsrecht und zur Verfassungsgeschichte.

2] *Aufsatz von ter Braak:* Menno ter Braak ›Christus der Antichrist‹. Siehe Anmerkung 5 zum 11. 1. 1938.

26. 1. 1938

165 1] *an die Herz:* TM an Ida Herz aus Arosa vom 26. 1. 1938, Regesten II, 38/26.

2] *an Bermann:* Dieser Brief ist nicht erhalten.

3] *an Kesten:* TM an Hermann Kesten aus Arosa vom 28. 1. 1938, Regesten II, 38/30.

27. 1. 1938

166 1] *Brautpaar:* Michael Mann und Gret Moser.

2] *an Schickele:* TM an René Schickele aus Arosa vom 27. 1. 1938, Regesten II, 38/28.

28. 1. 1938

166 1] *»Spieler«:* F. M. Dostojewski, ›Der Spieler‹, Roman (1866).

167 2] *Steward:* Samuel M. Steward. Siehe Anmerkung zum 10. 9. 1937.

3] *Artikel Heinrichs:* Heinrich Mann, ›Fünf Jahre‹, in ›Die Neue Weltbühne‹, Prag, 27. 1. 1938.

29. 1. 1938

Brief an Simon: TM an Hugo Simon aus Arosa vom 29. 1. 1938, 167
Regesten II, 38/32. Der Berliner Bankier und frühere sozialdemokratische preußische Finanzminister Hugo Simon, TM von früher her bekannt, hatte im Pariser Exil mit seinen Freunden Willi Münzenberg und Heinrich Mann einen ›Bund Neues Deutschland‹ gegründet, der ein Sammelbecken exilierter deutscher Politiker, Künstler und Literaten auf überparteilicher, kultureller Grundlage sein sollte. (TM, HM, Emil Ludwig, Lion Feuchtwanger, Fritz von Unruh, Annette Kolb, Rudolf Hilferding, Max Braun und Karl Spiecker waren als prominente Mitglieder vorgesehen.) Simon bemühte sich, TM als Redner bei einer Kundgebung zu gewinnen. Siehe auch Regesten II, 38/9.

30. 1. 1938

»Westd. Beobachter«: Dieser Artikel im ›Westdeutschen Beob- 168
achter‹ hat sich nicht feststellen lassen.

31. 1. 1938

1] *»Doppelgänger«:* Roman von F. M. Dostojewski (1845/46). 169

2] *Monatsschrift der »Deutschen Freiheitspartei«:* ›Das wahre Deutschland. Auslandsblätter der Deutschen Freiheitspartei‹, Herausgeber Karl Spiecker und Hans Albert Kluthe, mit fingiertem Erscheinungsort Berlin, wurde in Paris und London redigiert, in London gedruckt, erschien monatlich vom Januar 1938 bis Dezember 1940. Die Deutsche Freiheitspartei war ein Ende 1936 entstandener loser Zusammenschluß liberaler und konservativer Emigranten, der für die Zusammenarbeit von Hitlergegnern aller politischen und ideologischen Richtungen, unter Ausschluß der Kommunisten, eintrat. Sie gab vor, keine Exil-, sondern eine innerdeutsche Oppositionsgruppe zu sein, und propagierte die Auffassung, das deutsche Volk sei geeint im Widerstand gegen den Nationalsozialismus und warte nur darauf, Hitler stürzen zu können. Dies dürfte der Grund zu TMs ›Skepsis‹ gewesen sein.

1. 2. 1938

170 1] *New Haven:* Sitz der Yale University, wo die Thomas Mann-Sammlung angelegt wurde.

2] *Brief an Bermann:* TM an GBF aus Küsnacht vom 1. 2. 1938 in TM-GBF, 140-141.

3] *»Götter Griechenlands«:* Walter F. Otto (1874-1958), ›Die Götter Griechenlands‹ (1929).

2. 2. 1938

170 1] *Fein-Kaller:* Herrenmodegeschäft in der Bahnhofstraße, Zürich.

2] *Bally:* Schuhgeschäft in der Bahnhofstraße, Zürich.

3] *Brief an die Herz:* TM an Ida Herz aus Küsnacht vom 2. 2. 1938, Regesten II, 38/35.

3. 2. 1938

171 1] *Gwinner:* ›Arthur Schopenhauer aus persönlichem Umgang dargestellt‹ von Wilhelm Gwinner (1825-1917), einem Freund Schopenhauers, erstmals erschienen 1862, Neuausgabe 1922.

2] *»Coopération«:* Siehe Anmerkung 2 zum 5. 8. 1937.

5. 2. 1938

172 *Fritsch:* Generaloberst Werner Freiherr von Fritsch (1880-1939) wurde 1934 Chef der Heeresleitung und 1935 Oberbefehlshaber des Heeres. Er geriet in Konflikt mit Hitler und wurde anläßlich der Blomberg-Affäre auf Grund von Verleumdungen Himmlers und Görings der Homosexualität verdächtigt und am 4. 2. 1938 entlassen. Fritsch fiel im Polenfeldzug vor Warschau. Reichskriegsminister von Blomberg wurde (wegen vorgeblich unehrenhafter Eheschließung) am selben Tag entlassen, desgleichen Reichsaußenminister Freiherr von Neurath, der durch Ribbentrop ersetzt wurde. Hitler übernahm von Blomberg das Reichs-Kriegsministerium, und Fritsch wurde durch Generaloberst von Brauchitsch ersetzt.

6. 2. 1938

172 1] *»Parerga«:* Arthur Schopenhauer, ›Parerga und Paralipomena‹, 2 Bände, 1851.

2] *Omnibus:* Angelsächsischer Ausdruck für Sammelband (von Novellen oder Essays).

3] *»Appell an die Vernunft«:* TMs *Deutsche Ansprache. Ein Appell an die Vernunft,* Rede, gehalten am 17. Oktober 1930 im Beethovensaal, Berlin, GW XI, 870-890.

7. 2. 1938

1] *Moser:* Nicht identifiziert. *173*

2] *Dissertations-Manuskript:* Hans Albert Maier, ›Der Dritte Humanismus im Werk Stefan Georges und Thomas Manns‹, Dissertation, Bern 1938. Siehe Anmerkung zum 20. 1. 1938.

8. 2. 1938

jüdischer Dienstag-Club: Siehe Anmerkung 1 zum 7. 3. 1937. *173*

9. 2. 1938

1] *Bergery:* Der französische Rechtsanwalt und Deputierte der *173*
radikalen Partei Gaston Bergery (geboren 1892), einer der Gründer der Volksfront gegen den Faschismus und der Zeitung ›La Flèche‹ (Der Pfeil), schloß sich 1940 der Regierung Pétain an, war Vichy-Botschafter in Moskau und Ankara, wurde nach der Befreiung Frankreichs vor Gericht gestellt und freigesprochen.

2] *Chautemps:* Camille Chautemps (1885-1963), führender französischer radikalsozialistischer Politiker, zwischen 1924 und 1940 wiederholt Minister, im Februar 1933, von November 1933 bis Januar 1934 und von Juni 1937 bis März 1938 Ministerpräsident.

3] *Arbeit über Kafka:* Wolfgang Paulsen, ›Franz Kafka‹ in ›Mo- *174*
natshefte für den deutschen Unterricht‹ (University of Wisconsin), Dezember 1937.

10. 2. 1938

1] *Dr. Stern:* Unbekannt.

2] *Sven Hedin:* Der schwedische Asienforscher Sven Hedin (1865 *174*
bis 1952), bedeutend vor allem durch seine bahnbrechende Erforschung Zentralasiens, war von jeher ein leidenschaftlicher politischer Parteigänger des nationalistischen Deutschland. Sein Buch ›Fünfzig Jahre Deutschland‹ erschien 1938, Neuausgabe 1943, und bekundete offene Sympathie mit dem NS-Regime.

3] *Shaw:* ›Der Arzt am Scheidewege‹ (›The Doctor's Dilemma‹), Komödie von George Bernard Shaw (1906) in der Übersetzung von Siegfried Trebitsch im Schauspielhaus Zürich, Regie Leopold Lindtberg, mit Erwin Kalser, Hermann Wlach, Leonard Steckel, Wolfgang Heinz, Ernst Ginsberg, Therese Giehse und Vera Liessen.

4] *Vickihalder:* Dr. Hans Wickihalder (1896-1951), Direktor des Corso-Theaters, Zürich, und Gatte der Tänzerin Trudi Schoop.

11. 2. 1938

174 1] *Schwarzschild:* Leopold Schwarzschild (1891-1950) gab seit 1922 in Berlin die 1920 von Stefan Grossmann gegründete liberale kulturpolitische Wochenschrift ›Das Tage-Buch‹ heraus, die er ab 1933 im Pariser Exil als ›Das Neue Tage-Buch‹ bis 1940 fortsetzte und zur angesehensten, bestinformierten und einflußreichsten der deutschen Exilzeitschriften machte. Seine »düsteren Informationen« über Keitel in seinem Aufsatz ›Die deutsche Krise‹, in ›Das Neue Tage-Buch‹ vom 12. 2. 1938, eine zehn Spalten lange Analyse des Blomberg-Konfliktes und der politischen Persönlichkeit Keitels.

2] *General von Keitel:* General Wilhelm Keitel (nicht von K.) (1882 bis 1946) leitete seit Oktober 1935 als Staatssekretär das Wehrmachtamt im Reichswehrministerium, wurde am 4. 2. 1938, im Zusammenhang mit der Blomberg-Fritsch-Krise, Chef des neueingerichteten Oberkommandos der Wehrmacht. Er wurde im November 1938 zum Generaloberst, im Juli 1940 zum Generalfeldmarschall befördert und war Hitler rückhaltlos ergeben. Er wurde im Nürnberger Kriegsverbrecherprozeß zum Tod verurteilt.

3] *Dr. Jadassohn:* Dr. Werner Jadassohn (1897-1973), Spezialarzt für Hautkrankheiten in Zürich, den TM mehrfach wegen seiner Neigung zu nervösen Hautleiden und Ekzemen konsultierte.

12. 2. 1938

175 *zwischen den Beiden und Ludwig:* Richard Wagner, Cosima Wagner und König Ludwig II. von Bayern.

13. 2. 1938

175 1] *Frau Flückiger:* Eva Maria Borer vormals Flückiger, geborene Rosenberg, Tochter des Professors der Astronomie Hans Rosenberg, eines Bruders von Käthe Rosenberg und Ilse Dernburg, den Cousinen von Frau Katia Mann. Sie war nach zweieinhalb Jahren

in NS-Gefängnissen 1936 in die Schweiz gelangt, heiratete dort Walter Flückiger, arbeitete als Redaktions- und Verlagssekretärin für ›Mass und Wert‹ und bis 1944 im Verlag Oprecht. Seither im Hauptberuf Journalistin, seit 1947 verheiratet mit Robert Borer. TM, der mit Personennamen stets willkürlich verfuhr, verzeichnet sie auch als »Frau Fuetiger«, »Frau Futziger« und »Frau Fruttinger«.

2] *Sekretär der Th.M.-Gesellschaft:* Friedrich Burschell.

3] *an Lion:* TM an Ferdinand Lion aus Küsnacht vom 13. 2. 1938, Regesten II, 38/37.

14. 2. 1938

1] *Entrevue:* Das Treffen zwischen Hitler und Schuschnigg in Berchtesgaden am 12. 2. 1938, an dem neben dem neuen Außenminister Ribbentrop auch die Generale Keitel, Reichenau und Sperrle teilnahmen; es besiegelte das Schicksal des unabhängigen Österreich. *176*

2] *H. A. Mayer-Bern:* Hans Albert Maier.

15. 2. 1938

»Gatten«: ›Der ewige Gatte‹, Roman von F. M. Dostojewski (1869). *177*

16. 2. 1938

1] *Rue C. Périer:* 21 Rue Casimir Périer, Paris, wo Annette Kolb seit 1933 wohnte. *177*

2] *Erni:* Nicht ermittelt.

3] *Annette:* Annette Kolb.

17. 2. 1938

1] *»New Republic«:* ›The New Republic‹, bedeutende amerikanische linksliberale politisch-kulturelle Wochenschrift, erscheint seit 1914 in Washington. Ihr Herausgeber war damals Bruce Bliven. Malcolm Cowley war Redakteur des Literaturteils. *178*

2] *»Q.M.«:* Der britische Transatlantik-Dampfer ›Queen Mary‹, auf dem TM reiste.

3] *Eden:* Der konservative britische Politiker Anthony Eden (1897 bis 1977) (später Sir Anthony Eden und seit 1961 Earl of Avon) war 1931-1933 Unterstaatssekretär des Auswärtigen und wurde am 22. 12. 1935 britischer Außenminister. Differenzen mit Premierminister Neville Chamberlain wegen dessen Politik der Beschwichtigung der Diktatoren führten am 20. 2. 1938 zu seinem Rücktritt. Im Kriegskabinett Churchill 1940-1945 war er zuerst Kriegs- und dann wieder Außenminister. Nach Churchills Rücktritt wurde er im April 1955 Premierminister, mußte aber angesichts der weltweiten Empörung, die seine bewaffnete Intervention in der Suez-Krise hervorrief, am 10. 1. 1957 zurücktreten.

179 4] *amerik. Film nach Molnar:* 1937 kamen zwei MGM-Filme nach Vorlagen von Molnar heraus: ›The Bride Wore Red‹ mit Joan Crawford, Robert Young und Franchot Tone, und ›Double Wedding‹ mit Myrna Loy und William Powell.

18. 2. 1938

179 1] *Games:* Bordspiele.

2] *Buch von Jellinek:* Oskar Jellinek (1886-1949), ›Die Geistes- und Lebenstragödie der Enkel Goethes‹ erschien 1938 im Verlag Oprecht, Zürich. Der Verfasser emigrierte 1938 aus Wien nach Prag, von dort 1939 nach Paris und 1940 in die Vereinigten Staaten.

3] *Stuart:* Der Steward oder Kabinendiener auf dem Schiff.

19. 2. 1938

179 *englischer »Goethe«:* Die englische Fassung des Vortrags *Goethe als Repräsentant des bürgerlichen Zeitalters,* die TM vorsorglich nach Amerika mitnahm für den Fall, daß er aufgefordert würde, den Vortrag dort zu halten.

20. 2. 1938

180 1] *an Heinrich:* Nicht erhalten

2] *an Lion:* TM an Ferdinand Lion, an Bord der ›Queen Mary‹ vom 20. 2. 1938, Regesten II, 38/39.

3] *Trunks:* Schrankkoffer.

4] *»Idiot«:* ›Der Idiot‹, Roman von F. M. Dostojewski (1867 bis 1868).

22. 2. 1938

181 1] *Dr. Heimann:* Dr. Jacob Heymann, deutscher Emigrant, ge-

hörte der Redaktion der ›New York Times‹ an. Nichts Näheres über ihn bekannt.

2] *Passy:* Französisches Restaurant in New York.

3] *»He goes to town with me«:* Etwa »Er macht ganz große Reklame für mich.«

4] *Büchlein von Slochower:* Harry Slochower, ›Thomas Mann's Joseph Story‹ erschien 1938 im Verlag Knopf, New York. Siehe Anmerkung 2 zum 16. 5. 1937.

5] *W. Hallgarten:* Wolfgang (George W.) Hallgarten.

6] *Dr. Kayser:* Dr. Rudolf Kayser (1889-1964) war 1922-1933 Redakteur der ›Neuen Rundschau‹, mußte aus dem S. Fischer Verlag ausscheiden und wurde durch Peter Suhrkamp ersetzt. Er emigrierte 1933 nach Holland und 1935 nach den Vereinigten Staaten, wo er zuletzt Professor für deutsche Literatur an der Brandeis University war.

7] *Manuskript von »M.u.W.«:* Die Handschrift des ersten Vorworts zu der Zeitschrift, das Agnes E. Meyer ins Englische übersetzt hatte.

8] *Cl. Fadiman:* Der amerikanische Literaturkritiker, Redakteur und Publizist Clifton P. Fadiman (geboren 1904), 1933-1943 in leitender Stellung an der Zeitschrift ›The New Yorker‹, 1938 bis 1948 Conférencier der beliebten Radioserie ›Information Please‹, einer der Preisrichter des ›Book of the Month Club‹.

9] *Besprechung des »Joseph«:* Clifton P. Fadiman, ›Joseph in Egypt‹ in ›The New Yorker‹, New York, 26. 2. 1938.

23. 2. 1938

1] *Dr. Johnson:* Alvin Johnson. 181

2] *Prinzessin Löwenstein:* Helga Maria Prinzessin zu Löwenstein, Gattin von Hubertus Prinz zu Löwenstein.

3] *»You can't take it with you«:* Komödie von George S. Kaufmann und Moss Hart. Auch verfilmt.

24. 2. 1938

Altschul: Der New Yorker Bankier Frank Altschul (geboren 182
1887), namhafter Bibliophile und Büchersammler, Vorsitzender der ›Yale Library Associates‹, der in der Park Avenue wohnte.

25. 2. 1938

182 1] *Pforzheimer:* Der Bankier und bedeutende Bibliophile Carl H. Pforzheimer (1879-1957), Besitzer einer berühmten Sammlung zur englischen Literatur des frühen 19. Jahrhunderts, Freund und Nachbar Knopfs in Purchase, New York. TM hatte ihn bereits im Sommer 1935 kennengelernt.

2] *Coach:* So in der Handschrift. Richtig ›Couch‹.

27. 2. 1938

182 1] *Middletown:* Wesleyan University in Middletown, Connecticut.

2] *Yale-Professor [?]:* Lücke in der Handschrift. Vermutlich konnte TM sich an den Namen des Professors nicht erinnern.

3] *Professor Butom oder Buttom:* Thomas W. Bussom (1889 bis 1951), seit 1920 Professor für romanische Sprachen an der Wesleyan University, Middletown.

4] *Jaffe:* Hans Jaffe (1909-1977), Physiker und Elektronikforscher, geboren in Heidelberg, Sohn von Else Jaffe, einer der ›Richthofen-Schwestern‹, Schulfreund von Golo Mann aus dem Landschulheim Salem, promovierte in Göttingen, emigrierte 1935 nach den Vereinigten Staaten, forschte vor allem auf dem Gebiet der Kristallographie und hatte ein Lehramt in Cleveland, Ohio, inne.

2. 3. 1938

183 1] *Colin:* Der aus Rumänien stammende Impresario, Theater- und Filmagent Saul C. Colin (1909-1967) war 1928-1933 Vertreter amerikanischer Filmgesellschaften in Paris, emigrierte 1935 nach den Vereinigten Staaten und betätigte sich 1935-1945 als Direktor von ›Continental and Intercontinental Productions‹ in New York und Hollywood in der Film- und Theaterbranche. Erika und Klaus Mann kannten ihn bereits aus Paris und stellten die Beziehung zu TM her. Colin bemühte sich lange und hartnäckig um eine Verfilmung des Joseph-Romans. TM, der seinen Namen abwechselnd Colin und Collin schreibt, porträtierte ihn in *Doktor Faustus* als den Konzertagenten Saul Fitelberg. Nach 1945 arbeitete Colin in New York mit Erwin Piscator und dessen ›Senior Dramatic Workshop‹ zusammen, dessen Direktor er bei Piscators Rückkehr nach Berlin 1953 wurde.

2] *Mrs. Sulzberger:* Helen Sulzberger, Gattin von Frank Sulzberger, Geschäftsmann in Chicago, Trustee der Universität, Vetter von Arthur Hayes Sulzberger, Verleger der ›New York Times‹. Helen Sulzberger, die 1964 starb, war eine Verehrerin von TMs Schriften, hatte TM bei seinen Besuchen in Chicago mehrfach bei sich zu Gast und betreute ihn. 184

3] *Mr. Snyder:* Unbekannt.

4] *d'Annunzio:* Der italienische Dichter Gabriele d'Annunzio (1863-1938), um die Jahrhundertwende Hauptvertreter des Symbolismus und der Dekadenz, sehr erfolgreicher Erzähler und Dramatiker, zeitweilig eng befreundet mit der Schauspielerin Eleonora Duse, führte 1919 den Staatsstreich in Fiume durch, das er sechzehn Monate lang beherrschte, Verherrlicher der Renaissance und des Griechentums, eine hochbegabte, flamboyant-fragwürdige literarische Erscheinung. Er war am 1. 3. 1938 in seiner Prunkvilla am Gardasee gestorben.

5] *Niemöller:* Martin Niemöller (geboren 1891) war im Ersten Weltkrieg U-Boot-Kommandant, wurde dann Theologe und Pfarrer in Berlin-Dahlem. Er war ein entschiedener Gegner der nationalsozialistischen ›Deutschen Christen‹, wurde im Februar 1934 vom preußischen Landesbischof in den Ruhestand versetzt, ignorierte jedoch diese Maßnahme, versah sein Pfarramt weiter und blieb ein führendes Mitglied der Bekenntniskirche. Am 1. 7. 1937 wurde er verhaftet und bis zu seiner Befreiung bei Kriegsende in verschiedenen Konzentrationslagern gefangen gehalten. Die ›Geldstrafe‹ dürfte eine Falschmeldung gewesen sein. Siehe *Niemöller* (1941) (Vorwort zu einer amerikanischen Ausgabe von Niemöllers Predigten), GW XII, 910-918.

3. 3. 1938

1] *Ann Arbor:* Die University of Michigan in Ann Arbor bei Detroit, eine der größten und bedeutendsten amerikanischen Universitäten. 184

2] *Annabella:* Die französische Filmschauspielerin Annabella (geboren 1910).

4. 3. 1938

184 1] *Studentenhaus:* Das Haus der ›Michigan Union‹, in dem auch Gäste der Universität wohnten.

2] *ihr Blatt:* Die Studentenzeitung ›The Michigan Daily‹, die ein Interview und einen Bericht über den Vortrag brachte.

3] *Mr. Brandt:* Carl G. Brandt, Professor für englische Literatur, der die Vortragsveranstaltungen an der Universität organisierte.

185 4] *Präsident:* Alexander G. Ruthven (1882-1971), Präsident der Universität 1929-1951.

5] *Kuppelsaal:* Das Hill Auditorium in Ann Arbor.

6] *de Lorey:* Professor Eustache de Lorey, Kunsthistoriker und Dozent an der Ecole de Louvre, Paris, der in Ann Arbor Vorlesungen über persische Kunst hielt.

7] *Ägyptologischer Sohn:* Peter Ruthven (1912-1965), Sohn des Präsidenten, Ägyptologe.

5. 3. 1938

185 1] *Musiker Clement:* Nicht identifiziert.

186 2] *Segher:* Der sozialdemokratische Reichstagsabgeordnete Gerhart Seger (1896-1967) wurde 1933 nach dem Reichstagsbrand verhaftet, ins Konzentrationslager Oranienburg verbracht, von wo es ihm zu entfliehen gelang. Er entkam in die Tschechoslowakei und von dort 1934 in die Vereinigten Staaten, wo er 1936-1949 Chefredakteur der deutschsprachigen ›Neuen Volkszeitung‹ in New York war. Er veröffentlichte 1934 im Karlsbader Verlag Graphia ›Oranienburg. Erster authentischer Bericht eines aus dem Konzentrationslager Geflüchteten‹ mit einem Geleitwort von Heinrich Mann, der weltweites Aufsehen erregte.

3] *Dr. Stern:* Nicht ermittelt.

4] *Dr. Wittfogel:* Der Sozialforscher und Sinologe Karl August Wittfogel (geboren 1896), emigrierte 1934 nach den Vereinigten Staaten, seit 1947 Professor für chinesische Geschichte an der University of Washington in Seattle. Er gehörte dem Institut für Sozialforschung an und war Mitarbeiter der ›Zeitschrift für Sozialforschung‹.

5] *soziol. Forschungsinstitut:* Das von Max Horkheimer gegründete und geleitete ›Institute of Social Research‹. Siehe Anmerkung 3 zum 19. 10. 1937.

8. 3. 1938

1] *Muschenheim:* Der aus Deutschland stammende prominente New Yorker Hotelier Frederick A. Muschenheim (geboren 1871), Direktor des für seine hervorragende Küche bekannten Hotels Astor in New York und Präsident des amerikanischen Hotelierverbandes, Freund von Künstlern und Musikern. Blanche und Alfred Knopf gaben häufig ihre großen ›offiziellen‹ Bankette in seinem Haus. 186

2] *Franks »Reisepaß«:* ›Der Reisepaß‹, Exilroman von Bruno Frank, war in englischer Übersetzung unter dem Titel ›Lost Heritage‹ im Verlag Viking Press, New York, erschienen. TMs Rundfunk-Referat darüber ist im englischen Original-Konzept erhalten, mit handschriftlichen Korrekturen und Anmerkungen TMs betreffend die korrekte Aussprache. Siehe Anhang.

3] *Prof. Hoffmann:* Der Germanist und Soziologe Rolf Josef Hoffmann (1881-1941), den TM seit 1919 aus München kannte. Er ging in den zwanziger Jahren nach den Vereinigten Staaten und war bis 1938 ›Professor of German Civilization‹ an der Universität von Kalifornien in Los Angeles. Er galt als politischer Wirrkopf, der es sowohl mit den prominenten deutschen Emigranten wie mit den Nazis hielt, ging 1937-1938 zu einem Forschungsjahr nach Deutschland, verlor seine amerikanische Professur, wurde aus Deutschland ausgewiesen und nahm sich 1941 in New York das Leben.

4] *Miss Cather:* Die Schriftstellerin Willa Cather. Siehe Anmerkung 8 zum 28. 4. 1937.

9. 3. 1938

1] *Schaal:* Nicht identifiziert. 186

2] *Sheerman:* Harry Sherman, Gründer und Vorsitzender des Book of the Month Club.

3] *J.i.E.: Joseph in Egypt,* die amerikanische Ausgabe von *Joseph in Ägypten.*

4] *B.o.the M.Club:* Der amerikanische ›Book of the Month Club‹. Der Buchclub erwarb für das von ihm gewählte ›Buch des Monats‹ vom Originalverleger die Lizenzrechte für 100-200 000 Exemplare gegen eine Zahlung von 1 Dollar pro Exemplar. Dieser Erlös wurde 50 : 50 zwischen dem Autor und seinem Originalverleger geteilt. Die Wahl eines Buches als Book of the Month bedeutete neben der beträchtlichen zusätzlichen Einnahme auch eine große Steigerung der Nachfrage im Buchhandel für die Verlagsausgabe. *Joseph in Egypt* wurde nicht zum Book of the Month gewählt, wohl aber 1944 der vierte Joseph-Roman *Joseph the Provider* und 1948 *Doctor Faustus.*

187 5] *R. Nürnberg:* Der Berliner Sport- und Rundfunkjournalist Rolf Nürnberg (1903-1949), der in Amerika unter dem Namen Ralph Nunberg schrieb, bis 1933 Mitbesitzer und Redakteur des ›12 Uhr-Blatt‹ in Berlin, emigrierte 1936 nach den Vereinigten Staaten; Freund von Curt Riess. Soweit ersichtlich, beauftragte TM Rolf Nürnberg, der noch einmal nach Deutschland zurückreiste, in München sich von Rechtsanwalt Heins die Manuskripte, Briefschaften und sonstigen Papiere, die TM 1933 bei seinem Anwalt zu treuen Händen deponiert hatte, aushändigen zu lassen und sie nach Amerika zu bringen. Unter diesen Manuskripten befanden sich unter anderem auch die Handschriften des *Zauberberg* sowie von *Buddenbrooks* und *Königliche Hoheit,* der Essays und vieles andere, wie die Briefe TMs an Katia Pringsheim vor ihrer Verlobung und ihre Briefe an TM aus Davos etc. Rechtsanwalt Heins weigerte sich jedoch, die Manuskripte dem mit einem Schreiben TMs legitimierten Rolf Nürnberg auszuhändigen, mit der (später vorgebrachten) Begründung, er mache sich strafbar, wenn er das Eigentum eines ausgebürgerten Emigranten ausfolge. Die Manuskripte gingen dann, laut Heins, beim Bombardement Münchens, als Heins' Anwaltskanzlei zerstört wurde, zugrunde. Siehe Klaus Mann ›Briefe und Antworten‹, Band II, 228. TM hatte beabsichtigt, die *Zauberberg*-Handschrift in Amerika zu verkaufen und einen Preis von 5000.– Dollars stipuliert. Siehe TM an Joseph W. Angell aus New York vom 8. 3. 38, Regesten II, 38/42.

12. 3. 1938

187 1] *Vortrag:* In Washington fand der Vortrag in der ›Constitution Hall‹ statt, dem größten Konzertsaal der Bundeshauptstadt.

2] *Gewalttat an Österreich:* Der Einmarsch reichsdeutscher Truppen nach Österreich am 11. 3. 1938 und der gewaltsam vollzogene Anschluß Österreichs an das Hitler-Reich.

3] *Braceland:* Der amerikanische Psychiater Francis J. Braceland (geboren 1900), Professor der Psychiatrie an den Universitäten von Minnesota und Yale, Abteilungsleiter an der Mayo-Klinik. TM kannte ihn seit 1935, als Braceland an der Irrenanstalt Burghölzli in Zürich arbeitete.

13. 3. 1938

1] *Halifax:* Edward Frederick Wood (1881-1959), seit 1925 Baron 188
Irwin, seit 1934 Viscount Halifax, konservativer britischer Staatsmann, ab 1921 mehrfach Kabinettsminister, 1926-1931 Vizekönig von Indien, danach wieder mehrfach Minister, seit 25. 2. 1938 Außenminister im Kabinett Neville Chamberlain, dessen Beschwichtigungs-Politik gegenüber Hitler-Deutschland er unterstützte. 1940 durch Anthony Eden abgelöst, 1941-1946 britischer Botschafter in Washington, 1944 zum Earl of Halifax erhoben.

2] *Chamberlain:* Arthur Neville Chamberlain (1869-1940), konservativer britischer Politiker, seit 1918 Unterhausabgeordneter, zweimal britischer Schatzkanzler (1924-1929 und 1931-1937), wurde 1937 als Nachfolger Stanley Baldwins britischer Premierminister und Leiter der britischen Außenpolitik, die sich, um einen Krieg zu verhindern, um Verständigung mit Hitler und Mussolini bemühte (›Appeasement‹-Politik) und über die Verhandlungen von Berchtesgaden und Bad Godesberg zum Abkommen von München und zur Preisgabe der Tschechoslowakei führte. In seinen Hoffnungen bitter enttäuscht, betrieb Chamberlain ab Frühjahr 1939 eine entschlossene Widerstandspolitik gegen Hitler, von der Garantieerklärung an Polen bis zur Kriegserklärung an Deutschland. Chamberlain wurde im Mai 1940 durch Churchill abgelöst und starb kurz danach.

3] *»Tom Soyer«:* ›The Adventures of Tom Sawyer‹, Film von Norman Taurog nach dem Roman von Mark Twain mit Tommy Kelly, Ann Gillis und May Robson.

14. 3. 1938

1] *R. Huch:* Die Dichterin und Historikerin Ricarda Huch (1864 189
bis 1947), die TM aus München seit langem kannte. Sie war im März 1933 aus Protest gegen die Gleichschaltung aus der Sektion für Dichtkunst der Preußischen Akademie der Künste demonstra-

tiv ausgetreten und machte aus ihrer Gegnerschaft gegen den Nationalsozialismus nie ein Hehl. Ihre hier von TM erwähnte Rede hat sich nicht nachweisen lassen.

2] *Questions:* Fragen aus der Zuhörerschaft im Anschluß an den Vortrag. TMs Englischkenntnisse reichten zu dieser Zeit noch nicht aus, um sie auf Anhieb zu verstehen und englisch zu beantworten. Erika Mann übersetzte ihm die Fragen und gab seine Antworten auf Englisch zurück.

3] *Glendennys:* Logan Clendening (geboren 1884), Arzt und Schriftsteller, Professor für klinische Medizin an der University of Kansas seit 1928. Sein Buch ›The Human Body‹ erschien 1927 im Verlag Knopf und war jahrelang ein Bestseller. Die Abendgesellschaft zu Ehren TMs fand in seinem Haus statt, und Alfred A. Knopf, der bei seinem Autor zu Besuch war, erinnert sich an sie. Clendening war in der Tat betrunken und hatte einen Streit mit dem Psychiater Karl Menninger, der, uneingeladen, ebenfalls erschienen war und den TM als den ›Psychoanalytiker‹ erwähnt. Siehe Anmerkung 3 zum 26. 6. 1939.

16. 3. 1938

189 1] *E. Warburg:* Der Hamburger Bankier Eric M. Warburg (geboren 1900), der 1938 nach den Vereinigten Staaten emigrierte, nach dem Krieg nach Deutschland zurückkehrte.

190 2] *Buch über Nazi-Erziehung:* Erika Mann, ›School for Barbarians‹ (über das nationalsozialistische Erziehungssystem), New York 1938. Deutsche Ausgabe: ›Zehn Millionen Kinder. Die Erziehung der Jugend im Dritten Reich‹, mit einem Vorwort von TM, Querido Verlag, Amsterdam 1938.

17. 3. 1938

190 1] *Fey:* Major Emil Fey (1886-1938) war 1932-1935 Führer der Wiener Heimwehr und als Vizekanzler, Sicherheits- und Innenminister mehrfach Mitglied der Regierungen Dollfuß und Schuschnigg. Er nahm sich beim Einmarsch der deutschen Truppen nach Österreich am 16. 3. 1938 das Leben.

191 2] *Rede Hulls:* Der demokratische amerikanische Politiker Cordell Hull (1871-1955) war 1907-1921 und 1923-1931 Abgeordneter des Repräsentantenhauses, 1931-1933 Senator und 1933-1944 unter Präsident F. D. Roosevelt amerikanischer Außenminister. Für die Vorbereitung der ›Vereinten Nationen‹ erhielt er 1945 den Friedens-Nobelpreis.

3] *Streicher:* Der nationalsozialistische Gauleiter von Franken, Julius Streicher (1885-1946), Herausgeber des Nürnberger antisemitischen Hetzblattes ›Der Stürmer‹ und rabiater Juden-Verfolger. Er wurde im Nürnberger Kriegsverbrecherprozeß zum Tod verurteilt und hingerichtet.

4] *Café Shop:* Coffee Shop, die zu allen größeren amerikanischen Hotels gehörige Café-Imbißstube.

18. 3. 1938

1] *»Life«:* Von Henry Luce 1936 gegründete große illustrierte 191
Wochenschrift, bahnbrechend durch ihre neuen Formen der Bildberichterstattung.

2] *N.Y. Times:* ›The New York Times‹, größte und bedeutendste demokratische New Yorker Tageszeitung, gegründet 1851, geleitet 1935-1961 von Arthur Hayes Sulzberger.

19. 3. 1938

1] *»Tagebuchblätter«:* Dieser Aufsatz wurde, wie das Tagebuch 192
ausweist, Anfang April in Kalifornien geschrieben und enthält persönliche Betrachtungen über den Verlust der Heimat und eine ironische Charakteristik Hitlers. Der Aufsatz erwies sich als für ›Cosmopolitan‹ ungeeignet und blieb in seiner ursprünglichen Form unveröffentlicht. Das Typoskript befindet sich in der Thomas Mann-Sammlung der Yale Universität. Der Text wurde erstmals mitgeteilt von Herbert Lehnert in ›Thomas Mann in Exile 1933 -1938‹ in ›Germanic Review‹, New York, November 1963. Die Hitler-Skizze erschien, herausgelöst und neu gefaßt, als *This Man is My Brother* in der Zeitschrift ›Esquire‹, Chicago, im März 1939 und unter dem Titel *Bruder Hitler* in ›Das Neue Tage-Buch‹, Paris, 25. 3. 1939.

2] *»Cosmopolitain«:* ›Cosmopolitan‹, große amerikanische illustrierte Wochenschrift.

3] *»Capo del Governo«:* Der italienische Regierungschef Benito Mussolini.

4] *Hoover:* Herbert Hoover (1874-1964), Präsident der Vereinig- 193 ten Staaten 1929-1933, scharfer Kritiker der Sozialpolitik seines Nachfolgers Roosevelt.

20. 3. 1938

193 *Progrom:* TM schreibt durchgehend ›Progrom‹ statt ›Pogrom‹.

22. 3. 1938

195 1] *Präsident der Mormonenkirche:* Heber J. Grant (1856-1944), seit 1918 Präsident der Mormonenkirche.

2] *Thomas:* George Thomas, Präsident (Rektor) der University of Utah, Salt Lake City.

3] *Freud:* Der dreiundachtzigjährige Sigmund Freud war in Wien in großer Gefahr und konnte Österreich schließlich im Juni 1938 dank dem Eingreifen der Prinzessin Marie Bonaparte und des britischen Innenministers Sir Samuel Hoare verlassen und mit seinen nächsten Angehörigen nach London übersiedeln.

4] *Friedell:* Der Wiener Theaterkritiker, Schauspieler, Feuilletonist und Kulturhistoriker Egon Friedell (1878-1938), berühmt durch seine mehrbändigen Kulturgeschichten des Altertums und der Neuzeit (1927-1936), hatte sich, um der Verhaftung durch die Gestapo zu entgehen, aus dem Fenster gestürzt.

5] *Tochter Bruno Walters:* Bruno Walter befand sich zur Zeit des deutschen Überfalls auf Österreich zu einem Dirigentengastspiel in Amsterdam, während seine ältere Tochter Lotte (1903-1970) sich in Wien aufhielt. Sie war von der Gestapo verhaftet und ins Polizeigefängnis an der Elisabethpromenade gebracht worden. Sie wurde, nachdem ihr Vater alle Hebel in Bewegung gesetzt hatte, am 28. 3. 1938 aus dem Gefängnis entlassen und erhielt Mitte April die Erlaubnis zur Ausreise in die Schweiz. Bruno Walter, offiziell noch Direktor der Wiener Staatsoper, kündigte telegraphisch seinen Vertrag und kehrte nicht nach Wien zurück.

196 6] *Die Meyer über Princeton:* TMs amerikanische Gönnerin Agnes E. Meyer bemühte sich, an der Universität Princeton eine Gastprofessur oder ähnliche Stellung für TM zu erwirken, um ihm den Verbleib in den Vereinigten Staaten zu ermöglichen.

24. 3. 1938

1] *Collin:* Saul Colin. 196

2] *Mr. Lissauer:* Herman Lissauer (1889-1960), vormals Rabbiner in Los Angeles, Gründer und Leiter des linksliberalen ›Modern Forum‹ und des ›Institute for Social Education‹.

3] *Franks:* Liesl und Bruno Frank waren im Oktober 1937 von London nach Hollywood übersiedelt, wo Frank einen Vertrag als Drehbuchautor bei Metro-Goldwyn-Mayer hatte.

4] *first name:* Vorname.

5] *russisch-amerikanischer Freund:* Der aus Polen, nicht aus Rußland stammende Filmkomponist Bronislaw Kaper (geboren 1902). Er kam 1936 nach den Vereinigten Staaten, schrieb zahlreiche, sehr erfolgreiche Filmpartituren und war mit Liesl und Bruno Frank eng befreundet.

6] *Miss Meyer:* Vermutlich Elizabeth Meyer, Tochter von Agnes E. Meyer.

7] *Rede Chamberlains:* Premierminister Chamberlains Unterhausrede vom 24. 3. 1938, in der er eine Beistandsgarantie Großbritanniens für die Tschechoslowakei ablehnte, aber eine Beschleunigung der britischen Aufrüstung ankündigte.

8] *Brandt u. Brandt:* Die amerikanische literarische Agentur Brandt & Brandt (vormals Brandt & Kirkpatrick), die TMs amerikanische Rechte verwaltete, Abschlüsse für ihn tätigte und ihn gegenüber dem Verlag Knopf geschäftlich vertrat.

9] *Lubitsch:* Der deutsche Filmregisseur Ernst Lubitsch (1892 bis 1947), der seit 1923 in Hollywood arbeitete, besonders erfolgreich mit seinen einfallsreichen und witzigen Lustspiel- und Operettenfilmen, darunter vor allem ›Ninotschka‹ mit Greta Garbo (1939). 197

10] *Fr. Lang:* Der deutsche Filmregisseur Fritz Lang (1890-1976) hatte in Deutschland große Erfolge mit ›Der müde Tod‹, ›Dr. Mabuse der Spieler‹, ›Metropolis‹ und anderen Filmen, emigrierte 1933 nach Hollywood, wo er mit einer großen Anzahl von Spannungsfilmen wie ›Fury‹ (1938) abermals Welterfolge erzielte.

11] *»Tomski«-Curtis:* Siehe Anmerkung zum 11. 7. 1937.

25. 3. 1938

197 1] *Haus der Newton:* Caroline Newton (1893-1975), amerikanische Psychoanalytikerin, war eine frühe Verehrerin TMs, dem sie 1929 erstmals begegnete. Sie besaß eine große, weit zurückreichende Sammlung von signierten Erstausgaben, Briefen, Manuskripten und Photographien TMs (jetzt größtenteils in der Firestone Library der Universität Princeton) und war TM bei seiner Niederlassung in den Vereinigten Staaten sehr behilflich. Ein Buch über TM, das sie zu schreiben versuchte, blieb Fragment. Sie war eine sehr wohlhabende Frau und besaß unter anderem ein Landhaus in Jamestown, Rhode Island, das sie TM im Frühsommer 1938 zur Verfügung stellte. TMs Briefe an sie erschienen deutsch und englisch (›The Letters of Thomas Mann to Caroline Newton‹) als Privatdruck der Princeton University Press 1971.

2] *Moovy:* Richtig ›movie‹ (Film).

3] *L. Frank:* Liesl Frank.

27. 3. 1938

198 1] *Rappaport:* Nicht ermittelt.

2] *Barry:* Vermutlich John Daniel Barry, Schriftsteller und Journalist an der ›San Francisco News‹.

3] *Reisiger verhaftet:* Hans Reisiger, der in Seefeld (Tirol) lebte, war beim Einmarsch der Deutschen nach Österreich verhaftet worden, wurde aber nach kurzer Zeit wieder entlassen.

4] *Telegramm an Bermann:* TM an GBF aus San Francisco und GBF an TM aus Zürich in TM-GBF, 142. Dort ist der Telegrammwechsel fälschlich vom 21. 3. 1938 datiert.

5] *»Cushlands« Landhaus:* Mrs. Cora Koshland (1867-1953), die »Königliche Mrs. Koshland«, wie Yehudi Menuhin sie in seinen Memoiren nennt, eine Tante von William A. Koshland, dem Verlagsdirektor von Alfred A. Knopf. Sie war eine sehr reiche alte Dame und freigebige Kulturmäzenin, unter anderem Förderin des Symphonie-Orchesters von San Francisco; ihr ›Landhaus‹ war ein vor der Stadt im Grünen gelegenes, nach dem Vorbild des Petit Trianon erbautes Patrizierhaus in San Francisco und berühmt für seine musikalischen Soireen.

6] *Stanford:* Stanford University, Kalifornien.

7] *Drog-Restaurant:* Gemeint ist die Imbißstube im Drug Store.

8] *Rektor von Stanford:* Ray Lyman Wilbur (1875-1947), angesehener Physiologe, war 1916-1943 Präsident der Stanford University und 1929-1933 Innenminister in der Regierung Hoover.

28. 3. 1938

»Snowwhite«: ›Snow White and the Seven Dwarfs‹ (›Schneewittchen und die sieben Zwerge‹) von Walt Disney, der erste abendfüllende Zeichentrickfilm (1937). *199*

29. 3. 1938

1] *Präsident:* William Wallace Campbell, Präsident der University of California in Berkeley, bei San Francisco. *199*

2] *Aktion für Reisiger:* TM bemühte sich, für Hans Reisiger ein Lehramt an einer amerikanischen Universität zu erlangen, um ihm durch eine solche Berufung die Auswanderung aus Nazideutschland zu ermöglichen. Die Bemühung scheiterte an Reisigers Entschlußlosigkeit.

3] *Vice-Präsident:* Der Altphilologe Professor Monroe E. Deutsch (1879-1957), Vizepräsident (Prorektor) der University of California in Berkeley, 1931-1947.

4] *Cecconi-Verwandtschaft:* Nicht identifiziert. Bezieht sich auf den Triestiner Zahnarzt Dr. Ermanno Ceconi, den ersten Gatten der Dichterin Ricarda Huch, den TM aus München kannte und der zeitweise auch der Zahnarzt der Mann-Kinder war.

5] *Agent Knopfs:* Vermutlich Floyd Nourse, der Vertreter des Verlags Knopf an der amerikanischen Westküste.

6] *»Sacramentum«:* Sacramento State College in Sacramento, Kalifornien; heute California State University, Sacramento.

31. 3. 1938

1] *einer Judge:* Weiblicher Richter. *200*

2] *B. Heilbronn:* Nicht ermittelt.

1. 4. 1938

1] *Warner:* Jack L. Warner (1892-1978), Vizepräsident und Leiter der Gesamtproduktion der Filmgesellschaft Warner Brothers Pictures Inc., Hollywood. *201*

2] *Cardinal Newman Ehrung:* Der Cardinal Newman Award der

University of Illinois in Urbana bei Chicago, der TM am 29. 4. 1938 verliehen wurde.

3] *Hammerstein:* Oscar Hammerstein jun. (geboren 1895), erfolgreicher amerikanischer Operetten-Librettist, schrieb zusammen mit Richard Rodgers (1902-1979) eine Anzahl berühmter Musicals wie ›Oklahoma‹, ›South Pacific‹ und andere.

202 4) *Reinhardt:* Der Theaterdirektor und Regisseur Max Reinhardt (1873-1943), ursprünglich Schauspieler, 1905-1920 und 1924 bis 1933 Direktor des Deutschen Theaters, der Kammerspiele und des Großen Schauspielhauses in Berlin, später des Josefstädtischen Theaters in Wien, zusammen mit Hugo von Hofmannsthal Gründer der Salzburger Festspiele, seit 1932 verheiratet mit der Schauspielerin Helene Thimig. TM kannte ihn persönlich seit 1909. Er emigrierte 1938 nach den Vereinigten Staaten, wo er in Los Angeles eine Schauspielschule leitete. Siehe *Gedenkrede auf Max Reinhardt* (1943), GW X, 490-495.

5] *Sinclair Lewis:* Der amerikanische gesellschaftskritische Romancier Sinclair Lewis (1885-1951), Autor der weltberühmten Romane ›Die Hauptstraße‹, ›Babbitt‹ und anderer, Literatur-Nobelpreisträger 1930, verheiratet mit der Journalistin Dorothy Thompson. TM kannte beide seit 1934.

2. 4. 1938

202 1] *Book shops:* Buchhandlungen.

2] *K. Katzenellenbogen:* Konrad Katzenellenbogen (geboren 1913), Freund von Erika und Klaus Mann, emigrierte nach kurzem Studium in Heidelberg und München 1933 in die Schweiz, später nach Holland und Frankreich und gelangte 1936 nach den Vereinigten Staaten. Er übersiedelte 1939 von New York nach Kalifornien, wo er 1940 Sekretär TMs wurde, den er seit 1937 kannte. 1943 wurde er zum Militär eingezogen und änderte seinen für Amerikaner schwer auszusprechenden Namen in Konrad Kellen ab. Er nahm am Feldzug in Europa teil, war bis 1948 Besatzungsoffizier in Deutschland, arbeitete nach seiner Rückkehr für die Rand Corporation in New York und Kalifornien, lebt heute in Pacific Palisades.

3. 4. 1938

1] *an Zarek:* TM an Otto Zarek aus Beverly Hills vom 3. 4. 1938, Regesten II, 38/54. 202

2] *an Lion:* TM an Ferdinand Lion aus Beverly Hills vom 3. 4. 1938, Regesten II, 38/53.

3] *old Lemmle:* Der Hollywooder Filmmagnat Carl Laemmle (1876-1939), gründete 1912 die ›Universal‹-Filmgesellschaft und war einer der Väter der amerikanischen Filmindustrie. TM hatte ihn 1934 in Zürich kennengelernt. 203

4] *Franco Bruno:* Nicht identifiziert.

5] *von Heinrich:* Nicht erhalten.

6] *von Klaus:* Nicht erhalten. Klaus Mann befand sich zu diesem Zeitpunkt im elterlichen Haus in Küsnacht.

4. 4. 1938

1] *»Impromptu«:* Vermutlich ein vorläufiger Titel für den Aufsatz *Tagebuchblätter*, der in diesen Tagen entstand. 203

2] *Musiker Pollack:* Der österreichische Konzertviolinist, Dirigent und hervorragende Violinpädagoge Robert Pollak (1880-1962), Professor an den Konservatorien von Moskau, San Francisco und 1930-1937 Tokio. Aus dieser letzten Zeit war er mit Klaus Pringsheim befreundet, der an der Kaiserlichen Musikakademie sein Kollege war. Pollak kehrte 1937 nach Kalifornien zurück und war Leiter der Violinabteilung des Konservatoriums in Los Angeles.

3] *Klaus Pr.:* Klaus Pringsheim.

4] *Dieterle:* William (ursprünglich Wilhelm) Dieterle (1893 bis 1972), deutscher Schauspieler und Filmregisseur, seit 1932 in Hollywood, wo er unter anderen mit seinen Filmen ›The Story of Louis Pasteur‹ und ›The Life of Emile Zola‹ großen Erfolg hatte. Er setzte sich besonders hilfreich und energisch für die exilierten deutschen Schriftsteller in den Vereinigten Staaten ein. Er kehrte nach Deutschland zurück, wo er in seinen letzten Lebensjahren als Bühnenregisseur wirkte.

5] *»Zola«:* ›The Life of Emile Zola‹, Film von William Dieterle mit Paul Muni (1895-1967) in der Titelrolle.

6] *Erfinder des Micky Mouse Films:* Der amerikanische Trickfilmzeichner und Filmproduzent Walt Disney (1901-1966).

5.4.1938

203 1] *Huxleys:* Siehe Anmerkung 2 zum 8.4.1937. Huxley hatte sich in Los Angeles niedergelassen, wo er zeitweise für Metro-Goldwyn-Mayer als Drehbuchautor arbeitete.

2] *»Examiner«:* ›Los Angeles. Examiner‹, Tageszeitung von Los Angeles.

3] *»Landpfarrer«:* Der Roman ›Tagebuch eines Landpfarrers‹ (›Journal d'un curé de campagne‹) des bedeutenden französischen katholischen Erzählers Georges Bernanos (1888-1948) erschien deutsch 1936 in der Übersetzung von Jakob Hegner. Bernanos, bereits berühmt durch seinen Roman ›Sous le Soleil de Satan‹ (1926), erhielt 1936 den Großen Akademiepreis. Er war ein scharfer Kritiker des Faschismus, des Münchner Abkommens und später der französischen Vichy-Regierung, wanderte 1938 nach Brasilien aus, kehrte 1945 nach Frankreich zurück.

6.4.1938

204 1] *Mrs. Frisch:* Fay Templeton Frisch, Sängerin, Musikpädagogin und Konzertveranstalterin.

2] *London Film:* Die Verhandlungen über eine Verfilmung der ›Joseph‹-Romane lassen sich mangels ausreichender Unterlagen nicht mehr genau feststellen. In den Jahren 1933-1934 verhandelte TM längere Zeit durch verschiedene Mittelsmänner (unter anderen Bruno Frank) mit Sir Alexander Kordas ›London Film‹ in England, mit der offenbar auch ein Vertrag oder Vorvertrag geschlossen wurde, auf den TM sich hier bezieht, sowie in Zürich mit Laemmles ›Universal Pictures‹. In Hollywood wiederum verhandelte der Agent Saul Colin in derselben Sache mit amerikanischen Filmproduzenten, wie die Tagebuch-Eintragungen des Sommers 1938 bezeugen. Alle diese Pläne und Absichten verwirklichten sich nicht. Der Joseph-Roman blieb unverfilmt.

3] *Vicky Baum:* Die aus Wien stammende Schriftstellerin Vicky Baum (1888-1960), die in den zwanziger Jahren mit ihren Ullstein-Illustrierten-Romanen wie ›Menschen im Hotel‹ (1929) großen Erfolg hatte. Sie ging 1931 nach Hollywood und schrieb in der Folge in englischer Sprache. Viele ihrer gehobenen Unterhaltungsromane wurden verfilmt.

4] *Neutra:* Der österreichische Architekt Richard Neutra (1892 bis

1970), beeinflußt von Adolf Loos, arbeitete seit 1921 mit Erich Mendelsohn in Berlin zusammen, übersiedelte 1923 in die Vereinigten Staaten, wirkte mit Frank Lloyd Wright zusammen und ab 1925 selbständig in Los Angeles. Er schuf zahlreiche Wohnbauten, Siedlungsobjekte und Schulen in Kalifornien und entwarf neben anderen Bauten in Deutschland 1960 auch das Düsseldorfer Schauspielhaus.

5] *Dr. Klemperer:* Der Dirigent Otto Klemperer (1885-1973) war 1927-1931 Leiter der Kroll-Oper in Berlin, 1931-1933 Dirigent der Berliner Staatsoper. Er emigrierte 1933 nach den Vereinigten Staaten und war 1933-1939 Leiter des Philharmonic Orchestra in Los Angeles. Nach dem Zweiten Weltkrieg wirkte er, mit dem Wohnsitz in London, später in Zürich, als Gastdirigent in der ganzen Welt; einer der bedeutendsten Beethoven- und Mahler-Interpreten seiner Zeit.

6] *Schönberg:* Der österreichische Komponist Arnold Schönberg (1874-1951), Schöpfer der Zwölfton-Musik, wirkte ab 1925 an der Preußischen Akademie der Künste als Leiter einer Meisterklasse für Komposition, verließ im Mai 1933 Deutschland, lebte seit 1934 in Los Angeles und war 1936-1944 Professor für Musik an der Staatsuniversität von Kalifornien. TM scheint ihm im Haus Vicky Baums erstmals begegnet zu sein. 1947 kam es bei der Veröffentlichung von TMs Musiker-Roman *Doktor Faustus* zu einer scharfen Kontroverse zwischen ihnen.

7. 4. 1938

1] *Brüder Charell:* Der Berliner Choreograph und Regisseur großer Ausstattungsrevuen Erik Charell, bekannt durch seinen Film ›Der Kongreß tanzt‹ (1931), emigrierte 1933 nach Hollywood und kehrte Anfang der fünfziger Jahre nach Deutschland zurück. Sein Bruder, der Berliner Bankier Ludwig Löwenberg, der sich in der Emigration dem Kunsthandel widmete, nahm bei seiner Einbürgerung in den Vereinigten Staaten ebenfalls den Namen Charell an. *204*

2] *Carla:* Carla Mann (1881-1910), Schauspielerin, Schwester TMs, nahm sich, verstrickt in eine Liebestragödie, das Leben.

3] *B. Amendt:* Der Schauspieler Rudolf (genannt Buschi) Amendt, Freund von Erika und Klaus Mann, mit denen er 1927 in Klaus

Manns Stück ›Revue zu Vieren‹ auf Tournee spielte. Er emigrierte zu Beginn der dreißiger Jahre nach Hollywood.

8. 4. 1938

205 1] *Brief an Bermann:* TM an GBF aus Beverly Hills vom 8. 4. 1938, TM-GBF 142-145.

2] *Sokolow:* Der russische Schauspieler Wladimir Sokolow (1889 bis 1962), in den zwanziger Jahren an den Reinhardt-Bühnen in Berlin, später in Hollywood.

3] *jungen R.:* Gottfried Reinhardt (geboren 1916), der jüngere Sohn Max Reinhardts, Filmregisseur und Produzent.

9. 4. 1938

205 1] *»Zauberlehrling«:* Zeichentrickfilm von Walt Disney.

2] *Absage-Brief an Bermann:* Siehe Anmerkung 1 zum 8. 4. 1938. Darin rät TM GBF dringlichst davon ab, nach dem Wiener Zusammenbruch den Versuch zu machen, in Amerika einen großen Exilverlag zu gründen, da GBF dafür die Voraussetzungen fehlten, und empfiehlt ihm, den Verlegerberuf aufzugeben und sich wieder seinem vormaligen Arztberuf zuzuwenden.

10. 4. 1938

206 1] *J. Deval:* Der französische Dramatiker Jacques Deval (geboren 1895), Verfasser erfolgreicher Pariser Boulevardkomödien, hatte mit seinem unter russischen Emigranten spielenden Lustspiel ›Tovaritch‹ (1934) einen Welterfolg. Er arbeitete damals in Hollywood als Drehbuchautor.

2] *Bermann über seine amerik. Pläne:* Dieser Brief GBFs an TM ist nicht erhalten, nur TMs Antwort auf ihn vom 15. 4. 1938 in TM-GBF, 145-148.

3] *Auernheimer:* Raoul Auernheimer war in der Tat verhaftet und ins Konzentrationslager Dachau gebracht worden. Er kam jedoch bald wieder frei und gelangte über Italien in die Vereinigten Staaten.

4] *Salten:* Der Wiener Dramatiker, Erzähler und Kritiker Felix Salten (1869-1945), berühmt durch seine Tiergeschichten (›Bambi‹), den TM seit 1919 kannte, blieb unbehelligt und konnte 1938 nach Zürich emigrieren.

5] *Frankreich ohne Regierung:* Die Volksfront-Regierung Chautemps war, nachdem die Sozialisten sich aus ihr zurückgezogen hatten, am 10. 3. 1938 von einer neuerlichen Regierung Léon Blum abgelöst worden, die jedoch bereits am 8. 4. 1938 scheiterte. Am 10. 4. 1938 bildete der Radikalsozialist Edouard Daladier eine neue Regierung, die mit der Volksfront brach und bis zum 20. 3. 1940 im Amt blieb.

6] *die Gujer:* Die Architektin Frau Lux Studer-Guyer, die Erbauerin und Besitzerin des von TM gemieteten Hauses Schiedhaldenstraße 33 in Küsnacht bei Zürich.

11. 4. 1938

1] *Immigration:* TM und Frau Katia befanden sich mit einem Besucher-Visum in den Vereinigten Staaten. Um sich ständig in USA niederlassen zu können, wie sie beabsichtigten, mußten sie sich der regelrechten und vorschriftsmäßigen Einwanderungsprozedur (Immigration) und ihren Formalitäten unterziehen und noch einmal als ›Immigrants‹ mit den entsprechenden Papieren einreisen. Dies geschah Anfang Mai 1938 von Toronto (Kanada) aus. *206*

2] *Edmund Knopf:* Bruder von TMs Verleger Alfred A. Knopf, Film-Produzent bei den Metro-Goldwyn-Mayer-Studios in Hollywood.

12. 4. 1938

1] *Mr. Montgomery:* Der amerikanische Filmschauspieler Robert Montgomery (geboren 1904). *207*

2] *Schüler Peter Pr.'s:* Der Physiker Peter Pringsheim (1881 bis 1964), Bruder von Frau Katia Mann, war seit 1930 ordentlicher Professor in Berlin und 1933 vom NS-Regime amtsenthoben worden. Er emigrierte nach Brüssel, wo er eine Professur erhielt, ging 1940 nach den Vereinigten Staaten und war in Chicago am Argonne National Laboratory tätig. Nach seiner Emeritierung kehrte er nach Belgien, dem Heimatland seiner Frau, zurück und lebte in Antwerpen. Sein hier erwähnter Schüler hat sich nicht ermitteln lassen.

13. 4. 1938

207 1] *Mrs. Meyer:* TM an Agnes E. Meyer aus Beverly Hills vom 13. 4. 1938, Regesten II, 38/60.

2] *Yale Review:* Bedeutende amerikanische Monatsschrift, die im Lauf der Jahre zahlreiche Aufsätze über TM veröffentlichte.

3] *Angell:* TM an Joseph W. Angell aus Beverly Hills vom 13. 4. 1938, Regesten II, 38/59.

14. 4. 1938

208 1] *Pallas Verdes:* Richtig Palos Verdes Estate, etwa zwanzig Kilometer von Pacific Palisades entfernt, ein sehr eleganter, im spanischen Baustil errichteter Villenvorort von Los Angeles an der Steilküste des Pazifik zwischen Santa Monica und Long Beach.

2] *»Night must fall«:* Film nach dem gleichnamigen Schauspiel (1935) des englischen Dramatikers Emlyn Williams (geboren 1905), deutsch 1948 unter dem Titel ›Denn es will Abend werden‹. In der Hauptrolle Robert Montgomery.

15. 4. 1938

208 *Brief an Bermann:* TM an GBF vom 15. 4. 1938 in TM-GBF, 145 bis 148.

16. 4. 1938

209 1] *Solo:* Nicht identifiziert.

2] *Huff-Levin:* Der Filmproduzent Theodore Huff und die Drehbuchautorin Sonya Levien (1895-1960).

3] *Klaus Heuser:* Sohn des Direktors der Düsseldorfer Kunstakademie, Professor Werner Heuser. TM hatte die Familie Heuser 1927 in Kampen auf Sylt kennengelernt und eine Zuneigung zu dem sehr ansprechenden siebzehnjährigen Jüngling gefaßt. Er lud Klaus Heuser zu sich nach München ein und widmete ihm viel Zeit und Aufmerksamkeit.

4] *4. Band: Joseph der Ernährer,* der vierte Roman der Joseph-Tetralogie.

5] *Brief an Bermann:* Siehe Anmerkung vom 15. 4. 1938.

17. 4. 1938

1] *Adrian:* Gilbert A. Adrian (1903-1959), der führende Kostümentwerfer, Modeschöpfer und Ausstatter der Hollywooder Filmstudios. 209

2] *Madelaine C.:* Die Bühnen- und Filmschauspielerin Madeleine Caroll (geboren 1909), seit 1936 in Hollywood, damals auf der Höhe ihrer Schönheit und ihres Ruhmes, mit Ernst Lubitsch bei Paramount Pictures. TMs *Zauberberg*-Anspielung hat sich nicht entschlüsseln lassen. 210

18. 4. 1938

1] *David M.:* Nicht identifiziert. 210

2] *Mr. Brown:* Der vormalige Rabbiner, Popularhistoriker und Biograph Lewis Browne (1897-1949) und seine Gattin Myna Eisner Lissner, Freunde von Upton Sinclair, die in Santa Monica wohnten.

3] *Passadena:* Pasadena, Vorort von Los Angeles, Wohnort von Upton Sinclair.

4] *Upton Sinclair:* Der amerikanische Schriftsteller Upton Sinclair (1878-1968), bedeutender sozialistischer und sozialreformerischer Erzähler, dessen zumeist vorzüglich dokumentarisch unterbaute Romane scharfe Kritik an der kapitalistischen Gesellschaftsordnung üben und mehrfach zur Beseitigung der angeprangerten Mißstände führten. Sinclair wurde schon vor dem Ersten Weltkrieg ins Deutsche übersetzt (›Der Sumpf‹, 1906, der Roman über die Schlachthöfe Chicagos, der ihn berühmt machte); sein Justizroman ›Boston‹ (1928) über den Fall Sacco und Vanzetti erregte weltweites Aufsehen. Er war bis ins hohe Alter ein rastlos schaffender Schriftsteller, und sein Gesamtwerk ist nahezu unübersehbar.

19. 4. 1938

1] *»Pasteur«:* ›The Story of Louis Pasteur‹, Film von William Dieterle (1936) mit Paul Muni in der Titelrolle. 211

2] *Jessner:* Der Regisseur und Theaterleiter Leopold Jessner (1878 bis 1945) war 1919-1928 Intendant, 1928-1930 Generalintendant des Staatlichen Schauspielhauses Berlin, Begründer des expressionistischen, antinaturalistischen Theaters, dem er unter anderen mit bedeutenden Shakespeare-Inszenierungen den Weg bahnte. Er emigrierte 1933 nach Palästina, später nach den Vereinigten Staaten.

3] *Toronto-Sache:* TMs offizielle Einwanderung aus Kanada nach den Vereinigten Staaten. Mrs. Meyer bemühte sich durch ihre Beziehungen in Washington um eine rasche Erledigung der Formalitäten.

20. 4. 1938

211 1] *Rabbin Magnin:* Rabbi Edgar F. Magnin (geboren 1890) und seine Frau Evelyn Rosenthal Magnin. Magnin ist seit 1915 (bis heute) Hauptrabbiner des Wilshire Boulevard Temple, der größten reformiert-liberalen Synagoge von Los Angeles, sehr namhafter Prediger, Rundfunk- und Zeitungskommentator, Mitglied des Hillcrest Country Club bei Beverly Hills, wohin er TM einlud.

2] *Prof. Bird:* Professor Remsen D. Bird (1888-1971) war 1921 bis 1946 Präsident des Occidental College in Los Angeles, ursprünglich Kirchenhistoriker, einer der führenden Bildungsfachleute Kaliforniens, der sich sehr für die exilierten Intellektuellen und Künstler einsetzte. Er war der Vorsitzende des Ehrenkomitees, das TM bei seinem Vortrag im Shrine Auditorium in Los Angeles empfing, und stand danach noch längere Zeit in Briefwechsel mit TM.

21. 4. 1938

211 1] *Wassermanns Wahnschaffe-Manuskript:* Der Roman ›Christian Wahnschaffe‹ von Jakob Wassermann (1873-1934) erschien 1919 im S. Fischer Verlag und war eines der Hauptwerke des bedeutenden, von TM sehr geschätzten Erzählers, mit dem er persönlich seit ihrer gemeinsamen Anfängerzeit im München der Jahrhundertwende gut bekannt, wenn nicht befreundet war. Wassermann starb in der Neujahrsnacht 1934 in seinem Haus in Altaussee, Österreich. Über den Verbleib seiner Manuskripte ist nichts bekannt. Seine Witwe Marta Karlweis-Wassermann scheint einige Manuskripte nach USA gerettet zu haben. TM bemühte sich, wie sich der Buchhändler Jake Zeitlin in Los Angeles erinnert, ihr beim Verkauf der Handschriften zu helfen.

2] *»Meyerling«:* Der Film ›Mayerling‹ wurde 1936 von Anatole Litvak in Frankreich gedreht, in den Hauptrollen Danielle Darrieux, Marthe Régnier, Gina Manès, Charles Boyer und Jean-Louis Barrault.

3] *Boyer:* Der französische Filmschauspieler Charles Boyer (1899 bis 1978), der seit Mitte der dreißiger Jahre in Hollywood arbeitete.

22. 4. 1938

1] *an Heinrich:* TM an HM aus Beverly Hills vom 21. 4. 1938 in TM-HM, 169-170. 212

2] *Lorre:* Der aus Ungarn stammende Filmschauspieler Peter Lorre (1904-1964) kam über Wien und Breslau nach Berlin, wo er 1931 in Fritz Langs Film ›M.‹ mit einem Schlag bekannt wurde. Er emigrierte 1935 nach Hollywood und hatte in zahlreichen amerikanischen Filmen, vor allem in psychopathischen und Verbrecherrollen, großen Erfolg.

3] *Schildkraut:* Der österreichische Bühnen- und Filmschauspieler Joseph Schildkraut (1896-1964), Sohn des berühmten Schauspielers Rudolf Schildkraut, begann 1917 bei Max Reinhardt in Berlin, ging bereits 1921 nach den Vereinigten Staaten, wo er auf der Bühne, im Film und im Fernsehen großen Erfolg hatte.

4] *Die kleine Temple:* Der amerikanische Kinderstar Shirley Temple (geboren 1929), trat bereits 1932 in ihrem ersten Film auf.

23. 4. 1938

1] *Champain:* Die Industriestadt Champaign-Urbana im Bundesstaat Illinois. Dort die Staatsuniversität von Illinois, die TM die Cardinal Newman-Medaille verlieh. 212

2] *Frau Viertel:* Salka Viertel geborene Salomé Steuermann (1889 bis 1978), Schwester des Pianisten Eduard Steuermann und der Schauspielerin Rose Steuermann, Gattin des Schriftstellers, Bühnen- und Filmregisseurs Berthold Viertel (1885-1953), ursprünglich Schauspielerin, seit 1928 in Hollywood, sehr erfolgreiche Drehbuchautorin, schrieb die meisten Drehbücher für die mit ihr befreundete Greta Garbo. In ihrem gastfreien Haus in der Mabery Road war ganz Hollywood anzutreffen. Ihre Lebenserinnerungen ›Das unbelehrbare Herz‹ erschienen 1970.

3] *ihre Söhne:* Hans, Peter und Thomas Viertel.

4] *»Hundert men and a girl«:* ›One hundred men and a girl‹, Film von Henry Koster mit Deanna Durbin.

24. 4. 1938

212 1] *An Fiedler geschrieben:* TM an Kuno Fiedler aus Beverly Hills vom 24. 4. 1938 (irrtümlich datiert 24. 6.) Regesten II, 38/66. Darin die Mitteilung, daß er beschlossen habe, in Amerika zu bleiben und amerikanischer Bürger zu werden.

2] *Rabbine Browne:* Lewis Browne. Siehe Anmerkung 2 zum 18. 4. 1938. Browne gab 1925 sein Rabbinat auf.

213 3] *Macmillian:* Der aus russisch-Armenien stammende amerikanische Filmregisseur Rouben Mamoulian. Er drehte unter anderem ›Königin Christine‹ mit Greta Garbo nach einem Drehbuch von Salka Viertel.

4] *P. Cohne:* Der Hollywooder Filmagent Paul Kohner.

25. 4. 1938

213 1] *Frau Heims:* Die Schauspielerin Else Heims (1878-1958), die erste Gattin von Max Reinhardt und Mutter seiner Söhne Wolfgang und Gottfried Reinhardt.

2] *Rameau:* Der Schauspieler und Regisseur Hans Rameau, Freund von Erika und Klaus Mann, TM aus München bekannt, wo er an den Kammerspielen wirkte, emigrierte nach Hollywood.

3] *Brief an Angell:* TM an Joseph W. Angell aus Beverly Hills vom 25. 4. 1938, Regesten II, 38/67.

4] *4000 Dollars von Lewis:* Dr. Wilmarth Sheldon Lewis (1896 bis 1979), bedeutender Anglist an der Yale University, ein sehr wohlhabender großer Gelehrter, Schöpfer der berühmten Yale Edition des Briefwechsels von Horace Walpole und bibliophiler Sammler, der mehrere TM-Manuskripte erwarb.

214 5] *Barnowsky:* Der Berliner Theaterdirektor und Regisseur Viktor Barnowsky (1875-1952), leitete bis zu seiner Emigration 1933 unter anderen das Kleine Theater, das Lessing-Theater und das Theater in der Königgrätzerstraße. Er hatte nach 1937 in den Vereinigten Staaten eine Lehrtätigkeit inne.

6] *Ludwig v. Bayern-Film:* Nicht mehr feststellbar, worum es sich bei diesem Projekt handelte, möglicherweise um eine Verfilmung von Klaus Manns Novelle ›Vergittertes Fenster‹ um den Tod Ludwigs II. von Bayern, die 1937 im Verlag Querido in Amsterdam erschien.

26. 4. 1938
Tillichs Exposee: Der Theologe und Religionsphilosoph Paul Tillich (1886-1965), seit 1929 Professor der Philosophie an der Universität Frankfurt, wurde als Führer der religiösen Sozialisten 1933 mit Lehrverbot belegt, emigrierte in die Vereinigten Staaten und war 1938-1955 Professor für philosophische Theologie am Union Theological Seminary in New York, 1955-1962 an der Universität Harvard und ab 1962 in Chicago. 1962 erhielt er den Friedenspreis des Deutschen Buchhandels. Sein von TM erwähntes Exposé hat sich nicht feststellen lassen. *214*

27. 4. 1938
1] *Vorwort für Erika:* Das Vorwort für Erika Manns Buch ›Zehn Millionen Kinder. Die Erziehung der Jugend im Dritten Reich‹. Unter dem Titel *Geleitwort* in GW XII, 825-829. *214*
2] *Newman-Vortrag:* Der deutsche Text dieser Ansprache ist bruchstückhaft erhalten, nämlich die ersten drei Schreibmaschinenseiten sowie drei Einfügungen für die Seiten 6, 7 und 14 des ›anderen‹ Vortrags, nämlich ›Vom kommenden Sieg der Demokratie‹, in welchen der ›Newman-Vortrag‹ eingebaut wurde. Siehe Anhang.

28. 4. 1938
1] *»Die Lilie im Tal«:* ›Le Lys dans la vallée‹, Roman von Honoré de Balzac (1835). *215*
2] *die Alten:* Frau Katia Manns Eltern, Professor Alfred Pringsheim und seine Gattin Hedwig, die noch in München lebten.

29. 4. 1938
Militär-Bündnis: Die Zeitungsnachrichten waren sehr übertrieben. Die Konferenz zwischen Daladier und Chamberlain in London am 28. und 29. 4. 1938 beschloß, daß in Prag und Berlin auf Einlenken hinsichtlich der Forderungen der Sudetendeutschen Partei hingewirkt werden solle, daß die britisch-französischen Generalstabsbesprechungen fortzusetzen seien, und im Fall eines Krieges ein vereinheitlichter Oberbefehl vorzusehen sei. Ein ›englisch-französisches Militär-Bündnis‹ im korrekten Sinn des Wortes wurde nicht geschlossen. *215*

1. 5. 1938

216 1] *Father O'Brien:* Pater John A. O'Brien (1893-1980), prominenter fortschrittlicher amerikanischer katholischer Gelehrter und Jesuiten-Priester, Dozent an der University of Illinois und Leiter der dortigen ›Newman Foundation‹.

2] *B. Lilly:* Beatrice Lillie. Siehe Anmerkung 4 zum 28. 4. 1937.

3] *Rabbin Dr. Silver:* Abba Hillel Silver (1893-1963), bedeutender amerikanischer jüdischer Gelehrter, Vizepräsident der amerikanischen Zionisten-Organisation und zahlreicher anderer Verbände, war 1938 Rabbi am Tempel in Cleveland.

2. 5. 1938

217 1] *Präsident der Universität:* Winfred George Leutner (1879 bis 1961), Altphilologe, Präsident der Western Reserve University, Cleveland, 1933-1949.

2] *Eri:* Richtig Erie, am Südufer des Erie-See, unweit von Cleveland und der kanadischen Grenze.

3. 5. 1938

218 1] *canadischer Schriftsteller:* Der junge kanadische Anglist Norman Endicott.

2] *»Hart House«:* Ein von der kanadischen Familie Massey 1919 gestiftetes Universitätszentrum für Studenten und Professoren, mit bedeutender Bibliothek, Gemäldesammlung und eigenem Theater.

3] *beim [?]:* Lücke in der Handschrift.

4] *Sir Robert Falkner:* Sir Robert Falconer (1867-1943), Altphilologe und Religionshistoriker, Präsident der University of Toronto 1907-1932, seit 1932 President Emeritus sowie Präsident mehrerer kanadischer wissenschaftlicher Institute und Gesellschaften.

5. 5. 1938

219 1] *»Mr. Hyde«:* Film ›Doctor Jekyll and Mr. Hyde‹ nach der gleichnamigen Erzählung von Robert Louis Stevenson, Regie Rouben Mamoulian mit Fredric March und Miriam Hopkins.

2] *Telegramm an Beneč:* TM an Eduard Benesch aus New York vom 5. 5. 1938 (Telegramm), Regesten II, 38/69.

6. 5. 1938

1] *Aufsatz über Österreich:* Anton Donner, ›Österreichs Tod‹ [Zur österreichischen Geschichte 1933-1938] in ›Mass und Wert‹, Heft 5, Mai-Juni 1938. Die Identität des Verfassers hat sich nicht ermitteln lassen. Möglicherweise ist ›Anton Donner‹ identisch mit ›Robert Ingrim‹, Pseudonym für Franz Klein, der 1938 ein Buch ›Der Griff nach Österreich‹ im Europa-Verlag (Oprecht), Zürich, veröffentlichte. *219*

2] *an Lion:* TM an Ferdinand Lion aus New York vom 6. 5. 1938, Regesten II, 38/73.

3] *Commencement Day:* Der feststehende Tag im amerikanischen Universitätsjahr, an dem Promotionen und auch die Verleihung von Ehrendoktorwürden stattfinden.

4] *Afidavit für Broch:* TM bemühte sich, eine Bürgschaft oder Unterhaltsgarantie für Hermann Broch zu beschaffen, die ihm die Einwanderung aus dem besetzten Österreich nach den Vereinigten Staaten ermöglichen sollte. Siehe auch seinen Brief an den amerikanischen Generalkonsul in Wien, John C. Wiley, in dieser Sache, vom 15. 5. 1938, Regesten II, 38/79.

5] *Brief von Klaus:* Klaus Mann an seinen Vater aus Küsnacht vom 22. 4. 1938 in Klaus Mann, ›Briefe und Antworten‹, Band II, 36-40. Klaus Mann nennt darin den von TM namentlich bezeichneten ›Osborn‹ lediglich »Dr. O.«, ohne ihn genauer zu identifizieren. Osborn war, Klaus Manns Brief zufolge, ein Freund Reisigers, der direkt aus München kam, wo er Reisiger zuletzt gesehen hatte, und sich mit Klaus Mann in Zürich im Café getroffen hatte. Osborn berichtete, Reisigers Unentschlossenheit habe sich »nun geradezu ins Klinische gesteigert«, und er fürchte vor allem, man werde TMs Briefe an ihn finden; man solle sie schleunigst sicherstellen und auch Reisigers Briefe an TM sogleich verbrennen.

6] *Consul Lasca:* TM an Jan Laška, tschechoslowakischen Konsul in Zürich, aus New York vom 6. 5. 1938, Regesten II, 38/72. Darin teilt er Laška den vollen Wortlaut seines Telegramms an Benesch vom 5. 5. 1938 mit und dementiert Gerüchte, er beabsichtige, die tschechoslowakische Staatsangehörigkeit aufzugeben, um amerikanischer Bürger zu werden.

7] *M.:* Mussolini.

7. 5. 1938

220 *Schuschniggs Österreich-Buch:* Kurt von Schuschnigg, ›Dreimal Österreich‹, erstmals erschienen 1937 im Jakob Hegner Verlag Wien, wurde in zahlreiche Fremdsprachen übersetzt. Die amerikanische Ausgabe erschien 1938 unter dem Titel ›My Austria‹, übersetzt von John Segrue, mit einem Vorwort von Dorothy Thompson, im Verlag Knopf, New York.

8. 5. 1938

220 1] *Flexner:* Abraham Flexner (1866-1959), Pädagoge, Gründer und Leiter des ›Institute for Advanced Study‹ in Princeton (1930 bis 1939), Direktor emeritus ab 1940, maßgebend beteiligt an TMs Berufung nach Princeton.

2] *Präsident Dodds:* Harold W. Dodds (geboren 1889), Professor der politischen Wissenschaft 1927-1934 und Präsident der Universität Princeton 1933-1957.

9. 5. 1938

220 1] *Lunch bei Mrs. Lowe:* Helen Lowe-Porter war mit dem amerikanischen Paläographen Dr. Elias Lowe verheiratet, der 1914 bis 1937 an der Universität Oxford, England, lehrte. 1937 übersiedelte sie mit ihm nach Princeton, wo Dr. Lowe einen Lehrstuhl am ›Institute for Advanced Study‹ übernommen hatte. Sie wohnten 1938 bis 1939 150 Fitz Randolph Road, Princeton.

2] *christliche Emigrees:* Es handelt sich um ein Bankett des ›American Committee for Christian German Refugees‹ zu Ehren TMs, das am 9. 5. 1938 im Hotel Astor (nicht Astoria) in New York stattfand. Das deutsche Original der Tischrede TMs, die teilweise unter dem Titel ›Christentum-Demokratie-Barbarei‹ in der ›Pariser Tageszeitung‹ vom 10. 7. 1938 erschien, ist nur fragmentarisch erhalten. Für die Veröffentlichung in GW XIII, 664-672, wurden die fehlenden Absätze aus der vollständig erhaltenen englischen Übersetzung von Peter de Mendelssohn rückübersetzt.

3] *Völkerbund-Kommissar McDonald:* James Grover McDonald (geboren 1886), Historiker und Politikwissenschaftler, 1919-1933 Hochkommissar für Flüchtlinge, 1933-1935 Völkerbunds-Hochkommissar für Flüchtlinge aus Deutschland, 1936-1938 Redaktionsmitglied der ›New York Times‹, Vorsitzender des Nationalen Koordinationsausschusses für Flüchtlingshilfe (Deutschland) und

Präsident des Brooklyn Institute of Arts and Sciences.
4] *Goldenes Buch:* Das Buch ist erhalten: ein blauer Lederband mit Goldprägung: ›To Thomas Mann from his Friends and Admirers, Hotel Astor, New York, May 9th, 1938‹, mit 293 Briefen und Grußbotschaften.

10. 5. 1938

1] *Telegramm Bermann:* GBF an TM aus Zürich (undatiert), TM- 220
GBF, 155. Darin die Mitteilung, daß GBF sich mit dem Verlag Bonnier in Stockholm assoziiert habe und den Bermann-Fischer Verlag ab sofort dort weiterführen werde, sowie die Anfrage, wann GBF mit *Lotte in Weimar* rechnen könne.
2] *Telegramm an Bermann:* TM an GBF aus New York vom 221
11. 5. 1938, TM-GBF, 155. Darin die Mitteilung, daß TM sich zur Zeit »an GBFs Neugründung« nicht als gebunden erachten könne.
3] *van Loon:* Der in Amerika lebende und englisch schreibende holländische Schriftsteller Hendrik Willem van Loon (1882 bis 1944), erfolgreicher Populärwissenschaftler und humoristischer Zeichner, der sich der deutschen Schriftsteller im Exil sehr hilfreich annahm und aktiv in der antifaschistischen politischen Propaganda wirkte. TM kannte ihn seit 1935.
4] *Einstein:* Der Physiker Albert Einstein (1879-1955), Schöpfer der Relativitätstheorie, Träger des Physik-Nobelpreises 1921, seit 1913 Professor in Berlin und Direktor des Kaiser Wilhelm-Instituts für Physik, verzichtete 1933 auf alle seine akademischen Ämter in Deutschland und emigrierte in die Vereinigten Staaten, wo er am Institute for Advanced Study in Princeton eine neue Wirkungsstätte fand. Er erhielt zusammen mit TM den Ehrendoktor der Universität Harvard und wohnte während TMs Princetoner Jahre ganz in seiner Nähe, in der Mercer Street. Es bestand ein freundnachbarliches Verhältnis. Siehe *Zum Tode von Albert Einstein*, GW X, 549-550.
5] *Steven Wice:* Stephen Wise (1874-1949), Rabbi der Freien Synagoge von New York, Gründer der Zionistischen Organisation Amerikas und ihr Präsident 1936-1938, Präsident des ›American Jewish Congress‹, Stellvertretender Vorsitzender des ›Jewish Emergency Refugee Relief Committee‹ und aktiv in zahlreichen Hilfsorganisationen für Flüchtlinge aus Hitlerdeutschland tätig.

11. 5. 1938

221 1] *Elsa Bernstein:* (1866-1949), die Gattin des bekannten Münchner Strafverteidigers Justizrat Max Bernstein (1854-1925), die unter dem Namen Ernst Rosmer zeitweilig eine erfolgreiche Dramatikerin war. Sie schrieb unter anderem das Märchendrama ›Königskinder‹, das Humperdinck die Vorlage zu seiner gleichnamigen Oper lieferte. Bernsteins führten in München einen literarisch-musikalischen Salon, in dem Katia Pringsheim und TM einander 1904 kennenlernten. Sie überlebte das NS-Konzentrationslager Theresienstadt und starb erblindet, aber in ihrem Glauben an Deutschland ungebrochen, 1949 in Hamburg.

2] *Prof. Heuser:* Der aus Deutschland stammende amerikanische Germanist Frederick William Justus Heuser (1878-1961), Professor für deutsche Literatur an der Columbia University, New York, Herausgeber der angesehenen Zeitschrift ›Germanic Review‹, Verfasser eines maßgebenden Werkes über Gerhart Hauptmann.

3] *Prof. Butler:* Nicholas Murray Butler (1862-1947), Professor für politische Philosophie und Pädagogik, 1902-1945 Präsident der Columbia University, New York, und eine der einflußreichsten Persönlichkeiten des amerikanischen politischen und akademischen Lebens.

4] *Guild f. G. C. Fr.:* Die von Hubertus Prinz zu Löwenstein ins Leben gerufene ›American Guild for German Cultural Freedom‹. Siehe Anmerkungen 14 zum 1. 1. 1937 und 2 zum 17. 1. 1938.

5] *Governor Cross:* Wilbur Lucius Cross (1862-1948), Professor für englische Literatur an der Universität Yale, Kanzler der ›American Academy of Arts and Letters‹, 1931-1939 Gouverneur des Bundesstaates Connecticut, Autor zahlreicher bedeutender literarhistorischer und kritischer Werke. Er gehörte dem Präsidium der ›American Guild‹ an.

6] *Villard:* Oswald Garrison Villard (1872-1949), Publizist, 1918 bis 1932 Chefredakteur und Besitzer der liberalen politischen Wochenschrift ›The Nation‹, 1933-1935 ihr Verleger und Mitarbeiter, bis die Zeitschrift an Freda Kirchwey überging. Einer der frühen Förderer und Mitbegründer der ›American Guild‹.

7] *Toller:* Der Dramatiker Ernst Toller (1893-1939), berühmt durch seine expressionistischen Dramen ›Die Wandlung‹, ›Masse Mensch‹, ›Hinkemann‹, ›Die Maschinenstürmer‹ und seine Autobiographie ›Eine Jugend in Deutschland‹ (1933), die in viele Sprachen übersetzt wurde. TM kannte Toller aus München seit 1917, und Erika und Klaus Mann waren mit Toller befreundet. Wegen seiner Beteiligung an der Münchner Räterepublik wurde Toller 1919 zu fünf Jahren Festungshaft verurteilt. Er floh 1933 vor der Gestapo nach England, ging 1936 nach den Vereinigten Staaten und nahm sich am 22. 5. 1939 in New York das Leben. TMs Gedenkworte für ihn in der Ansprache *Writers in Exile*, GW XIII, 843-849.

8] *Kuh:* Der Wiener Journalist und Kabarettist Anton Kuh (1891 bis 1941), ein bekannter Possenreißer und (zuweilen peinlicher) literarischer Spaßmacher. Er emigrierte 1938 nach den Vereinigten Staaten.

9] *Memoiren des Artisten Klemke:* Eine literarische Arbeit Martin Gumperts, die offenbar nicht vollendet wurde und verschollen ist.

12. 5. 1938

1] *Miss Bernice:* Bernice Baumgarten, eine Mitarbeiterin der literarischen Agentur Brandt & Brandt. 222

2] *Eppsteins aus Chicago:* Der Philanthrop und Kunstsammler Max Epstein und seine Gattin Liola, die eine sehr schöne Villa in Winnetka bei Chicago besaßen, in der TM mehrfach zu Gast war. Epstein war ein ›Trustee‹ (Treuhänder oder Kurator) der Universität Chicago.

3] *Miss Branden:* Sarah Brandes, Mitarbeiterin der ›American Guild for German Cultural Freedom‹.

4] *»Fiorenza«:* TMs einziges Bühnenwerk, geschrieben 1904-1905, eine dramatisierte dialektische Auseinandersetzung zwischen Savonarola und Lorenzo de Medici über ›Geist und Macht‹, nur selten und mit geringem Erfolg aufgeführt. GW VIII, 961-1067.

13. 5. 1938

1] *Smith:* Bernard Smith, leitender Mitarbeiter des Verlags Knopf, 222
ursprünglich Chef der Anzeigen- und Werbeabteilung, dann Vertriebsleiter und Cheflektor in einer Person. Er wechselte später zur Filmindustrie nach Hollywood über.

2] *Koshland:* William A. Koshland, Geschäftsführer, später Direktor des Verlags Alfred A. Knopf, New York.

3] *W. Cather:* Willa Cather. Siehe Anmerkung 8 zum 28. 4. 1937.

223 4] *An Klaus:* TM an Klaus Mann aus New York nach Küsnacht, datiert 12. 5. 1938, in Klaus Mann, ›Briefe und Antworten‹, Band II, 40-42. Darin die Mitteilung, daß er die Bemühungen zur »Heranschaffung« Reisigers auf Grund von Klaus' Mitteilung eingestellt habe.

5] *Prof. Goldstein:* Der Psychiater und Neurologe Professor Dr. Kurt Goldstein (1878-1965).

15. 5. 1938

223 1] *Gallancien:* Michael Manns Violinlehrer Jean Galamian, der von Paris nach New York übersiedelt war.

2] *Händl:* So in der Handschrift. Richtig Händel.

3] *Fuchs:* Der aus Berlin stammende amerikanische Komponist, Dirigent und Pianist Lukas Foss (ursprünglich Fuchs), geboren 1922 und damals sechzehn und nicht vierzehn Jahre alt. Er studierte bis 1937 in Paris, dann bis 1940 am Curtis Institute in Philadelphia und bei Koussewitzky und Hindemith. Ab 1944 Pianist des Bostoner Symphonieorchesters, seit 1952 Professor für Komposition an der University of California in Los Angeles. Intimer Freund von Michael Mann.

4] *Cellist Landshoff:* Der Cellist Werner Landshoff, Sohn von Else Landshoff, einer Schwester von Hedwig Fischer, und Vetter von Brigitte (Tutti) Bermann Fischer.

5] *ihr Verleger:* Der Verlag Houghton Mifflin & Co. in Boston.

16. 5. 1938

224 1] *Knopf, Hollywood:* Edmund Knopf. Siehe Anmerkung 2 zum 11. 4. 1938.

2] *Herr Weissgerber:* Nicht ermittelt.

3] *Telegramm von Bermann:* GBF an TM aus Stockholm vom 17. 5. 1938, TM-GBF, 155.

17. 5. 1938

224 *Depesche:* TM an GBF aus New York vom 18. 5. 1938, TM-GBF, 155-156.

18. 5. 1938

1] *Grundstein-Rede:* Ansprache bei der Grundsteinlegung des Palästina-Pavillons auf der Weltausstellung in New York 1938 bis 1939. Das Manuskript ist nicht erhalten. 224

2] *Landsitz:* Seven Springs Farm, Mount Kisco im Staat New York, Landsitz von Eugene und Agnes E. Meyer. 225

3] *White-Planes:* White Plains, Villenvorort in der Nähe von New York.

4] *Präsident Conant:* James B. Conant (1893-1978) wurde 1929 Professor der Chemie an der Universität Harvard und war 1933 bis 1953 Präsident (Rektor) dieser Universität, deren Ehrendoktor TM seit 1935 war. Anschließend war Conant 1953-1955 amerikanischer Hochkommissar in Deutschland und bis 1957 erster amerikanischer Botschafter in der Bundesrepublik.

19. 5. 1938

1] *Fleischmann:* Rudolf Fleischmann. Siehe Anmerkung 3 zum 12. 1. 1937. Fleischmann hatte sich sehr stark für die Familie Mann exponiert und war durch die Nachrichten, daß TM sich in Amerika niederzulassen beabsichtige, in eine unangenehme Lage geraten. 225

2] *La Guardia:* Fiorello La Guardia (1882-1947), amerikanischer Politiker, Demokrat, 1933-1945 Bürgermeister von New York, führte ein großes soziales Reformprogramm durch.

3] *Mayor:* Bürgermeister.

4] *B. Fairley:* Der kanadische Literaturwissenschaftler Barker Fairley (geboren 1887) hat mehrere Goethe-Bücher geschrieben und herausgegeben. Hier handelt es sich um das 1932 erschienene Werk ›Goethe, as revealed in his Poetry‹, das erst nach dem Zweiten Weltkrieg ins Deutsche übersetzt wurde.

20. 5. 1938

1] *an Weigand:* TM an Hermann J. Weigand aus New York vom 20. 5. 1938, Regesten II, 38/82. 225

2] *Dr. Mayer:* Hans Albert Maier. Sein Manuskript: ›Der Dritte Humanismus im Werk Stefan Georges und Thomas Manns‹.

3] *Hindemith:* Der deutsche Komponist Paul Hindemith (1895 bis 1963) war seit 1927 Kompositionslehrer an der Staatlichen Hoch- 226 schule für Musik in Berlin gewesen, wurde 1933 vom NS-Regime boykottiert und emigrierte 1934. Er wirkte zuerst in der Türkei, unternahm 1937-1939 Konzertreisen in den Vereinigten Staaten, lebte zeitweise in der Schweiz und übersiedelte 1940 ganz nach USA, wo er 1940-1953 an der Musikschule der Yale University lehrte. 1951-1957 hatte er in jährlichem Wechsel mit Yale ein Lehramt an der Universität Zürich inne und übersiedelte danach endgültig in die Schweiz. Seine Oper ›Mathis der Maler‹, nach seinem eigenen Text, wurde 1938 in Zürich uraufgeführt.

4] *an Prof. Loewenstein:* TM an Karl Loewenstein aus New York vom 20. 5. 1938, Regesten II, 38/81.

5] *Amhurst:* So durchweg in der Handschrift. Richtig Amherst.

6] *Rohrschach:* TM war, von Zürich kommend, am 30. 4. 1933 im Hotel Anker in Rorschach, an der deutschen Grenze, mit seinem Sohn Golo und Rechtsanwalt Valentin Heins aus München zusammengetroffen und hatte mit ihnen die bange Frage seiner Rückkehr nach Deutschland oder seines Außenbleibens und Verfügungen über seine Münchner Habe erörtert. Bei dieser Gelegenheit hatte er auch Rechtsanwalt Heins seine in München befindlichen Manuskripte zur Aufbewahrung überantwortet. Er notierte: »Rorschach wird mir in schlimmer, schwerer Erinnerung bleiben.« Siehe *Tagebücher* 1933-1934, 65 f.

21. 5. 1938

226 *Söhnchen:* Michael Riess, Sohn von Curt Riess aus seiner ersten Ehe, geboren 1931.

22. 5. 1938

227 *Vereinbarungen:* TM hatte in seinem Telegramm an GBF vom 18. 5. 1938 darauf gedrungen, daß angesichts der Schrumpfung des außerdeutschen Buch-Marktes die deutschen Exilverlage zusammengefaßt würden und eine Vereinbarung zwischen Querido, de Lange und Bermann-Fischer getroffen werde. Landshoff reiste zu diesem Zweck nach Stockholm.

24. 5. 1938

228 1] *junge Ulmann:* Vermutlich die Tochter von Oberlandesgerichtsdirektor Emil Ulmann und seiner Gattin Agnes geborene Speyer,

einer Schwester von Julie Speyer, der ersten Gattin Jakob Wassermanns. Ulmanns lebten seit 1910 in München und waren mit dem Haus Mann gut bekannt. Sie emigrierten nach Holland und später in die Vereinigten Staaten. Siehe auch Eintragung vom 29. 7. 1939.
2] *an Mrs. Meyer:* TM an Agnes E. Meyer aus Jamestown, undatiert, Regesten II, 38/88.
3] *Degree-Besuche:* Die bevorstehende Verleihung der Ehrendoktorwürde in der Columbia University und in Yale.

25. 5. 1938
Gumperts »Dunant«: Martin Gumpert, ›Dunant‹, Roman des Roten Kreuzes, erschien 1938 gleichzeitig deutsch im Bermann-Fischer Verlag, Stockholm, und englisch bei der Oxford University Press, New York. 229

27. 5. 1938
1] *an Gumpert:* TM an Martin Gumpert aus Jamestown vom 27. 5. 1938 in Briefe II, 48-49. 229
2] *an Fiedler:* TM an Kuno Fiedler aus Jamestown vom 27. 5. 1938, Regesten II, 38/90.
3] *an Brentano:* TM an Bernard von Brentano aus Jamestown, datiert 28. 5. 1938, Regesten II, 38/93.
4] *Klemperer:* Dieser Brief TMs an Otto Klemperer ist in Regesten II nicht verzeichnet und wurde bisher nicht aufgefunden. In einem Brief an Bruno Frank aus Jamestown vom 28. 5. 1938 (Regesten II, 38/94) bittet TM Frank um Weiterleitung eines Briefes an Klemperer, dessen Adresse er nicht kenne.
5] *Wolfes:* Der Komponist und Dirigent Felix Wolfes (1895-1971), emigrierte 1933, war Korrepetitor an der Oper in Chicago und bis 1945 an der Metropolitan Opera, New York. Danach wirkte er am Konservatorium in Boston. Er verfertigte die Klavierauszüge von ›Arabella‹ und ›Die schweigsame Frau‹ von Richard Strauss.

28. 5. 1938
1] *an Frank:* Siehe Anmerkung 4 zum 27. 5. 1938. 230
2] *an President Dodd:* TM an Harold W. Dodds, Präsident der Princeton University, aus Jamestown vom 27. 5. 1938, Regesten II, 38/89.

29. 5. 1938

230 *an Heinrich:* Dieser Brief ist nicht erhalten.

30. 5. 1938

231 1] *Pétain:* Philippe Pétain (1856-1951), französischer Marschall, berühmt durch seine erfolgreiche Verteidigung von Verdun im Februar 1916, wurde im Mai 1917 französischer Oberbefehlshaber, 1922 Generalinspekteur der Streitkräfte, 1934 Kriegsminister, März 1939 Botschafter in Madrid und am 17. 6. 1940 französischer Ministerpräsident. Am 22. 6. 1940 schloß er einen Waffenstillstand mit Deutschland und Italien und übernahm am 11. 7. 1940 das Amt des Staatschefs. Er wurde am 5. 8. 1945 vom französischen Obersten Gerichtshof wegen Hoch- und Landesverrats zum Tod verurteilt, wegen seines hohen Alters jedoch von General de Gaulle zu lebenslänglicher Haft begnadigt und auf die Insel Yeu verbannt, wo er starb.

2] *Lebrun:* Albert Lebrun (1871-1950), seit 1900 französischer Abgeordneter, seit 1920 Senator, 1911-1919 mehrfach Minister, 1931-1932 Senatspräsident, 1932 zum Präsidenten der Republik gewählt. Nach dem Zusammenbruch Frankreichs im Juni 1940 trat er am 13. 7. 1940 zurück.

3] *an die Meyer:* TM an Agnes E. Meyer aus Jamestown vom 30. 5. 1938, Regesten II, 38/95.

31. 5. 1938

231 *Henlein:* Der sudetendeutsche Politiker Konrad Henlein (1898 bis 1945), der im Oktober 1933 die ›Sudetendeutsche Heimatfront‹ gründete, die als ›Sudetendeutsche Partei‹ mit ihrem Autonomie-Programm für die Deutschen aus den Parlamentswahlen vom Mai 1935 als stimmenstärkste Partei der Tschechoslowakei hervorging. Seit 1938 trat Henlein offen für den Anschluß der sudetendeutschen Gebiete an das Deutsche Reich ein. Er wurde nach dem Münchner Abkommen Reichskommissar im Sudetenland und am 1. 5. 1939 Gauleiter und Reichsstatthalter. Er nahm sich nach Kriegsende in alliierter Haft am 10. 5. 1945 das Leben.

1. 6. 1938

1] *Scolars:* Scholars: Gelehrte, Wissenschaftler. 231

2] *President von Yale:* Der Historiker Charles Seymour, Präsident der Yale University 1937-1950.

3] *Prof. Fife:* Robert H. Fife, Professor für deutsche Sprache und Literatur an der Columbia University, New York. 232

2. 6. 1938

1] *Eckermann:* Johann Peter Eckermann (1792-1854), ›Gespräche mit Goethe in den letzten Jahren seines Lebens‹, 3 Bände, 1836 bis 1848. 232

2] *Providence:* Hauptstadt des amerikanischen Bundesstaates Rhode Island. 233

3] *Propyläen-Goethe:* Caroline Newton besaß die große 45bändige Propyläen-Ausgabe von Goethes Werken (1909-1923), die sie TM für die Arbeit an *Lotte in Weimar* zur Verfügung stellte.

4] *Hoefer:* Edmund Franz Andreas Hoefer (1819-1882), ›Goethe und Charlotte von Stein‹, Stuttgart 1878. Die letzte nachweisbare Auflage ist die neunte von 1923.

3. 6. 1938

»G. als Persönlichkeit«: Die drei Ergänzungsbände ›Goethe als Persönlichkeit‹ (1923-1925) zur Propyläen Goethe-Ausgabe. 233

5. 6. 1938

1] *Villard:* Der Verleger Paul Willert, Direktor der Oxford University Press, New York, der in Wareham, Massachusetts, wohnte. Er brachte 1938 Gumperts Buch ›Dunant: The Story of the Red Cross‹ heraus. 234

2] *Dr. G.:* Martin Gumpert.

6. 6. 1938

Begrüßungs-Message: Siehe Regesten II, 38/100. Der deutsche Text, der in Maschinenschrift erhalten ist und zum Teil den Aufsatz *Spanien* von 1937 (GW XII, 793 ff.) benutzt, im Anhang. 235

7. 6. 1938

235 1] *»W.-ö. Divan«:* ›West-östlicher Divan‹, Gedichtzyklus von Goethe (1814-1819).

2] *Göthe:* So in der Handschrift. TM verwendete mehrfach diese Schreibweise.

8. 6. 1938

235 1] *Kabel Bermanns und Landshoffs:* GBF und Fritz Landshoff an TM aus Stockholm vom 7. 6. 1938 in TM-GBF, 156.

2] *an Lion:* TM an Ferdinand Lion aus Jamestown vom 8. 6. 1938, Regesten II, 38/102.

9. 6. 1938

236 1] *an die Herz:* TM an Ida Herz aus Jamestown vom 9. 6. 1938, Regesten II, 38/103.

2] *Dekan Gauss:* Der amerikanische Romanist Christian Gauss (1878-1951), Professor für moderne Sprachen und 1925-1945 Dekan der Universität Princeton, der maßgeblich an der Berufung TMs an die Universität beteiligt war.

10. 6. 1938

236 1] *Mr. Barrett:* Unbekannt.

2] *Brief von K.:* Klaus Mann an Katia Mann aus Küsnacht vom 1. 6. 1938 in Klaus Mann, ›Briefe und Antworten‹, Band II, 44-48.

3] *Abreise mitgeteilt:* TM an Caroline Newton aus Jamestown vom 10. 6. 1938, Regesten II, 38/104.

11. 6. 1938

237 1] *Bielsko:* Die polnische, vormals österreichische Industriestadt Bielitz, in welcher der Industrielle Oswald Brüll, ein langjähriger Verehrer TMs, seine Textilfabrik hatte.

2] *»D.u.W.«:* ›Aus meinem Leben. Dichtung und Wahrheit‹, Autobiographie von Goethe (1809-1814 und 1824-1831).

3] *an Frank:* TM an Bruno Frank aus Jamestown vom 11. 6. 1938, Regesten II, 38/108.

4] *die Herz:* TM an Ida Herz aus Jamestown vom 11. 6. 1938, Regesten II, 38/109.

5] *an Fiedler:* TM an Kuno Fiedler aus Jamestown vom 11. 6. 1938, Regesten II, 38/107.

12. 6. 1938

»Hans Wursts Hochzeit«: ›Hanswursts Hochzeit oder der Lauf der Welt. Ein mikrokosmisches Drama‹, Fragment von Goethe. *237*

13. 6. 1938

1] *Brief von Heinrich:* Vermutlich verloren. Der nächste Brief HMs an TM aus Nizza vom 10. 6. 1938, in TM-HM, 170, konnte TM zu diesem Zeitpunkt noch nicht erreicht haben. *238*

2] *Hess:* Der nationalsozialistische Politiker Rudolf Hess (geboren 1894), ›Stellvertreter des Führers‹, wurde im Nürnberger Kriegsverbrecherprozeß zu lebenslänglichem Gefängnis verurteilt.

14. 6. 1938

1] *Auernheimer in Dachau getötet:* Die Nachricht war eine Falschmeldung. Siehe Anmerkung 3 zum 10. 4. 1938. *238*

2] *Klaus über Ossietzky:* Der linksdemokratische deutsche Publizist Carl von Ossietzky (1889-1938) war 1926-1933 Chefredakteur der Wochenschrift ›Die Weltbühne‹. Er wurde 1933 nach dem Reichstagsbrand von der NS-Regierung verhaftet und 1934 in ein Konzentrationslager gebracht. 1936 erhielt er, unter anderem auf Betreiben TMs, den Friedens-Nobelpreis, durfte ihn aber nicht annehmen. Er war am 4. 5. 1938 unter Polizeiaufsicht in einer Berliner Klinik gestorben. Klaus Manns ›Der Held. Rede an einer Gedenkfeier für Carl von Ossietzky‹ wurde am 22. 5. 1938 im Zürcher Schauspielhaus gehalten. Veröffentlicht in Klaus Mann, ›Heute und Morgen. Schriften zur Zeit‹, herausgegeben von Martin Gregor-Dellin, München 1969, 228-232.

3] *Prof. Ladenburg:* Der Physiker Rudolf Walter Ladenburg (1882-1952) studierte mit Katia und Klaus Pringsheim zusammen an der Universität München, mit ihnen und der Familie Mann eng befreundet, Taufpate von Golo Mann. Er lehrte 1908-1925 an der Universität Breslau, 1925-1931 an der Universität Berlin und ging 1931 in die Vereinigten Staaten, wo er bis zu seinem Tod 1952 eine Professur an der Universität Princeton innehatte, mit den *239*

Spezialgebieten Gas-Dynamik, Düsenantrieb, Kernphysik und Aerodynamik – ein bedeutender und sehr produktiver Wissenschaftler. Er war mit der Familie Pringsheim entfernt verwandt: seine Mutter Margarete Pringsheim war die Tochter des Botanikers Nathanael Pringsheim (1823-1894), Professor in Berlin. Er hatte vier Kinder und wohnte 55 Princeton Avenue, Princeton.

15. 6. 1938

239 1] *Erikas Artikel:* Erika Mann, ›Gerüchte um Thomas Mann‹, in Form eines Briefes an Leopold Schwarzschild, datiert Paris, 28. 5. 1938, in ›Das Neue Tage-Buch‹, Paris, 4. 6. 1938.

2] *Houston Peterson:* ›The Lonely Debate. Dilemmas from Hamlet to Hans Castorp‹ erschien 1938 im Verlag Reynal, New York. Vom selben Verfasser ›Joseph and his brothers‹ in ›Literary World‹, New York, 8. 7. 1934.

3] *G.'s:* Goethes.

16. 6. 1938

240 *Longman & Green:* Longmans, Green & Co., bedeutender New Yorker Verlag, der den Schopenhauer-Essay in Auftrag gegeben hatte.

17. 6. 1938

240 1] *Jordan:* Vermutlich der tschechische Journalist Henry Jordan, den TM bereits aus dem Sommer 1933 in Sanary kannte.

2] *»The coming victory of Democracy«:* Der Text des Vortrags, den TM auf seiner Vortragsreise im Februar-Mai 1938 in den Vereinigten Staaten hielt, übersetzt von Agnes E. Meyer, erschien im Verlag A. Knopf, New York.

241 3] *Corda:* Der britische Filmproduzent und Filmregisseur Sir Alexander Korda (1893-1956), dessen Gesellschaft ›London Film Production‹ sich bereits seit längerem für eine Verfilmung der Joseph-Romane interessierte.

18. 6. 1938

241 *Vicing Hotel:* Viking Hotel.

20. 6. 1938

Brechts »Dreigroschen-Oper«: ›Die Dreigroschenoper‹ von Bertolt Brecht (1898-1956) mit der Musik von Kurt Weill (1900-1950) wurde 1928 in Berlin uraufgeführt und war der erste große Erfolg Brechts auf der Bühne. TM kannte Brechts frühe Arbeiten von München her und gestand ihm von Anfang an eine bedeutende Begabung zu, ohne jedoch viel Zuneigung zu empfinden. Brecht machte kein Hehl daraus, daß er TM als geistige Erscheinung verabscheute. Sie begegneten einander, soweit bekannt, erstmals in Stockholm am 6. 9. 1939, und später wieder im amerikanischen Exil. 242

23. 6. 1938

1] *New Haven:* Sitz der Universität Yale, im Staat Connecticut. 242

2] *Prof. Frensch:* Robert Dudley French (1888-1954), Professor für Englische Literatur an der Universität Yale.

3] *Gouverneur von Canada:* Der namhafte schottische Schriftsteller und Diplomat John Buchan (1875-1940), seit 1935 Lord Tweedsmuir, war 1927-1935 konservativer Unterhausabgeordneter und von 1935 bis zu seinem Tod britischer Generalgouverneur (Vertreter der Krone) in Kanada. 243

4] *Kusewitzki:* Der russische Dirigent Sergej Alexandrowitsch Kussewitzky (auch Koussevitzky) (1874-1951), gründete 1909 sein eigenes Orchester in Moskau, förderte Skrjabin, Strawinsky und Prokofjew, ging 1921 nach Paris, wo er bis 1928 die Concerts Koussevitzky leitete. Er übernahm 1924-1949 als Nachfolger von Pierre Monteux das Boston Symphony Orchestra und wurde zu einem der gefeiertsten Dirigenten Amerikas.

5] *Neger-Champion:* Der Kampf um die Boxweltmeisterschaft im Schwergewicht zwischen Max Schmeling und dem schwarzen Amerikaner Joe Louis, in dem Schmeling, der den bis dahin unbesiegten Louis 1936 geschlagen hatte, in wenigen Minuten unterlag.

6] *Koppel:* Heinrich Günther Koppel, Gründer und Leiter des amerikanischen Verlags Alliance Book Corporation in New York.

7] *Cushland:* Koshland.

8] *Alfred:* Alfred A. Knopf.

9] *Tolstois Kosaken:* ›Die Kosaken‹, Erzählung aus dem Kaukasus von Leo N. Tolstoi (1852). 244

25. 6. 1938

244 1] *englische Besitzer:* Rupert und Flora Mitford, ein englisches Ehepaar, die Besitzer des Hauses 65 Stockton Street. TM schreibt fälschlich Midford.

2] *Tollers Stück:* Das Schauspiel ›Pastor Hall‹ von Ernst Toller, erste Buchveröffentlichung in englischer Sprache im Verlag Random House, New York, 1939, übersetzt von Stephen Spender. ›Pastor Hall‹ wurde 1940, nach Tollers Tod, in England verfilmt.

245 3] *Schriftsteller [?]:* Lücke in der Handschrift. Vermutlich beabsichtigte TM den Namen, den er nicht verstanden hatte, nachzutragen.

27. 6. 1938

246 1] *Prime Minister:* Neville Chamberlain, britischer Premierminister.

2] *Studio:* Arbeitszimmer.

28. 6. 1938

246 1] *Gedichte von Werfel:* Franz Werfel, ›Elf neue Gedichte‹, in ›Mass und Wert‹, Heft 6, Juli-August 1938.

247 2] *»Das bunte Kleid«:* Das erste Kapitel des Vierten Hauptstücks von *Der Junge Joseph.*

29. 6. 1938

247 1] *Dr. Gutmann:* Nicht identifiziert.

2] *Elizabeth M.:* Elizabeth Meyer, Tochter von Eugene und Agnes E. Meyer.

30. 6. 1938

247 1] *Vasano:* Vorbeugungsmittel gegen Seekrankheit.

2] *»Pferderennen«:* Ein Gesellschaftsspiel.

5. 7. 1938

249 1] *»Sewastopol«:* Erzählung von Leo N. Tolstoi (1855).

250 2] *Queenstown:* Hafenstadt an der irischen Südküste in der Bucht von Cork.

7. 7. 1938

1] *»Atlantic«:* Wilson Follett, ›Time and Thomas Mann‹, in ›Atlantic Monthly‹, New York, Juni 1938. 250

2] *Val. Heins:* Dr. Valentin Heins (1894-1971), Rechtsanwalt in München, wurde 1933 von TM mit der Wahrung seiner Interessen gegenüber den deutschen Behörden betraut. Es gelang ihm trotz jahrelanger Bemühungen jedoch nicht, die gegen TM verfügten Maßnahmen rückgängig zu machen. Er hatte bereits sehr hohe Honorarzahlungen erhalten. In seinem Gewahrsam befanden sich TMs in München zurückgelassene Manuskripte und Briefschaften, die angeblich während des Krieges verloren gingen. Siehe Anmerkung 6 zum 20. 5. 1938. 251

3] *der alte Reiff:* Hermann Reiff war am 9. 6. 1938 in Zürich gestorben.

4] *Briefe von Bermann:* GBF an TM aus Stockholm vom 29. 6. 1938 und 1. 7. 1938 in TM-GBF, 159-162.

8. 7. 1938

1] *Zwicker:* Optiker Zwicker in der Poststraße in Zürich. 252

2] *Wilhelm:* Kaiser Wilhelm II.

3] *Bilderbuch der Frau Gehrig:* Siehe Anmerkung 2 zum 25. 12. 1937.

9. 7. 1938

1] *Zürihorn:* Zürcher Mundart für Zürichhorn. 252

2] *an Bermann:* TM an GBF aus Küsnacht vom 10. 7. 1938, TM-GBF, 162-165.

10. 7. 1938

1] *Shaws Hilfe:* Siegfried Trebitsch war George Bernard Shaws deutscher Übersetzer seit 1904 und hatte ihm auf den deutschsprachigen Bühnen zu großen Erfolgen und jahrzehntelang zu hohen Einnahmen verholfen. Shaws Hilfeleistung an den exilierten, aber im übrigen keineswegs mittellosen Trebitsch war nicht übermäßig generös. 253

2] *»Zeitschrift«:* Die ›Zeitschrift für freie deutsche Forschung‹ wurde von der Freien Deutschen Hochschule in Paris herausgegeben und erschien dreimal im Jahr vom Juli 1938 bis März 1939.

In Heft 1 (Juli 1938) der Aufsatz ›Zur Philosophie des Nationalsozialismus‹ von Siegfried Marck, der sich mit den philosophischen Vorläufern des Nationalsozialismus und den ›Propheten der konservativen Revolution‹ (Fichte, Hegel, Moeller van den Bruck, Winnig, Ernst Jünger, Carl Schmitt) beschäftigt. Darin der von TM angemerkte Satz: »Aber die Denker der konservativen Revolution schreiben schlechte Ausgaben von dem, was ein Genie wie Thomas Mann auf den Umwegen zu sich selbst einmal mit den ›Betrachtungen eines Unpolitischen‹ geschaffen hatte.«

11. 7. 1938

254 1] *an Frey:* TM an A. M. Frey aus Küsnacht vom 11. 7. 1938, Regesten II, 38/124.

2] *an die »Prawda«:* Nicht auffindbar.

3] *Dr. Barth:* Dr. Hans Barth (1904-1965) war 1929-1946 Feuilletonredakteur der ›Neuen Zürcher Zeitung‹ und anschließend ordentlicher Professor der Philosophie an der Universität Zürich.

12. 7. 1938

254 1] *Dr. Lichtenstern:* Der österreichische Germanist Conrad Lichtenstern (geboren 1907) studierte 1935-1938 in Zürich, emigrierte nach den Vereinigten Staaten, änderte seinen Namen in Conrad Lester, seit 1962 Professor an der University of California in Los Angeles.

2] *Binswanger:* Der schweizerische Psychiater Ludwig Binswanger (1881-1966), entwickelte unter dem Einfluß Husserls und Heideggers eine neue, als ›Daseinsanalyse‹ bekannte Form der psychotherapeutischen Behandlung. Seine bekannte psychiatrische Klinik ›Bellevue‹ befand sich in Kreuzlingen am Bodensee.

3] *Croce:* Der italienische Historiker und Kulturphilosoph Benedetto Croce (1866-1952), erklärter Antifaschist, aber von Mussolini mit Rücksicht auf sein hohes internationales Ansehen und die italienische öffentliche Meinung in Italien geduldet, stand mit TM seit langem in Verbindung und hatte ihm die deutsche Ausgabe seiner ›Geschichte Europas im 19. Jahrhundert‹ gewidmet.

13. 7. 1938

254 1] *Evian:* In Evian am Genfer See tagte die Internationale Flüchtlingskonferenz.

2] *Regis:* Gottlob Regis, dessen archaisierende Rabelais-Übersetzung erstmals 1832-1841 in drei Bänden und späterhin mehrfach in Neuausgaben und Bearbeitungen, unter anderen von Ulrich Rauscher (1923), Friedhelm Kemp (1948) und Ludwig Schrader (1964), erschien.
3] *politischer Essayband:* Siehe GBF an TM vom 12. 7. 1938 in TM-GBF, 165-167.

14. 7. 1938
1] *Dr. Klingenberg:* Dr. Arnold Klingenberg, Hals-, Nasen- und *255*
Ohrenarzt, in der Badenerstraße, Zürich.
2] *Piskator:* Der Regisseur und Theaterleiter Erwin Piscator (1893 bis 1966) wirkte bis 1933 in Berlin, emigrierte in die Schweiz, 1938 nach New York, wo er das Theaterstudio an der New School for Social Research leitete, und kehrte 1951 nach Deutschland zurück.
3] *an Bermann:* TM an GBF aus Küsnacht vom 14. 7. 1938 in TM-GBF, 167-169. Darin eine vorläufige Liste der in den Essayband aufzunehmenden Schriften.
4] *Die Großen:* Erika und Klaus Mann, die nach Spanien gereist waren, um über den Bürgerkrieg zu berichten. Von beiden erschienen in der Folge zahlreiche Zeitungsartikel über ihre Reise.

15. 7. 1938
»Democracy«: Simon Strunsky, ›Thomas Mann on Democracy‹, *256*
in ›New York Times Book Review, New York, 10. 7. 1938.

16. 7. 1938
Fiedlers autobiogr. Manuskript: Kuno Fiedler, ›Die Flucht‹ (nicht *256*
veröffentlicht).

17. 7. 1938
August-Kapitel: Das sechste Kapitel von *Lotte in Weimar.* Darin *256*
die Schilderung von der Begegnung zwischen August von Goethe und Achim von Arnim.

18. 7. 1938

257 *an Fiedler:* TM an Kuno Fiedler aus Küsnacht vom 18. 7. 1938, Regesten II, 38/135.

19. 7. 1938

257 1] *W. Uhde:* Manuskript nicht ermittelt.

2] *»Die stummen Götter«:* Siehe Anmerkung 3 zum 25. 12. 1938.

3] *Aufsatz von Golo:* ›Generationen und Lebensläufe‹ von Golo Mann in ›Neue Zürcher Zeitung‹, 19. 7. 1938.

4] *an Bermann:* TM an GBF aus Küsnacht vom 18. 7. 1938 in TM-GBF, 171-172.

258 5] *an Unruh:* TM an Fritz von Unruh aus Küsnacht vom 19. 7. 1938, Regesten II, 38/138.

6] *Artikel von Erika:* Nicht festgestellt. In Erika Manns Nachlaß findet sich nur das Typoskript eines Artikels ›Schulen für Soldaten und ein spanischer Struwelpeter‹ (›Spanisches Tagebuch‹) aus dem Jahr 1938, dessen Veröffentlichung nicht nachgewiesen ist.

20. 7. 1938

258 1] *Pariser Besuchsfest:* Der Besuch des britischen Königspaares in Paris 19.-21. 7. 1938, der demonstrativ die britisch-französische Freundschaft unterstrich.

2] *M. C. Harbeck:* Der Name ist nicht zweifelsfrei zu entziffern; nicht identifiziert.

3] *Aragon:* Der kommunistische französische Schriftsteller Louis Aragon (geboren 1897), der maßgeblich an der Volksfrontbewegung beteiligt war.

4] *Motto von Herder:* Der Band politischer Essays *Achtung, Europa! Aufsätze zur Zeit,* erschienen 1938 im Bermann-Fischer Verlag Stockholm, hat folgendes Motto von Johann Gottfried Herder: »Was in der Geschichte je Gutes getan ward, ist für die Humanität getan worden; was in ihr Thörichtes, Lasterhaftes und Abscheuliches in Schwang kam, ward gegen die Humanität verübt.«

21. 7. 1938

258 1] *Gesuche an die Guild:* Gesuche um Stipendien oder Arbeitsbeihilfen exilierter deutscher Schriftsteller an die ›American Guild for German Cultural Freedom‹. Wie die Regesten seiner Briefe aus-

weisen, befürwortete TM in dieser Zeit, ohne es im Tagebuch besonders zu vermerken, Gesuche von Hans Natonek, Hans Sahl, Wilhelm Herzog, Albert Ehrenstein, Kurt Hiller, Max Hochdorf und anderen.

2] *Message:* TMs Botschaft an die vom ›Rassemblement Universel pour la Paix‹ veranstaltete Konferenz, die am 20. und 21. 7. 1938 unter dem Vorsitz des Präsidenten Lord Robert Cecil in Paris stattfand, ist nur in französischer Übersetzung im Sitzungsbericht der Tagung erhalten, der am 24. 7. 1938 in der Pariser Zeitung ›L'Œuvre‹ erschien. Siehe Anhang. 259

3] *Vieuxtemps:* Henri Vieuxtemps (1820-1881), belgischer Violinist und Komponist, schrieb zahlreiche Violinvirtuosenstücke.

4] *ungarischer Künstler:* Nicht identifiziert.

22. 7. 1938

1] *Stück von Annette Kolb:* ›Vorabend eines Krieges‹, Schauspiel von Annette Kolb. Abdruck des 1. Aktes in ›Mass und Wert‹, Heft 2, November-Dezember 1938, unter dem Titel ›Kriegsvorabend 1914‹. 259

2] *Theater-Beitrag: Ich glaube an das Theater,* erstmals im Werbeheft des Schauspielhauses Zürich für die Spielzeit 1938/39; GW X, 920-921.

3] *Sahl:* Der Schriftsteller Hans Sahl (geboren 1902), bis 1933 Film- und Theaterkritiker in Berlin, emigrierte 1933 in die Tschechoslowakei, 1934 in die Schweiz, dann nach Frankreich und gelangte 1941 in die Vereinigten Staaten. Sein ›Masereel-Festspiel‹: ›Jemand. Ein Chorwerk‹ erschien mit den Holzschnitten ›Die Passion eines Menschen‹ von Franz Masereel im Verlag Oprecht, Zürich 1938. Nach dem Zweiten Weltkrieg veröffentlichte Sahl den Exil-Roman ›Die Wenigen und die Vielen‹ im S. Fischer Verlag (1959) und wirkte als Übersetzer zahlreicher amerikanischer und englischer Bühnenwerke und als Kulturberichterstatter der ›Welt‹ in New York.

23. 7. 1938

1] *Korrodis Notiz:* ›Thomas Mann und Amerika‹, ungezeichnete Notiz in der ›Neuen Zürcher Zeitung‹ vom 24. 7. 1938, die auf TMs langjährige Verbundenheit mit Amerika und die Berufung 260 nach Princeton hinwies und versicherte, er werde auch in Zukunft die Sommermonate am Zürichsee verbringen.

2] *an Fiedler:* TM an Kuno Fiedler aus Küsnacht vom 23. 7. 1938, Regesten II, 38/142.

3] *Ludwigs Schrift:* Emil Ludwig, ›Die neue heilige Allianz‹, 1938 im Verlag Sebastian Brant, Straßburg.

24. 7. 1938

260 1] *Lemmle:* Carl Laemmle.

2] *an v. Hahn:* TM an Bolko von Hahn aus Küsnacht vom 24. 7. 1938, unvollständig in Briefe II, 52; Regesten II, 38/143. Bolko von Hahn (geboren 1904), deutscher Kaufmann, 1925-1958 in Südamerika tätig.

3] *die Moldau:* »Die Moldau«, Symphonische Dichtung aus dem Zyklus ›Mein Vaterland‹ von Bedřich Smetana.

4] *Die Reinfahrt:* ›Siegfrieds Rheinfahrt‹ aus ›Die Götterdämmerung‹ von Richard Wagner.

25. 7. 1938

261 1] *Rede des Hess:* Auf einer NS-Großkundgebung in Klagenfurt am 24. 7. 1938 zu Ehren der ›gefallenen Freiheitskämpfer der Ostmark‹ (nämlich der 13 nationalsozialistischen österreichischen Putschisten, die 1934 nach dem NS-Umsturz-Versuch zum Tod verurteilt und hingerichtet wurden) hielt der ›Stellvertreter des Führers‹ Rudolf Hess eine Rede, die am folgenden Tag in großer Aufmachung im ›Völkischen Beobachter‹ veröffentlicht wurde. Darin hieß es unter anderem: »Die Welt weiß, daß Deutschlands Frieden gesichert ist durch eine Wehrmacht stärker denn je, gesichert durch die Wehrmacht eines Reiches, an dessen Spitze wohlgemerkt Adolf Hitler steht.«

2] *E. A. Rheinhardt:* Der österreichische Schriftsteller E. A. (Emil Alphons) Rheinhardt (1889-1945), ursprünglich Mediziner, später Lektor im Münchner Drei-Masken-Verlag, Übersetzer, Autor erfolgreicher Biographien im S. Fischer Verlag. TM kannte ihn seit 1920 aus München und traf ihn 1933 in Südfrankreich wieder. Während des Zweiten Weltkrieges gehörte Rheinhardt der französischen Widerstandsbewegung an, wurde denunziert und kam im Konzentrationslager Dachau, wo er als Arzthelfer verwendet wurde, an Typhus ums Leben. In ›Mass und Wert‹ erschien kein Beitrag von ihm.

3] *Kundgebung:* Siehe Anmerkung 2 zum 22. 7. 1938.

4] *Großmutter:* Elisabeth Moser geb. Krebs (1856-1947), die Großmutter von Gret Moser.

5] *westliches Fest:* Der Besuch des britischen Königspaars in Paris.

26. 7. 1938

1] *Schaeder:* Der Orientalist Hans Heinrich Schaeder (1896-1957), 261
seit 1931 Professor in Berlin. Sein Buch ›Goethes Erlebnis des Ostens‹ erschien 1938.

2] *Klaus' Emigranten-Roman:* Klaus Manns Roman ›Der Vulkan‹ 262
erschien 1939 im Verlag Querido, Amsterdam.

3] *K. Hiller:* Der Schriftsteller Kurt Hiller (1885-1972), den TM trotz heftiger Auseinandersetzungen im Jahr 1918 als sauberen und fairen Polemiker schätzte, war 1933 nach einer Konzentrationslagerhaft nach Prag gelangt, wo er in großer Not lebte. Er rettete sich 1938 nach London und kehrte 1955 nach Deutschland zurück.

27. 7. 1938

1] *Brief an Bermann:* TM an GBF aus Küsnacht vom 27. 7. 1938 262
in TM-GBF, 174-177. Darin ausführlich über Madame Mayrischs Bereitwilligkeit, Robert Musil zu helfen.

2] *amerk. Producer:* Nicht identifiziert.

28. 7. 1938

1] *Herr Gasser:* Der Schweizer Schriftsteller und Journalist Ma- 262
nuel Gasser (1909-1979), mit Erika, Klaus und Golo Mann befreundet, 1933 Mitbegründer der Zürcher Wochenzeitung ›Die Weltwoche‹, später Chefredakteur der Zeitschrift ›DU‹.

2] *Runciman:* Der britische Staatsmann Walter Runciman (1870 bis 1949), seit 1937 Viscount Runciman, 1899-1937 liberaler Unterhausabgeordneter, und mehrfach Minister, wirkte im Auftrag der Regierung Chamberlain Juli-September 1938 als Leiter der sogenannten ›Runciman-Mission‹ in der Tschechoslowakei. Sein Bericht an die britische Regierung bereitete den Weg für das

Münchner Abkommen. 1938-1939 war Runciman Lordpräsident des Kronrates. Er war der Vater des bedeutenden britischen Historikers Sir Steven Runciman.

29. 7. 1938

263 1] *die Herz:* TM an Ida Herz aus Küsnacht vom 29. 7. 1938, Regesten II, 38/150.

2] *J.-P. Sartre:* Jean Paul Sartre (1905-1980), ›Die Mauer‹, Novelle, aus dem Französischen übersetzt von Rudolf Jakob Humm, ›Mass und Wert‹, 2. Jahrgang, Heft 1, September-Oktober 1938. (TM zählt die Hefte durch und kommt so auf Heft VII).

3] *Golos »Gentz«:* Golo Mann, ›Gentz und die Französische Revolution‹, ›Mass und Wert‹, Jahrgang 2, Heft 1, September-Oktober 1938.

30. 7. 1938

263 *Dr. Friedmann:* Vermutlich Dr. Ernst Friedmann, der später einen Bericht ›Ein Besuch bei Thomas Mann im Jahre 1938‹ in ›Edioth Hayon‹, Tel-Aviv, 28. 6. 1957, in deutscher Sprache veröffentlichte.

31. 7. 1938

263 *Einigung der Opposition:* Vermutlich handelt es sich um die Bestrebungen Hugo Simons, die Opposition gegen Hitler in einer neuen überparteilichen Organisation, dem ›Bund Neues Deutschland‹, zusammenzufassen (siehe Anmerkung zum 29. 1. 1938), für welche englische Finanzhilfe in Aussicht stand. In Erika Manns Aufzeichnungen und Briefen haben sich keine aufklärenden Hinweise gefunden.

1. 8. 1938

264 1] *Kircheisen:* Friedrich M. Kircheisen, ›Napoleon I., sein Leben und seine Zeit‹, 9 Bände, 1911-1934.

2] *Mereschkowsky:* Dimitri Mereschkowski, ›Napoleon‹, deutsch 1930.

3] *Faure:* Elie Faure (1873-1937), ›Napoleon‹, aus dem Französischen übertragen von Otto und Erna Grautoff, erschien 1928 im Verlag Aretz, Dresden. TMs Exemplar ist erhalten.

4] *Faust-Vortrag:* Die für Princeton vorzubereitende Vorlesung *Über Goethe's Faust*, GW IX, 581-621.
5] *Aufsatz »Der Bruder«:* Der Aufsatz *Bruder Hitler*, der aus den unveröffentlichten Tagebuchblättern entstand, GW XII, 845-852.

2. 8. 1938
Preis-Ausschreiben: Die ›American Guild for German Cultural Freedom‹ in New York hatte ein Preisausschreiben für den besten deutschen Exilroman veranstaltet. TM gehörte der Jury an und hatte eine Anzahl in Betracht kommender Manuskripte zu lesen. Der preisgekrönte Roman sollte vom Verlag Little, Brown in Boston und einer Anzahl ausländischer Verlage in Übersetzungen veröffentlicht werden. Mehrere der brieflichen Gutachten TMs an die ›American Guild‹ sind in den Akten dieser Hilfsorganisation in der Deutschen Bibliothek in Frankfurt erhalten und in Regesten II unter 38/152-156 und 38/167 aufgeführt. *265*

3. 8. 1938
unser Grundstück: Der Kauf des Grundstücks und der Bau eines Chalets kamen nicht zustande. *265*

4. 8. 1938
1] *Herzogs »Barthou«:* Wilhelm Herzog, ›Barthou‹ erschien 1938 im Verlag ›Die Liga‹, Zürich. *265*
2] *an Bermann:* TM an GBF aus Küsnacht vom 5. 8. 1938, in TM-GBF, 179-181. *266*
3] *Die Neumann:* Katharina (Kitty) Neumann (1898-1979), die Gattin Alfred Neumanns.

5. 8. 1938
1] *Orchesterbild:* Nicht klar, welches Bild von Max Oppenheimer (Mopp) hier gemeint ist. Siehe Anmerkung 4 zum 15. 1. 1937. Der größte Teil von Oppenheimers im Exil gemalten Bildern ging in Europa und Amerika verloren. *266*
2] *Mutschan:* Richtig Motschan. Siehe Anmerkung 2 zum 27. 7. 1937.
3] *»Time capsule«:* *Für die Time-Capsule*, GW X, 920.
4] *Binding:* Der konservative Lyriker und Erzähler Rudolf G.

Binding (1867-1938), seit der Gleichschaltung der Preußischen Akademie zweiter Vorsitzender der Sektion für Dichtkunst. TM hatte mit ihm im Frühjahr 1933 eine ziemlich heftige briefliche politische Auseinandersetzung und traf in der Folge mit ihm auch einmal in Zürich zu einer von Binding gewünschten Aussprache zusammen. 1935 verwandte sich Binding dafür, daß die Akademie TM zu seinem 60. Geburtstag durch einen Glückwunsch oder die Entsendung einer Abordnung ehre, was vom Reichsinnenminister Frick untersagt wurde. Siehe Binding, ›Die Briefe‹, herausgegeben von Ludwig Friedrich Barthel, 1957. Binding starb am 4. 8. 1938.

6. 8. 1938

266 1] *an Heinrich:* TM an HM aus Küsnacht vom 6. 8. 1938 in TM-HM, 171-172.

2] *am Vorwort: Zum neuen Jahrgang,* gezeichnet TM, Vorspruch zum 2. Jahrgang, in Heft 1, September-Oktober 1938, von ›Mass und Wert‹. GW XII, 812-818.

267 3] *Schweizer:* Richard Schweizer (1900-1965), Drehbuchautor, langjähriger Verwaltungsrats-Präsident des Zürcher Schauspielhauses, in TMs letzten Lebensjahren nahe mit TM und seinem Haus verbunden, hielt die Abschiedsrede in der Kilchberger Kirche. Er erwarb sich große Verdienste um die Gründung des Thomas Mann-Archivs in Zürich.

7. 8. 1938

267 *Frau »Fruttinger«:* Nicht deutlich lesbar. Vermutlich ist Frau Flückiger gemeint. Siehe Anmerkung 1 zum 13. 2. 1938.

8. 8. 1938

267 1] *Bilger:* E. Bilger, Pedicure, in der Bahnhofstraße, Zürich.

2] *Bahrts:* Dr. Hans Barth. Siehe Anmerkung 3 zum 11. 7. 1938.

9. 8. 1938

268 *an Lion:* TM an Ferdinand Lion aus Küsnacht vom 9. 8. 1938, Regesten II, 38/163.

10. 8. 1938

1] *Roosevelt-Apologie:* Nicht geklärt. Agnes E. Meyer befand sich im Juli-August 1938 auf einer Deutschlandreise. Ihr Brief ist nicht auffindbar. 268

2] *Brief von Heinrich:* Nicht erhalten.

3] *an Angell:* TM an Joseph W. Angell aus Küsnacht vom 12. 8. 1938, Regesten II, 38/166. Darin der Vorschlag, daß Yale die TM-Sammlung von Ida Herz ankaufen und sie, die sich für diese Tätigkeit beworben habe, als Kustodin anstellen möge. Der Vorschlag wurde nicht verwirklicht.

4] *an Heinrich:* Nicht erhalten.

12. 8. 1938

Frau Dr. Hirsch-Hatvany: Irene Hirsch-Hatvany (1885-1945), Schwester von Ludwig (Lajos) Hatvany, Schloßherrin auf Hatvan bei Budapest, heiratete 1905 Dr. Albert Hirsch, den späteren Geschäftsführer der großen Zuckerfabrik Hatvany-Deutsch, trennte sich aber, ohne Scheidung, bald wieder von ihm. Sie lebte in großer Zurückgezogenheit auf ihrem Gut und zeigte sich fast nie in der Öffentlichkeit. TM kannte sie von seinen Besuchen im Haus ihres Bruders in Budapest her und suchte sie auch zweimal auf Schloß Hatvan auf. Sie war eine hochgebildete und weitgereiste Frau. Sie und ihre Besitzung sind in allen wesentlichen Zügen das Vorbild zu Frau von Tolna im *Doktor Faustus.* Irene von Hatvany wurde 1945 im Konzentrationslager Auschwitz ermordet. 269

14. 8. 1938

1] *Hotel Margnia:* Richtig Margna. 269

2] *A. M. Clarc:* Annemarie Schwarzenbach, die sich seit ihrer Ehe mit dem französischen Diplomaten Achille-Marie Clarac auch Schwarzenbach-Clarac nannte und den Namen A. M. Clark als Schriftsteller-Pseudonym verwendete.

3] *Verstoßung:* Diese Geschichte hat sich nicht mehr feststellen lassen. Annemarie Schwarzenbach war mit ihrer Mutter, Frau Renée Schwarzenbach, einer Schwester des Oberstkorpskommandanten Ulrich Wille, völlig entzweit und von ihr verstoßen. 270

4] *Meissinger:* ›Helena‹ von Karl August Meissinger (1883 bis 1950).

16. 8. 1938

271 *Dramatiseur:* Unbekannt.

17. 8. 1938

271 1] *Ziegler:* Konrad Ziegler (1884-1974), ›Gedanken über Faust II‹, 1919.

2] *Professor Wolfen:* So in der Handschrift. Vermutlich eine Verschreibung TMs, der den Mediziner Dr. Paul Wolfer (1886-1953), Professor an der Universität Zürich, meint.

3] *Professor Bergsträsser:* Der Soziologe und Politwissenschaftler Arnold Bergsträsser (1896-1964), bis 1935 Professor in Heidelberg, emigrierte 1937 nach den Vereinigten Staaten und hatte Professuren in Claremont und Chicago inne. Er kehrte 1954 nach Deutschland zurück und wurde auf einen Lehrstuhl in Freiburg berufen.

18. 8. 1938

271 1] *Zimmer:* Der Indologe Professor Heinrich Zimmer (1890 bis 1943), Gatte von Christiane von Hofmannsthal, der Tochter Hugo von Hofmannsthals (geboren 1902). Er war Professor in Heidelberg, emigrierte 1939 nach England und 1940 in die Vereinigten Staaten und war während der gemeinsamen Exiljahre in Amerika mit TM gut bekannt. TM verdankte ihm die thematische Anregung zu seiner indischen Novelle *Die vertauschten Köpfe.* Die von TM erwähnte Arbeit über Sisyphos ist unter seinen Veröffentlichungen nicht nachgewiesen, hat sich auch in seinem Nachlaß nicht gefunden und war möglicherweise die Arbeit eines Dritten.

2] *Raimund Hofmannsthal:* Raimund von Hofmannsthal (1906 bis 1972), der zweite Sohn von Hugo von Hofmannsthal, Leiter des Londoner Büros des amerikanischen ›Time-Life‹-Verlags.

20. 8. 1938

272 1] *von Bermann:* Dieser Brief ›über den »Schopenhauer«‹ ist nicht erhalten.

2] *Hutchinson:* Freund von Emil Ludwig. Siehe Anmerkung 5 zum 27. 9. 1937.

273 3] *Emigrantenbuch:* Erika Mann, ›Escape to Life‹ (zusammen mit Klaus Mann) erschien 1939 im Verlag Houghton, Mifflin in Boston.

21. 8. 1938
1] *ehem. engl. Botschafter:* Nicht identifiziert. 273
2] *Sohn und Tochter des Hauses:* Robert Knittel (geboren 1920), Sohn des Schriftstellers John Knittel, Direktor des Verlags Collins, London, verheiratet mit der Filmschauspielerin Luise Rainer, und seine Schwester Margaret (geboren 1923), Konzertpianistin und Malerin, verheiratet mit dem Münchner Kinderarzt Dr. Hubert Furtwängler.

22. 8. 1938
1] *»Junger Goethe«:* ›Der junge Goethe‹, herausgegeben von Max Morris, ein sechsbändiges Werk, erschienen im Insel-Verlag 1909 und in TMs Bibliothek erhalten. 273
2] *Amerik. Film:* Nicht feststellbar. 274
3] *die Longs:* Das schwarze Dienerehepaar John und Lucy Long im Hause von Caroline Newton in Jamestown.

23. 8. 1938
Wiegands Literaturgeschichte: Julius Wiegand, ›Geschichte der deutschen Dichtung‹, 1922. TMs Exemplar ist erhalten. 274

24. 8. 1938
Grab: Der Prager Musikschriftsteller und Erzähler Hermann Grab (1903-1949) wurde bekannt durch seinen Roman ›Der Stadtpark‹, emigrierte 1939 nach Frankreich, 1940 über Portugal nach den Vereinigten Staaten. 275

25. 8. 1938
1] *polnisches Schloß:* Schloß Rapperswil, das von 1869 bis zur Wiederherstellung der polnischen Unabhängigkeit als polnisches Nationalmuseum diente. Auf dem Burghügel steht außerdem das ›Polendenkmal‹, das 1868 von polnischen Emigranten errichtet wurde. 275
2] *(Buller):* Das Ehepaar Wilhelm und Hedwig Buller, Fabrikanten in Duisburg, Mäzene und Sammler moderner Kunst, gute Bekannte TMs aus früheren Jahren, bei denen er auf seinen Vortragsreisen mehrfach als Logierbesuch wohnte.
3] *Servicen:* Louise Servicen (1896-1975), TMs französische Übersetzerin, die von den *Geschichten Jaakobs* (1935) an nahezu alles von ihm übersetzte.

26. 8. 1938

275 *an Slochower:* TM an Harry Slochower aus Küsnacht vom 26. 8. 1938, Regesten II, 38/173. Mit »seinem Aufsatz« ist ›Thomas Mann and Universal Culture. An Interpretation of his Joseph Cycle‹ von Harry Slochower gemeint, der in ›Southern Review‹, Baton Rouge, April 1939, erschien.

28. 8. 1938

276 *Essay-Übersetzungen:* TM hatte am 8. 2. 1936 einen Vertrag mit seinem italienischen Verleger Mondadori über einen Band gesammelter Essays geschlossen, der in Mondadoris Reihe ›I Quaderni della Medusa‹ erscheinen sollte. Er sollte die Essays des deutschen Bandes *Leiden und Größe der Meister* sowie noch einige andere Arbeiten enthalten, und Lavinia Mazzucchetti hatte ihn offenbar bereits übersetzt, aber er konnte infolge des verstärkten deutschen Drucks auf Italien nicht mehr erscheinen. Zwischen 1937 und 1945 konnte TM in Italien nichts Neues publizieren. Der Essayband erschien unter dem Titel *Saggi* erst 1946.

29. 8. 1938

277 1] *Simon:* Der konservative britische Politiker Sir John Simon (später Viscount Simon) (1873-1954) war 1931-1935 britischer Außenminister, 1935-1937 Innenminister, 1937-1940 Schatzkanzler und 1940-1945 Lordkanzler. Er hatte in der Regierung Chamberlain als Finanzminister beträchtlichen Einfluß.

2] *Churchill:* Winston S. Churchill (1874-1965), seit 1900 Unterhausabgeordneter, 1906-1915 in den Regierungen Campbell-Bannerman und Asquith stellvertretender Kolonialminister, Handelsminister, Innenminister, Marineminister, mußte nach dem Mißerfolg des Dardanellen-Unternehmens 1915 zurücktreten, wurde 1917 Rüstungsminister, 1919 Kriegs- und Luftfahrtminister. Er trat mit der Regierung Lloyd George 1922 zurück, war 1924-1929 in der Regierung Baldwin Finanzminister, danach zehn Jahre (1929-1939) ohne Amt und Einfluß, bei Ausbruch des Zweiten Weltkrieges in der Regierung Chamberlain neuerlich Marineminister und Mai 1940 bis Juli 1945 britischer Premierminister. Die konservative Wahlniederlage 1945 machte ihn zum Führer der Opposition im Unterhaus, der konservative Wahlsieg im Oktober

1951 neuerlich zum Premierminister. Er trat am 6. 4. 1955 aus Altersgründen zurück. Zur Zeit der vorliegenden Eintragung gehörte Churchill zu den schärfsten Gegnern der Chamberlainschen Appeasement-Politik.
3] *home-fleet:* Die britische Heimatflotte, die für den Schutz der Heimatgewässer bestimmt war.

30. 8. 1938
1] *Bruder Tennenbaum:* Nicht ermittelt. *277*
2] *2. Band seines Henri IV.:* Heinrich Mann, ›Die Vollendung des Königs Henri Quatre‹ erschien 1938 im Verlag Querido in Amsterdam. *278*
3] *Affaire des englischen Geldes:* Dieser ganze Komplex hat sich nicht aufklären lassen.

31. 8. 1938
Tochter und Schwiegersohn: Bruno Walters jüngere Tochter Grete (1906-1939), verheiratet mit dem Filmproduzenten Robert Neppach. *278*

1. 9. 1938
1] *Grabes-Diener:* Eine bemalte ägyptische Holzfigurine, schreitender Mann mit Perücke und Lendenschurz, Grabbeigabe von etwa 1900 v. Chr., befindet sich heute im TM-Archiv der ETH Zürich. *278*
2] *»Troilus und Cressida«:* Im Schauspielhaus Zürich in der Regie von Oskar Wälterlin mit Leonore Hirt und Emil Stöhr in den Titelrollen, und Karl Paryla, Wolfgang Langhoff, Hermann Valentin, Erwin Kalser, Ernst Ginsberg und Leonard Steckel. *279*

2. 9. 1938
1] *dänische Ausgabe: Om Demokratiets Fremtidssejr* enthaltend *Ein Briefwechsel* und *Vom kommenden Sieg der Demokratie,* erschien 1938 im Verlag Branner, Kopenhagen. *279*
2] *an Bermann:* TM an GBF aus Küsnacht vom 3. 9. 1938 in TM-GBF, 182-183.
3] *an Lion:* TM an Ferdinand Lion aus Küsnacht vom 2. 9. 1938, Regesten II, 38/175.

3. 9. 1938

280 1] *Dr. Peters:* Nicht identifiziert.

2] *Doubletten:* GBF hatte TM darauf aufmerksam gemacht, daß einige Sätze und Wendungen in mehreren seiner politischen Essays in nahezu identischer Weise vorkommen, und geraten, diese Wiederholungen zu tilgen.

3] *»Frau Warrens Gewerbe«:* Komödie von Bernard Shaw, deutsch von Siegfried Trebitsch, Regie Wolfgang Heinz, mit Therese Giehse, Hermann Vallentin, Maria Becker, Erwin Kalser und Hermann Wlach.

4. 9. 1938

280 1] *Robert Musil:* Musil war im Herbst 1938 über Italien in die Schweiz emigriert und starb 1942 in Genf. Er war seit 1911 mit Martha Marcovaldi geborene Heimann verheiratet.

2] *Rundbrief:* Siehe TM an Karl Barth, Regesten II, 38/242. Ein von TM aufgesetzter Rundbrief zur Unterstützung der Pariser Bestrebungen Hugo Simons. Der endgültige Text des Rundbriefs war nicht auffindbar; erhalten sind zwei Entwürfe, von zwei Schreibmaschinenseiten Länge, der zweite mit einigen Änderungen von der Hand Erika Manns. Siehe Anhang.

5. 9. 1938

280 *Kesser:* Siehe Anmerkung 3 zum 21. 2. 1937. TM war über Armin Kesser verstimmt, weil er im November 1935 in der ›Neuen Zürcher Zeitung‹ eine persönlich herabwürdigende Kritik von Heinrich Manns ›Die Jugend des Königs Henri Quatre‹ veröffentlicht hatte.

6. 9. 1938

281 1] *Prager Volks-Illustrierte:* TM an die Redaktion ›Volksillustrierte‹, Prag, undatiert. Regesten II, 38/188.

2] *Braun, Paris:* Max Braun. Siehe Anmerkung 2 zum 4. 12. 1937.

3] *an Bermann:* TM an GBF aus Küsnacht vom 6. 9. 1938, in TM-GBF, 183.

7. 9. 1938

1] *Beitrag für Fadiman: The Coming Humanism (What I believe),* 281
Beitrag zu ›I Believe. The Personal Philosophies of Certain Eminent Men and Women of Our Time‹, herausgegeben von Clifton Fadiman, im Verlag Simon and Schuster, New York 1939. Der Aufsatz erschien außerdem in ›The Nation‹, New York, 10. 12. 1938, und in TMs amerikanischem Essayband *Order of the Day.* Von der deutschen Originalfassung ist nur ein stark korrigierter Entwurf erhalten. Siehe Anhang.

2] *Wollen-Keller:* Bekanntes Wäsche- und Strickwarengeschäft in der Bahnhofstraße, Zürich.

3] *Herm. Kesser:* Siehe Anmerkung 3 zum 21. 2. 1937.

4] *Dr. M. Pulver:* Der Schweizer Schriftsteller Max Pulver (1889 bis 1952), Dramatiker, Lyriker und Erzähler, wandte sich später der Handschriftenkunde zu und wurde durch seine graphologischen Werke sehr bekannt.

5] *Assistent Schlag:* Der deutsche Graphologe Oskar R. Schlag (geboren 1907), Mitarbeiter von Max Pulver, den TM bereits aus München von den parapsychologischen Sitzungen Schrenck-Notzings her kannte; lebt heute in Zürich.

8. 9. 1938

1] *Amann:* Paul Amann. Siehe Anmerkung 10 zum 15. 1. 1937. 282
Sein Manuskript: ›Kristall meiner Zeit‹, 1956 im Selbstverlag erschienen. Siehe TM an Hermann Hesse vom 8. 9. 1938 in Briefe II, 56 f.

2] *Raskolnikow-Dramatisierung:* Dostojewskis Roman ›Schuld und Sühne‹, dramatisiert von Victor Trivas und Georg Schdanoff, im Schauspielhaus Zürich, Regie Leonard Steckel, mit Karl Paryla als Raskolnikoff, Marianne Walla als Sonja und Ernst Ginsberg, Erwin Kalser, Therese Giehse, Wolfgang Heinz.

3] *Dir. Wälterlin:* Oskar Wälterlin (1895-1961), Schauspieler, Regisseur und Theaterleiter, wirkte 1933-1938 als Opernregisseur in Frankfurt am Main, übernahm 1938 die Direktion des Schauspielhauses Zürich, das er bis zu seinem Tod leitete.

4] *Times-Artikel:* Die Londoner ›Times‹, deren Chefredakteur damals der Chamberlain sehr nahestehende Geoffrey Dawson war, veröffentlichte am 7. 9. 1938 einen Leitartikel, in welchem der tschechoslowakischen Regierung nahegelegt wurde, zu überlegen, ob es nicht besser sei, aus der ČSR einen homogeneren Staat zu machen, indem man ›die Randgebiete mit fremden Bevölkerungsgruppen‹ abtrete. Bei jeder Lösung, die von Dauer sein solle, müßten die Wünsche der betroffenen Bevölkerung berücksichtigt werden, und die Vorteile für die ČSR würden möglicherweise schwerer wiegen als die offenkundigen Nachteile des Verlustes der Sudeten-Grenzgebiete. Am selben Tag wurde eine offizielle Erklärung ausgegeben, daß der in der ›Times‹ gemachte Vorschlag ›in keiner Weise die Auffassung der Regierung Seiner Majestät‹ repräsentiere. Dennoch war dies die Lösung, auf die sich die Münchner Konferenz am 29. 9. 1938 einigte.

9. 9. 1938

282 1] *Sonderegger:* Der Schweizer politische Publizist René Sonderegger (1899-1965) gründete 1933 den ›Nationaldemokratischen Schweizerbund‹ und trat im Zweiten Weltkrieg als NS-Propagandist auf. Er veröffentlichte 1935 die Schrift ›Die Schweiz im Umsturz?‹, die er TM übersandte.

2] *an Kerényi:* TM an KK aus Küsnacht vom 9. 9. 1938, in TM-KK, 81 f. Darin Dank für die Übersendung von Kerényis Schrift ›Die Papyri und das Problem des griechischen Romans‹, erschienen in ›Actes du Vième Congrès International de Papyrologie‹, 1938.

10. 9. 1938

283 1] *à baton rompu:* Richtig ›à bâtons rompus‹, stückweise, ohne Zusammenhang; TM scheint jedoch eher zu meinen ›auf Biegen oder Brechen‹ bzw. ›schlecht und recht‹.

2] *ter Braak:* Diese Besprechung erschien auch in Menno ter Braak, ›Verzameld Werk‹, Amsterdam, Verlag Oorschot, 1949.

11. 9. 1938

283 1] *Buch von St. H. Roberts:* Siehe Anmerkung 2 zum 13. 12. 1937.

2] *Ansprache für Dienstag:* Die Abschiedsvorlesung im Schauspielhaus Zürich am 13. 9. 1938. TM las nach einer einleitenden Ansprache aus dem August-Kapitel von *Lotte in Weimar.* Das Konzept der Einführung mit Korrekturen und Streichungen ist erhalten. Siehe Anhang.

3] *Prahlrede Goerings:* Rede des Generalfeldmarschalls und Beauftragten für den Vierjahresplan, Hermann Göring, auf einer Tagung der Deutschen Arbeitsfront innerhalb des Parteitags der NSDAP in Nürnberg am 10. 9. 1938, die in größter Aufmachung im ›Völkischen Beobachter‹ vom 12. 9. 1938 erschien. Darin erklärte er: »Wir wollen kein Leid an deutschen Brüdern mehr dulden!« und das Reich sei wirtschaftlich durch große angesammelte Vorräte gegen jede Gefahr gesichert. *284*

12. 9. 1938

1] *Brentano's Roman:* Vermutlich ist Bernard von Brentanos Roman ›Die ewigen Gefühle‹ gemeint, der 1939 im Verlag Querido, Amsterdam, erschien. *284*

2] *Nürnberger Rede:* Hitlers Abschlußrede auf dem Nürnberger Parteitag am 12. 9. 1938, in der er drohte, die Deutschen in der Tschechoslowakei seien weder wehrlos noch im Stich gelassen, und die Welt möge diese Tatsache zur Kenntnis nehmen.

13. 9. 1938

Klöti: Dr. Emil Klöti (1877-1963) war 1928-1942 der erste sozialdemokratische Stadtpräsident von Zürich. TM kannte ihn seit 1934. *284*

15. 9. 1938

1] *Berchtesgaden:* Premierminister Chamberlains Flug zu Hitler nach Berchtesgaden am Nachmittag des 15. 9. 1938, der ersten seiner drei fruchtlosen Unterredungen mit Hitler zur Lösung der Sudetenkrise. *286*

2] *Brief von Bermann:* GBF an TM aus Stockholm vom 13. 9. 1938, TM-GBF, 185-186.

3] *Annette sehr alt:* Annette Kolb war damals achtundsechzig Jahre alt. Sie war fünf Jahre älter als TM und überlebte ihn um zwölf Jahre.

16. 9. 1938

1] *Stampfer:* Der Publizist Friedrich Stampfer (1874-1957) war vor 1933 Mitglied des Vorstandes der SPD, sozialdemokratischer *286*

Reichstagsabgeordneter und Chefredakteur des SPD-Parteiorgans ›Vorwärts‹. Er emigrierte 1933 nach Prag, war 1933-1938 Herausgeber des Exilblattes ›Neuer Vorwärts‹ in Karlsbad, übersiedelte 1938 nach Frankreich und 1940 in die Vereinigten Staaten, wo er der Redaktion der ›Neuen Volkszeitung‹ in New York angehörte. Er kehrte 1948 nach Deutschland zurück.

2] *Dahlem:* Der kommunistische Politiker und Publizist Franz Dahlem (geboren 1892), bis 1933 Abgeordneter des Preußischen Landtags und des Reichstags, Mitglied des Zentralkomitees der KPD. Er ging 1937 nach Spanien, nahm am Bürgerkrieg teil und war politischer Kommissar der Internationalen Brigade, ging 1939 nach Frankreich, wo er bis 1942 interniert war, wurde 1942 ins Konzentrationslager Mauthausen gebracht, das er überlebte, und gelangte 1945 nach Deutschland zurück, wo er Mitglied des Zentralkomitees der SED wurde.

3] *Spieker:* Der katholische Publizist Dr. Karl Spiecker (1888 bis 1953), emigrierte über die Schweiz, Frankreich und England nach den Vereinigten Staaten und kehrte 1945 nach Deutschland zurück. Er gab im Pariser Exil die Monatsschrift ›Das wahre Deutschland‹ (Auslandsblätter der Deutschen Freiheitspartei) heraus, die von Januar 1938 bis Dezember 1940 erschien.

4] *Hamsuns Reisebilder:* Knut Hamsun, ›Im Märchenland‹ (1904, deutsch 1905), Berichte von seiner Reise nach Rußland, Persien und der Türkei 1898.

18. 9. 1938

289 *Kessers Essays:* Hermann Kesser, ›Beethoven der Europäer‹, Essays, 1937.

19. 9. 1938

289 1] *Daladier:* Der französische Politiker Edouard Daladier (1884 bis 1970), Radikalsozialist, seit 1924 mehrfach Minister, war Januar-Oktober 1933, Januar-Februar 1934 und April 1938-März 1940 französischer Ministerpräsident. Er unterzeichnete das Münchner Abkommen, erklärte nach Hitlers Weigerung, Polen zu räumen, am 3. 9. 1939 Deutschland den Krieg, war 1943-1945 in Deutschland interniert und nahm 1945-1958 als Fraktionsvorsitzender und Präsident der Radikalsozialistischen Partei neuerlich aktiv am französischen politischen Leben teil.

2] *M.:* Medi, TMs Tochter Elisabeth. 290

3] *Corona:* Acht Briefe von Hugo von Hofmannsthal an Stefan George aus den Jahren 1892-1903. Vorabdruck aus der von Robert Boehringer besorgten Ausgabe des ›Briefwechsel zwischen George und Hofmannsthal‹, in der von Martin Bodmer und Herbert Steiner herausgegebenen literarischen Zweimonatsschrift ›Corona‹, München und Zürich, Jahrgang 1938, Heft 3.

20. 9. 1938

1] *Lippschütz:* Nicht identifiziert. 290

2] *»Ocean Post«:* Die Bordzeitung.

3] *Remarque:* Der Schriftsteller Erich Maria Remarque (1898 bis 1970) wurde durch seinen Kriegsroman ›Im Westen nichts Neues‹ weltberühmt. Er lebte seit 1931 in Ascona, übersiedelte 1939 nach Hollywood, 1941 nach New York, kehrte 1948 in die Schweiz zurück und lebte in Porto Ronco im Tessin. ›Drei Kameraden‹ war sein drittes Buch und erschien 1938 im Verlag Querido in Amsterdam. Der Roman wurde 1938 von Frank Borzage mit Margaret Sullavan, Robert Taylor, Robert Young und Franchot Tone verfilmt. 291

21. 9. 1938

1] *»Kurze philosophische Rechenschaft«:* Der Aufsatz ›The Coming Humanism (What I believe)‹ für Clifton Fadimans Anthologie. Siehe Anmerkung 1 zum 7. 9. 1938. 292

2] *Horváth:* Siehe Anmerkung 2 zum 6. 11. 1937.

3] *Medis Freunde:* Der Inder war ein Freund und Mitarbeiter von Krishnamurti namens Rajagopal. Die Zürcher Schauspielerin nicht identifiziert.

23. 9. 1938

1] *einäugiger General:* General Jan (Johann) Syrovy (1888 bis 1970), der bereits 1926 in der Regierung Černy Verteidigungsminister gewesen war, wurde als Nachfolger des zum Rücktritt gezwungenen Milan Hodža am 22. 9. 1938 Ministerpräsident. Kamill Krofta blieb Außenminister, wurde aber am 4. 10. 1938 bei 294 der Umbildung des Kabinetts Syrovy durch Franz Chvalkovsky abgelöst. Die Regierung Syrovy blieb bis 28. 11. 1938 im Amt. Syrovy hatte im Ersten Weltkrieg ein Auge verloren.

2] *Frau Sperling:* Unbekannt.

24. 9. 1938

295 *Mr. Lewis:* Nicht identifiziert.

25. 9. 1938

295 1] *»Champlin«:* Der Passagierdampfer ›Cahmplain‹ der französischen Amerika-Linie, im Zweiten Weltkrieg versenkt.

296 2] *Madison Square Garden:* Massenversammlung des Komitees zur Rettung der Tschechoslowakei in Madison Square Garden, New York, am 25. 9. 1938, mit TM als einem der Hauptredner.

3] *Gumperts Töchterchen:* Nina Gumpert. Ihre Mutter lebte nicht mehr, als sie mit ihrem Vater nach den Vereinigten Staaten emigrierte, und sie wurde in einem Internat auf dem Land erzogen.

26. 9. 1938

297 1] *Dr. Brodsky:* TMs Zahnarzt in New York.

2] *Buchhändler Krause:* Friedrich Krause, Inhaber der amerikanischen Auslieferungsorganisation des Bermann-Fischer Verlags, Stockholm, und New Yorker Vertreter des Verlags Oprecht, Zürich.

298 3] *Artikel von Mrs. Roosevelt:* Nicht aufgefunden.

27. 9. 1938

298 1] *Chamberlains Rede:* Rundfunkansprache Premierminister Chamberlains an das britische Volk am Abend des 27. 9. 1938, darin der nachmals berühmte Satz: »Wie schrecklich, phantastisch, unglaublich, daß wir Gräben ausheben und Gasmasken anprobieren wegen eines Streits um ein fernes, entlegenes Land zwischen Leuten, von denen wir nichts wissen. Ich würde nicht zögern, Deutschland sogar noch einen dritten Besuch zu machen, wenn ich glaubte, es könne etwas nützen – – –«

2] *Prof. Bernstein:* Unbekannt.

3] *Mr. Ritchy:* Frank Ritchie vom ›American Committee for Christian German Refugees.‹

4] *Volkszeitung:* Friedrich Stampfer, ›Thomas Manns Vision: Vom künftigen Sieg der Demokratie‹, in ›Neue Volkszeitung‹, New York, 24. 9. 1938.
5] *Staatszeitung:* ›New Yorker Staatszeitung und Herold‹, amerikanische Tageszeitung in deutscher Sprache, gegründet 1834, während der NS-Zeit mit ausgesprochen pro-deutsch-nationalistischer Tendenz. Der von TM erwähnte Angriff hat sich nicht finden lassen.

29. 9. 1938
1] *Musils Buch:* Nicht ersichtlich, was mit ›Musils intellektuellem Buch‹ gemeint ist. Es könnte der (bereits 1930 und 1933 erschienene) ›Mann ohne Eigenschaften‹, aber auch der 1936 in Zürich erschienene Band ›Nachlaß zu Lebzeiten‹ sein. *300*
2] *Kühnemanns »Faust«:* Der Philosoph Eugen Kühnemann (1868 bis 1946). Sein zweibändiger ›Goethe‹ erschien 1930 und ist eine einzige, detaillierte ›Faust‹-Untersuchung. TMs Exemplar ist erhalten.

30. 9. 1938
an Kayser: TM an Rudolf Kayser aus Princeton vom 30. 9. 1938, Regesten II, 38/814. *302*

1. 10. 1938
Harthern: Ernst Harthern (Pseudonym Niels Hoyer) (geboren 1884) wirkte seit 1911 als Korrespondent der ›Frankfurter Zeitung‹ in den skandinavischen Ländern und als Übersetzer und Herausgeber skandinavischer Literatur, 1936 ausgebürgert, lebte im Exil in Schweden. Sein Buch ›Going Home‹ erschien 1938 im Verlag Bobbs-Merrill, New York. *302*

2. 10. 1938
1] *Duff Cooper:* Der britische Politiker und Schriftsteller Alfred Duff Cooper (1890-1954), 1952 zum Viscount Norwich erhoben, seit 1924 konservativer Unterhaus-Abgeordneter, 1935-1937 Kriegsminister, 1937 Erster Lord der Admiralität (Marinemini- *303*

ster), trat aus Protest gegen das Münchner Abkommen zurück, bildete mit Churchill und Eden die konservative Opposition gegen Chamberlain. In der Kriegsregierung Churchill war er 1940 bis 1941 Informationsminister, ab 1944 Botschafter in Paris. Unter seinen Werken die bedeutenden Biographien ›Talleyrand‹ (1932) und ›Haig‹ (1937).

2] *Senator Beneš:* Senator Vojta Benesch, Bruder von Präsident Eduard Benesch.

3] *Riemer:* Friedrich Wilhelm Riemer (1774-1845), ›Mitteilungen über Goethe aus mündlichen und schriftlichen Quellen‹, 2 Bände, 1841.

3. 10. 1938

303 1] *Ansprache:* Die Ansprache wurde nicht gehalten, da TM an der Veranstaltung nicht teilnahm. Text im Anhang.

304 2] *Mrs. Conner:* Mrs. Boudinot R. Conner, damals wohnhaft 120 Prospect Street, Princeton. Nichts Näheres bekannt.

4. 10. 1938

304 *Vorwort für den Essayband: ›Die Höhe des Augenblicks‹*, Vorwort zu dem Essayband *Achtung, Europa!* Mit Ausnahme des leicht veränderten Anfangs ist der Text gleichlautend mit dem Essay *Dieser Friede*, der ebenfalls 1938 im Verlag Bermann-Fischer, Stockholm, erschien.

5. 10. 1938

305 1] *Telegramm an Bermann:* Nicht in TM-GBF. Regesten II, 38/190.

2] *McConnle:* Nicht identifiziert. Das Interview nicht auffindbar.

3] *Abdankung Beneš:* Präsident Benesch trat am 5. 10. 1938 zurück und begab sich bald darauf in die Vereinigten Staaten.

4] *an Basler:* TM an Otto Basler aus Princeton vom 5. 10. 1938 in ›Briefe an einen Schweizer‹ in *Altes und Neues*, 743-744.

7. 10. 1938

306 1] *Siam-Krieger:* Eine Figurine, die auf TMs Schreibtisch stand; heute im TM-Archiv der ETH Zürich.

2] *Beneš' amerk. Professur:* Präsident Benesch trat im März 1939 eine Gastprofessur an der Universität Chicago an.

3] *Schlußrede:* Im britischen Unterhaus fand vom 3. bis 6. 10. 1938 eine große außenpolitische Debatte statt, in der Chamberlain den Münchner Vertrag zu rechtfertigen hatte. In seiner Schlußrede am 6. 10. 1938 erklärte er, er »glaube an die Aufrichtigkeit und den guten Willen auf beiden Seiten«. Er ersuchte um ein Vertrauensvotum für seine Politik, und die Abstimmung ergab 366 Stimmen für und 144 Stimmen gegen die Regierung.

4] *Flandin:* Der französische Politiker Pierre-Etienne Flandin (1889 bis 1958), zwischen 1924 und 1934 mehrfach Minister und 1934 bis 1935 Ministerpräsident. 1936 und 1940-1941 war er Außenminister, wurde 1945 wegen Kollaboration zu fünf Jahren ›nationaler Unwürdigkeit‹ verurteilt, jedoch begnadigt.

8. 10. 1938

1] *Bruckner:* Ferdinand Bruckner. *307*

2] [?]: Lücke in der Handschrift.

3] *Präsident des Flüchtlingsschutzes:* Vermutlich ist der Historiker und Politologe James G. McDonald gemeint. Siehe Anmerkung 3 zum 9. 5. 1938.

9. 10. 1938

Prof. Priest: George Madison Priest (1873-1947), Professor für *307*
deutsche Sprache und Literatur an der Universität Princeton. Er übersetzte Goethes ›Faust‹ I und II ins Englische (1932).

10. 10. 1938

1] *Lady Atholl:* Katharine Marjorie Herzogin von Atholl (ge- *308*
storben 1960) aus schottischem Hochadel, Unterhausabgeordnete 1923-1938, spielte in den dreißiger Jahren eine hervorragende, kämpferische Rolle in der britischen Politik, vor allem im Unterrichtswesen, Mitglied zahlreicher Reformausschüsse und öffentlicher Körperschaften. Eine flammende Versammlungsrednerin, war sie eine heftige Gegnerin der Chamberlainschen ›Appeasement‹-Politik, engagierte Verteidigerin der spanischen Republik und schrieb u. a. ›Searchlight on Spain‹ (1938) und ›The Tragedy of Warsaw‹ (1945), sowie das Vorwort zu Arthur Koestlers ›Spanish Testament‹ (1937).

2] *Portraitist Woolf:* Samuel Johnson Woolf (1880-1948), amerikanischer Zeichner und Portraitmaler. Seine Portraitzeichnungen bekannter Persönlichkeiten erschienen in vielen Zeitungen und Zeitschriften.

11. 10. 1938

308 1] *Koplowitz:* Oskar Koplowitz (geboren 1911), Schriftsteller und Germanist, nannte sich, seit er publizierte, Oskar Seidlin und ließ diesen Namen, unter dem er bekannt wurde, nach seiner Einwanderung in die Vereinigten Staaten legalisieren. Er war ein Jugendfreund von Klaus Mann, und TM kannte ihn seit jener Zeit unter seinem ursprünglichen Namen. (Siehe Anmerkung 3 zum 8. 9. 1937.) Er emigrierte 1933 in die Schweiz und 1938 in die Vereinigten Staaten, wurde 1946 Professor für deutsche Literatur an der Universität von Columbus, Ohio, und lehrt heute an der Universität von Indiana in Bloomington. Seidlin veröffentlichte eine Anzahl von Arbeiten über TM.

2] *L. v. Hoffmann:* Das Gemälde ›Die Quelle‹ des Jugendstil-Malers Ludwig von Hofmann (1861-1945), das TM im Frühjahr 1914 erworben hatte. Es hing im Münchner Haus in der Diele über dem Kamin, wurde 1933 nach Zürich gerettet, hing dort in TMs Arbeitszimmer und befindet sich heute im TM-Archiv der Eidgenössischen Technischen Hochschule in Zürich.

3] *Lenbach:* Jugendbildnis von Frau Katia Mann von Franz von Lenbach (1836-1904), hängt heute im Haus Mann in Kilchberg bei Zürich.

4] *Erika:* Eine große, sehr ähnliche und eindrucksvolle Porträt-Kreidezeichnung Erika Manns von Paul Citroen, die Erika Mann im Frühjahr 1935, als sie mit der ›Pfeffermühle‹ in Amsterdam gastierte, machen ließ, um sie ihrem Vater zum 60. Geburtstag zu schenken. Das Bild hängt heute im Thomas Mann-Archiv der Eidgenössischen Technischen Hochschule in Zürich.

12. 10. 1938

309 1] *Prof. Weil:* Der aus Deutschland stammende Mathematiker Hermann Weyl (1885-1955), 1930-1933 Professor in Göttingen, seit 1933 Professor für Mathematik am Institute for Advanced Study in Princeton. Er wohnte nicht weit von TM, in der Mercer Street.

2] *Ermann-Ranke:* Der Ägyptologe Professor Adolf Erman (1854 bis 1937), Direktor des Ägyptischen Museums in Berlin und Begründer der modernen ägyptischen Sprachforschung. Sein (von TM für den Joseph-Roman viel benutztes) Hauptwerk ›Ägypten und ägyptisches Leben im Altertum‹, 1886, neu bearbeitet von H. Ranke, 1923.

13. 10. 1938

Poliakow-Heifitz: Der aus Rußland stammende Violinvirtuose Jascha Heifetz (geboren 1901), seit 1917 in den Vereinigten Staaten, einer der überragenden Geiger seiner Zeit, für den mehrere Komponisten Violinkonzerte schrieben. Er konnte sich auf Befragung keines Komponisten oder Musikers namens Poliakow erinnern. Wahrscheinlich meinte TM Prokofieff, dessen Zweites Violinkonzert, von Heifetz gespielt, er in einem Victor-Platten-Album besaß. *309*

14. 10. 1938

Artikel Budzislawskys: Hermann Budzislawski, ›München und die Folgen‹, in ›Die Neue Weltbühne‹, 6. 10. 1938. *310*

15.-17. 10. 1938

Brief an Frank: TM an Bruno Frank aus Princeton vom 17. 10. 1938, Regesten II, 38/199. *310*

18. 10. 1938

1] *Prof. Thayer:* Harvey Hewett-Thayer (1873-1960), seit 1905 bis zur Emeritierung 1943 Professor für moderne Sprachen an der Universität Princeton, Herausgeber einer Anthologie deutscher Literatur des 19. Jahrhunderts (1932), wohnte 32 Chambers Street, Princeton. *310*

2] *Direktor des Rockefeller-Instituts:* Dr. Herbert S. Gasser, der 1935-1953 Direktor des 1901 von John D. Rockefeller gestifteten ›Rockefeller Institute for Medical Research‹ in New York war. Das Institut ist heute unter dem Namen ›Rockefeller University‹ Teil der Staatsuniversität von New York.

3] *Bermann-Suite:* Die Schriftenreihe ›Ausblicke‹, die seit 1937 im Bermann-Fischer Verlag erschien. Darin 1938 u. a. Johan Huizinga, ›Der Mensch und die Kultur‹, und Franz Werfel, ›Von der reinsten Glückseligkeit des Menschen‹.

19. 10. 1938

311 *an Kahler:* TM an Erich von Kahler aus Princeton vom 19. 10. 1938 in Briefe II, 57-59.

20. 10. 1938

311 1] *Dr. Bermann-Höllriegel:* Der österreichische Reiseschriftsteller Richard A. Bermann (1883-1939), der unter dem Namen Arnold Höllriegel in den zwanziger Jahren durch seine Reisefeuilletons für das ›Berliner Tageblatt‹ und seine Reisebücher wie ›Das Urwaldschiff‹ sehr bekannt wurde. Er emigrierte 1938 von Wien nach den Vereinigten Staaten und unterstützte den mit ihm befreundeten Prinzen Löwenstein in seiner Arbeit für die ›American Guild‹.

2] *Erika, angekommen:* Erika Mann, die einen britischen Paß besaß, hatte sich in journalistischem Auftrag in den Sudetengebieten und in Prag aufgehalten.

3] *Bender:* Albert Bender, ein alter Verehrer TMs in San Francisco, der ihm zuweilen wertvolle Buchgeschenke übersandte.

21. 10. 1938

311 1] *an Hull:* TM an Außenminister Cordell Hull aus Princeton vom 25. 10. 1938, in Briefe II, 60 f.

2] *Borgeses Aufsatz:* G. A. Borgese, ›The Rise and Decline of Benito Mussolini‹, in ›Life‹, Jg. 5, Nr. 14, 1938.

22. 10. 1938

312 1] *Einstein und Dr. Kayser:* Rudolf Kaysers erste, inzwischen verstorbene Gattin war eine Tochter Albert Einsteins.

2] *Aufsatz über den Joseph:* Rudolf Kayser, ›Über Thomas Manns Joseph-Roman‹, in ›German Quarterly‹, Appleton, Wisconsin, März 1939.

3] *der junge Speyer:* Gerald (Gerry) Speyer, Neffe des mit dem Haus Mann befreundeten Schriftstellers Wilhelm Speyer.

23. 10. 1938
1] *junge Freundin:* Die holländische Schauspielerin Sara Catharina (›Rini‹) Otte, geboren 1917, die spätere Gattin von Fritz Landshoff. Er lernte sie 1935 in Holland kennen, wurde im April 1940 durch die deutsche Invasion, als er sich in England befand, von ihr getrennt, holte sie 1946 aus Holland nach USA, wo sie im Haus ihrer Freunde Bermann Fischer heirateten. 312
2] *an Bermann:* TM an GBF aus Princeton vom 23. 10. 1938, TM-GBF, 188-189; dort ›vermutlich 18. 10. 1938‹ datiert.

24. 10. 1938
Boisserée: Goethe, Briefwechsel mit Sulpiz Boisserée, Stuttgart 1862 313

25. 10. 1938
Boisserée: Goethe, Briefwechsel mit Sulpiz Boisserée, Stuttgart 1862. mit Goethes morgendlichem Selbstgespräch beginnt. 313
2] *Interview mit Woolf:* Nicht aufgefunden.
3] *Lagerlöf:* Die schwedische Dichterin Selma Lagerlöf (1858 bis 1940), von TM sehr geschätzt, die er seit dem Nobelpreis-Bankett in Stockholm auch persönlich kannte. Siehe *Große Unterhaltung* (1924), GW X, 639-643, und *Zu Selma Lagerlöfs fünfundsiebzigstem Geburtstag* (1933), GW XIII, 833.
4] *an die Herz:* TM an Ida Herz aus Princeton vom 25. 10. 1938 in Briefe II, 59 f.
5] *Rede Nicolsons:* Der britische Diplomat, Politiker, Schriftsteller und Publizist Sir Harold Nicolson (1886-1968), 1927-1929 Botschaftsrat und zeitweise Geschäftsträger an der britischen Botschaft in Berlin und guter Deutschland-Kenner, ein entschiedener Gegner der faschistischen Diktatoren, gehörte 1935-1945 als Abgeordneter der National Labour Party dem Unterhaus an und sprach zu dieser Zeit häufig und mit großer Sachkenntnis zu außenpolitischen Fragen. Siehe Harold Nicolson, ›Tagebücher und Briefe‹, I. Band, 1930-1942, Frankfurt a. M. 1969.

26. 10. 1938
1] *Prof. Brunner:* Vermutlich ein Hör- oder Schreibfehler TMs. Es dürfte der aus Schweden stammende Archäologe und Gräcist Oscar Theodore Broneer (geboren 1894) gemeint sein, der 1913 in 313

die Vereinigten Staaten kam, an mehreren amerikanischen Universitäten und Instituten lehrte und 1938-1939 am Institute for Advanced Study in Princeton wirkte.

2] *Bermann schreibt:* GBF an TM aus Stockholm vom 14. 10. 1938 in TM-GBF, 187-188.

3] *Kabel an Bermann:* TM an GBF aus Princeton vom 27. 10. 1938 in TM-GBF, 189.

27. 10. 1938

314 1] *Telegramm von Bermann:* GBF an TM aus Stockhom vom 28. 10. 1938 in TM-GBF, 190.

2] *»Goethe u. d. Osten«:* Siehe Anmerkung 1 zum 26. 7. 1938.

28. 10. 1938

314 1] *Moving Pictures:* Richtig Motion Pictures, Filme.

2] *Prof. M. Beck:* Maximilian Beck (geboren 1887), vor 1933 Herausgeber der Zeitschrift ›Philosophische Hefte‹ in Berlin, emigrierte 1933 nach Prag, 1938 in die Schweiz, später in die Vereinigten Staaten. Sein Werk ›Philosophie und Politik‹ erschien 1938 im Europa-Verlag, Zürich. Siehe TM an Maximilian Beck aus Princeton vom 1. 2. 1939, Regesten II, 39/73.

30. 10. 1938

314 1] *Mr. Westcot:* Der amerikanische Schriftsteller Glenway Wescott (geboren 1901), befreundet mit Caroline Newton und Klaus Mann, wurde bekannt durch seinen Roman ›The Grandmothers‹ (1927) (deutsch ›Die Towers‹) und seinen in Griechenland spielenden Antinazi-Roman ›Apartment in Athens‹ (1945). Er war Mitarbeiter von Klaus Manns Zeitschrift ›Decision‹.

2] *»Ken«:* Die in Chicago erscheinende politische Halbmonatsschrift ›Ken‹ (Gesichtskreis, Horizont), die von April 1938 bis August 1939 existierte.

31. 10. 1938

315 1] *Hardt:* Vermutlich ist der Rezitator Ludwig Hardt gemeint. Siehe Anmerkung 5 zum 11. 1. 1937.

2] *Heinrichs Manuskript:* Heinrich Mann, ›Nietzsche‹. Der Essay erschien in Heft 3, Januar-Februar 1939, von ›Mass und Wert‹ und war ein Teilabdruck des Einleitungsessays zu dem von Heinrich

Mann ausgewählten und mit Kommentar versehenen Band ›The Living Thoughts of Nietzsche‹, der in derselben Reihe wie TMs ›Schopenhauer‹ 1939 im Verlag Longmans, Green in New York erschien; auch französisch, übersetzt von Jean Angelloz, im Verlag Corréa, Paris 1939.

1. 11. 1938

1] *Gale:* So in der Handschrift. Richtig ›Jail‹, Gefängnis. 315

2] *Wertham:* Der aus Deutschland stammende amerikanische Psychiater und Neurologe Fredric Wertham (geboren 1895), seit 1921 an amerikanischen Kliniken und Instituten tätig. Bei seinem Manuskript ›The Shadow of Madness‹ handelt es sich vermutlich um eine Arbeit, die 1941 unter dem Titel ›Dark Legend: A Study in Murder‹ als Buch erschien.

3] *Bechers Gedichtband:* Aus TMs Antwortbrief an Johannes R. Becher vom 15. 11. 1938 (Regesten II, 38/298) geht hervor, daß Becher offenbar zwei Gedichtbände sandte: ›Der Weltentdecker. Ausgewählte Gedichte 1912-1937‹, Moskau, und ›Der Glücksucher und die sieben Lasten. Ein hohes Lied‹, Moskau 1938.

4] *Maler Henninger:* Der deutsche Maler und Dichter Manfred Henninger (geboren 1894), emigrierte 1933, lebte seit 1936 in Arcegno im Tessin. Seine ›Gedichte‹ sind eine ›Auswahl aus: Gesänge‹, Maschinenschrift, 1938.

2. 11. 1938

1] *»Forum«:* Die amerikanische Monatsschrift ›The Forum‹, die von 1886-1950 existierte. 315

2] *Goethe'sches Brief-Motto:* Der erwähnte Brief an Landshoff ist nicht erhalten; folglich nicht mehr feststellbar, wie das Motto lautete. Möglicherweise war es die im Brief an Johannes R. Becher vom 15. 11. 1938 (Regesten II, 38/298) zitierte Goethe-Zeile: »Geist ist des Lebens Leben.« Das neue Motto sollte offenbar das ursprünglich gewählte Herder-Motto ersetzen, traf jedoch zu spät in Stockholm ein, als der erste Bogen des Buches bereits ausgedruckt war. Siehe GBF an TM vom 10. 11. 1938 in TM-GBF, 190-191. 316

3] *8. Stück von »M.u.W.«:* Gemeint ist das achte Heft (Jahrgang 2, Heft 2), November-Dezember 1938, von ›Mass und Wert‹.

3. 11. 1938

316 1] *First Papers:* Die ersten Dokumente, die zur Einbürgerung (Naturalisierung) in den Vereinigten Staaten einzureichen sind.

2] *Kahler:* Mutter und Frau: Antoinette von Kahler geborene Schwarz (1862-1951), eine Cousine des Dichters Richard Beer-Hofmann, Mutter von Erich von Kahler, und Josefine (Fine) von Kahler, geborene Sobotka (1889-1959), die erste Gattin von Erich von Kahler.

4. 11. 1938

316 1] *Pariser »Zukunft«:* ›Die Zukunft‹, deutschsprachige Wochenzeitung, herausgegeben von Willi Münzenberg, Chefredakteur Arthur Koestler (bis Ende 1938), erschien vom Oktober 1938 bis Mai 1940 in Paris. Erika, Klaus, Heinrich und Thomas Mann arbeiteten an ihr mit. TM ist mit insgesamt sieben Beiträgen in ihr vertreten.

2] *Polster:* Gemeint ist der österreichische Schriftsteller und Übersetzer Victor Polzer (geboren 1892); er emigrierte 1938 nach New York.

3] *Finkler:* Der österreichische Buchhändler, Schriftsteller und Publizist Martin Flinker (geboren 1895). Seine 1928 gegründete ›Literarische Buchhandlung Martin Flinker‹ in Wien wurde 1938 vom NS-Regime vernichtet, und er emigrierte über die Schweiz nach Frankreich. 1947 gründete er in Paris, am Quai des Orfèvres eine neue, seither sehr renommierte Buchhandlung und veröffentlichte außerdem zahlreiche literaturkritische Essays, auch über TM, in deutschen und französischen Zeitschriften. 1948 brachte Flinker unter dem Titel *Appels aux Allemands* TMs Rundfunkansprachen *Deutsche Hörer!* in französischer Übersetzung von Pierre Jundt heraus. Zu TMs 80. Geburtstag gab er ›Hommage de la France à Thomas Mann‹ heraus und veröffentlichte 1959 ›Thomas Manns politische Betrachtungen im Lichte der heutigen Zeit.‹

4] *Lobkowitz:* Gemeint ist Oskar Koplowitz (später Seidlin), der damals in New York in materieller Not lebte und für TM einige Abschreibe-Arbeiten, darunter das ›Faust‹-Kolleg, besorgte. Siehe Anmerkung 2 zum 11. 10. 1938.

5. 11. 1938
»Asien« von Prokosch: Der phantastische Reiseroman ›The Asiatics‹ des jungen amerikanischen Schriftstellers Frederic Prokosch (geboren 1909), der 1935 im Verlag Harper & Brothers in New York und 1936 im Verlag Rolf Passer in Wien erschien, übersetzt von Elisabeth Seeger (Tarnname für Peter de Mendelssohn). Prokosch ist der Sohn des aus Österreich stammenden namhaften Gelehrten Eduard Prokosch (1876-1938), der Professor für deutsche Sprache und Literatur an der Universität Yale und anschließend an der New York University und mit TM bekannt war. Professor Prokosch kam am 11. 8. 1938 durch einen Autounfall ums Leben. *317*

6. 11. 1938
1] *an Heinrich:* Dieser Brief ist nicht erhalten, wohl aber HMs Antwortbrief vom 22. 11. 1938, in TM-HM, 173-174. *317*
2] *Messersmith:* George S. Messersmith, amerikanischer Diplomat, war 1934-1937 amerikanischer Gesandter in Wien und seit Juli 1937 stellvertretender amerikanischer Außenminister (Assistant Secretary of State).

7. 11. 1938
1] *»Zukunft«-Artikel: Zu diesem Frieden,* in ›Die Zukunft‹, Paris, 25. 11. 1938: Vorabdruck aus dem Essay *Dieser Friede* mit drei neu hinzugefügten Schlußabschnitten. *317*
2] *Dr. Leitch:* Alexander Leitch, damals ›Secretary of the University‹, zuständig für alle protokollarischen Fragen.
3] *an Lion:* TM an Ferdinand Lion aus Princeton vom 7. 11. 1938, Regesten II, 38/260.

10. 11. 1938
1] *Familie Stevens:* George Stevens, Chefredakteur der ›Saturday Review of Literature‹, New York. *318*
2] *Hamlet:* Eine glanzvolle Aufführung des ungekürzten ›Hamlet‹-Textes (mit einer einstündigen Abendessen-Pause) mit dem englischen Schauspieler Maurice Evans als Hamlet und der deutsch-englischen, früher in Berlin wirkenden Mady Christians als Königin.

3] *Lunch:* ›Book and Author Luncheon‹, veranstaltet von der Zeitung ›New York Herald Tribune‹ im Hotel Astoria (nicht Astor) in New York. Ein deutsches oder englisches Manuskript der Ansprache TMs hat sich nicht auffinden lassen. Der englische Text der Rede wurde von der ›New York Herald Tribune‹ in ihrer Ausgabe vom 10. 11. 1938 im Rahmen eines umfassenden Berichts über die Veranstaltung offenbar ungekürzt veröffentlicht. Siehe Anhang.

4] *Buch und Broschüre:* Das Buch *Achtung, Europa!* wurde für den Bermann-Fischer Verlag, Stockholm, von der Druckerei G. J. Thieme in Nijmwegen, Holland, gedruckt; die deutsche Ausgabe der Broschüre *Dieser Friede* von der Druckerei ›The Haddon Craftsmen‹ in Camden, New Jersey, USA, in einer Auflage von neuntausend Exemplaren. Beide Publikationen kamen gleichzeitig unter dem amerikanischen Imprint ›Longmans, Green & Co. Alliance Book Corporation‹ heraus. Siehe GBF an TM aus Stockholm vom 11. 11. 1938 in TM-GBF, 191.

5] *Fest für Erika:* Erika Manns 33. Geburtstag am 9. November.

11. 11. 1938

319 1] *Gesandtschaftsmitglied:* Am 7. 11. 1938 erschoß ein junger Jude namens Herschel Grynspan in Paris den deutschen Legationssekretär Ernst vom Rath. Dieses Attentat wurde von den NS-Organisationen als Vorwand zu vorgeblich spontanen, in Wahrheit sorgfältig organisierten Ausschreitungen in der Nacht vom 9. zum 10. 11. 1938 im ganzen Reichsgebiet gegen die jüdische Bevölkerung benutzt. Es wurden fast alle Synagogen in Deutschland und mehr als 7000 Geschäfte, darunter 29 Warenhäuser, systematisch zerstört. Mehr als 30 000 Juden wurden verhaftet. Den angerichteten Schaden dieser sogenannten ›Kristallnacht‹ hatten die deutschen Juden selbst zu ersetzen. Außerdem wurde ihnen eine kollektive Sondersteuer von einer Milliarde Mark auferlegt.

2] *Brief-Sekretärin:* Molly Shenstone (1897-1967), Gattin von Professor Allen Shenstone (1893-1980), Ordinarius für Physik an der Universität Princeton, durch Dekan Christian Gauss mit dem Haus Mann bekannt geworden, hatte sich erboten, Frau Katia bei der Erledigung von TMs englischer Korrespondenz zu helfen, und versah diesen Dienst bis 1941. Es entwickelte sich ein sehr herzliches Freundschaftsverhältnis zwischen dem Ehepaar und dem Haus Mann. Allen Shenstone, gebürtiger Kanadier, hatte bereits in Princeton studiert, gehörte 1925-1962 dem Lehrkörper der Universität an, war 1949-1960 Chef der Abteilung für Physik, und emeritierte 1962. Seine Gattin war eine gebürtige Engländerin, und sie wohnten unweit TMs, in der Mercer Street 111. TM schreibt häufig ›Shenston‹ statt ›Shenstone‹.

3] *Dr. Liptzin:* Vermutlich der amerikanische Literaturwissenschaftler Sol Liptzin, Verfasser von ›The English Legend of Heinrich Heine‹.

4] *deutsche Hunde:* Dackel und Wolfshunde gelten seit jeher in England als typisch deutsche Hunde, und während des Ersten Weltkrieges bestand eine gewisse chauvinistische Animosität gegen sie und ihre Besitzer. Der Versuch im Zweiten Weltkrieg, die Propaganda gegen die ›Nazi-Hunde‹ wieder zu beleben, endete in Lächerlichkeit. Die Radiomeldung war sehr übertrieben.

12. 11. 1938

Kabel von Bermann: GBF an TM aus Stockholm vom 11. 11. 1938 *319* sowie zwei Telegramme TMs an GBF aus Princeton vom 12. 11. 1938, alles in TM-GBF, 191.

13. 11. 1938

1] *an Lion:* TM an Ferdinand Lion aus Princeton vom 13. 11. *320* 1938, Regesten II, 38/286.

2] *Preis-Manuskripte:* Die für das Preisausschreiben der ›American Guild for German Cultural Freedom‹ eingesandten Manuskripte, die TM zu lesen und zu beurteilen hatte.

14. 11. 1938

1] *Kinder über Spanien:* Klaus Mann (in Zusammenarbeit mit *321* Erika Mann), ›Zurück von Spanien‹, in ›Das Wort‹, Moskau, Oktober 1938. Erika und Klaus Mann schrieben und veröffentlichten eine Anzahl ihrer Spanien-Artikel gemeinsam.

2] *Fulda:* Ludwig Fulda (1862-1939), vormals sehr erfolgreicher Dramatiker und ausgezeichneter Übersetzer von Molière, Rostand und anderen, wurde wegen seiner jüdischen Abstammung aus der ›Dichterakademie‹ ausgeschlossen und verließ Deutschland im

Frühjahr 1933. TM traf ihn im März 1933 in der Schweiz als gebrochenen Mann. Fulda kehrte später, von Heimweh getrieben, nach Deutschland zurück und nahm sich in Berlin das Leben. Sein Sohn Karl Fulda gelangte in die Vereinigten Staaten.

3] *Judge Black:* Vermutlich William Herman Black, Richter am Obersten Gerichtshof von New York, dessen Buch ›If I were a Jew‹ (›Wenn ich Jude wäre‹), eine Analyse des Antisemitismus und der deutschen Judenverfolgungen, 1938 erschien.

15. 11. 1938

321 1] *Kabel von Bermann:* GBF an TM aus Stockholm vom 14. 11. 1938 in TM-GBF, 192.

2] *O. Strasser:* Siehe Anmerkung 4 zum 21. 1. 1937. Strassers ›Exposé‹ hat sich nicht feststellen lassen.

3] *an Koplowitz:* TM an Oskar Seidlin aus Princeton vom 15. 11. 1938, Regesten II, 38/299.

4] *an Becher-Moskau:* TM an Johannes R. Becher aus Princeton vom 15. 11. 1938, Regesten II, 38/298.

16. 11. 1938

322 *Artikel über Rußland:* Boris Souvarine, ›Stalins Schweigen. Versuch einer historischen Erklärung‹, in ›Das Neue Tage-Buch‹, Paris, 5. 11. 1938.

18. 11. 1939

322 1] *Mrs. Rosenthal:* Nicht identifiziert.

2] *Manifest:* Zur Unterstützung einer offenbar von Dorothy Thompson angeregten Aktion gegen Unrecht und Gewalt verfaßte TM ein ›Manifest‹, das »sozusagen von der ganzen moralischen und geistigen Welt in ihren hervorragendsten Vertretern unterstützt werden sollte, etwas Trost und Stärkung in eine Welt hinauszutragen, die durch die jüngsten Triumphe des Unrechts und der Gewalt in schwere moralische Verwirrung gesetzt ist« (TM an Harry Slochower, 30. 12. 1938, Briefe II, 74-75). Unter dem Titel *An die gesittete Welt* in GW XIII, 672-679. Siehe Anmerkung 3 zum 29. 12. 1938.

20. 11. 1938

1] *Herr Meisel:* Der Schriftsteller Hans (James) Meisel (geboren 1900) wurde bekannt durch seinen 1927 bei S. Fischer in Berlin erschienenen Roman ›Torstenson. Entstehung einer Diktatur‹, für den er im selben Jahr den Kleistpreis erhielt. Er emigrierte 1934 nach Italien, von dort 1936 nach Österreich und 1938 nach den Vereinigten Staaten. Er übersetzte Sinclair Lewis' Roman ›It Can't Happen Here‹ (›Das ist bei uns nicht möglich‹) für den Verlag Querido ins Deutsche, und Erika Mann stellte die Verbindung zu TM her. Meisel arbeitete bis zu TMs Übersiedlung nach Kalifornien als sein Sekretär und erledigte für ihn vor allem die riesige Korrespondenz mit deutschen Emigranten, die Rat und Hilfe suchten. Er erhielt anschließend ein Lehramt an der Universität von Michigan in Ann Arbor, wo er bis zu seiner Emeritierung ordentlicher Professor der politischen Wissenschaften war. Er übersetzte G. A. Borgeses ›Goliath, the March of Fascism‹ ins Deutsche und veröffentlichte nach dem Zweiten Weltkrieg eine Anzahl politologischer Werke. 323

2] *Dr. [?]:* Lücke in der Handschrift.

3] *Frau Jakoby:* Die namhafte Berliner Photographin Lotte Jacobi (geboren 1896) emigrierte in die Vereinigten Staaten, bekannt durch ihre vorzüglichen Einstein-Porträts.

4] *Zernatto:* Der österreichische Schriftsteller und Politiker Guido Zernatto (1903-1943) war 1936-1938 in der Regierung Schuschnigg Staatssekretär im Bundeskanzleramt, zuletzt Minister ohne Geschäftsbereich. Er entkam 1938 nach Frankreich und von dort 1940 über Portugal nach den Vereinigten Staaten. Sein Buch ›Die Wahrheit über Österreich‹ erschien 1938 im Verlag Longmans, Green, New York. Er nahm sich am 11. 2. 1943 in New York das Leben.

21. 11. 1938

1] *Murry:* John Middleton Murry (1889-1957), englischer Kritiker und Publizist, in erster Ehe verheiratet mit der Erzählerin Katherine Mansfield, deren Biographie er schrieb. Sein Buch ›Heroes of Thought‹ erschien 1938 im Verlag Julian Messner, New York. 323

2] *Die kommende Atomisierung etc.:* In der Handschrift fehlkonstruierter Satz.

22. 11. 1938

324 1] *M. Mejer in Mendoza:* Nicht identifiziert.
2] *Wickes:* Edward Michael Wickes (geboren 1877). Sein hier erwähntes Buch nicht nachweisbar.

23. 11. 1938

324 *»This peace«:* Ralph Thompson, ›This Peace‹, ›New York Times‹, New York, 23. 11. 1938

24. 11. 1938

324 *»An die gesittete Welt«:* Endgültiger Titel des ›Manifests‹, GW XIII, 672-679.

25. 11. 1938

325 *»Schönste Geschichten«:* Die ›Forum-Bücher‹ wurden gemeinschaftlich herausgegeben von den Verlagen Bermann-Fischer, Allert de Lange und Querido. Das beratende Komitee bestand aus Thomas Mann, René Schickele, Franz Werfel und Stefan Zweig. Es erschienen insgesamt sechs Bände. Band 2 waren *Die schönsten Erzählungen* von Thomas Mann, die zu Weihnachten 1938 erschienen.

26. 11. 1938

325 1] *Mr. Billikopf:* Jacob Billikopf (1883-1950), Leiter zahlreicher großer amerikanischer Sozialfürsorge-Organisationen und Direktor des Nationalen Koordinations-Ausschusses für Hilfe für Flüchtlinge und Emigranten aus Deutschland.
2] *Magnes:* Jehuda Leon Magnes (1877-1948), Rabbi am Temple Emanuel in New York und Sekretär der American Zionist Federation, ging 1921 nach Palästina, wo er die ›Hebrew University‹ in Jerusalem aufbaute, deren erster Kanzler und (ab 1935) Präsident er war. Er war ein Gegner der offiziellen zionistischen Politik, wirkte mit Martin Buber in der Ihud-Bewegung zusammen und trat für eine arabisch-jüdische Verständigung und einen palästinensischen Zwei-Völker-Staat ein.
3] *Th.M. Foundation:* Thomas Mann-Stiftung.

28. 11. 1938
rebus bene gestis: Wohlverrichteter Dinge. 325

29. 11. 1938
die Alten »verzogen«: Frau Katia Manns Eltern, das greise Ehepaar Pringsheim, hatten bereits 1933 ihr großes Haus in der Arcisstraße in München der NS-Partei abtreten müssen, die es abriß und an seiner Stelle ein Parteigebäude errichtete, und waren in eine Etagenwohnung am Maximiliansplatz gezogen. Im Herbst 1937 mußten sie neuerdings zwangsweise umziehen, diesmal in eine Wohnung im Haus Widenmayerstraße 35. Dort wohnten sie bis zu ihrer Emigration in die Schweiz im Herbst 1939. 326

30. 11. 1938
1] *Hunter College:* Siehe TM an Anna Jacobson, Professor am German Department des Hunter College, New York, aus Princeton vom 30. 11. 1938, Briefe II, 65 f. Professor Jacobson hatte berichtet, daß ihre Studentinnen, von den grauenhaften Ereignissen in Deutschland verstört, am menschlichen Wert ihrer germanistischen Studien zu zweifeln beginnen. TM antwortete ausführlich, es sei kurzsichtig von den Studentinnen, die deutschen kulturellen Werte in Amerika nicht lebendig zu erhalten, nur weil unberufene Machthaber das Studium des Deutschen in Mißkredit gebracht haben. Man dürfe das Deutschtum nicht mit dem NS-Regime verwechseln, und sie möge den Studentinnen seinen Brief auf einer geplanten Studentenversammlung vorlesen. 326

2] *»Oeffentlichen Verleumder«:* Gottfried Kellers Gedicht ›Die öffentlichen Verleumder‹, darin die Zeilen: »Auf einen Kehricht stellt / Er seine Schelmenfüße / Und zischelt seine Grüße / In die verblüffte Welt. / Gehüllt in Niedertracht / Gleichwie in einer Wolke, / Ein Lügner vor dem Volke, / Ragt bald er groß an Macht, / Mit seiner Helfer Zahl, / Die hoch und niedrig stehend, / Gelegenheit erspähend, / Sich bieten seiner Wahl. – – – Erst log allein der Hund, / Nun lügen ihrer tausend; / Und wie ein Sturm erbrausend, / So wuchert jetzt sein Pfund.«

1. 12. 1938

327 1] *New Yorker Ansprache:* Rede auf dem ›Deutschen Tag‹ in New York am 4. 12. 1938, veranstaltet vom ›Deutsch-Amerikanischen Kulturbund‹, GW XI, 945-951.

2] *»Farbenlehre«:* ›Zur Farbenlehre‹ von Goethe.

2. 12. 1938

327 1] *Bielschowsky:* Albert Bielschowsky (1847-1902), ›Goethe‹ (volkstümliche Biographie) 2 Bände, 1896-1904 zu Ende geführt von Th. Ziegler, Neuausgabe 1922, ein von TM häufig konsultiertes Werk.

2] *Jellinek:* Siehe Anmerkung 2 zum 18. 2. 1938.

3. 12. 1938

327 1] *Brief von Bermann:* Vermutlich ist GBF an TM aus Stockholm vom 17. 11. 1938, TM-GBF, 192, gemeint. In seinem Antwortbrief vom 6. 12. 1938 dankt TM für Briefe GBFs vom 7. und 17. 11. 1938, aber ein Brief vom 7. 11. 1938 ist nicht erhalten.

2] *von Heinrich:* HM an TM aus Nizza vom 22. 11. 1938 in TM-HM, 173-174.

328 3] *»alten Mac-Auley«:* Der englische Historiker Thomas Babington Macaulay (1800-1859). TM war von einem Unbekannten aus Deutschland eine Macaulay-Ausgabe gesandt worden. Siehe Anmerkung zum 7. 1. 1939.

4] *Clark:* Alexander Frederick Bruce Clark, ›The Dialectical Humanism of Thomas Mann‹, in ›University of Toronto Quarterly‹, Toronto, Oktober 1938. Dasselbe in dem Sammelwerk ›The Stature of Thomas Mann‹, herausgegeben von Charles Neider, New York, 1947.

4. 12. 1938

328 1] *Aufsatz von Kerényi:* Karl Kerényi, ›Die Geburt der Helena‹, ursprünglich ein Vortrag, gehalten 1937 in der ›Doorner Arbeitsgemeinschaft‹ Wilhelms II., veröffentlicht in ›Albae Vigiliae‹, Neue Folge, III, Zürich 1945.

2] *ihr Söhnchen:* Michael Lewis (geboren 1930), Dorothy Thompsons Sohn aus ihrer Ehe mit Sinclair Lewis. Das Ehepaar Lewis lebte seit 1937 getrennt, und die Ehe wurde 1942 geschieden.

5. 12. 1938
1] *Karte von Hesse:* HH an TM vom 15. 11. 1938 in HH-TM, 134. 329
2] *an Bermann:* TM an GBF aus Princeton vom 6. 12. 1938 in TM-GBF, 194-196, und gekürzt in Briefe II, 69 ff.
3] *an Kerényi:* TM an KK aus Princeton vom 6. 12. 1938, in TM-KK, 82-83, und Briefe II, 68 f.
4] *an van Loon:* TM an Hendrik Willem van Loon aus Princeton vom 5. 12. 1938, Regesten II, 38/349.

6. 12. 1938
1] *Rabbi Liebman:* Joshua L. Liebman (1907-1948), bedeutender jüdisch-amerikanischer Gelehrter und Religionsphilosoph, mit Lehr- und Predigerämtern an mehreren amerikanischen Hochschulen und Instituten (Cornell, Vassar, Harvard, Boston). 329
2] *Lotte Lehmann:* Die Sängerin Lotte Lehmann (1888-1976) gehörte 1914-1938 der Wiener Staatsoper an. Sie erhielt 1933 in Deutschland Auftrittsverbot, ging 1938 in die Vereinigten Staaten und gründete in Santa Barbara, Kalifornien, eine Musikakademie. Sie war eine der gefeiertesten Opern- und Liedersängerinnen ihrer Zeit; ihre Marschallin in Strauss' ›Rosenkavalier‹ war weltberühmt.
3] *an Hesse:* TM an HH aus Princeton vom 6. 12. 1938 in HH-TM, 135.

7. 12. 1938
1] *Rauschning:* Hermann Rauschning, ›Die Revolution des Nihilismus‹ erschien 1938 im Europa-Verlag (Oprecht), Zürich, sowie in zahlreichen Übersetzungen. 329
2] *Medi freigesprochen:* Elisabeth Mann war, als sie ihre Eltern von New York nach Princeton zurückfuhr, im Holland Tunnel aus ängstlicher Vorsicht etwas zu langsam gefahren und von der Verkehrspolizei angehalten worden. Sie mußte wegen eines Verkehrsvergehens in Newark vor Gericht und wurde freigesprochen.
3] *an Mrs. Meyer:* TM an Agnes E. Meyer aus Princeton vom 7. 12. 1938, Regesten II, 38/355. 330

8. 12. 1938

330 1] *an die Mazzucchetti:* TM an Lavinia Mazzucchetti aus Princeton vom 8. 12. 1938, Regesten II, 38/360.

2] *Meredith:* Der englische Romancier George Meredith (1828 bis 1909) begründete mit seinen großen gesellschaftskritischen Romanen, darunter vor allem ›The Egoist‹ (1879), den Typ des modernen Ideenromans. Eine Neuübersetzung des Romans von Hans Reisiger erschien 1925.

10. 12. 1938

330 1] *Dänische Besprechung:* Nicht aufgefunden.

2] *»Nation«: The Coming Humanism,* in ›The Nation‹, New York, 10. 12. 1938.

331 3] *an Brentano:* TM an Bernard von Brentano aus Princeton vom 10. 12. 1938, Regesten II, 38/362.

11. 12. 1938

331 *an Fiedler:* TM an Kuno Fiedler aus Princeton vom 11. 12. 1938, Regesten II, 38/363.

12. 12. 1938

331 1] *Die Meyer verstimmt:* Agnes E. Meyer, die ein gewisses eifersüchtiges Besitzrecht auf TM zu haben meinte, war verstimmt, weil TM sie am 4. 12. 1938 nicht allein, sondern zusammen mit Dorothy Thompson aufgesucht hatte (»Entrevue à trois«). Siehe TM an Agnes E. Meyer aus Princeton vom 12. 12. 1938, Regesten II, 38/370. Darin die Bemerkung, der Besuch sei »mißstimmig« verlaufen.

2] *Oprecht und Bermann-Verstimmung:* GBF war seit längerem der (unbegründeten) Überzeugung, Dr. Emil Oprecht in Zürich sei hauptsächlich dafür verantwortlich, daß der Schweizer Verlegerverband sich 1936 gegen die Niederlassung des Bermann-Fischer Verlags in der Schweiz ausgesprochen und diese bei der Eidgenössischen Fremdenpolizei verhindert habe. Er hatte offenbar, wie Oprecht TM bekümmert mitteilte, diesem Groll in einem Briefwechsel Luft gemacht, hielt an seiner ablehnenden Haltung gegenüber Oprecht fest und wollte von einer geschäftlichen Zusammenarbeit nichts wissen. Oprecht hatte TM gebeten, zu vermitteln und

das Mißverständnis zu beseitigen. Siehe TM an GBF aus Princeton vom 12. 12. 1938 in TM-GBF, 196-198. Die Verstimmung wurde anläßlich eines persönlichen Zusammentreffens von GBF und Oprecht bei TM in Noordwijk im Juli 1939 aus der Welt geschafft.
3] *an Basler:* TM an Otto Basler aus Princeton vom 12. 12. 1938, Regesten II, 38/364.
4] *Barth über Rauschning:* Nicht festgestellt.

13. 12. 1938
1] *Pine Estate:* Ein kleiner Privatpark in Princeton, in dem man eigentlich nicht spazieren gehen durfte. 331
2] *viele Vorlesungen:* So in der Handschrift. Nicht klar, möglicherweise eine Verschreibung.

14. 12. 1938
1] *Frau Meisel:* Ann Meisel geborene Rosenbusch. 332
2] *Kapellmeister Maier:* Unbekannt.
3] *an Borchardt:* TM an Hermann H. Borchardt aus Princeton vom 15. 12. 1938, Regesten II, 38/378 (Über das Manuskript eines Schauspiels ›Die schwere Stunde‹ von Borchardt).
4] *Oppenheimers Bruder:* Friedrich Oppenheimer (1886-1960), Bruder des Malers Max Oppenheimer (Mopp), unter dem Pseudonym Friedrich Heydenau seit 1932 Romanautor des S. Fischer Verlags, Berlin, und später des Bermann-Fischer Verlags, Wien. Es gelang, ihn 1939 nach Schweden zu holen. Er emigrierte 1940 in die Vereinigten Staaten und kehrte 1947 nach Österreich zurück.

15. 12. 1938
An Lion: TM an Ferdinand Lion aus Princeton vom 15. 12.1938, in Briefe II, 71-72. 332

16. 12. 1938
Schuchardt: Vermutlich Gottl. Carl Ludolf Schuchard, ›Julirevolution, St. Simonismus und die Faustpartien von 1831‹, in ›Zeitschrift für deutsche Philologie‹, Band 60, Heft 4, Dezember 1935. 332

18. 12. 1938

333 1] *Ormandy:* Der aus Ungarn stammende amerikanische Dirigent Eugene Ormandy (geboren 1899), seit 1921 in den Vereinigten Staaten als Konzertmeister und Dirigent, seit 1936 ständiger Dirigent des Philadelphia Orchestra.

2] *Anderson:* Die schwarze amerikanische Sängerin Marian Anderson (geboren 1902) begann 1925 mit Konzertreisen in Amerika und wurde mit ihrem Auftreten in Europa 1932-1935 binnen kurzem weltberühmt. TM hörte sie erstmals im November 1935 in Zürich.

3] *Schauspielerin Rainer:* Die Schauspielerin Luise Rainer (geboren 1909), berühmt durch den Film ›Die gute Erde‹ nach dem Roman von Pearl S. Buck, verheiratet mit dem Verleger Robert Knittel, dem Sohn des Schriftstellers John Knittel. Siehe Anmerkung 2 zum 21. 8. 1938.

19. 12. 1938

333 1] *»Survey-Graphic«:* Der Aufsatz *Culture and Politics*, der am 28. 1. 1939 in der New Yorker Zeitschrift ›Survey-Graphic‹ erschien. Deutsch unter dem Titel *Zwang zur Politik* am 22. 7. 1939 in ›Das Neue Tage-Buch‹, Paris, und unter dem Titel *Kultur und Politik* am 23. 7. 1939 in der ›National-Zeitung‹, Basel; GW XII, 853-861.

334 2] *Millett:* Fred Benjamin Millett, ›In My Opinion‹, in ›University of Chicago Magazine‹, Chicago, Juni 1938. Dasselbe unter dem Titel ›A Leaf of Bay‹, Middleton, Young 1938.

20. 12. 1938

334 1] *Rostofftzew:* Der russische Historiker und Archäologe Michail Iwanowitsch Rostovtzeff (1870-1952) war 1901-1918 Professor in St. Petersburg, seit 1925 an der Universität Yale. Sein Werk ›The social and economic history of the Roman Empire‹ erschien 1926, deutsch 1929 in zwei Bänden ›Gesellschaft und Wirtschaft im Römischen Kaiserreich‹.

2] *Season-Glückwünsche:* Englisch ›Compliments of the Season‹, Glückwünsche zu Weihnachten und zum Jahreswechsel.

3] *Wahl in die Akademie:* TM war am 17. 12. 1938 zum Ehrenmitglied der American Academy of Arts and Letters in New York gewählt worden.

21. 12. 1938

E. Jünger: Ernst Jünger (geboren 1895), Offizier in beiden Weltkriegen, bekannt vor allem durch seine Kriegsbücher ›In Stahlgewittern‹ (1920) und ›Die totale Mobilmachung‹ (1921). Bei dem hier erwähnten »neuesten Buch« dürfte es sich um den allegorischen Roman ›Auf den Marmorklippen‹ handeln, der auf 1939 vordatiert im Spätherbst 1938 in Deutschland erschien, als eine getarnte Kritik am Nationalsozialismus verstanden wurde und großes Aufsehen erregte. *335*

22. 12. 1938

1] *Diebolds Nachkriegs-Roman:* Bernhard Diebold, ›Das Reich der Mitte‹, erschien 1938 im Verlag Oprecht, Zürich. *335*

2] *Pettee:* George Sawyer Pettee, ›Process of Revolution‹ (Studies in Systematic Political Science and Comparative Government, Vol. V), Verlag Harper, New York 1938.

3] *Heine:* Heinrich Heine, ›Französische Zustände‹ (1832).

23. 12. 1938

1] *Riesman:* Der aus Deutschland stammende bedeutende amerikanische Arzt und Forscher David Riesman (geboren 1867), Professor für Geschichte der Medizin an der Universität von Pennsylvania in Philadelphia. Sein Vortragszyklus ›Medicine in Modern Society‹ erschien bei der Princeton University Press 1938. *335*

2] *Borsac:* So durchgehend in der Handschrift. TM meint den von ihm sehr geschätzten Wein Barsac.

24. 12. 1938

»Freiheits-Pavillon«: Ein für die New Yorker Weltausstellung geplanter, der ›Freiheit‹ gewidmeter Sonder-Pavillon, der nicht zustande kam. *336*

25. 12. 1938

1] *Dr. Kraft:* Der Philosoph Dr. Julius Kraft (1898-1960), bis 1933 Privatdozent an der Universität Frankfurt, emigrierte nach *336*

Holland, hatte einen Lehrauftrag an der Universität Utrecht und ging 1939 nach den Vereinigten Staaten. 1957 wurde er wieder Professor in Frankfurt; Mitbegründer der Zeitschrift ›Ratio‹.

2] *Prof. Session:* Der amerikanische Komponist und Musikpädagoge Roger Sessions (geboren 1896), lebte 1926-1933 hauptsächlich in Florenz und Berlin, lehrte nach seiner Rückkehr nach den Vereinigten Staaten in New York und Princeton, war 1944 bis 1952 Professor für Musik an der Universität von Kalifornien in Berkeley und 1952-1965 Professor in Princeton. Für seine Oper ›Montezuma‹ (1947) schrieb G. A. Borgese das Libretto. Siehe Anmerkung zum 23. 11. 1939.

3] *Walter:* Der Schriftsteller Friedrich Walter (geboren 1902), bis 1933 Feuilletonredakteur und Literaturkritiker des ›Berliner Börsen-Curier‹, emigrierte 1933 nach Frankreich, 1940 nach England, lebt heute in London. Sein Roman ›Kassandra‹ erschien 1939 im Verlag Allert de Lange, Amsterdam. Er veröffentlichte im November-Dezemberheft 1938 von ›Mass und Wert‹ unter dem Titel ›Die stummen Götter‹ Bruchstücke aus diesem Roman und gab 1948 im Londoner Verlag Macmillan eine für Schulen bestimmte TM-Anthologie (›Selections from Thomas Mann‹) mit Erläuterungen der deutschen Texte heraus.

4] *beim jungen Reinhardt:* Gottfried Reinhardt.

5] *die Ärzte:* Gumpert und Klopstock.

26. 12. 1938

337 1] *Reise-Vortrag:* Der Vortrag *Das Problem der Freiheit* (The Problem of Freedom), den TM auf seiner Vortragsreise im März-April 1939 hielt. GW XI, 952-972.

2] *Brief an die Kinder:* Einleitung zu dem Buch ›Escape to Life‹ von Erika und Klaus Mann, Verlag Houghton, Mifflin, Boston 1939, das einen Aufsatz ›Portrait of our Father‹ enthält. In Briefe II, 75-76.

3] *Tod Karel Capeks:* Der tschechische Dichter Karel Čapek, den TM gut kannte und sehr schätzte, war am 25. 12. 1938 in Prag gestorben.

27. 12. 1938

337 *Klaus Pr.:* Klaus Pringsheim.

28. 12. 1938

1] *Mrs. Luben:* Nicht identifiziert. 338

2] *Huebsch:* B.W. (›Ben‹) Huebsch (1873-1965), Gründer und Leiter des New Yorker Verlags B.W. Huebsch Inc., aus dem 1925 der große und bedeutende Verlag Viking Press hervorging, der sich neben dem Verlag Knopf hauptsächlich für die exilierte deutsche Literatur einsetzte.

3] *jüdisches Ehrendinner:* Vermutlich im Zusammenhang mit der Einstein-Medaille. Siehe Regesten II, 38/397, und Anmerkung 3 zum 20. 1. 1939.

4] *Valentins Weltgeschichte:* Der deutsche Historiker Veit Valentin (1885-1947) emigrierte 1933 nach London, 1940 nach den Vereinigten Staaten, wo er Professor für Geschichte an der Universität von Pennsylvania war. Sein Hauptwerk vor 1933 war die ›Geschichte der deutschen Revolution 1848-1849‹, die 1930-1931 in zwei Bänden im Verlag Ullstein, Berlin, erschien. Seine zweibändige ›Weltgeschichte. Völker, Männer, Ideen‹ erschien 1938 und 1939 im Verlag Allert de Lange in Amsterdam.

29. 12. 1938

1] *Meisel Söhnchen:* Albert Meisel, damals zehnjährig, heute einer der Direktoren der National Archives, Washington. 338

2] *Maler Kaufmann:* Mark Kauffman (geboren 1922), damals kaum siebzehnjährig, war bereits wenige Jahre später ein bekannter amerikanischer Photoreporter, arbeitete 1941-1957 für die Illustrierte ›Life‹ in USA, Europa und dem Fernen Osten, seit 1957 Leiter des ›Time-Life‹-Büros in London.

3] *Manifestsache:* TMs Manifest *To the Civilized World (An die gesittete Welt)* (siehe Anmerkung 2 zum 18. 11. 1938) war als ein persönliches Bekenntnis verfaßt, das, mit Unterschriften bedeutender Persönlichkeiten versehen, gegen Gewalt und Unrecht protestieren sollte. Durch verschiedene Indiskretionen wurde der Text vorzeitig bekannt, ehe er endgültig formuliert war, und es ergab sich eine öffentliche Diskussion, in welcher der amerikanische Schriftsteller James T. Farrell, dem der Aufruf zur Gutheißung zugeschickt worden war, in einem Brief an die ›New York Herald Tribune‹ vom 22. 12. 1938 gegen das Manifest scharf polemisierte. Siehe TMs Erläuterung des Hergangs in seinem Brief an

Harry Slochower (der in der ›Herald Tribune‹ eine Erwiderung auf Farrell veröffentlicht hatte) vom 30. 12. 1938 in Briefe II, 74 bis 75. TM sagte daraufhin die ganze Aktion ab.
4] *Einstein-Medaille:* Siehe Anmerkung 3 zum 20. 1. 1939.

30. 12. 1938

338 1] *Bericht Bermanns:* GBF an TM aus Stockholm vom 19. 12. 1938 in TM-GBF, 198-202.

339 2] *in Sachen Bab und Brod:* TM an Alvin Johnson aus Princeton vom 30. 12. 1938, Regesten II, 38/402, ein sehr ausführliches Empfehlungsschreiben für Max Brod, der sich um ein Lehramt an einer amerikanischen Universität bemühte.

31. 12. 1938

339 1] *»Joseph en Egypte«:* Der dritte Band von *Joseph et ses Frères* erschien in der französischen Übersetzung von Louise Servicen im Verlag Gallimard, Paris, zu Weihnachten 1938.
2] *Brief an Schickeles:* TM an René Schickele aus Princeton vom 31. 12. 1938, Regesten II, 38/404.

1939

1. 1. 1939

1] *an die Servicen:* TM an Louise Servicen aus Princeton vom 343
2. 1. 1939, Regesten II, 39/9.

2] *Prof. Frankl:* Oskar Benjamin Frankl.

2. 1. 1939

1] *Cousine Hedda:* Hedda Korsch geborene Gagliardi (geboren 343
1890). Ihre Mutter, Maria Gagliardi, war eine der fünf Töchter der Frauenrechtlerin Hedwig Dohm und eine Schwester von Frau Hedwig Pringsheim. Sie heiratete den marxistischen Politologen Karl Korsch (1886-1961), hat zwei Töchter, Barbara und Sibylle, und lebt in den Vereinigten Staaten. Ihre von TM hier erwähnte Tochter war Barbara Maria Korsch (geboren 1921), die damals am Smith College, Northampton, Massachusetts, studierte; sie heiratete Dr. Robert Ward und ist heute Kinderärztin am Children's Hospital in Los Angeles und Professor an der University of Southern California.

2] *Tribune-Ärger:* Der Angriff von James T. Farrell auf TMs Manifest in der ›Herald Tribune‹. Siehe Anmerkung 3 zum 29. 12. 1938.

3] *an Lion:* TM an Ferdinand Lion aus Princeton vom 6. 1. 1939, Regesten II, 39/13. Der Brief blieb offenbar bis zu seiner Ausfertigung mehrere Tage liegen.

4] *Lutetia:* Heinrich Heine, ›Lutezia. Berichte über Politik, Kunst und Volksleben‹ (in Frankreich), 1840-1843, ursprünglich für die Augsburgische ›Allgemeine Zeitung‹ geschrieben, als Buch veröffentlicht 1854.

6. 1. 1939

344 1] *Alexandra Tolstoi:* (1884-1979) die letzte überlebende Tochter Leo N. Tolstois, die ihn auf seiner letzten Flucht begleitete. Sie schrieb ›Tolstois Flucht und Tod‹ (1925) und ›Wanderer in Ketten. Der Roman meines Elternhauses‹ (1932). Unter dem Sowjetregime mehrmals verhaftet und zu Gefängnisstrafen verurteilt, hatte sie schließlich 1929 Rußland verlassen und lebte seither in New York.

2] *Eiselmanns:* Die verwitwete Mrs. Albert Eisemann aus einer bekannten, reichen Bostoner Familie, eng befreundet mit dem Dirigenten Serge Koussevitsky. Nach den New Yorker Gastspielkonzerten des Bostoner Symphonie-Orchesters (zu deren Abonnenten Knopfs gehörten) gab sie zumeist eine Gesellschaft für Koussevitsky, zu der Knopfs stets geladen waren, oder umgekehrt.

3] *Edwin Knopf:* Richtig Edmund Knopf.

4] *Gross:* Albert H. Gross, offenbar Sekretär des Komitees, das die Beschaffung der Unterschriften unter TMs Manifest besorgte. Siehe Regesten II, 39/8.

5] *Dr. Bloch:* Nicht identifiziert.

6] *Amazonas-Buch:* Arnold Höllriegel (Richard A. Bermann), ›Das Urwaldschiff. Ein Buch vom Amazonenstrom‹ war 1929 im S. Fischer Verlag, Berlin, erschienen.

7. 1. 1939

345 *Macauley-Ausgabe:* Siehe Anmerkung 3 zum 3. 12. 1938. Worin die im Buchrücken versteckte Mitteilung bestand, war nicht mehr zu ermitteln. TM verwendet den Begriff ›pathetisch‹ hier möglicherweise in seiner englischen Bedeutung und meint ›rührend, ergreifend, bemitleidenswert‹.

8. 1. 1939

345 1] *Mr. Childs:* Marquis Childs (geboren 1903), amerikanischer Journalist und Kolumnist. Er veröffentlichte auf Grund seines Besuchs in der Zeitschrift ›Life‹ vom 17. 4. 1939 einen großen, reich bebilderten Interview-Aufsatz ›Thomas Mann, Germany's Foremost Literary Exile Speaks Now for Freedom and Democracy in America‹, der TMs Name in weitesten Kreisen bekannt machte und (mitsamt einigen sachlichen Fehlern und Irrtümern) in der

Folge immer wieder zitiert wurde. Deutsche Übersetzung des Textes in Klaus Schröter (Hrsg.): ›Thomas Mann im Urteil seiner Zeit‹, 306-314. Vgl. Eintragung vom 10. 1. 1939.
2] *Kriegstagebuch:* Julius Marx, ›Kriegstagebuch eines Juden‹, erschien 1939 im Verlag ›Die Liga‹, Zürich.

9. 1. 1939
Auslassung Marxens: Der Vortrag beschäftigt sich ziemlich ausführlich mit dem Saint-Simonismus, erwähnt jedoch Marx und den Marxismus mit keinem Wort. *345*

10. 1. 1939
1] *Ring-Vortrag:* Der Vortrag *Richard Wagner und der ›Ring des Nibelungen‹*, erstmals gehalten in Zürich am 16. 11. 1937 und erstmals gedruckt in ›Mass und Wert‹, Heft 3, Januar-Februar 1938. *346*
2] *St. Louis Post-Dispatsch:* Dieses Interview von Marquis Childs in der Zeitung ›St. Louis Post Dispatch‹ hat sich nicht auffinden lassen.

11. 1. 1939
1] *R. Auernheimer:* Siehe Anmerkung 15 zum 15. 1. 1937. Auernheimer war nach seiner Entlassung aus dem Konzentrationslager nach den Vereinigten Staaten gelangt. Er erhoffte sich ein Vorwort von TM zu seinem Erlebnisbuch über Dachau, das er dem Bermann-Fischer Verlag einreichte, aber TM, der das Manuskript nicht gelesen hatte, lehnte ab, und das Buch erschien nicht. Siehe TM-GBF, 224-226. *346*
2] *Basler Kampfblatt:* Die politisch links orientierte ›Schweizer Zeitung am Sonntag‹ (S.Z. am Sonntag) mit dem Untertitel ›Demokratie im Angriff‹, ein Wochenblatt, das vom 30. 10. 1938 bis 4. 6. 1939 in Basel erschien und von dem mit TM gut bekannten Basler Publizisten Eduard Behrens herausgegeben wurde.
3] *Aufsatz über George:* Wolf Franck, ›Über Stefan George. Zur fünften Wiederkehr seines Todestages (4. Dezember)‹, in ›Internationale Literatur‹, Moskau, Dezember 1938.

12. 1. 1939

347 1] *Beschäftigung mit VII:* Das Siebente Kapitel von *Lotte in Weimar.*

2] *Brief von Heinrich:* HM an TM aus Nizza vom 29. 12. 1938 in TM-HM, 174-176.

3] *Brief von Kerényi:* KK an TM vom 24. 12. 1938 in TM-KK, 84-86.

4] *von A. Neumann:* Dieser Brief fehlt im veröffentlichten ›Briefwechsel Thomas Mann/Alfred Neumann‹ und muß als verloren gelten.

13. 1. 1939

347 *Abzüge:* Korrektur-Abzüge der holländischen Druckerei vom Aufsatz *Der Bruder,* der aus dem Essayband *Achtung, Europa!* in letzter Minute fortgelassen wurde.

14. 1. 1939

348 *Lindley:* Der Schriftsteller Denver Lindley und seine Gattin, die in der Mercer Street gegenüber von Shenstones wohnten. Lindley übersetzte die *Bekenntnisse des Hochstaplers Felix Krull,* die 1955 unter dem Titel *Confessions of Felix Krull, Confidence Man,* im Verlag Knopf erschienen.

15. 1. 1939

348 *an Bermann:* Mopp und TM an GBF aus Princeton vom 15. 1. 1939 in TM-GBF (undatiert), 203-204.

16. 1. 1939

348 1] *an Marx:* TM an Julius Marx aus Princeton vom 16. 1. 1939, Regesten II, 39/38.

2] *Vivian Forbes:* (1891-1939), englischer Figurenmaler und Illustrator, den TM von einer Ausstellung in Zürich 1935 her flüchtig kannte. Nichts Näheres bekannt.

18. 1. 1939

349 1] *an Alfr. Neumann:* TM an Alfred Neumann aus Princeton vom 18. 1. 1939 in Thomas Mann/Alfred Neumann, Briefwechsel, 40-43.

2] *»La Lumière«:* Diese Besprechung war nicht aufzufinden.
3] *an Bermann:* TM an GBF aus Princeton vom 18. 1. 1939, in TM-GBF, 204-206.

19. 1. 1939
B. Russel: Der englische Philosoph Bertrand Russell (1872 bis 1970), bislang überzeugter Pazifist, damals Dozent am City College von New York, hatte in der New Yorker Zeitschrift ›Common Sense‹ einen Aufsatz ›The Case for American Neutrality‹ veröffentlicht, und eine Gruppe amerikanischer Literaten, unter Führung des Publizisten Selden Rodman, hatte eine Anzahl prominenter Persönlichkeiten gebeten, sich zu Russells Auffassung zu äußern. TM schrieb am 27. 1. 1939 an Rodman (Regesten II, 39/60), er könne sich nicht äußern, da er sich als Nichtamerikaner nicht in politische Angelegenheiten des Landes einmischen wolle. Russell, ein entschiedener Antifaschist, gab im Lauf des Jahres 1939 seine pazifistische Haltung auf. *349*

20. 1. 1939
1] *»Das neue Deutschland«:* Vermutlich ist die Publikation ›Deutschland heute. Wochen-Zeitung für die Freunde des neuen Deutschland in der Schweiz‹ gemeint, wahrscheinlich ein NS-Propaganda-Blatt. Nichts Genaueres feststellbar. *350*
2] *Barth:* Der Theologe Karl Barth. Sein am 5. 12. 1938 in Zürich-Wipkingen vor der Versammlung des Schweizer Evangelischen Hilfswerks für die Bekennende Kirche in Deutschland gehaltener Vortrag, ›Die Kirche und die politische Frage von heute‹, Zollikon 1939. Siehe TM an Karl Barth vom 29. 1. 1939, Regesten II, 39/63.
3] *Medaillen-Rede:* Die Einstein-Medaille für ›humanitarian services‹ (Dienste an der Menschheit) wurde 1936 von der Zeitschrift ›Jewish Forum‹ anläßlich ihres achtzigjährigen Bestehens gestiftet und alljährlich von Albert Einstein persönlich verliehen. Unter den bisherigen Empfängern befanden sich der vormalige Flüchtlings-Hochkommissar McDonald und Franz Werfel. Die Veranstalter hatten ein Festbankett zu Ehren TMs geplant, das dieser aber nicht wünschte, und so wurde die Medaille TM von Einstein am 28. 1. 1939 bei einer kleinen privaten Feier im Hause TMs in

Princeton überreicht. Das stark korrigierte Konzept von TMs Dankrede ist erhalten. Siehe Anhang.

4] *Margolies:* Nicht ermittelt.

21. 1. 1939

350 1] *Absetzung Schachts:* Reichsbankpräsident Dr. Schacht hatte gegen die Finanzpolitik des Reiches in Verbindung mit der Aufrüstung Einspruch erhoben, da sie nicht mehr zu verantworten sei, und war am 20. 1. 1939 von Hitler entlassen worden.

2] *J. R. Bloch:* Der französische Erzähler und Essayist Jean-Richard Bloch (1884-1947), politisch auf der äußersten Linken, schließlich Kommunist, berühmt durch seinen 1925 erschienenen Roman ›La nuit Kurde‹ (Kurdische Nacht), gründete 1925 zusammen mit Romain Rolland die Zeitschrift ›Europa‹ als Stimme des Antifaschismus, 1937 zusammen mit Louis Aragon ›Ce soir‹.

3] *Pierre Cot:* (geboren 1895), seit 1928 radikalsozialistischer Abgeordneter, war 1933-1934 und 1936-1937 französischer Luftfahrtminister, 1937-1938 Handelsminister, danach Vertreter Frankreichs im Völkerbund. Er verbrachte die Jahre 1940-1944 in den Vereinigten Staaten und war 1945-1958 abermals Abgeordneter.

22. 1. 1939

350 *Florenze:* Die Tänzerin Florence Kolinsky, in den zwanziger Jahren Mitglied der Tanztruppe ›Gertrude Hoffmann Girls‹.

23. 1. 1939

351 1] *Twice a year book:* ›Twice a year‹, ein zweimal jährlich erscheinendes Jahrbuch oder Almanach mit dem Untertitel ›A book of literature, the arts and civil liberties‹, herausgegeben von Dorothy Norman und Mary Lescaze, erschien in New York ab Herbst 1939 bis Winter 1942, insgesamt neun Nummern. Mrs. Norman zufolge hatte Mrs. Brodsky (die später unter dem Namen Ruth Nanda Anshen eine sehr bekannte Schriftstellerin wurde) nichts damit zu tun. Der Sachverhalt bleibt ungeklärt; möglicherweise ein Irrtum oder eine Verwechslung TMs mit einer anderen, ähnlichen Publikation.

2] *Botschafter Dodd:* William Edward Dodd (1869-1940), Historiker, 1908-1933 Professor für amerikanische Geschichte an der Universität Chicago, 1933-1937 amerikanischer Botschafter in Berlin, entschiedener Gegner des NS-Regimes und bei Hitler sehr unbeliebt. Sein Tagebuch, ›Ambassador Dodd's Diary 1933-1937‹, eine wichtige zeitgeschichtliche Quelle, erschien posthum 1941.

3] *Niebuhr:* Reinhold Niebuhr (1892-1971), bedeutender amerikanischer evangelischer Theologe, seit 1928 Professor für Christliche Ethik und Religionsphilosophie am Union Theological Seminary in New York.

4] *Worlds Fair Sache:* Der Plan, auf der New Yorker Weltausstellung 1939 einen ›Pavillon der Freiheit‹ zu errichten, der für die antifaschistische Sache werben sollte.

24. 1. 1939

1] *Taylors:* Eine vielköpfige amerikanische Familie namens Taylor *352*
hatte im Frühling und Sommer 1933 das Haus Poschingerstraße 1 in München von der Familie Mann, die sich bereits in der Schweiz befand, gemietet. TM hatte gehofft, Haus und Inventar durch diese Vermietung vor dem Zugriff der NS-Behörden zu schützen, hatte aber in der Folge mit Mrs. Henriette Taylor nur endlosen Ärger, und die Familie zog im Spätsommer 1933 wieder aus.

2] *Otto Zoff:* Der österreichische Erzähler und Dramatiker Otto Zoff (1890-1963) emigrierte 1933 nach Italien, 1935 nach Frankreich, gelangte 1941 nach den Vereinigten Staaten und kehrte 1961 nach Deutschland zurück. Seine nachgelassenen ›Tagebücher aus der Emigration‹ (1939-1944), erschienen 1968, sind ein interessantes Zeitdokument, sehr kritisch gegenüber TM.

25. 1. 1939

1] *Hub. Loewenstein:* Hubertus Prinz zu Löwenstein. *352*

2] *Serkin:* Der berühmte Pianist Rudolf Serkin (geboren 1903), ständiger Partner von Adolf Busch, dessen Tochter Irene er heiratete, bildete mit diesem und Hermann Busch das Busch-Serkin-Trio. Er lebte seit 1926 in Basel, wo TM ihn und Adolf Busch 1935 näher kennenlernte, konzertierte seit 1935 in den Vereinigten Staaten und war seit 1939 Direktor des Curtis Institute of Music. Er leitet das Marlboro Festival of Music.

3] *Mr. Bratter:* Der Name ist in der Handschrift nicht zweifelsfrei zu entziffern. Soweit erinnerlich, war er ein Public School-Lehrer aus dem nahen Trenton. Das ›Lincoln‹-Stück war eine Aufführung des Drama Department der Universität Princeton.

26. 1. 1939

353 *Bradish:* Joseph A. Bradish, ›Goethe als Erbe seiner Ahnen‹ (über Goethes Vorfahren). Siehe TM an Joseph A. v. Bradish aus Princeton vom 26. 1. 1939, Regesten II, 39/56.

27. 1. 1939

353 *Theilhaber:* Der Arzt und Schriftsteller Felix A. Theilhaber (1884 bis 1956) emigrierte 1935 nach Palästina. Sein Buch ›Goethe – Eros und Sexus‹ war bereits 1929 erschienen.

28. 1. 1939

353 1] *Neizer:* Der amerikanische Rechtsanwalt und Schriftsteller Louis Nizer (geboren 1902), Vorsitzender des Komitees der Einstein-Medaille-Verleihung, Autor zahlreicher Bücher, darunter ›What to do with Germany‹ (1944).

354 2] *Aufsatz von Lesser:* Jonas Lesser, ›Johann Jakob Bachofen. Zu seinem 50. Todestag am 25. 11. 1937‹ in ›Philosophia‹, Vol. II, 1937 Belgrad.

29. 1. 1939

354 *»Altertum, Rhein und Main«:* Goethes ›Reise am Rhein, Main und Neckar in den Jahren 1814 und 1815‹, in welcher im dritten Abschnitt die Altertümer und Kunstschätze am Rhein, Main und Neckar geschildert werden.

30. 1. 1939

354 1] *Buchgeschenk von Auden:* ›The Oxford Book of Light Verse‹, herausgegeben von W. H. Auden, Oxford 1938.

355 2] *Ausstellung und Zeitschrift:* Nicht ermittelt.

31. 1. 1939

355 *an Lesser:* TM an Jonas Lesser aus Princeton vom 31. 1. 1939, Regesten II, 39/72.

1. 2. 1939

1] *Heines »Börne«:* Heinrich Heine, ›Ludwig Börne. Eine Denkschrift‹, 1840. 355

2] *an Mrs. Meyer:* TM an Agnes E. Meyer aus Princeton vom 1. 2. 1939, Regesten II, 39/74.

3] *alte Dame:* Antoinette von Kahler, Erich von Kahlers Mutter.

4] *Kahlers Aufsatz:* Die Veröffentlichung eines solchen Aufsatzes ist nicht nachgewiesen, und es fand sich auch kein so betiteltes Manuskript in Kahlers Nachlaß.

2. 2. 1939

1] *Waldo Frank:* Der amerikanische Erzähler und Essayist Waldo Frank (1889-1967) lebte lange in Mexiko und Südamerika, dem der größte Teil seines Werkes gewidmet ist. Sein Roman ›The Bridegroom Cometh‹ erschien 1938. Wie aus TMs Brief an Frank vom 30. 1. 1939 (Regesten II, 39/65) hervorgeht, waren sie einander bereits persönlich in New York begegnet. 355

2] *an A. M. Frey:* TM an A. M. Frey aus Princeton vom 2. 2. 1939, Regesten II, 39/76.

3. 2. 1939

1] *Neffe Freunds:* Vermutlich ist der Verleger Dr. Robert Freund gemeint, der bis 1933 Teilhaber des R. Piper Verlags in München war; TM kannte ihn seither. Er emigrierte nach Wien, später in die Vereinigten Staaten. Sein Neffe nicht ermittelt. 356

2] *Waldinger:* Der österreichische Lyriker Ernst Waldinger (1896 bis 1970) emigrierte 1938 von Wien in die Vereinigten Staaten und war Professor für deutsche Sprache und Literatur am Skidmore College in Saratoga Springs.

3] *Faust-Übersetzung:* Siehe Anmerkung zum 9. 10. 1938.

4. 2. 1939

1] *an VII. (Kuß):* Im Siebenten Kapitel von *Lotte in Weimar:* »Ist die Liebe das Beste im Leben, so in der Lieb das Beste der Kuß« usf. GW II, 647-649. 356

2] *peinliche Präsidenten-Affaire:* Nicht zweifelsfrei feststellbar: es könnte sich um Präsident Roosevelts Neujahrsbotschaft an den Kongreß gehandelt haben, während derer er mehrfach von der

Opposition wegen seiner undeutlichen Haltung in der Frage einer entschiedenen Aufrüstung unterbrochen wurde. Die deutsche Presse hatte hierauf sehr heftig reagiert.

3] *Martha Dodds Buch:* Martha Dodd, Tochter von William E. Dodd, des amerikanischen Botschafters in Berlin 1933-1937, verbrachte diese Jahre mit ihm in der Botschaft in Berlin, wo sie lebhaften Kontakt mit oppositionellen deutschen Kreisen hatte. Sie veröffentlichte ihre Erinnerungen ›Through Embassy Eyes‹ 1939 im Verlag Harcourt, Brace, New York; deutsch unter dem Titel ›Die den Wind säen‹, Verlag Volk und Welt, Berlin o. J.

5. 2. 1939

357 1] *Destal:* Fred Destal, Mitglied des Opernhauses Zürich, den TM aus Zürich kannte.

2] *Musiker [?]:* Lücke in der Handschrift. TM beabsichtigte wohl, den fehlenden Namen später einzusetzen.

3] *Prof. Webbles:* Oswald Veblen (1880-1960), 1932-1950 Professor für Mathematik am Institute for Advanced Study in Princeton.

4] *Antwort an B. Russell:* Der deutsche Wortlaut ist in einem handschriftlichen Konzept erhalten. Siehe Anhang.

5] *Niels Bohr:* Der dänische Physiker und Atomforscher Niels Bohr (1885-1962), Nobelpreisträger für Physik 1922 und Professor an der Universität Kopenhagen, arbeitete 1939-1940 in Princeton. Während dieses Jahres wurden entscheidende Fortschritte in der Theorie der nuklearen Emissionsmechanik gemacht. Bohr brachte damals die ersten Informationen über Otto Hahns und Fritz Strassmanns erfolgreiche Uranspaltung nach den Vereinigten Staaten. Während eines neuerlichen Amerika-Aufenthaltes 1943 bis 1945 wirkte Bohr in Los Alamos an der Entwicklung der Atombombe mit.

6. 2. 1939

357 1] *Prof. K. Pinthus:* Der Literaturwissenschaftler und Theaterkritiker Dr. Kurt Pinthus (1886-1975), gab 1920 die bahnbrechende Lyrik-Anthologie ›Menschheitsdämmerung‹, die bedeutendste Sammlung expressionistischer Dichtung, heraus, emigrierte 1937 nach den Vereinigten Staaten, war ab 1947 Professor für Theater-

geschichte an der Columbia University, New York, kehrte 1967 nach Deutschland zurück. Er besaß die größte private deutsche Theater-Bibliothek; sie befindet sich heute im Deutschen Literatur-Archiv in Marbach.
2] *Kerényi:* Karl Kerényi, ›Vom Wesen des Festes‹ in der Zeitschrift ›Paideuma‹, 1938; aufgenommen in ›Die antike Religion‹, Amsterdam 1940.

7. 2. 1939
1] *»Partisan Review«:* Harold Rosenberg, ›Myth and History‹, in ›Partisan Review‹, New York, Februar 1939. *358*
2] *an Mrs. Meyer:* TM an Agnes E. Meyer aus Princeton vom 7. 2. 1939, Briefe II, 84.
3] *an Faesi:* TM an Robert Faesi aus Princeton vom 7. 2. 1939 in Thomas Mann/Robert Faesi, ›Briefwechsel‹ (1962), 37-38.

8. 2. 1939
1] *An Heinrich:* Dieser Brief ist nicht erhalten. *358*
2] *Brief von Bloch:* Ernst Bloch an TM aus New York vom 7. 2. 1939, unveröffentlichter Brief, in dem Bloch im Zusammenhang mit *Lotte in Weimar* TM auf Goethes biographische Aufzeichnung ›Wiederholte Spiegelungen‹ aufmerksam macht. Darin ist von der neunfachen Spiegelung des Sesenheimer Friderike-Erlebnisses die Rede, in der der alte Mann sich ›eine zweite Gegenwart‹ seiner Jugendliebe verschafft: »So kann sie (Friderike) nun, ungeachtet alles irdischen Dazwischentretens, sich auch wieder in der Seele des alten Liebhabers nochmals abspiegeln und demselben eine holde, werte, belebende Gegenwart lieblich erneuen.« Bloch weist freilich auf wesentliche Unterschiede zum zweiten Lotte-Erlebnis hin. TM scheint die Stelle in seiner Goethe-Ausgabe (Band 36, Seite 198-199) sofort aufgesucht zu haben. Die Neunte Spiegelung ist dort angestrichen und mit der Bleistift-Notiz »74jährig« versehen. Der Ausdruck »emporsteigern« im Schlußabsatz ist ebenfalls von TM angestrichen.

9. 2. 1939
1] *von Bermann:* GBF an TM aus Stockholm vom 28. 1. 1939 in TM-GBF, 208-210. *358*
2] *Helen Keller:* Die blinde und taube amerikanische Schriftstel-

lerin Helen Keller (1880-1968), berühmt durch ihre autobiographischen Werke.

3] *Rastede:* Hans Gerhard Rastede (1898-1955), von 1925-1955 Lehrer an der Lawrenceville School in Lawrenceville, nahe bei Princeton, einer der besten amerikanischen Privatschulen. Er war dort 1936-1955 Deutschlehrer und weckte bei einer ungewöhnlich großen Anzahl von Schülern ein Interesse an deutscher Literatur. Er war ein Verehrer TMs und besuchte ihn zuweilen mit seinen Schülern.

11. 2. 1939

359 1] *an Bermann:* TM an GBF aus Princeton vom 11. 2. 1939 in TM-GBF, 211-213.

2] *Mrs. Gauss:* Alice Gauss geborene Hussey.

13. 2. 1939

360 1] *Weltbühne:* Thomas Mann, *Deutsche Erziehung,* Teilvorabdruck des Vorworts zu Erika Mann, ›Zehn Millionen Kinder‹, in ›Die Neue Weltbühne‹, 2. 2. 1939.

2] *Princetoner Astronom:* Henry Norris Russell (1877-1957) war 1912-1947 Direktor der Sternwarte und Professor der Astronomie in Princeton, seit 1921 auch wissenschaftlicher Mitarbeiter am Mount Wilson-Observatorium. Seine Forschungen über die Fixsterne waren von bedeutendem Einfluß auf die Astrophysik.

14. 2. 1939

361 1] *»New Siehl-Thal«:* Ein kleines Tal in der Nähe von Princeton, in dem TM gern spazierenging und das er in Erinnerung an die Schweiz scherzend ›New Siehl-Tal‹ nannte.

2] *an van Loon:* TM an Hendrik van Loon aus Princeton vom 15. 2. 1939, Regesten II, 39/95.

3] *»Tote Seelen«:* ›Die toten Seelen‹, Roman von Nikolaj Gogol (1842).

15. 2. 1939

361 1] *G.'s:* Goethes.

2] *an Lion:* TM an Ferdinand Lion aus Princeton vom 15. 2. 1939, Regesten II, 39/94.

3] *Monolog:* Goethes Selbstgespräch im Siebenten Kapitel von *Lotte in Weimar.*
4] *ungarischer Minister:* Béla Imredy (1891-1946), seit 14. 5. 1938 ungarischer Ministerpräsident, die treibende Kraft bei der Nazifizierung Ungarns, setzte die den Nürnberger Gesetzen nachgebildeten ungarischen Judengesetze durch und wurde am 15. 2. 1939 zum Rücktritt gezwungen, als man ihm eine jüdische Urgroßmutter mütterlicherseits nachwies. Er wurde im Frühjahr 1944 während der deutschen Besetzung Ungarns Wirtschaftsminister und am 28. 2. 1946 als Kriegsverbrecher zum Tod verurteilt und hingerichtet.

16. 2. 1939
1] *An Kerényi:* TM an KK aus Princeton vom 16. 2. 1939 in Briefe II, 84, und TM-KK, 86 f. *361*
2] *Horkheimer gegen Marck:* Max Horkheimer, ›Die Philosophie der absoluten Konzentration‹ (über das Buch ›Der Neuhumanismus als politische Philosophie‹ von Siegfried Marck, Zürich 1938) in ›Zeitschrift für Sozialforschung‹, Heft 3, 1938.

17. 2. 1939
1] *Zeitschrift für Sozialwissenschaft:* Richtig: Zeitschrift für Sozialforschung. Siehe Anmerkung 2 zum 16. 2. 1939. *362*
2] *M.:* Hans Meisel.
3] *Dr. Aschermann:* Heinrich Manns Tochter Leonie (›Goschi‹) hatte in Zürich einen Amerikaner, Dr. Aschermann, geheiratet, der angeblich in Wien ein chemisches Unternehmen leitete und mit der Firma nach Amerika auszuwandern gedachte. Um seine Frau nach Amerika kommen lassen zu können, hatte er von Heinrich Mann ein beträchtliches Bank-Depot erschwindelt. Heinrich Mann schöpfte Argwohn, und auch TM fürchtete, man könne auf einen Betrüger hereingefallen sein. Siehe HM an TM aus Nice vom 22. 11. 1938 und 25. 1. 1939 sowie TM an HM aus Princeton vom 2. 3. 1939 in TM-HM, 173-179.
4] *Prof. Hall:* Der Historiker Walter Phelps Hall (geboren 1884), seit 1913 an der Universität Princeton, seit 1933 ordentlicher Professor für Geschichte dortselbst.

18. 2. 1939

362 1] *E. Vandervelde:* Der sozialdemokratische belgische Staatsmann Emile Vandervelde (1866-1938), seit der Jahrhundertwende führend in der II. Internationale, seit 1914 mehrfach belgischer Kabinettsminister, unter anderem Innenminister 1917-1918 und Außenminister 1925-1927, zuletzt Gesundheitsminister. Er war am 27. 12. 1938 in Brüssel gestorben, und seine Lebenserinnerungen ›Souvenirs d'un militant socialiste‹ waren posthum Anfang 1939 erschienen.

2] *O. Zoff:* Sein Buch ›Die Hugenotten‹, erstmals im Verlag E. P. Tal, Wien 1937, erschien in den folgenden Jahren in zahlreichen Übersetzungen.

3] *Bernanos über Spanien:* Georges Bernanos, ›Große Friedhöfe im Schimmer des Mondes‹, in ›Internationale Literatur‹, Moskau, Januar 1939. Das französische Original, ›Les grands cimetières sous la lune‹, Essays von Georges Bernanos, erschien 1938, deutsch unter dem Titel ›Die großen Friedhöfe unter dem Mond‹ erst 1948.

19. 2. 1939

363 1] *an Mrs. Meyer:* TM an Agnes E. Meyer aus Princeton vom 19. 2. 1939, Regesten II, 39/103.

2] *an die Herz:* TM an Ida Herz aus Princeton vom 19. 2. 1939, Regesten II, 39/102.

20. 2. 1939

363 1] *Heinrichs »Henri IV«:* ›Die Vollendung des Königs Henri Quatre‹ von Heinrich Mann war Ende 1938 im Verlag Querido in Amsterdam und in englischer Übersetzung 1939 in London und New York erschienen.

2] *Kesten:* ›Die Kinder von Gernika‹, Roman von Hermann Kesten, erschien 1939 im Verlag Allert de Lange, Amsterdam.

3] *J. M. Cain:* Der amerikanische Erzähler James M. Cain (geboren 1892), erfolgreicher Filmautor in Hollywood, wurde berühmt mit seinem Roman ›The Postman Always Rings Twice‹ (1934), deutsch unter dem Titel ›Die Rechnung ohne den Wirt‹ (1950). Sein Roman ›Serenade‹ erschien 1937, und in deutscher Übersetzung 1938 unter dem Titel ›Serenade in Mexico‹.

4] *Duhamel:* Der französische Arzt und Schriftsteller Georges Duhamel (1884-1966), bedeutender Erzähler, einflußreicher Literaturkritiker und Essayist, bekannt vor allem durch seinen großen Romanzyklus ›La Chronique des Pasquier‹. Er war ein entschiedener Gegner jeglichen Chauvinismus, insbesondere des Nationalsozialismus, und sein Anfang 1939 erschienenes ›Mémorial de la Guerre Blanche‹ ist eine schauerlich genaue Prophezeiung der kommenden Dinge und eine vehemente Anklage gegen den bedingungslosen Pazifismus.

5] *Gernika:* Das Bombardement des baskischen Städtchens Guernica durch deutsche Sturzkampfbomber, das einem Massenmord der Bevölkerung gleichkam und in der ganzen Welt Entsetzen erregte.

21. 2. 1939

1] *Mr. Liebermann:* Morton W. Liebermann aus South Orange, New Jersey. Nichts Näheres über ihn bekannt. 364

2] *an Einstein:* TM an Albert Einstein aus Princeton vom 21. 2. 1939, Regesten II, 39/109.

3] *Gasser:* Adolf Gasser (1877-1948), ›Geschichte der Volksfreiheit und der Demokratie‹, Aarau 1939.

22. 2. 1939

1] *Freedom:* TMs Vortrag *The Problem of Freedom (Das Problem der Freiheit).* 364

2] *Staudinger:* Dr. Hans Staudinger (1889-1980), vor 1933 preußischer Staatssekretär, emigrierte 1933 in die Vereinigten Staaten, war Professor an der New School for Social Research, New York.

3] *Ellis:* William John Ellis (geboren 1892), State Commissioner für den Bundesstaat New Jersey, in Trenton, N. J.

4] *an die Meyer:* TM an Agnes E. Meyer aus Princeton vom 22. 2. 1939, Regesten II, 39/112.

23. 2. 1939

1] *Blum:* Edward Charles Blum, Kaufmann, Bankier und Versicherungsdirektor in Brooklyn, New York. 364

2] *McDonald:* Siehe Anmerkung 3 zum 9. 5. 1938.

24. 2. 1939

365 1] *im Hotel [?]:* Lücke in der Handschrift.

2] *Vogelstein:* Nicht eindeutig identifiziert; möglicherweise ist Julie Braun-Vogelstein gemeint, die zweite Frau des Sozialpolitikers Heinrich Braun und Herausgeberin der Schriften seines Sohnes Otto Braun (›Aus nachgelassenen Schriften eines Frühvollendeten‹). Sie emigrierte 1935 nach Frankreich, 1936 nach den Vereinigten Staaten.

3] *Hotel B.:* Hotel Bedford.

4] *Montclair:* Vortrag in der High School, Montclair, New Jersey.

25. 2. 1939

365 1] *Goebbels-Sekretär:* Brief von Heinz (Enrique) Jürges an TM aus Buenos Aires vom 1. 2. 1939, einem vormaligen NSDAP-Mitglied, jetzigem Emigranten in Argentinien. Der Brief ist erhalten.

2] *an die Servicen:* TM an Louise Servicen aus Princeton vom 25. 2. 1939, Regesten II, 39/115.

3] *Beck:* Maximilian Beck.

26. 2. 1939

365 1] *Lukacz:* Georg Lukács, ›Wilhelm Meisters Lehrjahre‹ in ›Internationale Literatur‹, Moskau, Februar 1939.

2] *Zuckmayer:* Der Essay ›Pro Domo‹ von Carl Zuckmayer erschien 1938 in der Schriftenreihe ›Ausblicke‹ des Bermann-Fischer Verlags, Stockholm.

27. 2. 1939

366 1] *Miss Cuzzle-Kapitel:* Das Zweite Kapitel von *Lotte in Weimar.*

2] *Lichtenberger:* Der französische Germanist Henri Lichtenberger (1864-1941) war seit 1905 Professor für deutsche Literatur an der Sorbonne, wo er 1929 das ›Institut d'Etudes Germaniques‹ gründete. Er veröffentlichte Werke über Nietzsche, Richard Wagner, Heine und Goethe, und schuf eine ›Faust‹-Übersetzung. TM kannte ihn persönlich seit seinem Pariser Aufenthalt 1926. Sein Aufsatz ›L'Humanisme de Thomas Mann‹ erschien in der Zeitschrift ›Commune‹, Paris, Februar 1939.

3] *Shingles:* Gürtelrose.

28. 2. 1939
Neues Heft: Heft 4 (März-April 1939) von ›Mass und Wert‹. Darin das Sechste Kapitel von *Lotte in Weimar* und ein großer Rezensions-Aufsatz von Hermann Kesten ›Heinrich Mann und sein Henri Quatre‹. *366*

1. 3. 1939
1] *André Siegfried:* Der französische Soziologe André Siegfried (1875-1959), seit 1933 Professor am Collège de France und am Institut d'Etudes politiques, veröffentlichte grundlegende analytische Werke über das moderne französische, britische und amerikanische Staatswesen, darunter das aufsehenerregende ›La crise britannique au 20éme siècle‹. Sein Aufsatz ›Die industrielle Revolution und ihre Rückwirkungen auf die Probleme unserer Zeit‹ in Heft 4 (März-April) 1939 von ›Mass und Wert‹. *367*
2] *»Bund«:* Die seit den zwanziger Jahren in den Vereinigten Staaten existierenden deutschnationalen und nationalsozialistischen Verbände, die im März 1936 zum ›Amerikadeutschen Volksbund‹ (›German-American Bund‹), kurz ›Bund‹ genannt, zusammengeschlossen und von den reichsdeutschen diplomatischen Vertretungen gefördert wurden. »Führer« des ›Bund‹ war ein in Uniform und Rhetorik Hitler imitierender deutscher Chemiker namens Fritz Julius Kuhn (1895-1951). Die amerikanischen Behörden unterbanden seine geräuschvollen Nazi-Umtriebe, indem sie ihn am 5. 12. 1939 wegen Veruntreuung zu einer längeren Gefängnisstrafe verurteilten. Die letzte Tagung des ›Bund‹ fand im August 1941 in Chicago statt; die Kriegserklärung Deutschlands an die USA führte zur Auflösung des ›Bund‹ und zur Internierung seiner Anführer.
3] *an Heinrich:* TM an HM aus Princeton vom 2. 3. 1939 in TM-HM, 177-179.

2. 3. 1939
1] *Priest:* TM an George M. Priest aus Princeton vom 2. 3. 1939, Regesten II, 39/121. *367*
2] *Pacelli:* Eugenio Pacelli (1876-1958), 1920-1929 päpstlicher Nuntius für das Deutsche Reich, wurde 1929 Kardinal und 1930 Kardinalstaatssekretär. Er wurde am 2. 3. 1939 zum Papst gewählt

und nahm den Namen Pius XII. an. Seine politische Haltung während des Zweiten Weltkrieges, insbesondere seine Stellung zum NS-Staat und den Judenverfolgungen, war schwankend und wurde scharfer Kritik unterworfen.

3. 3. 1939

367 *rumänischer Nat.-Ökonom:* Der in Bukarest geborene Nationalökonom David Mitrany (1888-1975) war nach langem publizistischem Wirken in England 1931 nach den Vereinigten Staaten übersiedelt und seit 1933 Professor für Wirtschaft und Politik am Institute for Advanced Study in Princeton.

4. 3. 1939

368 1] *Miss Steven:* Vermutlich Miss Rachel Stevens, 19 Alexander Street, Princeton. Nichts Näheres bekannt.

2] *von Heinrich:* Dieser Brief Heinrich Manns ist nicht erhalten.

3] *von Bermann:* GBF an TM vom 22. 2. 1939 in TM-GBF, 213.

4] *Herr Laubruch:* Nicht zweifelsfrei zu entziffern. Nicht identifiziert.

5] *An die Meyer:* TM an Agnes E. Meyer aus Princeton vom 4. 3. 1939, Regesten II, 39/126.

5. 3. 1939

368 1] *Biographie:* Donald Klopfer, Leiter des New Yorker Verlags Random House, hatte Caroline Newton beauftragt, eine Biographie TMs zu schreiben. Das Buch blieb Fragment.

2] *A. M. Freys Roman-Manuskript:* Nicht ermittelt. In seinem Brief an GBF vom 6. 3. 1939 setzt sich TM dafür ein, daß zwei ältere Bücher Freys in die ›Forum‹-Sammlung aufgenommen werden, erwähnt aber dieses Manuskript nicht.

3] *Dr. Flechtheim:* Der Politologe Ossip K. Flechtheim (geboren 1909), emigrierte 1935 in die Schweiz, 1939 in die Vereinigten Staaten, wo er Professor der politischen Wissenschaften an verschiedenen Hochschulen war. Er kehrte 1951 nach Deutschland zurück und lehrte ab 1959 an der Freien Universität Berlin. Professor Flechtheim erinnert sich, daß er TM mit einer Empfehlung von Herbert Eulenberg aufsuchte und sich mit ihm ausführlich über die politische Situation unterhielt. Das »und Co.« bezieht sich auf

Flechtheims Freund Professor John H. Herz, der ihn begleitete. Ein zweiter Besuch fand am 29. 10. 1939 statt.

4] *an Frau Fischer:* Frau Hedwig Fischer (1871-1952), die Witwe des Verlegers S. Fischer und GBFs Schwiegermutter, mit TM seit der Jahrhundertwende freundschaftlich verbunden, hatte sich jahrelang geweigert, ihr Haus in Berlin-Grunewald zu verlassen und auszuwandern. Als sie sich endlich entschloß, war es schon fast zu spät. Sie erlangte schließlich Anfang Januar von den NS-Behörden einen Auswanderungspaß und traf am 26. 1. 1939 in Stockholm ein. Sie hatte ihr gesamtes Vermögen in Deutschland zurücklassen müssen.

5] *Hartmann:* Otto Hartmann, ›Erde und Kosmos im Leben des Menschen, der Naturreiche, Jahreszeiten und Elemente. Eine philosophische Kosmologie‹, Frankfurt, Verlag Klostermann, 1938.

6. 3. 1939

1] *Bretschneider:* Heinrich Gottfried von Bretschneider (1739 bis 1810), ›Eine entsetzliche Mordgeschichte von dem jungen Werther‹ (1775), eine zeitgenössische kritische Parodie auf Goethes ›Werther‹, die TM im Siebenten Kapitel von *Lotte in Weimar* ausführlich verspottet; siehe GW II, 662-664 (»der Bretschneider, ein Grobian, besorgt um meine Demut« usf.). *368*

2] *An Bermann:* TM an GBF aus Princeton vom 6. 3. 1939 in TM-GBF, 216. *369*

3] *Gundolfs Vers-Literaturgeschichte:* ›Die deutsche Literaergeschicht / Reimweis kurz faßlich hergericht‹ – ein literarischer Scherz Friedrich Gundolfs, der sich in seinem Nachlaß fand und in mehreren Abschriften erhalten ist: eine gereimte Literaturgeschichte von Luther bis Nietzsche, bestehend aus zweiunddreißig Vers-Kapiteln von unterschiedlicher Länge, insgesamt einundzwanzig Schreibmaschinenseiten, unter Nr. 238 c im Verzeichnis des Gundolf-Archivs aufgeführt – eine nicht recht gelungene und eher mühselige humoristische Germanisten-Spielerei.

7./8. 3. 1939

1] *Erikas Verleger:* Ferris Greenslet, Direktor des Verlags Houghton Mifflin in Boston, in dem Erika und Klaus Manns Buch ›Escape to Life‹ erschien. *369*

2] *Karamasows:* ›Die Brüder Karamasow‹, Roman von Fjodor M. Dostojewski (1881).

9. 3. 1939

370 1] *»Portrait«:* ›Portrait of our Father Thomas Mann‹ von Erika und Klaus Mann, Vorabdruck aus ›Escape to Life‹ im Aprilheft 1939 von ›The Atlantic Monthly‹, Boston. Außerdem in ›The Stature of Thomas Mann‹, eine Anthologie, herausgegeben von Charles Neider, New York, New Directions, 1947.

2] *Prof. Tapper:* Nicht identifiziert. Der Name ist möglicherweise stark verschrieben und daher unkenntlich.

3] *Goslar:* Die Tänzerin Lotte Goslar, mit Erika Mann und Therese Giehse befreundet, gehörte in Zürich dem Ensemble von Erika Manns Kabarett ›Die Pfeffermühle‹ an, ging mit ihm im Dezember 1936 auf eine Gastspielreise nach den Vereinigten Staaten und blieb nach Auflösung des Ensembles in Amerika, wo sie mit ihren Grotesktänzen großen Erfolg hatte.

10. 3. 1939

371 *G.:* Goethe.

12. 3. 1939

371 1] *Exstein:* So in der Handschrift. Dürfte wohl Epstein heißen. Nicht identifiziert.

2] *Keiler:* Unklare Anspielung.

372 3] *Sänger-Ehe-Geschichte:* Der Film ›Wife, Husband and Friend‹ nach der Novelle ›Career in C major‹ von James M. Cain, Regie Gregory Ratoff, mit Loretta Young, Warner Baxter, Binnie Barnes und Cesar Romero.

4] *Statler:* Das Hotel Statler in Detroit.

13. 3. 1939

372 1] *Mrs. Kühn:* In der Handschrift nicht deutlich, ob der Name Kuhn oder Kühn lautet. Nicht ermittelt.

2] *Rabbi Heller:* James Gutheim Heller (1892-1971), Rabbiner, Komponist und Musikwissenschaftler, 1926-1943 Dozent an der Musik-Hochschule in Cincinnati, Vorstandsmitglied der Union amerikanischer jüdischer Kongregationen, Vizepräsident der Zionistischen Organisation Amerikas, schrieb geistliche und weltliche Musik, Kammermusik und Hymnen für den jüdischen Gottesdienst.

3] *Mr. Goldman:* Robert P. Goldman, Präsident der ›Union of American Hebrew Congregations‹ und Aufsichtsrats-Mitglied des Hebrew Union College in Cincinnati, mit dem TM bereits ausführlich korrespondiert hatte, um Max Brod ein Lehramt an der Hebrew University in Cincinnati zu verschaffen. Siehe TM an Robert P. Goldman aus Princeton vom 7. 3. 1939, Regesten II, 39/141.

14. 3. 1939

1] *Mr. Fletscher:* Unbekannt. 373

2] *Berufung Brods:* Aus der von TM mit viel Mühe und Zeitaufwand betriebenen Hilfsaktion für Max Brod wurde nichts. Brod entschloß sich 1939, statt nach den Vereinigten Staaten nach Palästina zu emigrieren, wo er ab 1940 Dramaturg des Habimah-Theaters in Tel-Aviv war und 1968 starb. In seiner Autobiographie ›Streitbares Leben‹ (1960) schreibt er: »– als ein Verbleiben in Prag Qualen und Tod bedeutete, hat sich Thomas Mann meiner angenommen, ohne daß ich ihn darum hätte ersuchen müssen. Eine Tat von Noblesse. Durch Manns Intervention war alles so geschickt gefügt, daß eine Professorenstelle für mich an einem amerikanischen College wartete. Ich zog es vor, dem Genius meines Lebens zu folgen und nach Palästina zu gehen. Thomas Mann hatte volles Verständnis für mich, nahm es nicht übel, daß ich seine wohlgemeinten Bemühungen durchkreuzte.«

3] *Beneč:* Präsident Benesch war inzwischen in Chicago eingetroffen.

15. 3. 1939

1] *Sein Neffe:* Der Schriftsteller und Journalist Bohuš Benesch, 374
Neffe von Präsident Eduard Benesch. Siehe *An Bohuš Beneš über ›God's Village‹* (1946), GW XIII, 449-452.

2] *Dr. Masaryk:* Jan Masaryk (1886-1948), Sohn von Thomas G. Masaryk, dem Gründer und ersten Präsidenten der Tschechoslowakischen Republik, war 1925-1939 tschechoslowakischer Gesandter in London, wurde 1940 als enger Mitarbeiter Beneschs

Außenminister der Londoner Exilregierung und 1945 Außenminister in Prag. Er kam beim kommunistischen Staatsstreich am 10. 3. 1948 unter ungeklärten Umständen, wahrscheinlich durch Selbstmord, ums Leben.

16. 3. 1939

374 1] *Jacques mit den Vögeln:* Das französische Restaurant Jacques in der North Michigan Avenue in Chicago, dessen einer Teil eine Art Wintergarten mit echter Vegetation ist und in dem auch Vögel frei herumfliegen. Ein Lieblingsrestaurant TMs, wenn er in Chicago war.

375 2] *»Pygmalion«:* Film nach Bernard Shaws Komödie, Regie Anthony Asquith, mit Leslie Howard als Higgins und Wendy Hiller als Eliza Doolittle, eine der Glanzleistungen des englischen Films, Uraufführung London, Oktober 1938.

17. 3. 1939

375 1] *Archipenko:* Der russische Bildhauer Alexander Archipenko (1887-1964) kam 1908 nach Paris, 1920 nach Berlin und lebte seit 1923 in den Vereinigten Staaten.

2] *Stromliner:* Richtig ›Streamliner‹, amerikanischer Express in Stromlinienform.

18. 3. 1939

375 1] *Rede Chamberlains:* Rede des britischen Premierministers Chamberlain in Birmingham am 17. 3. 1939, in der er Hitler bezichtigte, die in München gemachten Zusicherungen gebrochen zu haben, und ankündigte, England werde hinfort Hitlers Streben nach Weltherrschaft entschlossenen Widerstand entgegensetzen. Dies war das Ende der ›Appeasement‹-Politik.

376 2] *Bronce-Plaquette:* ›An open Letter to Dr. Thomas Mann‹, datiert St. Louis, Missouri, March 18, 1939, mit zahlreichen Unterschriften, auf eine Bronze-Plaquette graviert und auf eine Holztafel montiert, befindet sich heute im Gedenkzimmer des TM-Archivs der Eidgenössischen Technischen Hochschule, Zürich.

19. 3. 1939
1] *Rabbi Isserman:* Ferdinand Myron Isserman (1898-1972), Oberrabbiner am Temple Israel in St. Louis. 376

2] *Tauber:* Der Opern- und Liedersänger Richard Tauber (1892 bis 1948), seit 1913 an der Dresdner Hofoper, später auch in Berlin, Wien und München, großer Mozart-Tenor, in den zwanziger Jahren weltberühmt in Léhar-Operetten und im Film, ging 1938 nach London und war alljährlich auf Tournee in den Vereinigten Staaten.

21. 3. 1939
1] *Konferenz-Angebot:* Die Sowjetregierung, die zur Konferenz von München nicht hinzugezogen worden war, schlug am 19. 3. 1939 eine Sechs-Mächte-Konferenz vor. Der Vorschlag fand in London eine kühle Aufnahme und wurde nicht weiter verfolgt. 377

2] *der Andere:* Mussolini.

3] *Göbbels:* Der nationalsozialistische Politiker Paul Joseph Goebbels (1897-1945), wurde 1926 NS-Gauleiter von Berlin, 1928 Mitglied des Reichstags, 1929 Reichspropagandaleiter der NSDAP und 1933 Reichsminister für Volksaufklärung und Propaganda. 1944 wurde er ›Generalbevollmächtigter für den totalen Kriegseinsatz‹, und Hitler bestimmte ihn zu seinem Nachfolger als Reichskanzler. Er beging einige Stunden nach Hitler Selbstmord.

22. 3. 1939
Chandor: Der britische, seit 1926 in den Vereinigten Staaten lebende Maler Douglas Chandor (1897-1953), sehr beliebter und erfolgreicher Porträtist der oberen Gesellschaftsschicht. 378

23. 3. 1939
1] *Diktatur in Frankreich:* Unklar, was hier mit Diktatur gemeint ist. In Frankreich war seit Mai 1938 die Regierung Daladier am Ruder, die bis Juni 1940 regierte. 378

2] *Boyer:* Es handelt sich vermutlich um den Film ›Algiers‹ oder ›Love Affair‹. 379

24. 3. 1939

380 *Winder:* Der Prager Schriftsteller Ludwig Winder (1889-1946), gelangte 1939 nach England.

25. 3. 1939

380 *Erkundigungen nach Joseph:* Vermutlich ist der noch ausstehende Schlußband der Joseph-Tetralogie *Joseph der Ernährer* gemeint, den TM erst im August 1940 in Angriff nahm und im Januar 1943 abschloß.

28. 3. 1939

381 1] *40 Familien:* Die Nachkommen der vierzig ›Pilgerväter‹, die 1620 auf der ›Mayflower‹ nach Neu-England auswanderten, in Cape Cod den ›Mayflower Compact‹, einen puritanischen Gemeindebund, schlossen und die Kolonie Plymouth gründeten – bis heute eine traditionsreiche, wirtschaftlich und kulturell führende amerikanische Gesellschaftsschicht.

382 2] *Übergabe von Madrid:* Die republikanische spanische Regierung hatte die Hauptstadt Madrid nach langer Belagerung schließlich am 28. 3. 1939 aufgeben müssen, und die Franco-Truppen waren eingezogen.

3] *Bonnet:* Der französische Politiker Georges Bonnet (1889 bis 1973) war 1924-1940 radikalsozialistischer Abgeordneter und 1933-1940 mehrfach Minister, 1938-1939 Außenminister im Kabinett Daladier, einer der Hauptmitverantwortlichen des Münchner Vertrags. Er wurde 1941 von Pétain in den ›Conseil National‹ berufen, entzog sich 1945 nach der Befreiung der gerichtlichen Verfolgung durch Flucht in die Schweiz, kehrte 1949 nach Frankreich zurück und war 1956-1968 wieder Abgeordneter der Nationalversammlung.

4] *vollziehender Minister:* Der litauische Ministerpräsident Mironas mußte wegen der am 22. 3. 1939 erfolgten Rückgabe des Memelgebietes am 27. 3. 1939 zurücktreten.

29. 3. 1939

382 1] *Sophus Winter:* Sophus Keith Winter (geboren 1893), Professor für Anglistik an der University of Washington, Seattle.

2] *Groth:* John Henry Groth (geboren 1893), Germanist, Professor an der University of Washington, Seattle, seit 1928.

3] *Schertel:* Max Schertel, ›Thomas Mann and the Genealogical Novel‹. Phil. Dissertation an der University of Washington, Seattle, 1938. Schertel (1880-1961) war seit 1938 Instructor, seit 1950 Assistant Professor of German an der University of Washington, Seattle. 383

30. 3. 1939

Bodenheimers: Edgar Bodenheimer (geboren 1908), damals Student, später im amerikanischen Staatsdienst, 1945-1966 Professor der Rechtswissenschaft an der University of Utah, 1966-1975 an der University of California in Davis. Bodenheimer und seine Gattin, die heute im Ruhestand in Davis leben, erinnern sich gut daran, damals in Seattle das Ehepaar Mann drei oder vier Stunden lang durch Stadt und Umgebung gefahren zu haben. 383

1. 4. 1939

1] *Massary:* Die Operettendiva Fritzi Massary (1882-1969). Sie emigrierte 1933, trat noch in Wien und London auf und zog sich 1938 nach Hollywood zurück. Sie war die Schwiegermutter von Bruno Frank. 384

2] *kleine Frau:* Elisabeth (Liesl) Frank, Tochter von Fritzi Massary, Gattin von Bruno Frank.

2. 4. 1939

1] *Weisgerber:* José Weissberger, internationaler Versicherungsdirektor, mit Aldous Huxley befreundet. Nichts Näheres bekannt. 384

2] *Conner:* Nicht identifiziert.

3] *Women vanished:* Vermutlich das englische Spionage-Lustspiel ›The Lady Vanishes‹ mit Dame May Whitty, Basil Radford und Naunton Wayne, Regie Alfred Hitchcock.

3. 4. 1939

1] *Mundelein:* Nicht identifiziert. 385

2] *Dr. Schiff:* Dr. med. Hans Schiff (1897-1962), prominenter Internist und Herzspezialist in Hollywood, emigrierte 1935 aus Köln nach USA, vorzüglicher Amateur-Musiker und Mitbegründer des

Ärzte-Orchesters von Los Angeles, wurde auch später von der Familie Mann konsultiert.

3] *Zahnarzt Goldmann:* Es handelt sich um den Zahnarzt Dr. I. Goldberg, einen Kollegen von Dr. Schiff, der im selben Gebäude wie er in Los Angeles praktizierte.

4] *Goldmeyers:* Nicht identifiziert. Möglicherweise handelt es sich um den Filmproduzenten Samuel Goldwyn (1882-1974).

5] *das Beste [?]:* Unleserliches Wort; möglicherweise ›Haifitz‹ oder ›Heifitz‹, TMs Schreibweise für den Namen des Geigers Jascha Heifetz.

4. 4. 1939

385 1] *die Viertel:* Salka Viertel. Siehe Anmerkung 2 zum 23. 4. 1938.

2] *M.G.M.:* Metro-Goldwyn-Mayer, Film-Studios in Hollywood.

3] *»Christine von Schweden«:* Film mit Greta Garbo und John Gilbert, Produzent Walter Wanger, Regisseur Rouben Mamoulian, nach einem Drehbuch von Salka Viertel, gedreht 1933.

5. 4. 1939

385 1] *an Heinrich:* Dieser Brief ist nicht erhalten.

2] *Fulda:* Ludwig Fulda hatte sich am 30. 3. 1939 in Berlin das Leben genommen.

3] *Knopf:* Edmund Knopf.

386 4] *»Mortal storm«:* Roman der zu dieser Zeit in England und Amerika sehr erfolgreichen englischen Unterhaltungsschriftstellerin Phyllis Bottome (Mrs. Forbes Dennis); wurde 1940 von Frank Borzage mit Margaret Sullavan, Robert Young und James Stewart verfilmt.

5] *Mein Vortrag:* Das Bankett im Hotel Wilshire war eine Versammlungs-Veranstaltung des ›American Committee for Christian German Refugees‹. TMs Vortrag war der Text *An die gesittete Welt.*

6] *Pancakes:* Eierkuchen.

6. 4. 1939

386 1] *Verfasserin von [?]:* Lücke in der Handschrift.

2] *»Maximilian und Juarez«:* ›Juarez und Maximilian‹, Film von William Dieterle nach dem gleichnamigen Schauspiel von Franz Werfel.

7. 4. 1939

1] *die Dietrich:* Die Filmschauspielerin und Diseuse Marlene Dietrich (geboren 1901), weltbekannt seit ihrem Film ›Der blaue Engel‹ (1930), nach dem Roman ›Professor Unrat‹ von Heinrich Mann, seither in Hollywood mit einer großen Anzahl erfolgreicher Filme. *387*

2] *Nazi-Spionagefilm:* ›Confessions of a Nazi Spy‹, Film von Anatol Litwak mit Edward G. Robinson.

3] *Nürnberger:* Der Journalist Rolf Nürnberg. Siehe Anmerkung 5 zum 9. 3. 1938. Seine von TM erwähnte Frau war die erste Frau von Curt Riess, geborene Ilse Posnansky, die sich 1934 von Riess scheiden ließ, um dessen Freund Nürnberg zu heiraten.

9. 4. 1939

1] *von Bermann:* GBF an TM aus Stockholm vom 28. 3. 1939, in TM-GBF, 216-217. *388*

2] *Th. Wolff:* Theodor Wolff (1868-1943), Chefredakteur des ›Berliner Tageblatt‹ 1906-1933, emigrierte nach Frankreich und lebte zurückgezogen in Nizza. 1943 wurde er von den deutschen Besatzungsbehörden verhaftet, kam ins Konzentrationslager Sachsenhausen und starb im Israelitischen Krankenhaus in Berlin-Moabit. Er veröffentlichte im Exil die politischen Memoirenwerke ›Der Krieg des Pontius Pilatus‹ (1934) und ›Der Marsch durch zwei Jahrzehnte‹ (1936). In ›Mass und Wert‹ erschien kein Aufsatz von ihm.

10. 4. 1939

1] *A. C. f. germ. Christian emigrees:* ›American Committee for German Christian Refugees‹, Zweigstelle Chicago. TM wiederholte hier die Ansprache, die er am 5. 4. 1939 auf einer Versammlung derselben Organisation in Beverly Hills gehalten hatte. *388*

2] *Tage-Buch: Bruder Hitler* in ›Das Neue Tagebuch‹, Paris, 25. 3. 1939. *389*

3] *Ch. Daily News:* ›Chicago Daily News‹. Die Erklärung hat sich weder im Druck noch im Manuskript feststellen lassen.

4] *Frau Kayser:* Unbekannt.

12. 4. 1939

390 1] *Crescent Place:* Das Stadthaus von Eugene und Agnes E. Meyer in Washington, Nr. 1624 Crescent Place.

391 2] *Schweizer Gesandte:* Dr. jur. Marc Peter (1873-1966) war 1920 bis 1939 Schweizer Gesandter in Washington; seine Gattin: Jeanne Peter geborene Lachenal.

3] *Haus Daus:* Nicht zweifelsfrei ermittelt. Wahrscheinlich Mr. und Mrs. Tracy Dows in McLean, Virginia, nahe Washington.

13. 4. 1939

391 1] *Buch über mich:* Agnes E. Meyer plante ein Buch über TM, zu dem sie umfangreiche Vorarbeiten machte und von TM schriftlich und mündlich zahlreiche biographische Auskünfte erbat. Das Buch blieb unvollendet.

2] *mittlere Tochter:* Das Ehepaar Meyer hatte vier Töchter – Florence, Elizabeth, Katherine (Kay) und Ruth und einen Sohn Eugene III, genannt Bill. Florence Meyer war Photographin und heiratete den aus Österreich stammenden Schauspieler Oscar Homolka; sie starb 1962. Elizabeth Meyer heiratete 1943 den Drehbuchautor und Filmregisseur Pare Lorentz. Katherine Meyer heiratete 1940 Philip Graham, seit 1946 Herausgeber der ›Washington Post‹ und später von ›Newsweek‹, der sich 1963 das Leben nahm. Mit der ›mittleren Tochter‹ ist wahrscheinlich Katherine Meyer gemeint.

3] *Justice Frankfurter:* Der bedeutende amerikanische Jurist und Politiker Felix Frankfurter (1882-1965), seit 1914 Professor an der Harvard University, Rechtsberater Präsident Roosevelts, 1939 bis 1962 Richter am Obersten Bundesgericht (Supreme Court).

4] *Chef der ›Washington Post‹:* Philip Graham. Siehe Anmerkung 2 zum 13. 4. 1939.

5] *Justice Douglas:* William Orville Douglas (1898-1980), bedeutender liberaler amerikanischer Rechtsgelehrter, von Roosevelt 1939 an den Obersten Bundesgerichtshof berufen, dem er bis 1975 angehörte.

14. 4. 1939

1] *Dr. Lake:* Kirsopp Lake (1872-1946), bedeutender amerikanischer Religionshistoriker, 1932-1938 Professor für Geschichte an der Universität Harvard. 392

2] *Begegnung Iwans mit dem Teufel:* ›Der Teufel. Iwan Fjodorowitschs Alptraum‹, das IX. Kapitel des Elften Buches (im Vierten Teil) von Dostojewskis ›Die Brüder Karamasow‹. TM suchte im falschen Band seiner Ausgabe. Das Teufels-Kapitel steht im 25., nicht im 24. Band, mit zahlreichen Anstreichungen TMs.

3] *Justice Brandeis:* Der amerikanische Jurist Louis D. Brandeis (1856-1941), führend in der zionistischen Bewegung, 1916-1939 Richter am Obersten Gerichtshof (Supreme Court).

4] *Haus Bliss:* Das Haus des amerikanischen Diplomaten und bedeutenden Kunstsammlers Robert Woods Bliss (geboren 1875), der auf zahlreichen diplomatischen Posten und im amerikanischen Außenministerium tätig war und 1933 in den Ruhestand trat. Er war Treuhänder der Carnegie Institution und mehrerer großer amerikanischer Kunst-Institute. Sein ›museumsartiges Haus‹ war der Landsitz Dumbarton Oaks in Georgetown, Washington. Aus der Privatsammlung byzantinischer Kunst und zugehörigen Bibliothek des Ehepaars Bliss ging das Dumbarton Oaks-Forschungs-Institut für byzantinische Kultur hervor, das 1940 in den Besitz der Harvard University überführt wurde. Die ›Dumbarton Oaks Papers‹ und ›Dumbarton Oaks Studies‹ sind wissenschaftliche Publikationen von Weltruf. Der ›Katalog der griechischen und römischen Altertümer‹ der Sammlung wurde von der Kunsthistorikerin Gisela (Gigi) Richter, Tochter von Georg Martin Richter und Patenkind TMs, angelegt.

15. 4. 1939

1] *Botschaft des Präsidenten:* Nach dem italienischen Überfall auf Albanien am 7. 4. 1939 richtete Präsident Roosevelt am 14. 4. 1939 eine Botschaft an Hitler und Mussolini, in der er anfragte, ob sie bereit seien, im Fall von dreißig namentlich genannten Ländern Nichtangriffs-Zusicherungen zu geben. 392

2] *»Post«:* Die Tageszeitung ›Washington Post‹, deren Eigentümer Eugene Meyer war.

16. 4. 1939

393 1] *»Helena«:* Siehe Anmerkung 5 zum 14. 8. 1938.
2] *»Mr. Philipps«:* Der Chauffeur des Hauses Meyer.

17. 4. 1939

394 1] *Schopenhauer Kurz-Ausgabe:* Die von TM gekürzte amerikanische Ausgabe von Schopenhauers ›Welt als Wille und Vorstellung‹ (nach der englischen Übersetzung von Lord Haldane), zu der TM das Vorwort schrieb und die im Frühjahr 1939 im Verlag Longmans, Green in New York erschien.

2] *R.-Message:* Roosevelt-Botschaft. Siehe Anmerkung 1 zum 15. 4. 1939.

3] *Kandidatur Golos:* Golo Mann war als Nachfolger Ferdinand Lions als Redakteur von ›Mass und Wert‹ in Aussicht genommen. Er besorgte die Redaktion des 3. Jahrgangs, von Heft 1 (November bis Dezember 1939) bis zur Einstellung der Zeitschrift mit Heft 5-6 (September-Oktober-November 1940).

18. 4. 1939

395 1] *Ruth Frank:* Dr. Ruth Welch-Hayman geb. Frank (geboren 1908), Schwester von Bruno Frank, Narkose-Ärztin, lebt verwitwet in New York.

2] *Meisels Roman-Manuskript:* Der Roman ›Aguilar oder Die Abkehr‹ von Hans Meisel; bisher nicht veröffentlicht.

3] *Faust-Lecture:* Der Vortrag *Über Goethes ›Faust‹*, GW IX, 581 bis 621.

19. 4. 1939

395 1] *Slochower:* Siehe Anmerkung zum 26. 8. 1938.

2] *del Vayo:* Julio Alvarez del Vayo, Außenminister der Regierung Negrin, im Exil in New York.

20. 4. 1939

395 1] *John statt Kräuter: Lotte in Weimar* spielt im September 1816. Zu dieser Zeit, nämlich seit 1814, war Johann August Friedrich John Goethes Sekretär. Friedrich Theodor David Kräuter trat erst 1818 als Privatsekretär in die Dienste Goethes.

396 2] *Geburtstag:* Albert Einstein, TMs Nachbar in Princeton, war am 14. 3. 1939 sechzig Jahre alt geworden.

3] *»Die Internationale«:* ›Zeitschrift für Praxis und Theorie des Marxismus‹. Herausgegeben vom Zentralkomitee der Kommunistischen Partei Deutschlands, erschien ab Jahrgang 1938 in Paris. 1939 erschienen drei Doppelhefte.

21. 4. 1939

1] *Schickele:* TM an René Schickele aus Princeton vom 21. 4. 1939, Regesten II, 39/185. *396*

2] *Klopstock:* Dr. Robert Klopstock hatte eine Berufung an das Massachusetts General Hospital und die Harvard Medical School zu Forschungszwecken erhalten, für die TM sich eingesetzt hatte.

3] *neues Heft:* Heft 5 (Mai-Juni 1939) von ›Mass und Wert‹, darin TM *Aus dem Princetoner Kolleg über Faust* und Johannes Wüsten, ›Beiträge zur Lage der deutschen Arbeiterschaft‹. Johannes Wüsten (1896-1943) emigrierte 1934 nach Prag, 1938 nach Paris, wurde dort 1941 von der Gestapo verhaftet, nach Deutschland verschleppt, zu 15 Jahren Zuchthaus verurteilt und starb im Zuchthaus Brandenburg.

22. 4. 1939

1] *Heinrich an die deutschen Soldaten:* Heinrich Mann, ›Die deutschen Soldaten‹, in ›Die Neue Weltbühne‹, 13. 4. 1939, und französisch unter dem Titel ›L'entrée à Prague‹ in ›La Dépêche‹, Toulouse, 14. 4. 1939. *397*

2] *Prof. [?]:* Lücke in der Handschrift.

23. 4. 1939

1] *Frau E. Wagner:* Die Schauspielerin Erika Wagner, seit 1912 Mitglied des Deutschen Volkstheaters Wien. Sie wurde bekannt durch ihre Interpretation des Sprechgesangs in Arnold Schönbergs ›Pierrot Lunaire‹ und spielte die Fiore in der Wiener Aufführung von TMs *Fiorenza* im Dezember 1919. TM kannte sie seither. Sie war mit dem Dirigenten Fritz Stiedry (1883-1968) verheiratet, der ab 1929 Erster Dirigent der Städtischen Oper Berlin war, 1933 Deutschland verließ, 1933-1937 die Leningrader Philharmonie leitete und 1938 nach den Vereinigten Staaten ging. Seit 1946 war er einer der Dirigenten der Metropolitan Opera, New York. *397*

2] *Pinza:* Der italienische Opernsänger Ezio Pinza (1892-1957), 1926-1948 an der Metropolitan Opera, New York.

3] *Kaltenborn:* Der amerikanische Journalist, Rundfunk-Reporter und Kolumnist Hans V. Kaltenborn (geboren 1878), seit 1930 Chef der Nachrichtenredaktion des Columbia Broadcasting System und einflußreicher Kommentator.

24. 4. 1939

397 *Rutgers University:* Kleine, sehr angesehene, 1766 gegründete Universität in New Brunswick, im Staat New Jersey, nahe bei Princeton.

26. 4. 1939

398 1] *Frau des Lawyers:* Nicht identifiziert.

2] *ehemaliger Botschafter:* Haus ›Evergreen‹, Villa des amerikanischen Diplomaten und Botschafters im Haag und Rom, John Work Garrett (1872-1942).

3] *Haus der lyrischen Oper:* ›Lyric Opera‹, Konzert- und Vortragssaal in Baltimore.

4] *Pa-Station:* Pennsylvania Station.

399 5] *Ickes:* Harold Ickes (1874-1952) war 1933-1946 unter den Präsidenten Roosevelt und Truman amerikanischer Innenminister. Die deutschen und österreichischen Exilierten hatten in ihm einen verständnisvollen und hilfsbereiten Förderer, und die ›American Guild for German Cultural Freedom‹ veranstaltete aus diesem Grund ihm zu Ehren in New York ein Bankett.

6] *von Bermann:* GBF an TM aus Stockholm vom 15. 4. 1939, in TM-GBF, 218.

7] *Kongreß:* Der Jahreskongreß des Internationalen PEN-Club sollte Anfang September 1939 in Stockholm stattfinden. TM war als Ehrengast geladen und sollte auf dem Kongreß seinen Vortrag *Das Problem der Freiheit* halten.

8] *Wells:* Der englische Erzähler, Essayist und Kulturhistoriker H. G. (Herbert George) Wells (1866-1946), Sozialist und Pazifist, berühmt durch seine naturwissenschaftlich-utopischen und sozialkritischen Romane und seine 1919 erschienene ›Outline of History‹. Er war 1933-1936 Internationaler Präsident des PEN-Club und Präsident des englischen PEN-Zentrums und gehörte 1941 bis 1946 dem Internationalen Präsidial-Ausschuß des PEN an.

9] *advanced:* Das Institute for Advanced Study in Princeton.

27. 4. 1939

J. R. Bloch: Jean-Richard Bloch, ›München und die Folgen. Worte eines Franzosen‹, in ›Internationale Literatur‹, Moskau, April 1939. *399*

28. 4. 1939

1] *Präsident von Rutgers University:* Robert C. Clothier (1885 bis 1970) war 1932-1951 Präsident der Rutgers University, New Brunswick. *400*

2] *Simon:* Heinrich (Heinz) Simon (1880-1941), vormals Verleger und Vorsitzender der Redaktionskonferenz der ›Frankfurter Zeitung‹. Er war bis 1934 zusammen mit seinem Bruder Kurt Geschäftsführer des Blattes, wanderte 1938 nach den Vereinigten Staaten aus und starb in New York an den Folgen eines Überfalls. TM kannte ihn seit Jahrzehnten.

3] *Spanisches Dinner:* Das Bankett für Alvarez del Vayo. Siehe Anmerkung 2 zum 19. 4. 1939.

4] *die Buchhändler:* Ein Diner der ›American Bookdealers Association‹ am 17. 5. 1939, bei dem TM eine Ansprache zu halten hatte.

5] *Zbg-Colleg:* Die Vorlesung über den *Zauberberg* mit der für diesen Zweck eigens zu schreibenden *Einführung in den Zauberberg* für Studenten der Universität Princeton, die für den 10. 5. 1939 angesetzt war.

29. 4. 1939

1] *Nicolson:* Harold Nicolson, ›This amazing family‹ (Diese erstaunliche Familie), über Erika Mann, ›School for Barbarians‹, in ›The Daily Telegraph‹, London. *401*

2] *Frau Neumann:* Katharina (Kitty) Neumann (1896-1979), die Gattin von Alfred Neumann. Das Ehepaar Neumann war aus Italien nach Frankreich geflohen und hielt sich in Nizza auf. Der Brief ist nicht erhalten.

3] *Kurz-Marie:* Die Münchner Hausdame Marie Kurz, auch Kurz-Marie oder Kürzchen genannt, die bis 1933 viele Jahre lang den Haushalt in der Poschingerstraße in München betreut hatte und sehr an den Mann-Kindern hing. Sie hatte es 1933 zuwege gebracht, zumindest einen Teil von TMs Habe aus dem bereits beschlagnahmten Haus auf allerlei Umwegen in die Schweiz zu spedieren, und was die Familie aus dem Münchner Haus noch besaß, vor allem die Lübecker Erbstücke, verdankte sie hauptsächlich ihr. Marie Kurz hatte die Familie 1934 noch in der Schweiz besucht.

30. 4. 1939

401 1] *Car. Newton:* Caroline Newton. Ihr geplantes Buch über TM kam ebenso wenig zustande wie das von Agnes E. Meyer.

2] *Nemerow:* Howard Stanley Nemerow, ›The Quester Hero. Myth as Universal Symbol in the Works of Thomas Mann‹. Phil. Dissertation 1940, Harvard University, Cambridge, Mass. Nemerow veröffentlichte in späteren Jahren noch einige Einzelessays über TM.

1. 5. 1939

401 1] *Essay-Sammlung:* Die geplante Sammlung *Order of the Day. Political Essays and Speeches of Two Decades* erschien erst im Herbst 1942 im Verlag Knopf.

402 2] *P.E.N. Club Rede:* TM hatte beabsichtigt, vor dem PEN-Kongreß den Vortrag *Das Problem der Freiheit* zu halten, umgearbeitet, gekürzt und der Gelegenheit angepaßt. Die Rede wurde nicht gehalten, da der ganze Kongreß abgesagt wurde. TM übergab den Text am 14. 5. 1939 an Oprecht für ›Mass und Wert‹, aber dort wurde die Rede nicht veröffentlicht. Jedoch ist TMs Vorwort zu ›Mass und Wert‹ im November-Dezemberheft 1939 eine stark gekürzte und veränderte Fassung dieses Textes.

3] *R. Olden:* Der Rechtsanwalt, Schriftsteller und Publizist Rudolf Olden (1885-1940), Verteidiger Carl von Ossietzkys im ›Weltbühne‹-Prozeß und politischer Redakteur des ›Berliner Tageblatt‹, emigrierte 1933 über Prag und Paris nach England, lebte in Oxford und war Mitbegründer des deutschen PEN-Clubs im Exil. Er kam 1940 bei der Überfahrt nach den Vereinigten Staaten ums Leben, als sein Schiff, die ›City of Benares‹, von einem deutschen Unterseeboot torpediert wurde. Er gehörte der Jury für den Roman-Wettbewerb der ›American Guild for German Cultural Freeedom‹ an. Sein hier erwähnter Kommentar: Rudolf Olden, ›Zum 50. Geburtstag‹ (Hitlers) in ›Das Neue Tage-Buch‹, Paris, 22. 4. 1939. Darin der Satz: »Hat erst doch vor kurzem einer der

Großen unter uns ihn, mit guten aber künstlich zugespitzten Gründen, als ›Bruder‹ begrüßt und dem Begriff des Genies zu seinen Gunsten eine eigentümliche Auslegung gegeben« – eine Anspielung auf TMs Aufsatz *Der Bruder*, der am 25. 3. 1939 im ›Neuen Tage-Buch‹ erschienen war.

2. und 3. 5. 1939

1] *Magic Mountain: The Magic Mountain* ist der englische Titel des Romans *Der Zauberberg.* 402

2] *Himmler:* Heinrich Himmler (1900-1945), alter Parteigenosse Hitlers, nahm bereits 1923 am Münchner Putsch teil, wurde 1929 Reichsführer der SS, 1933 Polizeipräsident von München, 1934 stellvertretender Chef der Geheimen Staatspolizei (Gestapo), seit 1936 Chef der gesamten deutschen Polizei. Aus der von ihm geschaffenen SS-Verfügungstruppe entstand nach Kriegsausbruch die Waffen-SS. 1943 wurde Himmler Reichsinnenminister, 1944 Oberbefehlshaber des Ersatzheeres. Nach der Kapitulation 1945 geriet er in britische Gefangenschaft und nahm sich, nach Feststellung seiner Identität, das Leben.

3] *Weigands Buch:* Siehe Anmerkung 9 zum 13. 4. 1937.

5. 5. 1939

1] *Simon:* Heinrich Simon. Siehe Anmerkung 2 zum 28. 4. 1939. 403

2] *Beck:* Józef Beck (1894-1944), polnischer Politiker, enger Mitarbeiter Pilsudskis, war 1932-1939 polnischer Außenminister.

3] *an Lion:* TM an Ferdinand Lion aus Princeton vom 5. 5. 1939, Regesten II, 39/222.

6. 5. 1939

Lonsbach: Richard Maximilian Lonsbach (Pseudonym für R. Cahen), ›Nietzsche und die Juden‹, in der Schriftenreihe ›Ausblicke‹ des Bermann-Fischer Verlags, Stockholm 1939. Die Identität von R. Cahen hat sich nicht feststellen lassen. 403

7. 5. 1939

1] *Prof. Jaeger:* Der Germanist Hans Jaeger (geboren 1898), seit 1930 Professor für Deutsche Literaturwissenschaft an der Universität Princeton. 403

2] *Wittvogel:* Wittfogel. Siehe Anmerkung 4 zum 5. 3. 1938.
3] *an Bermann:* TM an GBF aus Princeton vom 7. 5. 1939 in TM-GBF, 219-220.
4] *an Mrs. Meyer:* TM an Agnes E. Meyer aus Princeton vom 7. 5. 1939, in Briefe II, 91.

8. 5. 1939

403 1] *Promotionsrede:* TM sollte am 18. 5. 1939 die Ehrendoktorwürde der Universität Princeton erhalten.
2] *P. Philippson:* Paula Philippson, ›Griechische Gottheiten in ihren Landschaften‹, Oslo 1939. Paula Philippson (1874-1949), aus Berliner jüdischer Gelehrtenfamilie, von Beruf Kinderärztin, emigrierte in die Schweiz und lebte in Basel, wo sie ihren Beruf nicht mehr ausübte und Studien in griechischer Mythologie betrieb. TMs Exemplar ihres Buches ist erhalten.

9. 5. 1939

404 1] *zur Fair:* Besuch der New Yorker World's Fair (Weltausstellung) zur Eröffnung des sowjetischen Pavillons.
2] *Maurois:* Der französische Schriftsteller André Maurois (1885 bis 1967), Erzähler, Verfasser vorzüglicher historischer Studien und literarischer Biographien (Shelley, Byron, Voltaire, Châteaubriand). Im Zweiten Weltkrieg als Offizier vorübergehend in den Vereinigten Staaten und später bei der französischen Exilregierung in Nordafrika.

10. 5. 1939

404 *Dogwood-Sträucher:* Hartriegel- oder Hornstrauch.

11. 5. 1939

405 1] *an Fiedler:* TM an Kuno Fiedler aus Princeton vom 11. 5. 1939 in ›Blätter der Thomas Mann-Gesellschaft‹, Heft 11, 1971, 26 f. und Regesten II, 39/238.
2] *Auerbach:* Der Romanist Erich Auerbach (1892-1957), 1929 bis 1935 Professor in Marburg, 1936-1947 an der Universität Istanbul, ging 1948 nach den Vereinigten Staaten, seit 1950 Professor an der Universität Yale. Er veröffentlichte neben zahlreichen Einzelschriften in wissenschaftlichen Zeitschriften u. a. ›Dante

als Dichter der irdischen Welt‹ (1929) und ›Mimesis: Dargestellte Wirklichkeit in der abendländischen Literatur‹ (1946). Seine Schrift ›Figura‹ erschien bei L. S. Olschki, Florenz 1939, und ist ein Sonderdruck aus Archivum romanicum, Vol. XXII, Nr. 4, Oktober-Dezember 1938.

12. 5. 1939

1] *Buchhändler-Rede:* Siehe Anmerkung 4 zum 28. 4. 1939. Text in GW XIII, 430-434 (*Ansprache vor amerikanischen Buchhändlern*). *405*

2] *Frau Geiringer aus Wien:* Die Wiener Photographin Trude Geiringer emigrierte nach den Vereinigten Staaten, wo sie eine namhafte Porträtistin wurde.

13. 5. 1939

1] *»Moses«:* Sigmund Freud, ›Der Mann Moses und die monotheistische Religion‹ erschien 1939, dem Todesjahr Freuds, im Allert de Lange Verlag, Amsterdam. *406*

2] *Federn:* Nicht identifiziert. Möglicherweise ist der Erzähler, Historiker und Biograph Karl Federn (1868-1943) gemeint, der jedoch über Kopenhagen nach England emigrierte, wo er im Zweiten Weltkrieg starb, während TM nach New York schreibt.

3] *an Mrs. Meyer:* TM an Agnes E. Meyer aus Princeton vom 13. 5. 1939 in Briefe II, 91-92.

4] *Bonner Brief: Ein Briefwechsel,* GW XII, 785-792.

14. 5. 1939

1] *Brief an die Comité-Mitglieder:* Ein Komitee unter der Leitung von Frank Kingdon sollte die Finanzierung eines Projektes übernehmen, um im Lauf der nächsten zwölf Monate etwa 24 Broschüren, von Repräsentanten des deutschen Geistes im Ausland verfaßt, nach Deutschland einzuschleusen und so einen Kontakt zwischen dem deutschen Volk und den Exilierten herzustellen. TM ersuchte in einem gleichlautenden Rundschreiben die folgenden um ihre Zustimmung und Beteiligung: Wilhelm Dieterle, Bruno Frank, James Franck, Leonhard Frank, Lotte Lehmann, Heinrich Mann, Hermann Rauschning, Ludwig Renn, Max Reinhardt, René Schickele, Erwin Schrödinger, Paul Tillich, Fritz von *406*

Unruh, Franz Werfel, Stefan Zweig. Das Projekt ist im Einzelnen erläutert in TMs Brief an Heinrich Mann aus Princeton vom 14. 5. 1939 in TM-HM, 181-184.

2] *an Heinrich:* TM an HM aus Princeton vom 14. 5. 1939 in TM-HM, 179-181. Diesem Brief war das darin erwähnte Rundschreiben beigelegt in der für Heinrich Mann bestimmten Ausfertigung. Siehe Anmerkung 1 zum 14. 5. 1939.

3] *P.E.N. Ansprache an Oprecht:* Siehe Anmerkung 2 zum 1. 5. 1939.

15. 5. 1939

406 1] *Punkt nach dem zweiten Diktat:* Im Siebenten Kapitel von *Lotte in Weimar,* wo Goethe dem Sekretär John diktiert, vor dem Auftreten Augusts und dem Gespräch mit ihm. GW II, 665-675.

2] *»Moral aid«:* Abkürzung für das ›Committee to Defend America by Aiding the Allies‹, dessen New Yorker Ortsgruppe von Frank Kingdon geleitet wurde. Siehe auch Eintragung vom 2. 10. 1939.

16. 5. 1939

407 1] *Princeton-Rede:* Die mangelhafte Übersetzung der Rede wurde von Samuel B. Bossard unter Zuhilfenahme des deutschen Originals verbessert. Bossard hatte auch die Rede vor der Buchhändler-Vereinigung übersetzt.

2] *Prof. Fuchs:* Albert Fuchs, ›Thomas Mann: Les Buddenbrooks‹, in A. Fuchs, ›Initiation à l'étude de la langue et littérature allemande moderne‹, Strasbourg, Faculté des Lettres de l'Université, 1939.

17. 5. 1939

408 1] *Botschafter:* Konstantin Oumansky, Botschafter der Sowjetunion in den Vereinigten Staaten.

2] *des Mayors:* La Guardia.

18. 5. 1939

408 1] *Artikel von Rauschning:* Hermann Rauschning, ›Die Periode der Entscheidung‹, in ›Das Neue Tage-Buch‹, 6. 5. 1939.

2] *Artikel von Schwarzschild:* Leopold Schwarzschild, ›Die Frist‹, in ›Das Neue Tage-Buch‹, 6. 5. 1939.

3] *Faculty-Haus:* Die Feier der Verleihung der Ehrendoktorwürde der Universität Princeton.
4] *meine Rede:* Die Handschrift des deutschen Textes befindet sich in der Firestone Library der Universität Princeton. Der deutsche Text ist veröffentlicht in Herbert Lehnert, ›Thomas Mann in Princeton‹, in ›The Germanic Review‹, Columbia University Press, Januar 1964, 22-27. Nicht in GW. Siehe Anhang. 409
5] *Promotion am 29.:* Die Verleihung der Ehrendoktorwürde des Hobart College in Geneva im Staat New York.
6] *Kreitner:* Bruno Kreitner. Nichts Näheres bekannt.

19. 5. 1939
1] *Random House:* Bedeutender New Yorker Buchverlag, gegründet von Donald S. Klopfer und Bennett Cerf. 409
2] *»Anna Karenina«:* Roman von Leo N. Tolstoi (1878).
3] *Ges. Gedichte von Werfel:* Franz Werfel, ›Gedichte aus dreißig Jahren‹, Bermann-Fischer Verlag, Stockholm 1939.
4] *»Probl. of Fr.«:* Der Vortrag *The Problem of Freedom (Das Problem der Freiheit).*
5] *bei den Theologen:* TM und Albert Einstein sprachen in der Chapel der Universität Princeton ›für die Theologen‹ der Universität. TM hatte den Vortrag *The Problem of Freedom* auf eine halbe Stunde zusammengekürzt.

20. 5. 1939
1] *Negro-College:* Cheney State College, in Cheney, Pennsylvania, Neger-College, berühmt für seinen gemischten Chor. 409
2] *Mr. Bards:* Guy Kurtz Bard (1895-1953), bekannter, wohlhabender Politiker, der Cheney College finanziell unterstützte.
3] *Panowsky:* Erwin Panofsky (1892-1968), bis 1933 Professor für Kunstgeschichte an der Universität Hamburg, seit 1935 am Institute for Advanced Study in Princeton, bedeutender Kenner der Renaissance-Kunst und Verfasser eines maßgebenden großen Werkes über Albrecht Dürer (1943).
4] *Swarszensky:* Der Kunsthistoriker Georg Swarzenski (1876 bis 1957), seit 1906 Direktor des Städelschen Kunstinstituts in Frankfurt, seit 1928 Generaldirektor der dortigen Städtischen Museen, wirkte 1939-1956 am Museum of Fine Arts in Boston, USA.

410 5] *an die Meyer:* TM an Agnes E. Meyer aus Princeton vom 20. 5. 1939, in Briefe II, 92-94.

21. 5. 1939

410 1] *politische Faust-Szene:* Goethes innerer Monolog über die Faust-Szene ›an Kaisers Hof‹, im Siebenten Kapitel von *Lotte in Weimar*, GW II, 678-679.

2] *Freuds Altersbuch:* Siehe Anmerkung 1 zum 13. 5. 1939.

22. 5. 1939

410 1] *Princeton Inn:* Restaurant in der Alexander Street, unweit der Universität.

2] *Miss Bamberger:* Caroline Bamberger (gestorben 1944), verheiratete Mrs. Felix Fuld, stiftete zusammen mit ihrem Bruder Louis Bamberger 1930 die Summe von 5 Millionen Dollars zur Gründung des Institute for Advanced Study in Princeton; ihr verdankt das Institut seine Existenz. Als erste Abteilung wurde die ›School of Mathematics‹ im Oktober 1933 eröffnet, der Albert Einstein angehörte.

3] *Lewisohn:* Der amerikanische Schriftsteller und Übersetzer Ludwig Lewisohn (1882-1955), einer der ersten, die in Amerika auf TM aufmerksam machten. TM schrieb 1928 ein Vorwort zu seinem Roman ›Der Fall Herbert Crump‹, GW X, 700-703. TM an Ludwig Lewisohn aus Princeton vom 22. 5. 1939, Regesten II, 39/257. Es handelt sich um Lewisohns Roman ›For Ever Wilt Thou Love‹ (1939).

4] *Liefmanns:* Der kunstliebende und literaturverständige Frankfurter Arzt Dr. Emil Liefmann (1878-1955), der TM in früheren Jahren mehrfach bei sich zu Gast hatte und seit 1922 mit ihm befreundet war. Das Ehepaar Liefmann emigrierte 1939 nach New York.

5] *E. Toller:* Der Dichter Ernst Toller. Siehe Anmerkung 7 zum 11. 5. 1938.

411 6] *Attila Jozsef:* Der ungarische Lyriker Attila József (1905 bis 1937), den TM seit seinem letzten Besuch in Budapest im Januar 1937 persönlich kannte, hatte sich am 3. 12. 1937 das Leben genommen. Siehe Anmerkung 9 zum 13. 1. 1937.

23. 5. 1939
1] *Kiefer:* Der politische Journalist und Schriftsteller Wilhelm Kiefer (gestorben 1979), TM aus München bekannt, der 1933 mit seiner Familie in die Schweiz emigrierte und sich als politischer Publizist, unter anderem an der ›National-Zeitung‹, Basel, betätigte. TM schenkte ihm während der Jahre in Küsnacht anfänglich Vertrauen und stand in politischem Meinungsaustausch mit ihm. Später zweifelte er an Kiefers politischer Zuverlässigkeit und distanzierte sich von ihm. Die ›National-Zeitung‹ hatte sich bereits früher von Kiefer getrennt. Am 10. 9. 1945 wurde Kiefer aus der Schweiz ausgewiesen. 411
2] *Goldstein:* Dr. Kurt Goldstein (siehe Anmerkung 5 zum 13. 5. 1938) gehörte mit TM dem Komitee zur Vorbereitung der Trauerfeier für Ernst Toller an, die am 27. 5. 1939 in der Campbell Funeral Chapel in New York stattfand. Es sprachen Sinclair Lewis, Dorothy Thompson, Oskar Maria Graf, Klaus Mann, Juan Negrin und Vincent Sheean.
3] *Maass:* Der Lyriker und Erzähler Joachim Maass (1901-1972) debütierte im S. Fischer Verlag mit seinen Romanen ›Bohème ohne Mimi‹ (1930) und ›Der Widersacher‹ (1932) und zählte mit diesen und den nachfolgenden Büchern ›Die unwiederbringliche Zeit‹ (1935) und ›Ein Testament‹ (1939) zu den großen Hoffnungen der jungen deutschen Literatur. Er emigrierte aus Abscheu vor Hitler-Deutschland freiwillig 1939 nach den Vereinigten Staaten, wo er 1940-1952 Professor für deutsche Literatur am Mount Holyoke College war. 1945-1949 war er Mitherausgeber der ›Neuen Rundschau‹. Seine amerikanischen Vorlesungen erschienen unter dem Titel ›Die Geheimwissenschaft der Literatur‹, Frankfurt 1949.
4] *An Schickele:* TM an René Schickele aus Princeton vom 23. 5. 1939, Regesten II, 39/259.
5] *Pariser Chef:* Pierre Lazareff (geboren 1907), Chefredakteur von ›Paris-Soir‹, dessen amerikanischer Korrespondent Curt Riess war.

24. 5. 1939
1] *Check:* Eugene Meyer hatte einen Scheck über 2000 Dollars für die Fortführung von ›Mass und Wert‹ gestiftet. 411
2] *Artikel über Toller:* Dorothy Thompsons Nachruf: ›On the re-

cord: Death of a Poet‹ in ›New York Herald Tribune‹ vom 24. 5. 1939.

412 3] *Eyser:* Ulrich Eyser, ›Die Lage der deutschen Philosophie‹ in Heft 6, Juli-August 1939, von ›Mass und Wert‹. Ulrich Eyser war der Deckname des Philosophen Helmuth Plessner (geboren 1892), der vor 1933 Professor an der Universität Köln und seit 1934 an der Universität Groningen war. In Heft 1, September-Oktober 1938, von ›Mass und Wert‹ war von ihm ein großer Gedenkaufsatz über den 1938 verstorbenen Edmund Husserl erschienen. Sein Hauptwerk: ›Das Schicksal des deutschen Geistes im Ausgang seiner bürgerlichen Epoche‹, Zürich 1935, Neuauflage unter dem Titel ›Die verspätete Nation‹, Stuttgart 1959.

26. 5. 1939

412 1] *Konkurrenz-Manuskripte:* Die für den Roman-Wettbewerb der ›American Guild for German Cultural Freedom‹ eingereichten Manuskripte.

2] *Dr. Lenz:* Friedrich Walter Lenz. Sein Manuskript über ›Stefan George und Hugo von Hofmannsthal, Briefwechsel‹ (Berlin 1938) nicht ermittelt. Über ihn selbst nichts Näheres bekannt.

3] *Verwey:* Der holländische Dichter Albert Verwey (1865-1937), der Stefan George und seinem Kreis nahestand. Sein Buch ›Mein Verhältnis zu Stefan George‹ erschien deutsch 1936.

4] *Anna Seghers:* Die Erzählerin Anna Seghers (Pseudonym für Netty Radványi geb. Reiling) (geboren 1900) erhielt 1928 für ihren Erstling ›Der Aufstand der Fischer von St. Barbara‹ den Kleistpreis, trat 1929 der Kommunistischen Partei bei, emigrierte 1933 über Frankreich und Spanien nach Mexiko und veröffentlichte während der Exilzeit eine Anzahl bedeutender Romane, deutsch im Querido Verlag, Amsterdam, in zahlreiche Sprachen übersetzt. Sie kehrte 1947 nach Deutschland (Ost) zurück.

27. 5. 1939

413 *»K.H.«:* TMs Roman *Königliche Hoheit.*

28. 5. 1939

413 1] *Baumgarten:* Arthur Baumgarten, ›Grundzüge der juristischen Methodenlehre‹, Bern 1939.

2] *freedom lecture:* Der Vortrag *The Problem of Freedom.*
3] *an Käte Hamburger:* TM an Käte Hamburger aus Princeton vom 28. 5. 1939, Regesten II, 39/265.

29. 5. 1939
1] *Präsident Eddy:* William Alfred Eddy (1896-1962), damals 413
Präsident des Hobart and William Smith College in Geneva, N.Y., später politischer Berater im Nahen Osten.
2] *Bischof:* Henry St. George Tucker (1874-1959), Bischof der 414
›Episcopalian Church in America‹.
3] *Marinegeneral:* Generalmajor Thomas Holcomb (1879-1965), Kommandant des amerikanischen Marinekorps.
4] *Orchard:* Thomas (Tom) Orchard (geboren 1910), Chefproduzent der von Henry Luce gegründeten ›March of Time‹-Filmreportagen, einer der hervorragendsten Journalisten der Filmberichterstattung.
5] *ehemaliger President:* William H. Cowley (1899-1978), Präsident des Hamilton College.

30. 5. 1939
1] *Writer-Rede:* Die Rede für den Kongreß der ›League of Ame- 414
rican Writers‹ am 3. 6. 1939: *Writers in Exile,* GW XIII, 843-849.
2] *J. Wechsberg:* Der aus Böhmen stammende Feuilletonist und Reiseschriftsteller Joseph Wechsberg (geboren 1907), emigrierte 1938 nach den Vereinigten Staaten, wo er zu einem sehr erfolgreichen Autor englischer Sprache und Mitarbeiter aller bedeutenden amerikanischen Zeitschriften wurde. Seit 1943 ständiger Mitarbeiter, seit 1948 Auslands-Korrespondent des ›New Yorker‹. Sein China-Buch: ›Die große Mauer. Das Buch einer Weltreise‹, 1937.
3] *Jimmy:* Ein kleiner Haushund, der später überfahren wurde, Vorgänger des Pudels Nico.

31. 5. 1939
1] *Falkes:* Konrad Falke, Mitherausgeber von ›Mass und Wert‹. 415
Siehe Anmerkung 1 zum 13. 3. 1937.
2] *G. M. Richter:* Der Münchner Kunsthistoriker, Kunstsammler und Kunsthändler Georg Martin Richter (1875-1942), mit dem

TM seit 1901 befreundet war. Er veranstaltete und finanzierte eine Anzahl von Privat- und Luxusdrucken, darunter den von *Wälsungenblut* (1921) und war der Taufpate von TMs jüngstem Sohn Michael Mann. TM – mit ihm genau gleichaltrig, was die Bemerkung »als alter Mann« seltsam erscheinen läßt – schätzte ihn als einen guten und unterhaltsamen Freund und besaß eine Zeitlang nach dem Ersten Weltkrieg gemeinsam mit ihm ein Sommerhaus in Feldafing am Starnberger See. Richter emigrierte 1933 nach Italien und 1938 nach den Vereinigten Staaten. Er war in USA geboren.

3] *Rede Molotows:* Molotows erste öffentliche Rede als Sowjet-Außenminister vor dem Obersten Sowjet am 31. 5. 1939.

1. 6. 1939

415 1] *(Parodie):* Im Siebenten Kapitel von *Lotte in Weimar*, die Absätze anschließend an die Kaiser-Pfalz-Gedanken: »Parodie ... Über sie sinn ich am liebsten nach«. GW II, 679-680.

2] *an Olden:* TM an Rudolf Olden aus Princeton vom 1. 6. 1939 in Briefe II, 96-97.

3] *A. M. Wagner:* Albert Malte Wagner (1886-1962) emigrierte 1934 nach England, seit 1934 Dozent am Bedford College, London, veröffentlichte in Heft 2, November-Dezember 1938, von ›Mass und Wert‹ einen Aufsatz ›Die deutsche Universität und die deutsche Germanistik‹. Sein Aufsatz über Goethe und Carlyle: ›Goethe, Carlyle, Nietzsche and the German middle class‹, in ›Monatshefte für Deutschen Unterricht‹, Madison, University of Wisconsin, 1939.

4] *Guéhenno:* Der französische Essayist Jean Guéhenno (geboren 1890), den TM seit einer persönlichen Begegnung in Paris 1926 kannte. Er gehörte zu den Unterzeichnern der Glückwunschadresse zu TMs 60. Geburtstag im Juniheft 1935 der ›Nouvelle Revue Française‹.

2. 6. 1939

415 1] *Reenter-Schein:* Behördliche Erlaubnis zur Wiedereinreise in die USA, die für noch nicht eingebürgerte Einwanderer, die das Land vorübergehend verlassen wollten, erforderlich war.

2] *Prof. Kingdon:* Frank Kingdon (geboren 1894), gebürtiger

Engländer, naturalisierter Amerikaner, ursprünglich Geistlicher, später Universitätsprofessor und Rundfunk-Kommentator, 1936 bis 1940 Präsident der Universität Newark, Vorsitzender des ›Committee to Defend America by Aiding the Allies‹, des ›Fight for Freedom Committee‹ und führendes Mitglied und Mitbegründer des amerikanischen ›Emergency Rescue Committee‹. In allen diesen Eigenschaften arbeitete er eng mit TM und seinen Bemühungen um Hilfe für die von Hitler Vertriebenen zusammen. Er veröffentlichte 1944 eine Roosevelt-Biographie und 1945 ein Buch über Henry Wallace.

3] *meine Ansprache:* Siehe Anmerkung 1 zum 30. 5. 1939.

4] *Philippino-Schriftsteller:* Nicht eindeutig identifiziert; vermutlich der philippinische Schriftsteller, Politiker und Diplomat Carlos P. Romulo (geboren 1899). Er wurde 1949 Präsident der UN-Vollversammlung, danach philippinischer Botschafter in Washington und 1968 philippinischer Außenminister; Verfasser zahlreicher politischer und belletristischer Werke.

3. 6. 1939

von Bermann: GBF an TM aus Stockholm vom 22. 5. 1939 in TM-GBF, 220-222. *416*

4. 6. 1939

1] *Maughams:* Vermutlich ein Hör- oder Schreibfehler TMs; ein Ehepaar Maugham hat sich in Princeton nicht ermitteln lassen. *416*

2] *Kabel der Alten:* Das Ehepaar Pringsheim in München war im Begriff, eine Ausreisegenehmigung in die Schweiz zu erhalten, fürchtete jedoch, die Erlaubnis würde im letzten Moment verweigert werden, wenn TM und Frau Katia sie in der Schweiz erwarteten. Sie rieten deshalb, Manns sollten erst in die Schweiz kommen, wenn sie sicher über die Grenze seien. TM, der bereits in Zürich Hotelzimmer bestellt hatte, änderte daraufhin seine Reisepläne und bezog vorerst eine ›Abwarte-Stellung‹ im holländischen Seebad Noordwijk aan Zee.

3] *Söhnchen:* Michael Shenstone, Sohn von Professor und Mrs. Shenstone.

4] *an Dodds:* TM an Harold W. Dodds aus Princeton vom 4. 6. 1939, Regesten II, 39/278.

6. 6. 1939

417 1] *Klaus ohne Papiere:* Klaus Mann war auf ein Besucher-Visum in USA und besaß nicht die zur regulären Einwanderung gehörenden First Papers; ohne sie konnte er kein Wiedereinreise-Permit bekommen und konnte folglich mit seinem tschechoslowakischen Paß allein die Ausreise aus den USA nicht riskieren.

418 2] *Heine:* Heinrich Heine, ›Die romantische Schule‹, 1836.

7. 6. 1939

418 *Touring Class:* Tourist Class, die billigste Schiffsklasse.

8. 6. 1939

419 *Crême d'orge:* Gerstensuppe.

11. 6. 1939

419 *Vorwort zu K.H.:* Vorwort zur neuen (dritten) amerikanischen Ausgabe von *Königliche Hoheit,* die im Herbst 1939 im Verlag Knopf, New York, erschien. GW XI, 572-577.

12. 6. 1939

419 1] *Lippmanns:* Walter Lippmann (1889-1974), sehr einflußreicher amerikanischer politischer Publizist, war 1921-1931 Chefredakteur der ›New York World‹, seither führender republikanischer Kolumnist, bis 1951 für die ›New York Herald Tribune‹. Seine Kommentare ›Today and Tomorrow‹ erschienen darüber hinaus in über hundert amerikanischen und europäischen Zeitungen.

2] *Armstrong:* Der amerikanische politische Publizist Hamilton Fish Armstrong (geboren 1893), Herausgeber der einflußreichen Zeitschrift ›Foreign Affairs‹.

420 3] *Versteigerung:* Professor Pringsheim besaß eine große und überaus wertvolle Sammlung von Renaissance-Majolika-Arbeiten, die seinen Hauptvermögenswert darstellte. Im Lauf seiner Bemühungen um eine Auswanderungserlaubnis nötigte die NS-Regierung ihn, diese Sammlung in London zu versteigern, wobei 75 Prozent des Devisenerlöses nach Deutschland überwiesen werden mußten und an die Reichskasse fielen, während die restlichen 25 Prozent dem Ehepaar Pringsheim in der Schweiz zur Verfügung stehen sollten. Auf Grund dieser Vereinbarung zwischen der

Reichsregierung und Professor Pringsheim sollte das alte Ehepaar nach abgeschlossener Transaktion seine Pässe erhalten und in die Schweiz emigrieren können. Die Versteigerung fand in zwei Abteilungen im Auktionshaus Sotheby's in London am 7. und 8. Juni und am 19. und 20. Juli 1939 statt und erbrachte nach Auskunft des Auktionshauses insgesamt die enttäuschend geringe Summe von £ 19,494. Dies waren nach dem damaligen Markkurs von £ 1 = 12 RM rund 234 000 Reichsmark, und der Pringsheimsche Anteil war, wie Golo Mann sich richtig erinnert, etwa 58 500 RM, eine in Anbetracht des Millionenwertes der Sammlung lächerlich geringe Summe. Es konnte in dem von Kriegsangst geschüttelten Europa keinen ungünstigeren Zeitpunkt für eine solche Versteigerung geben.

4] *»Schwarzes Corps«:* ›So sahen die deutschen Geistesheroen aus‹ – eine lange Polemik gegen den »entwurzelten Literaten TM« und die »Kaschemmenwelt der Emigration«, die sich hauptsächlich über den Aufsatz *Der Bruder* ereifert, in ›Das Schwarze Corps‹ vom 4. 5. 1939.

13. 6. 1939

1] *Geburtstagstelegramm:* Bruno Franks 52. Geburtstag am 13. 6. 1939. *420*

2] *Wagner-Vortrag:* Der Vortrag *Leiden und Größe Richard Wagners,* den TM am 18. 2. 1933 in Paris gehalten hatte.

3] *farbiges Bild:* Ein großformatiges Farbphoto von TM, das mit dem Artikel von Marquis Childs am 17. 4. 1939 in ›Life‹ erschien. *421*

4] *»Undine«:* ›Ondine‹, Schauspiel von Jean Giraudoux nach der Novelle von Friedrich de la Motte Fouqué, uraufgeführt 1939 im Théâtre de l'Athénée, Paris.

14. 6. 1939

1] *Tabouis:* Die zu jener Zeit sehr berühmte französische politische Journalistin und diplomatische Korrespondentin Geneviève Tabouis (geboren 1892), Tochter des Malers Lequesne, die für ungewöhnlich gut informiert galt und fast das Ansehen eines Orakels hatte. Sie stand den Radikalsozialisten und den intellektuellen Kreisen um Edouard Herriot nahe, verkehrte aber in politischen *421*

Salons aller Richtungen und schrieb nahezu in der gesamten Pariser Presse.

2] *Cassis:* Kleiner Badeort an der südfranzösischen Küste nahe Toulon, TM aus dem Sommer 1933 bekannt.

3] *an C. Newton:* TM an Caroline Newton aus Paris vom 14. 6. 1939, in ›The Letters of Thomas Mann to Caroline Newton‹, Princeton 1971, 12-13.

4] *an Fiedler:* TM an Kuno Fiedler aus Paris vom 14. 6. 1939, Regesten II, 39/287.

5] *Artikel über Princeton:* ›Bei Thomas Mann in Princeton‹ (gezeichnet W. J.) in ›National-Zeitung‹, Basel, 12. 6. 1939.

422 6] *Unterstützung an der Grenze:* Für die Reise von Paris nach Noordwijk wurden ein holländisches Aufenthaltsvisum und ein belgisches Durchreisevisum benötigt. TM und Frau Katia führten noch ihre tschechoslowakischen Pässe, deren fortdauernde Gültigkeit nach der Zerschlagung der Tschechoslowakei zweifelhaft schien, und es lag im Ermessen der holländischen und belgischen Grenzbehörden, ob sie die Pässe anerkennen und die Einreise gestatten wollten.

16. 6. 1939

423 1] *Karte an Bermann:* TM an GBF aus Noordwijk vom 16. 6. 1939, nicht in TM-GBF. Regesten II, 39/289.

2] *an die Herz:* TM an Ida Herz aus Noordwijk vom 16. 6. 1939, Regesten II, 39/290. *Lebensabriß* (1930), GW XI, 98-144, erschien erstmals im Juniheft 1930 der ›Neuen Rundschau‹. TM hatte zu dem Princetoner *Zauberberg*-Essay, den GBF als Einleitung zu der neuen *Zauberberg*-Ausgabe bringen wollte, Teile aus *Lebensabriß* verwendet, aber aus dem englischen Text, da ihm der deutsche Originaltext fehlte. Er bat Ida Herz, ihm diesen Text aus ihrer Sammlung zu schicken.

3] *Roth:* Der Schriftsteller Joseph Roth war am 27. 5. 1939 in Paris gestorben. Nach dem übereinstimmenden Zeugnis seiner nächsten Freunde war der Selbstmord Ernst Tollers am 22. 5. 1939 für den ohnehin todkranken, schweren Alkoholiker Roth ein niederschmetternder Schlag gewesen. Er brach, als er die Nachricht im Café in der Zeitung las, am 23. 5. 1939 zusammen und starb vier Tage darauf im Delirium tremens im Hôpital Necker.

4] *an Mrs. Shenstone:* TM an Molly Shenstone aus Noordwijk vom 16. 6. 1939 in Briefe II, 97-98.
5] *Aufsatz von Rauschning:* Hermann Rauschning, ›Die passive Resistenz. Bemerkungen über eine revolutionäre Waffe im Kampfe gegen die Diktatur der Gewaltsamkeit‹, in Heft 6, Juli-August 1939, von ›Mass und Wert‹.

17. 6. 1939
Broschüren-Sache: Siehe Anmerkung 1 zum 14. 5. 1939. 423

18. 6. 1939
1] *Brecht:* In Heft 6, Juli-August 1939, von ›Mass und Wert‹ er- 423
schien von Bert Brecht die Szene ›Die Bergpredigt‹ aus ›Furcht und Elend des Dritten Reichs‹. Dasselbe Heft enthielt einen ungezeichneten, von Walter Benjamin stammenden Aufsatz ›Was ist das epische Theater?‹ (über Brechts episches Theater) und einen ebenfalls ungezeichneten, vermutlich von Ferdinand Lion stammenden kritischen Aufsatz ›Grenzen des Brecht-Theaters‹. TM meint vermutlich diesen letzteren.
2] *R. Strauss:* Die österreichische Erstaufführung der Oper ›Der 424
Friedenstag‹, die am 10. 6. 1939 in Anwesenheit Hitlers in Wien stattfand. Dirigent war Clemens Krauss. Für ein Lunch mit Hitler bei dieser Gelegenheit gibt es keinen Beleg. Wohl aber frühstückte Strauss am 11. 6. 1939 (seinem 75. Geburtstag) mit Goebbels im Hotel Imperial, und bei dieser Gelegenheit fand eine Art von Aussöhnung nach der (durch den abgefangenen Brief an Stefan Zweig veranlaßten) Entlassung Strauss' als Präsident der Reichsmusikkammer statt. Wahrscheinlich lag eine Verwechslung von Goebbels mit Hitler vor.
3] *Kaisers Roman:* Vermutlich handelt es sich um den Roman ›Villa Aurea‹ des Dramatikers Georg Kaiser (1878-1945), der 1940 im Verlag Querido in Amsterdam erschien. Kaiser lebte im Exil in der Schweiz. Heft 3, Januar-Februar 1939, von ›Mass und Wert‹ hatte zu seinem 60. Geburtstag eine redaktionelle Würdigung und im Vorabdruck den ersten Akt seines neuen Schauspiels ›Der Gärtner von Toulouse‹ gebracht.

20. 6. 1939

424 1] *Heinrichs Geburtstagsbrief:* HM an TM aus Nice vom 25. 5. 1939 in TM-HM, 184-186.

2] *»T.M.'s Weg zu Goethe«:* Heinrich Mahlberg, ›Thomas Manns Weg zu Goethe‹, Typoskript von 56 Seiten, ungedruckt. Mahlberg veröffentlichte eine Anzahl anderer Arbeiten über TM. TM schrieb seinen Namen irrig ›Marlberg‹.

3] *Bermann:* GBF an TM aus Stockholm vom 13. 6. 1939 in TM-GBF, 225-226.

22. 6. 1939

424 *an Bermann:* TM an GBF aus Noordwijk vom 21. 6. 1939 in TM-GBF, 227.

23. 6. 1939

425 1] *Kitty's Niederkunft:* Das 14. und 15. Kapitel des Siebenten Teils von Tolstois ›Anna Karenina‹, in dem Kitty Lewin ihren Sohn zur Welt bringt.

2] *Landauer:* Walter Landauer (1902-1944), Freund und vormaliger Gesellschafter Fritz Landshoffs im Kiepenheuer-Verlag, Berlin, leitete seit 1933 den Allert de Lange Verlag, den zweiten großen deutschen Exilverlag in Amsterdam. Er versuchte bei der deutschen Besetzung Hollands nach Frankreich zu entfliehen, fiel aber den Deutschen in die Hände und kam im Konzentrationslager Bergen-Belsen um.

3] *an die Mazzucchetti:* TM an Lavinia Mazzucchetti aus Noordwijk vom 23. 6. 1939, Regesten II, 39/295.

24. 6. 1939

425 *Gallimard-Büchlein: La Victoire finale de la Démocratie.* Conférence faite aux Etats Unis, 1938 suivi de *La Paix de Munich.* Übersetzt von Rainer Biemel, Editions Gallimard, Paris 1939.

25. 6. 1939

425 1] *A.K.:* ›Anna Karenina‹.

426 2] *Monsieur Commaun:* So in der Handschrift. Möglicherweise eine Verschreibung.

26. 6. 1939
1] *u. v. a. O.:* und von anderen Orten. 426
2] *Menninger:* Der amerikanische Psychiater Karl August Menninger (geboren 1893), Gründer der Menninger Neuropsychiatrischen Klinik in Topeka, Kansas, führend in der amerikanischen psychoanalytischen Vereinigung. Sein Buch ›Man Against Himself‹ erschien 1938.
3] *An Bruno Frank:* Ganzseitiger Zusatz TMs auf der Rückseite eines Briefes von Erika Mann an Bruno Frank, datiert, Noordwijk, den 26. Juni 1939. Das Original befindet sich im Nachlaß von Liesl Frank-Lustig.

27. 6. 1939
Beidlers Aufsatz: ›Richard Wagners Wirkung in England‹ von Franz W. Beidler in ›Neue Zürcher Zeitung‹ vom 14. und 15. 5. 1939. 426

28. 6. 1939
1] *Stevenson:* Der schottische Erzähler, Lyriker und Essayist Robert Louis Stevenson (1850-1894), berühmt durch seine Romane ›Treasure Island‹ (›Die Schatzinsel‹), ›Dr. Jekyll und Mr. Hyde‹, ›Der Junker von Ballantrae‹ und seine meisterhaften Novellen. In TMs Nachlaß befinden sich sieben Bände der zwölfbändigen ›Gesammelten Werke‹, herausgegeben von Marguerite und Curt Thesing, München 1924-1926. Der von TM gemeinte Band heißt ›Die Geschichte einer Lüge und andere Erzählungen‹ und enthält die beiden Geschichten ›Der Flaschenteufel‹ und ›Olalla‹ (bei TM unrichtig ›Omalla‹). 427
2] *an Kahler:* TM an Erich von Kahler aus Noordwijk vom 28. 6. 1939 in ›Blätter der Thomas Mann-Gesellschaft‹, 1970, Nr. 10, 8 ff.
3] *erstes Adelen-Kapitel:* Das Vierte Kapitel von *Lotte in Weimar.*

29. 6. 1939
»Der Flaschenteufel«: ›The Bottle Imp‹, Erzählung von Robert Louis Stevenson (1893), deutsch 1925. Siehe Anmerkung 1 zum 28. 6. 1939. 427

30. 6. 1939

427 1] *von Bermann:* GBF an TM aus Dalarö vom 28. 6. 1939 in TM-GBF, 227-228.

2] *an die Meyer:* TM an Agnes E. Meyer aus Noordwijk vom 29. 6. 1939 in Briefe II, 100-102.

1. 7. 1939

428 *Mißliebiger Artikel:* In ›Das Neue Tage-Buch‹, Heft 27, 1939, erschien unter dem Titel ›Diese Kämpfer‹ eine längere, nicht mit Verfassernamen gezeichnete anti-stalinistische Polemik, die unter anderem TM gegen den von den stalinistischen Kommunisten erhobenen Vorwurf des Anti-Stalinismus in Schutz nahm. Es sei richtig, daß TM eine Zeitlang einer Art Krypto-Stalinismus gehuldigt habe, aber er habe die Täuschung längst erkannt, und nun erfolge die Quittung seitens der kommunistischen ›Rundschau-Nachrichten-Agentur‹ (Runa) in Zürich, die einen Schmähartikel gegen TM verbreite, in dem er ein ›reaktionärer Ignorant‹ genannt werde. Dieser Artikel wiederum fußte auf einem Bericht der ›New York Times‹ über TMs Rede im Hobart College, Geneva, in der er angeblich gesagt habe, der Nationalsozialismus verdanke seinen Erfolg hauptsächlich der ›Fiktion‹, er sei ein Bollwerk gegen den Kommunismus; in Wahrheit sei ›Nationalsozialismus nichts weiter als ein Stück Bolschewismus‹. TM, so erklärt die ›Runa‹, sei ein faschistischer Spiegelfechter.

2. 7. 1939

429 *»Omalla«:* Siehe Anmerkung 1 zum 28. 6. 1939.

3. 7. 1939

429 *Kipling:* Rudyard Kipling (1865-1936), bedeutender englischer, vom Indien-Erlebnis geprägter Lyriker und Erzähler, berühmt durch seine beiden ›Dschungelbücher‹ und den Roman ›Kim‹. Der Roman ›The Light that Failed‹ (Das Licht erlosch) erschien 1891 und wurde bereits 1894 ins Deutsche übersetzt.

5. 7. 1939
1] *Querido:* Der holländische Verleger Emanuel Querido (1871 bis 1943), der im Sommer 1933 seinem großen Verlagshaus eine deutsche Abteilung angliederte, deren Leitung er Fritz Landshoff anvertraute, und damit den ersten großen deutschen Exilverlag gründete. Er tauchte bei der deutschen Besetzung unter, wurde aber 1943 entdeckt, von der Gestapo verhaftet, nach Deutschland verschleppt und ermordet. *430*
2] *seine Mitarbeiterin:* Alice Nahuys-von Eugen, die zusammen mit Fritz Landshoff den deutschen Querido-Verlag leitete. Sie übersetzte die *Bekenntnisse des Hochstaplers Felix Krull*, die 1955 im Verlag Querido erschienen, ins Holländische.

6. 7. 1939
Sinngedicht: ›Das Sinngedicht‹, Novellenzyklus von Gottfried Keller (1882). *431*

8. 7. 1939
1] *Schrift von Maritain:* Jacques Maritain (1882-1973), bedeutender katholischer französischer Philosoph, seit 1914 Professor am Institut Catholique, Paris, verbrachte die Kriegsjahre im Exil in den Vereinigten Staaten, war 1945-1948 französischer Botschafter beim Vatikan und danach Professor in Princeton. Nicht eindeutig, um welche seiner Schriften es sich hier handelt. Es könnte ›Christianisme et démocratie‹ sein, aber diese Schrift erschien erst 1943 bei Editions de la Maison française, New York. *432*
2] *Roman von Klaus:* Klaus Mann, ›Der Vulkan. Roman unter Emigranten‹ erschien 1939 im Verlag Querido, Amsterdam. Es war Klaus Manns letzter Roman; er veröffentlichte danach nur noch essayistische und journalistische Arbeiten.
3] *Essayband:* Der damals geplante und offenbar bereits zusammengestellte Essayband kam infolge des Kriegsausbruchs nicht mehr zustande. Der Plan wurde erst mit dem Band *Adel des Geistes* 1945 verwirklicht.

9. 7. 1939
Valentin: Siehe Anmerkung 4 zum 28. 12. 1938. *432*

10. 7. 1939

433 *»Adel des Geistes«:* Siehe Anmerkung 3 zum 8. 7. 1939.

11. 7. 1939

433 1] *»Psychoanalytisches Volksbuch«:* Gemeint ist vermutlich ›Das ärztliche Volksbuch‹, herausgegeben von dem Basler Psychoanalytiker Professor Heinrich Meng, mit dem TM seit 1936 in Verbindung stand. Siehe TMs Dankesbrief an Meng vom 17. 7. 1939 in Regesten II, 39/313.

2] *»Ausblicke«:* In der Schriftenreihe ›Ausblicke‹ des Bermann-Fischer Verlags erschienen im Herbst 1939 ›Ist der Krieg unvermeidlich?‹ von Harold Nicolson, ›Unser Glaube‹ von Aldous Huxley, ›Über Krieg und Frieden‹ von Arthur Schnitzler, ›Die Rolle des Bösen in der Weltgeschichte‹ von Hermann Steinhausen (Pseudonym für Eugen Gürster), der auch ein häufiger Mitarbeiter von ›Mass und Wert‹ war, und ›Die politischen Religionen‹ von Erich Voegelin.

3] *»Trinker«:* Joseph Roth, ›Die Legende vom heiligen Trinker‹, eine nachgelassene Novelle, erschien im Herbst 1939 im Verlag Allert de Lange, Amsterdam.

4] *Br. Franks Broschüren-Manuskript:* Bruno Franks ›Botschaft an Deutschland‹, sein Beitrag zu der geplanten Broschüren-Serie für Deutschland. Siehe Anmerkung 1 zum 14. 5. 1939.

12. 7. 1939

434 1] *Aufsatz von Lukács:* Georg Lukács, ›Gottfried Keller. Zur 120. Wiederkehr seines Geburtstages‹, in ›Internationale Literatur‹ (Moskau), Juni 1939.

2] *an Oprecht:* TM an Emil Oprecht aus Noordwijk vom 12. 7. 1939, Regesten II, 39/307.

3] *an Lion:* TM an Ferdinand Lion aus Noordwijk vom 12. 7. 1939 in Briefe II, 102-103.

13. 7. 1939

434 1] *Schrift von Huxley:* Siehe Anmerkung 2 zum 11. 7. 1939.

2] *Wallagh:* G. H. Wallagh, ›Gesprek met Thomas Mann‹ in ›Het Hollandsche Weekblad‹, Amsterdam, 22. 7. 1939.

3] *Frau Witkop:* Vermutlich ist die Gattin des Germanisten Philipp Witkop (1880-1942) gemeint, der Professor für neuere deutsche Literatur in Freiburg und seit 1904 mit TM bekannt war.

14. 7. 1939

1] *Vater-Sohn-Gespräch:* Das morgendliche Gespräch zwischen Goethe und seinem Sohn August, das den Schluß des Siebenten Kapitels von *Lotte in Weimar* bildet. Darin Goethes Darlegung über den Glasopal und die Strukturierung der Kristalle. Die nachfolgende Tagebuch-Notiz ›Zum Kristall in dem Buch von Hartmann‹ bezieht sich auf diese Stelle. GW II, 685-687. *434*

2] *Dr. H. Wolf:* Der holländische Germanist Herman Wolf, der eine Anzahl von Aufsätzen über TM veröffentlichte. *435*

15. 7. 1939

1] *holländische Ausgabe: De komende Zege der Democratie,* übersetzt von Leo Polak, erschien 1939 im Verlag De Arbeiderspers, Amsterdam. *435*

2] *geänderter »Bruder«-Titel: Bruder Hitler* erschien unter diesem Titel in ›Das Neue Tage-Buch‹, Paris, Jg. 7, Heft 13, 1938, unter dem Titel *This Man is My Brother* in ›Esquire‹, Chicago, vol. II, Nr. 3; unter dem Titel *A Brother* in TMs Essayband *Order of the Day*, 1942.

16. 7. 1939

1] *Dr. Salomon:* Vermutlich handelt es sich um den deutschen Bildpublizisten Erich Salomon (1886-1944), bekannt durch seine Aufnahmen ›berühmter Zeitgenossen in unbewachten Augenblikken‹. Er emigrierte nach Holland, dem Heimatland seiner Frau, lebte in Den Haag, wurde beim deutschen Überfall 1940 verhaftet und verschleppt und im Konzentrationslager Auschwitz ermordet. *435*

2] *an Frank:* TM an Bruno Frank aus Noordwijk vom 16. 7. 1939, Regesten II, 39/309.

17. 7. 1939

1] *Kristall-Affaire:* Siehe Anmerkung 1 zum 14. 7. 1939. *436*

2] *»G. u. der Osten«:* ›Goethes Erlebnis des Ostens‹ von H. H. Schaeder (1938). Siehe Anmerkung 1 zum 26. 7. 1938. TMs Exemplar ist erhalten.

18. 7. 1939

436 *entfernte Verwandte K.'s:* Friedrich von Schuch, Cellist an der Dresdner Oper, Sohn des Dirigenten Ernst von Schuch und Bruder der Sängerin Liesel von Schuch. Seine Gattin Valerie (genannt Vala) war eine Schwester von Klara (Lala) Pringsheim geborene Koszler, der Gattin von Klaus Pringsheim.

19. 7. 1939

436 1] *Mauritius Haus:* Richtig Mauritshuis, die große Gemäldesammlung im Haag.

2] *Dr. Falk:* Nicht identifiziert.

21. 7. 1939

437 1] *An die Herz:* TM an Ida Herz aus Noordwijk vom 21. 7. 1939, Regesten II, 39/318.

2] *Citroen:* Der aus Deutschland stammende holländische Maler und Zeichner Paul Citroen (geboren 1896) lehrte seit 1935 an der Kunstakademie im Haag, während der deutschen Besatzungszeit untergetaucht. Er hatte 1935 bereits Erika Mann porträtiert, kam auf Einladung TMs und begleitet von seinem Freund ter Braak am 21. 7. 1939 und danach noch zweimal am 25. und 26. 7. 1939 nach Noordwijk und fertigte auf diesen drei Sitzungen eine Anzahl von Porträtzeichnungen TMs an, von denen die meisten sich noch in seinem Besitz befinden. Zum letzten Mal zeichnete er TM während seiner Krankheit 1955 in Holland und schuf damit das letzte Porträt.

438 3] *Survey-Graphic-Aufsatz:* Der Aufsatz *Culture and Politics*, deutsch unter dem Titel *Zwang zur Politik* in ›Das Neue Tage-Buch‹, Paris, 22. 7. 1939.

4] *General Brauchitsch:* Generalfeldmarschall Walther von Brauchitsch (1881-1948), kommandierender General des 1. Armeekorps in Ostpreußen, war am 4. 2. 1938 als Nachfolger des Freiherrn von Fritsch Oberbefehlshaber des deutschen Heeres geworden. Er leitete die Feldzüge gegen Polen, Frankreich, Jugoslawien-Griechenland und die Sowjetunion, nahm nach der Winterkrise vor Moskau am 19. 12. 1941 seinen Abschied, und Hitler trat als Oberbefehlshaber an seine Stelle.

5] *Borah:* William Edgar Borah (1865-1940), seit 1907 Senator,

1925-1933 Vorsitzender des Außenpolitischen Ausschusses des Senats, einflußreicher Gegner Roosevelts.

22. 7. 1939

1] *Goethes »Paria«:* Die Ballade ›Paria‹ (›Des Paria Gebet‹) von Goethe. Siehe die Absätze in Goethes Selbstgespräch über ›Verführung durchs eigene Geschlecht‹, die ›Paria-Göttin‹ und die ›gerichtete Verbrecherin vom Pariastamm‹ im Siebenten Kapitel von *Lotte in Weimar,* GW II, 682-684. 438

2] *Dr. Warschauer:* Vermutlich ist der Publizist Frank Warschauer (1892-1940) gemeint, der 1933 nach Prag, 1938 nach Holland emigrierte und sich bei der deutschen Besetzung Hollands am 18. 5. 1940 das Leben nahm.

3] *Londoner Versteigerung:* Siehe Anmerkung 3 zum 12. 6. 1939.

4] *Rutgers University-Druck: The Problem of Freedom.* An Address to the Undergraduates and Faculty of Rutgers University at Convocation on April the 28th, 1939. New Brunswick, N.Y.: Rutgers University Press, 1939.

23. 7. 1939

1] *Nation. Zeitung: Kultur und Politik,* ›National-Zeitung‹, Basel, 23. 7. 1939. Die Zeitungs-Nachdrucke dieses Aufsatzes wurden von der Presse-Agentur ›Coopération‹ (Dr. Revesz) in Paris vertrieben. 438

2] *Besprechung des »Vulkan«:* Eine Rezension von Klaus Manns Roman ›Der Vulkan‹ von A. M. Frey erschien in Heft 3, März-April 1940, von ›Mass und Wert‹. Frey schrieb anläßlich der Neuausgabe des Buches nach dem Zweiten Weltkrieg noch einmal darüber in der ›National-Zeitung‹, Basel, 10. 11. 1956.

3] *Brief an Klaus:* TM an Klaus Mann aus Noordwijk vom 22. 7. 1939 in Briefe II, 105-107, sowie in GW X, 766-769, und Klaus Mann, ›Briefe und Antworten‹, Band II, 78-81.

25. 7. 1939

1] *W. Wagner:* Winifred Wagner (1897-1980), die Schwiegertochter Richard Wagners in Bayreuth. Professor Alfred Pringsheim gehörte zu den frühesten Förderern der Bayreuther Festspiele und unterhielt noch immer gewisse Verbindungen zum Hause Wahnfried. 439

2] *Noten-Beigabe:* Anmerkungen oder Fußnoten, welche die in diesem Kapitel überaus zahlreichen, mehr oder weniger versteckten Anspielungen und direkten und indirekten Zitate aus Goethe und der zeitgenössischen Literatur hätten erläutern sollen. Die Idee wurde nicht weiterverfolgt. Möglicherweise hatte TM dabei an Goethes ›Noten und Abhandlungen zu besserem Verständnis des westöstlichen Divans‹ gedacht.

26. 7. 1939

439 1] *und Reizendes:* So in der Handschrift, offensichtlich fehlkonstruierter Satz.

440 2] *Goethe-Bilderwerk:* Paul Citroen kann sich nicht erinnern, um welches Goethe-Bilderbuch es sich handelt. Er besaß deren mehrere, »von denen ich eins für TM mitbrachte.«

3] *N. Elias:* Norbert Elias (geboren 1897) emigrierte 1933 nach Frankreich, später nach England. Sein zweibändiges Werk ›Über den Prozeß der Zivilisation‹ erschien 1939 im Falken-Verlag, Basel.

4] *B. Uhse:* Der Schriftsteller Bodo Uhse (1904-1963) war ursprünglich Nationalsozialist, trat 1931 der KPD bei, emigrierte 1933 nach Frankreich, nahm 1937 am Spanischen Bürgerkrieg teil, ging 1939 nach den Vereinigten Staaten, 1940 nach Mexiko und kehrte 1948 nach Deutschland (Ost-Berlin) zurück, wo er Redakteur der Zeitschrift ›Aufbau‹ war. Er veröffentlichte mehrere Aufsätze über TM. Sein Artikel ›Ein Entsandter Deutschlands. Beim Besuch der Thomas Mann-Sammlung der Yale Universität‹ in seinem Buch ›Gestalten und Probleme‹, Berlin 1959, und in Schröter, ›Thomas Mann im Urteil seiner Zeit‹, 319-321.

27. 7. 1939

440 1] *an Bermann-Fischer:* Dieser Brief ist nicht erhalten.

2] *Lehrer Rozelaar:* Unbekannt.

28. 7. 1939

440 1] *ter Braaks Artikel:* In ›Het Vaterland‹ vom 31. 7. 1939.

441 2] *Wohlthat-Handel:* Staatsrat Helmuth Wohltat, Führer einer deutschen Wirtschaftskommission und Abgesandter Görings, der zu dieser Zeit undurchsichtige Wirtschaftsbesprechungen in Lon-

don führte, die von der britischen Presse aufgegriffen und heftig kritisiert wurden, vermutlich ein deutsches Ablenkungsmanöver, das zu nichts führte.
3] *Herr Cordan:* Der Lyriker und Erzähler Wolfgang Cordan (1909-1966) (Pseudonym für Heinz Horn), emigrierte 1933 nach Paris, dann nach Holland, 1953 nach Mittelamerika. Während seiner Jahre in Holland übersetzte er flämische und französische Lyrik, gab 1934-1940 in Amsterdam die Zeitschrift ›Contact‹ und ab 1939 die Zeitschrift ›Centaur‹ heraus, die nur zweimal erschien und 1940-1944 als die illegalen ›Kentaur-Drucke‹ im Untergrund fortgeführt wurde. Cordan hatte Verweys Lyrik übersetzt.

29. 7. 1939
1] *Ulman:* Siehe Anmerkung 1 zum 24. 5. 1938. *441*
2] *Kunstenaars Centrum:* Eine von Menno ter Braak inspirierte und geleitete, gegen Hitler-Deutschland gerichtete holländische Schriftstellervereinigung, die im ›Pulchri Studio‹ im Haag, dem Haus der gleichnamigen holländischen Maler-Vereinigung, einen Saal gemietet hatte, um dort eine Begegnung TMs mit den Haager Literatur-Vertretern stattfinden zu lassen.
3] *an Schickele:* TM an René Schickele aus Noordwijk vom 29. 7. 1939 in Briefe II, 108-109.

30. 7. 1939
1] *Forum-Vertrag: Buddenbrooks* sollte in der von den Exilver- *442*
lagen Bermann-Fischer, Querido und de Lange gemeinsam veranstalteten Forum-Bücherei erscheinen. Durch den Kriegsausbruch kam es nicht mehr dazu.
2] *Wahrmand:* Waarmond. TM schreibt zuweilen auch Warmond.
3] *Gesandter in Paris:* Vermutlich der holländische Gesandte in Paris, der TM bei der Einreise behilflich gewesen war.

31. 7. 1939
1] *Korrektur des »Ausblicks«: Das Problem der Freiheit,* Ende *442*
1939 in der Schriftenreihe ›Ausblicke‹ des Bermann-Fischer Verlags erschienen, ein immer wieder umgearbeiteter, erneuerter und aktualisierter Text, von dem es mehrere Varianten gab.
2] *Frl. Oesterreicher:* Nicht identifiziert.

3] *Cassirer:* Der Philosoph Ernst Cassirer (1874-1945) war bis 1933 Professor der Philosophie an der Universität Hamburg, emigrierte 1933 nach England, 1935 nach Schweden und 1940 nach den Vereinigten Staaten, wo er an den Universitäten Yale und Princeton wirkte. Sein Buch ›Descartes‹ erschien 1939 im Bermann-Fischer Verlag, Stockholm. Sein Aufsatz ›Thomas Manns Goethebild: Eine Studie über Lotte in Weimar‹ erschien nach seinem Tod, im Oktober 1945 in der ›Germanic Review‹.

443 4] *an Oprecht:* TM an Emil Oprecht aus Noordwijk vom 31. 7. 1939, Regesten II, 39/327.

1. 8. 1939

443 1] *(Ankunft am Frauenplan):* Im Achten Kapitel von *Lotte in Weimar* (Eintreffen der Gäste in Goethes Haus), GW II, 703 ff.

2] *an Bermann:* TM an GBF aus Noordwijk vom 1. 8. 1939 in TM-GBF, 231-234.

3] *schwedisch-deutsche Gesellschaft:* Es handelte sich um die neugegründete, antifaschistische ›Nordische Vereinigung für deutsche Kultur‹, deren Gründer und Leiter (Johannes Edfelt und Fredrik Ström) zu den Kreisen des schwedischen Regierungsorgans ›Socialdemokraten‹ gehörten. Siehe GBF an TM aus Stockholm vom 2. 8. 1939 in TM-GBF, 234.

2. 8. 1939

443 1] *Christina:* Königin Christine von Schweden (1626-1689). Sie rief den französischen Philosophen und Mathematiker René Descartes 1649 an ihren Hof nach Stockholm. Er starb dort vier Monate später.

2] *an die Lowe:* TM an Helen Lowe-Porter aus Noordwijk vom 2. 8. 1939, Regesten II, 39/331. Die Übersetzung des Siebenten Kapitels von *Lotte in Weimar* bereitete wegen der zahlreichen Anspielungen und versteckten Zitate sowohl der englischen wie der französischen Übersetzerin große Schwierigkeiten. TM empfahl beiden eventuelle Kürzungen und Vereinfachungen.

444 3] *Henderson:* Sir Nevile Henderson, britischer Botschafter in Berlin. Seine Memoiren ›Failure of a Mission‹, London 1940.

3. 8. 1939

1] *Nicolsons Schrift:* Eine deutsche Übersetzung erschien im Herbst 1939 in der Reihe ›Ausblicke‹ des Bermann-Fischer Verlags, Stockholm. Siehe Anmerkung 2 zum 11. 7. 1939. Nicolson bezieht sich in seiner Schrift nachdrücklich auf TMs *Dieser Friede.* *444*

2] *an Kerényi:* TM an KK aus Noordwijk vom 2. 8. 1939 in TM-KK, 89-91. Auch in GW XI, 648 f.

4. 8. 1939

von Bermann: GBF an Katia Mann aus Stockholm vom 3. 8. 1939 in TM-GBF, 235. *444*

5. 8. 1939

1] *»Frau Büntels«:* Nicht identifiziert. *444*

2] *Douceurs:* Trinkgelder. *445*

3] *4 Erzählungen:* Der in der Forum-Bücherei erschienene Band *Die schönsten Erzählungen* von TM, enthaltend: *Tonio Kröger, Unordnung und frühes Leid, Der Tod in Venedig* und *Mario und der Zauberer.*

6. 8. 1939

1] *Indépendence Belge:* Nicht identifiziert. *445*

2] *Asso:* Oprechts Hund.

3] *Herr Moser:* Fritz Moser, Vater von Gret Mann geborene Moser, Schwiegervater von Michael Mann.

7. 8. 1939

1] *An Fiedler:* TM an Kuno Fiedler aus Zürich vom 7. 8. 1939, Regesten II, 39/334. *446*

2] *»Landi«:* Die Schweizerische Landesausstellung in Zürich 1939, die beiderseits des Zürichsees stattfand und unter anderem ein großes Volksfest war. Sie mußte bei Kriegsausbruch geschlossen werden.

8. 8. 1939

1] *»Deli«:* ›Delhi‹, Schweizer Zigarettenmarke. *446*

2] *von Bermann:* GBF an TM aus Stockholm vom 4. 8. 1939 in TM-GBF, 236. *447*

3] *»Legenden«:* ›Sieben Legenden‹, Novellenzyklus von Gottfried Keller, entstanden 1854-1860, Erstausgabe 1872.

9. 8. 1939

447 1] *Karl Kraus:* Vermutlich der Gedichtband ›Zeitstrophen‹ von Karl Kraus, der 1931 erschien, sich aber nicht in TMs Bibliothek findet. Dies ist einer der ganz wenigen Hinweise in TMs Aufzeichnungen und Briefen, daß er sich je eingehender mit Karl Kraus beschäftigt hat.

2] *Studer-Gujer:* Siehe Anmerkung 6 zum 10. 4. 1938.

448 3] *an die Mazzucchetti:* TM an Lavinia Mazzucchetti aus Zürich vom 9. 8. 1939, Regesten II, 39/335.

4] *Jollos:* Der Schweizer Schriftsteller Waldemar Jollos (1886 bis 1953), der Gatte Lavinia Mazzucchettis. Er war in Moskau geboren und übersetzte aus dem Russischen, unter anderem Dostojewski, Gogol, Gontscharow, Turgenjew, Ehrenburg sowie Tschernitschewski und andere russische politische Schriftsteller.

10. 8. 1939

448 *deren Schwester:* Therese Giehses Schwester Irma, die in der Schweiz im Exil lebte.

11. 8. 1939

449 1] *Dr. Marlberg:* Richtig Mahlberg. Siehe Anmerkung 2 zum 20. 6. 1939.

2] *Dr. Lothar:* Dr. Johannes (Hans) Lothar (1900-1944), bis 1935 in leitender Stellung in der Geschäftsführung im Verlag der ›Frankfurter Zeitung‹ tätig, emigrierte nach England und gründete 1941 in London das deutsche Wochenblatt ›Die Zeitung‹, dessen Herausgeber und Chefredakteur er war und das bis 1945 bestand.

3] *Tor Bonnier:* (1883-1976), der älteste der drei Söhne des Verlegers Karl Otto Bonnier (1856-1941). Nach dem Tod seines Vaters übernahm er die Leitung des Verlagshauses Albert Bonnier in Stockholm, das seit 1904 die schwedischen Ausgaben von nahezu sämtlichen Werken TMs herausbrachte und sich 1938 mit Bermann-Fischer assoziiert und ihm den Wiederaufbau seines in Wien zerstörten Verlags ermöglicht hatte.

12. 8. 1939

1] *an Bermann:* TM an GBF aus Zürich vom 12. 8. 1939 in TM- 449
GBF, 237-238.

2] *an Tor Bonnier:* TM an Tor Bonnier aus Zürich vom 12. 8. 1939, Regesten II, 39/337.

3] *an Edfeld:* TM an Johannes Edfelt aus Zürich vom 12. 8. 1939, Regesten II, 39/338. Der Lyriker und Essayist Johannes Edfelt (geboren 1904), besonders verdient als Vermittler und Übersetzer deutscher Literatur, bemühte sich, TM für einen Vortrag in der Stockholmer ›Nordischen Vereinigung für Deutsche Kultur‹ zu gewinnen, und TM sagte zu. Siehe Anmerkung 3 zum 1. 8. 1939.

4] *Novelle von Gumpert:* ›Der Eingriff‹, Novelle von Martin Gumpert, erschien in Heft 1, November-Dezember 1939, von ›Mass und Wert‹.

5] *Entwürfe zu »Anna Karenina«:* Waldemar Jollos, ›Unbekannte Entwürfe zu Tolstois »Anna Karenina«‹, eine Einführung gefolgt von ›Das Ballfest‹ in Jollos' Übersetzung, das in der endgültigen Fassung des Romans das 22. und 23. Kapitel des I. Teils einnimmt, in ›Neue Zürcher Zeitung‹, 13. 8. 1939.

6] *W. Scott an Schopenhauer:* Franz Mockrauer, ›Walter Scott und Arthur Schopenhauer. Ein vergeblicher und nie abgesandter Brief‹, in ›Neue Zürcher Zeitung‹, 13. 8. 1939.

13. 8. 1939

1] *an Nicolson:* TM an Harold Nicolson aus Zürich vom 12. 8. 450
1939, Regesten II, 39/342.

2] *die Meyer:* TM an Agnes E. Meyer aus Zürich vom 13. 8. 1939, Regesten II, 39/343.

3] *die Servicen:* TM an Louise Servicen aus Zürich vom 13. 8. 1939, in Briefe II, 109-111.

14. 8. 1939

1] *Jelmoli:* Kaufhaus in Zürich. 450

2] *Barths:* Siehe Anmerkung 3 zum 11. 7. 1938.

3] *Gut Faesis:* ›Neugut‹, der Landsitz Robert Faesis oberhalb Wädenswil am Zürichsee.

4] *Burckhardt:* Der Schweizer Historiker Carl Jacob Burckhardt (1891-1974), ursprünglich im diplomatischen Dienst, war seit

1932 Professor für Geschichte in Genf und 1937-1939 Hoher Kommissar des Völkerbundes in der Freien Stadt Danzig. In dieser Eigenschaft hatte er am 11. 8. 1939 in Berchtesgaden eine Unterredung mit Hitler. Burckhardts Bericht in seinem Buch ›Meine Danziger Mission‹ (1960) zufolge erklärte er Hitler, ein deutscher Überfall auf Polen werde zu einem Weltkrieg führen, worauf Hitler antwortete, wenn er schon Krieg führen müsse, werde er es lieber heute als morgen tun und erbarmungslos bis zum äußersten kämpfen. (Siehe Burckhardts Bericht an den Völkerbund vom 19. 3. 1940, Wortlaut in ›Documents on International Affairs‹, 1939 bis 1946, I, 346-347.)

15. 8. 1939

451 *Gitermann:* Valentin Gitermann, ›Die historische Tragik der sozialistischen Idee‹, Verlag Oprecht, Zürich 1939.

16. 8. 1939

451 *Walters:* Bruno Walter und seine Familie. Walter befand sich zu den Festspielen in Luzern, wo er Mahlers Zweite Symphonie aufführen sollte. Über das Zusammentreffen mit TM und Frau Katia berichtet er in ›Thema und Variationen‹, S. 468.

17. 8. 1939

451 *P. Stefan:* Der österreichische Musikschriftsteller Paul Stefan (1879 bis 1943), Verfasser von Monographien über Toscanini, Bruno Walter, Mahler, Schönberg, Schubert, Bizet und Dvořák und zahlreicher musikhistorischer Werke. Er floh 1938 aus Wien nach der Schweiz, lebte 1939-1941 in Lissabon und gelangte dann nach New York. TM trug zu dem von ihm herausgegebenen Sammelband über Bruno Walter (1936) einen Aufsatz bei.

19. 8. 1939

452 1] *Hutchinson:* Der englische Schriftsteller R. C. Hutchinson (geboren 1907) hatte mit seinem 1938 erschienenen Roman ›Testament‹ einen großen internationalen literarischen Erfolg. Der Roman erschien deutsch unter dem Titel ›Ein Testament‹ übersetzt von Maria Giustiniani (Mimi Zuckerkandl) 1939 im Bermann-Fischer Verlag, Stockholm.

2] *die Rosenbergs:* Die Schwestern Käthe Rosenberg und Ilse Dernburg, Cousinen von Frau Katia Mann, die nach London emigriert waren.
3] *Dankesbrief von Klaus:* Klaus Mann an seinen Vater aus Santa Monica, Kalifornien, vom 3. 8. 1939, in Klaus Mann, ›Briefe und Antworten‹, II, 81-84.
4] *K.R.:* Käthe Rosenberg.

20. 8. 1939
1] *Hampton Court:* An der Themse gelegenes englisches Renaissance-Schloß der Tudorzeit, erbaut von Kardinal Wolsey, der es 1526 Heinrich VIII. schenkte, 1689 von Christopher Wren umgebaut, enthält Teile der Königlichen Gemäldesammlung, vor allem die berühmten Mantegnas ›Triumphzug Cäsars‹. *453*
2] *die »Tanten«:* Siehe Anmerkung 2 zum 19. 8. 1939.

21. 8. 1939
1] *polit. Platten-Aufnahme:* Zusammenhang nicht mehr feststellbar. *454*
2] *Willard:* Richtig Willert. Siehe Anmerkung 1 zum 5. 6. 1938.
3] *»The importance of being earnest«:* Komödie von Oscar Wilde, deutsch zumeist unter dem Titel ›Bunbury‹.

22. 8. 1939
1] *Frau Olden:* Ika Olden, die Gattin des Schriftstellers Rudolf Olden. Siehe Anmerkung 3 zum 1. 5. 1939. *454*
2] *Grete Walter:* (1906-1939) Bruno Walters jüngere Tochter hatte ihre sehr unglückliche Ehe mit dem deutschen Filmproduzenten Robert Neppach lösen wollen und lebte bereits getrennt von ihm bei den Eltern. Während einer »letzten Aussprache«, die sie ihm in Zürich gewährte, erschoß er sie und sich selbst, da der Gedanke, sie könne sich einem anderen Mann zuwenden, ihm unerträglich war. TMs Notiz, daß das Unglück sich in Bern ereignete, beruht auf einem Irrtum.
3] *Prof. Saxl:* Der Wiener Kunsthistoriker Fritz Saxl (1890 bis 1948), Direktor der Bibliothek Warburg und Professor in Hamburg, seit 1933 in London Direktor des Warburg-Instituts.
4] *Warburg-Institut:* Das aus der Bibliothek des Hamburger

Kunst- und Kulturhistorikers Aby Warburg (1866-1929) hervorgegangene bedeutende kunstwissenschaftliche Forschungs-Institut in London. Die Bibliothek kam 1934 nach London und ist seither der University of London angegliedert. Ida Herz hatte zeitweilig eine Bibliothekars-Assistentenstelle an dem Institut.

455 5] *Bestattung:* Die Bestattung ihrer Kindheitsfreundin Grete Walter.

23. 8. 1939

455 1] *britisches statement:* Das Communiqué des britischen Kabinetts im Anschluß an die Kabinettssitzung vom 22. 8. 1939, das kategorisch erklärte, der Nichtangriffspakt zwischen Deutschland und der Sowjetunion »beeinträchtige in keiner Weise Großbritanniens Verpflichtungen gegenüber Polen, die die britische Regierung wiederholt öffentlich festgestellt habe und die sie zu erfüllen fest entschlossen sei«.

456 2] *Henderson:* Der britische Botschafter Sir Nevile Henderson übergab Hitler am 23. 8. 1939 einen persönlichen Brief Premierminister Chamberlains, in dem es nochmals hieß, das deutsch-sowjetische Abkommen ändere nichts an Großbritanniens Verpflichtung gegenüber Polen. Abschließend ersuchte der Brief nochmals um eine friedliche Lösung des Konfliktes mit Polen, denn es sei »unmöglich, das Ende der Feindseligkeiten abzusehen, wenn sie erst einmal begonnen haben«.

25. 8. 1939

457 1] *Goetheborg:* So in der Handschrift, statt Göteborg.

2] *Papen:* Franz von Papen (1879-1969), konservativer Wegbereiter Hitlers, war von Juni bis Dezember 1932 deutscher Reichskanzler und trat, nach dem von ihm mitbewirkten Sturz der Regierung Schleicher, am 30. 1. 1933 als Vizekanzler in die Regierung Hitler ein. Nach der Ermordung des österreichischen Bundeskanzlers Dollfuß durch die Nationalsozialisten wurde er im Juli 1934 deutscher Gesandter in Wien, 1936 zum Botschafter erhoben, und war nach der Besetzung Österreichs von April 1939 bis August 1944 deutscher Botschafter in der Türkei. Im Nürnberger Hauptkriegsverbrecher-Prozeß wurde er 1946 freigesprochen, im Spruchkammerverfahren jedoch zu acht Jahren Arbeitslager verurteilt und 1949 entlassen.

3] *Forster:* Albert Forster, nationalsozialistischer Gauleiter in Danzig.
4] *Mercedes Frau Fischers:* Frau Hedwig Fischer hatte ihren kleinen Mercedes-Wagen von Berlin nach Stockholm mitnehmen können.
5] *eiligst nach Paris:* So in der Handschrift; eine offenkundige Verschreibung. Es muß ›nach New York‹ oder ›nach Amerika‹ heißen.
6] *Tochter Hilla:* Hilde (genannt Hilla) Fischer. S. Fischers jüngere Tochter, geboren 1916.

26. 8. 1939
1] *Brief an Bruno Walter:* Dieser Brief ist nicht nachgewiesen und vermutlich verloren. Bruno Walters Antwort auf ihn aus Lugano vom 30. 8. 1939 findet sich in Bruno Walter, ›Briefe 1894-1962‹, Frankfurt 1969, 249-250. *458*
2] *Die alten Bonniers:* Karl Otto Bonnier und seine Gattin. *459*
3] *Thur Bonnier:* Tor Bonnier.
4] *Präsident des P.E.N. Club:* Der Schriftsteller Gustaf Hellström, Präsident des schwedischen PEN-Club seit 1937, Mitglied der schwedischen Akademie.

27. 8. 1939
Dr. Philipson: Rechtsanwalt Dr. Ivar Philipson, einer der Anwälte des Hauses Bonnier und juristischer Berater des Bermann-Fischer Verlags. *460*

28. 8. 1939
P.E.N. Congreß verschoben: Der Kongreß wurde abgesagt, und es fand auch keine Ersatzveranstaltung statt. TMs vorbereitete Reden und Ansprachen wurden nicht gehalten. *461*

30. 8. 1939
Erb: Der lyrische Tenor, Opern- und Liedersänger Karl Erb (1877 bis 1958) gehörte 1913-1925 der Münchner Oper an und war der erste Darsteller von Pfitzners ›Palestrina‹. TM kannte ihn gut aus München und hat ihn im *Doktor Faustus* abgebildet. Er war 1921 bis 1932 mit der Sängerin Maria Ivogün verheiratet. *462*

1. 9. 1939

463 *Bert Brecht und Frau:* Bertolt Brecht (1898-1956) war mit seiner Gattin, der Schauspielerin Helene Weigel (1900-1971), 1933 über Prag, Wien, die Schweiz, Paris nach Dänemark emigriert. Von dort ging er 1939 nach Schweden, wo er, wie geschildert, in Stockholm mit TM zusammentraf. 1940 ging er nach Finnland und 1941 über Moskau nach den Vereinigten Staaten, wo TM in Kalifornien neuerlich mit ihm zusammentraf. Brecht kehrte 1947 nach Europa zurück, vorerst in die Schweiz, dann nach Ost-Berlin.

4. 9. 1939

464 1] *Flüchtlingsschiff:* Der britische Ozeandampfer ›Athenia‹ mit 1400 Passagieren an Bord war ohne Warnung 200 Meilen westlich der Hebriden torpediert und versenkt worden, wobei 112 Menschen, darunter 28 Amerikaner, ums Leben kamen. Deutschland leugnete die Verantwortung, und erst nach dem Krieg gestand Admiral Dönitz, daß die ›Athenia‹ von ›U-30‹ versenkt worden war.

465 2] *Björkman:* Carl Björkman (1901-1961), Schriftsteller, Filmkritiker, Redakteur der Zeitung ›Nya Daglight Allehanda‹ und der Zeitschrift ›Nu‹ und Leiter des Verlags Wahlström und Widstrand, Stockholm.

3] *Erikas Buch »Our Nazi town«:* Eine nicht nachweisbare, möglicherweise unvollendete, wieder verworfene und verlorengegangene Arbeit Erika Manns.

5. 9. 1939

465 1] *Manuskript von Benedikt:* Siehe Anmerkung 7 zum 15. 1. 1937. Das erwähnte Manuskript Benedikts hat sich nicht feststellen lassen.

2] *Zuckerkandl:* Siehe Anmerkung 18 zum 15. 1. 1937.

6. 9. 1939

465 1] *amerikanischer Gesandter:* Frederick A. Sterling, Botschafter der Vereinigten Staaten in Schweden 1938-1940.

2] *Gräfin Posse:* Amalie Gräfin Posse (1884-1957), 1915-1939 mit dem tschechischen Künstler Oki Brazda verheiratet, einflußreiche Beschützerin der politischen Flüchtlinge in Schweden, spielte eine zentrale Rolle in dem antinazistischen sogenannten ›Tisdagsklubben‹ (Dienstagsklub).

3] *Fürsorge-Präsident:* Vermutlich ist der sozialdemokratische Sozialminister Gustav Möller (1884-1970) gemeint.

4] *Stefani:* Die damalige offizielle italienische Nachrichtenagen- 466
tur.

8. 9. 1939

Prinz Wilhelm: Wilhelm Prinz von Schweden (1884-1965), zwei- 467
ter Sohn König Gustavs V. von Schweden, namhafter Erzähler, Essayist, Lyriker und Dramatiker, Autor erfolgreicher, auch ins Deutsche übersetzter Reisebücher, prominentes Mitglied des schwedischen PEN-Club.

10. 9. 1939

1] *Telegramm an Bermann:* TM an GBF aus Southampton vom 468
10. 9. 1939 in TM-GBF, 239.

2] *Karte an Bermann:* TM an GBF aus Southampton vom 10. 9. 1939 in TM-GBF, 239.

3] *Heine (Forum):* Eine Anthologie ›Heinrich Heine Auswahl‹, die im Rahmen der Forum-Bücherei erschien.

4] *»General Hans«:* Vermutlich der vormalige Berliner Journalist Hans Kahle (1899-1947), der 1936 nach Spanien emigrierte und im Bürgerkrieg Kommandeur der Internationalen Brigade war. Er gelangte nach England, wurde dort 1940 interniert, kehrte 1946 nach Deutschland zurück und war Polizeichef in Mecklenburg und Pommern.

5] *Sunday News:* Eine Londoner Zeitung dieses Namens gab und 469
gibt es nicht. Vermutlich ist die Sonntagszeitung ›Sunday Times‹ gemeint.

11. 9. 1939

1] *von der Line:* Von der Schiffahrtslinie ›United States Line‹. 469

2] *Flesch:* Der ungarische Violinist Carl Flesch (1873-1944), einer 470
der vorzüglichsten Geiger seiner Zeit und bedeutender Violinpädagoge. Er wirkte 1908-1926 an der Staatlichen Musikhochschule in Berlin, verließ Deutschland 1934 und gelangte über London und Amsterdam nach Luzern, wo er 1943-1944 Meisterkurse abhielt.

3] *Dialog bei Tische:* Goethes Tischgespräche in Waldemar und Flodoard von Biedermanns Ausgabe der ›Gespräche‹, als Grundlage für das Tischgespräch im Achten Kapitel von *Lotte in Weimar,* GW II, 719 ff.

12. 9. 1939

471 1] *sick:* Krank, leidend.

2] *demi tasse:* Mokkatäßchen.

13. 9. 1939

471 *Telegramm an Bermann:* TM an GBF aus Southampton vom 12. 9. 1939, Regesten II, 39/353.

19. 9. 1939

472 1] *lazy boy:* Fauler, träger Junge.

2] *Montgommery:* Siehe Anmerkung 1 zum 12. 4. 1938.

474 3] *N. Berdiajew:* Der russische Philosoph Nikolai Berdiajew (1874 bis 1948) war seit 1917 Professor in Moskau, wurde nach seiner Abkehr vom Marxismus 1922 aus der Sowjetunion ausgewiesen und lebte seit 1924 in Paris, wo er eine ›religionsphilosophische Akademie‹ gründete. Sein Werk ›Sinn und Schicksal des russischen Kommunismus. Ein Beitrag zur Psychologie und Soziologie des russischen Kommunismus‹ erschien 1937 im Verlag Vita Nova, Luzern.

20. 9. 1939

474 1] *Statement für »Paris Soir«:* Nicht aufgefunden.

2] *Manuskript von Auernheimer:* Nicht identifiziert.

3] *Gumperts Statistik:* Martin Gumpert, ›Heil Hunger! Health under Hitler‹ erschien 1940 im Verlag Longmans, Green, New York.

21. 9. 1939

475 1] *an Farrel:* TM an den amerikanischen Schriftsteller James T. Farrell (1904-1979) aus Princeton vom 22. 9. 1939, in Briefe II, 111-112, worin er eine von ihm geforderte Erklärung zum deutsch-russischen Bündnis ablehnt und mitteilt, er werde sich zu einem

von ihm selbst gewählten Zeitpunkt zu den »heutigen Problemen« äußern.

2] *Swing:* Der amerikanische Journalist und Rundfunkkommentator Raymond Gram Swing (1887-1968) wurde weltweit bekannt durch seine stets vorzüglich informierten Kommentare während der ›München-Krise‹ und seine Kriegskommentare für das Mutual Broadcasting System. Swing war vor und nach dem Ersten Weltkrieg amerikanischer Zeitungskorrespondent in Berlin gewesen und besaß eine gute Kenntnis Deutschlands.

3] *rumän. Premier:* Der rumänische Ministerpräsident Hermann Calinescu (1893-1939) war am 21. 9. 1939 ermordet worden.

4] *W. Schubart:* Walter Schubart, ›Europa und die Seele des Ostens‹ erschien 1938 im Vita Nova Verlag, Luzern.

22. 9. 1939

1] *an Bermann:* TM an GBF aus Princeton vom 22. 9. 1939 in TM-GBF, 242-243. *475*

2] *Havenstein:* Martin Havenstein, ›Wahrheit und Irrtum in Schillers Unterscheidung von naiver und sentimentaler Dichtung‹, in ›Zeitschrift für Ästhetik und allgemeine Kunstwissenschaft‹, 1938. Havenstein veröffentlichte 1927 eine umfängliche Monographie über TM sowie einige Aufsätze über ihn.

3] *Rosenberg:* Alfred Rosenberg (1893-1946), einer der frühesten Anhänger Hitlers und mit seinem Buch ›Der Mythus des zwanzigsten Jahrhunderts‹ der führende ideologische Propagandist des Nationalsozialismus. Er wurde 1941 Reichsminister für die besetzten Ostgebiete, 1946 im Nürnberger Kriegsverbrecherprozeß zum Tod verurteilt und hingerichtet. *476*

24. 9. 1939

1] *Riemer:* Lottes Gespräch mit Riemer im Dritten Kapitel von *Lotte in Weimar.* *476*

2] *»Gemurmel«:* Goethes Selbstgespräch im Siebenten Kapitel von *Lotte in Weimar.*

25. 9. 1939

»Common Sense«: Politisch-literarische New Yorker Monatsschrift. *477*

26. 9. 1939

477 1] *an Golo:* TM an Golo Mann aus Princeton vom 26. 9. 1939 in Briefe II, 112-115.

2] *Lämmle:* Carl Laemmle war am 24. 9. 1939 in Hollywood gestorben.

27. 9. 1939

478 *Princetonian:* Die Studentenzeitung ›The Daily Princetonian‹, die an jedem Wochentag während des Semesters erschien.

28. 9. 1939

478 1] *Dr. Dunker:* Dr. Carl Duncker war bis 1936 Mitarbeiter des Berliner Psychologischen Instituts und gehörte zu seinen fortschrittlichen Kräften. Er emigrierte nach den Vereinigten Staaten und unterrichtete seit 1938 Psychologie am Swarthmore College. Zu Beginn des Zweiten Weltkrieges entwarf er einen Aufruf an das deutsche Volk ›Wo ist Deutschland?‹, über den er unter anderen mit TM korrespondierte.

2] *Fadiman'schen Sammelbuch:* Siehe Anmerkung 8 zum 22. 2. 1938 und Anmerkung 1 zum 7. 9. 1938.

3] *Lloyd George:* David Lloyd George (1863-1945), britischer Staatsmann, seit 1905 ununterbrochen Minister in den liberalen Kabinetten Campbell-Bannerman und Asquith, bis er 1916 an die Spitze einer Kriegs-Koalitionsregierung trat. Er wurde im Oktober 1922 gestürzt und war hinfort ohne politischen Einfluß. Die von TM angeführte Meldung war falsch.

29. 9. 1939

479 *Vincent Millay:* Die amerikanische Lyrikerin und Dramatikerin Edna St. Vincent Millay (1892-1950). Nicht feststellbar, welche Übersetzungen ihrer Gedichte TM meint.

30. 9. 1939

479 *Schriftsteller verhaftet:* Es handelte sich um alle männlichen deutschen Emigranten unter sechzig Jahren, darunter natürlich auch alle deutschen Exilschriftsteller in Frankreich, die bei Kriegsausbruch von den französischen Behörden interniert wurden.

1. 10. 1939

1] *Homolka:* Der österreichische Schauspieler Oscar Homolka (1901-1978), hervorragender Charakterdarsteller des Berliner Theaters und Filmschauspieler, emigrierte 1935 freiwillig nach England, 1937 nach den Vereinigten Staaten, wo er in Hollywood wiederum sehr erfolgreich war. Er war mit Florence Meyer, der ältesten Tochter von Eugene und Agnes E. Meyer verheiratet. 480

2] *Ljeskow:* Der russische Erzähler Nikolaj Semjonowitsch Leskow (1831-1895), den TM seit langem sehr schätzte und immer wieder las.

3] *Buch über China:* Agnes E. Meyer, ›Chinese Painting as Reflected in the Thought and Art of Li Lung-Mien 1070-1106‹, ein kunsthistorisches Werk über chinesische Malerei.

4] *»M.M.«: The Magic Mountain (Der Zauberberg).*

2. 10. 1939

1] *Moral Aid:* Siehe Anmerkung 2 zum 15. 5. 1939. 480

2] *Speyer:* Der Erzähler und Dramatiker Wilhelm Speyer (1887 bis 1952), Jugendfreund Bruno Franks, bekannt durch seinen Roman ›Der Kampf der Tertia‹, mit dem Haus Mann seit Jahrzehnten befreundet, emigrierte 1933 nach Österreich, ging von dort nach London, dann nach Frankreich, wo er bei Kriegsausbruch gleich nahezu allen deutschen Emigranten interniert wurde. Er gelangte schließlich 1940 in die Vereinigten Staaten und kehrte 1949 nach Europa zurück. Sein bedeutendes Spätwerk, der Berlin-Roman ›Das Glück der Andernachs‹ (1947). 481

3] *Giraudoux:* Der Dichter und Diplomat Jean Giraudoux (siehe Anmerkung 3 zum 19. 2. 1937) war zu dieser Zeit französischer Informationsminister und konnte in seiner Stellung einigen in Frankreich internierten deutschen Intellektuellen helfen.

4] *Clipper:* Die damaligen amerikanischen Transatlantik-Passagierflugzeuge, die auch Luftpost von und nach Europa beförderten.

5] *Ciano:* Galeazzo Graf Ciano (1903-1944), italienischer Diplomat und Politiker, heiratete 1930 Mussolinis älteste Tochter Edda und war ab Juni 1936 italienischer Außenminister und Mitschöpfer des deutsch-italienischen Bündnisses. Er stimmte in der Sitzung des Faschistischen Großrates vom 25. 7. 1943 gegen Mussolini, wurde interniert, vom deutschen Geheimdienst befreit, floh nach

Deutschland, wurde im Januar 1944 nach seiner Auslieferung von einem Sondergericht Mussolinis zum Tod verurteilt und erschossen. Seine ›Tagebücher‹ (deutsch 1947-1949) sind ein wichtiges Quellenwerk zur Geschichte des Zweiten Weltkrieges.

3. 10. 1939

481 1] *neuer Jahrgang:* Der 3. Jahrgang (1939-1940) von ›Mass und Wert‹ begann mit Heft 1, November-Dezember 1939. Es war die Gepflogenheit der Zeitschrift, jeden Jahrgang mit einem Vorwort des Herausgebers einzuleiten.

2] *Editorial:* Leitartikel. TMs Artikel *Two Wishes* (Zwei Wünsche) erschien im ›Daily Princetonian‹ vom 6. 10. 1939. Siehe Anhang.

3] *Brief an Farrel:* Siehe Anmerkung 1 zum 21. 9. 1939. Ein neuerlicher Brief an James T. Farrell ist nicht nachgewiesen.

4] *Château-Brief:* Dankbrief für Wochenendgastfreundschaft auf dem Landsitz Mount Kisco. TM an Agnes E. Meyer aus Princeton vom 3. 10. 1939, Regesten II, 39/375.

5] *an Duncker:* TM an Carl Duncker aus Princeton vom 3. 10. 1939, Regesten II, 39/374.

4. 10. 1939

482 1] *Copien:* Englisch ›copies‹, Exemplare. »Im Ganzen« bedeutet: die amerikanische Gesamtauflage des *Magic Mountain*, einschließlich der 1932 erschienenen Volksausgabe der ›Modern Library‹, New York.

2] *»Unordnung«:* Eine Veröffentlichung dieser neuen Übersetzung von *Unordnung und frühes Leid* ist nicht nachgewiesen. Die erste Übersetzung der Novelle durch Herman George Scheffauer erschien unter dem Titel *Early Sorrow* 1930 im Verlag Knopf.

3] *(Schrader, Chicago):* Wie aus der Eintragung vom 29. 11. 1939 hervorgeht, handelte es sich um eine Übersetzerin. Bisher nicht identifiziert.

5. 10. 1939

482 1] *Borgese's Werther-Übersetzung:* G. A. Borgese übersetzte in den zwanziger Jahren Goethes ›Werther‹ ins Italienische. Die Übersetzung erschien unter dem Titel ›I dolori del giovane Werther‹ im Verlag Mondadori, Mailand.

2] *»Six Kings«:* Der Aufsatz ›Six Kings‹ von G. A. Borgese erschien in der amerikanischen Zeitschrift ›Atlantic Monthly‹, 164/1939, Nr. 3, und deutsch unter dem Titel ›Könige und Cäsaren‹ in ›Mass und Wert‹, Heft 2, Januar-Februar 1940.

6. 10. 1939

Brief an Golo: Siehe Anmerkung 1 zum 26. 9. 1939. *483*

7. 10. 1939

1] *Fles:* Der holländische Literatur-Agent Barthold Fles. Er setzte *483* sich in Holland und den Vereinigten Staaten besonders für die deutsche Exilliteratur ein und arbeitete in New York auch als Verleger.

2] *Übersetzerin H.:* Nicht identifiziert.

3] *»Meerfahrt«:* Eine Luxusausgabe von *Meerfahrt mit Don Quijote* ist nicht nachweisbar.

4] *Zimmer:* Heinrich Zimmer, ›Die indische Weltmutter‹, in *484* ›Eranos-Jahrbuch‹ 1938, Rhein-Verlag, Zürich 1939. Ein Quellenwerk zu *Die vertauschten Köpfe.*

8. 10. 1939

1] *G.:* Gumpert. *484*

2] *Souvarine:* Boris Souvarine (Suwarin), halb russischer, halb französischer Abkunft, französischer Kommunist, Chefredakteur des Parteiorgans ›L'Humanité‹, Anhänger Trotzkis, Mitglied des französischen Zentralkomitees. Sein ›Stalin‹ erschien in einer englischen Ausgabe ohne Jahresangabe, vermutlich 1939.

9. 10. 1939

1] *neue Einleitung:* Neue, stark veränderte und aktualisierte Fas- *484* sung des Vortrags *The Problem of Freedom.*

2] *an Frank:* TM an Bruno Frank aus Princeton vom 9. 10. 1939, *485* Regesten II, 39/389.

10. 10. 1939

1] *Graf Czernin:* Ferdinand Graf Czernin von und zu Chudenitz *485* (geboren 1903) schrieb ›This Salzburg‹, New York 1938, und ›Europe going going gone‹, New York 1939, ein satirischer, amüsanter zeitkritischer Führer durch Europa.

2] *Hitler-Rede:* Eine kurze Rede Hitlers im Berliner Sportpalast zur Eröffnung der ›Winterhilfe‹, in der er abermals seine Friedensbereitschaft betonte und erklärte, Deutschland habe keine Ursache, gegen die Westmächte Krieg zu führen.

3] *Rev. Welch:* Dale Dennis Welch (geboren 1896), Geistlicher der Presbyterianischen Kirche, seit 1936 Präsident der University of Dubuque im Bundesstaat Iowa.

11. 10. 1939

486 1] *Dr. Lothar:* Der österreichische Romanschriftsteller und Theaterleiter Ernst Lothar (1890-1974) war 1935-1938 als Nachfolger Max Reinhardts Leiter des Theaters in der Josefstadt in Wien, emigrierte 1938 über die Schweiz und Frankreich in die Vereinigten Staaten, wo er Professor für Literatur am Colorado College war. Er kehrte 1945 aus der Emigration zurück und wirkte als Regisseur in Wien und bei den Salzburger Festspielen. Sein Plan eines Theaters in Princeton verwirklichte sich nicht. Lothar hat seinen Besuch in dem Kapitel ›Bei Thomas Mann in Princeton‹ seines Erinnerungsbuches ›Das Wunder des Überlebens‹, Wien 1960, geschildert.

2] *Brief der Lowe:* Mrs. Lowe-Porter befand sich in Oxford, England, und kehrte erst Ende Oktober 1939 nach Amerika zurück.

3] *›Cavalcade‹:* Ein 1933 gedrehter, sehr erfolgreicher patriotischer englischer Film nach einem Musical von Noel Coward mit Diana Wynyard und Clive Brook.

12. 10. 1939

487 *an Bermann:* TM an GBF aus Princeton vom 12. 10. 1939 in TM-GBF, 243-245.

13. 10. 1939

487 *an Duncker:* TM an Carl Duncker aus Princeton vom 13. 10. 1939, Regesten II, 39/395.

14. 10. 1939

488 1] *Buch-Geschenk:* Peyton Boswell, ›Modern American Painting‹, New York, 1939, übersandt von Otis Peabody Swift. (Siehe Regesten II, 39/401)

2] *McCarter Theatre:* Das Universitätstheater in Princeton, 1927 durch eine Stiftung des New Yorker Geschäftsmannes Thomas McCarter gegründet und 1930 eröffnet. Die Uraufführung von Clare Boothes ›Margin for Error‹, die TM hier (vor der New Yorker Aufführung) sah, führte zu einem offiziellen Protest durch den damaligen deutschen Geschäftsträger Dr. H. Thomsen. Das antinazistische Stück spielt in einem deutschen Konsulat in einer amerikanischen Stadt, und seine Hauptpersonen sind der Nazi-Konsul und ein jüdischer Polizist.

3] *die Boothe:* Die amerikanische Dramatikerin, Publizistin und spätere Diplomatin Clare Boothe (geboren 1903), verheiratet mit dem amerikanischen Zeitschriftenverleger Henry Luce, Gründer von ›Time‹, ›Life‹ und ›Fortune‹, amerikanische Botschafterin in Rom 1953-1957.

4] *Preminger:* Der österreichische Schauspieler, Regisseur und Theaterleiter Otto Ludwig Preminger (geboren 1906), emigrierte 1933 nach England, dann nach den Vereinigten Staaten, erfolgreicher Bühnenregisseur am New Yorker Broadway und seit 1934 Filmregisseur und Produzent in Hollywood. Er inszenierte ›Margin for Error‹ und spielte auch die Hauptrolle des deutschen Konsuls.

15. 10. 1939

1] *für London:* Für die Londoner deutsche Rundfunksendung. *488*

2] *Schlachtschiff:* Das deutsche U-boot ›U-47‹ unter dem Kommando von Oberleutnant Günther Prien drang am 14. 10. 1939 in den britischen Flottenstützpunkt Scapa Flow ein, torpedierte und versenkte das vor Anker liegende Schlachtschiff ›Royal Oak‹, wobei 786 Offiziere und Mannschaften ums Leben kamen.

3] *der junge Übersetzer:* Samuel Bossard (geboren 1910), damals Student in Princeton, übersetzte TMs Princetoner Vorträge ins Englische und gab ihm auch englischen Aussprache-Unterricht. Er diente während des Krieges im OSS (Office of Strategic Services) und in der CIA (Central Intelligence Agency), arbeitete später im Verlagswesen und lebt heute in New York. TM schreibt häufig ›Bussard‹ statt ›Bossard‹.

4] *Segers Zeitung:* Die deutschsprachige ›Neue Volkszeitung‹ in New York, deren Chefredakteur Gerhart Seger war.

5] *Schutzverband:* ›German-American Writers Association‹, Schriftsteller-Vereinigung deutschsprachiger Emigranten in der Nachfolge des einstigen, vom NS-Regime aufgelösten, ›Schutzverbandes deutscher Schriftsteller‹ (SDS) in Deutschland. Präsident des amerikanischen Schutzverbandes war 1938-1940 Oskar Maria Graf, Sekretär Curt Riess. Nach dem Eintritt der Vereinigten Staaten in den Krieg löste der Verband sich auf.

16. 10. 1939

489 1] *Town Hall:* Der Vortrag wurde auf Einladung der Town Hall Education Organisation im New Yorker Rathaus gehalten.
2] *Frau Schnitzler:* Olga Schnitzler geborene Gussmann (1882 bis 1970), die Witwe Arthur Schnitzlers.

17. 10. 1939

489 1] *Werfel:* Franz Werfel, ›Les deux Allemagne. Ein Beitrag zu einer tragischen Diskussion‹, in ›Das Neue Tage-Buch‹, 16. 9. 1939.
2] *Epstein:* Der sozialdemokratische scharf antikommunistische Publizist Julius Epstein (geboren 1901), der 1933 in die Tschechoslowakei, 1938 in die Schweiz und 1939 in die Vereinigten Staaten emigrierte, wo er eine lebhafte publizistische Tätigkeit in amerikanischen Zeitungen und Zeitschriften entfaltete.

18. 10. 1939

490 1] *Schöne [?]:* Nicht entziffertes Wort.
2] *Artikel für Republic:* Richtig für ›The New Republic‹. Der von Hans Meisel entworfene Artikel erschien unter dem Titel ›America and the Refugee‹ in ›The New Republic‹, New York, 8. 11. 1939. Ein deutscher Text hat sich nicht auffinden lassen. Nicht in GW. Siehe Anhang.

19. 10. 1939

490 1] *Austritt aus der Guild:* Ein diesbezüglicher Brief TMs an den Prinzen Löwenstein befindet sich nicht bei den Akten der ›American Guild‹ in der Deutschen Bibliothek, Frankfurt, und hat sich bisher nicht feststellen lassen. Wie aus späterer Korrespondenz, unter anderen mit Bruno Frank, hervorgeht, legte TM den Vorsitz im europäischen Senat der ›American Guild for German Cultural Freedom‹ nieder, weil die ›Guild‹ infolge fehlender finanzieller

Mittel nicht mehr arbeitsfähig war. TMs Austritts-Schreiben scheint aber, wie aus späteren Tagebuch-Eintragungen hervorgeht, noch nicht sein letztes Wort gewesen zu sein. Siehe Anmerkung 1 zum 7. 11. 1939.

2] *Lindbergh:* Der amerikanische Flieger Charles A. Lindbergh (1902-1974), der 1927 als erster den Atlantik von New York nach Paris überquerte und zum amerikanischen Nationalhelden wurde. Er trat 1939 als Oberst ins amerikanische Kriegsministerium ein, sympathisierte jedoch offen mit dem NS-Regime und sprach sich 1941 gegen Amerikas Kriegseintritt aus, was zu seiner Demission führte.

20. 10. 1939

1] *Anna Karenina:* Leo N. Tolstoy, ›Anna Karenina‹ (übersetzt *490/91* von M. H. Welsh, in der Ausgabe von Constance Garnett), mit einem einleitenden Essay von Thomas Mann, Verlag Random House, New York. Deutscher Originaltext in ›Mass und Wert‹, Heft 4, Mai-Juni-Juli 1940, und GW IX, 622-639.

2] *Vergil-Roman:* Der Roman ›Der Tod des Vergil‹ von Hermann *491* Broch erschien in deutscher und englischer Ausgabe 1945 in dem von Kurt Wolff gegründeten New Yorker Verlag Pantheon Books.

21. 10. 1939

1] *an Mopp:* TM an Max Oppenheimer aus Princeton vom 21. 10. *491* 1939, Regesten II, 39/408.

2] *an die Meyer:* TM an Agnes E. Meyer aus Princeton vom 21. 10. 1939 in Briefe II, 116.

22. 10. 1939

1] *Dr. Alevin:* Der Literarhistoriker Richard Alewyn (1902 bis *491* 1979), hervorragender Kenner der Barockliteratur und Hofmannsthal-Spezialist, wurde 1932 als Nachfolger Gundolfs Professor in Heidelberg, 1933 vom NS-Regime entlassen, emigrierte nach Paris, später nach New York. Er kehrte nach dem Zweiten Weltkrieg nach Deutschland zurück, war 1949-1955 Professor in Köln, 1955 bis 1959 in Berlin und danach bis zu seiner Emeritierung in Bonn.

2] *Mr. Bussard:* Richtig Bossard. Siehe Anmerkung 3 zum 15. 10. 1939.

23. 10. 1939

492 1] *Dr. Tolnay:* Der aus Ungarn stammende Kunsthistoriker Charles de Tolnay (geboren 1899), namhafter Michelangelo-Forscher, gehörte 1939-1948 dem Institute for Advanced Study in Princeton an, lebt heute in Florenz.

2] *»Intermezzo«:* Film von Gregory Ratoff mit Leslie Howard, Ingrid Bergman, John Halliday und Edna Best.

24. 10. 1939

492 1] *Artikel über Wagner und Hitlerism:* Peter Viereck, ›Hitler and Richard Wagner‹, im Novemberheft 1939 der Zeitschrift ›Common Sense‹, New York.

2] *Broschüre von Rauschning:* Hermann Rauschning, ›Herr Hitler, Ihre Zeit ist um! Offenes Wort und letzter Appell‹, Zürich, Europa-Verlag (Oprecht), 1939.

3] *Mrs. Brodsky:* Mrs. Ralph Howard Brodsky gab unter ihrem Schriftstellernamen Ruth Nanda Anshen 1940 im Verlag Harcourt Brace ein Sammelwerk ›Freedom, Its Meaning‹ heraus, darin neben zahlreichen anderen Autoren TMs Essay unter dem Titel *Freedom and Equality.*

4] *Astronom Russel:* Siehe Anmerkung 2 zum 13. 2. 1939.

5] *Willamowitz:* Der klassische Philologe Ulrich von Wilamowitz-Moellendorff (1848-1931). Zwischen ihm und TM hatte seit langem eine tiefe wechselseitige Abneigung bestanden, und Wilamowitz hatte sich öffentlich sehr abschätzig über TM geäußert.

26. 10. 1939

493 1] *Embargo Bill:* Amerikanisches Gesetz, das zur Wahrung der Neutralität die Lieferung von Waffen und Kriegsmaterialien an die Kriegführenden untersagt.

2] *Kabel von Bermann:* GBF an TM aus Stockholm vom 25. 10. 1939 in TM-GBF, 245.

494 3] *Pavillion-Feier:* Die feierliche Eröffnung des Palästina-Pavillons.

4] *Wagner-Hitler-Problem:* Siehe Anmerkung 1 zum 5. 11. 1939.

5] *englischer Gruß:* Die Grußworte in englischer Sprache beim Bankett zur Eröffnung des Palästina-Pavillons. Kein Manuskript auffindbar.

6] *»Frihetens Problem«:* Die schwedische Ausgabe von *Das Problem der Freiheit,* übersetzt von Pehr Henrik Törngren, erschien im Herbst 1939 im Verlag Bonnier, Stockholm.

27. 10. 1939

Encyklika: Die Enzyklika ›Summi pontificatus‹ Pius' XII. *494*

28. 10. 1939

1] *Pudel Gueulard:* Der französische Name des Pudels kann ›Schreihals‹ aber auch ›Vielfraß‹ bedeuten. TM nannte ihn ›Niko‹ oder ›Nico‹. *494*

2] *Pavillion-Jude:* Vermutlich Meyer Wolfe Weisgal, Vorsitzender des Palestine Pavilion Committee, New York. *495*

3] *Artikel über Giraudoux:* Klaus Mann, ›Jean Giraudoux‹ in ›The Nation‹, New York, 16. 12. 1939. Deutsche Fassung in Klaus Mann, ›Prüfungen. Schriften zur Literatur‹, herausgegeben von Martin Gregor-Dellin, München 1968.

29. 10. 1939

1] *Freundin Hutzler:* Nicht identifiziert. *495*

2] *O. Flechtheim:* Ossip K. Flechtheim. Siehe Anmerkung 3 zum 5. 3. 1939.

3] *Schrift über Marx:* Ossip K. Flechtheim, ›Zur Kritik der Marxschen Geschichtskonzeption‹. Siehe Regesten II, 39/538. Der Aufsatz erschien nicht in ›Mass und Wert‹, sondern erst 1965 in Heft 5 der ›Cahiers Vilfredo Pareto‹, Genf.

4] *»Neu Beginnen«:* Die sozialdemokratische Exilgruppe ›Neu Beginnen‹, an der Ossip K. Flechtheim mitarbeitete, brachte mehrere periodische Publikationen, teils gedruckt, teils maschinenschriftlich vervielfältigt heraus. Hier handelt es sich höchstwahrscheinlich um die gedruckte Nr. 48/1939 des ›Sozialdemokratischen Informationsbriefs‹, die Mitte September 1939 erschien.

30. 10. 1939

1] *Gutachten über H. Broch:* Gutachten für die Guggenheim Foundation, um für Hermann Broch eine Unterstützung und Finanzierung seiner wissenschaftlichen Arbeiten zu erwirken. Siehe hierzu TM an Hermann Broch aus Princeton vom 30. 10. 1939 in *495*

Briefe II, 116-117. Broch erhielt die Unterstützung der Stiftung und führte mit ihrer Hilfe 1941-1948 seine massenpsychologischen Studien an der Universität Princeton durch.

2] *Brief an Prof. Loewenstein:* TM an Karl Löwenstein aus Princeton vom 30. 10. 1939, Regesten II, 39/421.

3] *Cassirer über Goethe:* In TMs Bibliothek finden sich drei Werke Ernst Cassirers über Goethe: ›Freiheit und Form‹, Berlin 1922, dessen 4. Kapitel sich mit Goethe beschäftigt; ›Idee und Gestalt. Goethe, Schiller, Hölderlin, Kleist‹, Berlin 1924, darin zwei Kapitel über ›Goethes Pandora‹ und ›Goethe und die mathematische Physik‹; und ›Goethe und die geschichtliche Welt‹, Berlin 1932. Nicht zu ermitteln, auf welches dieser Werke sich TMs Eintragung bezieht.

31. 10. 1939

495 *Tomsky:* Thomas Quinn Curtiss. Siehe Anmerkung zum 11. 7. 1937.

1. 11. 1939

496 1] *die Münchener Alten:* Professor Pringsheim und seine Gattin hatten nach endlosen Paßschwierigkeiten schließlich ausreisen können und waren am 31. 10. 1939 in Zürich eingetroffen.

2] *Prof. Lyon:* John H. H. Lyon, Professor für englische Literatur an der Columbia University, New York.

3] *Vortrag »Magic Mountain«:* Die Princetoner *Einführung in den Zauberberg* im Seminar von Professor John H. H. Lyon.

4] *»Mr. Chips«:* Der Film ›Goodbye, Mr. Chips‹ nach dem gleichnamigen Roman des englischen Erzählers James Hilton (1900 bis 1954), mit Greer Garson und Robert Donat.

2. 11. 1939

497 1] *Broschüre von Nicolson:* Harold Nicolson, ›Germany's Real War Aims‹, London 1940.

2] *»Tonio Kröger«:* Neuausgabe der Novelle, 100.-101. Tausend, des Bermann-Fischer Verlags, Stockholm 1939, gedruckt in Amsterdam.

3. 11. 1939

1] *an Golo:* TM an Golo Mann aus Princeton vom 3. 11. 1939, in Briefe II, 118-119. 497

2] *an die Meyer:* TM an Agnes E. Meyer aus Princeton vom 3. 11. 1939 in Briefe II, 117-118.

3] *Gumperts Lebenserinnerungen:* Martin Gumpert, ›Hölle im Paradies. Selbstdarstellung eines Arztes‹ erschien 1939 im Bermann-Fischer Verlag, Stockholm.

4. 11. 1939

Brief von Bermann: Nicht nachweisbar. 497

5. 11. 1939

1] *Brief an »Common Sense«:* TMs Antwort auf Peter Vierecks Artikel (siehe Anmerkung 1 zum 24. 10. 1939), *In Defence of Wagner*, erschien in ›Common Sense‹ im Januarheft 1940; deutsch: *Zu Wagners Verteidigung. Brief an den Herausgeber des ›Common Sense‹*, GW XIII, 351-359. 497

2] *an C. Newton:* TM an Caroline Newton aus Princeton vom 5. 11. 1939 in Briefe II, 119-120.

3] *Aufsätze Churchills:* Winston S. Churchill, ›Schritt für Schritt‹, deutsche Ausgabe des Bandes gesammelter Aufsätze ›Step by Step‹, erschien 1939 im Verlag Allert de Lange, Amsterdam, in der Übersetzung von Franz Fein. 497/98

4] *Heifitz:* Heifetz.

7. 11. 1939

Exposee Brochs: In den Akten der ›American Guild‹ befindet sich ein um den 28. 10. 1939 verfaßtes ›Memo zum Prize Contest der Guild‹ (Roman-Wettbewerb). Broch schreibt an diesem Tag an den Sekretär der ›Guild‹, Volkmar Zühlsdorff: »Im Auftrage Herrn Dr. Manns habe ich Ihnen zu melden, daß ihm daran gelegen ist, die leidige Preisausschreiben-Sache zu einem tunlichst guten Ende geführt zu sehen. Auf Grund des mir von Ihnen übergebenen Materials habe ich für Dr. Mann ein zusammenfassendes Referat über die prize contest Historie zusammengestellt, um hiermit auch gleichzeitig die verschiedenen Lösungsmöglichkeiten zu analysieren ... Herr Dr. Mann ist mit diesem Vorschlag einver- 498 standen ... Mit Rücksicht auf diese schwebende Angelegenheit des prize contests hält Dr. Mann seinen Austritt aus der Guild bis zur Austragung der Sache in suspenso.« Es existiert jedoch noch ein zweites Memorandum Brochs, das die »Umformung der Guild zu einem politischen Instrument« zum Gegenstand hat. Von diesem Exposé, das sich ebenfalls bei den Akten der ›Guild‹ befindet, kannte TM, wie aus Brochs oben angeführtem Brief hervorgeht, jedoch nur die ersten Seiten, »stimmte jedoch mit meinem [Brochs] Schlußergebnis überein, laut welchem eine derartige Umformung der Institution nicht sehr praktikabel erscheint, vielmehr eine Neugründung in irgendeiner Form vorzuziehen sei«. TM kann auch dieses Exposé gemeint haben; wahrscheinlicher, daß er sich auf das erste und seinen suspendierten Rücktritt bezieht.

8. 11. 1939

498 1] *südamerikanischer Agent:* Erwin M. L. Barna, Buchhändler, Vizepräsident der literarischen Agentur ›Editorial Autorjus‹ in Buenos Aires. Die Agentur vermittelte eine Anzahl von Werken TMs an südamerikanische Verlage.

2] *G. M. Richter:* Georg Martin Richter.

3] *Attentat auf Hitler:* Das Bombenattentat des Georg Elser auf Hitler im Münchner Bürgerbräukeller am Abend des 8. 11. 1939, während eines Gemeinschaftsabends alter Parteigenossen zum Andenken an den Putsch von 1923. Hitlers Ansprache war kürzer als vorgesehen, und er hatte das Lokal eben verlassen, als die in einem Pfeiler hinter der Rednertribüne verborgene Bombe explodierte.

9. 11. 1939

499 1] *Zum Richter:* So in der Handschrift; es muß wohl »Zum Thee Richter« heißen.

2] *Dr. Shapley:* John Shapley (geboren 1890), Herausgeber des ›Art Bulletin‹, Professor der Kunstgeschichte an der Universität Chicago; an der Leitung mehrerer großer amerikanischer Kunstinstitute maßgebend beteiligt.

10. 11. 1939

499 *»Modern Fiction«:* Dorothy Brewster und John Angus Burrell, ›Modern Fiction‹, New York 1934.

11. 11. 1939
1] *an Fiedler:* TM an Kuno Fiedler aus Princeton vom 10. 11. 1939 in ›Blätter der Thomas Mann-Gesellschaft‹, Heft 11, 1971, und Regesten II, 39/451. 499
2] *an Mrs. Meyer:* TM an Agnes E. Meyer aus Princeton vom 11. 11. 1939 in Briefe II, 121.
3] *Novellen von Conrad:* Nicht feststellbar. TMs Bibliothek enthält mehrere vereinzelte Romane Conrads, aber keinen Novellenband.

12. 11. 1939
»Maya«: Heinrich Zimmer, ›Maya. Der indische Mythos‹, Deutsche Verlagsanstalt, Stuttgart, 1939. In *Die Entstehung des Doktor Faustus* gibt TM an, er habe diesem Werk das Motiv für *Die vertauschten Köpfe* entnommen. Das Motiv stammt jedoch aus Zimmers Eranos-Vortrag ›Die indische Weltmutter‹, den TM ebenfalls kannte. 500

13. 11. 1939
1] *politischer Aufsatz:* Der Essay *Dieser Krieg*, GW XII, 863-899. 500
2] *Radio Rede Churchills:* ›Ten Weeks of War‹ (Zehn Wochen Krieg), Rundfunkrede Winston Churchills am 12. 11. 1939, die weltweit übertragen wurde. Churchill war damals britischer Marineminister in der Regierung Chamberlain, galt aber bereits als der führende britische Staatsmann, der er im Mai 1940 mit seiner Ernennung zum Premierminister werden sollte.
3] *cornered maniac:* Ein in die Enge getriebener Tobsüchtiger.
4] *Sophie Lemport:* So in der Handschrift. Wie aus späterer Korrespondenz hervorgeht, lautet der Name richtig ›Limpert‹. Siehe Regesten II, 39/499 und 502. Nichts Näheres über sie oder ihr Manuskript bekannt.

14. 11. 1939
An die Meyer: TM an Agnes E. Meyer aus Princeton vom 14. 11. 1939, Regesten II, 39/460. 500

15. 11. 1939

501 1] *»Twice a Year«:* Siehe Anmerkung 1 zum 23. 1. 1939.

2] *Schauspieler-Altersheim:* ›La Fin du Jour‹ (1939), Film von Julien Duvivier mit Michel Simon, Louis Jouvet, Victor Francen, Madeleine Ozeray und Gabrielle Dorziat.

16. 11. 1939

501 1] *Hotel [?]:* Lücke in der Handschrift.

2] *Walters:* Bruno Walter hatte alle seine europäischen Verträge gelöst und war nach Amerika übersiedelt, wo er ab Januar 1940 das N.B.C.-Orchester dirigierte und als Gastdirigent aller bedeutenden Orchester sowie an der Metropolitan Opera wirkte. Er war Mitte November 1939 aus Genua kommend in New York eingetroffen. Siehe Bruno Walter, ›Thema und Variationen‹, 470 bis 472.

502 3] *Reinaud:* Der französische Politiker Paul Reynaud (1878-1966), 1919-1924 und 1928-1940 Abgeordneter, zwischen 1930 und 1940 mehrfach Minister und zur Zeit der erwähnten London-Reise Finanzminister im Kabinett Daladier. Er wurde am 21. 3. 1940 französischer Ministerpräsident, mußte am 17. 6. 1940 jedoch zugunsten Pétains, dessen Politik er ablehnte, zurücktreten, wurde 1942 an Deutschland ausgeliefert und in ein Konzentrationslager verschleppt. Nach dem Zweiten Weltkrieg war er neuerlich Abgeordneter und Minister und wirkte maßgebend im Europarat.

17. 11. 1939

502 1] *Werther-Lecture: Goethe's Werther,* Vorlesung für Professor Harvey W. Hewett-Thayers Studenten an der Universität Princeton, GW IX, 640-655.

2] *Üble Publikation:* Im ›Bulletin of the League of American Writers‹ vom November 1939 war ein Artikel ›France Today‹ von Elliot Paul erschienen, in dessen scharf parteikommunistischer Haltung TM einen »Akt stalinistischer Kriegssabotage, eine politische Kampfhandlung gegen die Demokratien zugunsten Hitlers und Stalins« erblickte. TM war Ehrenpräsident des amerikanischen Schriftsteller-Verbandes und ersuchte nunmehr darum, seinen »Namen von dem ihm eingeräumten Ehrenplatz zu streichen«.

3] *Artikel in Segers Blatt:* Julius Epstein, ›Wo steht Thomas Mann?‹ in ›Neue Volkszeitung‹, New York, 18. 11. 1939.

18. 11. 1939
1] *an die Herz:* TM an Ida Herz vom 18. 11. 1939 aus Princeton, 502
Regesten II, 39/474.
2] *an Angell:* TM an Joseph W. Angell aus Princeton vom 18. 11. 1939, Regesten II, 39/473.
3] *Brief-Entwurf:* Siehe Anmerkung 2 zum 17. 11. 1939 und Briefe II, 125-127. Dort ist der undatierte Briefentwurf irrig mit ›Anfang Dezember 1939‹ datiert.

20. 11. 1939
1] *Theatermaler Roth:* Nicht identifiziert. 503
2] *Borgese über Machiavelli:* G. A. Borgeses Aufsatz ›Macchiavelli‹ erschien in einer amerikanischen Universitäts-Zeitschrift; war nicht zu ermitteln.

21. 11. 1939
1] *mit Klaus:* Klaus Mann war in einem unsignierten Artikel in 503
Schwarzschilds ›Neues Tage-Buch‹ als ›Sowjet-Agent‹ und ›Agent Stalins‹ bezeichnet und der New Yorker Schutzverband als kommunistisch denunziert worden. Klaus Mann vermutete Willi (William S.) Schlamm als den Verfasser, der die Autorschaft in einer heftigen Korrespondenz jedoch bestritt. Siehe Klaus Mann, ›Briefe und Antworten‹ II, 92-98. In einem Brief an den Schutzverband vom 22. 11. 1939 (Briefe II, 122-123) erklärt TM kategorisch, daß jede »provokante Manifestation« des Verbandes, die sich öffentlich auf Seiten Hitlers und Stalins stelle, wie es die französischen Kommunisten täten, ihn zwingen würde, »mein Amt als Ehrenpräsident und meine Mitgliedschaft niederzulegen«.
2] *van Zeeland:* Paul van Zeeland (1893-1973), belgischer Politiker und Wirtschaftswissenschaftler, war 1928-1940 Professor an der Universität Löwen, 1935-1937 belgischer Ministerpräsident und 1935-1936 zugleich Außenminister. Nach der deutschen Besetzung Belgiens 1940 ging er nach England und war nach dem Zweiten Weltkrieg 1949-1954 noch einmal belgischer Außenminister.

23. 11. 1939

503 *Seshons:* So in der Handschrift; gemeint ist der Komponist Roger Sessions. Siehe Anmerkung 2 zum 25. 12. 1938. TM schreibt den Namen abwechselnd Seshons, Sessions und Sesshion. Hermann Broch und Roger Sessions waren Trauzeugen bei der Hochzeit von Elisabeth Mann mit G. A. Borgese.

24. 11. 1939

504 1] *Freud-Auszug:* Ungeklärt.

2] *Brief an die League:* Siehe Anmerkung 2 zum 17. 11. 1939. Die Auseinandersetzung mit der League of American Writers ist nicht zu verwechseln mit dem gleichzeitigen Konflikt mit der German-American Writers Association, obwohl es um dieselbe oder eine sehr ähnliche Sache ging. TM war Ehrenpräsident und Mitglied beider Schriftstellerorganisationen, der amerikanischen wie der exildeutschen.

25. 11. 1939

504 *Schüler von Helbling:* Der Schweizer Literarhistoriker Carl Helbling (1897-1966), mit TM seit 1920 befreundet, war 1922-1938 Lehrer für Deutsch und Geschichte an dem Internat Lyceum Alpinum in Zuoz, von wo er durch eine aktiv nationalsozialistische deutsche Lehrerschaft verdrängt wurde. Er wurde dann Gymnasiallehrer in Zürich und war 1955-1965 Professor für Didaktik des Mittelschulunterrichts an der Universität Zürich. Die Identität seines von TM erwähnten Schülers hat sich nicht feststellen lassen.

26. 11. 1939

504 *an Heinrich:* TM an Heinrich Mann aus Princeton vom 26. 11. 1939 in Briefe II, 123-125, und TM-HM, 190-192.

27. 11. 1939

505 1] *Der Astronom:* Professor Russell. Siehe Anmerkung 2 zum 13. 2. 1939.

2] *der Roman: Lotte in Weimar.*

3] *Garbo-Film:* Der Lubitsch-Film ›Ninotschka‹ mit Greta Garbo und Melvyn Douglas und den deutschen Emigranten-Darstellern Alexander Granach und Felix Bressart in überwältigend tragikomischen Charakterrollen.

1. 12. 1939
1] *Biologe Huxley:* Sir Julian Huxley (1887-1975), Biologe, Zoologe und bedeutender Forscher auf dem Gebiet der Evolutionslehre, Sohn des englischen Zoologen Thomas Huxley und älterer Bruder des Schriftstellers Aldous Huxley. Er war 1925-1927 Professor für Zoologie am King's College, London, 1935-1942 Sekretär der Zoologischen Gesellschaft und 1946-1948 Generalsekretär, dann Generaldirektor der UNESCO. Er befand sich mit seiner Frau Marie Juliette geborenen Baillot auf einer Weihnachtsreise in den Vereinigten Staaten, hauptsächlich um seinen Bruder Aldous zu besuchen. 506
2] *Lecture-Reise:* Für Januar und Februar 1940 waren neue, mehrwöchige Vortragsreisen angesetzt.

3. 12. 1939
Philadelphia: Caroline Newton hatte ihren Wohnsitz in Berwyn, Pennsylvania, in der Nähe von Philadelphia. Ihr Haus in Jamestown, Rhode Island, war ein Sommersitz. Die Personen, die TM bei diesem Besuch traf, haben sich nicht identifizieren lassen. 506

4. 12. 1939
1] *Artikel der Meyer:* Agnes E. Meyer, ›Thomas Mann and Our Time: Royal Highness‹. In ›New York Times Book Review‹, New York, 10. 12. 1939. Dasselbe in ›Washington Post‹, Washington, 10. 12. 1939. 507
2] *Kriegserklärung an Rußland:* Eine der zahlreichen damals umlaufenden Falschmeldungen.
3] *Schlamm:* Siehe Anmerkung 1 zum 21. 11. 1939.

5. 12. 1939
1] *schöner Bobby:* Wahrscheinlich ein Nachbarshund, der sich TM auf seinen Spaziergängen anschloß. 507
2] *F. Blei:* Siehe Anmerkung 6 zum 14. 10. 1937.
3] *Brief an Schlamm:* Nicht nachgewiesen.

6. 12. 1939
Wagner College: Für diese Veranstaltungen in Staten Island haben sich keine Unterlagen oder Hinweise gefunden außer einem Brief 507

TMs an C. C. Stoughton, Präsident des Wagner Memorial Lutheran College, Staten Island, N. Y., aus Princeton vom 13. 12. 1939, in dem er sich der freundlichen Aufnahme in Staten Island und seiner Ansprache im dortigen Forum erinnert. Regesten II, 39/513.

7. 12. 1939

508 1] *Friends of German freedom:* Die ›American Friends of German Freedom‹ wurden 1939 von Paul Hagen mit Reinhold Niebuhr als Vorsitzendem gegründet, umfaßten Schriftsteller, Politwissenschaftler, Journalisten und andere und arbeiteten mit der Organisation ›Neu Beginnen‹ zusammen. 1944 unterstützten die ›American Friends‹ die Gründung des ›Council for a Democratic Germany‹ unter Paul Tillich, die ein Versuch war, eine deutsche Exilregierung vorzubereiten.

2] *Dr. Hertz:* Paul Hertz (1888-1961), sozialdemokratischer Politiker und Spezialist für Finanzfragen, vor 1933 Mitglied des Reichstags, gehörte der Gruppe ›Neu Beginnen‹ an, emigrierte 1933 nach Prag, 1938 nach Frankreich, November 1939 nach den Vereinigten Staaten; war bis 1938 Mitglied des Exilvorstandes der SPD. Er kehrte 1949 nach Deutschland zurück und war später Senator der Stadt Berlin.

3] *N. Thomas:* Der amerikanische sozialistische Politiker Norman Thomas (1884-1968), ursprünglich Pfarrer, mehrfach sozialistischer Präsidentschaftskandidat, Wortführer eines demokratischen und antikommunistischen Sozialismus.

8. 12. 1939

508 *E. Schumann:* Die Sängerin Elisabeth Schumann (1885-1952), seit 1919 an der Wiener Staatsoper, hervorragende Mozart- und Strauss-Interpretin, emigrierte 1938 aus Österreich nach den Vereinigten Staaten und lehrte Gesang am Curtis Institute of Music in Philadelphia.

9. 12. 1939

508 1] *indische Novelle: Die vertauschten Köpfe,* GW VIII, 712-807.

2] *Brief von Bermann:* Nicht aufgefunden.

10. 12. 1939

1] *Indian summer:* Spät- oder Altweibersommer. 508

2] *Broschüre:* Der Aufsatz *Dieser Krieg,* der von dem ursprünglich geplanten Zeitungsartikel für die Agentur ›Coopération‹ zum Umfang einer Broschüre angewachsen war.

3] *Sir A. Zimmern:* Der britische Politwissenschaftler Sir Alfred 509 Zimmern. Sein zeitgeschichtlicher Aufsatz ›Um was es geht‹, vor Ausbruch des Krieges für die Reihe der ›Oxford Pamphlets on World Affairs‹ geschrieben, erschien deutsch in ›Mass und Wert‹, Heft 1, November-Dezember 1939.

4] *In der ›Times‹:* Siehe Anmerkung 1 zum 4. 12. 1939.

5] *über den New Deal:* Alfred M. Bingham, ›Wesen und Aussichten des amerikanischen New Deal‹ in ›Mass und Wert‹, Heft 1, November-Dezember 1939.

11. 12. 1939

W. Richter: Werner Richter (1888-1969), Historiker und Biograph, 509 vor 1933 Münchner Korrespondent des ›Berliner Tageblatt‹, emigrierte 1936 nach Italien, 1938 in die Schweiz, von dort 1941 in die Vereinigten Staaten und kehrte nach dem Zweiten Weltkrieg in die Schweiz zurück. Er schrieb eine Anzahl von Biographien und Monographien (über Kaiser Friedrich III., Ludwig II., Kronprinz Rudolf, George Washington, Bismarck und andere). Sein ›Ludwig II., König von Bayern‹ erschien 1939 im Eugen Rentsch Verlag, Zürich.

12. 12. 1939

Mr. Earl: Edward M. Earle (1894-1954), Historiker, seit 1934 Pro- 509 fessor der Geschichtswissenschaft am Institute for Advanced Study in Princeton.

13. 12. 1939

1] *Mr. Brennan:* Joseph Gerard Brennan (geboren 1910), damals 510 Dozent für Philosophie am College von New Rochelle, New York, nach dem Krieg an der Columbia University. Sein Manuskript: ›Thomas Mann's World‹ erschien 1940 als Dissertation und 1942 als Buch bei der Columbia University Press, New York. In einer ›Danksagungs‹-Notiz im Buch bestätigt Brennan, daß TM freund-

licherweise sein Manuskript gelesen und ihn in seinem Haus empfangen habe.
2] *Lothan:* Es dürfte sich um eine Verschreibung und um den großen englischen Schauspieler Charles Laughton handeln. Der ›Abenteuer-Kostüm-Film‹ war vermutlich ›Jamaica Inn‹ von Alfred Hitchcock (1939) mit Charles Laughton, Maureen O'Hara, Leslie Banks, Robert Newton und Emlyn Williams, nach dem gleichnamigen Roman von Daphne du Maurier.

14. 12. 1939

510 1] *englische Lotte:* Als Titel für die amerikanische Ausgabe von *Lotte in Weimar* wurde ursprünglich ›The wondrous pilgrimage of Lotte Buff‹ in Aussicht genommen. Man entschied sich dann für *The Beloved Returns.* Die englische Ausgabe, die bei Secker and Warburg in London erschien und dieselbe Übersetzung von Helen Lowe-Porter verwendete, blieb bei *Lotte in Weimar.* Auch alle anderen fremdsprachigen Ausgaben des Romans hielten sich an eine wörtliche Übersetzung des deutschen Originaltitels.
2] *Essays von Santayana:* Der spanisch-amerikanische, englischsprachig aufgewachsene Dichter und Philosoph George Santayana (1863-1952). Sein umfangreiches Werk besteht neben einigen Gedichtbänden, einem Roman und seiner bedeutenden Autobiographie hauptsächlich aus zahlreichen Essays und Abhandlungen. Es ist nicht ersichtlich, um welchen Essayband es sich hier handelt, da sich in TMs Bibliothek kein Werk von ihm findet.
3] *Westcot:* Nicht zweifelsfrei zu identifizieren. Es könnte sich um den Schriftsteller Glenway Wescott handeln, den TM durch Caroline Newton kannte und der auch mit Klaus Mann befreundet war.
4] *Goethe-Bruchstück:* In ›Mass und Wert‹, Heft 1, November-Dezember 1939, war ein Teil des Siebenten Kapitels von *Lotte in Weimar* im Vorabdruck erschienen.

15. 12. 1939

1] *Korrodis Hymnus:* Eduard Korrodi, ›Lotte in Weimar. Thomas Manns neuer Roman‹, eine zweiteilige Rezension in der ›Neuen Zürcher Zeitung‹ vom 3. und 6. 12. 1939. 511

2] *an die Meyer:* TM an Agnes E. Meyer aus Princeton vom 16. 2. 1939, Regesten II, 39/518.

3] *Puppet-Staat:* Marionetten-Staat.

4] *Pariser-Tageblatt:* Es handelt sich um die ›Pariser Tageszeitung‹, die Nachfolgerin der Exil-Tageszeitung ›Pariser Tageblatt‹. Die Zeitung befand sich in großen finanziellen Schwierigkeiten und stellte am 18. 2. 1940 ihr Erscheinen ein.

17. 12. 1939

Graf Spree: Der deutsche Panzerkreuzer ›Graf Spee‹ war am 14. 12. 1939 in einem Feuergefecht mit drei britischen Kreuzern, die ihn im Südatlantik gestellt hatten, schwer beschädigt worden und hatte sich zu Reparaturen in den Hafen von Montevideo geflüchtet, wo die im Gefecht Gefallenen bestattet wurden. Die Regierung von Uruguay hatte dem Schiff entsprechend dem Völkerrecht einen Aufenthalt von 72 Stunden gestattet, der aber zur Instandsetzung nicht genügte. Kapitän zur See Hans Langsdorff wollte kein zweites Gefecht zwischen seinem seeuntüchtigen Schiff und den wartenden britischen Kreuzern riskieren, versenkte die ›Graf Spee‹ im Hafen von Montevideo und nahm sich in Buenos Aires das Leben. 511

18. 12. 1939

alte Dame und Haushälterin: Frau Antoinette von Kahler, Erich von Kahlers Mutter, und Alice (Lily) Loewy, die Gattin des Wiener Neurologen Dr. Paul Loewy, später Kahlers zweite Gattin, die zu dieser Zeit, als er bereits von seiner ersten Frau Josefine (Fine) getrennt war und sie nicht mehr in Princeton lebte, ihm das Haus führte. 511

19. 12. 1939

1] *deutsches Handelsschiff:* Der deutsche Ozeandampfer ›Columbia‹ (32 000 Tonnen), der sich selbst versenkte. 512

2] *Ley:* Robert Ley (1890-1945), nationalsozialistischer Politiker, seit 1930 Mitglied des Reichstags, beseitigte 1933 die freien Gewerkschaften und setzte als ›Reichsorganisationsleiter‹ die ›Deutsche Arbeitsfront‹ an ihre Stelle. Er nahm sich im Nürnberger Kriegsverbrechergefängnis das Leben.

20. 12. 1939

512 *Dr. Weixlgärtner:* Der Wiener Kunsthistoriker Dr. Arpad Weixlgärtner (1872-1961), seit 1920 Leiter der weltlichen und geistlichen Schatzkammer in Wien, 1930-1938 Direktor der Gemäldegalerie des Kunsthistorischen Museums, Wien, Verfasser und Herausgeber von zahlreichen Führern, Katalogen und Bibliographien der Wiener Kunstsammlungen. Er wurde 1938 seiner Ämter enthoben, emigrierte in die Vereinigten Staaten, übersiedelte 1946 nach Göteborg, wo er 1961 starb.

21. 12. 1939

512 1] *Die Flagstadt:* Die norwegische Sopranistin Kirsten Flagstad (1895-1962) wurde bei ihrem ersten Auftreten in Bayreuth 1933 mit einem Schlag weltberühmt und sang hinfort an allen großen Opernhäusern der Welt. 1935-1942 an der Metropolitan Opera, New York, in San Francisco, London und Zürich, und 1948 bis 1951 vor allem an der Covent Garden Opera in London. Sie war eine unvergleichlich stimmgewaltige Wagnersängerin. In späteren Jahren war sie Intendantin der Königlichen Oper in Oslo.

513 2] *Elizabeth M.:* Elizabeth Meyer.

22. 12. 1939

513 1] *Schwarzschilds Diatribe:* Leopold Schwarzschild, ›Misere mit Trommelwirbel‹, in ›Das Neue Tage-Buch‹, 11. 12. 1939, eine zehn Spalten lange grundsätzliche Auseinandersetzung mit *Das Problem der Freiheit:* »Ich habe die Schrift gelesen und habe empfunden, daß ihr gerade wegen ihres Autors zu widersprechen ist, – und sei es auch nur, um zum Protokoll der Zeitgeschichte zu geben, daß ihr in deutscher Sprache widersprochen worden ist.« Die Schrift sei in doppelter Weise befangen, erstens »gegen das Gesamtwesen der alten Demokratien«, zweitens »zugunsten des Gesamtwesens des Bolschewismus«. »Thomas Mann, mit einem Wort, definiert nicht das ›Problem der Freiheit‹ so, daß es daraus

bestehe, entschlossen dem Liberalismus zu entsagen und sich entschlossen dem Kollektivismus in die Arme zu werfen. Noch die Demokratie, insoweit sie liberal ist, irritiert ihn. Noch der Bolschewismus, insoweit er kollektiv ist, imponiert ihm. ... Die Stimme Thomas Manns hat die Tragkraft des Prestiges. Darum kann man nicht darauf verzichten auszusprechen, daß die Lehren, die er in diesem Augenblick ausgibt, eher konträr den Belehrungen sind, die uns die letzten Jahre wirklich erteilt haben.«
2] *Klavier-Transport:* Das Klavier war für die Tochter Elisabeth (Medi) bestimmt, die seit ihrer Verheiratung in Chicago lebte, wo ihr Gatte Professor war.

23. 12.1939
1] *Politicum:* Der Aufsatz *Dieser Krieg.* *513*
2] *des kleinen Michel:* Michael Shenstone (geboren 1928), Sohn von Molly und Allen Shenstone, der TM zu Weihnachten einen Kalender mit den Flaggen der Nationen, zu denen die verschiedenen Mitglieder der Familie Mann gehörten, schenkte. Siehe TMs Dankesbrief in Briefe II, 127.
3] *Brief von Hesse:* Nicht in HH-TM, muß als verloren gelten.
4] *Telegramm an Bermann:* TM an GBF aus Princeton vom 23. 12. 1939 in TM-GBF, 253.
5] *die Meyer:* TM an Agnes E. Meyer aus Princeton vom 23. 12. 1939 (Telegramm), Regesten II, 39/530.

25. 12. 1939
1] *5 points:* Fünf-Punkte-Friedensbotschaft des Papstes zu Weihnachten. *514*
2] *an die Meyer:* TM an Agnes E. Meyer aus Princeton vom 25. 12. 1939 in Regesten II, 39/533.
3] *an Hesse:* TM an HH aus Princeton vom 25. 12. 1939 in Briefe II, 127-128.
4] *an Basler:* TM an Otto Basler aus Princeton vom 25. 12. 1939, in *Altes und Neues,* 745-746, und Regesten II, 39/531.
5] *English in the American Way:* (englisch auf amerikanisch) Beulah Handler, ›English the American Way. For German-speaking Adults‹, New York, Barnes & Noble, 1940. Siehe Regesten II, 40/10.

26. 12. 1939

515 1] *»Die vertauschten Häupter«:* Später *Die vertauschten Köpfe.*

2] *alte Mrs. S.:* Vermutlich ist die Mutter von Roger Sessions gemeint.

3] *An Fiedler:* TM an Kuno Fiedler aus Princeton vom 26. 12. 1939, Regesten II, 39/535.

4] *Exposee Hillers:* Kurt Hiller. Sein Exposé nicht ermittelt.

27. 12. 1939

515 1] *Borgese's Tochter:* Giovanna Borgese, genannt Nanni (1910 bis 1974), Tochter G. A. Borgeses aus erster Ehe, die ihrem Vater ins Exil nach Amerika folgte, während ihre Mutter Maria und ihr Bruder Leonardo, Kunstkritiker am ›Corriere della Sera‹ und in Italien sehr bekannt, im faschistischen Italien verblieben.

2] *an Bermann:* TM an GBF aus Princeton vom 27. 12. 1939 in TM-GBF, 253-255.

3] *»Lights go down«:* Erika Manns Buch ›The Lights go down‹ erschien 1940 im Verlag Farrar & Rinehart, New York.

28. 12. 1939

516 *Franks Novelle:* Die Novelle ›Sechzehn Tausend Francs‹ von Bruno Frank, die in Heft 2, Januar-Februar 1940, von ›Mass und Wert‹ erschien.

29. 12. 1939

516 *Bonn:* Der Nationalökonom Professor Moritz Julius Bonn (1873 bis 1965), den TM aus München kannte und der 1933 nach England emigrierte. Sein Beitrag: M. J. Bonn, ›Deutschlands wirtschaftliche Zukunft‹, in ›Das Neue Tage-Buch, Paris, 2. 12. 1939.

[Botschaft an das vorbereitende Komitee der Deutschen Volksfront in Paris]

An der Beratung, zu der das Volksfrontkomitee am 10. April zusammentritt, nehme ich im Geist aufs Lebendigste teil und wünsche von Herzen, daß die Besprechungen die Klärung der uns bewegenden Probleme fördern mögen. Worauf es ankäme, wäre, eine Plattform zu schaffen, welche allen Deutschen, die im Lande und außerhalb guten Willens sind und sich nach einem Staate sehnen, der das Attribut deutsch wirklich verdient, die Möglichkeit zur Mitarbeit bietet. Es gilt, den heute verleugneten und beschmutzten Ideen der Freiheit und Humanität zu ihrem Rechte zu verhelfen; denn sie allein werden einen neuen und besseren deutschen Staat tragen können, und mit ihnen allein kommt man der Sehnsucht, die heute das deutsche Volk beseelt, entgegen. Ich glaube mich einig mit der deutschen Volksfront in dieser Überzeugung und freilich auch in der, daß es eine Freiheit sein muß, die für sich einzustehen weiß und eine Humanität, die gegen ihre Mörder keine Schwäche kennt.

[S. Anmerkung 3 zum 21. 3. 1937]

Gruß von Thomas Mann

Längst habe ich meine herzliche Sympathie für den Freiheitskampf des spanischen Volkes bekannt – diesen beispielhaften und ergreifenden Kampf, der moralisch gewonnen ist, selbst wenn er ausgehen sollte, wie die Dinge der Welt auszugehen pflegen: tragisch und gegen die Wünsche des Geistes und der Menschlichkeit.

Wir mögen trotz allem Verrat, den das unselige Europa in diesem Kampfe übt, an einen solchen Ausgang nicht denken, können nicht daran glauben. Denn, ist es glaubhaft, daß Gewalten, deren ein Volk sich mit so verzweifelt heroischer Zähigkeit und Erbitterung zu erwehren sucht, je wirklich eine gesicherte Herrschaft werden ausüben können über dies Volk – Kreaturen und Statthalter der Fremden!

Es ist meine tiefe Überzeugung, daß der Verteidigungskampf der spanischen Republik, in dem das Nationale sich noch einmal, wie in seinen besten Zeiten, mit dem Freiheitlichen vereinigt, durch die Jahrhunderte leuchten und, ganz unabhängig von seinem Ausgang, vor der Geschichte eine Ehrenrettung unserer trüben und moralisch reduzierten Epoche bedeuten wird.

[S. Anmerkung 2 zum 15. 7. 1937]

Bekenntnis zum Kampf für die Freiheit

Meine Damen und Herren!

Wenn ich auch diese Gelegenheit benutze, ein schlichtes Bekenntnis abzulegen zur Idee der menschlichen Freiheit und den feindseligen Tendenzen der Zeit, die man unter dem politischen Namen des Faschismus zusammenfaßt, das Nein eines dem Geist verbundenen Menschen, *eines* Schriftstellers entgegenzusetzen, so dürfen Sie nicht glauben, daß einem Menschen wie mir die Rolle des Versammlungsredners ganz geläufig und natürlich ist. Es gehört im Gegenteil für meinesgleichen eine gewisse Selbstüberwindung dazu, aus der Stille seiner Arbeitsstätte herauszutreten vor die Menschen, um persönlich und mit eigener Stimme für die bedrohten Werte zu zeugen und für sie einzutreten. Jeder geistige Mensch ist heute gewissermaßen in der bitteren und paradoxen Lage Hamlets, des jungen prinzlichen Intellektuellen, der ausrufen muß:

»Die Welt ist aus den Fugen, Schmach und Gram!
Daß ich zur Welt sie einzurenken kam.«

Ein Widerstreit besteht ohne Zweifel zwischen der angeborenen Weltscheu und Skepsis des Dichters und Träumers und der kämpferischen Aufgabe, welche die Zeit ihm aufdrängt, zu der sie ihn beruft. Aber diese Berufung, diese Forderung ist heutzutage unüberhörbar für mich und meinesgleichen. Ich glaube nicht, daß man sich ihr egoistischer Weise entziehen darf, ohne seine Pflicht zu versäumen.

Es ist begreiflich, daß das Gute, daß Wahrheit und Gerechtigkeit auf den notwendigen Sieg ihrer Sache gutgläubig vertrauen und die direkte Werbung dafür unnötig halten, in der Überzeugung, daß das Schlechte und Falsche sich selbst rasch ad absurdum führt. Aber in dieser optimistischen Gelassenheit liegt für das Gute, wir haben das nur zu schmerzlich erfahren, eine große Gefahr. Wir haben erlebt, daß es falsch ist, den Mächten des Bösen und der Gewalt allein die Offensive zu überlassen, es ihnen zu überlassen, die Mittel moderner Propaganda zu ihrem menschenfeindlichen Nutzen zu verwenden. Die Weltlage verlangt, daß der Geist seiner angeborenen Milde und Lässigkeit zum Trotz zu kämpfen und sich zu wehren lernt. Das ist die Lehre der letzten Jahrzehnte und wir hätten aus den schlimmsten Geschehnissen dieser Jahrzehnte nichts gelernt, wenn wir nicht diese Belehrung daraus gezogen hätten.

Ich bitte Sie, meine Damen und Herren, den Tadel, den ich hiermit gegen einen gewissen fahrlässigen Optimismus des Geistes in der Vergangenheit gerichtet habe, nicht dahin mißzuverstehen, daß ich jeden Optimismus für unberechtigt halte. Im Gegenteil bin ich der Meinung, daß wir alle heute viel mehr Grund zur Hoffnung und Heiterkeit haben als noch vor einigen Jahren. Das Leben hat heute einen schnellen Gang, und die Weltsituation hat sich für mein Gefühl in den letzten Jahren in materieller und geistiger Beziehung eher zu unsern Gunsten als zu unserm Nachteil verändert.

Zwei Tatsachen sind es, die zu dieser Behauptung berechtigen und zu entscheidender Hoffnung für die Zukunft Anlaß geben. Die eine ist die, daß der allzu formale und theoretische Pazifismus, von welchem die Parteien der Freiheit und des Friedens beherrscht waren, und der den Anhängern der Gewalt zugute kam und ihnen zu billigen Siegen durch Einschüchterung und Erpressung verhalf, heute bereits sichtlich korrigiert wird durch die Erkenntnis, daß die Friedensmächte stark sein müssen, um die Mächte der Gewalt, die eben nur Gewalt kennen, in Schach zu halten. Es ist eine Genugtuung und Beruhigung, zu beobachten, daß die Befürchtung, die demokratischen Mächte seien zur physischen Verteidigung ihrer Ideale unfähig geworden, sich als falsch erweist. Der Geist des Friedens entschließt sich, dem kriegerischen Geist mit seinen eigenen Mitteln zu begegnen, und wir stellen fest, daß heute schon das militärische Übergewicht auf Seiten der

Demokratien ist und daß die Feinde des Friedens ihre Chance vielleicht schon verpaßt haben. Diese Verhältnisse werden sich menschlicher Voraussicht nach mit der Zeit nicht zu Gunsten des Faschismus weiterentwickeln.

Das ist das Eine. Die andere günstige Beobachtung ist, daß in geistiger Sphäre die faschistische Mode ihren Höhepunkt überschritten zu haben scheint. Unzweifelhaft hat der Faschismus auch seine geistigen Wurzeln. Er war in philosophischer Sphäre vorbereitet und eine Empfänglichkeit für seine Lehren war nicht nur bei der deutschen Jugend, sondern bei der Jugend der Welt überhaupt deutlich zu erkennen. Wenn aber nicht alles täuscht, so ist die Faszination, die von seinen Lehren auf die Jugend ausging, im Schwinden. Man kann sagen, daß die Jugend der Welt heute nach ihrer überwiegenden Mehrheit, vor allem aber nach ihrem besten und wertvollsten Teil, wieder links steht. Das ist ja auch der Jugend im Grunde natürlich, und nur die verwirrenden Wirkungen pseudorevolutionärer Parolen könnten diese natürliche Lage vorübergehend verkehren. Man wird sagen, daß diese Veränderungen ohne praktische Wirkungen seien angesichts der hermetischen Abgeschlossenheit der Jugend in den diktatorisch regierten Ländern und namentlich in Deutschland, und daß die mit eiserner Konsequenz durchgeführte einseitige Bearbeitung durch einen selbstsüchtigen Staat ein Geschlecht heranziehen müsse, das allen höheren und freien Ideen unzugänglich sein wird. Aber auch hier meine ich, daß es kein schwächlicher und schönfärberischer Optimismus ist, an die gesunden Gegenkräfte und die intellektuelle Kritik der Jugend eines Volkes zu glauben, das so große geistige und kulturelle Überlieferungen besitzt wie das deutsche, und ich denke hier nicht nur an die Jugend, sondern an das deutsche Volk überhaupt, an dessen guten und großen Eigenschaften die Welt meiner Meinung nach nicht zu verzweifeln braucht.

Dieses Volk hat sich zwar vor vier Jahren unter dem Einfluß äußerst ungünstiger Umstände Mächten in die Arme geworfen, die im höchsten Grade unwürdig sind, es zu führen und es vor der Welt zu repräsentieren. Aber nach allem, was wir wissen, sind die Reue, die Enttäuschung, die Scham heute in gewaltigen Teilen des deutschen Volkes außerordentlich stark. Welch ein unentbehrlicher Wert für die Menschenseele und das Menschenleben die Freiheit ist, das hat das deutsche Volk in diesen vier Jahren erfahren und die Sehnsucht nach geistiger, religiöser, auch wirtschaftlicher Freiheit, die heute durch dieses Volk geht, berechtigt zu der Zuversicht, daß das letzte Wort über Deutschland keineswegs gesprochen ist, und daß das Land Goethes sein besseres und höheres Selbst wiederzuentdecken im Begriff ist. Man ist erschüttert, wenn man hört, daß bei Aufführungen von Schillers »Don Carlos« in deutschen Theatern die Menge jedes Mal den Ausruf des Marquis Posa: »Sire, geben Sie Gedankenfreiheit!« mit frenetischen Beifallskundgebungen begrüßt. Diese keineswegs ungefährlichen, weil durchaus politischen Kundgebungen sind darum so rührend, weil hier ein Volk ein Dichterwort benutzt, um gewissermaßen vor der Welt seine geistige Ehre zu retten und kundzutun, daß es nicht Sklave sein will. Das nationalsozialistische Abenteuer ist eine harte Schule für das deutsche Volk, eine Schule aber, durch die es, so dürfen wir immerhin hoffen, auf eine höhere Stufe seiner politischen und sozialen Reife gelangen wird. Eines Tages wird es frei sein wollen, wie es einem großen Volk gebührt, und die Fesseln abschütteln, die heute seinen Geist einschnüren.

Die Freiheit wird ohne Zweifel das Grundprinzip seiner künftigen sozialen und politischen Verfassung sein, eine Freiheit aber, die aus schweren Erlebnissen gelernt hat und die nicht noch einmal dulden wird, daß ihre Feinde sie überrumpeln. Hier schließt sich der Gedankengang meiner Worte und ich knüpfe an an das anfangs Gesagte: Die Freiheit muß stark sein, sie muß an sich selbst glauben und an ihr Recht, sich zu verteidigen. Es muß eine Freiheit von Autorität, von Männlichkeit sein, die sich nicht durch den Geist zum schwächlichen Zweifel an ihrem Erdenrechte verführen läßt und sich zu wehren weiß gegen eine Tücke, welche je wieder die Freiheit mißbrauchen will, um sie zu töten.

Und eben dies Prinzip, das der Freiheit, muß und wird es auch sein, um das in diesen Zeiten alle diejenigen, die für Deutschland das Bessere wollen, sich zusammenschließen können. Wir kennen wohl die Unterschiede, welche die Gegner des Nationalsozialismus heute noch trennen und auseinanderhalten, aber wenn nicht alles täuscht, so ist die ungeheure Gefahr, die dem deutschen Geist und darüber hinaus ganz Europa droht, im Begriff, diese Gegensätze zu überbrücken und aufzuheben. Denn darüber müssen sich alle klar sein, daß nur so, durch Einigkeit und unter Zurückstellung aller vergleichsweise unwesentlichen Gegensätze Deutschland Europa, der Welt und seinem eigenen Genius zurückgewonnen werden kann.

[S. Anmerkung 1 zum 21. 7. 1937]

[Äußerung über Maeterlinck]

Meine Bewunderung für das Genie Maurice Maeterlincks schreibt sich aus den frühen Jugendtagen her, als zuerst der Zauber seiner symbolistischen Dramen – »Princesse Maleine«, »Pelléas et Mélisande«, »L'intruse«, »Les aveugles«, »La mort de Tintagiles« – mich berührte und ich ganz im Bann des völlig neuen und süß beklemmenden dichterischen Lautes stand, der zu uns allen aus diesen so raffinierten und so ursprünglich-seelenvollen, so gebrechlichen und so suggestionsstarken Gebilden sprach. Seitdem hat dieser außerordentliche Geist sich rationaleren und dennoch immer dem Geheimnis nahen und ihn liebend nachspürenden Ausdrucksformen zugewandt und der europäischen Literatur eine Reihe naturbetrachtender und philosophischer Essays und Aphorismensammlungen geschenkt, – mystischer Schriften in einem modernen, zugleich exakten und tief ahnungsvollen Sinn dieses Wortes, Schriften voll innigen Wissens um das Leben und um den Tod, in welchem der Dichter zum Weisen wird, ohne je aufzuhören ein Dichter zu sein, das heißt: ein Künder der Seele und ihrer zartesten Schauer. – Ich begreife den freudigen Stolz, mit dem Belgien den hohen Lebenstag seines edlen Sohnes begeht, und bin glücklich, ihm im Rahmen dieser festlichen Veranstaltung auch meine herzliche Huldigung darbringen zu dürfen.

[S. Anmerkung 2 zum 22. 7. 1937]

Lettre à un ami

Cher ami,

Je dois vraiment vous remercier de la patience et de l'insistance que vous avez mises à me faire connaître la ligne de moindre résistance, de Maurice Denhof. Vous saviez ce que vous faisiez et en prévoyant que ce livre serait pour moi une trouvaille, vous aviez raison. Hélàs! à mesure que nous vieillissons, notre réceptivité s'amoindrit; nous devenons de plus en plus difficiles. Toutefois, il m'a suffit de parcourir quelques pages de cette prose pour que j'aie pu constater, non sans une joyeuse surprise: mais, voyons, voici quelque chose qu'on peut lire! Ce livre appartient essentiellement au type du roman intelligent, qui est, je crois, de plus en plus demandé. Le monde ne sait plus que faire de la sensiblerie simpliste et mal écrite; le temps en est passé. Et pourtant voilà ce qui passe encore en Allemagne pour de la poésie véritable; par contre, l'intelligence, dans sa connexion organique avec un style de qualité, éveille toujours des suspicions – ne serait-ce qu'au sujet du germanisme de l'auteur, – préjuge dont l'essence devient de plus en plus théorique. Car, en pratique, on ne pourra bientôt supporter de lire que ce qui est intelligent et dès maintenant on sent déjà que le roman, si toutefois il veut subsister, ne pourra pas se passer d'un supplément de virilité intellectuelle, bref: de spiritualité.

C'est, en effet, cette tenue de spiritualité virile, l'intelligence, doublée d'une puissante discrimination, de sa conception et de son exploration de l'univers qui m'ont tellement attiré dans le livre de Denhof. La psychologie a souvent été interprétée comme signe de déchéance et de lassitude, comme un élément antiartistique, dissolvant de la vie. Ici, par contre, elle se révèle puissance, maîtrise subjective et objective, conscience honnête et, ce n'est pas son dernier mérite, elle s'y révèle un principe créateur de formes, principe créateur d'une haute importance. Cette psychologie est élégante, comme l'Occident, comme l'Europe elle-même sont élégants: c'est-à-dire, sans y perdre de son sérieux ni de sa profondeur, comme on le redoute en Allemagne. L'auteur est évidemment un cosmopolite qui a connu des civilisations diverses par son éducation et par son expérience, pénétré de cette mondanité foncière qui est susceptible d'apporter, précisément à l'Allemand rêveur solitaire, beaucoup de compléments précieux. Il écrit un ›roman mondain‹ dont la scène, en outre, se déroule dans la société équivoque, dans l'atmosphère aventureuse de l'Amérique de la guerre. Mais il l'écrit avec l'esprit d'un artiste scrutateur, cet esprit qui aujourd'hui, de tant de côtés, s'efforce à conquérir de nouvelles possibilités idéologiques à la forme traditionelle du roman, d'élever l'œuvre épique en prose vers un plan ou la psychologie sociale ne représente qu'un moyen de poésie spirituelle. C'est un beau succès que Denhof remporte en participant à ces multiples tentatives, car il est très beau de voir comme, chez lui, l'invention joue autour de ce thème spirituel: les rapports de la volonté personelle et de la destinée, de l'intérieur et de l'extérieur et leur suprême unité. C'est une philosophie du ›caractère‹ qui est tentée ici, et au fond, c'est une philosophie bien contraire à l'idée que nous nous faisons du roman: car le ›caractère‹ s'y trouve considérablement dénué de son ›mythe‹, décomposé comme un produit de conditions multiples de pensées et de sentiments, – ce qui s'oppose audacieusement à la conception du ›héros‹ de l'ancien roman. Mais, puisque l'idée constructrice, l'intention spirituelle qui traversent cet ouvrage ne font que renforcer sa composition interne, le rapprochant ainsi de la musique, j'estime que ce livre est, sur le véritable problème de l'Esprit, un authentique document.

[S. Anmerkung 2 zum 12. 10. 1937]

[Botschaft an die ›Europäische Konferenz für Recht und Freiheit in Deutschland‹]

Man muß denjenigen von Herzen dankbar sein, die den Glauben nicht fahren lassen, daß es ein *Weltgewissen* gibt, welches man gegen die menschenverderberische Schlechtigkeit des totalen Staates aufrufen und zu entschlossenem Protest dagegen gewinnen kann. Um so dankbarer muß man für solchen tätigen Glauben sein, als wir täglich die entmutigende und beschämende Erfahrung machen, wie die Welt sich mit der doch auch für sie gefahrdrohenden moralischen Verworfenheit des sogenannten Dritten Reiches, als sei es ein Staat wie ein anderer, abzufinden und einzurichten sucht. Trotz aller prahlerischen Gleichgültigkeit gegen die Meinung des Auslandes ist es vielleicht immer noch möglich, den Unglücklichen, die in heute wieder gräßlich wachsender Zahl die deutschen Konzentrationslager füllen, durch eine eindrucksvolle, von den besten aller Länder unterstützte Kundgebung Hilfe zu bringen. So lassen Sie mich hoffen, daß diese Unterstützung Ihnen zuteil werden möge und erlauben Sie mir, Ihrem Appell eine starke, tiefe und weitgehende Wirkung zu wünschen.

[S. Anmerkung 3 zum 27. 10. 1937]

[Botschaft an die amerikanischen Künstler]

Liebe Freunde,

erlauben Sie mir diese Anrede, die mir eingegeben wird durch die Worte, mit denen Sie Sinn und Zweck Ihres Kongresses kennzeichnen. Sie sagen in Ihrem Brief, dieser Kongreß sei hervorgegangen aus der Erkenntnis, daß der zeitgenössische Künstler eine Verantwortung trage und daß er verpflichtet sei, öffentlich und aktiv Stellung zu nehmen gegen die zerstörenden Kräfte, die die Demokratie und die Kultur bedrohen, Kräfte und Tendenzen also, die ich nicht bei Namen zu nennen brauche. Gestatten Sie mir, Ihnen zu sagen, daß ich in dieser Überzeugung vollkommen und von ganzem Herzen mit Ihnen übereinstimme, und daß es mich beglückt, mich mit Ihnen darin einig zu wissen. Wenn ich Ihnen zu Ihrem Kongreß meine herzlichen Grüße sende und ihm einen eindrucksvollen Verlauf wünsche, so geschieht es nicht in irgend einer repräsentativen Eigenschaft, die ich mir anmaße, sondern ganz auf eigene Hand und mit dem persönlichsten Akzent. Die Meinung, daß heute das Geistige und Kulturelle vom Politischen nicht zu trennen ist, und daß es sich in der gegenwärtigen Situation um das Problem des Menschen und der Humanität in seiner Totalität handelt, angesichts dessen der Einzelne Stellung zu nehmen und sich zu bekennen hat, – dieser Glaube leitet seit langem mein Leben und meine Gedanken und er war oftmals Angriffen und mehr oder wenig aufrichtig gemeintem Tadel ausgesetzt. Man hört sagen, der Künstler solle bei seinem Leisten bleiben und vergebe sich etwas, wenn er »in die politische Arena hinabsteige«, um sich an den Kämpfen des Tages zu beteiligen. Ich halte diesen Einwand für hinfällig eben in der Überzeugung, oder vielmehr in der klaren Erkenntnis von der Untrennbarkeit der Sphären des Menschlichen, mögen sie nun Kunst, Kultur oder Politik heißen. Und so muß es mich beglücken, zu sehen, daß die Künstlerschaft eines so großen und für die Civilisation so wichtigen Landes wie die Vereinigten Staaten diese Überzeugung teilt und einen Kongreß zusammenruft, der sich im Namen der Kunst und des Geistes gegen die barbarischen Tendenzen wenden will, die heute alles in Gefahr bringen, was wir unter Gesittung und Kultur verstehen und was wir lieben. Meine Tochter wird diesen meinen Worten in Ihrer Mitte Stimme leihen und sie möge hinzufügen, daß ich am Tage Ihrer Zusammenkunft im Geiste mitten unter Ihnen bin.

Küsnacht am Zürichsee
Dezember 1937

[S. Anmerkung 4 zum 2. 12. 1937]

[Über Bruno Franks ›Der Reisepaß‹]

Ladies and Gentlemen:

Permit me to speak to you for a few minutes of a book which can well be described as one of the most important and charming that has been written by an exile. The title is LOST HERITAGE (in the German original »Der Reisepaß«) and the author is Bruno Frank.

This man of letters is at the apex of his life. It is but a short while ago, that he celebrated his fiftieth birthday; his past is filled with distinguished works and the future promises many enriching books that will give pleasure. His short stories, plays and novels delighted a large public in the days when Germany was still free and therefore susceptible to freedom and the humane.

We will not speak of his past production, but concentrate on that work which is the most remarkable of those, written by him within the last five years: the years of exile. It was obvious from the first moment that he could not remain in Hitler's Germany. He originated from the South of Germany, from Stuttgart, that part of the country which is the elder in culture and which is democratically-minded. His personal and artistic note is defined by an urbanity and human kindness, which always appealed to me, but which made it impossible that he should ever be a member of the National Socialist »Schrifttums-Kammer«, or Reich Chamber for authors.

These feelings, these viewpoints toward the world and toward life permeate the entire novel of which I am speaking. The subject matter of LOST HERITAGE lies in the emigration itself. The story deals with the destiny of a young, German prince, the younger son of the former ruler of a small Saxon principality. He and his elder brother have a completely different point of view toward the revolutionary events of nineteen-thirty-three. The elder attemps, as so many German princes did, to find a place in the National Socialist movement, to which a certain soft brutality makes him particularly fit. The younger is the hero of the novel and the author has endowed him with many of his own personal traits, that is to say that he has made him a friendly, decent, cultured and highly developed character who loathes Nazidom and turns away from it from the very first moment with disgust. He, none the less, remains within Germany at the start, but whereas the elder brother plays an important part in the Nazi Army, the younger lives in deepest retirement, watched only by a servant whom he trusts, but who, somewhat typically, hides infidelity behind the blue eyes that seem so faithful, and who spies on his master, and, bribed by the secret state police, denounces him.

The necessary conditions for this treachery are given only too soon. Prince Ludwig is by no means the type of a political conspirator; but his former tutor who, for his part, is an enthusiast for romantic monarchy, involves him in a conspiracy which, when it is discovered, puts him in prison. There is a certain embarrasment as to what is to be done with the young Prince.

Finally the decision is made to transport him, with his passport, across the border.

That is the close of the first part of the novel, whose scene is still laid in Germany. The main part of the novel goes on to narrate the adventures of the young Prince in foreign lands – in Prague, in London. I cannot here tell you the very complicated story; but what I especially wish to do is emphasize the fact that the National Socialist essence, as well as the milieu of the emigration are described with extraordinary truth and vitality, not only in the case of the general atmosphere but in that of the separate characters as well.

The novel is unusually full of dramatic scenes and happenings. For example, there is the exciting liberation of the Prince's tutor, by his pupil, out of a German concentration camp; and the masterly description of the London Public Library, where the Prince tries to rise above the horrors of the epoch by spiritual work: he makes a study of the great art of the Spaniard Goya.

It is a well-chosen point and characteristic that the author has a man of the people give voice most clearly to the feeling of abhorrence he harbours against the National Socialistic doings. This young chauffeur, a healthy and sensitive young man, characterizes in a thrilling, simple, absolutely unliterary but truly moving manner, the depravity of the new regime.

An important advantage of the book is that it does not deal exclusively with the political situation, but that there is a fill of intimate human episodes, described with artistic warmth and freedom – these are sure to delight every literary-minded reader of the book.

These, briefly, are the points that caused me to draw your attention to this particular book in the short time, allotted me.

[S. Anmerkung 2 zum 8. 3. 1938]

[Ansprache bei der Verleihung des ›Cardinal Newman Award‹]

Meine Damen und Herren,

in Augenblicken wie diesen ist es eine große Wohltat danken zu dürfen und nicht ganz stillschweigend, nicht ohne jede noch so bescheidene Gegengabe eine Ehrung hinnehmen zu müssen, wie die, die Sie mir heute darbieten. Es ist eine hohe und schöne Ehrung, die ich tief dankbar empfinde und wenn ich auch weit entfernt bin, sie als verdient zu empfinden, so möchte ich sie doch sinnvoll nennen dürfen. Ja, es hat seinen guten Sinn, wenn ein Schriftsteller, der für diejenigen Werte und Ideen eintritt, die man die demokratischen nennt, Sympathie und Anerkennung findet bei einer christlichen Institution, bei einer Vereinigung von Geistern und Persönlichkeiten, die auf den Namen eines großen Geistlichen, des britischen Kirchenfürsten Cardinal Newman, getauft ist.

Ich bin, meine Damen und Herren, protestantisch geboren und erzogen. Meine geistige Bildung und Form ist wesentlich vom deutschen Protestantismus her geprägt, da es der Protestantismus war, der das deutsche Geistesleben und die deutsche Kultur seit Jahrhunderten bestimmt hat. Eine eigentliche kirchliche und dogmatische Bindung darf ich mir nicht zuschreiben und in einem gewissen Sinn mag das ein Vorteil sein, da ich vielleicht gerade darum schon frühzeitig die Idee des Christentums als einheitlich und unabhängig von konfessionellen Schattierungen und Streitigkeiten empfinden konnte. Für mich war von jeher das aus dem Judentum erblühte Christentum einer der Grundpfeiler abendländischer Gesittung. Unsere Civilisation verdankt ihm soviel wie der klassischen Antike. Alles Höchste und Beste, was das Abendland auf dem Gebiet der Kunst, der Literatur, des moralischen und ästhetischen Lebens gezeitigt hat, ist undenkbar ohne die unermeßlich sittigende Wirkung, die das Christentum ausgeübt hat. Es repräsentiert die universelle Idee, die Idee des *einen* Gottes und steht damit, das Menschliche zusammenfassend, allem engen und einseitigen Nationalismus als große sittliche Korrektur entgegen. Jeder Angriff auf das Christentum, jede Verleugnung seiner Sittlichkeit, bedeutet einen Rückfall in Ungesittung und in ein Heidentum, das keinen andern Namen als den der Barbarei verdient. Ganz besonders gilt das für mein eigenes Land, für Deutschland, das völlig irrtümlicher Weise zuweilen wähnt, durch die Ausscheidung mittelländischen Geistes und Einflusses, also des jüdischen und des christlichen, könne es sich von etwas Fremdem befreien und seine eigentliche Volks-Natur und Kultur in Reinheit hervortreten lassen. Welch ein Irrtum ist das! Deutschtum gibt es erst, seitdem die Germanen das Christentum annahmen, erst die Vermählung von Germanentum und mittelmeerländischer Menschlichkeit hat das Deutschtum geschaffen und was übrig bliebe, wenn Deutschland das Christentum ausstieße, wäre nichts als eine für Kultur und Menschheit nutzlose und gefährliche Barbarei.

Auf dieser Lecture-Tour, meine Damen und Herren, die mich durch den ganzen ungeheueren Continent Amerika, durch eine große Anzahl seiner Städte geführt hat, habe ich über Demokratie gesprochen, habe versucht, diesen Begriff zu bestimmen, seine tieferen Inhalte aufzuzeigen und die aktuelle Notwendigkeit darzulegen, diese Inhalte neu zu beleben, zu erfrischen und sie für die Jugend der Welt wieder anziehend zu machen. Dabei war eine gewisse charakterisierende Polemik gegen die der Demokratie feindlichen Mächte von heute, die man unter dem Namen des Faschismus zusammenfaßt, unvermeidlich. Nach dem Vortrag gab es zuweilen Fragen aus dem Auditorium und dabei ereignete es sich einmal, in einer Universitätsstadt, daß ein junger britischer Student sich erhob und in Form einer Frage der Ansicht, – dem Vorwurf, – Ausdruck gab, ich hätte keine Gerechtigkeit walten lassen, ich hätte schwarz-weiß gemalt, alles Gute der Demokratie und alles Böse dem Faschismus zugeteilt, ich hätte das Christentum vergessen, das Liebe und Gerechtigkeit übe. Meine Antwort war und mußte sein, daß ich einen solchen Vorwurf ablehnen dürfe. Indem ich für die demokratische Idee einträte, die sich heute in so schwerer Defensive befinde, vergäße ich keineswegs das Christentum, sondern ich träte ein für seinen Geist und verteidigte es gegen seine Feinde. Ob denn der junge Mann nicht wisse, fragte ich, daß in Deutschland das Christentum zusammen mit der Demokratie verfolgt und unterdrückt sei und ob man nicht ein Recht habe, beides zu identifizieren, da die wesentlichen menschlichen Inhalte beider Begriffe dieselben seien? So ist es in der Tat, meine Damen und Herrn: Demokratie, so scheint mir, ist nichts als der politische Name für die Ideale, die das Christentum als Religion in die Welt gebracht hat. Diese Ideale selbst, ob man sie nun mit dem politischen oder mit dem religiösen Namen bezeichnet, sind heute bedroht und es geschieht im Namen der abendländischen Kultur selbst, wenn man, wie auch ich, dieser Bedrohung Widerstand leistet.

Die Kräfte gegen die es Widerstand zu leisten gilt, haben einen großen Vorteil:

Einfügung für Seite 6:
Wir wollen doch nicht vergessen, daß auch die Propaganda, wie soviele andere Dinge keine originale Erfindung des Faschismus, sondern ein Raub, eine Aneignung ist. Name und Sache wären unbekannt, ohne das vatikanische Werbe-Institut zur Ausbreitung des Christentums über alle Welt.

Einfügung für Seite 7:
Sie sehen, meine Damen und Herren, daß ich die Begriffe Demokratie und Aristokratie nicht als gegensätzlich empfinden kann und ebenso wenig kann ich den Begriff der Freiheit als gegensätzlich empfinden zu dem der Bindung und Disciplin.

Einfügung für Seite 14:
Es sind nur abgerissene Gedanken, die ich Ihnen heute bieten kann. Die Zeit erlaubt mir keinerlei Vollständigkeit, – sie hält mich zur Genügsamkeit an und zu der Bitte an Sie, vorlieb zu nehmen. Sie müssen das, was ich sagte, auffassen als einen Ausdruck der Gewissenhaftigkeit, ich meine, als einen Versuch, mich vor mir selbst zu legitimieren als Empfänger der schönen und großen Auszeichnung, die ich heute von Ihnen empfing. Unter diesem persönlichen Gesichtspunkt müssen Sie meine bescheidenen Worte auffassen und werden mir gewiß vergeben, wenn ich noch ein Wort ganz persönlicher Natur hinzufüge.

[S. Anmerkung 2 zum 27. 4. 1938]

[Begrüßungs-Botschaft an die Spanien-Kundgebung in New York]

Meine Damen und Herren,

Erlauben Sie auch mir, einige Worte beizusteuern zu den Kundgebungen dieses Abends, Kundgebungen, die bestimmt sind, Ihren Excellenzen, den Ministern Alvarez Del Vayo und Juan Negrin die tiefe Sympathie und Bewunderung Amerikas zu bezeugen für das spanische Volk und seinen Heldenkampf. Als ein Mensch, dem es angelegen sein muß, sich auf seine privaten Aufgaben zu konzentrieren, hege ich im Allgemeinen eine begreifliche Scheu vor dinners und meetings, aber als die Aufforderung an mich erging, an diesem heutigen Zusammensein teilzunehmen, habe ich ohne Zögern zugesagt, denn sein Gegenstand liegt mir wahrhaft am Herzen, und die Gelegenheit, unseren verehrten Gästen vor aller Welt die Gefühle zum Ausdruck zu bringen, die mich erfüllt haben von dem Augenblick an, wo das spanische Volk und seine rechtmäßige Regierung in den Kampf um ihr Recht eintraten, – diese Gelegenheit konnte ich nicht vorübergehen lassen.

Ich bin, meine Damen und Herren, kein Politiker in dem Sinn, daß ich zu einem durch den Willen und durch das Interesse gebundenen und eingeschränkten Parteimenschen geboren wäre. Wenn ein unabhängiger Schriftsteller in einer politischen Frage Partei ergreift, so tut er es nicht geleitet durch irgend ein Interesse, sondern allein durch sein leidendes und empörtes Gewissen. Das Interesse ist es, das mit jener Gewissenlosigkeit, die bekanntlich dem »Handelnden« vorbehalten ist, alle großen Schurkereien der Welt begeht – wie eben jetzt in Spanien. Wessen Sache sollte es sein als des Dichters, des Menschen freien Gefühls, der pompösen und doch so mesquinen Niedertracht des Interesses das menschliche Gewissen entgegenzustellen und Verwahrung einzulegen gegen die alles Menschentum verfälschende Verwechslung von Politik und Schurkerei?

In Spanien hat zwei und ein halbes Jahr das Interesse gewütet. Es wütete mit einer Schamlosigkeit, wie die Welt sie selten gesehen. Tatsächlich gehört, was sich dort in so vielen Monaten abgespielt, zum Schändlichsten und Skandalösesten, was die Geschichte aufzuweisen hat. Sah, empfand es die Welt? Nur sehr teilweise; denn auf nichts versteht das mörderische Interesse sich besser, als die Welt zu verdummen und ihr über sein wahres Wesen Sand in die Augen zu streuen. Wir alle wissen, wie wenig umstürzlerisch das Reformprogramm der spanischen Volksfront, des politischen Bundes von Republikanern und Sozialisten war und auf welche Zustände ihre Formierung, ihr entschiedener und legitimer Wahlsieg die Antwort bildete. Hat man denn kein Herz, keinen Verstand? Will man sich durch das Interesse, das immer an die schlechtesten Instinkte, wenn auch unter Namen verlogenen Wohlanstandes, wie Kultur, Gott, Ordnung, Vaterland, appelliert, widerstandslos um den letzten Rest seines freien menschlichen Urteils bringen lassen? Ein niedergehaltenes, im überlebtesten, rückständigsten Stile ausgebeutetes Volk trachtet nach einem helleren, menschenwürdigeren Dasein, nach einer sozialen Ordnung, mit der es besser als bisher vor dem Angesicht der Gesittung zu bestehen gedenkt. Freiheit und Fortschritt sind dort noch keine von philosophischer Ironie und Skepsis zersetzten Begriffe; sie sind für dieses Volk höchste, erstrebenswerteste Lebenswerte, Bedingungen der nationalen Ehre. Es gibt sich eine Regierung, die mit aller durch die besonderen Umstände gebotenen Vorsicht die gröbsten Mißstände zu beheben, die notwendigsten Verbesserungen durchzuführen unternimmt. Was geschieht? Eine Generals-Emeute, im Dienst der alten Ausbeuter- und Unterdrükkungsmächte unternommen und übrigens mit dem spekulierenden Ausland abgekartet, flammt auf und mißlingt, ist schon so gut wie niedergeschlagen, wird aber von den fremden, freiheitsfeindlichen Regierungen gegen das Versprechen ökonomischer und strategischer Vorteile für den Fall des Sieges der Insurgenten unterstützt, mit Geld, Menschen und Kriegsmaterial genährt und hingefristet, so daß des Blutvergießens Jahre lang kein Ende ist. Gegen das um seine Freiheit, sein Menschenrecht verzweifelt kämpfende Volk werden die Truppen seiner eigenen Colonialgebiete in den Kampf geführt. Von den Bombenflugzeugen des Auslandes werden seine Städte demoliert, seine Frauen und Kinder niedergemetzelt – und dies alles heißt »national«, all diese himmelschreiende Schurkerei heißt Gott, Ordnung und Schönheit.

Meine Damen und Herren, Sie wissen, wie dieser Kampf fürs Erste ausging und ausgehen mußte dank der Haltung des übrigen

Europas, auch der europäischen Demokratieen, einer Haltung, deren man sich immer nur mit Scham und Trauer erinnern wird. Die verächtliche Geschichte der sogenannten »Nicht-Intervention« ist das kläglichste Paradigma und Symbol für alle Charakterlosigkeit und Schwäche, für alles moralische Versagen, mit dem Europa im letzten Dezennium sich befleckt hat. Es ist tatsächlich nur *ein* Volk, das in dieser Zeit der Erniedrigung die Ehre Europas gerettet hat, eben dadurch, daß es unter den schwersten und ungünstigsten Bedingungen, verlassen von aller Welt, im Angesicht ungeheuerer materieller und technischer Übermacht, den Kampf gegen das Böse aufgenommen und aufs Äußerste durchgehalten hat: das spanische Volk. Ich bin der festen Überzeugung, meine Damen und Herren, daß dieser Kampf dieses Volkes durch die Jahrhunderte leuchten und immer von dem menschlichen Gefühl als eine der größten und heroischsten Leistungen der Weltgeschichte gefeiert werden wird. Wir weigern uns, seinen Ausgang als endgültig zu betrachten, weigern uns dessen ebenso, wie in dem Fall der schändlich verratenen Tschechoslowakei. Der unedle und ruhmlose Sieg Francos ist nicht das Ende der spanischen noch der europäischen Geschichte. Das Schicksal schreitet schnell heute, und stündlich wächst das Gefühl, daß der heutige Zustand Europas in eine Katastrophe oder in Umwälzungen münden muß, die in irgend einer Form die Sühne bringen müssen für alles Unrecht der letzten Jahre. Und dann wird der moralische Sieg, den die spanischen Freiheitskämpfer ohnedies erfochten haben, auch von der Geschichte bestätigt und zur politischen Wirklichkeit werden.

[S. Anmerkung zum 6. 6. 1938]

[Botschaft an die Pariser Konferenz des ›Rassemblement Universel pour la Paix‹]

Chers amis,

En raison de circonstances particulières, je serai, à mon grand regret dans l'impossibilité de prendre personnellement part à vos délibérations et je vous prie de vouloir bien accepter ces quelques lignes comme une modeste contribution à vos travaux.

Je ne nie pas complètement la contradiction si souvent discutée qui existe entre l'existence et le style de vie de l'écrivain et sa participation active aux questions politiques. Je ne nie pas qu'une telle attitude de modestie artistique doive être gagnée: je l'admets et je l'adapte tacitement à toute profession de foi politique.

Mais un tel empire sur soi-même me paraît indiqué aujourd'hui et je ne crois pas me rendre coupable d'exagération. Les limites entre l'art et la vie, les limites en général entre les divers domaines de l'humanité sont devenues courantes. On parle beaucoup, aujourd'hui, de »totalité« et pour autant que ce concept puisse s'appliquer à l'Etat, il est quelque chose de terrible et d'inhumain. Il est dans cette acception exactement ce contre quoi l'artiste élève une protestation humaine, la protestation de l'humanité, lorsqu'il dit son mot sur les problèmes de la vie commune.

Mais une autre totalité est aujourd'hui plus que jamais un fait intérieur: celle de l'humanité, l'unité des questions qui concernent l'homme même, celle qui se pose devant nous comme une exigence et comme un problème, et devant laquelle on ne peut isoler l'esprit et l'art comme des domaines séparés. Le politique et le social sont reconnus comme une partie de l'humanité commune qu'on ne peut écarter ni nier, comme une face du problème humain, de la mission humaine, que personne ne néglige sans manquer à l'humain lui-même, qui veut être opposé au politique comme la chose essentielle et décisive. Dans le »politique« est aujourd'hui posé pour nous le problème de l'homme lui-même, avec un sérieux extrême qui comporte risque de mort, comme aucune époque ne l'a connu – et précisément l'écrivain qui occupe par nature, par son destin même, les postes les plus exposés de l'humanité, pourrait-il être jamais autorisé à esquiver la décision.

Dans une belle phrase Goethe a dit:

»L'art a pour objet ce qui est difficile et bon.«

Le difficile et le bon, dont il s'agit ajourd'hui dans le monde, c'est la Paix. C'est elle qui propose aujourd'hui des devoirs à l'homme, et c'est uniquement pour elle qu'il faut remplir ces devoirs. La guerre est devenue une honteuse, une épuisante et contradictoire paresse, que l'artiste, à côté de ce qui lui sert et de ce qui l'exclut, comme l'Etat totalitaire, doit répudier du plus profond de son instinct créateur.

Nos yeux sont aujourd'hui tournés vers l'Espagne et l'heure est venue pour moi de répéter la profonde sympathie que je porte au peuple espagnol qui lutte pour la liberté, dans ce combat émouvant et exemplaire qui est moralement gagné même s'il ne devait pas aboutir, comme bien des choses en ce monde, tragiquement et contre le vœu de l'esprit et de l'humanité.

Nous ne voulons pas, malgré toute cette trahison dont l'Europe impie use dans cette lutte, songer à une pareille issue. Est-il concevable que la violence, contre quoi un peuple cherche à se defendre avec une ténacité et une amertume désespérées et héroiques, puisse assurer la domination tranquille des créatures et des agents de l'étranger sur ce peuple?

Je suis convaincu que la défense de la République espagnole, dans laquelle, comme aux plus belles époques, le sentiment national s'unit à l'amour de la liberté, brillera à travers les siècles, et sera rappelée dans l'histoire de l'humanité avec les plus hauts honneurs. Car ce n'est point avec une plume fasciste que cette histoire s'écrira.

[S. Anmerkung 2 zum 21. 7. 1938]

Rundbrief

Diese Worte zeichnet ein deutscher Schriftsteller, dem Politik lange eine fremde, den Künstler nicht kümmernde Sphäre war und der es allein als seine Aufgabe erachtete, durch das Werk freien Geistes seinem Volke und der Humanität zu dienen. Das Leben aber hat ihn gelehrt, daß die Frage des Menschen eine Einheit ist, die wahre Totalität, welche die Trennung des Politischen vom rein Geistigen und Kulturellen nicht gestattet; daß jenes ein von keinem wachen Gewissen zu vernachlässigendes Teilgebiet des Menschlichen ist; und die Schicksale, durch die in den letzten Jahrzehnten Deutschland und mit ihm Europa hindurchgegangen ist, haben ihn immer wieder angehalten, auch durch das politische Bekenntnis seine Pflicht als geistiger Mensch zu erfüllen. Die Heimsuchung Deutschlands nun gar durch den Hitlerismus hat diesen ursprünglich unpolitischen Schriftsteller zu einem aus tiefster Seele Protestierenden gemacht gegen den schändlichen Mißbrauch, der von diesem verabscheuungswürdigen Regime mit dem deutschen Namen getrieben wird, sie hat ihn zum Emigranten und zum politischen Kämpfer gemacht.

Es ist also nichts Neues und keine Sache der Anmaßung, sondern eben jenes Pflichtgefühls, wenn ich in dieser Stunde höchster Gefahr mit folgender Erklärung und Versicherung hervortrete:

In den Jahren der Herrschaft Hitlers habe ich als ein an keine Partei Gebundener mit politischen Kreisen aller deutschen Parteien und Strömungen innerhalb und außerhalb Deutschlands Fühlung unterhalten und kann auf Grund vieler zusammenfassender Besprechungen mit Vertretern der Oppositionsgruppen von rechts bis links heute bezeugen:

Millionen Deutscher aller Parteirichtungen, Stände und Berufe erblicken in Hitler den Mann, der Deutschland dem Untergang entgegenführt. Sie betrachten seinen Sturz als das einzige Mittel, Deutschland zu retten, den Ausbruch des Krieges zu verhindern, oder den Krieg, wenn das System ihn erzwingt, zu beenden, ehe Deutschland zu Grunde geht. Ich kenne die politischen Kräfte, die jetzt bereit sind, den Kampf gegen Hitler gemeinsam zu führen und die imstande sind, nach dem Sturz der nationalsozialistischen Gewaltherrschaft, ein neues Deutschland zu schaffen, ein Deutschland der Ordnung und des Rechtes, der Menschlichkeit und der Freiheit. Lasse niemand sich schrecken durch das Nazi-Märchen von dem Chaos, das nach Hitler kommt! *Hitler ist das Chaos!* Laßt uns dieses Chaos beenden! Die Welt fürchtet den Krieg, – sie fürchtet *nicht* Deutschland! Im Kriege wird sie gegen Deutschland stehn, weil Hitler sie gegen Deutschland geeinigt hat. Solange er, der einzig Schuldige am Kriege, in Deutschland die Macht hat, haben wir keine Aussicht auf einen ehrenvollen Frieden.

Die Regierung der Freiheit und des Rechtes, die nach Hitler kommen soll, wird imstande sein, Deutschland vor der Vernichtung zu bewahren. Ihr Ziel wird ein freies und einiges deutsches Volk in einem freien und einigen Europa sein.

Wisse, deutsches Volk, daß nicht die Welt sich gegen Dich verschworen hat, Dein einziger Feind ist Hitler!

[S. Anmerkung 2 zum 4. 9. 1938]

[The Coming Humanism]
Entwurf des deutschen Originaltextes ›Über die eigene Weltansicht‹

Es fällt mir merkwürdig schwer, meine philosophischen Ideen oder Überzeugungen – wie soll man es nennen? – meine Weltansicht also – oder sage ich besser: mein Weltgefühl? – sei es in ausführlichem Bekenntnis oder nun gar in knappen Worten zu formulieren. Die Gewohnheit, mein Verhalten zur Welt, zum Problem des Seins indirekt, durch das Mittel von Bild und Rhythmus darzustellen, steht der theoretischen Expektoration entgegen, und zur Rede gestellt, wie heute, komme ich mir ein wenig vor [wie] Faust, von dem das gute Gretchen hören will, wie er es »mit der Religion hält«.

Sie haben kaum die Absicht, mich zu kathechisieren, sind aber praktisch mit Ihrer Erkundigung nicht weit entfernt davon, und wie bei mir alles liegt und steht, will es mir fast leichter scheinen, mich religiös zu verantworten, als philosophisch. Zwar entbehre ich aller geistlichen Dreistigkeit, und die Leichtigkeit, mit welcher gewissen Leuten das Wort »Gott« von den Lippen oder, was noch bemerkenswerter ist, aus der Feder geht, erregt mein Erstaunen. Eine gewisse Bescheidenheit, ja Verlegenheit im Verhalten zur religiösen Sphäre ist wohl eher die Sache von meinesgleichen, als protziges Selbstvertrauen. Es scheint, nur auf Umwegen wissen wir uns ihr zu nähern, durch das Gleichnis, das moralische Symbol, worin, wenn ich mich so ausdrücken darf, der Begriff des Religiösen säkularisiert wird, sich seines geistlichen Charakters vorläufig begibt und sich im Menschlich-Geistlichen genügt.

Neulich las ich in der Abhandlung eines gelehrten Freundes Einiges über die Herkunft und den Bedeutungswandel des lateinischen Wortes religio. Das Verbum relegere oder religere, wovon man es ableitet,

(Manuskript »Religio von x zu x«)

schlecht Gewordenen.

Durch die Sorge und tiefe Bemühtheit denn also, nicht nur um sein Kunstwerk, sondern um das Gute, Wahre und Geistgewollte überhaupt, wäre der Künstler, der Dichter ein religiöser Mensch? Sei es so! Schließlich meinte wohl auch Goethe es so, als er das Los des Menschen mit den liebenswerten Worten pries:

»Denkt er ewig sich ins Rechte,
Ist er ewig schön und groß.«

Ich will mich anders erklären. Für mich und meinesgleichen ist das Religiöse in der Menschheit eingebettet – was ich nicht so zu verstehen bitte, daß mein Humanismus auf die Vergöttlichung des Menschen aus wäre. Wahrhaftig, es besteht wenig Anlaß dazu! Wer hätte auch nur Lust, wenn es sich um dieses vertrackte Geschlecht handelt, eine optimistische Festrhetorik walten zu lassen, die mit der bittern, derben Alltagswahrheit über den Menschen wenig übereinstimmte? Wer wüßte ihm nicht alle Laster nachzusagen, wer dächte nicht öfters völlig hoffnungslos über seine Zukunft und verstände es nicht, daß die Engel im Himmel vom Tage der Erschaffung an die Nase rümpfen über den unbegreiflichen Anteil, den Gott der Herr an einem so fragwürdigen Geschöpfe nimmt? Und doch ist es so – und zwar heute mehr als jemals –, daß man sich von soviel nur allzu begründeter Skepsis nicht zur Menschenverachtung verleiten lassen – über soviel lächerlicher Schlechtigkeit nicht das Große und Ehrwürdige vergessen darf, das sich als Kunst und Wissenschaft, als Wahrheitstrieb, Schönheitsschöpfung, Rechtsidee im Menschen offenbart; und doch ist es so, daß Fühllosigkeit gegen das große Geheimnis, das man berührt, wenn man »Mensch« sagt und »Menschheit«, den geistigen Tod bedeutet.

Den geistigen Tod. Das Wort lautet bedrohlich religiös, es lautet nach lebensgefährlichem Ernst, und mit solchem letzten und entscheidenden Ernst in der That, den weniger strengere Zeiten nicht kannten, ist uns heute die Frage des Menschen, die Gesinnungsfrage gestellt. Es geht für jeden, besonders aber für den Dichter, dabei um geistige Rettung oder Untergang, es geht, religiös gesprochen, um sein Seelenheil. Ich bin überzeugt, daß der Dichter, der heute in Dingen menschlicher Gesinnung, vor der politisch gestellten Frage des Menschen versagt und die Sache des Geistes verrät, ein verlorener Mann ist. Er muß verkümmern, – nicht nur, indem er sein Dichtertum, sein »Talent« einbüßt und nichts Lebenstaugliches mehr zustandebringt, sondern sogar sein früheres Werk, das noch nicht unter dieser Schuld geschaffen wurde und einmal gut war, wird aufhören gut zu sein und in den

Augen der Menschheit zu Staub zerfallen. Das ist mein Glaube. Ich habe Beispiele im Auge.

Sagte ich zuviel, wenn ich den Menschen

(Demokratie S. 16, Absatz unten – bis:)

hat sie den Menschen hervorgebracht.

Das sind Gedanken christlicher Humanität, und mehreres spricht heute dafür, auf der kulturellen Christlichkeit abendländischen Menschentums mit Nachdruck zu bestehen. Aber so widerwärtig mir der halbgebildete Pöbel ist, der sich heute vermißt, »das Christentum zu überwinden«, so gewiß ist mir auch wieder, daß die Humanität der Zukunft sich in christlichem Spiritualismus, in dem christlichen Dualismus von Leib und Seele, Leben und Geist, Welt und Wahrheit nicht erschöpfen wird, – jenes im Werden begriffene, aus allen möglichen Strebungen und Forschungen zusammenschießende neue Welt- und Menschheitsgefühl, um das alle besseren Herzen und Geister sich heute mühen.

Ich bin überzeugt, daß von allem, was wir treiben, nur das etwas gilt und taugt, was der Entstehung dieses neuen humanen Pathos dient, unter dessen Schutz und Gebot die Menschheit nach Ablauf der gegenwärtigen leidvollen Herrschaftslosigkeit einmal leben wird; daß auch meine eigenen analytischen und synthetischen Versuche nur Sinn und Wert haben, insofern sie mit diesem Werdenden in vorahnender, vortastender und versuchender Beziehung stehen. In der That glaube ich an das Kommen eines neuen, eines dritten Humanismus, der sich nach Färbung und Grundstimmung von den vorangegangenen charakteristisch unterscheiden wird. Fern von optimistischer Festrhetorik und Menschheitsschmeichelei, wird er durch vieles hindurchgegangen sein, wovon jene früheren nichts wußten, und mit dem mutigsten Wissen um die Dämonieen und Dunkelheiten des Menschen, um sein wurzelhaft natürliches Teil, die Ehrfurcht verbinden vor seiner über-biologisch-geistigen Würde. Die neue Humanität wird universell sein – und künstlerisch; sie wird den ungeheueren Reiz und Wert des Menschendaseins gerade in seiner Zugehörigkeit zu den beiden Reichen der Natur *und* des Geistes erkennen, wird darin keine romantisch-konflikthafte und tragische Zweiheit, sondern eine fruchtbare und gewinnende Einheit von Schicksal und

Erwählung erblicken und die Liebe zum Menschen darauf gründen, in welcher Pessimismus und Optimismus sich aufheben.

In meiner Jugend war ich vernarrt in jene romantisch-pessimistische Kontrastwelt von Leben und Geist, Sinnlichkeit und Erlösung, aus welcher die Kunst so gewaltig interessante und dennoch menschlich nicht ganz legitime und vollwertige Wirkungen zu ziehen gewußt hat. Kurzum, ich war Wagnerianer. Aber es hat wohl etwas mit dem zu thun, was man Reifwerden nennt, wenn meine Liebe und tiefste Aufmerksamkeit sich mit den Jahren mehr und mehr dem soviel glücklicheren und heilsameren Vorbilde Goethe's zuwandte, – will sagen: jener wundervollen Vereinigung von Dämonie und Urbanität, die ihn zum Liebling der Menschheit gemacht hat. Nicht umsonst habe ich mir zu dem epischen Unternehmen, das sich zum Hauptwerk meines Lebens auswächst, einen Helden gewählt, der »gesegnet ist mit Segen oben vom Himmel herab und mit Segen von der Tiefe, die unten liegt«.

In diesem Segen, den Jakob, der Vater, über Joseph spricht, nicht als Segenswunsch, sondern als Segensfeststellung, als Glückwunsch, ist mein Humanitätsideal auf seine kürzeste Formel gebracht. Überall, wo er sich manifestiert im Reiche des Geistes und der Persönlichkeit, als die Vereinigung von Dunkel und Helligkeit, von Gefühl und Geist, Wissen und Heiterkeit, Ursprünglichkeit und Gesittung, als das humanisierte Geheimnis, dort ist mein Herz, meine Bejahung, meine tiefste Bereitwilligkeit. Verstehen wir uns recht, ich meine nicht die Verfeinerung des Barbarischen, das romantische Raffinement. Ich meine geläuterte Natur, ich meine Kultur, den Menschen als Künstler, die Kunst als Führerin des Menschen auf seinem mühsamen Wege zu sich selbst.

Alle Liebe zur Humanität ist mit der Idee der Zukunft verbunden, und auch die Liebe zur Kunst ist das. Kunst ist Hoffnung... Ich sage nicht, daß die Hoffnung für die Zukunft des Menschen auf ihr ruhe, aber sie ist der Ausdruck aller humanen Hoffnung, das Vorbild glücklich ausgewogener Menschlichkeit. Ich glaube gern, ja ich bin dessen sicher, daß eine Zukunft im Kommen ist, die geistig unkontrollierte Kunst, Kunst als *schwarze* Magie und hirnlos unverantwortliche Instinktgeburt ebenso sehr verachten wird, wie menschlich schwache Zeiten, gleich der unsrigen, in Bewunderung davor ersterben. Kunst ist freilich nicht nur Licht und Geist, aber sie ist auch nicht nur Dunkelgebräu und blinde Ausgeburt der tellurischen Unterwelt, nicht nur »Leben«. Deutlicher und glücklicher als bisher wird Künstlertum sich in Zukunft als einen helleren Zauber erkennen und empfinden; als ein beflügelt-hermetisch-mondverwandtes Mittlertum zwischen Geist und Leben. Aber Mittlertum selbst ist Geist.

[S. Anmerkung 1 zum 7. 9. 1938]

[Einleitung zur Vorlesung aus Lotte in Weimar *im Schauspielhaus Zürich am 13. 9. 1938. Konzept]*

Meine Damen und Herren, bevor ich in meine kleine Vorlesung eintrete, erlauben Sie mir, den Leitern dieses Theaters Dank zu sagen für ihre schöne Initiative: mir Gelegenheit zu geben, am Vorabend meiner Abreise nach Amerika noch einmal vor ein Zürcher Publikum zu treten.

Ich habe diese Gelegenheit von Herzen gern ergriffen, denn ich kann sie wahrnehmen für eine weitergehende Danksagung, die heute am Platze ist: den Dank an Zürich für die Gastlichkeit, das freundliche Asyl, den Arbeitsfrieden, den es mir so lange gewährt hat. Es ist kein Anlaß zu übertriebener Wehmut, – eine eigentliche Trennung von Europa steht nicht in Rede, sie ist innerlich unmöglich, und ich bin fest entschlossen, sie, so lange die Umstände es irgend erlauben, durch alljährliche Rückkehr auch räumlich aufzuheben. Aber der Schwerpunkt meines äußeren Lebens verlagert sich nun eben doch in das große, junge, an Möglichkeiten und Aufgaben reiche Land jenseits des Ozeans, das mich ruft; den größeren Teil des Jahres soll ich fortan dort verbringen; und so liegt über dieser Stunde immerhin Abschluß und Abschied genug, um ein gefühltes Wort zu rechtfertigen, ja zu fordern.

Ich werde diese fünf Jahre, die ich in Ihrer Mitte, in dieser schönen, würdigen und lebendigen Stadt, in ihren Hügeln, ihren Wäldern verleben durfte, nie vergessen; nie das heitere Küsnachter Haus, das uns beherbergte, mein Arbeitszimmer überm See, das der abendliche Schauplatz so manches freundschaftlichen Zusammenseins bei Vorlesungen und Gesprächen war und wo ich mich in Stunden der Einsamkeit mit mehr oder weniger Gelingen der symbolischen Bemühung um das Gute und Rechte hingab, die wir Kunst nennen. Hier habe ich mein, glaube ich, reifstes Buch, »Joseph in Ägypten«, geschrieben, hier einen schon aus Jugendtagen stammenden Traum: von Goethe selbst zu erzählen, seine Gestalt in meinem Wort erstehen zu lassen, der Verwirklichung nahe geführt und zwischenein, in wiederholten Ansätzen, durch das kritische Bekenntnis versucht, zur Klärung der Geister und inneren Vorbereitung einer besseren Zukunft womöglich beizutragen.

Bei alldem habe ich unter Ihnen gelebt, habe die Luft Ihrer Berge geatmet, Ihr kulturelles Leben geteilt, mich in Ihrer hohen und ausgeglichenen Civilisation geborgen gefühlt, und, wie es so geht, erst jetzt, wo Abschied, oder etwas wie Abschied, die Stunde regiert, werde ich recht gewahr, wie sehr doch dieses Jahrfünft, in das ja auch mein rührend freundlich begangener sechzigster fiel, mich dem Schweizer Leben, schweizerischer Landschaft, schweizerischer Menschlichkeit verbunden hat. Ja, ich glaube etwas verstehen gelernt zu haben von dieser Menschlichkeit, von ihrer Wackerkeit und Zartheit, ihrer Wärme und Sprödigkeit, ihrem Frohsinn und ihren seelischen Schwierigkeiten, ihrem Stolz und ihrem Mißtrauen; Verständnis aber und Sympathie und Bejahung hellen immer einander auf, sie sind rasch ein und dasselbe, und mich bewegt der Vorsatz, für diese besondere Menschlichkeit, wo immer und wann in der Welt die beurteilende und abwägende Rede darauf kommt, aus meiner Erfahrung einzustehen.

Nah oder fern – meine herzlichen, dankbaren Wünsche sind mit diesem Lande, diesem freien, übervölkischen Gemeinwesen, das, nicht groß nach Raum und Zahl, aber vielfältig, von jeher eine Vorbildung zukünftigen europäischen Zusammenlebens war. Inmitten einer sich verändernden Welt könnte es dem oberflächlichen Blick zuweilen als stehendes Idyll, als eine Art von Naturschutzpark erscheinen; aber man weiß wohl, wie die Problematik unserer geängstigten Übergangszeit auch auf sein Gebiet hinübergreift, sein Menschentum beschwert, seine Lebenswilligkeit und Anpassungsfähigkeit herausfordert. Möchte dem Schweizervolk für sein Ringen um die Lösung dieses Problems zweierlei vom

Schicksal gewährt sein: der *Friede* – und jenes andere, ihm nah verwandte höchste Gut, auf das sein ganzes Wesen sich gründet, und das es vielleicht mehr als jedes andere Volk liebt und verdient, die *Freiheit.*

[S. Anmerkung 2 zum 11. 9. 1938]

[Ansprache auf der Massenkundgebung für die Tschechoslowakei in New York]

Für eine gute Rede sind meine englischen Kenntnisse noch zu schwach und dürftig, doch ist es nicht unerläßlich, meine Gefühle in literarischer Form auszudrücken. Wichtig ist nur, sie auszudrücken. Ich möchte einfach sagen, daß ich immer den Frieden geliebt und den Krieg gehaßt habe.

Ich hasse ihn auch jetzt, doch fühle ich, daß es eine Schmach und eine Schande wäre, wenn Europa und die ganze Welt sich ohne Widerstand mit den schrecklichen Plänen gegen ein kleines, schönes Land abfinden würde, ein Land, das nach Zivilisation und Freiheit strebt, und das aufgeteilt und versklavt zu werden droht.

Vor zwei Tagen schien es wirklich, als ob Europa mit England an der Spitze sich mit diesem Verbrechen abfinden würde, um den Frieden zu retten. Ich muß offen gestehen, daß ich, als Pazifist, solcherart Frieden tiefer hasse als den Krieg. Und ich weiß, daß ich mit diesem Gefühl nicht allein dastehe.

Gestern kam ich mit einem Dampfer aus Europa an, der mit Amerikanern und Bürgern anderer Länder überfüllt war. Während 48 Stunden waren diese Menschen in einem Zustand tiefster geistiger Niedergeschlagenheit. Sie erklärten, sie könnten weder essen noch schlafen, wenn sie sich die aus Europa erhaltenen Nachrichten überlegten.

Was ist das für ein Friede, der uns in solch schmerzlichen Zustand versetzt, in solche Verzweiflung, daß wir es vorziehen würden, zu sterben, eher denn in so schändlichem Frieden zu leben? Was ist das für ein Friede, der die Anarchie, die Ungerechtigkeit und die Macht brutaler Kraft mit sich bringt, welcher die Staaten aufteilt und den europäischen Kontinent nach dem Willen eines atavistischen und verbrecherischen Fanatikers unterjocht?

Wird die Geschichte jenen Staatsmann billigen, der einen solchen Frieden bewahrt? Der Friede kann auf andere würdige Weise bewahrt werden, namentlich durch Festigkeit und voll und ganz entschlossene Solidarität der demokratischen Staaten gegen den Feind der Zivilisation.

Die englische Regierung hat sich zu spät daran gemacht, den Frieden zu erhalten. Sie hat eine Möglichkeit nach der andern verstreichen lassen. Den Frieden zu erhalten – das ist jetzt die Aufgabe und Pflicht der Völker. Wir sehen mit Genugtuung, daß das englische Volk sich heftig gegen die schicksalshaften Irrtümer seiner Regierung auflehnt.

Doch jetzt ist es am deutschen Volk, zu handeln. Es wird seine Aufgabe erfüllen, wenn es sich von einem Regime befreit, welches Deutschland und die ganze Welt in den Abgrund zieht. Hitler muß gestürzt werden! Das und nur das wird den Frieden erhalten.

[S. Anmerkung 2 zum 25. 9. 1938]

[Ansprache zur Einführung von Senator Benes]

It is an unexpected honour, that I who have just settled in this country, have been asked to introduce at this meeting our venerable guest, and I suppose that I owe this honour to the fact, that I am a citizen of the noble Republic he represents, a quality of which, since the last few days, I am more proud than ever; and this pride is the product of the pain, of the anger, the shame we all perceive in thinking of the detestable crime, the object of which in recent days was a brave and good-natured country, lead by highly-educated men, who wished to serve civilization in freedom, and has been dismembered and destroyed, has been betrayed and sacrified by Europe, by British policy, to the German Nazi government, hungry for success and expansion.

This misdeed was necessary, one says, in order to preserve peace. That is not true. Peace could have been preserved otherwise, in an honourable way, namely by the firmness and resolute solidarity of the democratic powers. The dictatorships were unable to resist them. The war was lost for them before its beginning and it had not yet come. The two dictators were lost in the moment when war came – in truth: they *were* already lost, their people were going to stand up against them, but the lord and master of the British Foreign Office saved them: without regard to culture, morality, freedom and all democratic ideals, he continued their regime for a long time and made peace in giving voluntarily Czechoslovakia to Hitler. He betrayed and sold not alone a little country, he betrayed and sold the idea of democracy itself and strengthened in an unjustifiable manner the powers of evil in the world. I am speaking of him personally and of the men around him. It would be unjust to speak so about England as a whole, for we know, that many people in that country feel like us, and we see that a man like Duff-Cooper, head of the British admirality, leaves with protest a government, which made itself so guilty.

For Mr. Chamberlain's deed we may use a word, spoken at another historical occasion: *It is not a crime, it is a mistake.* An old man, lead by Machiavellistic terms, of which perhaps he himself is scarcely aware, tells us with weeping voice, that his only task was to preserve peace. But there is no peace and no peace will be. People who believe, that a new age of peace is beginning now, in consequence of the Munich meeting, will be horribly disappointed. Will we have disarmament now in Europe and will the European states spend now the same means for cultural interests that they used to spend for war? Will Germany change its inner policy, will it dissolve the concentration camps, give freedom to thought and art, stop the barbaric treatment of a racial minority, return to civilization? No! That would be against the nature of that low kind of man, who is ruling Germany, whose insolence is of course without limits since Mr. Chamberlain discouraged and cast down every opposition of better Germany against him, by the catastrophical success he let him have.

Peace in Europe? One has said that after war Europe could not prosper, because its basis, the Treaty of Versailles was an immoral one. And shall we believe, that a peace may endure and prosper, which is based on an immorality like the treachery committed on Czechoslovakia?

I cannot say more. Like the whole better part of the world I am sick in my soul by the events of the recent days. We can do nothing but wait and see; but we can manifest our fidelity to the ideas, so deeply humbled today, by greeting and honouring the man, who is going to speak for his sacrificed country. I introduce our distinguished guest, the brother of President Edward Benes, Senator Vojta Benes.

[S. Anmerkung 1 zum 3. 10. 1938]

[Ansprache beim ›Book and Author Luncheon‹, New York]

I have been asked to contribute a few words to this discussion, by way of defining what it means to a man to live in a country where thought and expression are free. Well, that is a simple matter. For the individual it means the inestimable satisfaction of enjoying a human right. It means being able to tell your fellow human beings what you personally think and feel is the truth: to do this to the best of your ability and in the esthetic form which for you is bound up with love of truth and the search after it. And for the people as a whole it means the right to know the truth, the chance of hearing and learning it; the priceless opportunity of breathing its atmosphere. There is a general feeling – perhaps not demonstrable, but not the less deeprooted for that – that the atmosphere of truth is healthier for man's spiritual lungs, and more nourishing to his moral blood structure than an atmosphere of lies.

I said that I could probably not demonstrate this conviction of mine. The situation is really worse than that: many people doubt or deny that we need truth, that it has value for the life and health of the human being. Somebody said to Talleyrand: »Que voulez-vous? Il faut vivre (what would you have, a man must live).« And Talleyrand replied: »Je ne vois pas la nécessité (I do not see the necessity).« If that can be said of life as a whole, surely it may be said of truth; and in all bitter earnest it has been said. Henrik Ibsen, in the nineteenth century, spoke of the »Life lie« which is necessary to man – at least to the average man. But let us not misunderstand what he meant by this pessimistic defense of the lie against a truth which might be unbearable or even deadly. Its source was idealism. It sprang from a love of truth so austere and self-mortifying that it was ready to recognize the illusory nature of life and to sacrifice to it the pure ideal of truth.

That was exaggerated asceticism. It was the self-immolation of an austere soul. But all asceticism is unnatural. We must not think after this fashion. Goethe thought otherwise. Not only does he speak of the love of truth as the first and last thing which we must demand of the genius, the higher human being. He goes on to say: »I prefer the harmful truth to the helpful falsehood. Truth will heal the wound which she may have given.« And again he says: »A harmful truth is helpful, because it can be harmful only for the moment, and will lead us to other truths which must become ever more and more helpful. On the other hand, a helpful lie is harmful, because it can help only for the moment and then lead to other lies which must become ever more and more harmful.«

You see that, even on practical grounds, on grounds of life truth is here shown to be healthy and necessary. That is no flighty idealism, it is simply human. That country must be sound wherein one may speak freely and openly about its defects, criticize them, tell the truth about them, the truth about whatever is happening in the world. And a country which protects its public from the truth may seem to be successful for the moment; but our sound judgment tells us that its public life is morbid and unnatural.

And so, ladies and gentlemen, I have answered, in the simplest possible way, the question you have put to me; whether I think it is an advantage to live in a country where opinion is free. But I will add: I have given up life in the country of my birth and come to live among you; and my reason is simply this: the fundamental difference between life in America and life in Europe today is exactly the difference between the belief and the disbelief in truth as an inalienable human value. I did not come to America because I thought it was a paradise of virtue and the purest form of the democratic ideal. I have no illusions about my new abode. I am certain that those who come here full of roseate anticipations will suffer a disappointment. I know that this great and vigorous country is a human society full of difficulties, inadequacies and human frailties. But it may be a consequence of its youth and strength, its abundant vitality, that it risks the truth. Truth expressed in words is here not only free but respected, sympathized with and stoutly encouraged; whereas in the old world that man is more and more courting a martyr's fate who persists in believing that truth and the word are one and indivisible.

It is well not to generalize or simplify too much. Certain states have propagated a contempt for truth; they have enthroned its opposite as a force promoting life and conquest. They have done to death freedom, twin sister of truth, in the dictator states. And they have made plain to us that the political and the moral are one inseparable whole. They have proved that the system of government which we call democracy, which certainly never has been and perhaps never can be realized anywhere in the world in its pure form, is nevertheless bound up not only with the idea of freedom but with the idea of truth as well. And conversely they have shown that the basis of the dictatorial state is not only unfreedom but also the lie.

In the past weeks we have all suffered frightfully as spectators of a drama in which European statesmen who still call themselves democratic went consciously and deliberately about to save Fascism from its approaching fall. They saved it, they conferred upon it new and overwhelming power; it is not too much to say that they delivered Europe over to it. And our greatest pain was our knowledge of the absolute moral irresponsibility of their behavior. It was their entire lack of feeling about the blow they were dealing to the moral, spiritual, cultural life of the Continent. That being so, we need not be surprised to know that the method they took was itself the lie.

Just as the Third Reich itself was founded on the foul deception of the Reichstag fire, so the stabilization of Fascism in Europe is also founded upon a lie. The people were betrayed; their anxious love of peace was befooled with the idea that they had but one choice: either the most frightful of all wars, or else the sacrifice of a small and trusting country faithful to the ideals of democracy. Truth was subjected to a most careful embargo: not yet are the eyes of the people open to see how they have been fooled, how their justified love of peace has been exploited, in the interests of a class internationalism which is silly enough to see in Fascism a bulwark against what they call Bolshevism. I must state that America is the only country where the public has clear insight into the nature of the late crisis and into the criminal betrayal of the nations.

Europe might perhaps have been saved from the darkness and the spiritual dishonor which may now be our portion for decades. Yes, it might have been saved – if only in the two great democracies the press had been willing and able to fulfill its task of enlightening the people as to what was really at stake; if they might have told them what was worth fighting for, then, in my belief, it might have been preserved by firmness and the self-confidence of the democratic countries. That this did not happen proves that the press in those countries was no longer free and that their governments never seriously intended to prevent what happened.

It has been said, ladies and gentlemen, that the peace of 1918 could not prosper because its base, the enforced Treaty of Versailles, was an immoral one. And shall we now believe that there could be a blessing upon this later peace, founded, as it has been, on crime, on breach of faith and the betrayal of peoples? It is a peace which not for one moment believes in itself. It is filled with the profoundest, most justifiable self-distrust. Feverishly the nations arm themselves with ever sharper weapons against their own bad consciences. But peace – she has no traffic with unfreedom and lying; from them she cannot spring. She stands on the side of freedom and sincerity; she is indeed but another name for them, just as violence is but another name for unfreedom and deception.

I feel a sort of shame, and yet withal a strange joyousness, as I utter these moralizing words. That joy would have been foreign to my early years. Any cultured mind would have felt contempt for such truths; they would have seemed trivial and unworthy to a subtle and sceptical sense. But the position of mind has strangely altered upon this earth. An epoch of reaction has set in, of lawlessness and moral anarchy. And yet, paradoxical as it would sound, the spirit has at the same time entered into a new age of morality. I mean an age of simplification, of humble recognition of the distinction between good and evil. Evil has been revealed to us with such crassness and vulgarity that our eyes are opened to the dignity and simple beauty of the good. We have taken it to heart; we acknowledge it, and feel thereby no sense that our refinement has suffered a derogation.

That is, if you like, a renewal of the spirit. And indeed I have often thought that such an epoch of spiritual renewal and simplification might be America's great hour. I have said that in this dark age it would be her task to preserve and cherish the cultural inheritance of the Western World. What I had in mind was this: her youth, her inexhaustible moral freshness; her mental temper, which stands closer to the Biblical and monumental than any in Europe, fit her, at this crisis in world affairs, to lift her voice with simple and massive authority. There would be nothing in this of presumption. It would be the voice of independence and freedom, speaking in accents which have become a moral necessity for this country, and which may help towards the spiritual healing of Europe. In a desolate and morally leaderless world, may America stand the strong and unswerving protectress of the good and the godlike in man. May she do this, in the knowledge of good and evil, aware of her own human insufficiency, but scorning violence and the lie, and standing by her sound and vital belief in the good, in freedom and truth, peace and justice.

[S. Anmerkung 3 zum 10. 11. 1938]

[Dankrede für die Einstein-Medaille]

Meine Herren, ich danke Ihnen von Herzen, daß Sie gekommen sind, mir diese Ehre und Auszeichnung zu erweisen in einer Form, die ich allem öffentlichen Gepränge vorgezogen habe.

Es war ein schöner, glücklicher Gedanke der Stifter dieser Medaille, sie auf den Namen Albert Einsteins zu taufen, und daß er selbst sich bereit gefunden hat, sie mir zu überreichen, erhöht die Freude und den Stolz, mit denen ich sie empfange. Er schmückt damit einen Schriftsteller, der sich nicht einbildet, daß seinem Fach, der Literatur, heute die führende Rolle und geistige Wichtigkeit zukommt, die sie vielleicht in anderen Zeiten besaß. Ich bin fähig, wenigstens zu ahnen, daß in der modernen Physik, deren weltberühmter Repräsentant Albert Einstein [ist], Dinge vor sich gehen, phantastischer als alles, was Dichtung ersinnen könnte, und wichtiger, verändernder für den Menschen und sein Weltbild, als alles, was Literatur zu leisten vermag. Von den revolutionären Geheimnissen dieser Vorgänge, deren Schauplatz und Werkstatt sein außerordentliches Gehirn ist, ist die Person Einsteins für mich umwittert; und sie müßte etwas Erschreckendes haben ohne die schlichte Freundlichkeit und warme Heiterkeit, die von ihr ausgeht, und die einen immer wieder vergessen läßt, daß man es mit dem modernen Newton und vielleicht noch was Größerem zu tun hat. Nur zuweilen erinnert man sich mit tiefem Respekt daran. Und auch daran erinnert man sich, daß diese Freundlichkeit und Heiterkeit der Ausdruck sind einer Menschlichkeit, die durchaus nicht regelmäßig mit großem Gelehrtentum verbunden ist: einer Gesinnung der Freiheit und der Güte, die die Menschheit zu verteidigen bereit ist gegen ihre Entwürdigung durch die Mächte der Gewalt und Lüge, und die Albert Einstein zum *rechten* Patron dieses Ehrenzeichens macht.

In dankbarer Bescheidenheit nehme ich es hin; denn was ich etwa beitragen konnte zu jener Verteidigung des Guten in der Welt, war eine ebenso notwendige wie freie, kurz eine natürliche Äußerung meines Wesens, und dem Natürlichen kann man nicht gut ein moralisches Verdienst beimessen. Lassen Sie mich mit einem Wort des österreichischen Dichters Grillparzer schließen:

»Lobet mich nicht – denn es beschämt mich;
Tadelt mich nicht – ich tue es selber.
Nehmt es als ein Leben an.«

[S. Anmerkung 3 zum 20. 1. 1939]

[Antwort an Bertrand Russell]

Ich habe Mr. Bertrand Russells Statement ›The Case for American Neutrality‹ mit der Aufmerksamkeit gelesen, die man diesem klaren und wohlwollenden Geiste schuldet, und werde mich hüten, ihm zu widersprechen. Es stünde dem deutschen Emigranten übel an, seinem großen Gastlande Ratschläge erteilen zu wollen über die Art, wie es im Falle des Krieges seinem Glauben und seinen Interessen am besten dienen würde. Dennoch will ich einige Zweifel, die Bertrand Russells Äußerungen, einleuchtend und sogar bestechend wie sie sind, mir erregt haben, nicht verschweigen, ganz unabhängig von seiner Haupt- und Schluß-These, nämlich der Ratsamkeit amerikanischer Neutralität in dem, wie viele glauben, unvermeidlichen Kriege.

Mr. Russell warnt im ersten Paragraphen seines Aufsatzes die politische Linke, zu glauben, daß der Krieg, wenn er kommt, irgend etwas wie ein Heiliger Krieg sein werde. Er werde, sagt er, ein Krieg wie jeder andere, ein Krieg um imperialistischer und ökonomischer Ziele willen sein. Ich bin nicht ganz seiner Ansicht. Das Wort ›heilig‹ ist nicht nur ein Wort der Beschönigung, sondern ein schreckensvolles Wort, dessen rächender Sinn menschlicher Bejahung oder Verneinung spottet; und die ›Heiligkeit‹ dieses Krieges, wenn er käme, läge objektiv in seinem Charakter als einer Katastrophe, welche die logisch-moralische Folge der unerträglichen Schändlichkeiten wäre, deren Europa sich während der letzten Jahrzehnte handelnd *und duldend* gegen Geist, Moral und Menschheit schuldig gemacht hat. Daß eine Epoche, die jeden besseren Menschen gemütskrank macht und dem lechzenden moralischen Bedürfnis auch das kleinste Labsal verweigert; daß eine dermaßen von Lüge, Niedertracht und unmöglicher Duldung des Bösen beherrschte Epoche in ein Blutbad ausginge, wie die Welt es noch nicht gesehen hat, das hätte seine entsetzliche *Richtigkeit*, es läge darin für den auf seinem Rechte bestehenden Geist eine Genugtuung, tiefer noch, als alles kreatürliche Grauen, mit dem ein so unabsehbar schreckliches Strafgericht uns alle erfüllen würde.

Diesen Krieg herbeizurufen, zu ihm aufzureizen, irgendwelche Verantwortung für die Verheerungen, die er bringen würde, auf uns zu laden, davor bewahre der Himmel einen jeden von uns.

Wohl vielmehr jedem, der, wenn das Unheil hereinbricht, sich sagen kann, daß er sein Bestes getan hat, es abzuwenden und zwar, indem er nach seinen Kräften bemüht war, dem Aufkommen der Mächte zu steuern und über ihr wahres Wesen aufzuklären, die, da man sie hat groß werden lassen, die Welt wohl eines Tages zum Kriege zwingen werden. Dieser Tag aber scheint noch ziemlich fern, weil nämlich die volle Einsicht in die moralische sowohl wie physische Bedrohung, die von jenen Mächten auf die Ordnung der Welt ausgeht, noch nirgends herangereift ist und den Völkern auch wohl künftig vorenthalten wird.

[S. Anmerkung 4 zum 5. 2. 1939]

[Ansprache auf dem ›Weltkongreß der Schriftsteller‹ in New York]

Die Humanität und die Kultur dienen einer und derselben Sache. Und diese Sache ist eins und unteilbar. Man darf keine einzige Seite ausschließen ohne das Ganze zu zerstören. Und eine dieser Seiten ist die politisch-soziale. Die politisch-soziale Seite verwerfen, heißt eine Bresche schlagen, die zu einer Bedrohung für das Ganze wird.

Diese Tatsache müssen wir als erste Grundlage jeder Demokratie anerkennen. In der Tat ist dies auch die Demokratie als solche. Die politische Seite des Geistes ist das Wichtigste für die Demokratie, und dies bedeutet die vernünftige Wahrnehmung der politischen Wirklichkeit. Als Deutscher kritisiere ich mich selber, wenn ich sage, daß das intellektuelle Deutschland es namentlich an kritischer Fähigkeit fehlen ließ. Das intellektuelle Deutschland war unempfänglich für die politische Seite des Lebens. Es vermied immer die Politik und tat dies im Namen der Kultur. Die deutsche Auffassung der Kultur umfaßte alle Aspekte des Großen und Schönen: die Musik, die Philosophie, Psychologie, Ethik. Doch alles, was zur Politik in Beziehung stand, wurde verächtlich auf die Seite geschoben. Das ist mir nur zu gut bekannt; meine ganze Jugend verlebte ich unter dem Zeichen einer rein intellektuellen, antipolitischen Auffassung der Kultur. Erst in reifen Jahren erkannte ich und begann zuzugeben, daß zwischen Intellektuellem und Politischem keine deutliche Grenze existiert. Heute erkenne ich, daß der deutsche Bürger sich irrte mit der Annahme, daß der Mensch kulturell sein könne, wenn er apolitisch bleibt. Ich gebe zu, daß die Kultur in Gefahr ist, wenn ihr der Instinkt und der Wunsch fehlt, die Politik zu begreifen. Kurz, das Bekenntnis zum demokratischen Ideal brach aus mir hervor. Ich mußte es aussprechen, ungeachtet aller meiner antipolitischen Traditionen. Zweifellos konnte ich dies dank meinem guten Genius begreifen. Wo wäre ich heute, auf welcher Seite stände ich, wäre ich in dieser Zeit meiner konservativen, deutschen, antipolitischen Stellung treu geblieben? Denn alle Musik Deutschlands, alle seine Leistungen auf dem Gebiete des Geistes konnten es nicht vor niedrigster Huldigung an die Gewalt und Barbarei bewahren, welche die Grundlagen der westlichen Zivilisation bedrohen. Deutschland wurde das Opfer des Totalitarismus, der die staatsbürgerliche und sittliche Freiheit erstickt. Dem Faschismus gelang es, sogar die Politik totalitär zu machen. All sein Sinnen und Trachten war auf den Triumph der rohen Staatsgewalt gerichtet. Alles Menschliche verschwand, eine Grenze wurde jeder Freiheit gesetzt. Der Deutsche hielt die politische Freiheit für eine bei den westlichen Nationen beliebte, bloß rhetorisch-schwülstige Phrase. Und heute erkennen wir die tragischen unerbittlichen Folgen. Der Deutsche wurde zum Sklaven des faschistischen Staates, bloßer Funktionsträger der totalitären Politik. Er fiel so tief, daß man sich fragt, ob er imstande sein wird, von neuem geboren zu werden.

Doch laßt den Deutschen nur lebendig aus dieser schrecklichen Versuchung hervorgehen. Laßt ihn alle Erniedrigungen des Faschismus überleben. Wir können hoffen, daß diese schreckliche Lehre ihm helfen wird, seinen begangenen Irrtum zu erkennen – die Vernachlässigung der politischen Seite der Kultur. Ich erklärte immer wieder: Bevor sich die Dinge in Deutschland zum Bessern wenden werden, werden die Deutschen soviel durchmachen, daß sie nur das Wort Freiheit vernehmen müssen, um in Tränen auszubrechen! Sie sind heute nicht allzu weit davon entfernt. Sie erlernen die Begriffe der Freiheit, Gerechtigkeit, der menschlichen Würde, des menschlichen Gewissens. Sie lernen, daß dies keine leeren Worte sind. Sechs Jahre unter der Herrschaft der Gestapo haben sie viel gelehrt.

Im gegenwärtigen Augenblick geht das Schicksal seinen Weg. Die deutsche Kultur, die es ablehnte, politisch zu sein, wurde zum Opfer der terroristischen Politik des Faschismus. Der Faschismus tritt allem entgegen, was die abendländische Zivilisation uns als vernünftig und menschlich zu begreifen gelehrt hatte. Sein Programm ist die wohlbedachte Zerstörung aller Prinzipien der Zivilisation im Namen des Dienstes an der Macht. Der deutsche Staatsbürger hält alles, was sich vor seinen Augen vollzieht, für einen Traum. Aber dies ist Wirklichkeit!

Der deutsche Bürger konnte antidemokratisch sein, weil er nicht wußte, daß die Demokratie nichts anderes ist als die politische Seite der Kultur. Er wußte nicht, daß die Politik selbst nichts anderes ist als die intellektuelle Moral, ohne die der Intellekt zugrunde geht ... Ja, wir lernten, gut und böse zu erkennen. Das Böse enthüllt sich in seiner ganzen ungeschminkten Nacktheit, und dies öffnet uns die Augen für die Schönheit und Würde des Guten. Aber der Anblick einer solchen Menge von Gemeinheiten befreite uns vom Zustand eines egoistischen Skeptizismus. Bereits wagen sich auf unsere Lippen Worte wie Freiheit, Wahrheit und Gerechtigkeit. Wir stellen sie dem Feind des Menschengeschlechtes entgegen, wie der mittelalterliche Mönch der Verkörperung Satans das Kruzifix entgegenstreckte. Und der ganze geistige Schmerz, zu dem uns die Zeit verurteilte, ist nichtig im Vergleich zur jugendlichen Freude des Verstandes, der von neuem die von ihm gewählte Rolle übernommen hat: die Rolle Davids gegen Goliath, des Heiligen Georg gegen den alten Drachen der Gewalt und Lüge.

[S. Anmerkung 3 zum 9. 5. 1939]

[Dankrede bei der Verleihung des Ehrendoktors der Universität Princeton]

Herr Präsident! Meine Herren Professoren!

Ich halte dies Papier in Händen, weil ich Ihrer schönen Sprache noch nicht sicher genug bin, um hoffen zu können, den Gefühlen dieses Augenblicks in ihr auf gut Glück einen leidlich lebendigen und richtigen Ausdruck zu geben, woran mir doch selten mehr gelegen war, als eben heute. Achten Sie aber, bitte, nicht auf diesen Zettel und halten Sie sich versichert, daß meine Worte trotz der schriftlichen Beihilfe vollste Spontaneität besitzen. Ich lese im Grunde nicht; ich spreche zu Ihnen aus meinem Herzen.

Dies ist ein schöner Augenblick, denn es ist ein Augenblick des Dankes, und ich kenne kein glücklicheres Gefühl, als das der Dankbarkeit. Erfreulicher Weise ist Dankbarkeit eine Eigenschaft und Gabe, die man sich zuschreiben und deren man sich rühmen darf, ohne hoffärtig zu erscheinen, und so hindert nichts mich, wiederum nur eben mit Dankbarkeit auszusprechen, daß die gütige Natur mich wenigstens mit dieser Eigenschaft freigebig ausgestattet hat, und daß vielleicht sie am meisten mir geholfen hat, meines Lebens froh zu werden. Eine dankbare, eine empfängliche Natur – was kann es Besseres geben, um selbst aus einem sonst mangelhaften Leben das Mögliche zu machen? Empfänglichkeit für die Anerbietungen des Lebens, die großen und kleinen, für einen Scherz, ein gutes Mahl, für die beherrschten Kühnheiten der Kunst und des Geistes, für einen Frühlingstag, für das Menschlich-Individuelle, einen Blick, eine Stimme, den Zauber einer Persönlichkeit – das ist nicht alles. Es gibt auch eine Dankbarkeit für das Schwere und Dunkle im Leben, für das Leiden, – Dankbarkeit dafür um des Wissens und der menschlichen Vertiefung willen, die das Leiden, und vielleicht nur dieses gewährt. »Das schnellste Tier, das dich trägt zur Vollkommenheit«, sagt Meister Eckehart, »ist Leiden.« Das Leiden lehrt manches, es lehrt auch die Dankbarkeit. Niemand ist dankbarer als ein Leidender, ja, man könnte sagen, daß Dankbarkeit der Leidensfähigkeit entstammt und daß sich die Fähigkeit zu ihr danach bemißt, wie tief einer gelitten hat.

Dankbarkeit ist jedoch keine passive, sie ist eine produktive Eigenschaft. Goethe, als Sänger des »West-östlichen Divan«, legte sich den persischen Namen Hatem bei, d. i. »der reichlich Gebende und Nehmende«. In dieser stolzen Selbstbenennung ist die seelische Zusammengehörigkeit von rezeptiver und produktiver Kraft ausgesprochen; wir werden daran gewahr, daß Produktivität aktiv gewordene Empfänglichkeit ist, Dankbarkeit für das Leben, für das Glück und das Leiden, das es dem schöpferischen Menschen reichlicher spendete, als anderen.

Nun ist Kunst ein Produkt der Einsamkeit und diese gewiß die Heimatsphäre des Künstlers. Aber als aktive Form der Dankbarkeit ist Kunst zugleich ein sozialer Trieb. Sie will geben, sie ist das Geben selbst, sie gibt das Erfreulichste und Vollkommenste, was sie eben zu geben hat, und nie kann sie sich genug tun dabei, denn sie weiß, wie reichlich ihr Nehmen war und wagt nicht zu hoffen, daß sie mit Geben je bezahlen kann. Daher ihr glückliches Erstaunen, wenn wiederum Dankbarkeit ihr antwortet. Lassen Sie mich noch einmal Goethe anführen. »Selten«, sagt er, »tun wir uns selbst genug. Desto tröstlicher ist es, anderen genug getan zu haben.«

Ich hatte das Glück, in einem großen Volk von hochgebildeter Sprache geboren zu werden, in dessen reicher geistiger Tradition mein Leben wurzelte, und mit dem mich eine fruchtbare Erlebnisgemeinschaft verband. Von ihm war meine Arbeit getragen. Ich hatte reichlich von ihm genommen, gebend nach meinen Kräften und Möglichkeiten suchte ich mich dankbar dafür zu erweisen und erfuhr die unerwartetste Dankbarkeit. Was solch ein Austausch bedeutet, was es für einen Künstler und Schriftsteller heißen will, ein großes, gebildetes Volk hinter sich zu wissen, dessen geistiges Leben er mitgestaltend teilt, das weiß nur der, der dieses Glück verlor. Ich will nichts beschönigen und gebrauche das Wort Glück nicht sentimentaler Weise. Es kann nie fehlen, daß der geistige Einzelne und sein Volk sich auch an einander reiben. Manche Bitternis läuft mit unter. Und doch drängen sich meinem Gedächtnis ein paar Verse des Grafen August von Platen auf, die mit Vollendung alles hierüber sagen. Belächeln Sie nicht meine Neigung zum Citieren! Auch das Citieren ist eine Form der Dankbarkeit. Jene Verse lauten:

»Mein Geist, bewegt von innerlichem Streite,
Empfand so sehr in diesem kurzen Leben,
Wie leicht es ist, die Heimat aufzugeben,
Allein wie schwer, zu finden eine zweite.«

Ein eigentümlicher Ausfall in der geistigen Mitgift des deutschen Volkes, eine verhängnisvolle Lücke in seinem Kulturbegriff, sein Mangel an politischem Instinkt brachte es mit sich, daß es verworfenen Führern in die Hände fiel, die den Geist, das Recht, die Wahrheit und Freiheit tiefer demütigten und entehrten, als es vielleicht je in der Welt geschehen war, und deren unkritisierbare Gewaltherrschaft einem Menschen, dem es mit dem Wort und seiner Würde, mit dem freien Gedanken ernst war, das Atmen in diesem Lande unmöglich machte. Daß es verzichten hieß auf Heim und Habe, scheiden auf unberechenbare Zeit, vielleicht bis ans Lebensende, von den Landschaften der Heimat, auf die man ein angeborenes seelisches und physisches Recht hat, war das Wenigste, obgleich es absurd ist, daß hergelaufene Abenteurer einen sollten davon trennen und einem sogar den Namen eines Deutschen sollten nehmen dürfen. Aber der Schriftsteller ging seiner Leserschaft, des Kontaktes mit den gebildeten Massen seines Landes verlustig; er sah sich, so gut wie vollständig, von dem Publikum abgeschnitten, mit dem zusammen er sich höher gebildet hatte. Zwar reicht die deutsche Sprache nach allen Seiten über die Grenzen des politischen Reiches hinaus; aber eben damit soll es ja nach dem stupiden Willen von Machthabern, die von der wahren Natur und Bestimmung Deutschlands nicht das Geringste wissen, ein Ende haben. Sie wissen nicht, daß Deutschland von Natur ein Land schöpferischer Dankbarkeit ist, ein Land des Nehmens und Gebens, ein Land mit verfließenden Grenzen, ein grenzenloses Land, nicht feindlich abgeschlossen gegen die Welt, sondern weltoffen und welt-empfangend, groß durch fruchtbare Bewunderung, durch Liebe und Verstand, nicht aber geschaffen, in abgeschmackter Selbstbetrachtung und Selbstverherrlichung sich zu verdummen und gar in Dummheit, durch Dummheit zu herrschen über die Welt.

Es handelt sich um einen dialektischen Vorgang tragischen Charakters. Ein großer Vorzug Deutschlands, seine überpolitisch-unpolitische Natur, schlug ihm zum Verderben aus und machte möglich, was wir erleben. Seine Politiklosigkeit ist umgeschlagen in die brutalste, geistverlassenste und mörderischste Alleinherrschaft der Politik, in den totalen Staat, der von Natur schon der totale Krieg ist und über Deutschland selbst und Europa die furchtbarsten Gefahren heraufbeschwört.

Der erste Leidtragende bei diesem Unheil ist der deutsche Geist, und wird immer der am schwersten Leidtragende sein, solange dies Unheil dauert. Buchstäblich ist ihm der Boden unter den Füßen geschwunden. Die außerdeutschen Gebiete, in denen noch seine Sprache erklang und verstanden ward, fallen eines nach dem anderen dem Moloch des Kriegstreiches zum Opfer. Er sieht sich heimatlos, persönlich in jedem seiner Träger, und er erfährt, wie schwer es ist, in den geschlossenen Sprach- und National-Familien Europas eine zweite Heimat zu finden.

Die Schweiz ist eine kleine Demokratie von Sprachen und Nationalitäten, die sich mitten in Europa tapfer erhält. Als ihr Gast habe ich fünf Jahre lang gelebt und das Meine getan, Jahre, an die ich immer mit Dankbarkeit zurückdenken werde. Aber von Anfang an, seit dem deutschen Unglücksfall, hatten Fäden der Sympathie sich nach Amerika hinübergesponnen. Das freundliche Interesse, das die englischen Übersetzungen meiner Bücher gerade hier gefunden, konnte mich fast über das absurde Faktum trösten, daß heute diese Bücher im deutschen Original, worin doch nur sie wahrhaft sie selbst, kaum existieren. Ehemals war die Teilnahme der Welt mir ein glücklich Hinzukommendes gewesen – jetzt war sie alles geworden. Hatte ich noch ein Publikum, so war es die Welt, und es war in erster Linie Amerika. Alljährlich war ich hier zu lecture Reisen; die Bekanntschaft von Land und Leuten des Ostens wurde bald durch Besuche in großen und kleineren Städten des Mittelwestens, durch das lichte Erlebnis der californischen Landschaft ergänzt. Freundschaft, eine moralische Freundschaft, die mit mir in dem entschiedensten Abscheu gegen das Widerwärtige übereinstimmte, das in Europa sein Wesen trieb, empfing und umgab mich überall. Großartig weiträumige Verhältnisse, eine Atmosphäre der Freiheit, das Leben einer mächtigen Nation, welche die Macht in den Dienst der Gesittung zu stellen gesonnen war, sprachen mich glücklich an; es winkte die Möglichkeit eines erneuerten Wirkens auf breiter Basis, mit dem kontinentweiten Hintergrund einer kulturell noch ganz unermüdeten, dem Geistigen ehrlichst zustrebenden Öffentlichkeit, – und der Entschluß, mein Leben an dieses Land zu binden, stand schon so gut wie fest, als die ehrende Einladung der Universität Princeton den letzten Ausschlag gab.

Länger als ein halbes Jahr bin ich hier, sieben Monate, in denen es nicht leicht war, das bekenne ich mit etwas sorgender Dankbarkeit, gegen den Ansturm fordernder Güte meine private Arbeit leidlich aufrecht zu erhalten. Wenn es mich aber nach dieser Art von Bedrohtheit nicht im Grunde verlangte, so wäre ich nicht gekommen, und ich wäre all diese Zeit nicht so glücklich gewesen. Daß ich hier, wie heute die Dinge liegen, an meinem Platz bin, ist meine frohe Überzeugung.

Besteht nicht eine merkwürdige Verwandtschaft zwischen dem Deutschland unserer liebenden Vorstellung und Amerika? Das rassisch gemischteste und vielfältigste, an inneren Möglichkeiten reichste Volk Europas, grenzenlos seinem tiefsten Wesen nach, weltoffen, zu allem höchsten Lernen bereit, aufnehmend, verarbeitend und wiedergebend, ein »Hatem« unter den Völkern – hat es nicht sein gewaltiges Gegenstück in diesem Volk und Land, das auch ein Land produktiver Dankbarkeit ist und groß im Nehmen und Geben, – dem klassischen Lande der Immigration und der Mischung, das dank seiner resorbierenden Kraft gleichwohl das eindeutigste und bestimmteste nationale Gepräge, aufweist, die eigentümlichste Synthese von Charakter und Duldsamkeit, ein Volk und eine Welt zugleich?

Die europäischen Nationen sind bürgerliche Familien von spröder Geschlossenheit. Niemand kann Franzose oder Engländer werden, wenn er nicht als solcher geboren ist; bei aller Höflichkeit des Empfanges wird man in den Schoß der Familie nie wirklich aufgenommen. Amerikaner kann man werden und zwar erstaunlich rasch: der starke Charakter des Landes und seine Duldsamkeit, beide verhelfen dazu. Wird man es nicht für die eigene Person, so wird man es in seinen Kindern. Es ist ein Land mit offenen Armen; und diese Arme klaftern weit; denn Amerika ist mehr als ein Land, es ist ein menschheitlich gestimmter Continent. Die menschheitliche Stimmung des alten Deutschland, in kolossalem Maßstabe ist sie hier wieder.

Ich darf nicht hoffen, noch ein rechter Amerikaner zu werden. Vierundsechzig Jahre, das ist zu spät für eine solche Metamorphose, und die besondere, sprachgebundene Art meiner Tätigkeit legt selbst der innerlichen Bereitwilligkeit dazu sanfte Zügel an. Aber daß ich im Schutz Ihrer großen Demokratie die Luft gewaltigen Freimuts atmen, mein Lebenswerk soll zu Ende führen dürfen, dafür bin ich innerlich dankbar, und wie sehr ich wünsche, der Ihre zu sein, beweist mir selbst die Freude, mit der jedes äußere Zeichen der Verbundenheit und Verwurzelung mich erfüllt, jede symbolische Klammer, die mein Leben in diesem Grunde befestigt. Vor wenigen Tagen habe ich meine ersten Papiere genommen und Amerika den ersten, vorläufigen Treuschwur geleistet. Kommt die Zeit, so werde ich dem Gesetze und Buchstaben nach Ihr Mitbürger sein. Aber die großen geistigen Körperschaften Ihres Landes haben dem Staate längst vorgegriffen. Das Abzeichen der American Academy of Arts and Letters sagt mir: ich bin zu Hause. Die Commencement days Ihrer berühmten Universitäten brachten mir wiederholt das akademische Bürgerrecht. Und als die stärkste Bindung dieser Art muß ich die außerordentliche Ehrung betrachten, die Princeton zum Abschluß meiner bescheidenen lecturer Tätigkeit mir heute gewährt.

Ja, der heimatlos Gewordene ist wieder zu Hause, in Princeton, in Amerika. Groß ist seine Dankbarkeit. Und da der Wunsch, zu geben, untrennbar ist von so reichlichem Nehmen, so bitte ich meinen guten Genius, daß meine Dankbarkeit sich fruchtbar erweisen möge.

[S. Anmerkung 4 zum 18. 5. 1939]

Two Wishes

I heartily welcome the opportunity to tell the readers of our PRINCETONIAN what I am thinking about the present situation in Europe. For I can imagine how deeply the American student's mind must be affected by a host of problems which, although they are not of direct concern to him, nevertheless must greatly disturb him, conscious as he is of the inner unity of Western civilization.

It is his difficult task to approach the question in as impartial and scholarly a manner as human emotionalism permits. I hope that he will realize my own difficulties in the same spirit of understanding and sympathy. For I, as a German whom the wanton decree of an autocratic regime could deprive of nothing but the outward signs of citizenship, have to make a terrible decision. Certainly, this war is waged against a system which I loathe and despise; but, at the same time, I cannot overlook the fact that not the guilty leaders are facing destruction and bloodshed, but the German people itself.

However, my allegiance to a Germany which nobody in the world hates and despises, a Germany which has contributed so much to the spiritual achievements of humanity, does not prevent me from fully realizing that it was the Nazi regime which from the very start carried within itself the catastrophe of this war. Whereas in 1914 one could reason about war guilt, this time there can be not the slightest doubt as to where the blame lies. The full weight of responsibility falls upon the head of that fatal man whom a people sadly uneducated in politics regarded as its great man and leader. Whatever mistakes other nations have made in that period beginning with the peace treaty of Versailles, it was the policy of self-imposed isolation which led Germany – economically and spiritually – in a blind alley from which its ruling class rightly saw no other escape than by conquest and suppression of neighbor nations. It is against this anachronistic »creed« that the terrible struggle which in the recent weeks has hardly started, will be fought to the end.

Long before the enemies of mankind came to unlimited power, those of us who knew this species, I should say, almost by scent, began to denounce the danger. We did not cease to warn, but I learned with bewilderment over and over again that responsible and experienced European statesmen repeatedly treated that regime as a normal, decent partner with whom a sensible and lasting agreement could be reached. We do not enjoy the triumph that the real nature of the Nazi rulers has at last been perceived throughout the world. Alas! The decision of the European democracies to do away with a system which has utterly lost the confidence of mankind has come dangerously late. Incomprehensibly, the democracies toyed with the idea of using Hitlerism as a bulwark against Bolshevism. This illusion is gone, but not until Nazi Germany has been enabled to strengthen its power tremendously, and to entrench itself in positions which it was allowed to occupy without firing a shot, and which now have to be reconquered with immense sacrifices . . .

The same democracies, however, who weakened their cause in the past by their very self-deceptions and blunderings, today stand for all that is good and just, for right and truth and freedom; they are not merely fighting for their national interests but for Germany's freedom too, and so our hearts are with them. All that we can wish and hope for is that out of the mournful process a better and happier Europe may emerge in which the German spirit as we knew and cherished it will have its adequate share and domain, as a free and equal member of a united continent.

As for the United States of America, I thoroughly agree with the vast majority of their citizens in the desire that this country may be spared the holocaust. If that means the enforcement of neutrality with all the political and juridical implications, it is and cannot be identical with indifference towards the moral and physical destiny of the old continent. In the realm of morals and spirit there can be no neutrality when violence and justice, tyranny and freedom are clashing, and the deeper values of this country appear to me to be closely knit with the fate of the warring democracies of Europe. In the event of a Hitler victory it is very unlikely that the United States could maintain its present integrity, confronted by a Nazi-Bolshevist Europe. Not to speak of the possibility which many Americans dread with good reason, that after the conquest of Europe, victorious Hitlerism, driven by its boundless need for expansion and subjugation, will turn to the Americas.

Let me, then, summarize my opinion, as far as this county is concerned, by expressing two wishes which by no means contradict each other:

May America succeed in keeping out of war and preserving herself for a better future; and may this be done not with apathy towards Europe's fate, but in a spirit of responsibility, and in the maintainance of an active moral as well as economic neutrality.

[S. Anmerkung 2 zum 3. 10. 1939]

America and the Refugee

The mail man does not always bring me pleasant letters. Often I must read: »Once again you have sung a hymn in praise of the United States and American democracy. I was born in this country and I love it. But for that very reason there is much that troubles me ... Don't you see what is going on? Maybe you haven't yet been here long enough. There is still a surprise in store for you!«

To such remarks I reply: »Yes. I *am* delighted with this great country. I feel constantly the need of expressing my appreciation for the hospitality I enjoy on American soil. Here I have found a second home where the atmosphere of freedom has allowed me to continue my life's work in peace, and with a profound and ever renewed pleasure I feel the growth of a cordial and vigorous relationship between the intellectually interested public and me. At the same time I am certainly conscious that my case is quite individual, an exception and a matter of good fortune that should not be considered general, and one that I do not generalize from. But believe me: I am no foreigner to the troubles and perils of this republic. They come from the same source, after all, as the gigantic strength of your country, which in precisely the last ten years has felt the continuous progress of a century and a half strangely impeded; from the same source, I say, as America's highest, most endangered and perhaps even most dangerous possession: I mean its freedom. I do not know whether such a young American as I has any right to participate in the debates of the nation; when I do it, nevertheless, and think aloud about the relationship between freedom and democracy, I am encouraged in that direction not only by the friendly confidence of your compatriots, but also by my knowledge of and concern for the common bases of our western civilization – which perhaps on this continent has found its last refuge.«

It is the same concern for the right idea of freedom that leads me to reproduce here still another letter, or rather a summary of letters such as come to me not infrequently from emigré circles. I shall pass over in the process that difficult type of German who believes that everywhere he must reform the world; it is a regrettable form of exile psychosis, which not only brings mokkery to its victims but even injury to others.

No, the letters I have in mind have something of – I might call it an unhappy love for America. They have a strong and honest desire to forget what has happened and to fit themselves in, but with it a discouragement just as great, a stifling feeling: I like them, these Americans, and they behave magnificently toward us, but fundamentely – they don't realize it themselves yet – we are not wanted *even here.*

»My New York relatives have done a lot for me; I can't and I don't want to sponge on them any longer. The committees have taken the greatest pains, but they can't find anything for me. I have long since buried the hope of continuing in my former occupation. Yes, if I were a physician – but they have their troubles too. In New York they tell each other very peculiar stories about examination methods – a European specialist of world reputation failed not long ago in his own field – and yet the legislation of the individual states makes it practically impossible for physicians to settle anywhere except in New York. There everything is crowded, and anti-Semitism is growing. In the six years of the Hitler regime not more than about a hundred thousand Germans and Austrians have immigrated permanently, yet there seems to be no place for them, even in this huge country. Vast stretches of Oregon, Washington and Alaska lie fallow and unpopulated, but what could I take up in Oregon? I'm too weak alone to solve the problem. Who is to tell me, us, what we should do? Who will force us, if it must be, on the right road, so that we develop from fugitives into citizens, from birds of passage into Americans?«

To these voices I answer: »You are right, the problem can no longer be solved on an individual basis, in an age of intensified unification on all sides when, even in this paradise of individualistic society, the state thrusts a powerful arm into the machinery and rears impressive public works in the Tennessee Valley, at Boulder Dam ... However, the economic problem of immigration continues to be managed in a way more reminiscent of 1890 than 1939. The moment the emigrant leaves the pier he disappears in the crowd. He has ceased to be an object of public care and planning. In my opinion the realization has not yet sufficiently penetrated the consciousness of this nation that a problem such as the influx of many thousands of immigrants is no longer to be solved individually but as mass work, as a whole. It is a question of directing these masses where they can perform useful tasks for themselves and for all – even if it be with partial and temporary modification of their right of self-location. The private generosity of Americans should not be left alone to master a problem so eminently social and complex.

»As for the discomfiture of native Americans, of which you speak, let us attempt to understand it somehow. Hendrik van Loon, in an after-dinner speech a short time ago, compared the feeling of Americans to that of passengers on a liner that sailed from Le Havre. He noted that even in Southampton they look at the new passengers with a critical eye and regard themselves as early settlers ... The simile is just as amusing as pointed, but perhaps does not represent the whole truth. To be sure, Americans all – immigrants all. However, this mosaic of peoples has taken on a quite definite and unalterable national form in the course of generations, which like every other product of historical evolution insists on the maintenance of its physiognomic character. The idea of an over-infiltration of foreign elements, which plays such a large role in little Switzerland, has – with all the differences involved – its justification in America as well, at a time when the ›Kulturpropaganda‹ of certain European states has at least retarded the effectiveness of the ›melting pot‹. In general the pace of development in this country has slowed down. America's pioneer epoch has long since become an echo, and even the industrial revolution has reached a temporary lull with the complete motorization of the continent. The third phase, the beginning of which we are now facing, will, if I am not mistaken, be devoted to securing what has been achieved, to a deepening and extension of the social and cultural structure. Should it then cause surprise if the American of the old stock has a vague feeling that the new arrival receives the privileges and fruits of historical accomplishments too much as a matter of course; it is the American's heritage and not his.

»You understand already what I am aiming at: our relation

to the New World is, to a very great extent, a problem of tact. Tact and patience, a great deal of patience – so sound the unwritten laws of our Bill of Duties. America is still comparatively the land of open arms. They are not opened on the first day, but ›no one has starved to death here yet‹, an old Yankee told me, and I believe he spoke the truth.«

[S. Anmerkung 2 zum 18. 10. 1939]

REGISTER

I ZU DEN WERKEN VON THOMAS MANN

II ALLGEMEINES VERZEICHNIS

Der Name von Katia Mann, die auf fast jeder Seite der Tagebücher erwähnt wird, ist nicht aufgenommen. Orte und Hotels sind nur im Zusammenhang mit einem Aufenthalt TM's verzeichnet, die Registrierung fremder Werke bezieht sich auf TM's Eintragungen; nicht aufgeführt sind Artikel und Rezensionen.

Das Register wurde zusammengestellt von Wolfgang Kloft

Der Text der Dankrede Thomas Manns bei der Verleihung der Ehrendoktorwürde der Universität Princeton wurde versehentlich in den Anhang aufgenommen. Er findet sich unter dem Titel ›Lob der Dankbarkeit‹ in GW XIII, 121-127. Der entsprechende Hinweis in Anmerkung 4 zum 18. 5. 1939 auf Seite 801 beruht auf einem Irrtum.